U0560639

百柱堂全集（上）

〔清〕王柏心 著
張俊綸 點校

荊楚文庫編纂出版委員會
崇文書局

百柱堂全集

BAIZHUTANG QUANJI

圖書在版編目（CIP）數據

百柱堂全集 / 〔清〕王柏心著；張俊綸點校.
—武漢 : 崇文書局，2016.8
ISBN 978-7-5403-3320-1
Ⅰ. ①百…
Ⅱ. ①王… ②張…
Ⅲ. ①雜著－中國－清代－選集
Ⅳ. ①Z429.49
中國版本圖書館CIP數據核字（2016）第198399號

責任編輯：曾 咏 李慧娟 李艷麗
整體設計：范漢成 曾顯惠 思 蒙
責任校對：萬山紅
責任印製：田偉根
出版發行：崇文書局有限公司（中國·武漢）
地址：武漢市雄楚大道268號C座
電話：(027)87293001 郵政編碼：430070
録排：武漢恒清圖文菲林輸出工作室
印刷：湖北新華印務有限公司
開本：720mm×1000mm 1/16
印張：68.125
字數：946千字
版次：2016年8月第1版 2016年8月第1次印刷
定價：238.00元（全二册）

ISBN 978-7-5403-3320-1

出版説明

湖北乃九省通衢，北學南學交會融通之地，文明昌盛，歷代文獻豐厚。守望傳統，編纂荊楚文獻，湖北淵源有自。清同治年間設立官書局，以整理鄉邦文獻爲旨趣。光緒年間張之洞督鄂後，以崇文書局推進典籍集成，湖北鄉賢身體力行之，編纂《湖北文徵》，集元明清三代湖北先哲遺作，收兩千七百餘作者文八千餘篇，洋洋六百萬言。盧氏兄弟輯録湖北先賢之作而成《湖北先正遺書》。至當代，武漢多所大學、圖書館在鄉邦典籍整理方面亦多所用力。爲傳承和弘揚優秀傳統文化，湖北省委、省政府決定編纂大型歷史文獻叢書《荊楚文庫》。

《荊楚文庫》以“搶救、保護、整理、出版”湖北文獻爲宗旨，分三編集藏。

甲、文獻編。收録歷代鄂籍人士著述，長期寓居湖北人士著述，省外人士探究湖北著述。包括傳世文獻、出土文獻和民間文獻。

乙、方志編。收録歷代省志、府縣志等。

丙、研究編。收録今人研究評述荊楚人物、史地、風物的學術著作和工具書及圖册。

文獻編、方志編録籍以 1949 年爲下限。

研究編簡體横排，文獻編繁體横排，方志編影印或點校出版。

《荊楚文庫》編纂出版委員會

2015 年 11 月

前　言

王柏心（1799—1873），字子壽，又字冬壽、堅木。號螺洲、螺洲子，晚年一號薖叟、薖園老人。時人稱之爲“王監利”，門人私謚曰“文貞先生”。湖北監利人。生於清嘉慶四年己未。幼岐嶷不群，博涉經史。十三歲讀書沔陽茅江口，謝海東先生大器之，退語人：“此郎殊不凡。”然屢試不售，直到四十五歲，即道光二十四年甲辰（1844）始成進士。旋以主事籤分刑部。因不堪政務的闒冗，第二年即乞養歸里。後不復出，主講荆南書院二十餘年。同治十二年五月以暴疾卒於荆南講舍，時年七十四歲。

王柏心的一生，經歷了仁宗、宣宗、文宗、穆宗四朝。這個時期，正處在清王朝的晚期，一個大一統的封建帝國正面臨没落、崩潰，行將淪爲一個半封建、半殖民地的國家。第一次鴉片戰争、十多年的太平天國戰争，使得清王朝元氣大傷，政綱窳敗，人民流離失所。在這樣一個萬方多難的時代，王柏心没有置身事外。他即事裁篇，有感而發，寫下了二千八百九十九首詩歌、四十三首詞和三百一十九篇文章。這些詩文匠心獨運，具有很高的藝術價值。《清史列傳》説他“道德文章獨步江漢五十餘年”，這個評價是客觀和公允的。

王柏心的《百柱堂全集》包括他生前曾刊行的《樞言》、《子壽詩鈔》、《漆室吟》、《百柱堂詩稿》，和没有刊行的《螺洲近稿》、《文稿》二十卷、《導江三議》、《壬癸編》、《甲乙編》等，由其門人在他逝世二十多年後，按編年體重加編校而成。當時有兩個版本，一個是光緒十九年癸巳（1893）由鄧承潤（員外郎，湖北江陵人）、鄧裕升（刑部郎中，江陵人）、羅迪楚（湖北監利知縣，四川犍爲人）等督刊的五十二卷版（稱之爲癸巳版）；一個是光緒二十四年戊戌（1898）由成山唐氏（唐炯）刻於貴陽的内集三十四卷、外集十九卷版（稱之爲戊戌版）。二版本均名曰

《百柱堂全集》。百柱堂者，乃王柏心之祖居，其締構百柱，因以名其堂。全集分爲：詩二十八卷，序四卷，駢體文三卷，書二卷，奏議、《樞言》、賦、記、行狀、傳、碑銘、雜著、詞等各一卷。各種體裁幾乎無一不備。同時，他還主編了《黄岡縣志》、《東湖縣志》、《宜昌府志》、《當陽縣志》、《漢陽縣志》、《臨湘縣志》、《監利縣志》等。

王柏心的文學成就主要在詩歌方面。晚清詩壇上，流派紛呈。有提倡漢魏六朝和盛唐的湖湘派，代表人物爲王闓運、鄧輔綸等；有提倡南北宋的宋詩派（衍爲稍後的"同光"體），代表人物有鄭珍、何紹基、陳三立等；有兼采唐宋的一派，代表人物爲張之洞、樊增祥等；有宗尚李商隱的西昆派，代表人物有李希聖、曾廣鈞等；有詩界革命派，代表人物有龔自珍、魏源、黄遵憲等。王柏心作品豐富，各種風格兼備，很難把他界定在哪一種流派之内。清同治三年殿試第一名（狀元）洪鈞曾致函王柏心云："嘗謂詩家宗派皆在於楚，左徒師弟振藻於前，工部襄陽傳薪於後，大著師法杜陵，駸駸乎騏驥并駕矣。"他的門人唐炯説："（先生）詩少宗王李，既乃變化。軍興以來，感時書事，引古喻今，汪洋恣肆，别辟門徑，直上奪少陵之席，天寶後無此作也。然不足以盡先生。"夏成業《序》云："比部含咀經史，浸淫漢魏，高華匹太白，沈痛躋杜陵，盛唐以下耻弗爲。"王柏心與竟陵劉孝長、胡子重，監利蔡季舉爲友，在爲胡子重寫的《姑誦草堂詩序》裏説："子重少好樂府、漢魏古詩，及晋元亮陶氏、唐子美杜氏、明獻吉李氏之作，思沈力厚，一往遒騺. 中年以後則渾融磅礴，純任天機，脱去摹擬町畦。忽而捍突若生軍；忽而輪囷磥砢、斑駮陸離若老樹之瘿、沙石之成篆籀；忽而渾樸若田父話桑麻；忽而肫摯若家人骨肉，傾寫肝鬲；忽而忻然以笑，若赤子叫呼跳躍；忽而愀然以悲，若羈旅飄摇、放逐纍囚之士，累欷相對。雖不主一格，然大要歸之於真而已矣。"這其實是可以看作是王柏心的夫子自道的。又説："今夫詩之境，莫貴於真。真則貫三光，亘金石，歷終古而常新。然非專取之思與力也。"所謂"真"，就是説詩作要言之有物，感情充沛，而不能無病呻吟，迷離惝恍。這大體和湖湘派的觀點是相近的。

王柏心的家鄉監利屬於湖湘地區，而王柏心又與湖湘派的中堅人物如武陵楊彝珍、善化孫鼎臣、湘陰郭嵩燾等相友善。“同聲相應，同氣相求。”把王柏心的詩作歸於晚清湖湘派，大抵是符合實際情况的。

成山老人《叙》云：“（王柏心）爲文章不規規於桐城體，要之，以氣爲主。”所謂“桐城體”，乃是安徽桐城人方苞（1668—1749）所立。他繼承明歸有光“唐宋派”的古文傳統，提倡“義法”的主張：“義即《易》之所謂‘言有物’也，法即《易》之所謂‘言有序’也。義以爲經，而法緯之，然後成爲體之文。”方苞之同邑劉大櫆、姚範、姚鼐桴鼓相應，後來學者梅曾亮、朱琦、管同、方東樹翼然宗之。時人爲之語曰：“天下之文章，時在桐城乎？”有清一代，恪守桐城家法之作者，蔚然大觀。與之對立的駢文一度號稱“中興”，曾出現過汪中等大家，但畢竟勢力單薄，不足與之頡頏。與王柏心交厚的湘鄉曾國藩、桐城方宗誠、臨桂朱琦、武陵楊彝珍、湘陰郭嵩燾等，皆奉桐城爲圭臬。縱觀王柏心的散文，其桐城義法是顯而易見的。他在桐城體基礎上提倡“氣”。《孟子·公孫丑下》云：“吾善養吾浩然之氣。”曹丕《典論·論文》云：“文以氣爲主。”又説：“孔融體氣高妙。”這裏的“氣”，指一種氣勢，一種沛然莫之能禦的張力，也就是作家特有的風格表現。“氣”和前面提到的“真”，構成王柏心詩文的主要藝術特色。

王柏心的詩文反映了廣闊的現實生活，展示了晚清時期一幅幅的真實畫卷。他關心民間疾苦，指斥貪官蠹役，質疑用人制度，頌美高尚情操，歌咏山水風物，具有深刻的思想内容。他的《捉船行》云：

沿江舟子竊相語，聞道南軍捉船户。健兒應募充長征，東下雷池更鵲浦。船頭躍立先拔刀，手持軍帖氣勢高。紅旗擲出插船首，語汝船户安敢逃。船户跪垂涕，風波恐留滯。津渚多未諳，生理憂不繼。軍人怒莫當，我往無宿粻。主將示恤士，掠資佐行糧。大船小船犒緡錢，横搜豪攫盈腰纏。軍人醉飽買歌舞，船户踉蹌哭向天。我聞軍興未闕餉，舟車榷算道相望。師行紀律何爲哉，此曹横掠最無狀。沿江今見捉船勇，入陣誰知臨賊恐。貪資仍復惜頭顱，增軍百萬徒成冗。誰其言之驃騎營，滅賊無求多募兵。豈知兵多賊轉多，日毒生民將奈何？

南軍的横掠，軍紀的蠹敗，船户的無奈和痛苦，怵目驚心。結尾的憂思更是横空出世，振聾發聵，引人感慨無限。他在《與都中同邑諸子書》裏説："今也不然，抑勒之，呵責之，拘係之，縱奸胥里豪蹂躏之。是公家取一，而奸胥取一，里豪又取一也。富民不出資有罪，出資仍不免罪……官吏疾富民如仇，而望富民之踴躍從公，豈可得哉？然而富民不敢少逡巡也。符帖未下，而資已出；資甫出，而符帖又下。輾轉無已，罄其家之所有而後免焉。十室九破，蓋闔邑無富民焉。"

借衛堤之名，奸胥豪取，里役巧奪，而廣大人民深噬其苦：十室九破，簡直慘不忍睹。這封信是寫給這些"奸胥里豪"的上司們"都中同邑諸子"的，王柏心爲民請命，在所不辭，其忠鯁和膽識，不能不令人肅然起敬。

在王柏心生活的年代，水患和兵燹，是壓在人民頭上的兩座大山。王柏心處江湖之遠，懷廟堂之憂，研究水利，潛心軍務，屹然成爲有清一代聲名赫赫的水利專家和軍事專家。他對荆江之水了如指掌。在《與何小宋布政書》裏説："蓋洞庭包全蜀大半之水，施宜二郡之水，貴州、廣西强半之水，湖南全省之水，合五省水勢。遇夏漲則畢萃城陵磯之口，北入荆江。其時上游岷源經流，自荆郡而來，勢如建瓴。下游漢水怒泛，又横截於鄂渚、漢口之間。彼此相持，霆奔電激，不能順軌。會當夏令，南風大作，舂撞汕刷，北岸江堤，最中其禍。"

如何消弭此禍，他在深入調查、反復論證的基礎上，寫出《導江三議》。

聞導江矣，未聞防江也。江何以有防？壅利者爲之也。昔之爲防者，猶順其導之之迹，其防去水稍遠，左右游波寬緩而不迫。又多留穴口，江流悍怒，得有所殺，故其害也，常不勝其利。後之爲防者去水愈近，閉遏穴口，知有防而不知有導，故其爲利也，常不勝其害。

……以數千里汪洋浩瀚之江，束之兩堤間，無穴口以泄之，無高山以障之，至危且險，孰逾於此？況十數年來，江心驟高，沙壅爲洲，枝分歧出，不可勝數。江與堤爲敵，洲挾江以與堤爲敵，風雨又挾江及洲之勢，以與堤爲敵，一堤也而三敵乘之。左堤强則右堤傷，左右俱强則下堤傷，堤之不能勝水也明矣。

他主張“捐棄二三百里江所蹂躪之地與水，全千餘里肥饒之地與民”。他認爲“其與竭膏血、事畚鍤者，利害相去萬萬矣”。他的治水思想上承夏禹之疏導，下啓後世之安瀾，十分科學，且具有現代環保理念，二百年之下讀之，猶令人讚嘆不已。

咸豐年間，太平軍起，海内鼎沸，烽火遍野。王柏心以天下興亡爲己任，謀謨籌算，殫精竭智。“先生身不在行間，智周於天下，出謀發慮，每燭幾先，一時將帥諸公往往飛書求策，而世人未之知也。”（《彭崧毓·祭監利王先生文》）王孝鳳《致倪豹岑太守書略》亦云：“張石卿制軍，胡文忠、曾文正、李武愍、羅忠節、李忠武諸公，左恪靖侯，每咨以軍事，知無不言，多見采用。”《百柱堂全集》中有上給各路將帥的兵論書七十篇。其中曾國藩七書、左宗棠十六書、胡林翼二十三書、張亮基二書、羅文俊一書、李孟群十三書、唐樹義四書、郭嵩燾二書。長陽譚大勳《序》云：“（書）述戰守之經，察營壘之變，南陽八陣，圖繪鳥蛇，渭水六韜，名兼豹虎，明正奇相生之妙，詳首尾互應之方。”胡林翼曰：“願北面而執弟子禮。”左宗棠曰：“凡所設施皆出智囊之餘。”歷史上一些大名鼎鼎的人物，於戎馬倥偬之際，紛紛飛書監利螺山或荆南講舍，咨訪皓首窮經的一介書生，以求定國安民之策，這不能不説是中國軍事史上一個奇迹。

其《論軍政》云：

今兵久不解矣，而師出無功。意者，徵調猶寡耶？芻糧不足耶？地利尚乏險阻耶？曰：法强則兵强，法弱則兵弱。軍政不修，三者雖備，猶爲敵資。不修之失，其大者，在不擇將不選士，不明賞罰，或任賞而無罰。凡此皆取敗之道。因循不變，至於將偷士懦，避賊養寇，財賦日以耗竭，人民日以憔悴，經年累歲，奔命不暇。坐視城邑覆没，險隘捐棄，群盗滿山，相挺而起，而終無策以制之也。今將有以矯之，必先於數者大加變革，乃能振刷頽玩，轉敗而爲勝，轉弱而爲强。

運籌帷幄，决勝千里，縱横捭闔，切中肯綮，凜凜然大將風範，令人心悦誠服。

讓王柏心名滿天下的還有他的《應詔上封事》一文。同治元年，年僅六歲的愛新覺羅·載淳（穆宗）嗣位。王柏心擔心“主方沖少，又當嗣服之初，尤左右近習所乘閒而雜投者也。窺人主之嗜欲，緣之而進，惟患導之不廣，順之不速，始則迎之以侈，繼則進之以驕，後則誘之以怠荒……而危亂之至不旋踵矣”，乃“不避斧鉞之誅，冒昧應詔上封事，略其瑣且泛者，惟切直是陳，欲爲皇上助成聖德，開廓大計”。由於“言皆忠告，具見悃忱”，慈禧太后閲後大喜，令弘德殿存記，以備乙覽。同治五年，慈禧傳旨王柏心至京師，對穆宗耳提面命，并賜“撲作教刑”笏板一支。一年後王柏心以母老辭，慈禧特賜“天子門生，門生天子”之聯，以爲嘉勉。

王柏心又是晚清一位書畫大家。書法師承二王（王羲之、王獻之），工正、草，尤以行書見長。運筆凌空取勢，用墨飽滿華滋，字體矯媚靈秀。其工楷《樞言》十七篇，爲名家推重，現藏中國國家圖書館。其《經論八首》，曾作爲一代名帖流傳，現藏北京故宫博物院。他還有許多書帖、手札流散日本。善畫梅、竹、蘭、松，深受藏家喜愛。其蘭草靈長飄逸，幽然空谷，獨具文人畫之特色。惜歷經浩劫，傳世甚少，世人難以一睹其風采矣。

王柏心乃荆襄地區婦孺皆知的人物，他的高風劭德播在人口，許多趣聞軼事亦在民間廣爲流傳，其《經論八首》更是清末至民國之際士子的必讀物。洪鈞云：“執事郢中耆宿，海内靈光，楚人士望之如泰山北斗。舍執事其誰與歸?”古荆州城有地名曰“三管筆”，其地原立三隻巨穎朝天之筆，其一隻即名曰王柏心之筆（另二隻爲倪文蔚、何紹基）。清翰林朱盛江吟曰：“三支倒筆寫青天，雁作字行雲作箋。喜星零落點加點，愛月蛾眉圈半圈。雨打何曾流墨水，風吹哪見動毫顛。得意懶書人間事，題詩直寄斗牛邊。”可見影響之大。

作爲一位封建士大夫文人，王柏心的思想自有他的歷史局限。他同情底層人民的疾苦，却反對農民起義；他憎惡貪官蠹吏，却對最高統治者頂禮膜拜。此外，他對鞏固邊防，深入不毛，也有一些錯誤看法。但我們不能以現代人的思想和觀點來苛求古人，這是毋庸置疑的。

本書據上海師範大學圖書館藏清光緒十九年之癸巳版《百柱堂全集》點校整理，重新編製了目録。特别感謝武漢大學教授敖文蔚先生，自武大圖書館藏清光緒二十四年戊戌版《百柱堂全集》中查找癸巳版闕字，一絲不苟，令人感動。值此《百柱堂全集》整理本付梓之際，謹致謝忱。

點校者囿於一隅，學識孤陋，如有疏虞、舛錯之處，敬希讀者不吝郢政。

張俊綸

記於丁亥大呂之朔日監利苦楝堂

目　録

卷首

卷一　詩乙酉丙戌丁亥

卷九　詩甲辰

卷十五　詩 甲寅乙卯

卷十六 詩丙辰丁巳

卷十九　詩 庚申辛酉

卷二十四　詩甲子乙丑

卷三十四　序

卷四十二　墓表

卷四十三　墓志銘

卷四十四　贊　頌　銘

卷首

國史館本傳

王柏心，湖北監利人，少穎異，博涉經史，肆力詩古文辭，爲老宿推重。道光二十四年進士，以主事用，籤分刑部。二十五年乞養歸，不復出，以孝聞於鄉里。主荆南書院，課士之餘，承歡養志，以是爲恒。

咸豐二年，粵逆竄楚，柏心奉命辦理團練，籌軍決策，動合機宜。時賊困長沙，柏心建議以岳州爲楚北門户，宜重兵防守。迨賊攻長沙益急，復逆料六策。以賊必因糧於我，因丁壯利器於我，宜守隘設奇，使其進無所掠，退無所據，長郡可保無虞；惟不可縱其東下，令賊編筏出洞庭，則不可復制。當事皆以爲然。三年，前署湖廣總督張亮基督軍楚北，柏心參佐戎幕，建議以漢陽宜設重兵，而後武昌乃得保；岳州必設重兵，而後湖南可無事；田家鎮爲兩楚關鍵，必有强兵猛將而後兩湖可無虞。亮基韙之。四年，賊由金陵上犯，侍郎曾國藩擊敗於岳州。柏心寓書國藩，謂宜乘勝東下，決策深入，先取金陵。國藩用其策。又謂賊踞金陵，雖衆無所憚，惟謹守北岸，毋令渡江；然後分兵扼守，令賊不得掠地益糧，截其餉路，形格勢禁，必不敢四出旁犯。待彼糧盡，視其城守有隙，分襲其城；或營屯稍懈，急攻其壘，或更番迭進，或設伏誘之，當得奇捷。嗣胡林翼巡撫湖北，屢畫奇策，攻復省城及漢、黄各郡。是年，丁父憂。前總督楊霈、巡撫胡林翼皆延聘入幕，辭不赴。七年，胡林翼以鄂省新復，瘡痍未起，宜紓民力，鋭意剔除漕弊。知柏心隱懷憂憤，致書求相助爲理。因與同邑前山西布政使胡大任、户部主事龔紹仁共爲贊議。去其中飽，期於益國便民，百年奸竇，剔除殆盡，至今賴之。十一年，前順天府府尹蔣琦齡上《中興十二策》，以柏心留心經濟，請旨録用。以母老辭。

同治元年，進呈《經論》，復應召陳言，繕就封章二道，由雲貴總督張亮基代奏。其《進呈經論》云："竊臣觀自古人臣進戒之言，莫詳於《尚書》；然禹、皋之謨略而雅，周公之篇煩而悉，其簡質明確者，莫如《伊訓》之辭。臣伏念皇上蘿圖新纂，適届沖年，念典緝熙，日新聖學，講幄師儒，充盈左右，啓沃之效，無待他求。但臣跧伏隴畝，結念闕廷，區區芹曝之忱，有不能自已者。謹取《伊訓》及《太甲》三篇要語，衍爲論八首。不自度量，恭呈乙覽。竊自比於瞍賦矇誦、師箴工諫之列，惟皇上遜敏餘暇，垂神寓目。言雖庸淺，意主納忠，或冀聖心有所感發，是亦所以補助於萬一者也。"其《應詔陳言疏》云：

臣聞：言不切直，則不足以盡事理而發上心；言切直，則犯時忌而取咎戾。此古之人懷忠藴智，所以結舌而不敢言者也。今臣幸逢不諱之朝，懸鞀設鐸招進言者，故不避斧鉞之誅，冒昧應詔上封事，略其瑣且泛者，惟切直是陳，欲爲皇上助成聖德，開廓大計。又自分犬馬之年，景迫桑榆，不能陳力當世，獨此區區之忱，竊效野人芹曝之獻。其目有八，四者言内事，四者言外事，詞戇計迂，伏惟皇上憫其疏拙，賜之寛宥，鑒而察焉。

一曰廣師儒。皇上典學方勤，宜命廷臣，極舉賢明師傅及講讀之臣，不必專用翰詹。凡内外臣工，或山林隱逸，訪知德行深粹，操履端方，經術淹通，史學貫串，詳練古今，深達政體者，俾專啓沃。朝退之餘，即次第陳説，加以問難，理解了然，時加紬繹。所告者，必聖賢之道；所述者，必帝王之業。日增月益，積小至大，聖功養正，盛德輝光，由此而修身以道，皇建其極，立綱陳紀，皆可恃源以往矣。

一曰屏嗜欲。觀主德之明昧，觀其嗜欲之有無而已。夫主方少沖，又嗣服之初，尤左右近習所乘而雜投者也。竊窺人主之嗜欲，緣之而進，惟患導之不廣，順之不速，始則迎之以侈，既則進之以驕，後則誘之以怠荒，土木游幸、音樂田獵、禱祀之事無不並興，而危亂之至不旋踵矣。人主能於此時力屏嗜欲，不授之以隙，則佞幸者漸遠，而方正之士乃得前，忠直之言乃得聞。夫嗜欲，豈獨在奢靡蕩佚哉！榮夷公好言利，齊桓公好服紫，漢孝元多材藝、善史書、鼓琴吹簫、度曲被歌，光武好圖讖决事，陳隋二主好詞賦，皆足以害俗而妨政，况於冒貢非幾、失德之甚者哉！

一曰博咨訪。三代有坐論之理，非特用虛文優臣下，亦以謀謨所出，動關治忽，必敷奏淹晷，往復暢論。君推誠以詢其臣，臣盡智以復於上，然後裁决幾務，莫不曲當耳。至秦而此禮遂廢。故後世君臣之情多隔，退而上章，奏牘繁多，動致寢閣，事機叢脞，往往由此。臣愚以爲坐論不能復於大廷，且當復於便殿。每日朝罷，别行召對，自京朝官或方鎮、監司入覲者，分日引數人召問輪對，詢以朝政得失，人才賢否。四方水旱，宜以何策銷弭？奸宄反側，宜以何策削平？當今設施，孰爲先後？所掌職業，用何報稱？必使盡言無隱，察其口奏，即知其人才略之高下。有計畫稱長者，徐加任用；其依違飾匿者，即予屏退。皇上亦藉是以周知天下事。昔苻堅之於王猛，周文帝之於蘇綽，唐太宗之於魏徵、馬周，後周世宗之於王樸，宋太祖之於趙普，動必相咨，日夕謀議，莫非戰勝攻取、開濟太平之大務。夫此數君者，得一二士焉，猶足以富國强兵，坐致升平，而况廣羅俊傑、合群才以濟務，夫何患之不除，何功之不就哉？

一曰開特科。歷代選舉賢才，蓋亦多途，近世專之於進士一科，而尤重者詞臣，此可謂偏而隘者矣。夫務浮文者少實用，故大度之士，羞語詞章，往往韜晦深沈，欲求致遠，不屑以科目進，即黽勉就試，亦多見黜。何者？今之所尚其取於士者，不過摭拾虛談，揣摩聾病，曾雕蟲之不逮，此宜雄俊英邁之士，掉臂而不顧也。今誠能破除積習，不時舉行特科，招徠異士：上者，將相文武之才；次者，明於理國安民，能任股肱，熟於古今事變，可備顧問；又次者，文章典則，議論剴切，足充制誥臺諫之選。或發策試之，或使自占所長。又令内外臣工，博訪下僚及草澤有異才者疏薦之，先觀其言，隨試以事。則懷奇淪滯者，皆望風奮躍，争赴闕下，此必有負鼎飯牛之佐，起而應側席之旁求者矣。

一曰先下金陵。方今海内幾於無地無賊，然用兵有先後，其急宜誅討者，粤逆也。粤逆蔓延遍東南，然竊據形勢，巢穴所在，實惟白下。則先宜拔者，金陵也。夫逆之初起，不過山谷跳梁，一良有司或一健將足以制之，無難事者。而縱之出柙，狂噬横奔，委赤子數百萬於猰貐豺貙之口，致文宗顯皇帝震驚於上。及皇上纂緒，而凶渠猶未就戮，斯則前此視師大臣與疆吏喪師誤國之咎也。其後楚南人材奮起，提金鼓而伸大義，人百其勇，屢挫賊鋒，遂復楚皖淪没之地，築鯨鯢爲京觀，拯生靈於水火，可謂功冠一時矣。然頓兵皖境者，又五年於兹，夫賊非無可乘之隙也，我非無可用之師也。謂敵方衆，我軍單而餉竭，未能建深入大舉、掃穴犁巢之計。昔隋文帝但用一楊素，而悉平吴越交廣之寇；唐高祖但用一李靖，而悉平吴越江淮之寇。豈必數十萬之衆，儲數年之軍資而後發哉！在乘機用奇，先聲後實而已。今粤逆之强且衆，孰與隋唐東南之群盗？不聞當時素與靖躊躇不進也。且粤逆倡亂，已逾十稔，驍渠悍酋，死亡略盡。今所迫脅，大抵齊民，日夜思歸，動易解散。我據長江上游，彼無從掠取糧食，勢不能久；彼又悉其衆力，萃於兩浙，迫狹近海，譬猛獸自投陷阱。度其留守金陵，必皆老幼，不堪戰鬥，我若水陸馬步，乘虚疾下，師抵石頭，一鼓拔之矣。既掘其根株，彼無歸路，即傳檄豫章，合力進擊，蹴之於海。先檄閩中水師，伏於甯波並沿海等口，前後夾攻，賊飛走路絶，一戰可殲。此東晋滅盧循之策。粤逆既殄，四方盗賊聞之，不攻自潰，故曰莫如先下金陵。今熟視其淫名僭號，據形勢財賦之區，睢盱自若，毒威肆虐，使江表黔首，慄慄如於死地，無所控告，久且不復知有朝廷。而我猶按兵坐甲，不遣一人一騎至城下，聲罪致討，視若敵國外夷者然。夫一日縱敵，數世之憂，且賊之勢可以衰而復振，我之餉愈以久而益匱，恐欲畫疆而守未可得也。伏乞飭下江皖任閫寄者，會集將士，刻期東下，直取金陵。金陵下，而粵逆之亡計日可待，其餘他盜，皆可折箠笞之耳。

一曰宜早備秦豫。今天下兵力及將帥有才望者，皆在東南及燕齊矣。而豫州居九州腹地，秦中號爲天府，苟幸無寇，偷過目前。自軍興以來，未聞選才臣名將治師其間，以彈壓遠近，待緩急之用。臣愚以爲宜擇大臣有文武方略者，建節秦豫，如古之招討、宣撫，合兩行省爲一，專以勵兵講武爲事。豫州扼河而守，則賊不得渡；即渡，吾引師躡其後，彼必狼顧不敢深入。就令深入，燕齊之師戰於前，秦豫之軍躡其後，賊必殄盡矣。秦守陜、洛、崤、潼之險，無令賊得正目而窺，則雍涼安堵，三晋晏然，九邊諸關鎖鑰皆嚴。今不早計，因循恬嬉，萬一捻賊粵逆連衡衝突，秦豫瓦裂，燕齊之禍必重。不見元明季世之事乎？故臣謂宜用重臣，治兵秦豫。募兵十萬，歲需餉銀不過二三百萬，日夕訓練，足成勁旅，所向無敵。高可建勤王翼戴之勛，次可爲四方助討不庭。及今圖之，固未爲晚。夫事有似緩而實急、似費而實省者，此類是也。伏乞下臣議，博問廷臣，如策尚非謬，便早行措施，庶無貽他日之悔。

一曰外吏宜量擇才用。竊見比來閫臣，察行間有功者保薦於上，一切多擢用文職外吏。大者任監司、陳臬事、管藩條，甚者且開府連圻，下者除守令不勝計。夫當其在軍中，雖能率先士卒，摧堅陷陣，殄戮鯨鯢，收復城邑，酬其功勛，宜加優賞。但當制爲虚級，如秦時左右更、左右庶長，漢時亭侯、鄉侯之類。擇其功多者處之，其次厚賜金帛田園，亦足慰其志願。若有才兼文武者，固可持節治民。若其不諳文法，不習民事，不當一概責之以簿書、民社，與夫察舉僚吏及庶獄庶慎之是勤也。夫才各有能有不能，違才易務，必多繆盩，徒令奸胥乘間生其高下之心，而小民終不能蒙纖毫之利也。自今請飭下閫臣及部臣，凡陣前立功將士，非明吏治者，則第以武功爵及金帛酬之。俟賊平罷兵後，更加優敘，崇以虛階，庶於賞功安民，兩不相戾。

一曰行營宜寬減榷算。夫兵爲生民之大蠹，方倚以平亂，則兵又不能不用，然而用財不可勝計。芻糧器械之屬，非財莫濟也；購賞間諜之類，非財莫贍也。今各行省往往苦賊，凡專征及大小將校皆有行營。所據皆荒殘之壤，府庫告竭，轉輸不繼，於是括往來商旅，以充軍租，號曰抽取釐金。在在設局，委士人司事。其始膺辟聘者，多激於忠義，廉介自持，軍不乏餉，頗得其力；後則稍稍視爲利藪矣。密網峻文，甚於羅畢。商賈有脱漏者，則罰至十倍數十倍，往往有罄貲傾橐，尚不免於縲絏鞭樸，或坐以軍法。水陸要津，公局森列，皆設炮艇刀仗，以威劫制之。留難搜索，道路以目。末流之弊，乃至於此。臣愚以爲方今榷算萬不可罷，其留難苛虐及重罰巧陷等弊，概予寬豁。且請飭下各行營將帥，凡榷算司事，必選用廉正之人，急收將散之民心，則人懷敵愾，賊不難平也。

疏上，諭曰："張亮基代遞京員封事一摺，湖北在籍刑部主事王柏心《進呈經論》及《應詔陳言》各一摺，因張亮基路過荆州，求爲代遞。言皆忠告，具見悃忱。所呈《伊訓》及《太甲》要語經論八首，即着弘德殿存記，以備乙覽。其《應詔陳言》八條，内所請'開特科'、'寬榷算'二條，着各該部妥議具奏。其餘六條，分别内事外事，所言亦多可采，着留中備覽。"

九年，丁母憂。十二年，卒於荆南講舍，年七十五。柏心爲學務歸篤實，生平瓣香范文正，隱然懷用世之志。少游京師，前湖北按察使唐樹義見其文，奇之，謂人曰："子壽乃叔度、林宗之儔，非今世人也。"前湖廣總督林則徐聞其名，禮致之，許爲國士。其爲文經術湛深，議論純正，悉有關於倫紀風教之大，學問心術之微，海内名流，争相傳誦。所著有《樞言》上下卷，《導江三議》一卷，《漆室吟》八卷，《百柱堂詩》八卷，《詞》一卷，《子壽詩鈔》六卷，《螺洲近稿》六卷，《文稿》二十卷，纂修《黄岡縣志》十六卷，《東湖縣志》十二卷，《宜昌府志》十六卷，《當陽縣志》十八卷，《漢陽縣志》二十卷，《臨湘縣志》十四卷，《監利縣志》十二卷。晚年四方求文者益多，日不暇給，以詩文就正者踵相接，殊無厭苦。卒之夕，猶挑鐙起草，蓋自少至老，未嘗一日釋卷云。

光緒二年，禮部題請入祀鄉賢祠。五年，陝甘總督左宗棠疏言："前刑部主事王柏心，素以文學見重於時，爲臣素識。咸豐三年，臣從已故署湖廣總督張亮基在鄂，柏心與臣同居幕中，見其籌筆從容，算無遺策，心誠傾服。後臣移督陝甘，師過黄州，郵書訂其漢皋途次一見，詢以關隴山川形勢、用兵次第及時務所宜先者，柏心罄所知以告。蓋嘗入前雲貴總督林則徐及前陝甘學政侍郎羅文俊幕，遍歷關内郡縣，輿程日記，歷歷可稽。其於漢回兩種人習俗性情，知之尤審也。臣去湘已久，親故聞臣將有萬里之行，來鄂渚省視，言及關隴情狀，多爲臣危，柏心獨不爲然，臣爲之氣壯。後此三道進兵，堅持緩進急戰之議，亦柏心有以啓之。其學問深邃，識略超群，足達其忠愛之意，非時賢所易及。可否仰懇天恩，飭將刑部主事王柏心宣付史館立傳，以存其人，俾士之矜尚志節者，有所觀感，於世教不無小補。"

疏上，諭曰："左宗棠奏請將故員事迹宣付史館一摺，已故刑部主事王柏心學識過人，熟悉山川形勢。左宗棠督師關隴，多資其議。着照所請，將該員事迹宣付史館立傳，以資觀感。"

陝督左奏入史館疏

欽差大臣、督辦新疆軍務、太子太保、東閣大學士、總督陝甘等處地方軍務糧餉兼理茶馬管巡撫事、二等恪靖侯加一等輕車都尉、臣左宗棠跪奏：爲已故軍務人員，志節可傳，伏懇天恩，宣付史館，恭摺仰祈聖鑒事。

竊維治軍以求才爲急，方略必資儒碩，經武厥賴英才。蓋必志節著於平時，其體已立，故事功見於當世，有用必行。善觀人者，正不在乎事爲之末。彼夫工於論辯，惟知獵其華者，不足以言儒；徒尚氣矜，不知養其勇者，不足以言武。功名之際，志節存焉。非華士之彬鬱，粗才之猛厲，所可襲而取也。臣湘水寒生，於當時賢豪，少所結識。初參戎幕，繼領兵符，自忖學殖荒陋，無補時艱，亦惟藉助同心，匡其不逮。所與商略軍事，始終攸賴齎志以歿者，約有四人。其成就之大小，志事之顯晦，各有不同；而立身本末，均有可觀。在臣軍營，多所裨贊。雖人往風微，而回首舊游，每耿耿於懷，未嘗一日去諸胸臆。謹撮舉梗概，約略陳之。

前刑部主事王柏心，湖北監利人。素以文學見重於時，爲臣素識。咸豐三年，臣從已故署湖廣總督張亮基在鄂，王柏心與臣同居幕中。見其籌筆從容，算無遺策，心誠傾服。後張亮基調撫山東，臣與王柏心同舟而歸。過其所居薖園，王柏心盡發所著録十數種見示。其早年所刻《樞言》一書，於歷代興亡、成敗、得失之故，言之了然，尤多可采。時則東南鼎沸，群盜縱横，王柏心作《漆室吟》自寫憂憤。當事延致戎幕，概辭不赴。胡林翼撫鄂，請主荆州講席，書緘往復雖勤，然未嘗一詣省會也。臣在閩浙，音訊時通，未得一晤。移督陝甘，師過黄州，郵書訂其漢皋營次一見。築營甫成，王柏心適至。詢以關隴山川形勢、用兵次第及時務所宜先者，王柏心罄所知以告。蓋嘗入前雲貴總督林則徐及前陝甘學政侍郎羅文俊幕，遍歷關内郡縣，輿程日記，歷歷可稽。其於漢回各種人習俗性情，知之尤審也。維時臣去湘已久，親故聞臣將有萬里之行，來鄂渚省視，言及入關度隴艱險情狀，多爲臣危者，王柏心獨不謂然，臣爲氣壯。後此三道進兵，堅持緩進急戰之議，亦王柏心有以啓之。其學問深邃，識略超群，足達其忠愛之意，非時賢所易及也。旋卒於荆州講舍。

竊慨天之生材不易，士之才而獲底於成，卓有表見，亦良非偶。若王柏心之嗜學，不求聞達，志在匡時，皆臣軍所不數覯。而或遇之遲暮之年，或失之相需正殷之際，該故員不克多所建樹，以竟厥施，實有耿耿於懷不能自釋者。可否仰懇天恩，飭將已故刑部候補主事王柏心宣付史館立傳，以存其人，俾士之矜尚志節者，有所觀焉，於世教不無小補。不勝悚惶待命之至。

謹據實具奏，伏乞皇太后、皇上聖鑒，訓示施行。謹奏。

光緒五年三月二十二日專差拜發，光緒五年閏三月二十三日内閣奉上諭："左宗棠奏請將故員事迹宣付史館一摺，已故刑部主事王柏心學識過人，熟悉山川形勢，左宗棠督師關隴，多資其議，着照所請，將該員事迹宣付史館立傳，以資觀感。欽此。"

右疏内所言，約有四人同時合奏宣付史館：安徽潁州府教授夏公炘，安徽當塗縣人。次先螺洲公。中書科中書吴公士邁，湖南巴陵人。翰林院編修吴公觀禮，浙江仁和人。

鄂撫請入祀鄉賢疏

湖北巡撫臣翁同爵謹題，爲公舉入祀鄉賢祠，恭疏具題，仰祈聖鑒事：據署湖北布政使王大經詳稱准前司移交，據荆州府知府倪文蔚轉，據署監利縣知縣朱宗濤詳准儒學牒，據孝廉方正胡大任等呈，稱：

邑故刑部廣西清吏司主事王柏心，列職秋官，分猷獻典，望重斗北，教衍荆南。子道與師道兼隆，治術偕學術并茂。源窺洙泗，宜報馨香；業述朱張，克光俎豆。

惟比部太原右族，楚地名宗。生秉奇異之姿，長嗜典墳之籍。藻芹甫掇，廩餼隨叨，發軔龍門，三年養健，先聲鵬路，一旦沖霄。道光二十三年癸卯鄉試，中式第十一名舉人。高攀蟾桂，雅賦鹿蘋。爐九轉而純青，紵三升而脱白。蕊宫唱曉，鵬翼奮飛；杏院探春，馬蹄得意。二十四年甲辰會試，中式第一百九十四名進士。名旋題於雁塔，彩競耀於鸞坡。乃承北極之恩，俾視西曹之政。素識嫻夫讀律，學無愧於引經。白雲參清獄之權，仁施犴狴；丹筆懋明刑之績，德種桁楊。方襄治於棘廷，已馳聲於華省。

而乃瞻雲志切，愛日情殷，遂辭簪組之榮。顯揚克遂絲綸，寵被雙親；滫瀡能供菽水，歡逾列鼎。戀庭闈之色笑，羝乳縈懷；延耄耋之春秋，烏私養志。膳羞必潔，生事則婉以承顔；哀戚無忘，廬居則老而猶慕。况復誼深雁序，感重鴒原。推肥有趙孝之風，讓産高薛包之義。子瞻愛弟，師友相兼；温公事兄，敬恭可式。田氏三荆足比，姜家大被無殊。俄同氣之先凋，撫遺孤而尤厚。馬伏波特嚴訓誡，成就兄子居多；第五倫無間親疏，恩勤弟妹不少。斯皆彝倫之敦篤，愈信孝友之肫誠。

當夫解綬以還，遭時多故。初則頻年水潦，因之載道流離。屢爲大府而陳詞，恒頒賑貸；屬有名公之饋粟，舉活鄉閭。繼以癸甲之交，猰貐方盛。每撫膺而動嘆，輒蒿目以增憂。思宏濟於艱難，頻出山中計畫；資贊籌於餽餉，早清宇内塵氛。時則民困未紓，漕章久紊。指陳利害，片言藉以除苛；屏退奸回，群小因而見睨。一方戴德，萬姓更生。由其大義素明，是以隨施悉當。

迨至元書鳳紀，慶際龍飛。仰紫殿之崇登，抱丹忱而抒悃。陳言應詔，鸞綍褒嘉；史冊垂型，鴻名不朽。足徵寵榮於殊遇，益彰忠愛於儒臣。至若收族敬宗，本根是庇；扶危濟困，長厚咸欽。勤解推而誼重故交，喜獎譽而拔先貧士。倡修試院，成廣厦於萬間；助葺鄉黌，昭隆綱於千古。培後起以崇賢哲，俾績詩書；捐遺産以惠士林，永儲膏火。誠哉善難枚舉，德實樹滋矣。當事以模範可師，聘徵特致主講荆南書院。爾乃緇帷闡道，絳帳傳經。術業惟重本原，教誨必先根柢。簡編永日，著述維勤；鐘鼓聞聲，講論不倦。肅廉隅而却執贄，人自濯磨；周寒畯而出束脩，士知感激。聆其風者，胥懷景仰；受其範者，群奉儀型。問字時來，從游日衆。廿餘年久資化育，推郭泰爲人師；七邑士共沐甄陶，皆胡瑗之弟子。凡茲模楷，罔不尊崇。物望所歸，明徵斯在。勒諸旂常而不愧，訪之桑梓而同稱。宜躋崇祀之班，允協鄉賢之位。爲此備呈節略，公詣鱣堂；尚旂加牒勘詳，上申鳳闕。庶幾藝林矜式，知有偉人；聖代旌揚，洵無缺典。

等情由學查明取造，事實册結。牒縣齎府，遞加印結。由司詳請，具題前來。該臣看得監利縣已故刑部主事王柏心，性敦孝友，學有本源，春榜書名，秋官著績。辭郎曹於早歲，志遂烏私；主講席於名山，經傳鹿洞。纂書徵信，歐陽子蓄道德兼擅文章；應詔陳言，范希文居江湖尚憂廊廟。疏巨浸而利興水道，百千艘共沐恩波；上大府而弊革漕章，億萬姓永叨惠澤。洵屬言坊行表，足裨國計民生。既協輿評，宜邀祀典。據該府縣學查明取造，事實册結，由司詳請，具題前來。

臣覆查核無異，除册結揭，移部科外理合，會同湖北學政臣王文在合詞恭疏具題。伏乞皇太后、皇上聖鑒，敕部核覆施行。再湖廣總督係臣兼署，毋庸列銜，合併陳明。臣謹會題請旨。

禮部准入祀疏

禮部謹奏：爲議覆名宦鄉賢事。光緒二年，禮科抄出湖北巡撫翁同爵等疏，稱已故刑部主事王柏心，性敦孝友，學有本原，請入祀鄉賢。奉旨該部議奏，欽此欽遵，到部查例，開崇祀名宦鄉賢。該督撫會同學政，每年八月前具題，并將事實册結，送部詳覆。於歲底彙題，確核事迹。倘名實不能相副，及僅以人品學問空言譽美者，即行指駁。又子孫現任九卿，祖父不得題請入祀名宦鄉賢。果有鄉評允當，政事人品足爲矜式者，仍俟其子孫身後，再行辦理各等語。

今該撫送到事實，内開已故刑部主事王柏心，湖北監利縣進士，以省親歸里。掌教荆南書院二十餘年，其學主於篤實，務求有用。咸豐間，奉旨在籍辦理團練。當道諸人咨以軍事，知無不言。同治初元，呈遞《尚書》八論、封事八條，奉旨嘉許。其餘有裨時事者，言之深切著明，悉可施行。官京師一年即歸，侍色養垂三十年。遭父喪，哀痛倍至。大吏先後疏薦，皆以母老辭。居母憂，年逾七十，終制猶有戚容。兄弟七，析居早。館穀所入，竭力以助。弟先卒者四人，爲撫遺孤，皆成立，待諸從侄亦如之。其師殉難武昌，家貧，懸諸都門，時恤其困乏，視其遺孤尤厚。有友貧死漢皋，爲經紀殯殮，告其家，扶柩歸。至故舊貧乏，或其子孫無以自存者，皆殫竭以助。若有急難，救益力。道光己酉，巨浸爲患，升米百錢，道殣相望。故官有米百石，減價平糶，轆轤運轉，錢盡乃止。以臨湘之佛嶺祖遺茶山，捐入書院。咸豐丁巳，鄂省新復，瘡痍未起，與巡撫胡林翼商辦漕務，百年宿病悉除。若勸助軍餉，修復邑中文廟暨省城貢院，皆爲之倡。極重忠節。憫前明張文忠後裔多貧失學，爲擇十世以下孫勸就塾。倡捐，集同人輸金爲肄習資。生平撰述，如《樞言》等書，凡十數種。四方求文者，日不暇給。蓋自少至老未嘗一日釋卷云等語。

臣等公同查核，該撫請將已故主事王柏心入祀鄉賢之處，係屬名實相副。謹擬准其入祀鄉賢祠。恭候命下。臣部行文，該撫遵奉施行。所有臣等遵議緣由，謹援照成案，改題爲奏。爲此謹奏。請旨。光緒二年十二月二十五日具奏。

本日奉旨：依議，欽此。

百柱堂全集序

道光之季年，子壽在京師，余時相從飲酒賦詩，泛言天下之務。是時宣宗在位久，法度具備，務以安静，休養元元。英夷就撫之後，益重用兵，中外晏然，僉謂無事。子壽嘗深矉太息，抱無窮之憂。人皆迂之，以是特文人之習云爾。

子壽久以文章名海内，及解褐，以主事候補刑部，而年逾四十。二親篤老，刑名又非所樂，年餘即謝歸，居監利之螺山。已而賊出廣西，蹂躪東南，洞庭荆口之間，賊屢出没，購子壽甚急，走山中乃免。螺山去岳州僅一舍，隔江彌望，皆湖南山也。方賊披猖時，江湖騷然，遠近雲擾，余亦伏身窮谷，與子壽絶不相聞。居閒處獨念曩在京師游讌時，誠不意遽至此。兩人之聚散離合，益未敢知已。今年入都過螺山，訪子壽之居，故無恙，相見大喜，遂留縱談劇飲至夜分。酒間出詩曰《漆室吟》者，謂："余此壬子以來，感時述事之作也。"用兵之方略，與夫政理之要，皆見於是。前人無此體也。君於詩雄麗深博，源出漢魏，要歸於杜甫，奄有明李夢陽、何景明之長，余最所愛慕，及觀於是，又非徒筆墨馳騁，極文辭之能，世以君爲文人，傎也。以君之材，内而與廟堂之謀議，外而使從軍旅之事，其所建樹，必震耀當時。君既磊落自重，其遇晚而官又不高，不得行其志，乃遂絶意進取，寂寞於荒江曠野之中，狎麋鹿而侶魚蝦。遭時多虞，流離兵革，然而忠愛悱惻之意，須臾未嘗忘。身處荒遠，不能自致，獨時感激哀吟，舒其堙鬱，自比於魯漆室之女，重可悲矣。

漢唐以來，未有治平二百餘年，民物康阜如本朝者。户孳而寖貧，兵銷而寖弱，民俗薄，吏道偷，而封疆由此多故。雖盈虚消息，理數之自然，抑豈不關人事歟？天下之病，當其責者不憂，憂者不當其責，子壽前日之憂，既不幸而驗矣。今之所憂，亦徒垂之空文，天下之患何時弭，君之憂何時釋乎？子壽之髮日白，其殆將以是老也。夫既別，舟至天門，書而寄之，以爲序。

咸豐七年五月善化孫鼎臣

序

予嘗驅車大漠，歷曠原，寥天萬里，平望無際。俄飛塵蔽日，驚砂漫空，陣馬奔騰，驕嘶怒吼，人語不聞。輿子僕夫相顧失色，且駭且愕，憸心怵目。頃之狂飆頓息，氣和景清，遠樹遥天，蔚然一碧。乃嘆曰："此陸行之奇觀也。"又嘗浮長江，泛洞庭，溯澥水，峰巒插雲，波濤滚雪，湍聲石聲，澎湃噴激，忽晦忽明，晴雨萬狀。復嘆曰："此舟行之奇觀也。"

斯境也，予嘗於螺洲子壽比部之詩得之。比部負異才，童年即能詩，自少而壯而老，無昕夕倦，故所爲詩，雄宕有奇氣。同時竟陵劉子孝長、胡子子重，監利蔡子季舉，往來倡和。張楚軍顧其才，皆不逮比部。比部含咀經史，浸淫漢魏，高華匹太白，沈痛躋杜陵，盛唐以下耻弗爲。昌黎云"李杜文章在，光焰萬丈長"，比部有焉。性高澹，不樂仕進，雖釋褐登朝，而軒冕立脱，放迹江湖，卷懷槃阿，囊槖蕭然，自若也。然而才儲匡濟，名噪公卿。當粤賊迭陷武昌，制府楊公、中丞胡公，先後延比部參軍謀，固辭不果。所議合機宜，決一言無僨事。蓋其忠愛之誠，雖身處山林，未嘗須臾忘君國也，豈僅扢揚風雅，才名藉甚當時哉！

先是比部爲諸生時，與予訂交，終日論詩，旨趣無不合。迨壯游雍、涼、燕、薊，雲山間阻，嘯咏長通，奔騰澎湃，洵有如陸行舟行之瑰奇傑特者，益嘆比部之詩之縱横變化，直追盛唐，高乎其莫京，淵乎其莫測也。近聞比部感時諷事，悉託咏歌，興愈豪，集愈富，縱未經目睹，吾知其所造當更有深焉者矣。嗟乎！吾楚詩人若季舉、孝長、子重輩，相繼隕歿，惟比部獨存。予又以作吏黔中，數載不獲一見。憶曩昔良朋萃處，詩酒相徵逐，落落晨星，風流雲散，噫，可慨也夫！

咸豐十年春仲姻愚弟秋丞夏成業拜撰

序

余以商橫初夏，謁比部王壽翁於荆南講舍。茶香酒熟，晷繼旬淹，因得讀所著古文，皆兵興時語也。烽煙霧結，懷念絲棼，楮墨載宣，才華斯露，循覽既遍，乃從而識之曰：昔文饒正藩鎮之誅，採芻蕘於小杜；宣父取夏令之善，傳典則於繼周。言不爲乎一時，文有益於天下。昭章日月，獮薙風雲。霞綺橫空，金聲布遠。宜其并德功爲不朽，垂名譽於無窮也。

今觀比部諸作，指陳時勢，相度機宜，伏波米聚而山成，子房籌運而箸借，昌黎之論淮右，營平之料羌戎，不是過也，則有若上曾司馬、胡中丞，與羅方伯、李廉訪、郭太史、左兵部、胡儀曹諸書。述戰守之經，察營壘之變，南陽八陣，圖繪鳥蛇，渭水六韜，名兼豹虎，明正奇相生之妙，詳首尾互應之方，則有若《軍事臆説》、《事機臆議》、《行營事宜答客問》、《論四間》、《籌餉儲議》、《軍政擬上形勢制置》諸書。志狀述哀，質而不俚，序記陳事，簡而能該，本議論爲鋪張，寓規匡於頌禱，唐宋碑銘之約，史漢論贊之嚴，友朋離别之箴，山水眺游之契，離形得似，異曲同工，則有若陳西樵、劉孝長傳，唐方伯行狀，李肅愍、姚春木墓銘，祭李中丞、唐方伯文，送馮展雲學使序，其尤卓卓者也。夫韓蘇文詞之美，鼂賈奏疏之良，所以登之金匱石渠，列於甲籤乙部者，豈徒貴其才高一代，稟具萬夫，唾珠玉於行間，走龍鸞於腕下，俾童蒙可拾香草，學士競繡帨鞶哉？本生平所抱負，度時務之緩急，鐃鐸宣乎億兆，雲雷筮以經綸，即令遇知當年，猶將理伸後代。諸葛寫申韓之語，魏相條舒錯之言，眉山校吴郡之篇，平津拾長沙之議，曠世相感，古猶今也。奚獨靳於是編？某引繩無當，汲綆不修，夏蟲井蛙，自拘冰海，日光玉潔，親接斗山。一縱一橫，侈漢廷之偉辨；九天九地，含吴國之名經。蕩滌塵囊，增張遠旆。綺文心織，齊看錦繡風舒；雲笈手披，願借薔薇露浣。

比部所製，尚有《樞言》廿餘首、《漆室吟》數百章。韓筆杜詩，波瀾莫二；荀鑒徐論，旨趣能兼。聞正始音，續典型於大雅；歌陽春曲，久膾炙於名流。無藉揄揚，故不復述。

長陽譚大勳

王文貞先生文集序

子壽先生自號曰“螺洲”，晚年一號曰“藹叟”。其卒也，門人私謚曰“文貞先生”。生平著作梓行者，有《樞言》、《導江三議》、《漆室吟》、《百柱堂詩稿》，其散文、駢文、賦、詞、雜著皆有待。

夫先生少而窮經，長喜讀史。其於子集，則自周、秦以下逮兩漢、魏晉、六朝、唐、宋各名家，手披目覽，成誦在心。故其爲文，鎔經鑄史，發采揚華，譬之滄溟總百流而爲深，譬之泰岱小天下而爲高，其氣沖牛斗，其光接日月，由其蘊蓄者厚也。然第即此而論先生之文，臺閣鴻儒，山林碩士，皆知其不誣矣。而先生之實際，則又有深於此者焉。

夫先生曠觀往古，盱衡當世，方禍亂之未興，衆人不憂而先生獨憂之深，《樞言》所由作也。及禍亂之已彰，勇者竭其力，智者盡其謀，卒賴以滅盜賊。其功之大小不齊也；朝廷之賜予，亦有厚薄之差等焉。艱難共濟，爲不虛矣。先生隱處山林，可以囂然事外，而乃獨居深念，百計圖維，揣山川之形便，論將帥之材能，度勢力之强弱，計歲月之遲速，旁及財賦，咸代爲籌畫，寓書發策，遍走當道。以故胡文忠公曰：“願北面而執弟子禮。”左文襄公曰：“凡所設施皆出智囊之餘。”今讀其集，經濟有獨長焉，文章云乎哉？《應詔陳言》，内外悉詳；《經論八首》，仰希阿衡。其自命爲何如耶？當時名公薦先生者，不一其人，皆堅謝，獨以奉母爲樂。夫有其功者收其效，盡其力者食其報。先生雖未獲登廊廟、膺爵賞，而入祀鄉賢，史館立傳，不可謂不榮矣。

今者去先生之歿二十餘載，其哲嗣及孫皆已故，存者惟嗣孫暨曾孫，門下士歿者亦居其半，未歿者已非少壯，其未梓行之著作，可不急謀乎？於是寓書於夏孝廉楚卿曰：“此不可緩，急宜圖之。”楚卿曰：“諾。”乃鳩工而新梨焉，庶幾可以副天下之望矣。至於手民之工與拙，亥豕之有與無，編次之當與否，在所不計。惟存其文，即存其人，斯則區區之意耳。後有慕其風者，不難即是而釐定之，則余之大願遂矣。

時光緒二十三年季春月門下士聶定焜謹叙

百柱堂全集總目

卷十一

詩丙午

卷十二

詩丁未戊申己酉

卷十三

詩庚戌辛亥

卷十四

詩壬子癸丑

卷十五

詩甲寅乙卯

卷十六

詩丙辰丁巳

卷十七

詩戊午己未

卷十八

詩己未庚申

卷十九

詩庚申辛酉

卷二十

詩辛酉

卷二十一

詩辛酉壬戌

卷二十二

詩壬戌癸亥

卷二十三

詩癸亥

卷二十四

詩甲子乙丑

跋

先大父螺洲公，生秉異資，讀書五行俱下，年十五入邑庠，一時名宿爭與之游。少喜爲詩古文辭，爲之輒工。四方來求者，日益多。久漸成集，自丁酉至癸卯，所著詩曰《子壽詩鈔》，陶鳧香觀察一見大悦，出橐金序而刻之。甲辰成進士後，所著益夥，迄於辛亥曰《螺洲近稿》。壬子兵事起，吾鄂當其衝，輾轉徙避，感時憂事，未嘗廢吟，綴其詩止辛酉曰《漆室吟》。又編壬戌癸亥甲子乙丑四年詩曰《壬癸編》、曰《甲乙編》，後又綜癸酉以前壬戌以後詩總名曰《百柱堂詩稿》。其所著古文辭有《樞言》上下卷，《導江三議》一卷，文集若干卷，駢體文若干卷。其少時所著《秋詞》一卷，曩爲遵義唐威恪公出資代刻者。又晚年酬應之作，如《壽序》等篇，向未編入集中，有不可没去者。又其他殘零碎篇，有可辨識者，及已經刊刻如《詩鈔》、《漆室吟》、《百柱堂詩稿》、《樞言》、《導江三議》者，今并遵公編年之例，重加編校彙而存之，名曰《百柱堂全集》，計詩二十八卷，文二十二卷，詞一卷，附録一卷，通共五十二卷。

光緒十有八年歲次壬辰三月孫傳喬敬識

卷一　詩 乙酉丙戌丁亥

登荆州城西樓

野色蒼然擁郡樓，雄城獨上迥含愁。雕盤大纛黄雲落，馬散荒壕白草秋。落日金笳多塞曲，健兒身手學幽州。清時防禦原無事，不廢西南設險謀。

曉　渡

横跨赤龍脊，飛行絶羽翰。戲將紅日弄，擲作紫金丸。

九日登大别山

蒼莽山風亦壯哉，振衣長嘯半空迴。三秋楚塞雲飛動，萬里吴天水劃開。寥落鄉心覊雁少，縱横沙氣野鷹來。不須更問浮名事，爲客重陽最可哀。

贈　僧

招提在人境，只訝白雲深。一徑蹋黄葉，微聞清磬音。安禪龍不擾，窺客鶴無心。未覺談詩倦，蒼烟起夕陰。

寄蔡季舉乾州

年少浮湘擁劍游，蕭條蘭芷渺余愁。五溪風急烟霜闊，七澤天寒日夜流。雁嗷驚沙沈塞壘，雕窺孤月下邊樓。知君聞笛離懷起，望盡楓林泪未收。

寄贈劉孝長二首

游鶤乘迅飆，振翮運九州。巨鰲擁蓬萊，策足滄海流。君本豪俊人，當挾風雲游。漢廷盛文藻，翩翩金馬儔。賈生獨沈抑，長卿客諸侯。坐令璠璵寶，委棄未見收。岧嶤白玉閣，削起空中浮。駕言阻河漢，褎褎濡雙輈。蒼龍挽長轡，西匿崦嵫邱。佳人攬芳蕚，青陽變爲秋。寂寂滯遥夜，悲哉年歲遒。

高樓跨江表，秋色空中迴。與君此握手，顧盼何雄哉！縱横振英辨，豁達肝膽開。河梁一以别，望望參辰乖。驚沙蕩白日，悲風寒門來。蒼鷹下平楚，離雁江海哀。登高望八荒，仰見浮雲頹。奄忽逾千里，不能稍徘徊。人生非草木，安得同根荄？咄嗟撫雄劍，何時生風雷。念我慷慨侶，北走燕昭臺。都門滿群騶，帝閑需上材。子其逐飛電，高歌天馬徠。當令英聲起，壯我磊落懷。

送龔木民計偕入都

匹馬燕臺攬轡過，翩翩日下接鳴珂。漢廷亦奏《凌雲賦》，楚客能高《白雪歌》。塵路千山隨朔雁，天冰二月照黄河。薊門到處攀烟柳，回首離情夢若何？

送人還蜀

歸聽猿聲灩澦堆，寒雲捲盡萬山開。空江不見孤帆影，三峽浮波天上來。

甯雙梧以登雄楚樓見憶詩寄示賦此答之

故人高咏倚飛樓，動地風生宋玉愁。知舊飄零雲樹外，河山空闊古今秋。望中一雁音書落，夢裏雙龍劍氣浮。誰識仲宣徒弱筆，年來烟雨卧滄洲。

大雪偕潘芷裳登壺天閣

憑臨杰閣雪中開，何處茫茫是楚臺。地盡江懸高樹出，雲横天擁大荒來。巴邱寒影遥相倚，夢澤雄風莽自迴。莫訝飛揚多壯思，和歌難得郢中才。

題鐵裟上人戴笠看山圖

修蘿絡石風吹衣，老木連蜷迴新姿。絶壑往往游緑羆，老鶻墜巢元猨啼。衝來一笠如鳥飛，奇景稍縱愁莫追。阿師此圖何淋灕，邀我作歌張一旗，云將側身窮攀躋。空山無人岩花垂，流泉暗答瑶琴絲，吟成入妙宛肖之。我聞遠公亦愛匡廬栖，趙州打包老不疲。入道必與名勝期，如師差可擔簦隨。瓮中嘆我猶醯鷄，雲山夢想空輖飢。夸娥之子呼不來，安得萬峰輦致隨鞭笞？何年却謝塵中鞿，借二茅龍空中騎，與師驂逐雲間嬉。青天蕩蕩霞作梯，蒼崖大字編斗箕，硬語一吐胸中奇。興酣還借豐隆椎，徑碎五岳如丸泥，翩然袖作卷石歸。

伏波將軍銅柱歌

天南荒服雄嵯峨，妖蛇毒虺相嘘呵。猥何女子煽攻劫，彎弓馬上揚雙蛾。天威震蕩剸小醜，桓桓將軍頭鬢皤。憑鞍顧盼謝天子，身擐朱甲援琱戈。雄師朝渡武溪水，仰見跕跕飛鳶過。天家將吏奉誅討，霧潦不敢爲灾疴。全軍深入據其阻，蒼鷹下撲百鳥窠。蠢爾游魂追旦夕，敢以腐鼠投太阿。師行萬里不血刃，朱鳶之浦安無波。百蠻款塞請内屬，一朝置郡開牂牁。遂遣壯士鏇銅穴，輦輸日致千橐駝。蜚廉捧爐豐隆鍛，屹立百丈無偏頗。赤霞倒射異采涌，燒空焰焰扶桑柯。東烏西兔憚奔突，逡巡攬轡回羲娥。銘功宣威刑牲祭，約以恩信期無佗。南人羅拜不復反，犬羊出檻鳥釋羅。爾田爾宅爾婦子，遣吏撫爾蠲煩苛。依漢如天吏如父，爾視此柱如山河。將軍功成不受賞，謗書盈篋言之訛。橐裝薏苡竟不察，豈有明珠須馬馱？平生裹革志已足，雲臺圖書甘蹉跎。偉哉此柱轡炎徼，俯視百峒猶幺麽。黎丁蘆笙夜跳月，花裙蠻女銀篸歌。老苔猩紅綉斑駁，一日澆柱三摩挲。鯨顛鰲抃金蟆死，此柱終古無銷磨。吁嗟將軍逝已久，夷人哀思雙滂沱。荒祠日暮擊銅鼓，椒漿薦之鸚鵡螺。靈旗彷彿捲甲渡，蠻江一夜逃蛟鼉。行人倚柱吊英魄，桄榔雨黑悲風多。

寄左季穎別駕

風捲牙旗夜月沈，當年檄草擅陳琳。歌來横吹三軍曲，老盡雄飛萬里心。寒雨天低雲夢澤，荒城春接洞庭陰。章華客思今寥落，安得登臺共我吟。

寄馬柏坪明府

章臺春草緑，遥接洞庭還。欲贈神仙吏，招來湖上山。晴雲當户滿，玉軫對花閒。爲想清樽夜，風流裙屐間。

答陳九香

客自滄江外，遠貽瓊樹枝。清輝比明月，顔色想同之。芳杜幽誰采，修蛾隱未奇。所思同棄置，感激爲良時。

郭山人畫馬歌

房精夜墮海西極，海雨茫茫蕩深黑。霹靂一聲摇海翻，毛龍浴海跋波出。天骨變化神行空，修鱗隱起拳毛中。矯矯逸性不可制，人閑羈絡難爲功。自非瑶池宴，誰控飛黄材？辰也何從睹逸足，破空落筆生面開。張之虚堂雪色壁，倏如飛電影滅没。怒蹄蹴踏波濤渾，天吴墜策睨且奔。迎風噴玉尾猶濕，一匹練已騰崑崙。墮地豈論秦越遠，逢時必濟英雄人。我今失志久頽放，對此倜儻心神王。寶鉸金纏待騄駬，駑駘却在黄金市。可憐紫燕儔，短轅垂兩耳。垂兩耳，日已暮，摧眉不向路人鳴，舉鞭誰識麒麟步。似聞流沙外，乃有玉山禾。雄心遂欲觀閶闔，閶闔九門横嵯峨。造父挽軛追羲娥，與爾飛轡凌天河。

秋懷四首

西風吹劍倚高樓，落日蒼茫萬里愁。星影臨關皆北向，河聲出塞更西流。穹廬低草牛羊下，大旆荒山鳥鼠秋。戍婦空簾今夕夢，應隨明月照涼州。

列燧嚴關赤羽紛，交河來往射雕群。沙光夜散輪臺雪，殺氣秋高瀚海雲。塞下蒲桃淪萬里，笛中楊柳動三軍。雄心獨指伊吾北，誰試樓蘭一劍勛。

金城屬國控西羌，倚劍崆峒自武皇。一旦封狼窺肘腋，長驅牧馬度河湟。旌殘洮水天陰黑，鼓絶葱山日氣黄。白首忠魂悲裹革，鬼雄應擊左賢王。

君王拊髀顧當朝，詔發材官促郡軺。中葉豈無周玁狁，成功須倚漢嫖姚。憑闗列障千峰峻，横海飛芻萬馬驕。計日皋蘭馳獻捷，垂衣三殿仰雲霄。

懷孝長

鳳城閶闔五雲開，放逐仍憐天下才。醉别西風燕市酒，心輕東海魯連臺。離情落木分飛後，秋色長江萬里迴。兩地飄零猶短褐，相望空有楚歌哀。

雙梧返自都門聞其以疾馳歸

文園歸卧病，楚客倦行吟。落日沱潛道，維舟楓樹林。昔余共尊酒，離别一何深。近覺征鴻少，凄其望遠心。

哭雙梧六首

萬身今莫贖，一慟事疑無。夢去河山邈，愁來天地孤。餘光塵劍没，大運壑舟徂。裂腦將何報，空捐壯士軀。君以癉疽卒。

醉辭燕趙客，揮策遂南轅。冷宦猶秋蒂，歸程即鬼門。銘旌秦博士，遺藁漢文園。從此登高罷，黄花不舉尊。

江南望江北，海氣暗重重。湖上尋西子，南峰更北峰。昔君挂帆路，聽盡六朝鐘。今日烟波窟，魂應戀短筇。

蕭寺題襟後，緘君蘭芷情。風塵如夙昔，江海若神明。昨歲歌零雨，高秋送客行。西州遺永恨，今在武昌城。

元經猶未出，葛帔尚憐貧。慟爾浮生夢，慚余後死人。素車遲雨雪，元壤斷音塵。宿草雖盈望，終無輟泣晨。

往者陳劉逝，秋舫殿撰海樹太守。驚君鬼録加。數窮來鵩鳥，歲厄在龍蛇。上界徵才子，高文掩國華。荆山奇氣少，埋璧竟長嗟。

同人泛舟陸城之蓴湖遂游三橋溯月而歸

群山圍一湖，湖盡山猶束。澗水從中來，劃破衆山緑。初日照輕舲，迴波漾春縠。來巘姿未呈，去岫態猶複。境寂不逢人，田磽兼少屋。鮮鷺照幽灘，静點一溪玉。林合水源窮，橋傾石齒蹙。高樹挂疏星，旋艫墜歡續。明月出萬峰，清光不可掬。却墮扁舟中，沿溪三百曲。孤塔雲間浮，端然送遠目。飛下一片雲，招我住幽獨。閲水愧潛鱗，企崖眷青鹿。空抱徂年悲，未授紫霞籙。永願掇華芝，栖冲寄雲谷。

暮游城三橋遇李花村置酒

輕舟無遠近，溯盡蒼山溪。溪流三百曲，直到大橋西。烟生遠岫没，天闊歸雲遲。暝投橋畔徑，始見幽人栖。張鐙出春瓮，浮緑如玻瓈。屋後望青山，皆與白雲齊。松間吐明月，始覺高峰低。回顧衆山影，散如流水隨。客醉覓歸艇，主起憐解携。依依月下影，散落松間蹊。旋舟一以别，岸轉山復移。欲望翠微宅，蒼然烟霧迷。

嘉祐寺

背郭萬株松，來聽松外鐘。天風吹不去，飛入白雲峰。言訪遠公宅，當門石氣濃。歸途一回首，漠漠夕陽重。

雲溪古松歌

雲溪驛畔松陰明，未至十里聞風聲。就中一株宋時植，上與雲氣争縱横。岳家軍建勤王幟，蕩寇南行經此地。憩馬思留六月陰，移根皆遣三軍吏。旋師松下奏鐃歌，白日光懸旌旆多。風動兵聲驅草木，雲開佳氣壯山河。山河鬱勃根株古，巢鶴千年作仙語。濤聲夜落洞庭波，黛色朝飛雲夢雨。行人長阪度炎天，不待秋風亦灑然。六時廣樂張空際，萬丈涼雲落馬前。樵童竈養來摧棄，愛惜無人年復歲。縱斧徒充爨下薪，繫牌猶帶官家字。至今冠蓋此途中，偃蓋連雲一旦空。非無蔽野千山木，惜少張髯萬壑風。萬口紛紛争嘆息，世間封殖終無力。池臺但寵一春妍，泥滓誰憐千丈質。翻覆由來不可量，奇材自古有摧藏。秦川秋雨悲青梓，夜火西風燼柏梁。即如此松委蕭散，萬牛回首誰能輦。得地當升五柞宫，遭時或入長楊館。憶昔能詩何舍人，遺株猶見兩三存。沿亭接堠多新植，盡是龍鱗舊子孫。感我停車泪如瀉，一株獨對烟榛下。月明野水吊啼鴣，日落荒山繫官馬。大樹飄零且莫哀，冬青未老六陵開。歌成忽覺蒼龍嘯，怒捲晴天風雨來。

春閨二首

花裏長啼掩翠幃，紅顔日夕夢金微。夢中纔識行營處，又報前軍夜合圍。

長安少婦畫樓憑，春日烟花照五陵。聞説鐵衣金渡馬，交河猶是去年冰。

邊　詞

羌笛乘春上戍樓，窮邊一夜滿鄉愁。海風吹送關山月，影落黄河入塞流。

古意六首

翩翩西北雲，倏忽東南游。所思羽翼短，安得無離憂。登高望長河，去水何悠悠。從風托我懷，日夜天邊流。美人杳何許，圜景忽我遒。亮無瓊樹枝，莫解飢渴愁。

瑶姬隱陽臺，容艷如朝英。動摇明月墮，被服彩雲生。君王夢不眷，所乏非微誠。峨峨章華宫，婉孌充後庭。寂寞巫山道，不聞宫車聲。十二緑雲峰，虚照江水明。春風過珠箔，樓閣花冥冥。日暮玉顔變，錦衾空復情。

高樓出花間，青天明月輝。當窗奏渌水，十五邯鄲姬。纖手未竟曲，斂怨顰雙眉。清歌揚哀音，中有離鸞悲。調急妾自苦，情傷人豈知。清風如有意，寄入雲間吹。君子處遐逖，聆聲當念之。

雲起蒼梧陰，日没洞庭浦。婉彼幽谷姿，行吟慕疇侣。明月隔汀洲，遥情不能語。南鴻今又歸，瑶華在何許？春水茫茫來，緑盡瀟湘渚。江花落微紅，東風吹山雨。獨立濕羅衣，無人寄芳杜。

爰居辭魯城，往觀蓬萊顛。道遇東南風，一夜揚波瀾。神魚鼓鬐鬣，空天青雨寒。中州望員嶠，白日何漫漫。飢來憚遠涉，琅玕未能餐。不睹金銀臺，心悲汨潺湲。

名工鑄寶鏡，瑩潔如秋玉。上鏤盤龍形，旁作千花簇。千金翡翠奩，裝置恐不足。臨當遠寄君，展拭重反覆。明月在青天，不照人心曲。此物照妾容，兼照腸斷續。想君回餘光，薄微蒙鑒録。

寄答張霞海漢陽

東風吹雨江花暮，波迷鸚鵡洲邊渡。一夜春潮接洞庭，登樓不辨尋君處。滄江草長緑迢迢，剖得雙魚報寂寥。天涯欲識離情苦，烟柳絲絲長短條。

憶僧談廬山瀑布之勝作歌寄之

廬山秀出東南陲，廬山瀑布天下奇。天風吹落銀河水，但見瑶雪晴空飛。我師滌盡塵千斛，曾窺石鏡漱寒玉。臨溪欲寄白芙蓉，招來五老雲間緑。憶昨逢師江上亭，高談月出冰雪明。眼中如接匡廬勝，欲落屏風九疊青。師今返錫卧深院，餘情猶作溪山戀。若夢當時洗鉢潭，應有白雲流片片。

麻姑升仙壇曲

霞衣玉女吹雲笙，芳尊桂醴香淺清。烟中翠鳳銜素字，開書知自王母庭。麻姑受訣煉金骨，垂髻春風吹緑髮。芙蓉秀靨浣脂華，炯若秋天中夜月。靈壇花落紅葳蕤，天門片片香雲飛。萬人齊唱升天曲，玉軿一去何時歸。紅泪熒熒謝親屬，銀河澹照仙蛾緑。紫臺幾日宴真妃，瓊芝長遍仙壇曲。壇中不見驂鸞人，壇下鷄鳴人尚聞。星冠羽帔今何處，夜夜靈風送碧雲。

赤壁歌贈劉五豫生之嘉魚游赤壁

落日欲渡江中來，長江走海東不迴。吴顛魏蹶一反掌，兩龍争戰安在哉？江花笑日年年發，石上血燐千載没。汀鷗不識劫灰哀，烟中片片飛輕雪。一帆送爾凌蒼茫，去若東南孔雀翔。曠代英名感年少，江山雄杰只周郎。慷慨由來燕趙士，知君釀酒悲歌起。賦筆黄州氣并豪，雄詞雙照滄江水。

别後書懷寄劉椒雲

我行楚澤雄風哉，火雲吹落章華臺。城南訪舊遇劉子，矯矯公幹西園才。柴車短褐隨人後，憐爾風塵半馬走。時逢杯酒憶燕山，安得姓名懸北斗。論交三子齊年齒，與君潦倒皆相似。魋顔蔡澤困泥塗季舉，黑頭我亦蘆中士。今時聖人朝明光，八紘頓網來麟皇。既聞鴻鵠出藪澤，亦有天驥游雲閶。誰令吾黨二三子，遭逢不得賡芝房。酒酣以往氣益振，飛揚宇宙何雄俊。平睨荆衡日月高，狂歌江漢波濤震。兼旬祖帳爲臨歧，愁咏河梁都尉詩。他年雄劍誰先躍，别後瑶華且莫違。秋聲昨夜落江河，高天萬里陰雲多。飛龍羽翼各乖去，奈此平地山川何。行嘆坐愁良會歇，銜杯飛下青天月。清輝一片遠憐君，流影難從關塞越。西風裊裊洞庭還，欲折蘅蘺路渺漫。知君雅擅劉安賦，寄我懷人桂樹篇。

録 别

炎歊爍金石，握手荒城陬。良會在俯仰，還轅大火流。遥憶起中夜，明月生滄洲。餘輝猶裵褢，燭我西南樓。歸鳥有接翼，念子獨離憂。西風閶闔來，吹落銀河秋。日暮駕車返，水深蛟龍游。黄鵠獨失侣，長鳴將何求？

哭家喈堂司馬三首

海上尋兜率，人間失歲星。猶龍疑惝恍，化鶴故精靈。尸祝欒公社，衣冠楚相形。萬家紛雨泣，椒茘薦微馨。

自綰簪纓日，長辭松菊關。短衣戎馬後，白首掾曹間。生有盟心水，歸無埋骨山。哀魂西顧夜，不化杜鵑還。

謝客西堂冷，鴻妻舉案嗟。血雛方在疚，飢羽況無家。素宦飄零葉，黄金聚散沙。楹書傳子弟，或望扇芬華。

卷二　詩 戊子己丑

題岳陽樓

樓上雄風蜃氣腥，東南日月壯空冥。一江捲雪趨雲夢，九水浮天入洞庭。漠漠蒼梧寒駐蹕，凄凄黄竹暮揚舲。鏗鍧不盡魚龍奏，廣樂虚疑下帝扃。

岳陽郡樓春望

迤邐巴邱折復迴，雄城分險亦崔嵬。山蟠遠塞巫滇接，江轉東流郢鄂開。野闊星依南極正，春晴天抱洞庭來。憑高更指荒城壘，躍馬公孫豈霸才。

寄籐盦開士

開士談經處，天花丈室深。洞庭風雨夜，暢以海潮音。秋壑裁詩骨，孤雲鑑道心。别來湘水緑，可有惠休吟？

答夏秋丞二首

浮雲自何所，吹上客中山。獨撫一長劍，浩歌天地間。衝風激林表，寒日暗江關。羈緒方搖落，非君孰解顔。

楚澤有鴻鵠，咸云六翮升。迴溪一失翅，羞彼霜中鷹。廣莫不吾與，雄飛安所憑。因君彈苦調，斫地和猶能。

送張霞海之麻城

歲晚征車發，東經楚塞山。浮雲漢陽郭，斜日穆陵關。重以窮途别，凄余壯士顔。冥冥天際翼，黄鵠幾時還?

酬劉延知二首

君家兩鳴鶯，發聲中歸昌。季子意尤遠，隱然苞采光。蘭襟一以締，爲我迴芬芳。良辰展燕婉，金石要不忘。别來若俯仰，關河凄已霜。回風激哀壑，陰雲結重岡。蒼鷹擊枯草，鳴雁翩且翔。還顧鶤與鵠，不得游扶桑。飄颻散中道，哀鳴滄洲旁。臨流寄涕泪，因之江漢長。

浮雲起飄忽，吹我遠行游。孟冬寒氣厲，客嘆未能休。衆芳避急景，志士懷苦憂。結璘不我竢，奄忽西南流。故人唱高言，皓首期前修。桂華蚤易蠹，橘實晚見收。感子勖令德，申章畣綢繆。

冬日偕夏秋丞入寶通寺遂陟洪山絶頂

夙企兹山勝，飛夢懸青松。孟冬徯我友，并轡郭門東。逾嶺望紺殿，就巘趨琳宫。盤紆百千磴，始得登高峰。群山如矯翼，掖我排鴻濛。楚關變落木，深谷來悲風。白日澹原野，四宇蕭然空。夢澤隱烟際，滄江流霧中。縱横百里外，唯見南飛鴻。倚崖涌孤塔，危構嗟何雄。惜哉未拾級，日暮聞孤鐘。長歌下山去，已有飛雲封。

洪山咏岳鄂王松

絶壁倒寒暉，天青風雨飛。如悲二聖轍，不化老龍歸。偃蓋旌旗影，蒼鱗戰伐威。楚天吹夢疾，山寺磬聲微。

寄蘅香兼憶季舉二首

潮動漢陽城，離尊此夜情。西風吹落月，客鬢老秋聲。脱葉争先下，冥鴻各自征。天涯朋好散，落落感浮生。

烟生連夏口，雲去暗章臺。各有雙龍怨，嗟無一雁來。西園冠蓋會，洛下弟兄才。揮手滄江後，空歌零雨哀。

懷郭山人

昨歲客巴邱，招君湖上游。芙蓉峰際雪，飛下洞庭流。雨雪今相望，荆州更鄂州。題詩遥寄汝，江外獨登樓。

寒夜吟寄季舉

月皎皎，風摧林；霜淒淒，北斗沈。沙鴻號，多離音，羈客感之罷玉琴，扣劍因爲寒夜吟。我所思兮章臺下，美人抱玉泣中野。迴飆急兮雲屯阿，江漢湯湯兮揚其波。鳳去林兮蛟失壑，飄摇無托兮將奈何？主父西游困不歸，淮陰仗劍鄉里欺。丈夫落魄有如此，何用仰天叱咤悲歌爲？故園雪花照天白，江梅片片吹君宅。長卿時著《凌雲》篇，揚雄自是草元客。我如獨鶴滯滄洲，西望行雲眇眇愁。雪中攀條儻見憶，爲余東寄武昌明月樓。

滋陽湖橋冬望

長虹亘天際，跨此百頃湖。荒波既已落，彌望無葭蒲。緬昔雄藩時，朱邸當其隅。冠山抗飛殿，激流環清渠。雕闌琢瑁碝，綉柱懸犀珠。凫鶴接羽下，雁鶩連群呼。上春照羅綺，素秋搴芙蕖。錦纜起黄鵠，文竿出鯈魚。美人揄長褏，清風相與俱。絲管噭明月，烟柳啼栖烏。回舡更置酒，平臺羅笙竽。時平盛荒侈，運去傷邱墟。荒井甃文石，耕人拾珠襦。殀央化黄土，不見粉與朱。悲風蕭瑟來，野火燒平蕪。壞寢穴群兔，廢苑鳴寒狐。頹陽下高阪，歌者來樵蘇。感此悼崇麗，百年忽已徂。何必雍門調，撫弦方欷歔。

鄂州旅次贈趙醴原邑宰

列緯依天光，良臣奮時會。起家文字間，殊忠竹帛大。達人繼岩廊，阿閣鳴鸞凰。長兄二千石，仲兄尚書郎。群從諸子弟，錦衣綰銀黄。出入乘厩馬，道路皆輝光。夫子生民秀，英聲起華胄。輪囷文梓材，不佐雲臺構。壯年獲一第，百里試爲吏。攬轡辭金門，剖竹當楚地。仁心覆編氓，下及喙蝡類。錦雉麥隴雊，春鳩桑田鳴。蒲鞭衆不犯，桴鼓宵無驚。至今所莅地，草木蒙嘉聲。昨者宰吾邑，下簾閉一室。酌酒援玉琴，東風吹花入。遂令耕鑿民，悉返羲皇逸。政成書下考，拂衣事幽討。鄂州山水區，菟裘吾請老。朝歌歸去詞，暮歌招隱詩。高卧披道帙，遺文撫尊彝。幅巾偶一出，落落商山姿。里人有蔡澤季舉，盼睞夙所許。賤子亦聯翩，歲星得親睹。翟公羅雀庭，二子輒披户。摧論風欲生，清談月過午。冲飆揚波瀾，征鳥落秋翰。執手相慰勞，却坐復長嘆。抱璧效塗乞，焉得不囏難。感此謝知己，紛欷欲出涕。起舞且爲歡，萬事皆流水。遠游不如歸，拙宦不如已。吴山連海流，海上白雲浮。洪崖附書至，日夕招公游。公留江鳥喜，公去江花愁。青天黄鵠舉，冥冥安可求？

懷木民江東二首

獻賦甘泉楚客來，一官難盡士元才。悲歌聲向幽燕滿，睥睨秋臨海岱迴。撫劍尚令雄氣動，驅車無那鬢毛摧。郢中諸子風流散，何日同尋濁酒杯。

故人消息坐迢迢，仙舄今聞度石橋。樓迥夜懸天姥月，海晴霞散赤城標。栖遲越嶠才名老，涕泪章臺雨雪遥。楚水悠悠正東下，將予夢入浙江潮。

武昌雪後登山獨眺

岧嶢直上俯層城，雪後雲銜楚岫清。江漢長懸天塹險，樓臺迴抱日華明。登山欲送將歸客，入郢空操奏曲聲。落木鄉關何處是，心隨一雁向西征。

寄家笛翁沔州

鳥道青天上，猿聲白帝西。雲山千里夢，衰病萬行啼。歲暮飢寒迫，天涯雨雪淒。頻瞻予季返，强爲一扶藜。季子潤甫尚在蜀。

寄訊楊海臣

憶爾草元地，蒼山屋後斜。寒鼯上深竹，凍鶴守梅花。彝鼎羅千古，圖畫足五車。幾時歸載酒，留醉子雲家。

送劉墨泉歸里

江水急潺湲，江雲去不閒。驚風殘葉落，孤棹一人還。士氣飢寒挫，天涯去住艱。鄉園梅蕊坼，一爲解愁顔。

送劉梧孫歸里

歲暮羈栖倦，逢君嗟又違。夢中殘酒醒，雪後故人歸。傍驛梅争發，還林鳥獨飛。誰憐江上客，鄉思坐依依。

武昌見月憶余大耕石

月華如積水，渺若洞庭深。正憶故人宅，梅花湖上林。清尊空復滿，圖影亦將沈。獨有南飛雁，寥寥傳遠音。

越女吟示于蕃

春水碧桃初，春風越女居。飛花看又盡，不嫁復何如？舞態閒金縷，啼痕掩翠裾。近來詢女伴，知爲畫眉疏。

懷蘅香兄弟

西風送客楚城秋，二陸翩翩未可求。事往共思河朔會，花時獨上庾公樓。渚宫雲擁巴巫闊，夏口天低江漢流。蘭杜青青如怨客，至今瓊珮渺芳洲。

送九香隨侍湘南兼有入都之行

早秋漢南道，斗酒罷離亭。及爾春風暮，重傾雙玉瓶。鬢毛殊少日，湖海易晨星。十日飛花路，君宜醉不醒。

忽發浮湘興，言從太史公。地連南極近，天入洞庭空。瑶瑟青峰外，芳蘺暮雨中。須令騷雅地，千載鬱詞雄。

作賦誇雲夢，題詩入帝州。佩刀河朔氣，匹馬薊門秋。趙李應相過，荆高或可求。長安好明月，一上鳳城樓。

四十黑頭顱，憐君手版趨。戲稱蠻府語，狂乞步兵厨。吟卷千篇富，官曹一事無。要津高舉者，丹轂豈吾徒。

武昌喜遇木民

東上秦皇封禪臺，赤城霞起望天台。驅車秋色西山遠，飛舃仙雲北斗來。萬里征蓬天外客，千秋白雪郢中才。相逢又作滄江別，甕醉高樓濁酒杯。

卷三　詩庚寅辛卯壬辰

匹馬秋風圖爲木民題

秋光照佩刀，驄馬五花毛。地入幽燕壯，天連趙代高。漢廷徵賈誼，蜀國貢王褒。詞賦雖難遇，馳驅亦自豪。

和子重雨坐武當宮竹間亭

空山君獨往，意適欲忘言。杳與古初會，不聞風雨喧。時吹一鐵笛，上激頹雲翻。儻見浮邱鶴，翩躚入九閽。

贈竹同子重

我有上清詞，龍蛇繚繞之。琅玕裁作笥，云是湘妃貽。古泪隱相積，青光遠更披。雕鐫終不滅，君看風霜時。

偕孝長子重看牡丹作

好春濃若酒，不遣醉如何？欲喚紫雲出，裹裹花下歌。暈浮朝雨淺，香泛午晴多。上客且安坐，韶光恐易過。

偕翟讓溪及孝長子重木民集歌笛湖樓

薊門歸騎此裵褢，清夜登樓一舉杯。聚散英流歸間氣，蒼茫天意老雄才。月華高擁群峰出，雲氣遥浮七澤來。且欲相從歌郢曲，莫將别管向人催。

湖樓夜集偕讓溪孝長子重木民作限唐字

已有風中酌，兼之露氣涼。月華引輕素，天影落虚光。攬佩清言洽，憑軒古恨長。雁池歌吹散，舊夢已荒唐。

中秋黄雲谷司馬招同子重延知巨伯玉庭讌集

我行涉廣漢，流火方在西。兔華淹已滿，復此三五期。主人盛游醼，上客多文詞。華鐙耿綺席，蘭醴陳金卮。鳴箏接密坐，泠泠清且悲。長風動萬里，颯沓丹霞飛。窈窕雲間月，中夜猶裵褢。玉顔惜光景，起舞延清輝。人生重娱宴，婉孌及良時。嘉會有暌合，素魄多盈虧。玉繩既已没，行爵不知疲。浩歌坐清露，何惜霑裳衣。

望江亭同孝長孝旃作

詞客荆臺共倚欄，憑高日盡楚雲端。嚴風朔氣千林動，白日滄江萬里寒。騷國最憐香草盡，羈懷愁逼歲華闌。更驚鼙鼓征西急，遥指天狼按劍看。

江陵浮圖同孝旃蘅香作

珠塔高凌日月光，荆南俯視但蒼蒼。諸天浩渺盤元氣，一水縱横坼大荒。梁殿久隨秋草没，楚臺空接暮雲長。千年閱盡滄桑劫，龍象無聲護法王。

送蘅香謁選入都四首

襜帷辭楚甸，風雪聽河聲。雲擁雙鳧舄，春歸五鳳城。爐烟迎珮入，宫漏隔花清。舊日研都作，猶聞滿上京。

桂醴傾波進，蘭膏照地光。星河懸永夜，絲管會高堂。中曲離聲促，當筵别恨長。起看雲表鵠，奮翮已高翔。

稚川乞勾漏，季重宰朝歌。外宦仙才隱，詞人吏績多。車前流雨澤，花下奏雲和。努力循良業，須知政不苛。

君攬雲中轡，余歸江上舟。風雲期後日，山海共中州。載酒羅含里，行歌王粲樓。當時行樂地，回首已滄洲。

江陵月夜懷子重

海月上雲端，滄江生暮寒。美人三澨外，望望阻波瀾。被褐懷隋璧，褰裳擷楚蘭。遥知歌白石，長夜泪漫漫。

舟發渚宫留别蘅香

翦燭宵逾促，銜杯泪已凝。長風生夢澤，孤艇别江陵。蘭杜芬華遠，關河雨雪仍。龍山懷古地，何日許同登。

漫興和木民四首

瀚海多飛檄，天山有戰雲。高秋開幕府，太乙下將軍。雪滿河湟道，霜清組練文。更勞班定遠，白首立殊勛。

遺孽殲仍熾，游魂變復生。敢窺都護府，竟薄受降城。疏勒頻遮使，莎車更阻兵。覆亡甘蹈轍，空自殞欃槍。

天威非鶩遠，伐叛迺皇風。建旆周方叔，登壇郭代公。前驅貔虎集，列陣犬羊窮。萬里安西路，仍看屬國通。

敷文繼虞帝，奮武邁軒皇。會定高昌郡，終俘日逐王。授兵清雁磧，按劍掃龍荒。入奏嫖姚捷，長歌謁建章。

陳海珊自越歸

高咏懷康樂，飄然越嶠游。長天浮遠海，萬象入孤舟。彈鋏羈情倦，歸帆郢甸秋。終當搏羽翮，未擬老林邱。

金仲白齋中觀子重壁畫山水

霞起開丹嶂，雲生擁翠屏。神功驅海岳，虛室走精靈。瑶草峰陰紫，松花磵口青。谷神吾願息，於此得仙扃。

舟發竟陵留别瑋公子重仲白延知二首

輕艫且未發，歧路各霑巾。豈不眷良會，其如白髮親。將搴東海术，歸植洞庭濱。采作高堂壽，開筵及上春。

廣漢流無極，長江寒且深。孤鴻厲遠翮，衆鳥激悲吟。各贈琅玕實，交投玳瑁簪。褎裒一返顧，泪下不能任。

示子重

居乏躬畊地，行無捧檄歡。以余倦游苦，知子出門難。落拓悲年往，峥嶸逼歲闌。壯夫猶未達，何以慰團圝？

夜泊漢皋有懷竟陵諸子

東下滄浪急，還連江水流。一尊坐遥夜，孤月下汀洲。已嘆風波隔，兼悲節序遒。豈無雲際雁，不解繫離愁。

武昌曉發

江氣曉氤氲，中流兩郡分。樓臺開宿霧，城郭麗朝雲。日動浮萍實，波迴濯練紋。櫓牙初指處，先起鷺鷗群。

芳訊和木民

薛濤浣溪畔，盧女石城旁。恨結芙蓉帳，寒生玳瑁梁。拂釵驚翡翠，挾瑟怨鸞皇。獨有銜書鳥，新從閬苑翔。

遥情四首

明珠湘浦返，羅襪洛川歸。難折瓊華訊，空留壁月輝。文園分錦水，彩鳳怨金徽。脉脉遥情在，嗟無青鳥飛。

小字雍容妹，新歌娀媚娘。歡情鸞帶纈，妾意鳳爐香。泥飲玫瑰笑，開襟荳蔻芳。深宵窺縷枕，私喜嫁王昌。

七彩芙蓉帳，雙飛蛺蝶衾。微詞邀宋玉，約指荅繁欽。密院金燈燼，重簾玉漏沈。蘭情還自露，羅帶綰同心。

玉洞流香路，銀河淺水隈。桂娥奔月府，巫女去陽臺。碧杜淒無色，紅蘭怨未開。石城雙艇子，不載莫愁迴。

溪　上

溪光似若耶，溪水發桃華。艷冠羅敷里，春深碧玉家。青鸞沈鏡影，朱鳥閉窗紗。惆悵垂楊路，東風日又斜。

題鄧氏藻園四首

樂志仲長統，爲園顧辟彊。楚風蘭作畹，騷國桂爲堂。匿月重檐迴，披霞畫栱張。應須憐仲蔚，三徑只蓬荒。

磴轉松岩峻，梯危桂壑重。風中摇薜荔，天外截芙蓉。去鶴迷前徑，來猿惑舊峰。蓬壺如咫尺，欲問羨門踪。

白羽三成箭，紅鞾七寶鞭。草迎馳埒淺，花覆射堂偏。振策長風起，彎弧滿月圓。還追平樂飲，日暮會芳筵。

畫蘭低亞水，飛閣迴臨空。花散兜央雨，樓高燕雀風。露香時未覺，秋意已先通。但采芙蓉佩，何須楚澤中？

城　南

城南延眺美，楊柳最依依。川帶輕雲媚，春浮遠綠歸。香塵車馬少，上日綺羅稀。坐惜年芳晚，林花歷亂飛。

艷曲和季舉四首

子夜明珠幄，三春白玉堂。墻東巢孔雀，檻北宿兜央。顔色矜臣里，雲山媚婿鄉。錦屏三十六，花月爲偏長。

小妹青溪怨，黄姑碧漢愁。仙靈猶仳別，生世獨綢繆。桃李同車路，芙蓉并舫秋。從今歌艷曲，不獨在秦樓。

願爲連理樹，不慕舜華榮。白石鐫君意，紅緜喻妾情。殷勤調寶瑟，持贈薄雕瓊。但看盤龍鏡，何殊皎日明。

乘鸞方得侶，吐鳳復多才。築宅無金谷，編詩有玉臺。凌雲終拂拭，偕隱且塵埃。起爲文君慰，彈琴進一杯。

得讓溪黔中書却寄

西南有威鳳，毛羽天下奇。文采間世出，有道方來儀。一飛覽閶闔，再集滄江湄。群鵠從之游，拊翼無差池。天風運浩蕩，復返西南陲。西南不可極，山川中間之。滄江有瓊樹，垂實何離離。道遠莫由寄，將毋渴與飢。

疇昔攬瑶佩，歡好結中腸。歲華一俯仰，契闊忽已長。朝臨洞庭沚，濯纓望八荒。飛雲向南去，不得乘之翔。俯見牂牁水，東流下夜郎。方舟久不至，欲濟徒徬徨。

青鳥雲間來，忽枉尺素書。遺我水蒼玉，言以結區區。明明天上月，流光萬里餘。依依故人心，何言山海殊。感子意綢繆，在遠分不疏。貫以五色組，飾以雙明珠。繾綣未能已，金石永無渝。

短歌行

海風吹濤，三山飄搖。俯仰百年，倏如崇朝。亭亭白雲，欲東反西。翩翩我心，憂來無時。吕困棘津，寧歌南山。古來聖哲，莫不屯蹇。陟華有崖，涉河有岸。茫茫窮達，安可懸斷？白日照天，夕入滄海。朱華灼灼，春陽不待。新聲在御，旨酒孔多。少壯不樂，老當奈何？

放歌行

飛蓬遇長飆，高高入雲天。顧誚豫章拙，跧曲岩谷間。日華麗雙闕，驅轂來駢闐。少年擅名譽，意氣矜豪賢。朝釋中田屬，暮稱金門仙。詞翰耀珠玉，聲華馥椒蘭。多材遘休運，浩蕩易飛摶。濯鱗際溟渤，潤荄得醴泉。徒步綰青綬，立談峨華冠。今君有何疾，被褐獨邅延。

代美人愁鏡效太白

美人朝携千金之寶鏡，照作芙蓉渌水之新妝。不惜絳羅勤拂拭，愛此團圝明月光。臺上青鸞宛交頸，臺前願照同心影。錦字遥同曉霧沈，泪花長貯秋冰冷。昔時明艷動流霞，今看憔悴隨落花。花顔落已久，芳訊來無期。當時悔鑄嬋娟影，不見容華那得悲？

悲　歌

投時無爲貴，璧失路無爲。懷歸我瞻中，野鷩蓬四飛。歲晏天雨雪，塗長僕告飢。涕下不能已，憂來當語誰。

古别離行

西河之水東海波，古來無如别離何？升堂辭君出復入，不惜攬涕爲君歌。憶昔年華擅芳綺，名冠延年樂部裏。是時逢君歌舞場，一顧當筵空下里。櫻桃花暖春風香，飛來紫燕巢君堂。座上禿襟憐娬媚，鐙前綉被卷芬芳。冶游日共章臺側，朝過城南暮城北。醉折珊瑚七寶鞭，擲盡金丸那足惜。此時共誓山不移，此時共指青松枝。一朝君心有反覆，明珠翻墮濁水泥。明珠墮地竟誰主？却望君門泪如雨。鬥鷄年少罕經過，教坊子弟輕相侮。還君昔時雙珠簪，留君昔時合歡衾。故衾餘愛尚不滅，遺簪委棄難復任。儂有宛轉芙蓉帶，發笥霞霞光照地。織成五色雙宛央，奉君去後常留意。飛霜十月金井寒，飄風北來驚離鸞。褭褭孔雀毛羽短，出門千里途漫漫。故人出門迹如掃，新人入門歡苦少。但願君情如白日，照見新人長美好，吁嗟故人豈自保。

渚宮雪夜歌示蘅香孝旃

白雲在天忽南北，人生離合安可測？渚宮二子蔡與鄧，時一夢之見顔色。去年别汨飄寒風，今來握手仍嚴冬。不惜單車冒霜霰，所嗟踪迹驚飛蓬。入門殀央列左右，金釘銜璧映珠牖。仙娥窈窕垂雲鬟，二子日對玉臺友。喜聞我至急躡屣，坐我東軒梅花裏。蒲桃之醞金叵羅，十日平原歡未已。朔風夜嘯軒轅臺，飛雪遠度龍荒來。千樹萬樹郢門柳，一夜盡變梨花開。坐來明星動四五，華月已入掌中杯。才名詞賦亦安用，眼中屈宋何有哉。長願風塵二三子，痛飲不爲離别哀。朝來馬首拂征霧，忽余歸指滄江去。東風二月吹白蘋，二子亦作金門行。雲中雙鵠縱横翔，獨雁悲鳴還故鄉。從兹一别參與商，亦知後會終茫茫。攬衣不得少徬徨，出門迴首泪如霰。渚宮蒼蒼不可見，明歲題詩風雪辰，相思遥隔黄河岸。

江陵浮圖絶頂看雪

不辨人天界，茫茫積雪繁。虚光千佛涌，寒色二儀昏。閲世蟲沙古，觀空象教尊。楚臺今不見，獨鳥下荒原。

行路難

珍珠綴鳳之明燭，塗金飾玉之高堂。陽阿傳葩之曼舞，彈筝躡屣之名倡。嘉賓清夜進羽爵，半酣不樂忽慨慷。高歌擊劍悲行路，凄然四座如繁霜。

懷中紫瓊珮，良工采自藍田陰。鏤之逾三載，上爲雙鳥巢珠林。殷勤托行雲，將以貽同心。節君珩璜之雅步，托君蘭蕙之芳衿。如何君心有同異，篋中棄置塵地侵。歸持滕緘不忍視，使我感嘆常至今。

洛陽桃李凝春暉，青樓夾道何參差。美人烟中捲珠箔，自矜絶世雙蛾眉。時將玉手弄瑶瑟，弦中幽怨當語誰？飄風何來滿椒閣，落花吹上香羅衣。金窗寂寞豈足惜，朱顔零落難自持。不睹秦臺之雙鳳，但歌野雉之朝飛。

猺警五首

南去零陵道，妖星徹夜看。兵符飛雨急，烽火逼春殘。小醜豺牙毒，將軍馬革寒。臨江有節士，撫劍髪衝冠。

職貢遵荒服，山川雜漢耕。豈應干羽日，猶聽鼓鼙聲。風雨銅標闇，關門鐵牡驚。寄言守邊吏，戎莽竟誰生。

種落仍盤瓠，跳梁阻負嵎。陣雲連桂水，兵氣薄蒼梧。峒弩争馳突，蘆笙雜嘯呼。雷霆車轍下，螳臂爾何愚。

桓桓諸葛略，矯矯伏波師。南斗蛟龍劍，中軍熊虎旗。良家徽郡國，芻粟壯京坻。願執攻心策，輕兵卷甲馳。

郡邑猶饑饉，田廬半草萊。師行知必克，民困轉堪哀。深入申天討，懷柔仗吏才。大臣建方略，須爲廣春臺。

集藻園登臺看月

高臺延驚飆，纖絺生微凉。暝色適已赴，歸鳥翩成行。輕雲翳華月，冉冉流清光。野曠息群動，波定浮空香。蒲荷雜遠樹，俯視無低昂。緑勢不可盡，迤邐一何長。時見野火出，参差露林塘。渚宫近可睇，梁苑遥相望。英英二三子，逸興何飛揚。羽爵不知算，清言殊未央。高文足炳焕，信美皆圭璋。請掇南皮韻，載睹西園章。

閏九日偕李心海出陸城南郭看山遂憩三閭祠

秋風吹客愁，浩然倏已積。放情山水間，聊以資蕩滌。勝日盍朋簪，出郭展幽覿。探奇匪在遠，意愜縱所適。始陟林壑殊，稍窮塵境隔。時聞異鳥喧，未覺磵芳歇。不知湘纍祠，何年搆絶壁。當户羅衆峰，百里了可識。秋日懸高天，萬象何明爐。霞采被崖巔，川光動林隙。鶩沙西北來，蒼然蕩野色。想見山阿人，帶荔蔭松柏。折蘭貽夫君，瀟湘不可極。杖策遵歸塗，嶺猨已啼夕。寄謝谷間樵，此焉托安宅?

岳陽觀南征凱旋

使者旋師江上臺，鐃歌聲度洞庭來。威邊銅柱三湘定，下瀨戈船萬里迴。陣擁鳥蛇雲際下，旗翻熊虎鏡中開。平淮吉甫歸無緩，天子方陳宴鎬杯。

三捷飛章達九重，褒勛詔出未央宫。已聞轉戰勞群帥，特許將軍晋上公。傳檄山川重譯貢，洗兵風雨八蠻通。懸知入告訏謨遠，休養先回造化功。

牟將軍寶刀歌和木民

將軍昔年十四五，奮刀殺賊如風雨。千騎萬騎銅馬兵，相戒不入施州土。聖人龍興朝燕京，首率部衆歸朝廷。佩刀走謁驃騎幕，口陳奇策隨西征。長驅進殄黄巾族，萬里威名定庸蜀。有詔旗鼓建江東，長城氣與秋天肅。逆藩稱兵閩海間，游騎遮入仙霞關。金華之郡扼賊境，城邊日有烽火然。天地沈沈戰雲白，將軍大呼出擊賊。初猶横刀如不驚，賊來逾近始相逼。陣中出没刀無聲，遥見髑髏滿空擲。寒光横激雷電飛，戰血上染星辰赤。醜徒驚走避牟虎，越國山川罷戰鼓。捷聞晋秩賜璽書，赫然勛伐藏盟府。將星夜落天門高，軍中大樹風飄蕭。此刀不殉祁連冢，空山化作蛟龍號。百年忽入龔侯手，相逢示我酒酣後。捫之腥血圓花紅，明星摇摇墮北斗。今皇垂衣馭寓縣，瀚海天山絶傳箭。昨者已罷樓船師，南荒再睹銅標建。侯今出試鳴琴風，往以休養回元功。賣刀且宏渤海化，請銷蓮鍔興春農。

卷四　詩 癸巳甲午乙未

送熊比部還京二首

復作含香侍，重爲攬轡豪。客心丹闕夢，華省白雲曹。劍珮星辰接，衣冠日月高。極知題柱美，天語久親褒。

畿輔猶蠲貸，西南尚荷戈。艱難清問切，宵旰帝憂多。寬法銷災祲，祥刑召樂和。西曹行入對，補救定如何？

明遠樓看雨簡子重

殘日隱高閣，輕靄栖連甍。院寂衆鳥散，庭虛群山明。微雨江上來，颯然滿高城。雜木襲餘潤，當空流華馨。白雲卷巾帶，冉冉翔仙靈。須臾飄風會，霡霂遂以盈。重陰羃萬象，杳然還虛冥。撫景玩變化，散慮忘屏營。將與沈寂士，委懷安吾生。

陸迦陵判官返自滇南

雄文堪騁碧鷄篇，攬轡遥凌驛路烟。黔塞自通秦郡縣，滇城猶表漢山川。蠻雲春擁千盤道，瘴雨秋低六詔天。萬里壯游原不負，歸來何異客槎旋。

王魯之大令至自山左偕孝長季舉諸子讌集漢陽僧寺

黄鵠舉千仞，還過江上樓。鳴聲慕疇匹，引吭何綢繆。相期践幽勝，桂樹同淹留。臨波泛羽爵，張鐙羅瓊羞。慨然念往喆，作者蘭臺游。高文迭酬唱，炳焕如琳璆。西風度江水，吹落山中秋。明月出楚關，下照滄波流。杳如峨嵋雪，溟濛天際浮。當筵感離析，後會徒滄洲。永言崇令德，良士無時休。

答孝長舟次見寄二首

解帶尊方盡，登艫語尚聞。風波一相失，津路渺然分。復枉西陵唱，遥緘北渚雲。布帆幸安穩，吾已狎鷗群。

川瀆迷經緯，淪胥歷歲年。人皆望疏鑿，帝豈惜緡錢。沈馬功難恃，鳴鼉窟未遷。無由獻三策，直達五雲邊。

贈魯之即送其還蜀三首

寂寥揚馬後，夫子繼詞雄。奏賦屬車下，鳴琴滄海東。元風希廣漠，大道入真空。下士徒推測，安知用不窮。

飛雲下日觀，遥度楚城來。江漢千年勝，酣歌一代才。客星通象緯，仙氣擁樓臺。睥睨梁園會，風流實壯哉。

未盡尊前酒，君胡擊檝勞。天寒催雨雪，日暮急風濤。峽轉黄陵峻，灘連白帝高。如逢南嚮雁，能不憶同袍?

咏　史

鈎弋椒宫啓，昭儀桂殿深。花明翬翟服，珠綴鳳凰簪。貴寵殊難量，妍華亦易沈。班姬陳古義，辭輦悟君心。

送瑋公子重歸

寒雨大江東，離亭滿朔風。帆歸沔水闊，客散楚臺空。已識生涯薄，休嗟吾道窮。蒼生未蘇息，何以慰哀鴻？

孫貞女詩

當湖有貞女，抗義無與倫。結褵未及往，寡鵠乃先驚。哀此冰霰酷，丁兹芳華辰。便欲奉尊章，下慰彼幽靈。父母强譬之，截髮因自明。涕泣不果赴，積疴以沈淪。入夜夢夫子，要踐同穴盟。寤乃告父母，畢命於清晨。兩家共相啓，會葬當湖濱。墓木拱連理，上有鴛鴦鳴。行人用粂息，聞者爲屏營。羲娥葉恒運，五緯無錯行。生民慕貞毅，金石安足論。矧兹匹儷重，人紀肇其經。名義不可斁，豈必侍櫛巾。之死矢靡慝，重泉志乃申。皦然百世下，風軌揚淑清。我歌告彤史，俾彼彝倫淳。

送蔣秋舫大令之黄州兼簡邵蓮溪太守

我登鄂城樓，送君下黄州。雲連樊口千山出，江接潯陽九派流。東望滄波一釃酒，赤烏霸氣今何有？英雄暮烈委浮雲，詞賦風流滿人口。州得賢守邦人和，郡齋坐嘯清風多。安石雅好致孫許，康樂頗復招羊何。君行高會梁園席，枚叟攝衣爲上客。汀上蘭橈未得同，悵望烟波黯將夕。

送九香北上

曜靈赴急景，長江日滔滔。悲風從北來，千里揚飛濤。游鵾運遠海，黄鵠摩穹霄。嗈嗈澤中雁，裒裒鳴其曹。離居在俯仰，執手臨江皋。斗酒未及終，懸旌以揺揺。陰雲興四野，瞻望何迢遥。行人游上京，飛纓參時髦。倦客滯滄洲，被褐獨行謡。豈無意氣侶，慷慨非同袍。歧路眷疇匹，惻愴令心勞。

舟中本事詩爲清凉生賦二首

珠珮酬交甫，蘭橈載莫愁。衣香生薄暮，鈿翠映清流。笑倚臨江楫，狂抛貰酒裘。壯夫聊作達，攬鬢復何憂。

桃葉歌原媚，瓊花骨自清。心憐惟有泪，眉語更無聲。磨蝎生多累，春蠶不盡情。角張何用怨，一笑酒波傾。

送廖子喬歸嶺南四首

浮雲起高天，萬里去不息。飄風中斷之，奄忽各南北。之子歸炎洲，離思浩無極。送送臨高臺，執手興楚惻。願言酌尊酒，起慰遠行客。

自子適楚甸，歲華再以周。良辰展婉孌，嘉會爲千秋。歡娱固未斁，何言有離憂？離憂在山海，念子長悠悠。羲娥東西運，江漢日夕流。我心與之俱，循環何時休？

孟冬寒氣厲，行子方遵塗。曰歸及歲暮，道里亦何紆。舟行歷風濤，陸行陟崎嶇。慎子餐與息，厚子衣與襦。昔人賦行役，北山嗟馳驅。何况憔悴士，皓首爲征夫。安得凌風羽，送子以微軀。

伊予慕謇亮，寥寥希古心。欣言遘之子，蘭石締以深。在暗蹈貞則，處衆羞浮湛。丈夫耿清尚，仳别何霑襟。志節苟不昧，在遠良所欽。去去各努力，視彼芳桂林。

送孝旃歸江陵四首

客心先落葉，日夕避驚風。悵此一尊酒，分爲兩地蓬。雲游憐别鵠，水宿怨羈鴻。賓屣今寥落，能無憶孔融？

予美矜奇服，良辰缺蹇修。瑶臺娀女闕，靈瑣虙妃愁。椒桂零叢薄，芙蓉怨素秋。芳華有遲暮，非子獨淹留。

君歸故園裏，佳興足裴褢。白雪當歌度，梅花繞屋開。緑珠朝擁髻，碧玉夜行杯。獨有嬋娟意，能消骯髒才。

乾坤惟倦客，俯仰有孤吟。歲晏風霜苦，愁來日月沈。棄繻終未遂，被褐固難任。坐攬中宵鬢，誰知烈士心？

贈姚庚甫大令

名家詞賦有枚皋，早歲翩翩得鳳毛。一自風塵辭墨綬，便從關塞擁青袍。秦川春敞黄圖麗，仙掌秋凌白帝高。萬里歸來還對酒，浮名真笑世間勞。

龍文匣底氣銷磨，慷慨相逢一放歌。作賦莫嗟梁苑少，悲秋終屬楚人多。時名偃蹇甘蓬户，身世滄浪付釣簑。絲管當筵君莫去，竟須倚醉向青蛾。

湖樓歌席作二首

湖上最宜歌，奉君金叵羅。若無長夜飲，奈此百年何？北里新翻曲，東鄰巧畫蛾。良宵如不醉，爲子惜蹉跎。

我有清商調，泠泠世未知。因君《渌水曲》，寄與回風吹。涓子未云妙，韓娥詎是悲。願逢賞音者，彩鳳鳴相隨。

送庚甫大令歸白下二首

白髮行吟倦，青尊客路遥。天空夏口月，風送秣陵潮。高會驚離析，清言悵寂寥。經過携手地，樓影獨蕭蕭。

梅福歸栖隱，梁鴻老著書。道窺千載上，山愛六朝餘。椒桂堪充佩，蓬蒿欲蔽廬。瓊枝儻相憶，歲晚一華予。

贈陳孔常二首

楚江有威鳳，乃自丹山陲。得氣稟靈族，栖止必瓊枝。一朝遇廣莫，振采游紫微。黄鵠走相送，不得銜羽隨。慶雲翼雙闕，日月光昭回。九天奏英咸，靈鳥皆來儀。鳳往巢阿閣，黄鵠將安歸？

與子締繾綣，金石未云堅。離居在遠道，悵望何漫漫。子奮青雲上，余處滄江邊。飛沈固云判，志軌安可遷。耀華豈不易，矜尚良獨難。外榮積見瘁，内閟終逾宣。願子勵明德，令名永無愆。親愛誼不薄，申言著兹篇。

送俞鴻甫參軍入都

冉冉楚江春，離心寄白蘋。鶯花虚令節，楊柳怨征人。夢遠懸南國，雲高護北辰。遥知群彦集，多在鳳城闉。謂孝長、雲椒、于蕃諸子。

十載空懷抱，群流任品題。好憑騏驥足，更擇鳳鸞栖。良璞終含耀，神鋒舊截泥。遠猷行自愛，歧路曷云凄。

麻姑詞二首

爛醉瑶臺阿母家，層城開遍碧桃花。歸來誤拂尊中酒，散作蓬山萬丈霞。

芝華深鎖洞門閒，新自朝真紫府還。天樂三終聽未畢，鳳簫猶在五雲間。

卷五　詩乙未丙申

遠　游

儀鳳翽千仞，神龍蟠九淵。瞻霄遜遐舉，睇壑慚蜎蟺。進退兩未就，感激空儒冠。元化運日月，飛光如流泉。攬鬢念壯齒，安得無推遷。慨焉涉遠道，冀以蕩憂端。誰能坐鬱鬱，終老環堵間。

鷄鳴謁高堂，遠行將及期。兩親語游子，夙夜敬相持。立身靡通塞，令名無或虧。再拜奉訓言，中心慚且悲。愧無尺寸禄，以報三春暉。奈何望白雲，復此晨昏違。達即駟馬返，窮當速言歸。

骨肉共五人，連枝何綢繆。臨當欲離析，數言仍淹留。詩人賦小宛，明發無時休。頻年苦潦旱，迫此饑饉憂。力耕且不贍，捨耒將何求？皇靈佑貞信，延康道有由。君子務儲德，淑慎終無尤。

南山有兩鳥，自名鸞與鳳。結巢既逾紀，衆鶵亦成行。竹實歲不飽，奮翮起分張。君行效負米，妾留事高堂。大義共黽勉，私愛割中腸。去去勿返顧，善保風與霜。羲娥異躔次，牛女限河梁。光景有時接，無爲多感傷。

沙洋舟次别伯子

仰視明河落，迴瞻逝水東。可憐萬里别，只在一宵中。惆悵連枝萼，分飛轉地蓬。如何西上驛，獨對北來鴻。

石城曲

莫愁湖上住，歡亦解淹留。肯學蔣三妹，青溪夜夜愁。

不見燕雙栖，唯聞烏夜啼。可憐擊艇子，月落石城西。

陽春臺同孝長

臺下數千客，誰人解和歌。仍憐後來者，日暮奏《陽阿》。風起蘭臺迥，雲荒夢澤多。相看鯤與鳳，落落奈愁何?

金貂踏雪圖爲蔣生陔宫詹題

九門沈沈曉鐘動，鷄鳴催徹蓬山夢。玉堂學士趨早朝，不須厩馬飛龍控。憶從廷對瞻先皇，少日才名滿建章。五色祥雲占太史，十年彤管待明光。今上重光隆拔擢，從容進講邇英閣。儒臣禮數本優崇，更聞啓沃皇心樂。石渠之職兼史官，歲時奉帙趨金鑾。儤直恒簪青鏤管，分行特領紫宸班。鳷鵲宫寒夜飛雪，琪花晃漾銅龍闕。外間望作神仙人，聯翩下步瑶臺月。此時冠佩盡朝正，侍從先陪宴鎬榮。拜賜宫壺分雨露，邀頒御翰仰星辰。學士由來稱内相，況公三世僚無曠。已看臺省躡通華，海内還推公輔望。文章遭遇古無倫，揚馬詞華安足論。致君堯舜在今日，拭目衡茅大有人。

過明獻陵

松杉玉殿俯崚嶒，駕六飛龍自此興。三極風雲環御宿，五朝霜露肅山陵。濮園持議經生過，代邸隆基大業承。複道豐碑無恙在，茫茫銀海閟魚鐙。

南陽道中送別孝長

百川逝不息，二曜相回環。丈夫各有務，經世苦不閑。甯生起扣角，主父行入關。小節慕時用，栖栖弗遑安。何况天下士，竹帛猶未宣。通材遘嘉會，躑躅非高賢。無爲憚永路，總轡多所嘆。

子行赴京國，余亦適隴表。相將宛葉間，執手泪盈抱。三五正縱横，明月何皎皎。揮手各登車，去若風中旐。北軫瞻已紆，西轡望旋杳。依依夢寐間，相失萬里道。静言思關山，離居令人老。秉節矢靡㿥，亮能崇永好。

十二月望夜豫州郭西對月

季冬涉長道，遵彼堵陽西。望舒淹已滿，窈窕含餘姿。裵褢步林樾，鑒此沙上輝。朏魄有恒度，行役無定期。年往詎所戚，身微良足悲。載咏北山什，涕下誰能揮。征鴻暮何來，翩翩向南飛。焉得假羽翼，從之滄江湄。

昆　陽

虎豹如林一戰摧，君王意氣自雄哉！洗兵風雨從天下，破陣雷霆動地來。大業總憑黄鉞定，中興重睹赤符開。一家馬上論功烈，優劣難分二祖才。

襄城早發

茫茫七聖後，勞轍更何之。夜色迷襄野，雲陰隱具茨。游秦空汗漫，赴隴更倭遲。俯仰臨岐路，能無阮籍悲。

郏縣城樓

歲暮行登郏縣樓，西來風物迴堪愁。塵沙十日初開眼，無數青山對汝州。

韓　城

驅馬宜陽西，詰屈山谷間。伊闕亘相望，熊耳何巑岏。韓氏昔都此，崎嶇未遑安。獨扼關中吭，害居山東先。川原何迫陿，輔車難獨完。帶甲不敢戰，割地先自殘。人謀既不臧，積弱勢則然。我來重太息，日暮悲風寒。榖水横空來，歕雪迴奔湍。猶想報秦者，感激摧心肝。

望留侯墓

一擊雖不中，祖龍魄已褫。秦鹿走中原，豪杰乃何起？真人沛中來，假手雪國耻。不樂帝者師，去子若脱屣。魄兮歸故鄉，千年猶戀此。偉哉龍變人，英魄固不死。焉用托神仙，更慕赤松子。

嘲韓公子

五蠹書成擬用秦，獄中空自犯龍鱗。忍看宗國爲降虜，破産翻來異姓人。

惕志詩道中車儨作

毋曰堂奥，中有太行。毋曰康衢，實維羊腸。狃爾車堅，爾軸或折；矜爾馬良，爾驤忽蹶。不鑒爾前，誰救爾後？不戒爾馳，終喪爾守。循墻懼侮，褰裳恐濡。哲人兢兢，無敢戲渝。敬之敬之，職恐其倦。僕夫效駕，是用爲諫。

車遥遥

車遥遥，驅雙輪，入秦更度隴，涉冬復歷春。朝日未出起膏沐，日入兩驂尚服軛。日行出入有常家，嗟爾車輪何時息？

白日冥，飄風興，道上揚黄塵。黄塵敝天隱車轍，飄風北來吹車音。君行自愛車轍遠，不聞車音妾腸斷。

不　寐

括羽驚急弦，客憂迫遥夜。客憂亦何爲，輪轍不遑暇。去家日以遠，朱顔日以謝。田園未能耕，珪組無由藉。潛虯終飛騰，淮禽自變化。邈焉睇穹霄，天路安可借。太息通鷄鳴，僕夫起嚴駕。去去望白雲，潸然涕泗下。

宜　陽

崤阪方聞捷，乘輿遂出征。天臨元武仗，雷動羽林兵。盜賊知歸命，君王洽好生。千年熊耳下，積甲想縱横。

宜陽以西達硤石皆重山深谷有怵心目

三日行谷中，方軌不得騁。峰崿紛來干，縈紆叠相引。憑軾虞前峰，結駟愕後嶺。始出如騰霄，復下忽墜井。土氣閟陰森，天光射幽迥。壑虚迴長風，林疏表陽景。麏眠崖雪深，馬齕澗冰冷。行子憂摧輪，僕夫戒折軫。嗟我獨何爲，惴惴蹈兹境。愧無叱馭威，但有垂堂警。日暮始解鞍，秉燭復就寢。夢魂惕回惶，擾擾未能屏。

崤　陵

積石疑無路，盤空別有梯。地分三晋險，天入二陵低。宿霧盤雕影，崩沙没馬蹄。封尸餘慟在，陰雨至今凄。

靈寶道中登高望秦晋諸山

狹谷數百里，中闊不盈丈。我馬元以黄，虺隤始能上。攬衣陟崇岡，直掃白雲障。嵯峨三晋山，横天亘北向。黄流遶華來，一氣就奔放。秦嶺何蒼然，連峰鬱相望。蟠作帝王州，神皋勢彌壯。對此發浩歌，不覺心神王。嗤彼牖中窺，安得睹昭曠。

潼　關

嚴關拔地敞飛樓，表裏崤函控上游。雲氣西來浮華岳，河聲北下撼蒲州。開門尚恨哥舒戰，破敵猶傳魏武謀。幸際時清唯在德，鳴笳何用宿貔貅。

望華岳

三峰標金天，厥初誰削出。顥氣通太虚，蕩空爲一色。萬古青蓮花，長風吹更碧。黄河龍門來，一線地中坼。奔流不敢前，蜿蜒遶其北。巍然白帝旒，壯矣巨靈跡。崇睇未能周，濛汜倏焉夕。

詰朝謁岳廟，肅肅瞻靈奇。登閣縱遐覩，雲臺了可窺。蒼龍若矯首，天半揚鱗鬐。明星有玉女，隱約雲中輝。積雪照白日，倒射羲輪迴。松際挂瀑布，散作銀河飛。紛吾墮塵網，未得窮攀躋。玉漿不我假，毛女安可期？

王景略墓

五馬渡江左，金鏡光以淪。夫子綜王霸，欲起濟生民。不逢高光主，風雲終查冥。元子睨晋鼎，豈足容豪英。幸遇婆樓薦，龍盤從此伸。一匡媲仲父，三顧追葛生。丈夫遇知己，感激忘其身。境内既大治，一舉强燕平。哲人若不殞，豈唯關輔寧。中道遽殂喪，誰爲拯生靈？我來拜墟隴，望古欽駿聲。何代無奇杰，落落栖風塵。用之康六合，棄則鴻毛輕。蒼昊不可叩，攝衣聊歸耕。

過華州

路指西京浩蕩游，陰陰榆柳送行輈。渭渠環碧連馮翊，岳色浮青過華州。倦客途遥空冉冉，征鴻歲晚故悠悠。停驂爲拜汾陽里，異代英靈或可求。

段太尉墓

有唐值中葉，猰貐穴涇原。段公際板蕩，心欲康國屯。倉卒倒署印，不使駭鯨奔。潛謀殛巨猾，厥志未及伸。逆賊肆狂狡，滔天遂稱尊。堂堂天子吏，安肯爲賊臣？奮笏碎其首，慷慨甘殞身。公昔起武吏，姁姁不能言。一旦遇禍變，激烈氣乃振。大勇固若怯，疇能窺其源。高談詡節義，事主徒逡巡。松阡鬱道左，凜凜英風存。申章奬人紀，芬烈揚千春。

霸　上

興王赤幟定西戎，按轡還軍府庫封。海内風塵先得鹿，望中雲氣盡成龍。三章約法垂寬大，五緯聯光效景從。力戰經營終有斃，徒勞項氏起争鋒。

鴻　門

仁者原無敵，誰能殺沛公？雌雄天早定，翼蔽爾何功？虎視兵戈裏，龍騰網罟中。謀臣空有策，撞斗恨無窮。

長安古意

千里金城帝業開，當年虎視仗雄才。驪山地接阿房起，營室天連閣道迴。使者鎬池貽璧返，降王軹道擁車來。咸陽三月宫中火，遺劫誰聞後世哀。

東井垂光五緯同，真人駕入未央宫。威儀竟出儒生手，壯麗猶煩相國功。一代詩書開馬上，四方豪杰實關中。奉春建策留侯演，赫矣炎基奕代隆。

武帝宫中浥露盤，金莖遥出鳳城端。仙人虚企蜚廉館，方士長祠太乙壇。雲散旌旗天馬没，秋高風雨石鯨寒。建章曾侈黄圖麗，萬户千門何處看。

富平公子共經過，行樂唯聞主第歌。長信秋霜侵砌滿，昭陽夜火徹明多。鳳來新曲還相答，燕啄皇孫可奈何？他日伶元傳秘史，最憐擁髻泣宫娥。

應運飛龍起晋陽，唐宗勛邁漢高皇。金戈撥亂宸樞建，玉歷承天寶命昌。神武親臨遼海外，單于伏謁渭橋旁。凌烟終古丹青在，將相俱攀日月光。

縹緲南山五色雲，曲江宫殿接氤氲。夾城春簇雷霆仗，駐輦天臨龍武軍。玉笛遥從墻外度，霓裳親向月中聞。如何萬乘倉皇日，獨聽鈴聲雨泪紛。

秦中早春

紫陌千户啓，黄圖八水連。春歸秦内史，雪隱漢延年。攬鬢風塵换，驚心節候遷。雄文猶可獻，吾欲奏甘泉。

關中感宋武事

宋武信人杰，揮戈未解鞍。能擒數天子，終棄古長安。愛子草間活，雄師境外殘。空吟仲宣句，回首泪汍瀾。

咏　史

自昔三秦路，游談輻輳同。范雎來冀闕，蔡澤起山東。伏軾皆才哲，分珪必駿雄。誰令蘇季子，裘敝對寒風。

慈恩寺塔

峥嶸飛閣壯憑闌，三輔風烟此鬱盤。雪散晴光摇太乙，天迴春色入長安。芙蓉苑渺秦川迥，花萼樓空渭水寒。漫倚城南誇尺五，不知來向此中看。

薦福寺唐襄城主第，後改爲寺

昔日天孫宅，還爲帝釋家。臺空丹鳳管，經演白牛車。壞塔沈珠影，荒階閟雨花。祇園猶變滅，况乃住恒沙。

崇仁寺唐元奘還自天竺，翻經于此

誰啓金人夢，紛紛梵夾傳。微言馳化域，中土闢禪天。鹿苑雲霄接，龍宮日月懸。堪嗟韓吏部，一簣障頹川。

渡渭水

獻歲理征策，朝發長安西。日暮渡渭水，客心愴以悲。還顧渺鄉國，前瞻窮邊陲。惘惘涉長道，嗟我獨何爲？流沙寄伯陽，隴坻栖叔皮。昔賢不適意，曠閬隨所之。勁翮企遐舉，逸足思高馳。豈不樂安處，齷齪良見嗤。去去廣莫野，將與鴻濛期。

咸　陽

秦皇昔按劍，欲駕百王才。未畢驪山役，俄生軹道灾。通天惟烈炬，遺劫只殘灰。渭水日東去，雄圖安在哉！

度大峪

陟嶺三十里，馬力未得息。蕩蕩捫漆城，縈紆上無極。不知前峰來，轉訝飛雲立。憑虛造其巔，徐乃悟所歷。顛墜時復虞，眩轉殆非一。巨壑砉然開，窈冥太陰黑。蛟虬蟠深沈，雲霧變滅没。須臾朝陽升，皎皎照岩雪。刻鏤如龍鱗，飛光射林末。大哉元化功，靈幻安可測。逶迤復下阪，若華淹已夕。躭奇遂忘疲，忡惕忽如失。

浮馬大峪澗

峭壁盡五色，爛若朝霞簇。玉龍天上來，掉尾裂山腹。倒挂銀河流，餘勢不可束。僕夫理征綏，驅車行獨漉。馬蹄蹴層冰，飛火怒相觸。而我愛清流，思一洗塵俗。飲此惜未能，天寒不可掬。

題邠州石佛

渾沌眉誰畫？莊嚴像更誇。泉飛帶瓔珞，雲起幻蓮花。面壁空諸障，觀河悟散沙。茫茫趨六道，肯爲衆生嗟。

石阪嘆阪在長武之東

五步一解驂，十步一輟軛。嗟哉石阪，一何峻絶。上有飛猱不到之岩阿，下有奔流百折之涇河。性命咫尺不可測，一蹶將奈蛟龍何？連山盤盤高入天，地勢隔越秦涼間。造化能生險與阻，不能杜絶車馬無。往還徒令過者愁，裒裒産此胡爲哉？昔之王子贛，憑崖叱馭英風動；相如馳尺書，西南開道成坦途。丈夫不宦復不使，局蹐何由快心意？安得拔此擲出大荒西，永令八埏之内無險巇。

涇　州

曙色照崖阿，鶉觚攬轡過。高雲懸隴阪，亂石束涇河。地已殊羌俗，人猶習塞歌。不逢倒屣者，空有著書多。

平　涼

漢家舊重朝那地，百戰羌戎壘已殘。始幸清時間斥堠，無勞戍火報平安。春歸涇水浮冰下，天倚崆峒積雪寒。去去慚非投筆吏，蕭關獨對馬頭看。

登六盤山作歌即隴山，又名笄頭，又名崆峒

今之瓦亭古蕭關，隴山叢錯高插天。迤北直趨朔方郡，漢唐師出由其間。迤南六盤勢尤雄，卓然踞地朝群峰。俯窺金城扼天水，矯若八翼排長風。當時問道軒轅迴，秦皇漢武誇雄才。六飛登山并騁望，昔之旌旗安在哉！連峰積雪照天白，鳥飛蕩蕩不敢越。秦川東望空茫然，但聞隴頭流水聲嗚咽，使人對此腸斷絶。有元之世南道通，從此逕達河湟中。國朝因之遂不改，懸軍萬里收青海。爾來防邊諸健兒，馳驅峻阪如坦夷。邊郡轉餉歲不絶，名王貢入時有之。傳車絡繹悉經此，嵯峨長作西藩籬。書生有筆徒縱横，抵掌未勒燕然銘。願假崆峒一片石，上爲國家頌威德。傳之三十六屬國，率爾梯航萬世無終極。

青嵐山

澒洞窺無極，飄飖躡太虛。谷圍天入塹，嶺遏日回車。矯首千盤外，驚心九折餘。不知列禦寇，臨此更何如?

安定道中

磴道眇秋毫，千峰詰曲遭。馬頭邊月近，雕背塞雲高。陶穴民風苦，力耕穡事勞。良家推六郡，無復舊雄豪。

秋登隴右威遠樓

群山繞郭勢岧嶤，朱栱浮空擢麗譙。列郡東連三輔近，雄邊西控五涼遥。天低古戍環亭障，雲涌危闌蕩斗杓。便覺九閽真咫尺，將憑六翮鼓扶摇。

萬里登樓夕照開，憑軒一望氣悲哉。隴山風急蒼鷹嘯，渭水秋高白雁來。破入羌笳多出塞，長歌楚客自生哀。君看射虎英雄老，何必封侯定將才。

得韓玉符明府書却寄兼憶孝長瑋公季舉稚楓諸子

近得河池宰，殷情問索居。雙鳧雲外舄，一雁隴頭書。騷國椒蘭合，鄉山薜荔疏。因君吟九辨，秋興轉愁予。

疇昔南臺彦，風流共炳靈。故人何偃蹇，萬里更飄零。駿市空憐影，龍文尚貫星。君知郢中曲，《白雪》幾人聽?

隴右中秋夕聽雨

秋氣蒼茫罷倚闌，中宵楚客思無端。一天風雨邊聲合，萬里關山隴道寒。驚鶴暗愁羌笛怨，征鴻遥度塞雲殘。悲來唱徹刀頭曲，入夢終愁路渺漫。

羈　緒

觸緒逢摇落，羈懷未可論。邊霜侵地早，塞雨入秋繁。野色迷獂道，雲陰暗雒門。蓬科吾與汝，漂轉共離根。

悠悠清渭水，渺渺赤亭山。落日明駝下，高天鷙集還。俗雄推出將，塞近扼當關。射虎人安在，思隨匹馬間。

羌俗由來異，殊方只自嗟。山田秋縱牧，戍堞暮多笳。泪逐秦時月，愁飄塞上花。慚非張博望，萬里獨乘槎。

班椽名空起，潘生鬢欲推。但看群雁去，不見一書來。桂樹山中老，蘅蘭澤畔開。白雲向南國，延望獨裵裒。

藁　　砧

藁砧行不返，時鏡暗無光。未識夢中路，焉知隴阪長。人皆重儔匹，妾獨怨參商。蛺蝶雙飛去，南園草又黄。

送李生歸黔陽

十年經萬里，長嘯返鄉園。落日過羌郡，高秋入劍門。題橋人不見，問字宅空存。笑指牂牁近，還連江水源。

久客不如歸，晨昏未可違。此生唯至性，所重是春暉。余亦主家者，白雲心更依。感君能潔養，不覺涕霑衣。

談經人又去，寥落感吾徒。風雨吟懷迴，關山客夢孤。忘名爲至道，希俗豈通儒。善養丹霄翮，文章久自殊。

時興詩

金天厲嚴氣，玉律鳴素商。陰雲蔽萬里，中夜生繁霜。大化入揫斂，萬物歸堅强。山澤有龍虎，相與韜文章。高深貴潛匿，變化終騰驤。晚實薦馨列，貞木蟠穹蒼。亮懷金石性，外物安能傷？君子重休徬，瞿瞿毋太康。竭膏匪遠耀，銜玉乖深藏。奈何誇毗子，皦皦矜容光。柔桑信沃若，賈落愁我腸。

九月七日雪

雨雪乘秋至，關河已凛然。陰陽更化速，草木練寒光。弄影隨砧下，流光拂檻鮮。防秋有將士，愁挽角弓弦。

中　林

不待朔風鳴，蕭蕭日夜驚。鳥栖皆露影，鹿過有餘聲。物性矜妍媚，天心別脆貞。南山桂之樹，吾與爾同盟。

月夜聞雁和子喬

隴雁起南翔，嗈嗈夜未央。九秋驚雨雪，萬里下瀟湘。羨爾能高舉，嗟予獨望鄉。五溪兵氣阻，七澤暮雲長。骨肉分秦越，伯子客桂林，予客隴右。江湖乏稻粱。帛書常不達，珠柱亦徒張。有客歌雙鵠，思歸夢五羊。因聲聊和汝，掩抑不成章。

九日偕諸君出郭登山

縹緲來凌千仞岡，高秋一望斷人腸。山寒雪壓秦域白，日落天連渭水黃。獨有清笳消令節，可堪濁酒醉他鄉。簪萸此會憐兄弟，回首應嗟隴道長。

九日憶諸弟

迢迢秦楚越，憶弟復憐兄。各罷重陽酒，同含萬里情。風前鴻雁影，原上鶺鴒聲。欲作登高望，淒其泪暗傾。

寄伯子桂林

西南相望各天涯，萬里飄零感棣華。越徼秋深寒桂樹，秦中霜早落蒹葭。飢來骨肉心輕別，道阻兵戈客夢家。隴首題書愁不盡，暮天遥送雁行斜。

渭上有作

羲和運短景，萬化逝不止。瞻彼清渭流，日夜無窮已。滔滔下秦川，東望渺千里。横潦悉已收，兩岸不盈咫。物壯則近老，道伏還相倚。火中暑乃退，晦盡魄斯朏。不有息者機，盛長曷云恃。即此閱盈虚，悠然契名理。

送員八歸華陽

蓮花不可掇，予欲躡蒼龍。子去雲臺下，門臨太華峰。飛泉摇石月，晴雪挂崖松。爲我拂幽磴，將期跨鹿從。

卷六　詩丁酉戊戌己亥

發隴右留别子方太守

客如經天宿，歲盡回其躔。自我適隴表，寒暑一以遷。明發望白雲，攬轡遂言旋。豈不眷翕羽，晨昏誰爲歡？所愧荷光惠，未報心惓惓。故人酌斗酒，良會嗟渺漫。翔鶤摩紫氛，栖鳳歸蒼山。文采遠相耀，萬里猶聯翩。丈夫耿志尚，磊落天地間。出處各不昧，山海何足嘆!

隴水吟寄子方子僑

夢澤東瞻迥，河梁西望愁。客心如隴水，分作兩行流。

蕭　關

蕭關望不極，西北此爲門。戍古嚴三輔，邊春入五原。路通秦上郡，塞指漢河源。側想武皇日，鳴鑾萬壑喧。

醴泉南郭謁唐文皇祠有石刻小影

翠華仙仗杳，玉座暗塵封。石躍昭陵馬，雲歸晋水龍。發揚垂武烈，瞻就想堯容。寂寂嗟原廟，祠官祭孰供。

咸陽雨望

微雨輕塵净，津亭遠樹蒼。曉雲低渭水，春色赴咸陽。膴膴周原壯，沈沈漢時荒。遥瞻東嚮翼，獨與客心長。

歸次長安

回車下隴坂，隔歲度秦京。心逐南飛翼，天回北斗城。上春三輔麗，斜日八川明。留滯非吾土，登臨繫客情。

望終南

秀色黄圖擁，遥峰紫閣臨。春浮千嶂黛，暝積一城陰。將托雲霞往，不知岩壑深。裵褢忘欲返，昏鳥已栖林。

新　豐

使者傳宣詔立催，鳶間徒步躡中臺。悠悠但醉新豐市，自有君王解愛才。

下邽謁寇忠愍祠

最惜澶淵役，倉皇縱敵歸。不成孤注策，何用六軍威。和議非公意，憸人誤國機。金繒成故事，早兆靖康幾。

樓臺猶少地，鎖鑰未論功。一斥臺衡後，長悲嶺海中。故鄉餘俎豆，遺廟半蒿蓬。欲指豐碑問，無人識愍忠。

岳祠登萬壽閣

集靈原是漢祠壇，遥捧金天司寇冠。石月倒懸仙掌出，玉漿高瀉帝觴寒。黄吞河渭雙流失，青走荆梁一氣蟠。不待天門通箭栝，蓮花飛向座中看。

大風登潼關東樓望黄河

關潼一望俯岧嶢，陜服東西入望遥。河下三門趨廣武，山開二華壓中條。清時鼓角聲俱寂，春色郊原雪盡消。坐嘆棄繻仍落落，歸無駟馬壯題橋。

曉出潼關

客聽鳴鷄度，途驚東馬過。城高凌紫氣，日出照黄河。暗谷通殽隘，遥山入晋多。終生此乘傳，慷慨意如何?

過湖城

曾探元鑰向崆峒，再拜真言順下風。九鼎無難輕脱屣，勞勞安事首山銅。

終始兵間四十載，君王猶未悔干戈。哀哀思子宫前泪，不及輪臺一詔多。

函　谷

雄關高倚萬峰開，百二東臨實壯哉。耕戰勢吞冠帶國，河山天助霸王才。星隨傳舍鷄聲落，雲逐真人龍氣來。千載秦亡誰更惜，逡巡六國有餘哀。

戲題澗水中石

石心不可轉，乃學波濤舞。東溟有沃焦，笑爾非砥柱。

澠　池

藺生千載上，凜凜何英烈！伊昔會澠池，攘袂仗膽決。箧視虎狼秦，進缶氣已折。當時魯仲連，亦奮却秦舌。吾觀戰國士，二子信雄杰。與爲蹈東海，未若濺頸血。生也廷叱之，大勇更殊絶。顧視廉將軍，怒蛙乃據穴。

新安行

二十萬軍作降虜，一夜盡化冢中土。降將三人獨不死，秦人痛之入骨髓。嗟乎秦人汝安知，長平鬼哭當怨誰。禍莫大於殺已降，古來蹈此皆天亡。楚人屠秦楚亦斃，子弟無復生還鄉。君不見入關三章父老喜，長者西來作天子。

洛　下

圖書開帝籙，風雨會天中。二室横雲峻，山川劃地雄。興亡時自速，賓主賦徒工。莫更尋西苑，繁華逝水同。

三市矜通軌，千門麗上京。誰知蒼鳥兆，還聽杜鵑聲。魏紫留奇卉，伽藍記舊名。寥寥伊洛會，無復夜聞笙。

洛陽道

昔日洛陽道，黄塵蔽九衢。博徒邀劇孟，步障鬥齊奴。市羨羊車俊，臣誇馬癖殊。太冲何不達，抱影守繩樞。

入雒感賦

入雒栖栖者，文章紫鳳騫。不逢張壯武，誰賞陸平原。英俊多如此，羈游未可論。空令五噫士，落落出關門。

望北邙

勸君莫作北邙哀，將相公侯安在哉？獨有蒼茫數行泪，山川不見賈生才。

洛陽别唐生汝立

嵩雒一揮手，從兹南北遥。黄塵滿天地，吹暗河陽橋。驛路花光動，年芳草色饒。豈無白玉碗，未酌已魂銷。

毛羽出丹穴，繇來天下奇。抗音必阿閣，之子是長離。毋以九苞盛，而隨衆鳥移。願言慎翔步，高舉以爲期。

經龍門渡伊水

龍門石所積，巑岏何壯哉！不知造化力，萬古誰鑿開。雷霆鬥地底，浩浩伊川來。石怒勢未止，水折爲倒迴。漸車偶一過，尚畏雙輪摧。是時曉霞散，下映波瀠洄。日華麗沙汭，爛然文錦堆。鳧鷖啖且泳，徹底無纖埃。飛泉瀉紅瀑，亂落如玫瑰。却顧兩崖上，并涌青蓮臺。緬昔李唐日，扈從多良才。擒詞一何綺，遺碣生莓苔。嗟我未登陟，立馬空裵裒。豈無掞天藻，誰勒蒼山隈。昔人竟已矣，來者復何哀。

汝州郊外遇雨

休驂臨汝郭，暮聞田鳩啼。微雨一以至，森然衆緑齊。春烟曖平陸，不辨東與西。但覺野泉響，瀧瀧鳴中畦。一冬暖無雪，高田坼如龜。昨者苦春旱，農人懸耕犁。入夜幸霢霂，秀麥含華滋。來牟遂有托，行子何嗟咨。泥塗縱云苦，猶愈室家飢。稽首祝優渥，自愧無豚蹄。至仁豈責報，所荷皇天慈。

郟縣道中

冉冉歲華改，不知行役遥。惠風送餘善，散我心鬱陶。始見囿中杏，復欣川上桃。微雨夜來過，青陽發土膏。秀麥既剡剡，農耜咸相邀。人生各有役，趨彼晝與宵。愚者展四體，以答天地勞。愧我一匹士，何爲長游遨。逝將自兹返，俶載耕東皋。

抵漢江

隱隱銅鞮路，風烟繞漢津。帆懸三楚月，纓濯兩京塵。芳草汀洲色，飛花峴首春。故鄉鷖與燕，漸欲識歸人。

哀延知

白日赴西溟，萬化各有盡。恒幹終焉凋，哀子獨先霣。昔我適金方，執手泪如綆。子言驅車勞，往路一何永。關山有還轅，電火無留影。向笛悲徒深，嵇琴寂已泯。俯仰天地間，百年等松菌。亮無三秀芝，誰與駐光景？

四圖詩爲李海帆方伯作海上釣鰲

海日三山來，照見金銀臺。臺高不可即，長波何崔嵬。連鰲自此渡，蹴踏滄溟開。吾將嬉十洲，又欲超九垓。俯仰小宙合，方蓬何有哉？

凌雲載酒

凌雲望不極，萬疊峙嘉州。下照平羌水，長懸明月秋。昔人懷獨往，高咏薄封侯。不有重來客，誰誇載酒游。

萬年寺峨嵋積雪

三峨奇秀九州少，雪色浮空割昏曉。蓬蓬白雲如海來，飛入天門不能埽。拄笏未得騎玉龍，凝望已覺超鴻濛。至人天游馭六氣，區區豈在凌高峰。

峨邊擒蠻

國家威德綏遐荒，西南屬夷歸職方。邊吏維婁偶不謹，或有豕突恣披猖。使君投袂奮且怒，繩橋突入據其阻。師行枕席人不驚，一戰遂沛洗兵雨。古來邊策皆羈縻，時亦不廢鞭與笞。容頭過身但巽懦，毋乃養癰患自貽。男兒立節在報國，投筆豈但口擊賊。蠻酋震懾如雷風，使我邊氓復作息。公以儒者稱知兵，澹無勇功與智名。願持上策告來者，永令妖氣銷欃槍。武不可耀備勿弛，胸中甲兵此老子。

簰洲阻風

急雨挾驚雷，風鳴亦壯哉。白波吞地盡，紫電劃天開。倚伏占消息，津塗倦往來。紛紛矜利涉，誰是濟川才？

晚泊嘉魚

夕照全收雨，平蕪欲入城。鳩啼貪蔭茂，燕浴喜沙晴。山翠望中合，渚霞天外明。漸看鄉路近，亭堠亦多情。

送姚春木丈之長沙

片帆空際懸，青草望綿綿。地勢臨湖盡，天形入浪圓。軒皇留廣樂，帝子送靈絃。不有騷人作，誰將大雅傳？

托興成孤往，何心歷九州。醉歌朱鳳曲，豪駕百黿游。三秀還堪采，重華未可求。從來卑濕地，慎莫久淹留。

偕諸公游武當宫遂登黄鵠山仍下置酒

纖埃净四表，白日懸清秋。招携踐琳宇，矯若凌十洲。曲曲履幽磴，稍稍升高邱。原野不可辨，洪潦縱横流。耕氓百無一，蛟龍放遠游。曜靈下濛汜，明霞空中浮。真仙若惝恍，出入金銀樓。此曹詡中舉，不關人世憂。虚名濫瑶笈，忝竊吾所羞。去去就故道，命酌交相酬。衆賓既盡醉，獨客感未休。稷契去已遠，駕車安所求？

平遠樓和壽泉參軍

共有樓居好，先爲步屧過。簾光動江漢，杯影瀉星河。暮笛龍吟起，岩更鶴警多。看予騎赤鯉，來往躍風波。

舟過九真山

峰雲吹不去，吹作九蓮花。蘿磴懸秋澗，林鐘散曉霞。耕農高石户，宿鳥戀汀沙。物役何爲者，浮生未有涯。

訪孝長竟陵偕游胡氏園林

君尚林泉卧，余行安所之。風塵仍短褐，日月自清時。材美桐先爨，憂來笛更悲。悼季舉、延知、孝旃。相逢須痛飲，更過百年期。

客屐此經過，林亭足笑歌。寒聲紛雨葉，秋色澹烟蘿。寂寞才名滅，飄摇浪迹多。蕭蕭看短髪，回首避青娥。

熊葵園太守邀過倚園

盡納澄鮮妙，秋光復在兹。地兼林壑勝，天與水雲宜。飛閣凌虚出，危峰逐望移。坐來幽興愜，或有野鷗知。

美政彤幨遠，閒身緑野留。招携多逸客，俯仰即滄洲。海運鵬方息，天空鵠自游。東山仍望起，莫便擬巢由。

酬陳巽之

滄浪諸子并才雄，老去尤憐陳孟公。覆瓿元經長自惜，登臺白雪許誰同？時名偃蹇均岩穴，澤氣蒼茫雜雨風。感子申章情不淺，非無長劍倚秋空。

竟陵遇徐仲章

飛蓬相遇古滄浪，短髮驚看漸欲蒼。千里行吟雙涕泪，十年知舊半存亡。天垂廣澤星辰大，秋盡平原草木霜。地下龔生嗟竟天，如聞楚老泣蘭芳。兼悼孝旃。

赴江陵别孝長瑋公

自我來漢濱，秋風未云厲。徘徊玩緑榮，霜條倏以墜。嗒焉悲徂年，日與百川逝。孤懷殷百憂，微力負衆勩。稍濯滄浪纓，仍鼓江陵枻。故人嗟解携，傾醪起相慰。慶雲耀太清，高衢日月麗。藹藹群龍游，愚者獨憔悴。生逢休明時，耕釣送年歲。本自江海人，無爲落吾事。閶闔期未來，九萬詎可試。去去勿重陳，飄颻從所寄。

雙　　流

浩浩雙流溢，嗸嗸四郡悲。可能修萬績，頻見軫堯咨。溝洫非難復，茭薪未易支。中宵起三嘆，不爲一家飢。

江湖真滿地，生計只漁竿。飢溺當平世，金錢仰縣官。已占營室見，莫待雪霜寒。何日金堤就，長令百堵安。

郡城悟琴希子常春林

落日下章臺，寒風萬里來。乾坤何莽蒼，歌嘯此裵褱。鬒髮嗟難變，滄江逝不回。衆芳久蕪没，詞賦莫言才。

疇昔飛黄步，争言蹀躞超。相看尚泥滓，各欲老漁樵。鳳泊雲閶迴，鴻飢夢澤遥。濁醪堪共醉，何事解金貂。

寄九香大梁

游梁自惜馬卿才，日日夷門醉不回。望遠獨憐江上客，題詩遥發禹王臺。天低鄢郢千山合，雲繞嵩河一雁來。爲報楚狂情盡減，蕭條歌鳳自裴裒。

寄子方大守蘭州

虎軾高懸析羽旌，風流坐嘯古金城。千年白月臨邊影，萬里黄河入塞聲。夾鹿車前春早遍，離鴻江上雪初晴。關山此際聞羌管，應有梅花寄遠情。

江上見梅花憶子喬

綻玉一枝新，無由寄遠人。冰霜逢晚歲，留滯尚三秦。榆谷關山月，梅州嶺海春。遥知羌笛奏，鄉夢故頻頻。

寄東愚都中

聞道丹山羽翮豐，趨庭遥在鳳城中。一經堪繼韋長孺，三賦應傳左太冲。矯矯臺前燕市駿，寥寥天末楚江鴻。可知抱玉荆山客，短褐悲吟嚮朔風。

寄唐生汝立

關山秦地月，車馬洛陽城。送子一爲别，茫然空我情。堇金徒自躍，郢璞向誰明。側想風雲會，何由共振纓？

聞汝耽奇服，曾爲汗漫游。禦風乘廣莫，海望小神州。鵬運幾時息，鴻書何處求。三年盼瑶草，芳訊太淹留。

寄春木丈鄂州

七澤栖栖歲已闌，鄂王城下盛風湍。游談不夢燕烏集，姓字將成楚鶡冠。永夜羈懷天地迴，高歌江國雪霜寒。羅含庾信猶堪訪，搴佩期君擷芷蘭。

司馬行贈周宜亭司馬

司馬磊落人中豪，才如浩浩長江濤。東之七十止佐郡，嗟乎梁公安可遭。幾年搴茭塞瓠子，美政中州更無比。豫人愛之如春陽，耕鑿熙熙樂田里。中山謗書不見剖，柳下三黜吾何有？拂衣大笑來楚中，且復栖栖隨墨綬。九疑山邊烽火紅，盤瓠奔突如狂風。聞之投袂請自效，躍馬仗劍軍門中。自募壯士得三百，獨以奇兵佐游奕。單騎詣峒降其曹，一戰凶渠埽無迹。口陳善後二十事，帳前侃侃手畫地。營平老謀懷婼羌，諸葛長算制蠻裔。上公節帥降階迎，遂議屯田置官吏。一軍聞者皆大驚，自云叩囊持餘智。生平識略自倜儻，干將鏌鋣唯所向。即如頻歲籌宣防，綱絡群流指諸掌。惜哉位卑無旌旄，坐令蒼生懷悵怏。朔風相遇章華臺，貧賤唯惜王生才。王生貧賤未足惜，才如司馬尚伏櫪。滔滔南紀縱横流，赤子不免困沮澤。何當致之要路津，使我編户足衣食，王生貧賤計亦得。

十二月四日大雪

飛雪滿江城，宵來直到明。千林寒自照，萬户寂無聲。未放疏梅綻，惟欣宿麥榮。大裘吾有願，安得覆蒼生？

次韻答東愚見寄

苦憶淮南樹，遥傳薊北書。懷人有高唱，念子獨華予。江海嗟身賤，冰霜逼歲除。凌雲猶可賦，萬一薦相如。

得彭稚宣明府襄陽書却寄

暫得郎官宿，曾紬太史書。麻衣變萊彩，花縣渺潘輿。八口無黔突，三邊少敝廬。傳聞近留滯，却效鹿門居。

君到隆中宅，登臨正落暉。雲山龍自卧，日月鳥同飛。羊杜名俱寂，蕭梁迹已非。蒼茫何限意，望古一沾衣。

卷七　詩 庚子辛丑

郡城春望同春木翁

裊裊春雲覆女墻，青皋二月足年芳。林風散入千村暖，花氣晴浮萬堞香。鎖鑰尚傳雄鎮重，關河唯覺客心長。韶華不醉今何待，啼鳥聲聲報夕陽。

寄郭南村

五音競繁會，雜彩紛陸離。雅道日淪替，元黄悲素絲。慨焉慕六義，正始安可追？之子抗貞則，高步游莊逵。落落造澹泊，往往參希夷。風泉涣清聽，秋馥揚英蕤。想見烟蘿人，仗策忘歸遲。淵尚我獨愜，遐心人豈知。自非柴桑叟，難可與等期。

往與二三子，矯志希昔賢。飛伏一以判，邈若雲與淵。豈唯判飛伏，逝者歸黄泉。謂衡香季舉。惟子謝塵鞅，高蹈栖幽元。夕延緑蘿月，朝羃青桂烟。愉色奉潔養，妻子皆陶然。俯仰一庭内，自有羲皇年。嗟予困長坂，鹽車難自前。逝將耦沮溺，往耕南郭田。

送陶若卿之衡陽謁其季父

壯矣圖南翼，曾無芥蒂胸。行經洞庭渚，望見祝融峰。日月多奇采，雲霞少定容。禹碑猶可辨，爲訪碧苔封。

離筵歌楚調，行子去章臺。水大愁魚上，峰高少雁來。言尋蘭芷路，更會竹林杯。努力騏驎步，金門佇俊才。

寄挽李海帆方伯

豈弟流邊徼，旬宣擁大藩。出持羊傅節，歸臥謝公墩。飢溺籌民命，江湖戀主恩。猶聞誰嗣誦，遺愛至今存。

綜貫兼文武，冲和表性情。襜帷原岳牧，鈐閣儼儒生。北海風流接，南樓月色清。遠慚徐孺子，絮酒幾時傾。

寄懷春木丈

元亭問字清樽滿，南郡談經白髮多。萬里兵戈懸海國，百年心事老關河。流亡井邑愁經眼，悵望賓朋起放歌。誰念清秋杜陵客，宵來伏枕傍鼋鼍。

病起遣懷

柴門遥倚荻花開，病起臨江日幾回。秋老龍虬寒自蟄，天高鴻雁響逾哀。難招徑外羊求侶，誰問山中管葛才。但使九州歌擊壤，腐儒焉敢薄蒿萊。

寄李大心海

所思陸城下，不見八載餘。以我客游久，非君音信疏。無才甘藪澤，將隱狎樵漁。獨憶平生友，寥寥悵索居。

城南卜居好，閉户獨憐君。徑僻多黄葉，山深長白雲。有懷舒阮嘯，何客薦雄文。爲報同心侶，行從鷗鷺群。

遥送凫薌觀察入都

三年南國使君旗，得失尊前一笑餘。謫宦幾人猶戀闕，浮家何地可懸車。名高耆宿今詞伯，夢繞承明舊直廬。鷹隼得時方搏擊，避風且作魯鶢鶋。

壽泉參軍招同張韻仙飲黄鶴樓

長飆颯然至，吹我上高樓。白日千齡速，滄江萬里流。飛鳴慚大鳥，伏處愧潛虯。寄語羨門輩，吾將凌十洲。

清流兼永夕，散吏有仙才。此會信難得，如何不舉杯。疏星明浦溆，遠火雜樓臺。俯仰已天際，塵勞安在哉？

南郡至日簡樗翁

葭灰緹室陽初轉，蓬鬢滄江感不禁。天上六龍方駐景，雲間二鳥合悲吟。盈盈竹葉光浮醆，裊裊梅花香滿林。逆旅三逢長至節，登樓同起望鄉心。

南郡逢張子蔗泉歌以贈之

荆州城邊江捲沙，二月欲盡無鶯花。客從湘南訪江北，望古屈宋生咨嗟。生平南北半羈旅，落落逢人輒無語。少年不入金馬門，高志翻爲黄鵠舉。懷中著書今無倫，懸之足敵璠璵珍。貧來乍可儕原憲，世上誰能重子雲。江東姚叟老愛士，眼中之人屬吾子。王生亦客章臺旁，意氣憐君在泥滓。朔風撼空角聲急，雪花宵來照天白。蛟龍凍骨愁欲僵，飄飖朱鳳號南極。又聞有詔誅鯨鯢，虎符徵兵下郡國。戈船蕩寇須此曹，我輩縮瑟亶偷食。匣中雄劍生埃塵，嗚呼壯士無顏色。

海　上

青龍戰艦壓雲低，海上春風入鼓鼙。跋浪頗聞翻屓贔，飛章頻請貸鯨鯢。行營壯士間投石，上宰崇班久執珪。表餌奇謀仍未效，空勞列陣似連鷄。

銅符日夜出神京，萬里重溟總震驚。羽檄亟催橫海將，艨艟大發習流兵。鷁帆晨擁風雲陣，鯷壑宵飛霹靂聲。爲語舳艫諸戰士，急將忠力答升平。

樓船千里下江陵，擊楫中流士氣騰。盡道雷霆伸廟略，猶虞水潦乏軍興。龍驤破浪真無敵，鷹户扶犁或未勝。一戰自兹銷劍戟，更看粳稻滿郊塍。

飲酒詩和樗翁

元亮慕魯叟，功在禮樂新。彌縫念六籍，彼豈沈湎人。我志亦有慕，與世歸其真。陶陶順帝則，民氣樂且淳。元酒有遺味，往游三皇春。

高鳥游層雲，潜魚泳渌水。雲水俱相忘，機動任天使。昔賢寓杯勺，適性亦如此。譬彼昭文琴，妙豈寄絃指。規規屈左徒，獨醒懼其浼。淵乎萬物宗，吾將師奏始。

今日雨初霽，原野含餘滋。出門見緑草，始覺春已歸。稊柳弄柔影，當風何依依。遇物盡生意，此力誰所施。陽和不言德，草木安能私。歡然會我友，玉壺繫青絲。舉觴答造物，登臺同熙熙。醉醒且不辨，豈問醇與醨。

昔者酈食其，長揖隆準公。憑軾下齊城，掉舌何其雄！據鼎遂不免，貪此尺寸功。何如稱酒徒，日醉高陽中。嗟嗟馳騖士，奔車安所終。

孟公如鴟夷，滑稽日盛酒。柏松危如瓶，勺醪不入口。酒客難法度，彼此互相糾。吾欲論齊物，證之漆園叟。大笑視二豪，蜾蠃亦何有？

昔在里居日，往來東皋田。南風吹桑麻，秀色浮長天。租税吏不擾，篝車村相連。田家釀初熟，置酒争招延。勤苦各相勉，對之機智捐。自從江漢溢，不得耕故廛。何時與農叟，縱飲柴門邊？

婁東姚夫子，雅性嗜尊罍。意得即命酌，興往罷舉杯。譬若百花氣，香逐東風來。風定香亦止，攬之安在哉！達人罕凝滯，玉山何必頹。始知性真内，自有糟邱臺。

聞蔗泉移寓講院并簡樗翁

賓榻塵先埽，朋簪氣益華。楚筵分醴酒，仙客繫浮槎。感寄樓中賦，心驚海上笳。相看春又半，雨雪滯鶯花。

感　　春

淑景過春仲，陰風日怒號。愁霖迷井邑，飛雹逼弓刀。農器鬻將盡，軍儲徵更勞。幾時回霽色，秀麥映東皋。

杏花絶句和樗翁

西憐春色映簾櫳，日日休教酒盞空。莫待長條香雪盡，簫聲惆悵月明中。

花前風雨怯春寒，盼得花時春欲闌。直到花開風又雨，看花仍未得花看。

隴表春風别六年，澹紅香白夢依然。如今萬里無消息，付與何人載酒憐。鞏昌郡齋東偏有杏數十株，花時曾偕梅州廖子、黔中唐生、襄武樊生布席會飲，今别來六載矣。

上已雨不果游簡樗翁蔗泉

寂寂春將晚，瀟瀟雨未闌。楚天雲總濕，澤氣晝多寒。消息遲挑菜，風光罷采蘭。出門愁屐滑，況復少花看。

南郡春興同蔗泉作

一春已過六十日，雨腳不斷多于麻。城上草根且未活，君今莫問章臺花。

城外水深愁没踝，城中滑滑三尺泥。垂鞭來往少年子，玉腕驊騮驕不嘶。

二麥田中凍欲死，村村米貴無春糧。老農偷泣眼流血，轉徙未知依何鄉？

長堤鼙鼓徵役夫，身上雨雪兼泥塗。日暮飢腸得暫飽，願從官假完衣襦。

四千健兒來益州，誓埽長鯨南海頭。聞道捉船斷行旅，得錢即醉妖姬樓。

朝來喜見晴光新，況有紅英枝上春。詩老披衣走邀客，濁醪同過西家鄰。

江水春連湘水深，傷春詞客多沾襟。庾園宋宅在何處，不見蘅蘭愁我心。

南望重溟洗甲兵，東郊臺笠聚春耕。腐儒痛飲無一事，日日花間歌太平。

三　春

七澤真寒谷，三春有漏天。流亡仍未復，灾沴一何偏。風雪軍中檄，旌旌海上船。因思賈大傅，流涕太平年。

江陵柳

依依柳色渡江來，萬縷千絲結不開。閨夢願爲天外絮，隨風直過粤王臺。

攀條萬里送長征，目斷戈船海上行。從此妝樓春色少，風光偏屬亞夫營。

雨雹行

今年二月至三月，雨雹日夜交縱橫。當春肅殺氣更厲，草木不得舒勾萌。路旁時有凍死骨，牛種賣盡無人耕。三農性命迫溝壑，調發更給樓船兵。皇天即時放晴旭，忍死猶能待麥熟。

春興六首和蔗泉

郢門芳序大蹉跎，不見鈿車陌上過。風雪三春花事少，海天萬里戰雲多。經生推驗明灾異，詞客憂時罷嘯歌。南望越臺兵未解，誰持一劍靖鯨波。

重鎮徒聞節鉞懸，如何鼙鼓動經年。窮溟亦是天王地，横海非無漢將船。遂使蜮沙驕小醜，可能犀炬徹重淵。島夷來往仍鳴鏑，猶道飛書用魯連。

潮頭翻動戴山鰲，倏見天吴跋浪豪。露布何曾三捷至，宵衣無乃九重勞。樓臺蜃氣當春暗，燧火羊城入夜高。太息國殤終不返，鬼雄魂魄葬波濤。

文昌上將出天關，銅虎新從殿上頒。盡發千帆浮鷁首，先憑一戰慰龍顔。藁街應戮蠻夷邸，京觀高封島嶼間。南國轉輪連歲月，滄江日望凱歌還。

番禺城上有鳴笳，壯士從征不憶家。旗幟青摇營外柳，烽烟紅入海邊花。艅艎鬥舸連雲盛，組練軍容照水華。赤子瘡痍今不少，早銷金甲事桑麻。

颯颯寒風動地來，楚天雲氣壓章臺。非時雨雹何爲至，積潦田園更可哀。殄寇自宜方召略，貴農深望管簫才。妖氛即睹欃槍埽，黄道晴光六合開。

對　月

薄霽雲猶濕，中宵月漸明。庭深遲照地，天遠故依城。不寢閑鴛被，誰家暖鳳笙。春潮珠有泪，莫照海邊營。

南郡參軍歌贈俞參軍鴻甫

南郡參軍走告我，趙佗臺南盛烽火。投袂欲往吞鯨鯢，抽箭仰射貪狼墮。百餘年來狃互市，奸民闌出不畏死。廣州郭外有夷舶，嗚呼何人職禍始。去秋已覆舟山城，公然掠柁趨南溟。粤師挫衂又相繼，坐使蜃氣連天腥。此輩畏威不懷德，狡焉貪婪豈有極。議欵者誰甘誤國，參軍言之泪交臆，誓爲國家蔵此賊。懷策未得陳軍門，位卑無人知參軍。參軍位卑何足傷，男兒要自多慨慷。去年江漲鳴奔湍，萬人號哭聲向天。長堤岌岌勢將圮，參軍障之堅且完。生平膽决類如此，惜哉不得乘戈船。九重新頒銅虎符，天兵南指雷霆驅。島夷不足膏斧碪，翦此群醜如摧枯。參軍不用更拊髀，且爲南國順南紀。流庸歸來復田里，桑麻滿地秀色起，坐看東流大江水。

寒食雨中簡樗翁蔗泉

江陵寒食節，高館客愁新。天外雲垂地，人間雨斷春。鶯花殊未見，裙屐轉難親。二客風流士，空然憶墊巾。

喜聞粵東大捷奉寄前制府林公三首同樗翁作

風埽鮫人泣，霆驅蜃母奔。始聞讐破膽，誰議縱游魂。戈甲南天讐，梯航北户尊。連朝傳露布，喜氣遍江村。

漢家楊僕將，横海立功名。一戰潮迎艦，三春雨洗兵。刑徒趨購賞，義士激忠貞。亟僇中行説，恬波此自清。

智略裴中立，清名宋廣州。騏驥仍在馭，蛟鱷不須憂。坐策無遺算，登壇已伐謀。貂蟬原異數，況乃出兜鍪。

讀道家言

青牛去不返，道喪五千言。豈有長生術，安知衆妙門。陰陽何可盜，精氣亦虚存。太息元珠渺，終淪濁水源。

聞侯官林公謫伊犂

萬里伊吾北，孤臣鬢已霜。奏書無耿育，持節少馮唐。曲突謀猶在，高墉射易傷。鼓鼙思將帥，終望埽欃槍。

咏白菊和樗翁

秋卉有奇性，由來昭質殊。懷清非自異，在濁不能污。東海魯連子，南邦屈左徒。高風如未遠，千載可同符。

又作此示劉生

素心原自澹，晚節不知寒。履潔吾猶浼，同塵汝亦難。好修恒緝佩，新沐必彈冠。奇服誰能改，聊從性所安。

寄五弟子章

歸舟何日達，未遣尺書聞。秋老多風雨，天長但水雲。愁看楓葉下，惜與棣華分。日暮烟汀立，驚寒起雁群。

牛畝鷗波宅，雙親鶴髮年。緊予猶久滯，念汝實能賢。心力誅茅瘁，妻孥拾橡憐。菑畬無暫輟，晚獲有良田。

秋　來

栖栖江上客，抱膝獨高歌。潦後田園廢，秋來鼓角多。粵山猶列戍，閩海更横戈。頗牧今方出，無爲嘆薜蘿。

蔡篴椽大令出舊游詩見示

看春七上鳳城樓，意氣飄然萬里游。京國川原雄陸海，太行風雨下并州。蕭蕭湖柳雙堤路，冉冉宫花六代秋。知有租船能咏史，與君銷盡古今愁。

仲閎至郢偕槔翁龍山秋望

客從江上來，古懷積浩蕩。出郭躋兹邱，盍簪得吾黨。緬昔軍府游，風流闃英賞。野潦依城隅，瑟瑟映菰蔣。古原多悲風，秋氣會林莽。蒼烟倏然生，微雨滌塵坱。萬象同泬寥，千齡速俯仰。遇物常寡歡，厥抱何不廣。好爵猶未羈，槃阿縱所往。且與留斯須，矯首挹朝爽。

并　海

并海瞻妖孛，當秋落將星。頻干天震怒，不念國威靈。秦望烽烟斷，句章戰血腥。投醪多壯士，慷慨靖鯤溟。

簡仲閎

波深香草怨，秋盡故人來。寂寞三休路，蕭條九辨才。古原蒼鼠竄，暮堞皂雕回。君問渚宫事，風流安在哉！

道遠飛書疾，天寒擊楫過。角聲江上急，戰骨海邊多。赤羽連甌越，青山罷嘯歌。貪狼芒未斂，搔首奈愁何？

元冥行九月二十七日作

元冥噓氣何凜冽，北風怒蹴海門裂。四明之山撼欲折，山下髑髏吹作雪。烽烟已斷明州城，越中日望西來兵。西來舳艫幾千里，避風不得張帆行。傳聞逆夷擅飛炮，機發百里勢可到。高城雄堞如壞雲，往往赤地若原燎。蚩尤造兵實禍始，矧爾酷烈古無比。天生五行民用之，爾獨倒行逆其理。元冥元冥何不疾鼓寒門風，滅此毒焰永衰止。凍涸大海直見底，狂鯨怒蛟抱冰死。

寄懷臯香觀察都中

聞公解組帝城還，日日開尊未許閑。垂老丹心依魏闕，中宵清漏憶朝班。三秋風雨黄流岸，百戰旌旗滄海間。聖主宵衣求國士，肯令安石久東山。

寄東漁津門

萬里潮寒碣石風，戈船鼓角傍天東。愁聞滄海秋多警，即恐音書阻未通。雲護九關閶闔近，地連三輔甲兵雄。屯軍細柳深相倚，百島長消燧火紅。

憶唐生汝立

曾聞匹馬出幽燕，度隴游吴總渺然。關塞蕭條秦樹外，干戈阻絶海雲邊。鯨鯢浪激蓬萊島，鴻雁音遲雨雪天。吹角連江驚未已，深愁難達五湖船。

重　　譯

百蠻重譯盡梯航，封獸來從古越裳。頗慮芻禾供不易，猶煩冠蓋道相望。微垣日月蒼龍駕，天策風雲赤驥驤。禁衛鈎陳原不乏，旅獒誰爲進君王。

海警同樗翁作

八月風高鼓怒鯨，乘潮蹀血海邊城。九天頻遣河魁將，萬里方徵蜀郡兵。敢惜轉輸連道路，獨煩宵旰念滄瀛。孫盧出没仍難料，三輔能無細柳營。

登　　壇

傳聞衛霍已登壇，日日旌頭海上看。敵愾莫憂兵力寡，折衝誰信將才難。鯨鯢經歲游魂在，猿鶴三秋戰骨寒。此日深宮勞拊髀，捷書須報五雲端。

耶　　溪

耶溪雄劍動星文，竹箭稽山望若雲。但倚江東多子弟，無勞天上下將軍。投醪盡壯驍騰氣，衣錦仍高戰伐勛。回首禹陵烽燧近，亟乘兵力埽妖氛。

北風行

荆南十日天早寒，長風北來冰塞川。鵁鶄素鶂凍欲死，虎豹縮瑟高空山。海邊鑿齒吮人血，頗怪天公貸汝活。飛廉揚旗下帝閽，么麽窟穴可盡刮。真宰豈得無肅殺，健兒疾赴東南征，不見雪夜縛賊懸瓠城。

寄九香大梁

聞道洪河決大梁，吹臺千尺浸蒼茫。飛沙捲地三秋白，濁浪浮天九曲黄。禹績盡憂淪息壤，漢廷重議築宣房。一官真類尋源使，可許乘楂問七襄。

答孝長

奇氣劉郎漸欲平，蕭然野服久逃名。臨流自愛滄浪水，感事猶談澤潞兵。治世未能無盜賊，安邊終在用豪英。東南亟望銷金甲，與子優游托耦耕。

寄木民興化

秋來甌越盛烽烟，日望東南殺氣纏。海路行營方轉戍，淮壖茂宰自鳴絃。茭薪無力輸河伯，將帥何人制水仙。安得吏如龔渤海，盡銷刀劍事耕田。

探　　丸

奸猾生閭里，争探赤黑丸。政平除莠易，事急束薪難。桴鼓聲相繼，流庸業未安。自非徵卓魯，何以撫凋殘。

賣　　劍

昔聞廣陵守，造壘泣張嬰。盜賊能歸死，閭閻正苦兵。不須求武猛，止在用廉平。賣劍從今始，春深叱犢耕。

答蔗泉

平子歸南國，經年悵索居。春來湘浦夢，兵後故人書。膏血悲塗野，瘡痍起荷鋤。仍聞父老嘆，流涕補軍儲。

得夏伯威書却寄

曾窺日觀小齊州，解紱歸來感百憂。七澤疲農傷瑣尾，三年滄海望旄頭。城隅春老蓬蒿宅，江上書傳杜若洲。久客仲宣君莫問，情懷今已罷登樓。

寄子重

減盡元龍氣，悲來孰可娛。干戈猶格鬥，老大益艱虞。守道終成拙，逢時轉覺迂。君今甘石隱，吾亦慕潛夫。

巨　海

漢遣樓船日，殷歌撻伐辰。旌旗連巨海，斧鉞授宗臣。多壘猶相望，奇兵自若神。豈無謝安石，談笑靖烟塵。

喜聞唐生汝立自吴還京

島嶼烽相照，吴門客乍還。三年留海上，一舸出兵間。消息猶疑夢，傳聞爲解顔。圖南今已就，鵬翼定難攀。

寄立夫觀察津門

萬里滄溟靖，連營壁壘堅。功高籌筆後，威在折衝先。井鉞嚴三輔，參旗壯九天。長城付儒者，武庫獨森然。

寄東漁

鯉庭趨海畔，豹略讀燈前。地重當三輔，謀深出萬全。軍威貔虎肅，陣勢鳥蛇連。不見淮淝捷，奇功屬少年。

題東漁春感詩後

將相皆憂國，滄溟未罷師。時艱懷俊杰，計大任安危。欲獻金門議，空深漆室悲。高歌還自遣，感慨少陵詩。

遥送子方觀察入覲

春風謁帝向神京，詔奬河西治有聲。萬里星占驄馬使，九宵雲擁鳳凰城。海濱猶急飛芻役，關内方屯細柳營。聖主憂邊勞拊髀，固應前席待論兵。

重過藻園簡鄧性田星門竹林

來往沙鷗熟，相從步屧過。橋連烟樹合，亭聚水雲多。遠道方兵甲，吾儕自嘯歌。芰裳曾製否，此地足槃阿。

勝地半郊郭，清游任去來。經傳韋氏業，野集謝家才。座客時看滿，鄰花日報開。好閑多樂事，况此好池臺。

春翁避水至沙市館鄧星門學博養真精舍

東方歌避世，南郡罷傳經。江上呼窮士，人間駐客星。勞生同泛梗，閲世等浮萍。照眼松醪碧，銜杯莫暫停。

嘉遁宜梁廡，通賓得鄭莊。新圖成主客，幽興足林塘。楚澤吟將遍，吴淞夢未忘。芙蓉堪采采，願子緝爲裳。

贈鄧春滋上舍

少年文藻動京華，冠冕名宗蔚若霞。玉碗宵飛燕地雪，珠鞍春拂帝城花。夢依霄漢懸雙闕，歸擁圖畫傲五車。回首鳳麟洲不遠，看君豈合在蒹葭。

意氣今逢八俊儔，開尊日日接清游。篇章鄴下芙蓉夕，賓客淮南桂樹秋。東望烽烟連海暗，西來江勢接天流。蒼生出處占安石，莫向林泉更久留。

九日偕樗翁壽林登城西樓

令節無煩出郭勞，朱樓俯瞰極纖毫。孤城影卧滄波静，千里秋懸白日高。欲障百川空有志，深愁群盗尚如毛。仲宣懷土難成賦，意氣殊慚二客豪。

讀　史

主道有其要，仗信推至誠。上智不自用，大功不自名。積疑伏衆枉，任數乖物情。真宰運元氣，超然居太清。七政任經緯，萬化無不成。陰陽有愆伏，雺霧乃鬱生。所貴帝王術，法天昭至平。大公泯推測，虚己仗豪英。端拱實在此，億載頌欽明。

猛將發卒伍，于國爲虎臣。統馭苟得才，豈必在懿親。晋任司馬彤，關中卒以淪。臨川總北伐，師潰洛口津。行罰有弗及，厥政何由均。項氏用子弟，霸國終不伸。偉哉龍顔主，豁達自有真。一言拜韓信，築壇殊等倫。餘皆起屠販，收功項與秦。將將乃天授，豈惟謀斷神。

禽息薦百里，碎首秦廷中。公叔薦衞鞅，伏枕猶納忠。陳説匪有異，用舍良不同。夷吾贊九合，實出鮑叔功。鮑叔豈得專，桓也聽則聰。悲哉衛史魚，區區效微衷。不惜身殞没，所期在感通。豈如瞿子威，生則位三公。以身塞星變，哀禮榮其終。不聞薦一士，輔翼回皇風。

朔馬不變吴，南禽不逾代。物性各有安，易之乃生敗。長波起重溟，妖氛暗吴會。徵兵秦與蜀，悠悠遠行邁。戈船未嘗睹，風濤渺無際。一聞鼙鼓聲，望風或至潰。將校非其人，劫掠輒爲害。利器久已窺，患伏所備外。涇原與南詔，可以爲至戒。

穰苴斬莊賈，漢武誅王恢。將敗伏斧質，國法不可回。何況未見敵，棄甲先歸來。必死有暴骨，倫生無後災。時平養介胄，豢此奴隸才。墮軍復長寇，實忝爲悲哀。但須戮逃將，狂賊不足摧。

南　　徐

地設南徐鎮，軍雄北府兵。海門何不控，天塹若爲輕。賈豎腰弓入，官曹委節行。佛貍祠下火，已照廣陵城。

聞金陵戒嚴

潤州無一戰，建業有長圍。寇敢輕深入，謀宜擊惰歸。金陵龍虎氣，玉帳鳥蛇威。急起江淮卒，憑城早決機。

敗竄干軍紀，芻糧梗畂衝。議輕中執法，計絀大司農。打網多狂兕，探丸若聚蜂。徐邳聞更決，何策撫流庸？

日徒驅市賈，同惡起相求。飛炬燔京口，揚帆指石頭。山川非不壯，將帥太無謀。即墨區區地，猶能縱火牛。

乍報逃單騎，旋聞饋百牢。虛聲甘恫喝，重賂罄脂膏。候火鐘山斷，華筵幕府高。倉皇惟餌敵，無乃愧戎韜。

得宗滌樓舍人書寄答

聖皇御紫極，日月輝太清。辰居拱列宿，岩廊羅衆英。夫子起東越，珥筆彯長纓。儤直鳳凰池，禁地嚴且閎。中天爛雲漢，萬象生光明。綸言籍藻繢，厥職良匪輕。丈夫感意氣，肝膽猶相傾。何況遇聖主，顧盼非常榮。庶幾竭黽黽，夙夜攄忠誠。陋彼漢枚馬，詞賦安足名？

涼飆起中夕，撼我金井桐。天高厲清響，仰聽雲間鴻。侵晨尺書至，遠自京華中。君爲百尺幹，余若九秋蓬。殷勤枉箋翰，秉意一何冲。蔓草未得賦，伐木聲則同。人生重許與，片言凌華嵩。矧伊樂推獎，愛勖心無窮。愧非他山石，助子以磨礲。

雲鵬軼霄漢，澤雉栖林邱。飛伏志有在，出處從所求。念昔二三子，芳華凋素秋。走也困短翮，落落耽滄洲。惟子揚令問，攬轡驅華輈。側聞廟堂上，猶煩君相憂。子其展智略，獻納陳嘉謀。折衝在尊俎，廓清滄海流。依然陶唐世，唯見康衢游。吾儕在藪澤，没齒蒙其休。不辭南山下，短布長飲牛。

石柏歌

神農屈伸世不識，化爲蝘蜓亶盈尺。君看石腹三寸莖，乃有新甫萬年柏。憐女流轉滄江干，携向高齋盟歲寒。嵰山絳雪足媚悦，玦池淺水羅琅玕。君不見漢家初搆柏梁臺，將作被詔求良材。萬牛輦致罄山谷，連雲偃蓋何有哉！明時梁棟自不少，斤斧紛紛委中道。柏兮柏兮勿鬥磥砢千丈姿，與汝相隨澗中老。

寄皛香觀察

清樽曾接鄂城游，人去京華兩度秋。又見使星來北闕，依然明月滿南樓。漕通巴漢于艘下，江入河淮萬里流。雪夜儻思梁苑賦，賓筵猶有舊枚鄒。

贈劉乙閣

海嶠五千里，盧敖儻可逢。去經大庾嶺，歸壑祝融峰。閉户生秋草，高吟激古松。夢中舊雲海，猶覺蕩心胸。

卷八　詩 壬寅癸卯

贈周筱樓

江漢風流渺，沅湘春色深。時清身未遇，客久意難任。欲學雲中舉，空懷澤畔吟。昔賢猶坎壈，將子莫霑襟。

未奏終軍對，驅車出帝京。獨游仍汗漫，百感益崢嶸。古調人誰賞，高言衆易驚。君看鴻與鵠，寥廓任長征。

停雲四章和春木翁

涓涓者澮，未若川流。如垤而止，愧彼崇邱。農不務殖，歲則何尤。莊馗褢足，時予之羞。

我有良朋，先民是勖。矯枉以警，耀暗以燭。道隱小成，士賤衒鬻。敬聞兹言，矢之邁軸。

我友云遜，孰是弦韋。俯焉内省，日與道違。負瑕匿纇，不知其非。迷陽傷足，吾安適歸。

我友贈言，遠自江濱。申章用答，視彼松筠。風雨如晦，我思古人。獨立不懼，豈其緇磷。

贈杜生若薰

嶧陽采修幹，製爲緑綺琴。希聲感至德，安能諧衆心。伶倫一以遇，重此疏越音。持汝獻清廟，大雅何愔愔。俗耳忽相重，謂是鸞鳳吟。物論固如此，悠悠匪自今。

昨歲朔風中，與子共尊酒。别來貽我書，感嘆三春柳。白日西南馳，俯仰孰不朽。唯有奇杰人，磊落千年後。文藝徒虚車，榮華亦芻狗。願子崇令名，窮達視所守。行矣各自愛，離别復何有？

憶藻園遥寄性田詹事

尚憶名園路，封詩訊主人。池臺知轉勝，花月若爲春。洛水清言日，山陰禊飲辰。自憐良會隔，獨客向江濱。

寄春木翁南郡

中宵思命駕，亟起欲披衣。乍覺川途渺，方知夢寐非。羈游同索寞，物色换芳菲。莫向高樓望，天涯春又歸。

題周荇農詩後

三載旄頭海上懸，頻聞赤子困戈鋋。當關大帥無高壘，憂國書生有少年。欲起馮唐重論將，方思侯應與籌邊。東南未是櫜弓日，莫使犀軍罷控弦。

題王牧莊公子詩卷

才高時駭俗，氣盛耻爲儒。烽火連江表，悲歌望海隅。登壇皆衛霍，制勝孰孫吴。亦有横腰劍，羞言敵一夫。

公子趨庭日，曾搴七澤芳。塵中能結客，戰後始還鄉。楚塞連山暗，吴天入海長。何由作鴻鵠，萬里共翱翔。

龔季貞返自金陵出示近詩即題其後

軍無勇與怯，用之在一將。將不得其人，百萬未可仗。龍種天上來，養威處帷帳。群策非無才，白徒豈難抗。兩山當海門，天險古來壯。狂寇敢長驅，棄甲道相望。哀哉東南民，露胔不得葬。謀國彼何人，念之有餘愴。

群凶悉市賈，安知兵家謀。深入乃送死，固壘吾何憂？散金募鬥士，涕泣皆同仇。歸氣彼已惰，一戰當虔劉。奈何委繒幣，墮軍長寇讎。子從兵間來，轉徙避戈矛。親見文武吏，懾息無一籌。崎嶇幸不死，憤激爲悲謳。此曹何足詆，所嗟家國羞。

青塘山居圖爲淩荻舟水部題

君愛青塘山，復結青塘居。春風吹向長安去，白雲望望山中廬。思歸只憶青塘好，年少臺郎拂衣早。山中吹遍青松花，飛到白雲長不埽。君不見躬耕草廬留隆中，南陽不復歸臥龍。贊皇亦是英豪者，平泉草木悲秋風。將相勛名等閒盡，何況浮榮但朝菌。以兹長揖歸青塘，暫逐南山從豹隱。送君去，湘水濱，波渺渺，石磷磷。青塘山接衡山麓，去訪山中衣白人。

焦山望海圖爲龔季貞題

龔生好奇窮兩戒，放眼欲凌六合外。望海直上焦山巔，未覺胸中有芥蒂。是時滄海如鏡清，重溟斥侯常不驚。蛟龍萬怪盡帖伏，中天照耀羲輪明，萬里島嶼浮空青。此地由來壯天險，海門扼塞誰能犯。時平軍鎮無遠謀，連檣遂縱艫循艦。君不見自從駭鯨觸網裂，曲阿城下日流血。北府勁兵安在哉？沿江邀遮無一卒。石頭列戍亦盡撤，龔生避地走蹩躠。

我聞焦山橫截江海流，翼蔽東南數十州。百夫守險豈得過，誰啓鍵鐍遺國憂。生乎莫上焦山望，潮頭正接黄天蕩。斬鼇無劍但惆悵，安得頗牧起乘障。

晚坐雪堂

沙際楓初脱，蒼茫浦漵環。寒風傳朔氣，暝色下西山。物役誰能遣，江流故自閑。坐忘惟隱几，不覺暮禽還。

晤季雅

戎馬君方竄，黿鼉我作鄰。何圖重見日，猶作再生人。閶闔懸丹極，星雲翊紫宸。匡時須稷契，延首望良臣。

與季雅夜話

身世奈愁何，酌君金叵羅。文章耆舊少，年來李申耆、毛生甫、龔定庵、朱西生均先後下世。患難友朋多。邱隴寒松柏，岩廊眷薜蘿。滌樓書來有“曼倩避世”之語。儒冠安用此，空唱厄屯歌。

題吳雲門孝廉雪舫讀書圖

我識吳君歲丙子，意氣直上青雲裏。今來相見齊安城，二十八年一彈指。酒酣示我雪舫圖，此中曾讀瑯環書。當時主人盛文雅，賓從落筆皆瓊琚。計車屢作長安游，策上金門未見收。蕭然騎馬到階下，先生學舍如宛邱。君既負却屠龍手，余亦飄零作蒲柳。盛年豪氣不可留，日輪西墮江東走。讀書何用窮萬卷，看人盡入金華殿。太乙不照名山中，笑汝日光空似電。君不見南來逐客峨眉仙，文章流落滄江邊。又不見紅顔朱紱周使君，謂蕓皋觀察。一旦薤露傷精魂。世間金紫是何物，牖下抱卷非豪杰。不如相從秉燭游，夜夜飛觴醉明月，莫遣蹉跎鬢成雪。

游武昌西山得詩六首

今晨美風日，遂果西山游。招携二三子，出郭呼扁舟。揚帆溯輕浪，浩蕩凌滄州。青天盡開豁，倒影澄江流。匹練忽點破，片片飛白鷗。顧見武昌山，參差如雲浮。歷歷吴山峴，隱隱庾公樓。大笑竟飛渡，往踐山之幽。

入山不見山，稍見寒溪寺。闃無樵者踪，朝露尚在地。橋下幽泉鳴，因風戛瓊佩。松根蟠蟄龍，突兀骨初蜕。根畔絡危石，行者代揭厲。詣寺生清凉，了了發智慧。寺後松連山，入天有餘翠。昔聞長沙公，舍佛表靈異。偉哉英雄人，大願實宏濟。高臺何巍然，仰止未能至。陶士行鎮武昌，得文殊金像置諸西山，後遂於此建寺。相傳陶公讀書臺猶在寺後。

出寺度澗壑，西山始列屏。緣磴百千轉，始上九曲亭。境高地稍曠，雲出不可扃。林端俯衆岫，迤邐環郊坰。大江西南來，勢捲天空青。遥帆隱可數，出没烟中汀。髯仙舊游處，草木餘精靈。颯然山風至，萬谷生雷霆。浩歌望八荒，俯仰遺我形。

有亭復相倚，擁翠當其旁。修蘿翳喬木，萬古惟青蒼。窅如坐緑海，四顧何茫茫。羲輪有不至，六月無驕陽。幽禽與異蝶，岩際時飛揚。靈草匪一種，惟覺芝華香。散髮坐磐石，絺衣生微凉。返照射松頂，參差流金光。恍若躡鰲背，可以凌風翔。

招提在山際，昔是吴王宫。當年此觴宴，憑視何其雄。豈知霸王業，滅没如秋蓬。遺搆化梵宇，浩劫嗟無窮。高閣又已毁，虚谷留松風。松風閣已毁于火。言尋菩薩泉，太息靈源封。復悵劍池涸，無由窺奔衖。僧言昨大雨，瀑勢飛白龍。一氣注萬壑，上與銀河通。何當坐看此，倒挂晴天虹。

攝衣陟崇椒，一覽小衆阜。怪石裂穹窿，猶識劍鋒剖。談笑眇杯湖，隱約露樊口。北望滄江流，齊安僅培塿。飛步凌霞梯，真仙可招手。仰視閶闔門，塵壒復何有。日盱遂下山，榜人待已久。巘影漾中流，臨發屢回首。松色猶送人，翠壓衣袂厚。歸來任醉眠，清夢寄林藪。

題吴王試劍石

老瞞會獵誇百萬，勃然拔劍怒斫案。天遣一炬成三分，炎鼎不亡恃此戰。倔强晚欲霸江東，何不仗劍清許中。抽劒試石石盡碎，惜哉負却干將鋒，紫髯嗟汝非英雄。

登赤壁作

五月浮舟訪赤壁，直上危闌俯千尺。循麓下轉蒼山西，突見摩空萬仞石。峨眉仙客來帝傍，扁舟弄月歌流光。江湖回首憶魏闕，美人遥在天一方。酒酣忽挾飛仙舞，乾坤一瞬蜉蝣羽。眼中直欲無孫曹，何况當時王與吕。平生忠孝多奇節，九死崎嶇氣不折。宫禁徒呼宰相才，流傳但詡文章杰。我來長嘯悲遺風，不見扁舟玉局翁。老仙一去七百載，乘雲徑向蓬萊宫。安得招之下瑶闕，更遣錦袍邀太白。同泛滄江萬里流，青天攬取峨眉月。

安國寺看竹

洗心惟净域，避俗只幽篁。不雨翠猶滴，無風陰更凉。諸天寂龍象，盡日嘯鸞凰。欲唤髯蘇起，槎牙出酒腸。

智林村明末邑人王子雲孝廉避地于此

阮籍悲窮轍，王尼宿露車。家門忠孝後，天地戰争餘。削迹空逃世，荒村此讀書。誰知高隱地，竟付羽人居。

臯香觀察護暹羅貢使出境賦此奉寄

聖德暨八埏，聲教罔不暨。憬彼海外夷，占風九譯至。拜表通象胥，方物爛盈笥。犀珠及文鰩，間以織成被。皇日惟其德，所寶非珍異。有詔大鴻臚，諭勿獻奇麗。其王遣陪臣，銜命修歲事。令吾賢有司，所在善撫慰。連帥承詔書，推擇外臺使。過境善護視，用答遠人意。公也衣綉衣，乘驄率候吏。賓館儲餼牽，芻禾盛委積。贈遺悉却之，丰采可敬畏。遠夷感且悦，下拜盡懷惠。購公詩卷歸，鷄林價可貴。公亦考異聞，編輯續海志。我昨甫謁公，一見即攬轡。公行猶未旋，烟汀但遥企。行役有新詩，折梅望相寄。寄我五色箋，定化海雲氣。

赤壁獨眺

朱闌百尺聳崔嵬，俯瞰晴沙繞郭迴。石圻楓根懸岸出，山浮松色渡江來。雲鴻矯翼殊當遠，浦鷺忘機底用猜。九曲亭前香欲綻，方思招客往探梅。

過黄州呈臯香觀察

高名兩賦古今懸，詞客重來七百年。綉斧方看新使節，玉堂仍是舊神仙。三分壁壘滄江外，九曲溪山畫戟前。過客不辭陪蠟屐，笋香魚美足流連。

重向風前見鬢絲，依然海鶴晋公姿。龍門峻望歸元禮，燕寢清香拜左司。抽秘未堪陪後乘，定文何敢辱深期。適以詞集屬予。劉楨姚合均千里，惆悵清尊有所思。謂孝長及春木翁。

答皀香觀察見贈

三年重接使君杯，坐看長江繞郭回。樂歲聲中閒吏事，好山多處稱詩才。地尋遺壘千秋渺，天遣髯仙再世來。我是蹁躚舊時鶴，仍隨風月共徘徊。

已分蓬蒿置此身，江湖隨處足垂輪。朝廷方重安邊策，將相皆爲報國人。喜見舞干敷舜德，甘同擊壤作堯民。書生自顧無他願，海寓長銷戰伐塵。

雪堂讌集四十韻

舊記臨臯側，坡公有雪堂。何年移郡閣，此地足歡場。遥溯鴻泥後，高凌雉堞旁。茂林深擁翠，叢薄暗浮香。亭啓名仍借，襟披快欲當。堂左有快哉亭，爲前守吴君移建。叠屏開岫影，匹練走江光。赤壁詞雄渺，烏林霸氣荒。千烽連夏口，九派控潯陽。巷陌低堪數，郊廛近可望。沿灘多釣渚，繞郭半漁莊。吐納胸原闊，風流迹未忘。畫圖摹笠屐，俎豆比蒸嘗。壁間摹刻東坡《笠屐圖》，因名其亭。頗訝池痕古，猶涵墨瀋芳。堂右洗墨池，傳爲東坡遺蹟云。華岩深作海，奎宿上垂芒。是日清游愜，同時逸興狂。汀洲梅雨霽，闌檻竹風凉。簿領官曹簡，徵招酒社忙。搴帷臨曲磴，携客步平岡。應阮交游輩，封胡子弟行。倚松堪解帶，製芰可縫裳。意挾莊輪幻，身追列御翔。均懷山澤意，暫憩水雲鄉。綺席開公讌，絺衣挂女墻。石形如丈古，花影比人長。避暑南皮會，留賓北海觴。斜簪容跌宕，起舞任徜徉。往者元豐客，蕭然謫宦傷。栖栖團練使，落落水曹郎。澤畔儕麋鹿，塵中梏鳳凰。清流同黨錮，厲禁及文章。吾屬生多幸，兹辰樂未央。普天安尉候，率土頌虞唐。已罷樓船役，全銷劍戟鋩。候逢時長養，民喜歲豐穰。露積千村麥，雲連萬井桑。篝車盈隴畝，簫鼓賽城隍。民吏交相悦，登臨固不妨。暝烟如積素，歸路未昏黃。勝事留邱壑，餘情極渺茫。濯纓歌一曲，遺響入滄浪。

題唐六如小像係爲張孟晋所像

雉以尾麗罼，士以才累身。先生藴奇抱，豈止文藝人。黄金鑠衆口，坎壈不獲伸。逆藩輦金帛，視之如輕塵。惟昔李供奉，亦陷永王璘。先生獨抗節，高識非常倫。不聞被褒擢，反棄滄江濱。惜哉闕廷上，遺此鳳與麟。同時有畸士，吮毫傳其真。流傳三百載。奕奕如有神。似聞金閶地，勝迹猶未湮。神弦訝精爽，歸去桃花春。

余在齊安春木徵君自南郡賦長句見貽用東坡武昌西山詩韻即依韻答之

碧波漲空如醱醅，萬松接嶺何年栽。日望西山不得渡，忽逢雨霽方熟梅。興發遂棹小舟往，鸛鶴導我凌崔嵬。首塗徑訪寒溪寺，半嶺遥望陶公臺。淺瀨因風戞廣樂，飛蘿垂地清纖埃。直上絶頂俯衆壑，離離散作拳石堆。元豐遷客築亭在，惜不携手傾金罍。興來復下九曲嶺，夕陽回首蒼山隈。但覺高歌振喬木，未有題字留青苔。故人封詩自南郡，羡我正值賓筵開。蠟屐更約幾緉辦，雄詞可撼千軍摧。天涯不見已半載，思君若轉飢腸雷。千年人事大江逝，九月秋風閶闔來。待君到此更題句，登臨何用牛山哀。

季雅出示尊甫復堂封公海棠巢倡和詩并屬訂蘭石山房遺集追次原韻

終萼當年乍放梢，吟朋嵇侣盡攀交。争裁十丈雲中錦，遍壓三重屋上茅。繞膝聯裾陪鯉對，簪毫捷步侍螭坳。庭前便是丹山穴，莫向桐花覓鳳巢。

紅雲吹墮出檣梢，一卷琳瑯托古交。芳佩尚思搴薜荔，靈氛何處索藑茅。空桑往迹成三宿，荒蘚虚堂賸一坳。惟有婿鄉頻省記，春風珠樹憶安巢。謂覓鄉觀察。

卷九　詩甲辰

哀唐生行

黔陽唐生汝立，嘗從予游。績學砥行，没於都門。黄琴五吏部出其遺照屬題，爲賦此篇。

少年竟坐至性死，嗟乎播州唐氏子。使我聞之慟不止，汝翁況隔幾千里。汝翁遇我如弟昆，遣汝束髮游吾門。當時毛羽已殊衆，靈族自是鸞與鵷。同登阪隴何岧嶢，歸來别汝天津橋，我南汝北車遥遥。陸機入洛尚弱冠，謂汝唾手登雲霄。連城三獻未得剖，風吹瑶林變衰柳。卧疴獨在長安城，九死不忘惟孝友。秦山白雲不可攀，征雁入蜀愁間關。雲飛雁斷邈難聚，悲哉恒幹先凋殘。我來長安不見汝，忽見遺容泪如雨。慘澹非復當時顔，通眉但有嘔心苦。直木自伐膏自煎，不如社樹終天年。世間才俊最先隕，古來終賈皆已然。汝翁五十霜鬢摧，日夕愁登思子臺。一棺蕭寺尚未返，白日不到重泉來。圖中黯黯愁雲結，知汝羈魂更嗚咽。九原夜望秦城月，定化啼鵑泪成血，滴向泉臺長不滅。

雁門策馬圖爲葉潤臣舍人題

驅馬古雲中，蕭條朔塞風。關連三郡險，山接五臺雄。雁下長城遠，雕盤大漠空。千秋懷將略，英衞首論功。

斥堠無中外，名王日款關。耕耘蕃部樂，笳鼓戟門閑。野曠沙陀塞，天高突厥山。傳聞花萼集，題遍戍樓間。

送李梅生同年省覲秦中

宫錦詞臣謁鯉庭，西瞻馬首出都亭。河流曉抱關雲紫，秋色晴浮岳氣青。趙郡勛名高繼相，扶陽家世重傳經。東風緑到瀛洲草，簪筆重來傍帝廷。

潤臣舍人出石谷山水障子屬題亡友建甯張亨父所贈也

濛濛一片青山春，中有奇人不死之精魂。魂歸似欲嗷鵑血，白日慘淡楓林昏。奇人昔時起閩海，千秋屈賈遥相待。剛腸俠性本難移，縱酒狂歌終不改。酒酣悲憤從中來，并海戰骨何皚皚。陣前誰握無忌節，幕下空棄樊川才。妻子飢寒啼不止，一身奔竄干戈裏。得歸猶作生還人，誰知却傍燕臺死。生前持贈山水圖，葉侯對此長悲吁。我來未及效挂劍，山河邈若黄公罏。聞在病中已斷酒，喜我獲雋起酌斗。罷席沈酣遂不支，嗚呼幽冥負良友。凄凉鄰笛增滂沱，楚聲哀此難爲歌。粉圖在眼不忍視，儻有山鬼帶女蘿，歸來颯颯悲風多。

哭海秋農部六十韻

龍蛇傷歲厄，鵩鳥慟年徂。直節千秋在，雄文一代無。真靈歸碧落，俯仰隔黄壚。朱鳳號衡岳，蒼麟泣路隅。昔君辭霧隱，高舉步天衢。雕鶚初摩漢，驊騮早過都。含香華省入，簪筆内廷趨。綉豸班仍峻，花驄步自殊。風霜生白簡，日月照青蒲。主聖能容戇，臣忠不避愚。楩楠羅國幹，桃李盛門徒。虹采遥知璞，驪淵每獲珠。郎曹雖偃蹇，榮路未崎嶇。知遇恩原重，經綸世所需。許身同稷契，拜手值唐虞。共擬躋三事，方期贊六符。正聲淪嶰竹，里曲競皇荂。太息芳規偭，流傳僞體摹。有懷擷蘭芷，獨起闢榛蕪。志大函群雅，才高隘八區。排山回地軸，援斗斡天樞。雷雨千聲赴，江河一氣驅。狂翻銀鑿落，勇集鐵浮圖。雕虎生能搏，長虯勢可屠。至誠通甫白，奇變挾韓蘇。盡道波瀾闊，誰知願力劬。廟堂方拊石，島嶼有提枹。漢將馳戈甲，天兵下舳艫。鸛鵝空效陣，鯨鱷久稽誅。丹扆憂灾沴，滄波困轉輸。著書多感激，撫事極嗟吁。杜牧言甘罪，韓非憤自孤。道包王霸略，策綜治安謩。芹味終思獻，葵心總弗渝。精誠如不達，緒論此其粗。漆室情難默，名山計未迂。生平多跅弛，流俗轉揶揄。不惜狂名累，常嘲曲學拘。靈均紛衆嫭，孟博嫉同汙。葛儻奇男子，峥嶸烈丈夫。如何驚噩夢，遽爾閟泉途。鋒穎韜干莫，光輝匿瑾瑜。貞柯遂摧折，勁草倏凋枯。縱抱無涯智，難留有用軀。壑舟今不返，朝棟孰云扶。寂寂庭羅雀，匆匆隙過駒。非材蒙倒屣，相見每騰觚。肝膽均堪照，神明實共孚。同聯京國騎，共聽禁城烏。冷露方沾蕙，凉飆乍實梧。過談纔信宿，怛化忽須臾。落落人間世，茫茫造化罏。桂椒香寂寞，蕭艾色敷愉。敦洽争言媚，閭娵或掩姝。源泉繇自寇，直木最先刳。更憶松寥子，謂亨父。曾悲薤露俱。風騷關絶續，意氣失卬須。出世誰鸞鶴，長生亦蟪蛄。蓉城應待主，蓬島儻相娱。莫叩蒼蒼理，巫咸不可呼。

題潤臣詩鈔即以志贈

六義始萌芽，厥初在忠孝。太上悦靈祇，次者輔彝教。爾來盛頹波，才智縱輕慓。僞體競相沿，顛若風中纛。吾黨有葉君，卓然踐閫奥。群蕪擢嘉禾，衆暗秉孤照。修業豈不劬，和平神所勞。

聞君處門内，愛敬隆天倫。今睹卷中詩，益知流露真。豫章拔千尺，屈曲蟠其根。升彼崑崙邱，方知長河源。君詩本至性，元氣同絪緼。雅道終不替，長與羲娥新。

父兄踐通貴，出入腰銀黄。列宅帝城裏，車馬臨康莊。閉户在人海，峻若千仞岡。逍遥覽百氏，俯仰凌八荒。嘲譽一不計，榮辱兩可忘。由來草元客，何辭執戟郎。

北行出代郡，南行逾黔中。匪徒攬山水，用佐吟事工。丈夫志經世，遠覽超城中。扼塞審形便，疾苦知民風。自非走萬里，何由昭發蒙。陋哉齷齪子，動矜章句功。鷽斯處蒿下，安睹扶摇雄。

伐木義久廢，交道日以虧。感彼穆與峻，發憤嗟陵遲。之子葉麗澤，臭味無差池。嘐嘐風雨夕，志行何敢隳。久要隔泉壤，不負平生期。悲哉松寥子，電謝不可追。君詩有餘慟，宿草今離離。范張去已遠，古風猶在兹。

繄予實瞢昧，棘林螢自燭。感君惠前綏，容納比虛谷。敷衽唱高言，斷金義不黷。白雲南向飛，未可久竊禄。君當爲國華，我當返薖軸。出處殊飛沈，標尚共貞馥。山石倘不遺，庶用佐政玉。

吴郎行送吴子略同年之官越中

吴郎三十稱詩豪，匹馬仰射雲中雕。白登山空俯大漠，單于戰壘何蕭條。興發起舞揮寶刀，殷紅玉碗傾松醪，呼來塞女如花嬌。箜篌一曲酒一斗，歌聲上激秋天高。北來昨渡滹沱水，春官一日聲名起。鏤管才高三殿前，珊鞭影拂九門裏。三十作吏亦復樂，何事承明老著作。過家錦袍謁兩親，浙中山水况不惡。秋風萬里閶闔來，尊酒相送黄金臺。吴郎才氣世自少，百里烹鮮何有哉。政成好坐鳴琴室，餘事猶當及詩律。赤城霞氣錢塘潮，天下奇觀久無匹。惜不從子鬥雄筆，滄海樓頭觀日出。

相見行贈馮展雲同年兼憶張南山司馬林少穆尚書

九衢花照春明客，與君相見長安陌。走馬人人道姓名，一朝并附春官籍。同時魏默深李梅生吴子略與邊袖石，遒文麗藻皆翩翩。君才俊逸起南海，弱冠已號金門仙。峨峨建章待華棟，雲韶九奏舞儀鳳。富貴寧誇早致身，文章實濟當時用。聞君折節賢豪流，南山詩老吟相酬。侯官尚書建軍府，草奏時佐籌邊樓。二公愛才世無有，當時曾忝相知厚。與君先後同雅游，過從京華更論舊。世間萬事真茫茫，尚書白首留龍荒。詩老杜門卧蘿薜，三年轉徙烽火旁。詞翰勛名兩寂寞，何况賤子等飛藿。君隨祥鵷游紫庭，予當騎鹿返岩壑。與君回首望玉關，尺書何日度天山。幾時南歸向嶺表，爲予問訊南山老。

寒夜讀書圖爲小舫同年題

月華照地霜氣清，温卷獨擁寒宵檠。三載計車滯京國，一朝飛步游蓬瀛。海内共誇名父子，金匱藏書紬太史。尚憶垂帷冰雪深，今看簪筆聲華起。卿雲五色金門開，柱下一宿鄰三臺。平生稽古始得遇，華選實儲公輔才。君不見草廬抱膝自淡泊，讀書但解觀大略。又不見希文山中齏粥時，心與天下共憂樂。詞臣獻納當何如，報國豈不在訏謨。班揚詞賦工何益，要讀人間有用書。

題展雲同年吟卷

年少何多感，千秋屈宋心。微詞關諷諭，古調托遥深。春雨湘中草，天風海上琴。聆聲吾已辨，此是楚騷音。

幼有奇童目，今誇柱下才。星文逼華蓋，仙閣倚蓬萊。瑞協游麟至，時清翽鳳來。詞臣高著作，應和柏梁臺。

贈韓叔起同年

滄江有孤鳳，日夕鳴聲悲。聲盡鳴不止，泪血紛交垂。問鳳亦何苦，中心實憂危。不諒區區志，欲徹蒼天知。蕩蕩九萬里，閶闔無繇窺。紫庭奏廣樂，雜然吹笙篪。雷霆下總總，豐隆鞭豹螭。天聽有時隔，汝居嗟太卑。

長安聲華窟，競艷如桃李。何意塵壒中，特立見貞士。挺如百尺松，謖謖勁飆起。忠愛篤君父，峻節厲庸鄙。發言陳苦心，聽者反塞耳。邂逅得同志，謂帥逸齋。高節勉相砥。我亦慕微尚，未肯汩泥滓。三益請從游，盡謝誇毗子。

君昔在兵間，轉徙驚烽塵。往事勿復道，來患方無垠。琛贐匪矛戟，冠裳易介鱗。啓户去其鐍，甘與豺狼親。愚者樂萇楚，智士憂厝薪。謀臧適不用，無謂秦無人。

九日憶弟

西登隴首南荆鄂，歲歲重陽滯遠游。佳節倍憐兄弟會，看雲獨在帝王州。十年猨鶴山靈怨，九月魚龍澤氣秋。北地豈無桑落酒，南方誰有稻粱謀。

昆明湖秋眺

玉澗千聲落，銀河萬頃秋。風高黄鵠下，天闊彩虹浮。勢異滇池鑿，川同御宿流。只疑逢漢使，楂影拂牽牛。

霜樹黄初染，秋蒲碧尚環。晴光涵北極，佳氣滿西山。閣道丹霄上，樓臺紫霧間。側聞恭儉主，鳳舸至今閑。

建　章

迤邐甘泉與漢通，武皇多在建章宫。鴛鷺隊列千官肅，龍虎軍屯七校雄。天近繚垣來澗月，宵深清漏散林風。九重閶道宸居壯，高拱還宜紫極中。

金海橋

飛闕騰金鳳，長波卧石鯨。天臨雙鏡合，秋擁五雲晴。澹沱摇深碧，光華接太清。水嬉今不設，寶儉仰皇情。

簡叔起抑齋

九門車馬日喧闐，中有峥嶸兩少年。結客最輕游俠傳，憂時唯擬治安篇。空階墜葉驚秋雨，肅寺疏鐘破晚烟。知爾未能陳薦牘，迢遥閶闔五雲邊。

偕展雲同年過憫忠寺

遼海旋師日，曾聞瘞國殤。琳宮開象教，金地侈貂璫。演諦幢仍在，披文碣半亡。恒沙思浩劫，古意滿漁陽。

俊侣偕幽討，祇園訪薜蘿。心從初地遠，秋在夕陽多。鍾磬清塵想，軒車閲逝波。海棠花下約，莫忘此經過。

墨花頌

會稽樊蘭臯廷枚明經邃於經學，嘗注《四書釋地補》，以盂漬墨汁染於絮，久之，蓓蕾作花，緑萼而黄心，有異狀焉。其門人陶楂仙舍人爲作記徵題。

騷述芙蓉，詞艷而夸。釋演空諦，眩彼曇華。匪道之宅，匪聖之涯，匪君子所嘉。

詵詵樊君，惟經術是程，惟魯鄒是承。如彼邱垤，仰希於岱衡。如彼行潦，必趨於東溟。

矻矻懷槧，釋地云補。是搜是剔，證嚮今古。金壺墨瀋，濃如露醑。以絮漬之，盤杅是貯。

孰擢其跗，孰揚其蕤。其房斯植，其蕊斯垂。曾不孚甲，倏以紛披。曾不萌蘖，倏以華滋。

匪道德之英，曷爲其春。匪經訓之根，曷爲其新。何所蓓蕾，曰義與仁。何所馥鬱，曰道與文。

噫嘻墨守，不闔其光，不替其芳，君子之常。伊君子之祥，神之相之，不於其遇，而學術之是昌。

其昌維何，稽古之劬。奇葩天秀，内美所攄。千春馨逸，不可凋枯。儷彼書帶，以表鴻儒。

湘之水美長沙李貞女也

湘之水清且深，自非清且深，莫照貞女心。

貞女系出李，幼字湘陰郭氏子。兩翁同時宦潮水，兩家先後歸鄉里。

七齡誦德象，十三工織素。慊慊緝圖訓，彤史心所慕。

忽夢少年褰我幙，鮮衣楚楚易復著。自云先楠其名姓爲郭，生不汝榮死汝托，去汝歸冥漠。

白者玉，紅者椒，宅中會食相招邀。覺而思之憂心切，丹山鸞與鳳，毋乃當飄摇。

詰朝凶訃至，噩夢果爲灾。涕泣請於母，素髽往盡臨喪哀。母欲止之，以死自誓不可回。

遂入郭氏門，遂稱郭氏婦。以婦代子職，死者不憾生不負。

紅者椒，白者玉，茹苦辛，矢貞獨。大海可竭山可傾，夢中之言義不可黷。

或云女未昏，豈等臣委贄。此語非至論，綱常安所寄。交游相死在一言，何况民生重匹儷！白石自云堅，未若貞女志。上以扶蒼穹，下以維厚地。

蒼蒼女貞林，上有寡鵠吟。吟聲一何苦，日夜湘水潯。疾風吹波波不起，澄波照見貞女心，湘之水清且深。

題曾滌生宫允所撰陳岱雲太史室易安人墓志銘後

判合肇二儀，貞義無敢渝。譬彼木連理，枝葉同榮枯。我讀曾侯銘，彤史光石渠。云有易安人，奇行世所無。巾櫛事夫子，黽勉忘其劬。自從列朝籍，入踐承明廬。相對擁黻佩，五載情則愉。夫子忽遘厲，侵尋三月餘。靈草不可致，涕泪霑羅襦。安人禱神明，願以身代夫。計窮無所出，臂肉躬自刳。倉皇納沸鼎，藥餌潛相濡。手此進夫子，沈疴頓已蘇。方在割臂時，血痕漬衣裾。有弟詢得之，悚然起嗟吁。安人戒勿道，禍福在須臾。濟否尚難卜，名譽非所圖。妾命且不顧，何論尺寸膚。果然遂獲濟，神力良有諸。磅礴大宇宙，民彝實相扶。傾側孰撐拄，全仗忠孝愚。結髮戴所天，義豈臣子殊。患至任補救，赴蹈輕微軀。偉哉安人志，實與神明孚。彼蒼何不吊，祐善理則虚。疢疾丁其躬，冥漠歸泉途。况瘁靡不任，安樂忽已徂。至性秉奇杰，但以濟艱虞。雖無金石壽，名與天壤俱。湘水清無極，湘山連海隅。百丈鏤青珉，奮筆爲大書。白日照其上，垂光朱鳥墟。激烈振頽懦，千載猶欷歔。

葉東卿封翁得周遂啓諆大鼎用王西樵焦山鼎詩韻賦詩徵和依韻成此

深山鼎蟄誰能索，負之當遣圉人犖。按銘實賚遂啓諆，帥師有功告廟作。周自宣王稱中興，大搜岐陽會東洛。當時石鼓文最奇，下掩嶧山與郙閣。北逐玁狁城朔方，邊庭無事静不愕。戎車六月先啓行，采芑新田戰士樂。君臣修政攘四夷，朝廷威德至廣博。啓諆才亦方召儔，奮擊直下秋天鶚。折六百首五十俘，迅掃疾風卷敗擇。赤芾彤矢歸策勛，頒之尊彝盛酬酢。勒銘於鼎昭膚功，何年轉徙閟邱壑。詩老好古偶得之，性與巧豪異爭攫。萬本摩搨繫歌詩，疏證傳註訂舛錯。持此至寶留金山，永鎮江神詫海若。焦山有鼎遥相望，盛事差可免索寞。中宵光氣高燭天，南箕北斗共交錯。令彼百怪悉帖伏，萬里滄溟靖寥廓。

過浮邱宅感賦

宣武城西路，浮邱此卜居。未聞旌折檻，猶待問遺書。駒隙無留影，鷄栖有敝車。不須鄰笛奏，清泪已承裾。

丹旐何時達，凄其望遠嵐。直聲三殿北，勁骨五湖南。空託青蠅弔，誰雄白馬譚。文章兼氣節，逝者獨無慚。

贈家孝鳳兵曹

萬里寧親路，身穿虎豹群。泪痕飄僰雨，春色墮蠻雲。昭雪行將及，呼天尚未聞。願銜丹鳳詔，不慕碧鷄文。

一第尋常事，多君彩服榮。雲猶滇塞望，星爲省郎明。武庫今無敵，文雄舊有名。禁中儲頗牧，期爾一論兵。

藉甚黄岡族，紛綸擁玉珂。才華三楚冠，忠孝一門多。麈尾名家物，龍媒漢代歌。清芬留史册，報國更如何？

慷慨歌

慷慨復慷慨，中宵擊劍忽不快。但憑尺木無浮雲，矯首安能躍天外。君不見漢廷用事多公卿，少年何來輕賈生。又不見龍門朝獻太平策，拂衣暮返河汾宅。美人如花青雲端，星辰綴衣霞爲冠。上清宫中盡注籍，出入導從驂飛鸞。紫庭無事多遨游，仙曹觴宴呼行籌。容成鼓瑟韓終謳，玉女大笑電光流。若華九陽照不夜，天河豈有清淺愁。上界行樂盡如此，地上乃有妄男子。行歌五噫吟四愁，仰天抗聲不能止。衆仙聞之紛相咍，東龍西虎環帝臺。六鰲舉首戴四極，天柱不折山不摧，下客何事吞聲哀。

烏府行贈朱伯韓侍御兼憶蘇賡堂給諫

烏府先生起嶺表，吟詩獨學杜陵老。上書闕下多報聞，時托詩篇代諫草。出入但有鷄栖車，朝退蕭然惟讀書。輦下才人復不少，先生雄筆誰并驅。世言汲魏不可見，今見先生實邦彦。但論詩格已嶙峋，何况直聲振臺諫。嗟乎妖氛動海國，誰爲朝廷畫兵食。救時終倚管蕭才，心計何勞桑孔策。黄流再决勢益横，河堤使者日請命。海邊白骨猶未收，天下蒼生又已病。進賢峨冠如浮雲，臺諫高議唯有君。海南蘇子亦諤諤，臺端遂有兩直臣。蘇子昨者返鄉里，麻衣秋風渡灕水。我慚進退無寸補，獨喜先生遇明主。國家大計先宏綱，餘者未足煩封章。但須注意相與將，請持此議陳明堂，萬年垂衣朝八荒。

海市曲

漢家表餌有奇勛，談笑真看靖戰氛。島嶼千帆張海市，樓船五道罷將軍。

紛紛鯷壑慕華風，罄地窮天九譯通。番婦縱酺鈴閣下，豪酋飛蓋節樓中。

牛羊饋餫盛山邱，終日錢刀地上流。胡賈携家成子姓，萬年中國是神州。

百寶龍宫駭不如，番奴列貨邸中居。高臺大築祆神寺，寄籍先求上國書。

市樓椎結遍紅毛，駱驛占風海上艘。間殺防邊諸將士，日中猶看蜃樓高。

犒贈金繒歲歲殫，居民垂涕遠夷歡。上書卜式真男子，緩急持錢佐縣官。

中宵梟客自吞聲，戎莽誰虞肘腋生。結贊曾聞欺馬燧，平涼猶受吐蕃盟。

上月十六夜宿滌生太史宅出雨中懷人詩見示輒用其韻

紀兹夕情事贈太史且簡郭雲仙馮樹堂兩孝廉。

高槐敵霜不可摧，月華如水空中徙。退直已下九門鑰，曾侯留我聽然咍。烹魚沽酒飲達旦，慰我幸脱鼋鼍灾。是時荆郡大水。座間二子抗英辨，相與抵掌奮頤顋。羈宦胸臆久結約，驟若春霆轟蟄坯。相逢爲樂在今夕，尚書期會安知哉。侯昔驅馬入劍閣，五丁運斧天爲開。嘉陵之水瀉不盡，奔濤萬折何雄豗。歸來汲古日鍵户，大笑世俗喧驫雷。偶然愁霖動高唱，縮瑟翻爲三君哀。榮辱勞佚孰主宰，掉弄造物然且猜。讀詩知侯意何廣，萬千間厦胸中恢。今夕不樂日月逝，黄河走海不可回。急書長句起相和，速藻惜乏奇花胎。懦夫一旦見賁育，奮臂不欲艮其脢。明年我歸事耕釣，幾時過訪山中來。江上有魴復有鯉，請注江水添金杯。

復用前韻贈雲仙

雲仙在都，資用乏絶，予爲作書告之監河侯。越三日，雲仙袖札見返。曰："貧者，士之常，不可以是貶吾節。"予重其言，故作此篇。

井爲天鉞鋒未摧，維南有箕曾不徙。虚名自負類如此，愚者誇勢智者咍。郭子静觀息六鑿，蹙頞不受雕陵灾。留侯狀貌若女子，肯與隨陸騁吻顋。獨窺窔奥喜深造，百仞屹屹高城坯。長安貴人不薦士，榮辱于我何有哉？鄉人好賢遇曾鞏，掃徑特爲三益開。商攉文史質道義，門外車轂徒撞豗。昨我退直快申旦，屢顧劍匣生風雷。司空城旦既誤我，憐子尚抱荆璧哀。奮然郢書效舉燭，夜光或免投暗猜。子乃袖札復致我，超然榮觀胸宇恢。戰勝者肥有餘樂，曲徑窘步安可回。萬物榮悴迭相代，不見東魄西復胎。貪夫風塵汨面目，志士鐵石煉脛脢。我慚知子尚未盡，況有朱紱占方來。明年簪筆金莖側，爲我沆瀣分一杯。

宣城梅伯言丈過予爲言馮君樹堂志行甚奇某御史上書擊奸報聞而已君走叩御史門曰言不用可以去矣某雖貧請醵金以治裝又嘗館要人宅心薄其所爲一旦辭曰若不任吾主人無久溷公爲遂拂衣去鄉人曾滌生聞而招之往下榻焉相得驩甚予壯其節仍用前韻賦詩一篇贈馮君

繞指爲柔剛則摧，秕穅性乃隨人簁。士無定力喪厥守，馮君見之詆且咍。布衣雖賤守直節，人禍鬼責焉能灾。宣城梅叟昨道子，使我喜笑騰顔頣。霜臺御史號敢諫，擊奸未去穴深坯。君也叩門謂御史，曷不挂冠神武哉。諍臣作論今復見，聞者盡覺心膽開。君又假館貴游宅，日夕車馬聲相豗。主人門庭頗似市，談笑可使生風雷。長揖徑謝主人去，丈夫豈憚溝壑哀。曾侯招君往下榻，海鷗無復機心猜。我相奇士始得子，廉勁可匹漢欒恢。人才根本在氣節，中流砥柱瀾可回。國之隆替豈一旦，視彼佞直先胚胎。正直在位世必治，其受委任猶腰脢。馮君馮君古遺直，覽輝當爲卷阿來。好持直道佐明主，我行日醉山中杯。

帥子行贈逸齋

江東開府之子孫，至今海内爲清門。韋丹功被八州境，遺笏尚有甘棠存。開府山中躡箕斗，詔書特録名臣後。聞者惻愴懷皇仁，况子戴恩等高厚。束髮便慕伊與萊，每飯不忘康濟懷。願將姓名照竹帛，蚤有雄筆生風雷。長安獻賦罕知者，軒蓋門前亦何寡。丈夫豈復悲途窮，往往浩歌泪盈把。聖皇恭已隆守文，萬國盡仰唐堯勤。憂危明盛古不廢，獨以宵旰勞吾君。太微宫中列星麗，藹藹群龍各在位。從容盡道經綸才，慷慨誰陳天下計。不聞東南用頗牧，可惜黄金委川谷。匈奴頗笑田千秋，上書何人效痛哭。人謂帥子狂少年，我知帥子非徒然。念欲報國阻天路，尚作蛟螭蟠九淵。大賢之孫踵前武，努力高步取珪組。但用赤心答明主，上爲朝廷下門户，不爾地下愧開府。

晚直西曹

吏散虚庭寂，棲禽自不驚。署依金虎肅，輪對玉蟾清。竟夕爰書擁，中天貫索明。圜扉無怨氣，三宥戴堯情。

贈戴雲帆水部

屯厄歌何早，飛騰興已孤。門庭稀骨肉，生世謝歡愉。晚節栖郎署，高文滿帝都。猶餘報國意，不忘伏青蒲。

户奏皇荂曲，深愁古義亡。沈吟心獨苦，比興意何長。予美招蘭澤，臨風襲蕙纕。遥遥騷辨後，誰道替芬芳。

寒夜讀亡友張亨父遺集感而有作

集中皆避兵東甌時作。

軍興不復卧林泉，嘆息人間老謫仙。杖策乾坤餘涕泪，竄身江海盛烽烟。誰收劇孟登戎幕，未傍要離結墓田。萬丈龍湫嗚咽恨，空山鸞鶴尚凄然。

喜　雪

芙蓉闕下賀祥霙，昭貺圓穹慰聖情。玉樹宵封鳷鵲殿，銀雲曉散鳳凰城。齋壇不紀芝房瑞，郊甸先占麥隴榮。止輦郎官何所獻，萬年兢業迓豐亨。

雪霽晚出宣武門

玉龍遥抱帝城雄，蕩蕩天門顥氣通。九陌無塵寒盡斂，夕陽金闕五雲中。

郭夔臣宫允以雪後放歌見示賦此答之

仙人餐盡嵰山雪，萬片瑶華作詩骨。鶴氅翩然蹋玉塵，年年爛醉蓬萊闕。壯思飆發不可裁，鞭笞白鳳天上來。高歌郢客登臺曲，羞鬥梁園授簡才。是時齋宫感天意，天表豐年爲上瑞。冬澤先飛六出霙，春田定兆雙歧穗。千官拜表進彤墀，誰似宫寮有直詞。從容吉甫清風頌，忠愛香山賀雨詩。聖人持盈守謙約，群公努力贊槖籥。小共大球萬國來，男穀女絲天下樂。寒盡先回帝里春，朝衣未典莫言貧。東方縱槖金門米，猶勝郎潛皓首人。

田父逢列仙行

夜半雨三尺，朝來杏花白。田父拍手牛背歌，蹋遍村南復村北。道遇蓬萊仙，雲衣垂翩翩。田父往問訊，子何來田間？答云紫府拘束久且疲，玉山禾熟不療飢。上清真誥讀盡三萬卷，太乙藜火難爲炊。後來秦簫史王子晋，亦有金華牧羊兒。紛紛少年子，道成飽且嬉。騎麟翳鳳凰，出入盛威儀。以此厭追逐，徑欲蓑笠來春畦，草長如烟花作泥。牛角挂書更載酒，泥飲自唱歸田詞。田父謂仙者，子毋去金馬。仙曹自是天上人，豈合栖栖在田野。方今日月光太清，五雲宫中鏗咸英。帝旁執戟皆歲星，群仙樂職朝紫庭，斟酌北斗襄璣衡。何不牽牛往飲銀河水，天田服箱載剡耜，匏瓜星明歲大穰，斗米三錢樂婦子。大賢養民乃如此，下土之人安能比？田父語畢去，仙者返天路。回道望九霄，蒼蒼但烟霧。

田父騎牛歸，浩歌日將暮。堯舜之世多夔龍，其下亦有石户農。春無苦旱夏無潦，秫酒初瀉真珠紅。潁陽二叟好名不足道，田父但願長作多牛翁。

夔臣宫允除日預賜宴賦詩相示用東坡贈段屯田韻即依韻答之

自我官京華，冉冉歲過半。莊舄仕執珪，越吟每增嘆。不見江上梅，客心誰與玩。黽勉府中趨，下直輒先散。起賦螺洲吟，螺洲，予所居也。憶我白鷗伴。除夕獨隱几，坐待雄鷄旦。故人宴蓬萊，仙吏近香案。湛露needs堯鐘，蹮蹮舞不亂。面藥暨口脂，三日香猶盥。斗邊春已回，天上漏仍緩。示我詩盈箋，纍纍珠如貫。君若威鳳翔，予猶凍蟄偄。愧無陰何才，重撥灰中炭。感君推轂心，欲置平津館。草長河冰消，蘋生楚江暖。礪齒從兹歸，請漱白石粲。

叠前韻酬夔臣宫允屬將乞歸因以告别

郭侯敏於詩，咳唾落天半。世無師曠聰，聞絃誰解嘆。陸沈金馬門，酣歌世可玩。日華絳闕縣，朝班紫宸散。速藻疾若飛，傳牋索吟伴。我方困法曹，低頭誦城旦。棰楚列階庭，文書堆几案。法密九牛毛，目精欲瞀亂。退食恒發懈，兼旬忘櫛盥。歸思如春潮，入夜不能緩。方當理桂綸，其魚柳可貫。不然叱黄犢，筋力亦未偄。隱矣焉用文，默默類吞炭。敢隨揚子雲，獻賦射熊館。移文懼見嘲，歸轡喜逢暖。他日倘懷人，零雨念王粲。

卷十　詩乙巳

螺洲吟

王子羈宦而思歸也。

我所思兮在螺洲，下有長江萬里之清流。生平濯纓愛此水，逝將歸築滄江樓。東風二月雜香起，緣岸芎藭間白芷。日光射波躍魴鯉，金鱗潑潑盡銜尾。釣徒招我江之濱，削竹爲竿垂桂綸。烹魴鱠鯉獻翁媪，堂前長跪進卮酒。諸季起舞歌壽康，世間牲鼎復何有？

螺洲何渺綿，我有下潩田。垂楊覆陌摇晴烟，田翁叱犢桃花邊。欣然向我語，曷不讀農書？我愧語游宦，未把耒與耡。方今國計勞司農，度支正賴租與庸。男兒腰金曳紫不能贊奇策，敢惜泥塗衣襏襫。

螺洲遥接洞庭曲，微風吹波漾輕縠。江南窈窕多青山，仰看黛色浮天緑。日華晚泛明霞紅，化作萬朵金芙蓉。倒影插江若可采，一一蕩漾澄波中。我家高樓臨江開，浮動不異金銀臺。方壺員嶠在咫尺，海客豈得誇蓬萊。疾歸奇景可攬結，無爲久躡車前埃。

相如棄武騎，子雲甘執戟。仕止豈有常，各從性所適。朝廷謙讓守恭儉，久罷巡游却封禪。金泥玉檢不煩陳，《子虚》、《上林》何用獻。詞賦徒誇冠古才，不如謝病歸去來。黄鸝青春向人勸，且飲美酒林花開。

鳳闕峨峨紫霄起，鶴蓋朱輪若流水。相逢大道黄塵中，盡是四方游宦子。嚴徐著籍金馬門，公孫主父皆貴臣，何人不致要路津？誰知汲長孺、默默嘆積薪。亦有張長公，拙宦悲沈淪。祥鵷瑞鷟紫庭舞，九天桐花照毛羽。黄鵠但樂江海游，萬里青天自高舉。

明月上天復入地，昨日芳華今日悴。五侯七貴同輕塵，不如載酒滄江醉。江邊故人多俊游，問我何日歸螺洲？東門帳飲會當發，先遣飛書報白鷗。

洲前門鴨闌，始自赤烏時。三國吴都昌侯孫慮置。上有白馬磯，謫仙於此吟珠輝。太白訪裴侍御，登白馬磯賦詩，所謂“亂流若電轉，舉棹揚珠輝”者也。雄豪意氣今已矣，詞客風流竟安在？悠悠萬事馳飆輪，惟有清江長不改。玉壺有酒君不傾，只坐浮榮誤此生。千年萬古江邊月，笑爾生前身後名。

弱齡負奇尚，壯盛繆干禄。晚爲西曹郎，城旦低頭讀。萬棘填其胸，鬢毛漸凋緑。軒羲巢燧若轉轂，日月飛光爍膏燭。百年鐘鼎空雲烟，何不脂車返林谷。君不見董生閉户窮天人，禮樂河汾道自新。典籍彌縫吾有志，何辭殘闕守遺文。

都門謁鄉祠見茶陵應山二公像而無江陵慨然久之歸當摹寄配廟食於不朽焉即用前韻柬夔臣宫允以堅此諾

古云不婚宦，情欲失大半。我意殊未然，仁宦實堪嘆。繢錦衣廟犧，文采詎足玩。百年視組珪，何異浮雲散。惟有豪杰流，名與金石伴。緬昔江陵相，偉抱慕奭旦。攘狄予齊桓，赫矣春秋案。籌策運廟堂，九塞坐戡亂。不聞奉遺容，再拜肅沐盥。鄙儒獵崇班，論高步何緩。金紫徒紛綸，文武孰綜貫。負鼎安國家，能不愧庸偄。安得起斯人，籌邊拯塗炭。遂令千年來，寂寞黄金館。歸往摹其像，擷蘋澗初暖。列之李與楊，朗若三英粲。

元夕雪

閉門九衢裏，臥雪似袁安。只覺階除曉，不知鐙火闌。笙歌沈玉管，巷陌散金鞍。正有還山夢，因風躡素鸞。

夔臣宫允申章贈别賦此奉酬

白也始應詔，邂逅逢季真。三嘆誦所作，驚呼謫仙人。解龜相對飲，道合情益親。詞客遘知己，快若凌青雲。郭侯今賀監，譽我何津津。申章復駱驛，惜我歸江濱。中天耀白日，浩浩長安春。英賢奮嘉會，高舉攀星辰。愚者處冗散，姓字安足論？當途孰顧問，棄之若埃塵。蕭然獨去國，誰帳東都門。夫子匪泛愛，高義逾等倫。歧路訂後約，涕下同沾巾。倘乞鏡湖水，無忘青山鄰。

乙巳正月廿四日展雲太史招同袖石荇農叔起筠仙醼集寓齋對雪有作

長安盛絲管，召客誇侯鯖。豈知集俊侶，四座高談清。主人金閨彦，韡萼何光榮。中心敬愛客，穆羽嚶其鳴。初筵及暇日，逸興皆縱横。行爵未及半，飛雪皓已盈。流光助妍景，委潔輝前楹。慨然念抽秘，遠慕梁園英。諸君振文藻，大雅追西京。天門詄蕩蕩，帝道逢休明。方當翼日月，金石流英聲。樹立在宏達，詞翰何足名。顧予實疏拙，將返山中耕。臨觴眷後會，浮雲難合并。離居在俯仰，能不懷屏營？

雪中携荇農訪伯韓侍御不值

雪中清興發，起蹋帝城埃。言訪烏臺客，同披鶴氅來。遇難歌蔓草，訊欲折疏梅。何似剡溪畔，空然舉棹回。

葉潤臣舍人新得韓蘄王翠微亭題名碑拓本云越僧所寄也屬題其後

君臣定議割淮北，三字奇冤争不得。紅羅散盡岳家軍，惟有韓家獨嘆息。金山廟鼓空如雷，背嵬兵精安用哉？權臣在内大將死，何不騎驢歸去來。翠微亭擬池州亭，題詩人去悲月明。佳兒磨崖字如斗，可惜燕然勒銘手。愁來獨向闌干倚，白馬忠魂怒濤起。五國城遥幾千里，一角殘山誰忍視，傷心泪墮西湖水。

晚過西掖

金闕抗峥嶸，彤霞麗晚晴。御溝初拂燕，宫樹未藏鶯。朝籍慚時輩，年芳滯上京。車雷暮何疾，浩浩作春聲。

春木翁適齊安賦此奉懷

老病逢春減，東爲赤壁游。故人勞折簡，吾道任扁舟。落落浮生計，茫茫絶學憂。一身文獻在，珍重繫千秋。

寄懷臯鄉觀察

詞林尊老鳳，門館盛登龍。人物三朝志，風流四海宗。養空恒嘯咏，繕性得從容。信美黄州地，天留晚福供。

寄陳子宣公子

讀書五行下，射策萬言工。人見真龍走，我知凡馬空。連牀憶京國，馨膳對春風。傳笏非難事，家承孝與忠。

園　林

燕地園林少，鶯花二月稀。不成陶暇日，頻覺换春衣。絲管多如海，軒車驚若飛。輭紅塵十丈，何處蹋芳菲？

寄九香參軍

西曹騎馬客，塵土日沾衣。羨爾梁園醉，鶯啼花亂飛。遥憐良會隔，各悵宦情微。近得沙鷗訊，何時返釣磯。

潤臣舍人出示山陽潘四農孝廉所書詩册時潘殁已三載矣爲賦詩吊之

山陽一老殊絶倫，道高自比渭與莘。可憐槁馘死牖下，明月但照空山墳。松寥昔年道潘叟，四海論交最低首。殷勤吾鄉葉舍人，北面退之等北斗。册中遺墨如琳璆，對之涕下緣纓流。師説今人棄如土，舍人風義高千秋。我生不識四農子，地下松寥長已矣。奇士人間不可逢，嗚呼長劍埋雙龍。松寥謂建甯張亨甫也。

曲阜孔五綉山屬題畫龍

葛陂之杖騰九淵，池中赤鯉能升天。應龍何爲困泥淖，至今未俗輕高賢。魯國男子孔文舉，秕穅塵世笑下土。往將謁帝朝天關，自憑尺木致風雨。浮雲洋洋從東來，詄蕩九扇天門開。羲和日車待挽轡，天田尚乏行雨才。排空御氣不得息，目瞻兩角起八極。寄言蝘蜓莫相嘲，看爾青天飛霹靂。

尺五莊餞春圖爲綉山題

圖中潘四農、張亨甫、湯海秋先後下世矣。

帝城詞客會烟蘿，太息鶯花委逝波。白日飛騰驚少壯，黄罏容易隔山河。空思吸景雲螭駕，且往提壺谷鳥歌。獨立東風感陳迹，萋萋芳草奈愁何？

明孝定李太后畫像在長椿寺

慈寧尚憶前朝事，長樂宫中位號加。能定委裘隆上宰，親提冒絮訓官家。真靈位業禪天證，寶相莊嚴佛國華。刼火昆池都换盡，香臺猶涌妙蓮花。

題青松紅杏卷

拙公和尚照也，多國初諸公題句。

縹緲青溝十八盤，峰頭卓錫倚雲看。春來何處無松杏，不見彌天釋道安。

遠公社裏多詞客，諸老風流二百年。詩卷長留春又去，海棠紅雪寺門前。

花之寺看海棠

富貴華嚴海，雲霞杜曲天。春濃翻欲困，韻勝故多妍。俊賞金鞍簇，清歡玉碗傳。輕陰長願護，獨爲此花憐。

偕潤臣舍人登龍樹寺樓

城南夕照倚僧樓，浩浩川原氣欲浮。三輔雲連山海塞，九門花發帝王州。啼鶯解勸風前醉，鳴鶴還宜日下酬。好待葭蘆烟水闊，相携仙侶更同舟。

過玉蝀橋作

閣道分天漢，宫亭俯翠微。鶴從三島下，鷗傍五雲飛。荇蔓縈風弱，蒲牙得雨肥。倚闌蓬閬近，延佇憺忘歸。

壽梅丈伯言六十

國初以來盛文苑，商邱甯都相繼馳。桐城侍郎稍後出，紹明古訓遵莊馗。惜抱受之晚矻矻，獨造柔澹刊支離。配林惡池先有事，弟子得翁宏其施。翁家達人亦不少，圖緯奥學陳軒羲。數傳至翁擴文囿，位不配才郎署卑。往往覃思出宙合，耽之不異渴與飢。厥初敷言首貫道，用弼政典光民彝。粤若姚姒逮鄒魯，大文經緯苞兩儀。董賈遷雄導厥委，乃始專騖於文詞。横翔捷出稍一變，其視六藝猶未歧。有唐韓子約經旨，攘斥佛老固藩籬。功施兩宋久弗替，仁義不患邪説灕。嗟乎後來體益裂，决防潰岸不可治。捃摭章句競鉤鈲，不者浮冶如繁枝。破碎大義騁小辨，百家日出言猶巵。雕刻衆巧等技藝，翁起慨然一掃之。經綸訓典翼大道，獎述忠孝昭穹碑。上者承明石渠彦，下至山林文學師。見翁述作盡斂手，旋其面目慚測蠡。斯文統繫有專屬，此論至公吾何私。翁今矍鑠始六十，健筆戰走千熊羆。海棠初紅酒初熟，介翁壽康福履綏。小子舉觴述作者，詞林萬羽徒爾爲。韓歐往矣曠千載，餘子瑣瑣皆庶支。天其以翁續文統，願翁永保黄髪期。

熊太學殺賊歌

太學名之炅，黄安人。嘉慶二年，妖賊齊王氏由豫之大勝關掠山花鎮而東，逼黄安北境。太學曰："是可截而殲也。"散金募士，得壯丁千人，邀之土脊嶺。賊不敢進。會大雷雨，賊悉衆逾崖，太學格鬥，力不敵，見執。誘之降，詈不絶口，賊臠之，焚其居，竟拔營去，不復東。從太學死者三百餘人，其嫂顔及劉茂才二女與焉。

褰裙女子如飛蓬，申陽進掠三關東。仙花鎮北火不絶，太學投袂當其衝。死士千人氣獨整，白棓進斷土脊嶺。老羆卧道群賊驚，頓兵山下未敢騁。大雨如注霹靂摧，賊趨間道逾高崖。太學格鬥遂見執，賊語壯士且勿哀。噀血罵賊竟臠死，殺賊誓當爲厲鬼。從而死者三百人，捐軀復有烈女子。賊轉而北城卒完，一死遂障江漢安。有詔褒恤許廟食，見者感激忠義肝。我聞民屯足倚仗，不煩符檄與轉餉。敢戰往往挫賊鋒，統之但須膽智將。君不見前年逆夷犯廣州，飛矢雨射高城樓。村丁圍之南山口，夷酋膽落不敢狃，戴頭哭向海中走。

口占送叔起還鐘離

抱玉徒成泣，出關空復歌。金臺無處覓，殘日渡滹沱。
歸逐南飛翼，臨淮路渺漫。清流關上望，直北是長安。

贈魏默深同年

陰陽幹元化，二曜運不休。天生俊杰士，以解蒼生憂。功不濟三才，納溝聖所羞。大禹股無胈，乘樏奠九州。宣父七十説，皇皇走道周。夷吾及墨翟，各欲拯横流。洗耳棄聖世，果哉巢與由。

魏子出南岳，本自濟時人。曾浮大瀛海，波濤浩無垠。空思顧榮扇，未清東南塵。歸來更著書，辨口馳飆輪。苦心豈好辨，念欲獻丹宸。宣室未見召，負鼎猶逡巡。大賢必虎變，風雲終有神。吹垢發軒帝，釣璜感周文。儀鳳今則至，況逢重華君。

對雨有作

法曹束帶苦晝永，簿書困人意不騁。驅車疾出公府門，崢嶸突見西山影。娟娟白雲山之中，無心出岫游太空。須臾布景被六合，霹靂聲中飛白龍。歸來垂簾看驟雨，寂然雲散無處所。雷收雨止龍亦歸，颯颯清風滿庭户。世間萬事無定形，浮雲變化還杳冥。惟有西山不改色，依舊芙蓉天際青。

玉堂歸娶圖爲展雲同年題

詞臣青鏤管，仙史紫瓊簫。去結鴛鴦社，歸題駟馬橋。蓮從宫炬撤，花傍鏡臺嬌。憶否金鑾直，清寒異此宵。

百兩韓侯娶，清尊顯父筵。秦樓對朝日，漢殿隔甘泉。香月梅花嶺，紅雲荔子天。人生誇晝錦，騎鳳況翩翩。

綺幌調絃夕，華鐙却扇時。佐紬金匱籍，索和玉臺詩。香夢雙栖翼，新圖十樣眉。坐來渾不辨，月照兩瓊枝。

已許聯雙璧，仍看侍五雲。朝衣勞共檢，法醖喜同分。粉署宜才子，金門有細君。煩將蘭麝氣，更助馬班薰。

渝關望海歌贈孔五綉山

孔侯獻策不得意，匹馬東度臨渝關。盧龍一氣走長白，雄城俯扼山海間。下馬却問老兵語，前朝戰鏃半在土。千帳轅門環豹螭，萬年王氣衛龍虎。酒酣更上澄海樓，茫茫元氣空中浮。窮髮以外不可辨，采芝何處仙人洲。遥山突兀映天黑，影過乃是巨鰲脊。火輪飛上扶桑枝，關門倒射金霞色。樓頭颯颯天風冷，寒潮濺袂酒力醒。歸來仍過長安門，九陌依然墮塵境。昔觀日出天門峰，俯視海上金銀宮。壯游前後略相敵，兩見雲海開心胸。蓬萊仙骨似君寡，御風毛車不可假。弱水隔斷三神山，可惜低頭尚騎馬。我生未作滄海行，坐令塵土污長纓。九垓儻結盧敖伴，往采芙蓉朝玉京。

游龍杖歌奉和蕭山相國

相國階前有蓼花，高七尺餘，其堅可杖也，遂製杖焉。且作歌徵和。

蒼龍之精游天衢，化爲小草當庭隅。葛陂擲杖天然符，我公喜之製爲杖。鏗然爪甲紅珊瑚，蒼茫秋思來江湖。江湖遼遠豈公意，曷不坐論唐與虞？異人卷舒世莫測，大賢有時貌若愚。昔者變化灑霖雨，今者蟠屈爲根株。懷仁輔義進翊主，退以名節倡士夫。龍德潛見各有濟，或出或處與道俱。亦知中朝眷蕭傅，夢寐安得忘訏謨。懸車有義鑒止足，況今群賢多鳳梧。番番黃髮退秉德，于國元氣潛相扶。上尊養牛日有給，從容自異山澤臞。五帝輔臣盡眉壽，風后天老神仙徒。杖兮幸從我公後，歲月亦若天上榆。不然孔光賜靈壽，台衮終始無崎嶇。平生名德末路渝，似龍非龍久當殊。乃知我公真大儒，杖兮陳力勿拳曲，磥砢多節公所需。

蓮花橋禊飲詩爲李千之賦

美人隔秋水，望望天之涯。秋水不可極，迤邐芙蓉花。花開亦何麗，照水如丹霞。長虹飲天半，仙者回雲車。下與湘中客，結佩搴瑶華。我欲往從之，道路幽且遐。塵纓久未濯，矯首徒咨嗟。空咏水中沚，凉露生蒹葭。

昔年散金大殺賊，眉間精悍壯士色。今來醉卧芙蓉秋，巾服蕭然成野客。丈夫落落栖風塵，道與龍蠖同詘伸。野鳧汀鷺自爾汝，見慣豈識英雄人。

浴鶴吟爲陸東漁賦

東漁畜二鶴甚馴，鑿池浴之，爲作圖，且徵詩。

雙鶴何翩翩，遠自青田之址丹邱巔。飛飛忽下集，所感主人賢。主人方池潔且清，恣汝沐浴光澤生。細看毛質若無有，青天惟見霜雪明。時時意得相和鳴，引吭宛中緱山笙。汝今池中物，固是神仙骨。矯首望烟霄，憶別三山月。三山縹渺不知幾萬里，汝行刷翮若尺咫。但恐長鯨磨牙，巨魚如山蕩海水，岱輿飄摇不可以托趾。汝休往兮江之濆，亦勿啄兮滄波鱗，網罟如織矰繳愁人。鶟鶘群飛盡饕餮，遺汝腥腐汨汝真。戢汝好毛羽，勿爲俗客舞。俗客少矜慎，狎視徒溷汝。汝飛但當軼青雲、朝紫皇，紫皇高居開明堂，日月出入懸輝光。其中琪花珠樹不可以億計，五色沆瀣流瓊漿，日夕飲啄栖且翔。鳳凰爲大聖，鳩扈皆忠良。保汝皓質慎汝志，往率百鳥鳴鏘鏘。噫嘻，乘軒何寵，樊籠何辱，茫茫江湖，雁鶩餘粟。汝鶴有心，不能激九皋而上聞，何不爲横絶四海之鴻鵠?

張小庵郎中丈自言昆季離合之感爲賦四詩貽之

骨肉爲連枝，華葉同光榮。皓首愛彌摯，惟君弟與兄。昔别已一紀，今來聚上京。結髮隸仕籍，握手皆豪英。盍簪豈不盛，不如我同生。款款連床夕，依依童孺情。良會匪人力，所感天合并。

合并信可樂，及此凉秋時。開軒睇草木，露下發華滋。感彼同根生，一氣無差池。西風何裊裊，吹我瑶琴絲。膠漆自云睦，豈若塤與篪。且復盡尊酒，無爲遽别離。

别離亦何速，邛阪五千里。高高上造天，幽谷下無底。古木號杜鵑，猿啼夜不止。聽者凋朱顔，何况游宦子。昔爲軫與徽，今爲弦與矢。衰裒桓山禽，永望各揮涕。

揮涕勉相慰，珍重起與居。何用申婉孌，視彼丹青圖。圖以證顔狀，道遠情不殊。努力樹聲勣，課最來王都。歡會亦未遠，棣華仍合跗。俯瞻滹沱流，仰視日月徂。但保喬松體，何嗟歧路隅。

伯韓侍御出其尊甫韞山先生手書詩卷屬題爲賦五言一章

仁廟十八載，枉矢宵有芒。賊起大河北，彗拂鈎陳傍。天戈殛群孽，迅掃清岩廊。凶黨宂滑臺，豕突紛披猖。濬邑實密邇，郭外爲寇場。賢宰得朱公，語民勿憂惶。嚴令勒什伍，登陴扼其吭。謀定不返顧，誓與城存亡。賊來亘原野，肉薄勢莫當。公輒手刃之，得尸磔諸墻。負户晝夜戰，丹血漂池隍。賊氣爲之奪，孤城迄無傷。大軍覆賊巢，獻捷俘檻羊。公不上功狀，亦未騰薦章。事成效魯連，冥鴻天際翔。聞公乘城日，陳薪積於堂。顧謂家人輩，堅坐毋倉皇。城破則速焚，必與薪俱煬。食禄焉避難，大義何慨慷。談笑戮間諜，傾資充餱糧。當時微公在，賊勢行益張。公功被兩河，豈惟障一方。功大竟辭爵，清白勖諸郎。令子邦之直，綉豸趨雲閶。挺然見汲魏，威鳳鳴朝陽。烏虖公既没，濬人思不忘。名宦請入祀，酬公宜烝嘗。詔書報曰可，歲薦蘋藻芳。昔公偶游藝，餘事兼詞章。書格亦磊落，凛凛松柏蒼。蔡君購諸市，以貽令子藏。子琦拜受之，承袂涕浪浪。携卷出示我，謂當志末行。惟公不朽業，大者垂旂常。詞翰亦正氣，鬱勃忠義腸。回首大河側，際天惟嵩邙。此卷與之峙，萬古凌蒼茫。

述慈訓詩爲林香溪孝廉作

孝廉母吴太孺人，訓香溪以聖賢之學，是可述也，故有此篇。

啞啞林間鳥，軋軋機上絲。琅琅空中韻，熒熒燈火輝。勞勞母心苦，呼兒前受詞。業精母所喜，業荒母則悲。母喜非金紫，悲豈寒與飢。宫墻今釋菜，曷往瞻先師。先師去已久，仁義留其規。衆山仰岱宗，百川趨海湄。修學苦不早，何不努力爲？

維昔伯仁母，垂涕語諸子。竊竊計門户，所見惜不偉。卓哉賢母心，迪志在踐履。佳兒遂感奮，覃思究經旨。學成儷馬鄭，貢牒冠州里。哀哀堂背萲，花落不能俟。追維束髮初，慈訓尚在耳。讀書師聖賢，豈羨萬鐘仕。通經非曲儒，端尚乃國士。持此慰九原，令名未有已。

熒熒窗前鐙，猶似昔年炯。痛彼三春暉，馳光未能永。東逝無還波，西没無留景。念此泪汍瀾，掩卷輒悲哽。子其勉終業，邁往汲修綆。迢迢千聖途，落落一鐙秉。希光勤加膏，冥照發餘熲。庶答寒泉思，無忘斷機警。

題朱韞山司馬詩鈔

嶧陽孤生桐，絃之中律吕。自從伶倫亡，中音莫能譜。英英大雅才，超然復元古。但寄清尚心，豈爲俗人鼓。淫哇何足陳，所貴緝宫羽。一彈元鶴來，再奏紫鸞舞。泠泠天地間，餘音作風雨。

登陴昔扞賊，羸卒皆同仇。寇平撫瘡痍，剡耜趨耕疇。崎嶇鋒鏑間，曾不廢吟謳。中夜數行泪，獨爲蒼生流。悲哉北固陷，戰鼓前年秋。狂鯨怒掉尾，突過高城樓。重堞非不壯，保障誰爲謀。豈聞緩租賦，俾彼民氣休。良吏不易得，吾思元道州。

和邊袖石同年自題齋壁

仙官職業異曹司，玉餌雲衣劍陸離。軒鶴任翔三島月，巢鳩多傍萬年枝。通明且喜移家近，曼倩何嗟索米飢。迎得板輿人盡羨，萲華方耀九秋時。

居鄰韋杜感風流，心遠吾廬地自幽。北極彩雲螭陛麗，西山華月鳳城秋。閑門多掩蓬蒿徑，野水如環杜若洲。賓戲客嘲何用答，寄言車馬漫相求。

曾眺津門滄海東，少年驅馬古天雄。吹臺春老梁王苑，艮岳雲荒宋代宫。往事光陰彈鋏裏，卧游山水閉門中。蓬壺風月須千首，摇筆今看氣吐虹。

陸龍荀鶴忝齊名，并轡時時傍帝城。詞客自推金馬彦，釣徒終憶白鷗盟。梧桐岡上朝陽羽，蘿桂山中歲暮情。飛伏他年殊緬邈，無忘天末惠瑶瓊。

暮望西山

秋色暝逾净，一碧澄穹霄。西山起恒代，倚天何岧嶢。霞彩散峰頂，垂空如絳綃。参差芙蓉華，擢秀空中標。金翠匪一狀，不受風飄摇。仙人安期生，舉手雲中招。彩虹若可躡，天路當非遥。誰能溷埃壒，役役多浮囂。

題孫忠靖手書詩卷代

入對平臺出賜劍，掃賊秦中疾如電。閉關制賊勢有餘，樞臣日責開關戰。開關賊鋭不可當，霖雨斷道軍無糧。樞臣誤公公報國，公亡明亦隨之亡。遺墨零章半殘裂，寄興楸枰玩禪悦。嘯咏空餘漱石心，頭顱竟灑膏原血。竹林金閣多悲風，毅魄千年化白虹。行人立馬潼關道，猶聽河聲泣鬼雄。對奕談禪所寄意也，竹林金閣所眺覽也。皆卷中語。

種芝曲題孫少梧先生遺照

達人種芝湘水濱，花開爛漫山中春。煌煌芝秀未及采，天上日月如飛輪。種芝人已歸三島，歲歲芝華開自好。風木徒傷孝子心，駐景虚聞擷瑶草。舊德靈根故自奇，花開今喜傍彤墀。太平瑞應歌新曲，露浥齊房五色芝。

雪聲堂研歌送唐子方廉使之關中

雪聲堂上一片石，使君舊從市中得。寶之何止三十年，四海徵題遍詞客。昔隨嶺表忠義人，今歸岳牧爲良臣。遇無顯晦道一致，昔者屯厄今則伸。使君西來謁天子，指畫河隍如聚米。老謀請罷出塞兵，侃侃前席九重喜。綉衣畫斧行關中，使君文武多威風。整肅憲度理丹筆，岳岳此研長相從。南山盗竄北山藪，花門雜居况已久。往往雄趫凌秦民，椎埋黠猾無不有。昔我伏軾三秦游，父老多言他日憂。上書誰建郭欽計，徙戎空懷江統謀。法行知恩猛非虐，不見武侯與景略。迂儒寬縱無遠猷，大賢擊斷貴除惡。五陵三輔原浩穰，使君宣風持厥綱。豈惟煦育比冬日，要使威令明秋霜。外臺奉法佐王國，柱後惠文表風力。雪聲片石重摩抄，不愧蒼然端毅色。

斷指曲爲山陰杜貞女賦

昔截耳，今斷指，千古貞名兩女子。媒妁有成言，信義安可諼。飛鳥不再匹，走獸不亂行。嗟彼人之披猖，何爲斁禮淪三綱。入門衰絰悲欷歔，爾父我舅母我姑。將荼茹蘖甘如飴，寡鵠日夜恒單栖。指血漉漉尚凝紫，獨對瑶琴不能理。幽蘭吹斷同心花，三尺枯桐半生死。

聽雨樓歌題李寄雲侍御臨黄鶴山樵卷子

蓬蓬濕雲漲空起，飛瀑喧豗條滿耳。不辨風聲復雨聲，聲聲都出卷中紙。李侯潑墨真宰通，勢捲驟雨來山風。偶然寄興仿黄鶴，已覺高臥儕元龍。昔我扁舟倦行旅，年年聽慣江湖雨。銀鱗跋刺吹圓漚，白鷺斜飛没前渚。何人結樓岩岫間，流泉百道鳴潺湲。江聲壯入洞庭浦，雲氣失盡蒼梧山。未得鵝溪絹一匹，又無李侯好手筆。雲烟萬變不可追，奇景翩如飛鳥疾。披君此圖思昔游，天末徑欲挐歸舟。白螺洲畔聽春雨，去築滄江萬里樓。白螺洲者，敝廬在焉，有樓曰“滄江萬里”。

平谷山莊歌爲寄雲侍御賦

青松吹風岩壑深，舍南舍北流泉音。生平涉想目未歷，杳然已到盤山陰。盤山萬叠接天起，谷口白雲飛不止。千峰忽斷横漁梁，日日雲飛化春水。小桃臨水紅欲然，溪柳含稊摇野烟。波光盡處帶遠緑，遥見萬頃桑麻田。漁人得鯉唤沽酒，叱犢芳原盡農叟。山川如此真桃源，此境世間安得有？玉堂神仙衣綉衣，年年夢向盤山歸。盤山舊莊在平谷，春猿長吟秋鶴飛。粉墨到眼看不厭，可惜只向圖中見。領取宰相當十年，鄴侯豈可名山戀。吾曹自是山林人，只合歸從鄭子真。布韤青鞵辦已久，草堂無待北山文。

題朱文卿同年紀游圖册五首

危磯不可上，瞑色楓林秋。沙迴月華出，天空江水流。誰詢運租客，獨憶錦袍游。倚棹自終夕，山猿啼更愁。

嶺斷天俱豁，川長風任吹。中流一騁望，秀色雙蛾眉。魚復漫雲險，龍門無此奇。征帆杳然去，到海即爲期。

春水溯涇西，句溪連宛溪。明霞川外漲，濕黛鏡中低。灘静宿沙鷺，山深聞竹鷄。連船須載酒，莫惜醉如泥。

琴客控仙鯉，飄然天外峰。道成向何往，留此青芙蓉。更有陵陽子，沿溪釣白龍。遥知共携手，絶頂卧雲松。

宣州雲木好，無過敬亭山。雨望更奇絶，娟娟垂翠鬟。空明宛溪水，窈窕鏡中閒。瞑坐北樓上，渾忘飛鳥還。

又一首送文卿之官山左

江南江北謫仙才，更遣題詩江上來。若過石門思秀句，秋高海色照徂徠。

少鶴農曹幼失母其姊爲劉氏婦走依之姊新嫠又喪厥孤煢煢然惟姊與弟而已課少鶴誦甚勤階有石二姊擣衣弟受書恒分據焉少鶴官京師時時憶童丱事不忘也頃歸拜墓且省姊柳州爲作詩紀其事

弟幼失母走依姊，姊復嫠居喪其子。擣練者姊讀書弟，石苔分掃碧陰底。弟業不進姊涕洟，不記母氏劬勞時。弟聞姊語悚且泣，母亦地下吞聲悲。年少含香入華省，鳳城秋深夜漏永。夢中執卷如童年，一片砧聲催夢醒。有杕之杜生道周，零丁姊弟猶離憂。弟宦京師忽不樂，昨得姊書來柳州。請急南還柳州道，焚黄慟哭墓門草。錦衣拜姊悲復歡，弟作臺郎姊未老。願姊壽與金石期，韡萼何殊棠棣枝。訓勵申申長在耳，請歌明發鶺鴒詩。

藕湖行爲秦澹如公子賦

藕湖澹澹不可極，九龍倒影暮烟碧。西風拂水蘆花飛，點破明湖好秋色。湖上誰家營墓田，道是梁谿司寇阡。當日雄文播天下，只今墓木含風烟。紅顔逸才貴公子，賦就三都來帝里。松楸丙舍苦難忘，夜夜歸心藕湖裏。君不見終子雲殿上奮舌對，白鱗一朝文采動，人主高車擁傳長安門。又不見員半千，豪英大集東封年，鬻田上書請就試，才俊斂手無敢前。丈夫高步及年少，何況德門有餘耀。三山縹渺丹霞中，琪花照耀金銀宮。仙人如麻宴帝所，往來盡把青芙蓉。曷往從之十洲畔，珊瑚竿燭滄波紅。人言司寇有鳳毛，唾手自可登雲霄。不然五噫遂東返，歸釣藕湖未爲晚。

應州刺史行送鄒子壽泉

雁門八月塞草白，胡雁南飛暮不息。應州刺史乘單車，別我更出雁門北。飛狐句注雄九邊，勅勒川連神武川。黄沙北望杳無盡，古來戰骨今平田。時清亭障不用武，朝廷選吏重卓魯。願聞徭賦寬邊州，更遣耕桑變瘠土。應州刺史文武才，三月報最何有哉。五臺青擢五菡萏，開軒無事多銜杯。高歌但吊明妃冢，射獵或過單于臺。落落酒人燕市散，君向雲中我楚甸。雁門相憶不相見，題詩好附南飛雁。

蓉洲老人夢研歌

日華五色射海水，仙雲一片海上紫。老人捫天割紫雲，隨風化石滑如綺。夢研得研何分明，後先元感通精靈。海雲飛來不可斷，雲氣下繞弧南星。人間三絶蓉洲叟，陵陽仙者乃其友。夢中老人太乙精，郭錦江花落君手。請携此研天都峰，浩浩雲海蟠心胸。仰天濡墨一揮灑，散作下界濤與風。奇才跌宕駭真宰，石骨蒼然想丰采。支機不用浮天河，大笑袖中有東海。

以楚僧鐵舟畫山水障子贈劍潭農曹

西風振林颯已暮，隔溪遥見夕陽度。尋山先作沿溪行，白雲遮斷蒼山路。楚僧筆力追石田，紙上颯颯生秋烟。飛來樵唱墮空谷，何處鐘聲摇遠天。我持此幅壁間挂，到眼青山意先快。山中桂樹招我歸，歸去看山何用畫。君今栖栖郎署間，夢裹家山久未還。不如虚堂坐對此，請君看畫兼看山。

松菊四章題家恬庵年丈小照

鷹隼橫厲摧鸞皇，衆女謡諑蛾眉傷。千金牘背不可得，陷身羅網投南荒。碧鷄金馬非故鄉，悠悠江漢阻且長。故園松菊在何所，攬衣夜起多徬徨，不覺涕泗沾衣裳。

沈思令人老，安用多繁憂。傅險山中有胥靡，夷吾亦是堂阜囚。聖賢屯厄古來有，局蹐天高地復厚。三百年來忠孝家，失身罪罟非其咎。松風在耳菊在手，何必只飲故鄉酒。

百舍重繭有孝子，天南寧親走萬里。相持慟哭蠻烟裏，殊方聚觀悲且喜。佳兒歸看長安花，走馬聲名一日起。漢柱應題京兆郎，宫袍初拜尚方綺。泥金駱驛天南馳，折屐如破淮淝師。蠻花解笑鳥解歌，殊方瘴癘今已和，醉矣遑用恤其它。

日月亦何朗，八紘亦何寬。赦書八道出長安，天門會放金鷄竿。齊相脱驂贖越石，夜郎江上釋李白。父老争迎萬里客，黄菊青松繞舊宅。却看松菊如當年，鬢眉已帶點蒼色。

賜對行與梅生太史言别

天垂五緯山出雲，伊陟吕伋皆世臣。起家早膺不次遇，報國必屬非常人。三吴開府名父子，二十登朝柱下史。才雄豈止凌風騷，年少尤能識治體。昨者賜對明光宫，銀臺門啓趨群龍。仙仗日高未下殿，君王顧問何從容。翩然忽棹江之東，鄴侯暫往名山中。逡巡避寵未易測，誰知高蹈非冥鴻。豫章根柢鬱盤魄，龍虎變化在山澤。深沈貴養文武才，澹泊彌堅擔荷力。君不見抱蛟持兕終爲灾，天下大計兵與財。綱維振舉在運掌，管蕭韓白安在哉？金堂玉户集燕雀，琱鞍寶勒驂駑駘。子嘗顧我多慨慷，世事感激忠義腸。薊門十月天雨霜，桑乾水深川無梁。朔風振野飛雪雱，欲別不別同傍徨。吴門回首瞻絳霄，夢中魏闕殊遥遥。救時姚崇待作輔，内相陸贄行歸朝。我往垂綸任散髮，願子莫厭簪與笏，殷高周宣望我皇，早起東山扶日月。

長歌贈別孫子芝房

嶧桐蹶根劍躍水，人間失却浮邱子。後來健者復有誰，眼中無過孫與李。李子倜儻龍爲媒，孫郎自是珪璋材。屹然詞雄復張楚，青天驟覺生風雷。嗟虖大雅久不作，峥嶸日下浮邱閣。霜臺謂伯韓侍御鳳池謂潤臣舍人多俊英，晚得孫李益恢廓。回瀾障川寧不勞，太息六義江河滔。洪鐘一振細響革，當時頗受群兒嘲。我生才薄慚潦倒，自失浮邱意枯槁。喜逢二俊來湘東，不遣風騷委蔓草。滄海年來斂襖彗，耽耽鮫蜃非無事。下士猶聞陳皋言，公卿得不進至計。李子才略贊皇儕，孫郎感激賈生涕。諷諭均通忠孝心，詞臣獻納自古義。李也暫出孫也留，予亦歸乘江上舟。枯桑天風九河涷，國門帳飲走相送。舺稜日落浮雲生，野鶴褭褭別丹鳳。鳳飛直傍九天闕，回首森然天廟骨。豈無雅頌流管弦，况有精忱通日月。侍御舍人在朝寧，諸公努力復元古。登車獨出國西門，蓬蒿之人何足數，不見浮邱泪如雨。

橋亭卦硯歌爲劉寬夫侍御賦

宋家忠厚三百祀，食薇安得無義士。六十堂堂忠烈人，肯愧壁間小女子。衣冠濟濟燕都來，江南痛哭無人才。瑕吕飴甥不可得，夢炎文海安用哉？却聘書成足千古，絶粒從容報故主。賣卜之研留人間，對之便是首陽土。當年高餓憫忠寺，侍御得研即其地。忠良先後時不同，昔作夷齊今汲魏。依然片石無磷淄，奮髯抵几餘英姿。虚堂恐有呼聲出，來視批鱗草疏時。

柱後鐵冠行寄陳頌南給諫

杜後鐵冠氣岳岳，捧簡清風動臺閣。擊奸一疏天下聞，殿前迥立霜中鶚。直節未受朝廷褒，紛紛法令如牛毛。公卿卷舌不得救，蕭然去國甘蓬蒿。寧犯萬乘威，莫罣有司議。君不見攀檻小臣終得生，黯也空爭刀筆吏。

道中寄伯韓侍御

昔者高三直，吁嗟氣不伸。何辭鎩鸞羽，猶欲犯龍鱗。日月終無翳，朝廷尚有人。臺端一回首，落落見霜筠。

潤臣舍人出小照屬題

昔聖不可作，後顧千萬年。茫茫八紘内，以我當其間。亡羊競末學，愚者偷自延。悲哉仁與義，蘧廬同棄捐。千鈞屬一縷，豈不在予肩？

目若營四海，高志亦何邈。由來達士模，所懷在卓犖。博習綜藝文，昭質葆端愨。大圭無匿瑕，純色不尚駁。遥遥昭曠塗，庶以紹正學。

吾子秉至性，内行何其淳。古義篤師友，深鑒辨人倫。潛析濂洛理，上觀游夏文。大儒方寸内，宙合同彌綸。用之足康乂，不見莘野民。

子居鳳凰城，我往大江北。相望邈難親，風雨悵晨夕。撫紘彈宫商，同聲永不隔。修道無近榮，崇德各努力。無令七尺軀，仰慚視與息。

雄縣橋

虹飲垂霄下，螭盤列柱扶。天光浮日月，海色帶津沽。漁唱江南似，漚波薊北無。瓦橋關不用，車軌達皇都。

定州對月憶都門諸知己

窈窕中山月，銜杯只獨看。有懷臨永路，終夜望長安。江上尋鴻鵠，天邊隔鳳鸞。帝鄉渺何所，極北最漫漫。

過白溝河遼宋界河也

飛捷三關下，班師萬乘回。千年嗚咽水，長繞病龍臺。

真　　定

恒岳干霄起，滹沱動地趨。塵沙連鉅鹿，風雪下飛狐。陣尚留兵勢，人誰得寶符。戰衝河朔地，扼要此雄都。

登真定大悲閣觀大佛

我登大悲閣，心目眩震掉。巍巍化人城，傳自開皇造。隋文盛節儉，亦復事虚耗。範金肖巨佛，實爲大業導。後來成德軍，安史轍復蹈。武俊既驍雄，庭凑最凶暴。殺人日流血，弄兵抗明詔。不聞大雄力，悲愍覺忠孝。帝者遏亂萌，豈必隆象教。浩劫何茫茫，琳宫尚照耀。崇侈良可哀，臨風一悲嘯。

襄　　國

磊落能談史，梟雄復善兵。居然笑曹馬，亦不作韓彭。疑冢猶多詐，排墻尚忌名。右侯如未遇，嗟爾竟何成。

叢臺行

邯鄲古道黄蒿没，老狐夜嘯叢臺月。家家兒女解彈箏，此地由來歌舞窟。北枕滹沱南倚漳，建國山東趙最强。襄主寶符終取代，武靈胡服遂開疆。私門漸盛公家逼，豪舉堂前唯食客。窮巷猶多毛薛才，美人半在平原宅。著書誰惜老虞卿，好事空談趙括兵。乍許置關通上黨，已聞鋭士盡長平。英風獨激魯連子，攘袂不辭蹈海死。終憑寸舌却秦軍，勝也安知天下士。濁世翩翩未絶倫，公子殊慚謀國臣。莫向趙州更澆酒，買絲當綉信陵君。

磁州道中

沃壤龍鱗列，征軺馬足遲。牛羊散初旭，雁鶩喜流澌。刻石同樊惠，穿渠比芍陂。誰籌三輔利，溝洫此堪師。

鄴都引

魏王按劍氣如虎，鄴下雄城開霸府。健者已無袁本初，大兒竟殺孔文舉。下令遂築三高臺，勢與雲日同崔嵬。宴酣大陳歌舞伎，父子并擅文章才。奸雄有力移九鼎，惜不東回崦嵫景。臺上美人夢未殘，風吹西陵松柏冷。威略驕豪不可留，石氏高氏皆荒邱。千年人事誰能待，惟見横天漳水流。

銅雀伎

可憐銅雀伎，日夜望陵臺。生小但歌舞，安知霜露哀。一朝恩寵盡，粉黛成寒灰。東下漳河水，滔滔更不回。

湯陰謁岳忠武王祠

精忠天日月，血戰宋山河。父老中原隔，英靈故里多。君恩杜郵劍，臣志魯陽戈。地下宗留守，相逢慟若何。

孝忠嗟未遇，天遣事孱王。越僇大夫種，齊誅斛律光。拊膺兩河路，灑血六橋旁。毅魄應來往，雲車下此堂。

涉淇水憶梅生芝房潤臣袖石諸子

駟驪逝騤騤，亂流及始旦。沙石皓已明，風水勢相涣。峥嶸太行雄，横壓趙魏半。飛影墮中流，嵐烟倏凌亂。我無修竹竿，臨淵忽生嘆。釣魴將誰貽，良友各分散。淇水何悠悠，悠悠尚有岸。徘徊我所思，茫茫獨無畔。自非川上冰，憂來孰能泮。

望太行

紫塞遥臨北，黄河直走東。高爲天下脊，蟠作日邊雄。積雪凌朝旭，回巒入太空。苦寒歌樂府，莽莽憶曹公。

滑　臺

白馬大河口，雄城古滑臺。曹滕惟此蔽，梁楚自兹開。太武實强敵，元謨豈將才？狼居封草草，棄甲竟悲哉。

其二憶楊忠武平賊事

天使開邕管，金吾拔鄘城。昔聞擒劇盜，于此下神兵。壘没荒榛路，威留大樹名。髯將軍不作，蜃鱷尚縱横。

滎澤渡河

南北中原劃渺茫，奔沙入夜走雷硠。星連遠火浮滎澤，風卷春雲下太行。幾見河渠修漢代，頻聞洚洞警陶唐。水衡不繼司農匱，使者何繇答廟堂。

延津大風

朝聞滎澤凍，改轍渡大梁。駕言古酸棗，清晨犯嚴霜。朔風嘯廣野，噫氣盛土囊。驚沙蕩白日，惟見千里黄。鷙鳥匿不出，野獸走遁藏。四顧罕墟落，寥闊如龍荒。猶疑楚漢鬥，猛士赴敵場。羈人憚凜冽，歲暮懷感傷。扶摇倦已久，何事排雲閶。願控雙黄鵠，整翮還故鄉。

渡河至大梁

昔聞决白馬，可以水大梁。自從七國來，知歷幾滄桑。哀哉中牟潰，濁浪滔天黄。生民什九没，城郭半淪亡。沃壤變沙礫，耕犁不得將。如何行堤使，昧彼先事防。蟻穴一不慎，茭玉徒奔忙。我從延津渡，翩然一葦杭。層冰白顥顥，若木升朝陽。精曜爍六合，龍燭銜天閶。既欣横流斂，益駭靈澤長。古者帝舜世，瑞應浮榮光。胼胝任姒后，不復憂懷襄。恭聞至仁主，咨儆猶虞唐。羽淵弗輕貸，天威肅廟堂。河伯慎汝職，曷以翊我皇。

大梁咏信陵君

英英魏公子，于國爲宗臣。虚己攬俊杰，顧盼懾暴秦。功高反見忌，鬱鬱喪厥身。感激龍顔主，守冢禁樵薪。吁嗟百代後，豈無肺腑親。仗鉞重推轂，無策清風塵。智疏愚者進，自古多酸辛。我過大梁野，不見信陵墳。酹酒向何處，封樹杳無存。空然對落日，佇想望夷門。

汴　州

賓客文章掃地無，雁池波冷兔園蕪。孝王臺下沙如海，匹馬蕭蕭過汴都。

隋堤殘柳送征輪，不見當年粉黛人。汴水凄凉餘恨在，瓊花落盡廣陵春。

外險黄河内險兵，宋家憑此衞都城。如何一代興王略，不取關中作帝京。宋太祖初欲都長安，聞太宗言而止。

莽莽真成萬里沙，可憐白骨委龍蛇。行人愁向繁臺過，不爲飄零怨夢華。

朱仙鎮謁岳祠

中原父老拜焚香，慟哭班師百戰場。二帝冰霜淪毳幕，諸陵日月限戎疆。臣能再造唐靈武，主異中興夏少康。鐵騎虚堂風雨夕，猶聞捲甲大河旁。

行經新鄭林花盡開

徑曲抱岡斜，村村桃李花。飛來渾是雪，空處盡成霞。上日饒芳淑，何人惜麗華。便思携美醖，隨意坐平沙。

東　里

停驂古東里，云有國子祠。棠甘不忍伐，遺愛復在茲。惜哉相小國，未克宏厥施。遂令管夷吾，獨稱天下奇。敷政在糾慢，惠人嗣者誰？後來寬與猛，相道猶相師。伊昔處卑宂，碌碌未見知。薦賢受上賞，推轂功不尸。嗚嘑百世下，不聞衵子皮。

渡潁水

南行涉潁水，清可濯緇塵。居卜楚詹尹，歸稱堯外臣。烟明沙渺渺，湍淺石粼粼。何謝湘江畔，苔磯理釣緡。

獲嘉道中

入衞已春仲，逾河過獲嘉。烟低縈弱草，風起約飛花。官道多依堠，征輪不動沙。漸知墟落近，林外酒簾斜。

宛　　南

稊柳閒柔桑，春行淯水陽。暖風薰蛺蝶，輕浪浴鴛鴦。草映征人轡，花明浣女璫。宛南多古思，臨眺意何長。

南　　陽

陳寶鷄初應，參墟鳳已翔。星連諸將位，雲起貴人鄉。睿略符高祖，宗英啓後王。獨憐魚水會，龍氣草廬荒。

曉　　發

首路已旬日，勞勞客子車。長天初落月，高嶺漸生霞。雉雊田中麥，鶯啼淯曲花。風光競妍媚，能不眷春華。

自襄城達裕州

輪鞅遂經月，栖栖勞者歌。夢懸京國遠，山入楚天多。永路羈禽滯，徂年隙駟過。塵纓安事此，歸濯漢江波。

卷十一　詩丙午

鄂城看海棠憶潤臣展雲

仙人護絳綃，倚醉發嬌饒。雨細微施暈，雲紅欲作潮。芳辰眷妍淑，獨客悵清寥。疇昔城南路，誰聯紫陌鑣。

答孝長

故人旌節半中州，阿閣鸞皇各自求。白首雄文驚海内，青春獨客滯滄洲。八公桂樹淮南遠，萬仞蓮花天際浮。君將詣維揚，子亦欲往秦中。亦有文園甘謝病，請從枚叔事賓游。

送張韻仙之應州

長嘯撫雄劍，北上勾注山。平沙捲大漠，萬里何茫然。衝風蕩胡雁，散落神武川。問子欲何適，策馬窺窮邊。崎嶇白登道，能不憚險艱。投暗棄寶璐，當户鋤芳蘭。物理固如此，薄俗良獨難。流沙寄伯陽，遼海栖幼安。丈夫事高舉，豈得辭閒關。慷慨即長道，何用多感嘆。

和春木翁病中言志之作

生才真宰意何如，一老清時海上居。王霸學嚴千載辨，蓺文功在五朝書。遥遥各自憐邛蟨，落落何須羡鳥魚。寄語松風舊亭長，芰荷吾已製衣裾。

與覍翁夜話

鈴閣江干鼓吹長，中宵白髮話蒼凉。衣冠禁陛思仙仗，弓劍橋山泣睿皇。師友累朝聞正始，風流一老屬靈光。杜陵貪倚嚴公幕，已謝雲霄畫省郎。

江　　上

雲合岡欲重，林回岸如複。波光浮空來，微風漾輕縠。時見天際峰，飛墮半江緑。汀洲生白蘋，千里送春目。思與謝元暉，共咏江上曲。

吴子又桓招同諸君登西山絶頂復下飲寒溪寺

西山如故人，三載復覿面。我友晨相招，南度武昌岸。蒼翠惟兹山，涉夏益葱蒨。磵芳隨風生，嵐氣挾露泫。睇崖争導先，陟嶺各忘倦。城郭分微茫，江湖雜隱見。壑坼蒼磴危，松翻白雲亂。劍石猶峥嶸，何處避暑殿。古來英雄人，俯仰速飛電。惟有千仞峰，嵯峨長不變。太息仍下山，命酌招提院。興盡舟復還，青山夢猶戀。何當效巢居，築室老岩畔。

游西山遇余子丹巖因贈以詩

意外忽相見，捫蘿共入山。天風吹笑語，散落萬松間。老鶴巢堪俯，飛猱磴可攀。夕陽下高郭，因逐暮樵還。

垂老諸生籍，長貧宰相孫。豈無傳笏在，徒有著書存。林月宵開瓮，山雲日到門。巢由逢帝世，何用策高軒。

鮑参軍墓

長江下溢浦，東繞新蔡城。城邊有古碣，傳是参軍塋。伊昔負文藻，詣闕頌河清。遭逢好文主，不得陪承明。坎壈佐藩服，適與喪亂嬰。瘞魄委榛莽，狐兔走縱横。豪貴若飆電，邱隴無不平。惟有俊逸才，日月懸高名。雖托萬鬼宅，終爲千載英。蘭艾久必判，志士多峥嶸。樹立各有在，來者毋吞聲。

明内官監牙牌歌

内官牙牌見遺製，傳自崇禎八年賜。頒發應關尚寶卿，職司特屬中常侍。烈皇踐阼威斷雄，親焚要典誅元凶。前車殷鑒亦未遠，覆轍何不防其終。十七年間五十相，蔑視廷臣不足仗。腹心所寄惟貂璫，鎮守監軍日相望。居庸關啓虚無人，飛矢直射大明門。縋城迎賊實若輩，殉帝獨有王承恩。自從鐵碑踣入土，煌煌大訓不可睹。嗚呼何人開亂門，不咎懷宗咎成祖。

寄逸齋

千春廟食重鄉枌，帝謂中丞舊有勛。涕泣敢忘寛大詔，心肝須奉聖明君。九霄閶闔懸丹極，五月滄江卧白雲。今日漢廷才俊集，可無麟木對中軍。

海有巨鰲行送淩豐叔水部由嶺南入都兼憶梅生芝房二子

西風倒捲滄江流，江聲散作高城秋。我對西山且將别，送客更倚天邊樓。經年苦憶日下彦，故人孫李久不見。君又去我炎洲行，萬里張帆涉海甸。海有巨鰲頭冠山，珠宫火齊光衝天。候潮跋浪意叵測，或恐摇蕩三山顛。龍伯大人醉方起，手持釣竿不敢擬。昏昏蜃市浮空高，仙才豈合久留此。早度江南還薊北，九扇天門鼓鵬翼。朝霞五色蓬萊宫，揮毫正待謫仙客。往逢孫李若相憶，道我形容已山澤。

紀南行

紀南城東火光起，白晝大掠渚宫市。遼東子弟操庫兵，男奔婦竄哭不止。長戈利劍光皚皚，轅門上將如死灰。横尸縣門不敢顧，一月未見高城開。汝曹自號皮室軍，百年豈有戎馬勛。此郡歲額餉百萬，飼養豺虎專噬人。汝不聞魏博牙兵八千户，有時血肉化爲土。汝曹虀粉何足悲，所惜法令玩軍府。東來節使行毋遲，何不下令肅碪斧。

齊安觀察廨中餞豐叔分韻得影字

躍鱗無恬波，征翰少停影。亮爲青雲人，高步貴先逞。羅雲輝絳霄，秋風動金井。臺使張離筵，上客赴華省。羽爵酣未終，蘭橈促已整。云當逾九江，又欲度五嶺。如聞炎洲濱，有鱷尚思騁。琛詭苞窮奇，宴安狎獷猛。海賦何足誇，越裝且須屏。所重經世才，制防洞要領。早行還朝端，因事抒忠鯁。庶幾閶闔聞，鏡海萬年静。

游子吟爲彭子雲賦

朝歌游子行，暮歌游子行。激楚振林木，涕下霑長纓。青陽渥靈澤，槁葉回光榮。悲此遠游子，戚戚長屏營。高山有伏兕，大海多潛鯨。茫茫九州内，孤雲安所征。游説未足慕，金丹難遽成。豈如駕言返，日奏南陔笙。

古詩三章寄伯韓侍御

懿彼孤生葵，陽輝心所宗。朝晡結傾向，宛轉西復東。中天麗白日，驂駕皆飛龍。垂光溢八表，何不燭微衷。素節逝云届，凜凜多寒風。零落不敢惜，庶以明丹悰。貞性有如此，散爲蕭與蓬。

古來覘國家，隆替視言路。諤諤朝則昌，唯唯職多負。伉直汲長孺，剛鯁蕭太傅。守郡輒先辭，戀闕不能去。豈不攖龍鱗，屢犯萬乘怒。納約期自明，彌縫冀終悟。念欲翊皇輿，王臣匪躬故。

日輪馳西暉，回飆扇深谷。槁葉縱橫飛，瓊樹焉可托。鷟鷟南海歸，不得留信宿。鷽斯何翩翩，呼群飽餘粟。惟有九苞禽，高栖在貞木。振羽不妄飛，忍飢不妄啄。勿遽翔故山，光華旦可復。留此朝陽鳴，百鳥氣猶肅。

中秋得子方廉使秦中書却寄

寥天賓雁暮遐征，書到江干問友生。哀樂莫嗟人事改，嬋娟休負月華明。澄輝迴映南樓夕，流影分懸北斗城。千里憑闌同不寐，關山誰奏笛中聲？

鴣山亭獨坐

驟覺風驚雨，徐知葉墜林。江清沙漸露，秋老晝常陰。翔鵠猶當捲，潛蚪不厭深。惟應楚漁父，知我此時心。

胡子重示我近詩書此奉憶

苦師少陵法，獨有石莊孫。老至復開卷，飢來長杜門。形骸甘土木，耕釣答乾坤。弢袠猶須謝，聲名不用論。

浩歌燕酒市，悵望楚晨星。秋火依然白，江峰不改青。俗塵予抗走，篇翰爾精靈。倘免移文誚，松蘿許叩扃。

寄宗滌甫侍御

久橐甘泉筆，今峨柱後冠。星廬依闕下，霜簡想臺端。主聖昌言易，名高答望難。得人欣伯署，簉羽盡鵷鸞。時戴雲帆、家子蘭均相繼入諫垣。

悵飲都門路，飄零省署香。薦犧蒙叟憚，歌鳳楚人狂。杞菊山園足，松蘿磵户芳。雲霄如問訊，吾業在耕桑。

滋陽橋晚步

野色平原聚，晴暉遠堞浮。陂荒全類洫，山瘦不勝秋。高柳風先覺，殘荷暑尚留。無人共來往，相對只閑鷗。

送陶楂仙年丈之官朗州

鳳池仙客出鑾坡，佐郡南浮七澤坡。湘浦月明猿嘯起，衡陽秋老雁聲多。桃花源水迎雙旆，杜若芳馨續九歌。今日長沙卑濕減，題輿壯志豈蹉跎。

答梅伯言丈

潛郎高卧帝城春，倦看車前十丈塵。破的清言傾座客，閉門元草謝時人。朝中偃蹇吾龍蠖，海内文章孰鳳麟。材力起衰功不易，須憑一髮係千鈞。

疏麻千里訊江干，歸客狂歌興已闌。舊夢雲霄雙鳳闕，秋風天地一漁竿。城南勝賞空惆悵，冀北離心正渺漫。東馬嚴徐皆俊侶，幾時聯騎更追歡。

寄梅生太史因訂吴游

顧問趨鑾掖，君王許鳳毛。上林仍暫出，大藥儻相遭。歲月東山逸，星辰北闕高。歌聲何激烈，中夜想夔皋。

魂銷歧路别，夢繞帝王都。零雨思千里，秋風動五湖。書來招楚客，興發效吴趨。不待丹楓落，扁舟可就途。

吴游不果喜聞梅生將至

我輟吴門棹，君歸湘水濱。荆班情道故，劍合氣通神。衡岳雁歸處，清時龍卧人。長源終赴召，莫作久逡巡。

展雲太史典試粤西使畢過楚賦送還朝

斗映文昌氣，秋高使者星。楓宸辭北極，桂管近南溟。年少推詞苑，詩工紀御屏。皇恩宏棫樸，臣往貯參苓。李郭携仙侣，嚴徐出禁廷。扶輪懸水鏡，淬鍔就霜硎。采楝無遺幹，搴蘭不匿馨。驪珠升的爍，虹璞剖晶熒。才俊門應滿，登臨屐屢停。石森樓閣勢，峰削劍鋩形。乳竇凝千佛，崖陰護百靈。雲連三楚白，山合九疑青。荒徼偏暄燠，蠻天倏杳冥。箐林飛暗雨，藤峽走驚霆。疆啓秦時郡，標留漢將銘。征軺增嘯咏，史筆補圖經。攬轡歊初熾，旋楂雪未零。舊攀京國柳，新聚楚江萍。共喜聯稽吕，無嗟避尹邢。憶離丹鳳闕，歸戀白鷗汀。軒翥慚周鷺，騰驤遜魯駉。予餐騷客菊，子傍帝階蓂。金馬鳴珂入，銀虬激箭聽。寵光承晝殿，藻翰掞天庭。落葉紛歧路，離雲繞驛亭。還朝群彦問，爲報樂岩扃。

題蜀闈遺翰册

蜀闈遺翰者，蔣念亭大令分校時手迹也。大令主衛藏餉，某將軍誣以法，殞於邊陲，蜀人至今傷之。嗣君霞舫太史裝治爲册，奉以徵題，愴然賦此。

直弦終不改，蜚語亦何危。李廣軍皆哭，馮唐節已遲。鎖闈留故事，遺翰表文詞。蜀血今猶碧，巴雲黯黯悲。

名父摧鸞羽，孤兒蔚鳳毛。起家仍上第，染翰入詞曹。清白門無忝，寬仁帝總褒。如修良吏傳，彤管待親操。

寄夔臣宫允

仙槎倦泛絳河濱，據地酣歌效隱淪。問卜何曾逢季主，借居從不詣平津。鳩嘲燕誚空流輩，鳳逸龍盤自俊人。朝謁近來聞漸少，西山秋骨想嶙峋。

得袖石同年書却寄

歲星來傍漢廷游，金馬門前隱者流。自擬郊樊成僻徑，不知冠蓋滿神州。心奇海鶴超三島，句健飢鷹下九秋。燕市和歌人漸散，時煩書札向滄洲。

江行雜咏

朝携緑玉杖，揮手别高樓。叠嶺霧中出，寒江天際流。邴生辭薄宦，騶衍客諸侯。未逐鴻濛去，聊同汗漫游。

去住等無意，閑雲倦更飛。長爲流浪梗，有負故山薇。才處諸公下，貧嗟百計非。凋年更何適，林壑望人歸。

楚扼西南要，時停上客車。故人多節鉞，使者半旌旗。文采高岡鳳，波濤大壑魚。長卿甘病免，封禪亦無書。

開豁滄洲勢，能生萬里情。旭輪浮海出，霞彩射江明。大澤思垂釣，中流愛濯纓。烟波忘遠近，浩蕩白鷗征。

鄂州城北郭，萬估日喧闐。水國開都會，舟居雜市廛。邃房宵沸管，豪客晝攤錢。杼柚誰能告，窮櫚亦可憐。指塘角泛。

鹺法今何密，沿江逐捕勞。民將愁疾首，吏乃析秋毫。乾没多亡賴，豪華屬此曹。曾聞經國計，不欲盡錐刀。

晚江元自斂，月出浩漫漫。沙帶流霜潔，星兼遠火寒。扁舟驚歲暮，荒柝逼宵闌。亦有翩翩雁，高飛不下灘。

泛秋曾幾日，擊楫復江潯。岸陗回湍急，天寒束壑深。盈虚原有數，壯老迭相尋。静悟浮生理，悠哉川上心。

宋末陽邏堡，化爲蟲與沙。戰争凡幾姓，生聚復千家。灘共黄牛險，山連白虎斜。漸聞喧曉渡，津市足魚鰕。

元禮行何滯，仙舟久未來。空占函谷氣，獨上楚王臺。安石山中卧，夷吾天下才。救時終望子，曷往贊康哉。待李子梅生久不來。

物候看頻換，川塗亦屢經。霜濃林絢紫，冬暖岫餘青。閶闔懸天路，班行憶漢廷。不才甘散棄，休擬少微星。

西山如避俗，矯首入雲中。俊拔心俱迥，蒼寒態轉雄。望邊迷桂壑，天半落松風。四度維舟客，還應舊雨同。

使節恒多暇，賓筵屢荷招。簪裾盡潘左，軒冕見松喬。慣聽黄州角，曾陪赤壁簫。歲寒盟不替，重爲駐蘭橈。

黄州謁韓魏公讀書堂

祥麟瑞鷟人見稀，偶然游止生光輝。黄人每道魏公迹，亦如東國歌衮衣。涵輝高樓竟何有，讀書之堂圮已久。此邦官吏皆風流，重拓高甍復其舊。公昔捧日升扶桑，阿衡公且相頡頏。少年舊游尚歷歷，四十餘載嗟不忘。精神上天控箕尾，浩氣猶當下來止。重令草木發華滋，更遣江山吐奇偉。去年羸馬經相州，江上仍尋公昔游。漁樵事業豈堪問，將相勛名安可求？升堂懷抱空輪囷，浩歌不見非常人。乾坤閒氣鬱磅礴，真宰何年方降神。嗟乎讀書誰似公，正笏定策危疑中。君不見紛紛新法誤人國，六籍高談竟何益。

大雪飲楊山人宅

峭石何年削成壁，修蘿倒垂幾千尺。憑虚樓閣凌丹梯，蒼岩下結幽人宅。叩門風雪來相尋，主人布席鳴青琴。泠泠自奏山水音，餘響散入梅花林。銅槃華燭光爛爛，割鮮行炙復張醼。當空灝氣騰清英，群岫窺窗皎如練。梨花萬樹何參差，片片不異春風吹。仙人如麻騎白鳳，勸我但醉流霞卮。人生聚散真茫茫，百年豈得皆歡場。相逢今夕不盡飲，明朝緑鬢生繁霜。雲開漸欲吐華月，酒酣逸興更超忽。乘風且往朝玉京，咫尺銀臺便飛越。

卷十二　詩丁未戊申己酉

張仲遠同年出示所著詩爲題其後

賈生達政體，智術如盧扁。大瘇及跖盭，鍼石施未然。翳能上不使，遇主猶迍邅。張侯志經世，諷諭何纏綿。反覆述疾疢，兆伏陰陽愆。阽危始諱疾，至治繇任賢。元氣恃回斡，推本君相權。刀圭可上理，王霸包其全。應氏賦百一，小言徒戔戔。豈如闡治術，永永休命延。誰能持此什，上應鞀鐸懸。瞑眩必見納，可媲《説命》篇。

平生管嬰略，遁迹爲韓康。轡轡效小試，綰綬來江鄉。吾聞仁恕吏，境内猶室堂。族姓共呼噏，嚬呻如在旁。期會亦有迫，撫字終無傷。競絿靡偏任，審俗爲弛張。下邑未可薄，經緯覘一方。令長盡豈弟，寰宇皆太康。吾子紹家學，經術兼循良。願言積悃愊，期之歲月長。鳴琴但安坐，傾耳聆歌棠。

清明客武昌

宿雨浥朝光，鳩鳴陌上桑。客中饒物色，静裏惜年芳。烟柳樊山暗，汀花郢路長。還聞泥滑滑，出郭屐仍妨。

仲遠同年裒朝鮮使者各詩札裝爲長卷率題一首

中朝文物被鷄林，使者東來慕盍簪。京國一尊歧路酒，滄溟萬里故人心。海雲暗護封題遠，梁月常懸寤寐深。此日車書通寄象，殊邦原不隔同岑。

登西山絶頂

千山春色散岩霏，曲磴盤空一振衣。江豁虛光隨地坼，峰浮晴氣挾雲飛。林花寂寂詞人往，磵草年年霸業非。幽賞不知芳序晚，莫教鶗鴂報斜暉。

縣齋諸子招同仲遠大令飲寒溪寺因偕登西山

皋壤連岡抱，招提枕麓分。遠春濃若海，空翠化爲雲。逸客聯幽興，深杯駐夕曛。静中换啼鳥，流響四山聞。

茂宰能乘暇，清游入社同。言尋九曲嶺，長嘯半山風。江動春雲外，城低夕照中。歸途顧來徑，翠色鬱横空。

暮春舟行苦熱

我行浮輕舟，西上溯流逆。南風揚飛沙，三日驕不息。春陽月在辰，炎暑氣如逼。鑠淵多潛鱗，熾林有伏翼。行者頳汗流，居人御纖絺。陰雨屯其膏，陂池斷泉脉。新苗勢就槁，老農面無色。訊彼五行家，歲躔直火德。陽氣亢有餘，方春兆差忒。旱暵誠當憂，厥象顯可測。楚南冬少雪，秦豫地尤赤。涉夏若不雨，恐復熾螟螣。側聞天家儲，豐衍事殊昔。粳稻來東南，歲闕百萬石。漕挽嚴稽遲，道路日被檄。詔書屬重臣，浮海濟商舶。權宜佐大農，廩廩縣官急。從來經國家，根本在民食。蒸黎多蓋藏，京坻自充積。皇仁如周宣，偏沴庶消釋。仰視星月光，憂來泪霑席。

雨　泊

雷雨動江湖，煩蒸一洗無。低雲沈岸柳，遠漲入烟蕪。避漏頻移燭，開尊自倚艫。春田新水足，農唱喜盈途。

舟行風利

亂帆高下發汀洲，岸柳摇青送客舟。倏起銀山俄又滅，横江飛捲白雲流。

性上人還吴兼訊樗寮翁

不惜尋師遠，飄然行脚僧。暫來猶面壁，歸去遂傳鐙。堅固持真諦，聲聞謝小乘。宗風開頓悟，往矣繼南能。

祇園聊結夏，三宿亦殷勤。樹待凉飆發，帆從郢路分。衣珠江海月，杖錫泖湖雲。去問松風長，應成十賚文。松風亭長，樗寮自號也。

寄懷孝長

黄山峰坼大俄摧，餘子安知國士才。少日聲名甘寂寞，望中師友半塵埃。滄江風雨凋雙鬢，先帝旌旗夢五臺。健羡久除榮觀謝，暮年休擊唾壺哀。

青溪烟雨圖册爲李紫藩大令屬題

莫問烽烟事，青溪日夜流。向來簫管地，花月不知愁。

形勢金陵域，烟花送六朝。千年龍虎氣，恨接廣陵潮。

長城檀道濟，江左管夷吾。寂寞思雄略，山川空壯圖。

扁舟聊放浪，戰鼓久銷沈。獨擊中流楫，臨江惜壯心。

答張瑋公

暗誦書三篋，旁通易九師。經年惟養疾，晚歲益耽奇。屈蠖甘无悶，雕龍薄不爲。研精吾愧汝，能下董生帷。

自結沙鷗社，長辭振鷺行。故人勞問訊，高咏動滄浪。郢路蘅蘺秀，秋風橘柚香。扁舟如見訪，待子賦褰裳。

簡陳西橋太守

秋到西陵郡閣開，風流坐嘯擁樓臺。碧鷄山繞蠻雲峻，白馬灘飛峽雨來。過客蘇黄詞并壯，州民屈宋古多才。何時竟鼓扁舟興，絳雪春深一舉杯。

答家簣軒學博

吾宗老博士，矻矻久忘疲。綺季山中隱，荀卿稷下師。文章淩一鶚，談笑却千羆。昨者高軒過，秋天宿霧披。

問我歸田樂，蓬蒿喜漸深。霧迷元豹迹，江洗白鷗心。漁父猶相答，龐公或可尋。擔圭與析爵，吾不易山林。

郢中郡齋贈汪生詞源

子之先大父，于我訂忘年。復見孫枝秀，仍欣祖研傳。蘭筋終逐電，苞羽必摩天。落落丈夫志，將憑竹帛宣。

河南招賈誼，門下選王褒。大郡多文學，羈游得俊髦。漢濱寒木下，郢甸暮山高。期爾蘭臺筆，千年振楚騷。

竟陵贈子重

別君猶壯齒，聞道已華顛。產落奇荒後，衰驚未老前。勝情隨病減，孤詣藉詩傳。糴米呼兒輩，朝朝賣畫錢。

咫尺不相見，何論天一方。空乘剡溪艇，未過浣花堂。老桂寒留翠，疏梅晚透香。直須霜月滿，步屧詣城旁。

題山泉障子

松盡雲無盡，雲深松更深。化爲半山雨，散作百泉音。石洞斟瓊液，天風戛玉琴。豈惟湔俗耳，亦以滌塵心。

登竟陵北郭

昔望竟陵郭，重經十九年。郊坰變寒色，平楚倍蒼然。雲擁林端岫，霜清湖上田。漢陰機未息，擾擾愧塵緣。

城南高士行

竟陵城南有高士，頗似當年玉川子。下牀見客恒杖藜，白髮飄蕭亂垂耳。高士二十三十時，結交閭里游俠兒。酒酣袒跣縱六博，昔何豪宕今何衰。敝裘蒙戎襟袖穿，日午不見厨突烟。稚子索飯遣之去，吟詩遑問朝無饘。方駕杜陵翁，排突李崆峒。嶔崎不顧世人好，慘澹疑經神鬼功。紫微使者訊邁軸，縣令相繼餽廩粟。少年乞畫爭噉名，粗繒淡飯始能足。今年江漢縱横流，赤子半化爲魚頭。高士山田亦被潦，縱然有秫安能收？到門好事復漸少，始知豐嗇非人謀。我來竟陵縣，十日未相見。

古城枯桑號天風，漠漠寒雲雜冰霰。即愁高士凍欲僵，又恐越宿春無糧。翩翩英俊登要津，箕潁鼓腹稱逸民。奈何低頭守繩瓮，復遣坎壈纏其身。大笑貽我書，慰我毋嗟吁。老梅吐花繞深室，雪霽倘肯訪蓬蓽。解裘沽酒百不憂，杲杲墻頭日將出。

雪堂聽雨圖爲鄧小耘同年題

韡韡棠棣華，交映何光榮。奈何悵解析，去家事遠征。縞紵遍四海，豈若骨肉情。沈沈卧官閣，起坐懷屏營。夜雨赴疾響，中有鴻雁聲。嗢嗢感羈客，能不懷同生。

同生夙所愛，推重如惠連。群從盡覽舉，奮起皆聯翩。時作蠟鳳戲，會食銅槃前。文藻世易覯，孝友君獨偏。曰余秉庭誥，家風固其然。跬步不敢失，夙夜尚慎旃。

慎旃念濟美，所慕在前規。仲父擅奇偉，振策方高馳。千里奉兄書，歸隱資江湄。長歌采芝術，白首歡連枝。當年憶聽雨，曾假丹青爲。繼世兩坡潁，丹穴多奇姿。惜哉少竹實，不得相追隨。

追隨倏已遠，獨客來黄州。翩翩典書記，乃是元瑜儔。雪堂峙山堞，下瞰滄江流。江風吹暮雨，復似彭城秋。賓讌信云美，未若偕子由。安居忽至樂，在遠多離憂。回首對牀夕，嗟今何滯留。

滯留復在鄂，南望仍迢迢。歲晏盛風雪，未泛瀟湘橈。興言懷諸季，游墅難可招。别離如日月，弦望當非遥。上聖少暖席，何事傷飄摇。郊祁待競爽，皇路驅連鑣。他年述聽雨，共話金鑾宵。

寄張南山

選續蕭樓後，名高魯殿餘。孟堅人物表，涑水見聞書。遠道貽瑶草，深山問散樗。殷勤長者意，歲晚獨華予。

冉冉方垂白，孜孜尚汗青。藝文關顯晦，河岳聚英靈。智慧堪扶健，神明與駐齡。海南光氣在，長望老人星。

春望

春山垂柳外，春水發桃花。畫舫依明鏡，朱樓倚暮霞。清游殊綺麗，物態足芳華。蘭芍情何限，汀洲日未斜。

泛白鷺湖

空碧杳無盡，遥峰浸欲沈。春浮百花氣，雨歇半湖陰。積潦憂昏墊，荒祠閲古今。年光舟楫裏，客思故難任。湖陰有伍相祠。

渡長湖

扼險誇三海，荆南舊劃疆。北塗遏樊鄧，西塞控雎漳。往迹頻開塞，通津遂渺茫。下游失宣導，歲歲事堤防。

長風吹五兩，偏若與雲征。夢穩魚龍窟，春浮雁鶩聲。連岡畦麥秀，照水野桃明。邱壑宜招隱，茅茨倘可營。

寄陳西橋太守

部下班春久，河東上計遲。浮榮流水澹，幽興故山期。高論來驚坐，虚名愧下帷。離居俄浹歲，何以慰輖飢。

問訊風流守，春來興若何。花光江郭動，山色郡樓多。萬象供嘲諷，千秋入網羅。西陵衣帶水，未得泛清波。

寄鄭香川

春草徑邊長，白雲湖外深。壯懷叢百感，冥想鬱孤吟。半畝數椽宅，千秋一卷心。可堪元鬢改，辛苦尚能任。

贈龍翰臣學使

蒼梧有威鳳，芭羽成文章。虞廷拊球石，奮飛來帝旁。引吭中嶰竹，百鳥安能望。一鳴景星見，再鳴萬國昌。帝日鳳鳥氏，往哉荆楚疆。率先衆羽族，養翮生輝光。山鷄及澤雉，俾化鸞與凰。鳳來羽族喜，從之雲間翔。殷勤爲銜致，藹藹游朝陽。和聲協韶濩，用贊我聖皇。昭代多儒林，經術邁前軌。末流趨榮名，禄利半相詭。惟楚稱多材，邇來亦云靡。峨峨輶軒來，正宜勵髦士。群籍羅山淵，探原必經史。希聖當有基，約之自踐履。精貫通天人，宏毅建奇偉。謍道無兩歧，致用但一理。諸生如發蒙，翕然返根柢。濟濟楨幹材，翹秀自兹始。岱岳自忘峻，尾閭不知盈。浩乎哲人量，吐納何其宏。疇昔忝傾蓋，邂逅猶平生。今來益折節，款款申中情。小人信固陋，何以酬肫誠。僂指計師友，桂材多俊英。謂蔣申甫師及朱伯韓侍御王少鶴農曹。夫子最騰上，簜節儒臣榮。枋用自此兆，所欲吾道亨。康屯在人杰，瞻望良非輕。吾儕得飽食，幸托名公卿。

送湖蓮舫儀曹入都

江亭漠漠望離雲，行矣雙龍劍氣分。春盡故人還日下，天高華省傍星文。含香復謁蓬萊殿，起草終酬翰墨勛。傳語鵷行諸俊彦，予情久狎白鷗群。

西來江漲蹴坤輿，怒齧平原氣有餘。每惜防川勞捧土，不聞分勢議斯渠。横流未息懷襄警，古穴宜徵郡國書。止輦郎官應納説，灑沈奇策定何如。

苦雨嘆

陰陽錯沴不可測，自春徂夏雨無極。畛隰彌望成白波，病農腸飢哭無力。去年江決漂民家，委骨悉化龍與蛇。涉冬橫潦始稍斂，低田成潦高成沙。沿郵官賑亦復少，築堤朝朝況不飽。殘黎性命纔如絲，賣牛質衣無不爲。來牟計日已可熟，忍死猶冀能充飢。楚天淫霖勢不止，陵陂二麥盡爛死。稻苗纔過三寸餘，可憐青青没在水。高田低田殫爲河，日夜驟雨傾滂沱。嗚呼昊天方降瘥，縱有神農奈若何？

答楊性農即次其韻

江漢四溢潛與沱，洞庭吐納沅湘波。雨無其極潦將壯，奈此澤國生民何？頃者漢決蕩民舍，復似窮鳥亡其窠。流庸被道入夔萬，攀陟石磴緣坡陀。我坐空齋淚如雨，鴻雁之篇誰忍哦。故人貽箋述民困，三復名論良不磨。山澤弛利縱采取，無煩官吏嚴禁訶。行糜貸租盡可罷，自然大力蘇沈痾。莊山鑄幣古不廢，兹議豈得懷媕婀。嗟君獻賦久未遇，天門九扇懸嵯峨。生平許身契與稷，少陵中夜徒悲歌。磊落非無濟世策，惜不致之金鑾坡。我逃蓬藋亦已久，君也獎飾何其多。此邦薦飢大無麥，累月不見巴船過。腐儒饘粥望一飽，悠悠萬事甘蹉跎。

彭大夫行贈于蕃太守

四十專城彭大夫，朝天五馬行天衢。九門揮鞭走蹀躞，春花爛熳開皇都。大夫昔爲柱下史，翩然飛舄萬餘里。六詔山川何阻深，輿誦蒸蒸夾道起。西南鐵壁森雄關，哀牢塞外通諸蠻。犀珠象貝走内地，大夫佐郡當其間。金齒奸氓反覆久，被檄陳師掎賊後。遠夷使者前叩關，頗訝登陴盛兵守。大夫潭潭府中坐，使者再拜謁庭左。遣白若王毋震驚，但誅亂民戒樂禍。夷王讋伏天朝威，旋聞露布軍中馳。大夫吏能信精敏，豈意籌略符兵機。幕府騰章進闕下，書生自致功名奇。計簿入奏朝明光，賜金加秩褒循良。歸來重渡西洱河，碧鷄金馬凌嵯峨。唐韋臯、漢朱輔，男兒立勛動明主，唐蒙通道何足數？

家孝鳳兵曹緬甸風土詩題詞

濡毫柱史紀南荒，于蕃太守方撰緬述。諫議雄詞金馬光。驃國應傳新樂部，千年奉聖戴君王。

入度瀾滄萬里津，夷酋重譯慕皇仁。中宵更上邊樓望，南斗遥遥拱北辰。

哀彼氓

吾邑車灣堤决，漂民數百家，王子哀之，賦是詩也。

哀彼氓兮蚩蚩，託性命兮危堤。堤不可恃兮卒戕汝，命化白骨兮爲塗泥。化爲泥兮築不歇，畚土盛兮半白骨。泥雜骨兮骨爲泥，築未畢兮倏漂没。率水食人兮毒倍長，蛟誰造禍兮生厲階。結筏賑粟兮汝弗逮，汝不知兮謂天實爲灾。披髮騎鯨兮訴蒼天，天不聞兮亦不怒。汝命在堤兮不在天，汝死堤兮汝曾不悟其故。

芝房太史使車過南郡喜申良晤兼感李子梅生

賓賢千載會，銜命五雲光。道路占星使，山川入夜郎。停驂江國外，摯袂郢門旁。向曉鋒車發，仍憐别思長。

逝矣謫仙子，吟魂不可招。風騷失雄伯，宙合莽蕭條。楚國龔生没，天年賈傅凋。因君話疇昔，回首酒罏遥。

待歸草堂歌奉送方伯唐公歸黔陽

進不必督八州，退不必耽一邱。大賢進退自殊衆，世俗安得知其由。遭逢特擢寄心膂，天下喜得見申甫。持節旬宣再至楚，元黄補救心獨苦。超然勇退遽解組，傾城冠蓋出祖帳，道旁觀者悉惆悵。觀者勿惆悵，達人捲舒各有尚，神虬挾雲騰九天，忽然屈曲蟠深淵。吹毛剸鍾利無比，有時挂壁韜龍泉。中林有棘鸞徘徊，曲徑易蒼飛黄才。廣川無梁石齒齒，波濤震激生風雷。古來禹稷非斧柯，良會豈得無蹉跎。沈吟此意知者稀，有堂待歸胡不歸？山中猿鶴望已久，海内蒼生盡回首。未老猶懷報國心，乞歸暫袖經天手。方今柱石推數公，公也磊落與之同。英姿毅力豈易得，天子深知才且忠。東南猶有嗷鴻聲，五溪跳梁方弄兵。堯仁如天尚咨儆，股肱宣力資豪英。名臣身與國家繫，草堂高卧豈公意。九重思公未嘗置，東山早晚詔書至，得不投袂起濟世。

楚兩公行

兩公者，湘陰李公及沔陽陸公也。道光二十八年冬，中旨罷天下漕，改征銀。李公時督兩江，三上疏争之，陸公相繼陳奏，事得寢。王子美之，作是詩也。

兩公奮起楚南北，今之李陸古禹稷。天子無復東南憂，總制三吴繼宣力。國家漕粟輸中都，租庸大半資三吴。邇來歲闕百萬石，大農廪廪唯嗟吁。是時宵旰重國計，公卿上殿日論事。請罷漕挽皆征銀，關輔糴粟自足濟。帝曰試可先頒之，詔出外廷不得議。李公引義陳疏争，經常賦法難變更。農不出鏹但出粟，責以納銀非所征。大歷兩税制一變，折錢遂廢穀與絹。無益於國徒病農，法雖簡易實非便。京師和糴自一策，不幸脱有水旱迫。天庾無粟支十年，緩急誰當任其責。臣爲大臣分主憂，軍國深惟根本謀。嚴旨敦促事難已，辰告何敢忘遠猶。疏入廷議尚見沮，奏牘不憚再三補。陸公繼之言略同，先後竟獲回天功。有詔賦法悉如舊，天下歸功楚兩公。兩公侃侃善持正，臣直由來恃主聖。稽謀從衆堯舜心，一言轉圜四海慶。和氣感召回上蒼，三登太平昭降康。有君如此豈可負，兩公遭逢信非偶。吾儕小人農家流，努力疾耕事南畝。請爲太倉補升斗。

題張武昌仲遠閔災詩後

張侯閔災詩，詩成有餘泪。親見嗷鴻聲，旦夕就死地。自傷官秩卑，呼號力難濟。國恩非不優，事權實有制。以兹内自劾，寢食切憂愧。吾聞武昌民，兩荷再生賜。豈無溝中瘠，亦感賢長吏。憯怛心有餘，肉骨實無異。嗟乎得民深，乃過釜鍾惠。同時李公安紫藩，救災亦況瘁。州邑千百餘，安得悉君輩。飢寒盡噢咻，林總免凋敝。兩君耻求名，課績未書最。擢之倡循良，庶幾勸吏治。薦賢康生民，豈不在高位。

卷十三　詩庚戌辛亥

大行皇帝挽歌

文母徽音邈，宮廷正宅憂。如何天降割，遽及病彌留。陽德三朝厄，日食三朝，尊者所惡，今歲元旦有是灾。神靈九廟游。乘雲厭人代，縹渺想龍斿。

化穆垂裳日，功成鑄鼎時。顯謨千禩焕，遺詔萬方悲。陟降通閶闔，勛華謝耄期。恭聞嗣皇孝，翼室極哀思。

龍潛昭智勇，靖變翊先皇。親掃妖星落，丕承寶歷昌。受俘唐賀魯，通塞漢延光。天覆尤無外，鯨波永不揚。

綱紀皆躬攬，欽哉屢省成。勤民諮牧守，虚己納公卿。珍異停毋獻，巡游罷不行。法宫三十載，上理在升平。

氣數偏多忒，元黄沴至今。儉能崇禹德，憂未釋堯心。貢篚裁三服，營臺惜百金。頻年蠲貸詔，父老涕沾襟。

弓劍攀龍馭，旌旗盛虎賁。赴陵同軌至，引紼萬靈奔。象衞山河拱，鴻名日月尊。空慚郎署籍，未守孝文園。

奉寄張武昌

塵甑朝朝滿，吾憐張武昌。吹噓起凋瘵，流亢復耕桑。馴雉符三異，烹鮮效一方。栖遲仍下邑，誰草薦賢章。

野　望

春風本無約，草色自知歸。逐雨迷平野，和烟上翠微。已看新燕掠，漸見早鶯飛。無數夭桃萼，參差弄夕暉。

山園牡丹新放一枝

國色忽驚衆，山園頓破荒。騁姿殊偉麗，斂態倏矜莊。朝雨融鉛粉，仙雲拂錦裳。惟應命尊酒，與爾駐年芳。

送巴小愚還歙

曾聞雲海蕩心胸，石畔松根盡化龍。安得共君凌絶頂，倒看三十六芙蓉。

征　帆

波影混遥青，征帆且未停。葑多低入浦，柳密曲藏汀。春色隨流水，生涯老客星。閲川空自感，又見絮爲萍。

舟行書所見

户口百餘萬，寥寥僅有存。一春仰螺蚌，千里斷鷄豚。沙礫迷荒洫，污萊滿廢原。溝渠如不復，版築亦空論。

生計今何恃，方春待服疇。鬻兒備穜稑，忍死望來牟。蠲賦恩頻沛，宣防役未休。自非咨后稷，誰釋帝堯憂。

題郭南村吟卷

故人摇落盡，一老卧荒城。鄉里薦饑饉，妻孥半死生。孤吟彌激楚，高步獨峥嶸。願子愛光景，時餐瑶草英。

裕東巖宫傅平南凱歌

元戎破賊紫金山，露布威聲震百蠻。朱紱遂超三事上，彤弓新錫五雲間。

三路連營遏寇衝，征南武庫獨羅胸。洗兵直挽湘江水，積甲還高石廩峰。

凶黨探丸起陸梁，化爲封豕與貪狼。河魁上將臨南斗，却指妖星頓斂芒。

令嚴三刻盡逾溝，直渡潭州與邵州。按轡無聲都未覺，中宵已過萬貔貅。

募士營門大散金，溪丁峒户并同心。謀成早握摧枯勢，一鼓無勞七縱擒。

九天誰解測兵機，間道先登大將旂。親躡窮山搜虎穴，始驚丞相是天威。

亂領妖腰嘆爾曹，自干誅殛那能逃。頭顱但足污碪斧，血染空山鬼不號。

投戈道左拜車塵，三面都歸解網仁。禍福但看分順逆，長爲忠孝太平民。

宋家天使奪崑崙，儂賊猶傳走自燔。何似奇功真折首，凶渠面縛獻轅門。

買犢新耕戰後沙，盡銷刀劍事桑麻。凱歌初唱農歌起，風裏香來屬稻花。

出師新柳拂江城，歸及榴花照眼明。裴合指揮淮蔡破，潞公旬日貝州平。

黔山粤嶠靖烽烟，不獨衡湘罷控弦。玉帳六韜高將略，銅標萬古峙蠻天。

乾坤戰氣自今銷，大傅威勛播兩朝。闕下受俘行告廟，定知天上慰神堯。

師臣高秩獎元功，羊傅勛階謝傅同。若共兩賢論戰績，還應汗馬遜明公。

旋師馬上奏鐃歌，更喜年豐樂氣多。紅旆渡江平似鏡，威名到處懾蛟鼉。

雄偉誰當吏部詞，紀功濡筆待淋灕。高銘大别鑴衡岳，雙照穹蒼萬丈碑。

藻園秋讌觀荷花柬性田詹事

乍喜炎歊[1]退，登君池畔樓。渚分江雨細，林進野風秋。曲檻多臨水，疏簾盡上鈎。蕭然生遠想，興在白蘋洲。

波明如拭鏡，照影盡紅妝。越女施朱粉，天孫濯錦裳。魚窺都覺艷，鷗夢不離香。采采殊非遠，無須悵夕陽。

射釣俱從好，諧談靡不宜。清游隨地足，樂事任賓爲。觴政無妨緩，更籌不厭遲。延涼兼選勝，此會過南皮。

章華寺僧索贈

高臺銷霸業，開士滌塵心。卓錫宗風暢，傳鐙定力深。松陰承寶地，花雨潤珠林。丈室何時到，來聽清梵音。

南郡九日遣興

寒色逼孤城，高鴻厲遠征。二儀催急景，萬木戰商聲。吹帽憐秋鬢，銜杯散旅情。故山饒杞菊，搔首望柴荆。

洪都吟寄答陳子宣公子

洪都城下雙江流，故人題詩城上樓。江干鯉魚溯波上，西風吹墮章臺秋。章臺洪都幾千里，故人相憶尚不已。贈我長歌復奇偉，才兼鮑照差可擬。憶昨萬羽乘秋飆，潁川公子人中豪。連城在抱不見剖，萬言棄之如鴻毛。飄飄彭蠡東揚舲，往看九叠廬山屏。銀河落天灑萬丈，洗出五老雲中青。笑呼李白起携手，海風江月傾玉瓶。萬古之愁忽銷盡，百花洲畔花冥冥。醉卧花間不願醒，君家列戟尚書第。盛德清芬播海内，高才杰出廊廟姿。肯向江潭效憔悴，遠游羈客行歸來。側聞有詔羅英才，時有請開鴻博科者。制科早晚鶴書下。王褒終軍何人哉，不見九扇天門開。

沙津道中

曠野商飆息，餘聲勁尚留。柏楓翻遠渚，葭菼折寒流。霸業三休渺，詞人九辨愁。超然觀物理，萬化若奔輈。

歸　興

肅氣厲金商，回飆激大荒。江河驚逝水，關塞懍飛霜。地僻元虬蟄，山深赤鳳藏。茹芝兼采菊，歸興足餱糧。

陸城感舊吟示心海

故人居蒼山，隔在滄波間。不見故人久，飛夢時往還。

山色如比鄰，日夕情所親。見山心尚爾，何況懷故人。

故人招我游，因泛江上舟。亂流渡白馬，長嘯淩滄洲。

步麓循舊踪，環城千萬峰。凋年鬱深秀，爲我回春容。

遍訪故人宅，知舊半存没。没者已宿草，存者亦班白。

故人喜我至，款曲各申意。邀我傾尊罍，雜沓語近事。

屬者天降瘥，跋浪驚蛟鼉。不死出天幸，語罷泪滂沱。

賤子困奔走，西行出隴右。復經齊豫燕，潛郎遂華首。棄之駕言歸，榮名竟何有？

念此增感傷，喟然忽停觴。别來僅逾紀，山岳真茫茫。

浮雲乘長飆，翻空如波濤。六龍運元氣，萬古猶崇朝。

彭聃久枯槁，學仙復誰保？人生駒隙間，安得不速老。

速老何用嘆，進酒聊復歡。依依更翦燭，北斗横闌干。

甚荷諸公知，甚辱諸公期。幸襄文字役，復此談燕時。

古來放達人，蕩滌謝塵滓。陶公耽麴蘖，謝客樂山水。當其意所諧，形骸直敝屣。

兹邦雲壑殊，肖我家山居。況兼今舊雨，謂鄭柳塘孝廉及吴秋潭、鍾桂舟。意氣皆友于。

萬事空浮烟，煩憂徒自煎。相逢不盡飲，日月如奔泉。獻歲當命屐，共陟群峰巔。所期掇瑶草，長保金石年。

春寄明韞田觀察

雙旌高擁大江環，治行龔黄伯仲間。譽峻風生驄馬步，政成春滿鳳凰山。承恩定拜楓宸詔，謁帝行趨朵殿班。三載荆臺回首處，清尊鈴閣悵難攀。

寄呈皃鄉太常

鶴髮巍然典奉常，升平禮樂有輝光。帝廷班列陪鳩扈，天老從容答鳳凰。四海詞流尊斗宿，三朝壽俊壯岩廊。即今退食清齋暇，猶自揮毫數舉觴。

愛士風流天下聞，夔龍不忘野鷗群。將令小草徵安石，曾擬長楊薦子雲。霄漢空懸閶闔夢，漁樵虛負聖明君。遥傳大雅扶輪意，叢桂深山已吐芬。

寄袖石太史時直南齋

祕省高居尺五間，紬書人盡列仙班。天文清切蓬萊殿，地望深嚴册府山。可但翻飛舒鳳藻，能無忠讜慰龍顏。雲霄倘問滄洲客，論就潛夫只閉關。

挽侯官林公

推轂頻陽起將兵，元戎輿疾赴南征。方看甲洗天河水，誰道星沈漢相營。劍氣蛟龍猶鬱勃，陣雲蛇鳥尚縱横。天涯遥哭嚴公櫬，閩海悲風卷旆旌。

萬里長城屬一身，崎嶇持節靖烽塵。九邊獨任安危計，四海追思老大臣。尚有威稜驚蜃鱷，豈無圖畫重麒麟。出群才略今誰匹，文武威風見此人。

輪臺孤月照丹衷，曾向閽門嘆轉蓬。尸諫傷心史魚節，謂王文恪。謗書流涕樂羊功。新傳詔旨褒殊績，舊荷先皇察至忠。白首騎箕更何恨，征蠻恨未奏膚功。

行堤殖轂救民饑，方略均爲岳牧師。君實姓名傳婦孺，晋公勛望播華夷。不登臺輔人情惜，得配烝嘗祀典宜。贈恤禮文輝道路，皇情猶自不勝悲。

餘事生平擅表箋，每聞章上舉朝傳。營平曲折屯田奏，諸葛忠勤作牧篇。東閣風流思往日，西州涕泪灑他年。希文事業諸郎在，好繼功名國史編。

寄懷播州唐公

送客巴州湖上樓，西南天盡洞庭浮。忠勤暫輟陶公甓，勛業翻歸少伯舟。紫極正懸新日月，白雲仍戀舊山邱。遺榮共羡懸車早，高蹈真居第一流。

賓館平津總未忘，楚江高會遂茫茫。孤吟澤國雙蓬鬢，萬里黔山一草堂。何日更看龍劍合，經年惟盼雁書長。眼中不見劉公幹，謂孝長。回首西園各斷腸。

寄夏秋丞都中

驅車仍聽帝城鐘，絳闕參差望九重。畿輔地形高涿鹿，關門山勢抱盧龍。聞在永平度歲。才名荀陸應誰匹，酒市荆高或可逢。遥想春風辭漢殿，翩然飛舄領花封。

寄吴又桓孝廉

金門高接上清居，藹藹青雲會石渠。仙侣閬風餐沆瀣，美人空谷閟瓊琚。鄒陽尚作諸侯客，元叔猶隨計吏車。早晚定逢楊意薦，君才豈合老蓬廬。

贈退甫

爲儒常近俠，于道亦無疵。頹俗猶堪振，英流定見奇。海鵬圖自遠，天馬步難羈。曲逆非長賤，徒勞下士嗤。

贈心海

獨往有天趣，長貧無怍顔。澆書傾白墮，鑿壁納青山。妻子盡恬雅，漁樵時往還。倦來雲忽起，心亦與之間。

贈秋潭

此邦有志士，孤潔比幽蘭。亦覺世多忤，其如性所安。三春蒿滿徑，終歲楮爲冠。擾擾逐聲利，浮雲何足觀。

贈默初

茫茫真宰意，富子以窮愁。金盡始歸里，糧空仍出游。工詩竟何用，仰屋只增憂。即此煉奇骨，方爲豪杰流。

稚　　柳

稚柳爾何意，摇情解動人。都將無限態，并作可憐春。燕掠猶迷巷，鶯來漸卜鄰。鬢絲羞對汝，只益客愁新。

對　　雨

盡日雨鳩啼，林烟漠漠低。白翻千澗水，紅濺百花泥。雲氣寒逾重，山容羃更齊。言遲素心侶，蠟屐恐難携。

陸城春感

山城春過半，花事惜將闌。雨挾三江壯，雲連五渚寒。倦聽宵柝永，深擁曉衾單。聞道南征將，千峰捲甲難。

吾　鄉

吾鄉原澤國，雨更助春流。即恐江湖溢，仍煩父老憂。未能資霢霂，只覺損來牟。保障惟良吏，應先徹土謀。

雨中絶句

北風吹雨濕簾旌，日見門前春水生。花信番番看欲盡，山城如夢不聞鶯。

已遣桃花歷亂飄，廉纖不放海棠嬌。無聲但有燕支泪，沁入春泥恨未銷。

弱柳垂垂大道邊，腰支困頓只如眠。新鬟墮馬梳難就，禁雨禁風最可憐。

春　愁

春愁無着處，散入柳梢頭。柳弱仍難綰，隨風蕩作愁。含情迎紺幰，揺緒拂紅樓。容易成飛絮，芳年逐水流。

季春雷雪

雷雪何兼至，陽和候久違。風聲驕雨力，春色避寒威。詎遣占蒙氣，誰能測化機。欲推洪範傳，玆異恐非微。

偕公蓋出陸城南郭至佛嶺憩僧寺歸得詩七首

出郭不辭遠，同耽勝地偏。雲山紆麗矚，花柳競芳年。磴曲時臨壑，村深但露烟。塔鈴何忽振，清響落諸天。

去岫參差送，來峰迤邐迎。花濃舒作錦，松密疊疑城。野馬無端逐，山禽何處鳴。悠然辭物役，太息悟勞生。

淳樸山川在，居然巢燧同。人栖雲氣裏，春老澗聲中。土瘠兼沙墾，租寬冀歲豐。近聞誇茗利，逐末漸成風。

雨後春流漲，山泉勢盡歸。盤渦看鷺浴，噴雪駭龍飛。岡束溪痕狹，橋欹石徑微。迎風花片落，吹滿釣漁磯。

一嶺横空起，何年鏟嶂深。闢憑龍象力，嘯振鳳鸞音。華子岡疑到，王官谷可尋。吾家施僧宅，猶閲去來今。寺爲先太高祖施。

夙聞玆境異，今始識山靈。嵐合雲光碧，淙飛石氣青。暫來供徙倚，遠想入空冥。安得草堂就，玆焉可勒銘。

寺門羅衆岫，晴翠滿衣裳。歸犢來深隖，飛禽下夕陽。紛吾涉塵累，欲去重徬徨。與訂重來約，題詩證法王。

鄭侯行贈鄭香谷少府

鄭侯作尉喜風雅，蕭然在官如在野。豈知兵甲羅胸中，曾向沙場親躍馬。當時將帥圖雲臺，錦衣壯士歡如雷。秩卑不得上功狀，落拓仗劍仍歸來。我見鄭侯頭已白，酒酣爲我道疇昔。九疑山高烽火紅，我師環之未敢攻。桓桓將軍羅天鵬，摩空直上如飛騰。健兒肉薄從之登，俄頃已見紅旆升。狂賊大驚各逃死，一鼓殲之羊泉市。令嚴將勇功必成，勝算兵家無過此。肉食論功笑餘子，即今嶺表多戰雲。三載捷書猶未聞，羽檄徵兵日屯守。議功議撫徒紛紛，惜哉不見羅將軍。

送馮孝則大令移宰衡陽

仙舄俄高舉，翩然七二峰。下車美粳稻，挂笏望芙蓉。地控三湘上，山當百粤衝。名邦資展驥，撫字得從容。

忽忽臨歧路，徘徊尊酒間。遥情江上柳，别夢雨中山。鶯谷留高唱，驪歌動客顔。衡陽秋有雁，好付尺書還。

陸城清明

鳥語聚花枝，朝來晴可知。溪奔喧愈起，雲濕斂猶遲。山郭春將晚，村醪醉不辭。年年逢令節，羈館負芳時。

季春十日晝晦移時雨如注

當晝忽冥晦，翻盆雨未休。漂山乘瀑走，捲海向空流。魚鮪驚移窟，蛟龍怒拔湫。洗兵天有意，長靖粤山陬。

是夕復大雷雨

雨雹鬥雷霆，燒空紫電熒。熊咆當夜急，龍氣逼天腥。陸訝沈千嶂，波愁匯四溟。廣川究灾異，或擬對明廷。

赴郡行有日矣山園牡丹競放悵然有作

家山難遽别，况是牡丹期。正爾堪矜賞，如何更遠離。烟深含萼重，雨漬坼苞遲。喜見林端旭，争呈冠世姿。

瑶臺群艷集，忽訝到山家。相約東風裏，飛觴醉紫霞。迷離九華帳，雜遝五雲車。冉冉浮香霧，惟驚舞袖斜。

雨雹行

一春已過七十日，雨六十日勢未畢。近者飛雹尤縱横，驚霆破山電穿室。麥苗青青俄已枯，稻種漂溺成江湖。少陽用事驟凜冽，眼中此異驚所無。得非嶺表困虺毒，王師久未滌山谷。天意掃穴在神速，不爾何以變寒肅。嗚呼農命輕如毛，北風震天猶怒號。

渡白鷺湖

飛飛雙白鵠，導我渡湖雲。浸日紅交射，浮天緑不分。歧津迷燕尾，細浪静龍文。清曠菰蒲外，漁榔隱可聞。

答樗翁

學業獨潛心，年衰力尚任。道嗟千聖遠，病卧五湖深。不墜傳薪緒，遥聞伐木音。停雲滄海畔，吾擬夢中尋。

劉懷祖上舍吴游歸過訪喜贈

足音跫然來，乃吾故人子。云溯長江流，直泛大海水。壯哉東南區，包納會衆美。良臣督八州，峻望若山峙。頗喜年少英，東閣爲倒屣。因之爲賢豪，山川縱高視。子本權奇才，得兹助閎偉。黄鵠摩蒼天，溟鵬運萬里。顧嗤燕雀儕，枋榆未决起。

逸才紹先緒，比于乘有皋。尚憐困白袷，壁立猶鬱陶。吾聞杰士出。往往由蓬蒿。深沈養奇抱，文武惟所操。欻然與時會，運之曾不勞。子其廣厥藴，以待風雲遭。徒言富文藻，詎足當人豪。

答馮展雲太史時督學山左

少年乘傳比終童，才子名高禁近中。北斗遂能符士望，南車何幸得詞雄。探奇碑證先秦字，表海詩陳大國風。魯有兩生今致否，薦賢應過叔孫通。

原隰皇華映道途，遠勞尺素下江湖。豈知海岱羅奇士，猶向烟波問釣徒。日月初元昭復旦，風雲群彦奮高衢。巢由無補甘長往，高卧山中作散樗。

于蕃太守自滇入覲道過郢門重得邂逅

隔歲仍從洱海來，荆南重遇暫銜杯。瘡痍涕泪嗟兵氣，人物艱難數將才。作郡獨當千里寄，朝天遥望五雲開。看君樹績宜方鎮，寵命行膺節鉞回。

雨中聞軍過

雨急連江暗，軍行度嶺遲。已聞艱饋餫，多恐濕旌旗。天討原難緩，民勞敢告疲。父兄如僕射，感激定爭馳。

喜聞子宣歸自豫章

別意如江水，滔滔九派分。化爲廬阜月，流照遠隨君。似報扁舟返，應題尺素聞。溟鵬今暫息，秋翮厲高雲。

慰林生天直秋試報罷

驚風蕩萬里，颯然天地秋。衆鳥奮羽翮，翩翩鳴且游。角鷹伏猛氣，不得迅掣韛。壯士亦如此，坎壈恒咿嚘。世運任回斡，斧柯難可求。空然蘊大略，豈釋潦倒羞。道逢少年子，軒車如雲浮。顧問汝何疾，抱玉委道周。華實各蚤暮，良與爾殊輈。

黄帝得風后，燕昭用樂生。推轂在一士，指顧功已成。西南盛殺氣，招摇中夜明。文昌出上將，馳驅天策兵。仗鉞用高秩，持此當長城。奇才卧岩穴，未有頗牧名。迢迢夢與卜，安得通精誠。陰符遂埃螙，劍氣徒縱横。築壇不可遇，寄食且吞聲。

挽湘陰李文恭公

粤嶠騰妖霧，營門落大星。辭親傳壯烈，報國托精靈。露布頻相繼，雲車遂不停。猶餘忠赤在，耿耿照丹青。

已奪崑崙險，親揮羽扇軍。連營多嘍啨，抗表遂紛紜。慷慨琱戈誓，艱難玉帳勛。敢言辭盡瘁，臣節在宣勤。

出山謝安石，辭第霍嫖姚。力疾麾諸將，憂危荅兩朝。尾箕如緩控，氛孛可潛銷。未作王新建，英雄恨豈消。

暑濕疲隆慮，炎蒸隕伏波。龍韜終寂寞，麟閣竟蹉跎。柳細堅營少，蒼梧棄甲多。燎原今轉盛，誰挽魯陽戈。

凄惻濡宸翰，哀榮賜襚衣。太常書績爛，使者護喪歸。予謚昭臣範，崇祠壯國威。九原魂總戀，魏闕與慈闈。

閒氣鍾衡岳，安危倚大臣。早登八州督，遽效五湖人。晚節仍籌筆，羸軀果致身。平泉間草木，摇落助傷神。

閩海摧人杰，謂林文忠公。熊湘失大賢。沈埋雙劍氣，涕泪八哀篇。賤子平生契，名公賞譽偏。山邱均已矣，私感獨茫然。

廬山騎鹿吟哀陳子宣公子

君昨醉眺匡廬峰，揮手欲攬金芙蓉。芙蓉縹渺拔天外，但見雪瀑嬝嬝懸飛龍。五老杖緑玉，招君騎白鹿。真靈窟宅藏其間，至今姓氏照仙籙。子晋爲主浮邱賓，或吹鳳笙驂赤麟。與君舊識情相親，笑語未必俄騰身。騰身福地自蕭爽，君亦褰裳逝將往。歸家辭親泪雙落，飄然竟踐五老約。少年亭亭葬玉樹，却抱才名閟墟墓。世俗那得知其故，富貴蜉蝣一朝暮。君也掉頭不肯住，五老兮茫茫，青雲衣兮彤霞裳。熊咆猨吟震林谷，白虎鼓瑟龍行觴。待君騎鹿餐楓香，仙人如麻但會飲，五色沆瀣流天漿。排空九叠屏風張，題詩遍着丹崖旁。倚醉横跨三石梁，手弄日月攀流光。玉女縱博戲千場，俯視萬載猶朝霜。望不見兮匡廬山，君騎鹿兮何時還。江滔滔兮東下，黄鶴哀叫兮雲間。左蠡之波汹涌不得渡兮，使我茫然獨立涕而潺湲。

再哭子宣

奇才難住世，往逐列仙人。緱嶺笙猶響，延津劍有神。疑君原未死，棄我忽如塵。應共盧敖遇，招携作主賓。

籍甚尚書第，英英玉樹芳。諸昆盡才彦，之子最飛揚。高義驅流俗，深心托老蒼。向來論肝膽，未覺遜原嘗。

萬言輕抵鵲，一第嚇鵷雛。高舉尋仙契，狂歌狎酒徒。雲中招五老，江上眺雙孤。以此遺塵世，臨風倒玉壺。

昨自滕王閣，書題寄遠吟。今回章水棹，絃絶慟知音。詞翰風流在，山河涕淚深。素車遲會葬，慟負死生心。

玉立塵中鶴，元龍氣壯哉。乍歸嬰暴疾，獨步失仙才。漳水劉楨逝，謂孝長。楓林李白哀。謂梅生。天年君又謝，楚澤總蘭摧。

三　古

三古風斯下，諸方俗不齊。道師童牧馬，政鑒孺驅鷄。飾智終多擾，澆淳未可堤。由來清浄術，含德遍烝黎。

【校記】

〔1〕炎敲，疑當作“炎歊”。

卷十四　詩壬子癸丑

書感五首壬子

寇何知遠略，將不用奇兵。詎解先人至，徒聞散地争。搗虚猶未緩，持重轉無成。潰覆仍相繼，威輕法更輕。

秉鉞宜申討，登壇在運籌。安危關一將，徵調竭諸州。獨任專征責，難窺制勝謀。騰章方告捷，高壘復何憂？

桂水日流血，妖星夜有芒。輿尸悲五校，奔命誤多方。後效宜收燼，何人更裹瘡。群蠻坐得計，談笑掠軍糧。

鄰道張虚警，長驅憚合圍。縱横成賊勢，顧望失戎機。列戍連鷄困，先登策馬稀。淮西無李愬，安睹捷書飛？

近報騎田嶺，探丸又結屯。三湘愁鼓角，五管斷聲援。速可除滋蔓，遲將縱燎原。如聞籌筆者，環卒擁轅門。

送秋丞宰天柱

栖栖求禄已三年，新得分符下日邊。嗟爾一官鄰賊境，何人百戰静蠻天。岩疆屯戍能無事，瘠壤耕桑况可憐。爲想下車勤撫字，春陵豈乏次山篇。

答秋丞明府五十韻

辛苦黔南宰，遲飛葉縣鳧。妖氛纏楚粤，戰鼓震邊隅。暫與雲同倦，惟欣徑未蕪。論成多感憤，篇就屢嗟吁。肝腦川原積，脂膏郡國輸。江干驚候火，牖下訊潛夫。僕作沙鷗狎，人言市虎殊。營屯環井邑，父老切憂虞。遂鼓中流楫，言瞻故里榆。倉皇息陬計，潦草辟兵符。感子綢繆甚，貽箋慰藉俱。艱難雙涕泪，孱懦兩文儒。禍作誰生此，刑寬有是夫。化鳩非所望，爲虺急當刳。貪墨加朘削，椎埋敢竄逋。探丸斫官吏，奮梃會囚徒。黔鬱江均赤，邕横野盡屠。磨牙縱蛇豕，吮血競豺貙。仗節師雖出，登壇禮未逾。將猶權不一，賊乃蔓難圖。帝赫雷霆怒，朝頒斧鉞誅。特煩丞相重，兼率羽林孤。陳賞方傾藏，騰章待獻俘。林間多喪馬，幕上待聞烏。未敢先批亢，空然效守株。全軍俄失利，四帥并捐軀。風鶴聞皆遁，天狼進益驅。欃槍森睗睒，桂管迫須臾。守陴登咸哭，殘骸爨欲枯。撤圍旋北走，大掠更東趨。度險誰堅壁，浮湘直下泭。横行輕五嶺，俯視隘重湖。專閫虚乘障，岩疆或棄邪。盡疑兵草木，旁起盜萑苻。故智矜當轍，群凶阻負嵎。勢纔同檻獸，奸欲嘯城狐。聚族殲宜速，成謀勝在吾。不令築京觀，何以肅王鈇。近者求言詔，懸鞀播帝都。繼之陳讜論，諫鼓徹雲衢。濟運河猶梗，征蠻士久劬。大農籌廩粟，權計佐軍租。聖主欽明運，群公日月扶。同心修治典，一德幹天樞。殷武何難軼，周宣詎足模。方當用元凱，寧至乏孫吴。汛掃消群慝，綏豐靖八區。普天歌樂土，元化鼓洪罏。比屋歡蠲賦，編氓慶賜酺。小臣在槃澗，延首仰皇謨。

送鄭香谷少府移官永順

鸞鳳仍憐枳棘栖，一階潦倒極攀躋。夢中躍馬趨戎幕，曾從盧厚山宫保剿趙逆於羊泉市。老去聽猿過武溪。黔蜀地通蠻塞北，夔施山合楚天西。前朝峒户多忠壯，可起援軍赴鼓鼙。永順宣撫司土兵明代屢赴徵調，皆著奇功，今募之以討粵寇，亦制賊之勝算也。

扼擥歌

鞭駑駘兮駕日車，策跛鱉兮戴蓬萊。智短淺兮力不任，終顛覆兮召禍灾。犬逐虎兮羊拒狼，狼益驕兮虎愈怒。持太阿兮授稚嬰，嗟無路兮叩天鼓。

浩　歌

國得良將，如奮六翮。威名折衝，盡偃兵革。覘國安危，在將得人。如何受鉞，不擇虎臣。風后尚父，匪夢曷來。精誠未結，天靳奇才。燕任騎劫，趙輦建信。三軍輿尸，國以大震。嗚呼後世，舍驥取駑。雖有韓白，何異庸夫？有客浩歌，拊劍涕流。欃槍未掃，爲壯士羞。

楚　塞

賊鋒轉鬥幾千里，楚塞聯屯十萬兵。營道零陵愁不守，湖濱江介浪相驚。頗聞節鉞少雄略，何意鼓鼙多死聲。決策攻圍今勿失，忍看豺虎日縱橫。

巴　邱

東下長江繞鄂州，扼吭形勢倚巴邱。早令鷹隼乘秋氣，急遣熊羆鎮上游。設伏奇兵先據險，乘風飛炬利燔舟。當關但得王僧辨，逆景雖來百不憂。

神　武

從來神武馭英雄，得士方收薄伐功。將帥奇才原不乏，陰陽元感若爲通。黄金肯市燕臺駿，白首猶符渭水熊。下詔豈聞求頗牧，驚心鼓角遍湘東。

驍帥

驍帥楊羅俱寂寞，空聞麟閣久圖形。天戈尚未清蠻塞，河鼓今誰應將星。南楚萬山烽燧逼，西風千里髑髏腥。高城肯作王羆冢，憑險何難扼洞庭。

濯纓歌

威弧不弦，枉矢南流。躪粤噬楚，暴骨如邱。風后吕牙，閟世莫睹。哀哉烝氓，遘兹荼苦。養亂之源，誰職其愆。禍所從來，匪降自天。悠悠湖波，瀏矣其清。誅茅中沚，爰濯我纓。仰瞻太紫，三臺在旁。拔賢圖治，永綏四方。

巧遲

趙奢援閼與，韋叡救鍾離。鬥穴能矜勇，飛橋獨濟師。凶門争頃刻，死地出神奇。速解潭州急，無爲貴巧遲。

漫興

江上秋行盡，愁心向落暉。歲豐農轉病，兵久捷何稀。燠候無凋葉，暄陽未授衣。天心寬肅殺，安可測元機。猰貐狂難制，吹唇沸地來。烽連賈傅宅，矢集定王臺。尚遣游魂騁，徒開爨骨哀。六旬圍不解，誰抉陣雲開？仗節專征討，連營授指麾。封侯原自易，報主不應遲。屢蹈多方誤，頻聞左次師。明明誅賞在，星斷豈能移。山澤多亡命，紛然劫庫兵。鷹鸇無搏擊，蛇虎遂縱横。吏道猶多雜，征徭或未平。願求龔渤海，盡化盗爲氓。寇亂何時息，人才此日艱。干戈悲老至，江海愧身閑。北極尊長拱，東溟勢盡環。凶渠須自縛，萬一貸苗頑。

殷　憂

奮梃爲戎首，探丸起盗竽。朝廷何負汝，歲月尚稽誅。馭朽增宸慮，銷氛仰廟謨。殷憂原啓聖，兢業即昌符。

讀史有作

登賢非一途，文武惟其材。俗儒暗世變，功績安能恢？文墨踐要地，廉謹居中臺。任過力不逮，撓折終爲灾。昔者建元詔，輻輳異人來。跅跎亦見用，漢武真雄才。

立國在賞罰，憲天爲大公。帝皇逮王霸，修政經兵戎。所執此二柄，堅與金石同。策力盡鼓舞，常爲天下雄。燕宥太傅評，晋寬梁王肜。行法避貴近，一國皆愚聾。登車駕六馬，可以追長風。中逵舍銜筴，造父難爲功。

馬服扞趙國，謝艾重凉州。主租及曹掾，拔起任軍謀。虎豹在山林，百獸伏不游。弱國得杰士，無復强鄰憂。良賈備水旱，必資車與舟。時危注意將，專藉才略優。何世乏韓白，所患先不求。

漢成恣游燕，魏明飾土木。二君材質優，超然嗣歷服。侈心一以萌，百蠱遂潜伏。璿圖承匪輕，金鑒炯當録。載稽《無逸》篇，丹書日在目。慎德懷永圖，億齡保天禄。

牧守制千里，疾惡當如鷹。所屬戢貪縱，寇盗何由興。闑内一不治，四境如亂繩。召杜不可得，久乃思馮滕。勝之患已烈，不勝禍轉增。豈如選牧守，奸萌無所憑。何必命將帥，始足伸威稜。

答家意蘧茂才

題詩江上惠瑶音，衡宇相招若可尋。張翰不忘鱸膾美，龐公好在鹿門深。湘東赤燧徵兵日，天下蒼生望治心。身賤時危將抗疏，九閽迢遞思難禁。

援　軍

三月潭州未解圍，誰能破斧决兵機。除書安得推王式，招討何當罷宋威。但見軍租傾國賦，頻驚戰士换冬衣。朝廷不惜封侯賞，頗訝援軍捷轉稀。

黑山青犢動成群，屠掠千村日有聞。多壘豺狼仍在野，連營貔虎自如雲。賀蘭徒袒睢陽急，上黨誰摧夾寨軍。坐甲裹糧無一事，健兒何不策高勛。

野　哭

百粤烽烟慘，三湘野哭哀。徵兵半天下，失計一庸才。白羽誰揮扇，黄金在築臺。朝廷求猛士，或者向塵埃。

山　城

百里山城復告危，紛然赤子擾潢池。單車合用張文紀，直指頻煩暴勝之。莫遣村氓供斬馘，好寬農賦救瘡痍。空墻寡婦衣襦薄，日暮天寒泣最悲。

答公蓋

千里沿江鼓角音，仙源洞口杳難尋。遷延惜遣師將老，消息愁聞寇益深。未見鄰童申義憤，徒令魯女切憂心。羌村同谷居無定，垂白干戈涕不禁。

遣　興

寒林疏木葉，細雨動江波。道阻征帆少，天空戍鼓多。聞鷄將起舞，伏驥自悲歌。獷賊猶難制，諸公速奮戈。

阻　兵

嶺西狂賊如飄風，披髮横刀湘水東。袒跣一呼蹀血戰，梯衝百道環城攻。阻兵多效申屠聖，漢成帝時稱亂者。選將當求皇甫嵩。諸道援軍莫觀望，捷書馳奏甘泉宫。

負　嵎

張角破亡纔半歲，葛榮邢杲亦駢誅。萬年魂魄終遺臭，千古奸雄不保軀。盜賊應思王命論，山川原屬職方圖。封狼早晚膏碪斧，攫搏休矜尚負嵎。

讀　史

元魏起朔代，控弦震北方。九州得大半，斂衽朝遐荒。浸淫逮中葉，衰兆萌履霜。六鎮一倡亂，所在爲戰場。妖賊縱殄滅，强臣遂鴟張。追尋孝明世，實始潰厥防。賄賂遍私室，選用非才良。奸雄敢抵隙，覬覦干非常。昔也震六合，後如羸與尫。制治自有道，道勝靡不强。乃知帝王術，刑政爲其綱。

淮南輕公孫，匈奴嗤千秋。置相一不慎，乃爲朝廷羞。吾聞濟巨川，必資萬斛舟。贊皇下澤潞，晋公收蔡州。一賢柄國政，九土銷奸謀。折衝見才略，臣主蒙其休。斗筲累千百，寧分宵旰憂。

命將鑿凶門，係國安與危。將賢戰必克，鞭笞及四夷。將愚輒玩寇，蹙地多喪師。古之干城選，文武惟所施。不起親與貴，但用才略奇。自非豁達主，拔擢猶遲疑。柏直當韓信，高帝聞已嗤。何待接鋒刃，了然决雄雌。

漢置武功爵，入資皆補官。賢否益混淆，吏雜民不安。盜賊自此起，直指出夏蘭。持斧日斬斷，閭里以凋殘。選舉通治道，同源無異瀾。源濁流豈清，法敝民乃干。西園復繼踵，黄巾爲兵端。事固有召禍，藴利良足嘆。

世主矜右文，鴻都聚學士。噅進來雕蟲，雜然濫青紫。主患不用才，所乏非俊偉。奈何與豎儒，齷齪事文史。漢祖任三杰，垂祚四百祀。唐羅天策英，將相惟所使。鴻鵠高戾天，六翮運萬里。但憑腹背毛，扶摇孰能起？

野戍

野戍旌旗動遠天，杖藜嘆世晚風前。王師久頓湖湘路，妖孛猶臨翼軫躔。老大驚心多難日，聖明垂意中興年。群公深望勤光輔，納誨無忘傳説篇。

吾園

吾園下可瞰滄洲，高下丹楓繞岸稠。寒壁削棱森石氣，晴沙分脊界江流。空將嘯傲凌千載，已分行藏老一邱。京觀至今聞未築，楚天南望使人愁。

別後寄訊秋丞大令黔中

轉側虞難達，津途各有屯。遠求勾漏令，聊比武陵源。八月浮江漢，全家溯澧沅。黔中何日到，書報與柴門。

昨者過吾里，淹留桂樹叢。憂時江海下，惜別鼓鼙中。迹自飛沈判，心原淡泊同。宦成倘招隱，相與老蒿蓬。

寄播州唐公

五嶺頻年戰骨悲，潭州城外有旌旗。明公屬在退居日，天下此非高卧時。未老身猶誇矍鑠，出群才足任安危。方當强飯須明詔，起掃妖氛也未遲。

感事四絶句

任嘲吕姥與蕭孃，萬馬環營劍戟光。不遣賊鋒驚玉帳，蒼生何惜委豺狼。

嚴城一夕盡填闉，攻具梯衝若鬼神。但有盤龍能突陣，肯教飛燕竟揚塵。

開府張公親擐甲，飛書間賊運奇謀。危城慷慨差强意，長嘯劉琨獨上樓。

川西向帥膽縱横，稍在楊羅忠武昭勇侯及天鵬軍門。後得名。兩奮孤軍援楚粤，圍城中有一長城。

青雲行寄袖石太史孝鳳兵部潤臣展雲芝房三侍讀

故人在青雲，天上五色鸞爲群。野夫卧碧山，乍可放浪漁樵間。碧山忽墮青雲書，經年曾未答瓊琚。誰料碧山邇烽火，羌村同谷無定居。自從盜起亂嶺表，乘虛突犯三湘道。秋來又報潭州圍，氣蹴雄城愁欲倒。先帝末年嘗厭兵，嶺海盜賊潛已萌。疆臣稍稍置不問，曠野虎兕來縱横。古時牧守任將帥，今時將帥直兒戲。幺麽鼓行不能制，此事爲憂恐非細。山谷暴桀如蜂屯，盡倚粵寇爲本根。斫吏盜庫敢潛署，嗚呼，禍烈難具論頗聞。戍卒利剽掠有司，不免肆徵索野夫。感時涕如雨，身賤無由叩天鼓。回首青雲有數公，退食浩嘆將無同。曷不陳此區區忠，大修賞罰問疾苦。群盜立化爲耕農，將得力牧相風后。陛下鴻名天地壽，巍巍中興功不朽。青雲客問碧山叟，嚮者杞憂復何有？

寄于蕃太守永昌

褰帷萬里渡瀾滄，絶徼西南總職方，驃國新聲唐樂部，哀牢故塞漢夷王，宣風合遣乘驄馬，美政曾傳下鳳凰。聖主選賢崇治理，徵除公輔必才良。

昨歲心驚嶺嶠氛，酒邊涕泪獨逢君。横流此日憂方大，曲突當時計未聞。千里傳烽皆赤燧，七重圍軫盡蒼雲。戒嚴荆鄂經三月，兩地愁連故里枌。

蹉　跎

五旬逾四尚蹉跎，便復百年能幾何？江上逃名惟弋釣，人間送老更干戈。吟成梁甫無相問，論就潛夫孰見過。騏驥壯時猶未騁，於今伏櫪但悲歌。

戰　勝

顛頡功猶戮，王恢罪必刑。法行先貴近，戰勝在朝廷。以此清妖孛，誰能抗疾霆。古聞威克愛，執憲有常經。

虎蛟行諷援軍也

飢虎跳踉失林莽，渴蛟陷泥屈其䫉。此時罝網張連山，獵師漁子笑拊掌。拊掌未已忽擾攘，虎怒决罝蛟裂網。虎蛟得勢還噬人，天生虎蛟何不仁！嗟乎造物非不仁，誰實縱之與禍鄰。淋灕血肉盈四郊，縱者之罪浮虎蛟。

諜來行

賊來如飈去無迹，去不敢追來不逆。連營十萬但觀壁，日費千金未足惜。賊行拔壘偵已空，中軍飛捷争言功。火光燭天墜賊箭，諜來又報掠旁縣。

粤賊陷岳州

岳陽山川用武國，太息丸泥塞不得。五千戍卒望風逃，賊騎縱横纔二百。哥舒戰敗關始開，今者不戰雄城摧。鄂州西門捍不早，恨無老羆起當道。

十一月七日賊遂浮江東下

巴邱城開待賊至，凶獷長驅遂得志。順流東下二千艘，簫鼓震江江欲沸。帆檣獵獵東南風，此輩自命爲梟雄。舳艫縱有曹公衆，只用周郎一炬功。

隱　　磯

隱磯斜直道人磯，阻隘何爲縱突豨。伐鼓賊艘驕益進，沿江屯卒潰先歸。青絲白馬人間禍，鐵舳蒼鷹水上飛。載荻燒船猶未晚，堪嗟建策至今稀。

避地村中贈隱者魏翁

畏路真爲逼仄行，連天烽火訪柴荆。江干虎兕狂難制，湖上鷗鳬静不驚。避世誰能知季主，下簾聊復效君平。幽栖便是秦人洞，徑擬相從老此生。

哀蒲圻

小堅大敵擒，震壓無不裂。哀哉蒲圻城，一鼓遂流血。狂寇猶長蛇，食人恣饕餮。令也喪其元，殘衆見屠滅。專閫非無人，走避少雄烈。豈聞當戎行，死握司馬節。

天塹行

天塹長江作天險，兵力雖雄孰能犯？狂賊敢斷江中流，渡馬浮橋聯巨艦。前月南風吹賊舟，鼓掌謂可窺鄂州。風伯驕賊賊不悟，百道衝車騁攻具。北風夜撼地軸裂，江流倒捲檣竿折。浮橋散亂隨流澌，凶徒凍伏飢且啼。骨僵足瘃坐受縛，天明日出屠鯨鯢。

仲冬夜大雷電

震電驚冬仲，燒空走赤虯。兵聲馳霹靂，天意殛蚩尤。蕩滌荆衡路，澄清江漢流。釜魚能幾日，即獻檻車囚。

大雪憶湖上濯纓草堂時兒子遇率家人避寇於此

蕭條湖上村，大雪閉柴門。莫漫嗟荒僻，猶能免竄奔。豆羹朝足飽，芋火夜堪温。霽後冰應解，乘舟返故園。

江　漢

一舉清江漢，諸公速奮興。賊疲鋒久挫，糧盡勢堪乘。麾扇驅陳敏，鳴甄走杜曾。鄂州馳露布，捷騎見飛騰。

南　服

折衝南服壯，侃訪憶威名。盡遣湖湘肅，兼令漢沔清。部中消反側，閫外倚干城。晉室雖云弱，猶能馭俊英。

七哀詩壬子十二月四日，鄂州失守，王子悲之，賦二章也

巨猾煽嶺嶠，全楚爲戰場。鼓行下江漢，悍獷猶猘狂。浮橋跨天壍，肉薄不可當。乘闉冒苦霧，蟻附緑池隍。居人化白骨，守臣殉封疆。自從巴邱陷，失我西南防。倉卒戰散地，未陣先奔亡。連兵二十萬，不能固金湯。天意縱妖亂，人謀亦未臧。勃蘇卒復楚，跖穿何慨慷。痛哭懷義士，使我多感傷。

兵多不制賊，連營空爾爲。孤將惟向帥，百戰氣不衰。嗟哉夏口役，張夸驅飢疲。一軍獨不敗，苦鬥猶搴旗。天生熊虎將，杰出匡時危。豈不冒險厄，功名艱益奇。義真破廣宗，公孫奮澠池。兵家有必勝，轉敗爲良規。克復在後效，引領以爲期。

鄂渚號雄麗，上有仙人樓。東西控吴蜀，滔滔江漢流。冠蓋走輻輳，英俊聯朋儔。登臺會觴宴，絃管揚清謳。一旦穴蛇虺，噓毒空中浮。生平同聲侣，寄命於戈矛。消息不可得，委骨何人收。大招寄楚些，魂魄歸來游。將無化黄鶴，濺血啼芳洲。

中丞常公殉節詩

天塹長江失等閑，援軍道梗戍軍孱。兼旬空自支危局，一死猶能重太山。遂有長蛇來薦食，竟無虓虎助當關。鬼雄應勒雲中騎，披髮揮戈殺賊還。

武昌太守明韞田觀察殉節詩

烽烟慘照使君旟，倉卒乘城甫下車。典郡本爲天子吏，成仁無愧聖賢書。盧循凶狡鋒誰敵，傅燮艱難恨有餘。他日楚江崇廟食，擷蘋千載重欷歔。

漢陽陷後不得仲遠司馬耗

智囊頻獻策，幕府未延才。楚國誰令覆，斯人實可哀。衣冠遂淪没，生死費疑猜。東望長江斷，誰傳消息來。

有傳鄂州官兵屢勝者癸丑

野覺陽回早，春聞戰勝多。光風舒岸柳，喜氣動烟蘿。啓篋披黄石，飛觴捲白波。曉來鶯與燕，似欲助鐃歌。百戰川西將，能令賊膽寒。驚疆比吴漢，克復恃田單。但遣飛芻繼，何虞拔幟難。桑榆收未晚，重靖楚江瀾。《後漢書·吴漢傳贊》："吴公鷙强，實爲龍驤。"

書憤聞賊焚城東下

孫盧飽掠擁樓船，三日燒城烈火延。夏首西浮惟戰骨，潯陽東下盡烽烟。習流鬥舸誰曾備，奔命追師未得前。方鎮相望仍縱寇，深虞唐禍廣明年。

咏史二首

唐家再有南方釁，編筏東趨出桂州。嶺嶠山川資首禍，荆揚軍鎮切深憂。時平舉世忘思患，廟勝何人解伐謀。今古奸雄多叵測，悲來感事涕横流。唐時龐勛、黄巢先後稱亂，皆自桂州編筏而下。

滔滔江漢作金湯，仰控湘州俯豫章。安得威名陶太尉，坐銷烽燧國南疆。水仙米賊無端逼，地道衝車不可當。一戰背城曾未借，可憐掃境付豺狼。

後讀史作

郡守典兵馬，制視古諸侯。請奏及征討，舉動皆自由。折衝四境内，草澤銷奸謀。後乃絀其權，專城如贅疣。連圻付節鎮，從容居方州。勢大運必緩，地廣防難周。匹夫一攘臂，千里皆虔劉。奔馬去拑勒，穴蟻成横流。偉哉山濤言，晋武不見收。武備去已久，遂爲生民憂。

自昔制妖賊，無過乘飢疲。杜隘絶饟道，一舉殲無遺。嵩俊破黄巾，馮異摧赤眉。先後用此策，前事良足師。如何事浪戰，所在徒輿尸。制變貴因敵，决勝當用奇。安得條侯將，堅兵相與持。死寇必奔潰，摧枯終有時。

得張瑋公南漳書却寄

故人高枕對清漳，起賦愁霖倦舉觴。頗慕京房銷變異，誰徵郎顗策陰陽。天涯舊雨三年訊，江國烽烟百戰場。惟有鹿門堪避世，與君招隱度漁梁。

盧循列艦出湘東，鄂渚衣冠掃地空。慘淡遼城朝下鶴，蒼凉蜀地夜騰虹。悲歌越石艱難際，詞賦蘭成涕泪中。自是疆臣乖將略，非關天意縱梟雄。

賊東走向軍門移師追擊

元戎殺賊獨窮追，不待江州進乞師。令肅星霜超澗谷，春寒雨雪逼旌旗。乘流更遣蒙衝濟，倍道何憂饋餫遲。周訪威名冠南服，杜曾凶狡是亡期。

感春二首

巨寇猶賒死，幽居獨感春。梅驚烽火照，柳傍戰場新。白骨悲豺吻，丹心仗虎臣。空慚恤緯婦，未效請纓人。

少陽方用事，蒙氣屢爲灾。天下久忘戰，廷臣誰薦才。三農期王燭，四海望金臺。修政消氛慝，中興業可恢。

舟泊鄂渚

鄂王城下骨如邱，黄鵠磯邊戰血流。亂後江山空灑泪，春來花鳥不關愁。誰驕豺虎生靈禍，未翦鯨鯢壯士羞。掃地援旗能雪耻，英風惟憶漢田疇。

鄂州清明

令節春城閉，惟聞巷哭哀。花紅凝蜀血，土黑剩秦灰。燕入多巢木，蛙鳴孰翦萊。死亡嗟已矣，俘掠未歸來。

潯陽皖江相繼陷没

烈焰縱弗滅，厥勢成燎原。横流縱弗塞，地軸爲之翻。節鉞鎮江上，扼險環營屯。如何棄戈甲，望寇皆先奔。狂賊坐得志，磨牙恣并吞。溢[1]浦及皖口，焚掠僅有存。高視比羿奡，竊擬霸王尊。豈伊擅智力，捍禦無雄藩。寡謀乏戎略，長寇開亂門。生民實不幸，鋒鏑傷煩冤。真宰未悔禍，憂來誰與論。

讀史雜咏得絶句十五首

布死濞旋誅，空懷非分圖。東南多反氣，權首豈容軀。
岳岳江東士，高名顧彦先。從容麾羽扇，爲國掃烽烟。
昔日新亭會，諸公灑泪多。夷吾今不見，流涕更如何?
晋室有桓文，方州屢建勛。走敦仍斬峻，多倚上游軍。
好亂桓靈寶，包藏問鼎謀。徒稱天子賊，梟首大桁頭。
戰艦下潯陽，連旗逼建康。栅淮憑一戰，妖賊竟奔亡。
梁山挫臧質，扼要在争奇。縱火燔舟艦，功歸垣護之。
溯流據錢溪，拊扼背吭勢。鵲浦能建奇，偉矣張興世。
白馬禍臺城，滔天縱凶竪。誰知終暴尸，漆頭藏武庫。
采石中流戰，倉皇用敗兵。猶聞大將愧，功出一儒生。
龍虎山川氣，天資命世雄。汝曹乞活輩，敢擬霸江東。
南國穴長蛇，腥風捲白沙。春江好明月，愁照秣陵花。

朱雀航邊路，殺人貙虎驕。可憐流血處，漲作白門潮。

梟獍方争噬，鳳凰今不來。雨花無着處，飛遍髑髏臺。

凶力行將斃，游魂豈得還。蚩尤肩髀冢，當在海門山。

兩江制府陸公挽詞

盧循席卷蔽江舟，散卒倉皇禦下游。青坂尚悲房次律，赤眉曾挫鄧元侯。常刑敢避雷霆怒，積毁難銷水火讎。死殉封疆臣得所，東南誰釋廟堂憂。

再塞黄流拯阽危，千艘浮海達京師。芻糧實濟唐關輔，鹽鐵常充漢度支。赤舌謗傷叢怨府，白頭忠力盡明時。雄飛八翼功名壯，末路傾輈最可悲。

君恩寵辱本難量，席藁無由訴九閶。磨鏡獨孤心自潔，載珠新息事堪傷。臨危握節哀司馬，報國傾宗死建康。毅魄千秋依卞壺，透拳猶擬射天狼。

北　府

勁卒東南冠，無過北府兵。岡巒餘霸氣，江海抱雄城。重鎮何爲陷，妖氛且未平。當關良將少，鐵瓮亦虚名。

蕪　城

舊讀《蕪城賦》，今嗟喪亂辰。綺羅悲浩劫，花月怨殘春。但遣驕群盗，誰能問大鈞？精兵布淮楚，無力靖黄巾。

贈左季高

西風閶闔來，鷙鳥始用壯。殺氣順素商，武節孰能抗。粵賊久游魂，近聞魄已喪。到今猶稽誅，惜少頗牧將。吾子天下才，文武足倚仗。談笑安楚疆，借箸無與讓。建策扼梁山，事寢默惆悵。復議造戈船，進破萬里浪。鄂渚臨建康，拊搤等背吭。從此下神兵，勢出九天上。贊畫子當行，麾扇坐乘舫。昔者王龍驤，直指三山向。慷慨温太真，義聲實先唱。鼓行當中流，意氣自雄張。衰懦吾終慚，勛績子難量。喋喋東南民，解懸日相望。往戮鯨與鯢，露布上其狀。江海四澄清，乾坤一洗蕩。功成却珪組，五湖踐高尚。待子平賊歸，結鄰托青嶂。

名　藩

雙流南紀帶雄城，三楚名藩勢不輕。翼戴功宜多難會，安危權在上游兵。悠悠除授今如戲，擾擾風塵况未平。茅屋石田空有願，知從何地托躬耕。

萬樓觴月歌郭意城舍人屬賦

昭潭萬古中秋月，幾照歡游復離别。少陵去後還飛觴，當筵又見清輝發。郭侯風流誇墊巾，穎川兄弟才絶倫。謂陳懿叔、廣甫昆仲。相逢羈旅極傾倒，明月招來作主賓。萬樓涌出冰輪高，八鴻涵景明秋毫。酒酣興發各起舞，飛揚文藻皆雄豪。勝會清游意未極，二客飄摇赴邛僰。六年人事何參差，座間星散倏南北。誰携待詔山水圖，風景兹樓曾不殊。好事着筆補明月，就中主客如可呼。郭侯示我江上樓，邀我和歌追昔游。自從去秋震鼙鼓，嗚呼流血濺湘渚。黄巾陸梁躪吴楚，九州無處無豺虎。天邊二客何時歸，即歸道路恐多阻。月明回首岸花亭，昔者何樂今何苦。

還君此圖倍愴神，只今宇縣多風塵。月華縱似當年好，向夕烽烟愁殺人。

九日登樓示楊利叔

哀鴻帶雨下汀洲，倦倚西風百尺樓。江國羈心懸落日，楚天兵氣逼高秋。艱危共灑新亭泪，疏賤難忘漆室憂。安得普天無盗賊，日傾桑落卧林邱。

對雪有作

臘盡空山見雪遲，同雲今日始紛垂。郊原飄灑農相慶，南北傳聞賊并衰。漸有歡聲喧歲鼓，即看晴色動春旗。華顛喜值中興會，願效元和聖德詩。

【校記】

〔1〕溢，原作“溢”，據戊戌本改。

卷十五　詩 甲寅乙卯

人日雪是日立春甲寅

人日尋山磴，山家雪隱扉。澗陰明稍稍，江脉動微微。勁柏封條直，疏梅坼蕊稀。春還猶未覺，先門六花飛。

雪　甚

積雪浩無垠，千林鳥不喧。寒輝通曉夕，厚勢隘乾坤。杳與空冥會，虛無迹象存。吾當乘顥氣，鸞鶴舞翩翻。

層冰篇

峨峨層冰，崖谷斷絶。千尺豫章，無不摧折。熊豹遁蟄，龍虎伏藏。山精夔魈，縮瑟如僵。昨行暄燠，氣候疑愆。慘舒倚伏，誰測帝權。帝發殺機，當者立死。苞蘖神奸，罔敢逃罪。彼嘷者豺，彼狡者狐。曷不震悚，凛我王鈇。

芝鹿几歌張石卿中丞贈此几，蟠木之根，蚴蟉拏攫，狀若鹿走銜芝。嘉其糾結自然，不假雕鏤，遂成此篇

斑龍騰踔蒼山陲，飽啖千歲金光芝。化爲靈根入澗壑，雲霞倒映紛葳蕤。巧匠揮斤截爲几，猶作銜芝飲溪水。徐州張公不用此，付與山人住山裏。張公文武安楚疆，坐論宜歸金殿旁。山人自是麋鹿友，臃腫合

伴支離叟。風吹山花滿床席，日日藉草據危石。自挈此几歸草堂，使我山林壯顔色。忽憶去年江上村，男啼婦哭同竄奔。褉賊横戈走上岸，殺掠豈異蛇豕吞。山人轉側席不暖，至今感嘆傷精魂。當時若遣挾此几，亦恐剽敓嗟無存。國家將相得人杰，盜賊奸雄敢萌蘖。四方無事恒晏然，汝几豈憂中道捐。吾今疲苶藉偃仰，但願風塵息擾攘。松濤翻空雲覆蘿，吾與汝几安槃阿，嗟乎，豈惟與汝安槃阿，又欲眼前赤子無奔波。

奉寄子方先生

使君投袂起烟蘿，壯氣真如馬伏波。聖主頻煩丹詔重，老臣惟仗赤心多。風雲大旆晨籌筆，冰雪滄江夜枕戈。早識功成辭上賞，扁舟仍返舊山河。

春感二首

大淮南北失金湯，進犯中原下太行。今日兩河成戰地，早時三輔略軍防。壺關天井非無險，滏水滹沱豈易杭。節相行營連獻捷，烽烟多在帝京旁。

津門遥護國東門，受命宗英力救援。蕃部名王趨赴難，禁軍神策出分屯。干城高秩隆方鎮，社稷深憂屬至尊。獻歲即騰鐃吹曲，看馳露布映春旛。

挽公蓋

正惜清歡多契濶，俄驚執友遽淪亡。才歸泉下真何用，老閲人間轉自傷。西郭雲山猶似昨，南園花木未曾荒。圖書連屋琴懸壁，尚欲招君出草堂。

芥視悠悠世上名，狂奴豪氣酒邊生。已誇高咏千篇富，但少名山萬里行。滿眼干戈偏老大，傷心寇盜劇縱横。兒曹家祭無忘告，待挽天河洗甲兵。

與芝房别後却寄

請急單車出帝城，嵩河千里骨縱横。歸來道路差無恙，亂後鄉園復苦兵。一疏赤墀攄鯁亮，九閶白日照精誠。相逢多難仍揮手，愁聽沿江鼓角聲。

寄訊季高

武庫森然鬱在胸，歸來雲壑暫從容。人從方外稱司馬，我道山中有伏龍。多壘尚煩三輔戍，解嚴初罷九門烽。何當投袂平妖亂，始效留侯訪赤松。

淹　　留

暫遣幽憂釋，看山興未疲。溪雲眠石久，嶺月度松遲。邱壑淹留日，風塵格鬥時。頗聞槃澗外，鈔略更無遺。

答沈浴吾秀才

削迹避豺虎，暮投蒼山岑。邂逅覯静士，令德我所欽。複壁拯亡命，高義難爲任。貺我以篇什，清越如球琳。門下二三子，尊酒時酌斟。干戈遍南楚，禍亂方相尋。潛鱗乏大壑，巢羽無茂林。豈知塵境内，乃有商岩深。雨過萬峰秀，黛色浮衣襟。松篁戛遠籟，穆如笙磬音。紛吾釋憂患，復此聯朋簪。招隱倘不拒，卜鄰當自今。

偕浴吾晚坐

寓居無一事，向夕尚看山。啼鳥不知倦，歸雲相與閑。忘言超象外，把臂入林間。世運方屯厄，從君且閉關。

雨中作

雷雨倏然至，衝風挾石飛。得無兵可洗，不爾客安歸。厭亂人懷治，銷萌帝建威。群凶猶擾攘，回首泪沾衣。

獨　眺

松得高人韻，山於静者便。磵泉喧復定，雲壑邃尤妍。肥遁名安用，勞生智盡捐。君看兵氣滿，猶未擾林泉。

贈饒柳夫茂才

饒子稟奇特，賦詩英且遒。卓犖建安骨，高視追曹劉。吾衰值多難，竄身無所投。不死脱虎口，幸得依林邱。急難荷枉顧，慰藉何綢繆。慨然憫塗炭，涕泗縱横流。亦知將相在，安國多遠謀。大義激肝肺，鬱勃不自由。宋圍墨翟赴，秦帝魯連羞。自非英達士，孰能懷此憂。吾子信壯烈，邈焉超匹儔。時清亮不遠，寶命方凝庥。周宣會車馬，殷高集共球。雅頌待繼作，岩穴當盡搜。子行奮才藻，廊廟陳歌謳。

曉　望

攬衣當户望，忽失最高峰。知是夜來雨，尚餘雲氣封。長飆忽掃蕩，還我碧芙蓉。俄見升紅旭，飛光射萬松。

喜聞湘潭大捷

湘西力戰殄凶頑，殘賊宵奔僅得還。春洗甲兵三月雨，威馳草木八公山。村團義憤争持梃，女子傳聞助守關。乘勝追師宜速下，直封京觀海門間。

寇退柳夫馳視其家

重跰求家屬，深虞陷虎狼。竄奔應得脱，生聚復無糧。里近情翻怯，愁多道轉長。入門幸相保，驚喜定如狂。

送家意蘧聞警夜歸

倉皇揮手向斜曛，江上全家逼寇氛。事急間行終夜月，途危疾走亂山雲。尋源世外津難問，拔宅人間術未聞。多難寧親吾尚阻，奮飛猶愧不如君。

夏雨嘆

山雲漠漠凄以風，江南江北零雨濛。夏令恢臺忽有此，陰陽回斡難爲功。羈客懷土泪如霰，況復風塵未息戰。自慚經術非董生，敢述春秋闡灾變。

山中群盗如蝟毛，村氓什九皆避逃。資糧剽盡掠丁壯，縱有鋤犁誰敢操？近者間出事隴畝，復傳賊至浪奔走。衝泥冒雨途路危，昏黑顛踣委林藪。

苗老未殖麥爛死，少年帶劍日蜂起。淮南川東鹽不來，山市閉門糴無米。饑饉兵戈方薦瘥，淫雨恐溢江與河。嗚呼民生只一死，嗟今死地何其多！

夏口被圍已數月，雨阻饋餫實多闕。潭州新捷機可乘，東下援師當速發。廓清江海屠長蛇，南北軍書皆一家。上游兵力足匡復，不見晋代陶長沙。

書　感

舟楫東南利，無端藉寇兵。長江非我有，劇盜幾時平？進發思王濬，中流憶祖生。水仙來往易，天塹等閑輕。

江上絶句

夕照沙汀野哭高，曾無候火報江皋。群山不鎖中流斷，日夜長風送賊艘。

亂後村氓尚未歸，漁舟估舶望全稀。沙鷗來往烽烟裏，獨掠江雲自在飛。

南國舟航阻賷琛，江淮毒霧尚沈沈。瀆靈猶識尊王意，不改朝宗萬里心。

山谷椎埋起亂民，彎弓躍馬望風塵。公卿不見求虞詡，文武何當用寇恂。

安得英豪帥楚疆，上游合勢倚荆襄。連旗足建桓文業，莫但區區保一方。

群盜本無終日計，諸公速决進兵期。裹糧坐甲行將悔，破竹摧枯莫再遲。

雨後山眺

凌空高倚石巉岏，山色蒼茫雨後看。風卷嵐光投鳥外，江浮晴漲出林端。田原磽確耕桑儉，兵氣蕭條井里殘。悵望滄波纔咫尺，誰知歸計轉艱難。

賊復陷岳州

偷息凶徒尚倔强，舳艫重擬犯湖湘。極知乾没終亡賴，暫借廬循續命湯。

湘東軍力保潭州，鼎澧荆襄控上游。速發舟師乘夏水，奇兵一戰拔巴邱。

郡西道中

郊坰莽遼濶，壯矣楚雄藩。野色迷遥嶺，寒聲會古原。夔巫西障塞，鄢郡北關門。形勢居衝要，升平敢重論。

玉陽酬涂竺嶺同年二首

我游遍江漢，今始窺沮漳。故人有涂子，薄宦淹玉陽。大笑喜我至，掃榻催行觴。酒酣語楚禍，揮泪同沾裳。桓桓少司馬，謂湘鄉曾公。仗順誅豺狼。殘黎出湯火，厥功同一匡。子乃抱遠識，未萌憂履霜。巨寇不難掃，生民未易康。瘡痍待蘇息，政在宏大綱。但能去害馬，網漏庸何傷。方今拯塗炭，選吏登俊良。在位矢清潔，烝氓歸耕桑。盗賊自衰息，戈甲可韜藏。子言最深切，反復意何長。鄙心亦願此，悔禍望穹蒼。

元虬穴蹄涔，紫鶯巢卑枝。高志窘遠步，俊杰多有之。通才若吾子，博士甘栖遲。念昔賡鳴鹿，俯仰流光馳。豈惟日月逝，復此經亂離。吾衰不足用，子亦困莫施。酌酒起相慰，辱贈瓊瑰詞。是邦西南境，靈洞標清溪。岩壑既幽邃，雲霞常蔽虧。傳聞鬼谷子，煉液曾在兹。捭闔不足尚，沈默乃吾師。盍不共携手，往搴千歲芝。人生貴適志，羈紲終何爲。冉冉迫朝露，將無仙者嗤。

過當陽長坂

得人似高帝，强對憚曹公。夏口奔難達，滎陽厄正同。蛟龍乏雲雨，豚犬誤英雄。回首横矛處，千林激大風。

陪學使馮展雲同年游玉泉寺

鷲嶺鬱蒼蒼，諸峰拱梵王。法雲彌郢鄀，山翠壓沮漳。鐵塔風烟古，花臺澗壑芳。昨聞青犢過，龍象竟無傷。

曲江吟賞後，使節復登臨。各有陽春奏，同追大雅音。高軒停壑谷，游屐歷山林。野客才衰謝，徒然喜盍簪。

偕觀珍珠泉

潄玉臨丹壑，跳珠濕白雲。光澂寒愈潔，響細静方聞。鳳刹垂空映，虹梁界道分。未能尋乳窟，仙掌閟靈芬。玉泉山有乳窟，産茶名“仙人掌”。

行峽州山谷中

陟嶺跨龍脊，下坂摩虎牙。崎嶇踐犖確，常恐顛墜嗟。吾觀此途狹，寇至可要遮。一夫但柴險，十萬空紛拏。昨者米賊過，曾無一矢加。拊掌度隘口，薦食成長蛇。鬥穴勇者勝，悲哉無趙奢。

三游洞送展雲同年按試施州

兹洞靈所扃，發名自元白。匪直山水滋，兼爲别離惜。我來方仲冬，亦送皇華客。客行乘傳車，迢迢夜郎隔。遂約窮躋攀，追尋昔賢迹。賓從聯簪裾，賈勇共臘屐。峽勢從西來，插天亘穹石。開闢勞神工，委蜕不盡骨。餘氣猶嶙峋，蟠結倍鬱勃。始登蘿可搴，繼進苔不滑。化城開瓊樓，仙竇發乳窟。窅奥肅心神，陰森凛毛髮。出洞何豁然，俯視蜀江窄。攬之懷袖間，勢可吞梁益。山寒難久留，暮色暗林樾。草草各言旋，弭棹未忍發。留詩蒼岩間，歲久冀不滅。

西陵峽畔口占送別展雲同年

君過明月與黄牛，却望巴江入郢流。峽口聞猿堪泪落，亂山風雪更施州。

復送幕中鄧守之鄭雪樵言卓林陳海門吴晴舫諸子

施州聞道險難躋，送別西陵猿已啼。明月峽前應見月，愁心先過夜郎西。

下牢溪

泉脉會千山，淙流去不還。光飛岩腹裏，聲戰石稜間。猿飲携群捷，鷗窺照影閑。寂寥防戍迹，古是下牢關。

登彝陵郡樓

巴山西望迴崔嵬，禹力難平灩澦堆。白浪欲摇坤軸斷，青天忽放峽門開。逶迤萬堞環雄郡，阨塞千秋付將才。誰道重關警風鶴，武安君去赤眉來。

東山寺

彝陵最勝東山寺，歲暮登臨雨雪昏。峽口千山蟠蜀塞，江流雙闕峙荊門。花時游冶都陳迹，兵後招提只斷垣。欲得才如謝安石，從容棋局掃蜂屯。

六一書院

卑官寧是辱，直節不能回。天遣文章伯，名成政事才。椒馨申祀肅，梨雪待春開。没没高司諫，空隨萬古埃。

舟望荊門作歌

壯哉荊門！虎牙之勢何崢嶸，江流日夜雷霆驚。自從開闢便設此，楚蜀門户如雄城。天生險阻孰能剗，遂使英雄多戰爭。田戎暨子豈知守，躍馬公孫竟何有？後來橫江持鐵鎖，不敵阿童一炬火。龍拏虎鬥安在哉，千秋廢壘餘蒿萊。山川成敗古難定，攻守豈不資奇才。我乘扁舟向夜發，酒酣懷古興超忽。回望巴江天際來，浮空盡是峨嵋雪。

夜過猇亭

下策吴兒善火攻，猇亭暮氣遂無功。我來卧穩舟行疾，蠻觸千年只夢中。

戈船乙卯

百戰湘東士，戈船殺伐張。尚須嚴斥堠，莫但倚舟航。永夜占箕宿，寒聲發土囊。乘風虞縱火，未可廢周防。

潯　陽

潯陽圍久合，寇若檻中猿。未敢逾重壍，惟當斷外援。孤城非絶險，殘衆豈長存。慎莫矜攻具，徒傷戰士魂。

連　營

賊衝西上直蘄黄，盡倚連營扞楚疆。未作老羆當道路，空聞單馬遁倉皇。旌麾不受英豪選，州鎮終成戰鬥場。稍喜南軍能力救，依然江漢舊金湯。

送死凶徒可坐吞，只須堅壁陣雲屯。百金選士軍方練，一鼓摧鋒賊必奔。玉節牙旗新幕府，長江廣漢昔雄藩。陶公威略今難得，部下澄清未易論。

入春久不雨

去秋已少雨，道上多黄埃。冬雪不盈尺，暖律潜相催。恒陽届春孟，氣候如恢臺。南風走沙石，晝夜聲喧豗。暄燠訝何驟，當晝時爲霾。江湖可步涉，菽麥成枯荄。農人望甘澤，剡耜空遲回。干戈尚未戢，遍地虎與豺。征討歷年歲，詎見殲渠魁。行齎復居送，閭左傾資財。逆賊仍出没，田野多污萊。旱象復如此，遍沴難可推。生民日流血，真宰能弗哀。農事首東作，屯膏何爲哉。聖皇内儆惕，憂勤堯舜懷。陽感不旋日，側身銷變灾。霖雨任賢佐，早登岩穴才。

孟　月

王春猶孟月，暄燠過南中。柳競晴皋緑，花先戰地紅。誰將甘澤吝，未遣土膏融。下隰成龜坼，何由俶載同。

農　事

雨雪均先斷，勾萌未得蘇。暄陽蒸赤旱，生意閟青蕪。氣洩花先發，膏屯麥欲枯。戈鋋仍未息，農事轉艱劬。

憂　旱

陽氣多愆伏，春兼夏令行。禍連兵不解，憂迫旱將成。變異歸銷弭，烽烟望肅清。潛郎臥江海，揮泪獨縱横。

衝飆行

正月南風若五月，單衣揮汗有餘熱。爛熳桃李無不華，履端倏變艷陽節。倚伏誰知藏化機，北風驟鼓寒門威。鳶鴟吹墮百里外，江水直立山倒飛。潯陽戰艦昨不利，楚塞師潰又相繼。銅馬長驅屠漢皋，蹀血洗刀復得計。汝曹悖逆干天常，偶然翻覆容跳梁。疾風吹汝作埃滅，稔惡終受天誅亡。援師近報集夏口，勢若衝飆擊枯朽。汝曹刳裂不足憐，塗炭何辜痛黔首。

天大風俄而霰集

驟覺寒風厲，俄驚急霰催。亦知威太肅，猶喜潤能回。圖治銷氛祲，登賢贊斗魁。綏豐庥漸至，端拱咏康哉。

桑榆二首

義師傳檄起湖湘，墨絰孤臣氣慨慷。擊楫千帆驚蜃鱷，揮戈百戰掃豺狼。乾坤整頓須豪俊，沔鄂澄清復井疆。便率虎貔溢浦下，進誅梟獍蔣山旁。

計日潯陽待獻囚，旌旗列艦蔽滄洲。樓船直擬平吴會，節度誰知潰相州。箕伯祝融張虐焰，窮奇饕餮逞凶謀。澠池奮翼終相望，後效桑榆或可收。

飛　將

南來飛將在行間，强鷙真如吴子顔。百戰縱横當矢石，一軍號令肅邱山。聞聲群賊皆驚走，掃穴諸城盡奪還。近報河陽仍退守，臨淮壁壘壯江關。

感事七首

廟謨勤指授，方鎮共安危。并有匡扶責，曾無犄角師。畫疆援輒斷，奉詔赴仍遲。仗此殲凶猾，終難歲月期。

沿江收潰散，往往憚長征。只自糜虚餉，何能益勁兵。喧呼惟縱博，剽掠未還營。此輩終須汰，軍威始得行。

南卒矜驍果，摧鋒捷若飛。來因干賞赴，散即掠資歸。但可倡輕鋭，仍難效指揮。治兵惟節制，可與蹈危機。

處處徵丁壯，村村築戍臺。瘡痍猶未起，符檄屢相催。寇至誰當禍，民窮更括財。佳兵原有戒，不戢恐爲灾。

專閫一方雄，牙旗鎮渚宫。養威恒坐甲，馳奏獨論功。飛蓋趨門下，彯纓遍國中。爛羊盡都尉，何必遠從戎。

税畝今方急，誅求吏益驕。經營先府寺，喪亂應征徭。旱潦仍難測，烽烟亦未銷。如聞小東怨，或望察風謡。

虹霓干白日，風雹逼青陽。愆伏灾非細，憂勤德可禳。爪牙求將帥，舟楫寄才良。翹首中興業，諸陵王氣長。

重有感

靖變無雄俊，殘黎逼禍灾。兵多仍養寇，亂久未聞才。辛苦昭通將，艱危轉鬥來。奪城援不至，空遣按軍回。

沔鄂化沙蟲，頻年浩劫同。傷心三户盡，暴骨兩城空。日月烟塵裏，山川戰血中。威名能壯拯，引領望元戎。謂軍門塔公。

仲夏江村遣興

雨後沙壖漲，柴門倚岸開。磯痕侵石没，山勢渡江來。燕語頻相過，鷗情了不猜。羲皇如未遠，高臥信悠哉。

觀化林中静，閒中物候遷。衆芳初謝鴂，茂蔭已聞蟬。入市新絲潔，瀕湖早稻先。豐穰無待祝，所冀罷戈鋋。

日日戈船下，中流擊檝行。大呼波上兕，盡戮穴中鯨。芻粟浮相繼，烟塵掃即平。湖湘重唇齒，江漢賴澄清。

偃息能藩魏，圍城竟却秦。高風如可作，壯氣久無鄰。衰劣時多難，蒸黎禍日臻。楚氛猶未散，空憶俊雄人。

幕府諮軍事，方州走辟書。名原非駿骨，興只在鱸魚。樗櫟甘長棄，蓬蒿久不除。猶慚元豹隱，澤霧少幽居。

身遠心徒赤，憂來鬢已皤。艱危人杰少，朋舊國殤多。倚杖時看壁，銜杯獨放歌。紫芝開爛熳，招我入岩阿。

敝廬江水上，薦逼赤眉群。風鶴頻成竄，池魚亦被焚。榛蕪迷舊徑，煨燼摭遺文。二百年喬木，高槐獨入雲。

上　游

上游倚開府，力捍賊縱横。誓衆呼號厲，臨危智勇生。揮戈魯陽舍，堅壁亞夫營。近喜孤軍振，終收夏口城。

立秋夕

素節旋看大火流，蕭疏客鬢倦登樓。微雲不捲斜侵漢，凉雨無聲暗度秋。推轂詎難清楚塞，揮戈仍未靖神州。瘡痍滿地方徵斂，垂泪江湖有百憂。

南郡遇張曉峰太守賦贈

雄談憶接鄂王城，武庫森然露甲兵。一出仙鳧多擾攘，五年銅馬太縱横。次公特拜高車守，揖客前籌上將營。暫遣趙張遲政績，先期羊杜播威名。

庭前咏

觸熱至南郡，大火旋西馳。公超市未集，董生空下帷。庭前理荒穢，槐杏手所移。連蜷桂之樹，似與招隱期。秋卉欲逞媚，苕穎何參差。灝氣下清露，一一含華滋。長蛇穴夏口，流血成川坻。名園衆卉木，赤地嗟無遺。兹邦獨殷盛，轂擊如臨菑。絲管益騰沸，饜飫多膏脂。對此階下植，欣欣揚英蕤。垂泪不忍視，吞聲中自悲。悵然咏萇楚，樂子方無知。沔鄂何不辰，嗚呼猶亂離。

答鄭雪樵

欃槍五稔未銷除，漂轉身經喪亂餘。楚塞山川多列戍，海天兵甲少來書。才名鬱鬱韜塵劍，旅食栖栖逐使車。莫效安仁賦秋興，只令青鬢日凋疏。

西陵昨悵分襟速，南郡今憐握手稀。酒後畫師恒卧疾，秋來羈夢只思歸。荒凉楚澤迷蘭畹，憔悴江潭製芰衣。拔劍王郎嗟亦老，鯨魚跋浪氣全非。

城　上

城上秋來鼓角悲，西風獵獵動旌旗。安州會戰無消息，夏口連營有是非。莫遣閭閻供猰貐，還須節鉞屬熊羆。頗聞妖賊方衰困，一舉摧鋒計莫遲。

安化縣令歌美夏子秋丞守城之績也

安化縣令楚男子，身扞岩疆百餘里。請援不發賊蜂起，日夜登陴激壯士。滇師蜀師環如雲，出没莫制青犢群。彈丸岌岌勢不保，獨起募衆成一軍。土團萬人猛如虎，號令親申執桴鼓。至者裹糧修我矛，大陳忠義泪如雨。乘高據隘豫設伏，諜來入境悉就戮。凶徒膽落無敢窺，旌旆千山静且肅。賊衰苗熾仍跳梁，亦復憚犯安化疆。區區山城僅掌大，堅壁遂足雄金湯。頻年東南久不競，嚴闢高城委梟獍。豈無鎖鑰江與山，惜哉不得安化令。安化縣令無節旄，亦未學舞陣前刀。身長初不滿六尺，威望竟與長城高。昔年低頭共文史，胸中甲兵乃如此。秦庭痛哭何人哉，吾儕偷生但愧死，嗟乎縣令真男子。

中秋夕招同管清軒李勉齋家意蘧月樵宴集

西風蕩萬里，摇落多商聲。摇落易爲感，豺虎猶未平。今夕復何夕，桂魄三五盈。浮雲挾疏雨，翳此玉鏡明。座客起惆悵，停觴對前楹。霄漢有顯晦，世運多戰争。萬事不足道，才俊難合并。管侯惜嘉會，落筆人盡驚。群賢亦振藻，文雅皆縱横。吾衰撫匣劍，徒作蛟龍鳴。宣憤寄詞翰，解紛須豪英。誰其揮白羽，一掃烟塵清。

九日招同純鋒勉齋月樵會飲即送張子熊飛赴鄂州軍幕

高秋萬象肅，鷙鳥乘風翔。惡氛漸聞斂，兵氣今始揚。援師有飛將，轉戰鋒莫當。蕭晨值令節，置酒會高堂。簪萸盡逸客，釋此愁悶腸。張子留侯裔，仗劍來南陽。才略抱文武，淵然未可量。叩之偶一露，守雌仍括囊。龍虎倏變化，鬼神佯噏張。志在靖凶逆，請纓何激昂。云當赴戎幕，罷酒行治裝。座客共聞此，起舞皆慨慷。明晨送挂席，江漢流湯湯。別離勿復悵，借箸安楚疆。功成即揮手，歸卧嵩山傍。

題展雲學使江渚聯吟集二首

駟馬乘軒日，長蛇覆楚年。烽驚梁苑外，節駐庾臺邊。攬佩蘅皋渺，停驂柳雪還。周南暫留滯，亦未是迍邅。

紅蓮賓幕盛，叢桂小山高。麗則殊宮體，廉貞配楚騷。同聲欣穆羽，逸響激秋濤。郢曲今方擅，荆潭詎足豪。

酬言卓林茂才言故青中丞客也，今在馮學士幕

欒布哭彭越，所懷國士恩。顧盼感意氣，死生終弗諼。夫子梅里裔，入楚隨高軒。主人領軍府，賊勢如蜂屯。城孤食且盡，潰圍前乞援。賓客倉猝散，榛莽宵竄奔。側聞杜郵賜，血濺枯草根。西上溯涢水，羈困難自存。幸逢使者至，北海仍開樽。相將滯荆郢，未得搴蘭蓀。中夜忽思舊，惻愴聲暗吞。荒郊尚埋碧，飲泣孤臣魂。烽烟慘鄉國，何處江南村。拔劍起擊柱，莫釋心煩冤。靈修任浩蕩，已矣勿復論。

屈宋久不作，大雅安可求。《皇荂》競里耳，雜進吾所憂。羈客萃詞彦，高吟悲九秋。望古紹貞則，騷辨承風流。昨枉贈新什，逸響哀且遒。

矯然建安骨，作者追應劉。修蛇亘千里，駭鯨蕩九州。奸雄尚反側，賢哲多滯留。遂令鵷與鷟，飄摇困滄洲。嘆此九苞翼，豈隨斥鷃儔。氛翳會當掃，八表昭皇猷。朝陽待翽羽，往侍卷阿游。

得李鶴人廉訪書却寄

使君忠孝膽縱横，三楚烽烟誓掃平。白浪黄龍高戰艦，黑山青犢憚威名。揮戈直指妖星落，移壘旋看廣漢清。聞道條侯求劇孟，猶能折節用豪英。

歌贈俞子雪岑

南國烽烟暗南紀，蕭然身世鼓鼙裏。羈居仰屋懷百憂，詎意塵中覯奇士。足音叩門何少年，云是吴興雪岑子。劍眉電目豐兩頤，磊落負此熊虎姿。只言氣近幽并俠，誰道胸藏韜略奇。雷霆動地翻秋濤，江勢蹴倒瞿塘高。虚堂忽訝那得此，對子詩筆驚雄豪。滇蜀遨游久不樂，佩刀將謁征南幕。同行二子才并奇，擊檝誓掃楚氛惡。人言布衣多可輕，大志廓落將無成。不見談笑取旌節，韋皋嚴武皆書生。送子浮舟江水東，津亭望望心何窮。滄波欲盡渺烟樹，矯若盤雕向空去。

喜鄒星溪孝廉見過

郊原頻築壘，江沔未銷兵。老至憐飄泊，時危喜俊英。悲歌酣永夕，風雨逼高城。相對誰能寐，荒鷄有惡聲。

秋賦當年冠，君爲杞梓材。元虬尚泥淖，赤驥且塵埃。氛净三霄迥，雲高九扇開。應知漢庭對，即擢董生才。

雨中作時羅羅山方伯率援師駐蒲圻

一軍援楚號雄師，轉鬥無前寇不支。豈謂霑濡旌旆濕，翻愁飛挽道途遲。攻心折首乘今日，貸命游魂活幾時。念昔匡王勞破斧，東山零雨爲興悲。

鶴人廉訪過訪以詩見贈并屬撰其尊甫方伯公墓志賦此奉答

威明小隊訪潜夫，暫領樓船駐郢都。墨絰興師身將帥，黄巾流禍世艱虞。揮戈志掃群凶盡，摇筆詩驚萬馬驅。只擬甲兵森武庫，誰知篇翰壓文儒。

頂踵捐糜當死地，干戈寢枕在前軍。國仇家禍人間慟，子孝臣忠天下聞。百尺豐碑標隧柏，千秋遺廟壯鄉枌。段公逸事中丞傳，授簡猶慚不朽文。

仲遠太守過郡相見

書生躍馬領偏師，破陣曾煩白羽揮。每惜田豐謀不用，偏嗟李廣數多奇。一身老瘦憐辛苦，九死艱難慰别離。今日掃氛勞借箸，何言遽與部松期。

批亢

聞道安州復，兼旬未進師。軍威當席勝，兵法在乘疲。盜賊無長計，遷延必後時。銜枚趨沔鄂，批亢更何疑。

軍門塔公挽詞

入夜欃槍燭，先秋大樹凋。喪歸祭征虜，算促霍嫖姚。刁斗多嗚咽，弓刀欲動揺。英雄滿襟泪，終古憤難銷。

鷙將起熊湘，驍騰百戰場。前驅收沔鄂，轉鬥復蘄黄。師過歡如沸，威行令若霜。壺頭嗟見搤，遺恨在潯陽。

精忠同涅背，涅背四字與岳忠武同。名將未圖形。《宋史》：狄青在軍中，詔命圖形以進。正擬清妖霧，俄驚落大星。公卒之前二夕，大星西南流，其光燭地。悲號騰部曲，叱咤想英靈。應助天戈殛，雲旗下杳冥。

恨抱宗留守，攻隳祖豫州。虎臣今不作，蛾賊尚堪憂。宵旰艱危日，乾坤戰伐秋。詔書聞痛惜，推轂將難求。

又一首

長驅堪殄赤眉群，可惜年凋霍冠軍。一事知人足千古，穰侯特薦武安君。以少司馬湘鄉曾公特薦遂至專閫。

答方友石

豪游吟遍錦官城，出峽波濤萬馬聲。滄海横流堪灑泪，風塵多難獨論兵。西浮旅客沙棠檝，東謁將軍細柳營。韋布有心期報國，開關終自請長纓。

飛棹乘秋過渚宫，淹留未得一樽同。豈知夢遠鷗波外，忽漫書傳虎帳中。才子從軍詩益壯，詞人草檄氣何雄。顧慚衰白猶鉛槧，無力能彎兩石弓。

寄段錦谷參軍

參軍别我已三年，忽有新詩過百篇。遠涉夔巫來郢甸，更從鼙鼓事戎旃。波濤東望鯨鯢窟，花月南朝豺虎邊。不少胸中平寇略，早紓籌策靖烽烟。

寄俞雪岑時客軍幕

滇池曾侍鯉庭趨，劍閣銘詞曠代無。祭酒書生多異相，少年兵法得陰符。清樽忽悵風流遠，神劍終看變化殊。此去盾頭先草檄，速將氛霧廓江湖。

寄答秋丞刺史

潢池甫靖未論功，怙險苗頑又伏戎。岩邑當關群盜側，書生乘障萬山中。倉皇盡識戈矛義，儒雅仍行俎豆風。禦侮已堪兼將略，抽毫猶不愧詞雄。

河内似聞留子翼，武都還擬擢升卿。需才最是邊方急，撥亂無如吏道清。同學幾人徵實用，分符一旦雪虚聲。何當牧守皆君輩，盡遣瘡痍得再生。

題興國寺放生池梁元帝有荆州放生池碑，今無存

孝元碑已没，地是放生亭。屢换紅羊劫，仍傳白馬經。宏慈歸帝釋，群彙謝天刑。殺運今難息，猶悲戰血腥。

元妙觀觀前碑爲元歐陽原功撰，危素書

祝釐持絳節，營觀侈元都。朝野榮烜赫，神仙事有無。廢壇猶下鶴，壞館只啼烏。學士高文在，峥嵘碣未蕪。

過城西太暉觀

琳宫傳杰構，今在郢西門。鸞鶴何年下，烏鳶盡日喧。波沈寒水斂，山迴暮雲屯。太息來樵牧，空悲帝子魂。明湘獻王墓在觀側。

仲閎避地來南郡仍赴漢陽訪家人消息

沔鄂三遭陷，宗門半受屠。殘生脱鋒刃，單艇走江湖。世亂憂方大，天寒泪欲枯。相逢一樽酒，爲子慰窮途。

近喜孤軍振，求家詣漢陽。蕭條經戰地，提挈復他鄉。未定浮生計，難舂越宿糧。衣襦仍自薄，何以犯風霜。

卷十六　詩丙辰丁巳

五言三章贈李旨之

昊天方疾威，生民委豺虎。暴桀起相挻，毒噬遍村隖。岩邑況彈丸，惴惴誰敢拒？吾子奮褒衣，慨然念禦侮。持梃激村氓，立幟會桴鼓。青犢讋且逃，百里得安堵。真宰産俊英，非徒老農圃。國家隆譽髦，才必備文武。靖變康斯民，詎分出與處。無爲效冥飛，空山遁高羽。

詩道有廢興，振之惟雅才。忠孝鬱性始，比興義兼該。自從僞體盛，淳風日以頹。浮侈競冶佚，俶詭趨奇侅。貞則遂淪棄，波靡不可回。薄劣志復古，艱哉何崔嵬。蹇足騁長轡，自愧非龍媒。昨覽吾子作，遒壯意何哀。高言震流俗，大義伸胸懷。吾衰久不振，得子心意開。同志況多雋，謂浴吾、柳夫、意蘧諸子。淄澠無復乖。努力紹正始，古道行當恢。

故人抱文藻，宿草忽盈阡。不叩子雲宅，俯仰俄三年。今來訪蓬徑，花木猶依然。圖史歷兵燹，縱横有遺編。儒雅世不墜，亦未嬰戈鋋。日晏具杯勺，感嘆黄罏前。紛吾墮世網，歲月如奔弦。石交日零落，東風吹華顛。長蛇亘千里，噓毒東南天。愧無穰苴策，起救世迍邅。栖栖但避地，未得安林泉。閔亂復感舊，援翰著兹篇。

方伯羅山羅公挽詞

義旗乘捷指潯陽，再引援師發豫章。逐北奇功紓楚禍，征南凶讖兆彭亡。蠨蛸感嘆三年役，蛇豕芟夷百戰場。正倚乾坤歸整頓，誰知豪俊遽凋傷！

扼腕時艱百六灾，草閒忠孝異人來。經師獨擅韜鈐術，弟子偏多將帥材。公深於經術，其軍中隊長皆以高足弟子爲之。刁斗無驚軍令肅，樵蘇不犯里門開。辭親報國身先死，遺恨英雄萬古哀。

創重何曾絶鼓音，伏弢流血灑衣襟。危機忽中焦頭禍，飛炮中顱，猶裹創督戰者逾時。烈士終酬裹革心。北落明星光慘淡，南天神劍氣銷沈。爪牙宣力當誰寄，側想宫庭悼惜深。

久　　駐

大樹秋凋溢浦側，將星春墜楚雲邊。軍中頗牧亡相繼，江上孫盧勢更延。鄂渚至今猶窟穴，匡廬終日在烽烟。艱危司馬空垂泪，久駐孤軍捷未傳。謂湘鄉曾公。

江上遇家孝鳳兵曹黄虚舟大令

二子東來奮請纓，風流揮扇并書生。心懷温嶠登舟誓，氣激田疇掃地盟。軍市縉增征榷籍，土團家助鼓鼙聲。何當迅掃長蛇窟，直捲江波撼鄂城。

嗚珂憶别

鳳凰樓握手，烽烟此日愁。變徵歌酣燕壯士，新亭泪灑晋神州。關河逆旅飄零恨，風雨滄江戰伐秋。種蠡昔聞生霸國，猶能嘗膽雪深仇。

浮　　江

滔滔大江水，終古無時休。自從開闢來，積此茫茫愁。坤輿自云廣，載之安能周。自非沈冥士，生世誰不憂。遇物百感集，蕩滌終無由。何必衞洗馬，臨波方泪流。

太　微

滄江不斷羽書飛，野老占星望太微。風后未隨軒夢出，羽人猶覺帝傍稀。

中興天贊神靈業，薄伐雷行震叠威。奮武何難銷亂略，廟謨雄斷在宵衣。

病中志惕

自余違播養，憂切倚閭心。親老慈彌篤，兒疏咎實深。自期歸信宿，猶涉病侵尋。小愈即趨侍，從慈跬步欽。

病聞鄂州水軍大捷

閉門節序丹榴發，卧病滄江白髮生。忽報奇兵焚賊艦，遥傳殘孽泣圍城。天涯亂氣全當掃，枕上沈疴頓自輕。未覺頹年殊少壯，猶思淬劍往屠鯨。

贈鍾雲卿州佐

去家無百里，襆被便之官。目睹羽書急，心傷兵氣殘。潔廉持已少，平易得民難。薦達仍寥落，栖遲且自安。

楊厚菴軍門率水師東下所過悉毀賊壘縱火燔賊舟殆盡遂耀兵九江城而返賦詩以壯之

威名楊僕將，飛舸下江雲。旬日清千里，中流仗一軍。沿波屯壘掃，夾岸舳艫焚。鏟盡鯨鯢窟，居然蕩惡氛。

頗似晋龍驤，樓船勢莫當。推鋒逾楚塞，耀武逼潯陽。雄略尤神速，凶徒盡竄亡。仍聞揮棹返，戰士一無傷。

述　往

破竹當年勢，雄師頓上游。臨機嗟不决，江左劃鴻溝。

旱甚嘲龍

輟耒村農望眼勞，誰知萬井尚屯膏。功能濟世翻忘世，不信神龍遜桔槔。

油雲盼斷大江濱，空負飛騰尺木神。日抱驪珠眠不起，蝘蜓嘲汝亦常鱗。

憶隆兒郡中

汝往鶯啼樹，流螢今又飛。甫登弟子籍，應念老夫歸。客路炎歊甚，江皋候火稀。故園猶少事，遄返慰庭闈。

雜紀八絶句

白雲上天不作雨，摇曳江外成丹霞。翹首老農斷心骨，可憐猰貐猶磨牙。

私門團丁不能制，化爲流賊敢縱横。修矛但欲資民力，利器誰知藉寇兵。

竄亡殘孽不盈千，白梃潛行蟻穴穿。道僻追師恒不及，村墟流血已成川。

被兵州邑詔蠲租，吏括民田更下符。公斂緡錢充饟糈，私傾膏血市金珠。

巴峽以西至白帝，石田亢旱閲三秋。若非鹽利遍山藪，百萬嗷嗷大可憂。

軍興萬事日蕭條，賈舶商廛氣盡凋。安得今年早平賊，瘡痍一切罷征徭。

崇通岩邑當腰膂，狼子須防窺伺心。速遣一軍斷九嶺，隱然虎豹在山林。

農命軍儲仰歲豐，但期元感與天通。甲兵洗盡倉庾溢，只在神功頃刻中。

病　　起

病骨支離甚，炎蒸尚怯風。干戈雙泪眼，江海一衰翁。漸有扶藜態，嗟無横草功。鯨鯢猶未殄，恨滿大江東。

枕上聽雨喜作

空外雨聲猶未至，風聲已挾翻盆勢。初聞淅瀝斷復連，俄頃天瓢注平地。犀軍萬弩金鼓鳴，鐵騎蹴蹋沙場行。漂疾震蕩未若此，耳中但作波濤聲。帝命百靈夜奔走，蓱翳當前豐隆後。海倒江翻萬瀑飛，溝奔渠溢百泉吼。朝來老農定色喜，喜見鷗鳧浴田水。昨者槁禾今更青，秀色郊原鬱然起。沈牛釃酒酬龍宫，嗟龍久矣貪天功。由來上德不言德，野老安知帝何力。

遲家孝鳳同年不至

君行南郡復東下，逾月淹留尺素稀。不少奇謀參幕府，將無閒道訪親闈。子臣忠孝丈夫事，江漢安危天下機。甚矣吾衰兼疾病，暮情惟戀故山歸。

鰣魚嘆

櫻桃始熟江漲起，舉網鰣魚初出水。携向通闤索值高，江鄉俊味誇尤美。漢皋鹺賈張瓊筵，下箸惟求第一鮮。一尾費緡三十貫，金盤會客争相延。長蛇千里俄噓毒，鑿齒磨牙饜人肉。昔日鳴鍾列鼎家，匄食風塵日號哭。只今梅雨麥秋初，蓬户家家饜若魚。百錢便可購數尾，多骨翻遭棄擲餘。一物貴賤何足論，殘黎誰縱豺狼吞。老夫東望起三嘆，默然流涕閔江漢。

歸　舟

病起向滄洲，遄歸發桂舟。岸平天頓豁，江漲地疑浮。漸少烽烟警，差寬井里憂。故山猿與鶴，遲我返林邱。

依韻酬虚舟大令

時危執手滄江畔，風景新亭涕泪多。措置軍儲功不易，澄清天下計如何。馳驅君壯同袍氣，衰病予慚伏櫪歌。旅客歸人共翹首，汀洲唯盼捷書過。

答胡東谷孝廉

通才懷賈傅，亢直慕袁絲。憔悴公車下，飄零戎馬時。論交如舊識，決策獨深知。傾蓋便分手，空吟蔓草詩。

晚　　坐

養痾仍避暑，一榻晚風支。深樹蟬吟細，長天鶴去遲。身勞防物役，性簡慮神疲。寂寞原吾好，非徒攝衛宜。

意蘧至茅江問疾別後却寄二首

浮舟來視疾，風義最難忘。越宿黯然別，此情江水長。漸衰宜屏慮，小愈已還鄉。書報應相慰，吾今赴草堂。

之子耽高隱，幽栖物外情。竹陰籠澗影，松籟入江聲。野興涼初愜，詩心瀹更清。幾時仍泛艇，過我訪柴荆。

酬雲卿州佐

鄂城殘孽是亡期，旅客滄江病起時。歸慰高堂開笑口，篋中廉吏贈行詩。

連日雲陰密布無雨輒散

但解遮空不作霖，無端出岫更何心。虚名殷浩登朝日，孤負蒼生屬望深。

季高芝房意城鄂生兵後以書存問先後繼至喜賦一律

執友殷勤訊轉蓬，干戈無恙一衰翁。音書次第千山外，生死驚疑數載中。英杰難忘金石貫，亂離將定道途通。樓船即掃長鯨窟，江海書車卜大同。

酬譚荔仙三首

蹇劣乏時用，旅病方支離。足音喜俊彥，訪我滄江湄。自云赴戎幕，往效白羽麾。觀君氣彌壯，顧我神多疲。五兵在胸中，未吐縱橫奇。惜別但目送，奄忽飛雲馳。

迢迢雙鯉魚，貽我看山句。維舟訪敝廬，造門適未遇。青山延逸人，蒼翠宛相赴。野鶴諧幽悰，浦禽引遐慕。興盡不復留，黯黯遠烟暮。登艫揖山僧，滄波擊楫去。

熊湘號才藪，縞紵多雅游。吾子晚相識，傾襟殊綢繆。閉門究風雅，思與作者儔。孤情屏妍嫭，峻詣窮雕鎪。貽書辱下問，商搉遥相求。予非卞和目，願剖荆山璆。

寄答曾少固時在鄂州軍中主饟

書生投筆濟憂危，心計尤承幕府知。獨向艱難充饋餫，猶聞涕泪閔瘡痍。勞深軍市持籌夕，秋近天河洗甲時。愧我論才非管樂，報君休訝出山遲。

挽浴吾

窮奇誇老壽，才子奪天年。真宰殊難問，斯人不少延。膏肓嬰二豎，文藻閟重泉。頭白衰英俊，茫茫愴逝川。

不見休文久，傳聞日卧痾。家貧艱藥物，病劇迫干戈。賓客談游少，生徒謝遣多。亦知勤攝養，算促奈君何。

予歌屯厄日，避地走山中。幸遇孫賓石，能爲皋伯通。深心傾蓋愜，高義斷金同。疇昔聯吟地，悲凉蕙帷空。

又追悼二首

聯袂扁舟訪隱淪，足音空谷意何親。蓬蒿秋掩元卿徑，二仲羊求少一人。今春曾偕意遽見訪。

姚氏山堂同避地，舊游石上長莓苔。松篁歲歲連雲緑，不見題詩沈秀才。

七月八日喜雨先一日立秋

快意無如此，炎威一雨收。郊原初灑潤，林壑頓吟秋。回斡機何速，推遷候若流。惔焚欣已解，還望甲兵休。

秋暑轉甚

羲和振策赤龍騰，七月炎歊倍鬱蒸。正苦轉輸猶未罷，何堪兵旱復相乘。翻盆欲瀉銀河水，滌碗誰分玉井冰。莫訝藴隆何太甚，天將憂閔助中興。

戍　角

鐵瓮金陵何有哉，頻年毒霧掃難開。時平形勝輕天塹，計失縱横騁盗魁。大憝終梟狼虎谷，愁雲猶壓鳳凰臺。傳聞左次無堅壁，日夜西風戍角哀。黄巢死於狼虎谷。

閔　旱

秋野驚如赭，俄興四岳雲。但能工掩蔽，未解救惔焚。匼匝垂綃幕，須臾曳錦文。垂天徒有勢，破塊竟無聞。

責　雲

氤氳三素采，縹緲九霄邊。觸石因何事，屯膏職爾愆。徒歌嗷野什，未起築岩賢。膚寸皆靈澤，乘高詎少權。

江　表

孫恩骨擲滄波裏，侯景頭藏武庫中。江表阻兵徒跋扈，古來覆轍盡奸雄。豺狼猶縱生民禍，貔虎誰高將帥功。天助中興方撥亂，待歌常武賦車攻。

丙辰中秋夕

中天桂影倍婆娑，奈此良宵三五何。七寶頓驚仙闕涌，九州猶照戰場多。流光容易凋青鬢，痛飲相期卷白波。爲想亂離逢此夕，淒涼幾處罷笙歌。

白螺磯曉發

涼逼篷窗露氣清，曉鴻聲雜棹歌聲。躔分日月東西見，秋老江湖吐納平。往事沙邊餘戰壘，徂年川上感浮生。烽烟未息頭空白，惆悵孤帆更遠征。

三江口江與沅澧合流處，今爲荆河腦

析地分荆岳，浮天控澧沅。岸危連樹坼，江悍挾湖奔。野市荒墟落，漁舟長子孫。水軍争戰地，扼要尚堪論。

漲　落

我行西溯江，兩岸駭秋漲。浮天流向東，厥勢何雄放。越宿驗沙痕，消落頓殊狀。天道有盈虚，倚伏理無亢。嬴項矜詐力，顛蹶盡霸王。何况述與囂，身首不獲葬。世運偶屯艱，狂鯨敢跋浪。静觀消長間，停橈默惆悵。

守風石首江至此折而東，諺有“南風兩利，北風兩泊”之語

溯流多逆風，縈回歷枉渚。來去盡維舟，不得發柔櫓。諺語信有徵，此地兩成阻。葭菼彌長洲，瓜壺蔓野圃。淅淅波漱沙，蕭蕭岸沈雨。天長汀鳥歸，露下草蟲語。秋色驚蒼涼，客心厭行旅。隔岸綉林山，窺波漾容與。野老尚相誇，誰辨劉郎浦。已矣英雄人，俯仰倏千古。

泊楊河

凉風已度堤邊柳，斜日猶銜嶺上雲。津路去來千艇集，江形向背一洲分。沙壖漲落痕初斂，水國天空響易聞。欲覓當陽開浚迹，無人能道晋家勛。杜預起楊水達巴陵，内瀉重湖之險，外通零桂之漕，疑此或其遺迹。今湮没久矣。

楊河晚眺

秋色成孤迥，飛來白鷺群。遥峰延落日，疏雨送歸雲。全力江形折，中流樹色分。客心正摇落，空籟更多聞。

窖金洲夜泊

北望沙頭市，帆檣上下停。歌騰終夕管，鐙亂一江星。野泊憐荒寂，羈懷寄杳冥。昔傳洲九十，誰復證圖經？

次日大風不得渡

咫尺不能渡，横空蹴勁飆。檣危聲盡沸，塔矗勢如摇。歕沫回成雨，飛蓬卷入霄。沙灘雙鷺立，爲爾且停橈。

讀《平準書》

楊可告緡遍天下，滿山群盗日縱横。軍興不濟時方旱，何惜宏羊未見烹。

風　鶴

高城雄壓萬山秋，士馬當年南雍州。豈謂杯蛇能致誤，翻然風鶴浪生憂。威名韋叡殊難得，静鎮王商未可求，網罟似聞傷竭澤，莫令桑孔競持籌。《漢書・王商傳》：建始三年秋，京師民無故相驚，言大水至，長安中大亂。大將軍鳳以爲太后與上及後宫可御船，令吏民上長安城避水。商獨曰："此訛言也。"上乃止。有頃，稍定，問之，果訛言。

自夏五月至秋九月既望始雨民乃種麥

非雨麥難種，况兼鼙鼓音。無能蘇衆命，但遣鎮人心。末耜聞多鬻，租緡恐未任。幾時洗兵馬，十畝樂桑陰。

虎門觀海歌爲譚荔仙作

奇氣胸中小雲夢，扶胥一夜神風送。天池潮汐來無垠，萬象端倪駭澒洞。虎門高峙滄波閒，南溟仗此誇雄關。誰遣重洋委扃鑰，蛟蜃蹴動波連山。樓船戰血灑秋雨，至今壯士多愁顔。歸來夢謁祝融峰，手攬七十二芙蓉。恍登紫蓋望遠海，飛來海氣猶蕩胸。海波未定湘波沸，猰貐磨牙縱狂噬。毒氛噓遍東南天，莫問金陵龍虎氣。金陵東接海悠悠，西上還連江漢流。鯨鯢京觀久未築，塗炭空悲數十州。嗚呼禍萌起海徼，方鎮何人制群盜。義旗討逆唯南軍，君也撫劍復長嘯。曾控毛車滄海回，氣吞幺麽何有哉！中流自奮擊檝志，萬里原推破浪才。只今幕府借奇策，莫漫扁舟逐少伯。洗兵待挽長江波，去作釣鰲海上客。

咏馬季長

登堂罕見趙臺卿，面責偏逢吴季英。奢樂但償飢困悔，達生誰悟是虚生。

權門草奏忍操觚，爲惜無資七尺軀。軀未滅時名早滅，刎喉何獨笑愚夫。

雨夜懷孝鳳沙津

風雨雜悲鳴，高秋旅客驚。此時方起舞，忠孝泪縱横。宿雁寒多唳，荒鷄夜有聲。懷人吾不寐，相望阻高城。

贈鄭子春園

渚宫有修士，汲古得膏腴。才子高陽里，先生裘氏儒。懷文老蓬蓽，讀史薙榛蕪。晚遇孫陽顧，驊騮始過都。有子八人，著《元明二史提要》，今歲始受知於學使馮公。

奔走空皮骨，沙頭屢過君。烽塵驚浩劫，衡泌抱遺文。問字時携酒，懷鉛日策勛。高閒吾羡汝，舒卷碧天雲。

題春園吟草

歌咢皆天籟，英華總道腴。漉巾陶靖節，擊壤邵堯夫。春水生[1]難遏，流雲淡欲無。卷中此真意，自與俗情殊。

追和儀徵阮相國彝陵峽口望蜀江七律原韻

當年節鉞擅詞宗，西望青天鳥道重。吹角連營肅貔虎，揮毫傾峽走蛟龍。高名已峻三臺望，絶唱猶留萬仞峰。定有精靈懸列宿，玉京朝帝把芙蓉。

感　興

白日馳西海，誰能挽逝波。紛紛看墜葉，不復返高柯。總道商聲厲，將如勁草何。亮懷金石性，豈畏雪霜多。

隱　几

隱几蕭齋寂，何來步屧行。不知林葉墮，猶誤履綦聲。日夕商飆厲，飄零客感生。傳聞多市虎，或恐遂縱橫。時有樊城之警。

軍門向公薨於金陵行營

登壇老將用廉頗，起自征蠻馬伏波。竟隕大星諸葛壘，空揮落日魯陽戈。飢疲遠鬥孤軍壯，力疾開營百戰多。遺表但陳攻取略，澄清未遂恨如何。

八年擐甲翦豺貙，千里長城捍楚吴。僧辨大功多蹭蹬，盧循狂孽未梟誅。虎臣先後傷零落，蛾賊縱横逞毒痡。驚將仍聞麾下起，驍騰當許繼公無。謂張軍門國樑。

聞賊酋楊逆爲其黨所屠

洛周終被葛榮屠，翟讓還爲李密圖。可惜梟夷猶假手，不曾都市伏天誅。

董卓高居萬歲隖，伯珪積穀百樓雄。誰知禍發無遺種，即在金城鐵室中。

死爲逆鬼空遺臭，天網何曾得逭刑。肉飼豺貙猶不食，山川難洗秣陵腥。

同惡相殘羿與澆，蚩尤貳負死安逃？滔天凶勢終如此，何況幺麼但爾曹。

内釁先開各自疑，窮城猜隙衆心離。推鋒速進當乘亂，天與犁巢掃穴期。

紛紛脇掠盡齊民，歸命還依覆載仁。自翦凶渠同解甲，皇恩萬一下丹扆。

仲遠太守有看菊之招即席賦此

常年菊不過秋期，今歲花開爲底遲。落落本無諧俗韻，亭亭真有傲霜枝。風塵格鬥愁顔際，英杰艱難晚節時。相對漉巾聊作達，爲君痛飲更何辭。

志喜口號

鄴下棘奴殲羯種，平陽靳準翦劉宗。近來粤賊相屠盡，稔惡同歸覆轍凶。

祆蛇噓毒遍山川，八載人神憤未宣。凶運枯楊能有幾，火龍太歲直今年。午來江干楊柳無故盡枯，此逆賊楊秀清將亡之兆。術者占：賊滅，有“火龍一照便銷滅”之讖。今歲躔在丙辰，此語竟驗。

縱然轘裂汝猶逃，逆鬼天陰不敢號。莫遣山川蒙穢惡，速傾江海蕩腥臊。

檻車雖未俘元惡，京觀還當戮逆骸。梟獍不堪污斧鑕，休教穢血濺天街。

三山牛首壯高秋，雙闕天門峙上游。狼滅方懸弧矢耀，龍蟠還屬帝王州。

秣陵城下大軍來，江表歡聲沸若雷。紀績自歸熊虎將，饗軍應上鳳凰臺。

操戈假手蕩祆氛，捷騎飛騰露布聞。惆悵南來諸將士，奇功未出上游軍。

一人兢業正乾坤，嗣服殷憂濟世屯。齊頌咸豐天子聖，中興七葉在神孫。

汝輩幺麼輒暗干，觸山追日恃凶殘。封豕一旦如羊豕，萬世奸雄膽盡寒。

蠻奴逆種始芟夷，湯火殘黎僅孑遺。欲得百千元結輩，吹噓枯朽起瘡痍。

猶煩聖慮在平吴，款款羊公效遠謨。敬勝丹書誰獻納，萬年無逸纂蘿圖。

眼看江海再澄清，八表烟塵不復驚。華髮潜郎甘樂死，山游水泛送餘生。

讀《後漢書》

脂膏朘削競充囊，擾擾狐狸滿道旁。千載埋輪人不作，誰持一疏慑豺狼。

讀　史

牛大千斤難負重，坐談不解事機乘。悠悠往事無窮恨，如此山川付景升。桓温云："劉景升有大牛重千斤，噉芻豆倍於常牛，負重致遠，曾不若一羸，魏武殺以享軍士。"

當日并州將亦稀，舉鞭誰復問戎機。高城寂寂惟長閉，絶似山公酩酊歸。

威聲羊杜播南疆，和季功名冠一方。晋室崎嶇江表日，猶聞經略重襄陽。

盡殄弢曾第五猗，王如驍悍亦誅夷。威行江漢清南夏，處仲當年信可兒。

郡城客感

登樓斜日思何窮，征雁寥寥下渚宫。霸氣昔高江漢上，雄城今卧水雲中。騷人惜誦孤芳渺，詞客哀時異代同。節候近來驚獨變，霜天争試紙鳶風。年來冬令，城上争放紙鳶。

霜　晨

策策復蕭蕭，霜晨葉盡飄。微權在威信，大化有榮彫。埽助山家火，擔盈谷口樵。君看松與柏，千尺竦貞標。

自沙市晚歸郡城

參差亭堠夕陽明，擾擾塵中各有營。來去昏鴉亦相競，半栖村郭半歸城。

次韻和竺嶺同年游清溪之作

君向高峰躡紫烟，清溪洞口俯飛泉。四山霹靂喧空際，百道虹霓落眼前。滌蕩已堪銷世累，飛鉗誰復誦遺篇。招提即在雲岩側，借取僧寮自在眠。

題詩邱壑意超然，興發看山不用錢。舊約同盟丹嶂外，清游獨躡白雲邊。空思塵境逃名地，未卜山靈識面年。何日隨君償夙諾，捫蘿深處問安禪。

展雲學士再試施州賦詩示多士門下群英斐然繼和彙爲一卷旋節南郡出以見示即次原韻率題二首

大雅陽春唱，高軒使者騑。儒林充藥籠，鑾部綉弓衣。承蓋趨群彦，儲才盛兩闈。夜郎山澤氣，珠玉吐奇暉。

荒陬聞鳳噦，掞藻等鴻翩。翹秀成因匠，同舟望若仙。元音流遠徼，冬嶺變春妍。僻陋尊山斗，潮陽化并傳。

張仲遠同年屬題海客琴尊第二圖

殊方舊雨隔滄溟，重向都門倒玉瓶。槎客相逢還欲笑，兩回天上識張星。

仙舄飛下楚雲端，平壤歸帆路渺漫。各憶題襟舊游地，回頭紅日近長安。

圖中座客皆吾友，艮甫、頌南、伯厚、石洲。落月梁閒若可招。存歿杳然如夢裏，離懷何但海天遥。

重泊楊河

繫船曾幾日，霜葉下空林。沙析寒江細，烟韜夕岫深。角聲傳朔氣，舟語聚南音。側想門閭望，方勞歲暮心。

江漢告平賦詩紀績

楚氓奇禍最煩冤，三度殘黎恣并吞。今日更看蛇豕輩，號天泣地脱無門。

孱卒三千來閒道，馳援首仗益陽公。焦頭獨犯燎原禍，喋血終收壯拯功。

百金選士盡熊貔，開府中丞大治師。壁壘雄嚴無敢犯，臨淮威令變旌旗。

破陣威聲疾若雷，羅公雖没李公來。書生繼踵多韓白，復楚功還屬楚才。

南來楊帥將艨艟，飛棹親當矢石衝。奪取長江一千里，龍驤信是水中龍。

窟穴窮城兩載餘，朝朝流血動成渠。啖屍索戰無降意，凶性豺狼死不除。

密塹長圍計已成，糧援告斷賊方驚。狂鯨悍兕矜牙角，變作枯魚只泣聲。

乘闉一鼓殄凶頑，戰士征袍血盡殷。肩髀冢當鸚鵡渡，髑髏臺并鳳凰山。

羅公精氣尾箕懸，未及江城滅賊年。披髮麾兵如助戰，琱戈親督陣雲前。

河山戮力仗群公，南北收城一日同。持與朝廷還鎖鑰，依然江漢楚雄風。

凶渠白下已前死，飢困游魂詎得長。追日觸山空恃力，到頭無策救天亡。

破竹威騰水陸軍，上游匡復作桓文。英豪欲竟分憂事，不拔金陵不策勛。

江漢之禍烈矣亂定後遥賦二絶志哀

城郭人民盡已非，茫茫仙佛亦安歸。高樓并逐咸陽炬，遼海何年鶴更飛。

二郡蕭然荆棘裏，縱横賊壘遍郊坰。鯨鯢血作江中水，風雨寒濤不斷腥。

嚴關丁巳

乍報黑山逾錫穴，俄聞青犢犯夷陵。亦知殘孽非難翦，誰道嚴關未可憑。歲歉流庸争煽掠，春寒雨雪盛凌兢。紀南岌岌連脣齒，西上援師利速乘。

兵　家

兵家蹈瑕隙，疾若鷙鳥翔。明哲有時蔽，利鈍争毫芒。高歡破黑獺，不用陳元康。兩雄角歲月，所競霸與王。乘勝利速進，席卷誰能當。雖挾千鈞弩，亦恃機牙張。日中有必熭，趨時先者强。智勇一不斷，後乃受其殃。事會盡如此，拊膺徒慨慷。

春登陸城馬鞍山

千岩繞郭勢如虹，表裏江湖一望通。盎盎春浮花柳外，亭亭山拔水雲中。荆衡并倚關扃固，沔鄂遥資控帶雄。莫指沙邊詢故壘，長蛇餘毒恨何窮。

憩嘉祐寺

招提沿宋代，郊郭遠塵氛。盡日衹清梵，好山多白雲。欲參真諦妙，暫息世緣紛。花落僧無語，忘言對夕曛。

陸城東郊延眺

波影浮山翠，濛濛浸遠蕪。東風吹衆緑，作意媚晴湖。灼灼野桃笑，垂垂烟柳扶。春雲留不散，亦戀此城隅。

題默初吟草

十年嗟分張，一見甫邂逅。示我盈帙詩，山游駭奇構。奪命鋒刃間，狂走類猿狖。逼入窮山中，轉與勝境湊。驚魂脱死亡，幽賞睨靈秀。攬之入胸懷，造化不能囿。巨刃高摩天，橫決白雲竇。向來神鬼扃，一旦發其覆。興愜遂長吟，餘聲振岩岫。險絶驚超騰，天然謝刻鏤。我取諷未終，清如鳴玉漱。天方窮子身，子才轉益富。勿怪坎壈多，時命固大謬。

李生叔篪見訪山中喜賦二首

侯官門下見奇童，待控扶摇萬里風。誰料烟塵生宇縣，遽驚文物變兵戎。關心各悵音書阻，握手何期道路通。亂後滄江能命駕，遠勞存問慰衰翁。生曾爲林文忠公招致幕中，林侯官人。

河山戰骨委荆榛，郡國儒冠托隱淪。八載乾坤纏寇盜，一尊風雪話悲辛。暫從地僻諧鷗鷺，終擬時清作鳳麟。好繫扁舟無遽發，小園花柳正留人。

吁嗟行

金陵内釁當乘亂，神武臨機仗雄斷。濟師埽穴如拾遺，一舉威行速雷電。梟獍今猶盜建康，不聞處分佐朝堂。吁嗟帷幄謀臣少，才略空思李贊皇。

山園對牡丹憫然追悼

昔年曾值牡丹時，愛惜風光索賦詩。頭白只今才欲盡，對花空有斷腸詞。

曾記花開每并看，一枝今倚墓門寒。東風日暮啼鵑急，細雨春紅泣牡丹。

過圓通寺經行茂林中

千林團緑海，不辨寺門蹊。歲古拏雲健，山深得氣齊。蒸芝疑伏獸，引蔓駭垂霓。鐘磬寂無響，惟聞谷鳥啼。

贈鄢友石桂林人客游臨湘，曾率土團擣賊於藥姑山，有奇功

少年談笑起書生，決策親探虎穴行。半夜旌旗超絶險，九天風雪下神兵。買牛編户銷刀劍，立馬懸崖勒姓名。斗酒歸來歌破陣，還將雄筆戰詞英。

飛揚見爾不羈人，一棹滄江訪隱淪。早料虎頭終必貴，尚憐龍性總難馴。山齋慷慨論兵地，天意蒼茫鬥將辰。草澤何嘗無頗牧，幾時傳詔索麒麟。

觀　漲

混混岷源壯，滔滔夢澤連。高舂天闕近，回蹴地輿旋。擊楫英豪志，乘機將帥權。三山帆直指，何不下樓船。

薖園覽江流壯甚〔2〕有萬里之勢岷江、洞庭合流於此

數笏薖園地，滄波瞰不窮。坤輿縈匹練，天鏡落雙虹。萬壑浮雲表，千帆出樹中。回瀾聞噴薄，何異吕梁洪。

李南生大令饋雙井茶詩以謝之

仙吏東來餉春茗，碧芽片片出雙井。靈芬猶帶匡廬雲，炎歊頓化清

涼境。我向滄江理釣筒，校書草制百無功。未是玉堂蘇學士，居然嘉惠拜涪翁。山谷以雙井茶贈蘇子瞻，有詩。

江流萬里何壯哉，滔滔雪水峨嵋來。負瓢取汲自烹茗，瓶笙乍沸圓花開。火雲垂天若屏障，起滌冰甌神忽王。惜無宏景三層樓，卧聽松濤吹萬丈。

亂來道路梗南北，四方佳茗苦難得。感君分惠碧雲腴，令我熱惱蕩胸臆。隱几翛然謝俗氛，筆牀茶竈對斜曛。甘回舌本風生腋，只誦人間冰雪文。

忽憶東征諸將士，連營萬竈炎雲裏。枕戈揮汗夜不眠，穿井掬飲半泥水。誰輦萬瓮致軍前，遍斟甘露皆灑然。書生何補默自愧，方訂茶經更品泉。

晚坐風雨驟至是日立秋

倏起片雲黑，破空風雨驚。纔收炎暑退，旋送月華明。張弛神難測，機權運若輕。候蟲階下語，秋意覺潛生。

傷歌行

干將擊斷取犀利，鷙隼摩空百鳥避。折鋒鎩翮胡爲哉，俊物翻遭流俗忌。才非權勢難用奇，權勢所居謗輒隨。君不見衛鞅車裂白起戮，古來功名安可爲？

秋　漲

江漲乘金氣，浮天挾混茫。俄然變消落，可以戒强梁。蛙黽休争躍，蛟龍漫自狂。順流終向若，何不凜尊王。

漫　成

蝗不爲灾潦漸平，齊安近報振軍聲。潛夫暫遣胸中慮，竹榻風清夢亦清。

咸豐七年秋中丞益陽胡公有減漕之令觀察張公仲遠持節行郡國所過延見吏民遂定其議此大計也非止取便一時將爲國美利萬世無窮已異日國史志食貨必有取焉輒賦詩美二公以備采風

楊炎變兩税，法簡號爲美。庸調并歸租，農病自兹起。國家都范楊，轉粟東南倚。溯江入河淮，挽舟數千里。官吏暨漕卒，萬弊萃穴蝗。凡用十六金，乃致一石米。濟運歲治河，費尚不在此。自從盜賊興，三農棄耒耜。益以水旱灾，追呼困欲死。賦額逾經常，大權在府史。上蝨國總秸，下飫民膏髓。中飽歸若曹，毒倍萬封豕。嗚呼我農人，安得保妻子。桓桓中丞公，百戰靖南紀。拔出水火民，惻然閔瘡痏。定議除倍征，權衡協張弛。疾痛既用紓，京坻亦以庤。使君贊大猷，酌中共一揆。攬轡持節行，郡國遂歷抵。所至延吏民，詢謀衷諸是。民無杼柚空，官不乏公使。令下流水原，歡聲遍遠邇。漕敝數百年，蛆食未有止。中丞與使君，改絃乃更理。一旦清其源，沙汰江河洗。决策排群言，定力岱衡峙。乃知經國猷，宏毅大賢恃。水激則生湍，法敝必復始，兩賢與時遭，回斡亦何駛。他日輦輕齎，漕河兩可止。歲省費無涯，利垂千萬祀。咸豐七載秋，權輿自楚啓。吾儕見寬法，浩蕩樂無比。將欲補食貨，才匪孟堅擬。作詩美兩公，賦法志原委。上有稷契臣，康哉今可俟。

雜言二首

昔在大庭世，恬澹貴無爲。獸群可繫游，鵲巢可俯窺。德失有仁義，淳樸化澆瀉。賦茅倏喜怒，術挾狙公欺。履豨揣肥瘠，監市無不知。銜轡啓詭竊，伯樂實使之。誠慤苟未固，誓誥皆虚詞。立信募徙木，懸金人愈疑。不以智治國，老氏言可師。標枝與野鹿，邈矣安能期。

同心喻斷金，論交在古處。丹青終不渝，肝膽皆可吐。末俗托同岑，芬華若蘅杜。外言貫神明，中款祕深阻。山海千萬重，不足喻城府。公孫詐爲忠，張湯智善舞。萬乘尚蒙欺，况乃交游侶。憊哉汲長孺，發憤竟何補。

答李香洲兼題其栖雲山房詩卷

油油山上雲，蒸泄無定姿。涓涓谷中泉，匯爲千頃陂。雲泉爾何意，有似香洲詩。意足不外假，疾若風雨馳。意盡忽然止，純任天機爲。句萌動百卉，受命春雨時。盎盎盡生氣，化工初無私。妍芳逞萬態，在物曾不知。比興肇六義，胚胎亦若斯。真氣取諸内，奚勞琱琢詞。

其　二

山居玩松石，庭户生雲烟。朋來或三五，命酌皆陶然。酒酣發高咏，興文動成篇。凌雲縱未遇，鳳逸何翩翩。妖星照旬始，遍地皆戈鋋。世運有屯蹇，天道誠幽元。疇昔嘯歌日，樂事何其偏。新吟變悲咤，慷慨如幽燕。引領望商岫，芝華不可搴。

其　三

曰余性疏拙，所挾猶鉛刀。空然抱孤憤，悲歌宣鬱陶。辟書枉軍府，虚名安敢叨。贈言辱推奬，勸駕意何勞。方今盛才杰，頗牧揚旌旄。潛夫守章句，未諳龍豹韜。鷹揚望諸將，無使鯨鯢逃。烽塵靖江海，鼓卧弓載櫜。老矣燭之武，請甘蓬與蒿。

泊蛟尾

風水交相滯，輕橈力未任。沙光摇潋尾，日色滄湖心。斂翮巢中隼，號群浦上禽。潜蛟疑出舞，終夕助哀吟。

長湖曉發

雲净懸天鏡，波明涌日華。樹迎帆卓立，岡逐浦回斜。曉夢留鷗社，新寒逼雁沙。遥看楓與櫟，丹彩欲成霞。

是日舟行甚速

昨日逆風夜不止，今行順流及百里。利鈍由來轉瞬間，昨何濡滯今何駛。孔墨栖栖道路邊，一生遇主嗟無緣。時來屠沽亦將相，不問賢愚只問天。

舟行即目

寒日蕭蕭景，清流曲曲波。植篁圍笋密，卧柳覆船多。歲晚農方息，年豐氣盡和。津途慚物役，歸興屬松蘿。

渡白鷺湖

郡西諸水承三海，下匯兹湖兩邑分。粳稻十年成沃壤，葑蒲一色入寒雲。鷗鳧泛泛終無意，鴻鵠冥冥自不群。疇昔壯心零落盡，岸楓相對下紛紛。

觀音寺曉發

長堤曲折遠連村，下隰初收野水痕。林表寒光浮霧嶂，人家曉色静霜原。亂餘劫火匆匆换，潦後汙萊往往存。聞説臺臣行薄斂，白頭垂涕感何言。時中丞胡公新下薄征之令。

專　征

虎踞龍蟠壯古今，嘘空虺毒壓雲深。豈應卧榻客[3]鼾睡，忍對神州嘆陸沈。習戰樓船風正利，上游戈甲勢如林。專征盡盼中丞節，歲鼓聲中聽捷音。

洪湖舟中

勢吞江沔昔何雄，十載重經迥不同。潦旱循環將化陸，水天濯練并浮空。荒葭折葦寒雲外，征羽游鱗落照中。冉冉川途當歲暮，鬢毛蕭颯久如蓬。

十月虹見舟至古堤口，曉窗見之，蓋十月十八日也

十月虹猶見，垂天作錦雯。晴收湖外雨，曉障日東雲。孰辨灾祥氣，宜推洪範文。得無干政象，未可釋憂勤。

再過白鷺湖

昔年驚澔汗，近歲樂豐穰。烏鳥充菱芡，人家足稻粱。漸看廬井聚，何慮草萊荒。静念推遷理，平陂孰主張。

霜　樹

歲晚農家事事閑，清流曲折抱柴關。門前霜樹皆成錦，迤邐丹黄紫翠間。

舟次漫興

自笑浮生未許閑，塵容來往愧湖山。年光曉角宵檠裏，詩思風帆雨檝間。泉石徵書勞幕府，雲霄清夢隔朝班。少微垂象非難辨，徹夜分明照楚關。

曉渡裏湖

旭日破湖烟，湖光净可憐。客心喜蕭曠，風物助清妍。荇藻迎橈密，桑榆合岸圓。沙津知不遠，一塔矗江天。

至潔不容唾，吾尤愛此湖。涵光千頃會，鑒影一塵無。皎皎素絲練，沈沈白玉壺。長纓宜濯此，昭質豈能污？

陟屺橋

陟屺勞瞻望，人傳孝子橋。繄余慟風木，晏歲事征橈。涕泪鯉庭斷，風烟馬鬣遥。倚門念慈母，霜鬢不勝彫。

舟行書所見

舟經田壤中，宛與陸行同。忽見來帆轉，方知去路通。墮菱猶蔽渚，衰葦尚連空。報賽祟先嗇，村村荷歲豐。

上中丞胡公三首

崎嶇功復楚，顧盼氣吞吳。赤羽當朝寄，丹心稟廟謨。令行王景略，政寓管夷吾。近喜寬征賦，閭閻樂轉輸。

巨猾盜江東，滔天羿浞同。不聞膏斧鑕，何以懾奸雄。奬率桓文業，龕除侃訪功。四方今引領，仗節屬元戎。

秣馬趨鍾阜，麾舟擣建康。腹心先潰裂，支黨自銷亡。不待收溢浦，無勞救豫章。煩公決奇策，爲國作鷹揚。

拂鏡詞和九曾農部二首

醜女多憎鏡，青銅久祕藏。菱花忽高揭，今日遇夷光。

易購盤龍鏡，難逢絶代人。東施同攬照，安得可憐顰。

黄鵠篇贈九曾

黄鵠爾何來，乃自廣莫鄉。矯翼一再舉，足亂浮雲驤。山州辨紆曲，天地知圓方。西儽邁窮石，東發超扶桑。問鵠何能爾，天假六翮長。浩蕩任所運，適與扶摇將。俊材挾憑藉，可以凌八荒。同處羽族内，稟異殊尋常。豈無翾飛者，决起但槍枋。鵠與此曹謝，仰視空茫茫。

題龔子定論兵食書後

韓非疾浮淫，牧之尚自治。岩廊曾不聞，蓬蓽獨流涕。庸匠操斧斤，般倕絀其智。古今貉一邱，杰士轉淪棄。威鳳何飄摇，哀鳴日垂翅。啼血灑江皋，熒熒化爲字。上陳折衝謨，下述儲胥議。昊天降疾威，猰貐縱吞噬。烽火半九州，川原盡露骴。日費千金財，輿尸踵相繼。前輈既已傾，後軫曾不惎。孱卒充荷戈，賈豎競言利。瘡痍膏久枯，竭瀝意仍鋭。介胄生蟣蝨，縉租逞蝮鷙。御窮馬斯奔，澤竭魚乃逝。及今尚可圖，盍不思變計。濟軍先蘇民，龕亂首謀帥。二端持宏綱，闊略弛苛細。白骨復肌膚，沈痼起痿痹。折棰笞狼貙，泛埽無餘事。吁嗟閶九重，拜獻莫由致。懷此慷慨詞，韜之琅玕笥。歲暮天風寒，憂來但沈醉。薦達竟何人，潛夫以没世。

水仙操講舍階下有水仙一叢，婁江姚春木徵君所遺也，閲十餘年矣。屆冬故叢輒發，揚翹作蕊，有遺世獨立之致，登之盆盎，藉慰歲寒，愴念亡友，因譜此曲。徵君嘗自稱海上白石生，故篇中及之

白石之仙兮剌船歸，渺瑶琴兮海島。琴聲斷兮滄海深，委雜佩兮蔓草芬。至今其未沬兮，化瓊蕊而擢玉英。操與潁陽比潔兮，節與孤竹同清。酌寒泉兮薦瑶斗，歲既晏兮天寒。揖騷人之遺魄兮，聳長劍與高冠。斫冰兮積雪，蘭爲枻兮桂爲舟。仙涉江兮來止，烽烟并海兮不可以久留。

送展雲學士按試郢州

驛路旌旗拂野梅，騑驂遥駐石城隈。滄桑陵墓詢遺老，明時顯陵在承天。兵火山川訪異才。白雪千秋高郢唱，雄風終古屬蘭臺。從容使館多文讌，歲晏波寒阻未陪。

家箴三茂才持古鼎易韓集先之以詩依其數答之

筆力能扛百斛鼎，超然玩好輒先屏。一生低首昌黎公，瓣香直與斗山等。許田壁假古有之，持鼎易集吾何辭。便書萬本誦萬遍，石鼓歌與淮西碑。

去聖久遠不可求，攘排釋老尊魯鄒。公功固不在禹下，亦如鑄鼎安神州。韓門籍湜盡高足，效之絶臏踵相續。不從贋鼎求詞華，前有習之

後永叔。

子才英敏可適道，入冶精金在深造。抗心希古自得師，大器當爲天下寶。我衰於世無重輕，對子奇律嗟難賡。夜闌石鼎倘聯句，蚓竅或作蒼蠅鳴。

將歸以盆中水仙貽家箴三

烟波吾欲返，未載苧蘿姝。頗念風霜夕，愁侵冰雪膚。瑶華持作贈，錦石助相娱。知爾懷清客，塵埃滌早無。

承聞瓜洲鎮江相繼克復詔促諸道會攻金陵

整頓乾坤屬俊英，蒜山瓜步一時平。天亡蛾賊窮憑穴，帝詔龍驤疾進兵。江國縱觀招討使，王師振旅建康城。東南龕亂資方鎮，努力群公唱義聲。

對雪有作

冬霙隔歲兆豐穰，聖主祈年格上蒼。喜氣已傳騰捷騎，嚴威可但殺遺蝗。瑶京有路堪朝闕，銀海無塵不待杭。興發便思披鶴氅，隔溪先訪野梅香。

雪中答九曾農部

開函珠玉走縱横，逸氣如霏六出霙。彩筆先朝依北極，陽春高唱動西清。潜郎歸向滄洲卧，郢曲工傳大雅聲。夜半雄心思破陣，何人縛賊蔡州城。

舟次大雪寄箴三星堂淵父耀卿諸子

大雪獨揚舲，飛花舞未停。八埏驚澒洞，萬象入空冥。倦客歸途滯，離筵宿酒醒。諸君勞見憶，應上望江亭。

雪甚放舟

凋年孤棹寒方厲，倦緒滄洲感不窮。雪勢風聲皆自北，客心江水并趨東。安身事業漁樵裏，袖手謀謨道路中。大壑深岩堪送老，行藏原是鹿皮翁。

雪　霽

雪後空江静，晴雲欲射波。春回寒岸淺，霽放晚帆多。鶴立辭腥腐，鴻高謝畢羅。猶慚江上櫂，未許老烟蘿。

舟過石首

拱揖歲寒友，蒼顔識綉林。山名。雲根栖岫冷，峰影倒江深。荒堞憑樵磴，中岩落梵音。長風方送客，揮手别遥岑。

調弦口晚步玩隔溪山色

飛翠墮郊原，嵐光蕩夕昏。野環青玉案，天抱碧雲村。春入融膏壤，溪明寫黛痕。看山竟忘倦，栖鳥不聞喧。

江行望華容諸山

幽尚古高士，孱顔數老人。覿君寒木表，送我大江濱。雪閟瑶芝秀，雲封玉笥春。何年躡丹磴，築宅許爲鄰。

舟次漫成

歸舟遥共大江東，直下滔滔日夜同。歧渚曲迷南北岸，峭帆横織往來風。乾坤盜賊何由息，山海租緡未覺充。國有虎臣當奮武，早銷金甲撫疲癃。

中流風勢甚逆

風起中流阻客歸，浪花吹雪濺征衣。長蛟慣作磨牙怒，未識荆人有佽飛。

雨　泊

荒汀維客艇，寒雨滯歸程。静處覺篷滴，空中聞櫓聲。車帷愁閉置，劍匣鬱縱横。天末羈鴻唳，因之寄遠情。

舟中雪眺作歌遣興

寒林兩岸浩無迹，一夜梨花照天白。春風幾日何處來，釀出清華贈歸客。歸客壯游恒去家，年年羈思滯天涯。平生看雪奇絶處，到今飛夢登雲車。蓮花西岳高插天，隴首冰浮涇渭川。

帝京鳳闕何巍然，西山玉龍卧蜿蜒。是時胸中蕩灝氣，欲控銀虯超八埏。瑶臺閬苑何曾隔，琪樹蓬萊安足妍。只今豪氣漸潦倒，凋年飢走滄江道。但餘霜雪照頭顱，豈有瓊瑶粲懷抱。水妃江神縱玉戲，争向歸人鬥才思。老矣惟思卧故園，騁妍抽祕非吾事。白頭慈母倚柴關，稚子日候征人還。風定挂帆便歸去，臥看松雪滿晴山。

歸　棹

歸棹連朝阻石尤，雪花如掌撲征裘。長空黯黯無飛鳥，惟見滄江動地流。

雪後順流看山

雪後山容肅，端然朝太清。勢扶天柱峻，光捧日華明。列笏參差立，層臺刻畫成。半空有鸞鶴，借我謁瑶京。

曉見南岸諸山

篷窗侵曉望，無數好山過。幸此道途滯，貺予冲秀多。雲梯猶縹緲，世網只蹉跎。軒冕真塵土，吾終老澗阿。

舟經車灣感賦

排山濁浪撼衝車，歲歲薪茭等擲虚。争地可憐勞捧土，順流誰解議斯渠。决蹯虎怒威難制，寒日兒啼計總疏。上策何人師賈讓，閭閻川澤盡安居。

微　雨

雲葉微含雨，江潭已覺春。多情如送暖，無迹只霑塵。曠遠岸旋失，空濛山有神。沙鷗忽驚起，知是渡旁人。

江潭倦客行

君不見雪化峨嵋山下水，西來浩浩幾千里。貫楚趨吴赴海門，波濤日送遠游子。達官巨估桂爲舟，金管銀尊不解愁。花光秋泛芙蓉渚，草色春香杜若洲。江潭倦客飄零久，繫纜年年江上柳。敢誇擊楫誓澄清，未擬浮槎問星斗。頻年挾策干龍驤，不見琱戈指建康。憂深漆室惟悲嘯，涕下新亭獨慨慷。羈旅文章計總非，扁舟留滯未能歸。盤渦不避鼋鼍怒，浩蕩終隨鷗鳥飛。誰家大艑艤江側，美酒彈箏縱六博。征帆雨雪更迢遥，却向天涯笑倦客。倦客沈吟泪滿巾，家山歸去物華春。歸時看取繁霜鬢，老盡風波江上人。

聽雨不寐

羈客殘年江上舟，坐聽風雨咽寒流。不知江水深多少，可抵征人一夜愁。

歸舟逼除尚滯風雨書此寄耀卿

只言游子解征裝，卮酒從容侍北堂。十日征程九風雨，誰知漂泊尚他鄉。

夜闌風益厲繼以霰

飛雹穿窗萬弩驚，顛風夜蹴怒濤聲。龍愁鼍憤知何事，直爲英雄吐不平。

曉霽解纜

始值張帆樂，無煩擊楫勞。曦陽射沙汭，宿雨净江皋。通嗇原無定，行藏任所遭。扣弦發高唱，清興亦何豪。

舟至觀音洲風逆不得發遂泊焉時除前二日也

江程半日即柴扉，梅蘂山園帶雪飛。寄語石尤休作劇，明朝猶是歲前歸。

望三江口

江湖清濁會，同赴海門深。豪杰包容度，忠勤翼戴心。朝宗猶共凜，寇盜敢相侵。漸喜東南定，舟航達賮琛。

阻風排悶戲作

急霰寒烟黯遠空，飛飛鷺舞浪花中。滄洲自笑停橈客，蹭蹬爰居日避風。

津女操舟過孟賁，輕帆一葉逐濤奔。中流獨狎陽侯怒，縱有蛟龍不敢吞。

感事作

虺毒稍看江國解，鯨呿又報海波揚。投文豈是難驅鱷，憑堞何爲易喪羊。五等崇封兼使相，三臺上將應文昌。匆匆出頓如兒戲，南顧憂誰釋廟堂。

舟次寄展雲學士

維舟一別便重山，寒柳津亭忍獨攀。太史周南連歲滯，客星江上逐春寒。五羊城闕烽烟裏，雙鳳樓臺霄漢閒。懷土望京情不淺，知君未易豁愁顔。

歸舟久滯歌以自遣

送我歸者、長江之水日夜流，阻我歸者、北風雨雪無時休。巨鰲跨海戴山岳，安得駕彼凌滄洲。披衣中夜浩歌發，歌聲直撼蛟龍窟。篋中彩鳳謝騰騫，櫪下飛黄失超忽。茫茫之憂壯如川，迢迢之夜寂如年。丈夫處世但齷齪，何時長劍倚青天。

夜聞霰聲不止

密霰橫空布陣齊，寒濤嗚咽作征鼙。龍宫不惜珠千斛，强弩三更戰水犀。

除日舟中

來日光陰催去日，舊年風雨入新年。家山到眼猶難達，身事回頭衹自憐。秦隴幽燕思昨夢，舟車冰雪送華顛。抽簪未定躬耕計，歲暮飄摇道路邊。

吾友帥逸齋觀察奇士也今年冬仲戰歿撫州城下其兄子與焉除夕孤舟寂坐無聊輒賦二詩以述予慟

承明才子氣飛揚，綉斧南來過豫章。不樂鳴珂陪仗馬，却思抽箭射天狼。驅車孟博風原峻，横草終軍志可傷。未遣飛書題露布，遽嗟裹革殞沙場。

誓答朝廷累世恩，時危慷慨事戎軒。單宗兄子能同死，先帝名臣果有孫。不惜孱軀淪草野，惟留壯節動乾坤。紛紛介冑多逃免，天壤何顔視息存。

自題舟次詩後

停舟日日强裁篇，奇逸蒼雄出偶然。省識江神邀彩筆，要令山水發清妍。

【校記】

〔1〕“生”，戊戌版作“深”。

〔2〕“甚”，戊戌版作“盛”。

〔3〕“客”，戊戌版作“容”。

卷十七　詩 戊午己未

元日舟中

彩鷁聯沙浦，蒼龍直斗杓。村沽供柏酒，江雨帶蘭橈。鄉路仍羈旅，天涯又歲朝。猶勞慈母望，日日布帆遥。

物　候

物候江干换，生機眼底饒。輕風催鳥囀，新雨長魚苗。歲酒鄰舟會，春旛彩勝飄。距家纔兩舍，仍悵阻征橈。

解　纜

解纜滄江道，迎人鷗鷺飛。沙融寒雪盡，山納霽雲歸。疏賤空懷策，風塵願息機。歡顔奉慈母，自有老萊衣。

道人磯危石立江中，望之如道冠，故名

道人何自至，未見謁天庭。仗此鐵冠力，滄波懾百靈。有瀾回砥柱，不雨戰雷霆。江左斜簪客，風流讓典型。

楊林磯

盡納西南水，驚濤向此奔。峭横雲作障，險擘石爲門。恒遣川祇順，何虞地岫[1]翻。戰衝當五季，曾重水軍屯。

抵　家

十日九停舟，朔風曾未休。既非莊舄仕，翻作賈胡留。冒雨方移艇，看山且順流，天涯更歲琯，今始豁羈愁。

感　興

出門見稊柳，已解舞春風。宿雨添朝潤，新枝發故叢。蕃昌均自得，橐籥竟誰功。惟有潜郎鬢，年年只似蓬。

春草方生欣然即目

燒痕如夢醒，生意逐春還。纔掃青連渚，俄吹緑上山。雨絲飄蕩處，烟態有無間。渲染天涯遍，東風總未閑。

望　裏

望裏遥連白馬磯，蘼蕪兩岸競芳菲。一江新緑無人管，時有沙禽掠即歸。

送　客

江上春來送遠行，萋萋芳草逐愁生。無端吹遍汀洲緑，散入天涯萬里情。

寄懷伯韓觀察

三年淹滯鳳凰城，宣室何時問賈生。終倚人才方撥亂，非關天意未休兵。諸州寇盜猶屯結，萬里蠻夷復震驚。攬轡定堪銷反側，亟須公等出澄清。

答芝房

兵戈相望久愁顔，何意簪裾得再攀。暫遣留賓三徑裏，仍看謁帝五雲閒。飛鴻忽墮迢遥訊，彩鳳方歸侍從班。獎借不因元晏序，誰憐吟苦爲時艱。承爲拙詩製序。

朝隱蕭然素士風，著書懷抱有誰同。詞多司馬微文外，事盡長沙太息中。圖貢萬方凝寶籙，聲靈七葉纂神功。興邦自昔由屯難，禁闥無忘獻納忠。

題王琴仙畫山水長卷

雲烟亂走屋撑破，突兀千峰萬峰過。崖崩石坼瀑怒飛，汹涌驚濤歕入座。得非夸娥負且趨，細觀乃是均州王。生之所圖。疾掃長箋十餘丈，蒼然筆力何雄蕩！岷峨鳥道盤空回，五丁怒擘天梯開。蒼藤古木隱日月，峽口一線長江來。隴山嶓冢連嵯峨，梁洋山走商郎多。漢東叠嶂夾衆壑，屈曲倒注滄浪波。岸豁川長向空瀉，健帆破浪疾奔馬。巴巫襄漢來眼中，使我卧游不能捨。王生奇氣填心胸，傾吐立化千芙蓉。吟詩又聞逞豪縱，豈惟繪事追北宋。年來江海遍征戍，憐汝飄零在道路。我亦崎嶇托隱淪，林泉世外久難遇。披圖悵望起遐慕，鹿門商顏竟何處，采藥茹芝從汝去。

鄭春農司馬摹劍研二銘文徵題劍爲李供奉物，後歸新建伯。硯爲岳忠武物，後歸中山王

太白劍托王新建，中山乃寶岳侯研。神物終付非常人，錯落銘文猶可見。鄭侯愛古兼好奇，寶此拓本邀題詩。襜帷佐郡涉湘水，裝作長卷恒護持。四賢磊落盡人杰，神物留傳更奇絶。吁嗟乎，劍有時而折，石有時而泐，惟有倚天貫日之精靈，盤薄萬古不可以磨滅。請看挂壁風雷生，或恐蛟螭氣蟠結。

贈吴南屏學博即送其還巴陵

君家洞庭南，我家洞庭北。烟波百里間，望望招不得。宛陵昔稱君。謂伯言梅丈。文章實絶特。飛雲難合并，矯首重嘆息。自從戎馬生，乾坤榛莽塞。足音跫然來，令我喜動色。既幸脱艱虞，又得展胸臆。鴻儒肩藝文，實關造化力。崎嶇竟獲全，斯道不中戾。以此卜昌期，嘉會未有極。莫負好湖山，寬閑安釣弋。

近來頗與牧，躍起皆湖湘。奪身掃氛孛，威稜在戰場。惟君老矻矻，文苑爲鷹揚。高睨韓歐間，千載追翱翔。治化翊淳古，微言賴以昌。破屋出煨燼，中有萬丈芒。爛然燭霄漢，垂作虹霓光。策勛仗柔翰，竹帛無低昂。經國有大業，豈不在文章。

聞有騷人國，實在古荆州。翩然挂片席，褰佩來汀洲。屈宋竟已矣，蘅杜渺難求。滔滔大江水，無端生古愁。世難且未息，登高寫我憂。我憂未遑寫，百感紛相投。太息舍之去，興盡回孤舟。君來曾幾日，去又不少留。安得假羽翮，相送過巴邱。乘月聽瑶瑟，從君湘水游。

雨中戲爲俳體遣悶

聽雨似村居，蕭條隱几餘。野雲低宿户，階溜疾翻渠。微潤侵緗帙，輕寒逼綺疏。百川聞欲漲，楗竹近何如？

蔓引將連壁，榛荒欲隱扉。庭蝸題蘚碣，池蟈襲苔衣。桑扈糧應褁，楊雄客漸稀。江州傳露布，未阻捷書飛。聞新克潯陽。

官軍復江州

三年夷死寇，百戰拔潯陽。此屬終誅磔，何人敢倔强。揮戈移虎旅，舉棹奮龍驤。破竹乘今日，凶巢可覆亡。

偕清軒勉齋耀卿出郭憩太暉觀歸途感賦

命儔展遐覩，步出郭門西。遠緑雜然會，蒲荷紛已齊。雨後衆流赴，注爲橋下溪。魚罛聚三五，列蔭垂楊低。琳宫駭竦峙，金榜森標題。連甍亘碧漢，拾級凌丹梯。萬衆助緡鏹，擲等沙與泥。土木被金碧，詭麗安能稽。崇侈始勝國，頽波難爲堤。厥患甚蠱疾，潛伏不可刲。神州半流血，瘡痏哀烝黎。傾資媚迂怪，湛溺誰所擠。仙靈詡宏濟，盍不息鼓鼙。至今扇薄俗，坐視斯人迷。太息去不顧，歸路遵荒蹊。遠鐘尚送客，暮鳥亦已啼。瓊臺一回首，猶覺干虹霓。

得秋丞書却寄

襜帷行按壘，亭障起揮戈。塞遠烽猶接，民殘寇轉多。尺書何自至，八口幸無佗。倘有蒓鱸興，扁舟返澗阿。

夜坐示耀卿

亂蛙喧忽近，鼓吹作繁聲。始覺池新漲，還占雨欲晴。螢低當檻度，蝸出負墻行。寂處能相慰，聯吟賴友生。

偕耀卿池上晚步

柳下釣人多，斜陽倒射波。嶼回藏宿葦，溪漲没新荷。鷺立閑窺客，鷗眠澹羡佗。未知莊與惠，濠上興如何?

城西湖濱晚眺偕耀卿作

愛此城西曲，烟波鏡水同。人家楊柳渚，巾扇芰荷風。静覺魚窺影，遥看鷺下空。納凉宜向晚，香在緑雲中。

潛江烈士行

烈士者，潛江廩生戴君自培也。咸豐四年，粤賊踞江漢，君集鄉團得六萬餘人，分守十五垸，賊不敢犯。四月，賊擾沔之仙桃鎮，及潛之多寶灣，君率衆往擊，連戰皆勝。賊遁。五月，君擊賊於長老鎮之荷花月隄。賊敗走，俄而大至，君陷伏，中鎗死。同時男女死者四千人。邑人采其事徵詩，因賦是篇。

書生仰天眦雙裂，誓醢豺貙飲其血。潛江烈士惟戴君，慷慨大義日陳説。懦夫攘袂盡敢决，六萬健兒起團結。襖賊蜂屯潛沔閒，劫堡攻村往復還。火光宵爇仙桃市，殺氣晨高多寶灣。君聞赴難親躍馬，援旗大呼震屋瓦。揮戈疾鬥賊不支，髑髏藉藉蔽原野。仲夏再戰氣彌厲，孤軍陷伏後無繼。水深浩浩蒲青青，烈士捐軀堪隕涕。失我外援空號咷，四千殘骨委蓬蒿。凶徒高歌血洗刀，悲風捲地揚怒濤。當時大帥高連營，人言殺賊惟書生。書生何嘗有禄秩，婦孺争傳烈士名。君不見湘鄉羅羅山江陵，林立甫并起諸生。奮才武威稜忠節，照吾楚戴君。戴君亦其伍，世無韋布出，禦侮誰信儒林有貔虎。

題吴展其之驥詩草二首

悲歌劉越石，書記阮元瑜。世亂輕才士，時危激壯夫。忠肝餘涕泪，落魄尚江湖。詞苑鷹揚氣，飛騰不可無。

帝道中興會，湘東出將時。龍驤風正利，魚釜[2]泣應遲。俘獻淮西寇，功收薊北師。請歌洗兵馬，磊落吐雄辭。

雨湖漁隱圖爲吴展其明經題

蘄春山下雨湖水，半映芙蓉半桃李。著書難得好湖山，前輩風流多寄此。州人顧黄公及陳愚谷皆居此。吴郎逸氣凌雲烟，擬築幽居南郭偏。烟月長宜青翰舫，水雲分占白鷗天。横空枉矢照江渚，麒麟山下遍豺虎。仙源獨在雨湖中，全家竟脱烽烟苦。百戰今看楚塞清，雨湖風景最關情。不忘結屋臨中沚，直欲垂綸送此生。吴郎摇筆負文藻，壯歲風塵嗟潦倒。閲世常虞憂患多，看君豈作烟波老。秣陵凶巢久未覆，長蛟跋浪三山蹙。磻溪日夜望非熊，盍起投竿符夢卜。不然策鰲駕長風，瀛臺正待文章雄。賦成斫鱠蓬山頂，往掣鯨魚碧海中。

送鄢友石赴皖入李鶴人方伯軍幕

飛黄騁長轡，俊鶻凌高秋。乘勢展邁往，凡材安得儔。少年有鄢子，人中英杰流。欃槍痛未掃，志在雪國仇。深沈挾智勇，未肯輕相投。中宵拭雄劍，轡轡蟠蛟虯。臨淮忠孝將，名冠東諸侯。價藩控皖境，開府羅奇尤。子將仗劍往，道出古荆州。故人重解析，尊酒相淹留。吾聞古將帥，拔擢皆有由。不逢魏與蕭，韓白誰見求？雄俊遘知己，奇功良可收。群凶久干紀，天意當虔劉。王師逼建業，梟獍將成囚。楚軍萃水陸，剋期發上游。奇兵自皖出，疾若鷹脱韝。一鼓覆其穴，刬此腥穢羞。江海盡澄汰，鰲極安何憂。行矣告賢帥，借箸贊此謀。子志既克展，我衰甘林邱。捷書慰老眼，日登江上樓。

咏庭下女蘿

汝抱纏綿性，吾憐宛轉容。莫教縈曲木，只要附喬松。舞影時疑鳳，蟠空亦學龍。扶持依正直，偃蓋即高峰。

秋寄袖石觀察

潭潭臥虎在申陽，顧盼威能靖寇場。部下耕耘安枕席，尊前談笑壯金湯。彩毫興涌詞源水，綉斧秋生武庫霜。可憶故人成釣隱，扁舟終日咏滄浪。

傅我泉以詩屬校讀其癸甲以來諸篇重有感焉率題其後我泉名筆可，崇陽副車

我誦傅子詩，念亂最深切。枉矢經南天，蒼生盡流血。薦食江沔間，宗國再淪滅。惟昔重繭人，痛哭秦庭徹。亡國可復存，豈不在豪杰。寥寥千年來，英風何歇絶。詎知包胥倫，跧伏在岩穴。負母逃山中，獨全志士節。雖無丈二殳，爲國翦凶孽。仰天發悲歌，大義肝肺熱。上推奸亂萌，禍始禁防裂。下言鋒鏑餘，未可困搜抉。詩人洞先幾，高識衆難埒。撫事觸憂端，藴蓄偶一泄。耿耿康濟心，什九祕扃鐍。惜哉滯衡茅，不佐前籌决。天兵近掃除，國耻足振刷。神靈翊中興，舟楫望賢哲。將子謝邱園，無爲守故轍。早持經國謀，岩廊往陳列。

荆南策蹇圖爲伊猗君司馬題

驊騮逸足不得展，悠悠駑驥誰能辨？憐君蹭蹬向風塵，垂老荆南還策蹇。棲竹江干暮復朝，笑看鯨浪已全消。吟鞭緩拂沿堤柳，往往尋詩似灞橋。君不見承恩敕賜飛龍馬，朝天學士風流寫。又不見將軍馳驅汗血驄，破陣擒王歸奏功。霜蹄意氣輕千里，驕嘶振鬣長風起。君獨胡爲困泥滓，峻阪鹽車悲騄駬。吁嗟乎黄金臺圮生蓬榛，英豪自昔多沈淪。乘興探梅亦良得，不妨權作孟山人。

琴銘爲汪小皋學博作

枯桐閲世三百年，龍唇雁足誰所全。泠泠古調爲君傳，松風萬壑鳴秋泉。

霽後偕耀卿城西湖濱晚眺

秋霽碧雲迴，流眄城西陂。湖陰送暝色，瑟瑟凉飈吹。昨者共銷夏，蓮葉何參差。緑净杳如海，亭午回炎曦。今來曾幾日，渚荷颯已衰。蕭辰變物色，萬化潛推移。所遇感摇落，悄然中自悲。願言勵明德，及兹壯盛時。令名不可替，金石以爲期。

送伊猗君司馬之官安州

老去詩人仍外吏，蕭然一棹向安州。天涯淪落青衫客，不聽琵琶也泪流。

秋來雕鶚拂雲飛，稻熟江湖雁鶩肥。芝草琅玕何日長，人間猶有鳳凰飢。

黄葉深山好句傳，詩家三昧證唐賢。衙齋秋興今何似，寒雨荆榛倍惘然。“雨中黄葉下”，深山司馬句也。

蔡則山水部過訪

一出承明萬事非，津門望斷白雲飛。故山松檟阡難表，遍地戈鋋客乍歸。竊發楚氛仍未凈，無家齊贅且相依。相逢莫話年來事，空遣汍瀾泪滿衣。

庾園羅宅迹多荒，子美淹留興倍長。詞客最憐騷國路，詩人難得水曹郎。芙蓉江上遥堪采，蘅杜秋來迥自芳屈。宋銷沈誰摘艷，待君千載一褰裳。

送展其秋試是歲秋[3]闈以九月舉行

鵠立才如海，英詞獨擅場。一鳴中奇律，萬馬避飛黄。楓助泥金艷，梅迎淡墨香。大羅高咏夕，寒帶羽衣霜。

方叔元戎望，陶公命世才。危疆重拓宇，戰地亟翹材。浩蕩翔鵾路，峥嶸選駿臺。雨湖謝漁隱，高舉勿徘徊。

八月十六夜江上玩月寄耀卿

玩月誰最奇，江與月交蕩。月輪浮海來，江氣挾秋壯。異彩騰晶瑩，流輝射漭瀁。天門斂游氛，水府燭瓌狀。驪龍潛九淵，抱珠不敢向。長飈颯然鳴，中流蹙驚浪。群山俄動摇，銀闕眩蓬閬。疑見衆飛仙，招手金鰲上。便欲從之游，九垓恣跌宕。忽憶素心人，渚宫邈相望。清光可攬贈，路遠默惆悵。焉得共方舟，羽衣振高唱。

李迪菴中丞之師覆於居巢公亦殉焉作悲廬江吊之

長驅皖口城當拔，獨赴廬江勢已分。百勝全威傷一蹶，重圍絶地覆孤軍。須陁陣没人皆痛，延伯身亡寇益紛。自鑿凶門知不返，猶傳涕泪灑江雲。出師時揮泪登舟。

又吊李迪菴中丞

杰出羅山門下士，恂恂無過李將軍。孤羆屢折貪狼勢，一鶚横凌鷙鳥群。越石壯心終不遂，嫖姚天幸竟無聞。五年精鋭同殲盡，誰與東南掃寇氛。

悲歌八首

朔風江上日悲歌，天醉茫茫竟若何？外侮内憂爭跋扈，勁兵良將總銷磨。鯨鯢巨海殊難測，豺虎中原亦漸多。聞道黄流冰易合，誰提突騎起防河。

唐家畿甸化爲烽，不失河山四塞封。猶幸江淮通轉運，未妨關輔闕租庸。豈聞飛挽諸方梗，但倚滄溟萬里供。廪廪軍儲籌不易，徒勞仰屋大司農。

神功昭代邁軒轅，按劍威馳九塞奔。北部羈縻逾大漠，西郵斥候越崑崙。名王入侍千官肅，窮島輸琛萬國尊。誰道長鯨能掉尾，三山蹴動海波翻。

趙佗臺畔起戎機，颶母風號海水飛。軍似棘門真可襲，節隨楂客竟無歸。冠裳鱗介寰中雜，城郭人民眼底非。欲斬長蛟無利劍，空教志士日歔唏。

渤海雙門碣石標，鬣帆飛渡一何驕。遽驚突厥窺關内，誰導匈奴犯渭橋。蜃市凌空工作幻，蜮沙吹毒敢爲妖。漢家表餌多奇策，拜捧金繒戴聖朝。

鑿空奇情鄂渚喧，夷艘入泊楚東門。鮫人濯錦臨江漢，鱷族移潭挾子孫。百變水嬉成曼衍，雙流天塹撤籬樊。珠盤玉敦交驩甚，鈴閣樓船迭舉尊。

飛將横戈出楚疆，孤軍陷伏寇方張。徒摧鋭氣敖曹没，未殄紅巾察罕亡。報國熊羆空壯烈。滔天蛇豕復披猖。功名不作韓擒虎，誰出横江取建康。

登壇再起應河魁，慷慨臨戎尚墨縗。廬墓詔催鵬舉出，收軍人慶子儀來。指麾立變旌旗色，奇杰先羅幕府才。破膽威名堪走敵，今看楚塞廓氛埃。

不　寐

雪涕哀南將，披衣望北辰。飄摇傷亂客，寥落濟時人。警鶴遥聞夜，鳴鷄漸嚮晨。枕戈空有志，江海愧閑身。

戊午季冬登江陵浮圖

滄洲孤塔聳雲端，絶頂高凌俊鶻盤。風捲天聲横野厲，沙沈日氣壓江寒。愁來出世談何易，老去驚人句總難。苦憶東南烽未息，不堪極目倚危闌。

與淵甫耀卿西垣别後是夕舟次對月有作

斜日章華寺，依依送客艫。離心將夜月，對影度重湖。一碧波初定，三清翳總無。歡倏纔俯仰，高咏已成孤。

洪湖守風

夙憚洪湖險，驚爲北洞庭。風波欺客艇，泉石冷岩扃。浮世機難息，凋年晷不停。將書問蘿桂，先報草堂靈。

舟發洪湖

昨避驚濤險，今看駭浪收。長天浮積水，元氣合虚舟。地訝淪蛟室，人傳出蜃樓。父老言此湖往歲曾見蜃樓。家山纔一髮，招手即林邱。

小除日雪霽登山縱眺

常來阻雪望家山，對雪今年客已還。雲净九閶懸日馭，峰攢萬笏拱天關。市兒臘鼓聲喧耳，野老村醪喜動顔。召募從軍年少子，飛舟頻下洞庭灣。

彭雪琴觀察石梅歌

觀察隨兵侍曾公將樓船出湘東擊粤賊，於大江鄱湖血戰數十，皆大捷，乘勝艤舟吴城之望湖亭下。吴城舊爲三國時周公瑾練水軍地。是日，觀察置酒亭下，飲酣，客言亭側有巨石卧地，文作老梅根幹。觀察固善畫，聞之大喜，因就石上點筆作疏花相間，并書舊作《梅花十絶》於側，好事者鐫置亭畔，有傳拓本示柏心者，壯其事，遂賦是詩。

鄱湖戰烽石不裂，文作梅根勢奇絶。天然斌媚誰着花，補筆神功仗人杰。人中之杰彭雪公，戈船破浪乘長風。奪江奪湖數十戰，戰勝直泊吴城東。吴城舊日周郎鎮，彭郎再見威名峻。凱歌張宴望湖亭，水國千年兩雄俊。醉驚巨石眠蒿萊，横斜影墮孤山梅。彭郎善戰復善畫，攢花作蕊春風回。解衣盤礴氣莫當，老筆寒飛武庫霜。迴抱冰心銷燧火，堅撐鐵幹掃欃槍。興酣鑱刻置亭右，銘功小試磨崖手。拏攫真驚熊豹姿，屈盤堪怖蛟螭走。彭郎今將習流兵，請往擊楫收臺城。盡覆凶巢磔元惡，域中江海波澄清。石頭城下巉嵓石，萬樹梅花可盡勒。壯哉石梅古誰埒，將軍大樹武侯柏。

再題石梅一律

胸有龍韜筆有神，石梅奇格獨標新。雄風特壯江山色，正氣先回天地春。劍鍔剸殘銅馬隊，戰袍飛遍玉龍鱗。餘情尚覺消難盡，喚起周郎共飲醇。

除夜憶及齊安行營時宮保胡公駐節軍中因賦是詩遥致閔勞之意焉

丹心酬聖主，墨絰任長城。竟罷府中宴，出屯江上兵。枕戈申國討，挾纊慰軍情。惟有君親泪，汍瀾直到明。

山行絶句七首己未

前山驚鳳舉，後嶺訝龍盤。招我共翔逐，游戲青雲端。
谷深罕人迹，磴迴復縈紆。喚破空山寂，一聲山鷓鴣。
草根未萌芽，生機尚如遏。微見石罅流，涓涓泉脉活。
笑謝明堂選，般斤幸得全。春來忘蛻甲，髯叟不知年。
山家止我宿，鐙火勸松醪。君悉東南事，何時解戰袍。
晨起别岩岫，浮生苦未閑。白雲不輕出，送我便還山。
我從雲霧來，不記來時路。回首過來山，蒼蒼但雲霧。

西湖禊飲圖爲汪蓉垞参軍題

平生未泛西湖曲，畫裏烟波看不足。秀色湖山天下無，晴空渺渺浮春緑。参差楊柳覆亭臺，灼灼夭桃沿岸開。誰家上日聯群屐，汪子英英尤逸才。湖光如此真妍麗，何獨山陰始高致。依然觴咏集群賢，天朗風和修禊事。披圖想見盛風流，誰料征鼙動地愁。戈鋋幾接臨安境，湖上頻年罷俊游。任達元虚何足慕，晋家只坐清談誤。况今江海尚烽烟，豪杰能忘經世務。東南豺虎噬蒸民，勝事回頭總愴神。不妨收泪新亭會，江左夷吾要有人。

答汪省吾大令

計車倦涉帝京塵，姓字徵書徹紫宸。頗訝高才淹墨綬，總緣多難避黄巾。陶家松徑能無憶，潘縣桃花别有春。瘡痏楚黎今亦憊，亟須良吏察嚬呻。

燕臺惜未接簪裾，予季仍叨附鶴書。送遠正臨黄鵠渚，傳詩爲訊白鷗居。相看末路飛沈異，獨悵流年鬢髮疏。地下雙龍埋劍氣，因君懷舊更欷歔。竹侯、逸齋皆予執友，亦皆君友也。

贈李湘秋

汝吾故人子，環堵古城傍。奉母獨辛苦，吟詩皆老蒼。流離經世故，蹭蹬向名場。猶有憂時泪，東南尚虎狼。

哀意劬

湛寂甘違俗，清羸復善愁。嘔心向篇什，蜕骨委山邱。水竹凄無色，君自題所居曰“水竹莊”。烟蘿黯若秋。流傳比興體，恐是漫郎儔。

正月廿有八日大雷電風雨

挾風霆四擊，穿雨電横飛。震怒驚何疾，初春見亦稀。陰雲猶布黨，陽德故先威。消息推洪範，誰能測化機。

越日寒甚

凜冽何爲至，方春與令違。雷先龍啓蟄，雪阻雁遲歸。列幟將軍幕，嚴風戰士衣。誰吹鄒衍律，早晚變寒威。

春　雪

萬里龍荒雪，隨風入塞來。花驚春艷發，光燭化城開。豪客銷金帳，妖姬暖玉杯。豈如對風景，授簡命仙才。

雪後登山

瑶華本無種，忽逐春風開。散入千萬樹，流影何皚皚。垂老富清興，杖策凌崔嵬。連山峙群玉，恍躡閬風臺。仙人控玉蚪，自酌流霞杯。借我一白鳳，相逐翔蓬萊。清英集五内，灝氣爲胚胎。超然覽八極，俯仰遺形骸。回首視塵壒，局促何爲哉。

雪　眺

家山眺雪陟縈紆，直躡單椒興不孤。蕩蕩層城環岫壑，沈沈雙練卧江湖。光凝宙合塵氛斂，潤入郊原草木蘇。目極長空雲斷處，歸程遥見雁行徂。

春　寒

暄序寒如此，嚴風暮復朝。雲依江上宿，春向雪中消。谷冷鶯期誤，天長燕路遥。勾芒疑失令，花柳閟芳韶。

新　柳

江上新晴弱柳枝，東風吹起緑參差。憐渠盡日離亭舞，摇蕩春情寄與誰。

野　夫

游止亦無定，吾生出入機。興隨花柳往，倦逐水雲歸。暝色起遥岫，和風吹我衣。野夫任狂簡，適意足芳菲。

芳　序

芳序誰相約，山桃一夕開。老欣生意遂，春驗化工才。穿樹黄鸝露，窺簾紫燕回。風光共流轉，幽賞起銜杯。

雪琴方伯自軍中枉書兼寄墨梅裁詩報謝

隱矣空山不用文，潜夫誰遣度遼聞。春來鷗夢閑江渚，天外鴻書下陣雲。竟許平交魏公子，幾時長揖大將軍。相酬惟有書生筆，待紀平淮冠世勛。

封題初展墨花奇，明月空山寄一枝。不覺冰霜心慘淡，只驚忠義氣淋漓。閑情放鶴高吟外，餘力屠鯨血戰時。老幹總期扶日月，端然天柱壯撐持。

寄贈雪琴方伯

明公威略震江湖，水國鯨鯢避舳艫。直卷白波傾酒琖，不煩黄石授陰符。雅歌意氣軍能暇，緩帶風流將是儒。東下三山帆進指，凌波蒼兕正堪呼。

王樂山太守殉節詩

直冒危城入，稱官便死官。策名心敢貳，蹈刃色無難。父子亡相繼，忠貞事獨完。浩然真氣在，終古楚山蟠。

加秩仍延賞，恩叨贈恤隆。九原銜帝澤，百代作臣忠。廟食滄江上，英靈碧漢中。貪狼猶待射，披髮下援弓。

哭鶴人中丞同九曾農部作

經年成僨帥，所至用飢軍。寇熾援先斷，功遲謗益聞。夷傷仍苦鬥，身首遂橫分。耿耿孤臣志，惟持死報君。

登壇驚齒少，操翰患才多。縱有威名盛，其如齮齕何。志悲周處劍，力盡魯陽戈。得計豺狼輩，歡呼醉復歌。

崎嶇完大節，毁譽任當時。將略誰無短，家聲實不隳。紲鷹安得擊，縶驥豈能馳。局外持公論，非因薦禰私。

述感二絶句

氛連桂水逾湘水，燧逼祁陽復邵陽。五萬義軍同荷戟，翻教銅馬得鴟張。

三千鐵甲蕩浮雲，一戰湘潭盡掃氛。今日豺狼仍壓境，援枹空憶塔家軍。

濃雲竟日不能作雨

潑墨奇峰畫不成，南來雲陣似連營。何因快助翻盆勢，倒捲銀河一洗兵。

歸舟寄耀卿

縱棹西風裏，閑鷗相伴飛。流雲收雨過，輕艇載秋歸。離緒頻縈夢，家山暫息機。晚看涼月上，坐惜故人違。

病瘧得無名藥草止之立效作詩頌其功

邁叟患秋瘧，偃臥無所營。孱軀畏投藥，小國憚用兵。坐視水帝裔，作態何縱橫。睢盱氣候變，翻覆炎涼更。野人走視我，手携藥草莖。但取兩葉許，嗅之如解酲。瘧鬼疾逃去，形神豁然清。秦人欺馬服，不泄武安名。謀畫默已定，一舉阬長平。吁嗟此藥草，倉扁所未評。用之效最捷，悍敵失其勍。英杰有韜匿，小物喻至情。寄言選將者，毋但先虛聲。

中秋雨夕

涼雲挾雨黯深更，不見銀蟾海上生。衮衮百年幾圓缺，悠悠萬事一陰晴。當歌金管猶遲奏，吐焰華鐙故門明。除是龍文雙劍氣，倚天能掃碧虛清。

芟竹種松二篇和袖石同年

邊侯愛竹取疏直，亭亭特表琅玕色。紛紜稚笋尚薪除，何論荒榛與叢棘。一夕春雷拔地長，凌雲杰出冠班行。龍吟鳳嘯無凡響，會有伶倫獻廟堂。

東方夜失蒼精龍，化入平地爲喬松。邊侯一日再三撫，竦然如對徂徠峰。天遣孤根標正直，扶持況有神明力。山深霜雪蟄龍蛇，看汝蒼寒浮黛色。

八月十七夜江皋步月作

中秋待月月不吐，瑟瑟凉飈送疏雨。今夕流輝獨炯然，更遣纖塵置何許。病叟江皋踏月行，冰壺世界納空明。三山欲逐飛光涌，萬里惟餘灝氣清。却憶前宵風雨競，姮娥不啓山河鏡。遠塞雲沈旅雁書，疏簾鐙暗寒螿徑。圓缺陰晴總偶然，暗中只惜换流年。不願服丹鉛，不願髪重元，但願三萬六千日，金尊與月長周旋。

十八夜月下寄耀卿

江樓初上月，望遠一高歌。不道清輝減，翻增别思多。群英賡法曲，之子闋雲和。正欲題書訊，賓鴻天外過。

隆兒歸舟未至

渺渺蘆花岸，滄江秋氣深。收帆何處宿，擁被幾回吟。日夕睇遥浦，風波愁我心。歸舟猶未達，不散碧雲陰。

寄遇兒都中

玉宇浮閶闔，金臺集俊英。但期儲杞梓，莫擬賦都京。曲學尤宜屏，先資未可輕。歸時問關吏，應識棄繻生。

聞楚中將帥議會兵東下

南顧氛都掃，東征穴可摧。上游宜秣厲，進發莫遲回。帝怒聲方赫，天誅網自恢。師行申吊伐，只在戮渠魁。

盡　　日

簷宇栖山靄，江天結晝陰。孤懷寄幽迥，萬象入蕭森。盡日屏塵務，徂年違壯心。養疴搔短髮，渾欲不勝簪。

晚過山寺

招提藏複嶺，寂寂謝塵氛。灌木會秋氣，虛簷宿野雲。湖光澄漸斂，谷籟静多聞。向暝遂言返，微茫徑略分。

寄鍾雲卿太守夷陵

蕭寺分襟春欲歸，滄洲又見早鴻飛。江聲西轉黄牛峽，秋色東連白馬磯。蜀舶相銜津市盛，楚氛新掃羽書稀。何時一棹清尊共，叢菊垂垂紫蟹肥。

秋　望

江上浮雲接渺綿，家山秋望正無邊。蕭蕭遠樹將沈浦，冉冉孤帆直到天。冷蝶寒蜇催物候，來鴻去燕感流年。層陰只作蒼凉色，欲倩西風掃暮烟。

秋　陰

江上秋雲斷復連，秋陰如夢更如烟。飛來一鷺翹沙際，渺渺蘆花水接天。

雨中遣興

驟驚秋色老亭皋，抱葉寒蟬亦不號。谷籟留風回激楚，江雲含雨助蕭騷。登臨物色重陽近，摇落心情百感勞。差喜牀頭新醞熟，止須痛飲進霜螯。

徑　荒

秋氣何凄厲，秋懷不可任。風傳孤鶴唳，野送百蟲音。黄葉當窗下，青苔及榻深。徑荒同仲蔚，日夕復愁霖。

吟　秋

壯懷無所寄，日日起吟秋。不屬靈均怨，非關叔寶愁。深悰耿廉直，亮節變英遒。適與商聲感，機緘豈自由。

積雨新晴行將赴郡

秋陰漠漠送連朝，今喜晴光蕩泬寥。風定谷音留灌莽，雨餘山翠逼層霄。相看令節鄉關近，忽悵征帆水國遥。衰鬢栖栖猶旅食，飛蓬何日息飄摇。

吾　廬

吾廬原不異郊坰，天與荆關好畫屏。林旭透光涵露白，家山作意向秋青。篝車野穫趨相競，簫鼓神叢走未停。蓬藋逃名車馬絶，只容猿鶴叩岩扃。

晚眺江上諸山

嶔崎各殊態，無數隔江山。秋骨望中健，雲情天外閑。自慚[4]溷塵壒，相對阻躋攀。何日岩栖果。搴芝學駐顔。

蕭　晨

風物重陽近，蕭晨晝總陰。山容歸斂肅，江氣抱清深。萎葉何先隕，輕霜亦未侵。化機原默運，榮落本無心。

村　行

修蘿裊虚谷，灌莽接荒畦。向暮村舂急，先霜野穫齊。雲陰仍羃歷，遠色倍凄迷。未覺農談倦，前林鳥欲栖。

晚秋渚蓮猶有作花者

蕭蕭風物逼重陽，折葦零葭各避霜。猶有芙蕖矜獨立，一陂寒水鬥紅妝。

重陽前一日寄耀卿

千里登高約，衝波忽閑之。遂成山墅會，竟負渚宫期。紅樹驚風雨，黄花笑别離。人生動多阻，燕賞亦差池。

芝房没半載矣始能爲詩以述哀

昨歲維舟訪，空然悵薜蘿。只言增契濶，誰道渺山河。故里烽塵接，沈憂骨肉多。長離返丹穴，不復翽卷阿。

雄詞金馬客，寂寂向蒿萊。竟作終童夭，徒深楚老哀。著書表微旨，體國失通才。二俊俱凋謝，兼謂梅生。湘雲鬱不開。

九日寄耀卿

故人遲我遠揚舲，九日仍爲里巷停。佳興獨傾桑落酒，移文無待草堂靈。江浮樹色來荆渚，秋挾山光下洞庭。兩地登高各惆悵，離鴻向晚更愁聽。

九日書懷示舍弟子章二首

經旬風雨滯征程，九日家山始放晴。高會忝爲猿鶴主，和歌難得鵜鴂聲。丹青岩壑秋尤麗，金碧雲霞晚更明。眼底幽栖堪送老，只應松桂鑒吾盟。

九日光陰宜故里，百年天地着閑身。難催籬下黃花綻，易放尊前白髮新。壯齒羈游虛令節，暮情摇落向蕭晨。惟餘不淺登高興，欲駕長飈俯八垠。

九日薄暮一蟹升階不知自何來也取以佐酒

豈有文章似長卿，無勞入夢兆横行。不教孤負黃花節，郭索親來就麯生。

將赴郡以風舟不得發

征棹經旬阻石尤，朝朝吟望白蘋洲。藤蘿僻處都登遍，直爲家山緩放舟。

今年羈客返柴關，盡日行吟江上山。秋興故鄉差不負，寄言猿鶴莫愁顔。

江上縱目

征裝猶未别岩扃，且爲登臨復少停。危石舂濤鳴急瀨，斷雲閣雨帶長汀。林陰助暝全成碧，山色留人特獻青。高咏兼憑秋興壯，魚龍驚起暮江聽。

漫　　成

老筆增凄壯，多因秋興成。千岩森石骨，萬籟赴商聲。塞馬霜蹄健，林鷹鷙氣生。何如棄柔翰，往事曼胡纓。

予　懷

望遠予懷渺，雲山千萬重。何人登橘柚，無路寄芙蓉。平子吟空托，潛夫論久慵。垂綸隨所適，烟水足從容。

志　士

川原鬱相接，秋老益蒼凉。風雨爭鳴夜，園林欲變霜。曜靈催急景，志士惜流光。何訝著書客，終朝仰屋梁。

雲　陰

桂花期接菊花期，日日雲陰匝地垂。誰翦秋光如此碎，斷烟零雨送絲絲。

秋　霖

聞道滄浪溢，秋霖潦更多。稻粱飽魚鱉，兵革化蛟鼉。上策忘分勢，奇功慕塞河。一家縱鄰壑，氾濫奈愁何。

聽雨不寐

卧聽秋窗雨，蕉桐響未殘。階攙蟲語碎，枕墮雁聲寒。隴畔渠將溢，軍中幕不乾。無眠愁擁被，更覺夜漫漫。

放　棹

秋深放棹獨西征，風定湖波不復驚。烟雨淒迷渾似夢，水天蕭曠更無聲。依依猿鶴臨江怨，眷眷鷗鳧導客行。寄語家山舊蘿桂，歲寒吾不負前盟。

野　泊

回汀暫泊似浮空，渺渺湖天望不窮。孤艇鷄栖烟雨裏，數家鷗寄水雲中。根翻荒葓寒鳴瀨，蓋卷殘荷力戰風。蕭瑟情懷誰共語，草間時自咽秋蟲。

泊舟湖上老人雷姓移舟相訊篷窗款語良久別去疑其隱君子也憮然爲賦一詩贈之

鼓枻烟波少世情，殷勤艤楫慕班荆。潛郎久自淪江海，漁父猶勞問姓名。却顧誅茅纔咫尺，相留折芰若平生。悠然興盡挐舟去，葭葓西風向夕鳴。

雨泊湖濱

湖中三日雨，風作復停船。漠漠迷宵晝，茫茫混水天。鴻濛如邃古，蕭瑟總寒烟。獨客情何限，愁飄若個邊。

湖中雜詩八首

蓋卷荷翻白，花疏蓼浥紅。鷺鷥拳未穩，驚起避西風。

半篙通淺渚，便得避風灣。只隔葭浦外，春天浪若山。

夜闌風更鳴，風定雨不止。風雨兩無聲，軋軋絡緯起。

不復辨扶輿，誰能測朝夕。横空風雨中，一片秋濤白。

天形垂在湖，浸浪與終古。疑濕水中天，朝朝透秋雨。

雨止起鳴榔，湖天更朝霧。遥聽鳴鷄聲，茅茨定何處。

墜粉蓮房濕，低垂盡拂篙。無人擷秋實，零落委波濤。

杳冥如古初，漭瀁無津岸。但見白鷗飛，衝破蒼烟斷。

舟行值秋潦慨然興咏二首

我行西溯流，秋漲浩無際。云是滄浪波，横溢勢所至。當兹揫斂時，猶復盛金氣。二曜韜其光，累月羲娥避。凄風宵怒號，陰雲晝沈閉。閣閣鳴未休，蛙黽穴中沸。楊柳如春條，青青臨水次。横潦既不收，愁霖復相繼。晚實沈波濤，飄摇委嘉穟。静念陰陽愆，感召恐非細。兵甲猶未休，淪胥益凋敝。生民何不辰，對之爲垂泪。扁舟凌蒼茫，泛泛水雲寄。垂白仍道途，遑言策康濟。

漢水入楚境，州邑環其旁。治堤以捍衛，然後安室堂。饒沃略相等，視堤爲存亡。自從今年夏，北塞南不防。開門揖蛟蜃，濁浪排天黄。堤北賽田祖，堤南淪滄桑。安危判畛域，豈曰由彼蒼。禍患在眉睫，昧者實自忘。壑鄰此則病，激流彼亦傷。吾聞善導水，非恃力能障。厮渠殺厥勢，畚鍤功乃彰。漢志著三策，今誰采其長。

曉　　發

潦多奔赴壑，雲霽散還山。宿鳥起相命，征帆亦不閒。朝光上林莽，秋色老鄉關。計日渚宫友，清游許共攀。

舟次漫咏

秋潦縱横不見津，田廬粳稻委沈淪。垂楊盡是傷心色，却换青青二月春。

舟過立甫故居賦絶句悼之

神鋒纔一試，遽自折干將。尚有英雄恨，悲風激草堂。

曉渡長湖

地是霸王國，湖當鄢郢間。天空圍廣澤，水險敵重關。往事雄圖渺，秋帆客夢閑。曉鷗貪淺渚，飛去復飛還。

芝鹿几銘三首

支離其德，我與爾卧隱。嗒然南郭子，蒲輪徵車不及此。
安不汝離，危不汝遺。予散人也，故惟散木之是知。
汝歸於樸，我息其孱，將共處夫材不材之間。

【校記】

〔1〕“岫”，戊戌版作“軸”。
〔2〕“釜”，原作“斧”，據戊戌版改。
〔3〕“秋”，原作“楚”，據戊戌版改。
〔4〕“慚”，原作“漸”，據戊戌版改。

卷十八　詩己未庚申

張兵部宅石歌石在宅前狹巷中，乘月偕箴三、亦淵、耀卿往觀之

兵部故宅生蒿蓬，蕭條狹巷輪不通。夜深星月光射地，欻見衡岱凌寒空。泄雲吐雨無由顯，鬱勃穹窿莫能展。昔登甲第擅嵯峨，今委頹垣甘偃蹇。同行數子駭且誇，復與感嘆爲咨嗟。世無米顛解好事，終古埋没隨塵沙。初平之羊叱即走，芥子須彌納何有。仙靈奇幻亦難測，神不能偵鬼難守。廡下蹜瑟何爲哉，年年風雨生莓苔。不能飛去不變化，負此雲根絶世才。聶生好奇實過我，請效夸娥志必果。直須指顧麾百夫，牽紲裹氊無不可。會當移置十畝園，特放芙蓉青數朵。我初聞此意憮然，古來抑塞多豪賢。望也鼓刀信寄食，豈殊此石遭迍邅。生乎有力肯移此，石不能言色應喜。又恐生言或虚托，金牛力士久難作。歸來繞屋猶沈吟，直至參横月將落。

寄贈耀卿

文學諸生逐隊陪，群中今始見龍媒。幾年霜鍔韜奇氣，一日風簷賞俊才。受知學使有俊才之目。汲古好垂千尺綆，修名如築九層臺。相期弱水能飛渡，直躡金鰲頂上來。

寄李生雲梅

一門昆季盡諸生，第五今齊驃騎名。小阮入林仍把臂，大羅高咏定

同聲。章縫兩代娱斑彩，文史三冬富短檠。君等莫忘天下任，吾衰還望濟時英。

自沙津赴辰州别春澤箴三耀卿

一棹津亭悵解携，朔風吹雁更凄迷。江流未似天涯月，不送行人過五溪。

舟次寄耀卿

日躔遵北陸，客棹赴南征。郢樹通黔迥，江波入澧清。故人成契闊，晏歲逼峥嶸。酌酒未能醉，起看霜月生。自武陵至夜郎皆古黔中地。

溯　澧

悠悠浮澹澧，古緒忽然臻。蘭芷思公子，薋葹怨黨人。騷音如未墜，素瀨絶無塵。亦有廉貞志，彈冠沐甫新。

朗州感甲寅事

唇齒連荆峽，湯池帶澧沅。如何昧重閉，亦未乞分援。往錯安能鑄，前悲忍更論。通闤仍復舊，恐有未歸魂。

武陵道中

迢迢楚客歷重關，天入南荒不斷山。灘響似争三峽險，土風初涉五溪蠻。蕭條岸芷沈騷怨，迤邐霜楓絢客顔。不慕封侯不持節，年華送老道途間。

過河洑贈彭器之太守

滔滔沅澧滙重湖，綰轂通津此要區。蠻塞名材浮澗壑，漢家權法算緡租。取資飛挽千軍足，坐對溪山一事無。年少綉衣能借箸，濟時何必讓夷吾？

桃源曉發古臨沅也

置縣臨沅水，途當鼎澧西。蜀黔通百産，辰酉納諸溪。往事烽曾逼，仙源路久迷。征車催曉發，川上散凫鷖。

白馬渡

我呼白馬渡，如駕蒼螭游。天借日華浴，波將山翠流。窗低數魴鯉，棹過起凫鷗。聞道仙源路，籐蘿不可求。桃源洞距此不遠。

鄭家驛

荒驛通蠻塞，朝暉散錦文。峭崖不戴土，懸澗只流雲。霜磴樵松滑，山園拾橡勤。自然淳閟俗，可以鎮囂紛。

翠　鳥

山深多翠鳥，往往悦晴暉。照水自矜惜，見人先避飛。栖游恒不妄，矰繳自然稀。寡識悲嵇吕，何曾燭禍機？

輿中偶成

盡日山光澗影中，或騎翠鳳或騰虹。偶然得句旋忘却，恐化飛雲上碧空。

漫咏自嘲

竹擁千夫纛，松垂五丈旗。征人無使節，夾道有旌麾。

太平舖過此則入辰州境矣

過此忽開豁[1]，休嗟逼仄行。郡分乘嶺斷，磵峻瞰川平。漢法羈縻久，蠻鄉瘴癘清。舞干懷聖化，桴鼓不須鳴。

入沅陵山行益峻

山縱蠻荒險，雲横瘴塞遥。雄堪蟠厚地，峻只礙穹霄。歲暮途逾迥，冬深暖倍饒。長林與豐草，霜後不曾凋。

土　　風

莫道岩居苦，岩居事事幽。通泉竹作梘，枕壑石爲樓。傍舍蔬畦密，籠山茗利優。土風皆使女，負戴幾時休。

至界亭驛始見垂柳

邃壑高峰絶少塵，松杉栝柏競輪囷。依依忽見郵亭柳，便似江鄉遇故人。

辰龍關

連山蟠辰龍，峭壁削精鐵。迫狹不容車，仰視但巀嵲。鳥飛不能逾，走獸迹斷絶。一夫當關門，百萬足摧折。雄壓溪峒間，胸腹可披裂。盤瓠氣不驕，鉗制倚扃鐍。地形信便利，將略仗雄决。自從莊蹻來，知經幾喋血。丸泥曾未封，謀乖遂蹉跌。不聞古殽函，恃險多覆轍。道隆銷亂萌，運替啓梟桀。愧無勒銘才，述往示深切。倚崖發浩歌，天風助激烈。

入辰龍關

環塞千峰類削成，文淵慷慨此南征。豎儒不綰封侯印，老向辰龍關上行。

馬鞍關

昨過辰龍憩，今晨度馬鞍。重關丹嶂表，孤劍白雲端。奔走嗟年往，風霜逼歲闌。去鄉二千里，東望渺漫漫。

芙蓉關

芙蓉關獨峻，濃翠插晴空。貪看峰巒秀，渾忘障塞雄。攫身疑控鶴，吐氣欲成虹。呼吸天門近，猶慚句未工。

逾清山坂

憑崖四顧俯飛鳶，直覺雲霞與比肩。孤折一梯凌黑塞，横磨萬劍倚青天。溪山奇勝收囊底，夷獠全形動目前。足迹九州經大半，壯游誰道在窮邊。

至辰州呈墨莊師二首

詞臣乘傳領專城，坐嘯能令瘴癘清。蒼狗浮雲群態幻，白鷗流水此心明。折衝境上無烽燧，磨盾胸中有甲兵。伏莽潛銷終不伐，渾忘智勇與功名。

憶詢奇字侍尊前，不叩元亭十五年。馬首敢辭千里駕，龍門重謁百蠻天。滄江飛挽時方急，邊郡栖遲久未還。世事多虞離索易，臨歧無語共茫然。

贈戚少雲太守

邊吏身輕血戰餘，書生才略任戡除。論功遂擢二千石，表異先乘一丈車。暫借箸籌資管榷，仍煩囊智佐儲胥。相期迅掃鯨鯢後，寬法無妨結網疏。

飛霞嶺畔停游屐，明月山邊訪故人。已覺頭顱增白雪，何堪涕泪説黄巾。蠻陬邂逅開樽地，晏歲蕭條放棹晨。天下安危公等在，吾衰歸計只垂綸。飛霞山在辰州郡署，明月山在辰州南門外。

辰州郡齋眺遠呈墨莊師

坐嘯從容鎮百蠻，時平吹角戍樓閒。憑闌碧合雙江水，辰酉二溪會於城下，郡人稱爲"二江"。繞堞青歸一郡山。文德累朝移獷俗，要荒終古峙雄關。東陽賢守傳家法，八咏清風可再攀。

辰　　州

秦置黔中郡，唐開招討營。五溪歸控扼，百峒俯縱横。綏化期無擾，懷邊在至清。惟良二千石，方足寄專城。

老矣百無慕，南荒汗漫游。非工蠻府語，或類賈湖留。邊郡圖經少，師門禮數優。風騷渺蘭芷，杜渚亦難求。

百曳灘漢劉尚、馬成征五溪蠻，至此灘用百人曳舟而上，後以深入戰歿，灘名始此

百曳名猶憚，孤舟客乍經。蠻天銷戰伐，漢將泣精靈。浪外横飛雨，空中怒走霆。須臾欣出險，激箭不曾停。

北斗灘灘石如斗杓

畏路心旌日自摇，扁舟愁犯石嶕嶢。浪花飛送東歸客，灘勢迴成北斗杓。猿狖尚驚高嶺墜，魚龍故向旅人驕。區區忠信聊相試，爲語篙師疾奮橈。

北溶土人呼水深處爲溶

北溶深莫測，地軸若爲開。石布千軍陣，濤轟萬古雷。衣驚湍雪濺，舟躍浪花來。蜀客罕經此，惟誇灩澦堆。

清浪灘灘凡四十里，號爲極險，上有伏波祠，壺頭山在其左

蠻江石作底，清浪石作面。石與江争雄，截江若斷綫。江怒益喧豗，萬古與石戰。雷霆據爲宫，日月隱不見。輕舟出其間，恐犯蛟龍嚥。榜

人争奮橈，疾下如飛電。擲出浪花中，萬象皆變眩。瞬息過前山，飛沫送猶濺。憶昔馬將軍，壺頭勢未便。裹革哀忠魂，讒巧遂交煽。廟食留江干，過者擷蘋薦。性命誠可輕，功名何足戀。吾衰經畏途，封侯非所羡。請從下澤車，輟誦伏波傳。

伏波祠

隴蜀初平戰伐閒，君王已閉玉門關。請行何自先諸將，垂老猶思效百蠻。長者家兒工譖訕，中興圖畫絶躋攀。惟餘廟食沅江側，不負孤忠裹革還。

壺頭山下感宋均事

文淵忠壯固無倫，勝算還當屬宋均。矯制受降兵不頓，誰知譎者是功臣。

舟望明月峰愛其峭蒨甲諸山

單椒削碧玉，娟秀何多姿。霜雪冬不犯，緑蘿森蔽虧。環麓蔚芳草，萬古含華滋。碧潭映其下，端然明鏡窺。仰睇忽軒翥，鸞羽參差垂。又如青蓮花，卓立當空披。雲霞挾飛動，不借天風吹。欲渡滄波去，蓬壺與肩隨。蠻徼富崖岫，荒怪饒險巇。兹山獨秀拔，縹渺尤靈奇。似聞絶頂上，復有明月池。群仙酌沆瀣，相勸餐瑶芝。安得假羽翮，高舉相游嬉。

舟次漫成

南行千里涉邊陲，日覺峰巒入望奇。開闢茫茫莊蹻路，英靈處處伏波祠。蠻江舟楫通黔蜀，民俗歌謡雜漢夷。歸客渾忘途遠近，浩然山水興方滋。

瓮子洞巨石臨江涘，竅其中，大如百斛瓮，故有是名

石腹坦江干，呺然露空洞。或云龍宫藏，百寶蓄兹瓮。或疑麯蘖徒，千斛酒船送。聞當春漲來，吞吐萬山閧。亂石排狼牙，人鮓隱堪痛。崖罅趾不容，百丈莫由控。鐵索誰所施，絶壁得飛鞚。我來届嚴冬，寒流縮且涷。惜哉無飛淙，妙聲閟虚空。何當傾五溪，石竅發奇弄。廣樂張洞庭，一振鈞天夢。

蠻　江

蠻江一望斷人腸，猿畏臨崖鳥憚翔。回首伏波祠下路，不聞吹笛也霑裳。《古今注》："《武溪深》者，馬援南征之所作也。援門生爰寄生善吹笛，援作歌以和之，名曰《武溪深》。"

雨泊桃源洞

寒雨宵鳴沅水濱，維舟難訪避秦人。自慚仙隱皆無分，不逐漁郎更問津。

穿石山體純石，其麓有穴，東西洞然，視之如穿

混沌無端鑿，斤疑郢匠揮。東岩承夕月，西嶺漏朝暉。雲觸當能補，風鳴恐即飛。容卿堪數百，誰稱此腰圍。

下螺螄灘

江色青紅浮蜃氣，雲根赤黑狀蛟蟠。扁舟飛出驚濤外，過盡辰州第九灘。百曳、九岐、横石、北斗、愲急、清浪、雷回、螺螄，凡九灘，皆名灘之至險者，均在辰州境。至常郡，則灘勢皆平矣。

抵朗州得耀卿書

袁生昔寄五溪吟，子亦瑶華惠好音。我自浪游非壯略，功名未有伏波心。

武陵阻雪未得見性農賦詩寄之

歸帆風雪暮沈沈，漢壽城邊阻盍簪。羈客遥窮南塞路，故人高卧北山岑。桃花仙洞約君隱，蘭芷空江愁我心。未折疏麻代芳訊，題詩聊用托鴻音。

贈蔡倫嘉

舊客容城市，來栖沅水濱。相逢尊酒夕，似我故鄉人。高論通今古，深心托隱淪。幾時鞞鼓息，歸卧五湖春。

鰲山曉發

霽色散凌兢，侵晨發武陵。松明山寺雪，蘿掛石泉冰。臘鼓催何急，村醪醉未勝。征塵何日洗，鄉思苦相仍。

清化驛

起伏山無數，縈紆九折長。躋崖旋度壑，下坂即升岡。蘿薜陰蒙密，松杉氣鬱蒼。峰巒差足慰，泥淖太相妨。

霜

雪霽霜尤肅，嚴寒比塞垣。大威無不殄，殘孽爾猶存。側想江干帥，將移皖口屯。王師申討伐，挾纊定能温。

津　市

歸客去蠻陬，重瞻澧水流。眼明烟瀲秀，風送市聲浮。遠樹圍平壤，長堤翼沃疇。岩巒從此少，風壤接荆州。

乘風渡洪湖瞬息抵家

西風湖上布帆開，長嘯凌波氣壯哉。爲語蛟龍休跋浪，蠻江新渡惡灘來。

除夕不寐

十載別黄壚，人間影自孤。亦知途漸近，故遣夢都無。婚嫁增塵累，干戈送老儒。泉臺曾覺否，辛苦屬孱軀。

還山後奉懷墨莊師庚申

超然心與澹雲閑，世事鷄蟲得失間。鞅掌不言三載績，支頤惟愛一州山。塵中腐鼠徒相嚇，天外冥鴻不可攀。回首琴尊渺千里，春風日夢別時顏。

霰　集

密霰不成雪，朔風聲滿天。但欺叢竹亞，故避早梅妍。彩勝斜攙影，春盤巧簇筵。村農占宿麥，泥飲樂逢年。

耀卿許泛舟相訪詩以遲之

天送物華春，雲霞處處新。江山含麗藻，花柳待詞人。有客思離索，相期訪隱淪。衡門先掃徑，倒屣望嘉賓。

再寄耀卿

春風隔歲至，密若故人情。湛湛大江水，緑波漲將平。群岫黛如沐，嫣然媚且明。幾日見稊柳，弄色摇新晴。庭前衆芳草，一一抽其萌。雜花感淑氣，次第將舒英。南園萃黄鳥，側耳方嚶鳴。嚶鳴爾何意，無乃求友聲。矧伊同岑契，能不懷友生。夫君約放棹，云當訪紫荆。疑義待互析，雅調期同賡。停雲何裊裊，日暮天末征。引領望三益，幾時開徑迎。

鸞鷟行寄孝鳳郎中

俗論譊譊任耳目，一生不識鸞與鷟。偶然苞羽下江湖，謂是鵜鶘競飲啄。戴仁膺義炳奇文，世無天老誰能分。方當上擊九千仞，阿閣深巢五色雲。

腥　風

智亭不作羅山殞，白骨東南委亂麻。妖鳥年年啼不住，腥風吹斷秣陵花。

吴又桓司馬泊見訪不值留詩見寄賦此奉答

長沙門館盛賓游，别後烽烟動地愁。直爲才華憐賈傅，不須淪落嘆江州。凋年尚滯依劉客，斜日空停訪戴舟。天末題詩共相望，但憑瑶草寄汀洲。

答淵甫見題拙詩

張子有深識，清襟邁等夷。韜真多用嘿，知我不關詩。文武需才日，江湖養拙時。徵車非所望，巢許是吾師。

春興一首答耀卿見寄

萬山高處攀南斗，千里歸來侍北堂。日日山禽報花柳，春光偏爲里門長。

天關行

天關日逞飛廉力，搏戰争雄競南北。稊柳夭桃不自存，長松簸蕩無時息。木德條風始扇榮，何爲大縱土囊聲。誰斟北斗調元氣，醲賞嚴刑恐未平。

從姪家蘭甚有士行以詩勵其志

鄉里小兒厭粱肉，汝獨終朝對齏粥。少年被服羅與紈，汝獨短褐常不完。汝爲吾祖之曾孫，少孤諸弟多未婚。無田可耕那得稼，汝叔又未乘高軒。讀書奉母忍艱苦，諸弟授室悉資汝。雖經寇難皆得全，汝亦次第長兒女。衝風震天揚波濤，往往變節多賢豪。主租算緡盡膴仕，誰復低首甘蓬蒿。長松磥砢雪霜裏，風雨鷄鳴獨不已。汝乎鐵中信錚錚，勁骨飢寒煉奇士。花竹扶疏滿徑春，吟詩風格清且淳。楮冠高歌出金石，誰道今世無其人。

寄九曾農部

聞君銜恤閉門居，賴有機雲慰友于。稚笋定抽新闢徑，殘編時檢未焚書。龍文虎脊誰方駕，蚓穴牛涔一掃除。倘過荆臺當艤棹，論文尊酒莫教疏。

遣興二絶句

柴門江上峭寒扃，桃未飛紅柳未青。春到花朝仍未覺，北風吹雪水冥冥。

長風難掃凍雲開，絶少鶯聲向曉催。不是疏梅香數點，春風猶似未曾來。

耀卿枉訪山中喜贈以詩

扁舟乘興雪中來，健筆生風走電雷。鶯燕避寒遲淑序，跤龍跋浪門驚才。褰裳果訪山中徑，翦燭徐傾座上杯。好月亦隨佳客至，林花即遣一時開。

驚蟄大風雨書此示耀卿及隆兒

二月春江惡浪生，破空風雨勢縱横。少年才力應如此，筆走滄溟世總驚。

雨翻岩瀑聲如注，風撼天門夜欲開。寒逼蟄龍先自起，飛騰何必待春雷。

風雨憶友石江上

一劍横腰壯士身，金臺北望迥嶙峋。誰憐風雨滄江夜，尚阻中流擊楫人。

題友石吟卷

颯爽英姿一卷詩，全將赤手搏蛟螭。將才倘遇馮唐薦，正是君王拊髀時。

雨中作此爲耀卿遣悶

清寒料峭逼疏櫳，寂寂鶯花信未通。燕子不來春過半，江山只在濕雲中。

三徑朝朝風雨加，渚宫才子過山家。東風不放千林萼，似避江郎五色花。

仕隱圖爲范君月槎題

天壤有真我，長如金石堅。不關仕與隱，外物皆蹄筌。坎流譬行止，委心任自然。愚者蔽所溺，膠柱方鼓絃。金紫與山澤，未識孰爲賢。本無不朽業，徒成草木年。亡羊笑臧獲，優劣何分焉。范侯信曠逸，甘栖博士氊。浮沈且玩世，簪組偶林泉。作圖示微旨，豈必待言詮。知君負奇尚，久滯横海鱣。退則紹絶學，進將竹帛宣。真我自有在，方寸操其權。超然仕隱外，粉墨安能傳。

將赴郡阻雨未得發書示耀卿

日日春風費翦裁，春分不見一花開。薰桃染杏遲難就，頗訝天公乏妙才。

東風不肯鬥繁華，細雨愔愔濕浦沙。欲待扁舟助吟賞，先教勒住渚宫花。

江上雨眺

幾日閉門坐，偶然眺遠汀。誰知沙際草，相約雨中青。江國寒仍重，林芳夢未醒。何來片帆影，餘力劃空冥。

耀卿冒雨過聊園看花主人陳韻石留飲作此奉簡

看花仍冒雨，率爾造東鄰。郢甸來奇士，聊園有逸民。攓裳方叩户，投轄遂留賓。明日傳佳話，林宗墊角巾。

二月十九日質明大雷電

曙聞雷雨起披衣，赤電燒牕枕上飛。已遣陰霾銷黨類，即看草木變芳菲。暄和令始符陽德，翕闢人誰測帝威。遠憶江淮諸將帥，須乘破竹用兵機。

漫　賦

九天雷電破春寒，從此陽和草木歡。魅孽空山無處匿，翔游朝野盡鵷鸞。

積雨初霽

侵曉雷聲蕩宿氛，雨收江氣散氤氲。四圍瀑盡喧蒼磴，一半山猶捲白雲。麥隴未堪藏雉子，柳汀各自浴鷗群。新蕪含意滄洲畔，待助春晴錦綉文。

春仲寒甚

春仲行冬令，勾芒恐失時。日烏韜宿靄，海燕誤芳期。黍谷變無術，茅簷寒可知。陰邪防内侮，洪範理宜推。

憂來行

一春欲雪不成雪，苦霧凄風連兩月。陰陽錯迕誰所爲，暄序無端驚凜冽。山中老儒目未見，此事或恐涉灾變。不聞政令傷嚴苛，但慮蠻夷侵赤縣。憂來口吟心更勞，黍谷暖律何時遭。誰其擁篲呼皋陶，起掃浮雲閶闔高。

苦雨散愁

今年芳信滯林端，寂寂山園意少歡。黄鳥隔籬窺徑濕，白鷗將雨送春寒。坐銷清晝翻書倦，起抉浮雲拔劍看。自酌芳尊留客住，風波湖上放船難。

與耀卿約同赴郡將發復阻風雨口占二絶

誰遣寒風日夜吹，烟波頻阻挂帆遲。才人莫便匆匆過，或恐山靈尚乞詩。

江上君來實起予，淹留差足慰離居。他年入直金華省，倘隱寒山風雨廬。

雨　泊

斜風吹急雨，芳序變蕭晨。乍見参差柳，方知浦漵春。簾摇烟外市，簑擁渡旁人。留滯扁舟客，徒嗟物役身。

舟次對雨書示耀卿

日日愁風雨，羈懷未可論。地卑饒澤氣，波冷淡春痕。尚作籠中鵠，猶慚海上鯤。同舟賴仙侶，慰藉有清尊。

細雨一首

細雨誰繅出，長天羃四圍。冥冥連岸失，脉脉逐風飛。引緑痕初活，催紅力尚微。老漁渾未覺，笠重竟忘歸。

春分日風雨大作

維舟烟雨裏，一水去迢迢。雲起侵天濕，風來獵樹驕。人將苦昏墊，天尚閟芳韶。客路看春色，青青只柳條。

嘲西風三首

爲我語西風，徒能滯短篷。濕雲吹不起，猶在柳絲中。
絲雨度回波，風來與擲梭。織成終異錦，巧絶竟如何。
揚帆覿面來，噴薄浪花開。明日東風作，誰爲破浪才。

代西風答三首

送君卧東山，好作泉石主。君自樂西征，翻訝風相阻。
利鈍亦何常，相代不相假。君看利涉人，前此守風者。
行行與君别，津路自兹分。倘值東歸日，猶堪一送君。

乘風渡白鷺湖示耀卿

不知帆勢捷，只覺浪花翻。岸樹争前迓，湖雲却後奔。神山堪引到，弱水足尋源。知爾乘風志，能符夙昔言。

舟次爲風雨所滯撥悶有作

不聽風聲即雨聲，扁舟日日滯西征。莫嫌鷗渚長留客，尚有龍驤未進兵。青帝嘘春回煦育，黄人捧日出滄瀛。二儀旋轉非難事，翹首雲間望太清。

舟過林家溝重悼立甫

楚材惟立甫，可與論孫吴。未了英雄事，先捐烈士軀。星辰掩河鼓，風雨蠹陰符。近報王師利，精靈許慰無。

鄰舟有二健兒歸自皖營與談近事

聞道金陵勢已孤，天兵指日度蕪湖。臂懸斗大黃金印，看取今年縛賊奴。

夜聞風雨不寐作二首

蹴地鼉鳴壯，憑林虎嘯雄。孤舟汀草畔，一夜浪花中。瓠落才名賤，萍漂去住同。擁衾寒不寐，斷續雨隨風。

何處物華新，光陰又禊辰。烟花如避客，風浪轉愁人。相對雕龍彥，謂耀卿。同成屈蠖身。雲開帆便挂，猶及渚宮春。

曩渡三湖輒遇東風今行殊滯賦詩爲湖神解嘲

往歲檣烏拂羽翰，今年不轉相風竿。馬當休便誇神送，未有文章敵子安。

遲暮飄零道路邊，流行坎止付蒼天。燒船破敵非吾事，只合東風借少年。

東風頻歲送西征，未免湖雲别太輕。今日蘭橈波上駐，石尤方見故人情。

三湖遇西風率爾自嘲

久聞歸隱大江東，何事勞薪道路中。正恐蒓鱸忘舊約，故教張翰悟西風。

風雨舟中與耀卿聯吟甚樂詩以紀之

仙侶同舟濟，淹留未覺遲。披衣同起舞，發篋互藏詩。白雪郢中曲，天風海上師。不孤剡溪興，歸棹載英詞。

耀卿歸舟久滯距鄉閭僅兩舍復阻風雨輒賦此詩代爲遣悶

白螺洲畔泛舟回，游子行吟氣壯哉。直遣波濤三峽倒，故驚風雨九天來。鄉關水驛猶相滯，歸信家人已屢猜。晚霽揚帆明便達，高堂先慰笑顔開。

將抵沙津口占示耀卿

君自歸家我別家，落帆烟雨傍章華。西風將我還鄉夢，吹到江干楊柳花。

苦寒行

元封大雪寒莫比，三輔人民多凍死。今春不雪氣尤寒，憯過瘃膚與墮指。冥冥晦霧逾七旬，雨雪雜遝宵復晨。破空震電亦時作，尚苦陽氣扶難伸。山中人來過我語，老民什九踣墻廡。長松百尺僵忽摧，馬牛蝟縮誰能數。我坐虛堂寒不勝，齒如齧雪胸懷冰。重衾擁裘尚難禦，何況短布當凌兢。春陽布德在暄燠，愆序翻然變嚴肅。干時特縱元冥驕，失職勾芒反潛伏。君不見凶渠八稔巢建康，粤滇黔蜀多跳梁。得無真宰忿豺虎，不惜非時行殺傷。亂領妖腰即屠磔，天乎幸勿傷吾麥。

客中寒食

雪後逢寒食，青陽甫散和。人間春色少，海内戰塵多。羈旅惟愁共，艱虞奈老何？縱教花爛漫，亦覺興銷磨。

憶舍弟子章

汝渡錢塘木葉稀，看雲頻見雁行飛。雪消荆樹春將老，烽逼苕溪客未歸。方鎮威勛誰禦侮，艱危出處在知幾。門閭日聽刀環唱，大好家山且息機。

清明勉齋耀卿過飲

冰雪餘寒特送晴，蕭齋寂寂度清明。纔瞻淑氣回暄序，不負芳辰賴友生。四海風塵連羽檄，百花消息滯春城。開尊且共酬佳節，一醉都教萬感輕。

展其隨使車過荆臺甫相見即告别

題襟三載隔，惜别一尊同。身世悲歌裏，乾坤戰伐中。著書吾已倦，掞藻汝能雄。明發征軺速，飛花送轉蓬。

題展其蜀船草

游屐凌千棧，詩才運五丁。塞收蠻霧黑，天送峽雲青。舞鶴依卿月，啼猿識客星。山川待抽祕，奇句未曾經。

展其以青蘭峽石見贈分咏報謝

故人自鑾徼，惠我青蘭花。不道衆香國，能邀萼緑華。騷情搴宿莽，芳訊代疏麻。永結苔岑契，誰言心迹遐。

飛墮碧芙蓉，巫山第幾峰。朝雲吹不散，叠嶂望猶重。詞客能相贈，游艭惜未從。峽猿定何處，起聽欲支笻。

遲耀卿未至

近得仙根絶世芬，苔岑終日但思君。青蘭寂寂開仍謝，獨倚蘭干望碧雲。

樓上延眺

草樹兼波影，綿延緑上城。雨餘新態足，風過雜香生。燕外亭臺迥，鷗邊浦漵明。高樓舒麗矚，秀句轉難成。

漫　　興

地僻堪容懶，春歸始放晴。幽禽相與語，芳草自然生。静裏天機放，閑中客思清。閉關恒隱几，絶少履綦聲。

【校記】

〔1〕“豁”，原作“谿”，據戊戌本改。

卷十九　詩 庚申辛酉

咏　史

衣錦開營錢尚父，曾揮一劍制諸州。誰知鐵牡無端失，燒盡雄軍鎮海樓。

張軍門歌哀張殿臣軍門也

登壇者誰先潰奔，戰死獨有張軍門。軍門奮迹起群盗，能以赤心酬主恩。桂林侍御精鑒裁，軍門初爲劫盗，後詣大營降，則桂林朱伯韓侍御實主之。川西老將能用才。謂向軍門。朝爲偏裨暮作帥，年少拔起當河魁。張家黑幟威名壯，驍賊見之魂魄喪。單騎親突萬軍中，火箭横飛接馬上。能於馬上接火箭。力復江淮數十城，全吴不睹烽燧驚。下令恤民專殺賊，壺漿夾道皆歡聲。去年建策修長圍，壕塹三重斷走飛。檻中窮獸日夜泣，翹足可展犁巢威。蒼鷹奮擊不受紲，駿馬脱銜疾電掣。閫外進退孰專决，坐恨庸才制雄杰。奔星去秋犯牛斗，去秋九月二十二夜，有奔星如月犯牛斗，牛斗之次主吴越。春雪寒飛三尺厚。壞雲如山宵壓營，軍門裹創劍在手。格鬥未已俄喪軀，雄師十萬骨亦枯。豈惟精鋭飽豺吻，天柱長城今則無。吁嗟乎！國家羅致文武士，奇才翻自緑林起。天生忠孝好男兒，不遣功成先戰死。白門悲風夜不止，怒激江濤歕海水。

即事和譚力臣明經

江水滔滔日向東，杖藜嘆世兩衰翁。側身湖海飄零際，放眼乾坤涕泪中。壯士戈鋋猶自鬥，書生鉛槧竟何功。鷄聲對舞思琨逖，年少方能意氣雄。

連營歲歲扞封豨，疾擊誰爲鷙鳥飛。師老未收淮蔡績，謀乖翻恨鄴城圍。東南全局成灰燼，今古庸才暗事機。獨遣孝侯甘戰死，謂殿臣軍門。覆軍此責竟誰歸。

飲馬錢塘與具區，群凶得計敢長驅。不聞越甲興句卒，又見吴門失湛盧。潮起鯨鯢驕㴻水，臺傾麋鹿上姑蘇。眼中逆景縱横甚，問有梁家僧辨無?

儒臣受詔領殘疆，寇熾師單乏宿粻。總轡更馳危坂峻，持膠難制濁河狂。登壇國士猶嗟晚，保塞江關未易防。楚蜀上游根本重，可無犄角固金湯。

河運江船久不行，仍聞租賦隔滄瀛。持籌賈豎無奇策，仰屋司農有嘆聲。北斗酒漿難用挹，西園價直亦何輕。累朝恭儉先天下，誰道凋虚困甲兵。

島夷窺隙屢乘潮，北望津門祲未銷。狼宿已占天上動，蜃樓還向日邊驕。入援方鎮途多梗，并海旌旗影盡摇。表餌年來無定議，豈聞戰守决中朝。

詞人傷亂托詩篇，變雅離騷自昔然。尚憶漢家全盛日，深期殷武中興年。寰區寇盗仍難息，吾屬艱屯詎足憐。白首奉親猶至樂，幾時薄海靖烽烟。

螺阜高處俯視横潦

拳石削巉岏，能回萬里瀾。長蛟吞不得，捧出浪花端。

浩若泛滄溟，銀臺望未扃。中流飛渡穩，鰲背一痕青。

何必尋源使，浮槎始上天。世人但相訝，太乙下乘蓮。

駭矣湯湯勢，橧巢澤國農。誰能招雁户，拔宅最高峰。

里居被潦湘秋枉詩垂訊書此奉盒

秋氣動烟蘿，浩然歸興多。烽塵遠豺虎，井里傍黿鼉。執訊憂潢潦，題詩問磵阿。敝廬枕山麓，洚洞幸無佗。

軍國徵求亟，車船榷算勞。大都談抵掌，不過析秋毫。子亦持籌往，時方峻網操。願言寓寬恤，豈在盡錐刀。

漲落戲題

先生釣宅枕江頭，漲起連天勢欲浮。一夜蛟鼉潛徙窟，門前還我白螺洲。

愁　霖

秋漲復如此，秋霖無盡時。正嗟安宅少，翻訝漏天移。蛙黽皆升砌，鷗鳧只傍籬。滂沱仍不止，未是洗兵期。

簷溜承朝夕，喧如萬壑鳴。低雲迷鳥路，高柳斷蟬聲。調發仍難緩，烟塵總未清。樓船遲擊楫，多恐濕前旌。

寄黎伯容參軍

減盡元龍意氣豪，低頭從事着青袍。不妨起舞爲鸜鵒，未省何官是馬曹。遠道懷人愁鼓角，故山招隱悵蓬蒿。天教七澤容羈宦，或遣奇才續楚騷。

家月樵茂才持放鶴圖屬題

仙人樓逐烟塵飛，仙人之鶴今不歸。空堂赤壁亦焦土，血濺元裳污縞衣。孤山亭外烽無數，揚州但有《蕪城賦》。瑶草金光半已凋，君將放鶴向何處。君不見白骨東南最可哀，髑髏委地成高臺。鴟鴞怒號縱貪吻，鳳凰鸑鷟安在哉！汝鶴本具神仙骨，長鳴志在瑶臺月。不能授甲赴沙場，何事乘軒溷塵堀。江湖腥腐不堪飽，便當放之向蓬島。又恐龍伯連六鰲，揚波怒蹴三山倒。君愛胎禽殊羽族，我方借得仙人鹿。豈如結伴超九垓，皓月丹霞共翔逐。昔聞子晋吹鳳笙，曾接浮邱朝玉京。請君駕鶴我騎鹿，下視浮雲攀太清。

又題月樵觀釣圖

涓涓盈尺蹄涔水，大魚揚鬐不在此。投竿但見纖鱗起，終日觀之獨何以。是間豈有任公子，君今欲往觀垂綸。何不東游滄海濱，設餌須投五十犗。盈車之絲繅作緡，欻忽呑舟象山岳。中鈎奮起何嶙峋，雷霆燀赫震千里。掣出洪波如有神，君言觀釣每獨造。豈别江湖與行潦，超然意若忘魚筌。垂釣何如觀釣好，況聞善釣不輕舉。得不先迎失不拒，治國治民皆可通。臨淵更憶詹何語，磻溪老人臨渭流。但用丹書持作鈎，意中豈復在鱣鮪。直與蒼姬釣九州，丈夫不遇便放浪，烟水一竿皆可往。天家物色無用求，笑謝雲臺將與相。

答贈白海仙昌壽

詩筆蒼頭起異軍，君家重見武安君。不辭短棹浮江水，肯向空山問野雲。卷裏悲歌驚變徵，眉間精悍薄秋雯。如何矯矯干城選，但遣毛錐日策勛。

一旅湖干奮義師，當年破竹更窮追。征袍飛血波迎艦，舞劍豪吟月照旗。罷戰獨能逃爵賞，算緡猶自佐軍資。全吴今又淪豺吻，盍起重煩白羽麾。

海仙以所輯洞庭詩話見示率題其後

帝子幽絃萬古靈，騷人來往擷芳馨。盡教收入軒皇樂，九奏鈞天發洞庭。

廿五篇騷讀易終，全吞雲夢未爲雄。如何一卷烟波闊，日夜乾坤納此中。

秋　漲

陽侯鼓浪再浮空，復嘆懷襄在眼中。頗似夫差執金鼓，黄池暮氣尚争雄。

秋來江氣帶龍腥，吸引岷源與洞庭。漫挾百川先自壯，順流終要見滄溟。

登山望江漲今年夏仲，江水没夷陵城可二十餘丈，蓋從古未有之事。頃已秋仲矣，而下游横潦仍未消涸

西來江出下牢關，貫絡東南天地間。自古靈長功潤下，無端悍疾怒漂山。沃洲猶恐淪將没，息壤真疑盗未還。秋老蛟龍仍跋浪，横流誰起濟時艱？

咄嗟復咄嗟行

咸豐庚申二月，金陵窮賊潰圍而出，張殿臣軍門躍馬逐之。戰方酣，有發火鎗擬其後者，軍門立殞。則大臣某奴子，受賊金爲此謀

也。軍門麾下卒盡見之，痛哭且大譁。大臣某惶遽自栽。或云大臣縱奴不問，疑預聞焉。王子悲之，賦是篇也。

咄嗟復咄嗟，重臣一旦爲長蛇。長蛇不在赤眉輩，乃在登壇高建牙。賊中最憚只張帥，誰料重臣更深忌。百戰奇功轉見訶，伏謁轅門恒屏氣。重臣養得霍家奴，逆賊暗遺金與珠。教之乘閒斃張帥，射影爲蜮潛伏狙。約成賊果犯壕進，張帥躍馬當豺貙。變生肘掖火槍作，裂背洞胸頭骨枯。金陵窮寇遂得志，一舉栖越兼沼吴。嗚呼長城忍自壞，爲賊剸刃出意外。張帥誓死期報君，死賊死奴何足分。君不見來歙死、岑彭亡，雖中刺客劍，何異殞沙場？毒矢伏機代賊發，重臣汝獨何肺腸？汝養奸奴受賊使，賊亦視汝若奴比。奇冤不散成愁雲，誰叩閶闔爲陳此。奸奴菹醢不足數，重臣死猶污厚土。潛夫驚咤摧肝腸，蜂蠆居然僕天柱。百身莫贖泪如雨，何況三吴衆士女。

九曾赴鄂過談夏間夷陵潦勢

江没夷陵城上樓，蛟龍鼓浪助陽侯。全傾巴峽無餘水，欲倒荆門與并流。托命危同孤嶼泊，凌波幸有一壺浮。歸來仍被飢驅走，又犯洪濤詣鄂州。

曉　望

水氣浮空暮復朝，濛濛六幕似垂綃。卧波樹杪微明滅，插浪山根倏動摇。魴鱮總看登市賤，龍黿誰遣入秋驕。南來日見戈船下，何必吴兒解弄潮。

寄耀卿二首

憶乘夏水發歸船，一别金風遂動天。頻枉音書詢岫壑，坐思英杰間山川。渚宫新雁聲初過，江浦明蟾影再圓。吟管清尊雙寂寞，離愁長在楚臺邊。

秋山一老卧蓬門，蜂蠆驚聞過客言。謂張殿臣軍門近事。天下奇冤寧有此，江東軍事不須論。更從何處求飛將，尚惜無人訴帝閽。悲憤新吟寄吾子，和歌還望慰忠魂。

畣姚俊廷少府姚成都人，時權臨湘尉，渡江見訪，方有蜀警云。將請纓還鄉里

聞道成都錦水傍，武侯祠近浣花堂。榿林礙日依然否，古柏參天幾許長。無路得持金馬節，因君還問碧鷄坊。造門更枉投佳什，愧乏瓊瑶作報章。

仙尉風流復見君，一官聊狎鷺鷗群。擬回太史浮湘棹，歸草相如諭蜀文。握手林泉同嘯傲，驚心江海尚塵氛。扁舟乘興俄然返，相送柴門日又曛。

側　聽

夷陵江漲没城郭，九十九洲淪白沙。武健非時行擊斷，潜夫側聽起驚嗟。似聞封豕猶難制，倘念嗸鴻未有家。朱博雖矜能折服，何如卧閣息紛拏？

蓮花橋禊飲圖爲李君題二首

美人隔秋水，望望天之涯。秋水不可極，迤邐芙蓉花。花開亦何麗，照水如丹霞。長虹飲天半，仙者回雲車。下與湘中客，結佩搴瑶華。我欲往從之，道路幽且遐。塵纓久未濯，矯首徒咨嗟。空咏水中沚，凉露生蒹葭。

當年散金大殺賊，精悍眉間壯士色。今來醉卧芙蓉秋，巾服蕭然成

野客。丈夫落落栖風塵，道與龍蠖同屈伸。野鳬汀鷺自爾汝，見慣誰識英雄人？

三　古

三古風斯下，諸方俗不齊。道師童牧馬，政鑒孺驅鷄。飾智終多擾，澆淳未可堤。由來清净術，含德遍烝黎。

八月十三夜玩月江皋

秋江何浩浩，秋月亦將盈。江流夜不涌，江月皎且清。此江與此月，今夕相合并。二儀助勝會，灝氣泄其英。寰中有風景，多取人誰争。造物亦不禁，夫孰謂我贏。我覺心神朗，豈但骨體輕。放懷縱所納，無往非虚明。了了悟性體，本來常湛瑩。惟在滌元覽，無滋纖翳生。

中秋夕乘興至江上看月是夕秋暑尤甚

青天萬里一明月，下照滄江浩浩流。江漲驟成溟渤勢，月華長送古今秋。望來遥岫如將渡，興發狂歌未肯休。俯仰乾坤惟灝氣，人間何處不瓊樓。

何曾爽氣薦金飆，客暑當秋氣轉驕。莫倚笙歌留皓魄，即防雷雨動中宵。世間倚伏難窺測，天上盈虧迭長消。静裏澄觀思柱下，先幾無過識能超。

洪波行

誰言天道多神奇，贏縮常被庸人窺。昨日洪波浸千里，旋看潦退成空陂。寒暑雨暘皆有極，循環晦朔無差忒。如何星孛斗牛躔，十載干戈今不息。

晨　棹

夕帆黄歇口，晨棹子胥祠。野鷺獨飛處，秋波無盡時。摇摇身似梗，惘惘鬢成絲。回首瞻叢桂，慚吟招隱詞。

冒雨渡湖

烟澂濛濛雨，湖湑瑟瑟波。凉侵羈夢斷，秋入水雲多。碧柳將零候，紅蕖奈晚何。蕭晨感遲暮，少壯悔蹉跎。

雨　泊

黯黯天如墨，瀟瀟晝不分。葦纅千頃雪，荷卷一湖雲。羈旅年年滯，淪胥處處聞。渚宫猶未達，倚棹悵離群。

飄　摇

長天圍廣澤，天地一浮漚。水氣多成雨，湖光并作秋。飄摇同候雁，澹泊愧閑鷗。乞食栖栖者，非懷孔墨憂。

征　帆

日日征帆傍水村，篷窗羈緒不堪論。凉兼風雨秋將老，漲雜沱潛色總渾。高蹈猶慚黄鵠舉，前盟敢負白鷗言。幾時真遂還山計，蘿挂扶疏只閉門。

舟經立甫故宅愴然有作

秋風號破屋，猶似泣精靈。一蹶傷英物，連年失將星。人才誰復繼，吳越遂難扃。嗟汝長驅志，空埋劍血青。

曉　　發

鷄唱曉雲開，征橈各未閑。孤舟秋夜夢，一枕故鄉山。隕葉飄無定，奔流去不還。澄清空有志，坐惜鬢毛斑。

煙　　雨

欹岸參差往復還，秋林相送碧彎環。一川烟雨空濛外，何處挐音出葦間。

三湖守風

柳陰重繫木蘭舟，兩度西征阻石尤。正是滿湖烟水闊，凉雲留看雨中秋。

秋　　光

遠樹圍村成叠巘，遥帆銜霧矗浮圖。秋光好在空濛裹，不看晴湖看雨湖。

入裹湖波色始清

潦溢川多濁，渟洄此獨清。深涵秋澹碧，定攝景通明。妙翦并刀快，新裁魯縞瑩。緇塵雖不染，亦欲濯吾纓。

暮　泊

蓼花低處繫輕舟，旅客心驚素節遒。日暮西風吹急雨，垂楊臨水不勝秋。

曉　霽

雨過濕雲收，輕帆獨溯流。蟲聲栖迸曉，鷗夢澹忘秋。梁苑看遥接，荆臺許續游。相期諸俊侶，翦燭豁離愁。

愁　霖

秋雲恒不散，日夜宿湖中。翕勢即成雨，騰霄不藉風。疲農猶嘆室，横潦尚浮空。下土愁霖唱，何由徹上穹？

湖中即日

蕭晨欲霽散林烟，凉逼菰蘆一色天。縱使秋光容易老，澹雲疏雨也堪憐。

湖行遇雨

朝來霽色破湖烟，驟雨俄教滯客船。葭雪九秋凉逼岸，葑雲百里碧圍天。驚風掠水魚争躍，細浪縈汀鷺獨拳。一片秋心無著處，蒼茫梁苑楚臺邊。

季秋來講舍庭桂盛開繞樹成咏因與箴三星堂淵甫耀卿申重九之約

自我返故山，皓月當中秋。叢桂未作蕊，枝葉空相樛。季秋至講舍，有桂百尺修。含苞獨蓓蕾，蓄意何綢繆。重陽適已近，金飆日颼飀。佳植若朋舊，愆期爲我留。根深得氣厚，勃發難劍掔。金光涌晴昊，精彩驚欲流。俊侶喜過從，舉酒方相酬。漢南昔攀桂，連蜷被岩幽。自從惡氛作，掃地皆虔劉。兹桂秀吾郡，幸逃斤斧憂。羈人志招隱，遲暮猶可求。黄雪散千斛，天香空際浮。側顧東籬下，菊英亦漸抽。菁華并灝氣，競時各未休。白藏騁妍麗，餘力何其優。月華復冉冉，來照中庭游。寄言二三子，且與傾金甌。寒霜凛欲下，無嘆飛光遒。

晚坐桂樹下復得三絶句

縹渺衆仙來玉宇，香光丈佛涌金身。仙根忘却秋將老，不畏清霜夜嚮晨。

誰吹黄霰糝林端，天近重陽候漸寒。雁户倘堪金粟飽，便分金粟勝金丹。

秋香未及月當中，爽氣猶迎落帽風。招隱小山遲亦好，歸來三徑待陶公。

登　樓

蕭晨望遠獨登樓，直北烽烟繞帝州。天轉龍旂關路迴，霜高熊館塞垣秋。從官交侍千牛衛，供帳誰迎八駿游。邊地黄花開近輦，名王拜奉萬年甌。

朱雲門觀察爲畫螺洲釣宅圖寵以題句賦詩報謝

使君才氣濟川舟，餘事能兼顧虎頭。逸興爲摹青箬笠，高吟還動白蘋洲。便從荒徑招猿鶴，遂有歡聲到鷺鷗。自喜敝廬波不撼，將憑彩筆壓江流。

古　愁

難謁靈修叩化機，古愁終日泪沾衣。但看暘谷騰朝旭，誰向咸池挽夕暉。周室王城徵再築，漢家火德值中微。瓶寒葉落皆恒理，先事由來悟者稀。

真人黄鉞下燕關，於鑠神功宇宙間。玉檢告天標日月，金甌括地鞏河山。千年文軌通諸夏，重譯梯航走百蠻。列聖聲靈猶赫濯，甄虞陶夏迥難攀。

天威無外讋滄瀛，誰料波臣敢弄兵。跋浪盡驅蛟蜃族，傳烽直薄鳳凰城。八關都尉環畿甸，七萃戎車列禁營。聞道柏梁臺盡毁，離宫炬火徹宵明。

六飛逾塞重時巡，扈蹕方明衛百神。霜信帷宫嚴梐枑，星文帳殿應鈎陳。旌旗灞上分屯日，車馬岐陽大獵辰。盛典先朝仍纘武，烽烟不犯屬車塵。

家世陰山貴且强，出身爲國掃欃槍。親提代北沙陀部，群倚汾陽異姓王。直奉心肝扶社稷，不教鱗介易冠裳。捷書早晚迎鑾速，送喜騰聲遍萬方。

休驚寰宇半兵戎，多難興邦自昔同。引過建中哀痛詔，納言貞觀諫争風。皋夔夾陛調元化，方召登壇奏武功。翹首憂勤銷阸會，配天寳歷耀無窮。

【校記】

〔1〕“豁”，原作“谿”，據戊戌本改。

卷二十　詩辛酉

雨中移竹

臨窗地稍隙，冒雨鋤蒼苔。移得數竿竹，殷勤深自培。客來道物理，榮落何常哉。瓊花及玉樹，今方萎且摧。朝看野草蔓，直上姑蘇臺。暮見洛陽陌，銅駝荆棘埋。人生等傳舍，萬類皆浮埃。一笑起謝客，此君堪共陪。達觀豈不悟，且欲娱襟懷。寒篁望擢翠，將掃凍雲開。歲晏雪霜下，鳳凰來不來？

植芙蓉

羲輪逝不止，元冥俄司冬。蕭齋種竹罷，繞檻方支筇。畦間有餘地，掩映植芙蓉。騷人想奇服，木末如相逢。青女氣何肅，霜華亦已濃。誰知妍麗質，乃有端勁容。臨鏡作春態，爛然錦綉重。天寒正藉汝，吐艷慰龍鍾。何況拒霜性，凜凜猶貞松。

曉赴沙津

郭外上朝暾，栖烏散遠村。微霜輕約樹，寒潦亂侵原。浦外葭蘆折，畦間荇藻翻。涉冬猶泛濫，天意固難論。

劉琪峰茂才過訪枉詩見貽答贈四首

同浮一江水，相失百蠻天。豈謂依劉地，真乘訪戴船。風塵雖落落，文藻故翩翩。摇筆吾衰甚，尊前避少年。

歸昌鳴中律，世未識長離。英俊飄摇日，乾坤板蕩時。數椽殘燧火，八口寄江湄。落拓歸來晚，仍嗟索米飢。

荆臺非昔日，勝概總沈淪。蘭没羅含宅，茅荒宋玉鄰。英雄留割據，詞賦委風塵。懷古君才健，高歌泪滿巾。

塞雪霑黄屋，邊風拂翠華。誰清雙鳳闕，即返六龍車。事異唐天寶，時非晋永嘉。區區嫠恤緯，相對泣天涯。

園丁以竹至續種之

入林增六逸，壯我歲寒盟。根許陪龍卧，柯還答鳳鳴。摇金篩月影，戛玉助風聲。直待春雷後，凌雲節便成。

日出入行

日之出入有常家，西經濛泛東若華。天街躔舍表黄道，何爲頓轡淹龍沙。陰山積雪高崔嵬，紘干凍雀號且哀。不聞黄竹唱，誰進瑶池杯。是間但有黑龍銜燭照幽朔，嗟爾三足之烏胡爲乎來哉！羲和夾左右，失職乃其咎。中州不仰至陽精，錯落更誰辨箕斗。自從日馭行寒門，九土窮奇無不有。蓁蓁蝮蛇日啖人，白骨纍纍若邱阜。吾將叩閶闔、祈上元，魯陽揮戈黄人捧，大丙王良相後先，矯首赤龍起奮軛，火輪扶上當中天。

天　醉

海水群飛大地波，黄金臺勢没嵯峨。百年果有伊川痛，五子猶聞洛汭歌。闕下戈鋋喧鐵馬，宫前荆棘泣銅駝。生靈芻狗嗟今甚，天帝銜觴醉若何？

威制蠻夷控八埏，聲靈王會肅千年。豈聞潛鱷能升岸，未信神龍可脱淵。雲罕星旂秋出塞，參旗井鉞夜臨邊。不逢金母瑶池宴，雨雪誰賡黄竹篇。

鳳城遥望聳雲間，宿衛期門日夜環。竟有蚍蜉摇大樹，曾無虎豹捍天關。諸侯當爲尊周起，大駕誰迎幸蜀還。温嶠不生陶侃没，野夫江上泪空潸。

傳道長安事日紛，腥風九陌遍妖氛。鯨牙裂網翻三島，蜃氣嘘樓逼五雲。柳市夷琛方列肆，棘門兒戲未成軍。神州赤縣張番樂，曼衍魚龍總不分。

嫚書惘嘪逞窮奇，喋喋珠盤載誓詞。鱗介將淆秦郡縣，侏㑇敢雜漢官儀。九州瀝髓猶難饜，百計吹毛悉是疵。賈豎白徒能跋扈，雷霆何不奮王師。

力扶鰲極答恩深，衆口囂囂遂鑠金。昌國立功翻見忌，汾陽罷將獨何心。威名堪寄北門管，棄置徒悲東武吟。戚里孤忠天一柱，蒼蠅休得巧相侵。

寒雪三春百卉傷，漂山夏潦駭非常。愁心氛霧迷天闕，泪眼虹霓蔽日光。九廟神靈原陟降，六師威武足張皇。宵衣撥亂猶非晚，旋軫鑾輿撫萬方。

庚申至日感往愴今成七律二首

先帝昔年長至節，官儀曾忝綴鴛行。燎通爟火瑶壇肅，仗繞祥烟玉殿香。龍虎節頒馳絶域，鰈鶼郵進貢明堂。天家威德猶堪述，記憶分明畫省郎。

今年至日感蕭條，北望龍旂塞上遥。三輔未看蒼彗斂，千官猶夢紫宸朝。謳吟率土難忘漢，雲日中天總戴堯。官守誰趨行在所，傾葵無路進祁招。

對雪憶耀卿

蕭齋昨夜朔風驚，玉戲天公頃刻成。一鶴啄苔寒獨立，群烏擁樹晝無聲。人間葭琯回陽律，江上梅花繫遠情。逸藻俊才吾最憶，芳尊猶悵隔高城。

答張小雲茂才

輕棹還鄉里，霜寒橘柚繁。江聲通蜀道，山勢接荆門。汲古才逾健，甘貧道益尊。干戈雖未息，終不阻鵬騫。

蕭齋風雨夕，念子最英奇。大雅非寥落，凋年易別離。題書勞執訊，望遠更裁詩。正遇傳箋雁，知予返棹期。

得唐鄂生司馬蜀中書却寄

故人有子爲虞詡，盤錯朝歌利器同。按劍晨摧堅陣破，銜枚宵爇逆巢空。徙薪憂禍先陳策，大樹逃名不上功。知汝威名將鎮蜀，韋臯持節錦城中。

書來感激意何哀，太息波流未可回。階亂幾曾澄吏道，阽危終不辨人材。桓桓誰鑿凶門出，擾擾翻增利孔開。世事大都如蜀比，杞憂無語罷銜杯。

吞聲行

孟氏戒言利，吁嗟言之長。家國奪不饜，争端多殺傷。豈知百世下，華夷泊其防。窮島十萬里，豎亥所難詳。算船啓互市，毒禍機牙張。鰲忭尾閭溢，沸天撼扶桑。嚁靈驂恐溺，改轍淹北荒。鰈使抗盟會，鮫人雜冠裳。郡國遍海市，乾坤爲榷場。罄盡九州血，不充鯨鰐腸。蜃母五都集，蜃樓千尺强。祆神鼓雄誕，二氏莫能當。駔儈擅擊斷，裂盡百王綱。哀哉禮義俗，化爲鱗介鄉。夷吾不復作，姬旦亦已亡。吞聲勿復道，天道猶茫茫。

舟次寄春澤箴三淵甫耀卿

蕭蕭寒岸樹，澹澹曉湖雲。只覺津途迥，渾忘浦漵分。眠鷗殊自穩，離雁不堪聞。回首渚宫集，英流憶數君。

風利渡長湖

年來無事快人意，歲暮歸帆獨遇風。不睹龍驤舟楫會，漫隨鷗戲水天中。凍雲凝雪陰難散，寒潦吞湖氣尚雄。遥憶梅花春信早，家山隱隱大江東。

冬仲歸舟見積潦嘆之

嚴冬十一月，歸舟凌渺漫。訝此數百里，湖澤今何寬。夏秋潦絶壯，冬盡猶驚湍。宿麥不得種，耕氓垂泪看。一飽乏藜藿，遑念鶉衣單。租賦豈能貸，軍糈况又殫。水行不就下，驕蹇仍盤桓。陽德或少弱，陰邪乘此干。蚩尤敢怙亂，流血成波瀾。天吴挾海怪，髻鬣如戟攢。禁軍失捍禦，别館多燒殘。龍輅幸關外，飄摇邊塞寒。民生久憔悴，國步方艱難。嗚呼水潦盛，厥象爲兵端。銷弭豈無術，英豪猶屈蟠。滔滔未歸壑，鰲極何時安。

題汪禮門表弟詩卷

干戈滿地鼓鼙哀，薦辟紛然幕府開。盡道屠沽皆奮躍，誰知奇杰尚塵埃。悲歌漸遺英雄老，濁酒難消磊落才。漫興起吟三十首，頓驚風雪捲空來。卷中有《漫興三十首》。

蒙　　氣

水國陰常積，寒霄霧總凝。誰清天闕翳，立捧日輪升。蒙氣嗟方甚，陽精恐未勝。已慚無曝獻，邊候況凌競。

太　　息

登壇貔虎握軍符，太息勤王一旅無。赴難猶慚陶太尉，尊周空慕管夷吾。寰中賊虜遺君父，帳下芻糧竭轉輸。節鎮平生心許國，固應傳檄會匡扶。

鎖　　鑰

彗拂天彭井絡中，白丁持梃化爲戎。不聞方略求張咏，或恐流人奉李雄。蜀錦巴賨争索賂，庸奴賈竪起論功。劍門巫峽連秦楚，鎖鑰猶思嚴鄭公。

歸舟風利不三日已抵里

長飆西北送歸程，獵獵蒲帆夜有聲。可惜平吴好風力，將軍不下建康城。

季冬寒甚

冬寒今獨甚，冰壯雪頻飛。運借兵刑氣，天回凜烈威。摧傷增毅力，閉塞兆生機。消息常如此，誰知造化微。

對　雪

塞遠風逾厲，天寒駕未歸。陰山三丈雪，莫傍翠華飛。

旬日以來雪勢未已

莽莽陰山雪，乘風入塞來。因留丹鳳輦，故徙白龍堆。九野琪爲樹，千峰璧作臺。遥聞行在詔，法駕按春回。

一雪經旬日，山川望不分。朝沈鴻雁渚，宵噤鸛鵝軍。獻曝情空切，回陽律未聞。窮檐懷百慮，薄酒不能醺。

薖園對雪寄耀卿

家山對雪悵離群，欲折梅花遠贈君。流影尚疑荆渚月，回風難寄洞庭雲。溪橋得句誰當和，燈閣開樽孰共醺。猶憶早春能放棹，郢歌還待幾時聞。

序入季冬兼旬風雪寒威尤厲

冬雪農所欣，過甚反爲沴。積潦況未消，寰區遍烽燧。朔風晝夜號，寒威亦何厲。浮雲結重陰，閶闔儼深閉。走獸凍落毛，飛禽銜羽避。三軍嗟瘃膚，疲氓半僵斃。頻年冬候愆，衆情狃温惠。酷烈驟然更，慘怛可憂悸。明明上天心，仁愛豈遽戾。元冥雖司時，焉敢怙權勢。鰲忭滄海波，震蕩及幽薊。勃然召雲將，赫怒實天意。滕六盛濟師，前驅掃氛翳。助張殺伐威，大戮鯨鯢輩。不爾春將回，苦寒盍爲至。翹首祝太清，六合即開霽。紫陌迎陽輝，黄圖煦淑氣。鸞旗翼百神，行返蒼龍轡。

瞑坐對雪

回風吹急雪，雜遝舞檐端。莽莽川原合，沈沈天地寒。潛機春信近，流影歲華闌。山館疏梅坼，猶遲蠟屐看。

冒雪行視里中江流決處

北風亂捲沙壖雪，漠漠江天鳥飛絶。兩涯東西岸若山，中有沈沈一川裂。居人道昨重陽前，江勢西來吞百川。天公欲賜濯龍淵，奪我千頃桑麻田。洲腹横截堤中摧，江湖合勢聲喧豗。如虬古柏委根幹，故時廬井安在哉？漢鑿褒斜鐫底柱，功不能成役徒苦。豈知人力終遜天，頓化平疇作水府。君不見歷陽一夕沈爲湖，汝南鴻隙陂忽枯。千年岸谷未足恃，萬事翻覆何時無？老農汝勿吞聲哭，官吏乘春興版築。潦涸蛟龍當徙族，南風還汝稻苗緑。

立　春

凉雰雨雪歷三旬，天上珠杓乍指寅。此日邊庭猶駐輦，條風先發塞垣春。

湘秋惠龍窖茶臨湘邑東有龍窖山，産茶名雲霧茶

封題佳荈貽龍窖，鄭重傳書度鴨闌。摘葉携從雲霧窟，燃松烹對雪

霜寒。夢餘酒渴消除盡，天外詩心涌出看。一盞便成功德水，報君猶愧乏琅玕。

木冰行

滄江倒捲朔風勁，猛雨澆寒寒轉盛。封條一夜盡成冰，萬樹瑶林皎相映。古云木介達官災，天意蒼茫豈易猜。祟班尸素生何補，只莫凋殘柱石才。

寒　霖

層冰飛雪壯峨峨，冬潦縱横捲白波。更苦寒霖喧晝夜，真愁平地溢江河。哀鳴傍渚饑鴻滿，落羽連山凍雀多。皖上凶渠猶索戰，十年曾未靖干戈。

東鄰陳君韻石得松根如芝負以見貽

誰劚深山百尺松，松根入地曲蟠龍。肪凝石氣連蜷古，精化芝雲掩覆重。逸客好奇能負贈，衰年相對與從容。金光照室如靈草，何必蓬萊海上逢。

新正三日復雪辛酉

昨冬方苦雪，飛雪復乘春。似妒疏梅艷，翻争彩勝新。寒猶侵邃室，凍未解通津。只訝開懸圃，瓊瑶委路塵。

赤驥仍拳局，金烏只閉藏。不知司橐籥，何憚奮陽剛。淑氣遲平壤，層陰壓大荒。始和乖布令，吾欲咎勾芒。

寄黎伯容參軍

風塵羽檄尚頻飛，日日滄江宦興微。寒甚最嗟黄竹咏，春來惟望翠華歸。鷗鳧踪迹同盟久，雁鶩文書晝諾稀。閉户新吟堪自遣，只愁零落故山薇。

春　感

候有冬春異，時無雨雪休。寒門天大啓，沙塞帝仍留。郡國朝正滯，山河帶甲愁。飢鴻遲北嚮，嗽羽尚汀洲。

寄展其明經

英英吴季重，後乘逐高軒。若上白麟對，當登金馬門。處囊韜利穎，傾峽倒詞源。閶闔秋風近，方瞻勁翮騫。

奉寄袖石方伯

朝廷近日謀西幸，扼險崤函正直東。再轉屏藩高岳牧，三秦門户倚河嵩。時危可少桓文業，地近尤資晋鄭功。翼戴方今數才略，非君誰任出群雄。

高李歌呼壯昔游，吹臺邈矣悵難求。一時詞客隨雲散，萬古河聲入海流。垂老遥思追嘯咏，故人今見擁旌斿。方當命駕輕千里，來作梁園十日留。

春寄張仲遠觀察

罷職彌憂國，投閑益效忠。傾陽瞻塞北，决策贊關中。陸相艱難計，留侯社稷功。謀謨能見采，何謝古人風。

羸病逢多難，江湖嘆遠臣。空令毉國手，徒作養痾身。骯髒醒還醉，悲歌秋復春。無爲安石卧，終起靖烽塵。

贈方生柳溪正學先生裔徙居江陵

道在章縫業，天扶忠義門。孤寒惟石隱，正學有雲孫。粳稌艱營飽，菰蘆密作村。暮霞送飛鶩，引領獨忘言。

泛宅本吾志，結鄰惟汝宜。湖天塵不到，浦溆路誰知。榆柳雲深處，芙蓉露下時。相携堪避世，只借水中坻。

孟春中旬始有暖意

累月寒威厲，今朝淑氣伸。誰將機暗轉，頓遣物皆春。候喜群生𢘵，功歸大造仁。陽回看紫陌，花柳欲争新。

鄧仲嘉茂才見和拙詩亹亹逼人賦此寄之

和歌揺筆走驚霆，陣掃千軍勢未停。年少獨憂邦杌隉，詞雄堪壯國威靈。嗟予苦調摧華髮，期爾和聲𡃤紫庭。風格前賢欣不墜，追驂婁水躡滄溟。

答淵甫耀卿對雪途次見憶之作

當君對雪憂行旅，正我茅堂欲□詩。三日帆行五百里，家山殘雪未消時。

大鈞篇

天公以陰陽爲大鈞，德刑并任相彌綸。奈何縱陰慘陽閉不得伸，吾觀五行四序淆然若，冬非我冬，春非我春。潦高六百尺，積雪深丈餘。栖山患凍踣，依澤患爲魚，嗟我民人安得鷇食而鶉居！何況蝥虹下，雺霧作，彗孛生，風雨惡。鰲抃鯨顛滄溟蕩，薄鑿齒，出啖人。魑魅晝逢，若軒帝當之亦錯愕，茫茫裹野途安托？我欲招巫咸，巫咸久上天；我欲起重黎，重黎職不傳。遂令三辰掩敝，二氣乖愆，駢灾叠變駭未睹，九疇洪範之書難盡編。江干老叟心如結，泪血臨風向誰説？便恐天柱傾、地維裂，無人制共工，禍萌不可折。乃知杞國非愚人，惟有憂天至深切。春風日日吹龍沙，安得送我眼中血！

春　雪

翦放瑶花影萬重，東皇曾未得從容。休驚人世干戈滿，天上朝朝戰玉龍。

苦　雨

夷道懸冰峻，巴山積雪多。方春霖不絶，入夏漲如何？但見銅渾轉，難期玉燭和。淪胥憂澤國，寰海况兵戈。

千村無薺麥，彌望總淪漣。雁鶩浮爲宅，蛟龍奪作淵。帝仁難可恃，農命藉誰延。牛種存何益，春耕未有田。

望湖吟答吴南屏學博

同在洞庭湖畔住，行吟日望湖邊路。湖雲冉冉接蒼梧，南幸重華渺何處。因憶古皇生古愁，對山巡海事悠悠。襄野曾迷軒帝轍，弇山空騁穆王游。祖龍意氣驕千載，鞭石駕鼉望東海。大魚吹起波連山，金闕蓬萊竟安在？當年芝蓋遠飄摇，萬里徒嗟歸路遥。不見湖中悲帝子，千春泪竹恨難消。昨君寄我湖上吟，動我離憂萬古心。湖漲湖消憂不歇，憂端直共海波深。

渡江行山中

踏遍江南岫，都如春未歸。峰晴浮黛薄，泉冷咽聲微。隴雉猶難覆，林禽亦少飛。寄言桃與李，何日是芳菲。

白荆橋閑步

磴狹林風急，橋回石瀨分。人家圍峻壑，春色滯寒雲。孰啓籠山利，翻嗤力穡勤。乖厓今不作，誰與鎮囂紛？

重過斷山凄然有作往與浴吾、意蘧避兵於此

昔年同此避黄巾，宿草堪嗟裙屐人。重過黄罏惟灑泪，連山松竹不成春。

咏紅梅

羅浮有仙子，過飲上元家。綽約猶凝雪，瞢騰已暈霞。洞天多絳節，靈液足丹沙。凡艷羞桃杏，空然鬭麗華。

智　士

梁晋持河上，周齊戰洛陽。出奇虚可搗，决策敵難防。往事昭成敗，

兵形用噏張。臨機無智士，苦鬪日扶傷。

二月五日書所見

何來海舶入江湄，飛渡毛車信有之。萬古乾坤開俶詭，九州堂奥混華夷。朝廷有策施三表，帷幄無人畫六奇。刳木濟川由古聖，誰知階厲至今貽。

賈胡翻作伏波留，紫蚴明緐映蜃樓。莫信羈縻求内屬，豈真文物慕中州。金牛炫蜀能無詐，璧馬欺虞大可憂。但使天威終震疊，不妨權計示懷柔。

論　　都

烽火照燕山，宫廷甲自擐。不聞阪泉戰，遽出薊門關。熒惑灾先兆，巡游轍未還。萬方朝集使，北首望龍顔。

鎮未雄三輔，謀仍輟五遷。阻兵艱運道，并海逼烽烟。虎旅誰憑堞，龍旂尚駐邊。論都原大計，高議在朝賢。

虚慕關中勝，群公抗表言。私憂懷杞國，隱患伏花門。莫倚殽函險，終虞供億繁。金城殊昔日，蕭索五陵原。

河山雄表裏，天下晋尤强。若建新宸極，端居古薊方。舟船諸道達，阨塞九邊長。行在宜并土，何人叩帝閶。

千官扶鳳輦，萬乘涉龍沙。天自開黄道，春當返翠華。名王勞獻炙，禁旅久離家。八駿歸原速，無言塞路遐。

古來多難會，亦有不臣朝。懲往中興速，思艱反側消。儉勤師夏禹，哲惠配唐堯。國脉千年固，苞桑孰動摇。

春　　興

南山飛白雲，晴黛落江北。江波生緑痕，演漾汀洲側。昨夜新漲來，柴門送春色。稊柳舞輕風，傾倒不自息。翩翩黄鳥飛，窺徑如舊識。游蜂亦有聲，沙暖卧鸂鶒。累月韜三辰，沍寒凜相逼。青陽今始暄，淑氣川原塞。桃杏雖未花，芳韶勢難嗇。不知元氣中，鼓蕩孰爲力。百昌出乘機，誰謝榮華德。吾生愛景光，欣欣偕動植。逍遥及良辰，何不蕩胸臆。

蘄　黄

東塞恃蘄黄，烽烟未易防。途衝成四戰，寇近萃千瘡。進每憂狼顧，疏難禦猘狂。何曾懲往事，歲歲誤多方。

始　雷

天邊惟積霧，春半始聞雷。陽抶重泉出，光澂六幕開。蛟龍驚壑底，魑魅泣山隈。閶闔陰雲解，方迎法駕回。

入山寺

灌木蔚成陰，山中春氣深。風香團雜卉，谷響答幽禽。樵牧或時造，烟霞惟獨尋。僧寮無一事，鐘梵不聞音。

繞寺岡巒抱，窮探磴路斜。屐沾幽蘚迹，袂罥野藤花。湖漲多侵麓，江浮漸没沙。獨游清興愜，兼得攬春華。

清明書感

芳辰寂寂掩山家，山外長風蕩浦沙。但有蒼黄憂燧火，絶無紅紫鬭春華。戈船時見張征旆，綺陌空思走鈿車。日費黄金求武猛，誰知豺虎尚紛拏。

歸　雁

屬車秋度漠，陽鳥入關飛。雁序春仍返，龍荒狩未歸。戈鋋江浦盛，霜雪塞垣稀。念爾呼群急，遄征候不違。

傷春絶句

鶯花今歲總愆期，過盡清明上巳時。除却蘼蕪與楊柳，春來春去有誰知?

齊安一夕化爲戎，西鄂仍驚燧火紅。血色夭桃臨水泣，年光多在亂離中。

西上帆檣日夜過，倉皇盡室避兵戈。頗憂贔屓翻江漢，不獨郊原虎兕多。

未知何處可移家，但覺紛奔似永嘉。莽莽荆榛蔽南北，人間誰見武陵花。

旅泊茫茫江上春，天涯揮泪對芳辰。汀洲千里多蘭芍，誰是臨流祓禊人。

三户殘黎最可傷，年年只上避兵航。東風吹緑無情水，不管傷春人斷腸。

雲卿太守舟過敝里風利不得泊遣持小照索題

盤渦日夜鬥雷聲，坐嘯蓬窗了不驚。峽勢直從天上落，道心常向險中平。蛟鼉跋浪徒相伺，鷗鷺翻飛自覺輕。別有萊公開濟意，何妨野水一舟横。

功名涔擢二千石，歸興難忘卅六亭。在君山。世事尚憂烽火赤，家山遥隔洞庭青。昨乘飛棹過蘋渚，未得征帆泊柳汀。宦海蕭然忘寵辱，只君鴻鵠獨冥冥。

雲卿太守被檄領江漢互市事詩以寄之

楚江互市啓權輿，調護知君智有餘。暫用懷柔馴蜃鱷，還憑忠信格豚魚。通賓鰈使侏儺雜，聚族鮫人陸地居。漢過不先今日始，銷萌未可制防疏。

牡　丹

風鶴滄江泪不乾，春光斷送百花殘。香雲紅雨從他散，誰更林亭問牡丹。

柳

作縷黄金才幾日，飛花白雪已連朝。春風欲去未能去，江北江南柳萬條。

後傷春

豈真鄗子便無歸，誰與旄邱賦式微。正是春江花月夜，滿天烏鵲繞枝飛。

方城漢水尚依然，風鶴才聞已播遷。莫訝傷禽飛易墜，故瘡猶自怯聞弦。

翠羽明珠委路塵，紅顔擁髻泣江濱。年年避寇當三月，漂泊楊花不算春。

江干雨後落花多，拂水沾泥奈若何。猶勝浮家諸士女，殘魂生死任風波。

汀洲極目莽風沙，泛梗漂萍未有涯。自恨不如新燕子，羈栖好去傍誰家。

大江東下無安土，日夜千帆盡向西。聞道夔門更西上，烽烟紅照子規啼。

楚塞東連寇壤環，番艅互市逼通闤。亦知鄉井原無恙，縱落天涯未擬還。

遷衞封邢拯阽危，齊桓功在一匡時。交侵中國才如綫，讀史千秋有所思。

寄訊伯容參軍

驚定詢黎子，將無賦式微。城虚民去久，春盡吏還稀。潛鱷江湖伺，傷禽日夜飛。叢憂與孤憤，迸作泪沾衣。

烈風五晝夜疾甚焚輪南風甫止北風旋作

南北風相競，喧如萬鼓鼙。雌雄争楚漢，勝負角周齊。石蹶千林震，塵揚六合迷。茫茫真宰意，盛怒盍爲齎。

憶　昔

憶昔唐宗幸陝年，方州赴難尚遷延。誰憐蜀道孤臣淚，白髮深山拜杜鵑。

洪湖曉發

湖風送征艇，不異泛仙槎。遠色浮青靄，翔陽涌赤華。喧豗驚未息，澒洞駭無涯。惟有舟前鷺，飛飛掠曙霞。

疾風過桃花井

翠茭映新蒋，邅回渚復汀。飛來片帆影，劃破水天青。

種桃人不見，空説桃花井。短艇送殘春，飛花去無影。

帆脚驚欹側，顛風尚滚沙。生憎雙燕子，掠水鬥輕斜。

三月廿五日舟中作次日立夏

寂寂扁舟裏，天涯此送春。青陽遲暮日，白首道途人。桑柘陰相接，菱蒲蔓又新。維舟問鄰舫，多半避烽塵。

繫纜古堤口沿岸行見連理木咏之

殊根均芘蔭，結蓋共枯榮。龍劍雌雄抱，鴛巢左右鳴。蕭朱慚意氣，管鮑喻交情。亦有孤桐怨，春來半死生。

曉渡三湖

仙人戲海上，誤墮碧玉壺。壺中盡仙醖，瀉地爲明湖。日華下照之，静見龍銜珠。我舟御風至，愛此鮫綃鋪。幽境絶寥曠，蕭蕭菰與蘆。烽塵半天下，是間吹到無？憶我舊釣宅，洲畔多蘅蕪。終愁邇豺虎，犂爲榛莽區。更欲托中沚，移家來寄孥。從兹謝物役，啓社招鷗鳧。

裏　湖

裏湖尤雋絶，可以喻廉貞。一勺試分飲，我心如此清。龍鱗隨日見，雁齒帶雲横。誰道壺天小，中涵萬象明。

卸　帆

片帆西上挾長風，三日輕舟達渚宫。千載蘭臺詞客去，何人堪賦大王雄。

舟次寄耀卿

吹笙年甫壯，馨膳侍雙親。藹藹庭除内，好風清且淳。深心探古義，閎覽謝時人。不遣文章露，誰能測鳳麟。

昨歲來時路，曾聯李郭舟。風花三月暮，鼓角萬方愁。楚塞烽仍逼，江關戰未休。新亭餘涕泪，只合共君流。

送李月卿公子携家寓居公安

忠貞門第嘆流離，磊落風塵故自奇。玉樹當年原愛子，羽林今日是孤兒。九州燧火狐鳴野，八口驚魂鵲繞枝。行矣桐卿堪卜宅，報劉猶得展烏私。

送張洊山同年謝病歸田

衆皆先治辦，子獨守廉平。不遣吏民擾，自然齋閣清。從容能化俗，悃愊久忘名。忽惜鄧侯去，咨嗟父老情。

烽烟徹寰宇，獨念故園扉。耕隴桃源邃，巾車栗里歸。去思他日永，高蹈近來稀。望裹燕山迴，還雲倦更飛。

卷二十一　詩辛酉壬戌

涵碧亭歌爲東鄰陳仲鳴作

岷江怒蹴峽門坼，荆渚西來吞夢澤。林開岸豁波始平，萬里浮天混空碧。君家亭子臨滄洲，日向清江玩碧流。八表只看雙鏡合，九霄不見片雲浮。冉冉孤帆去未停，飛來白鷺破空冥。群山隔岸如争渡，無數芙蓉倒影青。知君逸興嗜豪放，對此襟情益空曠。澄江如練眼中詩，高咏元暉差可抗。螺洲釣叟住西鄰，未識兹亭孰主賓。濯纓借取亭前水，還洗胸中十斛塵。

澄秋閣歌亦爲仲鳴作

長江湛湛渺何極，天下無如此秋色。平鋪匹練迥連空，隔岸青山排鳳翼。皎皎飛來孤月輪，波文散作黄金鱗。光通河漢層霄界，漲合滄溟萬里津。江閣陳郎逸氣生，坐收萬景皆澄清。高天鴻雁群初起，幽壑龍鼉卧不驚。此中占斷秋光美，借君江閣日徙倚。一碧空明接天水，世間何處着塵滓，我心曠蕩亦如此。

桃花澗與下一首亦爲仲鳴所作

疑有秦人洞，仙源此路分。壺中澄碧玉，天外墮紅雲。艶影迎朝露，香風送夕曛。漁郎猶可問，招隱欲從君。

白蓮沼

素面净無華，西施住若耶。試看中夜月，不辨一池花。凉雪侵衣袂，明璫映浦沙。冰甌浮玉醴，高宴水仙家。

入夏以來恒陰匝月繼之風雨

訝此正陽月，翻教蒙氣乘。風驚群木拔，雨助百川騰。宿靄乾坤合，清寒日夜增。誰扶紅旭出，復旦變休徵。

倉皇惟調發，管榷日艱難。專閫丹心瘁，連城白骨殘。貪狼仍莫制，妖蜃復相干。獨發愁霖唱，憂來非一端。

熊仲放貽示雨中見懷詩閱日仍過訪講舍賦此奉謝

離居當仲夏，高唱發愁霖。頻下憂時泪，仍勞望遠心。烟生朝幌暗，雲結夕城陰。直待逢開霽，跫然命足音。

詩歌皆變雅，風景似新亭。日暮雙窮士，時危兩客星。便從商皓隱，莫作楚臣醒。回首人閒世，淳風邈大庭。

姚生行贈姚訥夫茂才

威鳳不得游卷阿，江湖鴻鵠愁網羅。露申辛夷悴蘭蕙，坎壈奈汝姚生何。漁父蘆中渡窮士，穰侯駐車索客子。古來亡命多豪英，我見姚生亦如此。姚生苦調聲蒼凉，冰蠶之繭絙空桑。津妾緹縈志并苦，仰天太息飛繁霜。君不見鐵額蚩尤率猛獸，乾坤大縱龍蛇鬥。十年流血成丹渠，帶甲如雲不能救。又不見鉤陳北指陰山下，羽蓋霓旌頓中野。鱗族揚兵閶闔門，九門誰是當關者？宗周嫠婦潸沾襟，魯國處女猶哀吟。天柱摇摇地維裂，忍視神州將陸沈。姚生勿嗟身見窘，何不請纓戮鮫蜃。區區仇怨皆牛毛，枕戈當雪國家憤。臨江節士彼何人，爲子高歌天馬引。

寄龔子貞學博

故人龔博士，豪氣未銷除。中歲棄官去，城南歸敝廬。逃名蓬藋徑，結舍莽榛墟。炯炯目雙炬，銜杯且讀書。

皇輿猶播越，赤縣遍旌旂。征榷飢逾督，人才亂更稀。橫流終不息，命駕欲何歸？知爾憂時作，悲歌泪滿衣。

驟　雨

南風助鬱蒸，倏忽妬陰乘。民愠何嘗解，山雲已驟興。雨兼愁不斷，水與寇同增。若問靈修意，蒼茫未可憑。

對　月

鄂州南塞少防兵，九嶺烽烟入夜驚。愁絶月華流照處，連山吹角赤眉營。

南　望

南望千山虎兕行，深愁難限賊縱横。誰知澤國憑天塹，猶勝熊貔十萬兵。

寄訊耀卿

萬國皆戎馬，恒虞相見難。登樓多攬涕，開徑少追歡。漸報烽烟逼，仍聞士卒單。峥嶸懸九嶺，誰用一泥丸。九嶺在崇通境，江右與楚南北界嶺也。

諸侯停貢士，行在滯邊州。風雨鷄鳴夜，乾坤虎鬥秋。猗蘭榮磵路，叢桂被岩幽。往問岐山鷟，何年阿閣游？

雙烈詞吊江夏隗氏嫂姑作

刀光照城如白虹，明日破城流血紅。嫂姑先夜死相誓，縋城并赴清波中。浮屍兩兩出沙脊，火爇崐岡雙白璧。紫烟不散衝雲霄，化作天門補天石。

家書至

臨江焚掠昔年同，何意音書次第通。望裏家懸烽燧畔，愁邊心裂鼓鼙中。一丸不塞關門險，百戰徒勞鬥將功。旋旆皖南能速救，老羆當道貉群空。

笋　生

幾日錦繃脱，森然破碧苔。少年矜節概，寒地擢人才。欲共蒼龍化，將招翠鳳來。新陰能却暑，幽賞助徘徊。

莫愁春泛圖爲龔生星槎題

盧女門藏烏桕裏，春波日日鴛鴦起。芳名不下苧蘿村，來往石城雙艇子。千載湖波冉冉香，春花春水泛春航。啼烏不見珊瑚鏡，栖燕難尋玳瑁梁。蕭家亦是英雄主，宫體相沿成樂府。青絲白馬壽陽來，金粉南朝變灰土。龔生年少擅才多，慨想風流委逝波。哀樂古今相倚伏，蒼凉不覺發悲歌。悲歌未竟烽烟逼，郊郢豺狼薦荆棘。白雪雄風兩寂寥，江山也帶愁人色。嗚呼戎馬無時休，近日王綱甚綴旒。乘風合起宗元幹，擊楫能無祖豫州。年少終期濟世英，幾時伏闕請長纓。剸鮫殪兕丈夫事，何用低徊兒女情。

雜感六首

帝臺雲氣晦冥冥，日奏鈞天夢未醒。世外蓬萊臨淺水，古來杯酒勸長星。路迷谷口兼商岫，風逸華胥與大庭。堂燕籬鷃殊自樂，只餘孤鶴泪交零。

居重高臨拱極同，黄圖無過帝京雄。貂蟬八座環丹陛，龍虎諸軍衛紫宫。鸞輅豈宜輕跋涉，驪山誰道避兵戎。垂堂重閉能無戒，直北關山泪眼中。

椎埋惡少弄潢池，豈有梟雄命世姿。斧鉞未伸司馬法，樓船空老上游師。權分列鎮誰先赴，鋭折長圍不用奇。在昔義真摧百萬，曾聞旋旆未淹時。

人才管庫遍搜羅，桑孔功逾頗牧多。不惜黄金求買門，須回紅日進揮戈。淪州覆郡仍如故，竭澤焚林後若何？青犢縱横猶滿地，滔滔榷算委頽波。

煌煌青紫易錢刀，談笑分符復擁旄。民爵秦時盈里巷，武功漢代遍鄉豪。但期計日軍儲足，安用停年選格勞。僉倚豐財平寇盗，私憂巧宦括脂膏。

窮髮奇肱混職方，開扃撤盡九州防。介鱗上涌樓臺氣，戎馬中開榷市場。天下倒懸驚未有，域中包禍嘆非常。周家德厚形偏弱，微管千年獨感傷。

星　變

孛貫紫宫出，南衝天漢津。晏嬰垂涕日，劉向拊心辰。可弛衣裓戒，誰將封事陳。葵悰無路獻，况隔塞垣塵。

得韓叔起比部書却寄

一紙書傳豺虎窟，廿年游散鳳凰城。愁看寓縣皆榛莽，厭説風塵尚甲兵。九伐終期王奮武，六飛誰奉帝還京。潛郎相望淪江海，未得馳驅并請纓。

十年無策靖干戈，奈此黄巾白馬何？方鎮猶嗟人杰少，交游翻惜鬼雄多。嗣宗廣武徒聞嘆，越石扶風只放歌。去去商顔堪把袂，芝華無數被岩阿。

咏古放言得絶句十九首

黄塵碧海幻滄桑，走馬千年速電光。蕩蕩天門高不問，投壺日醉帝臺觴。

誰遣蚩尤造五兵，冀州貙虎角爲城。握奇能整軒轅陣，終仗天威一掃平。

鄩灌戈過殄滅同，姒王再造復卑宫。誰知他日璇臺宴，忘却艱難一旅功。

中葉共球九域虔，湯孫最數武丁賢。若非奮發歌殷武，誰戴聲靈六百年。

眼看豐鎬等塵埃，穆滿馳心出九垓。瑶水弇山仍不足，中天更上化人臺。

興歌雲漢閔鴻嗷，淮浦徐方敢繹騷。但得君王修政治，自然申甫降崧高。

宫中夜宴絶長纓，雲夢田游日抗旌。隱語果能通諷諫，三年大鳥遂飛鳴。

大漢何言頗牧無，守文天子有雄圖。宫中拊髀求良將，緩急終能得亞夫。

危詞頗類屈原風，不惜亡身自發忠。炎運漸衰雄失據，攬須誰憶息夫躬。

争嘲洛下書生咏，誰識隆中梁父吟。獨立茫茫遺響絶，風雲終古任銷沈。

祖逖雖亡陶侃在，遥傳石勒憚威名。如何竟讓桓元子，北伐終能抗表行。

高齊將士尚雲屯，百戰何難保太原。馬首只思趨突厥，匆匆夜斬五龍門。

千村萬落莽邱墟，尚自多端蠹不除。直揭郇模三十字，猶賢痛哭萬言書。

恪佐前燕猛相秦，功安一國作宗臣。石郎但有桑維翰，也自存亡繫此人。

長樂疏鐘動曉河，朝天往日想鳴珂。宫槐帶雨成秋色，不及恩光塞柳多。

榮杲誅擒才數月，角梁梟滅未淹時。十年狂醜稽碪斧，不道兵家貴巧遲。

介胄盡聞生蟣蝨，兜鍪頻見出貂蟬。揮金養士非求鬥，掘塹長圍不計年。

誰憐國士困塵埃，草没燕昭市駿臺。樂毅劇辛成朽骨，摸金搜粟盡奇才。

岸上磨牙逃猛虎，江間掉尾憚鯨魚。君看滄海横流日，何地猶堪宿露車。

中宵雷雨大作先是問江漢間夷鯨一旦徙去

豐隆奮怒挾天兵，蜃市鮫宫一夕傾。風雨連江驅萬怪，雙流如鏡曉波平。

金光電劃九天開，燒盡鯨鯢骨作灰。京觀定當齊碣石，海神高起髑髏臺。

題楊利叔新議後

初訝舌端馳衍奭，徐驚心計過研桑。鑿空將欲籠山海，畫地真能變富强。平準特開千載局，菁華不竭九州藏。豐財剋日旋龕亂，只合論功首智囊。

朝霞有異色賦之

朝霞金鷟鸑，作勢欲翾飛。近日疑含瑞，垂天尚覽輝。長風吹不散，灝氣馭安歸。煉液思丹訣，晨光髮正晞。

南郡送舍弟子章歸里

涼風散秋暑，歸棹載湖雲。久客吾方倦，連床汝又分。疏蟬鳴漸歇，新雁起爲群。想到荆扉日，慈闈笑語欣。

羈　館

年光容易送秋期，羈館蕭條隱几時。摵摵驚風墮鄰棗，冥冥細雨浥園葵。賓鴻客燕如相競，朽蠹乾螢未有奇。掩卷只餘歸興切，故山蘿桂繫人思。

雨中庭桂始放

今年秋始半，金粟綻深叢。蕊壯還因露，香高不藉風。疏鐙憑檻際，細雨閉門中。三五佳期近，嬋娟或許同。

中秋雨夕

姮娥怯風雨，故遣密雲遮。徑滑苔全濕，庭虛桂自花。暗蛩攙夜柝，新雁避汀沙。寂寂高城裏，笙歌亦未譁。

飛龍引

九十六君安在哉？幽州惟有軒轅臺。軒轅合符北出塞，法駕遠陟崆峒來。飛龍雲際垂翩翩，乘之直上游青天。從臣攀髯莫能及，伏地雨泣空潸然。生前神鼎棄不顧，華蓋鈎陳渺何處。海涸山移日墜淵，閶闔沈沈但蒼霧。解進祈招少祭公，何如八駿返祇宮。藏弓瘞劍萬年恨，嗚咽橋山風雨中。

獨飲叢桂下

金風撼叢桂，黃雪糝莓苔。涼月又將墮，幽人殊未來。深宵褰綺幌，孤興覆瓊杯。招隱故山約，空令猿鶴猜。

九日招同淵甫箴三星堂耀卿諸子會飲并以歌詞相投援筆和之

百年勝日不常有，天送晴光作重九。古城地僻少高山，只合携尊共良友。九秋風物亦清美，楚客悲來未能止。感時草木多變衰，何況九州百郡半荆杞。軒后乘雲去不返，白雲渺渺九疑遠。日車天路誰當扶？壯士拊膺恨年晚。高會相逢皆俊英，蕭辰無故百憂生。空磨出匣倚天劍，但縱高歌裂石聲。君不見寄奴昔定南燕回，九日曾登戲馬臺。酒熟茱萸饗軍士，英風仗鉞何雄哉！又不見晋家北伐桓宣武，曾清河洛逐羌虜。歸來賓佐宴龍山，意氣風流足千古。英雄往事浮雲没，世難何堪多戰伐。諸君慷慨志澄清，我已蹉跎凋白髪。對酒猶嗟板蕩辰，百壺倒盡莫逡巡。新亭座上同收泪，須見神州戮力人。

客　思

寥空清迥足徘徊，望遠無端客思哀。晚歲艱虞逢戰伐，秋風摇落到人才。宫保胡公新没。乾坤復睹皇輿建，閶闔仍依紫塞開。誰贊惟新扶景運，諸陵王氣鬱佳哉。

九日張生繼堂率園丁肩竹至種之階下

此君同結歲寒盟，劚贈琅玕見汝情。來歲重陽值風雨，小窗助我答秋聲。

九日耀卿饋菊尚含蕊未花

黄花九日放猶遲，特遣尊前慰所思。可似泉明方漉酒，瓮邊醉眼未開時。

挽宫保胡大中丞排律八十韻

雄俊天何奪，艱難世未夷。事同留守恨，功惜豫州隳。九折輪摧阪，千鈞繫絶縻。生當圭卣錫，没作鼓鼙思。開府初援鄂，揚旌獨誓師。燎原氛正惡，堅壁陣難移。檄草無淹晷，軍符甚亂絲。多艱環慮灼，衆勚萃肩仔。壯矢吞狂兕，威驚卧老羆。呼號張義憤，管榷裕軍資。喋血城終拔，攻心績詎遲。耕耘仍布野，江漢復爲池。狡寇來頻挫，凶徒憚莫窺。招徠趨襁負，忭舞起瘡痍。根本能膠固，徽猷遂設施。庶寮除惰窳，百度肅綱維。墨吏章先劾，循聲轂首推。惠農寬賦斂，募士汰驕羸。徵辟宏開幕，詢謀直造帷。驊騮鳴輒顧，羔雁踵相追。握髮延無倦，虚懷納不疑。豪英咸吐膽，策力盡揚眉。裁决文饒匹，經綸景略規。令行流水速，教下疾風馳。弱卒終成勁，殘畺倏振衰。三淪兵燹域，一變富强基。擗摽歸廬墓，哀號强進糜。丹綸恩最重，墨經義奚辭。暴露親寒暑，廝徒共渴飢。頻煩籌筆驛，靡盬出車詩。將帥潜調遞，機權密指麾。淮渦圖并舉，廬霍待分披。疾擣濡須穴，徐封建業尸。壍成游釜泣，計定折棰笞。倉卒巡游轍，郊畿板蕩時。入援途盡梗，卷甲衆多疲。不展戡除力，難謀翼戴期。提袍申躍馬，仗節勖如貔。糈倚量沙智，軍懷挾纊私。忘身甘況瘁，嘔血竟支離。夢寐猶呼戰，存亡但付醫。養疴旋夏首，輿疾返江湄。皖口闉方拒，渠魁勢不支。梟巢焚結烈，鯨血濺淋灕。九地殲蛇豕，諸軍勇豹螭。黄州塵亦净，白下氣先褫。捷繼飛書至，功歸勝算持。有瘳虚報竹，勿藥爽靈蓍。人杰終淪喪，勞臣不憖遺。心依天闕迥，魂逐鼎湖隨。鬱鬱蛟龍劍，悠悠熊虎旗。山川羊傅泪，衢巷國僑悲。浩氣凝河岳，寒芒躡尾箕。干城長已矣，箛角倍凄其。定切宫中悼，疇專閫外司。易名瞻國典，加秩仰皇慈。金石銘無愧，馨香禮亦宜。昔公挺湘浦，閒世稟殊姿。甫謝金門籍，俄標玉帳奇。豈無駿蹄蹶，即復雁門跨。心只專開濟，途寧問險巇。條侯當緩急，裴令係安危。鰲極三山負，虹梁一木撑。撼波憑識鎮，錯節觸鋒劘。落落操剛直，譊譊任詆娸。千將行擊斷，太華峙㕓㕓。法立初嚴陗，恩流卒涕洟。忠勤酬異眷，文武信良毗。大蹇朋堪濟，中興事可爲。管商猶瑣瑣，種蠡亦卑卑。翰溢公誠志，箋餘壯烈詞。數年如更假，四國必長綏。賤子邱園伏，名公國士知。柳營縈嚮往，蒟采辱諏咨。説劍儕蒙叟，論兵效牧之。禮優逾結襪，術短等囊錐。野哭傷傾厦，天高痛隕榱。夢鵶符惡讖，吊鶴阻修逵。此日房公櫬，他年蜀相祠。英雄襟上泪，終古只紛垂。

雷斧行

陳毅甫別駕得此於山中農家，云雷公斧也。持以見贈。形闊四寸，高二寸，厚五分，鍔鋭不及分，重斤許，色黝黄。質非金非石，叩之，聲璆然。有穿孔大如錢，疑若陷柄者。然中一綫隆起，柄不得施，莫能測也

雷公破山挾雷斧，殛魅裂狐不勝數。倉皇丁甲宣敕歸，遺斧空山蝕風雨。山農取叩聲鏗然，非金非石澤且堅。陳侯購得乃貽我，解贈佩刀同吕虔。無柯如我嘆誰假，持斧綉衣非使者。只合追隨谷口樵，丁丁送響長林下。縱横猰貐磨齒牙，誰能唤起阿香車。從天霹靂忽大震，齏粉梟獍摧長蛇。天門伐鼓聲逄逄，仍當持斧還豐隆。有時取擊速無迹，不爾閉置亦頑石。

宜都登無量殿後高閣

攬袪如上化人臺，千尺高甍四望開。碧涌城隅雙練合，青浮夷塞萬峰來。諸天坐閲恒沙劫，浮世同歸大道埃。惟有法輪長不壞，琳宫鹿苑自雄哉。

過朱槐卿茂才宅

青山不待約，輻輳赴軒楹。日日茅檐下，白雲相向生。芙蓉臨水笑，橘柚帶霜榮。薄暮高吟倦，閑看叱犢耕。

移家先十稔，背郭謝塵喧。了不問時事，何知有竄奔。天教回蔗境，人羡住桃源。韋布從吾好，珪簪詎足論。

出宜都西郭訪楊茂才心物

翠屏千萬叠，飛影落中流。門抱清江曲，環爲明月洲。畸人懷遠想，

高步抗千秋。坐久忘言象，前汀下白鷗。

贈張海峰茂才

開尊吾憶孔文舉，投轄君爲陳孟公。豪士未除湖海氣，醉談猶露滑稽雄。高才伏櫪悲何限，餘事臨池老益工。眼底滔滔無足問，只須浮拍酒船中。

答孫玉堂茂才名璧文，太平縣人

轉徙沙鷗宅，艱難戎馬辰。窮途仍坎壈，英骨自嶙峋。問爾榆鄉士，多予蘭臭人。同年焦錦江刺史令叔紀堂君之同里，皆吾友也。當筵投杰句，掞藻倏如神。

魯國孔文舉，斯人安在哉？何時騰薦表，爲爾拔奇才。風雨留羈客，江天共酒杯。片帆東下速，相望渺荆臺。

晤小雲茂才

閉門耽習静，望古嗜搜奇。自曳獨絲繭，工吟三影詞。江山成俊會，尊酒慰離思。望爾九苞鷟，終然耀羽儀。

憩惕臣茂才宅留贈

文學淵源久，家風孝友餘。清平能愛客，灑掃爲延予。已動名賢賞，宮保胡中丞策士曾以文學受知。非終處士廬。峥嶸望東觀，待子曳華裾。

宜都山水清佳爲吾郡之冠信宿匆匆闕未游歷悵然有作用述歉懷

峰聚西南秀，排空碧玉屏。江環雙練白，雲壓半天青。餐勝情先往，梯幽迹未經。重來當蠟屐，書此證山靈。

却虎詩和楊性農駕部

偶然片語懾山君，樵路從容掃白雲。排難無慚天下士，直憑奮舌却秦軍。

月上疏梅萬壑高，尋詩來往興猶豪。少陵伐木無須課，不用夔人屋壁牢。

爪牙攫搏戢跳梁，有道真能化暴强。百萬横行猶下拜，黄巾不犯鄭公鄉。

樂府徒傳猛虎行，山中麋鹿了無驚。彎弓嗤爾熊渠子，月黑空飛霹靂聲。

率野猶悲虎兕歌，磨牙鑿齒日經過。先生縱有瀾翻舌，尚恐牛哀幻化多。

安徽有雙樸作連理或繪爲圖海甯陳君駿于持以徵咏爲賦之

安州有樸挺連理，參天勢若雙龍倚。周家養士皆國楨，何年遺棄深山裹。海甯陳君雅好奇，携圖示我邀題詩。蒼虬夾擁千重蓋，翠鳳交垂五丈旗。凌霜戰雪老崖壁，不遇般倕真可惜。輦致豈獨無萬牛，良材翻遣閟幽僻。我聞銅馬燔安州，百里草木皆虔劉。樸乎汝幸脱烽火，又恐或罹斤斧憂。物理升沈多不同，得時便作朝陽桐。元愷夷齊并同氣，或偕弼亮或終窮。樸兮連蜷踣澗壑，榮悴安知造化工。還君此圖泪泣然，不如社櫟終天年。

同治行有詔以明年爲同治元年，誅宗室亂政者三人

虹霓干天白日翳，群飛訓狐相嫵媚。髯墮神龍歸鼎湖，奸黨睢盱潛得計。制書變亂行四方，自謂元愷今忠良。束藁爲榱葦作柱，幾傾宗社頹紀綱。臺端有鳳朝陽鳴，抗疏凜凜風霜生。若輩滔天尚如故，清議安能爲重輕。女中堯舜今復睹，夙駕還宫衛冲主。改元同治中興期，詔下雷霆赫斯怒。罪狀盡暴奸宄群，斧碪濺血身首分。此曹覆轍豈知鑒，前有曹爽後伾文。盗權竊柄誰能久，不作共和作凶醜。崇山幽都乃敢偶，黄鉞一下伏厥咎，濬哲重華頌我后。

雪止登齋中樓

今年飛雪勢何驟，一夜瑶花積階厚。披衣曉上齋中樓，不辨亭臺與林藪。參差粉堞排高城，城中萬户寂無聲。陂塘澹澹鷺鷗散，枯葭斷葦猶縱横。風威餘力撼空大，竟欲拔樓出天外。目窮銀海浩無邊，時有白雲如曳帶。循闌疾下不敢留，欲訪疏梅何處求。叩門剥啄亦少客，貰酒將换五花裘。庭前雜卉盡僵踣，老桂森森何挺特。崔嵬戴雪三丈高，伴我蒼寒不改色。

曉登樓上眺晴雪

積雪猶封徑，朝陽已射林。闌紅標堞峻，潭碧斂波深。塵壒消何處，光明證此心。高吟人不覺，未怯峭寒侵。

次日復雪

昨霽今仍雪，河山積素同。寒光飛動外，灝氣混茫中。凍戢林間鵲，歸迷天際鴻。誰擒山邑寇，能作李涼公。施州屬邑爲黔賊襲陷。

雲臺秋社圖爲熊春帆大令題

招携群從敞岩扃，九日峰頭倒玉瓶。傲吏歸餘雙鬢白，好山秋爲一家青。豺貙未遣欃槍掃，猿鶴猶邀蠟屐停。觴咏清游今視昔，風流何獨重蘭亭。

歸舟發渚宫箴三淵甫星堂耀卿
仲嘉西垣送至河橋而别

日醉沙頭碧玉罌，片帆東去返柴荆。千林氣透春前暖，七澤天回雪後晴。臘鼓關心游子夢，河梁携手故人情。離亭歲歲仍相似，更對烟波别俊英。

吾　　生

吾生謝智巧，何亦任勞憂。有賦題窮鳥，無歌托飯牛。時危空感激，年往復羈游。取愧長沮輩，營營安所求。

漁舟大集於白鷺湖見而嘆之

白鷺湖中水波震，遥見漁舟如布陣。邀遮分合争相先，張網投叉雜然進。鱣鮪鰋鯉無所逃，亦有細小盈輕舠。連船分載入市肆，高門大第供礁刀。十年宇縣多豺貙，堅寨雄城頻見屠。磨牙剸刃恣吞噬，不異竭澤充庖厨。况聞虐吏效數罟，析及秋毫困商賈。搜索往往罄豪右，察見淵魚翻自詡。嗚呼上天降殺戮，禍機何更中鱗族。蛟龍徙宅皆遠游，真宰將無回慘酷。腐儒粗糲良所安，對此停筯不能餐。時危甲兵且未息，忍使物命多傷殘。

乘夜放舟

中夜輕帆發，舟師未告予。不曾聞擊汰，誰道轉村墟。鷄犬聲猶接，鳧鷖夢自如。我心同不繫，凝滯亦銷除。

水次感賦

垂老猶奔走，羞窺此水濱。嶔崎應笑我，少壯不還人。只益觀河皺，難言利濟身。茫茫衛洗馬，百感自沾巾。

魏　闕

魏闕頻縈夢，江湖獨子牟。人嗟豺虎門，國想鳳麟游。一旅能興夏，諸侯能戴周。餘生逢景運，未敢厭林邱。

獻策圖爲星堂題

我有盤龍簇鳳之冰綃，上織驚天透雨之奇字。恒欲通之閶闔門，天路迢迢莫能致。回風飄雲不我將，日久濛濛化爲泪。年歲晚兮日西馳，篋中棄置心自悲。便當藏之嵁岩之上，沈之清泠之池，千齡萬代不遣人閒知。君今挾策將何干？得不念彼路漫漫。路漫漫兮知己難，何由抗手青雲端。君言景運翊冲聖，兩宫垂簾察朝政。懿親夾輔如元公，殛罪登賢天下慶。近者詔書下，求言遍臣工。芻蕘盡奏進，群情靡不通。丈夫讀書慕奇節，致主思爲皋與説。萬言落筆蟠蛟龍，誰忍衡茅甘蘊結。黄金榜射彤雲開，郡國貢士皆英才。要令敷奏見董賈，曲學縱横安用哉？期君直上長安道，年少尤須致身早。鸞皇鵷雛當在朝，我自林巒任枯槁。

元日喜晴同治壬戌

元年元日光華啓，中葉中興瑞應歸。齊慶千齡新鳳歷，遥瞻萬國拜龍旂。周成復繼卷阿盛，殷武能張景亳威。海宇自今銷戰伐，潛郎甘老釣魚磯。

對雪甚寒

飛雪逾三尺，窮邊無此寒。穴封狐兔匿，威殄虎狼殘。石澗尋源没，冰條破蕊難。柴門驚凜冽，未敢卧袁安。

鴻濛子歌贈寶甯方友石友石署其集曰《鴻濛》

鴻濛子，狂歌自署鴻濛詩。脱銜天馬不可羈，論兵疾草廿四策，韜略能兼龍豹奇。鴻濛子，汝家乃在蒼洱萬餘里，浩然下溯蜀江水。楚皖百戰場，滔天盡蛇豕。出入鋒刃間，躍馬輕九死。不矜俠烈名，非博珪組榮。誓爲國家翦凶桀，歷干大帥皆無成。長揖浮湘入廣州，海波接天不浣胸中憂。鄉關阻亂歸不得，却挂孤篷江上游。七年名姓知君久，歲暮荒江初握手。朔風卷雪横空來，莽莽千里如龍堆。君停沙上棹，我蟄空山隈。徑路俱斷絶，不得同銜杯，吟君詩，誦君策，揮霍天人才，眼中見此客。鴻濛子，汝乘元氣游鴻濛，負鼎飯牛汝豈不能希其風。高言王霸竟落魄，賈豎笑汝非英雄。汝今往謁閶闔門，側聞有詔方求言，丈夫立談取公輔，壯若風生嘯雕虎。鴻濛子，半刺徒勞恩乃公，何不上書動人主。

同年張仲遠觀察以所識朝鮮使者李君藕舡尚迪恩誦堂詩集見貽因索拙詩轉貽李君意欲爲結海外牙曠也輒賦二詩寄贈李君并呈觀察

帶方熊岳挺詞英，人指乘蓮太乙精。上介簡書榮道路，中朝縞紵遍公卿。海天縹緲傳仙操，華夏風流得正聲。季札由余并賢達，看君千載嗣高名。

平子琴尊海客圖，題襟高會鳳城隅。金蘭臭味遥堪接，仙李風流迴自殊。仲遠觀察《海客琴尊圖》，即爲李君作。曩曾附題句於卷末。舊雨關情傳雁帛，新編照眼鬥驪珠。狂吟亦有千金帚，能動鷄林國相無。

熊秋白農部去秋舟過敝里賦詩見寄作此答之

故人貽我書，題詩賦别紙。秋風揚片席，日暮泊吾里。褰衣陟石岡，林壑眷清美。俯仰悲昔年，豺狼餘廢壘。君家洞庭濱，日望洞庭水。扶輿歸澒洞，日月無終始。溟渤可并包，蓬壺若尺咫。隱見蛟龍宫，噴空大波起。天設漭瀇區，氣象廓雄偉。浩浩如君才，騁懷當屬此。何爲顧培塿，長吟色然喜。乃知達人心，廣狹可齊視。所愧羈郢門，未能迎倒屣。君今還帝京，行傍五雲裏。廊廟需夔龍，謨明贊上理。泉石付吾儕，垂竿老中沚。

袖石方伯見題拙什且招游大梁賦詩答謝方伯時以被議解職

亢直追朱穆，風裁峻李膺。如何操白璧，猶道玷青蠅。才雋譏偏集，名高謗易乘。君看阿閣鳳，亦避得霜鷹。

苞苴門下絶，權要洛中多。世自工彈射，吾能任嘯歌。天高終聽察，風逆偶蹉跎。得失鴻毛事，無勞醉慰詞。

意氣惟敦舊，風流自愛才。爲懸高士榻，相待孝王臺。遠道猶多梗，清游阻未陪。梁園詞賦地，空讓古鄒枚。

里曲非元草，勞君嘆絶倫。豈期焦尾質，竟遇賞音人。出處途雖異，文章契有神。汝南評許借，吾道氣先伸。

日月開三極，星雲麗九霄。受書方置匭，前席且歸朝。退鶂旋當起，摶鵬故自遥。潛夫搔短髮，只合伴漁樵。

解　嘲

浪傳薦牘及林居，猿鶴山中笑有餘。縱使群公猶記憶，豈堪華髮就徵車。

元夕偶憶

昔游秦隴上元春，鐙火如山月似銀。綉幰香輪圍十里，紅妝擁看踏歌人。昇平樂事今難見，四海何年罷征戰。江村寂寂度元宵，獨對寒檠泪如霰。

春　寒

玉戲番番劇，乘春鬥化工。未能欺竹柏，但足掩蒿蓬。凍浦拳汀鷺，歸途滯塞鴻。將軍如力戰，淮蔡可論功。

抱潔何爲變，憑高若自擠。横空猶玉屑，委地已春泥。迹可光塵混，功還霢霂齊。滋榮人不覺，起看麥苗畦。

仲春朔日又雪

頗苦寒猶沍，仍驚雪又加。風威驕朔氣，物色滯春華。磴路梅難圻，汀洲草未芽。少陽方用事，無乃候多差。

贈佘楷堂楷堂，江都人，以避亂客吾里

二十四橋無覓處，一千餘里未歸人。暮年回首升平夢，故里傷心戰伐塵。鐵甲照殘邗上月，瓊花吹斷廣陵春。東還莫作《蕪城賦》，萬代千齡最愴神。

早聞游俠動長安，戎幕栖遲興已闌。盡道通才羅武庫，誰能傲骨換粗官。閑同野客諧鷗鷺，晚有奇兒敵鳳鸞。岸柳汀花相慰藉，不妨行李滯江干。

答舍弟子章歲暮見憶二首

阿連彈鋏歲將闌，念我飢驅意少歡。千里書傳梅驛滯，一枝春隔棣華寒。西瞻飛雪連天白，東望傳烽入夜丹。旅客裁詩欲相寄，正逢鳴雁過江干。

搜揚才俊贊維新，嘉會翔游總鳳麟。自顧只期全櫟社，不才安敢望蒲輪。慚登北海推賢表，恐笑南山捷徑人。伏闕上書吾有願，終當初服返垂綸。

舟次贈鄧西垣貳尹

年少翩翩意氣豪，扁舟來往狎風濤。頻吟雋句如鸞嘯，不愧名家有鳳毛。遠道連屯銷赤燧，芳春麗色滿青皋。中興翊運需才杰，盍起摩挲

百煉刀。

雨　泊

夾岸飛朝雨，低空墮野雲。烟籠春罨畫，風約水回文。欹枕聞鳩喚，維舟起鷺群。渾忘桃李節，客緒獨紛紛。

晚　霽

與客共推篷，晴雲漾太空。天圍平壤緑，日浴晚波紅。芳序遲江國，清游憶渚宫。聯吟有仙侣，猶喜一尊同。

風利渡白鷺湖

飛渡俯茫然，中流起扣舷。横翔雲葉疾，穩抱日輪懸。壯闊魚龍宅，蕭閑鷗鷺緣。此身疑漢使，槎泛斗牛邊。

柳枝詞

柔條便欲綰芳時，纖出纏綿縷復絲。作盡風前無限態，春光曾否解憐伊。

最好韶華去不停，春痕無計挽離亭。古今盡逐東流水，惟有垂楊歲歲青。

沙津舟次答于蕃觀察見贈之作

戈船西溯峽雲間，草檄威騰六詔山。鐃吹特翻朱鷺曲，弓刀重度碧鷄關。扣囊餘智收三捷，借箸前籌定百蠻。舊日綉衣稱使者，邊人争識鬢初斑。

疇昔風簷比舍連，對床重卧楚江船。青雲并送雙飛翼，白袷回思兩少年。老大翻驚聞戰鼓，淹留相顧惜離筵。愁心直欲隨明月，挂在昆明萬里天。

維新休命肇皇輿，薦表搜揚處士廬。聖代豈無箕潁節，清時可少治安書。馳驅自覺年華晚，匡濟其如學術疏。慚負故人期許意，難陪杖叟赴安車。

瞑坐對雪

積雪照階庭，蕭齋户不扃。古今歸太素，宵晝一虚冥。凍鳥窺將下，征鴻去未停。忍寒尋曲徑，蕉竹失餘青。

庭下叢桂積雪封條戲咏一首

凌兢戴雪戰嚴風，掩却蒼蒼桂樹叢。忽向闌前驚玉樹，無人移植上林中。

喜古生俊卿杰來自豫州

衝泥單騎正炎風，朔雪揚帆向渚宫。勁翮低垂雕鶚後，畏途馳出虎狼中。宫齋喜謁親闈健，戰鼓愁聞郡國同。三徑足音相視笑，殘年猶得慰飄蓬。

跋

閒嘗反覆《正月》《桑柔》諸詩，而後知其時之賢人君子，感憤怨誹，蓋有由而然也。不觀之醫者乎？見有疾者之呻吟焉，宛轉焉，倘得千金之方與起死之術，無不亟舉而投之，使得免於死也。如其人憒憒然，不以爲良焉，而仍雜投夫一切不可嘗試之技，則不免深矉太息咨嗟於其旁，又或大其聲急呼，不惜爲危苦之詞，以迫告於其所親暱，使之共相救，以免於死亡而後已。此《正月》《桑柔》諸詩之旨也。嗚呼，推斯義也，可以讀子壽秋曹《漆室吟》矣。武陵楊彝珍跋。

卷二十二　詩壬戌癸亥

當塗唐子瑜孝廉過訪荷見題拙集賦此奉酬壬戌

秦地牽絲客，胡爲此滯留。江中誰擊楫，天畔且登樓。滄海王尼嘆，關山庾信愁。飄零將八口，未有稻粱謀。

自失天門險，東南白骨場。吹唇驕猰貐，擇肉飽豺狼。兩越山川秀，三吴財賦疆。因君陳喪亂，真宰意蒼茫。

訪古來荆郢，荃蘅未替芬。風流招屈宋，僑寓得機雲。兼謂令弟子度。并是江東秀，相將物外群。蕭齋久虚寂，何幸足音聞。

十載憂時作，霑纓不可聽。無能藩魏國，亦未哭秦庭。激賞先題句，雄篇猝發硎。鉛刀勞拂拭，一旦比青萍。

雨後庭院芝笋并茁各繫以詩

積雨蓬蒿徑，森然赤箭熒。無心應圖牒，得意吐英靈。煒煜光何爍，機緘化未停。商山猶可采，勿遽謝岩扃。

龍鐘吾已愧，犀角汝偏奇。英槩彈冠會，高才釋褐時。迸穿羊仲逕，漸近董生帷。預想炎歊至，涼雲映最宜。

答贈周筱樓學博

縹緲仙人黄鶴樓，東連赤壁俯滄洲。高歌昔門吟情健，濁浪今餘戰血流。風景揮殘名士泪，烟塵吹盡少年游。客星重向荆臺聚，亂後相看兩白頭。

躍馬親援丈二殳，黄衫褶袴效前驅。争傳草檄歸才子，直取長纓縛賊奴。力戰功名仍坎壈，還山心膽尚雄粗。聽君醉話沙場事，孱懦真羞作老儒。

登樓相對感多同，世運何年息戰攻。不見將軍屯灞上，俄驚烽火徹秦中。河魁玉帳徒相望，天險金城故自雄。西上援師宜疾鬭，先馳露布慰深宫。

題吴氏鬼女鳴冤記

鶴峰女子吴菊英，嫁爲州人于氏妻。其小姑讒而斃之，以暴疾聞。女憑于姊促母詣刺史訴之。質讞數四，啓棺諦視，傷固在也。遂蔽罪小姑。刺史自記其事，持示徵題。刺史者，梁君元珠，華陽人也

哀哀鬼女黄泉閉，魂魄非强亦爲厲。不藉冥報藉刑律，人間恃有神明吏。霹靂晴飛刺史堂，血面森然立在傍。塚尸未腐驗不爽，小姑氣奪無譸張。萬人觀者群歡呼，鬼獄能斷今豈誣。强死償冤事非少，神明刺史世則無。惜哉刺史滯一官，不著柱後惠文冠。若遣乘驄理冤抑，鋤强扶弱人皆安。天下牧令凡有幾，恐有沈冤或類此。安得州皆梁刺史，回光盡照覆盆底。

送耀卿柳村赴秋試

我携二子章華來，帆勢東逐江流開。江流浩浩劃天地，何似二子澎湃胸中才。楚邦亂後搜英彦，箘簵楩枏亦頻見。少年二子尤絶倫，懷裏蠙珠光若電。過我山中對風雨，雄心壯激秋濤怒。絶迹誰争二駿先，摩空共快雙鴻舉。明日烟銷放棹行，翩翩終賈奮英聲。國門價定荆山玉，聯璧同高十五城。

展其大令雲穀駕部并自豫章歸應鄉舉咏此代訊

國士兩吴君，歸來張楚軍。袖携五老月，帆挂九江雲。跋浪蒼螭步，垂天赤鳳文。喜傳消息近，書此慰離群。

南山瀹茗圖爲利叔題

茶烟碧裊松陰翠，啜茗當年留韻事。豈知湖上南高峰，倏變烟塵餘涕泪。嘗膽徒聞志士悲，跑空猛虎亦不歸。山川腥血何時洗，誰激奔泉百道飛。

哀江甯汪氏兩女子

兩女子者，江甯汪梅村孝廉之女也。賊陷金陵，兩女先後以節孝殉。長者曰淑芹，次者曰淑蘋。長者適吴，次未字。

建業妖星下枉矢，春風無地葬羅綺。江東露骴積如邱，中有英英兩女子。女也系出金陵汪，恨無白刃誅豺狼。長者辭姑赴水死，少者殉母偕弟殤。萬卷無慚讀父書，劫灰終不掩璠璵。時危大節出巾幗，文武諸公恐不如。人間椿樹飄零苦，地下荃蘭化爲土。縱使芳根化不歸，完名猶勝中郎女。

釣宅時秋漲大作

秋水浮天滚白沙，茫茫釣宅是吾家。潛郎總被汀鷗笑，不泛尋源使者楂。

中秋積潦遣悶

滄洲浮釣宅，秋水浸柴關。萬里蕩明月，茫然瀛海間。方乘汗漫興，何謝蓬萊山。徑欲邀龍伯，連鰲共往還。

答香谷姪頃以應詔上書，優詔賜褒，故渠詩有勸駕之語

良時非乏士，愚者自輸忠。身遠瞻三殿，天高達四聰。絲綸叨帝獎，山海仰宸衷。私喜群賢路，雲逵可漸鴻。

同治初元應詔獻經論及封事渥蒙褒答恭紀

葵藿只知傾白日，芻蕘何幸徹丹宸。宮廷懸鐸開言路，山海彈冠起俊民。朦誦進儲宏德殿，詔以所進《經論八首》存宏德殿，備乙覽。温綸首被太和春。潛郎華髮逢嘉會，無補謀謨愧此身。

冲年軒帝狥齊質，多難周家訪落時。踐阼初承神聖業，納言先定治安基。陰陽灾沴當潛弭，反側奸雄可坐笞。景命用由皇敬德，蘿圖新數中興期。

題孫夫人像

阿兄低首漢家仇，婚媾終難借一州。千載蟂磯魂上下，傷心敵國起同舟。

答耀卿歸舟見憶

放棹歸趨省，看山興亦慵。長風送雕鶚，秋水壯魚龍。虹氣方呈采，

鵜膏早淬鋒。傳詩勞折簡，飛度碧雲峰。

微忱懷藿悰，萬里獻芻言。敢料憂危意，真通閶闔門。包容優賜奬，疏賤首承恩。林澗增榮寵，何須慕鶴軒。

憶講舍庭下桂

叢桂荆臺冠，旃檀一氣分。留花應待我，招隱合從君。天末横秋水，山中隔暮雲。廿年成老友，不異悵離群。前後見此桂廿餘年矣。

于蕃觀察寄示代草諭滇檄率題其後

行營師未發，幕府檄先傳。霆震群迷夜，氛消六詔天。鑄標遵舊約，賣劍事春田。一紙平蠻觸，功居血戰先。

答黄默初

舍南舍北水雲環，子向蘆中獨叩關。不畏風濤揚短櫂，相從燈火話秋山。浮生放意饑寒外，中歲覃思著述間。證史談詩殊未倦，吾衰亦覺頓開顔。

初元踐阼仰唐堯，鞀鐸求言自九霄。優詔遂加疏賤士，達聰真遇聖明朝。群賢讜論途方闢，八表清光翳盡消。芹曝區區同野老，只將身事付漁樵。

灌　　木

招提藏灌木，秋碧更迷離。曦月暉難入，榮彫候不知。蒼藤紛裊裊，丹實晚纍纍。長養逃斤斧，將無造化私。

寄答則山水部

風逆蓬山引輒回，南歸親翦故山萊。憂時暗下江湖泪，讀史先衡將相才。烽火十年驚九徙，雲霄終夜望三臺。悲歌千里貽同調，懷抱因君覺頓開。

求言詔下仰宸襟，野老聞風效獻箴。敢恃精誠通日月，何期褒答逮山林。狂夫猶擇時無諱，泰運方開慶自深。行望吾賢先赴闕，薜蘿休更戀幽岑。

雨　　泊

朝雨湖光暗，停舟此避風。餘聲戛林滴，驟爽豁秋空。漁舍蒲荷外，炊烟葭菼中。客心渾澹蕩，夢與白鷗同。

晴　　暉

碧水漾晴暉，輕鷗野渡飛。林陰秋轉密，田露午方晞。晚熟紅蓮稻，臨流白板扉。此鄉際豐樂，寇潦幸均稀。

吊蔡竹農學博以鄖西廣文殉寇難

平生擇地蹈，繩尺未曾逾。守道翻成勇，臨危不顧軀。耿光留俎豆，大節凜師儒。侍者甘從死，堂堂義烈俱。侍姬亦偕君殉難。

昔歲馳驅役，同車謁帝京。古心歧世俗，孤尚喻廉貞。只自嗟離索，誰知隔死生。枌榆藉吾子，千載重英聲。

江陵水村

岸折波彌曲，天開壤更平。村隨楓隙露，帆出柳梢行。賽社田家飲，歑豳樂歲聲。有年先澤國，父老慶秋成。

霜信未至岸楓射波絢若赤霞鮮妍可玩

秋林忽吐赤琅玕，出色緋桃訝并看。不待新霜先絢爛，江湖原有寸心丹。

西　　征

五兩西征始嚮晨，起看秋水浩無津。陽烏浴景浮金采，潛鯉窺波閃赤鱗。意氣澄清懷擊楫，江湖奔走愧垂綸。田園蕪落年華晚，空有文章動紫宸。

舟經龍口在長湖南岸

烟波環郢北，覽古有餘哀。偏霸權家啓，重關水國開。蔓荒高氏墓，秋敞闔廬臺。泛泛鷗鳬宅，興亡安在哉。

九日星堂茂才邀同諸君至紫雲臺登高晚過其宅是日其尊甫春園博士留飲

羽人樓閣瞰晴空，百里浮烟豁渚宫。黄葉遠明秋澗外，丹梯迥拔市聲中。歸途夕照歌相答，令節清游興未窮。深喜鄭莊能好客，簪萸還與故鄉同。

招邀兹會盡詞英，博士才華老更成。南國最工騷辨體，西風初息鼓鼙聲。衰年誇健忘羈旅，勝日追歡藉友生。但有黄花兼紫蟹，不知何物是浮名。

西垣貳尹張飲菊花下賦詩見示因和之

高秋風物清，令節近九日。粲粲東籬花，光艷忽如溢。主人攬衆芳，羅列照堂室。爛然金紫叢，貞秀挺天逸。高蹈夷惠間，塵表獨超出。風霜不能侵，凜然英杰匹。華燭照清尊，瑰詞振雄筆。良會不可常，軍檄流星疾。誰持白羽揮，一使風塵謐。吾儕安嘯歌，幽尚葆貞吉。共餐楚客英，憂端頓如失。

題空捨居士照周君宅三新，易佛名曰“空捨”

西方俗悍戾，好殺起貪瞋。厥有釋迦氏，導彼虎狼仁。實具大雄力，能空業與因。萬緣只一捨，四大皆微塵。可以化争敚，平等無冤親。邇來殺機作，大運嗟厄屯。貪瞋迭相報，翻覆如轉輪。刀兵釀巨劫，流血哀生民。我見空捨子，忽現瞿曇身。俗情所健羡，棄之若埃薪。靈臺日浩浩，蒸作人間春。大地息戰鬥，萬世無黄巾。此爲極樂國，廣大良無垠。慈筏倘可附，爲我渡迷津。

至日雪

漠漠同雲送歲華，驚心緹室琯飛葭。宫中瑞莢方舒葉，天上祥霙盡作花。徑絶深岩啼虎豹，寒封巨壑蟄龍蛇。遥憐戰士征衣薄，愁聽嚴風萬帳笳。

長湖泛舟

昨與英流别，湖天勢頓開。沙籠寒瀨淺，岡走斷雲來。閲世徒成役，還山不用才。歲闌春信早，應發故園梅。

湖中即目

冉冉輕帆發，戎戎宿霧深。遠岡時斷續，寒日半晴陰。蓄洩良圖渺，英雄霸迹沈。泛波何浩蕩，沙鳥自無心。

寒潦冬來淺，登艫尚渺然。帆遲如未動，鳥度更無邊。迢遞家山夢，光陰客子船。曰歸慰來諗，猶勝使車旋。

奉懷大京兆蔣申甫師

初元延訪下絲綸，先後昌言獻紫宸。海内并傳師弟疏，天涯相望澗阿人。雲閭耿耿丹霄夢，子舍依依白髮親。惟祝欽明符廣運，林泉長得荷堯仁。

舟經三湖得西風

湖神眞踐諾，歸艇贈西風。遠舉凌黄鵠，飛行躡彩虹。雨來籠鏡濕，烟薄颺綃空。無數鷗凫起，驚回曉夢中。

四　塞

河山雄四塞，昔號虎狼都。蹄踵居何雜，椎埋習獨殊。厝薪安寢處，伏莽起須臾。先識惟江統，誰人獻遠謨。

鷙悍花門性，傳烽勢忽驕。見愁三輔困，復恐五凉摇。氐種凶頑煽，羌酋氣類招。關西古天府，今日遂蕭條。

頒符頻遣將，誰解定關中。專制思馮異，長驅憶馬隆。宣威安反側，樹惠靖兵戎。處置覘方略，非徒汗馬功。

六鎮皆稱亂，三方各阻兵。築壇求將帥，推轂仗豪英。世變叢憂患，天心啓聖明。堪家承執競，懲毖望周成。

舟次漫興

長飆與流水，日夜送歸人。但許詩争捷，篇成亦有神。

東　還

東還獨送東流水，北鄉將歸北地鴻。晏歲冰霜仍不減，衰年意氣爲誰雄？詩篇自放江湖外，奏草猶陳殿陛中。但使九州無燧火，未妨三徑有蒿蓬。

平　生

平生鼂賈術猶疏，耻效文園獻子虚。獨和山林招隱什，空塵師友薦賢書。千齡圖籙歸競業，九伐威靈奮掃除。光烈覲揚逢此日，潛郎未敢薄樵漁。

歸舟風利喜述

遄歸江介東南棹，拜賜湖神西北風。料是草堂扃不住，歡聲猨鶴滿山中。

寄九曾農部

傷今思往烈，忤俗得奇窮。兄弟自師友，文章皆孝忠。飢來通謁少，醉後縱談雄。落落求威鳳，長鳴在碧空。

舟夜風雨不寐

扁舟夜聽撼林風，勢擁奔騰鐵騎雄。濁酒悲歌燈暈後，勞人心事雨聲中。屠龍安用傾家技，上馬難求殺賊功。頭白至今成底事，天涯飄轉一飛蓬。

野　泊

漠漠寒雲重，狐舟滯未前。歸心争日夜，雪意飽湖天。争樹群烏噪，翹汀一鷺拳。望中荒寂甚，排悶强裁篇。

瞑　色

竟日荒村泊，遥天瞑色沈。濕雲垂黯黮，寒木立蕭槮。興托阮生嘯，愁成莊舄吟。客心比流水，千頃未爲深。

舟中誦孝長長短句吊之

薄倖青樓不負春，風流埋没頓成塵。縱横一代樊川筆，誰向千秋惜此人。

夜大風

泱漭元雲鬱不開，荒汀入夜朔聲哀。波翻動地千虬走，風捲跑空萬馬來。寒重宜傾京口酒，句雄猶避古人才。忽思玉帳宵傳令，凍裂旌旗斫陣回。

舟　雪

群玉開天府，長空散瑞霙。非春能鬥艷，於氣但資清。漁艇增應重，溪橋積漸平。今年三白足，定卜土膏榮。

竟日推篷玩，彌天作絮飛。因風矜舞態，緣隙透寒輝。可任霑書帙，猶防濕客衣。扁舟寒轉甚，酒力尚嫌微。

讀申甫師奏進同治中興策

文字宣公學考亭，鴻儒吐論炳丹青。膺圖首進千秋鑒，納牖深憑九廟靈。褒答詔書榮澗壑，綢繆忠款結朝廷。名臣孝子身兼美，慈竹長欣托瑞蓂。

舟次大雪

朔風吹雪滿汀洲，堙谷封條遂不休。天運潛隨鴻洞轉，波聲遥入混茫流。閉門高士誰相問，縱獵平原未可求。諸子章臺應對酒，知予行李滯扁舟。

雪中獨飲

雪花茫茫送流水，來自龍荒幾萬里。穿窗撲袂如有情，片片飛入酒尊裏。雪花入酒能生香，瀲灎泛作流霞光。人生清景不可負，勸君須盡黄金觴。興酣忽遇浮邱仙，駕鶴驂鸞游九天。邀我崐邱上懸圃，琪花開落三千年。歸來玉壺仍在手，醉後牢愁亦何有？侯封相印皆等閑，肯换雪中一杯酒。

大雪乘風渡洪湖

浩蕩一帆何迅疾，鴻濛六合尚胚胎。重溟波策蒼鰲渡，長嘯身騎白鳳來。垂老豪游增逸興，驚人奇語屬仙才。須臾已見家山路，深雪柴門掃未開。

湖上雪村

湖村多隱雪濛濛，浦漵全封路不通。望裏人家殊雋絶，洞天世界玉壺中。

寄淵甫時客當陽未返

三秋抱荆璞，中夜攬吴鈎。涕泪無端下，沮漳不斷流。飢來甘負米，歲盡待回舟。予亦厭行役，王孫豈好游。

寄楊薌墀刺史沙津

家承節鉞晚彈冠，荆渚停舟歲又闌。赤燧山川愁望裏，白頭風雪滯江干。三刀入夢功名易，六詔飛芻道路難。愛子還鄉應早達，關心故里最凋殘。君泛舟來楚，以鬻鉛濟滇餉云。

次韻答寄耀卿

別意津亭黯朔風，長天飛雪送征篷。柴門賓客方交問，蘭訊烟波已再通。日月堂堂檠澗下，河山莽莽戰塵中。詩來感激吾衰甚，馬稍横盤氣始雄。

申甫師奉詔歸養維舟枉顧敬呈五言一章

鵬翼廣千里，南赴天池遥。回翔暫息運，終起摩絳霄。我師蔚時棟，峻若鳳在條。絳騶領京尹，三輔静不躑。顯皇值多事，跋浪長鯨驕。表餌策不效，鱗介争乘潮。揚鬐敢歕沫，勢鼓三山漂。虹霓蔽白日，含沙助爲妖。乘輿狩關塞，遠賡黄竹謡。鮫蜃入都市，官守盡奔逃。大臣請西幸，秦中王氣饒。師獨主三晋，肇都古唐堯。黄河右縈帶，太行左岧嶢。顧盼接幽薊，足壯膂與腰。民俗況勤儉，節義兼勇剽。朔漠百萬騎，控引尤雄驍。此實萬年計，根本不可摇。拜疏伏闕下，沈沈天路迢。策馬逾上黨，義旅同盟邀。迎駕計不就，鼎湖悲既遼。孤臣滯澤潞，奉母并州僑。今皇始旋蹕，復返六龍鑣。兩宮翼冲聖，宗衮扶斗杓。訪落在懲毖，荓蜂憂未消。師復竭睪睪，馳奏陳芻蕘。上者自宫府，下以肅百寮。賞罰及征討，疲癃寬租徭。魁柄盡還上，徐之元氣調。九廟聖神繼，八紘氛祲銷。中興策十二，撥亂在崇朝。直接古伊傅，何言管與蕭。温綸果嘉納，歸闕促登軺。陳情再三上，有母鶴髮飄。陛下重孝治，聖慈蒙幸徼。許返舊田里，歸侍晝與宵。垂涕謝優詔，豈曰懷場苗。丹悰結葵藿，依依在本朝。安車始發晋，首路楓未凋。易舟更過楚，天寒雨雪瀌。小子違侍坐，復親鸞鳳標。深談泪交下，世變如衝飆。時艱且未濟，莫釋中心慆。所悵歲云暮，不得停蘭橈。拜送久伫立，瞻望雲天寥。國家起神武，靈貺承於昭。皇德懋惇敏，文景不足超。渴賢日側席，俊乂羅旁招。吾師舊良弼，誰謂安耕樵。天書即繼下，望副蒼生翹。來儀返阿閣，振羽諧簫韶。

寄贈柳村

生同王鎮惡，以五月五日生。咄此少年奇。倜儻應相似，文章復過之。讀書懷將略，孤憤鬱時危。力學儲文武，風雲會有期。

上左撫部癸亥

節越登壇高將略，朝廷破格用奇才。莫令群盜縱横久，還望中興氣象開。兵甲早知羅武庫，功名終待冠雲臺。諸公戮力神州復，野老狂歌濁酒杯。

汪子用大令屬題其世父小米先生東軒吟社圖

汪子示我吟社圖，君家世父聯文儒。東軒會比西園集，主客圖中如可呼。詞客翩翩萃吴越，主人逸氣更飆發。境幽不異竹溪游，吟就何煩金谷罰。壇坫當年冠武林，誰知回首迹銷沈。豈惟銷沈在回首，劫運紅羊慘至今。君家圖書三萬卷，并與園林滅如電。此圖何幸出殘灰，嘉道名流猶識面。嗚呼寇裂東南防，重驅戰馬飲錢塘。誰憐鳳舞龍飛地，變作縱横蛇虎場。少伯不生文種死，嘗膽何人能雪耻。氛埋南北兩高峰，血濺西泠一湖水。君不見錢王國破宋都淪，萬事滄桑最愴神。玉津梓澤亦已矣，文物銷歸戰伐塵。盛衰俯仰籟波下，勸君且拭泪盈把。家風猶有誦芬人。但望行歌洗兵馬。

癸亥早春散帙得袖石方伯手迹蓋垂没前月餘招游大梁書及詩也讀之不勝凄然方伯卒已兩逾歲矣爲賦二律追悼之

搏擊蒼鷹侮鳳鸞，成林枳棘礙芳蘭。謗書交上將盈篋，嚴譴初聞已闔棺。白壁[1]埋幽光皎皎，黄壚齎恨夜漫漫。傷心孟博慈親在，慟撫輀車泪不乾。

落職猶題尺素來，嘉招未赴孝王臺。梁園頓惜風流盡，汴水如聞日夜哀。交誼雲龍空上下，葬期車馬竟遲回。遺篇重檢高常侍，嗟爾飛騰一代才。

參軍行寄贈龔剛士

參軍矯矯名家子，一官沈滯百寮底。强持手版府中趨，岸幘歸來對文史。下筆千言如涌泉，飄鸞泊鳳更誰憐。人驚疏放謝無奕，自比清狂孟萬年。朝見輸財拜方面，暮見資郎起乘傳。參軍亦是人中豪，潦倒風塵作曹掾。典衣沽酒日留賓，假貸年年不救貧。揶揄窮鬼道旁立，自古高才困積薪。君不見鼓鼙動地河山裂，枉矢森森芒不滅。天子闢門延俊英，將軍開府揖奇杰。國士遭時易建功，參軍莫嘆處囊中。勛名將相等閑事，肯讓唐家郭代公。

哭伯韓觀察同治元年春，杭州再陷，君死之

吾友朱公叔，崎嶇逼寇氛。晚途尤躓甚，大節以忠聞。猿鶴哀君子，貔貅闕勁軍。空拳甘冒刃，慷慨最憐君。

霜臺高直諫，嶺嶠起詞英。縱作挂冠去，猶留折檻聲。范滂雖攬轡，傅燮不求生。已矣經綸志，空餘烈士名。

聞依車騎幕，轉徙更蘇臺。九死身疑在，孤雲迹浪猜。誰知綉衣客，竟化碧燐哀。遺憾犀軍弩，潮頭射不回。

英賢嗟落落，世難益淪亡。奇杰多兵死，朋游半國殤。斯人尤俊偉，不遇遂摧傷。一疏規言利，猶懸史册光。君在宣宗時，疏陳義利之辨，反覆數千言，天下傳之。

家寄豺牙險，魂歸馬革遲。舍生無復憾，湛族絶堪悲。榮杲連兵日，孫盧樂禍時。登臺繫如意，朱鳥暮何之。

傾蓋思燕市，停驂憶渚宫。聞鷄憂獨切，躍馬氣何雄。玉碎炎岡上，輪摧逆阪中。尚遲褒恤詔，誰爲表臣忠?

前詩意猶未盡復有是篇

紲麟服衡軛，筬鳳困塵埃。志士終全節，明時竟棄才。斧柯曾未假，劍鍔遽先摧。風雨孤山夜，將無化鶴來。

輕舟曉過赤壁

輕浪東流故自閑，鳥林赤壁曉雲間。春風不管英雄事，吹緑年年江上山。

放　棹

早春泝江下，放棹中流行。青陽布淑氣，好風柔且輕。黄柳盡發色，蘅蘺亦菁菁。群峰啓朝鏡，翠黛紛相迎。遠緑會新漲，浮動空中明。渺渺極千里，遥情無故生。忽然憶開闢，龍蛇幾戰争。廢興盡波蕩，况乃浮世名。客游笑汗漫，虚舟隨所征。稷下既卷舌，亦不希振纓。浩歌滌古恨，猶恐沙鷗驚。

春　江

春江新漲緑，浮影遠連天。不覺心怊悵，無端意渺綿。奔沙沉戰壘，逝水送華年。洗馬多愁者，臨流易泫然。

弱　柳

緑痕搓甫就，弱柳最嬌饒。舞態因誰寵，愁心爲爾摇。清波差足映，秀語故難描。搔首真慚汝，誰憐青鬢凋。

春　愁

春愁無盡逐江流，春水無愁也自愁。誰惜春江花月夜，銷沈龍虎帝王州。

舟過金口追吊播州唐公公沈江殉節於此

孤臣拊劍泪潺湲，權落兵移勢獨艱。縱逐鴟夷淪楚水，終歸馬革葬黔山。聲留南國謳吟在，路過西州慟哭還。家有奇兒能繼將，知公地下破愁顔。

當日孤危身岌岌，憸人謗毁論紛紛。出山不作生還計，握節難麾戰潰軍。匣裏龍淵方躍水，機中貝錦尚成文。表忠深賴南豐疏，昭雪終能慰聖君。公殉節後，楚北某中丞尚有異詞，今相國湘鄉曾公以公死事聞，論乃定。

望漢陽追悼潤臣觀察

引被哀家禍，含凄出九門。泪懸鮫蜃窟，聲斷鵲鴒原。末路方持節，中途遽折轅。錢塘雖未渡，免作國殤魂。

大耋嚴親在，奇編故籍空。高臺惟望子，樂府但非翁。鶴化歸無晚，烏私憾不窮。何枝堪挂劍，泪盡緑楊中。

題江上山

劫火難銷戰血腥，神焦鬼爛失精靈。十年重泛滄江棹，惟有青山識客星。

煙　波

遲日烟波麗，晴雲曳故低。峰横青黛秀，岸夾緑痕齊。浴鷺群相戲，歸鴻路不迷。村村新水足，漸欲事春犁。

江　行

山情與水思，逸興浩無邊。緑樹紛相引，青皋望已妍。壘尋蛇豕後，客在燕鶯前。稍見流亡集，疲農亦可憐。

皖軍募士相屬於道

滄江未息鬥，壯士盡長征。不得龍驤將，徒增鵲岸營。宏羊謀且罄，白馬氣猶横。專閫資奇略，無爲但益兵。

沌口獨步山磴

江皋幾日被和風，殘枿依山發故叢。爲傍戰場開獨苦，小桃花澹不能紅。

登高望沔鄂

風力横空厲，濤聲撼地回。江山信雄杰，鎖鑰在人才。民未瘡痍復，時方戰伐開。折衝懷遠略，經武望行臺。

守風沌口

避風來繫木蘭舟，村市蕭條倚酒樓。幾樹早花明戰地，一江新水送春愁。自無奇策懷三略，詎有雄談動五侯。夙昔詞英零落盡，不堪回首舊賓游。

捉船行

沿江舟子竊相語，聞道南軍捉船户。健兒應募充長征，東下雷池更鵲浦。船頭躍立先拔刀，手持軍帖氣勢高。紅旗擲出插船首，語汝船户安敢逃。船户跪垂涕，風波恐留滯。津渚多未諳，生理憂不繼。軍人怒莫當，我往無宿粻。主將示恤士，掠資佐行糧。大船小船犒緡錢，横搜豪攫盈腰纏。軍人醉飽買歌舞，船户踉蹌哭向天。我聞軍興未闕餉，舟車榷算道相望。師行紀律何爲哉，此曹横掠最無狀。沿江今見捉船勇，入陣誰知臨賊恐。貪資仍復惜頭顱，增軍百萬徒成冗。誰其言之驃騎營，滅賊無求多募兵。豈知兵多賊轉多，日毒生民將奈何？

雨　泊

遠岸沈荒柝，篷窗滴未休。岩喧宵雨驟，溪漲曉雲流。染緑林間透，澆紅屋角稠。汀潸看漸闊，新浪浴鳬鷗。

上中丞嚴公

夏口建軍府，壯哉惟鄂州。北瞻拱大别，翼以黄鵠邱。雙川匯南紀，江漢何浮浮。俯吴仰巴蜀，津通萬里舟。節鉞領雄鎮，必資英杰儔。城堞昨三陷，胡公力戰收。折衝靖外侮，内政靡不修。獨於寮寀列，偉公才略優。和季薦士行，相繼高節樓。果聞峻風采，黜陟昭薰蕕。才鋒決紛滯，智炬燭遐幽。威動莠民伏，仁覃蔀屋謳。申令討軍實，固圉先綢繆。有時輟籌筆，杖杜招來游。賤子忝故舊，折簡荷相求。愧無智囊策，持以佐前籌。國家際多難，王綱仍綴旒。群盜尚反覆，莫寬宵旰憂。東討久未克，南軍頓石頭。願公董士馬，形勝臨上流。聲援壯後勁，遥助東諸侯。一舉蕩吴越，盡洗山川羞。厥功比微管，天下復宗周。吾儕小人輩，何患無菟裘。

雨中舟泊鄂渚

不辨青燐與碧虹，樓臺都化劫灰紅。凄涼暗下山川泪，灑向春城烟雨中。

上節相官公

星朗三臺上，雲生六纛邊。崇班高百辟，偉度冠群賢。風后登壇日，姜牙受鉞年。荆衡歸鎖鑰，湘漢繞旌旃。身繫安危望，才兼將相權。豐功厓紀石，毅力柱承天。昔作荆臺鎮，時方燧火連。偏裨嘉折首，召募奮張拳。遂奏龍陂捷，荆郡之全，實賴龍陂橋之捷。能安虎帳眠。建牙俄有命，轉戰益無前。方叔猷原壯，條侯壁自堅。安州夷賊窟，沔北埽烽烟。蛇豕均殲盡，牛羊復晏然。金湯還版籍，樓堞洗腥膻。改紀勞新造，遺黎釋倒懸。總師進貔虎，懋賞耀貂蟬。側想勛名盛，都由畛域捐。岱宗增捧土，滄海納支川。丙相寬容著，汾陽德量全。公忠宏大體，獎借略微愆。麾下謀咸用，胸中智不專。軍皆樂烏藻，策豈棄魚筌。艓使猶懷惠，鮫人亦受廛。高情工染翰，餘事鬥吟箋。謝傅清談興，韓公晚節篇。帶裘閑自得，競病捷尤妍。下走容投刺，傾心慕執鞭。車茵當可吐，揖客竟相延。已喜鄉邦靖，猶悲世運邅。朝廷憂未解，宇縣禍相挻。大業匡無緩，明公力足肩。抗棱徵甲士，飛檄會戈船。星滅欃槍焰，氛澄牛女躔。丹心扶日月，元化翊坤乾。江海銷鳴鏑，要荒罷控弦。振威清斥堠，旉澤迺垓埏。鸑鷟鳴將應，麒麟繪最先。中興恢漢道，常武贊周宣。赤舄趨朝列，丹書獻御筵。老儒逢稷契，差不負華顛。

烈風不止

焚輪何太甚，日夜濟衝風。鶗鴂顛相繼，魚龍拔向空。象先箕宿動，聲發士囊雄。誰念羈游客，飄然一轉蓬。

巢松卧雪卷子爲周荇農侍講題即送其還朝

周侯愛畫入骨髓，名迹縱横散牀几。就中松雪卷尤珍，巢卧其閒意難已。鄂州示我西溪圖，奇秀清雄天下無。偶嘗一臠識全鼎，餘者入網皆珊瑚。昔年掞藻玉堂上，置身早作神仙望。猶將山水寄閑情，每對雲霞憶高尚。四海誰知弄甲兵，熢烟日夜照神京。詞臣發憤屢陳疏，瀝膽披肝答聖明。九門出入警刁斗，却换長裾製短後。攬轡方巡貔虎屯，枕戈已遣豺狼走。歸來羽檄遍湘東，獨掩蓬蒿三徑中。日遠俄傳瑶水駕，天高忽泣鼎湖弓。今皇纂序寰區正，兩宫文母并仁聖。春風促駕行趨朝，夔龍翊運中興盛。参天南岳何崔嵬，叠産將相皆奇才。周侯識略應時出，可調元氣斟斗魁。鳳飛九天巢阿閣，大厦方資松楝托。袁公豈得臥猶高，謝傅徒然眷邱壑。從容廊廟贊惟新，去矣訏謨獻紫宸。憑仗丹青元化手，還同魏邴畫麒麟。

讀荇農侍講近詩率題卷首即送入都

詞客湘東有雋聲，早誇嚴助直承明。酣歌更托金門隱，慷慨能談玉帳兵。州鎮傾危才實落，關河荒梗涕縱横。披君一卷憂時作，欲激蛟龍劍夜鳴。

江城柳色送征韉，威鳳巢痕傍日邊。入告當陳天下計，邇英仍侍禁中筵。旁招殷武興邦會，訪落周成繼序年。啓沃儒臣功不細，好將謨訓釋前編。

别伯容參軍

兼旬停短棹，朋好暫流連。尊酒將離會，風花欲暮天。人才淪草莽，世運縱戈鋋。忽憶江東彦，新亭正泫然。

骯髒憐吾子，栖栖從事閑。吟情消白日，歸夢滿青山。文獻存耆舊，方輯《黔詩紀略》。簪裾謝往還。幾時耦耕約，沮溺許追攀。

謁胡文忠祠

碑并羊開府，祠同葛武鄉。風雲仍壁壘，江漢復金湯。疇昔叨咨訪，迂疏許激昂。英靈今始接，揖客晚升堂。

行經滋陽湖畔

亭館誰家第，茫茫瓦礫同。廢墻縈慘緑，燒枅發嫣紅。浩劫輕塵裏，濃華斷夢中。湖波葬羅綺，流恨更何窮。

青溪草堂者吾友夏秋丞太守别業也今春游鄂下榻於此海棠盛開題二絶寄太守黔中

紅霞三丈出簷間，旅客狂吟興未閑。忽憶昔年花下飲，黔雲春隔萬重山。

正好花時胡不歸，園林兵後此尤稀。東風吹放旋吹落，日夜紅雲滿地飛。

過長春觀鹿萍煉師乞詩

山川俯仰劫灰餘，杰觀重開閬苑居。紫府瓊臺仍縹緲，元都金闕故清虚。真人天際蒼龍佩，羽客雲中白鹿車。欲乞仙靈功度世，大千兵氣與消除。

神仙自有揚州鶴，師維揚人。詞客原非柱下龍。擬叩延年丹竈訣，相邀留句白雲峰。氛塵不變蓬萊境，霄漢誰窮汗漫踪。名姓煩師按真籙，可能金骨换凡庸。

泊金沙洲是日寒食

柳映春江繞鄂城，輕雲籠日遠含情。勞勞津渚仍爲客，莽莽乾坤正用兵。募卒習流矜武節，戈船夾岸抗戎旌。天涯寂寞鶯花老，太息烽塵埽未平。

舟次清明

雄堞雙城遠，長波一棹輕。岸蕪春氣飏，沙水日華清。雪霽催行旅，花飛滿客程。芳辰容易换，又值禁烟生。

歌贈黎蒓齋大令君以諸生於同治初元應詔言事，擢縣令，赴皖需次

布衣不肯老環堵，但欲攀龍見明主。上書擬伏公車門，況乃求言懸諫鼓。十年寰寓驚烽塵，伏闕攄忠未有人。黎侯慷慨進封事，嚴安徐樂真其倫。縱横萬言若指掌，拜疏朝陳夕被奬。一官墨綬特承恩，驥足趁趕縱長往。春風相遇鄂王城，飛棹將趨皖上營。丈夫報主在經濟，竊禄干時非俊英。嗟乎萬國半荆杞，明詔徵求文武士。豈無元老握戎機，可少循良扶治理。凋殘淮甸最堪悲，殄盡鯨鯢會有期。安得黎侯數十輩，務農殖穀起瘡痍。

江　雨

朝看江皋雨，濛濛盡緑痕。萋迷芳草色，只是怨王孫。

咏江干柳

纔看稚緑便深青，長向江干送客星。猶有飛花情不盡，又隨流水去爲萍。

汀　洲

溪澗增新漲，汀洲没舊痕。雨餘江色净，市近渡聲喧。征榷軍中賦，

瘡痍戰後村。鄰舟垂涕語，戎事尚難論。

舟中漫興

江轉遥看帆影聚，風回徐見浪花分。舟中得句青山笑，裊裊飛來贈白雲。

贈汪梅村孝廉

世治賢登朝，道喪儒在野。汪君淵識人，精博揜群雅。縱意及文辭，周秦入陶冶。哀哉秣陵城，埽地陷銅馬。奔竄挈萊妻，骨肉存者寡。生平所著録，一炬付殘灺。康成晚漂泙，伯鸞寄廡下。詩哀嚴鄭公，謂胡文忠公。君蓋文忠典試所得士。老泪中宵瀉。厄屯留碩儒，一綫紹游夏。典籍遭散亡，仗兹木支厦。斯文未墜地，長夜燭堪假。我幸覿靈光，曷云罄心寫。檮昧藉發蒙，津逮勿予捨。何日結衡茅，相從隱白社。

江行望嘉魚諸山

旅客滄江意自閑，歸舟欹枕看青山。望中秀色浮無盡，多在林稍出没間。

繫舟步上赤壁

石力截江流，風濤不能裂。其下窟蛟龍，未敢縱吞齧。周郎爾何人，奇勝一炬決。烟焰岩壑丹，草木亦焚爇。天生江與山，萬古壯扃鐍。如何造化靈，不及武威烈。遂使智勇人，千年擅雄杰。

癸亥之春重游鄂渚則同年張仲遠觀察没滬上逾年矣凄然感舊遂成二律

自逐飆輪少嗣音，安期蓬島共追尋。槎懸博望天邊節，聲散成連海上琴。借箸屢陳憂國計，彰纓長負入山心。劇憐喬梓同摧折，一髮空傷墜緒沈。鄂渚重游獨愴神，風流思曼遽先淪。楚詞哀些成孤唱，吴語清談失此人。鶴蓋龍門空似市，鴻軒鳳舉竟誰倫？歡條俯仰難重續，滬上俄悲宿草春。

牡丹乍放困於風雨憮然惜之

吐艷驚無匹，俄然風雨俱。神仙猶墮落，軒冕且泥塗。天亦濃華妒，人將議賞孤。盛衰多倚伏，非此獨嗟吁。

上巳雨中

苦雨過元巳，鶯花欲送春。烟迷挑菜渚，波渺采蘭人。高會虚江左，清言散洛濱。祓除何所冀，海宇靖烽塵。

春興六首

滄江風雨送春歸，頗訝蒙陰與候違。青帝不除雲掩蔽，黄人難捧日光輝。多方環伺艱虞會，初服深求治亂幾。馭朽涉川誰進誡，萬年競業在垂衣。

募士飛芻羽檄傳，滔滔江漢繞戈船。村墟流血多兵火，榷算傾膏有歲年。但恃一隅支饋給，誰聞三捷埽烽烟。相持未决財先罄，卮漏難求不涸淵。

十年傾國事東征，千里沿江盡列營。不惜黃金填壑盡，惟期白骨换功成。臨戎誰似曹韋睦，未捷何爲渾濬争。莫失乘機投袂勇，凉州謝艾亦書生。曹韋，謂曹景宗、韋叡也。

伏莽關中自累朝，花門躍馬氣雄驍。遼東孤將空馳突，隴右群羌盡動摇。况復南山環寇盗，頻聞西土困征徭。誰知百二金城險，萬落千村莽寂寥。

近聞銅馬去燕山，散入曹滕兖鄆閒。巨海清河徒設險，臨淄歷下孰當關。時危鄰道援師少，途梗諸方餽餫艱。烽燧神京憂密邇，洗兵何日慰龍顔。

郡國東南嘆久淪，中原西北漸荆榛。豫州塢壁皆軍壘，晋國山河與寇鄰。畿輔誰當股肱寄，禁軍猶乏爪牙臣。忽思李郭中興將，唐代艱危大有人。

維舟風雨大作

長天籠野濕雲齊，日夜衝飆萬木低。道遠但傳風鶴警，時譌言麻城、沔陽皆有警。林深不斷雨鳩啼。溝塍溜入滔滔漲，村巷春歸滑滑泥。二麥漬傷苗凍損，老農垂涕罷春犁。

舍弟子章赴皖需次

汝控雙舄皖口行，大江南北未銷兵。吏求文武兼威惠，民撫流亡雜戰耕。美政早期花滿縣，故山當憶杜同生。極知干禄伸烏養，豈慕風塵薄宦榮。

雨後新漲

雨連旬月久，野水漲荒陂。曉見魚梁没，宵聞鸛垤移。一春恒道路，萬事任盈虧。坐惜林芳晚，韶華去若馳。

雨　霽

蹄鳩聲中春又歸，風風雨雨送芳菲。林烟乍散溪流急，濕盡楊花未得飛。

悲來行

嗟乎昊天何疾威，霖雨連月韜陽輝。青青陵陂麥欲爛，稻苗凍損豆莢稀。軍興徵調久未息，入夏黿鼉瀰澤國。不死横流當死饑，悲來豈復憂兵革。

篷窗雨坐

卧看烟水長蘼蕪，鎮日停橈意鬱紆。漠漠雲陰濃閣岸，沈沈雨色散歸湖。空罾暗躍衝波鯉，遠渡斜翻浴浪鳧。春盡餘寒仍惻惻，只疑秋氣入菰蘆。

苦　雨

滂沱連月雨，真宰進群陰。無石補天漏，何人援陸沈。舟車頻歲算，鼓角萬方音。農命懸如此，難爲禹稷心。

阻風三湖

吾生任行止，適與坎流同。泛即支機石，飄猶捲地蓬。衝飆徒退鷁，豪氣尚凌虹。爲向飛廉道，無矜跋扈雄。

紀　異

司天任箕畢，二曜匿精靈。帝豈安茫昧，人誰測杳冥。濡鵜疑在位，狂兕久逃刑。灾異能推類，江都合引經。

湖　上

日日征人艤棹多，西來湖上足風波。堤腰無限紅心草，泣雨啼烟奈若何？

雨渡長湖寄耀卿

風濤荒谷壯，烟雨渚宫遥。春譙孤花事，離心結柳條。故人久凝望，旅客尚飄摇。一卷江山作，高吟興自超。

【校記】

〔1〕“壁”，疑作“璧”。

卷二十三　詩癸亥

答曉峰觀察見贈

晚乘驄馬類投間，久宦浮雲共往還。盡斂雄豪歸卷裏，尚餘精悍出眉間。夢懸蘭芷清沅路，興在桃花白兆山。君嘗栖遲白兆者數載。重與故人成小聚，客星終夜朗江關。

後來方鎮皆英杰，頗屬當年帳下兒。拔起正逢戡亂會，明公未是息機時。猶堪捷步追奔馬，尚倚登壇作老羆。烟水只容吾輩隱，野人甘與釣徒期。

金峰斗絶幾千丈，拔幟呼兒躡其上。神兵一鼓覆凶巢，當時父子皆飛將。十年烽火照江東，壯士翻無汗馬功。不遣登壇應推轂，徒令草檄誇文雄。老去綉衣非得意，鬱鬱龍淵同棄置。健翮曾凌鷙鳥前，駿蹄今向駑群避。貂蟬南國盛如雲，晚出争高戰伐勛。自古封侯原有命，數奇誰惜李將軍。

如冠九觀察爲曉峰觀察畫馬作伏櫪狀持以徵題

杰士不易知，天馬不可羈。誰將階下尋常櫪，縶此追風掣電姿。雄心猛氣終難已，振鬣長鳴不能止。安得縱轡驂飛黄，爲君騰驤走萬里。

與曉峰觀察夜話

江國栖栖擁節行，重逢各指鬢毛驚。暮年烈士雄心在，高論狂奴故態生。局外閑觀差自適，眼中餘子不妨輕。青萍棄擲鉛刀貴，莫問悠悠世上名。

暑甚望雨

蛾賊飢疲漸易平，揮戈即下石頭城。直須一雨收炎暑，遍與人間洗甲兵。

尋常鱗介滿江湖，豈有飛騰尺木俱。一出便爲天下雨，山中莫道卧龍無。

枕上聞雨聲喜賦

不測神功運，潛回造化爐。凉聲天外合，炎暑夢中逋。簾幌琴書潤，郊原草木蘇。米船知漸集，更遣一愁無。時米船久不至。

曉峰觀察雨後有勘視洲地之行

仁聲豸綉久知聞，父老歡呼識使君。甘雨隨車清暑路，江神望節送凉雲。詩成行役留鴻爪，興發寥空起鷺群。沮澤待公蠲疾苦，逶遲攬轡未辭勤。

快　　雨

驟變清凉境，機回頃刻中。滂沱洗煩鬱，冥默謝神功。秀色田疇起，歡聲巷陌同。尚須振幽滯，鳴鼓召豐隆。入夏少雷，故語及之。

次韻和曉峰觀察曉行詩

蜀波峨眉來，積雪化爲水。入楚勢浮天，雙影净鋪紙。朝光浴赤輪，闊訝滄瀛似。惝恍金銀臺，不可計道里。白雲生蓬蓬，復散還山矣。餘者成朝霞，照作半江紫。豸使曉行堤，豪吟不能止。思發如飆風，蛟龍驚欲起。又嗟中澤民，譬蛙處井底。室廬與波濤，相距僅若咫。括田無取盈，蠲患亦何駛。敬誦仁人言，德澤信章只。“美冒衆流，德澤章只。”語出楚詞。

次韻酬汪梅村孝廉

畫地證圖經，胸吞九雲夢。自從裴秀賈耽來，覆發醯鷄甕。晚途遘亂離，窮巷守飢凍。甫幸依羊公，亡何賈時棟。東望鳳凰臺，猶屯白馬衆。誰其奮鷹揚，勁翮九霄玒。轉餉仍艱劬，飛書尚倥偬。久客憂時危，落落類衰鳳。忽念菰蘆人，冰絃寄奇弄。泠泠有餘音，天風不可控。望清江左塵，豈但窮途慟。援弧指天狼，期之一矢中。翼晋温平南，匡周管敬仲。師申九伐威，喜聽萬方送。吾儕結向禽，不必慕王貢。願分鄰燭光，宵績有餘緵。

和耀卿當暑見憶齋竹之作

客齋舊種數竿玉，也解炎天結作陰。偃蹇誰分龍蠖迹，軒昂猶吐鳳鸞音。科頭獨坐看逃暑，把臂能來定入林。吾子凌雲有奇氣，琅玕應許照清襟。

暑中滂沱大作

正苦驕陽熾，俄看晝色冥。奔雲驚馬逸，急雨帶龍腥。漲入溪流碧，膏回草木青。須臾田叟慶，農唱滿郊坰。

彭漁叟觀察還自成都出示蜀中近詩率題二首

起佐文淵仗節征，誰知途閉蕎昆明。奇功折首遲飛捷，上策攻心輟進兵。吟嘯賓僚登覽倦，烽塵天地去來輕。出山難睹銅標建，老負崎嶇叱馭行。

三休臺下回帆泊，萬里橋邊載酒還。檄草未開滇瘴癘，吟毫猶壓蜀江山。凌烟人詡飛騰速，枕石天教歲月閑。盡斂經綸詩卷裏，豈惟餘策足平蠻。

樊口晚泊圖爲李雨亭同年題君以同治壬戌十月之望，偕倪豹岑比部聯舟赴皖。是夕泊樊口，與東坡赤壁後游同歲月

千古江山幾壬戌，清游倏若鳥飛疾。寒流斷岸故依然，二客重來今視昔。文藻飄零安在哉？干戈回首絶堪哀。寥寥惟有横江鶴，曾識峨眉仙客來。

中秋對雨

雨暗荻花洲，滄江急暮流。石苔寒助暝，風葉亂鳴秋。寂寞山家市，凄清水調謳。坐憐三五夕，圓景閟瓊樓。

幽　居

蘿薜掩幽居，柴門野眺初。秋江澄後斂，涼雨暮來疏。天下憂軍食，山中望捷書。開尊惟取醉，百感仗銷除。

食　蟹

不異蒓鱸興，年年憶蟹歸。老饕專饗愧，俊味及秋肥。設簖漁人市，登盤壯士威。爬沙何太急，憐爾赴危機。

久不得申甫師消息詩以代訊

離帆憶送雪消初，云向衡湘暫卜居。豈是全家還嶺嶠，遂令經歲滯音書。名高一代行藏際，道任千秋著述餘。今日濟川才尚少，幾時前席詔徵除。

乞桂山寺

一枝誇郗桂，分取向祇林。月色山寺補，天香佛國深。有懷招隱士，相賞證秋心。添注瓶中水，無愁霜露侵。

悲　秋

黃葉初飛雁叫空，悲秋楚客感西風。驚沙隴水蕭條外，落日秦山破碎中。列寨連鶏多歲月，談兵捫蝨少英雄。花門驁悍氐羌勁，天府誰堪鎖鑰功。

有詔以三吴陷賊毒痛深矣其蘇松太三屬沿自前代賦額號爲最重命議寬減吴民經五百餘載始邀浩蕩之恩祇誦忭躍賦詩恭紀

十行天際下温綸，賦税三吴始得均。寬詔特逢千載會，歡聲遍動萬方民。戈矛益奮同仇義，耕鑿誰忘報國身。上壯京坻仍鼓腹，里閭世世頌皇仁。

適　野

適野諧幽緒，菅茅望不分。陂痕依淺水，山路塞秋雲。林歇元蟬響，田栖黄雀群。招提知未遠，孤磬隔村聞。

陟螺阜望秋水猶壯

岷江秋納洞庭雄，黔粤巴巫衆壑通。一氣混茫塵壤外，萬山浮動晚波中。村氓市小恒争米，處士廬荒但掩蓬。目極滔滔思砥柱，幾人無愧障川功。

咏紅荳蔻

致此自閩海，解令煩鬱開。紅冰凝淚點，火齊孕珠胎。丹粒拈相混，朱櫻摘并猜。握椒貽彼美，珍重即瓊瑰。

秋夜聞蛩

微蛩爾何怨，苦調夜方遒。約盡古今恨，吟殘天地秋。金床回斷夢，玉管輟清謳。壯士且悲咽，何言兒女儔。

戎　機

秋氣已凄厲，秋風能裂衣。江湖猶滿地，稼圃欲何依？轉饟方馳檄，增兵但合圍。東征多猛士，誰解决戎機？

小園即目

園小花無次，秋深逕易荒。山韜雲紺白，風舞葉丹黄。虢侶沙邊雁，催寒砌下螿。感時驚過隙，容易惜秋光。

雨

秋陰俄作雨，颯沓更隨風。漬蘚忽深黝，洗花多淡紅。山容深自斂，潦勢晚猶雄。垂穗方栖隴，愁妨納稼功。

感　　興

氣逼金商厲，天催玉露寒。榮彫雙轉轂，今古一奔湍。泉石終何濟，旂常孰不刊。修名期晚節，彌覺寸心難。

得申甫師零陵書

寓公多爲好山停，岳色飛來九面青。倚棹遍行張樂地，題詩還上合江亭。移情泉石邀卿月，望氣蒸湘識客星。門下侯芭勞遠訊，便如親授太元經。

曉發汊河口

茫然津渚尚浮空，倚棹征人逐曉鴻。葭菼凉侵鷗鳥夢，芙蓉秋老鯉魚風。連年藝植淪波底，千里流亡滿眼中。昏墊久深疏瀹廢，濬川誰復姒王功。

舟行甚疾

風蘆與帆葉，耳後但聞喧。沙疾爭湍沸，汀回挾樹奔。漫游誰鬥捷，澄慮欲忘言。晚泊依斜照，漁罾曬夕村。

垂　　楊

楓丹初不待霜零，槲櫟飄黄映遠汀。偏是垂楊饒旖旎，秋深猶助水雲青。

經戴氏廢園戴氏之先，有昆季同時仕至光禄正卿、鴻臚少卿者，光禄之子拙莽拔萃，築園曰“蔬圃”，大可二十畝，壯麗甲一時。家刊有《廿一史文鈔》、《養餘月令》。今第宅園亭盡頽圮矣，後裔亦式微。戴氏與吾家本世戚。過之愴然。爲賦是詩示其孫曰科禮者

弟兄卿列侍彤闈，出入彫輪道路輝。邃室圖書疑洞府，名園花木盛芳菲。百年俯仰星霜换，萬事榮枯露電非。世戚潘楊嘆淪替，山邱華屋爲沾衣。

贈戴耕雲科禮表弟

清陰喬木在，舊德典型存。抱質能歸樸，爲農不出村。艱虞經水潦，饘粥足朝昏。坐久詢親懿，肫然長者言。

舟經漢水所傷敗秋晚而漲益增倚棹嘆之

廣漢秦山下，通津楚塞長。乘秋波壯猛，横決歲懷襄。沙并諸川濁，流同九曲黄。吏民無上策，辛苦事宣防。

曉渡紫貝淵風浪甚惡柁折矣俄而栖岸舟竟得全

秋漲浮天激箭奔，輕舟横截浪花翻。豪吟不犯蛟龍怒，欲攫奚囊未敢吞。

帆欹柁折犯中流，安穩行人竟不憂。白鷺臨灘翹足賀，垂楊仍繫木蘭舟。

夜泊桃花井

秋篷獨宿桃花井，夜色沈沈葭菼冷。起視蒼茫水浸天，大魚跳亂疏星影。

水楓初紅有助秋妍

鵝鴨縱横卧遠陂，丹楓散作錦霞披。秋波絶似春波媚，二月桃花照水時。

舟經伍相祠

荻花楓葉共簫簫，伍相祠前漲未消。千載英靈還故國，銀山猶涌海門潮。

得墨莊師書奉答

昔棹辰溪侍讌游，隼旗今更望洪州。澄懷清照雙江水，仙骨高淩五老秋。禹筴勞心供戰士，征鼙入耳亂鄉愁。匠門散木猶相憶，尺素頻題問白鷗。

九月五夜舟次對月

月上碧雲端，中流倚棹看。江湖秋起漲，風露夜增寒。身賤謀空拙，時危事益難。流輝連赤燧，猶照古長安。

寄秋丞太守黔中

日日黔荒宦興微，流年空惜鬢毛非。前盟松菊雖無負，故國荆榛未可歸。釀熟山花窺酒醆，詩成蠻寨綉弓衣。專城須領東方騎，莫便抽簪説息機。

沿岸楓林多未霜先赤者

水村秋色未蕭騷，迤邐如逢洞口桃。昨夜龍宫霑醉後，楓人先賜赤霜袍。

過龍口作

歲歲重陽際，蒲帆向此行。湖山銷霸氣，天地老秋聲。亦有登臨興，難爲羈旅情。故鄉萸菊近，翻逐早鴻征。

偕鄧守之劉俊賢孫敬之羅南軒王策臣游石門洞得詩四首

窺洞歷三游，昔詫擅奇雋。近聞談石門，曠奥乃兼勝。裹糧約渡江，沿溪躡山徑。北嶺紛若延，南峰起相競。屢盤途益高，賈勇險彌進。横空何嵯峨，積叠屹雄峻。石氣峭上干，入天勢猶迸。五城十二樓，蕩蕩幾千仞。飛步莫能攀，四顧絶梯隥。訇然洞天開，軒豁頓拆璺。初地甫容窺，真形尚難定。山僧候在門，導客陟蒼磴。曜靈已下舂，暝色墮鐘磬。

僧云客行倦，腰脚迄小休。卧雲亦良適，揖我登高樓。窗中列群岫，拱揖同獻酬。當洞月初上，正挂白玉鈎。夾溪南北山，寫影鏡中浮。清光澈遠近，可以燭層幽。皓然訝積雪，坐我山陰舟。憑闌試舉手，仰摘斗與牛。應有王子晋，來作吹笙游。瑽瑽墮岩滴，響若鏗琳璆。夕唄互相答，妙音清且遒。興闌各就寢，清夢落林邱。致身已福地，姑輟杞人憂。

質明起窮探，梵刹炫金碧。月峽題張仙，或疑邋遢迹。土書今安在，漶漫不復識。旁立漱玉亭，洞溜瀉仙液。最勝靈濟宫，有湫龍所宅。歲旱起爲霖，蒸民乃粒食。靈澤匯兹潭，方池湛深黑。斂智寂若愚，韜功不言德。外無濫觴盈，内有伏流匿。尸居信至神，藏用在淵默。仰首睇洞門，終日水簾織。齦齶呀然張，石齒類鐫刻。傍岩多飛蘿，髯胡儼拂拭。極左洞尤深，風輪轉不息。龍鹿立且蟠，鱗角并森植。怪石疑通靈，縋幽誰敢逼。洞中洞復藏，投足憚險仄。仇池小有天，十九記泉脉。恐此或飛來，安知造化力。

兹洞處下岩，復有上與中。岩各列三洞，途危安可窮。溪南望山腹，有洞亦復同。猗嗟混沌初，斤斧何其雄！石骨盡礫裂，揮霍誰施工。自非黄熊子，鑿空難爲功。又疑地媪孕，剖脅留虚空。不然蛟龍徙，拔湫去其宫。蟠腹納五寺，曾不異帡幪。土石氣鎔結，温燥如春融。龍威與委宛，藏書當可充。惜兹靈幻境，幽僻途罕通。游咏闕昔賢，未得發其蒙。黽勉試留句，細響慚秋蟲。安得驚人語，萬壑争穹窿。

次韻和守之游石門洞之作

吐納群峰與衆溪，飛泉挂作水簾齊。黄塵白日誰能駐，紫府丹邱别有梯。清夢雲蘿懸絶壁，歸途風葉舞長堤。靈文十賚今當撰，合待華陽逸客栖。君有岩栖之志。

偕諸君訪三游洞

星軺昔送高軒過，霜磴重探古洞行。石骨凌空分峽勢，江流收瀨放溪聲。仙心忽向靈區發，塵障猶嫌下界生。文采昔賢曾未替，後來誰勒壁間名？

獨立圖爲金序之司馬題

丈夫七尺昂藏身，起爲杰士爲偉人。矯然特立不依附，高步直欲超常倫。金侯示我獨立圖，命意固與群流殊。少年南北困羈旅，頗歷坎壈經艱虞。長鋏賓齋精讀律，活人自操三寸筆。一朝綰綬向風塵，出入戴星勤撫恤。西陵山水天下奇，爲補紅梨再賦詩。政成授簡事討輯，圖經史乘搜無遺。窺侯才力若游刃，决滯裁紛無不振。但憑課最取公卿，自可横翔躡千仞。回看世上脂韋流，曳裾掃門良可羞。要津攀附豈不顯，安知負詬如山邱。君不見孤松絶壁四無倚，千尋磥砢雪霜裏。詔書一旦求棟梁，萬牛輦致連雲委，我侯獨立亦如此。

偕劉俊賢聶耀卿出郭探勝分題賦詩

郭東山色倚雲看，勢若蒼虬掉尾蟠。群竹陰籠孤寺隱，萬峰烟鎖一江寒。游踪但送年光易，佛力能銷劫火難。幽賞欣聯塵外侶，不妨林壑與盤桓。東山寺。

修磴回岡抱，仙臺盡日閑。樓藏黄葉裏，江走白沙間。野曠仍含霧，窗虚盡納山。欲招笙鶴侶，飛步出塵寰。鎮境山樓。

夷陵小至漫興簡耀卿

放棹西陵菊始開，光陰小至遽相催。經天急影雙丸躍，候氣潛陽六琯回。羈旅不離文字役，山川能發古今才。荆南歲暮遲芳訊，誰折章華寺裏梅。

偕諸君文星閣看雪

置身疑到九閶邊，積雪遥看灝氣連。江縮一絲寒帶郭，峰圍萬笏静朝天。鴻飛不辨塵沙迹，鶴駕將招閬苑仙。羈客倚闌徒極目，荆臺郢樹總茫然。

喜聞苗逆授首秣陵亦旦夕可拔

伐叛天兵似拉枯，捷書道路遍歡呼。淮南已報黥徒戮，江左行看逆景誅。吴越聞聲馳露布，雍凉寒膽肅王鈇。即瞻下詔行寬大，盡罷舟車榷算租。

放舟下荆郢留别夷陵諸子

舟下夷陵道，寒沙帶雨聲。峽雲低尚趁，江塔遠猶明。文酒留嘉會，峰巒繞客程。荆南梅可寄，持以慰遥情。

仙人橋在荆門峽中

飛空一片石，駕險何崔嵬。裂腹散淙瀑，下岩豁然開。仙人御六氣，超忽凌九垓。飛行可絶迹，安用橋爲哉。大道出拯世，兵甲不能灾。荆門古戰地，死骨多成灰。不聞濟度力，殺機絶其媒。真靈修拔宅，拊掌非仙才。吾嘗慕冲舉，又欲清氛埃。不能效此輩，空往復空來。

寄楊心物孝廉

廣心馳浩博，約志獵深微。不墜遺文緒，終求大道歸。外輕由内重，我貴在知希。養翮如威鳳，丹霄總奮飛。

寄柳村

乍息登臨屐，仍看簡册親。承歡强健日，煉志雪霜辰。閉户車能造，衝霄劍有神。寸陰逾尺壁[1]，珍重少年身。

舟過枝江未得訪朱筱雲司馬賦此寄之

但有青山志，曾無赤紱心。避人江上迹，招隱谷中琴。雪積蓬蒿徑，霜寒橘柚林。泛舟未相訪，望遠發長吟。

江上阻風

峽州原與郢都鄰，自笑栖栖道路身。千里雲山長送客，一江風浪轉愁人。松蘿舊約徒縈夢，梅柳鄉園欲變春。安得歸憑黄鵠翼，登堂先慰倚閭親。

阻冰行舟膠于草市，守凍者三日，乃行

季冬風厲，飛雪嚴霜。水寒生骨，冰堅如墻。
步道斷絶，舟航不通。茫茫八表，惟見飛鴻。

水府沈沈，沍寒徹底。僵踣蛟鼉，安問魴鯉？
萬斧千椎，曾無寸罅。石堡堅城，攻之不下。
北荒冰海，誰移此來。黑龍銜燭，照天爲開。
元冥冬狩，凍合重湖。膠鱗縶介，生縛天吳。
西南風利，霽雪方晴。長檣鐵鹿，柅不得行。
濁河之狂，猶限寸膠。樓船舴艋，孰謂汝豪。
臘盡春來，尚滯行旅。信非尾生，亦同抱柱。
三陽橐籥，方轉鴻鈞。流凘解泮，遄送歸人。

舟次立春

渾忘征路永，忽覺歲華新。岸雪潛融臘，湖冰暗度春。猿吟招隱賦，鷗笑倦游人。長奉慈闈健，何辭負米頻。

歸舟漫興

峽門東溯郢門長，歲暮扁舟犯雪霜。春信早傳秦太史，朝班久謝漢潛郎。鵁鶄自合逃鐘鼓，鸞鳳何爲逐稻粱。隱矣烟波皆釣宅，一竿來往咏滄浪。

湖舟曉發

野鳧如陣起，侵曉掠舟飛。天闊不知盡，雲遥何處歸。流凘蘇暖氣，殘雪避晴暉。望裏鄉山近，梅花正繞扉。

湖　天

湖天遥共楚天長，仰視寥空起雁行。杳杳征帆何處盡，只疑雲夢接瀟湘。

【校記】

〔1〕“壁”，疑作“璧”。

荊楚文庫

百柱堂全集（下）

〔清〕王柏心 著

張俊綸 點校

荊楚文庫編纂出版委員會
崇文書局

卷二十四　詩甲子乙丑

歲朝憶舍弟子章子芳時同在臨川甲子

又見桃符换，難同柏酒傾。桓山禽久別，彭蠡雁同征。誅討師方亟，租緡法在輕。丈夫圖報國，安用競時名。

獻歲風雪總至

風雪新年壯，寒威訝轉深。亦知乖淑氣，未敢測天心。院竹低難舞，溪梅阻莫尋。早憑陽德運，剛健散群陰。

雪益甚

盡驅太古雪，勢欲返鴻荒。禹迹迷分野，周原混職方。奇寒驚父老，偏沴屬陰陽，願整羲和轡，昭回若木光。

寒甚雪益不止

雪勢浩無已，師當奪秣陵。若非誅反側，何故盛凌兢。拔柵梟侯景，麾軍斬石冰。捷書馳莫緩，正及上元鐙。

題陳生看山樓

芙蓉秀作好峰巒，送與元龍樓上看。絶世名姝凝遠黛，渡江奇客竦危冠。不須藜杖攀岩訪，只訝松風逼座寒。天下荆關無覓處，誰知邱壑在胸蟠。

已超宏景三層閣，如對廬山九叠屏。靈氣諸峰皆峻拔，楚江千里此關扃。岳雲南下長飛紫，峽勢西來不斷青。從子卧游真足老，征帆何苦事漂萍？

仕兒就試詩以示勖

失母憐渠早，離兄甫自今。業多因亂曠，誨不敵慈深。振羽辭鶯谷，長鳴繼鶴陰。榮親在稽古，行矣莫霑襟。

瑨玉篇

瑨玉不能雜，由來有低昂。治術粲然判，純駁殊霸王。嗟彼經世士，慨慕虞與唐。高談祖仁義，末路宗管商。管商況愈下，且欲師宏羊。變未達今古，才原非富强。兵戎尚格鬥，郡國多痏瘡。浮游挾功利，約束紛更張。名高易生愎，患伏能無防。誰意素絲練，變化爲蒼黄。

甲子行

甲子新從上元數，春來冰雪復風雨。雲陰連月凝不開，酷烈翻然奪和煦。王師昨歲收金閶，淮北渠魁亦已亡。頗聞花門遁隴表，白下殘寇不自保。蚩尤旬始氣漸没，朝廷政令未有闕。四方翹首中興期，凜冽非時孰爲發。豺狼摩牙日啖尸，軍士殺降或有之。復恐蜃鱷恣翻覆，不然榷算搜無遺。迂儒詹詹五行傳，陰氣侵凌幾曾見。妄意恒寒由咎徵，天道從來不虚變。勤勞旦奭翼宗周，方召能專閫外謀。回天捧日何人事，嫠婦徒勞涕泪流。

始雷繼以霰

正苦蒙陰盛，中天走電雷。翻驅飛霰集，未裂凍雲開。鴻雁歸仍阻，蛟龍夢乍回。誰扶陽德健，震叠奮雄才。

天道篇

天道幽且元，四序何曾愆？吾惟見夾鐘少陽之月，熙陽桃李争暄妍，淑氣遍噓山與川。今者實駭異，朔風號且厲。五旬垂陰雲，三辰掩光氣。孟春冰雪深丈餘，仲月雨霰復相繼。嚴寒中肌骨，縮瑟無可避。麥苗凍欲槁，農夫眼垂泪。米鹽并騰踴，民命難爲計。吾聞北荒冰海光皚皚，黑龍燭射寒門開。得非夸娥之子戲負移此來，元冥徙南土，勾芒色如灰。鄒生死骨已千載，安得吹律生春哉。或云靈修乃在，太清之表浩茫茫，天上不置靈臺郎。寒燠任差忒，豈念黔首飢且僵？又云陰迫陽厥咎乖其常，容成不可作，誰與叩雲閶？君不見洪荒古史多恢奇，補天煉石傳有之。十陽洚水并争出，灾添乃在唐堯時。下士膠所見，妄以管蠡窺天道。幽元且莫測，何況人事翻覆安能知？

寒　色

黯黯天如墨，冥冥雨似麻。風林墮寒色，泥巷送春華。候舛誰爲沴，愁來未有涯。芳辰今過半，夢不到鶯花。

風雨不止

忽失暄和序，將疑槖籥停。草痕殊未活，柳夢不曾醒。風雨徒凄厲，湖山總晦冥。廣川灾異對，誰與獻朝廷。

舟次感春

東風昨日來，不散湖雲冷。岸經冰雪餘，物色尚凄警。平原野燒痕，寒夢吹未醒。曾無稊柳枝，摇蕩烟波影。安望舒紅英，芳菲鬥桃杏。羈客自感春，慨嘆未能屏。豈無岩穴英，繩蹇韞奇穎。風雲每後時，矧曰冀牛鼎。芳序驚如流，壯心徒自迥。舟行千里餘，所見但荒梗。無人問釣徒，寂寂水天永。

沙津解纜口占與耀卿西垣録别

揮手津亭楊柳風，天涯離緒略相同。春江緑漲西陵峽，日夜將愁下渚宫。

春杪偕諸君自西陵峽進舟至黄牛峽而返

一舸疑無路，雙厓不可梯。肩連巴國徼，雄壓楚天西。曦月光多匿，陰晴象忽迷。峽游輕試險，直爲聽猿啼。

濺玉蝦蟆碚，名泉舊有聞。潜逃天上魄，寒噴石間雲。淋炙千年皰，斑爛萬古紋。子陽徙井底，笑汝伏江濆。

古木森虧蔽，居人謝往還。峰奇純戴石，瀑怒迸摇山。熊豹憑依阻，麏麚徑隧間。岩扉留洞竅，仙去不曾關。

開闢伊誰力？神工運斧難。危岩摩漢近，餘麓插江蟠。日作孤光掣，天容一綫看。夸娥如遺負，地軸始能安。

巴船争奮棹，危命擲湍流。旅客多清泪，灘聲易白頭。晴天翻雨色，險地謝豪游。深壑蛟龍卧，將無窟宅憂。

亂石驚濤外，刑牲姒后宫。天留傾覆戒，人荅聖神功。野鳥啼芳樹，哀猿嘯晚風。黄牛開導勢，烟雨惜冥濛。

放棹黄陵廟，回舟陸抗城。年衰初入峽，春老不逢晴。東下風猶逆，西來漲又生。自嗟才力減，得句少人驚。

守之明經携明高帝自撰皇陵碑拓本屬題

運啓英雄主，天開混壹期。世功非契稷，舊業異邠岐。濠泗真人地，山陵帝者儀。追崇灑宸翰，水木不勝悲。

播越潛龍日，艱難逐鹿年。湯征方革命，舜慕獨終天。豐沛靈長接，滄桑運易遷。所嗟銅馬熾，葱鬱委烽烟。

龔叔雨同年擢黔藩入覲遇諸夷陵賦詩贈别

江陵相遇復夷陵，握手惟驚鬢雪增。瘴癘千山馳入覲，風塵四海望中興。訏謨次第天衢獻，賜命便蕃晝接承。今日正需元凱佐，朝班方倚作凝丞。

當日詞臣侍禁林，兹行仍謁玉墀陰。黄圖山海形原壯，紫殿風雲氣自深。鸞鳳總諧鳴盛律，夔龍均抱濟時心。燕臺朋舊如相問，爲道曾無梁甫吟。

王殿臣茂才邀同諸君登孝子岩仍置酒竟日而歸

唤渡朝霞散，攀岩曲磴分。林光射墟莽，巒翠撲江雲。嘯傲邱中賞，壺觴物外群。回舟清興洽，樓堞挂斜曛。

題姜孝子祠

一角溪山畔，千年孝子祠。蜀江同祀典，楚俗式民彝。泉鯉靈疑躍，巢烏性總慈。何言風景美，淳性繫人思。

答耀卿

當風鼓瑤瑟，裊裊朱絃音。曲調亦何古，江水亦何深。誰人爲此奏，遠道貽朋簪。峽江下荆渚，連山多嶔岑。江山杳無盡，離思浩難任。烽塵暗南北，戎馬猶交侵。游麟未服軛，飛鳳不在林。豈無俊與杰，草間多銷沈。世難且未息，安知真宰心。願言保金石，無事徒沾襟。

僧邸大破群賊於楚豫之郊野夫謬計謂可乘勢進拔建康如反掌賦詩志冀望焉

名冠中興將，勛高異姓王。聞聲啼乞活，卷甲蹴奔亡。不睹騷除易，誰知殺伐張。人言師過處，隴畝自耕桑。

南卒誇驍鋭，何如朔騎精。九天攻莫測，萬帳寂無聲。楚豫金湯固，江淮草木驚。直須乘破竹，東拔建康城。

鐵馬臨江上，琱戈指石頭。但瞻麾蓋至，立獻檻車囚。醜虜亡無日，兵機迅莫留。奇功須上將，一鼓復神州。

寄贈鄂生太守

智勇萬夫英，馳驅百戰苦。投足觸譏讒，險乃甚豺虎。不死有天幸，低頭甘對簿。罷遣帳下兒，脉脉復簪組。領郡巴山閒，綢繆徹桑土。榛莽次第除，春陽亦徐煦。暴者戢雄鷙，願者奮干櫓。介居秦蜀中，屹立壯門户。規畫甫及施，干城效可睹。湘東近出將，揮戈逐猰貐。誰知有黔士，可與韓白伍。羸然短小軀，浩浩綜文武。英略盡韜藏，勞心作召杜。若得起登壇，專制建旗鼓。麽麽乞浩徒，疾掃勝風雨。何人效馮唐，頗牧薦吾主。

漢　北

漢北且千里，薦爲豺虎居。備多力益薄，銅馬遂乘虚。名王提朔騎，斬刈血成渠。賊勢雖披靡，滋蔓難盡鋤。士馬不宿飽，凋姑憂軍儲。苦鬥日不止，狡謀慮伏狙。盍不運奇略，一舉潰癰疽。漢廣夏方漲，浮天勢有餘。决之灌賊壘，原野皆淪胥。赤眉百萬衆，可使化爲魚。水攻古所尚，舍是患不除。寄言仗鉞者，浪戰徒紛拏。不聞蝮蛇毒，斷腕安能徐。

奉憶申甫師零陵

豺狼仍率野，麟鳳未歸朝。迹異衡山隱，心寧魏闕遥。潘輿隨轉徙，蔣徑任蕭條。時有岩廊夢，猶依北斗杓。

題　畫

山外斜陽柳外舟，憑軒長嘯俯滄洲。天涯正憶鷗邊宅，高閣澄江萬里秋。

師克金陵志喜

空中赤焰流天關，天狗隆隆河鼓間。奔騰直度女牛次，東南正墮金陵山。獍穴梟巢逾十載，一朝天意付葅醢。猛士休誇不世功，黃金填壑骨填海。先是五月廿七夜，天狗起河鼓下，赤焰燒空有聲，隆隆東南墮。滅賊之兆也。

天生龍虎帝王宅，豈汝麽麽敢稱逆。跳梁自負頭觸山，禍至安能逃裂磔。赫赫朝廷拱百靈，妄矜詐力盜關扃。妖腰亂領何須惜，徒使山川蒙穢腥。

自從蠻獠陷江表，文物衣冠迹如埽。酷倍羿浞浮蚩尤，日刈生靈如刈草。王師洗劍開荆榛，如天覆燾歸皇仁。不患天家少恩澤，但嗟鋒鏑無遺民。

增陴累堞高至天，塢金窖粟何連連。怒行屠戮喜歌舞，自謂坐支年復年。九天赤電燒蛇穴，垂死豺狼自相齧。凶魂雨黑無號聲，霹靂一震萬鬼滅。

亂賊紛紛多竊附，争言建業可長據。一朝惡木橛本根，柯葉焉能更枝捂。拔幟朝登白下城，潢池群盜盡亡精。懸知露布經過處，不待皇家用一兵。

捷書飛奏甘泉宫，何數周家江漢功。告廟賜酺頒懋賞，虎臣方晋侯與公。兩宫歡顔慰文母，陛下聖文復神武。冲齡撥亂成中興，更望憂勤法聖祖。

夷陵立秋

山城猶未散炎蒸，坐看中宵轉玉繩。天上捷書傳北極，人間秋色下西陵。漫游江海成長往，垂老乾坤喜中興。翹首金風動閶闔，鷦鷯終不羡溟鵬。

中丞嚴公舟至夷陵卧病不能往謁以詩迓之

開府忠勤鎮上游，東南將帥復神州。超然謝却功名際，閑繫萊公野渡舟。

奉送中丞嚴公假還西蜀

六月王師獻捷音，中丞歸卧峽雲深。息機翻在論功日，歷險彌堅進德心。辛苦干城肩毅力，瘡痍籌筆萃憂襟。孤臣彊直酬知遇，才略終叨日照臨。

文饒城武後先來，帥蜀英豪盡壯哉。三嘆直追同調賞，千秋均抱出群才。甲兵净洗風雲會，綸綍優頒節鉞開。錦水花溪雖好在，東山何事久徘徊?

薦表曾勞入品題，潜郎只自戀幽栖。纔蘇病骨金飆下，更挂離心玉壘西。威鳳暫令嘲燕雀，溟鵬還起軼虹霓。九州待灑商霖潤，翹首天書賁紫泥。

病　　起

幾日掩關卧，不知秋草深。今晨步簷宇，苔蔓交相侵。萬象忽我赴，納之方寸襟。塊獨嗒若喪，會通甫自今。蔽徹始昭曠，障生乃鬱沈。即此悟靈府，開窒理可尋。雷雨峽中至，颯爽洗高林。積疴略已減，據梧發我吟。吟成孰與和，亦不索賞音。寥寥碧空外，元鶴知余心。

歸　　思

去國一千里，歸心日何東。雁來秋塞外，人滯峽雲中。負米猶憐遠，懷鉛莫論功。征帆遲未發，倚棹待西風。

物　　態

海燕有歸興，山蟬無嘒音。空廊響疏雨，暗峽生秋陰。游類馬卿倦，病成莊舄吟。閑中觀物態，羈緒壯難任。

理髮嘆

秋來髮種種，病起不勝梳。摇落隨櫛下，委地猶埽除。槁葉避霜信，長與柯條疏。昔年盛鬒髮，壯氣追嚴徐。謂當奮霄漢，高步誰不如。林間久塌翼，鳳舉不得攄。晚節謝郎署，二毛賦閑居。及今益衰白，老秃嗟中書。麟閣不敢望，何論承明廬。志業百未就，將隨樵與漁。奪我緑鬢去，朱顔非復初。飛光若流水，東溟歸尾閭。安得起壯士，咸池翻日車。

漫　　興

白露下林皋，秋江激暮濤。猿悲啼峽急，鷹壯掣雲高。客興頻懷土，詩情半入騷。貂蟬争拔起，悔不事龍韜。

蛩　　聲

蛩聲如潑水，曉夢頓驚殘。爲爾秋心碎，因誰怨調翻。星霜催急節，今古續憂端。何待秦青唱，惻然摧肺肝。

舟發夷陵晚泊董市

舉棹過三縣，維舟日未斜。雲陰濃作暝，江氣壯浮沙。送客殘蟬急，投林暮鳥譁。渚宫遥在望，别久亦如家。

舟行風逆

月峽荆門安在哉？雲深東不辨章臺。浮青樹接天邊合，捲白江穿霧裏來。鳴雁似聞銜雨過，泛鷗時見避風回。故園秋色行將老，望裏歸帆日日猜。

舟過松滋

一柱觀何在，滄洲空自環。雲低多在水，岸闊漸無山。雨勢斜偏重，江流去不閑。西風能送客，獨爲旅人慳。

將至沙津以詩報耀卿

楊花如雪别芳津，攬佩秋窗月滿輪。卧病憐予馳慰問，高歌逢汝吐嶙峋。休誇帶礪歸貔虎，猶待邱園起鳳麟。郗桂一枝高自許，英聲端不讓他人。

歸舟爲風雨所滯

秋陰日日作風雨，能使滄江滯行旅。枉渚回汀黯不開，楚臺梁苑渺何許。千里辭家汗漫游，華顛無夢到封侯。但借西風吹五兩，秋波歸釣白螺洲。

湖濱舟次口占與耀卿録别

翦燭談方輟，鳴榔忽惘然。客心分繞樹，秋水壯浮天。鸞鵠摩霄路，鷗鳧結社緣。回帆期見訪，遲汝孝廉船。

寄訊汪梅村先生聞其將歸白下

初聞露布雜悲歡，愁裏鄉園未忍看。將帥貂蟬勛赫奕，山川龍虎氣凋殘。燐飛斷礎秋陰黑，潮打荒城夜月寒。亂後白頭歸思切，荆榛何處問長干。

九日邁園獨眺

生平值重九，鄉園回首勞。今兹憩故里，豁我心鬱陶。山墅閱兵燹，掩蔽多蓬蒿。修桐及槐柏，竦擢争相高。陟磴縱遐觀，百里明纖毫。參差露洲渚，迤邐分林皋。邱巒接遠近，叠翠相周遭。江湖并一氣，壯哉何滔滔。朔風猛相蹴，壁立揚飛濤。忽然觸奇興，將策冠山鰲。意氣徒慷慨，鬢髮驚蕭騷。惟欣欃槍斂，行見戈甲韜。適我澗盤願，暮齒嬉且遨。年年對黄菊，舉勺傾香醪。尚堪逐年少，共鬥詩中豪。

季秋望夜江皋步月

秋陽亦太甚，乃與炎歊同。向夕步江介，思欲延涼風。冰輪揭圓影，皎皎懸當空。昔年玩秋月，多藉江流雄。光景兩激蕩，翻動蛟龍宫。精芒射六合，奇變安能窮。今來潦忽斂，閑以洲渚重。遥山隱烟霧，誰爲發其蒙。聯檣集賈舶，擾擾如蠛蠓。不睹浩瀚勢，焉得開心胸。興闌舍之去，歸來卷簾櫳。何當挾鵬翼，往矣觀方蓬。

晚秋陽亢彌甚

季秋節候變暄燠，晝食夜眠汗相續。千里百里揚塵沙，烈烈南風號萬木。頗聞岳鄂連蕲黄，歷夏不雨驕秋陽。二麥至今未入土，流庸載道吁可傷。齊安烽火久不息，上將連營未敢逼。得漏鋒刃猶饋軍，哀此一方陷荆棘。今年滅賊誠大慶，陽德何爲久乖令。得非天導吾皇仁，意在黜佞沛寬政。東南田租暫賜蠲，詔下罷算車與船。伐檀濡鵜盡斥退，登崇悉用憂國賢。上天眷佑無窮已，聖德感天不移晷。小臣無路達芻蕘，何人附進延恩匭。

詩寄遇隆兩兒今歲闈期展至九月

節過重九曾無雨，月比中秋分外明。紫氣衝霄揮彩筆，雙飛龍劍出豐城。

將往西陵遲隆兒未歸

返棹風猶滯，滄江復阻長。秋晴多見月，候暖未成霜。鳳管和聲律，龍文出匣光。汝歸吾即發，亦已戒征艎。

湖舟曉泛

朔雁聲中客路長，湖心曉色混天光。朝暉忽上千帆影，水國猶遲萬樹霜。尚有傳烽驚沔鄂，惜無飛將救蘄黄。潛夫皓首仍江海，獨自憂時未敢忘。

舟行雜述

颯颯衰荷亂，蕭蕭荒荻深。宿雲開樹杪，飛鳥點湖心。鄰雜飢穰判，田兼潦旱侵。誰能籌蓄洩，閭里豁憂襟。

帆轉汀仍合，橋回浦又分。碧鱗波蕩日，緑髮樹籠雲。甌窶篝皆滿，豳歈籥共聞。鷗鳧雜鵝鸛，來往亦爲群。

顧杼鄰相競，編茅户并忙。人歸魚躍罶，稼納雀趨場。碧草還凝露，青楓未覺霜。行徒盡赬汗，誰道減秋陽。

冬初暄特甚，節候得無差。宿麥難投種，春桃或誤花。螿吟朝不斷，蝨聚夕猶譁。雨澤何由望，湖雲又變霞。

早冬溯江赴峽州

輕舟重溯大江潯，江上群山喜盍簪。漲落白沙鳴素瀨，村晴紅樹綴青林。滄洲帆影何曾動，平野霜華亦未侵。朋舊西陵各無恙，猶堪文酒慰冬心。

十月十三夜雷電交作微雨輒止

秋旱久無雨，冬晴復有雷。雲沈千樹失，電掠萬山來。灑澤功何淺，屯膏意莫回。愆陽誠已過，冰雪恐爲灾。

曉舟上荆門峽

江勢會岷源，江光蕩曉昏。灘聲雄楚塞，日色射荆門。故壘銷都盡，飛仙迹尚存。時平惟釣艇，結網聚成村。

答耀卿[1]對雪見憶之作

去年飛雪共憑闌，對雪今成兩地看。命駕遥憐荆渚隔，泛舟深阻峽門寒。梁園授簡才非忝，郢曲登臺和獨難。念汝揮毫多逸興，隨風珠玉滿江干。

鮑帥追粤逆於江右擒其僞王及其凶族逆將聞當檻致諸京

螻蟻君臣面縛俱，章門飛捷達皇都。死灰頓息焚餘燼，疏網仍歸闕下俘。武庫漆頭當示儆，藁街濺血尚嫌污。神靈正翊中興運，文德今看殿陛敷。

左纛國中聊竊號，蹇人地上亦稱王。梟雄有力終顛覆，豎子無成只滅亡。鈴語早占生縛曜，郡名初改喜擒昌。參夷凶族無遺種，始信天威肅萬方。《北魏書·地形志》神䴥元年，世祖禽赫連昌仍置禽昌郡，即漢晋之北屈也。

仙芝縱死仍巢賊，邢杲雖亡有葛榮。逋竄蠻奴多悍突，傳聞閩海復縱横。五羊乘障宜增戍，萬馬窮追未罷兵。宵旰尚須煩聖慮，兢兢保泰在功成。

峽州旅次書懷

倦客天涯歲易闌，峽江日夜朔風寒。鷹驕目已輕狐兔，鴻遠心猶逐鳳鸞。江海盡聞兵氣解，征徭仍冀德音寬。潛夫不厭山中老，白首誰彈貢禹冠。

燕坐遣悶

雨雪凋年滯客星，更無車騎過元亭。峽雲當晝低如墜，林霰乘風驟復停。侵徑莓苔何寂寂，垂檐橘柚故青青。鄉園正憶梅將綻，憐汝幽芳閟翠扃。

鄂生太守貽厚樸花歌以報之

產終南巴山老林中，三十年始一花，皆附正幹，不綴旁枝，雜茗飲中服之，利關鬲，理氣最有功

巴山北接終南青，中有開闢未洩之精靈。深林大藥樸尤異，三十年吐奇花馨。綏定太守采貽我，封題充笥百餘朵。大如兒拳鏗有聲，發緘不散流雲裹。書言厥性無不宜，可配茗飲沁心脾。通利關鬲導氣海，論功遠勝葠與蓍。炎帝圖經漏未録，當時徑路閉岩谷。歧伯雷公不識名，扁鵲華陀豈寓目。元氣鬱勃千萬年，胚胎忽坼葩華妍。亦如力牧及風后，夢感軒皇非偶然。桓桓太守萬人將，書生起覇亦何壯。衆口嘵嘵尚鑠金，

低頭不得言功狀。只今權郡巴山隈，力爲編户除荒萊。填胸豹略不敢露，坐對奇花落且開。太守立功當萬里，催花遍放千山裏。盡扶枯槁蘇疲癃，功成去訪赤松子。

次和熊仲山觀察金陵鐃唱四首

飛題露布蔣山秋，南顧從容釋主憂。獨任元戎歸廟勝，同功介弟復神州。綵綸闕下頒三錫，鐃吹聲中擁八騶。地下凶渠無可逭，今看梟首大航頭。

聲靈昭代遠無疆，軼漢超隋復邁唐。豈謂繹騷來遠徼，翻然吞噬遍諸方。豪英躍起三湘道，軍食艱難百戰場。今日犁巢功蓋世，孑遺江左倍堪傷。

元侯册命符周典，上相酬庸首晋公。可但九州銷燧火，還令百代慴梟雄。天開運會共球集，帝閔瘡痍杼柚空。次第詔書垂雨露，依然文軌萬方通。

使君高唱洗兵年，羈宦渾忘萬里天。調挾金笳横吹壯，詞驅江海怒濤旋。虚名屢忝停驂問，陋巷頻違倒屣延。屢荷賜訪，皆不相值。卷裏陽春慚屬和，題襟留證異時緣。

感　事

扞網特初起，養癰非一朝。不成綱惡馬，焉得變鳴鴞。曲突何曾悟，椎埋故自驕。後來施獮薙，功轉屬頭焦。

前朝甌脱地，歸化百餘年。錯壤兼夷漢，分符等謫遷。探丸輕斫吏，帶劍恥耕田。威惠誰移俗，空思長吏賢。

突爾乘山郭，公然盜庫兵。厝薪猶寢處，伏莽且環生。宿豈金精動，占同石鼓鳴。負嵎多險阻，林箐恐難平。

但明有司法，早用惠文冠。苞蘗除原易，奸萌折不難。優柔終致寇，征討始勝殘。闖宂奚爲者，將無愧伐檀。

謝唐誠齋惠石

仙掌峰形擘，仇池秀色分。空空垂涷乳，縷縷出晴雲。耽隱宜從我，論交合共君。壺中九華勢，終日結氤氳。

贈王體仁茂才

少年裘馬習，唾棄萬黄金。中歲除豪氣，清才礪苦吟。名雖藏市肆，契每結山林。回首貞標峻，蒼蒼松桂陰。

攀桂圖爲萬小圃題

團欒桂樹清虚府，竊藥姮娥乃其主。游者未必皆仙才，紛紛飽聽霓裳譜。大抵人間白面郎，名經千佛濫依附。君也望瓊樓，天路無由躋。文章老不遇，鶴髮與肩齊。偶圖攀桂索我題，我亦未得騎虹霓。君且爲我棄擲謫仙斧，我亦爲君斬斷青雲梯。楚人自古輕卞玉，吞聲徒使雙眉低。君今有子如却詵，桂枝崐玉超常倫。風雲自可付兒輩，老子婆娑秋復春。噫吁嚱！丈夫奇氣淩烟霄，伯仲黄綺友松喬。日餐霞液飲沆瀣，大椿老幹長不凋。何妨白眼少年曹，一任天香雲外飄。

題宜昌郡志兼送郡守聶陶齋同年入覲

自君奮巴蜀，弱冠文藻遒。南宫早擢第，錦衣出皇州。楚疆控飛舄，報最推殊尤。晋擢二千石，褰帷西塞樓。績將潁川比，化與文翁侔。陽春遍煦物，部下騰歌謳。政成考方志，墜典闕未修。建郡百餘載，文獻邈難搜。此事今弗舉，恐貽數典羞。毅然任草創，遺佚窮討蒐。緬惟楚藩表，郡最居上游。夔施間肘掖，山川阻且修。沿革及戰守，往事如星稠。國朝盛威德，溪峒請歸流。畫壤置官吏，不復稱蠻陬。旁邑乃并隸，立郡職其由。大書首撮要，振領遂挈裘。前政有善轍，準的標徽猷。士女繼相望，不遺遐與幽。下逮衆瑣屑，捃摭靡不收。賤子愧膚學，忝竊佐咨諏。君平抱史識，未陪東觀儔。勒成一邦典，亦足垂千秋。燭暗炳列炬，闢途導行輈。來者助考鏡，曾無茫昧憂。汗青已及就，朝天擁鳴騶。聖皇攬圖籙，中興符殷周。八埏埽氛孛，萬國趨共球。循良佐上理，痌瘝協旁求。君往荷晝接，日華凝彩旒。宮廷詢治行，敷奏當螭頭。天顔徐有喜，褒擢宜見優。辭闕即遄返，攬轡無淹留。郡中諸父老，延望何悠悠。春波峽口緑，春花滿汀洲。當與此邦士，江邊迎細侯。

奉和申甫先生合江亭追用昌黎韻乙丑

異術淆争鳴，于道日以左。紛紛功利徒，何堪值一唾。卓哉昌黎公，不作元和佐。佩璐來南荒，璠璵孰能貨。高咏留江亭，鶩猶赤鳳過。巍峨千百年，山斗氣不挫。夫了繼清風，望古慨相和。先帝昔北巡，羽林負矢個。荀子《議兵篇》：負服矢五十個。奔走倡迎鑾，恨未平坎坷。冲聖繼垂衣，事定委裘臥。拜疏進昌言，伊傅内自課。豈不戀主恩，將母情無那。詔書促登朝，勇退激群懦。國楨首翹材，正學湖湘播。英俊得人師，粟帛起寒餓。麗藻映岩阿，争爲山林賀。發明忠孝心，百世策庸惰。下走違春風，未侍三鱣座。寸莛撞洪鐘，安得驚石破。出處仰完人，圭璧信無涴。

寄贈楊子堅毓秀茂才

兩載客西陵，得子愜英賞。子亦僑滋邦，淵然秉超曠。少年負逸才，風騷久跌宕。遍探作者庭，高視千秋上。吾觀江濫觴，入峽始稱壯。白日戰雷霆，悍突莫能抗。包并蛟龍奔，蹴裂巴巫嶂。浩浩起滄溟，一氣騁雄放。終古無涸時，浮天但漭瀁。乃知源有餘，灌輸縱所往。屬詞理亦然，蓄極末乃暢。子才洵絶倫，遠到詎可量？文藻何足誇，德業乃堪尚。吾衰遠贈言，奚以表心貺。相期爲國華，羽儀副所望。

寄贈張伯輿權。善化人，時客夷陵

湘東將相彦，應運皆騰驤。貂蟬出韜略，希復事詞章。吾子獨拔出，睥睨曹劉墻。獵微躡閫奥，振雅諧宫商。自從甫白没，六義鬱不揚。流俗日靡靡，浮哇乖大方。百鳥盛鳴噪，奇律惟鳳皇。駑群共刷秣，絶塵必飛黄。我視操觚輩，子才尤激昂。持此拓騷國，褒鄂未易當。邂逅適我願，得挹蓀荃芳。蛇珠不終閟，龍劍非久藏。幾時奏賦頌，掞藻陪班楊。

遥送鄂生太守入覲

褰帷部下化如流，無復烽烟近戍樓。盡道神君能治郡，誰憐飛將未封侯？一麾叢箐臨蠻徼，五馬春花謁帝州。遥想宫廷嘉治行，賜金還被璽書優。

秋丞太守去歲中秋殉節黔西今春乃知其耗賦詩追挽

故人凋謝盡，君又殉危疆。暮齒淪羈宦，空拳奮國殤。蓋勛隨陣没，傅燮與城亡。回首千峰斷，黔雲鬱莽蒼。

書生起乘障，軀幹不勝衣。白刃真能蹈，青燐只獨飛。熊轓空復壯，馬革尚難歸。褒恤隆朝典，成仁不用悲。

舊業青溪榜，青溪草堂者，君所居别業也。猶存劫火中。招魂惟化鶴，濺血已成虹。矩矱仍承昔，門庭各效忠。君從子亦殉鄂城之難。今年花發處，腸斷海棠紅。君園亭中海棠如故。

垂老興縱横，狂歌裂石聲。登陴孤劍躍，磨盾百篇成。已奪詞場幟，兼垂節士名。遺編豹皮在，凜凜氣如生。

憶子牽絲出，柴門枉見臨。君赴黔時曾枉過敝廬。尋盟指蘿薜，招隱眷山林。但益九原慟，長孤五岳心。追惟疇昔語，淚溢大江深。

哀李生勉齋

七尺魁梧軀，仗氣負剛骾。讀書鄙拘牽，憂亂切悲哽。思爲俊杰流，出息風塵警，慷慨恒誦言，壯氣冀一騁。紛紛章句儒，百鳥避霜隼。醜正實有徒，群謗起相窘。吾嘗規佩韋，亢厲必先屏。近者益恂恂，折節去豪猛。卓然遠到才，堪爲吾黨幸。藴蓄百未宣，中道遽先賈。高節摧豫章，浮榮秀朝菌。浩蕩叩靈修，良楛同一軫。嗚呼干將鋒，千載没眢井。

上元雷雪

風雪傳柑會，陽和似未回。英英雲總合，虢虢震頻來。亦是銀花夜，曾無火樹開。崑崙誰奪險，應拔四方臺。長陽田賊爲變，官軍往討之。四方臺者，賊所據之山也。

江上眺積雪

日光浮不定，天影混疑平。岸合江全縮，山封樹獨明。凍鷗多匿浦，歸雁欲迷程。小立吟初就，寒威逼句清。

與彭子嘉觀察相遇沙津别後却寄

詞臣恩遇比嚴徐，憶在先朝侍直廬。水鏡掄才搜白屋，霜臺捧簡進丹除。諸夷羅拜唐蒙節，六詔高乘孟博車。君到蜀都問消息，征蠻方略近何如？

滄江復對一尊同，喜值星軺憩渚宫。故國荒凉兵燹後，晨星寥落亂離中。旌旄自是功名遠，綉斧還能意氣雄。别後臨池如有暇，好將紈素寄蒿蓬。

二月已盡春色猶遲

寒山不放草萌芽，誰見迎風萬柳斜。江海但驚馳虎竹，園林未許借鶯花。幾時紫燕窺珠箔，何處青牛走鈿車。莫道句芒遲節序，天公無意送韶華。

曉　雷

春仲多陰晦，驚雷始破空。蕩開千嶂暗，催坼萬花紅。元氣昭蘇候，神機震叠功。雨晴瞻黛耜，正及土膏融。

偶然作

北風雨雪盛凉雱，枳棘縱横蔽道傍。豈有麒麟儕猰貐，何堪鷹隼侮鸞凰。譊譊縱遺黄金鑠，皎皎安能白璧[2]傷。世事只須齊物論，康瓠寶鼎任低昂。

清明舟中口占遣悶

村落無桃柳，園林少燕鶯。年光但如此，持底作清明。

寄子堅伯輿夷陵

楚蜀江山勢，奔趨西塞樓。登臨攬雄杰，才調發英遒。碧海紫鸞舞，青天黄鵠游。别來春又老，離思滿滄洲。

雨中獨坐憶夷陵山水

白首談經客，空齋掩寂寥。江山懷壯偉，烟雨送芳韶。短棹空成阻，清尊不可招。登臨舊時夢，往往在岧嶢。

重至講舍感舊有作

經帷隔歲至，三徑成蒿蓬。老桂獨偃蹇，葱鬱氣猶雄。舊種數竿竹，青鸞垂尾同。稚杏侍其側，擢秀出荒叢。結鄰宛三友，高節皆固窮。榮華任雨露，委心亭毒中。欽此磊落概，豈殊賢達風。愧無灌溉德，敢尸造化功。華實汝自具，何以報蒼穹。

出門少桃柳，忽忽逾清明。昨來曾幾日，枯槁回光榮。時雨灑芳潤，好風柔且輕。烟草送遠緑，萋萋千里情。百花逞妍媚，迸力鬥新晴。桑柘盡交蔭，園鳥皆變聲。昨者靳淑麗，今乃洩菁英。不知橐籥力，鼓蕩何由成。菀枯本天道，候至無不更。瑣瑣世間事，升沈安足驚。

門外何所有，舊有數頃陂。荇藻每交蔓，蒲荷并紛披。高城墮遥影，風至生漣漪。今來訝涸轍，無復游鱗窺。高下洲與嶼，銜接何逶迤。汩泥列綉壤，將欲興東菑。静求反覆理，俯仰忽已移。桑田在東海，亦有揚塵時。况此蹄涔水，源竭固其宜。但惜白鷗去，茫然空我思。

往與二三子，文史縱蒐考。林立甫李勉齋尤激昂，才堪爲國寶。林也起搴旗，原野塗肝腦。李也隕秋風，玉樹埋何早！濟世生豪英，厚意出蒼昊。飛黄千里材，顛蹶不待老。牖下與沙場，白骨同一槁。天闕皆殊尤，靈修無乃娼。死士壟相望，烟雨泣春草。滔滔感頹波，寂寂悲吾道。臨風倚杖藜，獨立愴懷抱。

耀卿〔3〕所業益進於古詩以策之

駸駸駒隙度，志士惜馳暉。門外落紅滿，不知花盡飛。淵懷超意象，古義測深微。力埽牛毛盡，方成麟角稀。

即　　興

幾日花飛盡，新陰遽已成。籠青迷曲巷，浮緑過高城。盎盎真機運，蓬蓬遠興生。悠然觸吟緒，摇蕩語流鶯。

鮑帥部衆變於京口

豈聞狼子作貔貅，太息元戎失遠謀。篝火敢行倡大澤，銀刀徒遣亂徐州。鄰疆軍賦傾膏血，夜雨山城泣髑髏。降卒頗多銅馬輩，尚虞同惡起相求。

笋生滿園

幾日便尋丈，軒昂惟此君。新遷疑驟貴，特起欲成軍。稚籜争垂露，叢梢亂入雲。半空翔翥勢，鸞鳳總爲群。

躡足如通籍，差肩盡及墻。門生迎嗣復，子姓盛汾陽。聲待三秋起，雲垂六月涼。只宜稽阮輩，把臂入林狂。

四月二十四日僧親王戰没濟陰

威名上將河魁宿，貴族陰山日逐王。忠慤龍顔勞戰伐，禍輕蜂蠆失周防。飛書昨尚馳三捷，猛士今誰守四方。圖像麒麟終已矣，蹶蹄天馬竟摧傷。

徵兵朔漠度燕關，鐵騎雲騰甲盡擐。百戰澄清半天下，十年鋒鏑老行間。親聯肺附恩尤重，志决身殲事益艱。涕泪誰扶天日月，英靈長護漢河山。

熊虎天生閫外才，長驅未遣凈氛埃。縱横反側諸方熾，蹉跌英雄萬古哀。死將遂悲殷孝祖，闖門不返竇行臺。鼓鼙聲動皇心惻，拊髀誰爲頗牧來。《宋書》：殷孝祖每戰，以鼓蓋自隨。軍中人相謂曰："殷統軍可謂死將矣！"是日，中流矢卒。《北齊書》：神武西討，令竇泰自潼關入，爲周文帝所襲，衆盡没，泰自殺。初，泰發鄴，鄴有惠化尼謡云："竇行臺，去不回。"

楊性農駕部約以季秋登君山作歌張之

芙蓉峰雲盡作紫，隨風吹度洞庭水。移芝老人把芝華，乘雲下溯八百里。老人何年辭紫庭，浩然散髮秋揚舲。胸吞雲夢已八九，相識漁樵半白首。一峰湖上青岧嶤，往往亭榭干雲霄。前有軒皇張野之廣奏，後有重華儀鳳之九韶。鈞天記聽舊仙樂，入耳英咸忽飄落。蜺旌絳節來參差，縹渺三山動樓閣。晚猿群嘯生長風，崔嵬濁浪驚排空。方丈蓬萊不可見，雷霆震蕩蛟鼉宫。流雲倏散月華出，眼前萬怪頓滅没。松喬招手丹霞中，一鏡平湖任飛越。華轂朱輪徒瑣瑣，古來榮枯速電火。人生爲樂能幾何，跌宕湖山無不可。海若河伯兩醯鷄，起追齧缺邀王倪。騷歌安用楚臣怨，古泪無勞湘女啼。移芝老人太乙仙，藜火猶騰湖上船。樵翁釣客起爲壽，且有風月娱長年。大笑浮名真局促，長繩誰繫六龍足。空誇出世大還丹，向似明湖化醽醁，杯中醉吸君山緑。

黄乙垣畫松及牡丹見贈作歌報之

秋雲燒空赤如火，垂天亂壓芙蓉朶。抗塵觸熱者何人，叩門黄君高揖我。手持箋素張我堂，驟覺岩壑陰風涼。細看青松挺雙幹，鬱律欲作蛟龍翔。别有妍華逞春卉，洗盡人間金粉氣。對之便足清炎歊，奇士紅粧并高致。殷勤脱手云相貽，索我縱筆爲歌詩。君也丹青究神妙，我才頽放安足奇。自從枉矢東南流，齊安戰骨如山邱。嗟君倉皇挈骨肉，驚魂奔竄無時休。金陵梟獍已磔死，青犢赤眉更蜂起。齊魯中州半荆杞，君家亦在烽烟裏。海宇戰氛猶自惡，時無辛趙與褒鄂。中興未得圖功臣，惜君筆力自磅礴。故鄉秫稻荒山田，日倚囊中賣畫錢。我亦局蹐滄江畔，對君圖畫心惘然。洛陽名園薦叢棘，繁華金紫竟何益？惟應松根掘茯苓，結屋從君煮白石。

聞申甫師奉母自零陵還全州

賜歸仍賜養，長荷主恩優。堂上寬衰疾，溪邊憶釣游。紫芝華自秀，喬木澤仍留。門祚雖多故，還宜遣百憂。

已道零陵遠，浮湘今又歸。溯波魚不達，過嶺雁都稀。世望仲山袞，春生萊子衣。問奇益修阻，何日叩岩扉。

余旬甫曾撰顯廟挽歌近始見之感題四律

憶昔鸞旗出帝都，先皇遺慟等蒼梧。窮邊法駕淹車轍，下士空山泣鼎湖。日晏頓驚濛汜墜，天傾真效杞人愚。追思扈從多才彦，曾有祈招奏御無？

兩宫能轉六龍停，扶翼冲人踐紫廷。重見千官趨拜舞，依然九廟肅英靈。堪家早協周邦喜，傳子仍符夏后經。盡道重華承帝命，臨朝四臯服威刑。

遺澤終清四海塵，唐堯哲惠在知人。争誇今日戡除略，猶倚先朝老大臣。一統車書昭景運，千齡圖籙耀昌辰。持還列祖金甌固，清廟無憂陟降神。

當年鶴語慟堯崩，今日文園感不勝。載見肅雝隆袷禘，恭聞霜露拜山陵。今歲始卜日奉安山陵。唐擒賀魯摅先憤，周克淮夷美中興。次第獻俘均告廟，萬年中外震威棱。

五舍弟子章得仇實甫織機圖索題

嬋娟鄰巷相爲群，顧杼鳴機宵晝勤。織縑織素各自課，手爪難將工拙分。盤龍簇鳳雲霞炳，貢篚年年納官省。願賜名賢頒有功，莫將束帛濫恩倖。

輕如飛雪净如霜，交錯纂組成文章。鍼綫裁縫密無迹，長裾摇曳春風香。色絲易故即塵土，未識棄捐置何所。風塵汲引古來難，恐有才人在羈旅。

轉緑回黄看不定，千花萬草交相映。園客冰絲未足奇，天孫雲錦猶難勝。忽憶關山音信稀，秋鴻春燕遞先歸。錦字回文何日達，凄然清泪濕鴛機。

三吴紈綺甲天下，誰料湖山躪銅馬。可憐杼軸萬家空，錦綉都隨劫灰炧。亂後柔桑復擢枝，家家稍得理機絲。即看詔下裁奢麗，纁縞還同禹貢時。

九日舟中風雨寄懷舍弟子章

令節扁舟倍鬱陶，無端風雨更悲號。各天鴻雁音書遠，九月龍鼉澤氣高。是處林巒停蠟屐，何時尊酒共霜螯。遥知秋興難成賦，潘令凄然感二毛。

行　藏

烟波自來去，安足語行藏。世事兵兼潦，天機露變霜。壯心悲急景，逝水送流光。鬱鬱謀誰用，空成逐稻粱。

鷄　鳴

鷄鳴警群動，催破曉烟濃。帝闕開雙鳳，天街策六龍。慚予事行役，命楫少從容。起舞者誰子，吁嗟壯士胸。

水　國

秋深觀物態，水國弄晴暉。竹士森垂佩，楓人驟賜緋。塞鴻猶未至，汀鷺與俱飛。莫問春申事，千年迹已非。舟行處有地名黄歇口。

湖　光

湖光受日月，異彩何鮮明。爛如淬金鏡，自然熔煉成。内性湛虚静，元德不自名。朗澈兩無拒，適與流輝迎。蕩沃益奇絶，吐納陰陽精。乃知澹定力，囊括皆菁英。道妙此可悟，外炫安足營。

觀野穫

樂壤無窪下，來觀野刈雲。積多難辨種，饁至各呼群。稍藉篝車滿，堪酬婦子勤。江鄉猶苦潦，飢溺責誰分？

舟次對月取酒獨酌

身外惟明月，揮杯聯勸之。古來人不見，今者我爲誰？光到極清處，興當孤往時。長庚下窺飲，吾醉亦安知。

風雪連番菊叢猶有挺秀者

歲晏孤芳在，寒威百煉中。漢留徐孺子，秦隱夏黄公。皎潔迎霜月，凌兢戰雪風。南山望松桂，嘉汝後凋同。

得袁廉叔瓚明經書却寄廉叔，亡友姚樗翁門人也

樗寮喜談藝，之子得淵源。近者傳魚素，凄然憶虎賁。干戈多歲月，鉛槧且朝昏。嗟汝凌雲筆，猶遲金馬門。

寄熊仲放學博時新自鄂游歸

歲暮苔岑最憶君，篇舟歸去卧松雲。酒杯看劍英雄泪，騷國搴旗父子軍。郎君詩尤杰出。百戰鯨鯢銷故壘，千年鸚鵡泣荒墳。誰憐作賦甘泉手，騎馬思隨鄭廣文。

十二月十四日震電

元冥方用事，震電倏非常。癉怒驚摧裂，重陰泄閉藏。徵求財轉匱，反側寇猶張。變異期消弭，憂勤仰廟堂。

立春前二日

剥啄門無客，村隣突少烟。江淮成戰壘，時齊安有警。雨雪逼凋年。澤國人猶慮，春旛歲又遷。白頭文字役，壯志亦徒然。

遲子章未至

聞渡鄱湖返，兒童早候扉。歲闌仍阻寇，鄉近轉遲歸。雁羽征何疾，鴒聲聽尚稀。即乘帆勢捷，洗醆慰慈幃。

瓶中紅梅丙寅

一笑初流媚，千林頓覺春。瑶臺步冰雪，霞帔擁天人。酒暈微生靨，香光總護身。猶憐桃李夢，未解艷陽辰。

白首綉衣行哀竇蘭泉侍御作

初元詔下求人才，薦疏喧傳賢路開。滇南有客滯巴蜀，直聲當日高霜臺。黄扉朱邸知名久，勸駕貽書惟恐後。虚左當居九列間，同升合在群公右。閶闔迢遥雲際懸，分無羽翼游青天。不望立談取卿相，豈聞推轂翻迍邅。治安未進賈生議，片言已忤當途意。一麾萬里西南行，不伍夔龍伍魑魅。苦霧盤江邛僰國，炎雲憔悴征夫色。君不見柴車白首綉衣人，魂墮蠻天歸不得。

題李卓泉嶸茂才詩卷

義心凌魏晋，古調薄風騷。緱嶺清聞鶴，滄溟猛策鰲。尚嗟傾蓋晚，敢負賞音遭。何日聯幽屐，相從谷口樵。

李秋樵鶱茂才枉過出詩册見質并承贈句賦此酬之

陋巷春來喜足音，遠投詩卷比南金。披君藻思千重綺，坐我松風萬壑陰。陸氏機雲聯倡和，何家求點重山林。也知泉石兼觴咏，不换人間笏與簪。

霰　集

疏牕雲欲暝，密瓦響逾囂。珠擲麻姑戲，壺投玉女驍。欺梅横莫制，折竹勁偏饒。已近試鐙夕，寒威故不消。

寄訊梅村孝廉

入户迷三徑，還鄉賦七哀。笳連蔣山戍，春冷雨花臺。酒化愁中泪，編殘劫後灰。東南猶用武，誰問著書才？

上元雨雪書憤

雨雪上元春可憐，齊安沔北皆烽烟。泥中凍踣骨委地，江外號啼聲震天。寂寂高營玉帳卧，潭潭大府金尊筵。崑崙夜奪豈無策，讀史挑鐙空慨然。

憶西陵舊游

客舍高歌若有神，歸來窮巷卧青春。荆門波色將浮岸，峽口花光欲照人，歷歷溪山懸舊夢，駸駸車馬動芳塵。清游回首成千里，日暮東風采白蘋。

寄贈李次青元度同年

殺賊還看露布成，封侯無分到書生。空令文法傷豪杰，坐惜風塵老甲兵。疇昔偏裨皆已貴，尋常醉尉轉相輕。漢家會赦雲中守，推轂仍煩仗鉞行。

寄彭漁叟長沙

滇塞抽簪後，潭州湯卜居。愁聞湘浦雁，老憶武昌魚。挾策空投璧，窮年自著書。擊鮮聞亦罷，裝直久無餘。

不須詢鄂事，極目總頹波。榮杲馳吹角，弢曾起倒戈。隔江惟燧火，上將且笙歌。寄語懷歸客，繞枝將奈何？榮杲謂葛榮、邢杲，弢曾謂杜弢、杜曾。

百　感

華髮支筇客，芳時百感侵。江淮纏殺氣，風雨損春心。群醜驕誰制，生民禍益深。龍淵不在掌，慷慨一長吟。

楚國方城險，頻年賊入郛。畫江資寇壤，閉壘待天誅。乞活翻雄長，流亡更掠俘。元戎真雅度，裘帶亦何都？

南紀滔滔壯，雙流空復長。吾能恃天塹，彼解取餘皇。不作開營戰，誰聞扼隘防？國門逾咫尺，率野盡豺狼。

賊飽方徐退，民歸更苦飢。徒然剩皮骨，誰復閔瘡痍。耒耜猶難覓，耕耘未有期。千村皆瓦礫，何以佐軍資。

變多生玉帳，悍或類銀刀。跋扈皆冰敏，石冰、陳敏。謹呶即貢弢。王貢、杜弢。方憂兵若火，誰問盜如毛？太息今爲梗，徒煩召募勞。銀刀卒，唐時徐州亂軍也。

狂瀾無計返，萬事盡頹波。養寇軍逾横，營私吏轉多。錙銖窮括斂，膏髓付銷磨。乾没仍無已，錢刀罄若何。

送質先求撫，虚言詎可憑。鴞音終不革，鷹眼得無憎。莫倚羈縻策，終虞變詐乘。羯奴侮彭祖，覆轍固宜懲。時有招撫之議。

雨　望

巷陌無人過，鷗閑一到門。雨中回草色，汀外没沙痕。萬代江河下，雙輪日月奔。大庭去已遠，孤抱與誰論？

二月初三夜大雷雨

終宵雷雨勢，撼屋似沈船。漲走千岩瀑，江吞萬里天。濕雲如欲墜，淑景不成妍。四壁漏痕滿，龍蛇忽蜿蜒。

連日大雨如注雷電交作

横空飛電走驚霆，猛雨連朝疾建瓴。草暗郊原春寂寂，雲沉天地晝冥冥。盡傳豺虎憂方逼，誰遣蛟龍鬥未停。閶闔緑章如可達，猶煩煉石運精靈。

送剛士之吴會

操管談兵略，縱橫過萬言。何堪淪掾屬，猶未免批抳。遠道誰知驥，群情類嚇鵷。浩然且東下，莫遽隱吴門。

西涼聞謝簿，白羽在軍揮。推轂能膺薦，登壇足建威。英豪多壯偉，拔起自卑微。子亦苞奇略，無嗟知己希。

何子貞太史用拙韻贈性農駕部中有見憶之句仍用前韻賦寄太史

雙龍憶解劍光紫，忽誦新詩如瀉水。長唫猶問山中人，命駕無愁阻千里。歲星之精來帝庭，一笑南海輕揚舲。文章寓言恒十九，豪游自命風流首。退之子瞻均嶢嶢，光焰萬古懸穹霄。遠追二子感至誠，長使蠻荒留九韶。回望神州慘不樂，瑚戈未指妖星落。率野縱横豺虎場，中興想望麒麟閣。金陵大旆吹天風，百戰始睹烟塵空。穴獸鼎魚付齎粉，捷書馳奏甘泉宫。湘東矯矯將材出，彎弧仰射天狼没。干城大半起文儒，奇杰如雲總超越。君操椽筆埽庸瑣，亦若軍容壯荼火。但賡崧高常武篇，出入雅頌無不可。偶角險韻和鬥鷄，洸洋曼衍窮天倪。蹙浪頓驅蛟蜃舞，驚風欲逼猩鼯啼。乘秋當挾蓬萊仙，謂移芝叟。同泛洞庭湖上船。吾輩相逢但痛飲，歡娱共保青松年。君不見駟馬高車徒促促，飲河偃鼠笑難足。使我著書仰屋梁，何如抱瓮醉芳醁，雪鬢蕭蕭不重緑。

江干見新柳

誰種春楊柳，依依感不禁。牽愁隨路永，摇恨與江深。去騎迷青草，遥帆映碧潯。津亭長送客，離别最難任。

即　興

草色乘烟雨，蓊然緑一山。朝來擁新黛，窺我雙扉閒。静聽鳥皆樂，始知春已還。頓令清興發，游屐莫教閑。

寄王少鶴銀臺時方游鄱陽

冲聖重華法有虞，初元宫府倚匡扶。争傳正笏倡同列，遽效扁舟泛五湖。濟變有功多密勿，立朝無黨轉崎嶇。只今長嘯登廬阜，西北浮雲望帝都。

寄王霞軒必達同年時守饒州聞少鶴銀臺將游彼郡故并及之

鄱陽賢守亦吾宗，聞道能淹上客踪。綺席春迎湖畔月，華鐙夢隔禁城鐘。當筵文藻輝争發，繞郭雲山翠自重。惆悵野夫遲捧袂，難登五老最高峰。

雨中清明

今晨風雨何凄凄，天外濕雲吹更低。田水澗水浸無路，野花山花飄作泥。流鶯自惜黄金縷，游騎都停碧玉蹄。東望江干新白骨，蕭條兵後萬家啼。

惜　春

衰年惜春色，春盡未逢晴。喧聒憎蛙黽，凄凉老燕鶯。不知花事過，但見柳陰成。淑景如流水，奔騰送雨聲。

閲　川

雲起陰旋合，晴光覺太稀。銜波鷗側立，掠雨燕横飛。盎盎春將老，勞勞計總非。閲川空自惜，長負故山薇。

遠　緑

春林籠曉霧，遠緑不能分。黯黯深如海，濛濛混入雲。岸圍青玉帶，波皺碧羅紋。静裏鳩聲唤，晴宜陌上薰。

蹄[4]　鳥

春樹聞啼鳥，聲聲唤曉風。夢回紅雨後，歌叠緑雲中。似惜韶華晚，誰憐瀏亮同。絶勝年少樂，絲管畫堂東。

浮　艇

晴旭方浮艇，春雲半在湖。烟輕扶翠柳，水遠入青蕪。播植催農事，汗萊變沃區。客游浪踪迹，只覺愧鷗鳧。

湖上口占

湖上青山態自閑，飛帆直掛碧雲間。春波長送年年緑，不送征人歲月還。

將至沙市以詩簡耀卿諸子

乘春來續渚宫游，細雨飛花滯客舟。漠漠郢雲低郡堞，茫茫峽水映江樓。閑中閲世成孤憤，醉後論才隘九州。不共諸君罄胸臆，更持肝膽向誰投。

愁　　霖

二麥皆栖隴，愁霖無已時。未遑憂夏潦，何以貸春飢。多壘旌猶布，三農命若絲。誰當調玉燭，豈不在邦畂。

雨泊關沮口

泥滑水濺濺，垂楊獨繫船。春宵三月雨，波漲一湖烟。梁苑冥濛外，荆臺杳靄邊。故人遲握手，孤興獨凄然。

蜀僧禪定自普陀歸仍返峨眉索贈

蜀僧西下峨眉峰，踏破白雲千萬重。東去浮江復渡海，蓮花洋外瞰蛟龍。眼光超出三千界，吞吐蓬壺何芥蔕。濟度直成願力宏，聲聞無過潮音大。回帆暫泊渚宫城，桑下難忘三宿情。錫杖渾疑法雲護，衣珠猶照海霞明。歸去觀空悟舍筏，雨花散落遍岩窟。炯炯山中印道心，靈光高涌峨眉月。

又爲禪定畫蘭并題一絶

前身我亦峨眉籍，舊時夢中事。流浪浮生豈有涯。石室萬尋扉未啓，煩師問訊青蘭花。

送林生希之履賢游閩謁爵師湘陰左公希之，立甫太守子也

蕭然葛帔困飢驅，舊業田園亦盡蕪。落魄久傷名父子，吞聲誰問羽林孤。雲中自可翔千仞，麾下何爲奉伍符。得遇孫陽邀顧拂，故應憐是渥窪駒。希之方依偏校。

武鄉新建并能兵，今見登壇百粤清。拔起特超諸節度，威勛獨出一書生。遠游衣綫吟東野，下士飢寒拜北平。窮鳥鄧林知有托，不須臨别泪霑纓。

張生繼堂與希之偕游閩中謁爵帥左公詩以送之

二子相携赴七閩，碧油幢下望車塵。鯤鵬雲海扶摇路，龍虎山林變化人。軍府忠勤思並集，賓階吐握氣俱伸。青萍結緑方增價，薜卞由來賞識真。

小園入夏新篁競擢

蕭齋久岑寂，得汝忽峥嶸。拱立常參笏，雄嚴武庫兵。俱陪鸞鵠舞，解作鳳皇鳴。歲暮多高節，期無負令名。

脱穎驚毛遂，趨朝見筆公。雷翻初拔地，露濯盡排空。陰密堪逃暑，聲來足嘯風。杖藜隨點頷，頭角稚孫同。

雨後看新竹

過雨初開徑，新篁解籜同。龍蛇關不住，亂走一園中。

乍削琅玕就，森然迥不群。碧娟新洗出，秀色奪晴雲。

纔憑雷雨助，信宿便峥嵘。愧乏凌雲筆，摩空并汝争。

勛名真屣脱，富貴等雲浮。盈尺階前地，能封千户侯。

四月十八初更烈風作逾時乃定

倏若千山倒，俄然萬竅鳴。鰲翻乘海立，龍怒拔湫行。疾捲三重屋，雄鏖百戰兵。須臾飆亦定，皎皎月華明。

蔡霽麓孝廉過南郡見訪不值悵然留詩而去輙賦一章奉答

天涯傾蓋惜相違，詞客停舟誤款扉。荆郢荒臺憐日落，沱潛春水送花飛。疏麻更枉殷勤訊，蔓草猶嗟邂逅稀。入識中郎精鑒别，爨桐何得比珠徽。書來索觀拙著。

紀異四月十八夜，江陵東境風雹爲災，牆舍盡頹，村民壓死者甚衆，田禾悉損，百里内大木無不拔者

倜然獰飆撼山破，石走沙飛雜塵堁。驚看赤電穿黑雲，人道白龍向空過。怒驅飛雹東方來，大者如碗或如杯。百里古木既盡拔，隴閒禾麥無不摧。連甍高屋驚摇摇，何况道左三重茅。垣頽棟折只俄頃，東村西村同呼號。殘支斷骼積充仞，瓦礫榱椽雜相轥。减租給糟誰當陳？騎馬不見吏人問。

【校記】

〔1〕“鄉”，疑爲“卿”。

〔2〕“壁”，疑作“璧”。

〔3〕“鄉”，疑作“卿”。

〔4〕“蹄”，應作“啼”。

卷二十五　詩丙寅丁卯

廉使嚴公自桂管奉命使黔賦詩奉送

帝念西南古職方，詔宣清問下黔陽。騑驂六月來星使，烽火千山照夜郎。道卜頒綸除節鎮，民思賣劍返耕桑。知公復作王新建，何止威行八寨傍。

贈丁生季康星昌

丁生起黔塞，逸足如飛黃。家世本通貴，簪組代相望。承明與旌節，名播西南疆。阿翁晚佐郡，老驥猶騰驤。生也甫弱冠，隨侍荆臺傍。深心事毫素，獵精窺縹緗。厥才頗遒麗，矯矯擅詞場。吾觀古人業，末者乃文章。讀書貴經世，勛照旂與常。甲兵尚未弭，撥亂需才良。生其務遠大，出濟九州康。羽儀輝四國，於世爲鳳凰。勿徒挾柔翰，馳騁追班揚。

次韻答耀卿

羈居初見火西流，忽得新詩動我愁。不必江郎工賦恨，自然楚客易悲秋。龍蛇吾道甘韜迹，豺虎中原倦倚樓。稍待凉雲起天末，烟波歸去狎沙鷗。

許枚卿賡藻太守于役南郡賜題拙集六首撫今感舊有慨乎言敬用答謝

昔年傾蓋并豪雄，良會今仍聚渚宮。世事三朝渾若夢，書生百戰未言功。賢聲不負真循吏，衰鬢相看兩禿翁。老守栖栖遲領郡，却來江上問嗷鴻。

縱橫百萬虎狼群，憶昔環城盡惡氛。喋血屢夷驍賊壘，褁瘡新鼓土團軍。樵蘇閑道驚俱斷，犄角援師久不聞。孤注危疆能力捍，數奇曾未策功勛。

湯湯夏潦溢江波，鷁首東來奉檄過。精衛石銜心力盡，流民圖潰泪痕多。便宜汲黯同持節，經術平當任治河。瑣尾從知皆鼓腹，懽聲側聽繞車歌。

諸公戮力洗乾坤，露布飛馳丹鳳門。正喜貂蟬酬上賞，見愁蛇豕熾中原。狼星睒睒秦山暗，蜃霧冥冥海氣昏。昨睹新篇殊激烈，憂時心事共誰論。

賤子曾無《梁父吟》，崎嶇寇亂百憂侵。偶同漆室舒悲嘯，敢望柯亭遇賞音。客緒忽兼騷國怨，明時猶抱杞人心。租船咏史蒙垂聽，擊節逢君感不禁。

答丁松楷景森司馬見贈

卓犖論黔士，無雙丁孝公。看春輸杏苑，綰綬領花封。骯髒屠龍技，蹉跎汗馬功。文淵殊矍鑠，顧盼氣何雄？

逐賊翻遭劾，遷官不負丞。艱危當楚塞，留滯向江陵。戲賭圍碁墅，閑邀蠟屐朋。醉中消塊壘，頓遣興飛騰。

榮路諸昆貴，家聲甲第高。同時起方岳，相望擁旌旄。翁獨栖遲久，途多坎壈遭。郎君騰上速，都有鳳凰毛。

前年曾履畝，五馬駐江濱。不籍黿鼉壤，能寬鴻雁民。停驂問泉石，叩户訪沈淪。握手欣傾蓋，論交信有神。

一卷憂時作，殊慚大雅林。誰知鳴鳳律，亦賞候蟲吟。品藻俄相及，揄揚甫自今。回頭看敝帚，不啻重千金。

早秋得鄢友石太守延安書寄答

海内英奇悵索居，金風葉下井梧初。波濤楚澤潜夫里，冰雪秦關壯士書。苦憶七年勞寤寐，遥聞千騎領旌旟。甲兵小范胸中富，殘孽花門足埽除。

連營吹角鎮延州，斥候烽銷更不憂。但使屬羌安保塞，無勞敢戰取封侯。騷壇尚鬥篇章捷，武庫深藏算略優。饗士投醪軍盡樂，猶煩河潤及滄洲。辱荷餽金。

答贈分甯丁枕泉潜

艾城有畸人，落落乃琨玉。千里走吾廬，風雪叩剥啄。入門再拜言，霑襟泪相續。孤露方童牙，大母實親鞠。提携至成人，仁恩等亭育。重慈亦捐弃，馳暉不可復。納壙乞銘詞，無憂泐陵谷。別我貽篇章，藴義益閎肅。我衰學亦荒，敢爲英賢告。聞君居山中，插架羅卷軸。漁獵窮百家，奇書靡不讀。馳騁肆文詞，壯如導川瀆。杜門謝有司，曾不干利禄。修潔兼多聞，内行又敦睦。群從諸父閑，逃名甘抱璞。自從軍興來，奔競策高足。持籌誇管商，仗劍詡頗牧。騰躍登要津，彯纓擁華轂。膴仕徒自營，何救蒼生哭。安得起君輩，一出鎮頹俗。吁嗟大道隱，荃蕙誰見録？邱樊栖紫鸞，江海送黄鵠。申章報盤阿，庶用表高躅。

九日韻石邀訪邁園

歸來惟閉户，今始訪岩阿。秋色天邊凈，江光林外多。蓬榛只鼯鼬，井里尚鼃鼉。不睹障川績，横流當奈何？

九日李徐二子渡江見訪未移晷即返棹

令節來佳士，翩然乘興游。肯窺黄葉徑，不負白雲秋。斜日回輕艇，滄江急晚流。只慚無蟹菊，未得盡淹留。

梅村翁以所作四君子咏見寄因題其後

風頹道喪盛瀾狂，作者高歌寓激揚。欲遣千秋留橘頌，還從九畹樹蘭芳。古心落落超寥闊，逸響泠泠入混茫。亦解延年微意在，揮毫曾不涉山王。

後雷斧行爲謝麟伯太史作太史名維藩，長安人。自云游洞庭碥山，見黑鳥銜此墮洞中，遣人探得之

雷公斧狀世稀見，棄擲空山孰能辨？與君先後同得之，凛凛摩挲色猶戰。我衰但作谷中樵，君珥彤管行歸朝。大鳥銜致豈無意，報君八翼排青霄。紫庭掞藻未爲壯，要使四海烟塵消。花門雜種騁凶桀，渭北河西盡流血。我師轉戰飢且疲，君望鄉關最愁絶。胸中兵甲原縱横，赴闕盍請終軍纓。三秦豪杰可奮起，慷慨立賦同袍行。招摇大星映河鼓，前驅豐隆翼貔虎。亂領妖腰死無所，幾聞朝菌抗蕭斧。

答麟伯即送歸秦

關内地形雄兩戒，古來豪杰重三秦。誰知肘腋興戎莽，遂使河山委戰塵。避地浮湘同太史，長歌入楚悼靈均。鄉書道路勞西問，心事江湖望北辰。

昔我驅車秦隴游，上書曾獻徙薪謀。君來苦道花門熾，歲晚同深杞

國憂。此去悲歌兵燹地，何人鎖鑰帝王州。風塵後會終難定，目斷天長渭水流。

卧　榻

鈎陳華蓋象昭回，紫閣祥雲北極開。何意蠻虹侵日月，無端祆蜃幻樓臺。兼戎事業懷王佐，攘狄功名憶霸才。卧榻非容鼾睡地，茫茫漆室使心哀。

帳前行一首寄示剛士

江海無波息桴鼓，書生仗節開軍府。熊旗獵獵風雲生，帳前策士賤如土。勛名圖像高雲臺，金穴銅山無後灾。丈夫功成取快意，殺身文種何爲哉！

寄彭漁叟鄂渚

鄂渚歸田客，孤懷鬱不伸。壘餘荒徑外，烽走大江濱。反覆五行傳，蕭條三户民。無憀托鉛槧，嗟爾白頭人。

傳聞六首

漢水連鄖水，烽烟孰掃除。傳聞皆乞活，郡邑總邱墟。上將親持節，環邊早建旗。常山率然勢，策應遂成虛。

殽函連阸塞，嶢武各峥嶸。昔恃關樓壯，今看賊騎横。隴山誰復問，灞上亦無營。虎視龍興地，荒哉北斗城。長安城形如北斗，舊名北斗城。楚豫無完土，齊秦未息烽。中原縱戎馬，井里絶耕農。經歲空籌筆，交綏孰折衝。貂蟬均上賞，努力固堯封。

射影非難測，翻容卧榻邊。蜃樓凌閣道，鮫室倚宫堧。邪説倡簧鼓，奇琛溢市廛。攘夷誰自任，微管獨稱賢。奇貨逾天府，瓌琛埒上方。直籠山海盡，更引舳艫長。葛相家無蓄，齊奴武不揚。豈如身并擅，貴盛樂無央。

瘡痏猶難復，誅求尚不勝。吏皆師賈豎，名盡托軍興。召募何當罷，流庸亦可矜。洗心兼息事，往禍得無懲。

歲盡有懷麟伯襄陽

歲除仍滯楚，道梗未歸秦。戰後千家哭，天涯獨客春。五陵烽駱驛，二華夢嶙峋。今日登樓者，憑闌倍愴神。

余旬甫寄示層高堂所選六大家詩集屬題首簡六大家者：子建、嗣宗、太白、子美、退之、獻吉也

塞外域中幾萬里，歸來濯足滄江水。抗膺孤睨層高堂，放膽論詩走餘子。掃盡千家尊六家，非阿非僻仍非夸。遠同觀樂吴季子，自鄶以下譏無加。風雅離騷逮樂府，古義不亡僅如縷。壯哉六子相追攀，氣高百代復元古。流俗紛紛迷大方，荆榛久矣叢康莊。君也大聲起排衆，撲滅爝火升扶桑。五岳崚嶒壓培塿，天空雲净挂箕斗。碧海垂竿只六公，才雄天假掣鯨手。與君談詩鍼芥投，夢寐思從六子游。褰裳拱揖層高座，信有江河萬古流。

元日憶子章都門丁卯

計吏先春赴國門，欣逢朝集帝臨軒。雲邊正闢蒼龍闕，殿上方陳白虎尊。

御苑鼓鐘連客舍，天街鐙火送歸轅。分符即試栽花手，桃李陰成繞

郭繁。

漢　　北

擾擾潢池日蔓延，白頭嘆世總徒然。斗東春色來天地，漢北烽塵接歲年。率野縱横惟虎兕，當關勛望盡貂蟬。營門夜宴張鐙火，鼓吹仍行白骨邊。

寄旬甫

騷辨風流孰代興，後來余子起崚嶒。游心早越三千界，放眼真高百萬層。自名所居堂曰“層高”。筆陣銛鋒驚射虎，詞場鷙氣避呼鷹。相看尚作垂綸老，空遣江湖鬢雪增。

早春重憶麟伯

獻歲歸鞍滯大堤，蓬山仙客悵羈栖。宸居極北瞻霄漢，春色終南隔鼓鼙。花底千觴孤意氣，人閒萬事一悲啼。五陵車馬知蕭瑟，渺渺秦川落日西。

積　　雨

積雨途多淖，蓬門静掩春。可堪扶曳苦，猶有亂離人。節鉞連營壘，戈鋋逼漢津。幾時兵得洗，襏襫返郊畛。

哀鄧伯昭伯昭去歲自蜀歸，行至黄牛峽，舟覆溺焉

遠游誰不赴，噩耗或疑非。竟逐騎鯨去，徒成化鶴歸。懷沙寧有怨，

躍劍忽同飛。今古覆舟下，伯夷休道稀。

健筆揚忠烈，篇多灑泪成。君集中志傳表章忠烈之作，居其大半。文章葬魚腹，朝暮泣猿聲。古詩："三朝三暮，黄牛如故"，即黄牛峽也。出峽方當喜，盤渦忽自驚。會邀蒼水使，一蹴怒灘平。

爵帥左公奉命總制三秦師次漢皋以書見邀泛舟往訪賦詩奉呈即以送行

華岳五千仞，秦關百二雄。威名高鎖鑰，談笑走羌戎。大將無雙士，書生不世功。西陲兵待洗，倚劍望崆峒。

嶺嶠流妖孛，天書築將壇。孤軍出湘水，一鼓復臨安。卷旆八閩靖，殲渠群孽殘。南溟震笳鼓，萬里静無瀾。

奉詔鎮三秦，樓船過漢津。霜戈肅關隴，河鼓應星辰。虎步知無敵，龍韜信有神。山河還錦綉，依舊五陵春。

西土猶多難，花門禍最深。狼烽何倏忽，蛾賊更交侵。慷慨當關望，艱危報國心。安邊貴方略，制勝在淵襟。

賤子昔鴻鵠，將軍今鳳凰。猶能招揖客，遽已奉離觴。軍食艱難會，關河戰伐場。公知根本計，拊背倚秦凉。

歌送爵帥左公總師入秦

書生奇略世無有，起掇通侯印如斗，天下武夫盡闔口。南清海徼仍西征，壯哉風雲信非偶，憶昔同陪賓從游。森森武庫驚誰儔，果然投袂應推轂，天子遂釋東南憂。近者揚兵道出楚，折簡相邀侍尊俎。帳下犀甲環旆旌，酒酣嘆世泪如雨。嗚乎隆平不可見，四海生靈困塗炭。中原大半銅馬群，關西復有花門變。天帝何爲殺運開，九州白骨委征戰。殷憂啓聖今其時，豈比衰唐與季漢。明公奮武爲鷹揚，河山四塞古金湯。且須屯田大積穀，根本既壯支節强。始如處女後霆擊，折棰可以笞戎羌。

長揖送公揮戈起，乾坤澒洞風塵裏。茫茫離合安足云，翼戴要建匡時勛。補天浴日明公在，我自山中老白雲。

偶述二首

貂蟬盡道黑頭公，奮起登壇震世功。試上太行臨峻阪，高車駟馬誤英雄。

顧影徒慚七尺身，猶思麾扇靖風塵。白雲留我還歸卧，天壤寧無雄杰人。

宫保左公以舊題孫芝房侍讀蒼筤谷圖七古見示次韻呈宫保兼悼侍讀

玉樓人往誰能知，萬玉圖中烟雨滋。當時題句獨公壯，雄略已負安攘規。東南惜昔烽烟逼，公亦有山卧不得。書生頗牧起登壇，江海澄清豁胸臆。偶然垂憶及田里，飛到衡門書一紙。大將軍乃重揖客，痛飲豪吟態猶是。河魁上將來衡湘，西征但誅虎與狼。盡銷刀劍返農耜，手挈赤子還虞唐。蒼筤故人足嗟咨，王生老大徒堪嗤。槁項深山大幸事，世有雄俊無顛危。泛掃六合不用帚，疾如大風起吹垢。淮陰縱下七十城，笑汝猶馳辨士口。

次韻奉和左公九日龍游道中作

旌旗獵獵映秋陽，令節重經戰勝場。貔虎從征皆奮躍，豺貙何地敢猖狂。磨崖句健聲騰海，倚劍天空氣拂霜。暫酌黄花聊自慰，馬蹄仍爲入關忙。

又和崇安道中題壁二首即次元韻

元戎奉詔靖關河，海畔雲山攬轡過。北闕瞻天恩顧重，西陲拓地壯猷多。機神早運攻心策，慷慨仍揮返日戈。駐馬吟成群斂手，曹劉氣壓更如何？

秦塞枕長河，親提虎士過。眼看烽燧接，胸倚甲兵多。柳拂金城壘，花迎玉帳戈。羌戎與氐羯，慴伏敢誰何？

馬莪園協戎出其先徵君命之先生遺集屬題

去聖數千年，修學在貞志。志如蟠木根，冰雪不能悴。邈焉配三才，豈不恃節義。奈何曲學流，臨危輒顛墜。錚錚馬徵君，抱志獨宏毅。希聖探微言，屬詞吐真氣。枉矢東南流，皖疆甚鼎沸。奮身儒冠中，厲劍起張幟。養士酬國家，兼灑思親泪。亦知力太孤，熱血任塗地。慷慨擲頭顱，完此忠孝事。瀾狂火燎原，蹈犯竟無避。馘賊雖未能，誦讀要不愧。今看遺編中，凜凜有生氣。猶欲化長虹，横天掃烽燧。

哀哉家門禍，白刃罹嚴親。殺身縱異地，一致歸成仁。時危節義見，屹然天柱伸。遺孤甫稚弱，巢破走荆榛。日抱遺編泣，護持離刼塵。兩間義烈氣，蟠結長輪囷。真宰有微意，不使精光淪。遺孤遂奮迹，文武兼經綸。世德未有艾，繼起爲偉人。家集願廣播，傳之千萬春。餘風激頑懦，勃若蟄蟲振。綱維在名教，鼓蕩亦何神。足知正學力，功與元氣均。

漢皋營次感賦

漢皋新緑漸參差，過客當春有所思。舊憶飛花催讌賞，今看細柳駐旌旗。明珠翠羽空如埽，畫舫香車不可追。歲歲只憂銅馬逼，急需羊杜任安危。

軍中作

誉屯環漢北，士馬壯征西。宿霧連旗捲，春星繞幄低。將軍寬禮數，逸客許羈栖。老矣無奇計，龍韜愧未携。

即　事

出門只旬日，倏見百昌榮。蘅杜芳如接，葡萄漲又生。野欣春隴潤，人道楚邊清。四海猶多難，何時議罷兵？

將歸留呈宫保左公

上將招摇宿，雄師太乙軍。九天驚戰略，萬馬蹴秦雲。玉節安邊望，琱戈靖塞勛。待公指揮就，露布定先聞。

感深先帝遇，擔荷不辭難。掃穴欃槍落，扶天柱石安。馳驅臣節壯，宵旰主憂寬。關右幺麽輩，遥知膽盡寒。

元戎方鞠旅，野客遂還山。身事漁樵裏，勛名霄漢間。升沈雖迥判，出處動相關。天下安危計，公無憚險艱。

軍中雨夜

笳角聲相續，中宵客自孤。野雲栖薺麥，江雨長蘼蕪。淅瀝沾旌旆，倭遲滯轉輸。遥憐關輔地，卷甲急飛符。

臨發再呈左公

倚畀非常出帝衷，寰區深仗一匡功。萬全籌略機神内，大半河山節制中。顧盼安邊原壯志，心肝奉主只精忠。潛夫傾耳聆飛捷，蛾賊心驚草木風。

題莪園協戎詩卷即送其入秦

家風忠烈世閒無，奮起騰驤汗血駒。骨相早占飛食肉，天恩特録羽林孤。潢池寇盗銷烽火，閩越山川熟陣圖。裘帶營門今甫接，始知叔子是真儒。

英骨棱棱迥不群，風流名將雅能文。篇雄氣敵高常侍，年少人驚霍冠軍。搖筆更增横槊壯，揮鞭還策入關勛。野夫倚棹滄江送，朱鷺鐃歌定早聞。

行營觀教練騎卒

征西仗節駐元戎，大閲春郊鐵騎雄。笳作縈回千隊幟，塵飛蹴踏萬蹄風。龍媒絶塞權奇見，蛇勢常山策應同。猛氣無前堪破陣，威聲先已播關中。

陪宫保公過飲喜桂亭都護營

轅門聯騎出晴郊，金埒遥連草色交。緩帶高談春命宴，佩刀分炙野行庖。風隨燕尾生蘋末，雲送鶯聲出柳梢。下客最衰慚不武，未能抽箭試鳴骹。

别青溪館海棠

昔歲臨歸花滿枝，今歸又值海棠期。猩紅浥露凝啼眼，也解含情怨别離。

偕漁叟過江城別墅留題別墅者，江夏袁蓮峰觀察所營，當黄鶴樓址之後

高樓鶴化杳難攀，游墅新開石磴閒。亂定江山憑堞壯，天晴花柳送春還。空嗟射獵將軍老，但許圍棊太傅閑。謂蓮峰。谷口商岩隨處是，何須高蹈出塵寰?

歸舟泊沌口

五年兩度客諸侯，重向江潭艤桂舟。悵望邊亭烽北照，安、漢、蘄、黄，賊掠殆徧。銷沈人事水東流。離離沙岸花光發，剡剡郊原麥氣浮。正憶故園春色滿，歸帆日暮滯滄洲。

鄂州與漁叟相見極驩旋即録別歸奉寄三首

衮衮登壇拜，斯人獨閉關。鴻冥心自迥，鳶跕夢初閑。觀變文章老，憂時涕泪潸。空然遣懷抱，杯酒對江山。

停雲經幾載，良晤復江城。老益尊觚興，春多鼓角聲。浩歌同激烈，狂態各縱横。寇盜何時息，衰年厭甲兵。

白社從君隱，青山伴我歸。波平江柳送，帆過岸花飛。龍劍驚初解，魚書報莫稀。孤尊醉春色，坐惜故人違。

詩　成

汀鷗驚纔起，泥燕掠檣來。草色疑薰透，沙痕肖浪回。詩成還獨笑，帙亂更頻開。隱矣文焉用，山林莫問才。

南卒赴西征者艨艟蔽江而下

健兒西笑取封侯，笳吹臨江發棹謳。幕府懸金明重賞，戈船擊楫下中流。父兄僕射恩能浹，戰守屯田事并修。一鼓澄清遍關隴，河山依舊帝王州。

一　棹

軍中公讌罷銜杯，渺渺春波一棹迴。蕪約遠青浮隴合，柳摇晴緑過江來。披衣捫蝨仍歸隱，炙輠雕龍肯鬥才。却望鄉山遥在眼，蓬門初報百花開。

補　牢

不聞鷹搏擊，竟遣虎縱横。雨漬沙場血，風傳野哭聲。商於通楚塞，冥阸接方城。急備補牢計，防邊益厲兵。

白　頭

宣武駐軍留景略，信陵枉騎迓侯生。白頭未得酬知己，匣裏龍泉莫浪鳴。

晚　泊

墟落露沙尾，榜人道可艤。雲陰垂遠蕪，送緑一江水。

泊定雨作兵舫亦集

繫船當陗岸，春浪急盤渦。雨勢連江暗，軍聲入夜多。遥憐秦父老，願聽漢鐃歌。有客頽年嘆，徒然愧枕戈。

舟次漫興

東風吹白蘋，夜雨過江漘。湍急多施罟，舟輕亦算緡。衰年疲道路，盛世樂沈淪。今日雲閶側，無言乏鳳麟。

遲遲春日麗，泛泛客舟歸。沙水澹相適，山雲眠不飛。飄零搔短髮，次第減寒衣。傳道江干信，汙鷗日款飛。

金口以西百餘里入嘉魚始見山

漫衍長洲詰屈過，東來始得見嵯峨。生平到眼憎凡品，惟有青山不厭多。

蓬窗偃卧

扁舟人事謝，冥想役孤情。帆自雲端下，山從枕上生。出塵惟鷺羽，破夢有鶯聲。沿岸多籬落，夭桃照眼明。

有懷秋樵卓泉及枕泉

吾黨高才逼老成，眼中二李及丁生。不攀日下蒼龍闕，但嘯雲閒紫鳳聲。年少簡編甘寂寞，時危岩壑滯奇英。蓬蒿徑没羊求迹，天末停雲寄我情。

岸花盡開歸舟猶未得達

村村桃李間垂楊，岸上風來不斷香。寄語花開休造次，莫令羈客負年芳。

書　　生

遨游自笑一書生，不慕麒麟閣上名。烟雨鷗波春泛棹，旌旗虎帳夜談兵。匡扶欲任當時局，才略須歸命世英。且喜登壇得人杰，遥知關隴不難平。

過赤壁

年少摧雄敵，英風今尚揚。白頭江上客，低首避周郎。

寄劉雯山

權奇吾黨士，健者屬劉生。苞羽將誰匹，蘭筋獨早成。詞傾千斛壯，筆落萬夫驚。待汝登東觀，翺翔逐俊英。

子放江陵棹，予回夏口舟。高城隨霧隱，春水接天流。環佩殊難遇，金笳迴自愁。寄言詢茂宰，謂獻之司馬。何日續賓游？

野　　望

盎盎春無際，東風送物華。麥深堪隱雉，柳密盡藏鴉。羃䍥雲籠野，縱横雨篆沙。小桃三兩樹，掩映是誰家？

中　流

瞬息飛帆渡，中流竟未知。遥驚山轉近，徐覺岸潜移。利涉慚忠信，從容失險巇。本無元幹志，何敢詡英姿。

歸　興

録别群公譴，浮舟兩岸春。蘼蕪牽遠恨，楊柳送歸人。杰士風雲會，空山磊落身。陰符且高閣，爛醉及芳辰。

寄淵甫雲梅醇夫耀卿仲深

垂老滄江擊楫行，征西幕下許論兵。人言捫虱無卿比，自笑屠龍枉技成。天下風塵猶擾攘，望中邱壑有豪英。曾須痛飲章臺畔，狂態雄談莫遽驚。

淮　楚

淮楚軍皆勁，今成盾與矛。先鳴矜屢勝，敵國起同舟。兩虎徒私門，長鯨轉逸囚。願師廉藺事，急赴國家憂。

歸自漢上

春好無風雨，旋艫侍北堂。倚閭經月望，洗琖百花香。邊警傳寧謐，慈顔悦壽康。更憐諸稚子，團聚樂無央。

流　光

自我初東下，春鐙吹雪寒。今來俄幾日，鶯老百花闌。物役徒奔走，流光孰控摶。令名還自策，金石共無刊。

遠　緑

萬柳參差合遠蕪，挼藍潑黛費工夫。東風吹送天涯緑，可到天涯盡處無？

題吴子俊司馬詩卷

吴郎健筆怒蛟蟠，草檄軍中日據鞍。更有崚嶒肖詩格，孤雲兩角插天看。古諺云：“孤雲兩角，去天一握。”孤雲、兩角，二山名，在漢中郡境。

清明擬渡江未發寄陸城諸子

巷陌愔愔裏，啼鶯亦未聞。沙含經夜雨，柳送渡江雲。故里催春色，芳辰倚薄醺。扁舟遲命楫，登閣望諸君。

宫保左公以師西定秦中賦此壯其行

西征初賦出車詩，夾道楊花糝雪時。秦塞貪狼芒盡斂，唐家回鶻運方衰。胸中兵甲驚籌略，天上將軍駭鼓旗。三輔烽塵今盡洗，蒼龍飛瀑半空垂。

繫　船

過雨初移艇，因風復繫船。黄蒸雲覆野，緑浸水圍天。老倦羈游興，春消道路邊。滔滔日東逝，曾不駐芳年。

不　寐

春宵客□不眠時，楚塞秦關繫夢思。寇盗驕横猶養禍，英豪奮拔尚瀕危。兵陳江漢形終弱，險據河山士亦飢。多難中興逢此日，潜郎只惜鬢毛衰。

蘅　蕪

蘅蕪連兩岸，冉冉緑雲多。水暖蟲争渡，林香鳥聚歌。羈游同梗泛，晼晼奈春何？稍喜農田潤，耕烟聚笠蓑。

喜　雨

宵來雷雨動，萬井起春耕。躍黽群相賀，神龍不自名。干戈從此洗，倉庾亦將盈。笑汝桔槔力，空勞涓滴争。

河干種柳人

河干種柳人，密密沿灘護。今歲枝條生，明歲緑陰布。歲歲春芳時，飛花滿津路。折贈游子鞭，送盡征人戍。五月江水深，七月漢水怒。雙流嚙其根，蟠屈輒益固。磥砢仍婆娑，百蟲不能蠹。來往冶游群，容華倏衰暮。柳老春復榮，人老迫霜露。不見種柳人，青青柳如故。俯仰霄壤閒，電火孰能駐。自非海上游，誰睹冥靈樹？

渡　頭

楊柳依依覆渡頭，清陰低護往來舟。一壺幽緑無人惜，傾作連天碧玉流。

舟中雷雨

壟畔田車日夕翻，垂天忽見黑雲奔。雷聲送雨當空疾，纔過南村又北村。

波　光

波光如此碧，但照鬢霜新。倦緒愁停酒，孤舟雨送春。交游懷白社，消息問黄巾。幸此寬閒地，江湖少戰塵。

留　滯

萋萋芳草外，迤邐帶烟潯。野暗緑無縫，汀回雲更深。悲歌消壯氣，留滯損春心。已是紅芳謝，何堪風雨侵。

舟前看驟雨

滑笏春流净，誰傾萬斛珠。聲來初覺驟，泡起疾看無。風定眠堤柳，雲深合渚蒲。老農欣雨足，叱犢向烟蕪。

漢皋營次晤曉峰觀察別後奉寄

繡衣使者駐前旌，邂逅相過細柳營。照眼貂蟬皆震俗，捫胸龍豹獨論兵。滔滔逝水分鄖漢，杳杳孤帆向郢荆。太息無人詢頗牧，楚邊寇騎劇縱横。

村　居

僻地村居花事稀，林閒都挂薜蘿衣。鵓鳩雨歇初聞唤，蛺蜨春深未見飛。處處烟波供嘯傲，年年舟楫負芳菲。玉津梓澤休誇麗，回首俄成景物非。

湖舟曉望

朝霞扶旭日，光采射林坰。波際全成紫，烟中不斷青。菁英供吐納，朗澈印心靈。顧視層淵底，魚龍夢未醒。

舟行多滯

風定雲無定，春歸寒未歸。溶溶波縠細，漠漠雨絲微。鳥語閒相唤，鷗眠倦不飛。渚宫猶信宿，尚惜故人違。

舟次書懷

望裏猶難達渚宫，舟行日日滯西風。雲痕低閣青蕪外，雨勢斜穿白日中。羈旅光陰虚淑景，江湖流浪困英雄。向來彩筆干霄漢，吐氣空成十丈虹。

曉渡長湖

朝暉初射曉雲邊，迤邐群岡秀色連。萬木葱蘢森夏氣，一帆空曠劃湖天。霸圖芋氏今安在，僞冢高家亦可憐。螻蟻侯王慨同盡，何如沙上白鷗眠。

卷二十六　詩丁卯戊辰己巳

題周璕畫龍

黑雲倒壓馮夷宫，萬水直立垂當空。霹靂猛雨翻狂風，中有九淵躍出之飛龍。虚堂縮首避驚電，諦視蜿蜒在疋練。嵩山周生最有名，解衣潑墨何神變。昔時張僧繇，畫壁見者懼。矜惜不點睛，點睛輒飛去。周生汝技亦雄奇，閃爍鱗爪光迷離。世間葉公恐不少，反走道是天龍窺。深山大澤氣雄厚，屈蟠神物信非偶。尋常蝘蜓莫相嘲，尺木靈珠汝何有？偉哉龍德乘至陽，利見文明天下昌。非游河中負圖籙，即爲霖雨膏萬方。小如蠶蠋大千里，變化已知窮畫史。自非英豪孰能比，古來出處伊吕間，草廬有人卧方起。

奉題朱久香先生花陰補讀書圖

博士窮年侈挾策，梯榮不過望通籍。大賢力學殊陋儒，仰紹夔龍慕旦奭。昔公早讀東觀書，起操玉尺乘高車。偶然作圖志補讀，寧同涉獵箋蟲魚。出處升沈了不異，忠孝生平惟一致。陳編誦作金石聲，望古超然有深意。家世真傳韋相經，兒曹麗藻挾天庭。人言小鳳起丹穴，芸館追隨奕葉馨。鐵簫樓下風花舞，辭榮十載笙詩補。誰料江干銅馬群，燔書烈過嬴秦炬。老臣望闕悲迢遥，喜值冲聖如唐堯。鶴書下隴眷耆舊，展軨北首仍歸朝。輶軒復照皖江水，報國遍進東南士。入輔行膺特詔還，豈顧兔園舊册子。丹青元化資神工，補衮從容盡待公。啓沃但須符説命，更陳無逸進豳風。

禪定上人寫龍山落帽圖於扇持以索題

宣武昔高會，龍山盛賓筵。寮佐盡才彥，狂者孟萬年。醉中偶落帽，起舞仍仙仙。乘酣答嘲捷，抽思如涌泉。元子覬晋鼎，高氣超八埏。參軍縱誕傲，辟睨杯勺前。奸雄爲氣折，翻賞醉後篇。風流四座首，勝事千載傳。吾師擅繪事，神到秋毫巔。懷古偶托此，逸興殊陶然。本結白蓮社，豈參米汁禪。玆山僅彈丸，林壑空漫延。但可詡觴咏，未足窮幽妍。聞師欲返蜀，頻問巴江船。仙山萃蜀國，石棧相鉤連。峨眉最杰出，雄秀西南天。歸當躡絶頂，趺坐窮冥筌。此中有畫本，縱筆生雲烟。

以鯗魚餉漁叟蒙賦詩見謝依韻奉答

新篇南食補裁詩，命箸還能騁妙思。海上釣鼇心久壯，蓬山斫鱠興原奇。波間變化仍留蛻，眼底人才只相皮。漫詡五侯鯖最美，紛紛彈鋏詎堪知。

不道枯魚可换詩，羌無故實運精思。食單愧我山厨陋，鼎味充君海錯奇。消息可傳雙鯉腹，功名大笑五羊皮。故應獨展屠鯨手，鮭菜貧家未許知。

傅昌岩畫龍爲李竹心孝廉題

南郡入夏久憂旱，驕陽逼人萬事嬾。忽驚漲空雲滿天，中有神物下窺館。森然頭角排窗楹，破壁風雷如有聲。細觀乃是畫史作，淋灕墨瀋疑天成。畫史八十擅游藝，君家藏此歷三世。有時張之齋壁間，斗覺晴窗起陰翳。我聞秩祀雩龍星，乘時行雨稱最靈。功名善世在不伐，倏忽變化還杳冥。方今焦禾遍田野，九州未賦洗兵馬。滂沱之職龍所司，何不一起雨天下。八紘蕩滌無烽塵，簫鼓報賽迎送神。俄頃蟠屈如常鱗，留侯鄴侯師汝智，超然無欲誰能馴？

鄂生太守得漢銅鈎見貽足有文曰“長年大富”

祖龍祈長生，方士待浮邱。向氏問大富，反用盗術求。大迷不復悟，陷此長夜幽。吉語獨兼采，伊誰造此鈎。唐子遠貽我，意欲符箕疇。我衰去健羡，無榮亦無憂。金丹既不學，障簏誠所羞。願持壽與富，變作恒河流。往來盡挹注，一豁人閒愁。結我居士帶，服之俾不郵。亦不慕鈎曲，諧世取封侯。

江漲堤決江陵南岸

只道成焦涸，誰知是水祥。一源驚壯疾，孤走肆懷襄。牛馬隨波下，蛟鼉裂地狂。厮渠何不悟，但解事宣防。

禄　食

五行誰實汩，二氣最多愆。炎鬱成秋令，江湖溢旱年。九州疲榷算，百郡困戈鋋。禄食宜憂國，能無封事傳。

答仲閎

交游亂後晨星少，兵火天涯舊雨來。豈意衰年猶擾攘，相看壯志久摧隤。還山安得巢由福，命世誰當管葛才。莽莽蟲沙隨浩劫，豈堪回首戰場哀。

聞晋警

函潼藍田乃虛壁，不見一人起荷戟。赤眉長驅萬馬來，京兆扶風盡荆棘。左掠馮翊瞰蒲州，烽烟已逼鸛雀樓。龍門隔岸絶無戍，投鞭遂斷黄河流。賊酋浮馬笑且歌，縱有天險奈汝何？吁嗟孰謀國？肉食無乃多！君不見秦無關、晋無河。

石門觀鷺圖爲李子霞城題

長江莽莽向東注，轂轉盤渦虎眼怒。戲游白浪摩青天，風標獨有沙邊鷺。李君此際真忘機，目送寥空一鷺飛。超然遠想若有會，此意風塵知者稀。君不見雲鵬壯作天池游，黄鵠遠飲滄溟流。長飆大翮兩難遇，員嶠方壺安可求？紛紛鸕鷀與鵁鶄，亦有鵜鶘滿烟汀。可憐此曹最充斥，自矜餐啄徒腐腥。豈如浴鷺最高潔，毛羽臨波皎霜雪。不隨鶵鶩共呼群，肯與烏鳶競饕餮。君今矯首霄漢長，何不拂羽乘風翔！直向紫庭陪振鷺，九天鸞鷟接班行。

送寇石筠本瑊孝廉還黔

吾衰短髮空鬅鬙，搏麇射熊皆未能。叩門何來氣英岸，突見奇士如秋鷹。賢兄已冠蓬萊籍，君也豪壓金臺客。春卿被放銜恤歸，炎天峽漲歸帆隔。黔陽遥在西南天，千山萬山烽火延。死生親舊不可問，荆棘蔽盡桑麻田。故鄉亂離嗟莫救，萬國未息豺狼鬥。悲來欲言未遽言，懷書難徹天門奏。蜃霧嘘同閶闔高，珍木往往巢鴟梟。麟藏鳳匿神羊避，日暮燕雀争喧囂。崑邱源濁遍九州，壯士不得回東流。觀君論著每發憤，韓非賈誼真其儔。君歸勿久卧田里，薦疏會達延恩匭。君不見神鋒騰躍終有時，夜夜虎氣衝天起。

將赴漢陽寄耀卿

日日章華憶故人，麻衣念汝獨傷神。江湖蘆荻揺秋思，風雨蒿莪泣鮮民。良晤茫茫行隔歲，離心落落更蕭晨。扁舟沔鄂方東下，天末題書莫厭頻。

杞　菊

秋序已云暮，秋風竟夜囂。疾驅寒潦涸，横獵衆芳凋。鷹隼飛何厲，龍蛇蟄不驕。故山容我卧，杞菊况兼饒。

萬里游踪圖爲旬甫題

甘英行盡西海頭，未睹南北東海流。何况槁項腐牖下，埳井無殊鼀黽游。壯哉短策走萬里，胸中盡是好山水。豪吟自命飛仙人，往往名公競倒屣。昔聞龍門太史公，南游江淮西崆峒。書成五十萬餘字，疏宕獨負文章雄。豈無風塵走牛馬，汩没何限悠悠者。空涉海角窮天涯，登高能賦才何寡。君不見沙陽生，浩蕩竟逐鴻濛征。鞭撻風騷壯筆陣，掀翻海岳驅心兵。頭顱贼斫亦不死，豪情直挾雲車起。忽然歸卧層高樓，放眼千秋眇餘子。往者氣超鸞鵠群，今來欲學宗少文。咄哉卷舒世誰測，矯矯天際浮高雲。

泊東江腦夜大風雨

日暮回帆急，宵來風雨狂。千鯨摇地軸，萬馬蹴沙場。漏密衾都濕，更沈野最荒。洪波秋未斂，垂老尚江鄉。

金口維舟

踏槐如昨日，昔年秋試，每停舟於此。泛梗又秋風。烽火無完市，江湖有長翁。連山雲尚羃，吞野潦猶雄。蕭瑟蘆碕外，沾襟獨愍忠。悼故廉使唐。

渡　江

日華初射彩霞邊，客有凌波嘆渺然。萬里千檣分繞郡，雙流十月漲浮天。轉輸未息誅求急，灾沴猶驚氣數偏。縹緲高樓成浩劫，何心更問十洲仙。

何雲畡年丈招飲看菊并蒙枉顧賦詩以謝

花原稱壽客，天亦駐長年。江國春方小，冬心老益堅。忝登文舉座，叨侍武公筵。顧見亭亭影，參差伴偓佺。

奇骨富精神，天生此異人，豪吟驚少俊，壯志斂經綸。愛士傾觴數，看花寄賞新。誰能當晚歲，色養有名臣。

雄文裂金石，出示所撰《張殿臣軍門行畧》。飛辨走雷霆。復枉高軒過，還驚紫氣停。自知挾杯勺，焉敢測滄溟？盛事江城播，喧傳見歲星。

歌贈汪子韻和

楚天已掃烽烟惡，太息楚才猶落落。後來健者得汪君，所嗟身世尚漂泊。曩歲訪我山之中，今來復見滄江東。稍聞貧病轉益甚，賣藥頗與韓康同。十載長吟不能已，憂來汨挽天河洗。手持吟編遠見投，我昨讀之短檠底。天風破空霜氣高，鼉擲鯨呿熊虎號。欻然萬籟訝迸發，起與詩筆争雄驁。腹中五色森琅玕，有策不叩青雲端。詩篇縱意一傾吐，突作紙上蛟龍蟠。君不見丈夫變化風雲生，徒步可以登公卿。嚴徐書上輒召見，拔擢豈異升天行。吁嗟汪君獨不遇，白石高歌時欲暮。將無造化秘精靈，奇句或干鬼神怒。君言富貴非吾期，亦不願與貧賤辭。我吟調苦不自覺，杜陵懷抱真吾師。千年大雅未榛塞，志士猶能念君國。草澤寥寥忠愛心，嗚呼此意無人識！

楚炬紀十月二十五日鄂城火藥局之變，且志儆也

巨炮乃攻器，戰野無所施。攻器作守具，抱火翻自糜。捐金購番藥，利器矜絶奇。日引蜃鱷族，口講曾不疲。儲胥侈軍實，山積何纍纍。欻然毒焰熾，地軸驚傾移。青天走霹靂，百萬豐隆椎。不曾震虎豹，摧彼昆陽師。楚炬縱焦土，只以燔瘡痍。哀哉鄂城内，數里無完尸。化爲烟與埃，魂魄亦無遺。殺機騁酷烈，伏禍始島夷。師仿久不戢，禍必自中之。沾沾任淺智，造謀者爲誰？干城自有策，安用奇技爲？

永康胡氏七烈歌

大輿磅礴天穹窿，萬古不墜綱常功。壯哉七烈共搘柱，一門奮起爲鬼雄。欃槍照地走貙虎，東南决裂無完土。七烈先後攖其鋒，肉血濺作飛空雨。顔氏死事常山多，青史書之今不磨。永康之胡有七烈，姓名千載同嵬峨。况有巾幗亦效死，不辭委體沈清波。嗚呼濁氛蔽天地，亂賊干常敢無忌。射潮回日難爲功，忠孝安能弁髦棄。七烈捐軀何有哉，柱維自此無傾隤。顛沛大節竟不隕，力逾鰲脊承蓬萊。凶渠數盡終夭亡，褒恤詔下何煌煌。九原追隨足歡慰，一一箕尾争光芒。同時推作忠義首，功與廓清同不朽。悲風中夜從天來，我歌七烈聲撼牖。碧血猶漲天臺霞，或化七星貫北斗。

奉送曾沅圃宫保謝病還湘鄉

養疴優詔蹔還鄉，豈慕神仙託子房。姓氏雲臺猶震爍，湖山晝錦盡輝光。閑尋服食青霞訣，静斂經綸緑野堂。早晚即承徵召起，肯令王翦老頻陽。

撑天七十二芙蓉，下有湘流繞碧重。間氣英雄能汗馬，一門兄弟總人龍。棣華均耀千秋烈，茅土同膺五等崇。小耿威名如大耿，手提江表入堯封。

誰測英賢物外襟，卷舒遥指白雲岑。鳳鸞毛羽回翔迴，龍虎山林變化深。機息暫藏三略術，功高不動五湖心。扶天柱石還相倚，芝草琅玕且漫尋。

階前盈尺許揚眉，開府風流緩帶時。脱屣原非輕事業，還山猶是繫安危。圖書東壁欣初啓，新置崇文書局廣刊經籍，以惠士林。旌節南樓悵已移。揖客後來方捧袂，渚鴻江上有餘思。

鄂城冬仲望夜乘月訪何芝亭觀察

客思浩無端，駸駸歲已晏。羈館江城中，霜天月如霰。忽念豪俊人，離居久不見。翟公羅雀門，寥落罷賓讌。乘月走訪之，意氣接雄彦。更柝促以繁，未覺深談倦。飛沈亦何常，榮落在轉眄。惟有月華明，不受浮雲變。夫子剛者流，忤俗得疏慢。落落抱古心，放懷遣憂患。天際有冥鴻，徒勞弋人篡。

晴川閣讌集

高憑杰閣俯崔嵬，楚甸雄風自壯哉！擾擾氛塵殘壘盡，茫茫開闢大江來。蜀吴津走千帆集。沔鄂山蟠二郡回。勝會題襟猶似昔，興酣落日更銜杯。

滔滔江漢壯通津，鴻雁偏嗟澤國民。衰謝久無經世略，懷襄安得障川人。暮年文字猶堪役，勝地歌吟若有神。不見昔時詞賦客，芳洲傲骨久成塵。

過大軍山

兹嶺鬱岧嶤，雄蹲氣不驕。壓江沈黛色，倚日卓金標。僧輟斜陽梵，人歸谷中樵。亦知行役倦，雲巘若爲招。

歸　舟

乍散題襟會，歸舟喜得風。帆懸疑卓立，沙迴望連空。灘静多閑鷺，天高少塞鴻。遠山浮數點，明滅夕陽中。

至日抵家

老尚諸侯客，文章詎療貧。猶欣長至節，得作遠歸人。雲擁松蘿翠，天回竹柏春。倚閭寬望眼，笑語慰慈親。

答易孝雲

翩翩才調一書生，慷慨曾爲五嶺行。氣挾少年能渡海，心憂炎瘴未銷兵。歸來抱璞仍長嘆，夢裏飛帆尚遠征。舊是韓蘇游咏地，起揮吟管鬥峥嶸。

歲暮柴門欲雪天，蓬蒿三徑久蕭然。朝廷不問山林客，老大猶傷戰伐年。遠憶賓朋搔短髮，深勞慰藉寵新篇。滄江側聽霜鴻過，藉汝南征達報牋。

古詩二首贈黄生耀廷良輝

翾飛萬羽族，見此孤鳳凰。天生九苞采，五色爲文章。振翮必千仞，一鳴中歸昌。百鳥愕且愧，相與革其吭。自從岐周來，下逮漢與唐。此鳥久不至，戢翼丹山藏。萬象欲闇汶，樂府無宫商。孰知邂逅際，覯此希世祥。我乃重此鳥，羽儀邦家光。誰其拜表獻，致之阿閣傍。

昔我駕車出，北上黄金臺。風雲何莽蒼，寥落復歸來。世事若網解，宴安俄召灾。弄兵起赤子，白骨邱山堆。中夜每太息，空悲年力頹。節鉞鬱相望，撥亂何人哉！昨者見吾子，蘊蓄誠雄恢。隱然負國器，被褐猶塵埃。願言擴遠略，經綸應雲雷。文字不足役，汩没徒堪哀。縱然儷楊馬，詎當公輔才。

元夕戊辰

山市逢元夕，家家静掩扉。縱虚鐙火競，猶喜鼓鼙稀。野鷺寒俱宿，征鴻暮尚飛。短檠殊吐燄，獨自門光輝。

傳經圖爲金厚齋參軍題

二龍山翠合，下映石塘源。數百年喬木，巍然通德門。趨庭承世業，探笈奉微言。一綫仁山緒，猶傳宋學尊。參軍爲仁山裔。

年少辭環堵，傷心喪亂多。請纓滯吴越，仗劍走嵩河。忼慨元瑜檄，悲凉越石歌。故山屢回首，惆悵舊烟蘿。

陋巷叨相訪，高談縱酒杯。兵戈滿畿輔，英杰困塵埃。多難匡扶會，危時將相才。通經當致用，望子奮雲雷。

幽　居

萬國朝正集，俄驚燧火傳。守關增校尉，候騎逼甘泉。閶闔宸居壯，雲霄井鉞懸。皇威收涿鹿，猶是洗兵年。

天設黄河險，崢嶸表太行。鯨奔成决裂，虎落失周防。慷慨援誰赴，吁嗟燎更揚。忍令蹄踵接，吹角帝城傍。

擾擾探丸起，眈眈互市驕。能無窺鷸蚌，猶恐化鴟鴞。郭李空追溯，温陶久寂寥。諸公倘憂國，疾掃惡氛銷。

抱影繩樞士，幽居物候新。關河猶苦戰，花柳但知春。濁酒難謀醉，悲歌動嚮晨。雨中消息斷，未見北來人。

三　輔

纔聞海岱收奇捷，俄報幽燕有急兵。元老定先方叔旆，將軍須屬亞夫營。八關形勢當能控，三輔安危未可輕。翼戴諸侯宜入衛，揮戈一戰掃欃槍。

題秦澹如年丈所藏西湖蘇祠圖祠在孤山之麓。嘉慶間，澹如觀察之先公小峴侍郎官杭嘉湖道時築也。繪有圖卷，名流題句爲多。同治間，祠經賊毁，圖亦遺失。未幾，澹如觀察持節來杭，祠適重新，圖亦復還。因徵詩焉

峨眉謫下飛仙人，奎宿光射西湖濱。百下千惇不足憚，一祠存滅猶微塵。梁溪司寇文章伯，曾貌蘇祠入圖册。自從祠毁圖亦亡，劍化延津總堪惜。世閒萬事如波瀾，再世持節來臨安。使君拊掌忽大笑，祠與蘇圖還舊觀。我識使君在日下，承平無事盛風雅。别來枉矢縱横流，從此九州嘶戰馬。錢塘江上多怒鯨，掉尾勢可撼堅城。南來將卒最敢戰，一鼓吴越皆澄清。使君承家莅浙水，廟貌丹青符仰止。昔公政事亦過人，浚井築堤績尤偉。遺愛流傳良足師，還期兵後起瘡痍。湖山文字猶餘事，功在杭人百世思。

薛慰農同年以紀事圖册徵題

鯉對猶前日，駒光若逝波。兒童悲已老，弓冶邈如何。不復承喬木，

長令廢蓼莪。遺書隨浩劫，手澤況銷磨。椿庭侍讀。

人道三張出，君家好弟兄。珠聯龍虎榜，星聚鳳凰城。儒鐸嗟乖阻，仙槎隔死生。連床憶他日，怊悵不勝情。棣萼談經。

傳經長自憶，曾下董生帷。五鹿猶堪折，三鱣且未期。列居方似市，問字每多奇。漫詡專城守，何如一卷師。滁山村塾。

秋到秦淮水，天香屢共攀。一門七才子，雙屐六朝山。慘淡烽烟變，悲凉戰血殷。諸昆凋强半，存者亦蒼顏。秦淮秋水。

棠棣枝間萼，芙蓉鏡下人。車連朝士軫，衣染帝京塵。捧檄趨南國，登樓望北辰。軟紅思再踏，回首倍沾巾。燕市紅塵。

來往飛鳧地，鴛湖直是家。只知馴雊雉，誰料穴長蛇。萬室無機杼，千村盡鼓笳。何時迎竹馬，賣劍事桑麻。鴛湖春夢。

三年成旅客，五老映鄱湖。夢醒仍愁虎，星稀但繞烏。楚吴連戰鼓，江海走軍符。閶闔猶難謁，迢迢憶帝都。章門戢影。

短衣旋奉詔，并海起從戎。盡變書生氣，翻成烈士風。龍韜高戰略，虎帳得文雄。報國平生志，還收汗馬功。滬瀆從軍。

答贈金爽亭茂才

一家文藻冠西清，君獨麒麟地上行。獻賦不逢楊得意，談經猶滯魯諸生。崎嶇關塞嗟羈旅，涕泪鄉園苦甲兵。可作達夫同晚遇，東川節度播詩名。

子章放舟道爲風雨所滯詩以寄之

汀洲鐵鹿滯連檣，萬里遥空少雁翔。日日惡風吹急雨，坐看九派下潯陽。

積雨聞雷

積陰猶未解，天上走豐隆。一綫扶陽出，重圍破敵同。遥聞畿甸警，應待版泉功。翹首皇威奮，氛銷震疊中。

霾　修

雨雪風雷競未休，難將朕兆叩靈修。不知息壤誰潛盗，只訝滄江欲倒流。鶯燕銷沈虚淑景，龍蛇出没鬥神州。曾聞占候銷灾異，翼奉京房未可求。

舟次清明

春來積雨始逢晴，弱柳青絲翦乍成。三五小桃紅照眼，助人川上作清明。

簾外笙歌燕市酒，林間車馬杜陵花。衹今何處尋游冶，腸斷東風日暮笳。

題湖上斷岡

驚虬避神劍，脱走入湖心。湍激霆常鬥，風生晝忽陰。蓬萊疑失股，塵世合投簪。結宅容招隱，吾將約向禽。

鄰　樹

幾日看鄰樹，蓊然衆緑歸。不知春又晚，偏與客相依。偃蓋高凌漢，清陰遠透扉。年年葱鬱裏，獨悵鬢毛稀。

菌盤行南郡講舍階下舊有梨，半枯矣。姚徵君樗寮拊之太息云：“欲作《病梨賦》。”未果，歲久伐去。根下作菌，蓓蕾連蜷，土色斑斕，如盤盂者然。劚取登諸几案，遂賦是篇

昔見病梨倚階下，花開晴雪亂飄瓦。樗寮詩叟獨咨嗟，攬葉攀條泪盈把。斧斤鹵莽伊何人，百尺偃蹇摧爲薪。枯根浥爛歲且久，豈有槎蘖能回春。風和土潤暄朝陽，鬱勃蒸菌環其旁。糾結連蜷負苔蘚，雷回金錯流霞光。老夫拄杖偶見此，長鑱劚取置諸几。蜿蟺走勢驚龍虬，三尺盤盂宛相似。從來朽腐藏神奇，敗柫或擢金光芝。兩漢之季本先撥，南陽西蜀仍開基。髡鯨囚虜起將相，英杰終有騰驤時。菌兮汝勿悵枯槁，樗寮秋墳亦宿草。拂拭爲汝慶遭逢，坐有尊罍且傾倒。客來叩户争傳觀，愛惜不異青琅玕。夜深光怪動雲氣，猶敵中天承露盤。

移居薖園

久息東南警，幽人返故居。未堪耕隴畝，只可雜樵漁。谷口甘淪迹，河汾輟獻書。山中何最樂，花下奉潘輿。

往事何堪憶，烽烟雜鼓鼙。林荒散猿鳥，江闊穴鯨鯢。殘壘今何在，安巢故可栖。静思戡定力，血戰倚湘西。

繞宅他何有，高槐二百年。五朝酣雨露，孤蓋竦江天。尚惜圖盡燼，空思花竹妍。搴蘿重補葺，泉石總依然。

合號愚公谷，難誇輞水莊。聲名都自厭，邱壑未能忘。老性宜疏豁，高凌出莽蒼。不知車馬客，何事道途旁。

檻外長江勢，渾疑地軸摇。西浮吞灩澦，東漲汩金焦。沅澧重湖匯，滄溟日夜朝。胸中九雲夢，對此忽全消。

返照多奇麗，升岡步屧攀。雲霞滿天綺，金碧隔江山。澄渚群鷗戲，寥空一鳥還。粉圖誰著筆，此手待荆關。

幽興洽槃阿，扶藜起放歌。軒窗宿雲霧，枕席挂星河。徑任蓬蒿掩，

墻緣薜荔多。偶然田父至，粳稻問如何？

岸幘山齋坐，翛然暑氣清。雨收孤霓入聲影，風送萬蟬聲。隋石湍流没，遥帆樹隙明。此時心獨遠，飛鳥與遐征。

弋釣兒時熟，烟霞物外親。自從歸栗里，不復慕蒲輪。放浪非嘉遯，逍遥有外臣。尚堪陪擊壤，長作頌堯民。

盜起連西北，烟塵且未開。九門多壁壘，三輔半蒿萊。身老尤思治，時危但倚才。無爲獨嗟嘆，將相在雲臺。

鑒心亭烈婦詩亭在沔州城東。明崇禎時，烈婦抗流賊見殺於此。逸其姓氏

沔有鑒心亭，乃以烈婦名。烈婦事閲三百載，行人過者悲風生。請君勿用悲紅顔，斷頸甘如飴。高天厚地有翻覆，生民大義安可虧？州乘載其事，凛凛有生氣。亭亦遂不傾，名亦遂不墜。烈婦無妨姓氏闕，椒蘭馥鬱未消歇。亭前何物能鑒心，下有清流上明月。

白海仙太守卒於興化賦詩挽之

書生投筆氣嶙峋，文武兼資迥絶人。盡道過都馳騕褭，俄驚高冢卧麒麟。海邦争紀循良傳，物望先推岳牧臣。遺愛故應如叔子，年年泪墮部中民。

一别分飛萬里餘，遥聞噩耗只疑虚。先時早没延津劍，隔歲猶傳海嶠書。遠道風塵仍格鬥，故人奇杰半凋疏。焚枝煎桂嗟何促，楚老臨江泪滿裾。

題海仙去歲興化來書

去年海上附雙魚，望裏停雲感索居。今日招魂方散篋，傷心未答秣陵書。

文武翁歸有異才，年凋終賈最堪哀。專城直爲楓亭荔，千騎闖天渡海來。

忽作鵬搏奮九天，歸來化鶴亦超然。匆匆五馬今何往，一笑蓉城海上仙。君字海仙。官海上，卒海上。意其讖歟?

挽劉琪峰大令殉難神木

只道貧方仕，誰知死入秦。乘城猶舊令，抗節乃貞臣。慘澹留鵑血，褒榮下鳳綸。幾時丹旐發，歸骨楚江濱。

山園晚眺

雲際雷聲隱在東，炎威頓掃快長風。斜陽欲落未能落，截雨雙垂五采虹。

挽湘秋

援旗親斫賊頭顱，咸豐癸丑事。近訝年來壯氣無。坎壈纏身兼苦病，窮愁煎骨遂成枯。誅茅尚乏三間宅，種秫難營二頃租。有母白頭兒稚齒，空然齎恨赴泉途。

陸城英俊散如雲，王意劬沈浴吾凋零復到君。浮世流光同隙景，少年詞客半秋墳。奇琛共惜琳琅選，壯志空乖竹帛勛。七澤蘅蘭漸摇落，惟餘楚老泣斜曛。

立秋作

玉繩斜挂絳河流，金虎旋移素節遒。風露九天將散暑，江湖一氣并迎秋。宫姬拊扇含新怨，戍婦鳴砧動遠愁。獨有淮南賦招隱，小山桂樹好淹留。

寄雯山隨州

年少才人滯遠游，平林羈思動清秋。蕭條榛蔓迷軍壘，蒼莽山河帶豫州。班掾著書還自慰，袁生咏史更誰酬？迢迢尺素何時達，溠水東連漢水流。

夜　坐

晚涼殊自適，秋氣入閑庭。窈窕山銜月，參差樹挂星。村舂催比屋，江柝聚回汀。絡緯誰相促，宵深自不停。

得卣歌爲彭漁叟觀察賦

望氣斗牛掘雙劍，躍波終化神龍變。豈如兹卣重連城，投闇呈奇能自薦。我友起唱得寶歌，土花拭盡重摩挲。樂大司徒作旅卣，勒銘籀史文無訛。疏證在背八分補，按圖早入宣和譜。縱然追琢出重摹，已閱流傳千歲古。天水九鼎淪燕山，氊車獵碣皆不還。此卣何年獨入楚，白珩卞璞安能攀。粤稽兹器薦鬱鬯，祼獻廟中答靈貺。亦聞圭瓚錫功臣，宗彝獨冠尊罍上。方今天子朝明堂，露布新傳海岱旁。秬鬯彤弓賚將帥，賡歌虎拜威稜揚。此卣之出應國瑞，可但祥徵一家異。何當獻之閶闔門，告廟策勛助飲至。堯尊舜瓮陳赤墀，甘露如醴卿雲垂。上殿彭鏗起斟雉，鴻名陛下無窮期。

悟齋雅集圖爲羅少村公子題

悟齋主人佳公子，先世忠貞照青史。年少飄零經百憂，轉側携家鄂城裏。鄂城多暇足清游，黔客初來顧虎頭。謂傅虎生孝廉。偶然羈館作高會，座有親懿兼英流。明星當筵挂三五，風獵梧桐響疏雨。清歌哀竹醉起舞，盤礴解衣圖客主。吾儕聚散皆蓬科，茫茫泥爪天涯多。他日丹青更回首，諸公惆悵當云何。男兒意氣重英特，長與金石無銷泐。雲臺麟閣高峥嶸，千載姓名誰不識。君不見三齊劇盗雖授首，隴右滇池亂已久。大河近決滎澤南，淇園萬竹嗟何有？仗鉞持籌誰最優，銷患防微豈宜後。聖明猶未輟憂勤，俊杰焉能厭奔走。公子骯髒何爲哉，騰驤即見風雲開。老夫高歌起相屬，莫負翻風跋浪才。

自金口放舟東下

自有鴻濛起，長江塹早成。銷沈幾豪杰，襟帶兩雄城。廣澤秋風厲，中流客感生。但須羊杜略，坐鎮得威名。

露　布

玉帳嚴催陣，琱戈急奏勛。三殲符死地，粵逆與捻賊北犯三，皆殲於高唐。九土净祆氛。懋賞天書下，先秋露布聞。宵衣益圖治，誰道輟憂勤。

江行見秋潦嘆之

龍鼉巢大壑，蛙黽沸中田。豈意秋逾半，仍驚潦接天。氛塵都已净，灾沴亦何偏。近報黄流決，淮揚盡渺然。

晚泊嘉魚城中

晚泊依荒縣，茫然汀渚平。鼉更喧水府，漁火接山城。玉露涓涓下，金風瑟瑟鳴。楸梧與葭菼，併力作秋聲。

嘉魚曉發

南山鵽應北山鵽，江自東流客自西。月落抽帆破烟水，城烏驚向曉雲啼。

乘風自沙陽内港達大江

直訝浮舟碣石東，何來島嶼冠鰲雄。人家樓閣秋雲上，磴道楓杉雨氣中。七澤茫茫難問渡，孤帆渺渺但乘風。衰年詎任商家楫，歷險猶收利涉功。

九日大風雨

重岡繞宅望峥嶸，泥滑山深未可行。捲地波濤浮澤氣，破空風雨戰商聲。堪嗟楚豫多沈陸，盡道燕齊早罷兵。倚伏萬端難逆料，愁霖調苦不勝情。

寄題漢陽歸元寺

刹借烟波隱，扉依薜荔成。水風舞山葉，谷籟雜鐘聲。白馬經仍聚，紅羊劫已更。一峰如鷲嶺，林表有餘清。寺後一峰迴出，林表可以眺遠。

九日寄漁叟

江上相望悵若何，孤樽令節惜蹉跎。遥知巷陌嗟潢潦，誰與登臨發嘯歌。撼野風聲號虎豹，浮天澤氣鼓龍鼉。悲來忽覺無端緒，欲比騷人《九辨》多。

愁　霖

蒼茫秋氣深，洪潦復愁霖。菱芡餘糧少，瓜壺晚實沈。已聞騰凱唱，仍未測天心。日夕金飆厲，層雲不散陰。

到門稀笠屐，亦少鷺鷗群。苔滑岩扉雨，蘿寒石壁雲。鴻嗷宵更苦，黿沸曉猶聞。三徑殊荒寂，東籬未吐芬。

方子存之刻其師方植之先生所著大意尊聞并徵題詞

昭代際純廟，中天奎璧光。儒林用馬鄭，章句窮微茫。尊漢遂抑宋，肆論輕詆傷。辨慧逞奥博，和者成濫觴。小言破大義，歧路多亡羊。同時有方子，嶷然峻其防。濂洛暨關閩，跬步從康莊。内聖外王道，擇精語必詳。砥礪在暗室，節行明於霜。所惜老韋布，内蘊徒斂藏。賴其砥礪力，獨障頹波狂。達人既下世，著書多散亡。弟子抱遺帙，脱走烽火場。尊聞得一卷，剞劂爲表章。徵題及賤子，檮昧謝未遑。深觀所立論，仁義爲其綱。身心及倫物，踐履爲周行。如衣有布帛，如食有稻粱。奈何衆不悟，曲徑迷大方。沾沾溺踳駁，異説遂鼓簧。大道莽荆榛，干戈乃披猖。今欣治機轉，尤冀正學昌。開編仰先正，景行意何長！來者倘希聖，萬世猶津梁。

題唐魯泉大令遺編

百里雖微大義存，孤臣敢負國家恩。權輕未許終殲賊，志定何難竟喪元。遺愛追思猶涕泪，名儒正學有淵源。英靈磅礴今長在，莫向江濤恨暗吞。

絶筆家書血泪潸，持篙上水不辭艱。用卷中贈友詩語。談經論道猶平日，詈賊捐軀直等閑。忠孝完人真有數，雲霄浩氣自能還。遺編不用悲零落，已是高名重太山。

聞鄂生廉訪將兵定黔亂師行數月已復郡縣過半黔禍期歲可弭矣喜賦一詩寄之

赤子黔荒盗弄兵，今年初喜將星明。師行郡邑如時雨，民望旌旗即再生。反側來威趨隴畝，從容學道處功名。武鄉新建皆儒者，先後均推命世英。

演性一首次和妙公

至人超劫謝塵緣，性體中涵即是天。光類蟾蜍恒不滅，力饒龍象也難牽。但除忠孝皆身外，若認榮華只眼前。梵業儒宗齊努力，靈臺長護智珠圓。

戊辰初冬獨游高安之青溪寺僧月潭暨溪上周亮臣鳳山兩茂才相留甚殷閲三日楊子庚垣復來會於山中岩壑之勝探陟殆遍遂偕庚垣聯車返賦詩紀事

頻年困牽率，物役勞吾生。浩然思獨往，避俗無將迎。冲襟值元對，五内發菁英。高安有中岳，夙企青溪名。元冬戒徒御，意決遂孤征。昭邱杳何處，白日沮川明。回飆卷客思，蕩盡今古情。兹游縱汗漫，聊證松蘿盟。計旬即旋軫，無淹風雪程。

靈區知匪遥，冬岫黛逾緑。石磴相遇遭，攀援陟其麓。澗水雲中來，瀉地若醽醁。山靈傾玉膏，千載洗塵俗。能令奔競徒，鑒影欲裹足。毶柳閒髯松，飛翠半天撲。霜樹標赤城，艷勝春紅簇。翻疑深谷中，寒候誤顱項。暮色蒼然來，遂就招提宿。

崩崖勢奇絶，疊石摩青霄。灌木挺石縫，參天何岧嶢。委葉墜深壑，翩如驚燕飄。云昔有龍女，飛瀑移山腰。穿地傾玉液，空明籠碧綃。涓涓湛幽緑，十陽炙不消。屈注百千折，束之爲三橋。靈源會雷雨，亢旱蘇稿苗。有祠在其址，元静殊寂寥。善世獨不伐，神力何其超。

則岃鬼谷洞，乃在青溪東。運值二周末，獨開游説宗。弟子佩相印，意氣驕長虹。抵掌東西帝，侯王趨下風。政也坑諸儒，略與邱貉同。縱擅捭闔術，辨舌難爲功。悲哉横議禍，莫救驪山窮。豈如師柱下，守雌猶爲雄。掉舌匪吾志，括囊可持躬。玩此青溪水，澹然守虚冲。惟應約巢許，洗耳澄波中。

寺中數開士，愛客且淹留。兩周乃邦彦，意氣能相求。昕夕共攀陟，申章何綢繆。楊子適後至，策蹇追同游。既愜泉石願，復聯文藻儔。是閒最深隽，靈秀難窮搜。相與眷後會，重至期來秋。駕言返郢甸，揮袂山之幽。高松似引領，山鳥鳴啁啾。溪水亦送客，故作瀠洄流。行行下修阪，去去無停輈。解鞍已城郭，歸夢猶林邱。題書寄猿鶴，共慰離别愁。前諾各不負，裹糧當再謀。

題青溪寺

秀絶青溪寺，溪光静更妍。峰含太古色，僧老蔚藍天。龍象威儀肅，麏麚踵迹連。空階何代柏，蟠屈不知年。

衣缽猶留塔，離披罥薜蘿。洞虚雲卧久，石裂木生多。絶磴樵相語，危峰牧放歌。僧言松徑外，昨夜虎來過。

崩崖五丁闢，疊石坼穹窿。乍瀉一泓玉，俄成千丈虹。湍回聲總寂，日照影如空。自愧塵纓久，端宜濯此中。

石梁復環疊，漱玉膩無聲。練合三泉匯，琴留五弄清。洗心除垢累，濯魄悟虚明。誰發烟波興，扁舟載酒行。蔡中郎訪鬼谷洞，曾造琴曲五弄，有《渌水》之曲，即謂青溪也。

山山紅樹接，迤邐弄晴暉。絳節森蒼磴，明霞麗翠微。穿林群鳥噪，踏葉一僧歸。金碧將軍畫，屏風是耶非。

危石支頤坐，山空息衆喧。飲溪翾翠鳥，拾果下元猿。代卓高僧錫，途稀過客軒。地偏心更遠，忘象亦忘言。

發迹景純咏，標名桑氏經。勝能兼奥曠，秀乃出空靈。梵宇遠公闢，仙踪鬼谷扃。慚非顔謝筆，未敢勒山庭。

龍女祠

聽經參妙諦，移瀑至今聞。雪竇涵靈澤，岩扉護法雲。抱珠時出入，噓氣想氤氳。簫鼓年年會，村氓報賽勤。

别青溪

笋輿侵曉下青溪，回首蒼山意自凄。不獨溪聲送嗚咽，澗猿林鳥一時啼。

題青龍觀卧鐘

太音從古貴希聲，直遣滄溟静海鯨。莫訝雷霆藏滿腹，翻愁石破萬山驚。

歸過當陽

名山吾已謁，歸轡此重經。沙帶雙川白，畦連一縣青。昭邱迷隴阪，郢甸接郊坰。向夕遥天望，寥寥有客星。

途中贈庚垣

命駕同稽吕，偕游得向禽。竟符圯上約，不負歲寒心。邂逅歡投縞，謂兩周生。雲山慶盍簪。知君無二諾，金石喻精忱。

庚垣以黄梅緑梅各一株代植齋中賦詩志謝

蕭齋久寂寥，頗類蓬蒿居。老桂及稚竹，階下交扶疏。雜花更無有，流玩情難舒。今晨步荒徑，不速俄造廬。前者夏黄公，行歌芝可茹。後者萼緑華，摇曳青霞裾。足音跫然至，歲晏能華予。我起疾相迓，前行將摯袪。誰知故人贈，代督園丁鋤。多情慰老眼，妙手能補苴。奇姿與秀骨，二妙載同車。葭灰動六琯，已覺陽和噓。元氣在户牖，凛冽埽無餘。冰雪即總至，不能侵犯渠。英華吐馨烈，臭味猶堪咀。頓令數弓地，繁花粲瓊琚。勸君緩歸棹，小園樂只且。更作犀首飲，無使清樽虚。

十一月十一夜震雷以電作此簡劉子敬齋楊子庚垣

元冬何意驟聞雷，赤電交穿雨雹來。烏雀栖枝仍噪起，龍蛇蟄夢盡驚回。天心仁愛猶愆候，帝念憂勤詎諱灾。二客相從推變異，通經還見廣川才。

黄翔雲同年出守雅州過南郡見訪賦贈

臺郎諤諤古人風，干木誰能署尾同。獨破陰霾争大計，猶憑天日照孤忠。一麾暫遣専城出，九折何慚叱馭雄。契闊廿年仍解纜，離心不盡夕陽中。

答周亮臣茂才

乍得溪山勝，仍逢磊落人。論交如舊識，投我有陽春。北冀超騰選，東京氣節倫。朝簪能早綰，謇諤即貞臣。

答周鳳山茂才

廉吏兒孫弟子行，寢邱今嘆薄田荒。十年憂患成豪杰，一日風雲助激昂。窪水駿蹄饒逸氣，天池鵬翼起高翔。山中邂逅驚投句，訝爾神鋒已吐芒。

寄訊月潭上人

石氣林端潤，松風磬外清。冥心忘澗響，得句妙天成。格律參三昧，雲霞供一生。惠休工怨别，日暮若爲情。

題湯螽仙小隱園詩鈔

無端歌哭感何深，小雅離騷怨誹音。歕作寒潮戰風雨，龍鼉夜夜雜悲吟。

風漢何能與科第，酒悲容易發唏嘘。離離滿幅鮫綃泪，問有癡人解惜無。

將還山李鳳岡松巖兄弟張繼堂司小香邀餞於古柏堂遂宿焉次日乃放舟賦此留别諸子

按《歷代名畫記》："江陵天皇寺内有柏堂，張僧繇畫盧舍那佛及仲尼十哲像。梁武帝問：'釋門之内如何畫孔聖？'僧繇曰：'後當賴此耳！'及後周武帝滅佛法，獨此殿以有宣尼像，得不毁。"杜子美將適江陵詩云："喜近天皇寺，先披古畫圖。"原注云：此寺内有王右軍書，張僧繇畫孔子及顔子十哲形像

密邇天皇寺，人傳古柏堂。通靈無妙畫，超劫只空王。疲馬嘶岡隴，征禽避雪霜。殷勤諸子意，于此舉離觴。

僻壤兼郊郭，囂聲遠市廛。江湖環曠野，鐘磬落諸天。夢息塵中擾，鐙昏定後禪。明朝挂帆别，回首各茫然。

贈楊海琴同年己巳

使君昔守零陵郡，元柳風流實再新。旌節翻成窮塞主，蓬萊曾是謫仙人。岩疆曠寂疑羈旅，宦興蕭條似隱淪。寄語圖南聊養翮，雄飛詎作久逡巡。

當年銅馬犯城來，慷慨吹笳上敵臺。竟起書生當矢石，仍從戰地會樽罍。名山遍咏輝林壑，勝蹟全搜闢草萊。絶壁淋灕鐫醉墨，燕然何減勒銘才。

海内同聲喻斷金，遠勞天末訊苔岑。十年戰伐英雄老，一紙關山慰藉深。縱使班荆遲識面，何殊敷衽快論心。思酬縞紵慚瓊報，手折疏麻答好音。

答馬香林明經

飛來尺素到山中，海鶴如聞嘯碧空。永路渾忘千里隔，豪情猶敵萬

夫雄。神仙陸地同商老，耄耋詩人有放翁。六載清樽成閒阻，幾時仍挂布帆風。

丁枕泉訪我南郡云有洞庭江漢之游賦二詩贈之

澮溪風冉冉，吹送出山雲。乘輿過南郡，超如鸞鵠群。汀洲秀蘭杜，采采挹清芬。屈宋雄騷國，千年直待君。

瓊枝幾年别，復見此城隅。忽憶湘靈瑟，行逢漢女珠。高情薄軒冕，逸藻映江湖。謝客登臨興，風流爾自殊。

登山望江流决口

熚赫陽侯怒，轟騰地軸翻。稽天嗤一簣，沸雪駭三門。日月均漂蕩，江湖總濁渾。防川徒自取，沈溺竟誰冤。

得漢銅弩機紀之以詩

範銅爲之，上有銀鏤細字，曰“漢安右軍”，又有“工掾”二字，其末銀絲嵌填，如尺度者然，蓋盈二寸云。攷之，東漢順帝時物也

弩機班駁銀鏤細，上有漢安右軍之銘字。其末分寸鏤尤明，省括當年有遺意。東京孝順稱漢安，二羌交亂兼烏桓。威邊利器召工鑄，强弩將軍皆拜官。弩牀範銅利發矢，谿子巨來未堪比。是時征伐咸有功，制勝將無多恃此。吾觀順政已不綱，封侯十九盈貂璫。權歸后族擅廢立，桓靈繼軌炎精亡。嗟乎立國在刑政，無過登賢去群佞。帝皇王霸操術同，號令最先此魁柄。乃知剛斷惟雄才，四夷盗賊無不摧。挂弓扶桑可端拱，區區弩矢安用哉！

寄汪子詞源別廿餘年矣，今歲春仲見訪山中，閱日即告歸。悵然無已，别後寄此以述離悰

昔别猶英妙，今逢遽老成。流離傷世故，忠孝出書生。乍喜游談接，初欣喪亂平。竟陵耆舊少，得子興縱横。

信宿拏舟返，山齋倍鬱陶。林巒遲淑景，風雨亂江濤。客路紆何極，征帆望已勞。幾時三徑裏，重爲訪蓬蒿。

沈童子詩童子名蒙端，青浦沈辛才大令之子。僑鄂中。咸豐二年十二月四日，粤逆陷鄂城，辛才自外歸，賊踵之，刃將下，門啓，蒙端即以身蔽父，賊叢矛刺之，蒙端死，辛才亦中刃五踣地，竟得甦。蒙端母孫氏入井投繯，皆不死。耳畔覺有呼者曰："兒在，母毋驚。"亦得免。事平，辛才乃斂而葬之洪山。童子死時年十有五，其同里袁廉叔爲撰《沈童子傳》，徵題

啓户刀光掣電影，刃飛將繞阿翁頸。童子直冒白刃叢，語賊代翁血涕請。刃中兒死翁竟甦，兒身殞矣神則愉。魂趨救母母亦免，童子大笑歸黄壚。穴胸陷脰曾不辭，義在救翁軀可糜。童子何知有青史，馨香俎豆非所期。古今彭殤誰不死，上有天柱下人紀。屹然撐撐霄壤間，頭髮未燥一童子。

寄雯山

客有懷長劍，浩歌雲杜間。海鵬搏未起，天馬步誰攀。日月蓬萊禁，文章册府山。終期簪鏤管，往綴侍臣班。

答熊雨臚國博

放棄嗟亭伯，摧頹惜敬通。心驚矰繳後，名起澗槃中。墜緒扶前哲，

群流屈下風。名山視麟閣，大業孰爲雄？

跛鼈蹣跚甚，摶鵬變化靈。胡爲招埳井，相與測滄溟。題句傳幽谷，將書下洞庭。鉛刀無足重，何以答清萍？

向梅修司馬箑上作漁人出山圖屬題詩爲之解嘲

漁人昔隱桃花間，今日漁郎方出山。時平貴出不貴處，人自勞勞山自閑。漁郎曾獻《凌雲賦》，乘興飛鳧江上度。風流故是安仁才，繞縣栽花定無數。自言日夕夢岩扉，暫營薄禄奉親闈。三徑有資吾願足，請從栗里巾車歸。飄飄出岫閑雲似，任運委心定行止。洞口桃花勿笑人，此言不食如江水。

卷二十七　詩己巳庚午

尋源子畫馬歌尋源子者勝，國藩裔也

王孫嗟汝亦龍種，世變吞聲伏邱壠。悲來畫馬銷壯心，落筆騂騮氣森竦。原上輕風吹綠楊，離離淺草連平岡。三十二蹄競角逐，誰辨牝牡兼驪黃。銜轡盡捐不受絏，喜相摩頸怒踶齧。滾塵跳澗無不爲，純是天機縱超絶。見者詫此蘭筋奇，如何不著黃金羈。若使騰驤奮逸足，刷燕秣越皆可追。君不見天閑盡道非常遇，意氣驕矜蹴香霧。仗下噤立不敢鳴，低頭老却麒麟步。又不見連雲鐵騎趨沙場，蹴踏關塞凌冰霜。蜚矢如蝟集馬腹，或有放棄悲金瘡。噫吁嚱，鹽車峻阪汗霑膝，絶塵安得見奔軼。何當長與鞭策辭，養汝五花好毛質，時清再遣負圖出。

晨大雷雨是日中秋

蒼涼金氣乘時壯，颯沓商聲挾勢遒。正苦懷襄連八郡，北則武、漢、黃、荊，南則長、寶、常、岳。俄驚雷雨動中秋。寥寥鴻雁遲長道，浩浩蛟龍放遠游。今夜積雲難遽掃，清光誰與敞瓊樓。

馬虞臣過訪

西陵幾年別，今喜足音過。荒徑賓朋少，秋雲澗壑多。江天聞鸛鶴，水國傍黿鼉。擊楫輕洪潦，煩君訪薜蘿。

杰士風塵表，頻瞻閶闔遥。游麟宜紫闕，威鳳必青霄。薄海烽烟靖，中原劍戟銷。即乘嘉會出，俊乂起傍招。

遥送雲卿都轉赴南海

使君治行起循良，前後謳歌滿漢陽。薦疏交騰天北極，牢盆特管海南畺。華夷感徹淪肌髓，乳轂功深變疻痏。惆悵楚邦難借寇，旌旄遥盻嶺雲長。

鄉里重湖若比鄰，論交白首道如新。相看遲暮飛騰日，猶是山林澹泊人。遠愧題書勞慰藉，遲陪祖席悵逡巡。羊城自古誇雄奥，知有清襟不厭貧。

浮舟下鄂因紀所見三首

我行仲秋杪，江漲猶浮空。初疑渤澥匯，又訝銀河通。離離衆山影，飄蕩梗與蓬。經天惟二曜，出没西復東。將無地軸陷，廣輿勢有窮。南條不能納，浩浩連八鴻。孤舟信所適，復見古鴻濛。八九小雲夢，區區何足雄？

中興際景運，天佑我聖皇。王鈇肅八表，綏豐宜降康。奈何百川水，潤下乖其常。頻年困洚洞，奪我稻與粱。陽侯禮有秩，亦視臣僕行。晏然縱鱗族，泛濫頹厥綱。盍不奮威怒，戮此蛟鼉狂？水無犯原隰，民亦還耕桑。汝侯永述職，大義昭尊王。

秋日雖云佳，秋氣實悲哉。茫茫俯昏墊，誰障狂波頹。金氣久不斂，佐水爲喧豗。静究五行理，陰盛爲其媒。逾時潦未減，駭此稽天灾。人事有消弭，偏沴挽可回。衰白困閭巷，敢言康濟才。抱此壯拯志，欲叩閶闔開。上聖且咨儆，斡旋如斗魁。上以望九陛，次以告三臺。

舟望黄鶴樓時重建甫落成

高樓拔起倏崔嵬，杰構重搜杞梓材。平楚江山隨鏡涌，中天闌檻倚雲開。三淪凶窟悲焦土，百戰湘軍挺異才。城郭人民還似昔，故應黃鶴再歸來。

山城秋色俯蒼茫，天塹依然帶楚疆。自是清時銷戰伐，可無雄略固金湯。丹梯迴拓風雲氣，朱拱森垂翼軫芒。欲倚危闌愁極目，浮天何策靖懷襄。

餘意未盡復成一律

蜀舶吴檣萬里征，中原綰轂此通行。波濤天塹開堂奥，鎖鑰人材勝甲兵。觀變沈幾宜控遠，建威深計在銷萌。温陶往矣皆千載，望古遥遥繫我情。

鄂城九日偕漁叟登崇府山岡白雲道觀遂過正覺寺赴王箬農觀察招飲

晴空俯瞰氣佳哉，秋爽招提豁盡開。雲樹參差浮睥睨，江山雄闊抱樓臺。使君能助登高興，野客殊慚作賦才。扶醉渾忘明月上，何妨步屧緩歸來。

喜晤黃生耀廷時歸自越中

滾滾江聲送六朝，海天奇氣涌金焦。身隨博望槎凌斗，筆挾錢塘弩射潮。歸後征衫塵未浣，秋來長簟恨難消。時方悼亡。如何六翮翔寥廓，猶有林間燕雀嘲。

鄂渚縱眺

如雲英杰奮湘西，當日戈船震鼓鼙。百戰銛鋒殲虎兕，一江寒浪葬鯨鯢。喧闐廛市聲如沸，迤邐樓臺望已齊。狎處只虞鱗介雜，無忘炬火燭靈犀。

歸舟艤黃鵠磯下離緒惘然吟此寄漁叟月樵篬農三觀察

黃鵠磯流繞鄂城，片帆西去數歸程。烟波長送千秋感，風雨疑騰百戰聲。奔走無端悲老大，飛揚空遣負平生。低徊文酒歡娱地，回首停雲何限情。

鄂　　游

冠蓋等雲浮，軒車逐水流。還除誰不競，飢溺亦須憂。蕩析嗷鳴苦，艱難瑣尾謀。居高援手易，長憶富青州。

開誠惟葛相，廣益谷懷虛。豈意規爲瑱，翻同柅止車。九重猶設鐸，三策枉留書。已矣歸緘口，無勞更曳裾。

洚洞雖由數，堯仁本若天。恭聞金殿詔，大發水衡錢。蠲貸邀殊數，顛連釋倒懸。所期方鎮疏，常達五雲邊。

别後寄漁叟

座滿孔文舉，名驚陳孟公。歸難忘道濟，老益擅詞雄。隔歲一相見，論心無不同。聯吟猶憶否，鐙火棘闈中。

十日平原飲，俄嗟歧路分。短篷吹暮雨，遠岫入江雲。聚散思鷗社，飄摇惜雁群。芙蓉搴木末，只是憶夫君。

曉　舟

舟行若在空，浩蕩入鴻濛。江勢浮天外，陽暉浴海中。遥翻楓樹錦，亂舞荻花風。泛泛將何極，沙鷗與爾同。

晚　泊

西看斜日下高舂，艤棹初聞晚寺鐘。倒影雲衣垂薜荔，孤根山骨插芙蓉。邅迴不盡騷人怨，汗漫如尋海客踪。稍喜漲痕沙際減，秋高澤氣静魚龍。

奉送何筱宋方伯移節晋藩

海南産俊乂，杰者張始興文獻公與姜公輔學士。後來有邱文莊海忠介，岳岳森相望。公繼四賢起，高步粤南畺。少年珥彤管，掞藻追班揚。烏臺遂簉武，捧簡飛秋霜。承命擁旄節，文武能自將。由皖更臨楚，民歌春載陽。開誠布公道，敷政提其綱。管榷杜利孔，澄清肅官常。矢此精白意，上以報我皇。閎謨出正學，浩浩淵源長。承乏攝開府，威惠隨風翔。方鎮數柱石，偉哉公實當。今年水洊至，郡國嗟懷襄。飢溺若在己，憂思煎中腸。贊畫請糴貸，嗷鴻得稻粱。天書爛五色，飛下彤雲傍。帝念肘掖[1]重，移公古冀方。吾聞昔三晋，風俗猶陶唐。繚垣蔽燕甸，連天起太行。壺關至雁塞，扼險如峻隍。顧盼控秦隴，談笑扞戎羌。窺邊有回鶻，河廣安能杭。王師事征討，鄰道儲芻糧。飛輓亦孔棘，倚公籌策良。行矣望碩畫，根本建安攘。地居九州脊，天下號莫强。安西實關右，拱北衛宸鄉。請宣股肱力，以爲九牧倡。政成且入輔，臺衮登文昌。

聞黄子壽同年爲筱宋方伯約赴晋陽

宸極將趨覲，參墟且駐踪。文章追晋問，壤俗訪堯封。東閣同紓策，西鄰可息烽。朝正當赴闕，往聽帝城鐘。

舟過赤壁

烈火無餘熖，雄威故自存。崖懸孤掌立，石蹴一江奔。老樹仍蒼鬱，秋濤轉赤渾。嗷鴻多蕩析，寥落只漁村。

泊茅江口

汀岸經行熟，參差入望連。村低孤隱樹，帆合遠圍天。空有内溝志，嗟無援溺權。里門知已近，歸興亦翛然。

蘭蕊有作水仙瓣者俗名水仙蘭胡月樵都轉行館階下蘭叢棹此二箭賞異之賦詩徵咏

蘭生空谷中，倒映湘江涘。清流何濺濺，白石何齒齒。湘上有皇英，同心愜孔邇。有鄰德不孤，莫逆笑相視。聯璧如同車，贈珠邀彼美。絶無羅襪塵，皭然泥不滓。節使高外臺，階下忽茁此。競秀謝庭芳，跗鄂封胡比。夜半燃青藜，奇芬襲書史。雖持管榷權，清潔共懷履。異卉乃呈奇，天葩并坼蕊。摇筆走珠璣，徵和興未已。穆羽賡繼聲，逸韻協宫徵。由來君子交，素心澹如水。涉江憶騷人，香草喻微旨。

李秋樵卓泉兄弟約余秋游伊家園林阻潦未果賦詩奉寄改訂來春踐諾

求點天生好弟昆，邀余契杖過山園。心飛岩壑三秋滯，氣奪波濤七澤渾。郢鄂浪游慚宿諾，林泉來歲會芳尊。題詩先報諸猿鶴，且莫臨風笑食言。

返自鄂州秋波尚壯布帆安穩書以自慰

高秋江漲尚浮山，何似東游泛海還。千里龍黿潛不動，滄洲來往一鷗閒。

朔　風

朔風厲廣莫，颯然悽以寒。登高望四野，灌木多凋殘。昏昏夸毗子，耽樂矜燕安。齊奴侈絲竹，綺食黃金盤。嗟哉曹爽輩，富貴不知殫。鐘漏未及覺，忽焉遘憂患。盛衰等潮汐，俄頃多改觀。達者悟高舉，彈琴歌澗盤。矯首望松桂，天際青團圝。

舟次晚望

紫金光萬丈，水府變洪罏。疑有潛龍戲，凌波浴火珠。

村民大去其鄉室廬僅有存者

蕩析成哀雁，倉皇脱怒蛟。漂蓬惟寄命，禿柳尚餘巢。故國猶沮澤，何方是樂郊。奔沙淘瓦礫，日夜朔風哮。

寄舍弟子章江右

公趨潭府興何如，宦業真成薄笨車。望裏梅花開大庾，吟邊瀑布下匡廬。滄波音信頻傳雁，赤子鄉園半化魚。但得分符能報績，拂衣仍返薜蘿居。

霜後水楓蔚若赤霞

楓人偃蹇氣凌霜，江國丹心捧太陽。暮齒才華驚絢爛，耆英緋紫冠班行。波閒菡萏凋秋露，汀上芙蓉罷曉妝。忽訝龍宫門琛麗，珊瑚火齊盡騰光。

晨過龍山寺訪妙公上人

蓮社思幽契，聊爲出郭尋。鳥啼千堞曉，龍氣二潭深。寺前有黑白龍潭。役役浮生累，寥寥出世心。坐中言象寂，疏磬繞珠林。

送仲放博士之官巴東

喜近三間宅，聊栖半畝宫。章縫環几席，禮樂化蠻賨。峽鳥朝啼雨，林猿夜嘯風。虚舟横野渡，安得起萊公。

答孚上人

蓮社高名繼遠公，暫携瓢笠郢城東。栖心雲水疏鐘外，得句霜林夕照中。黑劫吞聲悲戰地，黄鑪回首失詞雄。師卓錫竟陵之岳口，其地久經寇擾，閭里大半邱墟矣。故人孝長瑋公皆下世，與師言之，相對凄然。逢師遽作臨歧别，泥爪他年證雪鴻。

舟次守風

寒甚不成雪，朔風三日鏖。盤空孤隼勁，攫木餓鴟號。客路冰霜厲，徂年日月慆。浮生徒自役，未息轉蓬勞。

寄懷月樵都轉兼憶筱宋何公

燃藜中壘校遺經，管榷持籌未暫停。判事精明摧霹靂，吟詩餘力破滄溟。樓臺尊酒乖良會，節鉞江天望使星。歲暮故人多契闊，折梅分寄雁門陘。

寄車竹君孝廉

承平逸藻追諸老，喪亂餘生抱百憂。客裏悲歌參變雅，醉中花月夢揚州。時艱開濟誰當軸，日暮行藏半倚樓。座上車公吾甚憶，遥題尺素訊滄洲。

月樵都轉重修鄂城正覺寺落成招詩僧蓮衣卓錫其中賦詩紀事且徵和作即次原韻寄之

東壁鴻文起，西來象教興。麻沙羅善本，蓮社得詩僧。福地琅嬛洞，宗門智慧鐙。總持開覺路，此是白牛乘。

信有胸中厦，樓臺涌地興。百城稽古士，一榻坐禪僧。大道再中日，如來無盡鐙。雙修儒梵業，公也獨超乘。

使君才八面，百廢遂俱興。自謝津梁佛，惟稱粥飯僧。能將方寸念，盡化億千鐙。彈指華嚴閣，高居最上乘。

鄂城兵燹後，龍象竟重興。直作圖書府，兼栖雲水僧。一源惟正學，萬世此傳鐙。科羡儒門廣，梯桄大可乘。

何但招提拓，居然梵唄興。只須一開士，足敵九詩僧。册府英華藪，光明日月鐙。料應兼慧業，謝盡辟支乘。

歲暮有懷傅立齋司馬

吾子長歌《招隱》篇，卜居難傍好林泉。浮家歲枕黿鼉國，荒壟春耕蚌蛤田。轉饟千營喧戰鼓，量沙萬竈起炊烟。當時高謝功成後，湖上誰詢范蠡船。

寄張蔗泉大令時主衡郡榷算

故人棄官後，消息問無從。百戰今殲寇，二湘久罷鋒。遥聞高咏處，日對祝融峰。莫訝書難達，衡陽雁少逢。

疇昔聯吟地，樓臺映綺羅。驚心陳迹换，回首戰場多。諸將開茅土，幽人老薜蘿。詩書易籌算，潦倒興如何？

性農駕部以偕海琴觀察游德山唱和之作見示即次韻和寄

風流望二客，未得差隨肩。聞昔有善卷，高蹈唐堯年。讓王迹邈矣，林壑今仍傳。靈源溯枉水，澄澹何濺濺。緣岩蔽竹木，翼以亭與園。半空盡翠雨，一氣皆蒼烟。清游摛麗藻，付與崖石鐫。詩成遠寄我，三復同推袁。人生幾緉屐，日月猶飛泉。俯視沅與澧，萬古長潺湲。文字足不朽，壯哉兩飛仙。所恨隔郢樹，遲浮江上船。

鄂生廉訪以征苗所得銅鼓遠貽山中作歌壯之

唐侯將兵用儒者，吊伐功多誅殺寡。蠻人重見諸葛公，魋結羅拜馬蹄下。舁致銅鼓雷回文，遺式頒從諸葛君。唐侯得之遠貽我，褁氈深護黔山雲。我無寸功坐擁此，請從治亂繹前史。昔聞荒服無詐虞，清酒黄龍刻石紀。《後漢書·南蠻傳》：秦時與夷約云，秦犯夷輸黄龍一雙，夷犯秦輸清酒一鍾，夷人安之。溪峒猺獠皆樂和，祥風甘雨耕耘多。頃田十妻不租算，頃田不租，十妻不算，亦秦昭王與夷約也。清平邊吏無煩苛。家家範銅鑄爲鼓，大或千鈞小二斛。花裙蠻女叩銀簪，跳月賽神縱歌舞。自從吏道多貪殘，密箐深林眠不安。鋌險操戈起救死，烏江冞水生波瀾。諸軍縱討遂冞入，玉石俱焚惟飲泣。彼雖獉狉亦猶人，草剃禽獮何太急。嗟乎喪亂安得平，禍起貪吏成縱横。千村沃壤變荆杞，十載黔江流血聲。去年唐侯起作將，群蠻始有再生望。刀劍賣盡歸春田，户携牛酒謁牙帳。此鼓持獻轅門中，祝侯勒鼎還銘鍾。侯今謝病返蜀郡，絶口不道征黔功。我瞻四方豈無事，牙鬚鮫蜃且窺伺。宫中拊髀思虎臣，肯令韓白老邊裔。此鼓發聲可十里，但堪震駴山人耳。如侯實大聲尤宏，淵淵鼉鼉差可擬。將星河鼓多光輝，侯持白羽當重麾。戎車伐鼓進方叔，頃耳雷霆天上威。

元旦家山晴眺庚午

家山元日象回新，寒木千林盡向春。岸迴連沙張鳳翼，江清抱日射龍鱗。端居迹謝雲霄侶，望歲心同畎畝人。朝有群賢扶景運，何辭擊壤作堯民。

簡許梅卿太守時以繕堤駐敝邑

東來捧檄障頹波，鼛鼓聲中畚鍤多。昔仗丹心殲虎兕，守齊安時戰績最多。今看赤手束蛟鼉。流庸復業依安土，經術名家起治河。轉瞬稻粱生斥鹵，吏民還繼白渠歌。

雪後上後園山脚

雪後家山策杖游，茫茫灝氣九霄浮。光搖遠岫飛難定，影縮滄江卧不流。欲向雲中招若士，誰從海上揖浮邱。憑虛便鼓逍遥興，萬里長風駕玉虯。

雪中咏梅

忽訝飛瓊下，俄驚姑射仙。清嚴藏古秀，勁烈發孤妍。不亞松筠節，羞争桃李年。群芳猶避面，讓汝步春先。

朱桂林八秩以詩寄祝

几席丹鉛老未停，網羅百氏貫群經。諸儒盡喜瞻耆舊，太史應先奏德星。不用九還求秘訣，何須五岳佩真形。姱修自有延年術，坐見從容晋百齡。

案上水仙有作重臺者戲咏一詩

百結冰心密自攢，凌波如怯六銖單。不逢交甫空惆悵，日暮明珠解贈難。

春來無日不風仲月尤甚

何曾明媚作春陽，日日顛風似虎狂。駭紫紛紅狼藉甚，莫教沙石蔽三光。

庚午春仲赴卓泉李生趣園之招適鶴樵庚垣至相與偕往而胥君鄘泉柳君石秋吴君儨人先後皆集遂主趣園乘興題詩留壁間志一時友朋登覽之樂

久慕辟疆園，踐諾勇可賈。二客從我游，遂發渡江櫓。籃輿行萬山，泥淖滯風雨。主人遠相迎，開徑入花隖。傍崦各東西，騰觚迭賓主。韡鄂雙雕龍，競爽二詩虎。俊識通天人，雄談貫今古。明月窺酒尊，青山闖堂廡。林花鬥芳韶，松竹欲起舞。輞川無雜賓，大抵裴王伍。誰言邱壑閒，乃是文章府。山中足雲霞，海内厭鼙鼓。投老愜清歡，兹游快翕羽。安得來誅茅，葺屋繚蘭杜。介居大小山，卜鄰傍衡宇。

趣園讌集

今朝風日美，湖海羅衆賓。園林亦多有，無此賢主人。中心敬愛客，道合情更親。壺觴既疊進，藻翰尤紛綸。園中何所有，日與青山鄰。卷簾但平視，眉嫵烟中顰。東風來幾日，林花忽已春。山鳥亦解樂，賡歌絃管新。波縠偶微漾，涣然躍潛鱗。感此物情暢，酒進忘逡巡。安知宙合内，猶自有烽塵。既醉復縱論，俄焉夜嚮晨。吾儕視此樂，直與爽鳩倫。鄙哉梓澤宴，絲竹徒雜陳。

趣園眺東山

連山若鳳翥，栖在園之東。參差露鬟髻，約可十數峰。偓佺衆仙者，四皓及八公。連袂訪高士，招手庭廡中。朝光復暮靄，秀絶尤凌空。高士揖群岫，不待款關通。終日攬奇勝，浩歌聲隆隆。我來偶下榻，仰睇當簾櫳。白雲涌如海，倒卷歸冥濛。須臾復吐出，插影凌蒼穹。嘆此變化態，操縱奇且雄。寄言與高士，憂樂蒼生同。四海望安石，無爲泉石終。

題盟鷗亭

屏俗澹無事，惟與沙鷗盟。築亭翼欄檻，池水何澄瑩。山溪匯百道，淙淙珠玉聲。夾堤盡桃柳，吹絮兼飛英。群峰忽窺鏡，倒影芙蓉驚。偶然白鷺下，亦有游魚行。主人喜坐此，妙悟延虚明。靈府只方寸，納此天地清。明挈一壺酒，勸酬弟與兄。何須待莊惠，始發濠梁情。

題此君軒

解却炎歊犯雪霜，人間高節只篔簹。猶煩携我青雲上，長嘯天聲作鳳凰。

亭亭疏影只蒼寒，特立方知氣節難。夾侍鵷行初捧簡，風霜先已肅臺端。

轟醉山陽詎足倫，子猷傲誕豈天真。林宗孟博多高節，尚憶錚錚漢黨人。

友放樓歌贈秋樵

山中乃有湖海士，百尺樓頭俯餘子。超然不異鴻濛游，下視千峰皆足底。李子作人如孟公，舉杯意氣驚長虹。生平好吟復好客，滿座不遣金尊空。作詩幾欲放翁敵，友放名樓氣相轢。放翁憂憤多沈雄，往往豪吟摧霹靂。君亦流離鋒鏑間，竄身荆莽悲時艱。醉起登樓望西北，憂來涕泪何潺湲。近聞寰海烟塵消，外有方召中夔皋。吾儕邱壑且偷食，盍往高舉招松喬。君不見西來繞檻大雲赴，咫尺藥姑在東顧。徑須分跨二茅龍，與君直謁青天去。

聊園即事

松竹圍將合，溪山秀特分。秋延湘女月，春納藥姑雲。豹隱將長往，麟臺未策勛。昔年曾避地，蘿屋憶辛勤。

花萼詩人社，風騷作者流。并堅雙壁壘，各擅一林邱。世外元卿徑，山中宏景樓。暫來難遽去，花鳥亦淹留。

趣園之側有山巍然若頭陀袒肩而結跏焉俗名鷄籠象形未肖亦乏雅馴易之曰羅漢復作詩以代偈

瞿曇雪山來，坦腹青天卧。莫訝津梁疲，曾掃聲聞破。肖狀呼鷄籠，俗論直可唾。易名羅漢峰，俚見足鏟剉。尊者超上乘，道人躡高座。龍象忽崢嶸，環列右與左。趺坐團蕉中，花雨不能涴。松風下諸天，大地潮音播。

集趣園有懷丁子枕泉

群彦會園林，尊前憶足音。苔生仍及榻，月上爲停琴。楚岫紛相蔽，修江阻復深。坐思丁敬禮，未得盍朋簪。

贈胥子鄘泉

胥子困儒冠，苦吟心力殫。釀愁千日酒，煉句九還丹。垂老嗟騏驥，無枝托鳳鸞。風塵操淥水，只是賞音難。

贈柳子石秋

素韠崤函匹馬征，倉皇正遇赤眉兵。直穿狼虎巢中過，誰惜騏驎地上行。烈士抗懷真磊落，豪情倚醉故縱横。南來邂逅諧吾願，大好雲山得友聲。

度雁嶺

雲表有蒼雁，翩然來大荒。掉尾俯沔鄂，舉首瞰衡湘。大雲及藥姑，兩翮如開張。天風忽度嶺，萬壑驚雷硠。磴盤十四折，直上凌蒼茫。羲和叱日馭，頗礙六龍驤。石淙走其下，開闔虹霓光。國初始闢此，間道趨岳陽。後來鐵脛輩，履險仍披猖。壯哉禦侮士，列屯扼其吭。嚴關雄鐵牡，無復敢跳梁。停輿爲三歎，折萌在禁防。勒銘警來者，賣劍還耕桑。

過響山

誰司造化鑪，積此太古礦。純石絶無土，磥砢質粗獷。草木亦不生，萬年碧蘚冷。蟠屈多威神，駭若狻猊猛。夙以響爲名，今何噤不逞。腹有萬雷霆，探喉莫出鯁。盍作蒲牢鳴，一喝群昏警。

過土城口相傳陸伯言屯兵處

川原寥闊下雕群，山勢如環赤羽軍。江表虎臣屯萬帳，神州龍戰劃三分。摩空不見戈鋋雪，望氣猶驚壁壘雲。細柳舊營耕已盡，桑麻今日遍敷菜。

山游初返枚卿太守貽詩盛相誇詡率爾奉酬

名園都作輞川誇，百里探幽未覺遐。岩穴二難栖隱遁，亭臺萬壑送雲霞。文章泉石諸英集，桃柳風光二月華。逸興遂勞佳句寵，翻教麟鳳羡麏麚。

賢守真分雁户憂，役車柳雪未曾休。偃虹勢壓桃花水，沉馬功迴竹箭流。冉冉榆陰郛外合，芃芃麥氣壟閒浮。野夫從此歌安土，一任天機汗漫游。

口占別趣園

惆悵雲山未結鄰，依依猨鳥亦相親。東風吹緊辛夷落，飛逐溪流遠送人。

別後寄秋樵卓泉

爲證苔岑契，言尋松石盟。襟裾濕嵐翠，談笑雜溪聲。醉後誰賓主，人間好弟兄。老夫未疲苶，興發倍縱横。

盤谷山中樂，仙源世外聞。天生兩高士，人羡二茅君。游屐嗟難遍，朋簪惜遽分。別來憶幽徑，猶夢踏烟雲。

遥寄爵帥左公時移軍平凉

第一高平控制遥，《後漢書》注：安定郡高平有第一城，高峻所據。傳聞度隴下嫖姚。氐羌莫道皆飢窘，關輔無令復蕩摇。百戰河西餘骨骴，廿年天下困征徭。蜃樓直北仍噓氣，還望忠良翼本朝。

連月恒風不止

條風播芳淑，披拂宜春容。云胡縱噫氣，盛發土囊衝。孟月逮仲月，咆勃日洶洶。震撼武安瓦，噌吰無射鐘。飛廉騁跋扈，南北如交鋒。揚塵雜沙石，簸蕩栝與松。狼藉衆桃李，六王避祖龍。深推五行傳，日蒙恒則凶。或恐兆蟲孽，蝝螟將病農。又虞介鱗族，辛螫包丼蜂。區區抱狂惑，夙夜徒征忪。靈修綜昊繂，赫赫群神宗。風伯主箕宿，巽命申且重。嗟乎汝風伯，出納作爾庸。爾職有常度，敢不懷靖共。無爲取咎戾，蹈彼青邱踪。《淮南子·本經訓》堯使羿繳大風於青邱之澤。注：大風，風伯也，發人屋舍，爲民害者，繳繫矢於絲射之也。

清　　明

禁烟佳節在鄉枌，四望郊原蕩宿氛。蕪勢接天浮緑海，花光迎日漲紅雲。陌頭仕女香輪少，江上樓船彩幟紛。步屧獨經山寺寂，寥寥疏磬送斜曛。

長林胡鶴樵過訪辱贈五言二章遂與偕游陸城李氏趣園君乃取道岳陽覽洞庭之勝而歸賦詩答贈且以録别時庚垣亦與君偕行云

我朝高廟時，皇矣右文世。表章重六經，英儒乃鱗萃。賾奥探靡遺，發明最宏邃。著録數十家，炳若列星麗。爾來軍旅興，實學稍湮替。君也何航航，奮起擅經笥。漢學二千年，研精搜其秘。又能工文詞，沈博表瑰異。跫然來足音，慰我飢渴思。申章叨贈言，磊落盡古義。嘆此淹通才，邱樊尚沈滯。何人能薦賢，虎觀引故事。奪席五十重，期君振高議。

春雨過江上，渡江同看山。偕行有楊子，庚垣。逸興皆高閑。趣園足幽賞，相與窮躋攀。君遂欲遠舉，西瞰巴邱還。楊子與連軫，縱眺洞庭灣。洞庭浩無際，漭瀁浸百蠻。重華去不返，泪竹餘苔斑。後來左徒怨，香草荒榛菅。魚龍歎瀺灂，猨狖啼岩閒。君往駭壯闊，遐想超塵寰。意氣忽飆發，浩歌動天關。得詩倘寄我，坐令開心顏。但恐觸古緒，悲來不可刪。

庚垣枉顧山齋即爲巴邱之游賦此送之

不辭千里訪岩扃，還上高樓望洞庭。野曠波摇湘渚白，春晴峰簇岳陽青。豪游已覺超三島，廣樂猶疑會百靈。興發倘逢奇句就，便須吟與老龍聽。

湖濱遇風遂泊俄而月上

西南來雨勢，俄頃疾風俱。捷電飛穿樹，雄雷怒拔湖。就汀方駐泊，後艇尚驚呼。倏見銀蟾上，清波湛玉壺。

舟過林家溝

烈士頭顱化作塵，孤兒破屋不勝貧。烟波歲歲飛花路，腸斷扁舟白髮人。

彎弓回鶻至今驕，烽火時驚照渭橋。太息英雄埋骨早，將星猶自暗招摇。

三月望夜舟次見月

三春三五夜，最好月當天。若照笙歌座，應酣玳瑁筵。清輝慚短髮，逝水送華年。可惜終宵景，徒隨獨客船。

晨起風霾大作泊長湖之濱

倏訝焚輪作，喧豗遍九寰。沙横高陷日，波壯遠吞山。曲港皆維艇，居人盡掩關。飄零花與絮，誰送艷陽還。

盛滿無恒期行

昨夕月華將達曉，今晨風霾暗八表。人閑盛滿無恒期，健羨胸中徒擾擾。金穴銅山亦易摧，高臺曲池何爲哉。惟聞九曲崑崙水，到海還從天上來。

風雨舟中憶廉臣姪江上

兄弟飢驅各一方，田園潦後歲頻荒。慚吾垂暮稱游子，念汝全家去故鄉。風雨三春浮夏首，烟波九派下潯陽。少年總道榮名好，垂泪天涯黯自傷。

湖上風雨嘆

疾風倒捲一湖水，蹴動長蛟怒掉尾。疑翻地軸摇天關，雨挾風横更不止。稻苗涷損驚驟寒，鬻牛買種經營難。江上米船亦不至，草根蚌蛤皆充餐。潦田種麥麥不肥，載道流庸今始歸。郊原剡剡且抽穎，風雨日多晴日稀。不望倉箱慶萬億，不煩振貸天家力。眼中百萬方嗷嗷，但願家收十斛麥。

吴桐雲大廷廉使與僕盍簪未締辱貽書者再且道一歲中由閩赴秦由秦至吴渡海入都復還閩奉命董海舟將作蓋走數萬里矣賦二詩奉寄

閩山秦嶺不知遥，却指重溟氣已超。萬里真成蒼水使，千官仍謁紫宸朝。當令蜃鱷驚移窟，直遣黿鼉駕作橋。知有遠謨宣域外，海隅日出戴神堯。

風塵傾蓋定何年，尺素頻從遠道傳。東過鄉關詢隱逸，南趨溟渤會樓船。盡收島嶼羅胸次，還擁旌旗壯日邊。遥喜神京根本地，澄瀾長峙巨鰲肩。

得黄子耀廷書却寄

荆臺次第得疏麻，芳訊烟波未覺遐。留滯塵中彈渌水，文章天上嚼紅霞。雀屏緣兆氤氳使，方議姻事。鵬路風高渤澥涯。千載淵雲今復出，論才合入殿金華。

南郡江漲紀事四十韻

倏没瞿塘馬，誰翻地軸鰲。九天傾浩瀚，三峽鬥波濤。巴國多沈陸，夷陵半刷壕。漩分狼尾險，灘助虎牙鷔。全力吞夷道，回波汨下牢。黄陵圍噴薄，白帝失嶆嶆。猿狖千山泣，蛟龍百戰鏖。怒摇天柱側，狂蹴日輪高。泡急衝連棟，沙崩裂巨艘。樂鄉悲蕩析，沮口會迴遭。牛馬隨波下，黿鼉跋浪豪。積尸盈水涘，漂轄蔽江皋。星斗憑舂簸，乾坤縱蕩淘。沈陰宵晝慘，中夜鬼神號。東走龍洲没，西來虎渡嚣。渚宫憂岌岌，郢甸駭滔滔。一柱觀何有，三休臺且撓。鯨牙誰敢拔，魚腹恐難逃。民吏憂顛沛，晨昏聚鬱陶。安危千雉堞，生死九牛毛。捧土心徒切，呼天首重搔。涉波愁類豕，升木願爲猱。涕下如垂綆，腸回甚索綯。伊惟持節使，謂本路觀察、恭振夔廉訪。獨任障川勞。蕭憺堤終立，王尊璧共操。飛符興役鼓，舉銛擲泉刀。氣懾元虬族，威驅黑螟曹。瀆靈遵軌轍，喜氣動旌旄。澤國真難托，豐年不易叨。甫欣烽燧靖，旋見甲兵韜。何意懷襄警，頻增郡國忉。狂泉俄頓沸，嘉種盡從薅。潛漢波先溢，岷源勢益饕。粒無鸛鵠啄，澤有雁鴻嗷。聖主符堯舜，賢臣慕禹咎。如何仍洚洞，只是益蕭騷。孰侍青蒲禁，還簪鏤管毫。流亡誰入繪，振貸豈屯膏。休咎徵無爽，陰陽理不謟。空思閶闔叩，感嘆在蓬蒿。

歸舟所見

莽莽洪荒世，滔滔洚洞年。片帆行木杪，孤榜躡濤顛。粳稻沮洳裏，村墟瓦礫邊。艱難誰入告，即發水衡錢。

潦退題宅後山二首

截斷浪花渾，巍然碣石尊。蛟鼉千百輩，弭首過蓬門。

予室飄摇甚，顛危孰與扶。若非拳石力，恐化歷陽湖。

螺山右側江防决口外合川南黔粤之水，内則洪湖，下達青灘沌口，仍入於江，决口當以勿塞爲便

疑有龍鼉會百靈，狂摧赤岸走驚霆。澤形如匯東彭蠡，天意將分北洞庭。疏滯功施當少患，厮渠勢定豈宜扃。從容導决行無事，禹貢圖真萬世經。

病起行園

病退行窺園，杖藜代疲勩。曉露流滋濡，朝岑獻薈蔚。連延蕉竹青，

覽物悦嘉遂。耳目迎新機，靈臺瀹神智。攘臂支離疏，頓覺起沉滯。偉哉七尺軀，不死者元氣。中流譬失船，千金一壺寄。水火兵疫閒，孤生髮可繫。保兹神理綿，關鑰慎鍵閉。豈偕朝槿儕，俯仰遽榮悴。

寄示兒輩赴舉在鄂

江國香浮桂樹叢，兒曹戰藝及秋風。文章易奮青雲上，將相先儲白屋中。國士自期爲世用，英聲何止屬詞雄。扶摇倘得凌霄漢，經濟無如出孝忠。

商　飆

動地商飆疾撼林，人閒萬象忽蕭森。濤聲砰擊江湖裂，秋色蒼茫日月陰。入塞雁鴻遲遠信，挐雲鵬鶚挾雄心。頹年只自憐衰病，短髮彫疏不任簪。

高　秋

高秋北望五雲邊，碣石之罘渤海連。兵氣欃槍侵析木，漢家烽火照甘泉。吁嗟塞賣盧龍日，慨想功收涿鹿年。莫倚奇謀行表餌，還求猛士奮戈鋋。

中秋待月未上

八郡憂洪潦，哀鴻棄故鄉。姮娥愁啓鏡，忍照野流亡。
月中仙桂根，滿綴黄金粟。何當借饋貧，散作荒年穀。

咏繭紙

英英天上白雲片，吹墮人閒化爲練。展向驕陽愁炙消，凝霜積雪光凌亂。鮫綃紅射明珠光，雲錦天孫誇七襄。豈若春蠶任天巧，腹中吐出皆文章。不擲龍梭鬥鴛杼，披尋組織痕難睹。世閒搗製窮萬方，側理砑光何用數。蘭亭一序高千春，逸少往矣誰其倫。我今捧此愧染翰，乞與上界諸仙人。上界金泥森玉軸，雲篆龍蛇勢相矗。佐書真誥三萬言，擲向庸兒不能讀。

邁園雜咏卉木

柏爲疾風所踣歲久彌自鬱然

驟欲呼蒼兕，旋驚臥老羆。猶酣雷雨戰，不受雪霜欺。勁氣仍磅礴，貞標詎改移。神明終相汝，顛沛總扶持。

槐棘相抱

引棘作腰纏，高槐勢杰然。鵷班趨捧日，犀帶擁通天。蓋偃一千尺，根蟠二百年。三公誇昔兆，敢望澤猶延。

海榴殘枿叢生益茂

照眼驚榴枿，偏含雨露饒。粧殘分獺髓，杼斷割鮫綃。直作彤霞擁，何愁赤日驕。房多秋更綻，光動火珠摇。

薜荔繚於短垣者亦百餘年物

墻壁青紅繚，秋深薜荔濃。離披翎曬鶴，天矯鬣騰龍。帶月全迷磴，攙烟不辨峰。山阿人在眼，含睇若爲容。

石秋秋蕉問疾山中

居然七發起沈痾，二子聯翩訪薜蘿。清嘯半空驚鸛鶴，豪吟中夜泣蛟鼉。遥瞻閶闔三霄闕，誰靖滄溟萬里波。倚醉悲來翻涕泪，山中偏聚杞人多。

閔　灾

没充魚鼈飽，生逐蚌螺鄰。愧處邱園下，翻同秦越人。呼號途自隔，宏濟願難伸。盛世灾無諱，誰先封事陳。

風雨竟夕

飛電射牕明，颯然風雨鳴。亢陽銷客暑，殺氣縱秋聲。蟋蟀吟猶雜，龍鼉卧亦驚。曉看岩壑潤，蘿桂有餘清。

遲兒輩歸舟未至

東來帆過盡，歸棹爾何遲。葭菼浩無際，風波仍間之。檣烏斜日外，巢鸛暮雲時。策杖江干望，茫茫寄我思。

曉上山麓

清晨步山麓，秋爽亦佳哉。江挾朝光涌，峰排宿霧開。漁家張網集，估客挂帆來。人事趨群動，吾衰獨散材。

續咏薖園卉木

女貞同根而異幹皆心空矣然鬱勃葱蘢有熊豹拏攫之勢

刳心能去智，連理復同根。翦伐常相赦，冰霜不敢髡。密花疑玉綴，晚實比星繁。賴爾淩冬翠，蒼然壯小園。

桐爲粵寇所戕其枿挺出今爲脩幹矣

亦作龍門勢，亭亭雲與齊。縱罹蛇豕毒，終待鳳皇栖。疏雨聽徐覺，清陰覆每低。琴材如待獻，願向闕廷齎。

紅梅一株亦幸逃賊斧者每遇歲寒繁香尤烈

得脱紅羊劫，仍留翠羽聲。横斜無俗韻，妍秀亦孤清。不閲風霜慘，誰知草木貞。南山有松桂，好結歲寒盟。

慈竹爲近歲移植嘉其繁陰蔚然蘩篁競擢

如汝門宗盛，無滋他族干。劇憐根密邇，尤愛影團欒。同姓周家重，推封漢法寬。北堂慈蔭接，日爲報平安。

九日漫興

老覺人閑萬事催，凉蟬初罷塞鴻來。百年佳日莫輕放，終古長江無倒迴。青鬢任從明鏡换，黄花惟傍醉鄉開。陶然遺世同塵壒，塊磊胸中何有哉！

九日得耀卿書

歸來九日興何如？消息黄花亦轉疏。杖屨起臨山墅磴，天風吹墮故人書。琴尊契闊情無極，井里流亡嘆有餘。衰病莫陳康濟策，只堪戢影向蓬廬。

九日寄漁叟

去歲重陽節，黄花滿鄂東。今年三徑裏，薜荔翳蒿蓬。風物蕭森會，江山莽蒼中。登臨仍寂寂，尊酒與誰同。

耀卿侍疾北堂不赴鄉舉寄詩美其高行

藥罏朝夕奉慈親，門巷蕭然似隱淪。握槧自披充棟籍，閑居不作踏槐人。庭闈穆行曾無忝，枝葉浮詞詎足珍。光禄太常如察舉，姓名宜向闕廷陳。

季秋暄燠過甚遠近頗有憂旱者

陽烏何太亢，金虎退無權。揫歛翻炎景，惔焚併潦年。九霄深莫叩，二氣積多愆。禄食思回斡，宜求恩澤宣。

耀廷捷秋闈因有此寄

文雄鋭通周陽五，國瑞才符員半千。乍睹駿蹄開道路，俄驚虹氣燭山川。騰聲家世無雙譽，掉臂蓬萊最上巔。冠古期瞻廷對策，莫令鼂董擅當年。

暮　望

秋氣何澄肅，高深萬狀明。日沉群岫紫，天遠暮江清。去鳥飛何疾，來帆曳自輕。丹黄變楓櫟，霜候亦將成。

獨憩山園偶然縱筆

僻陋休嘲徑掩蓬，百年喬木有清風。招延曦月光鮮麗，吞吐江山氣渾雄。落落行藏憑檻際，茫茫心事杖藜中。高軒當路多才杰，野老惟知祝歲豐。

晨眺平岡

林光初破曉，如展畫屏風。烟斂猶迷岸，江浮若在空。市聲驚宿鳥，纜影起汀鴻。燠甚遲霜信，何曾絢錦楓。

秋盡矣林下朝菌叢生感節候之多舛菌其微焉者也

入夏群陽升，生機洩兆朕。暑雨多鬱蒸，雜然挺朝菌。金虎當季秋，於時逼凄緊。恒暘何太愆，暄燠變韶景。頗聞園囿中，往往圻桃杏。菌也復羅生，赤箭絢彌頫。少昊司令乖，虚憍氣徒騁。菌也闖冗流，于時競抽穎。得非鵜在梁，竊位有餘幸。連年困懷襄，十九流亡盡。捐瘠填溝中，行道爲悲憫。汝菌擢非時，豈與九光等。何如勁草生，指佞進忠鯁。協氣産嘉禾，群欣秠莠屏。嗟乎吾此忧，雲閶邃難請。

九月晦日雷

夏潦秋仍旱，雷聲亦未藏。縱能驚遠邇，無乃洩陽剛。灾祲歸偏沴，慈仁屬上蒼。殷憂原啓聖，懲毖迓休祥。

將赴郡阻風未發山園芙蓉適放悵然賦此

征棹滯江風，孤妍發舊叢。邀余搴木末，伴我住山中。摇落驚奇麗，榮華出固窮。衰顔真愧汝，回首避嬌紅。

倩影窺籬落，朱顔鏡裏人。拒霜天所命，吐艷氣猶春。捷步梅先導，清標菊結鄰。光榮方晚達，頗憶漢平津。

寄枕泉

荆臺與子别，日月如飆輪。殷勤慰遠道，貽我滄江鱗。讀之三嘆息，離思茫無津。念子抗高尚，遠追賢哲倫。年少綜墳典，時清甘隱淪。惟懷騁藻翰，輝映垂千春。吁嗟當路子，意氣旁無人。慕彼五鼎貴，汩兹七尺身。俯仰但轉盼，磨滅隨埃塵。吾衰不足道，子志良可珍。駑駘任萬輩，異者九真麟。願言砥高節，令德日以新。在遠未須悵，天涯猶比鄰。

【校記】

〔1〕“掖”，疑作“腋”。

卷二十八　詩辛未壬申癸酉

唐安寺古柏歌

唐安寺柏我未覩，人道年深莫敢侮。虬鱗犀甲森開張，時有精靈夜深語。唐時封殖人争傳，盤鬱已閲千餘年。蒼雲遍覆三邦壤，翠羽横飛七澤天。豈無連山盛杞梓，未至百年氣先靡。杰然偃蓋標鷲峰，從天直挂蒼龍尾。苔花欲澀青銅柯，亦有老蔓垂修蘿。若華桂魄互升降，南箕北斗相蕩摩。嗟乎李唐社已屋，鼇擈三山屢顛覆。幾人稱帝幾人王，獨汝輪囷壯岸谷。風饕雪虐鞭雷霆，野火樵斤曾未停。中間銅馬亦屢至，柯葉不改恒青青。偉哉特立仗孤直，氣厚陰陽不能賊。繽紛時作鳳鸞翔，呵護豈關龍象力。心堅骨勁方嶙峋，不與群卉争陽春。亦如宏濟運文武，奇略必屬深沈人。傳聞將作求良材，萬牛輦致何難哉。或云不若爲社樹，偃蹇無邀匠石顧。君不見蓮花峰下金天宫，三代喬木羅其中。豈意青犢來傳烽，一夜烈火燒長空，秦松漢柏如飛蓬。

片石圖爲瞿梧岡題

山人初得石，割取青山在几席。自從失嵯峨，將無神力移夸娥。又疑蒼昊苦虚空，媧皇煉作補天用。不然蓬島招相從，竟化海上飛來峰。

寄答會稽施壽伯

禹穴稽山昔少年，能爲忠孝杜陵篇。心驚烽火人間世，手摘星辰海外天。喪亂流離俄老大，文章賓客尚迍邅。騷壇牛耳君無讓，耄矣相從左執鞭。壽伯值兵梗，曾航海，乃得歸。

送恭振夔廉訪擢尹奉天

秋捧絲綸下絳霄，陪京作尹促星軺。天家三輔崇豐鎬，王氣千年壯瀋遼。根本兼籌山海徼，聲靈如在祖宗朝。公侯復始知非遠，帝許先臣世澤叨。

綉豸花驄郢甸來，仍瞻鄂渚領霜臺。人迎玉節星爲福，身作金堤浪却迴。去年夏行堤之績。自顧壯心方壯歲，誰兼公望復公才。已超岳牧承殊眷，即挾風雲躡上臺。

頻年使廨接風流，逢掖遍叨禮數優。每逐簪裾觴燕寢，時停車騎訪龍邱。騰騫俄自驅雙轂，祖餞安能望八騶。行盼建牙重莅楚，清光仍挹庾公樓。

桂林山水圖歌爲王子昭大令請題其尊甫香亭先生遺册作册凡八幅，蓋香亭先生之官龍英客作此，贈行者也

桂林山水甲天下，山削劍鋒水清瀉。砂牀乳穴多洞天，惜未探奇馭風馬。吾宗仙吏臨邊州，客有起寫驂鸞游。桂林奇勝盡尺幅，羈宦可以寬離憂。邊州杳在窮荒裏，飛蟲蝮蛇兼毒矢。何來仙吏噓春陽，瘴雨蠻烟凈如洗。自從仙吏辭人間，嶺嶠翻覆何多艱。嗚呼亂萌始濁政，伏莽一起無雄關。君不見百峒千峒篝火明，大黄江上狐夜鳴。桂林岌岌幾不保，突竄江海成縱横。乾坤滿眼豺狼鬥，六代繁華不重覯。鍾阜西湖皆黯然，何但七星與獨秀。只今九土無烽塵，册中粉墨長如新。仙吏郎君復捧檄，邀我題句揚先芬。清白兒孫繼門户，郎君兄弟並簪紐。此圖莫道閒丹青，第一循良好治譜。

仕兒就婚成都賦寄二詩

臺築秦簫史，槎浮漢客星。劍門雄北峙，玉壘壯西扃。慷慨題橋迹，風流問字亭。祠堂留古柏，聞道至今青。

謝家有車騎，將略冠淮淝。近者唐侯起，登壇露布飛。汝方叨世戚，往可問戎機。天壤王郎語，當令雪此譏。

遥寄爵帥左公隴干軍中

曾叨揖客侍清塵，上將珊戈駐漢津。千帳金笳嚴五夜，一尊談笑定三秦。明公勛伐高籌筆，野老生涯托釣緡。盡略雲泥憐舊雨，時勞牋素問沈淪。

謗書流涕老臣心，轉戰河湟白髮深。能作長城安紫塞，猶虞衆口鑠黄金。冰霜未敢辭勞勩，天日終當與照臨。會待功成且高蹈，赤松黄石尚堪尋。

土　斷

車船管榷算無遺，鹺貢何勞土斷爲。疏請封樁儲左藏，人言跋扈出偏裨。焚身象齒能無戒，篝火狐鳴或有詞。但冀同舟消畛域，和羹鼎味頌臺司。

子長發憤書平準，著論桓寬嘆未休。錦纜銅山無債帥，戈船金穴有通侯。貪萌尚恐鮫人伺，淡食誰知雁户愁。利導整齊原有術，徒煩過計復私憂。

得謝臨伯太史書却寄

滄江枉顧逼殘年，萬里皇華使節旋。槎泛南溟仍過里，舟迎北斗獨朝天。圍爐話舊山齋夕，振佩歸朝粉署仙。别後鷗梟勞記憶，鴻書遥下五雲牋。

三輔嗷鴻未忍聽，詞臣憂國涕常零。争傳獻納輸忠讜，不獨文章重禁廷。渤澥鯨波山欲蕩，樓臺蜃氣晝多腥。萬方翹首期皇斷，一疏還通九廟靈。

題劉梧孫遺照二册

故人落筆超群英，不入東觀陪承明。掉頭大笑向海岳，直挾灝氣空中行。當時公卿盡傾倒，如今粉墨凋文藻。風雨精魂如可招，翩然騎鶴下瑶島。海岳行吟。

雪花壓遍古城堞，授簡詞人門雄杰。荒郊狐竄熊虎號，惜哉未縱平原獵。大梁從古多豪英，俊游一散吹臺平。劉郎高咏亦已矣，蒼莽黄河無盡聲。梁園醉雪。

聞獨山莫子偲卒於揚州賦詩悼之

飄摇及老成，黔禍最縱横。竟類楚三户，難招魯兩生。竄身向淮海，叉手揖公卿。太息儒林傳，誰爲列姓名。

汲古兼精博，胡爲奪此人。遺書延漢學，吾道失經神。夢冷揚州月，雪遥僰道春。雖無傾蓋遇，遥落倍霑巾。

答贈蜀人曾子全斌

門有偉男子，隆寒披緼袍。適吾甫返舍，揖之驚雄豪。問客自何所，東浮巴峽濤。下拜請北面，申章代雁羔。少年擅英藻，猛氣掣鯨鰲。又言慕竹帛，期與風雲遭。塵埃邁奇特，突見瞿塘高。吾衰愧老馬，抗顔安敢叨。願言策遠到，于世爲俊髦。渟泓納虚静，斂抑除浮囂。閎謨廣儲偫，文武惟所操。萬灌爲干莫，剸犀曾不勞。洪鐘待寸莛，豈足發蒲牢。願子若彍弩，應機乃發弢。處則樂槃澗，出師夔與皋。丈夫在樹立，富貴徒鴻毛。

晴眺隔江諸山戴雪崔嵬壬申

玉龍晴曬甲，鱗鬣勢如蟠。横野千重皎，通天一氣寒。長松韜壑底，凍瀑挂雲端。欲約驂鸞客，凌空躡羽翰。

閲日晴明積雪彌自皎然

誰植玉芙蓉，參差千萬重。縱饒陽景鑠，常有凍雲封。岫失啼猨穴，林虚過鹿踪。芝華冰澗側，欲采恐難逢。

山園梅花盛開

冉冉飛瓊下絳霄，仙人縞袂若爲招。不困林次香徐度，猶道山中雪未消。

花下嘆

勾芒受命蒼龍闕，一夜園花盡催發。爛熳緋桃烘照天，海棠睡覺起倉卒。黄金弱柳紛交加，胡蝀成圍蜂放衙。四面浮空簇錦綉，六時塞路蒸雲霞。日夜南風嘯雕虎，怒蹴繁英若塵土。朝榮夕悴成匆匆，頗訝天公何莽鹵。扶藜感嘆花前翁，萬事翻覆將無同。權勢古來若長在，日輪不西江不東。

侯相湘鄉公挽詞

諸將雲臺總後塵，中興躍起贊維新。地猶磅礴衡湘氣，天不留遺社稷臣。心力已銷籌國日，威名長憶折衝人。九重今日臨朝嘆，柱石伊誰繼秉鈞。

義師桴鼓震滄洲，憶昔戈船出上游。殄盡鯨鯢江海窟，挈還龍虎帝王州。桓文實佐天威肅，方召能兼將略優。不似平津徒傅會，但持經術取通侯。

殷勤薦表達神京，文武無慚國士名。麾下遍裨皆將帥，幕中賓佐必豪英。龍文紫劍何曾掩，驥尾青雲盡有聲。報國人才功第一，至今垂拱樂升平。

寰中屈指幾雄才，人杰應符間氣來。吹垢大風原有兆，藏舟半夜竟難回。關西上將悲歌起，淮北元臣雪涕哀。利涉印須猶悵少，長城何意遽先摧。

贈恤榮施縟典濃，易名加秩渥酬庸。人間伊吕符三代，天上宣文侍二宗。鴻雁斷行增永慟，麒麟高冢表崇封。忠勛青史書難罄，留與千秋勒景鐘。

日下文談侍舉尊，歸來猶愧托攀援。青油幕府聞開閣，白髮潛郎斷掃門。涕泪羊公思舊德，山邱謝傅愴生存。和戎魏絳休輕毁，危地孤臣未易論。

仕兒滯蜀未歸

隔歲歸期已計程，汀洲惟待白蘋生。便携秦鳳雙飛翼，同聽巴猿兩岸聲。花柳遍籠江國路，音書猶滯錦官城。將無橐裹勞親檢，未放蒲帆五兩輕。

山　望

滄洲杳無盡，蕪勢復萋萋。送緑千林合，浮青萬嶂齊。烟中汀鷺下，静裏谷鶯啼。忽發采芝興，穹岩未可梯。

削　迹

絶少造門屐，惟聞黄鳥音。紅稀春冉冉，緑静晝愔愔。削迹逃空谷，開軒望遠岑。芳條纔俯仰，萬化本相尋。

漁叟書來道吴越之游往還皆以輪舟

飆輪閗道興超然，坐閲東南半壁天。直擬鴻濛招若士，争言吴越過飛仙。歸來談笑神逾健，老去才華骨倍堅。一紙親題豪氣涌，雲車真可遍垓埏。

獨酌寄漁叟

江上題詩約故人，鄂王城下醉芳辰。誰憐明月窺孤飲，不共飛花遠好春。雜遝卑栖喧燕雀，須臾高冢卧麒麟。時聞湘鄉侯相騎箕之耗。銜杯萬事休相較，貂冕牛衣等一塵。

寄鄢友石觀察時駐師黔塞

燕頷書生抱鋏彈，幾年持節起登壇。獉狉盡道芟除易，瘡痏誰知撫字難。駐塞營屯荆棘遍，梯空飛挽箐林寒。使君籌略兼威信，耕耜興時百峒安。

哭亡兒家仕五首

生兒得奇隽，人道家之祥。庸知忤造物，奇隽先招殃。天馬超西極，瞬息秣扶桑。中道不使騁，四蹄蹶且傷。長離奮丹穴，一舉窺雲閶。震風蕩六合，斂翮仍摧藏。庸暗得耆壽，才杰萎朝霜。古來盡如此，真宰殊茫茫。

兒冠始下帷，冥解道靈緒。發憤五年中，孤睨藐萬古。縱横三寸豪，九天戰風雨。是何健少年，藝苑鬭虓虎。如見孫伯符，遠霸江東土。學成疢已嬰，赤虬下窺户。鬼伯不少延，催促何太苦。不主芙蓉城，定司群玉府。

蜀游疾已亟，伏枕三峽中。覽其道中作，視昔彌深雄。餘力足飲羽，聲飛霹靂弓。錦囊漉心血，壯采垂長虹。此才若不死，騷國張雄風。崛起掣鯨力，投竿滄海東。惜哉埋玉樹，七澤英靈空。

子淵祀碧鷄，中道作羈鬼。文考與子安，先後并溺水。吾家三俊才，皆以少年死。汝也今繼之，蘭摧若一軌。文章驚鳳鸞，肌革飽螻蟻。年嗇才獨豐，予角乃去齒。子晋獨得仙，幸遇浮邱子。笙鶴游緱山，夜夜月明裹。悲汝不得從，千春泣蒿里。

汝婦貞且孝，代汝循南陔。又能秉義烈，皎皎霜雪皚。汝有遺著在，梓本雕方開。琳瑯垂金薤，焰燭中天回。魂魄無復憾，靈氣當往來。我老尚少疾，三徑能徘徊。勉師東門達，不郊西河哀。作詩復自慰，罷登思子臺。死生亦常理，沈憂何爲哉。

校亡兒家仕遺詩甫畢爲題四首

鶴舞三株樹，鸞翔四照花。神仙朝紫府，樓閣涌朱霞。攬盡蓬萊秀，移歸屈宋衙。詞流均掞藻，英絶屬琅琊。

雛鳳來南極，奇鷹出朔荒。祥苞輝射日，秋翮勁排霜。青瑣何曾入，丹霄未許翔。徒令天終賈，不遣儷班揚。

五載勤披蠹，千篇雋射雕。詞場孫討逆，騷國霍嫖姚。元解神如助，冥心悟獨超。胸中丹篆在，光氣尚騰霄。

千百庸兒輩，何能值一哀。老方悲愛子，天獨奪奇才。門祚凋英物，文章掩夜臺。殷勤拾金薤，莫遣汨塵埃。

老泪三首

思子臺空望，吾今甚矣衰。白蜺正嬰拂，赤豹尚迷離。家喪荆山璧，庭凋竇氏枝。忘情非太上，老泪自漣洏。

物儁生多阨，才高帝所刑。文人修慧業，鬼録聚英靈。滿漬囊中血，孤懸曙後星。悠悠元化理，誰與叩蒼冥。

入蜀五千里，羸軀日已孱。尚能迎婦返，猶幸及生還。鵩至灾何速，駒馳景皐攀。差令魂魄慰，歸骨傍家山。

縹緲七首

縹緲緱山鶴，凄凉藥店龍。衣惟披薜荔，城或主芙蓉。追逐青童侶，超騰碧落踪。麟洲芝可采，往躡海波重。

以我三靈譴，增渠二豎灾。躍淵淪虎氣，逐電失龍媒。蘅杜先秋萎，桑榆嚮暮哀。傷心空作賦，思子莫登臺。

王微恒養疾，賈傅竟凋年。瓊蕊誰能待，金膏不少延。雙丸馳過隙，萬化速奔泉。滄海猶清淺，蓬壺亦播遷。

相士逢人杰，謂鄂生廉訪。塵中一顧邀。尤奇薛氏鳳，欲解賀公貂。媚好諧秦晋，勛名望管蕭。誰知長轡絶，未遣附聯鑣。

伏枕波濤際，煎膏日夜中。游稱齊贅壻，没作漢終童。奇氣青霞掩，靈光絳闕通。彭殤與夷跖，達者只從同。

婦有共姜操，分明烈士心。號天悲寡鵠，填海誓冤禽。子職晨昏補，貞標日月臨。亡魂遺憾少，應慰九原深。

丞相悲長豫，方回泣景興。過庭趨遂渺，照社驗無徵。書籍方思散，林亭亦厭登。婆娑生意盡，拊樹恨難勝。

神　駒

神駒墮地世皆驚，俶儻蘭筋漸老成。自失吾家千里駿，疑歸天上化房精。

張樵野廉使賦詩見懷并題拙著作此報謝

早掣鯨魚碧海濱，東山起作濟時人。單車楚澤馳千里，一紙陽侯束萬鱗。前歲行堤江漢，所作《祀江神文》，見者傳誦。曾識胸中森武庫，何期意外接清塵。別來虛谷勞相憶，不惜題牋訊隱淪。

白頭歌哭出菰蘆，落落乾坤一腐儒。但解精忱依日月，渾忘身世在江湖。頻年蓬徑銷聲久，一旦柯亭激賞殊。不遇度遼能折節，誰從縫掖重潛夫。

答壽伯見訊

文章怕著傷心賦，人世愁登思子臺。薄祚頓驚英物逝，沈憂翻逼暮年來。江山文酒難尋約，泉石圖書不散哀。爲報良朋勞問訊，于今散木更摧頹。

壽漁叟七十

還丹不外求，吾身有瓌寶。練性嗇其神，長生此要道。吾友今彭籛，廛中見商皓。攬揆躋稀齡，獻祝競掞藻。僕也拙語言，史巫耻頌禱。雙輪終古流，百歲亦草草。進德期暮年，令名不枯槁。君昔擁節旄，騰誦滇池表。浩然賦歸田，翩若冥鴻矯。出處稱完人，自然符壽考。我有靈草根，不減如瓜棗。請君試餌之，鬢雪可立掃。又有山水圖，烟雲互繚繞。請君張壁閒，臥游縱幽討。性恬神亦愉，黃髮永相保。待作高令公，入備國三老。

悲懷振觸雜咏古事以資排遣

吹笙直到紫雲間，聞道仙成可暫還。秋至家人共遥望，果然乘鶴降緱山。事見《列仙傳》。

詞雄競爽誇丕植，將略黃鬚任掃除。已是奇才歸一姓，固應天遣奪倉舒。

輔嗣微言正始宗，年華朝槿異寒松。冢中元理難澌滅，餘慧猶分陸士龍。《晋書》陸雲嘗至一家寄宿，見一少年美風姿，共談《老子》，詞致清遠，向曉辭去。行十許里至故人家，云此數十里中無居人。雲却尋昨宿處，乃王弼冢。雲本無元學，自此談老殊進。按《魏志》注：弼字輔嗣，卒年二十四。

叔寶神清望若仙，過江名士最居先。天公欲遣風流盡，但與多愁不與年。

茂宏妖夢涉幽冥，百萬錢刀掘復扃。來與公兒稱請命，蔣侯得食竟無靈。

沈痾猶恨會稽癡，麈尾鐙前轉看時。撤瑟論年垂四十，牀頭仲祖未須悲。

劉家愛子凋三美，蘭玉摧殘未冠時。濡泪親書梁妙士，苔花蔓上墓門碑。

唐代公卿貉一邱，子安文藻至今留。裴公日論殊堪哂，可識江河萬古流。

英雄老矣李沙陀，置酒三垂感慨多。帳下奇兒如亞子，不須流涕百年歌。

顏卜修文逝不回，又聞長吉玉樓摧。高天厚地英靈少，翻向人間日借才。

平子重爲蔡議郎，東坡夙世漢鄒陽。生才却笑天公靳，僕僕輪迴不厭忙。

不　寐

佳兒佳婦歸黄土，寒雨寒蛩泣白頭。九曲黄河天上水，傾來未敵此宵愁。

樵野廉訪枉書見慰并貽珍藥賦此報謝

使君牋素托西風，念我憂端徑掩蓬。老大頹光猶逆旅，凄凉樂府但悲翁。雙輪虧昃何曾免，萬化推遷未有窮。珍藥紫團勞遠饋，扶衰還策破愁功。

遣　悶

熊兒驥子嗟難得，龜鶴蜉蝣亦偶然。但向人間驚露電，可聞天上葬神仙。回瀾碧海成塵日，浩劫蒼穹倚杵年。文苑千秋盡才杰，誰知魂魄化秋烟。

芝秀蘭秀二女孫連失怙恃寄育外家口占送之

女孫并髫齔，出入靡瞻依。信有腸堪斷，嗟無泪可揮。零丁留外氏，舟楫溯寒暉。余亦憐枯樹，霜前葉早稀。

八紘雖廣大，二稚獨酸辛。汝正孤惸日，余猶旦暮人。凋傷何迸集，門户益難振。嘦效寄生草，同根好自親。

篠廬周子枉書及詩拳拳見慰感而賦謝

吾友殷勤尺素傳，翻空奇語破憂煎。招來史册千秋魄，散作齊州九點烟。夸父安能追白日，湘壘空復問青天。從君齊物師莊叟，松菌何知大小年。

青鬢論交歲月多，周郎奇氣已消磨。看人盡作登壇起，垂老翻爲伏櫪歌。宦興飄摇霜際葉，歸心浩蕩晚來波。潛夫衰劣勞相訊，惟有行藏付薜蘿。

讀書秋樹根圖爲郭子瀞題

大道闡苞符，菁英在六籍。渺哉千聖心，粲矣百王迹。卓犖惟鴻儒，抉經導其脉。陽暉升中天，光焰倍朏魄。典訓垂六經，彌綸配翕闢。章句與文詞，百家盡可斥。高才方少年，努力寸陰惜。足用先通經，此勛良可策。

湘衡應閒氣，蔚起多虎臣。君家用儒術，蹀躞乘朱輪。吾子擅英藻，若跱九真麟。百城縱蒐討，罔閒宵與晨。吾聞稽古業，所貴探其真。淵識抱清尚，超軼乃絶塵。師儒至卿相，必通天地人。無爲效曲士，佔畢徒苦辛。

西風日夜厲，衆芳何蕭條。惟有拂雲樹，蟠根深不摇。志士坐其側，挾册哦終朝。簡册世所共，趨嚮我所標。李斯通六藝，詩書卒見燒。公孫事曲學，竟與金紫要。奮椎遂發冢，豈非儒術妖。賢者處諷誦，高視何其超。顔閔後相引，稷契前與招。興言喻林木，勁節凌飛飆。豈惟仰茂蔭，亦以貞後凋。

政駿踵校書，桓氏炫稽古。青紫耀儒林，榮遇孰能伍。豈知儒術功，淺者實未睹。姚宋佐廟堂，范韓治邊圉。從容贊謀謨，出入綜文武。洛閩用未伸，餘澤逮姚許。獻策開太平，厥功非小補。奈何鼓篋徒，但以獵珪珇。不然負博雜，攻擊立門户。等之皆鄙儒，安免叔孫侮。相期宏達才，奮起雪斯語。

李黼堂方伯歸自吴越貽書及詩問訊山中并屬爲其伯兄梅生太史補撰墓志

將尋招鶴侣，因作釣鰲行。豪氣凌三島，仙心望五城。故應懷魏闕，未忍置蒼生。會有徵書起，休耽泉石盟。

吴越扁舟返，雲車迴絶倫。望君疑若士，顧我但陳人。牋翰俄相逮，滄波直比鄰。始知斷金侣，意氣自如神。

伯氏人中杰，吁嗟閟九泉。梅羹空抱術，薤露竟凋年。惻愴鴒原泪，蒼凉馬鬣阡。慚非議郎筆，未敢付雕鐫。

得南屏舍人書却寄

一笑輕軒冕，天容此老閑。餘情托鉛槧，長物挾湖山。鷗杜猶垂訊，鴻音遂叩關。輸君覽吴越，超忽御風還。

坎壈吾能遣，凋傷乃雋才。清聲沈鳳穴，死骨惜龍媒。晚遘三靈譴，衰兼百感摧。悲翁多苦調，同病亦相哀。

冬雷行季冬四日晨起雷電交作

入冬以來斷霜雪，晴日暉暉烘地熱。夭桃海棠争吐英，凋年反訝春光洩。榆柳青青垂道傍，麥苗覆土焦欲黄。井渫泉枯百川竭，通津往往成絶潢。今晨忽聞怒雷作，飛電破空影横掠。元冬陽氣方深潛，翻與純陰起相薄。咄哉節候多愆違，躁動毋乃輕其威。我且静觀驗人事，誰能仰測元化機。君不見蜃樓鱷窟勢充牣，掉尾磨牙伺吾釁。赫然聖主今當陽，引領天威在一震。

七十老公行

七十老公窮不死，風折瑶林喪才子。自傷門祚今始衰，世事波翻復未已。今年聞見殊常年，日月薄食非徒然。季冬四日雷電作，霜雪久斷花争妍。四方邇來侈豐稔，農末吁嗟轉奇窘。宏羊榷算窮秋毫，瀝髓傾膏恐不盡。近者糴鹽山澤氓，戈船截奪中流争。殺人舉尸擲江水，親屬遥望徒吞聲。棹卒攫鹽復轉鬻，豈知蛟蜃久潛伏。達官充耳如不聞，鐘鼎高懸擁旌纛。昔聞曹爽居中臺，晉家道子黄閣開。當時稱諛比旦奭，傾覆何止身爲灾。後車不戒前車迹，權勢薰天甯有極。蟲虻走牛蠹僕梁，倚伏未然孰先識。我今七十成衰翁，榮落于我皆飄風。但使瞽言等妄發，甘令智叟嗤愚公。

雪中咏梅

今冬暄倍常，后土氣先泄。小園羅雜英，紅萼半舒纈。華士奔榮名，非時取妍悦。若曹固其然，先趨炙手熱。奈何綺窗梅，逞艷乃同轍。頗疑君子流，委蛇亦折節。三日嚴風號，吹滿萬山雪。回視彼衆芳，奄忽頓滅裂。獨汝姑射仙，綽約更奇絶。風神凝益高，馨逸煉彌烈。黑帝縱寒威，避此心如鐵。憂患天所生，專以辨豪杰。請視梅爲標，何曾懼摧折。

再咏梅

積疊瓊瑶裏，精神轉更張。寒威供煉冶，灝氣蕩香光。姑射山頭望，羅浮月下妝。新吟除嫵媚，鐵石吐心腸。

問訊南郡講舍階下桂

我交叢桂三十年，白頭如新無間然。秋堂華月射黄雪，邀客次第清觴傳。自從喪亂厭奔走，南郡下帷恒不久。記曾來賞晚秋餘，猶撲天香滿襟袖。今年獨卧山中秋，坎壈纏身嬰百憂。霓裳衆仙定惆悵，偃蹇不見王孫留。輪囷蒼蓋久離别，爾蟠苔蘚我岩穴。冬心二老同昂藏，歲暮相期保霜雪。

丁子枕泉自分甯來吊仕兒之喪賦此述謝

劍挂吴公子，車來范巨卿。如聞魂魄泣，不隔死生情。流水孤琴調，寒冰愴笛聲。古人風義在，真可貫神明。

冰雪封條晨起寒甚

冰雪連天照眼明，侵梅欺竹勢縱横。雲垂海上三山闕，風戛空中萬玉聲。上宰金章趨禁闥，元戎鐵甲卧邊城。此時應羨蓬廬士，撥火松醪手自傾。

再雪寒威更厲

冬暄何太甚，幾欲變芳菲。物狃非常寵，天彰不測威。冲融藏殺氣，凜冽寓生機。已睹三農慶，封條雪再飛。

煨芋自嘲

泉石吾甘老，功名不必同。今朝煨芋火，宰相自山中。

送枕泉游潭州

長卿誇夢澤，太史涉湘波。地昔風騷啓，才今將相多。壯游窮遠覽，逸興發高歌。飛步雲車迥，何爲老硐阿。

子到湘東日，沿湘花正開。草迷吴芮冢，柳拂定王臺。俊侶同岑合，嚶鳴出谷來。惟應過賈宅，太息治安才。

遐心懷五岳，發軔盍南衡。松柏連天暗，芙蓉拔地生。九霄窺詄蕩，二曜攬菁英。儻有高吟發，將無帝座驚。

移仕兒夫婦柩合窆訖臨壙抒哀

飆隕雙鴻鵠，巢傾兩鳳凰。雄詞凌斗宿，奇烈動天章。金石疇云固，彭聃等是殤。達觀悟嬴博，萬化付茫茫。

壬申除夕

去年逢歲盡，望汝錦官城。今歲仍除夜，魂啼蒿里塋。鳳簫携伉儷，龍劍閟精英。幾日原頭草，離離春又生。

上初親大政癸酉正月二十八日

長樂尊文母，恭聞決萬機。亶聰皇建極，作睹帝垂衣。兢業隆千古，欽明式九圍。闢門先籲俊，濟濟贊彤闈。

覽　興

青陽麗芳樹，旭日雲霞鮮。雜英盛摛錦，縟草紛芊眠。物華詎有意，解赴風光妍。綿羽孰相約，巧囀如繁絃。萬象啓新麗，誰歟司其權。橐籥亦無迹，空中元氣旋。俯仰化機内，遇之惟盎然。攬取莫能盡，訝此濃華偏。何當駐淑景，榮落無推遷。

清明視仕兒夫婦冢

邱原纔一閟，緑草遽抽榮。誤憶留巴蜀，誰知隔死生。鹿車雖并返，鳳管遂無聲。今古蜉蝣羽，終隨萬化更。

夜來風雨繁英委地

風雨不勝凄，雲深擁樹低。虚裁三月錦，盡化一宵泥。昭質淄猶變，成陰緑已迷。因窺消息理，榮落數原齊。

春　陰

春陰交草樹，茂密望難分。籠野流青靄，浮空漲緑雲。飛英俄若掃，倦興只如醺。惟有深林裏，鶯啼伴夕曛。

聞枕泉赴湘東行有日矣再詩送之

曾聞春仲赴潭州，過盡花時始出游。東道賓筵多縞紵，南邦詞杰半公侯。波常帶郭清湘轉，岳色參天紫蓋浮。擷取荃蘅歸卷裏，吟編何日寄瀟洲？

繞砌新篁競擢

穉籜俄尋丈，森然勢最遒。連衡秦鋭士，衆建漢諸侯。不藉風雷會，如逢俊杰流。炎歌[1]應頓减，巾簟欲生秋。

階前無十笏，崛起競争高。拔地蒼龍角，垂天翠鳳毛。新陰籠几案，細籟戞琅璈。坐久月華上，參差金錯刀。

螺山問字圖爲趙蔚卿題

子昔邅屯，叩我繩樞。退然折節，請謁吾徒。今者命駕，相見郢都。離群久矣，喜動菰蘆。

有圖在囊，題曰問字。推我皋比，負墻側侍。群公紛綸，鴻篇鱗次。顧索鄙言，重相策勵。

猗余耄及，自視陳人。鬼谷黄石，敢居其倫。英英吾子，奔軼絶塵。豈資老馬，先導騏驎。

自昔英豪，騰聲炳耀。綜貫武文，出入忠孝。姚宋廟堂，甘陳邊徼。破浪長風，取之年少。

智深者達，力定者堅。剛資柔守，華附質全。行矣吾子，翰飛戾天。臨歧贈策，聊助韋弦。

撰杖圖趙蔚卿屬題

薛公歸懸車，超然謝旌節。紺帶趨下風，槐市森然列。儒舘盛鷄籠，道與次宗埒。㮚括江東英，引繩中梁棨。陽羨有趙生，摳衣秉圭臬。適自關中還，勁若錚中鐵。公謂駃騠材，範之在羈紲。覂駕可無虞，生也果心折。撰杖繪桑根，識彼瓣香爇。德操昔採桑，士元往納説。垂獎遂愜心，倚樹論不輟。今世方需才，鮫鯨尚波潏。小儒安足登，識時必俊杰。公爲水鏡流，人倫善鑒别。門羅文武才，出可樹風烈。豈無龍鳳儕，進之作邦杰。

【校記】

〔1〕"炎歌"，據本書《秋暑轉甚》詩，疑當作"炎歊"。

卷二十九　奏議

應詔上封事并條目，同治元年

臣聞：言不切直，則不足以盡事理而發上心；言切直，則犯時忌而取咎戾。此古之人懷忠計、藴治術，鬱勃於中，所以結舌不敢言，甘長往山林而不出者也。今臣幸逢不諱之朝，懸鞀設鐸招進言者，故敢不避斧鉞之誅，冒昧應詔上封事，略其瑣且泛者，惟切直是陳，欲爲皇上助成聖德，開廓大計。又自分犬馬之年，迫近桑榆，不能陳力當世，獨此區區之忱，永矢弗諼，竊效野人芹曝之獻。其目有八，四者言内事，四者言外事，詞戇計迂，伏惟皇上憫其疏拙，賜之寬宥，覽而察焉。臣雖槁項山谷，没齒無恨。

夫天下大器也，安危惟人主之所置，不可不慎也。自古繼體守文之君衆矣，獨稱商之太甲、周之成王者，豈非以沖齡踐阼，而日新無逸，遂能懷永圖、毖後患也哉。方二主即位之初，去祖考未遠，國勢皆强，又聖賢夾輔，宜若可晏然高拱者。然君臣間動色相戒，惟恐稍鄰豫怠，蓋治天下若斯之慎也。今皇上臨御維新，年與二主略同，國勢則不及商周之强遠甚。自粤逆起嶺表，至真揚海濱，覆没城邑以數百計，所過無不屠掠。今蛇豕猶窟穴金陵，横噬吴越殆盡。而大河南北、燕齊之地，捻賊蹂躪幾十之二三。其滇、黔、巴、蜀、閩、廣爲群盗悍夷荼毒者，皆暴骨如莽，載籍以來，未有之禍也。九州百郡之中，得爲完土者，凡幾區乎？江淮河海，運道皆絶。國力既絀，又未能建徙都之議，四方財賦輸左藏者，不及往時五分之一。神策六軍，多屬虚籍，各行省帶甲之士，亦耗盡矣。有急，則倚召募，兵與財之匱，未有甚於此日者也。承平日久，法令文具而已。名實不相應，官吏玩而憲度弛，如樹之病蠹，不可當疾風暴雨。主少國危，莫過此時，將安所恃哉？所恃者，皇上振作之心耳。皇上視今日之天下，尚可與商周并强乎？然則非早夜憂惕，百倍於太甲、成王，未可言遂固苞桑也。

且夫殷憂所以啓聖明，多難所以興邦國。天之儆人主者惟此時，天之贊人主者亦惟此時，是在皇上克自抑畏而已。夏少康有田一成，有衆一旅，遂誅滅澆豷，不失舊物。周宣王遭逢亢旱，夷狄内侵，側身修行，命將出師，玁狁淮夷，無不震伏。下至越句踐、燕昭王奮亡國之餘，尚吞仇敵，安在不可轉弱爲强者？皇上纂統之初，毅然決策，從兩宫太后，旋軫神京，誅宗室之亂政者，委任親賢，四海欣慶，想望中興。祖宗之恩澤在人，億兆之謳歌不改，及此時夙夜勵精，講求制治保邦之要，選任賢能，共圖宏濟。臣又以知國勢之轉弱爲强無難也，惟在皇上懋修於上，爲臣下倡而已。臣謹以管蠡所見，具列如左：

一曰廣師儒。臣聞：雖有聖哲之資，必藉陶染。是故舜染於許由、伯陽，禹染於皋陶、伯益，湯染於伊尹、萊朱，武王染於太公望、周公旦，其餘賢主莫不有師。皇上典學方勤，宜命廷臣，亟舉賢明師傅及講讀之臣，不必專用翰詹。凡内外臣工，或山林隱逸，訪知德行深粹、操履端方、經術淹通、史學貫串、詳練古今、深達政體者，得十人，俾專啓沃。朝退之餘，即次第陳説，加以問難，理解了然，時加紬繹。所告者必聖賢之道，所述者必帝王之業。日增月益，積小致大，聖功養正，盛德輝光，所謂見正人，聞正言，行正事，左右前後莫非正人。習與正人居之，不能毋正。猶生長於齊之地，不能不齊語也。由此而修身以道，皇建其極，立綱陳紀，皆可恃源而往矣。

一曰屏嗜欲。觀主德之明昧，觀其嗜欲之有無而已。人主嗜欲除則心清，心清則慮無不得，而智無不照。人主嗜欲塞則心蔽，心蔽則慮無能中，而智無能燭。夫主方冲少，又當嗣服之初，尤左右近習所乘閒而雜投者也。窺人主之嗜欲，緣之而進，惟患導之不廣，順之不速，始則迎之以侈，繼則進之以驕，後則誘之以怠荒。凡土木游幸、音樂田獵、甲兵禱祠之事，無不並興，而危亂之至不旋踵矣。人主能於此時力屏嗜欲，不授之以隙，則佞幸者悉退，而方正之士乃能前，忠直之言乃得聞。夫嗜欲，豈獨在奢靡蕩佚哉！榮夷公好言利，齊桓公好服紫，漢孝元多材藝、善史書、鼓琴吹簫、度曲被歌，光武好圖讖決事，陳、隋二主好詞賦，皆足以害俗而妨政，況於冒貢非幾，失德之甚者哉！

一曰博咨訪。三代有坐論之禮，非特用虛文優臣下，亦以謀謨所出，動關治忽，必敷奏淹晷，往復條暢。君推誠以詢其臣，臣盡智以復於上，然後裁決機務，莫不曲當耳。至秦而此禮遂廢。故君臣之情多隔，退而上章，奏牘繁多，動致寢閣，事機叢脞，往往由此。臣愚以爲坐論不能復於大廷，且當復於便殿。每日朝罷後，另行召對，自京朝官或方鎮、監司入覲者，分日引數人召問輪對，詢以朝政得失，人才賢否。四方水旱，宜以何策銷弭？奸宄反側，宜以何策削平？當今設施，孰爲先後？所掌職業，用何報稱？必使盡言無隱。察其占奏，即以知其人之才略高下。其計畫深長者，徐加任用；其依違飾匿者，即予屏退。皇上亦藉是以周知天下事。不當但循常朝之例，所問不過百官姓名出身，所覽不過隨例章奏。名爲萬機獨綜，實則以九重而下行六卿之事，雖日閱千官覽千奏，其於經國遠猷、久安長治之謀，初未及商度議論，豈不徒敝精神於瑣屑也哉？昔苻堅之於王猛，周文帝之於蘇綽，唐太宗之於魏徵、馬周，後周世宗之於王樸，宋太祖之於趙普，動必相咨，日夕謀議，莫非戰勝攻取、開濟太平之大略。夫此數君者，得一二士焉，猶足以富國强兵，坐致升平，況廣羅俊杰，合群才以濟務，夫何患之不除，何功之不就也哉！

一曰開特科。歷代選舉人才，蓋亦多途，近世專之於進士一科，而尤重者詞臣，此可謂偏而隘者矣。夫務浮文者少實用，故大度之士羞語詞章，往往韜晦深沈，欲求致遠，不屑以科目進，即黽勉就試，亦多見黜。何者？今之所尚其取於士者，不過摭拾虛談，揣摩聲病，曾雕蟲之不逮，此宜駿雄英邁之士，掉臂而不顧也。而上之人又以爲吾網羅者，足以舉職而應務。任之臺閣，則闒冗無奇；任之方岳，則威惠不著；任之州邑，則治理無聞。所用非所習，曠官尸素，固無足怪。禍亂之所以長，人才之所以絀，其弊實由於此。夫世非無奇杰也，士非無才略也，非科目不得進用，非詞臣不得驟任，將自何途而脱穎哉？今誠能破除積習，不時舉行特科，招徠異士。上者，將相文武之才；次者，明於理國安民，能任股肱，熟於古今事變，可備顧問；又次者，文章典則，議論剴切，足充制誥臺諫之選。或發策試之，或使自占所長。又令内外臣工，博訪下僚及草澤有異才者疏薦之。先觀其言，隨試以事。則懷奇淪滯者，皆望風奮躍，争赴闕下，此必有負鼎飯牛之佐，起而應側席之旁求者矣。

一曰先下金陵。方今海内幾於無地無賊，然用兵有先後。急宜誅討者，粤逆也。粤逆蔓延遍東南，然竊據形勝，巢穴所在，實惟白下，則先宜拔者，金陵也。夫逆之初起，不過山谷跳梁，得一良有司或一健將，足以制之無難焉者。而縱之出柙，狂噬横奔，委赤子數百萬於猰貐豹貙之口，致文宗皇帝震驚於上。及皇上纂緒，而凶渠猶未就戮，斯則前此視師大臣與疆吏喪師誤國之咎也。其後楚南人才奮起，提金鼓而伸大義，人百其勇，屢挫賊鋒，復楚皖淪没地，築鯨鯢爲京觀，拯生靈於水火，可謂功冠一時矣。然頓兵皖境者，又五年於兹。夫賊非無可乘之隙也，我非無可用之師也。謂敵方衆，我師單而饟竭，未敢建深入大舉、掃穴犁巢之計。昔隋文帝但用一楊素，而悉平吴越交廣之寇；唐高祖但用一李靖，而悉平吴越江淮之寇。豈必興數十萬之衆，儲數年之軍資而後發哉！在乘機用奇，先聲後實而已。今粤逆之强且衆，孰與隋唐東南之群盗？不聞當時素與靖之躊躇不進也。且粤逆倡亂已逾十稔，驍渠悍酋死亡略盡。今所迫脅，大抵齊民，日夜思歸，勢易解散。我據長江上游，彼無從掠取糧食，勢不能久；彼又悉其衆力，萃於兩浙，迫陿近海，譬猛獸自投陷阱。度其留守金陵，必皆老幼，不堪戰鬥，我若水陸馬步疾下，師抵石頭，一鼓拔之矣。既掘其根株，彼無歸路，即傳檄豫章，合力進擊，蹴之於海。先檄閩中水師，伏於甯波並沿[1]海等口，前後夾攻，賊飛走路絶，一戰可殲。此東晋滅盧循之策。粤逆既殄，四方盗賊聞之，不攻自潰，故曰莫如先下金陵。今熟視其淫名僭號，據形勢財賦之區，睢盱自若，毒威肆虐，使江表黔首惵惵於死地，無所控告，久且不復知有朝廷。而我猶按兵坐甲，不遣一人一騎至城下，聲罪致討，視若敵國外夷者然。夫一日縱寇，數世之憂，且賊之勢可以衰而復振，我之糧亦可久而愈匱，恐欲求畫疆而守，未可得也。伏乞飭下江皖任閫寄者，會集將士，尅期東下，直取金陵。金陵下，而粤逆之亡，計日可待，其餘他盜，皆可折箠笞之耳。

一曰早備秦豫。今天下兵力及將帥有才望者，皆在東南及燕齊矣。而豫州居九州腹地，秦中號爲天府，苟幸無寇偷過。目前未聞遣重臣開府治師其間，以彈壓遠近，待緩急之用。臣愚以爲宜擇大臣有文武才略數將習兵者，建節秦豫，如古招討宣撫，合兩行省爲一，專以厲兵講武爲事。豫省扼河而守，則賊不得渡；即渡，而吾引師蹙其後，彼必狼顧不敢深入。就令深入，燕齊之師戰於前，秦豫之師躡其後，賊必殄盡矣。秦守陜洛崤潼之險，無令賊得正目而窺，則雍涼安堵，三晋宴然，九邊諸關鎖鑰皆嚴。今不早計，因循恬嬉，萬一捻匪粤逆連衡衝突，秦豫瓦裂，燕齊之禍必重。不見元明季世之事乎？故臣謂宜用重臣，治兵秦豫，募兵不過十萬，歲需糧不過二三百萬，日夕訓練，足成勁旅，所向無敵。高可建勤王翼戴之勛，次可爲四方助討不庭，及今圖之，固未爲晚。夫事有似緩而實急、似費而實省者，此類是也。伏乞下臣議，博問廷臣，如策尚非謬，便早行措置，庶無貽他日之悔。

一曰外吏宜量擇才用。夫自方鎮至牧守，皆爲朝廷承流宣化，爲黎元興除利病者也，自非素所練習與講求已久者，未易稱職而報功也。竊見比來閫臣察行間有功，保薦於上，一切多推用文職，外吏大者任監司、陳臬事、筦藩條，甚者且開府連封圻，下者除守令不勝計。夫當其在軍中，雖能率先士卒，摧堅陷陣，殄戮鯨鯢，收復城邑，疇其功勛，宜加優賞。但當制爲虚級，如秦時左右庶長，漢時亭侯、鄉侯之類。擇其功多者處之，其次厚賜金帛田園，亦足慰其志願。若有才兼文武者，固可持節治民。若其不諳文法，不習民事，不當一概責之以簿書、民社，與夫察舉僚吏及庶獄庶慎之是勤也。夫才各有能有不能，違才易務，必多繆盭。徒令奸胥乘隙生其高下之心，而小民終不得蒙纖毫之利也。自今請飭下閫臣及部臣，凡陣前立功將士，非明吏治者，則第以武爵及金帛酬之。俟賊平罷兵後，更予優敘，榮以虛級，庶於賞功安民，兩不相戾。

一曰行營宜寬減榷算。夫兵爲生民之大蠹，方倚以平亂，則兵又不能不用，然而用財不可勝計。芻糧器械之屬，非財莫濟也；購賞間諜之類，非財莫贍也。今各行省往往苦賊，凡專征及大小將校皆有行營，所駐皆荒殘之壤，府庫告竭，轉輸不繼，於是括往來商旅，以充軍租，號曰抽取釐金。在在設局，委士人司事。其始膺辟聘者，多激於忠義，廉介自持，軍不乏餉，頗賴其力；後則稍稍視爲利藪矣。密網峻文，甚於羅畢。商賈有漏脱者，則罰至十倍，往往誣陷居多，至有罄資傾橐，尚不免於縲絏鞭撲，否則坐以軍法。水陸要津，公局森列，皆設炮艇刀仗，以威劫制之。留難搜索，道路以目。行營將帥不能悉知，但利其無乏軍興而已。孰知夫司事者之囊橐充而田宅增也，孰知夫司事者之衣裘華而餽遺豐也。援引無賴，樹植親黨，日朘月削，有加無已，末流之弊乃至於此。夫出財佐軍，民亦知大義所在，不敢怨也，獨何爲以苛虐行之哉？民至今日，一困於凶賊之搜掠，再困於貪吏之勒捐，而各局司事又瀝其髓而吸其膏，民之喁然僅存者特軀殼耳。向使榷算雖出，掊克盡舉，而納之行營，士飽馬騰，何攻不克？豈使賊虜游魂尚在？夫兵之所恃者，民財也；國之所恃者，民心也。民財罄，兵何以能振？民心離，國何以能固？本欲除賊以衛民，而司榷算者，乃將驅民以附賊。故居隣寇壤之民，或且稱揚賊美，謂彼雖逆賊，尚能立法寬簡，不至苛虐，此語豈堪聞乎！凡此情狀，特無人爲皇上言之耳。倘悉其如此，有不立詔諸將，剋期平賊，蘇此殘黎者哉！臣愚謂：方今榷算，雖萬不可罷，其留難苛虐，及重罰巧陷等弊，概予寬豁。且請飭下各路行營將帥，凡榷算司事，必選用廉正之人，急收將散之人心。則人懷敵愾，賊不足平也。

以上八則，出臣繆妄之見。自知才識暗淺，文詞鄙僿，無當聖聽。然慺慺丹忱，惟在於弼成主德，匡贊治術。伏冀皇上鑒其愚昧，垂神省覽，臣無任瞻天仰聖，屏營待命之至。

呈進經論疏并經論八首

臣竊觀自古人臣進戒之言，莫詳於《尚書》；然禹、皋之謨略而雅，周公之篇煩而悉，其簡直明切者，莫若伊尹之辭。臣伏念皇上蘿圖新纂，適届冲年，念典緝熙，日新聖學，雖講幄師儒，充盈左右，啓沃之效，無待他求。但臣跧伏隴畝，結念闕廷，區區芹曝之忱，有不能自已者。謹取《伊訓》及《太甲》三篇中要語，衍爲《論八首》。不自度量，恭呈乙覽。竊自比於瞍賦、矇誦、師箴、工諫之列，惟皇上遜敏餘暇，垂神寓目。言雖庸淺，意主納忠，或冀聖心稍有感發，是亦所以補助於萬一者也。臣不勝幸甚，謹具録急如左：

今王嗣厥德罔不在初

覘治者，覘其主而已矣；覘主者，覘其初而已矣。《伊訓》曰：“今王嗣厥德，罔不在初。”蓋納誨在於慎始也。墉之峻也視其基，未有削其基而墻不圮者也；稼之殖也視其耕，未有莽鹵耕之而穎栗報之者也。王者，有始和布令之初，有遷都革政之初，而莫重於改元嗣服之初。《春秋》即位，書元年者，視大始而欲正其本，必返自貴者始。天人之向背兆焉，祖宗之付托繫焉。其忠良賢俊，固踴躍以望事功；其奸回邪慝，亦跧伏以滋芽蘖。内而嬖幸左右伺之爲進退，外而反側梟雄卜之爲起伏。主德明昧於是判，國勢興替於是分。夫安得而不慎？慎之如何？曰：修身、知人、立政。修身何先？曰：稽古好問，審理去私。近師儒，謹嗜好。知人何先？曰：親賢遠佞，詢事考言。立政何先？曰：惇信明義，賞功罰罪。審能如是，日慎一日，功績何不可立？禍敗何自而至？

昔者周之成王、宣王，漢之孝昭、孝宣，後周之世宗，勵之於初者也。秦、隋之繼世，怠之於初者也。其勵焉者，如日之升於天，無所往而不爲明也；其怠焉者，如水之潰於防，無所往而不爲傷也。勵焉者，非遂大治也。然而百度以之惟貞，萬方以之康乂。功施當時，名播後世，有不勝其慶者矣。怠焉者，非遂大亂也。然而庶事以之叢脞，九有以之淪亡，殃禍及身，垂戒來兹，有不勝其悔者矣。夫太甲雖少主，然成湯典刑未遠，得元聖爲之輔，尚懍懍進戒若是，况冲年纂統，又值多難之會，其可忽乎哉！

爾惟德罔小萬邦惟慶

天下有取之而莫或禁，積之而不厭多者，其惟德乎？是秉彝之攸好也，是衆志之所孚也。《伊訓》曰："爾惟德罔小，萬邦惟慶。"其勸君德也深矣。

夫九成之臺，基於累土；連抱之木，始於萌蘖；千里之行，起於足下。匹士苟慎樞機，尚足行蠻貊，動天地。宋景一言，熒惑退舍；楚莊撫循，三軍挾纊。况德之在帝王者哉！且夫帝王之德，何小之有？出一恤民之言，而利溥四海矣；行一不忍之政，而仁覆天下矣。賞一忠諫，而方正盈於朝右矣；黜一奸佞，而不肖竄於山海矣。故萬邦之慶，非夸言也。夫奇琛委路，不知什襲，未可謂辨於目者也；嘉肴在御，不知朵頤，未可謂辨於口者也。德之益人，豈直奇琛嘉肴已哉？奈何以小而遺之？且雖堯舜上聖，亦以漸致。兢兢日行其道，業業日致其孝，至於德盛名章，非一日而顯也。湯之聖敬日躋，文之小心翼翼，莫不積小以致大，亦非一日以成也。顔淵大賢，得一善，猶拳拳勿失。孔子曰："善不積，不足以成名。"昭烈勑後主曰："無以小善爲無益而勿爲。"董生有言："積善在身，猶長日加益，而人不知也。"人君察此，聿修厥德，日新月盛，雖步驟三五，不難也。廣運之量，光被之休，萬邦其頌之矣。

自周有終相亦惟終

君者，表也；相者，景也。君者，心也；相者，體也。景承表，體從心，相佐君，莫或違也。然其能相與圖功攸終，則必歸於主志之克誠。尹之告太甲也，曰："自周有終，相亦惟終。"言夏先后能積誠，以倡其相也。今夫天之蒼蒼，若無爲也。分其職於七政，凡夫寒暑、晝夜、晦朔、盈虧、躔度、進退，悉舉而付之，以成歲功，歷終古不忒。然非一元默運於上，則彼二曜五星者，安所附麗而循環往來，以助其懸象著明之用哉？人君居崇高之勢，委付賢相，宜若優游垂拱矣。然非堯之欽明，雖舜與五臣不能熙帝績；非文、武之徽柔執競，雖太公、周召不能贊王猷。鼂錯曰："五帝，其臣莫及，故自親之；三王，臣主皆賢，故共憂之。"則非相獨任勞，君獨任逸也明矣。故曰：風雲待龍虎而後興，賢臣得聖主而後顯。

慎乃儉德惟懷永圖

財未有侈而不竭者，國未有侈而不替者。然則儉也者，其德之所以載，而國之所以固也歟？尹告太甲曰："慎乃儉德，惟懷永圖。"當是時，主初踐阼，豈別無可以恢宏治道者，而首進儉德爲永圖，何哉？不知此尹之深於愛君，而工於謀國也。夫居深宫之中，不知小民之依，一旦以冲幼君臨天下，富有四海，習見帑藏充盈，貢獻不絶，侈蕩之心易生。則左右嬖倖，有以宫室營繕、游幸射獵、撞鐘舞女、賞賜無藝進者。久之，傾府庫，竭征輸，不足以濟，勢必法外誅求，困及齊民。由是怨讟興，危亡至矣。一不崇儉，流禍及此，欲祈天永命，其可得乎？夫所謂儉德者，實檢制君心之要術，非止節財而已。

大凡人主方少，志溢氣盈，自矜才智，往往狹小祖宗規模，以爲吾將上掩百王，下轢萬世，或慕封禪之儀，壇場珪幣，遍於群望。或託巡狩之名，所過治馳道，飾宫觀，千乘萬騎，供頓頻煩。甚者，以拓地廣大爲威略，興師命將，征伐不休。轉戰於窮邊數萬里之外，丁壯荷戈戟，老幼困輓輸，中土騷然，群盗滿山，國之存亡不可知，又安問遠圖哉？乃知人主治，心能儉，儉則斂，斂則惕，惕則思，思則"制治未亂、保邦未危"之心生矣，圖有不永者乎？不能儉則肆，肆則盈，盈則驕，驕則"以欲敗度、以縱敗禮"之心生矣，圖有能永者乎？後世若秦隋之君，靡民財以快己，意不旋踵而社稷爲墟。即晋武帝、唐元宗，初皆號爲令主，其後侈心一萌，或禍作於子孫之世，或及身遘難，皆不務儉德之過也。可不鑒哉！可不鑒哉！

修厥身允德協于下惟明后

天下如此其廣也，治天下又如此其賾也。然而持之有要焉，操之甚約焉。尹告太甲曰："修厥身，允德協于下，惟明后。"則可謂至要且約者矣。今夫人主一身，天祖所照臨，子孫所率由，臣民所則效，紀綱憲令所自頒，賞慶刑威所自出也。不先治其身，而曰："吾有權勢法制在，惟所欲治耳。"彼竊竊然議，其後者禁令不能止，刀鋸不能勝也。雖宫府之内且多扞格，況於國門之外乎？況於要荒之遠乎？

天下譬金，君身譬冶；天下譬泥，君身譬陶。金受鎔於冶，泥受範於陶，亦修厥身而已矣。正威儀，必可則象；端嗜好，必絶侈縱。勿以私喜而輕爵賞，勿以私怒而濫刑戮。馭民則懔朽索之危，納諫則法從繩之美。邪佞在側，斥而遠之；忠賢在下，拔而進之。日昃昧爽以勤政，去泰去奢以節用。親禮師儒，所以廣智而崇業也；被服仁義，所以樹本而流化也。起視其下，不令而已從矣，不戒而已喻矣，指揮未下堂階而化馳若神矣。德協而爲明后，其驗若此。

由是觀之，人主檢制其身，正心以正朝廷，正朝廷以正百官，正百官以正萬民。上作而下應，大化捷於風雷，鴻名配於日月。如是其可慕也。人主放佚其身，天變不足畏，人言不足恤，祖宗不足法，作不順而施不恕，怨詛遍於閭閻，過失書於史冊。如是其可畏也。夫人主雖失道，未有釋可慕而蹈可畏者。然而明后不世出，由不能修身故也。後世如漢成帝之好儒，魏明帝之聰察，唐莊宗之智勇，挾其美質，然皆不能修身，不得與令辟同歸，況愚暗若漢桓、靈，童昏若唐穆、敬者哉！

視遠惟明聽德惟聰

上聖之君，聰明天亶，其次則可積而成也。不妄用其耳目，而致精於視聽，及其久也，亦與天亶無殊。昔者，尹之告太甲曰："視遠惟明，聽德惟聰。"則積之之術也。大凡人主視聽，有三患不可不知也。始於疑，成於溺，終於蔽。以群下爲不足信，寄耳目於近習，詗刺外事，自矜聰察。雖有老成忠智之流，直言敢諫之士，舉不見納，由是機務壅塞，灾異不知，禍亂不聞，而危亡立至。夫人君能族誹謗、誅訞言者，莫如秦二世之威；能刊章告密，鉤捕黨人者，莫如漢桓靈之嚴。然而周章百萬之師，至於關下；張角三十六萬之衆，同日而起。曾不之見聞也。豈非三患爲之歟？是知人主視聽不可褻也，不可私也。

古者天子垂旒蔽目，所以養其明也；黈纊塞耳，所以養其聰也。正目而視者，非生民之休戚，即吏治之得失；非古昔之成敗，即當今之利病。其他有不暇視者矣。有弗視，視必遠也。傾耳而聽者，非師保之箴規，即良弼之訏謨；非忠黨之獻替，即皇王之典訓。其他有不暇聽者矣。有弗聽，聽必德也。允若兹，至德廣運，元化若馳。凡夫窮櫩疾苦，官吏賢否，九州之内，八荒之外，幽隱遐逖，罔不在睹聞中矣。極天下之聰明，蔑以加矣。夫目察秋毫而不見泰山之形，雖謂之瞽可也；耳聽蟻鬥而不聞雷霆之聲，雖謂之聾可也。然則人主視聽亦有所法歟？曰：日月出於土而升於天，人君之視遠也法之；天處高而聽卑，人君之聽德也法之。

無輕民事惟難無安厥位惟危

天設君，而以林總之民役之，此通義也；天生君，而以崇高之位屬之，此定分也。人主據其通義與其定分，於是徵令繁而不獲小休，驕亢極而不存畏忌，是無有持難且危之説進之耳。昔者尹告太甲有之矣，曰：“無輕民事，惟難；無安厥位，惟危。”今夫民事不可緩也，然而耕斂固無敢怠，徭役又不敢辭，其在恤民之君，不得已而役民，猶擇其暇而用之。何則？出以難故也。其在暴民之君，雖得已而仍役民，盡奪其時而用之。何則？出以輕故也。今夫君位罔敢干也，然而所推戴者此位，所撼摇者亦此位。其在修德之君，惟以位爲戚。苞桑雖固，悚然存春冰朽索之形，何者？視爲危故也。其在失德之君，惟以位爲樂。億兆將離，晏然侈璇室瑶臺之美，何者？視爲安故也。然則人君察此，可以深長思矣。輟一日之胼胝，貽八口之凍餒；弛一時之耕作，成終歲之流離。以此思難，難可知矣。平旦視朝，一物失理，亂亡之端出於四門，亡國之墟必有數。蓋以此思危，危可知矣。是以古之王者祈年於天，躬耕於藉，雖在合宫總章之中，所念者小民之依，所知者稼穡之艱。即大兵大役，暫妨民事。然而誓誥詩歌，不勝其閔勞温恤之意，但見難，不見輕也。古之王者未明求衣，不遑暇食，雖當赫聲濯靈之代，所惕者，天命之靡常；所戒者，小民之難保。即拜洛觀河，永保天位，然而君咨臣儆，惟防其怠荒逸豫之萌，縱見安如見危也。若夫主方冲少，丕紹大業，其於閭閻作苦，國家鴻祚，容有未能遽悉。誠於二者反覆圖惟，日慎一日，庶乎民皆得所，上天眷佑，有無疆之休也夫！

有言逆于汝心必求諸道，有言遜于汝志必求諸非道

聽言之術，衡之於意，不衡之於道，則獲言之效，百不得一矣；衡之於道，不衡之於意，則獲言之效，百不失一矣。善乎！尹告太甲曰："有言逆于汝心，必求諸道；有言遜于汝志，必求諸非道。"夫人未有不以言求進於君者也，然而臣有直有佞，言有正有諛。爲直臣也者，其言必稱述往聖，動引祖訓，匡國濟時，安民奉法，未嘗窺主愛憎，希主顔色。甚者抑君之私欲，防君之逸豫，約君之奢靡。不言則已，言則未有不逆於君心者。爲佞臣也者，其言必委婉將順，依違可否，謹於忌諱，習於文法。大抵偷合取容，游移避事。甚者長君之驕志，逢君之過舉，導君之荒縱。不言則已，言則未有不遜於君志者。

夫此二言，如水火之不相入，陰陽黑白之不可淆也。爲直臣，必詆諛言；爲佞臣，必毁正言。此二黨者，又相與交攻於人主之前，於是主聽益熒。世主則曰："吾有以决之矣。决之吾心志，視其逆遜爲用舍耳。"嗟乎！此正言所以日沮，而諛言所以日昌也。主德替，國政隳矣。然則言將安决？曰："亦衷之以道而已矣。"美惡并呈，懸之以鏡，妍媸判矣；低昂未定，平之以衡，輕重分矣。故夫言依於道，即攻闕失，觸盛怒。由其言，則非心以格，政事以修，奸邪顧而不敢逞，四夷憚而不敢動，是苦口之藥石也，國之寶臣也。而安得不用？言違於道，即投主歡，承主意。由其言而聰明日蔽，叢脞日深，朋黨媢嫉者接踵布於朝，反側陸梁者乘機發於下。是害身之美疢矣，國之蟊賊也，而安得不舍？夫予違汝弼，虞舜之所以爲聖帝也；據與我和，齊景之所以爲庸主也。於是知人主聽言最難，求諸心與志，則無不失者也；人主聽言最易，求諸道與非道，則無不得者也。

擬恭進《四書直解》《帝鑒圖説》表

臣聞：六經賅至道，而折衷歸四子之書；廿史羅舊聞，而得失炳千秋之鑑。宜敷陳於講幄，咸進御於經筵。顧傳注過深，難資啓沃。丹青弗繪，莫决從違。然則魯鄒仁義之言，鈎其元先提其要；往昔興衰之迹，右有史必左有圖。斯聖學之初基，皇輿之先導也。

欽惟皇帝陛下，聰明天亶，惇敏性成，嗣初服於冲年，宣重光於寶籙，方資念典，用贊緝熙。臣竊慮：師儒進講遽涉精微，侍從紬書未彰法戒。謹按，前明萬曆時大學士張居正輯有《四書直解》及纂次《帝鑒圖説》，一則罕譬而喻，疏暢易通，以淺顯之詞，發高深之理；一則昏明燦著，仁暴分陳。得師莫如擇善，觸目可以警心。此二書者，在當時，實爲納約於幼君；在今日，尤足輔成乎上聖。遍搜舊籍，均得全編，敬用裝潢，進呈御覽。藉申芹獻，附貢葵悰，伏乞飭下廷臣，重加繕寫，更付雕鐫。即命講讀諸臣，以二書朝夕納誨，皇上亦諏咨弗置，紬繹時勤。質固狥齊，功惟思辨。舉切近尋常之説，而悟發於觸類引伸；考聖狂成敗之林，而效收於立監佐史。悦口者，雖燔炙芬芳，必先嘗夫粱稻；啓行者，雖輪轅堅固，必首辨夫徑途。由是峻德克明，聖功養正。以易簡知，能肇其始；以欽明精，一底其成。則輝光啓於日新，繼羲畫禹疇而并焕；濬哲成於天縱，與堯兢舜業以俱隆矣！所有微臣拳拳至意，不勝悚息。伏祈聖鑒施行，謹奉表以聞。

擬陳形勢制置疏

竊惟東南上游制賊之計，其最急者有二策：一曰合楚蜀爲一，使相匡救；一曰擇楚蜀險要，增置撫臣，使任戰守。地形雖利，非聯絡方鎮，無以厚集其力也；壤土雖廣，非衆建節鉞，無以猝防其變也。今夫巴蜀之與三楚，首尾長江，亘索連屬，其勢必相倚以爲重。以今論之，最直賊衝者，莫如楚北；習與賊戰者，莫如楚南；境内完富，能以餘力灌輸全楚者，莫如巴蜀。自粤逆倡亂以來，鄂渚三陷，今雖恢復，而殘破之餘，仍勤扞禦。豺狼側目，不忘覬覦，未得釋兵而安枕也。獨楚南杰然自奮，治兵選將，人才迭起。首繕戈船，練水軍，遂賴其力復沔鄂，克蕲黄，屢援江右，卒拔潯陽，奪取長江鄱湖，聲震日下，頻戰頻捷於皖廬間。然而良將多損，精鋭半耗，駸駸有兵財漸絀之虞。頃者，逆賊又悉其大衆，逞志於楚南緣邊州邑。衡寶之間，終日血戰，僅得相持，亦憊甚矣。萬一南楚不振，全楚必危，次將犯蜀。全楚者，屏蔽也；巴蜀者，堂室也。去屏蔽，則戰於堂室矣。如此而蜀得宴然無事乎？及今圖之，莫如通楚蜀而爲一。夫有唇齒之名，而無將伯之實，是猶秦越人之視肥瘠也。通楚蜀爲一，則必取蜀之財，資楚以擊賊；用楚之兵，擊賊以衛蜀。東以覆金陵之巢窟，北以壯秦豫之聲援。

昔者春秋之際，齊桓、晋文合諸侯以建勤王之功；東晋之初，陶侃、温嶠、庾亮、郗鑒同盟會師，以平敦峻之亂。唐時李晟復西京，李克用破黄巢，皆大合諸道之兵，匡王室而遏亂略。今固不可少此舉矣。此則通楚蜀爲一，互相救援之策也。聞之："千鈞之重，非一人所能勝也；千里之途，非旦暮所能至也。"蜀起重慶至巫山二千餘里，奔流峻峡，最稱天險，恃爲門户。有急，乃請命大府，必失事機。楚北，則宜荆濱江，鄖襄枕漢，施南介山谷中，途雜黔蜀。楚南則辰沅永順，西界黔粤常澧，東接洞庭，徑路叢錯，津渚回枉，皆號爲險隘，皆距行省甚遥。倉卒有事，往返申復，請兵請將，已無濟矣。竊謂在蜀宜增設巡撫一人，開府重慶，以川東川南隸之。在楚北宜增設巡撫一人，開府荆州，以荆宜施鄖襄隸之。在楚南宜增設巡撫一人，開府常德，以辰沅永順常澧隸之。其武漢黄安德，仍隸湖北，巡撫如故。凡此撫臣，皆擇文武兼資忠誠果毅者，專治兵馬，使主攻討。諳習吏事，則兼治民。否則，地方事歸之司道守令，撫臣惟取謀勇威勛，足以折衝戡亂而已。專閫相望，壁壘森然。戰則有鷹隼奮擊之威，守則有虎豹在山之勢，亂萌逆節何自而生乎？

昔宋治西夏，以范仲淹、韓琦、文彦博、龐籍開府秦中，各治一路，皆極一時之選。明中葉間，增置鄖陽撫治及偏沅巡撫，事體宜然，今當仿之。此則增設撫臣，使任戰守之策也。二策得矣，又有二要，定要約、明節制是也。何謂要約？曰：撫臣宏濟艱難，如共在漏屋之下、破船之中，必也誠信，相與戮力一心，無分畛域而後可。楚急，則蜀出軍實以濟楚師；蜀急，則楚出鋭卒以助蜀戰。楚之戰艇最利，蜀之材木最饒，以蜀材佐造艇，以楚士教蜀卒，而戰艇之利，楚蜀同之矣。其他皆有無相通，長短相資，安危好惡，無不偕同。要約一定，豈惟固境，即殄賊有餘。何謂明節制？曰：撫臣畫疆自守，慮其進止不一也，功相競而過相諉也，負材好勝不相下也。必擇疆臣中班秩最高、有德望、能容納者，受經略之任，以節制之。其不一也，則齊同之。功則請於朝而奬之，過則請於朝而糾之。不相下，則調協之。誠如是，節制明矣。節制明而戰之克，實師之和也。方今天下地利、兵力可用者無如楚蜀。然非通而爲一。與衆建節鉞，則無犄角之力，有交敝之困，而地利兵力，卒歸於無用。賊久不滅，日蔓延矣。速圖變計，以强楚蜀，則猶可用也。

且夫天下非無事也，粵逆即平，耽耽竊發者猶恐變生裏表，急强楚蜀，非止平賊也，且可防他變。悠悠者不察，或以爲驟變成法，無當機宜。又疑外權太重，懼啓異時藩鎮之階。不知從容之日，貴在守常而襲故；多難之會，貴在因事而制變。彼唐時藩鎮所以跋扈者，割裂河山，畀之大盜，固宜其干紀犯順，尾大不掉也。今所擇諸臣，皆忠亮開濟、憂國忘身之人，竭其智能，展其力用，慎固封守，芟夷反側。上以翊贊中興，下以安全萌隸，何至有驕蹇縱恣，不守臣節之患哉？凡此二策二要，惟在豁達大度，斷而行之，擇人而任之。厚集其力，猝防其變，楚蜀之勢必强。楚蜀强而戰必勝，攻必取，四方可無風塵之警矣。

【校記】

〔1〕並沿海：原作“並海”，據本書國史館本傳改。

卷三十　樞言　續樞言

樞言

序

昔人云："有治人，無治法。"吾以爲有治人，即有治法。法者，依人以立者也。人之所不至，而法生焉。法制於人之所顯爲，而人遁乎法之所不及。於是乎法窮《樞言》者，所以濟乎法之所不及，而使人以自爲者也。監利王君柏心，字子壽，博學篤行，名聞諸方，而吾以爲是天資近道人也。嘗客游西塞，以所見聞，綜輯爲是編。予來楚中，讀而愛之。君之爲書通達，似荀悦激發，似王符純粹，似徐幹不爲危言極論、迂詞誕語，而使人悠然自得於簡編之外。讀之掩卷，而慨然有餘思也。君志行醇潔，有慕東漢諸君子，有所著書，亦輒近之。有宋曾鞏氏謂："《中論》之書，不悖乎理。"又能充其所得乎？内者既察其意而賢之，而又知其行之可賢，况予之親見君而得之。又其文詞明白昭著如此，雖未知他日所以見諸行事者何若，而執志純固，較然不欺，豈非所謂天資近道者與？

《易・繫詞》之言曰："言行，君子之樞機。"昔之人有因言而信其行者矣，况予之親見君之行如此者哉。或曰："子引曾氏之美《中論》以美是書，當矣。顧曾氏又有言曰：'法者，所以適變也，不必盡同。'蓋亦因其所遇之時，所遭之變，而爲當世之法，使之不失乎先王之意而已。而子乃欲廢法而任意，得毋過歟？""子曰：'所貴乎法者，貴其能適變也。'有不適，則雖聖人之法，亦有可議者矣，孔子所謂'與時損益'者也。王子之意，非謂廢法而任人，乃欲任人而用法也。而子乃以剌繆譏之，子則過矣。且王子方爲世之賢智者言之，而子顧以庸陋乖剌爲慮，豈其然與?”

客既退，遂書以爲序。

道光十九年季春朔日婁姚椿序於鄂城之古楚樓

審　宜

順而布之謂之政，貞而守之謂之法，揆而協之謂之宜。政雖善，弗宜則滯；法雖良，弗宜則格。投丸於峻阪，六翮遜其疾者，形便也；決水於上游，駟馬謝其速者，勢利也。轂之轉者善馳驟，樞之運者善開闔，治之宜者善張弛。度其宜，慎厥謀，罔弗修；操其宜，率厥功，罔弗從。知以辨之，仁以達之，義以斷之，信以固之，審宜而治道得矣。

宜有四因：因天、因地、因時、因民。温肅，肖春秋；舒慘，肖陰陽。風雷雨露，絻鉞之用也；七政五緯，憲令之符也。朒朓飛孛，譽過者也；淫潦亢旱，儆愆者也。耕斂有候，開塞有期，先者躁也，後者慢也，是曰因天。九州之土不同性，五土之性不同植，下者謹蓄泄，高者廣井渠，麓豐林木，澤任蒲魚，毋封其利，毋開其爭，毋逆其理，毋竭其源，是曰因地。承弊則救焉，蒙業則安焉。漢高之除秦法，世祖之并郡國、減吏員，宋藝祖之削藩鎮，承弊則救也；曹參之清静，霍光之與民休息，宋璟之善守法，蒙業則安也。井田、封建、肉刑，漢以下不能復者也；府兵、租庸調之法，唐以下不能復者也。虚美不必崇，浮文不可尚。齊紈阿縞以敵寒，不若羊裘；垂棘連城以通商，不若泉布。酌其憂，濟其窮，是曰因時。風氣有强弱，習尚有文質。勿炫之以智所未周，勿强之以情所弗安。翱翔乎雲霓，飲啄乎江海者，鳥之常也；設組帳以處之，陳鐘鼓以饗之，則矉而悲矣。馴服乎銜勒，饜飫乎芻豆者，馬之常也；飾繪綈以衣之，列醓醢以薦之，則駭而蹄矣。民可順不可拂，可安不可擾。微而導之，使自蹈之；徐而喻之，使自赴之：是曰因民。

夫爲治者，無憂政令之不行也，憂其弗宜而已。如注尊然，不溢不竭；如操尺然，不羸不縮。下之從上，猶景響也，得其宜，何患弗從？若夫矜私智，泥古典，矯焉過正，膠焉罕通，譬却行而求前，吾不知其可矣。

旌　　意

任左右，尚姑息，爵及私昵，罰弛奸慝，是謂婦寺之政。納佞諛，務虚美，上違道以欺下，下矯誣以罔上，是謂聾瞶之政。刑賞虧替，禁防隳敗，情不足相繫，制不足相維，是謂痿痺之政。科指備具，綱目繁猥，可否必稽於法，輕重必依於令。婦寺、聾瞶、痿痺之政，舉非所患，中主以下率而行之，可以無大縱軼。若夫英主，則在能旌吾嚴斷之意而已矣。

法之必行者，非嚴也，意之能行，則嚴也。令之必行者，非斷也，意之能行，則斷也。且所謂嚴斷者，豈待峻刑黥之典，設斬劓之科哉！亦取夫相蒙相習者，以吾意破除之已爾。意不可淆，淆則亂；意不可瀆，瀆則玩。英主當有所縱舍，以蓄其果決之氣；有所簡略，以養其清明之體。一旦機括所在，則出吾意以震動之，無少濡回牽制。出乎法令之外，入乎民情之中，爲揣摩遷避者所不能及，然後真才奮焉，詭隨讋焉，四方説焉。如日月之行乎中天，而無不瞻仰也；如雷雨之作解，而百果草木無不甲坼也。

夫君者，制法者也，非奉法者也；出令者也，非守令者也。應龍之蜚騰變化者，頷必有尺木；猛虎之制伏百獸者，脅必有威骨。漢孝宣之世，吏多虛增户口，所上風俗悉虚詞飾説；孝明之世，朝廷皆争爲嚴切以避誅責。以二帝之明，弊尚若此，豈非狃於法令而意不伸歟？或曰唐德宗、宋神宗、明世宗，能伸其意矣，而嚴斷之弊，禍甚庸主，何哉？曰：三君者，仁不足，剛有餘焉；明不足，愎有餘焉。不善用其意，則又剛愎之過，而非嚴斷之過也。

責　　實

爲其事，未有無其實者也；計其功，未有不自實始者也。實立則名從矣，是置表以取影也；名存則實亡矣，是按圖以索駿也。舍名就實者，萬舉而萬有功；得名遺實者，萬舉而萬有弊。天下所以赴功遠罪者，非恃吾能賞之罰之也，又非恃吾能信賞必罰也，恃吾賞當功，罰當罪，僞者不敢蒙而似者不敢亂也。由君身而大臣而庶僚百職事，由國而邑而鄉，合之若一人，運之若一身，豈操術異哉！嚴杜其浮網，切中其要會焉爾。

是故令簡而易明，法成而可守，明如日月，疾如風雨，貞如金石，此責實之效也。治之敝也，上以名責下，下以名報上，上曰必求諸法令，下亦曰必求諸法令，法令至繁多也。君若臣，非能周覽而盡識之也，則必舉而任之府史之徒。夫英君謇相盱衡，默運於廟堂，百官有司奔走勤勞，宣佈於職守，卒之制取舍進退者，皆出於府史之徒。聽其顛倒而失序，則甚矣，狃於名之過也。狃於名，必好察，必好詳。察者，數也；詳者，末也。有天下者，任智不任數，操本不操末，無所不察，則無所不蔽；無所不詳，則無所不遺。上所勾檢者，唯名是從；下所覆告者，唯名是應。非不勵精也，而稽滯者如故；非不綜理也，而增飾者相仍。名與名相求，名與名相蒙，然則法何由不蠹？令何由不圮乎？有匠於此，虛語般倕，實未嘗親斧斤也，而信之，則主人不免風雨之嗟；有醫於此，巧陳盧扁，實未嘗運鍼石也，而信之，則病者將有浸淫之困。一身之微焉，凡求安與生者，猶必務其實，奈何舉國家之政，而相徇於名，屬有叢脞之咎，將誰任之？

且夫天下之心意，攝以神明者恒肅，攝以耳目者易玩。天下之事功，厲以志氣者必集，厲以文法者多隳。與其法多而僞者蒙之，不如減法而去僞；與其令繁而似者亂之，不如蠲令而絶似。僞之生，唯實可以已之；似之淆，唯實可以正之。夫獵捕禽獸者，罝罼也；操縱掩合者，人也。名，罝罼之類也；實，操縱掩合之用也。委罝罼於野，而曰吾綱目畢具，將坐待其獲；委法令於府史，而曰吾綱目畢具，將坐致其效焉。雖大愚者，猶信其不可已。

修約

天下有要術焉，修約之謂也。以約則明，以約則定，以約則逸。不知夫爲政者，將求其明歟，抑求其蔽歟？求其定歟，抑求其擾歟？求其逸歟，抑求其勞歟？行滄海者，察斗杓而已矣；齊方員者，執規矩而已矣。古者事簡，治亦簡；後世不能不趨於繁者，勢也。事繁，而吾之繁者又倍焉，至乃疲耳目，殫神明，卒無以勝之，甚非馭繁之要也。

夫政莫大於賞罰。善制賞罰者，取其鉅者著之令典，餘則默司吾意。使巧者，無所探測，堅守其常；使後者，無可推移。是故有不形之諭告，而諭告不能逮其神；有不勒之金石，而金石不能並其貞。無他，約故也。不善制賞罰者，無所不備，無所不詳。千科萬品，日以增加，奸未起而以智兆之，弊未開而以端啓之。凡吾所爲疲耳目，殫神明者，將禁奸祛弊也。今乃適以兆奸啓弊，則何爲勞勞焉增加無已哉！況夫未來之奸，有不能勝窮；未來之弊，有不能勝料者乎！

是故關防之令繁，而士益僞；比附之條繁，而獄日滋。何者？立法之始，本欲其管於法之中，不知反遁於法之外；本欲其持於法之後，不知已骫於法之先。本欲召奇杰，而僥倖者輻輳焉；本欲杜豪猾，而譸張者萌芽焉。且夫關防之多，至不足召奇杰；比附之多，至不足杜豪猾。亦無爲貴多法矣。鏡之含明，非逐物而預構其形也；鐘之儲聲，非厲響而起迎其叩也。老氏曰："聖人抱一爲天下式。"又曰："我無爲，民自化；我好静，民自正。"其知約也夫，其知約也夫！

核才

古之核才也，儉於數而寬於塗；後世之核才也，狹於塗而豐於數。

古之核才也，易於取而慎於用；後世之核才也，慎於取而輕於用。古之核才也，略於言而詳於事；後世之核才也，密於言而疏於事。此真僞之所由各判，而功效之所由相遠也歟？

成周選造之法尚已。漢制，郡國口二十萬人者，令歲舉孝廉二人，百萬者舉五人。合天下計之，歲不過百餘人，數至儉也。然此外又有賢良、文學、直言、極諫、茂材、異等之舉，已，又設四科。最後岩穴幽隱者，天子至，以元纁玉帛親聘其廬。則塗又未嘗不廣也。賢良、文學等應制策皆訪時務，不合者罷遣，優者補博士、議郎，居官風議，必時政得失，不復以虚言相試。及出典牧守，入居九卿，必行能尤異。故其時人無浮競之心，而咸自奮於事功。唐以後，則舉天下之才，悉約之於進士之途，優第者予館職，試必以聲律對偶之言，循資計俸，高者擢諫垣、躋卿列，次亦不失爲牧守。故輕躁者懷進，闒冗者取容，而才猷智略之士無由自見。

夫古之制爵非加貴也，古之授糈非加厚也，俊偉卓犖之流，古非盡降於蒼昊，求諸域外也。然而人才畢萃於朝，智能畢展於下者，激勵得其權，而綜核得其實故也。蓋儉於數，而浮濫絶矣；寬於塗，則俊乂出矣；慎於用，則巧僞革矣；詳於事，則功能見矣。後世不然，恒使英奇者裹足，而僥倖者攘臂，則其弊亦略可睹矣。刻木爲鵠，羽翮雖具，終不睹翰飛之疾也；範金爲驥，骨骼雖具，終不睹步驟之奇也。人主誠欲核當世之真才，唯使之獻替可否，講求經國遠猷，隨其才用，試之以事，較能否爲遷黜。如此則才無不奮，政無不舉，功無不立。其與按虚名而索實效，必相去萬萬也。

廣　議

天下之懷忠愛矢，亢直感激，而不顧其他者，山林敦樸之士是也。漢唐之世，置臺諫矣，又置博士、議郎，又設直言極諫科，凡以招徠山林敦樸之士。或值主德有闕，或遇時政有訾，博士、議郎及應詔之士皆得上封事，伏闕犯顔。其言之激切，往往天子變色，宰相避席。豈其時士獨敢言哉？拔之尤異，以作其氣，容之至廣，以開其塗。起新進，則無繫戀顧忌之私；由特達，則無門户黨援之習。此士所以樂陳鯁亮，而前世恒收其效也。

且夫朝廷置官，唯宰相與諫臣不可用資格。宰相代天理物，非道足經邦莫能居之，在乎人主之慎擇而已。以資格用之，則鼎鉉輕矣。諫臣職在繩愆糾繆，與其通敏，不如其戇直也；與其華辨，不如其謇諤也。由資格則鋒氣銷磨，必多瞻循，必立朋黨，彈劾有所避，攻訐有所私。建白者，唯科指之纖悉而已，宫廷讜論則未嘗聞也；糾譏者，唯吏事之短長而已，利弊大端則未能及也。苟幸無過，徐待遷秩爾。人情誰樂舍坐致之效，而蹈不測之害哉？誠如博士、議郎，得應詔上封事，則宜無此弊也。何者？立朝尚淺，爵秩尚卑，有感激之心，無回枉之氣，與由資格居諫垣者，固不可同日語矣。

論者曰：山林之士，狃於古戾於今，言之未必可行，行之未必有利，惡用是喋喋者爲？應之曰：世未嘗無賈誼、陸贄也，才如二子，尚謂其狃於古而戾於今乎？人主誠有意乎山林敦樸之士，以其言考之，不可采者，罷遣；其有議論達政體、忠款結丹素者，處以博士、議郎之職，使益練習時事。若當職唯諾，則不得遷。察其謀謨英亮、志存獻替者擢之，使居臺諫，激勵而用之，則固執政之才也。

夫太阿之陸剸犀象、水截鴻鵠者，鋒銛也；鷹隼之排疾風而上征、撇層雲而下擊者，翮勁也。匣而懸之，絲而縶之，則無割斷搏擊之用矣。今夫封駁之制，久廢於門下中書。當英君察相時，必無過舉；設萬有一焉，言官抗章而争之，固已後矣，何如博士、議郎先事風議之，爲尤善也。

擇　吏

自古世雖極治，奸民之輕險者，不能絶也。小則鬥暴劫奪，觸法抵禁；大則竊鑄鬻鹽，吏人莫敢誰何。又其甚者，倡邪術，誘愚民，譬虺蛇并蜂，無時而忘毒螫。其所潛伏，大抵山谷峻僻，及緣邊州邑。所恃乎遏奸於未萌，銷患於未形者，在良吏而已。凡此州邑，其擇吏，視他邑宜尤重；其良吏之被薦擢，視他邑宜最先。而世之從政者，往往反此。謂地僻則政簡，壤狹則功寡，不足容才吏，唯初從政或左遷及疲老者始往視事，報最不得預，禄入不能以自給，官其地者與謫斥同。强者則以爲大吏且棄我，修廉潔，勤吏事，終無由上聞也，行吾掊克而已；弱者即不敢肆爲朘削，然民之疾苦不聞，山川阨塞險易之塗不知，戚戚焉以不得去此爲憂，何暇治詭隨，擊强禦，懷遠大之謀哉！

夫民也，以僻遠之故，累數十百年不見賢長吏，繇是黠桀不逞者，無所顧忌，從而侵暴之，又從而迷罔之，乃始嚚然弗静也。屬有水旱之灾，乘閒竊發，旁郡邑不得高枕。而執政者慮不至此，何其智乃居曲突徙薪下也。始也，慎簡司牧，不過一指撝之勞；繼也，徵師糜餉，或窮歲月未能定。無乃好難而惡易也乎？

且僻遠之於近邑，猶四肢之於心腹也。今有人於手足則任其拘攣跖盭，而惟心腹之是治，豈得謂善養生者哉？誠令岩疆邊邑之吏，皆擇其簡重有方略者，寬而不弛，嚴而不殘，明而不苛，安善良，糾豪强，聯什伍，禁游惰，廣德惠以招徠之，察荒歉以綏輯之。操縱設施，視便宜所在，試之三年，有異績，則居課最之先。或就加推擢，或移治繁劇，一切比近邑令長爲優。如此，則所選得人，争自奮勵，不期而邊僻州邑大治。邊僻州邑治而近邑莫不治，斯誠遏奸之上策，銷患之良圖也。夫龔遂治渤海，李固莅泰山，當桴鼓倉皇，猶能宣布威信，折衝千里，皆良吏已然之效也，而况使遏之於未萌，銷之於未形者哉？

寓　政

行什伍而不開告坐之門，不如無行也；開告坐而不設賞罰之科，不如無開也。《周官·大司徒》之教，有保受賙救，凡以敦任恤、厚風俗而已。其時民皆同井而居，三時務農，隙則講武，無暇爲奸，奸亦無所容，奚取乎告坐賞罰？管敬仲治齊，立軌里連鄉，以寄軍令，而齊大强；商鞅治秦，嚴什伍，力耕守法，而秦帝天下。唯能開告坐、設賞罰也。後世保甲起此，然效未見而弊日滋，何哉？充之不擇人，遇之不以禮，徭役徵索悉在其身，胥吏又從而轅轢之。猾者乃與胥吏比以困齊民，每遇賑貸，則張虛籍，抑貧窮，無敢與按者。至於奸宄之出入，盜賊之剽掠，未嘗發舉，罰固不及也。發舉焉，賞亦不及也。若然，則法之所重，意之所輕也；名之所從，實之所違也。而世之求遏奸止暴者，猶一則曰保甲，再則曰保甲，吾不知其效安在也。

今誠使慎擇其人，一切罷其徭役，稍加以禮貌，吏胥無得侵暴之，其什伍相附，聽民自爲聯屬，減去文籍，唯專其責於保長，里有通奸徒、宿匪黨者，以告於令長，所告實，予之賞；或不及發舉，而先時掩捕，所捕實，予重賞。告與掩捕不實，有重罰；隱匿阿縱，有重罰。令責之保長，保長責之什，什責之伍。如此而奸不遏，暴不止者，未之有也。

或曰：鹽徒公行邪術煽誘，豈保長所能制乎？曰：有寓政之法，在寓之如何。視州邑有山谷險隘，則仿三老、游徼之職，因其地稍增置之，稍募丁壯。村立農官，市立市正，又開醜徒以自相告捕，皆策之宜行者也。三老書其孝弟，訓其不率。游徼主訪捕，謹障塞。民有强力，願習技擊者，游徼以時教閱。有追胥，則預農官訓課耕桑，旱潦以時聞。市正譏轉鬻奇淫與不軌之物，有則以告。其鹽徒教匪，募有能自相告捕者，貰其罪；擒捕首劇者，予之賞。使彼腹心自攻，則支黨披散，此趙廣漢、張敞、虞詡之策也。凡此諸法，尤在令長督察振勵之，則民安而俗善矣。

夫政之必行者，雖酷如徙木棄灰，人無異議；政之不行者，雖惠如賜酺貸種，恩不下究：肅與玩殊也。故曰：虛舟不能以自運，虛車不能以自馳，制備法良，而歸於有弊無效，則行之之過也，保甲其一端矣。

禁　末

末亦多途矣，商爲之首。先王爲其妨農也，恒抑之。秦發民戍邊，先罪躏，次市籍。漢高即位，復取賈人子折辱之，顧趨商者益多。以天子之威，不能伸令於庶民，誠事勢之不可解者。故鼂錯之言曰："法律賤商人，商人已富貴矣；尊農夫，農夫已貧賤矣。"然其時商猶有功於農，未甚困農也。農之所挾粟米布縷，所需百物之用，所挾不能流轉，所需不能羅致，商從而懋遷之，於農甚便，獨奈何重折辱之？今之商非昔之商矣，不唯妨農且困農；不唯困農，上自貴流，下逮輿臺，商皆鈎取其贏餘而困之。何者？敦樸之源絶，而奇袤之風熾也。百室之聚，必有數十家之市；千室之聚，必有數百家之市；萬室之聚，必有數千家之市。核其器用，裨衣食者，財什二三，餘皆炫耳目、蕩心志者也。

且夫商之所以奔走，人者在役末技，在通番貨，二者殃之門、蠧之府也。古者造作之區，官考其效，工執其藝，必中程，必利用，非是者有禁，故詐僞無敢作。今也工之習恒業者，困與農民等。而末技之徒，窮極工巧，日日增加，財之源有盡，巧之竇無涯，以有盡徇無涯，安得不竭？其番貨之奇淫，又千百倍於末技，挾無形之鴆毒，爍九州之膏血，開尾閭之大壑，蕩四民之筐篋。此二者，商皆籠而有之。夫利散於末技，猶曰吾民也；使利散於番舶，是豈不可爲痛心者乎？然則返之之術，唯在躬行節儉。倡之於上，始自貴近，及乎編氓，然後優爲之恤，厲爲之禁而已矣。農，宜恤者也。今令農有能力耕倍收、不出鄉里者，復賜爵之例，寬其徭役，則趨農者必益奮。商之通有無、佐衣食者如故。其有敢役游技、通番貨與爲游技者，厲禁之。禁之不率，則著之下籍，别其衣冠，徭役不得代，子弟不得預試入仕宦。令吏以時閲市之百物，有奇袤不中法度者，售與購皆有罪。州縣舉其要，以此定課績殿最。行之十年，或者末流稍衰乎？不然，吾懼夫公私之財力畢歸漏卮，後欲救之而無及也。

導　俗

俗之薄，由讓道之不達、儉德之不昭也。古者君讓善於天，臣讓善於君，子讓善於親。士之應選舉也有讓，受爵位也有讓，下及觴酒豆肉、道路州巷之間，不期而讓道達焉。古者天子卑宫菲食，諸侯制節謹度，群臣大法小廉，以逮庶民，食時用禮，不期而儉德昭焉。何俗之厚也？導源於上，而民皆敦勸於下也。

今自一介之士，其視禄位，皆憪然有欲得之心。居之不辭，營之無已。百金之子，靡衣婾食，與資累鉅萬者等。朝廷教化非不行也，法度非不具也，而俗以浸薄，則士大夫所以倡率之者過也。讓不達，斯争競起矣，忠信衰矣；儉不昭，斯品制隳矣，財用匱矣。此蠹化傷教之大，虧法敗度之深，而有位君子不急圖所以矯之，靡靡之貸，日甚一日，不知其何所終極也。夫所謂讓，非虚崇美節也，必有好善之實，有知人審己之明；所謂儉，非苟爲孅嗇也，必内撿其縱佚，外酌其品式。唯士大夫始能深求而力行之。彼愚民何知？視其表而隨其流，斯翕然從之已耳。且是二者，嚚凌之隄防，驕僭之銜勒也。决川瀆於平原，無堤防以禦之，則横流彌野矣；騁駟馬於交衢，無銜勒以制之，則奔軼僨轅矣。俗之澆灕，固無形也，然較有形之患爲尤切。士大夫任風化之責，既恬不爲慮，又不躬行儉讓以先之，欲俗之復歸於厚，安可得也？

王　言

王言者，敷治之鞀鐸，達化之樞機，擇其人以代言，不可不慎也。《書》曰："出納惟允。"《詩》曰："王之喉舌，唯得人也。"虞、夏、商、周之間，君臣兢業，聖賢相遇，其咨命陳謨，矢言誕告，莫不閎以遠，典以則，繇當時代之言者，皆聖賢之徒也。繼是以降，其莫善於漢之詔令乎！有恤民之仁，有謙約之德，直而不僿，文而不靡；其策命則肅以正，其延訪則温以麗，其戒厲則嚴以斷，其褒勉則和以裕。賈山曰："臣聞山東吏布詔令，民雖老羸癃疾，扶杖往聽之，願須臾毋死，思見德化之成。"第五倫爲督掾，每讀詔書，常嘆息曰："此聖主也，一見决矣。"蓋言之效如此。及東漢之季，尚書陳忠上疏曰："諸郎多文俗，吏罕有雅才，每爲詔書，轉相求請，詞多鄙。”固漢之文詞，自是少衰矣。唐宋皆中書職制誥，擇文學尤異者使視草，時主好文，則益趨於浮侈。矯之者悉返以質，或徒類乎律令。文者過矣，質者亦未得也。然唐臣如楊綰、陸贄、李德裕輩，率能捄過失，中機宜，雖阽危之際，而敕書所下，驕將悍卒，無不惕息感激，况施於政事脩明之時者哉？由此觀之，言固未嘗無效也。

天之所以章者，象也；雷之所以詔者，聲也；日之所以麗者，光也；王之所以播者，言也。象不著無以儀群動，聲不奮無以震遠邇，光不耀無以燭幽隱，言不修無以昭法守。夫經國之本，非繫乎言，然王者有言，將以決百代之嫌疑，定萬方之軌則，布之史策，垂之子孫。當朝政方隆，動作可書於後，而代言者，務擇其人，綸綍之美，豈惟遠追乎漢唐之盛而已。

正　諛

諛之興也，非一日矣。其始以賤導貴，以愚導賢，而諛猶可正也；其後以貴應賤，以賢應愚，而諛不可正矣。凡人之納諛也有漸。才高而自矜者，則諛中之；内柔而自恕者，則諛入之；好同而惡異者，則諛迎之。人之習於諛也亦有漸。輕其不足譏也，而以諛欺之；憚其不可忤也，而以諛謝之；悦其不我違也，而以諛荅之。此皆未至趨勢蹈利之甚。明智君子，咸能知其失，然漸之不謹，則流於諛而弗自覺。甚哉！其可懼也。凡諛者，溢量之施，將有所中其欲也，所欲既中，必有所反，反而愈騁，必加溢焉。是謗之梯也，讒之媵也，驕之蘖也。明智君子，奈何甘納之而甘習之？

且夫已嫉諛而樂受人之諛，譬不爲都市之盗，而攫錙銖於縢篋，終爲有竊疾人也。已從諛而欲禁人之受諛，譬以桀之徒誚跖之行也。昔張子壽之鯁亮，然憚嚴挺之而悦蕭誠；司馬君實與韓稚圭廷争，侃侃不阿，及柄國變差役，則格范純仁、蘇轍之議而用蔡京。彼皆賢者，猶有所蔽，況不逮二公者耶！

或曰：巽以行權，不猶愈於訐以沽名乎？卑以自牧，不猶愈於亢以忤衆乎？曰：巽者，順乎道也，諛則違乎道。卑者，正其身也，諛則枉其身。士行諛而砥礪之意衰，臣行諛而謇諤之風替。衆諛既盛，孤直自沮，若黑之變絲，蓬之變麻，不與之俱化不止。故夫喪人之善，長人之失，蔽是非而掩功罪，莫甚乎諛。明智有位之君子，欲正人心，矯時弊，必自去諛始矣。

學　譽

有積學以致譽者矣，未有積譽以爲學者也。天積氣而勢崇焉，山積德而壤附焉，川積刑而流歸焉，士積學而譽至焉。古之君子，無求譽之心也，皇皇憂其學之不足而已。始之孝弟以基其行，本之詩書以研其慮，循之禮樂以滌其邪，率之仁義以長其善，體之忠信貞廉以端其軌，稽之理亂興廢以擴其識。其未得之也，蹙然不敢自安；其既得之也，抑然不敢自是。潛而不耀，充而不溢。夫然，故道立於此，行動於彼，播乎家庭，達乎州黨，聞乎朝廷，名譽之來也，匪伊朝夕已。後之君子，非學是積，唯譽是求，非唯求之，又捷得之，以虛聲眩實聽，以僞行獵高名，考其本末，經緯未有見也，而藉藉者相屬焉。謷然自以爲得計，方譏積學者之拙於應時也，亦已謬矣。

故曰：枝葉之言，上士弗稱；飛蓬之聞，王者弗賓。謂譽之無本也。夫學猶染也，漸漬深，而丹黄黼黻之文爛焉，不然，則繢畫而已矣，久且繼之以剥落。學猶耕也，穮蓘力，而穎栗堅好之收倍焉；不然，則鹵莽而已矣，甚且雜之以秕稗。層青生於幽崖，而梯山者不憚其遠；明珠産於赤水，而采淵者不避其深。火不言烈而焰灼焉，石不言堅而體貞焉。林之茂，鳥斯集矣；餌之芳，魚斯至矣。君子審此，有積學以致譽，無積譽以爲學。《詩》曰："風雨如晦，雞鳴不已。"蓋言學也。又曰："鼓鐘於宫，聲聞於外。"蓋言譽也。

疑　信

有信有不信，信也；無不信，則惑也。有疑有不疑，亦信也；無不疑，則惑也。信可信，信也；疑可信，則惑也。疑可疑，亦信也；信可疑，則惑也。天下有是非焉，是其可是，非其可非，而是非定矣；天下無是非焉，是者以非爲是，非者以是爲非，而是非淆矣。適南者，謂去北而南矣，俄而猶未離乎南也；適東者，謂去西而東矣，俄而猶未離乎東也。臧之亡羊也，以博弈；穀之亡羊也，以挾册，皆大惑之類也。學者之疑信，何以異是？

古之君子，雖明不如離朱，聰不如伶倫，算不如隸首，推步不如大撓，而不害爲大智，唯慎其信而闕其疑也。後之君子，雖論窮六合之表，心探二氣之先，著書多於五車，放失羅乎百代，而不害爲大愚，唯舍其信而求其疑也。文得尚而載之，武得箕而訪之，顔得孔而師之，信可信也；衍雕龍而侈之，惠堅白而鳴之，列御風而行之，信可疑也。夫身心之間，倫紀之地，若經之言，若史之言，理亂成敗之機，生民利害之大，此宜求其信者也，亦既博且閎矣。今舍其昭昭而求諸冥冥，譬索白日於長夜，徵飛霰於炎洲也。故曰：言天地解者謬也，言不解者謬也，言解與不解之謬者，亦謬也。且絀於理者，必伸於氣，氣盛則辨，辨盛則争，如市賈焉，如聚訟焉，亦安睹疑信之所從耶？然則何以專信？曰：莫如存疑。何以别疑？曰：莫如崇信。

量　交

巽而正，恭而無失，處上交之道也；肅而不慢，惠而不暱，處下交之道也。虚而有容，和而不流，處泛愛之交也；善則相勸，過則相規，處同心之交也；敬以遠狎，厚以遠薄，處故舊之交也；開之而後達其衷，測之而後入其言，處新集之交也。交必信，未有己不信而能孚於人者也；

交必慎，末有始不慎而能固其終者也。信矣，慎矣，擇之以明，推之以恕，而交之道得矣。易合者，必易暌；好譽者，必好毀；多同者，必多異。怨莫大於恃望深，隙莫大於求無已，釁莫大於廣攀援，殃莫大於痛繩人。尚其公，無尚其通，交乃有功；執其貞，無執其情，交乃可成。貴元黄之適於色也，不貴琴瑟之膠於一也；貴淄澠之呈其味也，不貴甘醴之湛於醉也；貴椒蘭之襲於久也，不貴荃茅之變於後也。《易》著三人之損，復招二人之同；《詩》陳伐木之仁，復戒陰雨之薄。百爾君子，敬哉敬哉！交而後量，則必敗，量而後交則無悔。

辨　　言

言有要：匪理，無言也；匪事，無言也。言而弗涉乎事理，是去薪求火之類也；言而弗當乎事理，是歧路亡羊之類也。君子之於言，無所苟也，無弗辨也。辨之奈何？衷之於理而核之於事，事理合矣；進而察其言之氣象，則罔有遁矣。

或曰：莊論未必無僉壬，正議未必無浮僞，辨亦綦難。曰：無難也。膏盛則液流，波盛則瀾動。珠玉之伏於幽深者，其光華必見乎山川；蘭芷之秀於磵谷者，其芳馨必扇乎林莽。心之精結而爲言，是衷之旗也；言之蘊溢而爲氣象，是誠之纛也。安可掩？安可誣？故言之寬以裕、和以暢者，其人之慈仁温良可知也；言之静以正、肅以愨者，人之恭儉好禮可知也；言之疏以達、閎以遠者，人之英亮開濟可知也；言之莊以敬、廉以潔者，人之亢直不回可知也。爲險陗察慧之言者，其人必刻深；爲勁悍鷙戾之言者，其人必果躁；爲曲謹和媚之言者，其人必諂佞；爲浮艷夸毗之言者，其人必侈蕩。凡若此者，考之於事理，察之於氣象，皆昭然可辨也。夫事理之於言，猶組織之有機杼，機杼設，而綈紈錦綺無不稟以受成焉；猶肌膚之有筋骸，筋骸具，而運行止息無不率以聽命焉。氣象之於言，亦猶染采之有淺深，血脈之有榮悴也。推此以求其於辨言也，弗難矣。

且言非徒以醇疵求也。諸子百家未必悉協於理、濟於事，其偏倚瑕纇，或不可勝舉。然持之也有故，如水火金石，較然不渝其性，以待取者而各適於用。後世之言，蕪矣薾矣，溺矣蒙矣。附於理而實離，托於事而益疏，辨之無足辨者，則立言者又當自植其本哉！

續樞言

序

曩在隴右，爲《樞言》十六篇。甲辰春至都，益陽湯海秋農部見而稱之，曰：“是當在《昌言》、《潛夫》間，盍多爲之?”亡何，海秋歿。感其言，時休沐少事，歲行盡矣，意有所觸，次第成之，得九篇而止。名之曰：《續樞言》。道光甲辰季冬旬有八日子壽自識。

君臣篇

君道莫大於去疑，臣道莫大於去私。君莫急於選賢，臣莫先於不欺。君能斷，仁乃全；不能斷，傷其仁。臣能公，才乃裕；不能公，喪其才。君尚察，則臣飾詐；君好名，則臣進僞；君治事，則臣避事。

有君於此，却封禪，罷貢獻，躬服弋綈，器無文飾，則恭儉之君也。然舍其大而圖其細，謂之賢，於佚奢可矣，無益於治也。漢成帝臨朝淵默，尊嚴若神，有恭之容矣，而外戚卒攘其權。唐文宗袖經三澣，有儉之節矣，而奄豎實制其柄。綜核句稽，章奏皆親覽，牧令皆召對，則勵精之君也。然周於近而遺於遠，謂之賢，於叢脞可矣，無益於治也。隋之文帝、唐之德宗、明之世宗是已。不妄譴阿，不輕殺戮，則慈惠之君也。然不操戚福而行姑息，謂之賢，於刻薄可矣，無益於治也。漢元帝、明建文是已。畏慎者，人臣之節也。孔光不言溫室樹而輸情王氏，李息慴於張湯，胡廣、趙戒屈首於梁冀，夫安取畏慎乎？報稱者，人臣之職也。以詩書進取，而以刀筆事上，陰陽人主之意，議平準均輸，議告緡榷算，不聞其引義慷慨也，夫安取報稱乎？寬靖者，人臣之度也。王導不誅郭默，而陶侃譏之；蕭俛、崔植議銷兵，而朱克融卒亂幽州，夫安取寬靖乎？有小國之君，有大國之君，有天下之君；有修職奉法之臣，有表率之臣，有神稷之臣。制節謹度，小國之君也；恤鄰字小，翼戴王室，幹不庭方，大國之君也；豁達大度，知人善任，使天下之君也。舉其職業，布其憲令，早夜以思，無敢越畔，修職奉法之臣也；甄功過，慎舉劾，虛公以濟之，廉潔以倡之，表率之臣也；憂國如家，能斷大事，患未至則思防之，奸未進則思遏之，日夜詢求天下之賢才，察其文武幹略、緩急需人，則以告於其主而任之，是社稷之臣也。

凡君積疑，必矜明，矜生愎，愎生蔽，而情之通者寡矣；臣營私，必怙寵，怙生驕，驕生忌，而才之進者寡矣。故賢君如天，賢臣如衆星。天積剛以運其健，積陽以盛其光，廓然大公，執真宰而御萬物，賢君法之，故政無不理；衆星順南北以經緯，乘寒暑以伏見，粲然成行，準躔度而佐二曜，賢臣法之，故紀無不肅。

信臣篇

《記》曰："爲上可望而知也，爲下可述而志也。"賢君於其臣，禮貌以隆之，誠意以孚之，爵賞刑罰以馭之，明示好惡，唯其信而已矣。不信，則情弗通也；情弗通，則事弗濟也。

凡君之不信其臣者，必曰植黨營私。於是有挾術任數，以示不測者矣；有違衆用舍，以矜獨斷者矣。不知實導之植黨營私也，奚以明其然耶？術數者，韓非、鼂錯以此教始皇、漢景，始皇能劫制其臣下，而不能制趙高之爲亂；漢景用錯言，釁啓七國，幸錯誅而止。任術數，則必尚察；尚察，則必寄耳目。所寄耳目不必皆正人也，則必有小人起而迎合之，以發陰私，舉苛細爲忠誠。於是小人又引其黨，陽示孤立，無所附麗，實陰相比黨，而陽傾善類。人君顧喜之，以爲能破除朋黨。其有二三忠直志同道合，偶涉論薦，則必以朋黨疑之。忠直者，雖欲以其信自結於主，而主愈不信，此任術數之過也。

人主欲用舍之權操之於己，宜也。然議論必采之至公，以衆論爲朋黨而違衆獨斷。任謀議者，不必達治體；任兵戎者，不必明孫吴。則燕失之於騎劫，楚失之於子蘭，唐元宗失之於李林甫，德宗失之於盧杞，文宗失之於鄭注、李訓，此違衆之過也。夫君子自不爲黨，而不能不自爲類，何者？律身之廉相類也，體國之忠相類也，任事之果毅相類也。相類必相悦，相悦必相引，又皆顯然。爲之昌言於廷，無所避飾，小人異是。雖隱相比周，而外示孤立，善匿其形迹，人主不察，反以君子爲植黨營私，以小人爲危身奉上，一不信其臣，而舉錯失當，至於如此。其視公聽并觀、按功罪定賞罰、動合人情者，得失相去，豈不懸絶矣哉！且人主挾不信其臣之見，凡廷臣有以公正相取者，即疑爲朋黨，則中材以下，皆將習於唯諾依違，以文具相蒙，幸免咎責。朋黨誠破除矣，吾恐廉耻氣節之亦相從而俱盡也。

明是篇

人君者，聽群臣之言，因其當否而定從違、行黜陟，以明國是者也。欲明國是，莫先於取諫臣所言别白焉，明著議論之是非，而昭示廟堂之裁决。諫臣以言爲職，又當盛隆之時，人主寬仁大度，使得奮口舌、展胸臆，直陳無隱，未嘗有建言獲罪之事，不患其不言也，患其浮舉不急，無當治要，或窺測風旨，上下而傅會之。人主又一切優容無所責，從違不繇此定，黜陟不繇此行，於是鯁亮者無所伸其批鱗補牘之氣，而脂韋庸下者反得喋喋充位，自名報稱，斯則國是之所以不明也。人主置諫臣以自輔，豈樂其喋喋充位、自名報稱哉？毋亦有所鑒而矯之歟？竊意矯之之故，不過曰前世臺諫多受大臣指縱，門户攻訐盈廷如水火，淆亂黑白，熒瀆視聽，相與倍公死黨，置國是於不論，故爲是以矯之。夫諫臣果出於倍公死黨，則取其尤者逐斥之，餘自不敢比周以罔上。若其無此，則不當取前代已往之弊，防其將然。故設是矯之，以消磨俊杰忠讜之氣，徒使庸庸者得計，而於國計毫無裨益也。

是故明主之於諫臣，所言善則從而行之，奬而陟之，不第以優詔報聞，博容受直言之美名也；所言徒窺測風旨，上下傅會，則從而黜之，不第以優容無責，且推行其言也。若是者，凡以明國之有是而已。今夫人主惡倍公死黨之臣，而矯枉太過，但取充位，則忠讜之士，受轉於無形之銷磨者，蓋什凡五六矣。大臣又承是意，遇保薦言官之時，陽戒而陰喻之，欲其摧鋒斂鍔，無咎無譽，則忠讜之士，受轉於無形之銷磨者，什又七八矣。其蹇諤不撓者，惟二三俊杰耳。雖不見譴責而無所表異，遷擢亦不及。久之，而窺測風旨、上下傅會者，且循資格轉高秩矣。而望國是之有裨，不已左乎？然後知容言之無以勝於拒言也，然後知開言路之適以塞言路也。

官才篇上

或曰：取士之數，今則浮於古矣，而才不適用。意者官才之法宜變也。盍復帖經若策論乎？曰無益也，徒長其僞。盍復九品中正與上書自薦？曰無益也。適啓其偷。然則法無善於今之科目乎？曰未易言也。近世用才，惟進士一科，禮闈既有常額，遇慶典復增置。以十年約之，當取士二三百人，何才之多且易也。奇偉非常之士，或不入其中，而淺夫小智及束髮之童，反攘臂得之。國家設科以待奇偉非常之士，非以待淺夫小智、束髮之童也。而所取若此，則法之不足恃也明矣。且夫以天下之大，需才之急，所取又如是之多且易，則宜有賢俊者出乎其間，然而才恒不適於用，是非盡士之過，亦法之過也。凡才視乎其自養，與上之所養之，得之既易，取之又多。人人有速化之心，則氣不靖；氣不靖，則蓄不深；蓄不深，則以其塗澤、附會之術施之，政事庸有濟乎？又況所業非所用乎？

今縱不能盡變取士之法，則請減禮闈之額，三存其一，遇慶典無增置，留此一途，以處中才。若夫奇偉非常之士，則惟天子親行制科，始能得之，勿專取詞藝，惟賢良方正、直言極諫、茂才異等乃得舉。或參用司馬光十科之議，間五六歲、或八九歲一行之，責行省大吏應詔舉才，天子憑軒策之。所取無常額，取者皆俾其自占，授以職事。效則遷職，舉者有賞；不效則能斥，罰及舉者。又令學士仿唐制，得薦舉山林有道之士，時時爲天子納説。視所薦真僞定賞罰，此則養之厚而進之廣。不變法，而輔法以收才，庶幾少有補乎？或曰：減常額，則誠然矣；若所言制科、薦辟諸法，亦有冒進者，是安保無弊？曰：等弊也。坐視其弊而不變，與逆料其弊而格不行，均之無當於官才。

王者之於人才，始之甄陶變化，以靖其氣；其氣既靖，則磨礪激揚，振拔而鼓舞之，使奮於功名之路，以致其用。夫以四海之廣，士民之數，能言之類，其指世陳政，言成文章，質之先聖而不繆，施之當世合時務者，未嘗無人也。事會交乘，文武幹略，中外待以救時而紓困者，又未嘗不旦夕引領也。誠於此時稍破常格，廣其途而進之，核其真而用之，精神意氣足以感召天下之豪杰，使之呈才效異，奔走闕廷。昔燕昭弱國之主耳，築臺拜士，士争趨之，卒以强雄，况乎息壹海内，陳爵賞以風示四方之士者哉！如必逆計其弊，謂不若專守今之所行，則此法行之，且五六百年矣，三代之制皆可變，此法獨勝於三代乎？且治天下者，欲得士而任之，將任之奇偉、非常者乎？抑任之淺夫小智、束髮之童乎？

官才篇下

天下之才，既廣其途以進之矣，能使官當其才，展布幹用，上佐君相，知人之明者，則在吏、兵二尚書。非知人與知兵者，不得居此職。二尚書得人，則文武之士竭盡智能，何政不脩？不得人，則闒冗在位，張官布職盡虚設也。此最國政治忽之本，不可輕也。

所謂銓選者，在辨别賢否與材器所宜，不僅以年勞爲高下也。董生有言：小才雖累日，不離於小官；賢才雖未久，不害爲輔佐。誠賢耶？當先以告；誠否耶？當先以告；何待計典而後署上耶？本兵亦然。察才爲上，其能周知四方及緣邊阨塞形便、曉兵家進退、決策制勝者，與和輯士卒、興屯田、規兵食者，與武力魁傑、跳蕩無前者，皆疏其姓名，爲别籍，不時以告於上，不必待軍政考察也。兵曹選寮屬，必其曉暢軍機。凡出爲兵備，任邊郡太守者，必取才於兵部，此皆異時禦侮干城之選也。朝廷惟宰輔卿貳，必人主自擇，其餘人才，未有不自吏、兵二部出者也。欲官當其才，必先知其才，欲知其才，必延見咨訪，始能得之。若使掌銓與本兵，不拘私第通賓之禁，四方遷擢至部者，許於私第或廣廷皆得接見，聽其議論，察其才略，考其職業。又各令陳舉交游知識中有才能出衆者，密疏於籍，徐試以職事，覘其驗否。日夜孜孜，惟人才爲念，廣諏博采，雖不能什得其五六，亦可什得其三四矣。

今也不然，資格當遷，則二尚書曰：予之遷。稍不及格，則曰：不當遷。合格，雖庸下亦予遷；不及格，雖俊杰不得遷。非揆之才也，聽之例也；非盡例也，聽之吏也。夫文武二途，國家用才之地，政事之根本，孰有大於此？而一聽之例與吏，其何才之能官？《易》曰："正其本，萬事理。"欲官才而不知才，因以不得才，又詆天下爲無才。噫！法自不能得才耳，奈何以此誣天下才哉！

或曰私第通賓，恐開請謁苞苴之門，此法所宜禁也。吾子之言，無乃啓倖進乎？曰：不然，天子置吏、兵二尚書，必擇賢者爲之。其人賢，則請謁苞苴無繇至其門也。二尚書而通請謁苞苴，是不賢也，焉有不賢而可任尚書者乎？亟黜之以進賢者，則請謁苞苴之竇自絶。昔裴晋公居相位，時淮蔡用兵，請於私第，得延見士大夫，以咨籌畫。未聞晋公之門，有請謁苞苴者。吕文穆爲相，疏人才，置夾袋，朝廷用人，則取諸囊中，無不稱職。虞雍公爲相，疏人才高下爲三等，號"材館録"，未聞兩公之門，有請謁苞苴之客也。自非延見款曲，無以周知人才。宰相且不禁私第見賓，而獨禁二尚書乎？

謀備篇

虎豹穴於山林，不恃山林爲衛也，而恃爪牙；蛟龍蟄於深淵，不恃深淵爲衛也，而恃鱗鬐。今自十金之子以至王公有土之君，無不知申警設防，以謀其備，慮患故也。太上先患而備，其次因患謀備，最下見患而忘備。先患而備者，能制人者也；因患謀備者，人不能制者也；見患忘備者，爲人所制者也。

謀備有二，有在有形者，有在無形者。山川險要，卒乘器械，是謂有形之備；信賞罰，脩政事，選擇賢能，是謂無形之備。善備者備有形，先備無形，無形之備勝有形，故有戰勝於廟堂而折衝於尊俎者矣。所患於款撫者，非款撫之患，款撫而忘備之爲患也。凡主此者，始之有怯心，繼之有幸心。虞其議之不成也，則傾資以奉之，啓關津以悦之，飾大度以安之。於是敵愾同仇之氣沮抑不振，彼未至弱我，我先自弱；我忘其備，彼反得修備，而乘隙以謀我。昔之脩好約和者，惟太王勾踐，能以屈爲伸，以弱爲强耳。其餘六國、南北宋，鮮有不敗者。夫六國、南北宋，勢有不敵，不得已而出此，明者，猶非之設也。席九州全盛之勢，一遇白徒市賈，烏合島夷，金鼓未振，鋒刃未交，無故望風自慴。犒之金幣，縱其雜處，俾得瞷焉，招聚逋逃，窺伺利便，無敢過而詰者，則何爲哉！嗟乎！此賈生所以流涕，江統所以著論也。

主此議者，不過曰：我非不敵也。恬嬉已久，人不知兵。姑且羈縻，彼固無遠志，而我得以其閒，修軍實，繕城郭，練將士，一旦有警，則我之備豫已具。夫果退而謀備豫，議未盡失也。然軍實果修乎？城郭果繕乎？將士果練乎？抑但爲便文以自謍乎？此何異與人鬥，不扼其吭，反自縶手足，猶號於衆曰："吾有備矣！"有不制於人者乎？故夫見患而忘備，謀國之大患也。孫武曰："夫惟無慮而易敵者，必制於人。"又曰："無恃敵之不來，恃吾有以待之；無恃敵之不攻，恃吾有所不可攻。"豈不信哉，豈不信哉！

七蠹篇

國可富乎？曰：奚不可？强本而嗇用，王霸皆以之。國貧可富乎？曰：奚不可？强本而嗇用，王霸皆以之。議者曰：歲人漸不逮初矣。蠲賑可不行乎？河堤可不治乎？遠夷可不撫慰乎？邊戍可不資遣乎？財將安出？

曰：天地生財，備人主之用，人主按天下之財，制天下之用，不患不足也，患耗不患用。水旱兵戎，何世無之？奚至今而度支獨絀耶？耗之於未用之先，及其用也，所耗又倍所用。耗之甚者，厥蠹有七，七蠹盡去，强本而嗇用，舉内外府所儲，令當國者得周知贏絀之數，預爲籌畫，因事而濟變。其有軍旅河渠諸大役，必擇才而使之。寬文法，專責任，以之禦侮澹灾，必效且速，用何至匱？七蠹不除，雖日進筭緡之羨，歲增貢賦之額，猶無救於匱也。

請言七蠹。府藏之蠹在奸胥，州邑之蠹在供億，征榷之蠹在瑣才，農之蠹在末技，稍之蠹在冗官，餉之蠹在將弁之貪懦，士之蠹在置科之稠叠。凡此七者，皆歲耗左藏之大半者也。今使减府史之額，凡管庫出納，皆遣士人司之，則府藏之蠹可去。方鎮大吏及銜命奉使者，皆潔清不擾，無營不急假興作爲科歛，有司不得旁緣爲奸利，則供億之蠹可去。所遣榷税之吏，必清强知大體，無任私昵，無進羨餘，無尚掊克，無資侵盗，則征榷之蠹可去。營末技者，無慮皆奇淫奢麗之物，蕩心志，敗風俗，縻錢刀，甚者交通蠻夷，輸致琛詭，射利取贏，是率天下而離南畮者也。今一切禁之，使著於本，則農之蠹去矣。唐太宗置官六百七十員，曰吾以此待天下賢士足矣，其時事無不治。今内外文武幾十餘萬員矣，而事不加治，一人能治之事，析而爲十人，爲數十人，此猶百夫輿瓢，不裂不止。自臺省府寺之屬，鹽河漕之需次，與郡邑之丞佐，其爲可汰者多矣。省而并之，凡在冗散，十减其三，則稍之蠹去矣。有正兵則有額餉，餉如故也，而兵不充伍，餉安歸乎？歸將弁之囊橐耳！將弁貪，則不能律兵，兵反以劫制將弁，於是在伍者，非羸則驕。一方有警，戰守不足任，紛紛調客兵、煩餽餫，四境皆騷然矣。今察將弁之尤貪懦者，誅斥之。去孱弱，選票鋭，餉必按兵，兵必充伍，則餉之蠹去矣。業舉子者盈天下，禮闈常額及慶典增置，約十歲五置科，取之至多，才不適用，盍稍减常額三之一，有慶典勿增科，則士之蠹去矣。七蠹既去，加之以强本嗇用，有外患及灾害，擇人以捍禦之，行之十年，雖未見富，决不患貧。

議者又曰：若所言近正，然緩不切事。漢世以來，嘗有募資賜爵矣，取閭左之有餘，佐縣官之緩急，不加賦而用自足，其於富國不較捷乎？况塞上多未墾之田，徼外有未闢之礦，舉而行之國，奚慮貧？

曰：此權宜之計，非經常之策也。何者？歸財於官，不若藏富於民；民之於財，猶魚之於水。民恃財而生，魚恃水而游，水竭則魚困矣，財竭則民擾矣。括財以濟事，事未濟而財已竭，又將啓事外之事。財不可再集也，何恃以濟乎？以今所急，莫若先去七蠹，其次則强本而嗇用，而其要尤在擇人，舍此而求富國，以爲奇論可矣，以爲至計則未也。

防侈篇

風俗非細故也。波靡積蕩，如水之走下，不以教化，堤防之不能止也。古者自民間養生送死、嫁娶賓客之節，聖王皆制爲儀品，貴賤有等，無敢或侈者，非獨節財，亦以正性。故其時民安其業，有樂生之心，有仁讓之風，繇教化始然也。若未嘗防民以禮，又縱其侈，轉相仿效，至於無所紀極，尚得曰細故乎？《詩》云："商邑翼翼，四方之極。"匡衡曰："長安天子之都，親承聖化，然其習俗無以異於遠方，郡國來者，無所法則，或見侈靡而轉效之。"以今所見，殆有甚於衡言者矣。

都下之民，其葬薶也，輤車襲以重翣，皆用綵繡紈錦，綴以流蘇，五色陸離；陳偶車寓馬、旌旗幢蓋鹵簿，音樂雜奏，屬於路者將千人；其於嫁娶也，皆用繒綵，金翠珠璣，飾輿馬，輜軿塞道，鹵簿音樂前導，筐篚珍異之物不勝名也，屬於路者亦將千人。其宴飲賓客，必於酒樓盛陳樂部，伶童必曲盡褻昵之態爲笑樂，尊卑少長洋洋縱觀無所避，或繼以夜。一宴之費，至數百緡。其婦女不坐房闥，盛飾觀劇，觴宴酒樓。被服器用，必取琛麗，工巧相勝。市之江淮南粵不足，又市之數萬里之番舶夷貨，輻輳萃都下。其始猶貴家爲之，後則富商大賈爲之，後則中户爲之，最後則極貧下户亦爲之。詢其故，大抵取辦於子錢醵金，不若是者，不得齒於平民。昔西晋之時，石崇、王愷最號爲汰侈，武帝又縱之，民化於奢，遂成風俗。唐中宗、元宗時亦然，厥後卒召禍亂。彼猶豪者爲之，今則窶人子盡爲之，争相炫耀爲奢麗至如此。京尹不之詰，公卿大夫不之憂。賈誼曰："俗流失，世敗壞，因恬不知怪，慮不動於耳目，以是爲適然。"嗟乎！此豈細故哉！

因是奢麗，遂生巧僞，失四民之業，趨末作之途，耗物力，棄廉耻，漸且至於冒上亡等，然後以刑罰隨其後，不能正矣。古之良吏爲民條：嫁娶喪葬儀品、賣偶車馬下里僞物者棄之道，俗遂化於禮讓。夫法禁已然之，後禮施將然之。前俗侈靡極矣，法既不禁，教又不施，嗟乎！將聽其自轉耶？抑且以爲細故而忽之耶？

糾縵篇

政非能慢也，法爲之也；法非能慢也，法繁者爲之也。立法以防弊，法固不能勝弊也，在神明其意而已。謂法不足防弊，朝取一法焉增設之，暮取一法焉增置之，立法外之法，又立法外之人，互相程督，互相檢校，事功在簿書，殿最在奏報，賞罰進退在稽核。法愈繁密，奉法者愈受牽制，舉動日在咎過中，知有法而不知有政。胥吏之黠者乘其牽制，反得高下比附，網利營私，無所不至。故以言乎紀綱，非不日求整飭也，而曠廢偷惰者如故；以言乎財賦，非不日求撙節也，而侵冒耗減者如故；以言乎農田水利、户口保甲，非不日求修舉也，而飾虚詞、寡實效；以言乎軍戎，非不日求搜練也，而將貪士懦，器甲朽鈍，戰守無可任，中外上下皆務爲寛靖周詳，一切愛民課吏、澹灾恤刑諸美政，大抵取文具而已。甚者，大臣無敢爲獨任之譽謗，人主不能爲破格之威惠，而匹夫反得以恣睢無忌，自行其意。嘻，其慢甚矣！是豈非法繁不能舉，其政積漸以至於此歟？

此而不糾，無爲貴政。糾之如何？曰：上者莫如斷，其次莫如質。斷則果而必行，政斯肅矣；質則簡而易行，政斯達矣。人人舉事揆之於理，詢之於衆，稽之於古，度之於今，可以無失矣。斷而行之，法隨之以出者也。文勝則法勝，救文之弊，必在質斷，且質何有於慢？昔諸葛亮嘗以此治蜀矣。非獨亮也，東漢之末，政體極慢矣，自仲長統[1]、崔實之流，皆欲以猛糾之。蜀先主、魏武帝、吴大帝，亦皆用綜核之術，繩寬而警惰，誠救其弊也。

或曰：子所稱，特治一國之術耳，治天下者，豈尚猛哉！曰：猛非治道之中，然以之糾慢，則宜以其斷且質也。漢文帝最爲寬仁矣，然勛貴如絳侯，有過則免就國；親如淮南、薄昭，不少貸。始雖以金繒餌匈奴，後乃赫然講武，命三將屯軍備邊，逐虜出塞，此豈牽制於法者所能哉！

善乎！管夷之言曰："獨斷者，微密之營壘也。"又曰："未有能多禁而多止者也。"荀卿之言曰："法者，治之端也；君子者，法之原也。"又曰："主好要，則百事詳察。"此數言昭然，於政體所在，斷以定之，簡以運之，而慢無不糾矣。

書《續樞言》後

《續樞言》九篇，監利王子壽官刑曹時之所著也。子壽曩作《樞言》十六篇，規切時事，姚子春木比之《申鑒》、《中説》。今時又異矣。天下苦於財力之絀，海疆晏然，抱無形之憂，而邊地盗賊，時時竊發。子壽嘗爲予言："天下之事，任法者敝，任人者强。兵雖疲，財雖匱，得其人而治之，不難振也。"故其所著書，曰《君臣》，曰《信臣》，曰《明是》，曰《七蠹》，曰《謀備》，曰《防侈》、《糾慢》。獨於《官才》懇懇詳言之，分上下篇，其意以謂天下之要，人才而已；人才之爲我用，賞罰而已。今之爲法，限於成格，或疏於巨而核於細，至其取士，止進士一途，不足以盡天下之才之選。宜設特科，如古之賢良方正、直言極諫，以收天下方聞碩儒，趨死不顧利害之士，嚴其功罪而甄拔之。又謂官人之柄，在吏兵二尚書，非知兵知人者，不得居其職。朝廷惟宰執、卿貳天子自簡，其餘盡以責吏兵二部，使官必當其才，才必盡其用也。誠推是言以施於世，其補於治道豈少哉？措乎子壽將歸，而其道莫之行；其官又卑，而言亦莫之信也。古之君子不有得於身，必有得於後。子壽歸矣，固不與馳騁當世求聲利者較一時得失。養親著書，誠有以自樂也。吾獨謂子壽退居荊湘間，舉酒放歌，登高以望大湖，滔滔而莫之拯也，其能恝然無所動於中耶？乙巳仲冬桂林愚弟朱琦。

【校記】

〔1〕仲長統，應爲“仲長統”。

卷三十一　賦

廣箴賦

偉賢哲之好修兮，恒廣求夫訓誨。懼箴規之不聞兮，無以湔夫疵纇。弓受檠而矯枉兮，劍發硎而露鋩。素絲濯而彌潔兮，明鏡磨而流光。予初見夫良木之在山兮，操斧斤而程樸斫。又睇夫太璞之未鐫兮，察符采而施雕琢。予豈能有加於美質兮，誠不忍負大造之降材。使得就榱棟而埒圭璋兮，安往非斯世之奇才。何吾黨之不察兮，羌內憚夫糾繩。予曾不審其見疏兮，尚輔頰之是滕。方鍼石之將投兮，已色然而拒之。迨悃款之將輸兮，又游詞而禦之。予久乃悟以直而取忌兮，以諒而致疑。交游固未可恃兮，臭味久而差池。仲氏之勇行兮，告以過而色喜。卜子之謹篤兮，處惟悦夫勝己。予內揣敷衽而正言兮，什九曾未吐其誠讜。遽塞兑而杜機兮，何斯人之不廣。感枘鑿之難入兮，退自省乎愆尤。勉修能之未逮兮，乃强聒乎朋儔。予終以虛受望斯人兮，徐積誠而待悟。雖遐棄予不辭兮，何忍改乎此度。

閔習賦

夫何習尚之易移兮，雖英俊其亦浼。不漸蘭而染鮑兮，倏轍易而絃改。績甫基而自隳兮，識甫擴而自封。勁直端亮之日遠兮，儇巧闒冗之是從。驥逐群於駑駘兮，鳳俯鄰乎燕雀。輟千里而絀逸足兮，謝丹霄而溷籬落。彼庸衆之雜糅兮，固然無足怪。何殊尤之絶特兮，忽中路而渝其耿介。昔吾嘗擷九秋之桂於幽巖兮，已又搴三秀之芝於湘浦。悦馨烈之襲予裾兮，編雜佩而綴之。以纂組證同心於斷金兮，謂芳澤之長留。啓縢緘而發視兮，薰忽化而爲蕕。察覽桂芝尚難特立兮，又何責夫菉葹蕭艾之儔。波滔滔而日頽兮，路多歧而易惑。蓬不介於麻中兮，夫孰扶之而自直。予閔夫昭質之將虧兮，由本同而末異。亦惕吾行之有遺兮，遂書紳而自勵。

飼鶴圖賦

《飼鶴圖》者，林暢谷封公之所作也。嗣君少穆制府出以屬題，撰賦一首，其詞曰：

溯冶南之哲彦兮，秉貞慤之潜德。擷芳蘺以爲纕兮，采瓊華以爲飾。耽經訓之菑畬兮，恒樂飢乎衡泌。穆行彰於門庭兮，誠信動於鄉國。敷彝訓而式穀兮，眷青田之胎禽。頂凝紫而精含丹兮，翩然來止乎珠樹之林。啄玉英而飲醴泉兮，懷哺養之深心。矯車輪之逸翰兮，睇霄漢以長吟。閶闔起於廣莫兮，倐高舉而鵬飛。

感虞廷之球石兮，隨鳳鳥而來儀。羽毛出而爲世瑞兮，聲無遠而不施。乘高軒以昂藏兮，赤芾燦其陸離。大若垂天之雲兮，遍蒼生而翼覆。歷雍豫及荆揚兮，俗盡躋乎仁壽。起嗷鴻與飢烏兮，積稻粱之殷富。群鵠立而望歲兮，視九州其猶鶵鷇。曰予矢此勤劬兮，實承之乎庭誥。體育物之慈仁兮，竭黽黽而彌劭。彼養民何異餔雛兮，若恫瘝之相告。予敢擅兹美兮，微趨庭誰與詔。朝企閩山之蔽虧兮，夕望閩海之滉瀁。抱耿耿之烏私兮，願申情於禄養。張錦帆以東騖兮，蹇中道而遲留。雲中之人來下迎兮，控霓旌而上浮。嗟撰杖之難親兮，痛奉觴之莫遂。撫手澤於丹青兮，泪浪浪而承袂。

昔楊氏之銅雀兮，美報德於玉環。繼四世以三公兮，耀赫奕乎貂蟬。眉山肇其家瑞兮，庭獨瞻乎栖鳳。輝麗藻以繽紛兮，二子乃爲鬱文棟。偉公家之燕翼兮，誦清芬而彌長。德無厚而不報兮，善無積而不彰。宜好爵之是縻兮，衍簪紱而未央。

重曰：飼黄花兮年復年，羽翼成兮摩青天。仙之人兮去不還，喬木森兮參雲煙。回雲車兮九垓，撫羽節兮徘徊。前長離兮後吉光，望華表兮復歸來。

憫忠賦謁張文忠墓作

偉上宰之邁迹兮，挺時棟於南荆。月符夢而流耀兮，岳降神而炳靈。藴王霸之奇略兮，信命世之豪英。應在田之龍德兮，揚弼亮之休聲。始鳳翽於石渠兮，遂鴻漸於講幄。

穆皇察其國器兮，俄秉鈞而當軸。導玉几之末命兮，翊冲人而翬翬。運謀斷而若神兮，綜宫府而盡肅。狄稽顙而震讋兮，蠻請吏而納士。粟紅腐於太倉兮，金流衍於少府。吏奉法而不欺兮，民熙熙而忘苦。令下如流水之原兮，賞罰疾於風雨。繄夫子之枋政兮，實身崇而地逼。夫豈不知冒亢龍之悔兮，恐皇輿之敗績也。振蠱極之積綱兮，拂衆情而不惜也。犯危機而履深穽兮，夫惟黨人之激也。荃不察夫人之精忱兮，盛震電之嚴威。得歿身以爲幸兮，及恩禮之未衰。功則隱而罪彰兮，福已盈而禍基。朝阿衡而夕渾敦兮，怨者又搆之以南箕。旦揃爪而蒙謗兮，霍驂乘而積愆。元成既踣其豐碑兮，文饒流竄夫海邊。勛烈輕於纖埃兮，釁罪積於邱山。懷忠信而攘詬兮，固自古而已然。

昔夫子之成功兮，向不舉賢而自繼。巽蕭曹之規隨兮，貽後來之責備。豈才大之寡儔兮，庸庸者固不足以相寄。况問主之猜疑兮，又焉能任人而不貳。拜邱隴而流哀兮，瞻遺像而慨慷。興微管之遐思兮，獨霑襟而浪浪。咎固昧夫盛滿兮，功實在乎富强。誠瑕瑜之不掩兮，縱訾議其何傷？感鄉閭之下士兮，時慨想乎雲雷。悵名世之不作兮，獨心折乎斯才。使學道而謙讓兮，將比隆乎伊萊。望荆山之奇氣兮，猶鬱勃乎中台。

幽蘭賦

懿芳草之羅生兮，獨托根於岩幽。幸惠風之朝拂兮，浥清露之宵流。眷茝蘅以爲鄰兮，雖異谷而相悦。處蕭艾以弗淆兮，雖同壤而自别。枉君子之光惠兮，涉湘波而見采。無殊尤之異質兮，恐貽羞乎紉佩。秉芬烈之區區兮，誓貞白以不爽。苟中道之改度兮，豈余心之所獎。歷九秋而弗變兮，經萬里而靡渝。遇同心始得伸兮，譬金石而何殊。揭丹悰以爲旗兮，願報之乎上客。藏篋笥而彌新兮，永無替乎芳澤。

述游賦

余幼懷此寶璐兮，組又襲以元黄。不自珍其華采兮，競抵鵲乎高岡。歲既晏兮鳴鶗鴂，使夫蘭惠爲之不芳。墨驅車而靡定兮，阮臨轍以旁皇。策余馬而西邁兮，馳宙合以高步。日在婁吾以行兮，指滄浪而遠泝。發襄州以首路兮，夕吾臨乎新野之墟。昔世祖之避吏兮，奮白水而龍攄。肇草昧之際會兮，偉高密之挺生。首杖策而納説兮，冠命世之豪英。感昭烈之漂泊兮，但讁勝於博望。日月忽其如流兮，髀肉消而惆悵。以上新野。

逾堵陽而秣馬兮，屹方城之岝崿。壯全楚之金墉兮，實北門之管鑰。軾廷尉之名臣兮，獨持法而不折。彼羈旅之王生兮，顧九卿而結襪。嘆斯人之安往兮，何不逢此高節。以上裕州。

殛尋邑於昆陽兮，百萬摧乎孤城。虎豹慴而股慄兮，電熛怒而霆驚。運神武於危機兮，張赤伏之威聲。循葉縣以踟躕兮，見湛阪之逶遲。龍窺牖而不下兮，鳧乘雲而安歸。以上葉縣。

經襄城以訪道兮，慨七聖之迷途。彼至人其猶惶惑兮，又奚況乎捷徑之徒。崇楷模於元禮兮，杳莫攀乎龍門。奮鷹鸇以逐惡兮，遭北寺之沈冤。以上襄城。

稽定鼎於郟鄏兮，允休祚之克享。嘉揚虛與朗陵兮，暨安成而競爽。雲臺上配列宿兮，炳丹青於已往。北平矯矯奮厥武兮，埽洹水之狂寇。殄猰貐於河中兮，返乾曜於清晝。并此都之俊杰兮，契英靈而如覯。以上郟縣。

徑臨汝以弭節兮，俯滔滔而東指。渡伊水以漸車兮，鑒涓涓而南駛。以上汝州及伊陽。

緣嵁岩以詰曲兮，紛吾達乎宜陽之西。想勒軍而受降兮，崩厥角於赤眉。獲再生而解甲兮，與熊耳子高齊。以上宜陽。

臨韓都而悲吒兮，驚穀水之奔注。儼狙擊之英風兮，激五世之餘怒。以上韓城。

回溪狹不容軌兮，崤阪隘以懸車。嗟二陵之風雨兮，哀三帥之纍俘。隽征西之奮翼兮，被嘉勞於璽書。以上崤陵。

慕二公之分陝兮，隆夾輔之盛治。悼西虢之遺封兮，貪璧馬而殄世。獻既露次於曹陽兮，代又蒙塵而狼狽。以上陝州。

入宏農而衺㝒兮，蹈函谷之遺迹。無望氣之隱吏兮，猶龍覯而誰識。唯六國之連雞兮，空逡巡而委戟。甘割地以稱藩兮，騁嬴氏之蠶食。以上靈寶。

憇稠桑而扼𢫬兮，責哥舒之負罪。棄全陝七百里兮，委三軍爲葅醢。以上稠桑。

向閿鄉而遵道兮，面荆山之蜿蜒。鑄鼎得毋夸誕兮，夫孰睹乘龍而昇天。予既邁此全節兮，閔戾園之餘哀。内有讒而不督兮，已乃築乎思子之臺。洶黷武之積禍兮，戰闕下而搆灾。聆泉鳩以鳴夕兮，雄心能無爲之摧頹。以上閿鄉。

過桃林而遡黄巷兮，壯天險於潼關。北負大河之阻兮，南又帶以商山。使一夫扼其吭兮，萬人趦趄而不敢前。何韓馬之折衂兮，姚鸞亦坐而受殲。有唐再失其守兮，國祚因之不延。信馭寓之在德兮，匪怙險於山川。以上潼關。

顧潼亭而攬涕兮，拜楊公之遺塋。皇靈彰此勁直兮，來大鳥之悲鳴。荃懷忠而不遂兮，雖九死其猶生。仰三峰之削成兮，駭巨靈之高掌。跨陸海以奠樞兮，揭金天而直上。緊景略之披褐兮，始高蹈而龍盤。遭英主之委任兮，假赤鳳以飛翰。士孰能蛩蟺於泥滓兮，夫唯前席之獨難。式夫子之邱隴兮，空霑纓而汍瀾。以上華陰。

越下邽而蹲衜兮，欽汾陽之故里。埽妖孛於紫微兮，取墜日於濛汜。惟勛忱之格天兮，故榮極於終始。心翼翼以奉道兮，誰得譏其崇侈。景邦彥於萊公兮，志恢廓而多奇。贊親征於澶淵兮，社稷安而不危。痛僉壬之貝錦兮，用斥逐而流離。以上華州。

詣櫟陽以遥矚兮，考秦獻之故都。問井里於新豐兮，識漢代之枌榆。以上渭南。

徂驪山而興喟兮，忿褒姒之女戎。斥秦政之起冢兮，役四海而未窮。曾骨骴之未腐兮，牧火罹其鞠凶。元宗又繼以荒宴兮，盛温湯之離宫。召鼙鼓於漁陽兮，郊甸化而爲烽。非帝心之不仁兮，盛滿極而難終。以上臨潼。

瞻段公之墟墓兮，奮擊笏之大勇。雖不克手翦夫澆浞兮，名與邱山乎比重。歷鴻門而總轡兮，凜干戈於尊酒。誠天命之有歸兮，又何撞乎玉斗。陋降玉於軹道兮，策素車而忍耻。昔六合爲一家兮，今係組而獻璽。真人興於霸上兮，五星協而垂光。開四百之炎祚兮，大業基於三章。嗟元子之不渡兮，本無意於中原。宜捫蝨之雄駿兮，遂長辭乎軍門。雨雪霏而載塗兮，星回天而歲闌。涉素滻而踐宣平兮，乃税駕乎長安。翼終南而帶岐梁兮，抱八水之洄瀠。考孟堅之摧論兮，挍婁敬之所稱。信九州之上腴兮，伊四隩之神京。綜興亡於曩代兮，發思古之餘情。漢道昌於高文兮，外戚盛而柄移。唐治隆於貞觀兮，閹寺横而業隳。彼隋氏之苛察兮，與亡秦而一轍。矧氐苻與羌姚兮，不逾時而隕滅。德靡崇而不治兮，驕靡積而不亂。道靡寬而不隆兮，政靡弱而不散。唯豐鎬之深仁兮，綿歷世而未涣。詢宫闕之茫茫兮，未央鄰於皋壤。建章莫睹其彷佛兮，昭陽鞠爲榛莽。按紫宸之雄規兮，與蓬萊而凋落。慨凌煙之弗存兮，奚問芙蓉與花蕚。悟岸谷之遷移兮，倏飛電之雲邈。以上長安。

青鳥肇夫開歲兮，僕夫起而授綏。肅長揖於細柳兮，屈高乘之嚴威。惜齒劍於杜郵兮，勝一臣而何爲。横橋貫於渭水兮，繞咸陽而嗚咽。臣牽犬其安能兮，朝指鹿而莫決。四塞之雄如故兮，重瞳之炬已烈。不師古而任刑兮，譬引斧以自伐。以上咸陽。

趨醴泉而延睇兮，抗九嵏之崚嶒。翠旗颯而風雨至兮，石馬欲嘶於昭陵。以上醴泉。

履六陌以慷慨兮，壯孝侯之授命。援不至而道窮兮，甘捐軀於白刃。當奉天之被圍兮，厄豺虎之磨牙。既主愎而臣諛兮，致播越其誰嗟？微渾侍中之捍禦兮，安知不爲猨鶴與蟲沙？哂乾陵之穢德兮，尚地下以貽羞。人彘禍而更酷兮，皇孫啄而不留。匪五王之投袂兮，唐竟革而爲周。以上乾州。

入栒邑以流連兮，美忠厚於豳公。希文來守是邦兮，至今重賢者之遺風。以上邠州。

届臨涇而騁望兮，辨阮陵與共池。節信雖甘夫逢掖兮，州將躧履而恐遲。以上涇州。

依朝那以稍進兮，崆峒峙乎天外。軒咨道於廣成兮，順下風而再拜。馳遠覽於回中兮，登高平而扼隘。表皇甫之忠貞兮，履險夷而罔懈。尋會盟之荒壇兮，敵衷甲而不悟。彼受降如受敵兮，何左牽之弗豫。以上平涼。

背瓦亭而西上兮，蕭關在其直北。想出塞之旌旗兮，撫雄劍而自拭。躡雞頭之磴道兮，俯涇流之飛湍。前秦皇而後漢武兮，擁萬騎以鳴鑾。以上固原州。

顧隆城而太息兮，弔好水之喪師。違節制而深入兮，終貽憾於輿尸。以上隆德。

窺隴干之古戍兮，曹賨臣之所營。壯武安之伯仲兮，固南宋之虎臣。以上静寧州。

原白草而既荒兮，烏蘭之關以岧嶢。梯青嵐之層冰兮，飛光射乎雲霄。以上會寧及安定。

渭州忽其已覿兮，阪逼仄而難躋。御者告予以襄武兮，始休驂乎隴西。咨南安之石峽兮，眄赤亭之矗矗。獂道渺而安在兮，雒門歎其奔瀑。高野王之治行兮，奬文淵之綏柔。褒任棠之栖逸兮，惜飛將之不侯。以上隴西。

雲漠漠而出塞兮，風蕭蕭而鳴秋。獸走野而索群兮，雁嗈嗈而南游。增羈人之切怛兮，塊獨立而誰儔。

亂曰：遨游塊圠，舒鬱伊兮。韞櫝藝文，貴知希兮。聑越流沙，同其塵兮。班栖隴坻，道以貞兮。在約思純，踐貞則兮。雖處幽遐，猶鄉國兮。

卷三十二　記

江陵縣重修學宫碑記

江陵縣學宫，康熙時，始由城東移建於西。乾隆間，重加修治。道光以來，水再入城。雖屢有補葺，而卑濕波蕩，楹簷蝨圮，丹漆多塵，暗堂及廡，猶不免上雨旁風焉。曉村姜侯來權兹邑，謁畢嘆曰："號爲壯縣，而釋菜重地，頽敝若此，其何以肅仰止，美思樂?"時學博東壁劉君、實堂胡君同詞請曰："盍早圖?"侯曰："諾。"遂捐金爲之倡，且啓郡伯達公，亦謂宜舉。乃募資。邑中以次助捐有差，得緡錢若干。即擇都人士行廉志潔、習營繕者，使庀材鳩工。揆日經始，某月日落成。於是朽者易之，欹者正之。榱棟加堅焉，飛甍加壯焉。垣墉必取其固，黝堊悉從其新。然後深嚴宏邃，克稱宫墻。計費緡錢若干。工竣，僉謂宜文以記之。屬柏心紀其顛末勒諸石。則又爲推論之曰：

夫尊聖者，尊其道也。道之始也一，其後也紛；始也正，其後也歧。古之爲道者，自容貌言動，日用倫紀，勉勉焉持之以敬，而積之以誠。六經之萃，天下國家之要。研究會通，内得於心，不求外炫，用則舉而措之。修之己爲學，推之人爲治、爲教。三者異名同貫，其源悉出於道，雖聖人亦不外此。後之爲道者異是。有雜博之學，有辭章之學，有幽元堅僻之學，最下則有利禄之學。學失，而治與教隨之，猶詡詡然曰："尊道也。"是名焉而已，烏得爲尊道？然則尊之奈何？曰：仍返之聖人之道而已矣。猶是容貌言動，日用倫紀，六經之萃，天下國家之要也，惟其實不惟其華，惟其真不惟其僞。遇則效弼諧，宣勤勞，安民美俗；不遇則進德修業，以淑乎英才，式乎州黨。膺爵禄不加充詘，守蓬蓽不加隕穫，毋紛毋歧，如是而後爲尊道。

江陵自春秋至國朝，良臣鴻儒，照鑠史冊矣。爾來科第仕宦，猶爲一郡冠冕。方當重華文明之世，賢長吏及師儒復率先尊聖，惇勸儒林，蒸蒸髦士，能益加興起，相與躬行體道，守其一且正，屏其紛且歧。吾見士之尊道，未有過兹邑者。是役也，姜侯倡其議，二學博贊之，捐鏹及司將作出納者某某等，皆得書姓名於左。

待歸草堂記

草堂者何？方伯唐公貴陽之居也。“待歸”云者，歸不歸未可知也。未可知則何以有是言？曰：其志固如是爾。

公價藩於楚，暇則顧柏心而語曰：“吾將以‘待歸’名吾草堂，子爲我記之。”柏心請曰：“上嚮用公惟恐晚，民之待澤者延頸相屬也，何以有是言？”公曰：“人臣受不世之知，膺股肱重寄，馳驅宣力，固其職也，敢言歸哉！任愈隆者責愈鉅。識之未周，才之未裕，力之未果，有一於此，咎過叢之，吾日惴惴焉若有所大恐。然三者己之所得爲，猶可勉也；吾所恐者，己之所不得爲也。凡圖政者，非貴其專己而立異也，貴能行其志，以濟於事而已。行其志，有濟於事矣，安其位可也；不能行其志，而誠以動之，遜以出之，委曲調劑，以協於一焉，於事猶有濟也，安其位可也；不能行其志，委曲調劑，不能協於一焉，於事又終無所濟，則非己之所能爲也。猶安其位焉，是曠位也，是禄利之見據於中，而濡涊之迹見於外也。人臣日夜竭才智，奉法令，猶懼無以稱職而報上，顧竊竊焉分其精神念慮，偷合取容，終於攘尤忍詬，盡隳其生平所守，則何爲也哉！且居高負勢者未易測也。外示爲寬厚鎮静，無所不容納，而機緘深閟，噏張變眩，實陰折豪杰之氣。任事則畏侵其權，持正則畏形其短，無牽制之迹，而常使之齟齬顛倒，而不得行其志。吾或從而撓焉，則脂韋依附，何所不至。富貴者，儻來之物耳，一念濡回，而上負朝廷，下負吾學。識者將曰：‘若故矯矯者，亦復蹈此，不亦羞當世士耶?’此吾所以深權熟計，而必懸歸志以自勵者也。且吾一日居於位，則吾一日思盡其職；吾一日不得盡其職，則吾一日不可安其位。亦姑待之而已。”

柏心聞是言也，遂申之曰：“矢之以淡泊，持之以堅定，榮寵不得汩也，危疑不能震也。古名賢德業經綸之本，往往在是。視老氏所云‘知止’‘知足’。區區以智計自全者，廣狹不侔矣。願公無忘此志。”於是書其語以爲記。

重修寇忠愍祠堂記

宋初諸相，多淳厚寬靖，以德量著。至萊公獨才氣闊達，善謀斷，敢任事，毅然有振舉綱維、開濟太平之大略。其贊親征一事最偉，惜乎公策用之不盡，然自是强敵不敢内侮，蒙其福者數世。讒人巧甚，竄逐海上以歿。天下庸夫豎孺，無不憤惋流涕，悲公之以忠而見斥。及喪過巷祭，枯竹復榮，其精誠所感至是。嗚乎！公之安危濟變，固才氣足任，至奮身爲國家畫利害，破除群議，不避怨謗，卒甘心謫斥而不悔，豈僅僅以才自負者？

范文正言：“公爲相，天下謂之大忠。”豈不信哉！播州唐公囊守鞏昌，柏心偕往焉，嘗假寐恍忽，若見公，心異之。歸過華，拜公祠。披榛莽入，豐碑卧階下，堂宇久不掃除，公像亦剥落，慨然謂不足稱廟貌。後與唐公相見京師，語及此，答曰：“必謀所以新之。”今年唐公開藩於楚，瀕行，出篋金若干，兩倡缮之，屬權華州刺史劉君良駟任其役，而同州太守李君恩繼、權榆林太守劉君建韶、大荔大令熊君兆麟、華陰大令孫君治，以次捐鏹，遂蕆成事。唐公語柏心曰：“秦中士大夫來請刊石之文，盍以子意爲之記。”柏心謂是舉也可以勸忠。於是爲謹識其事。適繼任華州刺史葉君椿齡復徵刻，遂以貽之。聞葉君爲政精强，必能推廣此意。謹黝堊、增祭田，以歲時率邦之人展敬於無替者。

楚招祠壁記代　癸丑

咸豐二年冬十二月朔有四日，粵賊陷鄂城。官吏殉節尤烈者，得五君焉：按察使瑞公，道銜武昌府知府明君，江夏縣知縣繡君，竹山縣知縣楊君，江陵縣知縣俞君。皆某之友與寮吏也，所謂五君者也。次年春，某聞其事，悲咤成疾者累月。已而承詔赴楚，佐撫輯，旋奉命權臬事。乃卜署後獨秀峰側，故放鶴亭阯，剏祠合祀之，顔曰"楚招"。瑞公昔官此，四君者授命處率不遠。靈爽式憑，庶幾在兹。

言者曰："朝廷褒死事諸臣，五君與俎豆之榮矣，又奚取專祠者爲?"曰："友與寮吏故也，志吾慟，昭吾敬云爾。""不鄰於私且隘歟?"曰："誠然，固擇之，加審矣。今夫鄂不當陷而卒至陷者，孰職其咎哉? 聞瑞公力争不得，退而感激，知事不可爲，以死自勵。明君、繡君亦策城必陷，誓與存亡。而繡君揮戈尤壯，楊與俞既鐫秩矣，義無苟免，皆相與陷胸斷脰，破宗湛族不返顧。且等之死爾，世或以鴻毛輕之，惟五君奮身赴難，較然不欺其志，又皆出自某夙昔斷金之侶。嗟乎，豈易得哉! 祠之設祀止五君，誠無解於私且隘。然推奬忠烈，垂式百代，不敢不審，豈得但崇所親厚而已。非是，將重貽五君羞。"既刻石陷諸壁，復備書五君姓字，及殉節狀綴諸末。

瑞公名元，字容堂，滿洲厢黄旗人，城陷，戒家人無辱，視其死畢，呼幼子，前手刃之，乃自經死。明君名善，字韞田，滿洲厢藍旗人，城陷亦自經死。繡君名麟，字振之，滿洲厢黄旗舉人，故有武力，城陷，揮雙刀殺賊十餘人，賊大至，格鬥死。楊君名明善，字理元，江南上元人，道光丙戌進士。俞君名昌烈，字鴻甫，順天大興人，皆率練勇登陴，賊至，中矛死。祠凡三楹，中祀瑞公，其公子及幕友潘君傳鍈與義僕祔焉；東祀明君，而繡君、楊君、俞君祔焉；西祀瑞公庶母，其側室及女公子與僕婦祔焉。後之官此者，尚繼葺之，以無忘忠貞。

沔陽沙湖戚氏義田記

自范文正始創義田於吴郡，以贍其族，後世慕義者争效焉。夫效之誠美矣。顧吾見士當窮約時，往往以他日得志，仁及九族自誓。一旦通籍，禄入未饒，謂吾力不足及此，且姑待之。俄而陟華要矣，擁厚糈矣，復以政事埤遺，馳驅四方，無暇遂其初願。即有能果此志者，則又營度過奢，處置無法，典出納、職授受者不得其人，争奪囂凌交起，宗族之誼因之大乖。然則義田無益乎？慕其迹而不得其意，失本旨矣。今觀吾友戚子少雲太守所爲，庶幾於文正爲近乎？

戚氏始居亳縣，其先世在明初立功爲指揮，後徙沔陽，襲官衛百户。入國朝罷之，遂用詩書代雋黌序。及戚子始登進士第，出宰湘，累功擢至太守。族衆財二三十家，所居沔之沙湖鎮，地窪下，以故少積聚，無稱素封者。戚子既筮仕，慨然欲置義田贍其宗。閲十數年竟成之。凡費錢千八百貫，得若干畝。量其租入，族之婚葬、貧無業者，皆有資給；子弟誦習赴試、婦誓節、女完貞者加厚焉；年六十以上，鰥獨有養。遴選族中才而正者，分司緡錢籍記，手定規式，刊付主者，蓋詳審如此。戚子自書生起家爲令，即以治荒政有聲。其後所莅州邑，皆貪狼怒狒、磨牙吮血之區。親督壯士乘障擒諜，一日數戰，所斬賊以數萬計，卒復境土，功爲同時牧令冠。又嘗被檄援皖，轉鬥盗區，往返竟達。迹其頻年，身不去鞍馬，或治軍書畫兵食；或仗劍提戈，追奔逐北。又以其間撫瘡痍，興學校，殆無淹晷之暇。而能眷懷宗黨，爲畫長策，毅然傾資，以償夙志，葛藟蔭本，枝葉滋榮，又何其温然仁厚君子也！乃知士大夫於義田之舉，以力不足與時未暇自諉者，特未聞戚子之風耳！

今夫涓滴之露，潤及寸荄而已，進而溝澮潤及畎畝焉，進而江河潤及九州焉。量雖有廣狹，其於潤物則一也。戚子是舉，已潤及舉族，他日力稍充焉，庸詎知不進於此耶？若士大夫皆度其力所能至，各收其族，四海豈有一夫不得其所哉！是范文正之志也，戚子其近之矣。柏心故樂記其事，且使世之慕義者知所勉焉。

荆州郡署題名記代

州有九，荆居一焉，至今猶以州目郡云。司馬遷《史記》創立循吏傳，稱首者爲孫叔敖，則治此郡者也。東漢之末始置牧。三國及晋或治江北，或治江南，晋以後置都督刺史，其親王遥領者，則置長史。唐之季也，高氏專其地。宋削藩鎮，乃歸其權於郡守，定治江陵，至今不改。昔之荆州，蓋畺圉遼遠矣：北包宛鄧，南盡交廣，今則統縣七、衛三而已。

前代分争之際，地直戰衝，領是郡者，非親藩强鎮，即勛官武臣，恒以治兵禦侮爲急，未遑政績也。明代宗禄管於郡守，歲受其擾。國朝設駐防於此，著令州縣沿水次者，納米郡倉，號曰南漕。主給旗兵月糈，郡守實職出納，頗稱煩猥。近歲始改折色，以時受鑼於臺使，郡守乃得專意民事。此其制置職業之大略也。

竊惟荆郡，表江而裹漢，襟之以沮漳，帶之以湖澤，其勢平衍，厥土塗泥，民恃堤防爲命。薪茭畚鍤，殆無虚歲。一遇大潦，則横流洚洞，故尤以治堤爲急務。地形則西承岷蜀，東俯岳鄂，南北舟車，通津孔道，悉經於此。勢處必争，自古號用武之區。在全楚支郡中，最推雄劇。守是邦者，豈易言報稱哉。

昔者兩漢最重郡守之權，得都試騎士。盜賊發，即任征討，掾屬以下，辟舉刻治，自專章奏。今制異於昔矣。然而今之治猶昔之治也。夫總方略，壹統類，砥節首公，正身率屬，日夜孜孜，爲閭閻講求利病，鋤豪猾而進柔良，美風俗而廣教化，此其治與職相應者也。權雖輕何減於治？若夫驕逸虐戾，闒冗叢脞，此其治與職不相應者，雖權重何益於治？况乎連千餘里之壤，居衝要形勝之地，無事則整理肅清，消亂萌而杜逆節；有事則折衝干城，威伸境外。自非負文武才略，未足稱職而報功矣，視其人何如耳？豈繫權之輕重乎哉？某承命來守是邦，自惟薄劣，初領專城，兢兢焉廢墜是虞。乃考前之爲郡者，録其姓名，起某代至今，得若干人，勒之壁間。出入觀覽，因其賢否，用資鏡戒。語曰："不習爲吏，視已成事。"此亦得失之林也，何必舊聞。

岐亭三祠碑記

岐亭三祠者何？曰宋賢也，曰于清端也，曰忠義也。祠於何昉？按黄州郡丞分治岐亭，其地舊有祠曰"宋賢"，祀陳公季常及蘇文忠公，則國朝于清端官岐亭時爲之，祀中增祀清端者，則邱司馬錫書爲之，并舊祠移之陳公墓側杏花村。又析爲三，中祀宋賢，北祀清端，西則增祠，曰"忠義祀"。咸豐以來，在黄郡戰歿文武將吏，及郡之薦紳義士、敵愾捐軀者，則今司馬王君省三爲之。既成，走書千里，屬柏心爲之記。

或曰：宋二公以賢，清端以功，忠義諸君子以節，其趨不同，并壤而祀之也，何居？曰：文忠經濟不見枘用，方山子負卓犖才，自放山澤之間，遨游咏歌，特其寄焉爾。使易地以處，安在不能爲後人所爲？即清端非遘雲雷之會，忠義諸君子不逢屯難之秋，亦豈無以自表見哉？時無古今，運無否泰，要之，能自樹立者爲不磨耳。安取同，又安見不同？竊嘗謂：自有世宙以來，孰維之乎？人心維之也。今夫宋賢往矣，相去千餘年，都人士猶生慨慕；清端距今且二百載，以其爲名臣事功發迹之地，尸祝不替。又况目擊忠義諸君子，裹瘡飲血，日夕與凶豺格鬥。或追亡逐北，殲其醜黨，拔灾黎於鋒刃俘掠，而返之衽席；或陷伏被圍，身首横分，尸飽烏鳶。想魂望祭，其爲哀傷悼嘆、痛纏心骨者，豈有終極？然後知賢也、功也、節也，其深入於人心，則一也。嗟乎！此千古名人烈士所以欣慰於九原，而後來英杰奇偉之流，所以激昂感奮、效慕而不絶者也。人心不泯，世宙賴以不墜，兹祠非其明驗也歟！聞清端嘗欲就祠建書院課士，不果。邱司馬復有志未逮。今君將募資蕆成之，伐石表曰："杏花書院。"岐亭僻壤，官此者率寄他所。獨君始赴官，會士民，舉行團練，披荆闢草，日不暇給，乃首建三祠，又將經始書院，可謂務其大者、遠者。

柏心因復於君曰："人心以維世宙，學術以維人心，方今政體，莫急於此。"牽綴并書，願君且勉成之矣。

蘭臺書院記

蘭臺者，宋玉賦風之所也。今即其地建書院，上之有教化，猶風之動物也。教行始於士，久而化以成。古者處士於間燕，里有塾，黨有庠，州有序，少而習焉，其心安焉，不見異物而遷焉。教之以六德、六藝、六行，立師以專其業，分年以考其成，正長、大夫以時視之，簡其不肖而獻其賢能者，然後升於學官，諸朝文武唯所用，而王國收楨幹之材。其倡導之也，灑然以變，徐而泠然以善，至其鼓舞成之也，則雍然而大和。故曰：教化及人，猶風之動物也。

近古以來，學校略備，復設書院以輔之，蓋亦庠序遺意與？郢郡書院久圮，師若弟罕涉其庭，終歲課不過三四舉，講貫無地，鼓篋者日以懈。太守賈公莅斯邦，見而嘆曰："此何以礪士？"急謀葺治。議者慮費絀，公不謂然。捐若干緡爲之倡，募諸四邑，卒成之。齋舍膏火，課期名額，及他器用，均增於舊。試士必親校，獎其尤異者，賞雋抉瑕，訓迪敦勖，往復不倦。士乃益蒸蒸嚮學。柏心因客郡齋，暇輒與都人士游。聞其言曰："吾公之愛才烝髦，古文翁不是過也。"公亦謂柏心曰："子曷具言教化之次第，使夫修業者審所趨焉。"則對曰："唯唯，請言其略。昔者，宋胡翼之分經義，治事教其弟子。范希文重之，延主講授。後朝廷下湖州，采其教法，頒之太學。乾、淳大儒講學書院，鹿洞、鵝湖尤盛。大抵闡究於心性道德之旨，辨析於王霸義利之分，自身心而推之家國天下，體用一貫也。國家取士，功令雖先制藝，特以覘其所業耳。業安在？則孝弟忠信之行，聖賢經傳子史百家之籍，一切尊主庇民之術是已。講明而切究之，設誠而致行之，然後以布於其言，得選則釋褐受犗，進於內外臣。達者爲岳牧、卿尹至輔相，舉其素所蓄積者，施於事功，朝廷稱得人，而士亦以此不負所學。若然其爲教，亦猶古之道也。豈欲其敝敝焉揣摩佔畢，挾淺陋而規遇合也哉！兹邦自累代以來，名臣鴻儒相望也。承學之流，習聞於鄉彦者，當具有本末。賢太守復體盛朝登崇儒術之意，振興而甄育之。士也益相與濯磨淬厲，深求夫體用賅備之學，出而佐天子興道致治，澤及群生。吾見英俊踵起，比於虞周師濟，若條風至，而百昌無不舒榮坼甲也。教行而化成，其次第蓋如此。”

公曰：“善。如子之言。”遂承命，書之爲記。

夷陵石門洞創建各寺碑記

自夷陵郡城下渡江，西南行可三十許里，有洞曰“石門”，境最靈奇。前明時，洞中僅龍神祠，歲旱，守令禱雨，始一往焉。久之祠圮，灌莽荒茀，游者莫至。道光間，僧普光力加開闢，先後募建招提，凡有五所：曰靈泉寺，曰祖師殿，曰佑極宫，曰張仙祠，曰龍神祠。塑寺中各像皆莊嚴妙好，威光圓足。洞中土石之隆者鑱之，窊者培之，齟齬阤洌者平治之。寺皆累石爲墻，有樓有亭有闌楯，洞外表以石坊，甃石爲磴數百級。經營十餘年，日夜董治不少休。紺宇琳宫，充滿於中，欝爲鉅觀。於是游者輻輳，欣賞不絶，稱普光之勤力，能使山川增勝。予嘗與都人士一再至焉。普光請予記其事，予輒爲之喟然興嘆也。

今夫大雄氏之教，其施於日用，孰與吾先聖人之道之切哉？吾見名都大郡，以至偏州下邑，皆立學宫，顧往往飄摇剥落，自號爲吾先聖人之徒者，未嘗蹴踖難安，以高閈閎、新棟宇爲己責。而彼法獨扶持衰墜，願力宏大者，何也？蓋大雄氏之教，堅忍精猛，能必伸其志，彼所爲説，悲愍慈愛，若真有福田利益，濟及人人者，無智愚皆從而炫慕。又其所爲，精藍寶相，金碧照耀，殊形瓌狀，窮壯極瑋，無復限制，足以震蕩其心靈，變易其耳目。故膜拜涕泣，頂禮皈依，如響赴雲集。而其徒之苦行持戒者，固已取信閭里，又能發心誓願，祈募功德，專精感動，布施立應。彈指間，而五城十二樓不難隨地涌出。雖釋迦本旨，但歸湛寂，無資闕侈，而彼自以其篤信之深，充而爲尊崇之盛，在象教不啻功臣。嗟乎！此宜吾先聖人之徒，所自愧爲不逮者也。予非助緇流張幟，特書普光之勤力，以激夫自號爲吾先聖人之徒者。

賜養堂記

賜養堂者，同治初元全州蔣先生奉詔歸養，遂取以名其堂。非曰榮之，志不忘君也。上始踐祚，先生自澤州馳進《中興策十二》，上覽而嘉焉。有詔起先生，而太夫人南北轉徙，驚悸靡定，又頻有疾，鬱鬱思鄉土。先生承其意，於是拜疏辭不赴，而陳情乞養。上方侍兩宫太后，不欲奪人親，徘徊久之，乃推錫類之仁，可其奏。先生遂奉太夫人自晋南歸矣。

或曰：先生秩京尹，赫然輦轂重臣，望最高，值朝廷沖少，四方多故，勵翼需賢，中外交屬。人臣致身於君，身非親有也。且奉親以趨闕下，日夕起居無不如志者。汲汲請歸，得無少恝？

柏心曰：不然。先生揆之於義，審矣。内度諸身，外度諸世，而無疑於歸者也。夫古之人臣，或身預顧命之託，或將數十萬衆於外，與敵相持，此時則惟知有君，不敢以親爲辭。先生無是二者之責，請養，奚爲不可？且先生適上封事而有召命，自念名在朝列，簡拔任用皆惟命。獨耻以言干進，故力請歸養。是舉也，以明人臣出處，必衷道義，以爲當世士大夫激揚名節，又以助廣盛朝孝治天下之化。柏心竊謂先生之奉詔而還山也，其所補助，賢於應詔而趨朝。抑柏心重有感焉。《小雅·四牡》之作，成周盛時也，所以爲人子閔勞其親者，不過曰“不遑將母”、曰“將母來諗”而已，不敢以家事辭王事也。兹乃聽其去君而從親，浩蕩之恩，曠古未有。夫君之於臣，爵位禄糈有賜，輿馬甲第有賜，甚者鍾鼎茅土有賜。若是止矣，令其宣力之身，退爲承歡之身，賜之其子以及其親，并其親之康强期頤，而亦不啻賜之養者，子之職所得而盡者也。賜之養者，君之仁所不得而冀者也。先生獨叨此異數，大矣哉。雖覆幬，宏慈何加焉。然則受之者，宜何如矢報？柏心知先生歸而承歡膝下，仍不忘結念闕廷，其在親側，猶其在君側也。今兹報親如是，他日報君亦如是而已。惓惓不忘君，故志之。志之，非曰榮之也。適承徵記，遂具録是語，敬質之先生。

游石門洞記

曩至夷陵，訪三游洞，詫爲奇絶。徐而聞此邦人士，道石門洞之勝又有進焉。今年冬，邑侯金序之明府，延共輯志乘，復來夷陵。都人士益繩石門之美，且云兹洞閟於僻壤，未辱昔賢題咏。近自懷甯鄧君守之獨發雋賞，游者始盛，寺刹亦以次創葺矣。適守之自永州來，明府又促之曰："將有事載筆，百聞不如一見，諸君盍親探幽勝乎？"遂期以十月九日往游。

至期，邑人孫敬之、羅南軒邀柏心與桐城劉俊賢先發，而守之及王策臣乘舸繼進。渡江艤葛道山下。循而南，沿溪西上行二十許里，途益峻，夾溪皆嶔岑沓嶂，虧蔽雲日。顧來時溪，下流涓涓不絶，上源反竭，俗所稱"乾溪"者也。又行數里，兩岸山峰欲合，遥望空際，萬石横叠，作樓櫓城墉狀，意謂洞將在是。詢之輿夫，果然。磐石磴百餘級而上，榜曰"石門"。㕒㕒谽谺，突若飛甍懸雷，㢶豁中開，靈泉寺在焉。僧普光導入，陟"卧雲樓"，學使馮展雲宫詹題也。余四人皆初歷，心悸目眩，未敢遽探。日已曛，姑憩是。拓窗四顧，奇峰林立，爭窺生客，秉麾植幢，峻容偉態，壯靚而竦峙焉。岩溜歕空濺石缶，則水樂競奏矣。少頃，守之、策臣至，日已瞑。俄焉月出，照溪南諸山如晝。已而溪北岫壑，亦表裏洞徹。月半輪挂洞口，疏星歷歷可摘也。客皆倦。遂宿。

詰朝，咸盥漱，急趨樓下。右轉得靈佑宫祖師殿，益右得張仙祠。舊有土書"月峽張仙至此"六字，疑即邋遢道人矣。今字皆漶滅，祠前有亭曰"漱玉"，守之所名。環植竹柏，洞溜飄灑，鏗然無絶響。奏八琅之音，絙園客之絲，清越當不過是。僧云："盛夏驟雨，時岩滴迸爲飛瀑，直注平地，躍起往往高出亭子。”上亭之右爲靈濟宫，有龍湫。明時遇旱，禱雨有應，奉勅建祠始此。今歲旱猶循其事。秉炬詣湫所，黝然渟泓，方廣丈餘，深才數尺。窺其堧，距懸岩僅隔數寸。僧云：“曾有人縛梲伏其上，緣隙入，不得進，以綆繫石測之，至四十餘丈，未窮其底，乃返。”僧又云：“未嘗大溢，即深亦不過數尺。”意者伏流他出歟？出而諦觀此宫，與張仙祠適當洞口之中，呀然呿其巨吻，吞吐萬壑，岩傍修蘿，翩翻無異龍髯。岩滴當門，垂旒綴珠，琤瑽駱驛，疑張水簾，疑被瓔珞，溜所齧處，石皆嵌空刻露。凝酥之乳，編貝之齒，類巧匠所刻鏤。各寺之下，皆有小洞。最左有風洞。僧云：“有石蚴蟉作龍形，鱗甲森張，多蝙蝠蟄其中，大者如車輪，詰曲深黑，不敢探。”大抵兹洞廣闊，横迹之無慮百丈，縱計之可三四十丈，測其高可七八丈。靈秀所萃，則靈濟宫、張仙祠尤勝。洞内皆細石雜土，凝結如鐵，而得石氣爲多，故燥而温，仰睇之若截肪削脯，其委積若肺肝然。意者元氣胚胎、地媪孕靈時，有儵忽二弟，愛渾沌氏爲鑿其竅者，不然，何有此瓮盎大腹也？

凡談山水之勝者，不曠則奥，二者恒不可兼，兹獨兩擅之。終日行脣齶間，自以爲適廣莫之鄉，游太虚之宅也。僧又云：“兹山凡三成，此爲下岩，其上中二岩，皆有洞三。”因攀陟往探之，斗絶不得上，乃返。溪南山腹，亦有洞。僧云：“深廣類是，游者特未能至耳。”余嚮詫三游奇絶至此，乃如河伯見海若。莊生有言：“小知不及大知。”予益自慚其陋。是夕仍宿樓中。寺僧夕唄徹曙，鍾磬聲與岩溜聲相間，益發人清省，不知胸中塵慮，消落何所。翌日晨起，相與命駕歸。歸而翦燭記之。同游者凡六人：鄧守之、劉俊賢、孫敬之、羅南軒、王策臣。記之者，監利王柏心也。

重修晴川閣記

漢陽郡西郭外，舊有閣曰“晴川”，見於名流題咏久矣。咸豐二年，粤逆陷岳州，水陸并下，當事者倡爲棄漢陽、專守鄂城之議。賊遂得突據之，閣亦見毁。至六年，今爵閣督部官公，乘克安州之勝，進圍其郛，大破賊，始復漢陽，迄今八載矣。民稍稍復集，都人士以爲兹閣當還其舊，請於太守鍾公雲卿觀察，集資重修。既落成，觀察則屬柏心爲之記。

兹閣聳峙大别之麓，江漢環其下，遠覽疏導餘烈，神禹之明德遠矣。地扼南北要衝，與岳陽互爲鄂渚門户，自昔戰守所必争。孫仲謀、梁武帝以及宋元之際，攻取遺迹，略可概見。乃者，咸豐間闒臣無識，舉雄劇之郡，委之貪狼凶狒。日肆其吞噬刳屠，夷我郊關，燔我闤闠。凡赤子罹鋒刃、陷俘掠者，不下數十萬。當是時，白骨蔽於草莽，赤血漲於川谷。方且旅拒我師，前後三載乃克之。嗟乎！自前代兵燹，未有烈於是者也。向非元老壯猷，廓清而摧陷之，豈不長淪豺吻也哉！以此知昔日當事倡棄漢陽爲繆策也。

今雖鯨鯢殄矣，百堵作而商旅集矣，然瘡痏未盡平也，悲傷慘怛之念未遽息也。蛇虺猰貐，耽耽環伺而候，間未嘗絶也。無亦惟是吏民上下，汲汲謀固吾圉，力吾本農，修吾忠信，壯吾干城禦敵之氣，而湔滌夫侈蕩浮麗之習。則是閣也成，比於趙氏留晋陽之壘，齊桓公不忘在莒。即他日生聚教訓，富庶甲旁郡，俯仰登臨，必無敢以豐衍蕃昌爲可樂，而時以戈鋋烽燧、屠掠奔竄之狀怵焉。如接於前而踵於後，則安不忘危，是邦其永永有磐石金湯之固也已。觀察曰："吾子之言切矣，深矣；彼徒述山川，侈景物，猶昔日之閣，非今日之閣也。"遂書之爲記。

雨花别業記别業在湘潭，金陵人所建也

游子思故鄉，雖英雄而帝王，如漢之高光，猶戀戀於豐沛南陽，况羈游久客常人之情乎？况其鄉兼有山水之勝、都會之壯者乎？又况干戈之後，復睹再造者乎？宜其引領而望，凄然引泣矣。金陵諸君子所以有雨花别業之建也，其地在明爲準提菴。國朝康熙時，上元翁之驥重建焉。鄉人寓南楚者，歲時率會此，久之漸廢。今梁子竹君、何子治民諸君，捐金葺治，贖其故田，理其租入，蒙雨花臺之名，顔曰"雨花别業"，爲

鄉人會聚所。有亭臺花石，翛然塵表。竹君復寓其中，不忍去。諸君子屬余記其事。

夫自粵逆倡亂，盜據金陵，十有餘載，梟獍之毒痡極矣。諸君之幸羈游未與其禍。然痛心疾首，宜何如者？余考變遷之多，莫如金陵。孫氏植基，繼以六朝四十餘帝，幾三百年。最後明祖亦奮起於玆。夫其雄霸所戰爭，豪聖所經營，宮闕城郭、溝渠康莊之壯整宏邃，與夫衣冠俊乂之輻輳，士女車馬之駢闐，舞榭歌樓迤邐相望，珍奇瓌瑋充牣殷阜，而皆無存者，與空中雨花何異？獨諸君子之身逢喪亂乎哉？今幸朝廷清明，景運方隆，湘東豪杰如雲而起，元臣上將，相與戮力一心，奮其智勇，取蛇豕鯨鯢，梟誅裂磔，殄滅無遺。東南赤子復登衽席，噓之以和風，潤之以甘雨，雖朽株枯枿，已隱然有舒萌坼甲之生機。諸君子僑寄湘濱，相與銜觴酒，道情愫，且有雲霞絢色起於三山二水間者。龍虎盤踞，安在不可還昔時壯麗偉觀？諸君子東望鄉關，其亦可化悲爲喜也已。

卷三十三　序

人鑒序

南平田畯菴明經奉其尊甫經畬先生之教，嘗謂“孝弟忠信，禮義廉耻”八者，人道之大綱，而作聖之初基。因編爲八類，析爲若干目，首載經訓，次及子史百家。凡古人言論行事，可則效、可警惕者，皆以類附條記其下。自承學以來至於垂白，手自鈔纂，未嘗一日輟。畯菴爲學主實踐，力而體之日用行習。生平博洽富文藻，老而未遇，弗之有悔。獨窮年矻矻，裒輯是編。雖宗主不出八者，而體用明備，經緯萬端，所包綸宏且遠矣。既成，屬柏心爲之序。

竊聞孔子有言：“大地之性，人爲貴。”人者，超群生，配三才，信乎其爲貴也。均是人也，百骸七情莫不同；入有父子兄弟之親，出有君臣上下之誼，會聚相遇，有耆老長幼之施，若是者莫不同。然而有君子，有大賢，有上聖，有庸衆，有下愚大惡。若是其不齊，何也？立人之道，若藩籬焉，若堤防焉，謹則成，圮則敗。孰藩籬是？孰堤防是？孝弟者，堯舜之道也；忠信者，孔氏所以教，而孟氏所尊爲天爵者也。禮義廉耻，則又管夷吾稱之爲四維者。之八者，管乎人道之最大者矣。其爲藩籬也，固矣；其爲堤防也，至矣。是故道者導此者也，德者得此者也，教化者端此者也，政刑者防此者也。雖有明哲之資，自八者而擴之，位育參贊，不過全乎其爲人；雖復中下之資，循八者而守之，省察操存，即可無愧乎其爲人。若夫蕩越焉，决裂焉，則形氣視息，儼然人也，而已淪於禽矣。至於名教凌替，風俗薄惡，禍亂且相尋而至，人道之憂將自此始也。其初蓋由一二才智者，憚於敦行不怠之苦且難，因相與厭薄八者，而標虚元詭異，或溺於多聞博辨，以高遠奇麗自炫，世乃靡然從之。不知夫八者實也，餘皆華也；八者内也，餘皆外也。人之道將先實乎？抑先華乎？將重内乎？抑重外乎？而彼方從事於華且外焉，亦可謂本末舛逆者矣。夫是八者之於人，不可以須臾離，第非服膺古訓，考諸往昔言行，以爲法戒監史。則天資粹美者，雖能暗合，然猶不免有徑情之失。其中才以下，倀倀乎如瞽人如夜行，將入於坎窞而不自知甚矣。

晙菴《人鑒》之輯，其有功於人道，爲約且要也。是編也行，盡人可解，盡人可勉，豈止爲人道、樹藩籬、峻堤防也哉！雖由此會萬理、貫百行，仰者跂之仁聖之途也，夫何遠之有？

緬述序

《緬述》者，彭于蕃太守治騰越時，詢諸夷使譯而録之者也。騰越有鐵壁關，緬使必敂關乃得入云。按緬名始見於宋，至元史已云莫詳其何種，大抵漢哀牢塞外夷也。山川遼遠，憑負阻深。方元之强盛，兵入其國，僅能以文降之。國朝乾隆時，頗擾邊。忠勇公傅恒率師往征，納其降。閱二十年，其王孟隕遣使齎表，獻方物，乞封貢，由是册爲王。著令十年一入貢輸忱，嚮化比屬國焉。道光二十八年，永昌民回交訌，制府林公督師進勦，檄于蕃集練勇，徵土夷，勒兵掎其後。緬使者述夷王意，款關詢師。故于蕃具語之，戒以歸白若王，毋震恐，毋納亂民，按故事犒賚之，皆拜謝去。

夫蠻夷雖天性悍戾，然其嗜利惡患害之心則一也，率視邊吏之廉污爲逆順。漢始開置西南夷，其時刺史、太守、都尉、從事，有政化清平、宣布威信者，則舉種内附。文犀封獸、光零瑠璃、罽氎帛疊之屬，充牣府藏；雕題鏤體、卉衣鳥言之輩，稽顙闕廷。其有以黷貨失遠夷心者，亦輒寇掠相挻，起爲邊患。此則柔服桀驁，在於長吏賢否，皆前世已然之迹也。

今國家文德武烈，遠被日南，比景之表，自上世所不能臣者，莫不讋慄，奔走請命。下吏于蕃領郡，適當邊徼，樹聲流惠，所控馭皆中方略，荒陬悦服，詐虞俱泯，邊鄙不聳，民狎其野。兹非長吏得人之明效乎？前史載緬事不甚詳，國朝奉使至其地者，復罕記述。于蕃固舊史氏，又官邊郡，遂慨然咨訪，勒成兹書，將用是宣上威德，俾遠夷思錫命之榮，覆燾之仁，恪共震動，世世享王毋敢替。且使後之吏兹土者，循覽推究，得靖邊綏遠之略，其用意至深遠。其才略威惠，隱然折衝千里，亦可附見，非僅馳觀域外，備職方誦訓，與内外史之采録而已。昔朱輔爲益州刺史，白狼、槃木、唐菆等款塞請附，於是作遠夷《樂德》、《慕德》、《懷德》三章。韋皋節度劍南，招西山八國，奏上驃國奉聖樂，彼皆節鉞方鎮，風行殊俗者也。于蕃頃上計簿，朝京師，天子嘉其治行，且膺旌節，功名大著於南土，豈出彼兩人下哉？

是書不分門類者，隨譯隨録，未暇詮次故也。紀略附後者，采舊志及文移，示有所據也。其名曰述者，不居作之名也。

胡念蒿先生集序

士之俯仰亡資者，衣鶉足趼，栖栖四方，崎嶇憔悴於山巔水涯、寂寥蕭曠之境，往往凄愴傷懷，仰天悲歌，若有不任其聲而疾舉其詞者。彼無爵位之階，無名譽之藉，其困阨也固宜。若夫仗節乘軒，聲高乎岱衡，義動乎流俗，騰躍而上，可以絶雲氣、負青天莫之夭閼者，俄而捐榮謝寵，反冬乎泠風，崎嶇憔悴，有過困阨之士，卒甘心而不悔。不知夫天之窮之，與人之自窮，與將不期其窮而適至於窮，其中固有所不樂與？抑自樂吾樂而有非窮之所能奪與？嗟乎！高世之行，内者甚重，外者自輕，視榮辱得喪之代謝，猶鶉雀蚊虻之過乎前也，彼世俗烏能測之哉？

江陵胡念蒿先生，少以才名冠三楚，既登第，起家爲比部郎，受章皇帝識拔，督學江南，旋拜江西驛鹽道，轉江西按察使司。參議臺臣，交疏論薦。遽以母老謝病歸，歸而貧甚。飢來驅人遍涉燕、趙、秦、晉、吳、越、齊、魯，浮游荆衡之壤，九州歷其大半，計塗數萬里。遇山水奇勝，或抑鬱不適意，時時發爲文章詩歌，敏給日數十紙。毁於火者再，蕩於水者一，今其存者，千百之一二耳。信乎天之窮之也。方先生之拜外藩也，年甫强，仕平流而進，躡開府、躋八座無難者。决然舍去，退卧邱園。生平門下士多赫然相繼登卿貳矣。所歷仕宦之區，世共目爲脂膏地，計禄入所饒，爲子孫治田宅有餘。然比其歸也，饘粥緇布且不敷。又不喜聲譽攀援，獨皇皇走道路，年衰齒暮，未有寧居。鬱攸昏墊，蕩魄悸心，極人世之困阨，無以過此。斯則非天窮之，而先生之自窮也。乃先生未嘗介意。抱德煬和，嘯歌自適，白首魁壘，爲海内所宗仰。其節介，其識定，其神恬，終身充然有餘樂焉。同時榮華貴盛者，皆過如飄風，變如浮雲。獨先生之性情與其文詞，至今若浩然常往來宙合之間，大浸稽天而不溺，大旱金石流而不熱，疾雷破山、狂風振海而不驚，先生當之矣。斯豈祝融之所能威，陽侯之所能怒者哉？

嗟乎！彼世俗烏足以測之？先生文章，洸洋閎放近莊、列，詩不襲古人面貌，多柔澹沈勁，直舉胸懷意興，所到則踔厲變化，骨騰肉飛，大抵似子美氏，非善讀者不知也。先生有孫曰炳南，貧而有節概，恐先集之就湮也，誓歲梓一帙，以蕆厥事。過予徵序，嘉其志，爲論次之。先生行事見他傳，叙中不具論，獨發明其旨趣，蓋有不以窮達易其樂者。

李梅生遺詩序

梅生李子殁於里第，柏心聞而哭之甚哀。語人曰："非但風雅失一才人，乃令國家失一良臣。"或有疑斯言過當者。予曰："秉奇杰之資，而其性度深沈閎遠，自視恒若不足。此閒氣之英，當爲治世良輔。"造物者，曠百年或曠數百年，儲其精靈，乃特生是人以泄之，將使經世宙、福萌隸，非偶然而已。中道夭於天年，勛業未就，徒區區以文字表見，斯人之不幸，實斯世之不幸也。悲夫！

李子者，宫太保石梧李公之子也。五歲受詩法於門内，即多可傳誦者。成童入都，湯子海秋壯其才，引與酬唱，所作益奇恣。弱冠登第，選入詞垣，愈肆力於詩。乞假游吴越，養痾里居，所爲詩，則超忽頓挫，變化不可端倪，近於渾成。識者謂開寶數公後中聲湮鬱，將千餘年至李子復振。乃予則以爲詩未足以盡李子云。

予於李子忝齊年，又同宦都下，論交最摯。李子一日過予深談，謂方今治平久，法令徒文具，人人憚於振厲，度支、軍實、邊備、河渠、漕輓諸政，率惰窳罕實效。上有憂勤之堯舜，一旦得佐下風，救時之術將何先？又舉歷代賢臣名相，事功所設施，孰宜用於今日、與孰當效法者，虚衷降意，咨詢商搉不少倦。予始知其有開濟之志矣。其爲人恬静無他嗜，惟當代忠亮經濟文章之流，尤號爲英俊者，必折節禮敬，出於誠款，甚者隱奉爲矩範。四方利病輒詳察考究，籌所以興革之方。上召史臣輪對，至李子獨顧語移時慰勉之，許以不次簡擢。朝退，李子過予曰："即當歸矣。"予曰："何遽也？"李子曰："父子受恩最渥，上以世臣視杭，非忠藎不足報國，年少學術淺，驟躐顯貴，懼無以塞海内望。姑出隨侍，益習當世事，以其暇探索往籍，講求經國庇民之略。五年，當再出馳驅經營，惟上所命之。"予乃喟然歎曰："能如是乎？君家子堅、長源，或潛真梁漢，或栖遲衡山，卒起爲當時良弼。勉之，吾以此望子矣。"李子遂出國門。久之病咯血，卒年未三十也。

李子挺貴胄，練於政體時務，早踐清華受特知。以其年華膂力，爲盛時熙績亮工之日甚長。資稟奇杰，而能深沈閎遠，恢恢乎於天下之善無不納，忱悃懇篤，日夜惟思，專欲以忠愷答上意。寵榮利禄，舉無足動其念慮者，使得進用蘇廷碩、李文饒、范堯夫諸賢，曾何多讓？苞采方揚，俄嬰疢疾，川岳星辰之氣，疇泄之而疇靳之歟？世有斯人，不得以勛業顯悠悠者，又未能測其才智識量，以國器相屬，惟一二心知之侣，失聲悼嘆，謂斯世不幸，乃令國家異日失一良臣，千百世後，亦孰信此語爲誠然者？嗟乎！此尤其可悲者也。

李子歿後，其季弟桓承尊甫命，裒存遺詩，走書謂柏心，宜爲編校，且加弁言。李子詩所取法，自屈氏正則、曹氏子建、阮氏嗣宗、李氏太白、杜氏子美而止，風骨神采，非近世才士所及。置不論，論其志識量之大者，雖未及施用，所流露往往在詩，深觀者從而推迹焉。當信予言，非私相稱譽然。豈若使李子經世宙、福萌隸，其所表見，尤卓犖駿偉乎哉！

津門保甲圖説序

三輔唯津門距海最近，國初置鎮，將專領海防。乾隆時，威稜伸於殊俗，窮海震讋，踵致琛麗，姑罷鎮不復議防海事。道光庚子，西南島夷英圭黎冒洋煙禁，驁不聽命，驟以師覆舟山，連檣趍津門海口，遣夷目數十輩登岸，聲言乞代爲陳奏。直隸總督聞之，馳赴津門，上其事於朝。夷以故徜徉海岸者四十餘日。

於是立夫陸公適觀察兹郡，起倉遽籌守禦策，聯卒伍，扼要害，繕戎器，峙糗糧，一切草創，朝令而夕辦。大府倚以集事。天子謂遠夷荒憬不足較，命就廣州平其議。夷益驕。東南屢警，而津門之防益重。自王大臣宰相以下，奉命視師者，絡繹至津門，言人人殊。陸公皆爲通其意無齟齬者。調滿漢及索倫兵二萬餘人，客將數十人，頓兵兩載，公撫慰之甚厚。稍示以法，皆感激，奉約束唯謹，秋毫無敢取於民者。閭里熙然，市肆不變，其豐樂乃過平時。市舶集郭外者，咸議禁出入，以絶間諜。公獨縱之，令市舶與兵艦，悉編爲號出入者。商旅無擾，諜亦卒不行。夷雖桀黠，屢陷緣海州郡，迄不敢再窺津門者，則以志堅而謀一故也。先後機宜所在，公皆請於大府而行之。智慮輻輳，應機立斷。四方聞之，莫不以是多其才敏。

吾獨謂公明於天下根本大計，在進守大沽海岸，聯絡内地，持重不主輕戰，其意至深遠，非邀功喜事之流所能測談者，謂“夷來，當引之陸地，出敢死士搏之，可立盡”。嗟乎，爲此説者，以其師僥倖者也。夫津門與他行省異。他行省以戰爲守，津門以守爲戰；他行省計功在使夷常不能勝，津門計功在使夷先不敢犯。何者？密邇神京，通軌四達，無河山以闌之，所恃堅壁，乃挫其鋭。若用客主不相習之師，與豕突狶鋭者，决勝負於一戰，即使倖勝，猶損威重。昔陳餘不守井陘，姜維舍興勢而退守，漢樂姚鸞、哥舒翰輩，輕出潼關，皆一戰而敗，蹶不復振。津門者，代之井陘、蜀之興勢、秦之潼關也。由此言之，戰與守，功孰多？聞公於此議持之力、争之决，其用意深遠。當時章奏不能盡明，謀議不能盡著，獨杰士沈幾觀變，乃深知之耳。彼僥倖者，曷嘗權利害、出萬全也哉？吾所謂明於天下根本大計者，此也。

公頃示予《津門保甲圖説》，皆嚮者設防及善後事宜。趙營平有言："兵法，國之大事，爲後世法。"予故揭其關天下根本大計者著於篇，以告後之繼守津門者，而他不具論。

朱伯韓詩序

侍御朱君伯韓所爲詩，遒鬱雄厚，善叙事。都下稱詩者，咸自視以爲不如。顧予所心折於君者，不僅詩。君聞松寥張子、浮邱湯子之稱予也，而視若舊識，問論當世事，無不合。方今所稱諫垣三君子者，君其一也。天下以此高君。顧予所心折者，又不僅直諫。國家設御史，於事無不可言，不言則負職；而徒言又未必稱職。若君之有言於君也，恒有所鄭重遲回而不輕發，非愛其言也。多言焉，無益於治忽；不如擇其益之大者，約言之也；驟言焉，而昧於當務之急，與强其主以難行，不如揆度而徐言之也。抑又有其本焉。積吾之誠敬，踐吾之忠信，優游漸漬，待事而發，加之以剴切款篤焉；則主既深諒其素行，又悦其順澤而當於理也。夫然，故言之悟主也易，而收功也大，此大臣之用心也。諫臣而有大臣之心，則功不在大臣下。今君所陳於朝廷者，皆匡君心、端治本之事。綱維之措置，賢不肖之進退，未嘗不反覆敷陳，期於上翊皇極，下悦海内人心，而後即安。窺其意，恒思奮不顧身，爲國家任事，計安元元，藉紓當宁之憂勤。凡飾爲名高與悻悻求勝者，皆君所超然不屑者也。

予嘗許君以深識大體，有宏毅之氣，所心折於君者，蓋在此。即君亦自言曰："丈夫報國，志介介乃在是耳。"昔汲長孺在朝，武帝以社稷臣屬之；魏元成、李深之所獻替，莫非安危大計。君臣相得若魚水，彼皆以大臣之心，行大臣之道者也。君其知之矣。時方出所爲詩屬序。君誠工詩，未嘗以自負；諫之名，又所不欲居。二者可以爲君重，未可以盡君。嗟乎！安得起松寥、浮邱二子者，證予言爲不謬也。

王魯之與弟小雲詩序

予友劉孝長，歌詩似太白，惟以此推王魯之，因爲予誦魯之作，心竊壯之。孝長又言魯之仲弟小雲者，亦雋才也。歲癸巳，魯之兄弟奉其太夫人櫬歸葬於蜀，道出楚，因得與二子論交。其後魯之宰山左，宦久不進；小雲憔悴公車下，益無憀，或傳其死矣。久之，魯之亦歿。

蜀自司馬長卿、王子淵、揚子雲、陳伯玉、李太白、蘇明允父子，至於魯之，又輔以其弟，皆天下雄駿閎偉之才也。諸子既多坎壈，魯之兄弟益甚焉，又相繼中道零落，悲已！造物者於雄駿閎偉之才，不輕畀也，數百年乃一覯焉。若衝飆驚霆、震蕩百族之精神，雖自命爲卓犖奇杰者，猶變色却步，愕眙焉莫能與之角。既使之暴所長於當世矣，則從而夭閼之，摧折之，已乃儲蓄靈秘，更數百年復擇人以畀之。若是者皆天也，皆天之重惜之也。天實惜之人，則挾其才以爲觖望，是金躍而求爲干將也，能自逭於陰陽之外乎？夫長卿以下，諸子既皆然矣，於魯之兄弟何悲？

魯之稿本毁於火，佚去大半，其鄉人江曉帆學使掇其存者，與小雲詩并梓以傳。孝長與予復搜補魯之遺詩，請於學使而重刊焉。嗟乎！世有慨然思雄駿閎偉之才者，覽是編如遘之并世。二子爲不死矣，其又奚悲？

遵義唐氏族譜序

遵義唐氏族譜者，方伯唐公奉其先通奉直圃公遺言而作者也。直圃公爲士甚貧，宦業又微，疾亟呼方伯語之曰："吾祖自江右遷蜀後，乃隸黔凡幾世矣，譜牒未纂。吾志之有年，今不能就矣。又未營祠廟，未廣祭田，三者以屬汝，然族譜其最先也。"方伯泣對曰："諾。"其後，方伯陳臬關中，乃裒禄入，將營宗祠，購田若干畝，以供祀事；且歲贍族之貧困者、老疾者、不能嫁娶者，獎其孝悌貞順、稽古力行者。旋奉命開藩楚北。稍暇，則取先世譜系，紹明而貫載之。自一世祖某公，至今得十有幾世。一世祖以下，有伯仲者，各以昭穆比附，圖牒蟬聯，本末粲然。有行事可述，則爲立傳，無夸炫，無傅會，無遺佚，體嚴而誼篤，一本親親之意爲推而已。編成，授柏心屬爲之序。則謹推論之曰：

士君子皆有民物之責者也。而仁愛之本，自親親始；親親之本，自尊祖敬宗始；祖宗遠而世次無徵者，吾不敢瀆也。雖遠而世次可稽者，吾不敢不從其尊且敬也。與吾共祖宗，旁推之至五世以外，服屬殺而至於盡者，吾不敢有加隆也。服屬雖盡，其情猶可相聯，其恩猶可相浹者，吾不敢視爲途之人也。如是而親親之道以備。夫由一父之子，逆而溯之群祖，之子若孫，其受形氣於始祖，不啻一父之子也，是宜親者也。由一姓之人，積而衍之，爲千百萬姓之人，形氣雖殊，而受形氣於天地無殊也，是宜仁且愛者也。如是，乃可推以達之民物。古者世録、世官遷徙者，少卿至士，皆得立廟，宗法甚明，有田以祭，有本以聯之，故其世系易徵。後世士大夫起家僑籍，或數傳而宗無譜、祭無祠，一旦拜爵受命，馳驅宣力，終身未嘗謁告歸鄉里，不得留意家乘祠宇。往往值春秋霜露，睠念松楸，未獲薦苾芬、親享祀，則爲之惻愴傷懷，涕霑襟不止。其宗人族子，或畢生無聚會期，與秦越人無以異。然則親親之道，不幾缺乎？今觀兹譜，益嘆方伯克承先志，親親之道大備矣，於民物特順，而摭爾宜乎？所至則功濟烝氓，澤被品彙，若槃木有根柢，長河巨海之淵源靡涯也。

方伯頃以賜告還黔，落成宗祠，舉祭田，贍宗黨，皆推先志成之，而實於兹譜肇其端，是親親之大者也，是仁愛之本也。自今以始，歌《楚茨》而咏《采蘋》，豈惟黔之人式瞻稱美云爾哉？四方士大夫抱虚願而未能成者，觀於此，皆將奮然興於是。書所論者著之首簡。

李公蓋詩序

距予舍十餘里，渡江而南，曰陸城。有士焉，曰李子公蓋，詩人之杰出者也。始予弱冠，走訪其廬，與酬和甚樂。公蓋爲予言，其同郡巴陵余耕石詩最有聲，即又同訪之。耕石淹雅善談論，就湖上拓所居爲揺碧齋，羅典籍百家，及彝器於其中。騰觚飛爵，吟咏相答，或抵掌論當世人物。三人者意氣若飆發霆震，而公蓋尤豪甚。久之，予西游秦隴，逾歲歸，則聞耕石已下世，獨公蓋岸然處山中老屋，浩歌震林木，不減當時態也。予嗣是流浪荆鄂間，與公蓋久不相見。最後隨計車入都，竊禄西曹，浮湛兩載。假返里門，公蓋乃過我道故，各出所爲詩，相質而别。今又索居四稔矣。乃復得與公蓋聚居陸城者，逾數月。公蓋裒所著詩爲若干卷，屬予序之，予無以辭也。

公蓋生平無他營，惟嗜爲詩。予滯鄉舉垂三十年，公蓋一戰不得第，即决然棄之。予往來西北數萬里，未嘗有暖席；公蓋役行淹留，不過信宿。予以聲貌求詩，而公蓋專爲之於其内。此數者，皆予之所以不逮公蓋者也。夫詩者，肖乎其中而出，不緣外以爲飾，憂喜愛憎、感慨湮欝之情有動於中，動斯應，應斯肖矣。春雨曰時，草木怒生，條者繇者、偃者仰者，不約而肖。風之過簫也，樂之出虚也，感於自然而肖者也。人範形於陰陽，體貌心術有萬不齊，然其情之誠僞者，睫肖之，智者不能匿，巧者不能遁，詩亦猶是肖矣。又視其所積，麴櫱之薄者，釀易敗；潢污之渟者，流必竭。不惟其積，而率然以肖出之，吾烏知其賢於緣外以爲飾者邪？

公蓋之詩，讀之欣然如見其樂焉，愀然如見其悲焉，超然如見其遐舉而遥矚、穆然如見其深思而遠慮焉。至按之古作者微旨，則又無往不合，質而腴，澹而永，豪逸而沈勁，可謂能積者矣，非止以肖爲工者也。其爲人坦率，無他腸性，不喜接勢，要意所慨，雖耕夫樵子，終日無忤。與人交，能面折其非，雅近俠烈。年將及耆矣，追憶當時交舊，獨爲耕石下泪，又汲汲自憂其詩之不傳。予謂公蓋詩，貴有真氣耳。古之傳者，皆其能真者也。真則肖，真則積中者厚。真氣内存，將與宙合相終始，子亦務養其真者而已矣。公蓋聞是語也以爲然。因慷慨起舞，如曩在摇碧齋中，時頓忘座閒少一耕石云。

夢研齋遺集序

子方唐公，少時爲詩，喜清麗，近玉溪生。尤嗜古文詞，能言其徑途高下，甘苦曲折，然不多作。起爲令，至開藩，公牘章奏，往往自屬草。賓客談笑相酬答，筆不少停。未移時，揮霍數千言立就矣。取視之，棱棱爽露，藹然無不當人心者。公宦楚，則日與柏心及劉子孝長聚處。嘗值操觚，每顧吾兩人語曰："君輩屬詞必古健，至於剖析事理，敷陳本末，曲而能暢，直而彌婉，往復而不厭，昭晰洞達，開豁胸臆，則自謂不敢多讓。"吾兩人亦信公言不妄。既不自愛，惜藁率散佚，迨殉節金口，則無一存者。久之，季君鄂生太守乃從他所搜覓得若干首，請於其友黄子壽太史序而刊之。謂柏心知公最深，不可無一言。乃泫然論之曰：

公蓋豪杰者流，才氣類杜遵素、張師亮、寇平仲，忠烈又爲炳然，文字不足爲公輕重。張睢陽詩僅數篇，段司農不聞他著，文字傳否，於公何增損？就今所輯，已多於杜、張、寇三賢矣。血之埋也變爲虹，怒之壯也激爲潮，精氣不可磨滅故也。公雖勛績未就，僅僅以捐軀報朝廷，然覽者見其文字，磊落光明，則公開濟與其大節可知矣，爗然軒然，安在一旦不化而爲虹、爲潮也哉？公晚好填詞，亦以氣勝，卷末附稚芙詩。公長君汝立，太學生，有才無年，識者惜之。最後狀志碑傳，爲公作者，各以類附焉。鄂生間關泣血，求公骨歸葬於黔。工詩古文，吏績冠三蜀，尤善兵，軍中推爲名將。公雖没，無遺憾矣。因連綴及之，以爲序。

余旬甫續楚吟序

飛衞之射，造父之御，騶衍之談，惠施之辨，趙武靈之變車用騎，項籍之行軍，皆師心獨運，超古今而獨絶者也。余子旬甫之爲詩也似之，挾過人之才，兼勝人之氣，取歷代作者體制而範之。久乃盡剷去陳迹，將欲上掩曩哲，又欲使後來攀躋者，無由躡其梯徑而入，可謂閎放俶儻、迥絶踔遠者矣。雖然，詩之爲道，豈其好高務難，必出於此哉！

然而古今代相嬗也，人才代相耀也。規規焉循守故轍，神理索然，無以厭服人之心志，震動千百世之耳目，河岳英靈之氣，不將歸於暗汶耶？此旬甫所以抗膺疾視、日夜踔厲而不休也。其爲詩，大抵以因爲創，用意在奇與法之間。予每見之，驚若河漢，目眴不定者久之。齊高帝目張思光曰："此人不可無一，不容有二。"惟旬甫稱是語耳。適以《續楚吟》過予徵序，輒書此志傾倒。

方友石鴻濛室詩文序

有學士也者，有才士也者，有俊杰之士也者，三者趨不同，其立言亦迥異。治章句，守師説，考名物象數之疑似，析聲音訓詁之微茫，則學士而已矣。繁辭縟藻，靡音曼節，以博贍閎麗，矜古今而炫當世，則才士而已矣。若夫攬王霸治忽之要，苞奇正攻守之術，慨然以康屯濟否爲志，欲夷一世之以桀暴亂而返之正，其形諸言辭者，敷陳剴切，指畫明悉，動關天下大計，忠亮忼爽之氣不可掩遏，往往達之足以摧金石，引之足以貫日星，是非俊杰之士不能。夫溺於學者拘，溺於才者僞，拘與僞不足適於用，將與之經綸世務，舍俊杰誰屬哉？然而天之生俊杰不數，俊杰之見用於時亦不數。且彼亦度其可行，則檻車牛口不爲辱；度其不可行，則萬鍾千駟不少動。進有賁育之勇，而退有隨光之介，此英豪節概超於學士才士遠矣。即論言辭，亦絶非二家所能望。

竇甯方子友石，庶幾於俊杰者乎？居滇山萬里，聞粵逆倡亂於東南，鋭意請纓，出成都，遍覽其山川，遂下蜀江，入楚、入皖、入江右、入豫州，干諸閫帥，皆一時鉅公偉人。爲條上攻討機宜，臨陣指示成敗。諸公或然或否，不盡行其策則辭去，留之不可。鄉里殘破，阻亂不得歸，浮湘過南海，復泛舟東下。先是以薦得半刺，將入都謁選，過柏心，出自著《鴻濛室詩文》見示，且徵序。君詩渾茫函蓋，浩浩無涯際，文亦然，尤長於論兵及形勢。柏心駭以爲世所未有。

今夫豫章之材，連城之璧，龍淵、太阿之劍，皆曠世一睹。雖摧之霜雪，沈之泥沙，而不能不出爲世用。俊杰之士亦然。識略如君，何憂不遇？且號爲俊杰矣，遇不遇，猶足爲君輕重乎哉？

黄仙嶠詩序

詩之本在志，言則其質也，聲與律則其節也。四者合，而詩之體備；闕一焉，則戾矣。自咏歌始肇，衍而爲《國風》、《雅》、《頌》，爲漢魏六朝、樂府古詩。高下不同，文質異宜，然皆兼是四者，未之或闕。唐代諸家，又號最盛，蓋渢渢乎中和可經矣。自爾以還，變而主理，或主意趣，或主卷籍，雖日新富有，不蹈故常；然波瀾盛，聲律衰矣。夫詩發於志之所嚮，而言有不能徑遂者，則必往復咏嘆，幾欲吐之，幾欲茹之。又其音調疾徐亢墜，必自然合度，不入於嘽緩噍殺。然後作之者導宣堙鬱，無所底滯，即諷之者亦淵然莫盡，曲然有得，動蕩乎血脉精氣之間，而旁皇乎神明肌髓之内，故可貴也。而得此者，惟唐人最深。

柏心所見同時詩人，若松滋黄仙嶠先生，則尤深於唐者。先生始入承明，以大雅宏達揚聲石渠。俄而出守滇南，治行流聞。由是衣綉衣，稱使者，所至聲績赫然，吏民愛而頌之。凡行役往來，山川名勝，閭閻疾苦，悉見之詩。垂老懸車，蕭然林藪。自咸豐壬癸以來，烽煙轉徙，觸緒感喟，輒寓意吟咏。其始也，皆高俊雄麗；其既也，多遒鬱婉切。積至若干卷，不出示人。退然自視爲未工。柏心請而讀之，歎曰："運才氣，而約之以中和之音，得唐人意深矣。"先生曰："子以爲可耶？盍序諸？"

乃推論曰：世之言者，謂賢哲當經世務，詩非所尚也。夫時與勢交屬，而事功起焉，此有待於外者也。忽而欣戚，忽而歌咢，其來無端，其去無迹，此無待於外者也。有待者，非吾所能强求。無待者，適吾之適，動静俯仰，足供求取。又其諷諭感發，與夫敷陳指切者，傳之當世，貽之方來，皆有所禆益，安往非經世之意歟？即如唐代房杜李郭，事功偉矣，而流離蹇躓之供奉拾遺，其述忠愛、道得失，亦懸之千餘載不能廢，與用文武表見者何異？詩亦視其有當於志、言、聲、律否耳。四者具備，以之復古義而感人心，功誠不在經世者下。

先生曰："夸矣，子之言，然此論無以奪也。"於是具書其語於首簡。

徐戟門遺集序

吾友蕲水徐子戟門，嘗及身梓其古近體詩矣，没後遺稿猶富。其子鬱甫學博裒而輯之，得散體文若干首，駢體文若干首，又律賦若干首。持示柏心曰"先子與長者爲文字契，敢請序諸首簡。"予受而讀之，散體精於持論，暢而最允；儷體有六代之風華，兼唐人之雅鍊；律賦雖沿場屋格式，而骨高韻逸，温飛卿、黄文江不是過也。甚矣，徐子之才，多而能工若此。然僅以鄉舉，終不得如淵雲掞藻天庭，燕許潤色綸誥，何遇之窮也。

今夫才與遇，皆天之所予也，二者恒不能齊。彼有高位厚糈，出入烜赫，而文采無所表見；亦有思如涌泉，詞如春葩，而不升青瑣之闥，直承明之廬，蹶蹄鎩翮，槁項牖下。謂天之重遇乎？何奪其才也。謂天之重才乎？何奪其遇也。然自後日論之，則與其富貴而名磨滅，孰若繩瓮藜藿，而使英華傳於竹素，暉采燿於簡編？夫夏后氏之璜，趙氏之璧，汨之泥沙，虹氣燭山川，不能長閟也。干將莫耶之劍，合抱百圍之木，埋獄中，踣澗壑，望氣者掘而得之，求材者輦而致之，不能終棄也。然則金紫貂蟬，皆易敝之物，豈得與文章争千秋光焰哉？予觀古來才人馮敬通、崔亭伯、劉公幹、左太沖，以及王、楊、盧、駱之流，皆名位不顯，蹭蹬當年。同時卿相岳牧，緊豈無人，然腐肉朽骨，爲貒貉噉盡久矣。獨此諸子者，姓名炳然，藻翰紛綸，猶鸞鷟之有毛羽，蛟龍之有鱗甲，輝映至今也。以此論之，遇貴乎？才貴乎？造物者意所軒輊，亦略可窺矣。

予悲徐子之有才而不遇也，因序以發之，泉下有靈，當少舒其骯髒之氣云。

李念南遺詩序

錢塘李念南刺史，遺詩若干卷，刺史下世，其兩公子緘以寄柏心，乞選校且請序，云刺史遺言也。柏心未得識刺史，聞其牧蘄州有惠政，亦未知其工詩也。今年夏，次公子峨雲大令自蜀來，過講舍，詢及此。則執訊者輾轉猶未達，至秋始得讀之。蓋刺史家世仕宦，其世父實夫先生，實以詩名。刺史少羈游於蜀，治法家言，後乃入資得官，以州牧來楚，蹭蹬而終。其事親孝，睦於昆弟，交友尚忠信，梗概略見詩中。

其爲詩也，嗜之深，治之力。初以琢句雋鍊入，繼乃洸洋磅礴，若靆雲盛潦，不可圉遏。同時諸公愕眙，斂手以避。集中若往來峨邊，及嘉州所作爲尤壯。蓋仰睹峨眉之雄秀，俯瞰青衣之奔瀨，而其旁笮橋僰導，奇峰叠嶂，参天障日，懸峙荒塞，環以戍臺邊樓，魋結番族，皆詭駭不經見。從古才人騷客，未有親涉而形諸咏歌者。刺史於是發攄胸臆，一空依傍，騰踔於俶儻寥闊之境，故所作尤恣肆横逸，如駃騠之脱銜勒，又最留心控馭方略。方猓夷肇釁時，三佐主人歷川南各邊隘，治軍書羽檄，洞悉夷情與山川形勢。目擊焚掠之慘，流離之困，追咎前此官吏，無事則侵擾遠人，有事則戰守無策，畏懦粉飾，養成癰患，致啓戎心。

遂以篇什託諷刺，致其感憤悲咤之意，爲後來守邊者戒。嗟乎！此豈徒馳騁聲律，挾妍詞麗句，美觀飾聽而已哉！

若《峨邊雜咏》，紀夷種叛服不常；《過凌雲山》，慨想古來英杰，著安蜀功名者，思與之頡頏。凡此最其可貴者也。柏心嘗考唐時詩人，在蜀達而尤有威略者：嚴鄭公、韋南康、李贊皇爲最，次則高常侍。今刺史亦游蜀以詩名，但居賓客，故勛績不及昔人。及筮仕來楚，亦嘗佐軍謀，領偏師逐賊，頗以捷聞。顧坎壈不得展其志，旋歸道山。何唐代詩人多達，而刺史獨不遇也？然就詩而論，則挾此亦足以豪矣。檢全帙，闕去庚戌至丙辰七年之作，餘皆具爲精存之，得若干首。因叙其大略，授兩子彙付諸梓。

續元明二史提要序

歷代諸史提要止於宋，繼此爲元明，未有續輯者。江陵鄭子春園始爲之。按元史最蕪，明則時代益近，事變繁矣。欲撮舉大要，難哉！夫元始朔漠帝中夏，明以匹夫登天位。元政寬，明政嚴；元祚促，明祚永；元好言利，明好任刑；元參以國俗，明雜以霸術；元簡賤儒學，明崇尚科目；元多大臣諸王稱兵之患，明多宦官亂政之禍。此其不同者也。元疆域極廣，明次之，國勢皆號爲强。其亡天下也，皆由盜賊，此又其同者也。

夫綜二代興廢，與夫制度憲令，因革損益之端，亦更僕難數矣，然而有其要焉。其開創也，莫不以愛民止殺，而後能撫有方夏；其繼世也，莫不以勵精綜理，而後能申命用休；及其失之也，莫不以蕩佚侈靡，偏任愎諫，遂至顛覆。又有尤要者，親賢遠佞則治，親佞遠賢則亂。是故元之耶律楚材、安童、許衡、姚樞、竇默進而政清，阿合馬、桑哥、盧世榮、王文統進而政濁。明之蹇、夏、三楊、王恕[1]、劉健、謝遷、馬文升、劉大夏進而政清，劉瑾、王振、嚴嵩、魏忠賢進而政濁。不獨二代，消長否泰，舉繫乎此。推而溯之宋以前，無不然者。是皆炳然垂諸簡牘，若灼龜端策，可按而知者。然而非卓識不能舉其要。

今鄭子是編，所標揭分注，若斯之類，悉已檃括其於要也。蓋簡而當，賅而罔遺。鄭子之識，其過人遠矣。予好讀史，每自愧疏繆，鄭子不鄙夷之，過而徵序，故爲粗舉大略，欲世之讀二代史者，以鄭子之識爲先導。雖歷代諸史大要，皆可沿此求之，猶秉炬火而索幽谷，罔有不燭者矣。

黔詩紀略序

天地以淳美中和之氣萃於方夏，而以瑰奇閎麗儲蓄於邊陬塞落。古之帝者起諸夏，故十五國之風，咸登太史，至荒服則遺之。譬諸寒柟掩蔽沙礫霜雪間，至晚春盛夏，敷榮吐蘤，與百卉競艷矣。蓄之也久，則發之也盛，理固然也。今夫巴蜀甌越，閩廣滇黔，自古不通中國，采風者所不録。漢武開拓，乃置初郡，由是司馬相如、王褒、揚雄起西蜀，嚴助、朱買臣起東越。唐宋時，則閩廣之士，冠冕文章，駸駸與上國競爽，惟黔尚未有聞也。迨明乃罷宣慰指揮，而設行省。學校解額比内地，魁杰踵興，蔚然不變，勛名功烈，彪炳史冊。而絺章繪句之流，亦駢肩絫迹，與中州士大夫揚鑣齊軼，彬彬爲西南才藪。夫非曩者峭崖峻壑、灌莽叢箐之區，狐狸豺狼所嘷，狌鼯鼪蜴所悲吟竄伏，而其人亦自視以爲睢盱魋結，無與於聲明文物者哉。何以忽摛華掞藻，不下齊魯吴越也？豈不以帝王威德，覃敷聲教，暨訖蕩滌而鼓動之之效與？彼鬼神造物，非惟不能閉藏，使磅礴蜿蟺之氣，亘終古不復呈露；方且貢靈效淑，蒸爲才俊，以導源乎比興，而拓宇乎《騷》《辨》，至於今菁英暉燭，若發縢緘耀琮璜焉。吁，何其盛也！

按黔列郡縣，始自明；黔人稱詩，亦始自明。以其僻遠，而後通也。選家所采百不一二。遵義黎子伯庸，獨慨然取勝國黔中詩人，加之裒輯，網羅鈔撮，罕有逸遺，名曰《黔詩紀略》。其友獨山莫子子偲又爲之，人繫以傳，多所附見，足兼方志。當草創時，遵義唐子方廉使見而重之，以授梓自任，未蕆事，廉使殉難金口，會黔亦亂。黎子羈宦楚北，汲汲編纂，始克告成。勒爲若干卷，郵示柏心，俾序卷首。竊謂是書也，成凡有三。善版圖，後啓風氣晚開，表而出之，暗汶光明，一善也；喪亂宏多，典籍煨燼，亟加甄録，無虞放佚，二善也；因詩存人，因人紀事，博稽旁證，文獻具足，三善也。嘉二子之勤，且偉其功，樂見盛事也。欣然願以微名綴簡末。

李香雪詩序

蜀之産才多奇，與其山水稱。自相如、褒雄、伯玉、太白、眉山父子，至明升菴楊氏，皆號冠世才。而宜賓李香雪都轉，復以能詩勃發於近代，信乎蜀才之多奇也。

君捷南宫，爲令江左有聲，繼而入楚，則賊氛四熾，楚境什九荆棘矣。浮沈瓜代，竄徙靡定，最後受知胡文忠公。凡大措置，引與定謀，或屬草奏，專以餽餫任之。君士氣益鋭，軍實益豐，閭閻無怨聲，同僚無忌心。文忠屢疏薦之，將倚以自代，若劉征南之於陶桓公也。已而文忠薨。無幾何，君亦積勞不起。垂没，出所爲詩授其子廉，必持詣柏心選定之。

柏心與君同年，初未識面，今始讀其詩。君藴治世才用之不盡，緒餘猶見諸詩。才鋒神俊，如秉干將之器，當機立斷，又益之以卷軸華藻，故驚逸雄放，見者震悸失次。柏心讀君詩，皆擾擾喪亂中作。既服其才，尤嘆其憂閔矜惻，與古風詩合，誠賢人君子之用心也。古之治財者尚已，治於征伐時爲難，治於久用兵之日尤難。昔者酇侯轉關中餉財五年耳。唐建中貞元間，行師最久，財賦專倚江淮，然劉晏所進，歲不過五百萬緡上下。若僅僅一方之難，挐兵十數年，養士馬數十萬，歲縻餉六七百萬緡以上，又取諸荒殘焚掠之區，巨猾所蕩覆，土寇所攘敚，至於傾膏瀝髓，征斂不休。此時佐籌筆、供飛輓者，難尤極矣。然而紛紛報稱，豈其才過古人哉？無亦忍而行之歟？嗟乎！仁人處此，匱吾軍實則干咎，朘吾民生則痛心，將奚恃以濟耶？運其救時之才，體之以寬恕，倡之以公廉，肫然惻然，蠲稍可已之令，明不得已之意，庶乎軍興無乏，民命少蘇。吾所得專者，捐之恤之；吾所不得專者，退而賦詩諷切，以致其咨嗟涕洟，爲民告哀之意而已。此君作詩本旨也。

嗟夫！世有起管榷，躡通華，力行掊克，津津以奇才自負，其視君用意，何徑庭若是？惜乎君才不得盡用，而僅施之治財，又不盡行其意，而往往退托之詩。讀君詩爲太息久之。若但以文藻衷俊，謂足與蜀中囊哲代興，殆非知君之深者。

譚荔仙詩序

湘潭譚子荔仙，受性獨好爲詩，其所游歷，於境則兩粵三楚。山陟蒼梧、羅浮、匡廬之峻，水涉南海、桂贛、洞庭、江漢、彭蠡之大且險。其所從事，則擔簦躡屩，傭書廡下。袴褶仗劍，起而從軍，草檄毳幙，擊楫戈船，鋒矢交於前，死傷接於側。一切羈孤慘怛、可驚可愕，他人不暇措意者，君獨跌宕酣嬉，一寓之於詩。始也微微窮精，覃思凝神，若養木鷄，若縱蒼鷹；繼也梯危躡險，句劖字削，務闢徑路，於無可攀躋之境。至其成之也，則霆擊蟄啓，春榮葩華，鬱怒而捕蛟螭，回翔而舞鸞鷟，極於雄峭奇麗而後已。亦其性使然也。

君裒所爲詩若干卷，欲就予與商者數年矣。今來南郡，始出梓本惠示，且命爲序。昔荀卿氏有言曰："不誠則不獨，不獨則不形。"稷之稼，夔之樂，羿之射，造父之御，終身一事，絶千古而無兩者，誠故也。惟性能誠，誠者終始於性而已矣。今君之爲詩，憂喜得喪，萬變於前，無所移易，獨嗜詩不輟。視世之汲汲殖財産、營仕宦者，其專摯且百倍過之。又其爲體孤詣獨造，往往驚絶合者，固已突東野、凌閬仙、軼玉溪、蹈文昌，雖有縋鑿過深、痕迹未化者，要之，孑然自拔，唾棄凡近，而洞精矘眄於太清之表。非誠於性者，何以有是乎？莊叟稱"墨子真天下之好也，雖枯槁不舍也，才士也夫！"予於君亦然。

王小雲詞序

大竹王小雲以童年舉於鄉，與其兄魯之并名噪長安，世方之二陸。魯之蹭蹬，爲外吏以没；小雲偃蹇公車，客死中道。海内識與不識，無不高其才而悲其遇者。小雲既下世，其同邑江曉帆學使爲掇遺詩梓之。遵義唐公從曉帆處乞取其詞藁，授柏心别擇之，將謀剞劂，未果而難作，幾失之矣，竟獲全。觀察嚴公渭春者，小雲鄉人也，持節莅荆南，柏心語及之。公曰："吾任其梓，子爲其序，可乎？"既承命，乃序之曰：

小雲於詩，以奇氣爲主，不規規體格，詞亦然。《瑶臺大解》一闋最雄宕。他豪逸者，往往不減稼軒、龍洲。又好作情語，掩抑凄斷，大類屯田、方回之作。小雲爲人寡言笑，儕輩憚其廉勁，至性過人，自謂仗節死難當無怍。嘗與魯之扶櫬奉母還蜀，舟艤鄂渚。故善吾鄉劉孝長，柏心因得識君昆季，偕游漢陽山寺。酒酣日落，衝風大作，怒濤如山立。小雲疾呼艓子渡江，衆起留之不可，曰："吾適憶母，當往省之。"遂挐舟破浪，遥望之如鳧鷺出没，已而竟達。其後屢舉不第，益鬱鬱無所施。則日酣飲，或怒馬挾弓矢，從少年游獵，竟坎壈以終。嗟乎！同時膏油素濡柔翰者，相繼登石渠，秉旄乘傳，君獨見棄良時，銷壯氣於高歌狂醉。當其快意，攄寫旗亭壁上，淋灕殆遍，以玉抵鵲，不自愛惜。没而遺編零落，幾至湮淪。非遇嚴公拂拭而表章之，後世誰知有王小雲其人者？則又嘆古今瑰奇之士，埋光剷采，終於瓦礫同歸者，爲不少也。

詞凡二百餘闋，汰而存之，得七十六首。此不足盡君才，然覽者可以得其概矣。

湘陰李文恭公奏議序

國家有重臣焉，非禄位寵眷之爲重也。彼其器閎遠，其量深沈，其才識明濟果毅。既足以包納衆智，仔肩鉅任；又加之忠實懇款之誠，堅凝鎮定之度，非名譽謗毀所能動。當夫班政議令、群言臆决之秋，獨執奏再三，反覆辨析。或説雖美而行多窒，則謂必不可施；或時有弊而法無病，則謂必不可改。大抵以守格令計久遠，爲體國訏謨。即璽書詰責，卒持所見，終獲聽從。論者初猶疑其膠執，及久，而所言利病歷歷不爽。如導師指津途夷險，如盧扁洞見癥結，論差劇不失累黍也，於是翕然歸重焉。此之謂重臣。

以柏心所聞，近代方鎮中，當此無愧者，則有湘陰李文恭云。公起南方，孤生，少食貧，羈游幕府，既壯乃登上第，珥筆詞垣，受宣宗特達之知，不十年超居節鎮。天下以爲奇遇。方公絃誦環堵時，未自知必任天下之重也。其於百度庶政，亦非素習。一旦出膺經營四方之任，時又適當法令文具，吏治窳惰，人情燕安，狃於積習，財賦日以耗，軍政日以隳。宫廷方夙夜綜核，求所以熙績省成者。公於是慨然推奉上意，整肅憲度，不敢輕變驟更，貽躁率之愆，而亦不爲苟且因循之政。凡所設施，協於中正，衡於義理，必上益於國，下無損於民，然後斷然行之，歷久而無悔。如漕輓鹽法、河工改折、漢回交訌諸端，群議雜糅，是非轇轕，公一一精白，爲上陳之。卒是其言，功亦隨見。既辭榮乞養矣。文宗即位，又以粤西俶擾起公於家，推轂任軍事，勛雖未就，遽以積勞薨於行營。嚮令公無恙者，豈至决蹯出柙，蔓延半天下也？世見公爲當時能臣冠，謂由智略過人，機神敏速。不知公之處事審而思慮深，專精竭能，以事主不欺其志，仰報非常之知遇，絶不涉近名避怨之迹。此無他，器量才識超出群流，將之以忠實懇款之誠，持之以堅凝鎮定之度。凡見諸事功與言論皆是也。嗟乎！此其所以足重者也。

柏心與長君梅生太史同舉，恒辱公獎借。今次君仲雲都轉、季君黼堂方柏刊公遺集，以奏議爲首，詩與文次之，貽書徵序。公詩文則論者多矣，獨深味此編，見公之陳謨入告，信乎爲國家重臣無愧，亦自審管蠡窺測爲非繆云。

中丞嚴公奏議序

中丞嚴公，前開府中州及楚北時，裒篋中奏議存藁，得若干帙。今年夏奉命赴貴陽，道過南郡，出授柏心，命選擇且爲之序。

古者人臣敷奏以言，後世乃用章疏，自魏相條漢興已來國家便宜故事，及賢臣鼂錯、賈誼、董仲舒言上之。晋陳壽校《諸葛丞相集》，其言教書奏，定爲二十四篇。唐陸宣公尤以此體名。此其最著者也。公起邑令，用胡文忠公薦，遂受文宗特達之知，擢任疆寄，其遇可謂極奇。然是時豫事最棘，途衝賦殫，兵孱吏惰，壤地之鄰皖、鄰齊、鄰燕者，捻賊闌入無虚日，甚者直犯大梁。粤捻二逆窺秦楚者，率道豫境，所過無不燔掠。河北關西征討大帥，皆名王貴將，師行糧食，一切仰豫州爲外府。重以鑾輅廵邊，島夷薦偪，輦下供億轉輸至繁且鉅。自公至，首明師律，汰去冗弱，募精卒，選良將，戰騎戎械皆具，日夕教練，士馬飽騰，授之方略，攻勦守禦，次第以捷告。賊知不可犯，烽燧漸熄，州郡始有固志。次則澄叙官方，加意振刷，退貪墨，進公廉，吏治蒸蒸，翕然丕變。於是鈎考財賦，籌備軍儲，擇清强吏與端介士司之。期無一卒一將之縻糈，一事一役之耗財，而後軍國兩濟，民以不困。及撫楚亦如之。蓋其機神精練，思慮詳審，能轉危爲安，變匱爲豐。人以是服其才略。然不止此也。

遠謨大計，日在宗社與四方，故初元應詔，則博舉賢才，冀彰輔翼之效；驕帥釀禍，則露章彈劾，請收威福之權。皆非職業所及，且恐立蹈禍機。而公侃侃昌言不少慴者，感先帝不次之恩，思報之冲聖，又以人臣事主，安危利害，知無不言，不敢隱情而惜己也。夫立功立事，古之才臣，代不乏矣。至於呼號危厲、艱難補苴之秋，而精神志意，拳拳尤在君父，奬之不加喜，責之不加懼，瘖寐固結，不忘啓沃，自非公誠忠愛之懷，流露不覺，何以有是？然則公豈僅區區一方鎮能臣哉！故其文詞悚切明健，駿厲激昂，往復指陳，曲盡事理，望而知爲救時之才，管蕭之亞也。公方起膺重寄勛名，勑歷未有窮期，他日遠猶辰告，當不止是。然竊料先後一揆，不離乎公誠忠愛之懷而已矣。精而存之，得七十首，既卒業，具述大旨於簡端。

虚谷子遺詩序

余讀虚谷子之詩，而悄然以悲也。其詩古體優於近體，七古尤勝，大抵與昌谷最近。離奇縹渺，幽奥靈濸，若深有會於騷人怨誹之旨，與漢世樂府古勁之音，而借以攄其牢愁抑塞之氣者。嗟乎，此非淺識者所易窺也。虚谷子抱雋才，阨於遇合，上之不得如東馬嚴徐，摛華掞藻，流英譽於承明石渠間，爲人主寵異；下之又不得如唐時孟郊、賈島、李商隱、温庭筠輩，或賢公卿折節酬唱，或佐幕府、辟掾屬，猶得以酣嬉跌宕於賓從，所至推爲才士。僅鬱鬱以諸生貢成均，需次一博士官不可得，至老死牖下，豈不悲哉？

今年夏，其孫汝丹茂才，始持其遺詩屬選且乞爲序。余忝同郡，未識虚谷子。今乃睹其篇什，既悲其遇惜其才，又以知吾郡懷文抱質之士，名不出里巷，没没與埃壒同盡者，何可勝道？虚谷子竟長留一編天壤間，是終有不可言滅者在，豈偶然哉？

旬甫近詩序

旬甫頻歲示我自著詩，曾爲一再序之。今秋復封近詩徵序。予讀之，若赤手捕龍蛇，驟與之角，不敢捉摸。驚其每變，益奇逸也。

旬甫於詩，解悟絶人，又往往全力注之，故少與輩。譬之於射，李廣猨臂善射，其天性也；雖其子孫、他人從學者，皆莫能及。見石以爲虎也，射之洞石没鏃間，亦爲虎所傷，然匈奴卒畏之，號“飛將軍”。譬之於力，北魏末有盧曹者，得海上長人，骨脛長丈有六尺，製二矟，以一遺齊神武，惟彭樂能强舉之。時沙門曇贇號神爲神力，獨曹能與之角。夫廣與曹同時等輩，以藝力誇者何限？獨二子乃杰出爲之冠，此似有天授者然，豈可强哉？今觀旬甫詩亦然。

僕老矣，於旬甫無能爲役。海内有雄長詞場者遇旬甫，當如廉將軍高壘閉壁，避鋭頭之武安哉！

汪仲閎詩序

古之詩人，遘會亂離，如仲宣、子山、子美、務觀、遺山，其最者也。其詞多危苦悲哀，何詩人之不幸也？然千古論詩者，謂此數公於詩，其得力尤在亂離。嗟乎！詩必如此，乃擅絶調，豈作者本懷耶？則信乎其不幸也已。

吾友江夏汪君仲閎，與余論交，自道光癸巳始。是時君甫弱冠，才藻贍麗，意氣甚高，又席資甚厚。裘馬翩翩，與俠少年酣飲高樓，走馬章臺，出其妍詞俊語，傳播旗亭。君既以風流文采，傾動一時，亦自謂窮歡極娱，豈復知人世間尚有窮愁潦倒事哉？久之，一門骨肉，凋零殆盡。至粤賊陷鄂，火君廬，君之宗親，多賈鋒鏑；君之衣財，焚掠盡矣。挈其賢儷，倉皇走避，單衣半菽，幾不能存活，於是始爲窶人子。

旋避難來南郡，與余遇，幾不相識，乃執手慟哭。南郡士雅重君才，相與輾轉客之。晚又艱於似續，以從子爲之子。後乃歸而結廬漢南，間歲猶往來南郡。今歲過余南郡講舍，出近所爲詩見示，屬論定之。余取而諷誦，訝其迥非昔年綺語，皆激昂豪偉，慷慨沈雄，又多草茅憂國之什。起語君曰：“雖適丁阨運，然使君詩勁健若此，則未始非亂離之力。”竊嘗推求古詩人若仲宣、子山，晚仕異國，至侍中、開府，似爲稍達，然乖其初念矣。惟子美、務觀、遺山最坎壈憔悴，然詩最工。識者謂非獨蒼凉沈鬱，雄冠千載，亦以其飢寒流落，不忘君國，最合詩人忠愛之旨，爲足重耳。然後知亂離之有功於詩，不在彼而在此。今君詩感時切事，意亦近此，故足重耳。

然又念退之、永叔、眉山兄弟，身都通顯，優游隆平，絶不與亂離遘，而詩皆工，何其幸耶？豈詩之工否，不在幸不幸耶？抑所謂幸不幸者，天又聽人之自遭，而初無定數耶？求其故不得，安得起左徒呵壁而問之？

六守齋賸稿序

剛介李公殉節於富池口，事聞文宗顯皇帝，軫悼有加，進秩易名，敕建專祠。自粤逆起楚中，官吏死事者，未有如公之烈，而被寵尤優者也。公賨，而生平所著録盡佚矣。公之長君月卿通守，不忍其泯滅也，涕泣搜求，得古今體詩數十首，試帖數十首，雜文數首，署其首曰《六守齋賸稿》。將梓而傳諸家，謂柏心爲公執友，請序之。

余曰：公之傳，不待此也。治行戰略，與其忠節，有國史及士民之歌咏在，夫安事此？古之用兵若廉李，治民若召杜，殺身成仁若顔常山、段司農，盍嘗以著作傳哉！惟夫空山憔悴之士，恐文采不表見後世，一旦澌滅，與草木同腐，乃始汲汲焉濡柔翰、耗心力於篇章，以爲他日馬骨豹皮，彼蓋他無可傳故也。夫公則安事此？雖然名賢英傑之已往，世有景慕愛重也者，見其夙昔所憩之喬木穹石，與所提攜之琴硯刀劍，猶流連摩挲不忍釋去，況其文字也，況其子孫也哉！掇而存之，半趾識麟，一毛見鳳，相與并永其傳，不尤善歟？且孝子之心，亦何可奪歟？於是序而歸諸月卿。

潘南坪集序

昔者傅說起於胥靡，夷吾奪於俘囚，絳侯將百萬軍，不知獄吏之尊，乃用千金書牘背。司馬子長又引屈原、吕不韋、韓非，或放廢，或囹圄，乃始發憤著書，以爲古聖賢才人杰士，多類此者。

王子曰：余讀潘子《南坪欝賦》，重有悲焉。所傳《困衡樓文》、《焦桐軒詩》、《燹餘偶録》是也。其大者，證《六經》款義，推考《七政》躔次與歷數，尊聖學，黜異端，至邪説誣民者，尤大聲排觸之。他所筆記，大抵網羅放佚，攄懷舊之蓄念。至於梟獍横噬，目擊心摧，則爲之口誅筆伐，儼若《檮杌》成書。有士如此，可謂鴻博奇逸之才者矣。當亂作時，中丞胡文忠方治師江上，聞其才，辟軍府，南坪遂提戈躍馬，與壯士輩頻挫賊鋒。軍中方略，多所贊畫，往往奇中。賊平，甄叙其勞，屢晋階至五品。於是侘傺不平之氣，稍稍可以蕩滌。然南坪倦於入仕，竟長揖歸田里。今年冬，柏心來沌陽，辱不相鄙夷，出全集見示，且徵序焉。余觀騶衍五德終始，及大瀛海之説，閎大不經，惠施遍爲萬物説説而不休，其書五車，雖實才士，而駘宕不返，無足貴者。若南坪之富贍，而能力扶先聖遺緒，大有功於民彝世教，豈與此二子者比哉？讀竟，心重之不已，因不辭而序諸簡端。

汪韻和詩序

漢陽汪子韻和，曩避寇時，獨行風雪數百里，訪余山中。挾所著詩册，乞爲去留。其格清雋遥深，有魏晋間人意，因加選擇授之君。嗣是闊焉，久不聞問。今年余來沔鄂間，君復數過余，出近詩盈帙，屬論定且徵序。余諾之，顧碌碌未有暇也。久乃取而諦觀之，則一變爲奇崛矯悍，不可逼視，驚君精進，若是其速也。於是乃與君究論。

爲詩之略，蓋其大要有三：曰宗主，曰變化，曰獨至。不得宗主，終泛駕也；不解變化，猶役隸也。從事於宗主、變化矣，而無獨至之境，是偶人寓車，索索無真氣者也。今君詩用意，凡憂時閔亂，不忘忠愛，皆取法少陵，其宗主正矣。取少陵而句與之仿，篇與之肖，非善之善者也。君詩陶冶波瀾，頗能自運機杼，往往不名一格，其於變化，亦講求已久矣。顧余所以奇君者，尤在獨至之境。今夫漢魏作者，鴻篇巨製，古直遒厚，但見氣韻聲響之高勝而已，非可求之章句間也。至杜氏，乃自命沈鬱頓挫，尤喜爲驚人之語，此則其獨至之境，爲詩家所難而尤足尚者也。大抵如破山之雷，没石之羽，如蒼頭之異軍，如猛獸鷙鳥之爪牙，間一出之，雄快趫捷，當者莫不目張口呿，毛髮淅灑，故尤爲足尚也。今觀君詩奇崛矯悍，時有獨至之境，則其於三者大要已得矣，奚待余論定哉！

君性耿介，寡所諧合，獨喜爲詩，故精進之速如是。又聞君居近柏泉。禹柏之根，自大别穿地行數十里，上裂爲泉，清泚不涸，宜君詩之奇崛矯悍，稱其地氣也哉。

層高堂詩集序

余爲旬甫序其詩者屢矣。今復裒其全豹，貽書徵序益堅，不獲辭，則爲論之曰：凡量之有可圍與詣之有可程者，不足以厭畸人之胸臆。彼其視賓賓學一先生之言，而自命風雅，直不啻土苴耳。又自度其能事，可以絶迹無行地，用百倍人之資稟，極百倍人之閎覽耽思，孤往而探之，浸淫而發之，宜其曠世獨出也。

今夫據崇邱，升絶阜，可瞰百里而遥，及與之躋，化入中天之臺，則雲霧皆在其下矣。滄溟紫瀾，浮天無岸。萬川歸之，不知何時止而不盈；尾閭泄之，不知何時已而不虚。顧視江河，僅若溝澮也。龍伯國人一舉足而連三山，一釣而連十二鼇，而射石扛鼎之材，技舉失其雄；駑蹇行未及舍，蹩躠喘汗，飛黄山子則超八極如瞬息；鷽鳩側搶枋榆之間，而大鵬搏扶摇羊角而上者九萬里。天下固有是懸絶之數，特難爲拘墟者道也。夫詩亦猶是也。

嘗歷攷古今以詩稱者，無慮累萬。至求其渾茫停涵、牢籠萬象者，代不過一二人，或累代竟不得一人。今觀旬甫，遍游九域，究窺載籍，尤於古今爲詩者，聚千有餘家，博涉而約取之，然後凝氣淪神，用百倍人之資，稟百倍人之閎覽耽思盡泄之，所自爲古近各體詩，殆欲極於量之不可圉，詣之不可程，而絶迹無行地者乎？不使之曠世獨出得乎？世之覽者，知不以余爲讆言。

岳陽詩傳序

遠峰翼然，厥爲巴邱。長波春天，漭瀁澔汧，瀰望無際，厥爲青草、洞庭。三代以前，軒皇張廣樂焉；重華南巡，鈎陳六飛，啓途於此。湘靈瑶瑟，今猶縹渺雲霞煙水間：則皆岳陽一郡之勝也。夫其雄偉壯闊，幽奇杳冥，擅靈杰也久矣，孕雋異也富矣。故屈子《九歌》，騷音首播；唐之燕公，賦詩凄惋，識者謂得江山之助。彼放臣謫宦，轉蓬流浪，於是間吟咏所發，皆懸諸日月，千載不刊。况挺生兹邦，炳靈翹秀，其轡龍文而操麟角者，豈可勝計哉！然而英華已謝，裒輯無人，往往與流雲落葉，同其飄散，是大可悲已。陸城李秋樵、卓泉昆仲，獨慨然輯爲《岳陽詩傳》。人繫以傳，用時代相差次，皆采已往者，尤加意韋布之士。其顯赫以功名自見者，或略焉。方將次第采録，俟搜索罔遺，然後授梓。先屬予爲之序。

夫昔者，汝南先賢，襄陽耆舊，雜紀人物，非專及文藻也。元遺山《中州集》，國朝王蘭泉司寇《湖海詩傳》，所收詩家爲廣博矣。兹集較之，僅僅一郡之士，將無稍隘。然迹邇則網羅稍易，情親則收采尤切。自此墜者復升，暗者復耀，簡珠賨璐，不汩於泥沙，而獲返諸什襲。不惟元壤吐氣，又令後來偃蹇之流，知文采有所表見，不至澌滅殆盡，而益加勸也。

岳固雄郡，得此表章，吾見摛華之彦，如雲而起，鼓吹風騷，當如《楚詞》之聲被天下也，則自兹刻倡之矣。

審音一首序蔡霽麓尺澤齋詩

予於論詩，常持審音之説。朗州蔡子霽麓，寄所爲古近體詩徵序，予有觸焉。遂申論之曰：五音蓋出天地之自然，兆於人之陶咏，文而爲詩，詩成而不離乎音。然各中於其所適，不能齊焉。音大者宫，高者商角，細者徵羽，其中也，肖乎人之才與所適之時。三代無論矣。漢魏及唐多商角之音，惟子建、太白、子美、退之間有雜入宫音者。宋則多徵羽之音，惟永叔、子瞻、務觀，時兼商角，此其大較也。夫宫音寬廣不迫切，故才高而時值其盛者則間一中之；商角雖遒亮激烈，然近急矣，故挾高才、處季運者往往中之；徵羽益煩促，故陳意而務宣其隱，指事而務窮其變，析理而務探其深，則所中不出徵羽。詩工拙初不事此，特音有鴻殺高下，域於才與時之分爾。此又其大較也。

蔡子之詩，以予視之，殆亦中商與角者乎？少稟異資，讀書多議論，才力可以追奇躡奥。既嬰坎壈，旋經寇難，驚悸轉徙，飢寒顛踣。有弟童慧，被掠十餘載矣，存没不可知，高堂坐是以憂卒，蔡子日夕涕承睫不乾。已登賢書，得銓爲令，非所樂也。煩冤侘傺、回腸累唏、無憀不平之氣發諸詩歌，使人讀之震愕惻愴，愀然傷懷。今夫石之嶕嶢，波之蕩潏，不相觸則已耳，一旦顛風蹴之，兩者奮怒如搏戰，砰訇大作，不啻龍鼉吟而熊虎咆也。絲竹會於高堂，使悲戚者調之，則賓御霑襟，莫能仰視。對風月，臨山水，閑適之士，相與放情肆志；有羈愁失職者過乎其間，卒無以解其中心之忉怛。何者？所遭使然也。以蔡子之才，遭蹇阨之時，其詩之音中於商角也，又何疑焉？嗟乎，使蔡子雍容糺縵光華、卷阿朝陽之時，其所爲賡歌矢詩者，豈不能悉葉黄鐘之宫也哉！惜其但域於漢以來之音，則時實爲之。予於蔡子，未嘗識面，輒舉夙昔持論遥質之，或不至河漢予言也。

謝海東先生遺詩序

始柏心爲童子，隨先君讀書沔之茅江口。時沔陽謝海東先生亦授徒其間，與先君游從甚樂也。柏心年甫十二三，先君命出所業質之，先生一見大器之。退語人："此郎殊不凡。"自是每見輒加賞異。逾歲，先生館他所，後遂不相聞問，忽忽四十餘年矣。許子荆田者，亦沔人也。訪予南郡講舍，袖一編出示曰："此吾州謝海東先生遺詩也。先生殁已久，其從子某爲之鈔存，屬致諸吾子，爲加選擇，且序諸首簡。"云先生遺命也。柏心泫然，受而讀之，既定去留，乃序曰：

昔仲宣被賞於伯喈，曲江見奇於燕公，皆以童年邀名公獎譽，柏心何人，敢希古賢之遺烈哉！特回憶曩昔，先生所期許者，頗在遠大。今老矣，事功學業，兩無成就，不足副長者望，然知己之言，未嘗一日去諸懷也。先生以雋才早游庠序，學使某欲置之拔萃，未果，困於鄉舉，甚貧，爲塾師自給。體貌豐偉，善飲豪放，無齷齪態。草書逼晋人，日揮灑不倦。性耿介，無妄取談，忠孝節義，袞袞可聽。外若不立崖岸，而操履貞固，尤心重洛閩諸大儒之學。至其爲詩也，不沿格調、托門户，獨以清壯朗拔、直達己意爲主。然究其旨歸，往往與古合。先生人與詩皆尚氣岸，似非以繩瓮老者，然竟不遇。同時里中，比牒并名，或後進之士，入直承明，出仗節鉞，以華要顯名當世者，先後相望矣；先生獨滯諸生籍，貧不自振。然所爲詩，絶無怨尤，豈非其道力堅定，有過人者耶？

天於先生使之阨窮，遺佚終其身，若摧折之恐不及者，抑獨何哉？然則榮名厚福，宜在庸流，而所謂賢人君子，固非真宰所甚寵惜者耶？昔吾夫子於困阨之士，歎之曰："命已夫。"求其故，不得則歸之命耳。嗟乎！先生人與詩，皆不宜奇窮至此，意者命爲之耶？命之力有過造物，雖造物亦莫能制，則信乎？求其故而不得矣。序先生詩，益爲欷歔不已云。

【校記】

〔1〕怒：疑作"恕"。明有兵部尚書王恕。

卷三十四　序

湖北水利堤防紀要序

水利在西北，而害常在東南。害之最，楚爲甚，尤萃於荆州、安陸、漢陽三郡。地卑而少山，岸疏而善頹。堤長者緜地千餘里，促亦數十百里。江之壅也以洲，漢之壅也以沙。壅則怒，怒則堤益危。議者曰："民困於水，復困於堤，是六國之事秦也，莫如决而去之。"天既已排水澤而居矣，人民能徙乎？城郭、廬舍、田疇，能舉而棄之乎？不能徙，不能棄。均之害也，則有堤之害，與無堤之害，其輕重相百也。

故夫治楚之水者，請無言利也，先言害；請無言去害也，先言備害。有備，害斯去矣；害去，利斯興矣。曷爲備之？曰：審視堤防，善所以備之而已。回湍所激，則謹避之；奔流所直，則謹避之。堤宜紆，宜去水遠，使游波寬緩不迫。以言乎力，則不勝勞也；以言乎財，則不勝殫也。然而去昏墊之危，就安居之樂，則利亦不勝計也。今夫與强敵遇，引而縱之腹地，孰若重閉以拒之？愚以爲楚有堤防，其男子皆當具畚鍤，其女子皆當具餽餉。吏民上下，戮力一心，繼長增高，使無幾微之罅，而後可言有備。

楚之治水，無專官，其言水亦無成書。經生之言也拘，閭里之言也私。議之未嘗用，任之未嘗習，謀不素見成事，而欲捍大患、禦大灾，雖智勇有所不能。鴻甫參軍通敏而强力，吏於楚者十餘年，堤防有事，無役不從。一日出所著《楚北水利堤防紀要》見示，其言曰："予非知治水也，能言其曲折而已矣；非能治堤也，能言其險易而已矣。"王子曰："善乎，子之爲是書也。夫不識水之曲折，有能治水者乎？不辨堤之險易，有能治堤者乎？子之書有圖有釋，郡有綱，邑有目；有經流，有支渠。故道有宜復不宜復，民議有可從不可從。堤有難易，有廢置。粲乎若經緯黑白之不可淆。夫前事之不忘，後事之師也。使守土之吏得是書而思之，引而伸之，先事而防之，事至而應之，其於以備害，不難矣。且害何渠不可去？而利何渠不可興？”

鴻甫曩爲吾邑尉。丁亥夏江漲，夜大風雨，水冒出城南堤上，吏民散走殆盡。鴻甫步至堤，持瓴甓爲堰，號呼吏民捧土禦之。至晚水定，堤卒全，人咸壯其節。惜今猶浮沈曹掾也。嗟乎！以鴻甫之才，誠得如漢之王景領謁者行堤，使之乘傳督治，楚豈憂水哉？

童内方先生集序

明至宏治初，載海内操觚者，猶踵宋元綺靡之習。自崆峒李氏、大復何氏出，乃睎漢睋唐，廓而大之，以志業相砥，以氣節相劘，以才猷治術相勵。學士大夫皆丕然一變其舊，從而翼之者，楚人最盛。若黄岡王稚欽、興國吴明卿、京山李本寧，其最者也。

當肅皇起藩邸，纘大統，郢中本肇興地，士獲登進者尤多。天子視之比代來諸臣，益駸駸嚮用。則龍湖張公、洞野廖公與庶子内方童公，并起而當其會。洞野官侍從，以學行顯名當世；龍湖由内翰登宰輔；童公乃回翔宫寮，不及竟其用以終，惜哉！

公殁後將三百年，其鄉人陸立夫太史，始得公之遺集於其裔孫，將梓行，屬余校之，且序諸首簡。既卒業，作而嘆曰：嗟乎，士之用不用，名之傳不傳，豈非天哉！童公蓋嘗遇矣，因其言，考其人，蓋可施於用矣，而卒不及用。生平於桂洲、龍湖爲齊年，兩人先後柄用，天假公年，乘流并進，何渠不二人若？而奄忽不及待。公所爲賦規屈、賈，文法荀、揚，詩亡慮皆曹、劉、陸、謝及子美家言，視稚欽、明卿、本寧輩，雁行也。乃數公者，名譽烜赫播霄壤，公則身没而集已就湮，鄉之人幾無能舉其姓氏。不遇立夫，更千百世後，誰復知有公者？然則非賢不用，賢者不必盡用；非才不傳，才者不必盡傳也。天下瑰奇瓌瑰之士，懷寶璐而淪埃壒者，可勝道哉？

太史爲言，公裔有藏其畫像者，將并購而存之。一旦爲大水蕩去，兹集以在太史處獨存。不使公竟其用，而不忍令其不傳，儻所謂天者非耶？原本苦漶漫，太史與余既同刊校，可通者更之，不可通者缺之，因重定編次焉。公著有《沔陽州志》，當時與《對山武功志》并稱。今無存者。聞太史近已得之，將并爲梓行云。

防海輯要序

北平俞子鴻甫，持其兄同甫大令所刊《防海輯要》見示。究觀已訖，作而嘆曰：甚哉，防之不可弛也。扃鐍一開，門庭轥轢，可不戒哉！今者寇深矣，防江之不暇，奚暇論海？夫逆夷敢越五六萬里之巨洋，懸師轉鬥者三年，饋餫不繼，疾疫易生，深入内地，津渚茫然。無名王大酋爲之渠率，所誘致中國奸宄，皆賈人子，輕猾無賴，徒以利合。一旦驁横，且起相屠。凡此皆犯兵法大忌，亡不旋踵。而彼能徜徉去來，倏犯閩、廣，倏犯吴、越，摧陷名城大郡如拾遺者，則吾所以應之之機失也。閩廣吴越各不相救，坐失猨臂之勢，其失一。寇在東南，而遠待秦蜀齊豫之師，其失二。遇寇，則卒或空伍而逃，或未見寇而奔；即專閫大將，往往寇至以脱走爲幸，寇去以收復爲功。古者將死鼓，御死轡，百吏死職，士大夫死行列，不用命者誅。今也異是。故玩而無威，其失三。兼此三者，是乃狂賊之所以鼓行而無前也。

然識者謂賊不難平，何也？賊本無大志，非有智計殊絶者爲之謀主，又非堅明約束之師也。特以中國狃於承平，文武恬嬉，鳴鏑一至，望風驚潰，故得蹈瑕而入。今吾用楚蜀之師扼其吭，浙閩之師拊其背，用吴兵夾江而守。凡江淮鹽徒有膽智者，皆撫而募之，勿使爲賊用。奸民與夷通者，嚴加誅絶。村聚入保，芟野以待，彼仰鼻息於我，如嬰兒在掌上，絶其乳哺，即可立死。俟彼糧食火藥將竭，然後遣辨士購閒其黨，多方以誤之，出奇以搗之，彼遁而歸，則合而邀擊之，必盡殲乃止。以此論之，賊不足平也。

若區區所見，則天下大慮，不患有形之擾攘，而患無形之積習。今日事勢，必以作士氣、固民心爲最急。將足厲士，士始奮；士足衛民，民乃定；民足奉上，上益安。明吾賞罰，修吾政事。無懼寇之來，懼吾無以待之；無恃寇之不來，恃吾有所不可攻。此則折衝之策，制治保邦根本之計。以此爲防施之，海可也，江可也；有寇可也，無寇可也。至於鎮遏之形、攻擊之略，諸家及同甫言之備矣。鄙人不習兵計，且兵難豫度，竊有感於唐杜牧之言，謂“上策莫如先自治”。戰守雖急，要之，以賞罰政事爲本。

蔣申甫先生詩序

同治元年冬，全州蔣先生既奉詔歸養。維舟枉顧，出自著詩若干冊，授柏心商校，且命序其大指。先生自出守後始爲詩，距今財七年耳。初以清永冲雋爲主，已庚以後，則遒而厚，鬱而深，雄直而豪宕，開闔變眩，渾茫無際，震駭以爲目所未見。何成之速，而奔軼絶塵如是？竊嘗探其本矣。古今能言之選，不自言求之，蓋有天焉，才是已；有源焉，歷代作者體製是已；有所積而充之者焉，忠孝大節與其氣識是已。才與源，猶衆所同；積而充之，非奇杰莫屬。三者不具，終日言無當也；三者具，不言則已，言則未有不居古今能言之極選者。

今夫鮫蜃憑凌，洊逼郊畿，天子孤立於上，數小人煬蔽於側，至倉皇爲去國遠狩之謀，此乾坤何等時哉！先生時在都未除職，疾草奏數千言，請幸三晋、固根本。趨叩宮門，格不得上。則單騎度太行，奔晋陽，糾合守臣及在籍故相，議起師迎駕，以并州爲行在。所謀定矣，事竟不果。逾歲有鼎湖之慟，先生遂乞養，僑居上黨。會嗣皇纂統奉兩宮，旋蹕神京。罪人伏法，親賢夾輔。先生欲爲國家弼成郅治，自澤州馳進《中興十二策》。上嘉悦，徵召者再，先生堅守本志，上不忍强也，優詔從之。乃奉太夫人自晋過楚，將寓居衡永閒。夫前者之謀，則唐裴冕請肅宗幸靈武、宋宗澤請高宗幸汴京之舉也。後者之策，則以朱子之學，爲宣公之言也。雖不在位，而惓惓君父，所建白動關天下大計，此其忠孝氣識，豈不誠奇杰乎哉？

憂愁感嘆，懇懇款款，章疏所不能盡泄，則發憤而寓諸詩。先生即不爲詩，已卓然躋名臣之右矣。況其詩又至工，無他，積而充者，莫非忠孝氣識故也。彼受才之獨厚，導源之獨正，特其餘爾。嗟乎！先生之爲詩與其詩之蒼凉頓挫、壯偉超忽，由不得盡行其志乃然。向使從容翊贊，不逢戹會，即可不爲詩；即爲之，亦不能變詣若是。然則推先生入能言之極選，殆非先生本志也歟？柏心忝出先生門，稱述過盛，恐涉阿好，謹發明大指，以俟海内識者共論之。

方存之文稿序

君子之有言，非得已也。其言有二：曰救世，曰策己。今夫去聖久遠，人心陷溺，猖狂妄行，泯泯且入於大亂。於是君子爲之述百王之典，闡五常之原，距淫詖，卑霸顯，判别於人禽，操存於幾希，汲汲辨論不少休，凡以救世爾。又謂托空言不如見行事也。凡道德仁義、孝弟忠信之實，一一踐之於己。而又講求輔世長民之具，用則天下舉安，不用以待後之學者。夫然而其言出，能使邪説誣民之焰熄，人心由亂而之治，雖歷千百世，其大防猶屹然而罔敢逾，不亦救世者切，而策己者重矣乎？昔者孟荀韓歐之言是已。

今之世人心陷溺，視周末唐宋又甚焉。周末唐宋之亂人心者，非楊墨即佛老，皆異端之顯，與吾道敵者也。今之亂人心者，則起於吾儒之中，同途而異趨。其侈者矜博辨，其放者祖元虚，相與譏斥儒先，滅裂微言，舉切近篤實、身心體用之學，而厭薄不道。至其末流，正學汩没，大道蕪塞，於是浮游庸暗者挾其希世詭遇之術，乾没榮利，一切學術、節行、人才、政事，日相從而入於齷齪卑陋。甚者，舉四維之防而決裂之。嗟夫！盜賊之敢於陸梁，四夷之敢於交侵，豈非乘人心之自亂，而咆勃悍鰲遂至此極歟？然則君子處此，又安能忍於無言哉！

桐城方君存之，蓋亦不得已而有言者也。君性行近古狷者，其閔世之心與經世之願獨摯，而尤刻於繩己。身處喪亂，推其故，以爲由人心之自亂；人心之自亂，以爲由僞儒力詆宋學而自亂其學，因以亂及人心。所著《柏堂文續稿》、《俟命録》，掇拾煨燼，什存三四。柏心雅聞君名。君一日者封題其稿，貽書徵序。柏心受而讀之，清厲廉刻，往復有深致，其要歸於救世與策己而已。

嗟乎！天閔人心之自亂，隨以大亂警之，將欲變亂爲治也。迷者不知警，亂將何由而治？君子不幸在下，力不能撥亂，則以言助天之警之，或者人心可返於治。即不遽返，而一君子倡之，凡爲君子者相與和之，徐待天心之厭亂，是亦治人心之大機也。不然，天下之亂可治，人心之亂不治，恐洪水猛獸，且接迹於無形也。彼孟荀韓歐之言，亦豈得已哉！然以君視四子者，則心彌苦而力彌艱矣。

春秋釋奠儀制録序代

鄂城既復之次年，首修聖宫，而屬在祀典者亦以次繕葺。同治初元，某奉命自豫州移撫楚。春秋釋奠，見祭器儀品，樂章佾舞，闕焉不具。雖戎務頻煩，不暇遽及，然竊懼。如劉向所云"因小不備，而至大不備者"，非所以肅祀典、助化理也。乃謀之節相官公，請按皇朝頒發禮器、樂器，各圖式次第增置，節相以爲然。適徐司馬自蜀來，於兹事講明最久，遂以屬之一切修治。其樂舞、節奏、綴兆，皆得諸前在，闕里親肄者，授之樂工。既成，擇上丁舉用焉。凡襄祀者咸恪共震動，郡學弟子奔走承事，却立環觀，嘆爲盛事。初睹也，寮屬請刊圖勒爲書，且謂某宜爲之序。

竊惟聖道之大者，先見於禮樂。禮樂之精者，散寓於器數。故曰：安上治民，莫善於禮；移風易俗，莫善於樂。文之所加者深，則武之所服者大；德之所施者博，則威之所制者廣。蓋禮樂行而器數備，故化馳若神也。鄂州承喪亂以還，亦既爲之，恤夷傷，寬徭賦，崇吏治，修軍實，邊鄙不聳，幸戰守皆有備矣。顧其民，壯者仗戈矛，弱者供飛輓，皇皇以捍邊固圉爲事。而學校之間，目不睹俎豆尊彝，耳不聞管磬笙鏞，積日累月，將舉節文聲容，脱略遺棄，泯然無有存者，是豈雍雍治平氣象哉？且恐桀驁恣睢、争鬥劫奪之習由此起也。今爲之引其秀良，使饜飫於威儀度數之中，浸淫於鏗鏘鼓舞之際。心志檢束，將悚然而自肅；精神滌蕩，將暢然而自和。肅則肆者斂，和則戾者平。潛移默動，由行省達之州郡下邑，達之鄉曲委巷，嚮風承化，家勉於忠孝，户競於貞廉，灾癘不生，祥和大洽。夫非禮樂行而器數備之明效歟？昔鮑永爲魯郡太守，遭赤眉亂後，闕里荆棘，無故自開。永乃率衆人會焉行鄉射禮，由是治化流聞。區區一郡守效尚若此。方今聖神纘序，天贊中興，陸梁反側者戡除且定矣。甲兵化爲干羽，此誠禮樂修明之會也。

某不敏，備官亶吏，敢不仰承德化，以兹邦爲海内率先乎哉？編成，遂述其大意於簡端。

郭夔臣集序

濮川郭夔臣太史，以雋才速藻震於名場，遂入詞曹。僉謂騰上速飛者，宜莫若君。久之，骯髒不得志。晚乃循資轉宫寮，貧甚。假歸，漫游無所遇，不數年卒於家，年甫五十餘耳。君所生子女皆前夭，未有嗣息。以宗人之子爲後。君喜吟詩，不自愛惜，脱稿隨手棄去。今其孤乃搜輯鈔存得若干首，尚有失題及脱句在中，并館課諸作亦與焉。他散佚者多矣。以柏心與君爲文字深契，屬檢校，且請序。

柏心當道光甲乙兩歲，與君過從都中，辱賀監之知，遂相酬贈。柏心乞歸，君執手唏嘘。後數年，君亦歸，猶枉過南郡，談終日始别去。未幾，遂聞君不起。君詩警敏博贍，巧思輻輳，尤善翻空出奇。酒酣以往，乘人鬥捷，雜以詼諧，炙輠不窮，體稍近俳。至其山水登臨之作，清妙夷澹，躋之古作者之林無愧也。君於四方利病最通曉，其談政治設施，往往洞中窾要，顧無人知之者。今朝廷最重者詞臣，號爲清選，爲華要。入兹途者，從容躡卿貳、臺省無難者。次亦秉英蕩揚，旌旄赫然爲方鎮、岳牧。以柏心所見聞，其起館閣驟貴而高舉者，才皆未有先於君者也。獨君陸沈最久，未嘗一伸其志。既已鬱鬱無所施，則破去崖岸，稍自脱略，滌蕩胸臆，而謡詠紛起，幾遭彈射。浩然告歸，竟阨窮以死。夫既使之敭歷於承明東觀，宜若可順風而翔矣。又使之屏處邱園，阨窮以死，并其似續亦奪之。雖韋布繩蹇之子，困約亦不過如是，其可爲悲孰甚焉！造物者之於君，何前豐而後嗇歟？意者，才之爲君累歟？然自君没之後，大盜蹀血數千里，嚮時乘軒仗節之倫，往往身塞禍亂，舉宗淪覆，求如君之終牖下、正邱首不可得。且君即不遽没，而鄉園蕩没，焚掠無虚日，不幸與鋒刃遘，亦所難料。乃君之怛化，不與喪亂相值，又有遺詩數百首，若斗牛劍氣，森然獨出兵燹之餘。然則造物於君，其嗇也，乃所以爲豐也；才不足累君，適足以重君。於是又轉爲君幸。

柏心既校畢，復爲序，以解君悲。然感懷昔游，愴念知己，泫然不知涕之何從矣。

餘甘軒詩集序

士之表見當世，非才曷貴哉！昔漢張騫、傅介子、甘延壽、陳湯、班超，皆以智略勇敢，立功萬里，外取封侯，垂名竹帛。至如虞詡爲朝歌長，皇甫規起徒中上書，唐郭代公元振亦自通泉尉進《寶劍篇》，卒能揚勛樹績，至身將相。望之如蒼虬元螭騰躍雲霧之表，才之足貴，豈不信哉？然令數公者，非遭時遇主，則亦以泥塗老矣。柏心讀何君雲畡《餘甘軒詩集》，蓋不禁慨然太息也。

君之才，文武備具，尤長於論兵，吏蜀四十年，無能識拔之者。時四海承平，久不見兵革，抱利器鬱鬱無所施，則放浪以歌詩自遣。嘗馳驅七八千里，入烏斯藏東西，故唐時吐蕃牙帳地。覽其穹山怒流、氊毳椎結之俗，大醉豪吟於蠻煙僰雨、邊風塞雪中，盡泄胸中骯髒牢落不適意之概，益跌宕自熹。留三載，仍還成都。道光時，島夷横海上，突犯江左，則憤慨悲侘，草《制夷策》，乞當事奏諸朝，格不上。蜀塞猓夷擾邊，旁郡邑皆燔掠，死人如亂麻，將卒縮朒不敢戰，惟以利啖夷，夷益驕。君忿之，草《綏邊策》，請當事代奏，亦未得上。最後始以勞轉爲令牧，乃將千人，隨軍門分剿畔夷。獨自西昌進。涉險擒渠，受其降，爲立要約，戒不犯邊，至今守之。此於君之才，千百未試其一二。然亦遂已老矣，獨其詩則不衰久之。

嗣君小宋方伯貴，乃去蜀就養，至皖至楚。今年春，柏心進謁於薇垣，君已七十有六矣。長身清挺，言論英爽，衮衮談天下事，若决江河而下也。因喟然語柏心曰："趙營平、馬伏波，獨何人哉？吾雖老，不忘用世。惜生平未一遇知己耳。觀子亦索漠如我，且吾知子十餘年矣，今甫得見。吾詩未有序，當以委子。"既承命，退而紬繹全稿。五古樂府極深遠；七古歌行涉邊障蠻落，尤爲雄杰；他流連贈答，皆直舉胸情，不緣雕飾。蓋意氣之豪邁俊偉畢見矣。

竊進而論之，才猶弩矢也，遇猶機弦也。深入中遠，必歸功於勁笴利鏃，然非機弦莫能發。古之張、傅諸公，弩矢與機弦適相應者也；若李廣數奇不侯，馮唐、顔駟皓首郎署，則弩矢而不遘機弦者也。今夫總章明堂之締構，求榱棟必於松柏；然固有百圍千尋，連雲蔽日，長淪澗壑者，不知凡幾也。才同而遇不同，自古嘆之矣。君雖斂其才，不得大施。得小宋起而擴其緒，訏謨遠猷，爲世名臣，不啻君之自爲之。且視世之抱奇才，遭枋用忽，以憂譏放斥，摧折中道，曾不得抱素懷璞自全其天，優游於晚福期頤，則君猶爲不幸中之奇幸矣。讀君詩者，知是説當爲之快然，無復餘憾。

李竹浲《虚盅齋詩》序

詩家從入與得力不一境。以柏心論之，則真樸其最善矣乎！真者，省其中之憂樂喜怒，引而達之毫素，勁者可以摧金石，深者可以感鬼神，充其所蟠際，至於八荒之表。千百世之下，皆若披肺腑而接謦咳，則真之爲也。樸者，去華而存實，昭然呈露，絶無矯揉淆雜以汩其初，則樸之爲也。古之詩人多主真樸。若兩漢樂府、若淵明陶氏、樂天白氏，其最顯然者。即沈雄飛動、汪洋萬態如子美，然其氣體亦不離真樸。前後《出塞》、《新安》、《石壕》等篇，及《北征》、《咏懷》皆可見也，故曰真樸其最善矣乎！

柏心聞吉陽有貞介之士，曰李子竹浛，最能詩，尚憾未獲見。今年春，李子貽書緘所著《虛盅齋詩》若干卷，屬爲論定，且徵序。柏心發而盡誦之，喜曰："兹其合於真且樸者哉！"李子以貧故，恒終歲鬻文於外，又遭寇難最久，轉徙奔竄，僅乃得免。痛所見武臣不力，徵斂頻煩，鋒鏑遺黎，無可告哀。於是即事裁篇，有美有刺，或委婉，或激切，要皆直而不訐，怨而不怒。亦時爲豪邁跌宕之語，自解其憂端，大抵胸情流露，藉歌咢通諷諭，初無假雕鎸粉澤、詰曲艱深以自矜炫，使人一展卷而肝鬲笑啼之畢露也。不謂之真樸，得乎？

李子不獨工爲詩，其行己貞且介，友教有師法，兼善書及篆刻繪事。以彼其才，未得直承明登東觀，掞藻摛華，與一時詞彦角，意不能無少鬱鬱。則柏心竊願有以進之。往者巨寇滔天，四方英俊，譬龍虎之文，懷瑾瑜之奇，相隨以就煨燼者多矣。即彼擁旄仗鉞，赫然爲疆臣閫帥者，骨飽狐狸，血漬原野，生平榮盛今安在哉？獨李子竟脱身虎口，猶持三寸管，豪吟大醉於青山白雲，亦良足自慰矣。安知造物不以晚達如公孫丞相、朱翁子者，爲李子位置也。願益自廣且大、昌其真樸之氣於詩也哉！

成山廬詩序

文人兼將略者，累千百不一見焉。優將略而文業又精絶過人者，曠古今不數見焉。若葛忠武有集二十四篇，杜當陽注《春秋左氏傳》，王文成講學軍中，門人輯之爲《傳習録》，此最命世大才矣乎！

今唐君鄂生廉訪，以將才與詩筆兼雄，庶幾起而繼三公之後者哉！君甫弱冠，慟其先公子方先生以忠烈殉江上，遂輟計偕，釋褐爲蜀中令。將所部隨諸將擊賊，當者立破，搗巢逐北，賊望見旌旗即走。婦孺皆知名，爲蜀將冠。守綿州城中，卒不滿千，賊數十萬圍之百餘日，登陴血戰，激勵衆心，人有固志。會援至，表裏奮擊，殲賊且盡。中蜚語，禍幾不測，竟鐫秩，久乃復官。黔事棘，黔人官都下者，上書舉君定黔亂。蜀大府偉君才略，即疏以君將蜀兵而往。不數月，頻大捷，誅其凶獷，撫其柔良，黔境廓清什已七八矣。上嘉其勛，璽書獎勞，拜按察使銜，加秩視二品，自提鎮以下，均歸節制。君益感激，馳驅以綏靖全黔爲己任。駐師谿洞，林箐深險，轉餉艱滯。以在軍積勞，羸病日甚，納節乞解戎務，留成都養疴待命。嘗裒所自爲古今體詩曰《成山廬稿》者，屬余論定，今復來徵序。因爲推論之曰：

工詩者，不一格矣。有詩人之詩，有豪杰之詩。豪杰者，其志遠，志遠故識高氣壯，其爲中也沈深，而爲外也嚴肅。若是者决爲豪杰之詩，可一望而知也。此如虎步高岡，蒼隼皂雕側目仰視霄漢；如長松勁柏，杰然拔出群木之表；如高山大川，巍巍湯湯，顧視邱垤行潦，直一卷一勺，烏足與較崇卑、計廣狹哉？今觀君詩，志在埽除寇攘，休養彫殘，歷險危而不惴，遘憂讒而不懾，識益以卓犖，氣益以沈厚，自非豪杰安能有是？且其格韻神骨，又無一不範於古。夫詩不足束豪杰，而足以定豪杰，乃今於君之詩而定之。

昔蜀人范雲吉語余曰："鄂生爲政、用兵、行己、治詩文、作真行書，無一不以練勝。"余以其言驗之，良然。文人而將，略其文業又精絶過人，目中僅見君耳。嗟乎！葛忠武、杜當陽、王文成不復作矣，非豪杰安能踵而起？君功名未有艾，疾良已。國家有急，當起建方叔雷霆之威，君且勉乎哉！即於君之詩决之矣。

劉庸夫文稿序

有偉男子叩吾門，署其刺曰："江右劉愚庸夫，願相見。"手所論著一帙曰："請序簡端。"肅而入，軀幹甚修，目爛爛如岩下電，縱論懸河不竭。余目中未嘗見畸人如此也。退發其帙讀之，所極論皆民生與軍事。走數千里，歷抵閫帥，遇名人鉅公，輒削牘上書，至數千言，反覆利害，直切不撓。聽者或陽驚喜，或愁置諸耳，或内忌。庸夫終不顧，却金辭賞，立廉節以堅取信，惟冀所言之一行。

余讀其文，不覺震怖失色，察其爲人，蓋負氣者。氣激而有言，不能自遏，人亦莫能遏之。然竊惜庸夫之未能少斂其氣也。今夫事勢之流極，非空言所能挽也。至於運會將轉，必有出而挽之者。挽之之術，亦卒與言者之意，什九符合。顧不值其機，不遇其人，雖蓍蔡、藥石之言，猶遭按劍。疾風震霆，滌煩宣鬱，恒不過終朝；江河奔流，勢至漂疾，其中必有洄漩不測之淵。豪杰之斂其氣，亦當用是。

庸夫今出而仕矣，願姑斂其氣，他日經綸當世事，舉夙昔所言，斷而行之，磊落英果，摧山岳、裂金石有餘，豈死生禍福之足以撼摇乎哉？不然，第挾其高言雄辯，博慷慨激烈之聲，令讀者震怖失色，猶未免於客氣也已。

姑誦草堂詩序

竟陵於吾楚爲文學淵藪，詩人之杰者有三焉：張瑋公、劉孝長、胡子重，其才皆不世出，柏心所兄事者也。張、劉僅官博士，子重更偃蹇以布衣終。才人之厄至是爲極。胡氏自其先太僕公以宦學有清望，顯於勝國。其後石莊先生鴻漸槃阿，抱道著書，論者比之江都河汾。子重，其裔孫也。少跅弛軼出繩檢外，長乃發先世書繼讀之。尤好樂府、漢魏、三唐人歌詩。作爲篇章，奇崛偉麗，震蕩驚絶，操觚之士，望而却步，不敢角其鋒。惟喜與瑋公、孝長櫜鞬鞭弭相從。曰："微二子，孰抗吾顏行者?"

性又好金石文字，及卉竹山水績事。然不樂與貴人接，見衣冠報謁，則曰："吾猶山狙林鹿耳，安能耐此?"坐是，貧益甚，飢則鬻畫，或擁緼袍，啜半菽，終日酣吟不絶。或招邀朋侶，登山泛水，置酒歌咏，雖瓮無粟突無煙，不顧也。方伯遵義唐公、故人江陵鄧孝旃，時時饋遺之。久之，竟潦倒以没。其孫伯固抱《姑誦堂遺稿》走蜀中，乞君門下士唐鄂生廉訪授諸梓。廉訪諾之，而貽書來，徵序柏心。因論之曰：

子重少好樂府、漢魏古詩，及晋元亮陶氏、唐子美杜氏、明獻吉李氏之作，思沈力厚，一往遒鷙。中年以後則渾融磅礴，純任天機，脱去摹擬町畦。忽而捍突若生軍；忽而輪囷磥砢、斑駮陸離若老樹之瘦、沙石之成篆籀；忽而渾樸若田父話桑麻；忽而肫摯若家人骨肉，傾寫肝鬲；忽而忻然以笑，若赤子叫呼跳躍；忽而悄然以悲，若羈旅飄摇、放逐纍囚之士，累欷相對。雖不主一格，然大要歸之於真而已矣。

今夫詩之境，莫貴於真。真則貫三光，亘金石，歷終古而常新。然非專取之思與力也。積之有養焉，鼓之有氣焉，迎之有機焉。水之流濕也，火之就燥也，麴蘖之釀醇醪也，真故也。雉之竄鳳也，狐之假虎也，碔砆之亂瑤琨也，非真故也。柏心獨貴子重之詩者，惟其真耳。子重雖不幸僅以詩傳，然得稿項牖下。自其没，而大盗先後陷竟陵，殺人如草莽，繼以洪潦冒城，漂溺無算，皆不及於難。遺詩在篋，得廉訪爲刊行，猶不幸中大幸。豈非其詩之真不可揜，且有貫三光、亘金石者？在彼黑山白馬之虐，長蛟怒鯨之威，即欲煨燼而蕩滅之也，其又安能?

車竹君詩序

今歲晚秋，柏心客鄂渚，維揚車子竹君出所著古今體詩《劫灰餘稿》一帙、《楚游草》一帙相示曰："此放佚之僅有存者。知吾子不妄以言許人，敢請論定，且序諸簡首。"柏心受而讀之，則唏歔太息曰：才人之經亂離，豈不悲哉！

當是時，四方赤子困於屠劊燔掠者，環地且數千里。戰士猛將肝腦塗中野、膏血浸草莽者，纍纍皆是也。丁其戹者，豈獨才人乎哉？顧往往英流詞彦，流離世故，托爲悲歌。而禍難之始末，城郭井邑之邱墟，攻守機宜之得失，賞罰用舍之當否，有章疏史策所莫能備者，則賴其篇什流傳，猶得附見。使同時及異世，猶有所參考，以爲依據。然則天之戹才人雖酷，而其所關繫時事者非小也。昔之才人遭是者，哀如仲宣，烈如越石，鬱如子山，忠如子美，憤如昭諫、放翁、裕之，至今讀而重之，乃知天之戹才人者，適成其名耳。雖然，豈才人本願及此哉！

竹君産淮海都麗之邦。中歲值貪狼横噬東南，棄博士官而轉徙浮瀟湘，下江漢，依故人爲文字賓客。今讀其前編，多山水清綺之作；讀其後編，皆崎嶇烽燧間與蕩平以後羈游酬唱之什。雖身閲屯亨夷險，而大抵春容大雅，婉篤遒亮。高者攀開寶，次亦不失爲國初王宋風規。故哀而不流於凄戾，烈而不入於噍殺，鬱而不鄰於抑塞，忠且憤矣，而彌覺其悱惻敦厚也。竹君不徒擅才人名，又兼有賢人君子之操。於其詩徵之矣。嗟乎，喪亂以來，三吴才俊，抱瓌奇光彩，輾轉就煨燼者多矣。獨竹君獲免於難，又以華顛暮齒再睹澄清，優游於賓從嘯歌之地。天雖戹之，不但成其名，且成其德也。庸非厚幸歟？庸非厚幸歟？

柏心重君詩，尤重君冲澹和粹，類有德者，故因序詩并發之。

許梅卿詩序

曩者，咸豐以來，楚北之禍烈於鄂而萃於黄。始之粤逆吞噬，繼之豫賊虔劉，闔郡無完堞至十數年之久。楚北他郡，民皆孱懦。獨黄民治團最先，且最壯，能自殺賊，能助官軍殺賊，大小血戰數十百次。雖頻陷頻復，而卒屹然爲完郡。其倡率而維繫之者，則太守梅卿許公一人之力。公始爲令黄安，有惠政，民歌舞之。黄安與豫鄰，向有捻患，民習與之格鬥，公激厲而用之，始聯爲團。其後亂起，遂率以扞禦，有效。

公亦擢守本郡，終始不出黄境。恩義浹洽，號令嚴明，民以是益踴躍用命。當是時，治團戰守之效，公功最，居楚北第一。事平叙績，未邀破格之賞。論者咸爲公惜，公殊夷然也。

今夫論禦寇者，謂莫如用土團策，則誠是矣。然非乘四可用之機，則難以求效。何謂四者？地險可扼，一也。民氣果敢，二也。賢長吏撫摩噢咻，倡之以忠義，訓之以紀律，節省其財力，申明其賞罰，使之相親、相救、相死，然後與之冒鋒刃，起湯火而不相離背，三也。賢長吏又能久莅其壤，上下信從，一意交孚，遇危急如手足之捍頭目，子弟之衛父兄，四也。合是四者而用之，何但保四封，且可圖進取，祖逖之在豫州是也。推而大用之，則可削平群寇，肅清中原，元之察罕父子是也。不然，徒驅赤子於戈鋋矢石之場，縻爛靡遺，曾莫之顧恤也，是豈智士所爲，而仁人所忍出也哉？

柏心於是嘆公之立效齊安，蓋非浪戰也。或者疑公恂恂儒者，稱循良吏足矣，何一旦捍患禦侮能若是？不知公宅心也仁，仁則必置民於安，亦必出民於危。公植性也忠，忠則世平撫其柔良，世亂誅其反側。膽勇機略，特根仁與忠而出耳。如是，乃謂之循良而無愧。柏心與公舊識，頃者出所著古近體詩，屬爲論定。公政事所設施，與督團平寇方略，什九具見其中。然退然無矜伐之見，視之猶夫恂恂儒者也。至其詩之波瀾壯闊、與籍膏腴，雖專門名家有不逮，況兼有政績兵略卓犖若是哉？柏心久欲贈公以言，遂僭爲之序，藉以發所欲言者云。

朱嘯筠《疏蘭館詩稿》序

嘯筠司馬筮仕至楚，往來南郡頗久。柏心習知君固儒吏而以循稱者，與締交良浹。今秋訪君鄂渚，適有疾未相見，命從者出所著《疏蘭館詩稿》，屬爲論定，且爲序。柏心受而讀之，乃就所搉揚者申論曰：君之詩旨，集中《與王寅叔論詩》一首，已暢言之矣。以君之才，宜躋承明，歌咏《卷阿》高岡閒。顧屈爲外吏，又輒善病，因是遂深於琴。吾聞琴通於詩，且通於政，請就琴旨推言之，可乎？

《虞書》曰："詩言志，歌永言，聲依永，律和聲。"古之善琴者，以所志寓諸琴。是故曲直繁瘠、廉肉節奏，足以感動人之善心，則言與聲兩得之。噍殺嘽緩、發散粗厲，則言與聲兩失之。此琴通於詩之説也。騶忌曰："大弦濁以春温者，君也；小弦廉折以清者，臣也；攫之深而醳之愉者，政令也。"夫復而不亂者，所以治昌也；連而徑者，所以存亡也。此琴通於政之説也。今取君之詩觀之，旨遠而詞文，志潔而行廉，述懷抱則高遠澹泊，愍世變則悱惻凄愴。道驩娱則醖藉芬芳，而不鄰於湛溺流湎；語憂戚則鬱伊坎壈，而不入於忉怛煩冤。此非感動人之善心，深有合於琴德者乎？

又試以君之詩考君之政，其《水灾紀事》，促吏發倉，不待申牒，則汲黯便宜之惠；《守陴宿郡城》及《堡砦告成》諸作，則陳規守城之效。此非琴中所謂攫之深而醳之愉，復而不亂、連而徑者乎？夫今世以詩名者多矣，非夸工麗於采色聲音，即氣矜自負，張脉僨興，馳騁失節度，孰是其中和可經者？至於發諸政事，雖不至闒冗尸素、酷烈苛急，然大抵要名譽，以躐階驟進爲榮，而無忠信憯怛、懇篤愛民之實，意固宜與君詩不相肖也。何者？彼之詩不衷於志，而君之詩衷於志也。惟衷於志，故宅諸内者爲慈良，而宣諸外者爲豈弟也。然君猶未免以善病爲戚戚。夫昔人固有卧治者矣，於爲政何損？善乎歐陽子之言曰："藥之和者，攻其疾之聚；不若聲之至者，能和其心之所不平。心而平，不和者和，疾之忘也，宜矣。"則請仍拭君絲桐，理君舊操，彈琴咏詩，泠泠然不知夙疾何以盡蠲也。請誦其詩曰："練余心兮游太清，據槁梧兮發中聲。感人心兮和且平，不下堂兮政以成。"君曰："旨哉，子之論琴也，不啻枚叔《七發》矣。"請終身持此以治吾之詩與政。於是遂以是語，著之簡端。

胡雲樵《雲游子詩鈔》序

余讀唐人詩，至羅昭諫獨重有悲焉。唐時最重科目，才如昭諫，不登上第，竟以青衫潦倒。至巢賊稱亂，海内鼎沸，乃避地入越，栖栖幕職。獨其詩篇，感愴時事，忠憤之氣，百世下猶令人諷之欷歔不能置。今觀東鄉胡雲樵茂才《雲游子詩鈔》，何其多似昭諫也。無他，坎壈患難，栖遲書記，遭遇行藏，皆略相同。其詩之似昭諫也固宜。

説者謂雲樵若能垂曼胡之纓，服短後之衣，援丈二殳，生縛賊奴，取金印如斗大，斯誠大丈夫志業耳。僅僅讋伊謳吟胡爲者？不知一介之士，斧柯未假，安能張空拳以申敵愾？不得已乃舉感激悲憤之懷，宣諸歌嘯，口誅筆伐。既足寒奸雄之膽，而褫反側之魄；又將使烈士壯夫反覆諷誦，勃然作其忠義之氣。家切同仇，人懷制挺，即以之翦蛇豕、戮鯨鯢而有餘。雖未戰，可謂義形於色者也。然則推其鼓動倡率之效，與夫躬擐甲胄、親埽鯨鯢者曾無以異，孰謂歌謡篇什不足扶名義而壯干城也哉？

余不識雲樵，讀其詩悲之，且重其有大節，與昭諫略同。適吾楚諶筱門刺史貽書屬序雲樵詩，遂述其所心折者如此。

沈棠溪古文序

在古唯有言而已。其不朽者，則謂立言，初未專以文稱也。後世騖華之士輩出，乃標名曰“文”；歷久而創爲體者愈多，布爲法者愈密，且尊之曰“古文”。然揆諸古立言之旨，則當焉者罕矣。

夫古之立言者，其考道問德也久矣，精義入神也深矣，推古今之變而見天下之賾也博矣。發而爲言，窮理切事，質前聖，待後世，不謬不惑也。繁殺曲直，高下難易，惟所施。無意於體，體自成；無意於法，法必備。望之若喬岳穹窿，亘終古不騫也；察之若偃虹之梁，凌雲之榱，負栟幪，承廣厦也；諷之若考鐘鼓，奏琴瑟，疾徐亢墜，咸中倫也。夫然後而立言可不朽。吾觀後世工文者，兩漢以還，唐宋最盛。若韓氏、歐陽氏、曾氏，其合於古之立言者，什得五六焉；柳氏、王氏、蘇氏，什得三四焉。下此，雖專門名家、聲振文苑者，直可以技藝視之而已。

於古立言，千百不得一二焉。嗟乎！聰明才辨、不世出之士，竭畢生精力希聖賢，立功業，何不足者？顧溺於詞章，智盡能索，徒使人視之與技藝等，豈不重可惜哉！此無他，古求之本，今探之末；古充之内，今耀之外；古植之根幹，今攬之枝葉。愈工愈不肖，何當於立言之旨哉！

柏心夙昔持論若此，不敢以語人。今讀沈子棠溪所著古文而有契焉。沈子之文，語道必衷諸經，語事之利害必援諸古切諸今，雖亦用世，所謂體與法而不辟，或將如嚴季鷹、韋南康、高達夫，取節鉞建功名，爲詩人一吐潦倒之氣乎哉！

李卓泉《趣園詩》序

古今人才，性不甚相越也。究其詣之所成，則懸絶遠甚者，何哉？挾資稟之高，而極其精力所至，窮其思慮所達，範其徑途無歧趨，積其問學無薄殖，浸淫久之，不啻與造化神明者通，而後所詣乃底於大成。詩歌特文章一端耳，然自漢以來，惟曹、劉、潘、陸、顏、謝、李、杜，其詣所成爲最大，餘則域於迫陿卑宂，不能成其詣。即成，亦小小者耳。蓋精力未極，思慮未窮，所以範之積之，又失之旁騖固陋而不得，以是遂歸咎於才。今夫千夫決拾，獨羿以善射名；執鞭策、效馳駈者如雲，獨造父以善御名。豈非縱心孤往、專智盡能之效也哉？

陸城有李子卓泉者，性好爲詩。爲之不休，至謝人事、輟應舉，閉門窮日夜，危吟孤諷於清泉邃壑間。初，余見其所作，古雋遒厚，心折焉。近數年來有作，輒寄余屬爲商搉。則自魏晋至唐宋各名家，鍊意鎔格，直踐其堂奥，絶無隻字單詞涉凡近浮靡者。卓泉因岩巒拓别業爲趣園，與兄秋樵坐卧其閒，友愛最甚，棣華酬倡無虚日。四方吟朋勝侶，識與不識，叩門至者，即延致開尊燒燭，鬥韻賦詩，酣呼豪談爲笑樂。聞他軒蓋，則報謝不通謁。頃始裒爲卷帙，授之剞劂，質諸遠近詞學英流，屬柏心一言爲所囿。固而存之，氣益昌；優而柔之，味益厚；閟而鬱之，光益長。回翔雅步，而無嘽緩流散之失；直詞盛氣，而無張脉僨興之態。有類歐氏、曾氏所爲者。又其立身行己，往往近古賢哲。處貧賤患難，由由自得，視人間高資膴仕，不啻草芥塵堁者。然生平砥礪風節，未嘗涉脂韋梯榮之習，不以所長驕人，無貴賤皆姁姁温温。然其中廉直勁正、不可回撓，勇有過賁育者。

嘗有立功閫帥，以雄武貴倨自豪，慕君名延致，執北面禮，而君自居揖客。所以勖勵之者，皆古名臣行事，帥心折禮敬不衰。尤好稽古，年及耆，日夜孜孜諷覽不休。自謂第春官後，得博士一秩，沈酣卒業於古文足矣。裒所作徵柏心一言。柏心不能道古，又於世所謂體與法者，茫乎無能諳習。然心重君文，雖不敢遽謂已符古立言者，推君之學行，按君之文，蓋求之本者也，充之内者也，植之根幹者也，非可徒以技藝視之者也。

李秋樵友《放樓詩》序

陸城李子秋樵，既籍弟子員，輒不赴舉，獨專力古近體詩，與其弟卓泉相切劘唱和。各據林巒勝處爲別墅，而君名其園曰“聊園”，樓曰“友放”。四方士過者，率留止與之觴飲嘯歌，以是得好客聲。卓泉不妄交，志行合，即貫金石，比膠漆。君泛愛多可，而内有涇渭不可淆。卓泉爲詩必沈鷙深勁，君則倜儻任氣，不爲艱苦之思。卓泉高風峻軌，閉户少出，不關人事。君則喜游舟車，終歲未嘗倦，又時爲鄉里排紛難。長吏倚其賢，望廬造請，或徵發興作資號召，乃能集事。以故無賢愚慕悦而願交識者，於君爲尤多。近出所自著詩授諸梓，而徵序於柏心。

余昔讀君昆仲詩，覺卓泉較勝。數年來君致力益深，所作遂與之埒，足稱二難焉。余觀古詩人，往往發於興會物色，不專主所遭之時與所閲之事。其於時事發攄深切者，獨子美杜氏爲然，厥後放翁陸氏亦繼杜氏而興。夫放翁之師杜氏者，豈非時與事最相類哉？身遘戎馬竄奔之會，河山割裂，社稷憂危，鼎沸麻起之變多，而摧陷廓清之望遠，舉忠愛悲憤泄之詩歌。後世諷其詞，哀其意，雖相去千百歲，猶欷歔流涕不自禁。

君曩亦嘗值粤逆之變矣。當是時，挺戈倡亂者如蝟毛而起，君鄉里怵於屠殺焚掠之慘者，所在皆是。不得已起，聯村落子弟，激以大義，據險扞禦。蛇豕惕伏，迄至綏靖。繼而海氛洊熾，六飛出塞，豫賊游魂躪南北殆遍。君益感慨憤激，率藉詩章見意。其"友放"名樓者，欲尚友放翁也。時事適與相肖，故流於篇章者，不自覺而格調逼渭南也。然放翁歿齒不見中原北定，君則俯仰歲月，遂睹八表澄清，不可謂非厚幸矣。故其他山水閒適諸作，又皆高逸冲勝，蒼鬱穩鍊，不專主放翁云。

余觀君豪雋爽達，敢任事，非終以山林老者，若遇薦爲嚆矢。余謂卓泉之才雖魁杰過人，而君獨極精力，窮思慮，求所以範之積之，勢不底厥成、不優入其大焉不止。山游而跨峻嶺、俯群峰，可謂高瞻遠舉矣；然聞中州有東西岱華焉，則他皆培塿。水行而涉三江五湖，覽風濤之洶湧，亦足壯矣；然聞天池北溟，日月出其中，島嶼浮其外，則他皆溝瀆。於是奮焉梯危泛險，長往不顧。夫豈無犯狼虎、觸蛟龍，與顛躋震蕩之患哉？然誠使心豪氣猛，不可中奪，躡五岳，淩滄海，亦誰能阻吾邁往者？卓泉之專業詩，殆亦類是。余故揭而出之，且冀從事六義者，勿以才自限，但極精力，窮思慮，範焉積焉，終其身不休，未有不底於成者。夫卓泉固夫嘗自恃魁杰之才，懸絶於人者也。

陳硯孫遺詩序

鶴秀才工爲詩。自京師貴游至朝鮮，國人稱其詩，皆呼"鶴秀才"。然竟以秀才終，可哀也。鶴秀才者誰？則江右德化陳硯孫先生云。始鮑覺生侍郎賞其詩，中用"鶴"字者多佳句，因目爲"鶴秀才"，先生遂以是自號。

其大父東浦方伯先朝名臣、黔西剌史，吴蘭雪先生又其婦翁也。先生産名家而貧窶特甚。奉母讀書治詩而外，制舉文亦甚邃，嘗獲雋，已而竟擯。迨親歿，遂不復赴舉。曾游燕及滇。其在都時，諸公貴人交相延譽。先生顧落落碌碌，耻曳裾懷剌，效世俗奔競態。往往閉門執卷，足迹數月不出。即出，率獨行郊郭，遇水邊花下，孤村野寺，淹留嘯詠，興盡始返。比歸里，益抗志高潔，惟二三故人論文話舊，敷衽不倦。他則一切報謝，門外至苔蘚封徑。室中湫隘，吟咏贈答，雖窘飢寒，絶不告貸。舉家欣然無怨色。既悼亡，意益無憀。晚遘亂離，轉側奔竄，疾疢閒作，遂坎壈以歿。

昔歐陽子謂詩能窮人，因舉古詩人少達而多窮。余觀方干、羅隱輩，出於繩樞瓮牖，無親識攀援，其艱於一第也固宜。先生則席華胄，起朱門，同時名公卿津津稱其才，樂相汲引。先生稍依附焉，扶輪推轂，瞬息且致青雲。顧獨却避之若恐浼，至窮阸終其身。先生窮，甘自蹈之，於詩何尤？舉世用是咸相迂笑，然而長松勁柏之節，岸然卓立於丹岩白石之表，豈不壯哉？區區通塞，曾何足論？

吾聞鶴之爲禽也，高栖遠舉，不屑入樊籠，飲污池，及其抗聲清唳，則響徹雲霄。先生以鶴自喻固宜，與鶴性相肖，芳徽未沫，今猶皜然若見青田之翮，而琅然若聞緱嶺之笙也。先生詩格近晚唐南宋，律絶尤工。其《題金逸史學士九龍圖》七古一篇，雄警遒拔，合退之、子瞻而出之，則又不專一格云。嗣君補之出遺稿屬校，且徵序，故爲論次之如此。

七頌堂集序

士負英岸雄遠之氣，其歆戚不與庸人同，庸人安從而測之？黄鵠下太液池，毛羽繽紛，見者異之，一舉而凌碣石、游溟渤，超然不知其所往。騶虞渠黄來則呈瑞，應於良時，去則遁奇質於山澤，夫誰能測之哉？

潁川劉公勇先生著有《七頌堂集》。柏心讀之，以爲負英岸雄遠之氣者，莫如先生。生長明季，負奇略，彎弓怒馬，兼擅才武。目擊大盗縱横，思起而經世，既不獲用。及真人革命，景運肇興，遂登第入銓曹。與同時貽上、茗文諸鉅公稱詩日下，群英翕然宗之。僉謂先生怒而飛，且躋三事，超八座，揚光日月之旁矣。而先生獨浩然乞歸，泛覽皋壤，游歌林泉，泊然不知有金紫之足戀。其不可測如此。

嘗觀古今奇杰懷大略者，大抵欲因事立功，垂無窮之令聞而已。遭逢聖主當陽，萬方耆定，朝無闕政，鄙無邊警，斯時策名筮仕者，修職循理之不暇，安有所謂建白非常，足以鏤鴻代而揚豐功？若猶是委蛇旅進，無咎無譽，躐取卿宰，鳴鐘鼎食，以爲畢生光寵，則又庸人所艷羡，非奇杰所心存。宜先生高蹈收榮，長往而不悔歟？昔宋時蘇子美、石曼卿，皆俊偉卓犖之才，優游承平，束於文法，無所吐其胸中之奇，輒相與酣飲歌呼，跌宕不羈，卒罣吏議，致見屏棄。豈若先生進退綽綽，如白雲之卷舒天表也哉？至先生歸過百泉，心重孫徵君抱道講學，逸民自居，不覺抑然意下，將築室相從問業。入太原以傅青主，高風大節，超軼塵壒，與相從甚歡。由是歛英岸雄遠之氣，爲冲澹夷曠之懷。先生中年進德，益逌然遠矣，夫庸人安得而測之？先生詩古勁無凡響，得樂府、漢魏人遺意最深，文亦遒宕峻拔，稱其爲人。

柏心前客沌陽，先生六世孫静齋通守過訪，云遺集搜自兵燹中，方開雕未竟，謂柏心蹤迹略近先生，屬冠之序。柏心凡陋，何敢望先生？獨於循諷之次，覺英岸雄遠之氣，迸露行閒，曠百數十載，咄咄猶逼人也。竊謂測先生者宜在此。於是書諸篇，以應通守之請。

施壽伯《樂壽堂詩鈔》序

詩至今不啻積薪矣，或傳或不傳。傳矣，或不箸。蓋闒冗靡曼者多矣。何以故？詩有其極，能詣之者乃獨著，否則闒冗靡曼而已矣。詩孰導？導諸情。詩孰闡？闡諸才。情之正者，極於深厚；才之變者，極於雄奇。作詩者，内足暢吾之志，外足饜豪杰之心。目如是而後能詣其極，而後能傳且著。

嘗驗諸劍，均之劍也，鋒利而已矣，至陸剸水截，刜鍾切玉，則劍之極也。驗諸射，均之射也，命中而已矣，至破的貫七札，餘力猶飲羽石梁，則射之極也。今夫挾情與才而運之詩者，數百千家皆是也。惟能詣其極者，喜焉如春，悲焉如秋，怒焉如雷電激射，風雨總至，巍巍高山失其厜㕒，浩浩濤瀨失其猛悍，鬼神爲之遁藏，三軍爲之奪氣。俄而騰躍變化，則神龍升於層雲，猛虎步於高岡，四溟三山，金銀宫闕，鼇顛鯤化，萬怪惶惑；俄而平易入人肺腑，雖奴隸女子，莫不感泣；俄而超忽曠遠，深沈危峻，雖英人杰士，莫不變色却步，愕眙不敢逼視。詩至是，信乎？情與才兼詣其極者歟？奚以之闒冗靡曼者爲？

會稽施子壽伯其於柏心，楚越相去數千里，一旦不相鄙夷，不假介紹，投其所作古近體詩若干卷，貽書徵序。柏心即其詩以按施子生平：既冠，即間關趨庭，由越入吴、入皖、入豫、入楚，乃得展覲。時海内烽塵殆遍矣，往來劘虎吻、穿猰貐群中，僅乃得達。久之，鄉里焚蕩，疾歸護母。道梗，航海還家，遂奉母僑楚。所交游皆當世奇杰任俠，又篤於友朋患難死生之誼。既奔走，不得應舉，鬻文奉甘旨，遂專精於詩。柏心讀之，且壯且怖，作而嘆曰：施子之用，其情與才也，殆能詣其極者歟？何深厚雄奇乃爾也。

嗟乎！大雅淪替久矣。闒冗靡曼者沾沾自喜，聞柏心言必大相徑庭，謂其説之可易。然吾説可易，施子之欲極其深厚雄奇者，雖使萬口交排，而其志决不可易。願施子益勵之無懈。

彭子嘉詩序

士之懷奇負異者，豈不待遇而後顯哉！昔者季次、原憲，修德砥行，號爲有道仁人；王符、仲長統，高識偉論，英藻斐然。皆栖遲於環堵陋巷，裋褐不掩形，藜藿不充腸，光沈采晦，没齒乃已。非其挾持不足表見當世也，嘉會難逢，遂令奇杰無復濯鱗拊翼之日耳！至若嚴助、終軍、司馬相如之倫，上書獻賦，動九重咨嘆，出而持節乘傳，或拜郡連二千石之重，或奉命稱使者，所過官吏負弩矢前驅，震動流俗，夾道駢觀，豈不偉哉？

然非值其遇，亦烏能顯赫若是乎？吾友江夏彭子嘉觀察，童時已負英譽，詞章俊麗，閒涉翰墨，出入眉山、湖州，識者以異才目之，謂騰上必速。既補弟子員，則蹭蹬且二十年。一旦登上第，踐石渠，以才藻受文宗知，乃直南齋。當是時，寰海無塵，天子幾康，餘暇留心詞翰，君方以俊敏華贍之才，處論思獻納之職，矢其游歌，賡颺《卷阿》，特蒙眷賞，篇什流播傳於中外。人望之不啻神仙已。又持英蕩典試山右，遂留視學，經所拔擢，咸爲杞梓。至再入，而鼎湖莫挽矣，遂有滇南鹾使之拜。至蜀，則滇池尚梗。在道權滇藩，留蜀籌軍食，且佐攻取方略。久之，克昆明，與大府規畫撫輯事宜，滇以大定。會將赴闕，門下士請録古近體詩，全稿將付梓。人以柏心於君爲數十年故舊，相知最深，請爲序弁諸首。

柏心始與君族兄漁叟觀察交，因得識君，遂同游處。又嘗共客江夏廨經年。頃雖契闊，君猶頻以詩箋往復。前歲晤漁叟，迎相告曰："吾弟子嘉益嗜吟咏，且極進，駸駸窺韓而闖蘇矣。"君聲譽位望，在詞彦中可謂最顯，詩又與之俱進不已，此豈獨以遇顯哉？昔之名人，位漸隆則才轉退。然如韓、歐、蘇三公者，盍嘗不顯，所業何益宏偉遒壯也，得非受才有過人者歟？君顯矣，詩又大進不已，然則君之榮得遇而顯，君之才又不爲遇所掩也。二者雖世之豪英，尚不能兼。衰朽如柏心，又安敢希俟蕆成？當急取全帙快讀，以證漁叟之言爲不謬。

中丞方公《平苗紀略》序

巴陵方菊人觀察，出其先中丞公手著《平苗紀略》見示，云將授梓且徵序。柏心覽諸鉅公序詳矣，自顧名位微甚，文詞固陋，遜謝不敢任。觀察曰："亦各發明其意，爾其無辭。"於是承命紬繹，輒以管蠡所及，攄爲言曰：大哉！世廟之仁，上符堯舜矣。撻伐之與舞干一也，何者？皆歸於同仁之量而已矣。我國家撫有方夏版圖，過漢唐遠甚，夫豈貪此區區二三千里崎嶇迫陋之壤哉！蓋視殊俗皆吾赤子也，不忍其困於噬螯，乃誅暴强，撫柔良，襲之冠帶，被之聲教，作息優游，熙熙化日光天之下者，且二百年大哉！雖覆幬之仁，無以加兹矣。

當其初，苗頑怙險，自古未嘗臣服。貪暴戕屠之酷，州郡之民苦之，即彼民亦苦之。世廟燭其如此，始有斥取而匡正之意。會疆臣果以闢地之策進，而指發蹤迹，剖析利害，本謀皆權輿於中丞公。又皆以身親其役，公慮一切機宜，奏牘史冊，不能悉著，乃手著是編。趙營平云："兵者，國之大事，爲後世法。"豈嫌伐一時功哉！則今所傳《平苗紀略》是也。夫自成功後，觀之宜若易易，承列聖耆定之威，矧此彈丸黑子，包納黔境腹裹，以四方全力舉之，若炎火爇秋蓬也。且詔旨頻仍，不惜財力，命將濟師，期於永隸職方，此當其會者，談笑取封侯之日也。孰知夫山川曲折，洞吾目中，則揣度難；單騎裹糧，跋涉蠻煙箐雨，與魋結鈎輈之類，宣威德，申約束，則招納諭告難；鳥道猿攀，師行無人之境，衆寡不敵，前後受圍，閉營固壘，糧援皆斷，則出奇決勝難；創城築堡，置戍留兵，或不樂從，以兵相阻，鼓衆而譁，則經始營建難。自非忠誠膽智，又有濟安黔首，不分畛域之公懷，未有克蕆成功者矣。今夫張騫、唐蒙之流，可不謂喜事立功者哉。然震蕩遐荒，得之無益於中國；豈若黔境苗疆，介居内地，兵力既加，化爲齊民，及於寬政，欣欣始有再生之樂。又所産名材百物，通津轉鬻，皆吾民日用不可闕者。何但邛竹蒟醬之微，民亦得以交購互市，坐食其利，而川廣黔楚無復烽燧屯防之苦。然後知世廟決意闢土，同於覆載之仁，一時名臣，如鄂公、張公、哈公，幸際其會。中丞起儒官，薦擢二千石，遂運其忠誠膽智，與不分畛域之公懷，拔迹策勛，赫然與三公埒。嗟乎！功與遇曠，萬古未之有也。

觀察爲中丞五世孫，治行冠楚北，擢持旌節，會移首郡，封圻晋履，行紹祖庭。方今四方氛孛略已靖矣，而意外之虞，未必遽絶。尚冀恢宏方略，以繩祖武，以翊廟謨。則兹編其即箕裘世業也哉！

方木橋先生《塞上吟》序

《塞上吟》者，巴陵方木橋先生集唐人句而成之。皆七言律體，時以爲經，月以爲緯，凡三百首，富矣哉！古今集句家，無若是之工且多者也。先生曾孫菊人觀察，將鋟版以傳，過柏心徵序。

先生隨宦秦晋間，往來邊塞，多漢唐征伐戍守遺迹，因著是編，垂二十年乃就。嘗考古來塞上用兵，惟唐代最久；咏其事者，亦惟唐代詩人最多。唐自玄宗以好武開邊，卒釀安史之禍。安史亡，而吐蕃、回紇熾矣，與唐相終始焉。其時征戍之苦，饋餫之勞，離人思婦之怨，重之以邊月胡霜，悲風朔雪，磧荒草白，蓬捲沙飛，一切驚愕慘澹之狀，迸赴交呈。宜當時詩人，攬諸篇什，一發端而悲從中來，不可斷絶也。若先生當純廟極盛時，舉漠南北而役屬之，威德邁前古矣。邊上吏民，無復横戈躍馬、飛芻輓粟之事，康樂安平，與唐時迥異。則凡唐人所咏，無煩再述矣。然而先生身親目覽，古緒觸懷，忽不自覺取唐人七言成句，編之若貝，聯之若珠，罏錘組織，痕迹盡融，謀篇屬對，首尾策應，與直攄胸臆、縱筆自運者無異。又不啻驅役千百詩人心靈，而聽部勒、效指麾者。然能使讀之者，嘆結撰之工，幾忘捃拾所由來，皆如身在長城大磧間，而悄然以悲愴然涕下也。

蓋先生屬思敏，取材又富，譬空中湧出樓臺，皆七寶裝成，於此體爲神乎技矣。抑柏心竊繹其旨而進求之。或者先生以身值盛隆，可幸無事，然備豫不可忘也。將一以申黷武之戒焉，一以著守邊之策焉。所謂微意其在斯乎，其在斯乎！然則觀察汲汲謀剞劂，倘有默會於斯者歟？若但以渾融開闔，無襞積之陋，嘆是編爲冠絶古今者，是猶囿於詞章之迹也已。先生事迹詳觀察跋中，不備論。

潘徐合譜序

鄧子定臣示予《潘徐合譜》一編，屬爲之序。蓋某君取二家奕譜合刊之，詳見所自序中。余不知奕，然能言其旨。其道有敵家，胡有勝負？竊嘗揣之，大率静勝躁，先勝後。又有陽爲弱貌、爲瑕以誘之者，有緩所急、急所緩以誤之者。有轉弱爲强者，有欲取姑與者。倒用其術，不啻百變，猶兵家之出奇無窮爾。

今夫始皇之蠶食，强吞弱者也；高祖之制項氏，怯取勇者也；賀六渾之與黑獺，則又强弱侔、智勇均者也。石勒、慕容皝善用攻者也；孫權用江東，張實保河西，善用守者也。漢武帝、唐文皇之開邊，用内制外者也；拓跋、金、元之創基，自外包内者也。故夫兵家勝負，奕足盡之矣。不但此也，大則禪讓征誅，封建郡縣；小則行藏出處，深之易象之變化，幽之柱下之精微，無往不與奕相參也。

然則兹刻豈專爲奕家設哉？經世之士，反覆奕旨，思之思之，鬼神通之。處經事，得其正；處權事，得其變。亦不出静躁先後間，在乎當機之識斷而已。

黄秋宜《黄山紀游》序

柏心幼時曾覽黄山圖冊，輒奇慕之。後在都，將南歸，遇吾友魏子默深，亟繩黄山之美，勸以浮江而上，訪三十六峰。時匆匆未能果也。頃陸子芷沅郵秋宜黄少府所作《黄山紀游》一編，且代徵序。急讀之，徑途歷歷，如得導師。味所詮次與所諷咏，凡兹山瑰瑋雄邃、靈雋俶詭、幽奥危峻諸狀，有粉墨所不能模範者，悉攝而納之文字韻語間，無一遁形。何神妙若是？其尤勝者，則《湯泉雲海》、《文殊臺觀日出》、《駝背峰眺松》、《天紳亭望九龍瀑布》最爲殊絶。紬繹竟日，柏心亦不啻蠟屐梯空，直凌絶頂也。

夫侈言也，則宇内名山夥矣，自非窮豎玄之步，騁穆滿之駿，不足以博覽遐搜，然竟千萬世誰償此願者？約言之，即一黄山已有探索難盡者矣。少府産於歙，距山財百里，僅能一至。又必會徒侶，裹糗糧，乃能一賈其勇。冒風雨，蒙霧露，踐猛虎毒蟲之徑，履飛梁懸磴之危，然後抉奇泄祕，如飫嘉肴，如讀異書，遂大慰生平之願，猶未陟絶巘相淹留也。因汲汲筆之於書，且留他日補游後約，蓋非其志之堅如是，有不阻於半途者乎？柏心因是以嘆世之力學與建立事功，不堅其志，而望其成也，難矣。游山其顯者也。

少府今已出山矣，其終爲神仙尉乎？其若郭代公之尉通泉，馬北平之尉趙城，奮起而致將相乎？信能堅其志矣。龍蠖屈伸，亦何施而不宜哉！

研雨軒詞序

始予與夏子秋丞論詩時，予兼好倚聲，秋丞未之好也。久之，乃間爲小令示予，清麗似晏元獻。既而秋丞謁選滯都門，則時時貽予長調見示。精鍊流穩，近少游、美成矣。又久之服官黔中。其時黔滇數反覆，寇攘充斥，獉狉之俗，鳥言卉服，樂禍嗜殺。秋丞所莅，又皆山谷遼遠，與邊徼爲鄰。奸宄跧伏，時虞扇動，日夜督民伍繕守禦之具。或有犯境者，則枕戈躍馬，親馳行陣，摧鋒逐北，威震境外。蓋無日不在戎馬間。今年得其書云：近歲所爲填詞，不下數百闋，門下士爲之梓行，因徵序於予。益駭嘆以爲何整暇若是？

嘗竊謂文詞者，稟之才，受之性者也，而尤成於嗜好之篤。非才與性不能工，有其才性矣，嗜好不篤，雖工不能富。今夫文詞家於其所嗜好尤篤者，往往值窮愁牢落，驚鄂悲嘆，憤惋叱吒，俯仰亡憀之中。而染翰濡墨，忽不自禁，沈吟往復，抗膺高歌，伸紙疾書得喪頓忘，非是，則胸次如大鯁，必吐之而後快。填詞雖文藝之一體，然與風雅樂章相出入，其深婉摯厚者，可以宣忠孝之懷，見性情之正，非才性具而加以嗜好之篤者，不能至是。予觀秋丞近詩既益壯，而填詞豪宕，不減於詩，益嘆其能工而且富也。余嘗約秋丞以宦成早退，當結鄰山水間。他日倘踐玆諾，舉酒聯吟，予雖老矣，至於激昂慷慨之調，猶能一再賡之。

李氏譜序

同里李氏，與吾族世爲姻好，皆來自江右之豐城，而李氏先徙。兩家先世，皆治生積財，至素封子姓皆繁衍，皆營立祠宇。惟遷徙以來，譜牒未刊，意恒闕如。今李氏乃有創修支譜之舉。剞劂告成矣，徵序於予。於是重諸君子推原本始，用意懇到，嘉其集事之勇，又以增予愧也。

按李氏自述謂出唐西平王后，宋時遷江右豐城，其後再遷湖北監利，居於三盤碁。有吉孫公者，三世至繼雯，生子二，曰常、曰源，源始遷邑之螺山。今之居者皆其子孫也。推所自出，托始於梅潭宗譜。至源公以下，世次先後，蟬聯相衍，則今所創修云。

今夫譜之爲義大要有三，而鋪張門閥、攀援華望者無取焉。一曰崇本。肇自始遷之祖，以次賡續，如導源而會流，如尋幹而及枝。旁推曲暢，綱舉目張，然後昭穆不紊，而親疏有序，是謂崇本。一曰紹聞。凡後嗣之能有幹有年於兹土者，莫不由先世積累所致。是故徽言善行，必有紛綸可傳者矣。撮舉梗概，附著其間，豈爲虚美溢詞相誇炫哉？亦期循覽紬繹，無替矩矱云爾。是謂紹聞。一曰永慕。音容邈矣，不可追矣，得其生卒歲月與其塋兆所在，心焉數之，如或見之，不猶愈乎？如此者一一推溯，詳加詮次，仁孝之心，將有油然而生者矣。是謂永慕。今觀李氏兹譜兼此三要，而無世俗鋪張攀援之失，豈不善哉！

李氏舊爲吾里著姓，今且四五百年，其繼嗣綿延猶不減昔。異時必有稽古元宗、蒸蒸踵起者，蓋世澤固未艾也，吾且以兹譜卜之矣。

卷三十五　序

劉琪峰詩序

詩以氣爲主。自蘇、李至後世作者，皆氣入爲主，才情與聲調赴之。亢者不能仰而使墜，壯者不能撓而使弱也。劉子琪峰於詩，蓋氣有勝人者。始予未識君，先郵所爲詩見示，而五言古尤高俊。讀之，去阮嗣宗、陳射洪不遠。已而訪予章臺，與論世事，則欷歔慷慨，氣與詩稱。

是時寇氛甚惡，予與君奔走轉徙，未有寧居。久之，沔鄂皆平。君登拔萃，起爲令，非所樂也。然奉檄得秦中，則大喜，謂關内形勢甲天下，覽百二之雄，可以開拓心胸。君故嘗躋祝融、紫蓋之巔，今又得眺華岳三峰與終南、太白諸奇勝，益發泄爲詩歌。復郵示予，屬相論定。氣視前益壯，大抵登覽及閔亂之什。君方權神木，古麟府地，迫近塞垣。憶予三十年前曾游秦隴，壯其山川，方西陲無事，然察知花門雜處，後必有變。舉江統《徙戎論》諷當事，皆目笑之。至同治初元，應詔上封事，亦請豫爲之備，然禍已作矣。今君作宰，莅彫劾之區，當軍興之際，其爲旰衡扼擥可知矣。

昔東漢中葉，叛羌四起，三輔震驚。然虞詡以書生單車赴官，盤根錯節，利器自别，文武方略，在廷諸臣未有能及詡者也。而皇甫規亦起徒中，上書謂力求猛敵，不如清平；勤明孫、吴，未若奉法。以古準今，其言益驗。至宋龍圖、范公禦元昊，則先自治，修城寨，務墾田，以守爲主，而攻剿輔之。予不習兵事，竊謂今日能以兵力徙群回出之關外，上也；其次則莫如自治，徐以威信懾服之，然後相機行招納之術；徒事浪戰，策之下者。君有經世才練，習秦俗，他日若當大任，誠先之以清平奉法，秉講求討撫諸策，則虞升卿、皇甫威明、范希文諸公成效，可次第致也。乃始乘綏靖之時，作爲《鐃曲凱歌》，繼《朱鷺橫吹》等篇，視今所作，其氣且更有壯焉者矣。

重刊朱子鹿洞遺規序

昔者二帝三王之盛，其治則敷教明倫爲重，其學則明德新民爲大。當時庠序中，師弟子相與離經辨志，敬業樂群，無敢放其心以外求，而異端曲説不聞出於其間。何道之隆也！

周衰道微，孔子正其統，孟子大其防，唐有韓氏，宋有周、程、張諸儒扶翼而推闡之。至朱子，乃益昌明。朱子講學鹿洞最著，所立學規尤爲切近，凡以使學者收放心而已。極其至則，雖推之二帝三王之治與學，可仰宗而遠紹也。嗣是繼席主洞者，增設條目，大抵與朱子之意相表裏爾。舊有刊本，亂後佚去，義甯諸君子復取舊本，重加鋟布，將廣其傳，而徵柏心爲序。

今夫道之不明，非道之失也，異道者起而淆之也。功利於戰國，佛、老於漢唐，而倍譎狂繆，怪誕百出，至今尤不勝數。其頑者，甘蹈蔽錮而不返；其秀者，亦時借猖狂以自便。至於蔑棄倫常，充塞仁義，數千年大中至正之道，委諸榛莽。嗟乎！豈非孟氏所謂率獸食人之禍與？豈非放其心而不求，故陷溺至此與？誠能率天下學者，而皆從事於鹿洞遺規，以束其身，以閑其心，日勉勉於格致誠正、修齊治平之業，處則修行立名，出則轉移風俗，如治國者力本强兵，雖敵國外患，不敢窺伺。彼邪説、淫辭、詖行，何由入於耳而接於目哉！撥亂世反之正，其效必出於此。諸君子之用意倘在是乎？然則是編也，豈獨義甯一州之人，當相與户説眇論哉！雖推之天下可也。

層高堂六大家詩選序

冀北之野，望而成群，牝牡驪黄皆是也。然其中有國馬焉，有天下馬焉，九方歅則能辨之。賀若弼目楊素猛將非謀將，韓擒虎鬥將非領將，史萬歲騎將非大將，意以自許。蓋天下固有殊絶之能，非凡輩所望，亦非庸識所察也。由漢以來，以能詩著稱，鳳其芭而麟其趾，奚啻千有餘家。然其屈指稱大家，財可數人而已。余子旬甫選古今詩，得大家者六：於魏得曹陳思王植，於晋得阮步兵籍，於唐得李翰林白、杜拾遺甫、韓吏部愈，於明得李副使夢陽。精采昔評，附以己見，寄示柏心，屬爲之序。

或問於王子曰：前遺蘇李，後遺蘇陸，何也？解之曰：蘇李贈答外，無他篇，蘇陸則已變爲宋矣。曰：崆峒爲後人掊擊不少，取以配之，何也？曰：李杜光焰，至退之始論定，崆峒豈能免謗傷哉！曰：敢問大家之説？曰：難言也。受才雄邁，植體宏大，其淵源不離六義，三者具，然後爲大家。古今詩人至多，有如六君子之才氣超越，體包正變，而悉根柢於比興之旨者哉？陳思、李、杜兼《國風》、《雅》、《頌》而一之，嗣宗主《風》，退之主《雅》、《頌》，崆峒於曹、阮、李、杜無不合，惟與退之異，此所以并而爲六也。今夫綜天下之水而以瀆名者四，綜天下之山而以岳名者五，惟其力能自達於海，而峻極於天也。知此則無疑於六家之以大名矣。且余子破拘攣之見，獨觀昭曠之原，卓然爲是選，特欲使天下高才異稟之士，決所宗尚，不惑歧趨末，易爲淺見寡聞者道也。彼不睹岳瀆之高深，終其身域於斷港絶港，邱垤培塿，自以爲至足，其視兹選，有不駭且詘者耶？

營田輯要序

《營田輯要》者，黄琴隖觀察所編次也。綜歷代規畫議論詳箸之篇，篇分内外：内篇又自分上下卷，半言法，半言弊，爲目者三十；外篇則附載種植、水利等事。卷首皆冠以通論，度方今時勢，謂民耕勝於兵耕，待推行者擇而用之。大旨取述而不作，然亦時露微意焉。編成，命柏心序諸首簡。

竊謂玆事體大，益軍國甚鉅，前代行之，成效彰彰，非蒙所敢置議也。然嘗求其端矣。自鼂錯建策，募民耕塞下，爲屯田之始。趙充國將吏士屯湟中，則屯而兼營矣。後世行營所在，率仿屯田，亦曰營田，大意相同。特耕者有兵民之異。前明列置軍衛，就衛立屯，專主漕運而已。要而核之，其爲田不同。有在邊地者，如兩漢之輪臺、西域，唐自振武、雲中至中受降城是也。有在腹地者，棗祗、任峻、鄧艾屯陳、許、淮潁之田，何承矩、李允則屯滄景、雄州之田是也。其爲耕亦不一，有募土民及謫戍罪人矣，有將與卒分田而治矣。夫田於邊地，奪彼肥饒，取我曠棄，以資戰守，以省轉輸，利爲上；田於腹地，必我强於彼，兼有良將，且耕且戰，乃得積聚，利爲次。將卒并耕，殖穀必廣，一遇寇警，或燒或芟，則得失常相半也。徙民往耕，足以供軍；室廬牛馬事須官給，則勞費不勝計也。大約行之軍争之秋，良將禦於外，良吏督於内，事權一而思慮精，則弊不敵利；行之無事之際，冗蠹伏於前，朘削乘於後，文法多而曠怠啓，則利不敵弊。此其大較也。今者寇難略平，兵戈蹂躪之區，死傷流亡，靡有孑遺。三秦兩淮間，往往數百里爲邱墟，皆昔日膏腴上産也。此非議興營田之時乎？

顧言之甚易，爲之甚難。何者？限田定賦，法立弊生，有經界、川渠、城堡、井竈、田器、倉庾之役，有守望、追胥、獄訟、簿書之役，有撫循、安集、勸課、督促、征斂之役。凡此非賢能吏莫能任，况猶有阻撓牽制之相隨也乎？又有甚者，急近功務，紛擾貪浮，賦張虚額，恐良法適以厲民，世且謂營田不可復行，將奈何？不知其要，惟在得人而已。夫營田之善，不傷財，不擾民，無曠土，無遺利，其濟軍國甚鉅。方今時勢，猶易舉行，賢於搉税、算緡遠矣！是編蓋三致望焉。誠繹其微意，得人以任之，有百利無一害也明甚。故曰：藥一也，或以延年，或以速斃；車一也，或以致遠，或以僨轅。雖有治法，尤貴治人，猶營田也乎哉？

意劬詩序

意劬之與予論詩也，蓋因新城陳懿叔云。意劬客衡陽時，時爲詩示懿叔。懿叔曰：“子有師資，近在螺洲，盍往質之?”於是歸而挾所爲詩詣予，且致懿叔言。予覽其作，頗浸淫於兩漢樂府及淵明氏，心異之。自此意劬有作，必示予就棄取。積十餘年，而意劬所業益高。久之以瘵卒。

其先世自吾邑徙居臨湘，一門群從十餘人，皆敦樸好學。意劬始受知於江右劉穆士大令，邑試冠其軍，補弟子員。恒從大令游，偕往衡陽。大令没，乃歸里，家故力農，耕入粗自給。已而江漲，蕩其室廬，田園苦潦，不能飽半菽，乃始奔走衣食。又多骨月死喪之戚，母逝弟夭，子復多殤，累舉不得意。亡何，粵寇横江上，土賊蠭起，驚悸避匿，屢瀕於危。比亂定入門，則衣糧掠盡，遂爲窶人，竟以是得幽憂疾，至不起。親老子幼，魂魄遺憾，親識莫不隕涕。蓋士之窮未有若意劬者。

其性情真摯，外簡率而中方鯁，避遠流俗，不妄交接。好山水，登臨不倦，尤耽野趣。遇林風澗月，釣磯樵磴，率爾獨造，流連忘返。生平詣力畢萃於詩。當其運思，落落然遺棄萬慮，騰踔八荒，鋭若鷙擊，静若魚潜，伐山於棧絶梯危之表，泝流於驚湍怒洑之中，凌虚跖險，不避顛墜。及其既成，則又渾茫回合，沈厚雋遠，無復鑱刻之迹。至於哀樂獨到，真機發露，悱惻忠孝，與《國風》《離騷》有隱隱默契者，非世俗人所爲詩也。哀意劬者，咸謂以彼之才，既阨其遇，又奪其年，詩能窮人，於是益信夫!

予亦哀意劬者，求其故不可得，則爲之變其説，而謂爲不盡。然窮達在命，不在於詩。世間窮士，豈盡坐詩哉？且夫天畀意劬以窮，蓋不啻黥之、劓之、桎梏之矣。不自息其黥、補其劓、解其桎梏，方且覃思苦吟，日夜不少休，以滑其和，以摇其精，是助天之黥之、劓之、桎梏之也。欲求長年，誠不可得。然而黥、劓、桎梏之者，天也；助之黥、劓、桎梏之者，亦天也。榮華壽考，終有窮期，與使富貴而輕等塵埃，孰若坎壈而名齊金石？夭閼摧折者，命所得制也；倜儻卓犖，必傳於後者，命所不得制也。意劬不爲詩，遂免窮耶？不免於窮，且無聞於後，所喪不轉多耶？屈之於生前，而伸之於身後，則吾謂天於意劬未始薄。意劬與其同邑沈君浴吾，同受知穆士大令，年與才行相若，窮亦相若，浴吾前意劬一歲卒。始予得二子，謂風雅可復振，不意相繼早凋也。

久不忍序意劬詩，其諸弟屢來請，執筆詮次，不覺泫然。

楊性農詩序

往歲計偕，與楊子性農論交都下。兩人者，皆喜言詩，喜言才俊，喜言經世事。顧楊子資稟高，讀書多，予不逮也。久之，楊子通籍金閨，改官郎署，以假歸。比歸而亂作，楊子用兵法部伍其鄉，入詗諜，代謀威讐，狼貙不敢正目窺其境。予乃轉徙竄伏，僅而得免。常以孱弱愧楊子。今年楊子既序予近詩，亦郵其近歲詩屬序。

楊子之詩，窈然以深，夷然以遠，超然以雋，博辨淵頴，逸宕警健，予不逮遠甚。然獨能言其爲詩之意。夫楊子不能有爲於當世，而有不能已於當世之心，於是載而之詩，意將使味之者愀然思，蹴然感，有能拯顛隮之患，導隆平之軌者乎？即不啻自爲之矣，此楊子爲詩之意也。

今夫禍亂之成，非一日也。其始之潛伏萌生者，不及救矣。至於潰裂四出，泯泯棼棼，回遹而靡定也。然亦未嘗無救之之術，可藥而治也，可懲而毖也。患在遭時任事者懦且狃焉，不能早悟，而禍亂以成，至於終不可救。然使有深識者介乎其側，爲之反覆諷諭，咨嗟涕洟，呼寐者使寤，導迷者知津。彼將聽聞倍悚，忽發其悟，相與奮然，破積習，運智勇，舉綱維，與人心撥而反之正，禍亂可立消，安攘可立睹。吾見篇什所感動，其功且與回斡元黃、澄清宙合者等。嗟虖！楊子不能已之心，載而之詩者，其不以此歟？

予嘗聞楊子主用鄉兵之議，其後自爲之，果效。讀楊子詩，勿第於詩求之，當於意求之。得其意而見諸用，效可踵至，不獨鄉兵一事爲有驗也。予亦無能有爲於當世，抱不能已之心，又略與楊子同。因論其詩，爲發明大意如此。

蔣秋舫先生詩序

天下曷爲治乎？成之自州邑始。天下曷由亂乎？釀之亦自州邑始。今夫閭里所以有嘆息愁苦之聲者，旱潦無時，而徵斂太亟也。鬻子女、捐溝壑者相望，噢咻寬恤之不務，反從而追呼焉，鞭撻焉。彼飢疲者，蓋騷然不安矣，是亂之萌也。然而非盡令長之咎也。大府惡以灾聞，惟催科是督，令長救過不遑，莫敢以灾侵告者。其賢者不憚力陳民困，無少諱匿，夕上牘而朝逢怒矣，朝上牘而夕被劾矣。代合繼至，敲朴搜索，又益甚焉。幸未激變，而民之怨毒深入骨髓，日甚一日，不釀爲大亂不止。於是賢者慈仁惻怛之懷，鬱不得施，則退而采其見聞，發爲歌謡，反覆告哀。雖無救於流亡，然讀者往往泣下，若元使君《舂陵行》之類是也。

嗟呼！方鎮禁州邑上灾狀，而以急賦調爲先。孰知夫蘊祟至十數年後，大盗揭竿而起，得藉爲口實。至舉倉廥積儲，盡委之焚掠，乃始思良吏，不可得也。此柏心所以讀蔣秋舫先生宰通山時《苦旱鄉征》等詩，不禁失聲太息也。先生始以獻賦行在所知名，爲令書下，僑居鄂渚，獎訓才俊。門下士多入詞垣、持使節，而彭子于蕃尤以功名終始，獨取先生遺詩，一再刊之，以柏心曩嘗編校，屬序簡端。先生詩精鍊温厚，步驟古作者，其述民間疾苦，肫然循吏之言也。嗟乎！今天下州邑，往往苦兵，殘破凋敝，視先生時百倍矣。主持政術者，若擇令長慈仁惻怛如先生輩，落落布之四方，庶幾可以撥亂而致治哉！

雅雪園詩鈔序

曩值宣廟之際，湘東才流稱詩者輩出，皆卓犖雄偉，一振積懦，柏心咸從之游。若同年生新化鄒子咨山，其一也。嶺西變作，烽煙犯潭州。其時邦人士，或奉詔治師，或登壇仗節，或贊畫軍府，戮力一心，乘逆鋒而折之。殄剿凶渠，收復境土，轉戰逐北於數千里外，威名屹然與皇甫嵩、陶侃、周訪、温嶠埒。下逮膠序章縫，田閒椎魯，亦慨然修戈矛，纓曼胡，合徒應募，袒跣搏鬥，前無堅陣，使鯨鯢逃遁，救死不暇。疇其功賞，致身方面及將校者，指不勝屈。於是海内推武略忠節，必以湘東爲冠蓋。嚮時操觚吟咏之徒，往往起應折衝干城之選，罕復留意聲律間矣。獨咨山鄒子守道林泉，諏稽古今不少懈。沈思孤詣，行歌空寂寥曠之境，萃其力於爲詩。

夫詩，雖空言無補，然小者理性情，大者述治忽，發揚忠孝，根柢仁義，此與立功立事，亦何以殊？且作者特不遇耳。使出所藴蓄，以文武表見，豈遽出同時諸公下哉？今觀鄒子詩，大抵固而守之，欲其質博而積之，欲其厚曲而導之，欲其邃至獨造處，入理尤深。竊嘗觀自古詩人善言理者，莫如陶、杜，次則子瞻蘇氏。陶、杜以無心合，蘇則有意爲之，此其所以微不同耳。鄒子之詩過人處，在善言理，殆欲化蘇氏之有意，上合陶、杜之自然，於六義本旨無戾也。詩人而能見道，豈易得哉！世之談者，舍理言詩，不入流蕩，則入傲僻，宜其與鄒子徑庭也。嗟乎！曲士之論，不足語於大道也，蓋已久矣。鄒子刊其詩屬序於柏心，既論次之，因發明其大指如此。

邊袖石《健修堂詩》序

邊子袖石與柏心先後入長洲侍郎陶公幕。陶公嘗語人曰：“吾於燕楚，得兩奇士。”既而兩人者，比歲并牒進登於朝。邊子獨用才名，入踐石渠。由是納交恨晚，得盡讀所爲古今體詩。逾年，柏心假歸，邊子猶栖栖金馬也。未幾，粤賊起，東南大亂，烽火逼大河南北，邊子以其間典試擢給諫，褰帷持節，洊躋藩翰矣。先是，邊子莅申陽梓所，箸《健修堂詩》，寓書招柏心商搉，屬爲之序，不果往。乃取梓本貽示，復徵序焉。讀既卒業，則爲之述曰：詩之肇興盛矣哉。然其杰者，代不數人，邊子其預於此數者乎？挺忼慨悲歌之地，天性亮直，受才俊拔，淹貫典籍，神解超悟。自束髮逮中歲，起繩瓮至方岳，篤好爲詩，未嘗一日輟。其後觸於朝野多虞，人才用舍，凡所以攄忠款、宣憤懣者，一寄之詩。夫古有仕進而才退者矣，有愁苦易工、歡愉難好者矣，何邊子貴而治詩，獨勤且工也？

今夫悱惻忠孝、貞亮耿介之情結於内，不可得而變也；榮枯得喪、通嗇顯晦之境乘於外，百變而未始有定也。世之爲詩者，役於外以摇其内，非才有進退，乃心有移易。故爾邊子視榮遇若儻來，適適然不知其可喜。忽歌忽咢，惟導吾中所欲言者，無使堙鬱。故其高者抗霄漢，閎者包宙合，雄者撼山岳，而清凄婉切者，若風雨夜鳴、絲竹篴進也。較困約時，每變愈上，是非有他也。積於内者，日已深固，外至者莫能奪焉。且名位彌崇，旨趣彌近澹泊，纏綿骨肉，悵望休泉，始末不渝初志，以是知邊子襟懷遠矣。雖他日身繫安危，勛名蓋天下，其澹泊猶之今日矣。蓋古來豪杰名世之流，駿功茂實，海内望之，如虬龍乘霧、虎豹之顧盼林藪，變化神威，不可揣擬。而若人者，冲情遠志，蕭然無與。謝太傅功高百辟，情在一邱，非其儕與？宜乎謀謨之淵深而宏達也。然則讀邊子詩，推其胸次，殆未易量也已。

柏心老矣，將訪舊梁園，相與尋高李吹臺，以展契闊，顧念曩者，并辱名賢賞契。邊子方以股肱夾輔，令聞流四國，出其吟咏，猶足爲昭代詩人之杰。柏心則孱然一秃翁，牢落無成，如往日也。以是停車久未發。序竟，益默然内愧云。

龔子貞詩序

吾友龔君子貞，少而疏俊，負狂名，君則自謂非狂。既困鄉舉，入資注選，得鍾祥邑博，大吏以爲狂而罷之。君亦負氣歸。天下高才之士，其慮遠，故驗於後；其言切，故中於事；其氣盛，故忤於衆。兼是三者，狂之名所由起也。始也驚，繼也厭，卒也忌，而被狂名者，難見容於世矣。嗟乎！賈太傅、劉司户所議論，同朝目以爲狂，由千載下觀之，但見其忠讜，而在當時不免於骶排。嗟乎！此屈原所以流放，而申徒狄、鮑焦之流所以甘湛淵立槁而不悔者也。聞曩咸豐壬子，使者募兵襄陽，君上書幕府，條破賊事宜累數千言，使者善之而未行。柏心今歲乃見其稿，大異之。所指畫如老將，當時若用其言，鄂圍解而粤逆已殄於楚矣，豈令東南陸沈至今？嗟乎！誰謂子貞狂者？君近者鈔所著古今體詩，書抵柏心徵序焉。

柏心始交君賢兄木民太守，君猶童子也，已能爲警語。其後君乃出，省兄於金閶、白門，因遍覽吴越山水，交其豪俊。已又出梁宋，度虎牢、函谷、潼關，瞻眺華岳，西過長安，登連雲棧，入劍閣，至成都，遂泛舟涉瞿塘、灧澦，下三峽，而哭兄於吴會。乃返里門，落落然以廣文騎馬到官。則惡氛方熾，扶携竄伏，僅乃得脱，竟以罷歸。迹君生平，大抵貧窶羈旅、水潦兵戎之日居多，其爲詩，蒼凉沈鬱，與境相稱。木民以才人爲外吏，收華太早；而君晚出最勁，筋骨强而風格峻。雖被狂名，至其詩則無有能謗之者。

柏心觀君才識，堪濟時用，即君亦激昂自負，非僅僅空言表見者。迄不得展，盡斂而泄之詩，誠可深惜。然近世隆隆貴顯者，忽焉滅没，既不足持牙齒間；即二三卓犖雄駿之流，以文武拔起，登壇仗節，或不幸横尸裹革，化爲殘燐，供憑弔者之唏歔攬涕。獨君以支離散棄之身，優游井里，嘯歌自得，未始非幸。且君雖未嘗用世，尚得狂名，使其獲用，以狂取忌也必矣。是天以佚君者，全君也。然而世有識者，則决不以君爲狂。

張瑋公詩序

竟陵三詩人，皆柏心執友也。孝長詩，雄豪以氣勝者也；子重詩，質厚以思勝者也；瑋公詩，善往復纏綿，獨以韻勝。孝長爲人，英岸俊偉，不屑小節；子重沈寂頽放；瑋公醞藉恬雅，渾渾無町畦，與儕類處，能扶其長而化其短，人尤暱就之。瑋公稍長於吾輩，皆弟畜之。自成童後，才藻贍逸，名噪甚。受知鮑侍郎、朱文定兩提學最深，見者驚爲嚴徐東馬復出。然僅以選充優貢，用博士官注銓，久滯鄉舉。晚乃得南漳邑博，任滿謝歸，不逾年遽没。

君詩秀逸雋遠，情興婉愜，此殆得於所性，又益以閎覽博聞。始也，浸淫魏晋、三唐，既而泛濫於樂天、眉山、劍南諸家。善體物情，宛轉比附，葩華布濩，而神味恒溢於篇章之表，其標韻獨勝。當瑋公壯盛之年，俊譽初馳，同時里閈中所與比牒并名者，或往往掇巍科，躡侍從，入珥管彤，出持英簜，聲華赫然播遠近。瑋公顧頻歲栖栖逐隊鵠袍中，蹶蹏塌翼者屢矣。論者皆代爲咨嗟，瑋公則夷然如故，肆力鉛槧不少輟，俯仰無幾。嚮時雄飛高舉之倫，次第凋謝，榮名華秩，如槁葉飄風矣。獨瑋公齒宿才新，覃思深造，挺然爲霜後之松。然後知通華貴顯，特須臾事耳，無足據者；未若文章德業，韜之彌耀，鬱之彌光，造物留以位置賢哲，不輕畀也，瑋公得之無恨矣。

孝長、子重先後逝，歷數年瑋公乃没。没而其嗣君作牧鈔所著《角山詩》，請柏心序之。生平執友淪落盡矣，塊然存者，僅柏心耳！惻愴不知涕之何從也，操筆不忍下者久之。孝長往爲予言，瑋公少時，能爲蘇長公之文，下筆數千言，衮衮不休。既而棄去，乃趨駢儷。本治經訓，暮年尤好《易》，得青田端木氏《易指》而善之，益加推證。長於陰陽卦變，殆欲續漢儒費氏、京氏不傳之秘。時時爲柏心言之，柏心不喻也，同人亦莫能解者，惜未見之論著。爲長短樂府，極肖南宋人語，工晋唐人書，飄忽變動，矯若龍蛇。皆不論，獨論其詩。

李季眉《觀香室詩》序

季眉者，湘陰李文恭公之介弟也。年五十始爲詩。其歌行雄奥，自退之入近體，興到即書，則又清婉流逸，如夢得、隨州。編爲若干卷，介余子旬甫授柏心，命序諸首簡。不敢辭，則爲具論焉。

季眉以名諸生逐隊銀袍中，七應舉不得預解額。當是時，一門鼎盛，昆季及群從子弟，躡金門，秉節鉞，勛伐文章，擅天下盛名。季眉獨蹭蹬不遇。於是棄去帖括，放意花竹泉石，好聚百家圖史、名人墨迹，日與四方詞彦勝流觴咏爲樂。衆皆以嘉遁目之。及粤逆起圍潭州，乃始慷慨出助，乘城圍解，輸財佐當事，訾戍臺戰具，雖毁家不惜。文恭公既薨，則奉太夫人避難山中，誅茅築室，往來村氓野老間，安之若素。遇荒祲，取囷粟贍流亡。凡戚黨交游以緩急告，或待以舉火，應之如響。其詩尤多感愴時事、忠憤壯烈語。衆又謂志濟當世，不類岩穴中人，竟莫能測。昔者晉驃騎將軍何充之弟準，高尚不仕，人勸之，則曰："子第五之名，何滅[1]驃騎?"夫生於貴胄，而雅志栖冲，可謂難矣。然特逸民之一節耳，斯世斯人何賴焉。若季眉者，安平則踐孝友，危急則先君國，非但山林長往之士，殆以有道仁人而兼豪杰開濟之懷者也。

嗟乎！人固不易知如季眉者，孰能測之哉？若其爲詩，殫精刻苦，有過專門，舉天下之嗜好，無以奪吾詩者，欲不工，得乎？其爲詩之年，與高達夫同，獨未得致位方鎮。夫季眉特不欲仕耳。以其才與志，誠得藉手柄用，豈出東川節度下者！然竟能以詩成其名，則固駸駸與達夫并轡争驅，未知孰後先矣。

坦夫制藝序

柔多曲，剛多直；柔多暗，剛多明。古之豪杰，開濟功名，定宗社危疑，决群議是非，辨人才賢否，皆非剛莫之能任。吾友平子坦夫，其近於剛者乎！坦夫少以文雄，黌序中老宿皆斂手避之。性耿介倜儻，究心鄉里利病，尤嫉夫罔利蠹民者。嘗忿邑子輩朋比侵緡錢，敗堤防。訟之不勝，徒步走京師，伏闕擊登聞鼓，事得直。群輩卒抵罪，而坦夫亦削諸生籍。

論者咎坦夫以剛敗，予不謂然。夫以一介士，激於鄉井淪胥，不憚出身，發群邪之覆，雖閭闟犴狴曾無撓色，其節壯矣。使其人官禁近，必不以阿唯隨公卿後；出奉使命，必慨然有攬轡澄清之志。予方惜坦夫困於卑微，所以用其剛者猶有未盡，不意世之反以爲咎也！且汲長孺、宋廣平，古今號爲剛者，皆保令名，曾不聞其以剛獲咎也。嗟乎！惡直醜正，往往重繩，豪杰不至，舉世趨於脂韋媕婀不止，則坦夫之獲咎也固宜。

坦夫既久摧挫，則益讀書，守道礪節，講求水利，欲登閭黨於衽席，其好剛卒如故。然亦垂垂老矣。今年春過予，出所爲《制藝》屬論定焉。予非工此者，特頗能辨之。今夫靡曼其詞，支離其旨，以輕滑軟熟偷合取容者，察其文知爲柔佞人也；磊磊落落，反覆事理，直抒肝鬲，雄暢昭晰者，察其文知爲剛毅人也。坦夫文近剛毅，與其人稱，其爲雜體詩亦類是。予心重之。既已品騭，因并論其生平。嗟乎！古有舉胥靡脱棠阜，徵召拜命，起自徒中，卒爲將相名臣者，惜吾坦夫不得與於湔祓拔擢之會也。

傅虚谷《遺類集》序

理者，衷於是而已。有是，則有非者敵之；有似是，而非者淆之。將求理之是，則莫如以辨。然辨之既力，則不憂其敵，而憂其淆。夫理無兩是。其非者，吾以辨析之；其似者，則有不勝析者矣。不勝析，則是終不定，理之明者且將晦。然則奈何？曰：約衆辨而衷之於是焉，斯定矣。

宋儒爲學，主於窮理，理至宋儒始大明。然而天下之辨者，益自此起。何者？其名甚高，其門徒甚盛。名高則相争，徒盛則相托，此猶不足憂也。惟其一二粹然大儒，同時同志，或各就其質性所近，與其學所從入者，著爲論説，羽翼聖經，皆衷於是。然其立言不無同中之異，大抵起於各有所見與有所矯，而其後遂不相入。兩家門人，彼此互詆，若一姓之子，同室之人，而互操戈矛。至明代諸儒，分曹角立，猶兩家之説也。於是理之是者，迄無可定。然試取兩家之説，平心潛味之，則其説未始不互相通，未嘗不可互相救，皆足以羽翼聖經，而衷於是者也。

特不能如聖言簡易，故末流遂生枝葉耳。

江陵傅子虚谷讀書窮理數十年，取宋明二代諸儒緒言，反覆證析，得其相通與相救者，不惟其同與異，而惟其是。著爲《遺類集》，羅列衆説，附以己意。持示柏心，且徵序焉。柏心固陋，未嘗從事德性精微之學，然心知傅之用意之善，能使諸儒衆説合同，而化歸於羽翼聖經，壹衷諸是。諸儒有功聖經，傅子又有功諸儒，以辨息辨，互相通也，亦互相救。理之是者，庶幾於兹編而定矣乎？

蔣節母《冰清集》遺稿序

王子讀蔣節母胡孺人《冰清集》遺稿，而悄然以悲也。世之言者，吟咏多才，非女子所宜。夫天予以才，猶卉木有花蕚，禽鳥有文采，珠玉有光輝，夫安得遏之使不露耶？聖如尼山所録《國風》，大半出於閨幃，未嘗以爲非所宜也。豈獨《國風》哉！後世樂府歌詞，若《寡鵠》、《團扇》、《烏夜啼》諸篇，大抵皆出女士。而歷代才媛，多以文藻揚芬竹册。雖境有哀樂，言有質文，但其發乎情而止乎禮義，則大者可以扶名教、維倫紀，次亦可以宣鬱伊而述凄愴，蓋才之不可已也如是。夫充世俗之説，不過謂易以損福，豈知庸庸之福，過如飄風，持以與艱貞大節、貫金石不可磨滅者相較，榮辱輕重果孰優而孰劣耶？孺人母家爲吾郡江陵胡氏，號爲科名望族，蔣亦門承仕宦。結褵十稔而夫子赴召玉樓，孺人號泣撫孤。長子爲燕朋所誘，盡蕩其産以没。幸次子能遵慈訓，克紹儒業。孺人自孀居後，貧困殆爲異常，至冬御絺綌，飢啜糠核，然絶不從姻鄰稱貸。憂愁煎迫，則賦詩自解，集中所傳是也。竟侘傺以終。今觀其詞，危苦凄厲至不忍讀，而骨益堅，節益高，幽光孤焰，炯然與霜月均清。孺人所處，殆亦如名人賢士，懷才負異，卒歸於坎壈摧折，絶不蒙造物之愍惜。

嗟乎！造物擇千百巾幗，獨賦孺人以才，可謂愛之重之者矣。而坎壈摧折曾不愍惜，是使才常絀，而世俗之説常伸也。則真可悲也矣。

【校記】

〔1〕滅，疑爲“減”字，形近而訛。

卷三十六　贈序

贈姜曉村大令序

令一也，而壤不同，壤有狹有廣，則廣者難；壤一也，而途不同，途有僻有衝，則衝者難；壤與途一也，而時不同，時有豐有歉，則歉者難。三難畢萃叠困之，以奇灾薦飢，積儲竭於廥，緡錢罄於庫，版築賑貸，内外供億，百端千緒，交轃而坌集。當此時，吏雖號精强，亦莫能稱治辦。幸稱治辦焉，難矣。不唯治辦而已，又進爲循吏焉，則難之難者矣。然語循吏者，必至是始見，又足以運乎三者之内，而周乎四境之外，則非一切治辦之吏，而真所謂循吏也已。

道光己酉春，曉村姜侯來權江陵。洪潦之後，淫霖逾半載，跨江而南，距漢而北，西亘陰湘城，夏水貫其中，境皆翼以堤。侯親督畚鍤，且築且捍。役甫竟，旁邑告潰，流民駱驛至者數萬。境内麥禾亦敗，民搴薀藻食且盡，旦暮就死地。侯亟白臺使者及太守捐金爲倡，募商民得錢萬有六千貫，乃資遣流民。其境内飢黎，爲分鄉給撫，民始慶再生云。

先是，侯見灾象成，則削牘上大府，請緩漕賦。至再三，卒如所請。時民之愚而悍者，相聚叩富人門索糧，勢洶洶；江湖盗起劫米艘，奪客裝，横甚。侯薄懲民，而重繩盗，皆解散，道路以清。陰湘城堤者，因岡勢遏沮漳，外鄰當陽，東西利害視决塞。前令尹時民争堤，斃於鬥者廿餘人，久罷不築。侯按行遍爲譬曉，捐錢恤死者，卒築之已。復於堤外建石閘，岡斷處輒絡以堤。由是東得保障，西獲宣泄，兩邑民交利焉。此其顯顯大者。餘如育稚嬰，瘞道殣，置丁壯，核户口，葺治祠宇、書院、試館、公廨、橋梁，凡賓客之往來，承事之取辦，無闕乏焉。又以其間決訟獄，如神在。極難且困之中，行之沛然若有餘力，而尤能以潔己自持。嗟乎，可不謂循吏哉！夫兩漢循吏所至，無赫赫功，彼未嘗遘其難且困故也。今侯於玆邑庖代耳，不以傳舍視之，處號呼危厲、財賦匱殫之會，力行惠政，多至數十百事，皆卓犖可傳。此其本之以潔廉仁恕，濟之以才智，功過古人遠矣。

柏心以旅客淹留，伏窺側聽，得之最真。嘗親見侯手自草牘，爲民請命，語至沈痛，不覺涕下承頤。侯亦時相過訪救災事宜，往往虛衷采納，蓋其忘身拯民，出於至誠如此。視事未滿二載，以受代去。既惜侯之不得爲玆邦留。會上新即位，有詔中外推薦賢吏，竊謂如侯者，宜裒然登首舉。因臚列政迹之大者著於篇，爲侯贈行，冀當路聞之，采以入剡章。侯誠得超擢進用，如趙清獻、富文忠秉節居方鎮，推潔廉仁恕與其才智用福吾民，又將有什伯倍於今玆之功者在。

送黃子壽太史還朝序

黃子子壽，爲有用之學者也。自《七略》九流、晷緯圖經，無所不究覽。工爲文章，尤於古人經國庇民、救時振恤之要，皆反覆推驗，而得其所以措置之方。弱冠舉進士，擢史館。天子方嚮用詞臣，内則公卿，外則岳牧，直旦暮可掇取。黃子之學，其必見用也明矣。退然以爲未足，則請於朝與其兩親，脂車秣馬，自燕之豫、之楚。將泛舟長江，過豫章、皖城，浮游吴越，望金焦、海門，涉河、淮、汶、濟，歷齊魯之邦，然後北首燕路。王子者，黃子之同年友也。遇諸鄂，黃子謂之曰："何以贈我？"

王子曰："子有是役，非徒僕僕焉走山川，盛交游而已；將進求乎經國庇民、救時振恤之要者也。今夫三齊者，天下之吭；豫州其腹；而東南財賦，又天下所倚以爲命者也。齊豫不逞之民，往往以武犯禁，大河南北，轉徙就食。東南數行省又困於漕輓之迂滯，禺筴之耗減，重以治河、治淮，歲縻大農錢無算。當此而議濟時，蓋其難矣！豈事勢相激流極使然，不足怪與？毋亦憲度未肅，恩澤未下，究不講於强本節用之術，而法令牽制之已甚乎？夫天下積習所趨，及其偏重，雖賢智亦莫能轉，然而弊深矣，不能自轉也。法亦不足以轉弊也，則仍恃乎其人爲轉移。今夫中流而遇風波，善操舟者張帆理檝，則瞬息濟矣；輕輈奔馬，上下峻阪，王良、造父馭之，則馳驅如康莊矣。是故有張敞、虞詡之方略，而奸宄不敢發也；有趙抃、富弼之精密，而民不知灾也；有韓滉、劉晏以主度支轉運，則太倉有餘粟，左藏有餘緡也。此非恃人之明效乎？頃來東南重臣，皆賢知君子、邦人士之俊杰者，多能通達治體。吾子往游其地，相與上下議論，又證以目之所盱衡，意之所籌度，必有得於救時振恤之要。比其還也，擇所最急者陳之，爲論思獻納，而儲其大且遠者於胸中，爲他日措置之本。若是，而猶有未周於用者，則非學之負子，而子之負學。吾子當不其然。聞黄子尊甫吏部公、母太宜人，年皆五十矣。黄子珥筆於朝，稱觴於室，不以身之通華譽望爲貴，而以學之能用於世爲貴，居子與臣之通義也。舍是，無可爲黄子贈。"於其行，書以貽之。

送馮展雲學士使畢還朝序

馮子奉命視學楚北，前後閱五稔。其始至也，寇氛方熾，長蛇穴於會城，支郡淪没者且什之五。久之，次第克復，乃遍行按試。當是時，士困於俘掠奔竄，絃誦幾廢；井邑荆榛，風鶴頻警。他人處此，恇怯擾攘，不暇他及。馮子獨從容鎮定，校藝甫畢，輒進諸生，誨之以文章體要與立身大節。所至詢先代賢哲遺事，搜訪岩穴才俊，其風概如此。

馮子早慧，且早達，以文學清介進結主知，顧所自負，恒在經世大略。目見群盗縱横，民困鋒鏑，輒思乘障荷戈，率先壯士爲國家除殘刷恥。不爾，則持節一方，整肅憲度，籌閭閻利病，亦得藉手，有所建白。今乃復歸禁近，論思啓沃，游歌《卷阿》之間，無事以才猷自見矣。馮子志終在於匡濟，即柏心亦以爲他日肩鉅任者，馮子其人也。

抑孟子有言："先立乎其大者，則其小者不能奪也。"有志經世者，何獨不然？今夫君子之濟大功、成大名者何恃乎？豈不在剛與明哉！能勝天下之重者，莫如剛；剛則物莫能靡焉，可靡非剛也。能決天下之疑者，莫如明；明則物莫能淆焉，可淆非明也。然而時有至於靡焉、淆焉者，何哉？挾質以游，自信太過，客氣與矜情交起相乘，而私乃緣隙中之。剛不可靡，靡之者私；明不可淆，淆之者私。私非外至，實召自内。夫剛明者，奇杰之異稟，庸衆不敢望也；及其靡且淆焉，則負咎適與庸衆等。寇平仲之剛，却敵澶淵，而晚節傅會天書；李長源、司馬君實之明，而薦宰相也，舉董晋、竇參不及陸贄，議設法也，拒范純仁、蘇轍而悦蔡京，豈非靡與淆之過歟？是故君子將欲用吾剛明，則必不敢自有其剛，不敢自有其明。兢兢焉日加省惕，而操持恐失；外之能塞、内之好惡，舉無得奪吾夙守者。然後剛明之體全，起而勝天下之重、決天下之疑，沛然而有餘。此之謂先立其大。今馮子蓋有剛明之異稟矣，願積而養之，益全其體。未有大者既立，而小者尚能奪也。吾聞友朋之誼，長善而輔仁，非樂其相譽也，而樂其相勵。馮子行矣，柏心僻處江介，不及送，輒書此語爲贈。

送張洊山司馬謝病歸田序

同年張子洊山司馬宰江陵，甫三載，且薦擢矣，俄而引疾陳牒乞歸。柏心適來郡，途遇耕者嘆於隴，商旅喟於市，士之秀良者相與輟誦習而咨嗟。詰之，咸曰："惜吾張侯將舍兹邦而去也。"柏心曰："貴邑賢侯曾鋤大奸、擒大猾乎？薄征散利而弛刑乎？有赫赫之功與譽乎？"曰："皆未聞也。""然則同聲惜之也，何故？"曰："吾侯不喜爲名，權又有所限，所可窺者，侯之意而已。侯未嘗廢催科也，然期會至矣，惻然有寬恤之意焉；侯未嘗廢鞭朴也，然爰書至矣，怛然有哀矜之意焉。侯所得行者，意若有所慰焉；所不得行者，力請之又不得行，意若有所失焉。侯之意煦嫗於吾民無窮，吾民之眷戀於侯宜亦無窮也。"

柏心喟然曰：古有是人矣。其高子羔、宓子賤乎？張侯近之矣。夫惠民之政，膏澤未下也，而意已淪於肌髓；殘民之政，擊斷未施也，而意已憯於刀鋸。民至愚而不可欺，至柔而不可勝也。於上之人，往往略其政而窺其意。今使羅氏入林，獵師入山，匿其罘網畢弋之具而已，鳥驚獸亂矣，知其有掩取之意也。若使童子過之，則鳥馴獸擾自若也，知其無掩取之意也。侯之意，民既已望而喻之，感而懷之矣。春至而層冰釋焉，雨入而萌芽滋焉，又安取異績者爲？因語於衆曰："世難未夷，當途亟求循吏如侯者，必不聽去，去亦必再起。且侯自不忍恝置斯人也，諸君何悵焉？"衆聞是語也，相與懽忭，遂揖而去。既至城，見張子具述之，未知張子果以得去爲樂耶？亦尚有未能恝然去者耶？

送張生繼堂游閩序

明江陵相張文忠公有裔孫曰紹先，其字曰繼堂。嘗與其同邑林立甫太守皆從予游。徐州張公帥楚，以才辟立甫起諸生，率師大破賊。今宫保湘陰左公時在幕府，尤奇立甫。左公故慕江陵相爲人，又聞予言繼堂，諗其貧，曾分橐金貽之。立甫後戰死沔陽里雲口，是時繼堂始補弟子員，益知嚮學。立甫有子履賢，貧不能自振，歲荒，鬻其田且盡。以死事孤，入尺籍伍符，弱不任弓馬。予見之爲流涕，勸以入閩，自歸於左公。然念此子單羸，辦裝無錢，道遠不能自致，沈吟久之，策無所出。

會繼堂來，語以故，則慨然曰："紹先頫首牖下，不涉名山川，不見當代豪杰，與井蛙何異？請作閩游，謁左公，用開拓胸次。且挾履賢偕行，力能護視之，提撕訓誨之，膏秣扉履胥能任之，先生謂何如哉？"予初疑其謾語，審知不妄，乃驚喜曰："高世之行，豪有力者，尚多難色。子窶人也，而能行此，吾不憂林氏子矣。"既擇日就道，則爲序以進之曰："子欲觀當代豪杰，則左公當之矣。吾聞觀豪杰者，不於其末於其本。今夫左公自賓客致節鉞，擔圭析爵，赫然與古耕築飯牛奮擢卿相者比，可謂極遭遇之奇矣。登壇決策，則鯨鯢百萬，褫魄亡魂，望風折北。

委軀於碪斧，廓清者數千里，而遥武以靖之，文以柔之，天子倚之爲股肱，四海推之爲方召，此又世俗所震眩而驚嘆者也。然而猶其末也，吾試爲子語其本之所在。機智運於先，剛毅持於内，以其敢决者斷而行之，譽不爲喜，非不爲懼，歷險巇盤錯如康莊，視勛名富貴皆儻來也。斯則所謂豪杰之本已。子之先文忠操是術，謀謨廟堂；今者左公亦操是術，經營四方，迹雖異而本則一。舍是未有能成豪杰者。子往矣，持吾言驗之，可以得豪杰之真矣。”履賢童稚，驟未解此。嗟乎！令立甫而無死，左公或樂引爲豪杰之亞哉！

吏道一首贈劉坦衢大令之官直隸

劉子坦衢筮仕畿輔，語王子曰：“予暗於智，偏於慈，性又傷直，三者皆予之短也，於吏道非宜。子盍有以規我。”王子曰：“如子言，是子之長也，短於何有？老氏有云：‘不以智治國，國之福。’夫民之智，不可勝也，而求勝之，民亦挾其智求勝於上。以智召智，復以智防智，是迭相勝也，又奚以智爲所求乎？吏者求其愛民也。是故十人愛之，則十人之吏也；百人愛之，則百人之吏也；千人愛之，則千人之吏也；萬人愛之，則萬人之吏也。威嚴之積，不勝其酷；慈惠之積，不勝其和。患不能慈爾，慈非所患。有理勝之直，有氣勝之直。引繩批根，盡言以翹人過，此負氣之直，君子弗尚也。直當於理，内則可以正己，外則可以正人，匪直之尚，而孰尚乎？故曰：‘三者，子之長也，短於何有？’子勉之爾矣。抑又聞之：‘善爲吏者，不虧乎法之中，故民知所避；知所避，故民肅；不益乎法之外，故民樂其生；樂其生，故民安。感之莫若忠信，馴之莫若教化，毋以更張佛衆情，毋以矯飾要虚譽。’周公曰：‘平易近民，民必歸之。’孔子曰：‘廉平之守，弗可改也。’子勉之，爲子告者，何以進於此哉！”劉子曰：“識之矣。”

贈余旬甫人都序

司馬長卿、終子雲，其始西蜀落魄之士與濟南孺子耳。投袂而獻《大人賦》，應《白麟奇木對》，一旦擁節乘傳，稱使者銜命出國門，豈非奇偉丈夫哉！余子旬甫聞是風也而悦之，囊其所爲詩數千篇，北首燕路，將希非常之遇。或曰："布衣韋帶，欲望青瑣、涉赤墀，非有先容者，烏能進？余子年又及艾，豈能效少年輩梯榮干寵哉！"或曰："余子多識長安貴人，諸貴人往往樂推轂，安知無孔少府、張壯武其人力爲汲引？且朱翁子五十始富貴，未爲晚也。"是二説者，王子皆莫之能定，姑以余子之行卜之。

丹山有鸑鷟，栖谷飲泉，甚樂也，青雲起，景風興，乘之而翔，因是以鳴岐山，巢阿閣，無智愚皆目爲瑞；翠螭絳虯，屈蟠泥淖，雷雨總至，則變化入元間。俊士逢時，揚光飛文，豈無推於前而挽於後者？齷齪鄙生，惡足與量豪杰之出處乎哉？於其行也，書此以爲贈。

治聲一首贈余虡柏

士之哀樂過人者，才必有過乎人者也。彼其屏營傍徨，或悼古賢喆，懷奇不偶，或閔閭閻疾苦，或有觸於身世，所遭羈孤屢空，崎嶇行役，其志悲，其慮危，其言鬱焉、激焉、愀愴焉。若攀重崖，臨深淵，懔慄而不敢留。其聲激朗壯烈，凄乎如冷風，浩乎如驚濤，使人綦唏霑襟，悦若有亡者。甚矣，其過也，然非庸俗之所得議也。古之詩人，多有類是者。如蘇武、李陵、曹植、阮籍、鮑昭、陳子昂、張九齡、李白、杜甫之流，莫不皆然。夫通於樂、被於聲者，莫尚乎詩。詩之道，太上聲依永，其次治其偏，其次壹於偏。吾嘗綜覽自昔聲歌，唯三百篇，則五聲成律。後世作者其最精乃中商聲，蘇李以還皆然。

今夫商居陰而用陽。天地之嚴肅，氣也。古者佩玉，左徵角，右宮羽，商不列焉，懼偏也。而後世爲詩，其聲乃壹於商。嗟乎，豈非過也耶？豈非過也耶？然而非庸俗人之所能議也。商之爲聲，必高才之士乃近之。壹之於此，又加偏焉，則必志微噍殺，猛起廣賁，氣日增其亢，心日長其驕，殆將以性情之故，反爲性情害也，可不大懼矣乎？雖然，其持之則有道矣，其治之則有方矣。吾聞商動肺而和正義，有屢斷之用焉；於時爲秋，有告成之實焉。若斷之以義，而成之以實，其何偏之？有伶州鳩曰："聲應相保曰龢，細大不逾曰平。"此治樂之説也。是故得乎治樂之説而聲治，得乎治聲之説而詩治，得乎治詩之説而性情治。虡柏治詩有年，察其聲，壹似偏於商者。夫蘇李則已然矣，於虡柏乎何傷？抑吾願虡柏之斷之以義，成之以實，而終之以和且平也。夫如是則奚不治，焉作治聲？

徵尚送陸子東漁隨侍入都

陸子將隨侍入都，王子與客往而餞焉。陸子曰："盍以言爲贈？"客曰："五劇三條，紛華相嫮，斯炫惑之徒也，願子戒佚游。"陸子曰："幸聞君子之教，未至是也。"客曰："英俊戾止，軫蓋如雲，斯聲利之藪也。願子謝奔競。"陸子曰："予方澹然寡營，未至是也。"王子曰："請徵子所尚，而僕效其説焉。"陸子曰："予離群而遠適，日以去道爲憂。且予將求經訓於漢，求名理於宋，又將斧藻吾詞，庶幾窺作者之林。三者孰爲先？"王子曰："殽然者，道之賾也；湛然者，道之通也；粲然者，道之華也。之三者，始未嘗不出於一源，後乃紛紜旁騖也。今天下聰明才辨之流，有不入是三者乎？比而推之，解經者優矣，談理次之，文詞爲最下。然各有所溺，而不能返。解經者狃於鑿，談理者遁於幻，修詞者汩於靡。彼其所逐者，迹也；所矜者，名也。逐迹則離，矜名則僞，其於道合耶？歧耶？若夫通識之士，則不然。有不必遍窺之書，有不待盡窮之理，有不欲過騁之詞，以六藝求聖賢之歸，以史傳求興廢得失之故。推之倫紀驗其實，參之物情究其變。其養而成之也，不以旦夕期；其感而應之也，無累乎純固清明之體；其取而用之也，恢乎若刃之游於虚，而浩乎若江河之放於海。是則子之所宜尚也已。羿之射也，夜半逐響而引滿焉，不如日中懸的之爲審也；造父之御也，左騄駬右飛黄，以凌乎絶磴，不如掉鞅莊道之爲安也。丈夫處世，何患無樹立，必規規焉。三者是競，毋乃聰明才辨之資，逐迹矜名，而日與道歧也與？吾子躡通華之胄，游心過庭之訓，才敏而好善，誠擇所尚積而充之，濯鱗奮翼，以赴嘉會，豈無所自見者？昔蘇廷碩之持正，李文饒之才略，皆以名德勛望，世濟其美，是在吾子勖之而已。"

陸子曰："善。迹雖千里，心猶一室。請誦斯言，循之罔斁。"

説稼示劉生

劉生正暘居近阡陌，觀納稼於原，王子謂之曰："子知稼乎？夫厭厭者其性也，翼翼者其才也。其爲器也，襏襫耒耜，銚耨錢鎛；其爲候也，自農祥晨正，迄於涼風至白露降；其爲備也，溝洫川澮；其變而化之，蕡犬燒薙；其成而聚之也，倉箱囷窖。有一不具，不敢期其熟。具者爲良農，不具者爲惰農。稼入良農，倍隋農十，歲恒八九焉。良與惰均十，歲不得三四焉；惰農倍良農十，歲不得一二焉。此一二者，特肥磽雨露之不同耳。今睹其一不入，則鹵莽焉，滅裂焉。甚者輟其穮蔉，坐羡乎人之豐蔀，豫憂乎己之隕穫，皆所謂躁與怠者也。夫不趨其十歲恒八九者，而竊竊以十歲不一二者爲患，豈唯躁與怠，又不免於愚且惑。天時雖善，不爲倦者留其期；地利雖饒，不爲逸者鍾其美。勉爲其可熟，以俟其必熟，有不熟者事也，無不熟者理也。雖后稷之於稼，亦若是而已矣。夫良賈不以折閱不市，良農不以水旱不耕。物之濟天下者莫如稼。然而不善其熟，則爲荑稗；不待其熟，則爲助長。將欲善之，必且待之。吾未見勤施而嗇報者也。"

劉生曰："美哉，論稼可通其説於學，暘也謹識之矣。"

贈劉童子序

江右安福劉童子心民者，余友庸夫司馬之哲嗣也。甫十齡，奇悟絶人，自七八歲，已能屬對，皆經籍成語，妙合自然。積有數百聯，手録寄余，見者莫不驚詫。童子斐然有志，索爲贈序。余耄矣，智昏學陋，視童子愧且畏，復何言？雖然，願有以爲童子進者。

今夫童子者，可聖賢，可中才，可庸人下愚者也。童子而早自刻勵，則優入聖賢，迥非中才所能望。何者？鼓其智慧年力所憑藉者，厚也。童子而自安暴棄，則終淪庸下，求爲中才不可得。何者？負其智慧年力，所摇落者亦易也。夫屬對小小者爾，乘人鬥捷誇炫，流俗而已。進之有詞章焉，亦其末也。又進之，則有德性，有事功，萃童子智慧年力，專精於此，無外奪，無内摇，無終怠，進則道濟一世，退則道成一己。其根柢趨嚮，皆在爲童子之時。童子勉乎哉！昔者宋時有楊大年，最爲早慧，然所成，特詞藝耳。若唐之李鄴侯、劉士安，皆號奇童，皆身爲將相，功施社稷，則大年遠不逮矣。況等而上之，更求希賢希聖之學耶？童子勉乎哉！

余也白首無成，學未殖而時已晚，昔固從童子來也，是可鑒矣。童子勉乎哉！

卷三十七　書

與都中同邑諸子書壬寅

邑中堤工至今，而民之財殫矣，力竭矣，富者求爲貧民不可得矣。夫率富民以衛堤，善爲政者不能廢也。破富民而未必能衛堤，非所聞也。富民者，衆人之母；破之，是欲哺嬰兒而去其母也，嬰兒誰哺乎？使富民求爲貧民不可得，是豈爲政之體哉！富民何罪？將以其富罪之歟？韓非曰："侈而墮者貧，力而儉者富。"今徵斂富人以布施於貧家，是奪力儉而與侈墮者也。而欲民之疾作而節用，不可得也。夫斂富施貧，猶爲非策，况破富而無益於貧乎？

按歷代皆有州縣公使錢，故凡遇興作，無奏請之勞，無科斂富民之苦。今則無之。一切堤防、城郭、農田、水利、學校、祠廟、道途、亭館營造之事，州縣不敢輕請於大府，大府不敢輕請於司農，即請亦不可必得。而爲大府者，方責州縣以必行；爲州縣者，亦以必行，乃能免責。將安取費哉？不取之富民而誰取？雖然，仁人處此，則必有優恤之心矣，有勸勵之意矣。故取一也，而彼則破富，此則保富；彼則竭其富，此則留其富；彼爲怨，而此爲德。是仁政與虐政之分也。是富民爲衆人之母，而仁人又爲富民之母也。當無事之時，省興作以寬富民；有侵凌者，爲全護之。遇有水旱堤防，先括其資力最高者，次括其資力稍裕者。其當出資者，勸誘之，獎勵之，厚禮以待之，和顔以接之，間歲輪代以休息之，毋令奸胥及里豪侵牟其間。如此，而事有不濟者乎？富民有不望風輸財恐後者乎？

今也不然，抑勒之，呵責之，拘係之，縱奸胥里豪蹂躪之。是公家取一，而奸胥取一，里豪又取一也。富民不出資有罪，出資仍不免罪；出資少有罪，出資多仍不免罪。官吏疾富民如仇，而望富民之踴躍從公，豈可得哉？然而富民不敢少逡巡也。符帖未下，而資已出；資甫出，而符帖又下。輾轉無已，罄其家之所有而後免焉。十室九破，蓋闔邑無富民焉。吾鄉梅黄等姓是已。父老戒其子弟，毋得力作聚財，以招竭澤之漁，傳之四方，非細故也。柏心素不預聞里中事，亦非樂沮撓者。特以目睹其弊，私深憤悒。諸君等致身廊廟，亦嘗有策以紓鄉里之困否？

答唐子方布政書戊申

承示遠近洚洞之苦，氣數偏沴，會逢其適，唐虞聖世猶不能免，誠莫可如何者。聞執事痌瘝在抱，憂懣殊深。嗷嗷億萬，待命禹稷，望愛重此身，乃能宏濟時艱耳。

故事，各支郡有被灾深重者，非大府親行按視，即連帥代往體察。若以愚見論之，則此次勘灾，似宜止大府勿行，而執事持節，自請親往勘閱。何者？大府秩尊位峻，屬吏嚴憚之，民間困苦之狀，恐未敢悉達。又地方凋敝，一切供億，殊多掣肘，雖大府寬仁，曲加體恤，而屬吏之心，終有踧然不敢安者。惟執事於救荒本專政，前在楚中，尤以恤灾得民心，至各郡邑，情形最爲洞悉。若其開誠布公之懷，能謀善斷之風，則又屬寮所樂相稟承者。蜺旌戾止，凡振撫堤防事宜，或守經，或通變，或指授方略，或博采衆議，自守令以下，無不踴躍感奮，願效馳驅者。又執事亮節，播在人口，所至必能減騶從，約厨傳，專以惠民拯困爲務。執事果有是行，其大有造於中野嗸鴻可知也。如未能親履，而或檄道府代行，即使清介無擾，恐於他方情形未甚練習，機宜籌度未必盡合。徒令疲苦州邑，多一次酬應，仍於灾區無益也。惟執事圖之。

承詢救灾事宜，謹就管蠡所及，粗陳其略，而執事擇焉。方今最急者，籌款與用人而已。通計正雜各項，有無可通移者。此外，則速請開捐輸局。於本省地處適中，廣爲招徠，他省必有聞風而至者。此後散賑築堤，需員非數十人不可。慈祥而廉慎者，可使佐賑事；强幹而熟水利者，可使佐堤事；公正而識權變者，可使往來督視。能兼此三者，上也；能其二者，次也；能其一者，又次也。厚之以薪水，勸激之以遷補謫斥，信賞必罰，則中材亦可責其成效矣。

至若敝郡江堤，今歲所潰，如松滋之采穴口，公安之塗家巷即古油江口，監利之尺八口，皆古穴口，似可棄而不築，留以分泄。則郡城大堤，從此高枕矣，是爲上策。如其衆議不同，則照舊補築，終是下策。三邑留口之説，倘屬能行，則奏除賦額，正也。如未便陳奏，則此次但須給予厚賑，堤防聽民自便。三數年後，水定淤生，再行相度，此權道也。度此日經費，勢不得不出此，且治江之策，亦無善於此者。不有所棄，安有所救？明者自當洞悉耳。

上唐子方布政書己酉五月

得月前廿七日書，詳示遠近州郡霖潦饑饉及流離轉徙狀，憂惻圖惟，苦心如揭。時難若此，而執事適與之值，似天之重以困執事者。然古今陰陽錯盭之期，多爲賢哲功名之會。其人未足以應之，天必不疊垂變異以練其智；其人足以應之，天不惜屢投屯厄以試其才。然則今乃執事德施道援之日也，雖況瘁奚辭焉？

執事講求於此也久矣，所宣諸政令者，亦略備矣。顧猶孜孜下詢，若自忘其賢且智者，敢不略陳蠡管，以答明問。募商赴蜀糴運一事，前所陳者，既在必行，則善之善者。方今倉無紅粟，庫無朽貫，賑貸等策，可無庸議。計惟募商糴米，無損於官而最便於民。幸而江漲不盛，民慶有秋，仍不失爲豐稔。即不幸江防間有告敗，亦安可一日無糧哉？此邦道、府、令長均已如策施行矣。今歲瀕江灘地及去歲决口内水所經過，頗有淤閬處，民皆種穇，即稊稗也。春夏秋三季，皆可熟。但得雨止，江漲不大，十日内外便可全行收穫。松滋、公安、石首、監利，在在有之。若能盡刈，可敵麥秋，計不下數百萬石。此物登場，穀價可望少平。

天意或留此生路，以厚灾區，亦未可知。刻下流民，雖有無賴者借以爲辭，然其實老幼扶携，闔宗跋涉，無田可耕，無家可歸者，什居其九。此亦惟當重爲資送，無分遠近，聽其所樂往而已。必欲勒歸本籍，則於何種稙，於何居處哉？如各邑有官荒隙地，若江陵之窖金洲其一也。潦退之後，聽流人種穄於上，小可度荒，亦《周官》荒政舍禁之意云。夫移民移粟，孟子所譏，然博考史籍，後世救荒之策，更未聞有善於此者。

按漢高帝時，聽民就食；漢成帝時，令流民所在冗食之。唐太宗時以關中歲歉，至親幸東都，集選人於洛陽，此移民也。漢武帝時，詔謂水潦移於江南，方下巴蜀之粟，致之江陵；宣帝時，令民轉穀入關者，得毋用傳，此移粟也。彼猶行之於金穀有餘之時，今則財賦殫矣，積儲罄矣，惟有聽民之自移，聽商之移粟，猶可拯阽危之命，釋倒懸之困。俟年穀順成，然後徐招流散，使還鄉里，復其本業。廣糴粟穀，以實倉廥，備其緩急，未爲晚也。若必拘牽成法，則緩不濟急矣。抑又聞之，澹大灾者恃財，尤恃仁。財贍，則仁政可以及人；財竭，則仁言仁心亦足以轉沴氣而釀天和。執事所處，誠萬難之時。然不處至難，不足昭執事之至仁。以此知天於執事，蓋所以練其智而試其才也。雖况瘁奚辭焉。

上唐子方撫軍書己酉五月

月之十五六兩日，松滋高家套、監利中車灣兩處江堤先後告潰。車灣尤甚。其人煙輻輳者，全行漂没，此爲最慘。生之者造物，殺之者亦造物，數實爲之，奈之何哉？郡堤及江陵境内尚屬完好，止此而已。今歲之水，不過如去年。而時窮勢絀，公私窘迫，有萬倍於去年者。奇灾真曠古所未有，所幸執事在楚，又權開府，可以陳詞入告。值非常之變異，必能建非常之經畫，必能邀非常之恩澤。昏墊殘黎所以忍死相望者，其生路僅在此而已。執事勞心焦思，寢食不安，計大局規模，已略定於胸中矣。柏心再有愚策，竊願陳之如左，以備采擇，可乎？

大抵經費其先務也。庫藏既無贏餘，請款尤不易。事急矣，不得不便宜從事。請先括捐輸款、節省岸費款、司道各庫雜款，計可得三四十萬金。然後臚列灾狀，灑涕陳奏，請借帑金四五十萬。一奏不允，繼以再三懇奏，必邀俞允而後已。非合百萬與七八十萬之數，不能濟事。至此次灾政，惟撫賑最宜急，而修築可緩議。何者？民饑久矣，不待堤決也；堤決，饑更甚，不憂死於水，而憂死於饑。請不必俟州邑報灾牒至，先遣清强之員，分勘灾區，非正人不委。或即遣本郡太守會同該縣，親勘郡縣。其人可信者，即不委員查核户口。有願安守田廬者，有願西入川南、入廣北、入豫東、入三吴者，均聽之。惟厚給撫恤，一次而罷。總之，恩澤早逮，則灾黎之留者可以資生，行者可以資送。如仍守成法，輾轉遲回，則垂絶之命無再生之望。惟賑可救饑，惟賑可防變，故曰最爲急也。

此外，則俟秋後水落，會咨南北二省官吏，通盤熟計。堤可築則築之，不可築則留其決口，測量淺深，能成河道固妙，不能成河則加人力疏浚，務使深廣，以達於湖。相度垸堤，可加高增作遥堤，護送支水入湖。度水所傷敗者，按查糧額，定爲先緩後免之計。來歲麥收，仍予田主。若有淤生，徐行升科，如遂淪胥，便與豁除。依此辦法，似爲簡要，救灾捍患，一舉兩得。當路數鉅公，同心一意，放膽放手，任勞任怨，則窮變通久，剥去復來，轉機便在今歲。請先謀之樞垣，然後一面奏聞舉行。此則《周易》所謂“大人傾否”之效也。不勝延頸以望。

上唐子方撫軍書己酉六月

月前兩上箋記，既以急議陳奏、籌畫速賑奉告矣。竊恐請款難，必或不敷用，兹復有二策，欲次第陳之，不識能行與否？仰度執事憂民澹灾之意，日夜思惟有可濟阽危者，即不吝虚衷傾聽，俯賜采納，輒敢以涓露輕塵，冀增岳瀆之高深。謹述其略如左：

一曰請收買銅鉛，開局鼓鑄也。按《管子》曰：“湯七年旱，禹五年水，人之無饘有賣子者，湯以莊山之金鑄幣而贖；人之無饘賣子者，禹以歷山之金鑄幣以救人之困。”《國語》單穆公曰：“古者，天灾降戾，於是乎量[1]資幣，權輕重，以賑救民。”是則古者鑄幣賑荒之明驗也。方今天不生地不長，倉無積儲，府無金鏹，而民困若此，迫以不得不賑之勢，則將安取辦哉？是莫如廣鼓鑄以給之。又被灾之壤，百穀不成，百貨不通，轉瞬將有錢荒之病，此亦不可不先慮者也。聞漢口向有滇黔寄售銅鉛，可借取爲銅本，不足則購廢銅。凡典鋪滯積銅器，大抵不少。若變捐銀之令，爲捐銅之令，計捐銅多少，量請官職與優叙，令出，必多踴躍。但須籌鼓鑄工費，或取之於商捐，即於被灾郡縣，分鑪鼓鑄，就近支放。能鑄至七八十萬貫，或四五十萬貫，以佐冬間留口疏河、築堤徙民之費，與來春備荒之用。若無請款，則此可倚辦。即有請款，以錢搭放，亦不至使市賈居奇射利。此於斂散輕重之權，尤可以操其高下。但未知鼓鑄工費若何？如所費不至稍過，便分鑄大小二品，子母通行，則可化少爲多，化無爲有，亦策之至便者也。

一曰廣給穇種也。穇之生喜新淤之地。其生甚易，不煩耕耨；其熟甚饒，畝可十餘石。舂之，每石得米三四斗不等；種之，不過每畝纔一升。春夏秋三季，皆可種。曩歲價極賤，每石僅二三百文。今歲極貴，每石纔千餘文。若潦退之後，流民所在，官爲給種，凡江皋湖濱，即潰口廢田，均可聽其種穇，秋晚便熟矣。此事所費緡錢有限，而可以活人無算，視撫恤之惠不啻過之。斯又策之至便者也，統在執事深權熟計，更集衆思而謀之。妄抒管見，惟待揆度。

上李石梧制府書

客歲之春，鈞函再賁，道經敝里，復辱存問，兼以梅生同年遺集見頒。其時柏心遠在敝郡講舍，未能肅復，且失迎候，感悚不可爲言。意謂年丈入都，必遂相天子光贊維新，宣麻之日，然後肅修箋賀。至秋杪，始聞仍效疏傅還鄉。方將奉書左右，敬訊起居，則又聞詔起督師兩粵，拜表即行矣。遥傳玉帳甫臨，捷書屢奏；天顔大悦，兵氣始揚。裴相視師而淮蔡告平，潞公按壘而貝州獻馘，誠折衝之明效、破膽之先聲也。敬惟師中貞吉，勛福交崇。伏計治兵以來，勝算久操，蠢玆小醜，不難剋日蕩平。

竊有愚言，願進於麾下者。兩粤之地，山箐阻深，猺獞盤結，久習爲亂。妖賊煽誘，滋蔓尤易。承平已久，將士恬嬉，憚於戰鬥，往往倡爲招撫之策。以管見揣之，則非一大創艾，不足絶其根株。漢朱儁有言："納降無以勸善，討之足以懲惡。"今若受之，更開逆意。賊利則進戰，鈍則乞降，縱敵長寇，非良計也。歷觀前史，以此貽誤者多矣。但賊黨既衆，勢難盡勦，擇其有名號而勢最强者，痛加誅翦，則餘者不煩兵而下。狄武襄之奪崑崙，韓襄毅之搗大藤是也。亦有擊其寡弱，而凶黨自潰者，所謂"偏敗則衆携"，兵法出奇，難以一端盡也。大抵先扼險要，制彼奔軼，開通津路，聯我聲勢。或燔其積聚，或斷其樵采，或購間其黨，使自相屠僇；或聲東擊西，使不知所備；或誘之離巢，或困之絶地。高壘臨其前，間道襲其後，奇兵擊其左右，申吾號令，作吾將士，明吾賞罰，如是而賊不殄者，未之有也。又兵聞拙速，未睹巧遲。粤西用師，將及兩載，賊所焚掠，官軍所往來，彼土貧瘠何以堪此？若破竹拉朽，出以神速，斯善之善者矣。

年丈爲今之范龍圖、王新建，凡此諸策，皆屬囊底餘智。柏心特以夙昔受知之深，敢效許歷一言，冀萬一有補於軍府焉。幸賜采擇，無任戰懼。肅陳箋記，祗頌勛安。惟籌筆之餘，以時珍衛。

與姚石甫觀察書

曩於建甯張亨父、桂林朱伯韓及貴宗春木翁處，時時得見大作。雄直之氣，望而震慴。嗣聞南溟告捷，躬殄鯨鯢，威行百島之外，爲當時戰功第一，心竊壯之。今歲持節外臺，已拜楚北鹺使之命。深幸綉斧非遥，庶幾摳衣一識偉人。俄而粤西戎幕，資奇謀於借箸，藉峻望以折衝，則又聞投袂即行矣。頃友人書來，言執事於鄙人姓字，頗辱拳拳，復承出尊著全集，屬爲轉貽。甚矣，執事垂意之深也。或者亨父諸君，平日嘗有所稱道耶？乃柏心則智術短淺，實不如諸公所云云也，且感且愧。徐當取尊集，次第紬繹，稍盡管蠡之窺測焉。

粤氛甚惡，輒敢淫名僭號，顯犯天誅，其殄滅可計日待。但醜黨嘯應，恃衆恃險，螳撑蜩沸，勢極紛紜。此時浪戰無益，散地姑且置之。惟當謹扼衝要，全師蓄鋭，或用間道，或數路并進，直擣其腹心，餘者自同破竹。韓襄毅云：“賊已蔓延千里，而所至與戰，是自敝之道。”孫子亦謂“致人而不致於人”，兵家機要，似在於此。執事智略輻輳，必有百下百全之術。書生遥度，自知疏謬，然竊願以愚言進助於萬一焉。

答郭筠仙編修書辛亥八月

辱書，喜識議益閎廓，經綸世務有餘矣，非止潛心大業已也。自初元臨御以來，薦士之牘，無日無之，未聞舉一將才也。應詔言事者，上及宫府，下及四方，利病皆得達於宸聰。獨粤西攻戰機宜，從無建一策、進一謀者，何舉朝知兵之少也。

方今所宜急求者，將帥而已。古云：“三辰不明，拔士爲相；蠻夷猾夏，擢士爲將。”竊謂當今中外臣寮，察舉人才，如有草澤之士，習韜鈐、曉孫吴者，許其詣闕自陳，以備他日緩急干城之任。畋獵而卜之，築壇而拜之，此必有文武忠略、膽智之儔，出而應其選者矣。其與白面書生高秩崇班、驟起而膺閫寄者，功效得失，必相去萬萬也。昔邕管之役，龐籍力任狄青；大籐之役，中朝力薦韓雍。選將得人，何敵之不摧，何功之不成哉？故曰此爲最急也。書言“以攻戰任將帥，以防守任督撫”，似也。然愚以爲將帥非其材，或以虚憍致衄，或以巽懦養寇，則賊之平不平，未可歲月期也。彼督撫之守禦，亦終於無功而已。原督撫初設之意，專主兵馬，則宜專主攻剿，非明於戰略者，未足居此任矣。今皆用文詞洊擢，至是，一旦部内有警，而專征仗鉞者乃别有屬，督撫特委蛇焉。擁兵於後，與壁上觀者無異。彼郡縣獨不可任堵截乎？何必假重於督撫也？愚以爲督撫宜選善用兵者居之，即可兼任將帥。腹地即不盡如此，邊地督撫則宜專典兵事，而以政令委之藩臬。無事則搜練軍實，按履山川，習知險隘，静折奸萌；有事則禦侮折衝，惟督撫是責，不必更煩朝廷。命將如此，而後事權一，謀略審，威望著，邊圉可以永靖。

夫爲將之道，能謀爲上，勇敢次之，必先悉地形與賊情勢，全局了了，然後可以决機致勝。孫子所謂“多算勝，少算不勝”也。當賊初起，利在卷甲疾馳，出其不意，直搗其巢，渠魁殄滅，餘黨不煩兵下矣。及賊勢既張，蔓延四出，則散地可棄而不救，惟當扼吾要害，斷彼餽餫，簡練壯勇，偵探徑路，檄滇、黔、川、楚、粤東之師，迭分奇正，數道并進，使賊力分勢寡，不知所備。我乃決策摧鋒，躪其窟穴，自可擒馘無遺。若慑於虚聲，連營縮朒，或不權利鈍，所至與戰，是不能致人而致於人，皆取敗之道也。

又按粤西全境，明代什七皆設土官，其時猺人屢亂，則徵調士兵，糗糧、衣甲、戰械皆土司給之。鄰省以官兵會焉，不過什之一二而已。以土兵治土寇，山川素習，長技與同，轉運不印給縣官，故功速費省，師行而不勞。然先後大征者三，猶煩師十餘萬人以上，蓋險遠用兵之難如此。今既悉取而郡縣之矣。一邑有警，輒廑宵旰之憂。至於縻金錢，耗士馬，乃得敉定邊患，我獨當之。趙韓王之言，豈不驗哉！竊謂此次蕩平之後，擇其險岨不毛者，割而裂之，仍復前明土司之制，薄其貢，籍其兵，使赴徵發期會，不失要束而已。不以邊鄙疲内地，斯不亦善乎？

率意狂論，惟省覽焉，不宣。

與夏宗山中書書壬子七月

中丞常公開府楚北，才略明練，風才卓然。惜其視事太遲。旁午之際，籌畫兵食，倉卒實不易辦。竊有愚策，願藉吾子以聞之中丞。

愚觀南楚，將吏似有縱賊東下之意。今賊已由郴桂間道蠶食，至於瀏陽，與岳州接境。夫主兵者，方不救長沙，豈能救岳州？然岳實楚北之門户也。山川險固，水陸要衝，用武之地，扼吭拊背，形勢在焉。鄂渚散地，難以言守。守鄂不如守岳。保岳州，則鄂不被兵矣。岳州不守，鄂即嬰城自固，是坐困也，非計之得者也。爲楚北計，當傾國以守岳州。吴起曰："以一擊十，莫善於隘；以百擊千，莫善於險；以千擊萬，莫善於阻。"岳蓋兼此三者矣，宜頓兵二三萬人於此。即不可驟得，萬人必不可少。非中丞自將以駐之不可。中丞威望頗著，又識事機，他人恐不逮也。岳之陸路，宜據險爲營，深溝高壘，而於各隘口設伏以待之。彼至則用羸師誘其入伏，四面合擊，可獲奇勝。彼若自湖登岸，則因其半濟而擊之，賊必奔敗至江路。自城陵磯、三江口以下，港汊甚多，兩岸皆蘆葦，直接嘉魚。此設伏用奇火攻之地也。宜募漁艇，芰載枯荻，灌以膏油，裹以帷幙，預繫走舸於後，伏於港汊之中。賊艦若來，南風則於上游縱火，北風則於下游縱火，兩岸用火箭射之，弓弩亂發，可使其片帆不返。我得地利，何懼於彼哉？自岳以下，皆古水戰之地，以火攻勝者多矣。可仿而行也。老羆當道，貉子安得過？中丞以果毅之氣，獎率三軍，狂賊聞之，必當膽落。即其冒昧前來，亦送死耳。昔李臨淮舍東京而守中潬，遂能以少擊衆，摧史思明數十萬之勁卒，得地利故也。况此幺麽小賊也哉！又我兵毋專恃火器，宜雜用短刀長鋋及弓矢，長以衛短，短以衛長，可以鏖戰不北。聞賊陷陣，多用刀斧，袒裼跳盪，鋭不可當。我軍炮火之外，更無他技，故往往潰敗。此不可不矯其失也。

侍坐有暇，請備述鄙言，以備采擇。

與楊季涵書壬子八月

出承明，入郎署，失才之嘆，今古同之，非士之耻也。聞歸鄉里，爲當事畫戰守之策，有墨翟、魯連之風，遥深敬佩。

南楚事更不逮粤西，以兵法論之，鮮有不敗者。不知己不知彼，百戰百殆，一也；無所不備，則無所不寡，兵勢惡分，使得專力以擣我虚，二也；不用奇謀，不相救援，不相統率，三也；自戰其地，謂之散地，但有顧生，罕能前死，四也；孫武謂“以虞待[2]不虞者勝”，賊之用兵，多先聲而後實，我輒以實應之，累受其愚，五也；斥堠不明，間諜不精，六也。重以帥暗而懦，兵怯而驕，持此與强寇角，無異使羊拒狼，使矇刺虎也。聞賊老營在郴桂，號稱有衆三十萬，此詐也。實核之，精鋭不過萬人，餘皆驅脅，烏合極多，不能過十萬。特欲以威聲刼我耳。今敢送死，遂犯長沙。以愚料之，賊已因糧於我，因丁壯利器於我。狙詐百變，誘煽萬端，又乘屢勝之勢，此誠未可與争鋒。爲我軍計者，亟募永順、寶靖、鎮筸等處溪丁、峒户，膽智勇敢者爲一軍，擇驍將統之，往襲賊之老營，或截其歸路。凡援長沙之兵，及長郡見兵，皆深溝高壘，相與堅持，勿爲浪戰。陰斷其餽道，潛焚其火藥舟船。其西常郡，其東岳郡，皆分屯重兵，各扼險隘，以形勢臨之，使不得侵軼。不過月餘，賊進無所掠，退無所據，度必潰竄。然後三面乘機合擊進勦，聲左則擊右，聲右則擊左，使賊備分力寡，則一舉可殲。此萬全之策也。明哲以爲然否？

林生天植，深承推轂，執事留意人才，雖片語不忘。林生聞之，有不感奮願效馳驅者乎？當勸其先詣貴郡，隨執事後，協同訓練，俟有成效，然後煩草薦禰書，達之中丞張公，方昭慎重。至於下走，非許歷之敢進一言，非劇孟之重於敵國，負執事謬賞，何敢妄厠戎幕？且方轉徙侍奉，亦不欲跬步離也。惟義深敵愾，未能嘿爾。儻所言可采，則以上所陳，或轉以告之中丞，聊備芻蕘，副渴懷焉。又兵家有言：“攻者不足，守者有餘。”賊非善攻者，觀在桂林可知。長郡必保無虞，惟不可縱其東下。蓋長郡安危，即天下安危，不貴能守，貴能殄寇。如令賊得編筏出洞庭，則不可復制。唐廣明之禍，可以鑒也。中丞既能治戎，又能下士，退之所謂“行事合機宜，風采可畏愛，取先天下，武夫關其口而奪之氣”者，殆其人矣。

雖未望清光，所嚮往焉。借箸甚勞，諸惟珍重，不宣。

與楊季涵書壬子八月二十三日

昨復箋計達貴郡。應募結團，訓練有方，士氣百倍，威聲遠播。狂賊聞之，心膽俱寒，决不敢西窺。此當局籌筆之略，執事借箸之勞，鄉井賴之，國家賴之，甚善甚善。林生已與之書邀其來，若侍左右，幸爲教之。

聞賊犯長沙者，不滿萬人，屯於城南，逼城河爲營。掘塹自守，師無後繼，芻糧火藥，均在所劫客舟中，泊於城北。可募人焚之，或鑿而沈之。援軍皆屯城河之外，今將困賊，當築長圍，或編木爲柵，斷賊走路，截彼餫餽與樵采汲道。速分衡、永屯兵，募永、寶、晃、靖土兵，遮蔽賊之老營。在郴桂者，毋令得與東合。凡長郡見兵，及四路援兵，但深溝高壘，勿與浪戰，堅而持之。俟其勢衰力困，我乃奮勇進擊。徐開一角，伏兵於險，合而驅之，使陷伏中，一鼓可殲。此賊既殄，則彼在郴桂者，非竄粤東，即奔江右，而楚境靖矣。然後以戰勝之師，埽蕩各州邑土匪，直摧枯拉朽耳！此諸公封侯之秋，而三楚士民歌舞以慶安堵之日，機會不可再失也。倘愚策不謬，幸轉以聞之中丞張公。

賊之本謀，尚未可測。以愚度之，賊實無能，且無大志，不過假息游魂，蹈瑕竄掠，利則進，否則遁而已。言者皆云賊老營在郴桂間，聯屯數百里，有衆數十萬。豈有擁衆數十萬，而猶坐守一隅者乎？其初犯永州也，僅二萬人，蠻婦参半，敢死之賊，僅有萬人。自擾楚南以來，所誘脅大抵亡賴烏合，未經戰陣，極多不過六七萬人而止。我軍及壯勇，數且倍之，何畏於彼？惟賊聚而我分，得以專力乘我之虛。非賊之無敵，蓋我之怯而寡謀也。又有云賊在郴桂，有編筏窺洞庭之謀。夫南楚竹木如邱山，欲造舟楫，咄嗟可辦。乘夏水東出，旬日可至洞庭。今已秋仲，水潦將落，即有舳艫，尚虞涸淺，况至今未睹一檣一帆之東下乎！其不能爲是謀可知也。又兵法："攻城最爲下策。"賊亦非善攻者，但能陷州邑各城。夫州邑本無兵，又無救援，故賊皆得志。至各郡城，固無恙也。

其攻桂林也，逾月不能下，其攻長沙也亦然。久頓兵堅城之下，孤軍獨進，望屋而食，此兵家大忌。若我得良將堅壁而持之，如周亞夫之困七國，有不潰敗者乎？故愚以爲賊無能與無大志，略可概見。我得勝算，所望仗鉞者。計利形勢，應機勿失耳。

與胡蓮舫儀曹言兵事書甲寅閏七月十七日

日昨枉過湖上草堂，適相左。聞述及侍郎曾公駐師敝里，辱垂存問，有意乎其招延之也。曾公提孤軍不滿二萬，徒以忠義激厲將士，親援枹鼓，一日數戰，大破賊於城陵磯下，斬其魁帥，焚其舟艦，追奔逐北，浮尸蔽江。僞黨驚潰，水陸東走。自軍興以來，以少擊衆，以弱摧强，未有若是之奇捷者。我軍乘鋭霆擊飆馳，不旬日即可廓清江漢。遂使楚北編氓脱鋒鏑，出湯火，晏然有安堵再造之樂，父子夫婦重相保聚，生得所養，死得所葬，此則曾公之大有造於楚北也。論者以爲此功可比周室桓文、唐家李郭矣。

凡大湖以北，見曾公忠勤膽智，忘身殉國如此。雖在孱懦，猶當感慨騰躍，請隸麾下，揮戈荷戟，前嚮馘賊，計不返顧，以助敵愾同仇之義。况如柏心目擊宗邦淪覆，憂憤尤深，且於曾公又忝夙昔周旋之舊。兹復重以招致，共圖宏濟，當此而不褰裳以赴，則非夫也。但自審蠢愚，未諳兵略，既無老謀，又無壯事，兼草莽餘生，憂戚荒忽之中，神智瞀亂，曾公亦安取此頑鈍之士而用之乎？逡巡却步，未能前往。方命之愆，尚希代白。

至於數月以來，揣量賊情，料度軍勢，似有所見，謹詳言之，而藉吾子以聞於曾公焉。蓋古之名將，遇勝而持重者，有其故矣。敵有良將，雖挫猶整，其臨危運策，足以救敗。孫武所謂“佯北勿追”是也。敵在死地，乾没一戰，以圖倖勝，軍志所謂“窮寇勿追，歸師勿遏”是也。此皆不可輕犯而進躡者也。今兹狂賊，皆非此比。本起於烏合脅誘，狃於屢戰輒克之威，去來鈔略，觸暑不息，其氣已驕，其備甚疏，其黨多懈忽。與曾公遇，連戰皆敗。僞帥已梟，衆無統率。餘黨震潰，若山谷之積陷，喪膽奪氣，晝夜狂奔，夢寐惕息，皆以爲官軍旗鼓且至，其不能爲設伏斷後之謀也明甚。方賊初至，有衆十餘萬，有舟五六千艘。及其敗也，人不及萬，舟不及千乘。我兵之鋭，决計窮追，破竹之勢，無過此時矣。曾公所以尚按兵未進者，竊揣其意，謂江中之賊雖敗，而南北兩岸猶慮僞黨跧伏，乘間竊發，出而掎我之後。欲分師旁擊，則兵力猶單，是以徘徊未能徑進耳。今北岸自三江口至漢陽，訪知陸地，皆無賊與土寇。惟南岸蒲圻以下，各邑土寇尚屬充斥。然止數千人而止，勢將竄入崇陽城中。聞軍門塔公已由彼路進剿，但下令薙髮投戈者，即爲良民，不加誅翦，惟抗拒者必殺。彼衆聞之，自然瓦解，可不戰而自走，餘均通行無阻矣。曾公率舟師由江路疾追，遇艦即焚，遇賊即剿，追至夏口，賊必散盡，即敢旅距，不過奔入鄂州城中，赊死旦夕。計賊之留守鄂城者，大半驅掠老弱，雜以僞黨，彼此猜疑，必無固志。長江又爲我有，不可得糧。大軍一至，非降即潰。武漢兩郡，同時恢復，當不啻反掌也。計曾公抵鄂，塔公必先後可達。制府之師，與林生天直所率團丁，亦當自漢水來會。若賊猶踞鄂，制府之師足任攻圍，不煩曾公頓兵於此。爲曾公計，第據上游之勢，裒糧治兵，徑率舟師，鼓行東下。塔帥將南來義勇，陸行夾舟翼進。此時下游群賊，見僞黨奔潰，懾於威聲，沿江屯壘，望風驚怖，若鳥獸散，何暇堅壁扼險，更張螳臂？我軍順流進駑，風行電邁，直指建康，出其不意。斯則將軍之兵，從天而降，疾雷不及掩耳之勢。然後與向帥會師合攻，覆彼巢穴，縛取元惡。檻送闕下，獻俘告廟，饗士策勛，釋朝廷宵旰之憂，拯江表赤子於水火之中。巨寇既平，復以兵力次第埽蕩皖楚山藪湖澤群盜，撫其善良而翦其凶猾。如此，則一舉滅賊，兵不留行，坐清數千里之氛翳，中興翼戴之功，孰有高於曾公者乎？

夫時難得而易失，兵先聲而後實。若臨機不發，稍涉遲疑，使百戰之賊，復得收召散亡，扇動結聚，養成凶勢，更與我抗，恐未易以歲月平也。昔周訪破杜曾，乘夜追之，諸將請待明日。訪曰：“曾驍勇能戰，宜及其衰乘之可滅。”鼓行而進，遂定漢沔。唐太宗破宋金剛，追之一晝夜，行二百餘里。劉宏基執轡而諫太宗曰：“功難成而易敗，機難得而易失，必乘此勢取之，若更淹留，使之計立備成，不可復攻矣。”策馬而進，并州以平。古人決策至明至速，良以機會之來，間不容髮耳。今曾公威勢若此，何疑何憚而尚煩長慮却顧乎哉？螺山、新堤皆非結營之地，且賊已遠遁，追躡不可稍緩。直指三山，梟擒首逆，乃爲快耳。方今戡難之望，惟倚曾公，故敢盡言以告。又楚北各郡及州邑，經賊攻陷蹂躪尤甚者，急宜奏豁本年夏秋兩稅，以蘇民命，以固人心。此事雖由地方大吏爲政，然得曾公一語及之，當事舉行必速，則仁言之利更溥矣。

悤遽走筆，惟垂省覽，不宣。

上曾滌生侍郎書乙卯四月

客秋樓船破賊，經過敝邑，辱垂存問，傳語招延。其時柏心跧伏草土，未敢上謁，謹附書并陳所見，屬邑人胡蓮舫儀曹代呈，計邀霽鑒。

麾下提兵不滿三萬，所攻者克，所當者破，以功而論，猶是臣子宣力之常。古之名將往往有是，未足爲麾下稱也。若夫忠誠奮發，崎嶇艱危，不少撓挫，器甲不請之武庫，芻糧不仰於縣官，傳檄枕戈，義聲立振；惟上釋主憂、下拯塗炭爲念，用使編氓、丁壯，大作其袍澤同仇之氣，寇攘奸宄聞之，皆惕然銷逆節而遏亂萌，宙合澄清，期諸指顧，此則純臣極軌，雖昔之方召、桓文，無以加焉。開歲以來，聞修治戰舸，左次豫章，伏計整軍經武，成師而出，威聲百倍矣。北省無禦侮之才，遂使沔鄂二城三遭淪覆。幸賴麾下之力，戈船駱驛，分列上游。我據長江，已扼其吭。賊不敢遠掠糧食，又寡舟楫，將陰有遁志。若群帥用命，水陸速攻，克復如反掌耳。然營壘相望，無所統率，未聞有決策深入者也。麾下能少割兵力，擇一有勇略之將，由陸路取鄂，或從潭州上游浮舟而下，會楚北諸將，廓清江漢，必易於拉朽。長江中流關繫餫道，腹心根本，分援似不可緩。麾下明於算略，計當有以處此。

鄙箸兵事，臆議數則，書生遥度，不切事機。伏念麾下山容海納，不棄涓塵，輒忘固陋，願助芻蕘。麾下鑒其愚，而恕其妄焉。幸甚。籌筆方勤，惟冀珍攝，以奏膚公，以答海内之望。

答胡潤芝撫軍書

柏心曩與張仲遠、左季高及唐方翁喬梓游處，皆道麾下才略無雙，卓然時楝，敬識之不忘，以爲當世偉人，莫麾下若也。嚮往雖久，趨侍無繇。

今春聞拜中丞之命，竊幸長城有恃，楚北殘黎，自此可慶再生。又聞麾下自去歲出私財募士，僅得千人，隨少司馬曾公揮戈破賊，追至潯陽。今歲復援楚北，不意沔鄂復陷。麾下收召潰散，力保上游，直搤賊吭而拊其背，使不得進。兵力稍集，則又轉鬥而前，移營逼之，終日血戰，頻以捷聞。援枹揚旌，志吞凶醜。英毅壯果之氣，宿將健兒，有所不逮。雖克復尚遲旦晚，而轉弱爲强，勢足臨制。至今賊不敢泝流而西、上竄尺寸者，實麾下一軍捍蔽之力也。而彼位高權重者，反厚擁甲兵餉糈，養威於數百里外，坐視麾下之孤危況瘁，曾不協力，共謀速拯生民於湯火。則又竊嘆朝廷用麾下，適所以困麾下也。然麾下忠勇奮發，足貫神明，人定勝天，誠能動物，恢復沔鄂，此功終屬麾下。

且賊之酷虐，焚殺淫掠，其惡稔矣。天亡之期，當在指顧。况我據長江上游，又擁舟楫之利，以順討逆，何攻不克？潯陽援師亦將續至，合勢會攻，必能夷凶靖寇，若摧枯拉朽也。昔李西平之復西京也，所將單弱，糧食不繼，又與大將李懷光不合，介居二强寇之間，卒奮其智勇，戡定禍亂。彼其先崎嶇孤弱，與麾下今日所處之勢，亦豈有異哉？忠義動人，咸懷感奮，則所向無前耳。願麾下援此自壯，毋以抑鬱稍自摧沮，豈憂狂賊之難平哉！

頃奉手翰，詳示近事，并垂奬借，且以楚事孔棘，不遺鄙陋，欲引與共商籌策，開寫款誠，抑損貴勢，至有北面請師之語。嗟乎！麾下勛略如此，位望如此，而折節若是，使豪杰之士，進當爲墨翟、魯連，重繭飛書，展其智計，共濟艱危；退當爲田光、侯嬴，感激刎頸，以報高義。惜乎柏心非其人也，受性孱懦，未習軍旅，老謀壯事，兩無一長。承命裹足，非敢盤桓。自度無運籌决勝之才，仰懈盛意，莫副渴懷。且小人有母，年届八旬，此時未能以身許麾下。度蒙垂亮，不之强也。謹納辟書，幸邀寬宥。惟是伏處江皋時，於軍事稍有臆説，皆兵家常言無奇異者。麾下智略絶人，又在兵間久，書生遥度，豈能有助高深哉！特感麾下延跂之誠，身不能赴，無以仰酬，懷此區區，願獻愚悰，謹録出奉呈，惟賜財擇。此後江上續有所見，凡愚慮能及者，必削牘奉聞。倘有裨萬一，亦不啻藉手以報也。柏心相識中，知兵無過季高者，又膽决可仗，盍手書招之乎？其才勝柏心十倍也。

怱遽肅復，祇頌勛安。軍中溽暑，籌筆之餘，伏冀爲國爲民，以時自重。

又

此時將士同心，我力有餘則議進攻，不然且堅壁持之，斷彼糧食。俟羅廉訪軍到，再謀會剿。孫武曰："先爲不可勝，以待敵之可勝。"又曰："其徐如林，其疾如風。"此養氣蓄勢之術也。柏心再白。

答李鶴人廉訪書乙卯八月廿七日

客秋聞麾下自將水軍，擊楫轉鬥，所向無前，遂殄鯨鯢，進復江漢蘄黄，直抵湓城。威名之壯，不减王龍驤。今歲復聞泝流援鄂，力保上游，凶焰所以不敢遽騁者，實賴艨艟百舸，横截而逆折之。繼又聞麾下亦有不能盡行其意者甚矣。英豪怫鬱，宜事機之多沮也。柏心欽遲勛略，嚮風慕義，爲日久矣。恨未得一謁細柳，瞻大樹耳。乃蒙雲箋俯逮，辱垂記注，兼荷揄揚。碔砆燕石而邀卞氏之品題，愧可知也。敬惟忠勤方茂，藎祉駢蕃爲頌。我師新挫，士無固志，得麾下宏遠之度，公誠之心，寬仁英毅之量，收輯而拊循之，涣者可復萃，怯者可復奮，始雖垂翅，終當鼓翼，收效桑榆，未爲晚也。

方今賊勢雖熾，然南未過金口，北未過黄陵磯。我軍誠鼓其鋭氣，力與相持，何難再振？水師精悍，初無損折，外據長江，内斷湖港，彼不能旁騖横逸，無足憚也。我之餉餫，仍屬通行。荆郡籌濟，駱驛供億，軍資戰械，次第增補，無憂乏闕。軍心繫屬，惟倚麾下，慷慨倡率，人思用命。盪滌塵氛，拯援塗炭，非麾下之任而誰任哉？新堤僅可暫駐，非久屯之地。召募稍廣，便望進發，擇有險隘可駐，有港渚可泊，距金口數十里之遥，外可扼長江，内可聯絡黄陵磯，始得臨制之勢。分戰艦數十艇，游奕江湖，令彼不得偷渡竄越，以窺吾後。徐蓄兵勢，爲進取恢復根本。不然，則蹙地太甚，前路軍勢必孤，難相應援。又使賊得掠地自廣，糧食益豐，驅脅益多，愈形難制矣！凡此皆麾下早計而熟慮者，無待鯫生納説也。蓮舫儀部來行營，必能商議及此。渠於各營將校，皆所雅游，往來開説，和輯衆心，必收其效。又將力贊中丞前赴大營，重加整理，軍威當可復壯。麾下隨而彌縫匡救，相與轉敗爲功不難也。

柏心素乏籌略，然近事所觸，時有臆説。念麾下欲廣忠益，樂聞謀策，竊不自量，别紙録出，願效管蠡，惟明哲財擇焉，幸甚。

答胡潤芝撫軍書乙卯九月十五日

讀翰教千餘言，時艱孔棘，功敗垂成，爲之唏嘘流涕，扼捥興嘆也。當麾下親帥水陸二軍，擊楫渡江之日，忠勇勃發，誓不與賊俱生，直躪凶巢，揮戈蹀血，鋭莫能當。斬賊至六七千之多，遂克蔡店，復漢口，進逼漢陽，垂拔之矣。斯時也，精誠貫於日月，威略疾於風霆，凶徒震讋，已將逃遁江上。殘黎歡呼忭舞，皆幸出水火、釋倒懸有日矣。天不悔禍難平者事，餉竭兵變，譁然各散，遂使凶勢再振。然非戰之罪也。鄉令庚癸無呼，士皆宿飽，恢復兩城，一鼓便下矣。麾下引咎自劾，真能行古人之事者。武鄉失利於箕谷，李郭同潰於相州，兵家勝負何足爲名將累哉！

聞於潰散各營，多所澄汰，洵合機宜。夫減兵省將，明罰思過，布所失於境内，校變通之計於將來者，此救敗之法也。收效桑榆，終當奮翼，克復之績，旋踵可期矣。羅山廉訪道通城而入，所謂將軍之兵從天而下，批亢擣虛，賊必震潰。麾下相與表裏擊之，楊鎮又以舟師中流而進，聲勢百倍。先拔鄂城，傾其巢穴；繼攻漢陽，必不戰而走。然後進兵漢江，肅清蔡店、漢川諸處，分師會攻，德安亦可相繼而克，諸城并下。以新勝之師，蕩滌山谷川澤，餘寇旬日可畢。如此，則楚北全清。羅楊二公，便率水陸二軍，前指潯陽，金鼓震天，舳艦蔽江，僞衆聞之，自然震怖，各鳥驚獸散。其時少司馬曾公師出長江，相與整衆東下，但拔皖城，即金陵已在掌握中。是則事機之大可乘者。

以管見料之，滅賊不出今年。惟冀沔鄂及安州迅速告平，全據上游，則勢如破竹，數節之後，必迎刃而解耳。

與左季高書

粵賊近在金陵作何狀？猶未犯維揚、姑蘇否？賊連陷數行省，鋒勢鋭甚。以愚料之，無足憚者。彼雖乘百勝之威，擁百萬之衆，然其實所據不過一城耳。此外尺寸之地，非其有也。金帛如山，非芻粟安能持久？且盜賊群居，未有終日之計，其勢内變必速。此時瓜步、廣陵，戍卒不能進討，則不必議剿，但當謹守北岸，毋令賊得渡江。彼决不敢孤注航海，徑犯天津。爲京師計，第分兵扼津沽，必無他慮。亟起閩浙之師，助守蘇州，令賊不得掠地以益糗糧。起粵東之師，浮巨舶由海道恢復潤州，即會於金陵城下，斷賊入海之路。向帥惟用堅壁持之，勿與浪戰。截賊餉路，形格勢禁，賊不敢四出旁犯，已不啻在羅網中矣。俟彼有内釁，糧食垂盡，視其城守或虛，分襲其城；視其營屯稍懈，疾攻其營。或番休迭進，或設伏誘之，當得奇捷。且賊於城外分營者，特欲張其連珠猿臂之勢耳。營析爲四，未必盡精鋭也。察彼營稍孱弱者，盡鋭擊之，一營拔，餘營必陷，城亦繼潰。此乃運奇制勝之秋，惟須堅忍耐久，蓄吾勢力，伺彼瑕隙。又須群羣帥同心，相機犄角，如獵者之捕鹿，期於必獲，乃能奏功耳。

至向帥餉路，所關尤重，最宜力護，毋令賊得以奇兵劫之。昔楚漢袁曹雌雄之分，所争惟在餽餫，此不可不深慮者也。又鄂城南北東三面，似宜於郭外早掘外壕，闊深均宜二三丈不等。此亦設防要務也。炮車以機發石，較火藥更捷，又無炸裂之患，能徵匠按古式製造否？推而行之，以之守城，及道士洑、黄石港各險隘江岸，皆緩急可恃。倘能復古石炮，將來便可殺火炮之禍，防患救世，蓋兩得之。寓仁心於殺機，竊意鬼神亦必從而佑之矣。楚北財賦，鼓鑄似爲救急要策。滇銅運船抵漢皋，便難前進，此可借用者一。漢皋水次，積年撈獲銅觔，更復不少。此可收買者一。武漢各郡，廢銅積滯，懸價購之，其值必賤。此可收買者又一。黔中寄售之鉛，不甚愛惜，此可借用者又一。但須籌工資薪炭與召募鑪丁耳。鼓鑄行，可以救錢荒，可以平錢價，商賈不得騰踴居奇，官俸兵餉，搭放甚便，斂散在我，何憚而不行？昔馬殷用高鬱之計，僅鑄鐵錢，而湖南以區區一隅，富冠列國，與南漢、南唐争强焉。此非往事之明效哉！

途次嘉魚，聞村中人語云通城山民尤多負固招聚亡賴，以壯聲勢。相傳廉訪有請濟師之語，歸遇通城人被難遷徙者，詢之，則云彼間僅兩姓人以抗糧啓釁，其餘善良，悉守法懼禍。若大吏許稍稍平其賦役，必徐以計縛其首惡，送請懲辦，如此可保百年無事。審爾，則望椷致。岷翁多騰文告，諭令紳士，縛獻首惡，決不濫誅平民。且爲酌定征收折色斗斛價值，惟期官民兩便，公私交濟，既不損威，亦不黷武，所謂“不戰而屈人之兵，善之善者也”。蓋愚民無畔逆之心，山谷非窮兵之地，岷翁智略，度亦必早見及此耳。

悤悤走筆，惟垂察，不宣。

再與季高書

古之圍城，有决水或壅水以灌之者，有掘重塹、樹長柵以困之者，有擊敗外援而城即繼潰者。今賊在金陵，地高於江，灌之不能；周圍將百有餘里，樹柵之功未易施；彼聚衆死守，亦無外援，凡此諸計，皆不能用。又兵法："十則圍之。"今賊之堪戰者，無慮十餘萬，我軍之數未有以過於彼者。且彼壯我孱，彼飽我饑，彼主我客，彼佚我疲，彼勇我怯，凡此皆難與争鋒角勝者也。制之之法，當如渾瑊、李晟之克朱泚，李光顔、李愬之取吴元濟，王重榮、李克用之滅黄巢，諸道并會，遏其衝突，絶其餉道以漸逼之，直擣其虚，乃可傾彼窟穴。

今賊勢雖强，然北未渡江，南未犯吴越，不過孤守一城，是猶在吾掌握中也。若嶺南之師，由海道進逼建康城下；向帥堅壁，與城下賊營相持。賊已腹背受敵。然後伺其内間，俟其饑疲，東西齊舉，首尾夾攻，即江北之師、吴門之軍，皆可分道進會，四面環擊。殄滅此賊，易於拉朽。惟行營都統之任，必得其才，乃能指麾諸軍，應機神速耳。高識謂此言何如？

答郭筠仙編修書

蛇豕縱横，江干無寧宇。二三故人得彼此尚告無恙，即云幸矣。雖結鄰有約，自度福薄緣慳，難與諸賢同栖林壑，以是爲悵耳。舍親梅杏田來，得手翰慰問綢繆，感人肺腑，敬審戎旃借箸，甚善甚善。

退之從軍而蔡州遂平，樊川進策而澤潞旋下，彼亦幸遇晋公、贊皇，明於機略，故能納采如流，奇勛立就耳。今少司馬曾公，即晋公、贊皇之儔也。而又佐之以吾弟之識略，與麾下諸將之忠智驍果，助廓清而奏膚功，豈直蔡州、澤潞一隅之績乎哉？延首嚮風，無任馳仰。

春間江漢覆没，妄以奏記請援於少司馬。遂蒙垂念唇齒，慨然許以分師來援，但令具餉待之。吾弟書中見亦略同。夫北省去歲淪於巨猾，實賴少司馬拯而出之，功過於齊桓之存亡國也遠矣。凡在敝省高資素封之家，未罹兵燹者，即使之傾囊罄産，持以犒師，猶未足報德而酬惠也，况援師再至乎？况所需僅此而尚吝供億乎？兄雖迂拙，謹當隨蓮舫、宜卿後，宣播義聲，激勵而鼓動之。但請援師速進，軍過境上，資糧扉屨，必無闕乏。日來中丞胡公奮其智勇，一鼓而漢陽、漢口相繼肅清，進圍鄂渚，計克復必在旦晚。惟慮僞黨越逸，或與上游通城各邑土寇，嘯召保聚，窺伺衝突，則荆岳皆難安堵。方今北省兵力未能兼顧，聞羅山廉訪新克義甯，已進駐通城矣。若以此勁旅乘勢入剿，上以捍蔽岳陽，下以蕩滌江漢，群匪窟穴，立可剷刮净盡，且不獨功在援鄂也。九江死賊與湖口爲指臂，悉其精鋭，以一面當我，守禦甚固。我師萃於鄱湖之内，水陸并攻，蹀血而戰，日夜不息。雖搤其吭未拊其背，彼方外據長江，調取皖境諸賊，往來抽换，番休迭戰，饋餫不絶。彼主我客，彼逸我勞，久頓兵堅城之下，守者有餘，攻者不足，古之智將，似稍異此。今誠得羅廉訪一軍，道通城而入，假途鄂渚，合楚北戰艦新勝之師，水陸并下，出其不意，直指湓浦，賊必震潰。或明示形勢，旌旗蔽江，鞞鼓震天，順流東鶩，以武臨之。或約鄱湖之師，悉力搏戰，牽掣其前。度彼將疲，潛引江外之師，夾擊其後，合而殲之，一戰可拔此。與但用鄱湖諸軍專鬥實力，僅乃勝之，其遲速巧拙，相去不啻倍蓰也。兵法："相持既久，在於用奇。"羅廉訪一軍，名爲援鄂而來，實則乘機合取九江，此即田忌救趙直走大梁之計。竊謂批亢擣虚，勢有必出於是者。請爲少司馬詳言之，而力加贊成，則拔九江若反掌。然後整衆東下，兵不留行矣。

軍中早秋，炎暑未退，惟紓籌草檄之餘，以時珍衛，不宣。

上胡潤芝撫軍書丙辰三月十八日

客冬至今，未得以箋記徹清聽者，知麾下日治攻圍，親當旗鼓矢石間，更無暇晷從事披覽。且軍情懸隔，彼己虚實，揣度傳聞，動多茫昧，欲以遥度之詞，妄進謀畫，則又不敢也。

鄂城垂拔矣，而方伯羅公遽爾淪喪。羊太傅云：“不如意事什常八九。”羅公之不幸，楚民之不幸也。所賴麾下壯猷克奮，毅然以殄寇自任。而羅公部衆，又得迪菴都轉代領之。其爲將沈毅果斷，夙與羅公齊名。軍心共屬，群志大定，代將以還，連戰大捷。賊黨漸散，賊糧漸乏，游魂抗拒，大抵潛引漢陽之賊，首尾番代，張虚聲以疑我耳。計其狡情，奔亡在即，猶當死力衝突，僥倖乾没。若我軍嚴整，來則必挫，一再創艾，彼但有出於潰遁而已矣。夫以麾下之謀謨忠壯，與迪菴都轉之善戰無前，左右犄角，賊之速亡可知也。微聞少司馬曾公有檄調都轉馳援江右，此軍將士本出曾公部下，方今有急，呼令還援，義無可諉也。即欲强留，殆難啓口。然竊謂此間方略已就，功緒垂成，都轉遽舍可乘之機而去，則楚北軍勢轉孤。賊以其間倔强再振，縱别募勁勇以益兵數，而統馭將才，非可易得。且新集之士與教練之卒，其功效不可同日語也明矣。竊計楚北之賊，聚於兩城；江右之賊，散在各郡。彼聚而我并力攻之，決機盡鋭，奏績似易；彼散而我引軍從之，所在與戰，見功殊難。且都轉援楚以來，崎嶇百戰，士卒亦望旦夕城拔，冀得行賞耳。今乃跋涉千里，饋餫懸絶，逐賊於蔓延無紀極之地，毋乃與“致人而不致於人”之術相左乎？

愚見爲曾公謀，姑且保險堅壁自固，而奏調粤東之師，度嶺夾擊，可使賊首尾奔命。俟楚軍得利，屈指帀月，鄂城可下。然後都轉率新勝之師，鼓行還援豫章，聲威百倍，賊自震潰。曾公以全力制其後，江右群賊，何患不除？若釋破竹之勢，分師遠去，竊慮鄂城垂斃之賊，轉復陸梁；而江右俶擾之賊，猝難薅薙。在此則坐虧九仞之勞，在彼又莫救燎原之火，明於兵略者，必不出此也。都轉之智，自早籌及，特義之所在，不能不往。日來蓮舫、孝鳳諸子，均有書懇留都轉，以蔵大功，以成羅公遺志。度都轉尚無詞以謝曾公也。誠得麾下致書曾公，具道都轉留楚爲兩得，去楚爲兩失之故。鄂城朝以下，則都轉夕以往，極遲不過一月爲期耳。曾公深知兵要，當能見聽也。柏心又竊意鄂城之賊，其勢雖蹙，然未嘗合圍，則彼於城之東北兩路，猶能伸縮鈔略，未得制彼死命也。可否分戰艦一二百艘，載戰士駛駐塘角，泛及青山，分結水陸營柵，斷賊四出越逸，與興國等處僞黨接濟糧食、火藥、人徒之路。如此，令賊在阱中，勢將坐困，可不攻而自破也。如兵力難分者，或但遣壯士伏城之東北，探其接濟將至，突出襲剿，或縱火焚之，亦可困賊。

區區管蠡，明知無當，聊貢其愚慮而已。惟財擇爲幸。

答胡潤芝撫軍書丙辰四月八日

承賜復奬譽有加，讀之悚愧。柏心賦性疏率，學術淺薄，所粗涉者，政治源流興衰大略而已。兵事實非所習，特率臆妄陳爾，不意麾下見許之深也。

迪葊都轉分師援江右，而毅然以身留楚，與麾下戮力一心，誓翦鯨鯢，羅公雖没猶生也。昔後漢伐蜀之役，彭岑亡而吴漢卒克之；晋王鎮州之役，史建塘、李嗣昭、李存進亡，而李存審卒克之。成功有先後故也。惟餉金支絀，籌畫方艱，不無顧慮。然柏心則謂此猶其次焉者。其大者，則兩節帥各專一軍，畫疆分界，聲勢隔越，此未得制賊之術也。夫使我軍據長江而全有之，賊阻南北，不得相通；我用分攻，猶未爲失。今則大江下游，賊往來出没，不能斷也。彼張虚形於漢陽，以綴江北諸軍，而抽引僞衆，納諸鄂城，悉其凶力以與我角。若漢陽諸軍能遏賊，勿使渡江，或投間抵隙，日攻其瑕，彼亦不敢分兵助鄂也。不然，則漢陽之軍，但分偏師與之相持，而潛引步騎，下取黄州，埽清江岸，令餉餫可通。即持爵賞，招黄州團丁率以渡江，駐於武昌縣城，截斷興國、大冶之接濟賊糧者。然後水軍戰舸順流下駛，泊駐青山、塘角等處，堅壁以挫之。但截彼糧食火藥，嚴飭諸營，防其衝突。俟其窮極，乃開圍一角縱之使走，而預伏兵於險隘；俟其入伏，前後夾擊，當可盡殄，此百勝萬全之策也。今也，兩城之賊，首尾環應，如率然之勢。而我畫江分地，不能引北軍以濟南軍，譬如左右手足，無故自爲拘攣，此豈應敵之道乎？麾下盍舉此語械商制府，反覆開譬，勸以分師助圍鄂城。鄂拔而漢陽有不下者乎？縱有明旨責令分剿，然兵家機宜，貴權道以濟事，不貴拘牽以遺誤也。大抵賊憑堅城，我營郊野，彼逸我勞，彼主我客，可用智取，難與力爭。圍勢稍合，或移營設伏以誘之，或昏夜鼓譟以劫之，或鈔其饋餫，或略其樵采，彼將漸困，終是吾掌握之物也。抑又聞之"兵久則變生"，今江漢殘壞，鬥兵不休者三載矣。士日告疲，餉日告匱，萬一江右之賊復浸灌楚北，則我軍腹背受敵，進退失據，是豈可不爲寒心者乎？此則合漢陽之師，助圍鄂城，機會不可復失者也。

又有愚言妄進於麾下者，望詳察焉。聞麾下晝治攻戰，夜嚴守禦，凡將校卒伍之進退，芻糧緡錢之出納，火藥軍械之儲積，無不一一綜理；與夫接見寮屬，披覽史牘，又自章疏，至符檄書問，皆手自削草；復以其餘澄清吏道，振舉憲度，有百數十人所不能爲者，而麾下一人兼之，沛然若有餘。雖魏公間氣，才周八面，然非所以專思慮而重體要也。夫事有緩急、有綱目，麾下以滅賊爲任，則所急者治軍耳；所尤急者，方略調遣耳；至金穀書記，擇人以任之足矣。若夫吏治，似在所緩，黜陟賢否，姑委其權於藩翰，且亦屬彼職掌也。俟賊平之後，徐加整飭，固未爲晚。又督戰之際，躬犯矢石，將帥宜然；但重閉垂堂，亦願時存戒慮。凡此繆論，無當竅要，特以麾下一身爲遺黎託命，所關誠鉅，伏冀加意保愛，以答眷畀，以奏膚公。

干冒威嚴，無任屏營，惟賜垂督。

上胡潤芝撫軍書丙辰六月三日

兩月以來，水陸連戰皆大捷。孤城殘孽，糧援悉斷，飛走無路，直籠檻中物，計成擒即在旦暮。此皆麾下勝算先操，將士感激用命之效也。惟戎車六月，零雨三年，獨令麾下肩茲况瘁，則事勢萬難，適與之值耳。然忠勤勛伐，固已邈焉寡儔矣。嚮風馳仰，欽忭莫名。柏心自四月中旬，即患傷寒，侵尋四十餘日。疾少差，老母召歸，命且静攝。元氣虛弱，非謂護月餘不能復初也。

賊之窮困，外形昭然；然不降不走，豈城内尚有積糧耶？僞衆多寡，此間無真耗，難以懸揣。竊聞賊起草埠門，出入自如。以我軍悉屯南路，故不防北面，此可乘之隙也。凡臨江各門，地勢迫狹非戰地，攻之不便。鄙意謂可盛兵鼓噪，見形於南路，以分賊勢，而潛師銜枚於草埠門左右。彼處稍東有鳳凰山，城趾跨其麓，可梯而上。約於五鼓時，或日晡後，偵其無備，一面攀堞，一面奪門。但一處得手，賊即驚潰，不暇拒我矣。以老成之見論之，賊窮不待攻，攻之徒損士卒。但相持太久，恐江右敗賊，倏忽闌入，令彼頓增氣勢，而我又有腹背受敵之患。且賊固乏糧，我亦乏餉，殆略相當。所恃者，賊衰而我鋭耳。此所以不得不急與賊競者也。若鄂城先拔，彼江右敗賊，即犯吾境，我力有餘，折箠驅之，譬以湯沃雪也。

妄議險度，無當兵機，惟麾下財察，幸甚。

上胡潤芝撫軍書

月前廿二日之捷，喧傳露布，喜動江天。狂醜狺狺，埽之朽枯之際；殘黎惵惵，拯之湯火之中。此皆麾下忠貫日月，氣壯風霆，動九天九地之兵，運百下百全之策，佐以迪莽方伯之智深勇沈厚，莽軍門之驍武雄杰，遂使鯨鯢梟獍，褫魄喪精，折角摧牙，望風潰北。昔裴相平淮蔡，潞公入貝州，不過號令指撝，坐收功效而已。未若麾下暴露寒暑，淹時逾歲，擐甲揮戈，大小數十百戰，如是之勤且久者也。

聞麾下復毅然以東征自任，乘此威勢，直搗建康。四年逋寇，將一舉而犁其巢穴，以清氛孛，以慰宸衷。從此錫鬯卣銘，景鐘懋賞，崇封駢闐，赫奕直與方召比隆矣，何桓文之足道哉！柏心孱懦文儒，不能請纓提劍，屬櫜鞬以效前驅，惟有竭其思慮，振藻摛詞，摹《江漢》、《常武》之篇，仿柳《雅》、韓《碑》之體，爲麾下闡述威勛，與長江并永、大别均高而已。

肅修箋敬，馳賀鴻猷。

與張仲遠同年書

即日弁至，得復書。承紆策前籌，蓋勤兼著，甚善甚善。柏心故宅前經賊毁，近復結屋，方擬移家。老母漸衰，未忍遠離。制府楊公之招，不能赴召。章奏又非所素習，已復箋却聘矣。執事知我，希代達委曲。

賊在江漢者，聞其黨無多，至今皖中、金陵下游，諸逆未聞增兵來楚，又寡舟船。今我軍據長江上游，斷彼糧食；戰艦既多，衆又倍之。賊陰有遁志矣。此機大可乘也。但檄諸將，水陸并攻，即不殲盡凶徒，亦當速走，復江漢如反掌耳。不必坐待北軍，始議進剿，恐師老財匱，轉失機會。北軍既然不能諳賊情勢，且非用騎之地，俟澄清江漢，然後會師東下，中爲水軍，左步右騎，三路并進，楚境自無外寇，下游可以不必設防。但須埽除興國、崇通等處土寇，使根株全芟，則人有再生之慶。以制府威略，執事籌策，此功決可指揮而就。

贊畫方勞，勉旃自愛。不宣。

答李鶴人布政書

去冬漢陽克捷之功，今歲皖江屏藩之擢，均未肅賀者，營幕頻移，未知定所，且不欲以縟詞干聽也。即日使者到門，叨承翰教，敬悉前鋒所指，當者立摧，威稜遍江漢南北矣。甚善甚善。

書詞披寫情愫，衷帶如親，惟於柏心津津樂道，不啻口出，此郭隗、侯嬴之遇也。柏心何人，敢辱斯誼，又承大咨開示，已舉賤名，登之啓事，業奉俞允矣。薦牘中語，皆自忘其貴與賢，推賤且不肖者，以爲勝己。自非愛才下士，發於至誠摯於飢渴者，孰能如此？柏心自望清光以來，謂忠孝智勇冠當世，莫如麾下，蓋傾心久矣。今也居勛績威名之地，復肯紆尊折節，下引愚暗疏陋者與之定謀議、濟時艱，凡有心志，叨此異數，孰不感奮，欲竟駑駘？況於柏心受知之深，銜次入骨者乎？況重以君父之命乎？又荷賜金，備營甘旨，曲體代籌，無微不入。兼莊禄兩公，亦有連械勸駕，即擬治裝，偕使者并發。是夕入白老母，則凄然有不樂者。問："歲内能歸否？"對："以此難預定。"則曰："若吾霜燭之年何？"不敢對，趨而退。次日晨起，又請命，則仰視，老母泪承睫，黯然長嘆。復趨而退，出山之念不覺頓止。老母今年已八十，頻歲播遷，備受驚悸，近日起居，益形衰頓。以此不敢輕離膝下。比年鄉國多虞，當事亦時加物色，皆不敢應。若遠涉關山，尤非高堂所樂。時事雖迫，知己雖殷，朝命雖嚴，未能遵赴者，烏鳥私情，不勝眷戀。但可爲徐元直，不忍爲温太真。此情亦麾下所曲諒也。

且柏心年今六十，目昏鬢秃，未涉行陣，軍謀實非所長，皖境地形，素未諳悉，茫昧之識，何資籌略？麾下雄略奇謨，符古名將；祭酒軍咨，尤多國士。況廬舒之壤，舊産英豪，聞麾下舍己用人，虚懷若是，必駢肩杖策，上謁軍門，願參幕府，有賢於柏心千百倍者至矣，何假柏心爲輕重也？謹納餽金，藉使奉繳，方命之愆，冀垂寬宥。尊先公志銘，謹當具草。不託之班馬韓歐，而殷殷以屬柏心，恐不足增重青珉，奈何！賜示檄諭，最中機要，飢氓捻徒，同役而不同心，讀之立當解散，用意與文詞仁義兼盡，真無慚弔伐之師哉！麾下連戰皆勝，然宿兵於荒殘之地，餉道回遠，殆同客寄，能轉鬥而前，與勝袁二星使之軍合，則可會拔皖口，直拊金陵之背。不然還援蘄、黄，亦於就餉爲宜。

妄論隃度，幸財擇焉。軍中早秋，冀爲國自重，以時珍護，不宣。

再答鶴人布政書

月前使弁言，旋謹將未能趨赴之苦衷，瀝情肅復矣。隨往敝郡，甫至講舍，又奉到六安。行營賜書，欣悉膚功三捷，進克霍山，席捲而前，飆馳電埽，豈止澄清江北已哉！義真秉鉞曾未淹時，而黄巾盡殄，麾下威名，正相敵耳。聞此次師行，艱苦極矣。士不宿飽，野惟赤地，孤軍轉戰，環境皆寇，而能臨危獲濟，竟著奇功。此由忠義奮發，不啻神助，非但嫖姚深入，常有天幸也。讀之忭躍。

書詞於柏心翹盼之切，至再至三，肫誠若此，飢渴無殊矣。循諷數四，繼之感泣，直以老母春秋過高，不忍爲絶裾之行耳。前箋所陳，無一語涉於虚假者。麾下仁孝人也，其不忍奪人親也審矣。夫所恃以决策料勝者，此心耳。分此心以籌軍事，又分此心以念親暗，雖在明智之才，猶多遺悞，何者？其方寸先亂也，况柏心之暗汶者乎？且自審生平未履行陣，未習韜鈐，安敢用未經嘗試之學，以人之師僥倖？願麾下且舍柏心，别求奇士，何患無才略奇杰之流輻輳而至者？使柏心得以白首奉母，全其虚名，而又不至上累麾下知人之明，何幸如之。若不蒙察鑒，復辱後命，雖使者十返，柏心亦惟有堅守本志而已。

敢布腹心，憐而恕之，感且不朽。

答鶴人布政第三書

昨者兩肅復箋，計塵清覽。伏審軍鋒電埽，已度六安，前與皖軍合矣。既合皖軍，聲勢益展，便定計疾引師下皖口。皖口拔，而潯陽及廬境諸賊，與金陵僞衆，首尾横决，不攻自潰。况楚軍乘勢，當有建大舉東下之策者。麾下徑會皖軍，直搗建康，王濬、韓擒虎之功，可立就也。何事急趨皖江受篆乎哉？

柏心日來過敝郡西郭外，見所調祥勇，自漢川而來，詢皆麾下舊部散遣者。士卒均屬驍健，入營與其隊長談戰事，皆言麾下善撫士卒，甘苦與同，能周知其材質高下，賞罰分明；每戰輒以身先之，雖鋒刃在前，不慴也。遇餉糈缺乏時，以温言撫慰，士無不忍飢力戰者。至今語及麾下，猶相與感激泣下也。嗟乎！麾下得士如此，真名將之風哉！麾下在方今群帥中，年最少，勛名最高，受上知最深，願益加愛慎，以奏膚功。

柏心愚暗，不曉兵機，竊聞爲將之道，慮事欲熟事，至無悔而止。所日夜籌畫者，揣敵料勢，行如戰，戰如守，有功如幸。故其思慮恒主於專精。至於橫槊賦詩，磨盾草檄，雖才敏絶人，據鞍立就，然不若姑委之幕府。他有類此者，望一切捐棄，神明所注，專在軍事，則亂可速弭，功可早立。麾下才略地望，海内瞻仰，既爲方召，將爲稷契，敢獻鄙言，幸垂意焉。愍肅公大節凜然，上貫星日，志石之文，非馬班韓柳，安能勝任？柏心才學識三者，無一有焉。又未嘗專治古文，承命不敢辭。謹撰藁本，苦不能簡，恐乖金石之體。曾質之衞翁都轉及九曾農部，僅爲節去數十字，皆謂與其過簡而遺美，不如稍詳而紀實也。寄求删潤，或更與當世工文者共裁酌之。

草草布箋，惟垂察，不宣。

答胡潤芝撫軍書

月前接讀鈞翰，并手定敝郡五屬減漕清單，共十紙所示。清編查審爲第一要政，毅然有國僑正封洫、張叔大行清丈之風力，蓋與減漕良法相表裏，相維持者也。其核定清單，已分寄五屬諸紳，其清查一節，均械致勸。其次第分鄉設局，以爲核實糧額章本。爲敝邑情形，本年最爲棘手。漕期迫促，版籍不在官而在册書，盡言兵毁，不肯呈繳。縣令既毫無把握。某等初意，亦擬分鄉設櫃，聽民就近完納，以杜蔽塞。亦苦於無册可稽，胥吏又倡爲如此，辦理必包征包解，埽清全完而後可。將來悮漕，咎在紳士，於是群受其恫喝，無敢身任此事者。

某等細思敝邑之漕，今年只宜聽民赴縣完納。民皆赴櫃，則册書代納之陋規，不裁自去。册書無權，將不革自退。俟來歲清查有成，另造圖册，一留在官，一留在民，然後酌定。册書名數，使司推收過割，其餘一概裁革，則若輩無所挾制矣。惟目前民聞新令，皆欣然襁負緡錢，赴櫃完納。頗聞册書多方留難，仍如往時代完之例。索取抽豐，小民羈候，不可得券，則相率携錢以歸。蓋吏意必欲百計沮撓，使悮漕期，以爲歸過之地。昔宋人“酒酸不售者，狗迎而齕之也”，即此輩也。竊意如此著名蠹猾者，倘許諸生條其姓名，聞於執事，即行嚴札提解，重加懲治，儆其一二，餘者自當斂迹。至於推擇分鄉設局之紳士某等，逐加詢訪，悉心遴選，略得梗概。皆公正清强者，謹臚列姓名，另單呈覽。惟石首尚須搜采。凡此諸人，出身任事，勞怨所歸，尚懇執事賜之札委，假以事權，俾專責任，庶不爲强禦所中傷。

敝邑有舉人游克欽者，慷慨磊落士也。此次在事議論，擔當擘畫，措置卓然，不爲群小所摇。其言：以春完或十之四，或三之一。秋完開櫃，約定期限。某月日開，某月日收。過期者罰，上櫃有定期，不完有督責。民心乃定。凡赴櫃，辰初開櫃，申末收櫃。每旬以前五日收某鄉糧，後五日收某鄉糧。完納時，先給收籤。至四日，準即截券歸家，庶免稽滯。縣署設鑼一面，有書吏需索分文者，準花户鳴鑼聲張，即行究理，以防壅遏。凡此數，則似皆可采。又言清查之法，紳士得人，即可會同團總户保，舉發稽察，似可振裘揭領之要。

因執事博采芻蕘。敢拊述之。

上胡潤芝中丞書

邇來敝省各市鎮，聞坐錢荒，此事於行軍最不便，莫若廣行鼓鑄以救之。昨有黔人朱鼇峰過，談渠曾佐運銅鉛，習知起運多寡。據云滇黔銅鉛，皆會於蜀之瀘州銅鉛局，始行起運出江。向例每年正運四起，加運二起，押運官均赴瀘領運北上。正運一百一十餘萬，加運八十餘萬，每年銅鉛合計一千餘萬。比年軍興，計已停運。然積滯在瀘者不少。瀘州薪炭甚富，蜀中鑪頭工匠，想復不少。若就彼處鼓鑄，瀘在江濱，輕舟至楚，不過半月。若積滯銅鉛，不敷鼓鑄，則由滇黔源源運赴，道里亦近。此舉若成，以濟軍需，以便民生，化無用之物，爲有用之財。分所鑄十之三爲工費，不必另籌墊發。近在水次，轉輸極便；或爲二品，子母相權，更易流通。若軍務告竣，則運錢解京，以代銅鉛。官吏舟楫，省費無涯。爲物重滯，盜賊探囊胠篋者，亦可息其覬覦。俟錢幣周行四方，然後罷運。似乎此舉爲救時之上策，濟軍之良計。

執事以天下爲己任，故敢以芻蕘進。如可采用，則當入告請旨，飭下四川、雲貴督撫，會商籌辦。選清强幹練之員，監督興鑄；毋許濫惡薄劣，攙雜泥沙，徒損物力，而無適於用。監鑄之員，以鑄錢善惡及多寡遲速爲功過賞罰。如此，而錢法立、貨幣裕矣。此皆導宣積滯，窮變通久，因其自然，化而裁之，不假外求，不煩榷算，餽餫立足，百貨皆平。此亦管蕭之儕所樂聞者也。

皖賊又熾，與我地同而壤接，眈眈日有窺伺之謀。竊意執事此時宜出鎮境上，相機攻擊，則威望折衝，無異合肥之有韋虎。且令諸將，有所稟承，進止乃齊也。干瀆崇嚴，無任屏營。

與左季高書丁巳四月

兩粤黔中及江右蔓延無已，毗連熊湘，勢皆岌岌。以一隅而扞三方，無敢遣一卒一騎揚塵境上者，則勢事綢繆、固圉計畫之周也。此其折衝禦侮，功效卓越，豈必身踐寇場，披堅執鋭，終日搏戰，然後可以抗威稜而遏亂略也哉！敝省克復後，得詠翁中丞還定安輯，有子西改紀楚政、寇恂鎮撫河内之風，然其才實不止於安民保境而已。且據上游滅賊之權，今在詠翁，惜不得替人，尚未能專任軍旅，總師東下也。滌翁奉諱後，有與胡蓮舫書，篇末商及出處，謀之衆論，且齒及柏心焉。蓮舫昨始録稿見示，竊謂滌翁此次必宜再出，不待再計决也。且已上章待命矣。計廷議及上意，亦必以奪情起之，終制之心，豈得遂哉。

揣滌翁所以躊躇未决者，不過兩次奪情，古人未有，恐天下議之。此過慮也。夫始之奪情也，所討者，此賊耳。馳驅三省，攻戰連年，僞黨結連，相持未决，不幸親闈棄養，復有奪情之舉。雖屬再起，只是一事終結，以滅賊爲任而已。金革變禮，鑿凶門而任危事，非夫從容平時、貪戀禄位者比。况數年前，已有不受爵賞之奏，天下孰不諒其心者。夫以滌翁威略，再起登壇，運其智勇，凡豪杰忠果之士，聞聲慕義，鼓舞用命，東南義民，裹糧跂踵，以望其至，終於殄滅狂寇者，非滌翁莫屬也。事平之後，解甲還山，廬於墓所，擗踴號泣，補行喪服，進以釋君父之憂，退以遂臣子之私，大忠純孝，纖芥無憾，萬代青史，孰能訾議？若必執硜硜之小節，違詔旨之殷勤，竊恐群情失望，責備轉多。且與慷慨報國本意，大相剌繆，何前後忽出兩轍也？滌翁在憂戚之中，柏心未便上書强聒，敢以鄙意聞之執事，乞便中代述，幸甚。

又滌翁再出，竊有愚策，願陳管蠡，亦請藉執事以代致焉。賊勢今雖趨重江右，然其窟穴渠率，皆在金陵，以僞號驅率群盗。遠近跳梁者，無不依托假附，甘爲羽翼。去秋以來，金陵内訌，賊中僞王自相屠刳，驍桀賊將，斬夷略盡。江表旱蝗，糧食垂罄，詢之逃人，其詞略同。此可乘之隙也。以勢論之，則江右爲末，而江左爲本；以事論之，則江右尚强，而江左差弱。今日之計，當舍末而拔其本，避强而兼其弱。愚意謂不必急急於江右，姑以撫建數郡委之，第令劉普諸將，防遏牽制，使不能犯楚南北之境。而滌翁由江路董率水軍，俟拔潯陽，便與楊李二師，水陸東下，直搗建業，舟抵白下，彼必瓦解。既覆其巢，則江右群賊，亦將震潰。如尚負嵎拒我，則回旆卷甲，徑指豫章，釜底殘魂，彼安所逃死哉！

晋宣帝曰："惟明者，能深度彼己，豫有所棄。"柏心竊謂江右非必争之地，惟金陵形勝，必不可使巨猾久盗。若俟江右澄清，乃謀東下，歲月難期，機會坐失，兵久則變，或生他慮。異時兵力與財力交絀，深恐無以善其後。故欲滌翁出長江上游，統水師直取建康者，蓋反覆籌度，妄謂方今要策，必出於此。執事才略明決良平之儔，如以鄙論非謬，則請與滌翁圖之，一決進取之機。

又上游將帥與江表將帥，似乎聲息未甚相通，故金陵賊情猶屬惝恍。愚謂宜專遣機警員弁，間道至江左行營，會合定計，爲他日首尾并舉之約。似亦機宜所不可少者。執事以爲然否？

與左季高兵部書

連日甘霖如注，胸次灑然。雨中忽有送尊書至者，視封題乃二月杪，訏何濡滯。疾讀之，快甚，如共軒眉拊掌時也。

詠翁忠壯其功，至復鄂州，後乃見柏心獨決之於其回谿垂翅之秋，何者？困而不挫，非豪傑不能。若機勢兩利，則芒鋒甫露耳。今據上游之勢，操可以滅賊之權，未得決策東下者，以鎮撫與轉餉，尚無酇侯可寄也。若滌翁肯納鄙言，由江路進發，俟拔潯陽，便綜水陸諸軍，直指建康；則詠翁但駐師境上，足食足兵，調發轉給。一主征討，一主餽餫，兩賢表裏，賊不足平矣。

晉之平吳也，王濬用樓船入建業，而杜預總師上游，爲之後繼；隋之平陳也，韓擒虎自采石取白下，而楊素總師上游，爲之後繼。其成功則一也。今日事勢亦當如此。承詢敝郡人士，其秀穎者，僅事文史，識時務之俊杰，未之睹也。日來有桂林鄒君友石名太愚者，扣門過訪，議論英爽，貌亦偉岸，詩頗俊邁。雖致力尚淺，然磊落不群，曾客游臨湘。邑令周君渭川者，其中表也。境有土寇，授以壯士二百，擣賊藥姑山，風雪搏戰，頗有擒斬，竟覆其巢而歸。聞能運矛入陣，頗有兵機，且得士心，恒欲以武略奮迹，稍自表見。若令召募數百人，置之當今名將行營中，自率一隊，使立戰功，隨加拔擢，或亦將領材。觀其英姿颯爽，當能有成。年甫逾冠，他日所就，或難限量。執事明於知人，暇時招與共談，一叩其蘊。渠行止多依渭川，欲相見者，從彼處物色可耳。

江陵相國裔孫紹先者，去歲已充弟子員。石首楊文定裔孫，亦預其選學使者，用意如此，足以勸忠，豈但爲敝郡光。浙人某君勁躁，果於自用，才辨尚不能逮劉秩，欲持以當曳落河，難矣。不患其誤世，患其自誤耳。

上胡潤芝撫軍書丁巳十月廿二日

日昨以薄征之令施及敝邑，曾偕胡、龔二子，肅上謝箋，計垂省覽。

聞進討之舉，已推轂曾公。竊意曾公堅守廬墓之志，未必遽出。方今節鉞中，威勛冠世，莫如執事。度朝廷亦未肯越執事而起曾公也。以時勢度之，賊滅亡速矣。滅賊之權與其功，皆在執事。朝命若至，便冀綜師東下，以慰四方之望，不勝翹跂。

考晋之平吴也，以六道進師；隋之平陳也，以八道出師。蓋大舉用兵，必多分敵勢，使其首尾不能相救，然後一二智勇之將，得以乘間出奇，拔其本根。今兹賊勢雖極衰弱，然分布大江南北，上起潯陽，下至潤州，又以金陵爲窟穴，經年累載，根株不可謂不盤互矣。規爲一舉殄滅之計，必將廣張聲勢，多施控遏，令彼備多力寡，則易圖也。師出之日，當先行陳奏，用楚師當江流而下，步騎夾進；移豫省之師出廬江，移廬州之師出皖口，移江北騎兵，或攻瓜步，或攻潤州，凡沿江民團義士願助官軍者，皆檄令分道各進，然後楚軍與江左之師，犄角以取金陵。如此則鞞鼓震天，旌旗蔽日，可號爲百萬之兵。逆賊聞之，將震潰不知所措矣。師過皆散榜招降，降者皆予免死，部遣還籍，此亦不戰而屈人之兵者也。克金陵之日，其首惡大憝梟裂檻獻外，嚴禁將士毋縱火殺人，以曹武惠平江南爲法。陷賊子女，尤可愍傷，訪其遠近，資送還鄉，則無慚弔伐之師矣。此時潯陽早下，不能不留兵守之，恐石逆窺伺，潛乘我後。如其未下，第以輕兵綴之，使不至奔突，則引師直過。俟克金陵，凡江右群賊，均將瓦解，潯陽窮孽，直杌上肉耳！總之，東南根本在金陵，不先克取，沿江數行省豈得安枕？且熟視其淫名僭號，自擬伯王，經五六年之久，不聞遣一卒一騎問罪城下者，何以褫跳梁反側之魄[3]耶？歲内能圖此舉，則大幸也。執事身任安危，才略出群，乘機決勝，早有成謀，豈待迂儒納説其間哉！但區區義憤，以爲梟獍鯨鯢，久稽碪斧，非執事投袂而起，廟堂之憂不能遽釋，吾民之迫脅於湯火吞噬中者，無已時也。

謹上拙詩數章，以獻愚悰，執事亮而教之，幸甚。

答胡潤芝撫軍書丁巳十二月初八日

接誦鈞復，詳示所以未能速發之故，蓋楚境三面受敵，狡寇窺伺，途徑甚多。必也，蓄威設備以待之，如合肥有韋虎，華州有王羆，使彼聞而惕伏，不敢稍萌覬覦。誠伐謀之上策，制勝之良籌也。又念漕弊甫釐，軍儲未裕，一身兼内安外攘之計，必使謀出萬全，乃圖大舉，蓋懷碩晝，敬用咨嘆。日來承聞潤州、瓜步，先後克復，金陵殘孽，亡在旦夕。廷旨又促都、楊、李三帥，水陸并會，梟渠埽穴，在此一舉。竊料窮寇瓦解，必有上突之勢，且將襲據皖城，賒死旦夕。或西窺楚塞，或北竄豫州，一經越軼，又恐死灰復燃，移禍他境。鄙見以爲三帥引兵東指，宜先據皖城，杜彼竄逸之路。移咨豫省大帥，嚴兵據境，以防奔突。而執事亦戒厲士馬，先期親赴下游，節度相機攻守。金陵果下，則專防殘賊之上竄者。若猶未也，則藉執事威名爲後繼，聲援諸軍。前鋒鋭氣百倍，必能速蕆成功。

管蠡之見，未審當否？伏祈財擇，肅箋貢臆。

【校記】

〔1〕量：原作“景”，《國語·周語下》作“量”，據改。

〔2〕待：原作“行”，《孫子·謀攻》作“待”，據改。

〔3〕魄：當作“醜”。

卷三十八　書

答李鶴人布政書戊午五月二十八日

道遠，箋記難達，以爲耿耿。弁使來荆，辱書累數千言。承戰勝攻取，兵如雷風，用飢疲之衆，涉險阻之域，竟解重圍。太夫人轉危爲安，舉城慶慰。忠孝智勇，冠於諸將。旋拔六安，通道無阻。又能謙謙不伐，歸功他人。雖古名將何以加兹？至於垂意殷勤，尤在菰蘆下士，不忘虚左執轡之念。高義虚懷，發於誠款；循諷未終，繼之感泣。敬審旌旗進發，將莅廬江。足疾差否？在兵間久，濕氣所感，藥之當愈，可乘板輿指揮也。杜當陽身不跨鞍，亦稱良將，何必騎上下山如蜚哉！聞此後將以旬宣自任，而授兵偏裨，分道攻討。部署若此，誠適事宜。

柏心竊以爲麾下未可遽釋兵柄。方今南下九江，北取六安，軍威所震，陸讋水慄，皖地南北及金陵之賊，莫不心悸膽裂，有瓦解之勢。誠使楚軍自上游建瓴而下，麾下率皖軍自舒桐搗皖口，合勢犄角，長驅直進，與江左官軍，會於建康城下，一舉而覆梟獍之巢矣。戡亂夷凶，易猶反掌。當此時，而不投袂以赴機會者，非人豪也。釋此不圖，而欲從容奉詔條，踐屏藩，如承平故事，則皖境支郡，半屬豺狼。新恢復者，皆殘破之壤，無可展布，又當别募新軍，以防他盗。且川楚協濟之餉，源源踵至。若部曲他屬，彼各營擁士卒者，皆可紛紛截留充餌。夫合數年來，呼號裒聚若是之難，今幸兵氣方揚，軍食大集；而滔天巨憝，又值亡精褫魄之秋，忽焉舍所當急，營所當緩，輟蓋世奇功，而就補苴一方之謀，不亦左乎？夫謂皖地，關東南輕重者是也。顧我方將廓清氛霧，蕩滌江海，舉積年逋寇梟磔而芟夷之；豈規規據險保境，爲按兵相持之計也哉！柏心竊爲麾下謀，若抗疏於朝廷，以皖藩簡命他賢，而自將本軍，與楚師期會，并集金陵，豈非桓文高世之略乎？妄進鄙論，願熟籌之。

麾下欲引柏心爲助也，非伊朝夕矣。柏心苟有可爲知己報者，雖糜軀沈族不辭也。但恨智略不逮耳。且老母在堂，未敢以身相許。去歲屢書陳情，想蒙曲亮矣。今兹之招，雖非使之與聞軍事，不過佐治章奏，規畫指置，商榷政治而已。但章奏實非所諳，至於綏靖規模，亦必練於地方形勢，與其利弊，然後指陳因革，犁然有當。柏心未嘗一日至皖也。若如尊意，所謂用人行政諸大端，則又舉樞府宏謨，封圻碩畫，試之於殘疆，是以函牛之鼎烹小鮮也。欲舍近求遠，又涉出位之思。凡此大議，當俟四方平定後乃商度，非所語於戎馬倥偬之日。用是數者，反覆圖維，皆非鄙儒下才所能建策，此所以望弓旌而却步也。麾下欲求卬須，則朱伯韓觀察可也。忠義貞亮，深達治體，勝柏心不可以倍蓰計。聞方栖栖輦下，未得擁旄而出。若疏請於上，俾其奉命，赴皖幫辦，與麾下戮力同心，必能宏濟艱難。汾陽之薦臨淮，稚圭之引希文，兩賢相得，卒就功名。此等舉動，是所望於麾下耳。

餽金萬不敢領，謹藉使奉繳，乘便肅復，祗頌勛安。戎事方勞，炎歊甚熾，伏冀爲國爲民，以時將護，不宣。

與羅澹村廉訪書又五月

山居孤陋，下游聞見，苦不甚悉。然揣摩事勢，時有管窺，請具述如左，而賜財察焉。

蘄黄之賊，盤桓境上，又益以翼逆之衆，摇蕩我邊鄙。此勝負大機，成敗所關，不可忽也。竊以爲宜用重兵良將當之；不足者，可乞師南省，必增萬人或六七千人。雖屬勞費，萬不可辭。近者江右群逆竄閩境者，已什之六七。南省此時，稍可解嚴。若往乞師，數千勁旅必可得。方今潯陽久圍不下，我别無奇道可以進取，惟北岸陸路最當衝要。前後續至之賊，皆蟻聚於此。聞金陵逆黨新衂於丹陽，岌岌不自保，方呼皖賊還救白下。而翼逆又不自量，驅率烏合，親來送死，此其首尾橫决之秋，天贊我也。翼逆本不善戰，前歲經中丞公暨羅山公擊敗之後，倖漏斧鑕，輒敢跳梁，復來窺伺。我師能奮鋭酣戰，摧其牙角。我捷，則彼必奔。然後統大衆追躡，前抵廬江，與下游官軍合，即可進拔皖城。此時九江若下，則大軍水陸并下，兵不留行，席卷可定。若九江猶屬負嵎，第以輕兵綴之，餘悉拔營徑下。但煩中丞公駐師境上，遏其越軼。諸軍進指建康，約金陵將帥，會兵攻圍。賊之望風震潰，必如山積瓦解可知也。

夫兵無定形，因敵制變。始吾以師出九江爲正道；既久不能下，則又當以師出北岸爲正道。所謂形格勢禁，攻瑕而堅者，皆瑕也。言者謂蘄黄之賊，連營三四百里，據我軍見屯人數衆寡不敵，此誠有之。然飢氓捻徒，同役而不同心；兵勢惡分，連營數百里，則首尾難顧。彼不過虚聲恫喝，爲掠取糧食計，何足憚哉！且覘兵强弱，在將能否。彼翼逆者，前經喪敗，實匪梟雄。我得健將急鬥必大捷，彼必破膽遁逃之不暇。因而乘之，勢莫便焉，機莫利焉。復皖城，拔建康，在此一舉。豈但區區爲楚北保境而已哉！

然目今北岸，非增兵選將，則恐人心怯懦，或至輕退。萬一凶狡得志，長驅進犯，游兵分鈔餉道，梗塞鄂州，本無積儲，又少薪樵，孤危若此，可不爲之寒心也哉！故曰："此勝負大機，成敗所關，不可忽也。"北岸若增兵將，尚須中丞公親往臨之，則進止畫一，將士用命，成功必捷。否則俟其克捷，諸將轉戰，而前中丞公更統數千精卒，駐楚境下游，爲後繼聲援，尤合機宜。大約今日江漢情形，入而設守，不若出而禦寇。且金陵一日不滅，楚北一日不安。故必以克復金陵爲上策，而勿區區於畫疆自守。倘謂鄙非妄，祈轉以聞之中丞公，幸甚！

上胡潤芝中丞書

久未敢以箋記上瀆者，非當世急務與天下大計，皆不足言也。時未至而言亦無益也。今乃有不能嘿嘿者，請具言之如左，可乎？

夫兵家得失所争者，機會而已。柏心竊觀粤逆倡亂以來，雖蔓延半天下，未易芟除。然其間有可乘之機者數矣，我皆遲而不應，故游魂至今未得殄殲，我且日奔命赴救之不暇也。請以已然之事，明之往者。甲寅之秋，兵侍曾公破賊數十萬衆於岳、鄂、蘄、黄間。當是時，賊出不意，震怖狂竄，沿江猝未設防，金陵逆首已有逃遁入海之謀。若舉兵隨而躡之，長驅進鶩，取金陵如拾遺矣。而頓兵潯陽，終致熸衄，是失可乘之機一也。高唐連鎮之役，賊衆渡河北犯者，斬刈無餘矣。若席戰勝之威，起遼左鐵騎，分出瓜、揚、盱眙間，檄東南方鎮，會師并集，具舟渡江，合攻白下，一舉而傾其巢窟矣。而畫河自守，置東南於不問，遂令逆焰復張，毒螫轉甚，是失可乘之機二也。丙辰秋冬間，賊中僞帥，自起相屠於秣陵城中，支黨猜貳，皆無戰心。當是時也，若南北將帥投袂疾起，取亂侮亡，因而覆之，一舉而苞蘖剗盡矣。而觀望疑阻，令殘衆復整，負嵎如故，是失可乘之機三也。今又有可乘之機矣。金陵驍賊誅翦略盡，存者率多孱懦，困於迫脅，不能遽散，其擾皖擾浙者，兵力外分，志在屠掠，非有智計殊絶者也。我方南下江州，北克六安，全據長江上游之勢，戰艦迅利，精騎雲浮。誠以此時分道東下，水陸馬步，左右相輔，期會皖師及揚州、江左諸軍，萃於金陵城下，賊之覆亡，不出指顧間也。

且是舉也，不獨爲東南計，更有憂在心腹者。外夷患起，而畿輔之轉輸，且虞多梗。欲外杜夷患，必先内清腹地之寇盜。今夫有國者，雖德威遠被之時，外患猶不能絶也。古之外患在西北，今之外患乃在東南。海外遠夷，此亦世變起伏，難可億度者也。西北戎狄雖勁鷙，然關塞以拒之，河山以闌之，來則逐之，否則命將征之，犁庭掃穴，裂其國而郡縣之。海外遠夷則異是。風帆一晝夜趠數千里，起閩、廣、甌、越、燕、齊，至遼東沿海，皆可止泊。奸民導之而入，倏不及防。國家都范陽、津沽最爲濱海，傾自江表陷没，漕輓不通，京師仰食於海運，今夷艘直駛津門，戰則結釁，和又難信，海運之議，自此寢矣。加燕齊連年蝗旱，糧食不繼，盗賊間發，陸運和糴，亦不可行。黄帝曰："雖有金城湯池，帶甲百萬，無粟不可守。"歷代遇外患，或有遷都避之者。方今值隆盛，豈得議此？欲徵四方之師，入衞郊甸，以抗夷患，然餽餫何出？斯非腹心之憂乎？然則計將安出？竊謂津門之師，宜深固溝壘以持，非勝出萬全，不可輕戰。聞彼係四國同役。若募習知夷情者，入而購間之，如唐太宗之間頡利、突利，郭令公之間回紇、吐蕃，使自相疑忌，自相吞噬，然後微以利啗之，令彼解退三輔，暫得息肩，勿遽與之爲深仇。惟以平内寇、下建康爲急。建康下，則四方無敢覬覦者，而江淮故運道可復，萬年倉庾之大計立矣。何必涉重洋大海，持芻粟以啓戎心哉？黠夷無所要挾，當不至窺邊。即使犯順，亦折箠笞之耳。

今日能克取建康者，惟楚師最强，又最居上流，得明公及中丞李公、軍門楊公，皆智勇非常之選，爲之統馭指揮。竊料逆賊凶數已盡，乘此機會，速決東討之計。不獨出東南赤子於湯火中，又可遥解津門之急，早復江淮運道，拯生民而寬宵旰，功無大於此者矣。夫難得而易失者，時也。兵久變生，昔人所慮。前者三失事機，賊得賒死，夷患乃作。今者之機，若復遲回，悔難追矣。柏心衰白腐儒，不嫻籌略。抑子太叔有言："嫠不恤其緯，而憂宗周之隕。"今王室實蠢蠢焉，所恃明公與李、楊二公，秉雄才，懷忠計，值可乘之機，爲難得之會，相與趨時如響赴，必能撥亂爲治，轉危爲安。宇縣所引領而望者，繄三公是賴。故敢以至計進。若夫芻糧甲仗，士卒分合，若何儲偫？若何部署？則群策群力，萃在幕府，皆能指陳，非迂疏下士險度之所敢出。

謹布大略，惟明公財察焉。幸甚！

上胡潤芝撫軍書庚申正月四日

經年以來，知麾下躬服戎事，日夜治兵不少休，未敢一通箋記，妄瀆清聽。兹聞進營英霍，與兵侍曾公及水陸諸帥，尅期會師，爲東掃鯨鯢之舉。懦夫奮躍，嚮風忭舞，以爲麾下信温太真、陶士行其人也。又自度年力衰孱，不克杖戈磨盾，奉驅策贊謀畫其間，以爲愧恨。然荷麾下知待之厚，每垂賞納。苟愚慮所及，絲毫有裨機要者，言焉而當，麾下從而采之，幸也；言焉而不當，但得徹於左右，亦足以明其義憤之本，懷濟時之微志，非與沈淪江海、不關世事者比。雖退填溝壑，没齒無憾。請具言如左，而麾下詳擇焉。

夫除大寇者，以殄滅爲期；非徒務一戰之捷，與朝拔一城、夕下一寨也。在操吾長算以禦之而已。賊首尾近十年，雖無劉石之才，然驅扇衝突，凶力尚勁。東南要害，彼具知之；我軍虚實，彼習聞之。方其初盗建康之時，我用鋭師長驅疾擣，機勢尚易。今則守禦周矣。偵知大軍雲集者，數月將謀進討，其救死之計必固且周，是未可以虚聲動也。江皖之民，怵於酷烈，幾忘大義。聞彼間官軍諸營所駐，各設軍市，榷算無遺，迫勒捐納。大抵私其所入，以供豪侈。軍士雜處民間，凡雞彘、菜茹、薪木，無不搜索罄盡。不則誣以附賊。先後陷賊之民，有逃歸者，則軍士悉斷其首，以爲捕得間諜，反邀功賞。故陷賊者多以爲戒。其善良者，吞聲飲泣，脱走無門；不肖者，益堅其從賊之心。以此賊中情僞，茫然如隔山海。賊專恃括斂，以充戰糈，然尚能疏節闊目。民畏之怨之，猶尚恕之，謂彼賊耳，固然無足怪者。至彼間官軍連營相望，不惟不能討賊，反效賊之所爲，又加甚焉。民不怨賊，而怨官兵；不戴官兵，而轉戴賊。往往甘爲賊任耳目，此賊之所以根本盤固，歷八九年而不可動摇者也。

今所謂操吾長算以禦之者，在反彼之所爲。行吾德義，沛吾惠澤，布吾大信而已。與諸帥約：師行月餉，一責之糧臺轉運；凡駐軍之地，毋設捐輸榷算等局。軍士秋毫無取於民，專以收拾人心，使民皆曉然知師如時雨，歸市不止，歡聲作，而賊氣自奪。古之接鄰寇壤者，皆務與敵相傾。晉之取吴，隋之平陳，咸用此術也。投檄賊境，凡難民自拔來歸者，厚爲資遣，部送還鄉。即賊黨解體，投戈歸誠者，亦予免死，遞回本貫。或願效命者，雜記各營，率以進戰，以賊攻賊，於計尤便。皖境什九皆賊，官軍未履其地，望之垂髮鬖然，以爲無慮數百萬，其實非賊也，皆民也。賊分其黨跨據各邑，每邑不過數十人鉗制之而已。但下令民間反正，各邑之民，縛各邑之賊，大軍助其聲勢，民聞兹令，無不奮梃争先者。各邑之賊，立可捕斬無餘。民即薙去長髮，復其故業，但見民不見賊矣。其餘堅城要寨，賊衆所固守者，彼勢益孤，攻之必下。輕兵綴之，彼亦必不敢動。便因可乘之勢，疾拔皖口，進臨白下，則大事濟矣。

聞陳逆於去歲十一月四日，竄還秣陵凶巢，或者天意，逆將聚族殲旃，不煩分兵别施勦捕乎？縱之入城，使食其垂罄之糧，亦計之得者也。克金陵之日，戮渠魁，寬脅從，禁焚掠，護女口，恤難民，緩徵傜，一以曹武惠平江南爲法。斯則弔伐之義師，海内所瞻仰者也。江表肅清，然後分師以討捻徒。但殲元惡，解散群黨，豫州之境，亦曠然可與更始矣。彼島上狡夷，有不望風震讋者哉！凡此皆度我勢有餘，賊氣已衰，乃奮揚威武，獎率三軍，規爲一舉犂巢之計耳！如其游魂假息，尚屬鴟張；而我將卒未一，進止未齊，未可以大得志於彼。則請與諸將約：各勒精兵，據便地，絶其犯江右、犯浙、犯楚，與交通捻匪之路。斷其糧道，俟彼困窮，然後轉營進逼，無令逸走，終於必取金陵。但此則不能無稍假時日以待之，然要爲百全之術也。若不審彼己，謂諸軍既集，當圖進取，萬一偏師少利，大衆氣沮，重謀裒聚，又歷歲年，相州符離之役，可爲至鑒。斯亦不可不再三權度，豫操長算者也。麾下謀之久矣，豈其猶有遺慮，惟大功在即，私心冀望欲其萬舉而萬當也。敢竭管蠡，以備財擇。麾下察其意而諒其愚焉。幸甚。

再有陳者，季高被鑠金之毁，大抵功高爲人所忌；又其負性剛褊，疾惡太甚，故罹此多口也。揣季高意，游聲噂沓，所不樂聞，必浩然有還山之志。則湘東軍事，誰與主持？且此才豈可以山中老者？麾下盍請之於朝，延至軍中，專任兵謀。他人不能用季高，季高亦不樂爲他人用。若爲麾下贊畫軍事，必欣然展盡智能，相與戮力戡除，以遂其滅賊之本懷。俟大功克濟，然後長揖歸田，不受爵賞，與少伯、留侯同其高蹈，豈非千載美談乎？爲季高代籌出處，莫如此策爲當。且無令泉石中淹此奇才也。麾下夙重季高者，當有以處之。

柏心客冬曾游辰州，過伏波祠下，悼其功業未遂，謗毀中之。遭逢明主，猶不見察，爲太息者久之。忽感季高近事，益增慨嘆云。

上官秀峰中堂書時爲兩湖總督

前歲上謁，吐握俯加，益之河潤，寵光榮逮，感悚莫名。比年戎機旁午，籌筆方勤，未敢以箋記妄陳，致干威重。然衮衣惠我，祝頌遥殷矣。柏心衰白腐儒，自分無能陳力於當世。竊見烽塵未靖，餽餫日艱，聖主宵旰於上，良臣馳驅於下，而跳梁反側之輩，此滅彼張，此擊彼遁，銷兵尚未有期。至於榷算轉輸，所在告乏，於勢蓋岌岌矣。竊以爲事機不無稍失，而深計遠慮之猶有未及也。不自揣量，其於兵事，則著有《林居芻議》一首；其於餉事，則著有《博采廣鑄議》一首。識略淺陋，聊貢管蠡，備愚者之一得。

自念伏處山林，雖無事權職守之責，而曾忝通籍繫名於朝；目擊時會之艱屯，内懷感憤。苟能竭其計畫與籌度達之，集思廣益之，大賢稍見采擇，倘有絲毫可裨軍國，是亦藉手以報君父之夙志也。豈敢馳騁議論，挾矜名干進，僥倖分外之望也哉！仰惟閣下，山海崇深，無不容納，倘厄言無當[1]，則姑慭置之。萬一少中窾要，其鼓鑄一策，有利無害，閣下斷而行之可矣。其言兵事，關涉數省，伏望咨商比隣方鎮，同心籌議，相機措置。或檃括其詞，據以入告，俟廷議僉同，然後會兵，規爲大舉。決在今年滅賊，乃有餘力戡定隴表也。

與嚴渭春按察書

昨歲執事入覲際，遠貽手翰，并寄王小雲詞卷梓本。千金諾重，剞劂立成，頓使失志才人，揚眉身後。海内英流，聞此高風，孰不生感？比聞旌節旋楚，天子令執事且福吾民，行以分陜保釐相寄矣。

柏心昨冬薄游辰陽，暇與彼間人士論議，咸云殘孽在粵西伏而未動，入春必有狡謀。其覬覦南楚，未嘗一日忘也。不爾，便恐假道黔境，竄合敘州匪黨，其不肯老死山中也明矣。竊謂楚南上游，與粵黔交涉各隘，塗徑甚多，皆宜增兵嚴防；而楚北宜施毗連蜀道，宜分炮船營哨，屯駐隘口。至敘屬匪黨，不可盡誅；剿撫兼施，方易解散；急行寬政，以固人心。其洋土税釐，尤宜疏節闊目，無取峻網密張。此等興販之徒，多自滇黔而來，成群上道，動輒數千，皆有刀仗火器，皆輕險不畏死之人。激之生變，必至用兵，勝未可知，費已無涯。此時兵力全萃下游，則上游必期安静。一旦有警，又將掣動下游軍勢。不特餉源所關，恐致中梗；且勢處建瓴，意外之虞，尤不可忽。凡此皆執事明慮所洞悉，無待鄙言，但區區之意，不能不一吐其愚悃耳。惟省覽，不宣。

與李次青同年書

孱然書生耳，一旦提金鼓，立轅門，會三軍之士，與之轉鬥千里，蹈萬死不一生之地，麾之而前，無堅陣止之，而屹如山岳不可撼摇。計其威略，雖嚄唶老將，不能與之程功而校績。以爲此才，當於史册中求之，不謂乃得諸與吾同鄉舉之士。即未獲傾蓋，亦未嘗通尺書、道情愫。然每引執事姓名，竊自壯於稠人廣坐甚矣。執事之文武威風，可畏愛如是。

中間以功高之故，或遭媒孽，如魏尚、陳湯，不免爲法吏所繩。識與不識，無不爲執事扼擘太息者。然執事本末昭然，初不待辨，於執事曾無加損也。頃聞薄游星沙，爲開府所客。適有族子至潭州，因托其執訊，以致區區十數年傾慕之鄙悰。執事將嗤其愚，抑察其忱耶？柏心最爲蹇劣，年衰才退，役於文字，濕蝨乾螢，豈足語壯夫志業哉！時事感觸，輒有論著，不自量度，上之當路，然見者不免按劍咍嘆。韓公子之著《説難》、《孤憤》，非妄發也。

率爾貢懷，幸賜鑒納，不宣。

上左季高撫軍書

春暮來敝郡，讀所留書，悵不相值。欲報箋，又未悉輪轅南北，尺素稽遲至今，惘然如有失。前聞奉詔持節，贊畫軍事。宮廷拊髀，思得頗牧，遂拔麾下，起紓籌策，誠知人哉！留侯工謀畫，而未嘗獨將，麾下乃復勝之。惜乎登壇稍晚，遂使豺牙鴟吻，得橫噬吴越，此可爲拊膺長嘆者也。麾下智略輻輳，必勝之術，操之久矣，特未嘗出而任事耳。出而任事，賊不足平也。但凶勢益張，我軍尚寡，急據楚皖交涉要地，與曾星使、胡宫保、楊軍門水陸三面，軍營相次，壯犄角之威，斷侵軼之路。兩楚江右，邊境既固，我力益完，轉餉足兵，徐待機會。度彼凶渠，志意已驕，掠地愈廣，盗賊群居，無終日之計，必有起相吞并者，釁將作矣。然後推鋒乘之，收功較易。或以計購間其黨，使内自猜疑，無復鬥志。我乃蹈瑕抵隙，覆而取之，亦可蹶其本根。方今事勢，與前數年迥異，未宜遽謀進取。麾下囊智有餘，必久在圖惟之中。試謂鄙言何？

若天不厭亂，北事尤亟。竊謂此時要策，惟徙都與表請恭邸監國二事，最爲大計。聞官節相已建言徙都關中矣，而請監國之議，尚無人發之。此議非滿大臣不能建白，遲則恐人心解體，難繫中外之望也。年來得一士焉，曰華容白海仙昌壽，年財及壯，偉貌而雋才，讀兵家言，習爲將帥之略。咸豐四年，憤土寇陷其邑，率從子人虎者，糾義士數百襲擊敗之。因以舟師逐賊於洞庭，與曾星使之師會於岳陽，從之轉鬥至九江。未幾，聞人虎戰死蘄州城下，即辭賞而行，負人虎殘骨以歸。杜門不出，時時賦詩，多豪壯語。今秋過訪敝廬，抵掌竟日。察其沈毅英鷙，通識古今，非但行間武夫而已。才氣亞於立甫及友石，而周慎綜練過之。閲風塵壯士多矣，大抵剛猛躁果，非統禦才，如白君誠不易得。麾下欲求奇士，敢以此君姓名徹於清聽。白君明歲欲來荆南講舍讀書，意亦藏器以待知己耶？

戎事方勞，爲國自重。不宣。

上左季高制軍書癸亥六月二十六日

今春兩肅箋記矣，未審上徹清覽否？戎事方勞，不敢望賜答也。晋督之命旋下，他人以爲異數，麾下視之，直若固有耳，故不復騰賀。浙境殘寇，以麾下才略，折箠驅除無難焉者。尚望姑留此一路，爲金陵餘孽作檻阱，待其投死，乃一舉殲旃，可無遺育矣。

柏心才性迂疏，然好爲大計，如酈食其、李元忠之流，未必盡中事幾，特率臆妄言耳。麾下幸亮之也。兹有愚畫，願相啓告，自審必招嗤鄙，然狂態之發不自禁也。麾下覽而財擇焉，其亦可矣。

竊念三吴賦額之重天下，未有其比。起於明高皇，忿吴民爲張士誠死守耳。夫明祖於吴民誠有仇矣，我朝於吴民何仇之有？豈非狃於租賦羨衍，濟度支有餘裕耶？豈非國初大臣無蕭、曹、房、杜者流耶？今自長蛇薦食以來，吴民被荼毒最酷，一絲一粟，曾不得上供，天府未能按籍而征也。賊雖横虐，溲括幾罄，然賦税舊額，則不啻一埽而空之。彼不肖之民，容有陰懷其寬簡之惠者矣。方恐一旦反正，重問版籍，又將復初，惴惴焉預以爲憂，且不欲賊之遽平也。愚意謂如麾下者，可早行陳奏，力請於朝廷。及吴門之未復也，先下詔書，若曰："吴中苦毒痡深矣。若以上天之助，將帥之力，誅其敢行稱亂殘賊吾民者，惟是三吴賦額，號爲最重，相沿已久，未經釐定。其令廷臣集議，首加寬省，視湖廣、江西爲比。重念吾民新罹湯火，務在矜恤而安全之。"如此，三吴之民，聞之感激泣下，必人人奮起而逐賊，賊亦必奪氣遁走，不煩兵而復地數千里。賊即欲死拒，將誰與同惡？此收拾人心之一大機。又宜事前降敕，不宜事後徐圖。夫遭非常之變，宜有非常之澤，曠五百餘年，未行之寬大，一旦奉璽書行之，施之兵略，最中機要。書之史籍，傳爲盛事。如其賊平之後，宫府上下，相與力崇節儉，何患財賦之不足哉！竊謂如此等大計，今方鎮中，非麾下莫能發其端也。明智之見以爲何如？

白生海仙，聞已羅致幕府。此君沈敏英決，又達政體，後來之杰出者，一經陶鑄，必能以文武自表見，青萍從此長價矣。籌筆頻煩，伏冀爲國爲民，以時自重。

答田峻菴明經書

接手箋，於鄙人前後所致各當路書，反復推演，而過加獎譽，謂可媲古之先識遠慮者。甚矣，吾峻菴之樂道人善，津津揄揚不去諸口也。毋亦忠義填膺，亟思平賊，遂持是歸美於鄙言之幸中邪？顧鄙人實非知兵者，非能先見者，尊言姱詡太溢其分，且讀且愧云。

賊之初起也，勁甚，其心力一，其號令嚴。雖不解奇謀遠略，然趨利攻瑕，譎詐多變。我之諸將，備多力寡，各懷觀望。賊行如飆至霆疾，飄忽震蕩，禦之不審，鮮不爲所撓敗者。然在粤也，有五嶺之限；在楚南也，有洞庭之限；在楚北也，有廣漢長江之限。地利形便，我皆有之。果其據險鼓儳，以主制客，彼安能驅飢疲之衆，而與我争舟楫之利也哉！無如當關無健將，仗節非雄才，遂使狂賊縱横，蹈江湖如平地，掠取帆檣，爲虎傅翼。於是腥風毒焰，南北數千里悉罹其虐。暴骨草莽，流血城邑，父子夫婦，垂白稚齒，係虜相屬於路。鬼神禨祥無所食，百姓不聊生，族類離散流亡，不可殫計。嗟乎！載籍以來，未有如此賊之暴者。

當時專閫及方鎮諸公，誠無所解於縱寇之咎也。今則此賊亦成强弩之末，其心力散，而號令弛矣。其勢漸蹙，其食將盡，即有譎詐無所施矣。語曰："孟賁之倦也，女子勝之；騏驥之衰也，駑馬先之。"賊之亡期在今冬矣。况少司馬曾公所將南勇，以軍中爲家，將帥爲父母，信賞必罰，同力一心。用節制之師，摧垂滅之寇，迅風埽隕籜，蕭斧伐朝菌，曾何足喻其易夫！同一寇也，昔何以莫能争鋒？今何以長驅逐北？則主兵者，智愚勇怯之分，亦時勢先後利鈍之别也。兵者，國之大事，爲後世法。因吾子所論，復縱言及之，欲留爲來事之鑒耳。

方伯唐公及李紫藩太守二傳，誠不敢辭，當暇日爲之。平坦夫死節事，已屬邑侯申報矣。草草奉復，惟亮察。不宣。

上嚴渭春撫軍書同治甲子正月二日

客冬見遠近軍報，我師方利。有宜乘機迅埽者，有善後大略、宜先定規模者。凡愚慮所及，謹呈其端緒如左。執事倘采而疏陳於朝，或者芻蕘私議，得徹宸聽，幸之幸者。若其迂闊而遠於事情，則執事慭置諸耳，發莞爾之哂焉，其亦幸矣。

竊謂兵之所貴者，鋒勢也，威聲也。此其機如矢之去弦，水之出壑，呼吸毛髮間，不能須臾滯也。夫乘之，則功速而利大；頓之，則功遲而害深。此非智者不能辨也。當僧邸陣斬苗逆之後，其威震矣。能卷甲渡江，騎兵布於金陵城下，彼粵逆必應聲驚潰，此上計也。不然，則引師迅剿豫楚沿邊烏合諸捻，出其不意，如以湯沃雪耳。進攻興安，亦易戡除。檄秦撫劉中丞同圍漢中，前後夾擊，可使賊無噍類，亦中計也。興漢略定，徇下諸郡邑，計此時金陵、臨安，必相繼皆拔。然後合僧邸之軍，與東南將帥之師，會定隴表。毋遮玉門陽關，驅群回栖之沙漠，但守嘉峪等關。秦隴數百年心腹大患，一旦消釋。諸將乃相繼入朝，表其尤忠純者，賜以侯伯高爵，入典宿衛；即令自簡所部驍卒，拔補禁軍，以壯神京根本；次者充入四方營屯，分守險隘；餘悉罷遣歸農。不弛武備，又隱寓銷兵之意，似爲善後要策。盡罷軍興以來榷算諸令，與民休息。詔諭夷酋使還本國，以禮護送。大峻華夷之防，彼必不敢不從命。夫十數年以來，彼之憑陵上國者，間吾有内患耳。今反側者芟夷略盡，彼亦安所恃而長此桀驁哉！若其徘徊窺伺，或挾異志，吾當戰克之後師武臣，力殄此鱗介，直由竈上騷除。如此，而内憂外患以次告平。朝廷惟選賢修德，以應中興之運，以媲殷高、周宣之盛軌，豈不懿哉！

竊恐帷幄諸公，遠慮未嘗及此。而諸將各存畛域，不解合與大定、壹勞永逸之謀。故敢粗述管見，請執事酌采，先行上疏。則廷議有所依據，不至違失事機，貽將來之悔。

區區狂論，自非執事之前，安敢輕發？乞恕其狂率，不勝惶悚。

答龔子定書

柏心九月到郡，得惠書，并賜示大作散文二帙。發函讀之，遠蒙藻頌，此乃習之所以施於昌黎，子固所以施於永叔者。柏心何人，敢當是語哉？抑吾子之言詞，壯偉雄毅，則方駕習之、子固有餘矣。震怖斂手，久不敢答。

適賢兄九曾至，道吾子所以屬望柏心者，皆古賢哲風規，益内恧無能仰副，又迫紛冗，以是遲不報。今返里門，謝却塵擾，乃始息心屏氣，展誦大作各篇。其《尚書論》本匡、劉之淵懿，而運以鼂、賈之明切者也；《中興策》博辨雄邁，置之樊川《罪言》、老泉《幾策》、《權書》間，鼎足而三無愧色。他著有出入韓、柳者，有泛濫《莊》、《列》、《國策》者，逐境奇變，不可端倪。至於深達治體、痛析利害，苞管、商、種、蠡之才，兼李悝、吴起之術，智略輻輳，才辨無雙，則又超乎文人數等矣。顧猶晦迹傭儈，無有物色而拔擢之者。日夜抗首長吟，思托知己以廣聲譽，竟不可得。雖下劣如柏心者，亦不惜披露胸臆，暴其所長，將假齒牙，或能稱述於勢力者之前，庶幾連城照乘，一吐奇光。嗟乎，悲已！

柏心里巷陋儒也，文儒仕宦，兩無所成，髮種種矣。去冬求言詔下，竊見景命惟新，而時艱尚鉅。非四方英傑奔走赴闕，共資宏濟，不足靖多難而翊中興。遂忘疏賤，拜獻《封事》及《經論》，欲自隗始，率先海内英俊，冀樂毅、劇辛之流，聞風攘袂，懷奇吐異，于于然争望國門而戾止，亦昭代彈冠盛事。聖明鑒納，果賜褒答。自惟迂拙，豈足叨兹異數。然私計賢路自此大開，草澤奇士，必有接踵叩閽附延恩匭上書以進者。久之寂然，未有聞也。

不意卓犖奇偉之士，乃在同邑。讀吾子《擬上策論》，始知藴名世經國之謨，明濟開豁，包含宏大。曩第以文章家相待，真淺之爲丈夫矣。

又嘆挾茲抱負，介然在塵埃中，雖著書數十萬言，上之不得進御乙覽，如東方、嚴、徐輩，動九重咨賞；次之不得賢卿相、鉅儒碩彦，爲傾倒動色，延譽公朝。僅僅使柏心見之驚悸嘆伏，自度以爲萬萬不逮而已。然柏心又一疲苶朽鈍之夫，無能鼓氣勢、出死力推致之，引吾子而躋之青雲之上。豈才之出，果不盡爲世用耶？抑必遲之又久，俾老其才，始有作合援引者，而終大用於當世耶？是亦惡可臆測乎哉！要之，天决非虚生吾子之才，吾子亦無慮才之終不見用。然則版築飯牛，古之聖哲，亦何自奮迹而起也。前嘗與賢兄道之，使柏心有趍朝之日，必不令吾子以蓬蒿老。北海薦表，豈能越禰生而他舉？此語各識之勿忘。

侍奉之暇，爲道自重，不宣。

與聶耀卿書論永叔文

暑中無事，取《永叔集》疾讀一過，大氏英達疏暢，約之至理，悉當人心。其宗六經，祖仁義，與退之同；唯不假氣焰凌轢，獨以情味引人入勝，與退之異耳。《説易》、《説詩》多補漢儒所未及。《金石》之文，簡要有法，其是非褒貶皆不妄。論事之文，往往深切著明。《論朋黨》、《策西事治河狀》，於利害皆驗若燭照而數計也。臺諫章奏，讜論尤多。序記之文，觸感肖形，因物賦質，殆合天巧。蓋永叔爲人，見地高遠明決，其發之政事文章者，皆是也。作《五代史》，真見春秋大意。自左氏、司馬子長，皆未逮此。或者不察舉其小小舛誤，詆其大者，又謂失之過略，是烏足與窺褒貶微文哉！

《濮議》一事，當時賢者多以永叔爲過執。然細考之，公所執典據甚正，原未嘗誤，但欲正稱親之名耳。非有立廟稱宗，如明代世宗君臣之失，然已不免謗議叢集矣，願與讀公集者平心質之。

與彭于蕃書言區處滇事

滇亘大局，紛亂如麻，苦難措手，歸來思之累日，與尊見略同。入竟之後，第可陳兵，以張威勢。而勸石翁先駐節曲靖，借訊問秦撫被戕事爲名，追集左證，以計誘致何氏父子，即軍中斬之，餘置不問。急舉兵抵昆明，出其不意，下赦檄解散其黨，他練皆不敢動矣。重劾某中丞，逮繫送都論罪，以謝吏民。然後檄諭回民，退出城池，交還阬井，爲置官畫界，各安生業。敢有搆釁及跋扈者，即引軍誅滅之。群回必聽命。似此或可不煩兵而下，惟善後頗不易耳。請持愚議，轉送石翁覽之。“揚湯止沸，不如去薪滅火”，“不戰而屈人之兵”，斯古人所高也。偶憶唐温造誅興元亂軍，及宋余玠誅悍將王夔事，似可仿之以誅二何。舟中未携史册，别紙録出，聊備覽焉。

上左季高撫軍書同治甲子九月

全越告平，功茂於王式之平裘甫矣。懋賞叠頒，申以帶礪，晋以臺司，行繼之矣。自浙來者，道執事選吏安民，早夜圖惟，凡可以煦嫗瘡痍，昭蘇凋劫者，靡不施行。遺黎鼓舞，若肉骨而嘘枯也。甚善甚善。

建康克取，大雪人神之憤。惟壞地荒殘，擥爲榛莽；鋒鏑餘民，百不存一，招徠安撫，猶勞區畫。竊謂金陵外郭，便可乘勢剷夷，以杜梟雄覬覦之萌。且耽耽狡夷，有似養虎，日在左右，亦不可不逆折其謀。前者僅一劇盗據之，猶連兵數十萬，環攻十餘載，僅乃克之，况强敵憑跨乎？夫勝代以此爲豐鎬肇基，故倚南都作陪京。至我朝時，異勢殊矣。大都耦國，本所深忌，因而減削，誠合事宜。以今財力，尚堪浚築乎？但留内城以處文武吏民，寢駐防重設之議。其外郛棄地，即募民墾闢，爲招集流亡計。若城中官民廨舍悉成焦土者，姑且設行臺於鎮江或蕪湖，控遏江海，用師兵爲營衛。俟三五年後，元氣徐復，仍還金陵未晚也。

昔者戴公廬漕，楚昭遷都，三國六朝方鎮治所，不時移徙。事務所在，多從權計。削足就屨，膠柱鼓瑟，豈通方之論哉！凡此大議，柏心不敢言。若執事謂然，盍移書相國曾侯，合疏以聞於朝，何如？

柏心昨自夷陵歸，適前江陵令徐君虛舟以書見抵，且附其鄉人淩君少茗所著《程安德三邑賦税考》，意欲代呈清覽。請乘吴興新克之後，疏請於上，寬減三邑賦額。執事爲民請命，本具素懷，值捷書方獻，附請減賦，必邀俞允。自此三邑烝氓，萬萬世歌咏皇仁，皆由執事之賜度，不惜欣然入告也。

答左季高恪靖伯書

柏心景迫桑榆，幸未即填溝壑，獲睹明公與同時數英杰，削平禍亂，出湯火而袵席之。遂使皓首腐儒，亦得優游扶杖，可没齒不復見兵革。特愧年衰才盡，未能磨崖製頌，爲明公揚厲奇勛耳。乃蒙不遺微賤，辱賜之書，因推原前此藴祟生亂之萌，卓哉偉論，櫽括殆盡。夫有矯世之見者，必有高世之略，言之遂能行之，信乎？明公爲中興以來奇才第一，柏心他無所補助於明公，惟冀自兹以往，勛益高而心益下，望益峻而量益閎，黽黽忠勤，始終無懈，則超然於智名勇功之上矣。區區所以仰贊德業者，謹持此數語而已。

方今東南數千里無纖芥警，惟捻、回、滇黔及島夷窺伺，未能遽議銷兵。然有明公與同時數英杰布在方鎮，緩急足恃。柏心愚暗，不識事機，竊嘗獨居深念，以爲外患者，特迹之顯然已著者也。至於四方根本，尤以朝廷爲重。誠能幃幄有謀謨之元輔，左右有骨鯁之大臣，則根本始壯，固如磐石，雖有外患，且不足憂。竊恐猶未聞其人也。又嘗揣此時用兵先後，亦當有緩急之分。大約滅捻宜急，患在腹地故耳。捻滅，乃可移兵以治回，誅其黠桀，撫其柔良，此在方略處置，不盡在戰鬥。至滇黔、島夷，不過觀我强弱，以爲進退。誠使捻、回俱平，此外直可折箠驅之。若不權先後，盡以壯士健馬銷磨於角逐無窮之地，又師行無糧，動致飢潰，慮有他盜乘之而起，爲憂非細。凡此妄論，恃明公雅故，不覺仍露往年把酒縱談習氣，望不訶其狂耳。

明公閱天下士多矣，羅致不少矣，而猶殷殷詢及下走，豈非虚己求才，欲引與共圖宏濟乎？柏心識匪林宗，又僻處江干，交接甚少，倘物色有得，必相啓告，庶仰副飢渴之懷。僅沾沾自喜者流，固不足爲大賢道也。惟爲國爲民，以時自重。

上左季高恪靖伯書時晋陜甘總督丙寅十月廿一日

昨肅箋記猶未上，旋聞有移節三秦之命。雍凉地勢，建瓴高屋，號山河百二，爲國家西陲屏藩。頃逼回氛，亂離瘼矣，自非出群才略，無能摧陷廓清者。聖主知明公有文武威風，深識權略，真寇子翼、馮公孫之儔。謂敉輯西方，非明公不可。故下詔推轂，寄以閫外，關中自此倚長城矣。爲秦民額慶也。仗鉞啓行，期於何日？或鄂或荆，途出何方？若能瞻望麾幢，進拜馬首，則尤幸矣。

柏心壯而游秦隴，略悉其山川風氣。竊見回民多强獷，柔良者僅事畜牧，凶慓者則帶刀行劫營中。將士什九皆回，而漢民極爲孱懦，無復秦時鋭士、漢代六郡良家之武力矣。當時釁隙已深，因料秦中有事，必花門首禍。欲著《徙戎》之論，度當事不敢任。迨同治初元，應求言詔，妄上封事，中有“請簡重臣，練兵秦豫”之議。時方多難，中朝亦未之察。不旋踵秦禍作矣。蔓延至今，兵力益不可用，財賦殫竭，他省不能挹注。師行往往數日無居人，農業盡廢，糧食告罄。既無轉餉他省之理，又山谷糾錯，水泉乏絶。即能裹糧峙粻，窮追深討，彼則逃匿荒塞，遁出關外。俟我深入，彼乃潜斷糧路與汲道，我軍未有不僨者也。竊謂秦事，不獨在猛戰，而在方略處置，爲遠大之謀。目今秦事尤極糜爛，各營軍士精鋭銷沮，遠方召募之卒，聞風皆不樂往。即往，亦不能戰。米麥又不可得。當此而欲捲甲長趨，雖賁育之勇、韓白之謀，亦困於石、據於蒺藜耳。

爲明公計，急宜奏起劉霞翁中丞，仍撫關中。其才本兼文武，習於戎陣，又得秦民心。若復視事，則明公左右臂也。關輔干城，力足任之。霞翁前興屯田，聞已有緒，必二三年後，乃能見效。米穀既足，練軍亦就，然後引師下隴，戰勝攻取可運之掌。明公上奏，宜先與朝廷約，勿責速效，勿遽促戰。必食足兵精，乃可進討。請以三年爲度；不效，甘受其責。廷議既從，則展盡碩畫，以奏膚公。不爾，則請簡他帥。昔王翦、趙充國皆先定規模，堅守初議，與君相固争，卒以成功。願明公仿此意行之。入秦先請駐節鳳翔，廣興、鳳漢二郡屯田，地既肥饒，亂後村落邱墟，田多乏主。如得秉祇、任峻輩專務墾闢，力行勸課，軍食豐足，則士飽馬騰矣，其與轉餉他省者功相萬也。綜司糧臺已得人否？前楚撫嚴公渭春，似可奏使任之。渠本秦人，易於號召。留心輿地，可引與咨訪。鄒君友石，方駐軍延安，可留以控扼北面。而明公規畫南面遏寇，護屯其他，則霞翁折衝有餘。南若秦州，北若甯夏，在隴右最爲饒沃，皆産秔稻，須力固之，不可失也。至他日進兵，視彼中尤饒黠者誅翦之。餘既不能盡誅，俟其畏服請撫。因兵力移而分置之西甯、階岷或延榆。邊外聽立回村，勿與漢民雜處。杜塞蹊隧，擇險立戍，布以威信，又簡彼族良善者，使自相什伍，加之約束，無得闌出滋擾。如此，可保百年無事。亦審方今兵勢，攻戰久疲，且虞或有他變也。

唐鄂生太守者，奇士也，有名將才，前經霞翁奏調，佐理屯田，未知入秦否？此君若至，便可令綜理屯田，必有鄧艾之效。詢諸霞翁，必謂鄙言非妄。

率意妄陳，語無統飭，惟垂省覽。不宣。

上左季高恪靖伯書丁卯正月十八日

頃來晋謁，值軍書雜遝，將吏白事，又四方賓從填湊，幕府軍情秘謀，不便暢言，座上懼有宣泄。謹削牘上箋記，而麾下賜覽焉。

柏心孱劣，又迫老耄，於兵家計畫，萬分未睹一二。然壯歲曾游關隴，頗悉秦事，辱與麾下雅故，又承虚懷延納，不棄葑菲。且方今勛臣及諸節鎮，惟麾下爲豪杰第一，朝廷悉以西事屬之。位峻名高，仔肩極鉅。適當秦事横决之秋，欲麾下動出萬全，乃慰四海之望，不敢不竭其愚慮，以冀裨贊於萬一。夫楊帥以忠果驍武之才，而用之不得其地，故威挫而患益劇。蓋秦隴之事，與他行省異，不僅在攻戰而在方略處置也。向使早用麾下視師秦隴，皆安如磐石矣。今則隴地且不暇問，所恃惟秦地。而捻賊突犯，舉殽、潼、嶢、武，自昔號天險者，開關而延入之。秦地前被回氛，瘡痍未復，又重以捻患，恐亦與隴地略同。前任督撫，皆先引疾，未知主兵者爲誰。全境之恇擾可知矣，能固守長安乎？目前楚豫邊境，捻賊猶屬縱横。麾下整師不免轉戰，而前即豫境，群捻聞風遁走；前至潼關，恐彼中捻賊杜塞關路。雖烏合之黨，未有梟雄，不能扼關而拒。震於麾下威名，或遠竄鳳漢未可知。然軍麾所向，不得不慎。萬一彼或東扼潼關，南扼武關，則駐師留攻，徒延時日。而豫之捻逆，仍斷我後，糧援不通，是前後皆荆棘也。

爲麾下計，請分軍爲二，盛兵向潼關虚張攻勢，而潜引師由山右絳州之龍門，渡河入朝邑韓城，渡渭而南，直出潼關之背。關上有賊，則表裏夾擊，無賊則分路入長安，益大張軍勢。度捻賊在秦不能久留，食盡必走鳳漢，或窺楚蜀，或結連群回。麾下入關，相機剿滅，賊走必出武關，先檄豫師伏兵於前，夾而擊之可殲也。若已去秦境，麾下宜駐師鳳翔，防逆回之進犯。然後大興、鳳漢二郡，屯田三年之後，兵食并足，鼓行下隴，埽群回如拉朽耳。其餘則柏心前書已詳，不具述。至督署置於蘭州，此國初盛時，爲控制西域起見。今日形勢大異，玉門關外，不絶如縷，無取控制。建牙金城，孤懸極西，道路險惡，糧食本少，水泉又乏，大亂之後，不堪更宿重兵。麾下所將，皆東南鋭士，風土不習，難耐苦寒，久屯必有思歸之念。不若近駐天風，先固秦中根本，似爲上計。若必至蘭州受事，則楊帥前車可鑒也。秦隴兵弁，什九回人，此時直以大度處之，勿過分畛域，但可暗防，不宜明露。肘腋之患，最當留意。此與唐末魏博牙兵故習略同。俟秦隴告平，徐徐以計處之可矣。秦隴皆用騎之地，多購健馬，多練騎士，此要務也。餉路惟晋蜀通道無阻，易於調取，他省恐爲捻賊所隔。留兵不在多，數千人足矣。不足，或調蜀兵亦可。秦蜀山川風氣，大半略同，較南兵更易也。麾下此行，綏靖秦隴，不但救目前之倒懸，竊恐幽薊迫於夷患，異日保無徙都之舉。如三秦既固，休養數年，日臻完富，天府神皋，古今極壯，以麾下忠勤翼戴，或赴國家之急，或建奉迎之策。此二事者，非麾下任之而將誰任？

凡此深言，不能衆中宣播，故藉箋牘以聞，惟麾下省察，而采其可用者。幸甚。

又

前書所言持重之計耳，度明慮已先籌及。今請更言英雄之略，爲麾下增助壯氣，倘樂聞乎？秦事雖難措手，然其地則大可爲。及今治之，猶易也。目前楚境捻賊猶尚屯聚，若用新軍擣其不意，旗鼓所向，必皆破膽摧折。乘勢逐之，豫境各捻自然聞風奔北。即騰檄豫境，諭以師入潼關。所過州邑，速具糗糧車馬以待。我軍分爲三隊，一向潼關，一由山石、絳州、龍門渡河入朝邑、韓城，渡渭而南，直出潼關之背。將軍從天而降。若與捻或遇，便須奮力一戰，可獲奇捷。或剿或逐，皆易奏功。威聲遠播，即群回亦惕伏不敢輕動矣。昔蒲洪姚萇、宇文黑獺，崎嶇栖寄，用一旅之師，遂定關中，埽除群盗，號稱霸王。況麾下將精卒數千，奉國家詔命，龍驤虎步，如疾風埽籜，豈烏合乞活之輩所得抗其鋒勢者哉！如决計進取，便宜速發。語有之：“裹糧躍馬，惟恐後時。徘徊中路，非良計也。”

麾下雄略過人，必能俯納鄙言，柏心又白。

又二月初五日，是時陝之渭北有回黨竄入

麾下本軍與劉、鮑二軍，廷旨似有分剿捻、回之意，然當通而爲一。察我軍之孰精孰略，察捻回之孰强孰弱，乃可用孫子三駟之法。如回利先擊，則先擊回，而堅壁拒捻，分師以乘其勝；捻利先擊，則先擊捻，而堅壁拒回，分師以乘其勝。此用兵先後之大略。要使制戰之遲速，在我不在賊耳。度目前捻、回二賊之勢，似乎捻强而回弱，捻衆而回寡，就陝省而言也。其叛勇土匪，皆新起烏合，無足畏者。或先攻其弱，偏敗衆携；回挫，則捻亦氣奪。此一法也。或先攻其强，取威制勝，捻敗，則回自膽落。此一法也。如賊屯聚林葦之地，則壅水可灌，縱火可焚，是在應猝用奇，臨機乃决耳。至雷正綰一軍，姑且撫慰置之。後路散地，或不至有變，即變亦易制也。又預省之捻，尚未殄滅，將來武關前後，尚虞有梗。且均襄水路運輓，直夏秋之際，漲起湍急，泝流不易，或難應急。如能在山右蒲絳一帶分立糧臺，由江淮豫州轉轂晋地，似於運道不至有滯。

管蠡臆説，聊備采擇。

答鄭友石書

自庚申春滄江風雪送别後，音問緬邈者六七載，如筈之離弦也。遍詢交友，皆不得蹤迹。亦揣及權奇跅跑之士，所遇不合，悠悠風塵，誰能以頗牧相推者？特未知一劍横腰，留滯何方耳。今秋七月，兒輩郵執事延安書及軍中詩，且辱兼金見貺，始得消息，不覺距躍三百。就審《蕩寇安邊師中貞吉書詞》，遠謀長算，具見智略過人。詩亦高逼西京，不改才人本色。分金太傷惠矣。謝謝。

花門爲三秦大患，至今日乃潰癰决疣，幸其中無雄略魁杰之流，故僅成糜爛。不獨漢民暴骨如莽，即彼亦傷夷已極，死亡相當矣。以管見度之，方今之計，不在深入痛剿，以斬艾虔劉爲武；而在方略處置，剛柔得宜。令彼仰我威信，解仇釋憾，事遵約束，不至跳梁反覆，大致安靖而已。目前用兵，芻糧最不易供，一也；懸師遠鬥，多調客兵，風土不同，至則思歸，鋭氣消沮，二也；西戎異類，部落蕃多，一氣所生，誅鋤難盡，三也；三秦兵將，什九皆回人，陰陽首鼠，泄我機事，肘腋之間，懼生叵測，四也。且中原齊、豫、皖、楚腹心之地中於捻禍，荆棘數千里，民不聊生，未知遂能以歲月翦除否。若西陲亦挐兵不解，恐奸人乘隙而起，更增他患。兵久變生，此亦不可不長慮却顧者也。延州爲秦之北邊，逼近銀夏、麟府、靈武，犬[2]抵沙塞，范文正所經營者也。考其措置，亦不過開屯設戍，羈縻戎羌，使威惠兼流，耕墾并興，足固涇原藩籬而已。以執事才略，既整軍以破其心膽，又使保塞諸羌，長依耕牧，而上郡赤子，皆晏然無烽燧鼓鼙之警，令塞上重見范龍圖，豈非偉烈哉！

柏心嘗竊籌秦地經略群回之策。若在開國初，以兵威盡驅回族，處之玉門關外，誠爲上計。今則兵力不逮矣。但誅其叛者，撫其柔良，各分村堡，無令漢回雜處。擇彼族之方正而爲衆所信服者，使以什伍之法，自糾其類。事耕耘畜牧者爲善類，條以告於官吏，加獎勵焉。結黨帶刀、朋毆盜劫者爲不肖，條以告於官吏，而懲責焉。禁漢民亦無得出入回村，挾嫌滋事。而凡關隘險阻，皆置戍設防，申儆守望。日久畛域漸銷，争競不起，自可相安無事。或亦弭患之中計。若不權彼己，不量時勢，徒事浪戰，直下策耳。執事謂此言何如也？

與何小宋布政書言邑下鄉何家埠决處當留口事

今夏水潦爲灾，江漢并溢。敝邑江堤告潰，於下鄉之何家埠决口。闊狹尚未能定，將來恐在五里内外，其地斜直南岸之城陵磯，乃洞庭水口，其下十數里爲三江口俗名荆河腦，正當南水門户。蓋洞庭包全蜀大半之水，施宜二郡之水，貴州、廣西强半之水，湖南全省之水，合五省水勢。遇夏漲則畢萃城陵磯之口，北入荆江。其時上游岷源經流，自荆郡而來，勢如建瓴。下游漢水怒泛，又横截於鄂渚、漢口之間。彼此相持，霆奔電激，不能順軌。會當夏令，南風大作，舂撞汕刷，北岸江堤，最中其禍。而敝邑適在北岸，又處川南交滙之衝，非人力捍禦所能爲功。今兹潰口其驗也。

按何家埠一帶，内外多係浮沙，向來頻築頻潰，實由土性鬆浮，立脚不堅；而其地又爲水所必争之區，未能有屹然不敗者。閭閻性命，悉託堤防修復之議，不待智愚，萬口一詞。往者寇難未作之前，修築鉅工，或由借帑，或倚派土募捐，今則異於昔矣。經費支絀，軍興且不能贍，況暇議及撫賑修築乎？竊揣敝邑，此次築塞決口，其費約在緡錢十萬貫以上。若須捲沙退挽，則費又不可勝計。此外三百餘里江堤，經南風衝刷，大抵堤面堤脚頽去過半矣。一切增補，需費尚未遑計。似此雖通省全力，恐不能辦，況區區凋敝下縣，安能任此？此其勢不得不出於罷築而留口也，審矣。顧留口非聽其瀰漫，不復相機浚導也。子産曰："不如小決使導。"賈讓曰："大川無防，小水得入；治土而防其川，猶止兒啼而塞其口。"此皆所用因勢利導也。鄙意以爲水自決口北行，所損垸田不過十數里，即可與内河相遇。水落之後，疏其淺滯，不成道者，使徑趨内河，由内河入沔，屬之洪湖，由洪湖入河入湖，下達於漢陽之青灘沌口，以入於江。則南水之勢，自此大殺。而支流所過，非河即湖，向係沮澤之地，於下游亦無大損。且漲寸則消寸，漲尺則消尺，乃積漸推移之勢，與壅而潰者不同。擇禍莫若輕，又省經費鉅萬，倘亦明者所樂爲乎？至決口之水，傷壞田畝，悉當棄去，奏豁糧額。寬留六七里爲河身，於東西兩旁分築遥堤翼之，使入於内河，不至旁溢。凡所留之地，皆與豁除糧額。所棄田不過七八里之廣、十數里之長，而能救全上下數百里之田。又此處留口，南水全勢可以分殺。凡敝邑上下，江堤皆獲保全，歲省修防，民間便可停止派土藉資，休養爲功甚大。即江陵、郝穴等險工，亦得此消泄。遇漲不至壅遏，無大害而有長利，其賢於築塞何啻萬萬。

但愚民可與樂成，難與慮始。驟倡此議，殊覺駭俗難行耳。柏心生長江濱，數十年來，泛舟上下，縱觀江勢曲折，深悉其利害。以爲專事修防，誠不若分渠厮流之爲愈。今者熟權經費，實屬短絀。若復謀築塞，少亦需金錢十萬貫以上，多則不可勝計。即使修繕如故，而土浮患劇，難期鞏固，淪胥之民，其能歲歲爲魚乎？執事方今禹稷，無念不爲斯民請命，適在圖惟焦灼之中，故敢持鄙説進備芻蕘。請先下教飭敝邑，徐令水落後，親赴潰口相度。或修築，則當計爲費幾何？或留口，則當計田畝糧額幾何？決口之水距内河遠近幾何？增築遥堤爲費幾何？繪圖貼説，復集吏民廣詢博訪，分爲二議。以上執事携以謀於大府，然後從長定計焉。柏心之言，不過欲因禍爲福，轉敗爲功，深知經費無從取辦，不得已乃出中策，不敢信以爲是也。

可否？惟待裁擇。冒昧陳列，干瀆崇嚴，不勝悚仄。

上左季高恪靖伯書庚午六月二日

今歲夏五，由孝鳳太常郵到椽筆，賜署"山居堂"額及跋詞。諦視之，龍睇虎步，海立雲垂，兼北海、平原二家風力。即鈎勒製牓，懸之中庭，觀者如堵。焕若箕張而翼舒，泉石岩阿，精曜華燭，榮及敝廬，何幸如之？敬謝敬謝。山川修阻，箋記久疏，嚮往之忱，彌形軫結。敬惟雄謨遠略，萬里廓清，籌筆之暇，在躬禔福。

今春回鶻殘孽，敢犯秦郊，深入馮翊，聞皆遣師進擊，殲殄無餘。此間懸遠，傳説不一。彼衆之强乎弱乎？飽乎飢乎？無由揣度。其出於弱與飢耶？則我卒之逃遁入彼，與飢氓之倚勢駈煽者，第用招徠解散之術，而彼勢孤矣。然後引勁兵壓其窟穴，梟誅元惡，餘者拊輯，盪氛滌垢，尚易騷除。如其凶勢尚悍，儲峙尚饒，彼主我客，懸軍日久，深入恐其斷後，相持亦非長策。管見以爲，及今量吾軍勢，猶足進取。盍不決策，大舉建三方并進之計。請爲麾下陳之：

正兵按隴東進發，攻其尾；奇兵度河道、太原，出雁門，經塞堧，入夏州，攻其首。調蜀師出陰平、武都，衝其心腹。視彼屯聚所在，豪酋所踞，風馳雨驟，霆奔電擊，使彼不知所備，震怖惶惑，自然瓦解。爾乃盡鋭合攻，殲擒首惡，降撫餘衆，不過竭半年之力，用二三百萬之鑼，即可肅清全隴，綏靖全秦。合於兵家奇變，所謂"壹勞而永逸，蹔費而永寧者也"。麾下明略，必早見及。度無與贊成者，故尚遲遲未發。書生隃度，未必有當事幾，敢陳之如右，以備酌采。或俟合肥公入秦與熟商之。兵久不決，不用奇略，萬一師老財殫，彼又分道斷吾餽餫，芟吾麥禾，首尾奔救，戰志日懈，此亦危道，不可不慮。兵勢惡分，此爲師少者言耳。若士馬衆盛，并出一途，令彼專力扼險，我軍無由深入，則無爲貴智矣。麾下謀如涌泉，計如轉規，當無待愚公拙叟竊竊過慮耳。

暑甚，軍事極勞，伏望爲國爲民，以時珍護。

答唐鄂生廉訪書

得書，知已返渝州，將赴成都，有乞病請解兵柄之意。鄙見亦復如是。秋杪在鄂垣，與香濤先生爲節下謀，竊以謝病爲上策。白起、王翦古名將，愛名必堅守本志，自處萬全。僅僅戰勝攻取，不足言也。節下智略忠勇，自當留爲鷹揚虎卧、折衝干城之任。不當置之崎嶇困阸之中，以老其才。使異時腹地有事，或興嘆於拊髀。故深以今日請退之舉，爲得策也。

黔疆自節下轉戰廓清後，但據所復州郡，足以立國。其未盡下者，大抵土司故地耳。若自此罷兵，與群苗申約，以土地還之，永不侵畔，杜塞關隘，苗漢粗安可矣。此争要荒，得之不過石田，棄之不啻甌脱，何必疲兵竭餉，以與争此深林密箐哉？方今腹心之地，其爲隱憂顯患多矣。儲財練兵以應他變，尚懼不逮；若更耗之於邊鄙無益之地，諒爲智士，决不出此。自愚見而論，不獨黔省苗疆可劃棄，即全滇亦可仿此例。賈捐之珠厓之議，有功漢室中葉不少。但此等議論，在枋政大臣有遠慮者，方能論奏。節下所處，不過只能主一身之進退耳。書言軍中積勞，况瘁極矣，不減伏波在浪泊時也，讀之凄惻。早釋軍事，納節養疴，優游偃息，静加將護，輔以藥餌，備他日國家爪牙虎臣之選。是所切禱。

見貽銅鼓，斑斕古物，欽寶莫名。節下武功遠追丞相天威，當自留之甲第，與勒鼎銘鍾，光昭勛伐。乃以持贈泉石之叟，位置無乃不稱，然蓬蓽中，已不啻榮光燭天矣。歸當作歌張之，惜無吏部手筆。奈何繫纜沙津，明日便挂帆而歸。賓從雜遝，報書不能罄。臆甚耿耿。續有箋，再布列耳。不宣。

上左季高恪靖伯書辛未正月廿六日

客秋曾上箋記，謝賜榜書敝廬堂額，兼持管蠡，妄贊機宜。雖自知書生隃度，不切事實，然區區此心，惟冀膚功早奏，故敢罄其微塵涓滴，補助高深。麾下察其愚，亮其狂簡，尤爲幸甚。關山緬邈，大軍進止，此間傳説，尚無定論。入歲以來，承聞所遣南路前軍周中丞，鼓其勇略，克取秦州，聲震河湟、洮岷、狄道、枹罕等處回巢。自此金城無南顧之憂。彼金積堡負嵎殘孽，失其部落結連之勢，將震讋破膽，思望壘而乞降。此取果於已墜，拔齒於將落之會也。

鄙見度之，掘根伐株，時不可失。請檄周中丞引師自南路入，而奏調蜀師輔之，過階岷、臨洮、枹罕、狄道，大揚威武，回巢必不敢動。因加以拊循，即未必爲我用，决不敢復萌黨惡之念。而麾下統鋭軍，按東北道進發，奏調晋師輔之，皆會於靈武、夏州，示以四面合攻，期爲一舉拔取之謀。彼若望風解甲，抱馬足自縛，請丐餘生，則按誅其梟桀，而解散其脅從。擇荒僻邊郡，如西甯、榆林等地，俾安畜牧。闌之以河山，扼之以屯戍，毋令漢人擾之。使其種類，得營生聚，永無侵畔。則雖周之方召，漢之謍平，其區畫亦無以加此。麾下在軍間十餘稔矣，壹勞暫費，建此大計，肅清西陲，然後上書請解兵柄，優游於東山緑野，勛名進退，豈非今之謝傅、裴令也哉！又竊揣宸衷，久廑西顧，中外臣寮，審知方略者少，恐疑養威持重，過涉遲回；或以耗兵力、麋財賦爲詞，暲〔3〕决唱聲，遂騰中山之謗。故愚見以爲，此機可乘，惟斷而行之，以戰止戰，澄清自易。智囊雄略，自當投袂而起也。

乘便貢臆，惟垂省覽，不宣。

上左季高恪靖伯書

六月望後，舍間遞得四月十日賜書。疾起披讀，欣悉勛祺茂豫，威信遍於河隴，若雷動而風行也。甚善甚善。

顧舉西征以來，廓清摧陷之功，極詞歸美，推而屬之迂儒下士，謂曾預本謀。覽之慚悚汗下。憶前此叨陪戎幄，辱荷咨詢。不過因昔年所歷者，粗陳形勢大略，曷嘗如許歷一言、薛公三策切中機要也哉！麾下不遺葑菲，儲之武庫，已昭海納山容之量矣。今乃自以戰必勝，功必取，忠智敢决者，遜而不居，謂策出柏心，此則謙讓過淮陰侯遠矣。以欽以佩，傾倒曷勝。柏心又有深望者，枹罕圍合，彼勢漸蹙，檄使縛獻首惡，餘者解釋。或下令撫循，或量爲安置。此外不與黨附者，勿以兵加其境，俾安堵如故。則全隴澄清，而秦中依然千里金城矣。追憶前此拜别之際，語及他日奉迎大計，麾下流涕慷慨，引以自任。今蜃鱷之徒，鼾睡臥榻，狡謀叵測，有識寒心。所幸麾下克壯其猷，果定西陲。誠與中朝定計，移幸長安，如古行在所。百二雄關，足倚爲重，又有萊公，身任鎖鑰，不啻舉太山而四維之。然後縱兵范陽、津門間，殄盡鯨鯢。爾乃迎鑾奉駕，旋軫舊都。惟此一策，足定億萬載金甌之固。度忠謨遠慮，早有密爲經營者。草野杞憂，不於麾下發之，而更於誰發之乎？

賜示大作，先國事而割私戚，處榮盛而閔憔悴，得情之正，極詞之哀，壽諸貞珉，爲來者式矣。肅箋敬復。惟膚功迅蕆，爲國爲民，以時自重。

答陳小舫黄門書

自挂冠神武，即與麇鹿爲群矣，不復通日下書問垂三十載。非獨執事一處爲然也。山林鍾鼎，異轍殊途，敢以漁樵姓字上溷朝賢哉！昨枉手翰見貽，逌文偉論，累數千言，讀之震怖失次。伏處田間，遥聞執事屢建讜言，有聲臺閣，心竊壯之，引以爲吾黨重。今覽書詞所述示，大者翊宗社，贊聖明；次者肅百寮，整憲度，所謂瀝膽批鱗者，乃得其詳，雖古夔龍、汲魏，如或見之。甚善甚善。

抑柏心竊聞前代處臺諫者，固有以舉動撼山岳，顧盼生風霜，丰裁峻厲，使僉壬膽落者矣。然亦有積誠取信，待時而發，度其主之能從，與其時之必行。然後吾言用，則天下蒙其福；即吾言不用，而於峻節亦曾無少貶。蓋諫臣而有大臣之心，如唐李絳，宋田錫、韓琦皆諫臣之極軌也。執事其有意乎？給諫爲唐人入相之階，今雖栖遲，既用直聲膺簡在行，當不次遷除矣。所望高懷，勿嗟淹滯。去歲晤哲嗣子鳳世兄於渚宫，詢及執事起居，云健勝有加，聞之欣慰。近想益精神百倍也。柏心自經亂以來，播遷無定，家宅焚蕩，幾瀕於死，幸而護全。澄清之後，迫於飢驅，奔走鬻文，迄無暇晷。客冬十月，先慈見背，自傷耄及，始爲無母之兒。哀哀鮮民，終身銜恤。今兹仍館敝郡，老生腐儒，行藏亦何足道。日月逝於上，體貌衰於下，功業不建，著書無成。以視執事，羽儀霄漢，何異燕雀之望鵷雛哉！

匆促報牋，言不盡意，惟閎遠謨，爲國自重，不宣。

上左季高恪靖伯書辛未仲冬之望

月昨肅箋祇謝，伏計已塵記室矣。頃間傳者，謂俄夷意欲兼并西域。朝廷聞之，遂詔麾下移師出玉門、陽關，規復新疆。竊謂此爲失策之甚者。佐廟謨者，不能料敵知兵，猶狃於中國全盛之勢，以爲城郭屬國，皆吾祖宗所開拓，豈可令遠夷蠶食？一二宵小，又忌麾下澄清關隴，功名太盛，將欲使之困於窮沙荒磧，疲憊匱乏，至潰散而後快。此非爲國家謀者也。果有成命，則請抗疏，力陳不可出關。如無此事，亦望先行疏，列置嘉峪關外於不問。惟極力守關，保固秦隴内地。此安危所繫，不可不先事陳奏者。請爲麾下舉其大略而酌采之，爲入告章本。

昔者匈奴强盛，則漢武開置西域，斷其右臂；匈奴遂弱，漢亦衰矣。至光武，則不納質子，閉玉門以謝使者，而隴民獲安。厥後段熲奮其武節，盡滅東西兩羌，可爲奇快。然未幾即階董卓之亂，曹氏遂起，而移漢祚矣。唐之盛時，亦闢地至安西四鎮，後卒淪於吐蕃。明成化宏治間，號爲盛時，曾棄哈密、土魯番，但守嘉峪關，未聞有闌入内地者。明之亡也，乃在流寇，而不在西戎。此往事之宜鑒者也。近十數年前，中原群盗縱横，竊聞新疆南北諸城，若存若亡者久矣。是時有索酋者，竊據僭號，勢且逼近甘州。今者，俄夷不知與索酋相首尾，抑已掠及南北諸城，且又總吾罪人以臨之。有匈奴用中行説，金人用郭藥師，俺答用趙全，故智彼反爲主，我反爲客。俄夷在諸種中最强且大，諭之以理與詞，彼必不應；威之以勢，我又不足。此近事之宜審者也。

且今吾力不能興師出關與争者有三：瓜沙以外，聲氣久經隔絶，保塞舊部，無爲我用命者。水草美地，彼先據之，糧糗安出乎？芻藁安出乎？馬牛橐駝安出乎？往時臺棧頓舍大半已廢，斥堠道路荆棘叢生。自嘉峪關至南北諸城，近者七八千里，遠者萬餘里。驅中國壯士鬥之黄沙白草、冰天雪窖、寥闊無人迹之地，吾未見戰之必勝也。此其不能者一也。兵少不足制敵，兵多又苦飛輓不及。幸而勝，必留兵駐守，設亭堠，嚴烽燧，增毳幕，障水泉，功費不可勝計。彼西戎種落，非吾孝子順孫，稍不得志，即導夷深入，糧援告斷。異時仍不免委而棄之。此其不能者二也。中國自軍興以來，垂二十餘年矣，海内虚耗，將士凋傷，滇黔尚有未復之郡縣，長鯨毒蜃，布滿畿甸，未嘗一日敢忘戒備。若復舉鋭士精騎，自頓於輪臺、交河之外，腹地有警不能還顧，譬螳螂捕蟬，不見黄雀在其後也。此其不能者三也。奈何中朝之士，曾未涉思及此，而甘爲夸父逐日、精衛填海之愚耶？故曰失策之甚也。麾下不言，更有何人能言哉！

方今惟從事河州一路，早就敉輯固守，嘉峪關及靖邊、平虜、固原、甯夏各隘口，廣興秦隴耕屯，力贊徙都關中之大計，修明政刑，選用忠良。然後麾下上書，請釋兵柄，歸老緑野之堂、黄花之圃，與裴中立、韓稚圭同其晚節優游。斯乃功成身退、哲人高蹈千載美談耳！柏心聞見所及，淮楚諸名將皆於西事未甚相宜。黔人有唐鄂生廉訪者，沈毅英壯，兼資文武，明於戰守大略，後出之將才，意中最心折此君。且於西事尤練。麾下他日欲引替人，此君足以任之。昔羊太傅薦杜當陽，郭汾陽薦李臨淮，世皆稱其得人。幸識之勿忘。

恃愛縱言，率爾妄陳，非遇麾下，不敢罄臆而談也。

答洪文卿學使書

柏心景迫桑榆，栖遲林壑，久不敢頡頏當世豪英矣。側聞執事以廷對魁天下，旋奉簡命，視學楚北，聲華烜赫。自顧乏夙昔傾蓋題襟之雅，無由望清光，通箋記，不過私心嚮往而已。何意執事先施之以獎借，又申之以垂詢。滄溟自忘其深，而下納乎百川；岱華自忘其峻，而俯載乎寸垤。甚矣，執事量之閎、器之大也。柏心始而駭，繼而愧，終而感且奮，思有以爲執事助成其名，而仰贊虛懷下問之意也。不揆庸愚，輒罄臆而言，惟執事採擇焉。

夫士習之頹靡，有自來矣。選舉罷而尚文藝，功令之所頒，與其父兄師友之所導，大抵如班固所云："誘之於禄利之途。"則然也。軍興以來，保薦優而班秩崇，才雋之士慕於速化，庠序中皆囂然有蟬冕珪組之望；次者亦得以持籌握算，佐治軍糈，仕宦出其中，田宅、服食、輿馬出其中；最下者則習於干謁攀援，亦遂以脂韋澳涊爲固然，無足怪章縫中漸染此風爲不少矣。今惟有倡之以實學，勵之以躬行，名節以崇廉耻之防，經綸以儲濟世之用。不摇於聲利，不靡於流俗。慮其無所勸也，擇名行尤異者獎之，動其效慕之心；慮其無所儆也，擇卑鄙最著者懲之，發其愧厲之念。積以歲月，示之範圍，庶乎士氣日静，士風可振。然非能取效旦暮間也。又近來學術流弊最多，其淺陋者不足言，其才穎者則又挾私好勝，馳騖不知返。治經有漢宋之分途，詞章有朝代嗜好之迴别。稍不合，則紛如聚訟，而留心經世之學者甚少。此非溺於浩博華艷，則歸於拘牽迂闊而已。有能兼本末，賅體用，貫文武，處則修己，出則濟人者，闔省之大，求一二人不易得。蓋才難自古嘆之矣。

夫學臣者，士類之標準也。言者謂搜羅俊乂，崇峻圭裁，亦足稱職報功矣。然其大且遠者，莫如陶冶多士，使盡趨於正學，以助國家得人之效。今聞執事輶軒所莅，咨訪賢俊，表章前哲，取録不尚浮華，嘉賞必先品誼，此真留意大且遠者矣。若於試畢之暇，召諸生雋異者，面與提撕，示以力求實學，爲他日措正施行之本，則轉相告語，争自濯磨。楚才之興起，殆有不蘄而日進於古者，斯非執事裁成之效也乎？柏心於學毫無所得，拙詩梓後，疵累益著，執事過譽，萬萬不敢承。所抉摘處尤爲切當。張軍門事，乃誤於傳聞失實，即當删去。立夫先生蓋以故舊，稍用回護，然過矣，敢不自訟。

施郡道路崎嶇，雨雪載途，四牡逶遲，將無勞甚！

答黄子曜庭書

得月之二日書，皆金薤琳瑯，木難火齊也。柏心拙劣無似，加之耄及。而吾子勤勤推奬，溢量過情，爲渾沌飾眉，使裸人被錦；褒寵藻詞，行間駱驛，不啻以徑寸之珠，抵千仞之雀，何不自珍惜乃爾。雖五體投地，九首納拜，安足解其頳汗慚怍耶？

《承示論》一首，其氣骨則權載之之魁閎也，其節制則李文饒之雄毅也。偉矣，當矣。唐之内難，女先而奄後，奄由女進者也。女禍，太宗實啓之。然高祖初起，即引裴寂定策，則奄禍萌蘖矣。明無女禍，而奄禍尤烈，則成祖爲之。有國者，可不鑒此哉！《桂樹歌》一首，凄麗遒亮，音節出《帝京篇》及《長安古意》，骨力遠勝梅村，悠悠者恐未能辨此。吾子受才，殊尤絶特，於學無不賅，於詞無所假。凡有營撰，若成誦在心，借書於手，莫不龍章鳳質，虎視鷹瞵，汸汸乎若河海，暴暴乎若邱山，此昔之曹陳思、陸平原、王子安所擅之以冠絶英流、推倒豪杰者，閲千百年乃今見之。吾子當與九真之麟、希有之鳥共其翔步耳。總總萬流，安足望其半趾一毛也哉！

老矣，獲覯奇才，盛事幸事。

【校記】

〔1〕厄言，應爲“卮言”。

〔2〕犬，疑爲“大”字之誤。

〔3〕暲，當為“臆”。韓愈《平淮西碑》：“大官臆决唱聲，萬口和附。”

卷三十九　行狀

湖北按察使唐公行狀

嗚呼！自巨猾倡亂，一時才臣良將，捐軀以殉者多矣。皆任亶寄、專軍旅者也。獨遵義唐公起家中，奉詔崎嶇傾側，提羸卒，張空拳，與强賊角，屢折其鋒。爲忌者媒蘗，臨戰，遽落其兵柄。委忠良以餌豺狼之吻，身雖隕而謗未釋。人臣遭遇，未有如公之不幸者，豈不悲哉！柏心辱侍公游垂三十載，生平嘗戲語以身後之文爲托。今其孤炯負公骨，歸葬於黔，過敝廬，頓顙請狀公行事。不敢辭，謹詮次如左。

公諱樹義，字子方，貴州遵義縣人也。先世多用乙科，仕至令牧，有循聲。逮公乃大顯云。曾祖惟格，邑增生。祖鎮，郡庠生。考源準，某科舉人，廣東陽山縣知縣。三世皆以公貴，贈如公官。公少穎異，博習，善屬文。長而頎身皙面，秀偉映徹。性剛毅器重，閎遠忠義，自許有開濟大略。喜誦古名臣事迹，機神明速過人，議論闓爽，肝鬲無隱，意豁如也。識者目爲杜遵素、寇平仲之流。中嘉慶丙子科舉人，道光丙戌科大挑，以知縣用，籤發湖北。大吏才之，補咸豐縣知縣，權天門，有聲。

道光十年，監利江堤決。林文忠公時爲布政使，檄往權焉。周覽堤防，考興廢之由，起徒役塞之。江漲復決，民流離遮道，公引咎自責，揮涕撫慰，具舟給緡錢遣之，皆再拜去。亡賴者聚衆乘危剽敚，所在汹汹。公馳往擒治，得二百餘人械繫之，民乃靖。遂駕單舸，越洪濤，遍履災區，權宜急賑。舟至湖平套，大風檣折，從者泣。公笑曰："死耳，得爲水神，使波浪不興，民永無害，亦吾志也。"語畢風定，乃得泊於是。條上灾民户口，請振恤。監利壤狹而袤，外枕江，内瀕河，恃堤爲衛，綿亘逾五六百里。堤工偷窳，所從來久矣。又一切殘缺，公以爲非大修治不可。尺八口直江流之衝岸，多沙善穨，築輙圮，宜退徙二千七百餘丈。度費當二十七萬金有奇，僉謂爲難。公毅然曰："即今不圖，後雖縻金如山，無益也。吾不憚以去就争之。"牒上，得給帑金十二萬。不足者，募諸民，卒如其數。乃大興築，高厚中程度。垂竣，江水大至，堤不投者三寸。時西南風急，浪撼堤，危甚，吏民驚走。公立水中不去，獨捧土負薪。度不可救，即以身塞其衝。有頃，天反風，水南趨，立減二尺餘。吏民稍稍復集，掖公出。俄有虚舟浮而至，因實土沈之，補堤隙，得完好如故。見者謂神助，歡聲如雷。又請平糶、緩租、貸種，諸有利於民，無不力行。是歲大疫，予藥予藁，稚嬰老疾，皆有養，凡活人無慮百餘萬。邑人刻石頌之。調江夏，政清。遷漢陽府同知，特旨授甘肅鞏昌府知府，因俗爲治，人咸安焉。新威遠樓助控制，益廣積貯。隴右士甲乙科鮮登上第，加意獎勸，自是科第踵不絶。

十八年，固原提督朘軍糧，畜歌者。合營士噪，劫州倉，將爲亂。提督欲介馬而逃者數矣。總督檄公權平慶涇道，治其事。提督率將校迎於郊，惶遽甚。公笑曰："官誤耳，若屬豈有他？"參將某者得軍心，公引與語，慰勞倍至。退使人覘之。某則大言曰："我固謂唐公來，必活若屬，今果然矣。"軍遂戢。爲請於方伯梁公萼涵，實米倉中，固原得無變。

調蘭州府知府。抵任日，民老幼歡呼夾道，稱爲"白面包老"云。擢蘭州道。西甯野番擾邊，總督富呢陽阿奏請三路進勦，檄公綜後路糧務，時二十三年也。公建議以番攻番。從之，番遠遁。録功，賞戴花翎，權按察使。番復掠邊，戕鎮將，總督被譴。公擢陝西按察使，方入覲，爲危之。及見上，首詢番事，以實對。上不之罪。時方有事西陲。公陳東南方絓於夷禍，當令西北得休息，力請無用兵。上問理財。對曰："在用人。"上皆然其言，且器其才，遂有意大用公矣。公爲外吏久，曩者諷上所陳，僅一方利弊。及是，乃得侃侃殿陛，言天下大計。又遇聖主勵精綜理，委懷聽納，益激昂奮發，慨然有以身許國之志。至陝西，旋權布政使。歲旱，林文忠公方撫秦，舉行荒政，倚公如左右手。擢湖北布政使，澄叙臧否，政治肅然。

二十八年大水，江漢堤皆決。灾尤甚者，郡、州、縣、衛凡四十餘所。公遍往勘歷，反言於大府，謂："撫賑修防，非八十餘萬金不濟。若不亟請，他省或先之，則部庫無以應。堯舜在上，忍令吾民失所乎？脱有嚴譴，某獨當之。"力争四五日始入告，竟邀俞允。疏入，公即徑借他款支發，人服其斷且速。監賑與築皆董以清强吏，救灾之法咸備，是時楚中荒政最善。論者以比富公清州、趙公越州云。次年復大水，公已護巡撫篆，復議借帑如前數。力争又數日，始得合詞入奏。上亦允行。議未決時，公嘗發憤太息曰："吾服官莫如秦中，樂得事林文忠，議無不合。間有異同，不以措懷。彼此心存君國，非有私也。餘惟宰監利時，裕忠靖恒助之，請無復牽制，差爲快意耳。今奈何動掣吾肘，欲令吾伺顔色乎？"因上章引疾歸。時時從農夫野老話田間事，以爲笑樂，見者不知爲藩翰貴人也。聞成皇帝登遐，伏地哭不能起，輒呼"負負"。今上即位，詔中外舉人材，政府寓書問出處，焚之不報。

時逆賊起粤西，會師攻圍，不能克。賊大横，踰嶺而東，圍長沙，進陷三行省，將吏率望風潰。賊渡河而北，擾豫晋，犯畿輔，都門戒嚴。公聞之，憤咤不食者累月，嘆閫閫乏才，乃以反側遺君父憂。

咸豐三年，詔起公馳赴湖北，幫辦撫輯。受詔即行，與家人訣曰："主憂如此，吾效命之秋也。汝曹勿以吾爲念。"舟至嘉魚，見遷徙者泝江上，帆檣不絶，知賊已駛舟至九江。所親勸公且緩赴，公不顧命，鼓枻疾進入城。大府迎問公策，公曰："卧薪嘗膽，上下一心。"聞者色動。因説大府，曰："賊已犯豫章，而我疾引師斷湖口，與江右夾擊之，賊可殄也。"大府辭以兵少。方議柵江守田家鎮。公又言曰："等之設防，曷若下據彭澤湖口，擇便地扼險立營，斷賊往來，令不得掠取上游糧食。至則堅壁勿戰，以其間縱間出奇，焚其舟艦，散其脅從，賊必困，然後可制也。"不從。又請自赴襄陽，募兵括餉，亦未之許。未幾，賊之未能渡河者，爲豫軍所敗，由羅山竄楚之應山，公請自率師往禦之。馳至三關，而賊已陷黃安，踞麻城之宋埠。公倍道而進，追至宋埠，攻之，頗有斬獲。賊掠舟將出團風，未至，官軍逆擊，敗之鵝公頸，焚奪其舟，賊棄船走。公一晝夜馳百三十里，追及之馬鞍山。令江陵林生天直督衆分道仰攻，大戰，梟賊將二人，斃賊無算，得脱者不及二百人。諸所誘脅二千餘悉散。追至羅田又及之，復斬百餘人，殘賊負創逸去，僅數十人而已。分兵搜薙山谷餘匪殆盡，乃還。是役也，暑雨鬱蒸，横潦載道。公方患腹泄，力疾馳驅，激勵士衆，志氣彌壯。事平，悉推功將士。先是，賊渡河，公深以三輔爲虞，至楚，即勸大府亟會兵入援，不果。則念神京根本，恐言者或倡異議，因於密疏中請上以鎮静固人心。上優詔答曰："現在賊已偷渡河北，竄擾懷慶，朕爲天下臣民主，何敢先自擾亂驚惶？亦何忍不爲民請命於天，置大局於不問也？惟冀速救民劫，迅埽妖氛。彼時汝可來京，晤對有期。"公旋師在道，奏還，誦且泣曰："真聖王也，臣死且不辭矣。"旋奉詔，以湖北按察使江公忠源辦理江西防剿，公代權按察使，遂就職。自爾不得專進退矣。

是時賊猶踞江右，公復持前議，不可。九月，賊果上犯田鎮，公慮防戍無後繼，自請出師。大府檄往北岸，相機邀截，駐軍廣濟。甫五日而田鎮潰，江公單騎投公。急合餘衆，申嚴紀律，授之柄而處其下。左次黃陂，將還援武昌，無舟不得達。學使者自德安告急，偕江公馳救之。賊却走漢陽。遣千總劉富城將鋭勇二百，由灄口追襲，聲言大軍十餘萬至矣。賊懼而遁，追至陽邏，大斬獲。公與江公竟以遷避見劾。會江公有巡撫安徽之命，公亦奉旨，以二品頂戴補授湖北按察使，仍命截剿漢陽各處賊。江公赴廬州，公獨引軍進與賊遇，再戰皆捷。復黃州，入據之。分兵赴巴河，截賊鈔略，大小十餘戰，擒斬甚多。擊沈賊艘數十，焚其竹筏百餘，奪還所掠米數百石，軍勢始振。

公誠信恢廓，能用人，善拊循士卒，士卒樂爲公用。師行，秋毫無犯，民大悦。士之有識略者，争詣行營。遠近皆輸財助軍，土團多聯絡響應者。然黃州無險，晋陶侃嘗棄之不守，比年三經賊陷，城中空無人，村郭蓋藏焚掠盡矣。駐師不可得糧，將二千卒介居强寇間。孤軍乏援，又無舟艦，而賊艅方佈滿江中，出没若飛，望之奪氣。賊諜知公兵少糧竭，水陸蜂至，盡鋭攻城。公登陴扞禦，賊燒城門且毁。急募死士塞之，發鎗炮斃賊。戰至夜分，軍士忍飢竟日，不得食，屢牒乞餉，不應。火藥垂罄，乃勒衆突圍出，趨還鄂城。江公之赴廬州也，公選麾下精鋭與之。聞至六安被圍，遣林天直率鋭勇間道往援。固請於大府，予行糧火器。公以江公善戰無前，爲賊所憚，其援江右有大功，可倚以平賊。今時名將少，當爲天下惜此人。當事故心媢江公，以是益嗛公。初，公甫至楚，賊方徜徉湖口、九江，當事嚴諭抽丁乘城，不者以逆論，將刊令榜諸衢矣。民凶懼，自制府下諫，不聽。公聞之，遽入言曰："若是，徒失民心，無濟實。城經破亡後，俘掠及死者，且數十萬。今此孑遺，皆鋒鏑之餘也，忍驅之死地乎？且賊在遠，不宜先自擾，恐生内變。"當事迫於正議，亟毁其令。繼争截留滇銅，鼓鑄佐軍餉。事不見從，卒改陸運，勞費甚鉅。當事於公寮舊也，見不附己，則失望，又因助江公事，積數嫌，凡可以齮齕公者無不至。竟用此敗公。

既疊奉詔旨，切責褫職，仍命剿賊。總督吴公將出師，公請兵，議授五百人，令往黄州禦賊。爲巡撫所持，不果行。十二月三日，吴公先率師由陸路往，改檄公水路會擊。公臨發，上疏言："賊舟泊蘄、黄間者，以二三千計。督臣重兵趨陸路，則水面獨扼其衝，臣所將兵勇財千餘人。請於撫臣，僅給小船五十，炮少且輕，火藥不敷。堅請再四，終不增益；請井油備火攻，亦執不與。幸有江夏附生彭汝琮來臣營，慨捐萬緡，益募戰艦水勇，粗能成軍。不翦此賊，誓不生還。"拜表即行。

四年正月十五日，吴公營堵城與賊戰，大潰。公泊羅家溝，賊環其三面，遥望營中火起，急馳救，而賊已乘勝水陸并至，勢不支。十八日，回泊武昌郭外鮎魚套，爲犄角勢。是夕，賊舟進艤漢口，公流涕誓師，期背城一戰。則兵勇咸跪白："城中持令來，此軍改隸楊鎮，不得爲公戰矣。"公無如何，而楊又不即來。次日黎明，兵勇皆逃。公急追至金口，收散亡，懸賞，謀掩賊不備，襲擊漢口，無一人應者。公痛哭欲自裁。

衆乃感動，求效死再往。未得利。公慮賊出沌口渡江，搗鲇魚套官軍之背，則鄂城益危，遣兵勇分往防截。二十三日，洎明，賊由黄陵磯掠舟出，甫擊沈其一，賊已驟至。東北風大作，揚帆蔽江而上，公急督所餘兵勇數十人迎拒，則盡逸。知事不可爲，衣冠北向再拜，草遺疏畢。賊縱火燎及所乘舟，尚從容書絶命詞云："畺吏不和，群情解體，獨力難支，惟有一死。"遂赴江而死。是日大霧四塞，巡撫猶疑公未死，奏有異辭。久之，有蕭弁者至金口求公屍。土人咸曰："公死後，回流激其軀，躍而卧於岸。賊望見，驚曰：'渠大氣力，猶能爾耶?'攢槊刺之，燔岸葦略盡，火近公軀乃滅。賊去，諦審之，則失右目，項以下傷纍纍，吾等瘞之淺土，今在某所。"發視果然，乃改葬。

而今少司馬湘鄉曾公，亦以公遺疏上，乃知公定死。上軫悼，得賜恤如例。公見楚事棘，自以受先帝知遇，奮不顧身。笮於勢，不得一展其才用。率師者三，皆未嘗過二千；持糗糒，但支旬日；器械火藥不完具，率自行括募。所當賊或數萬，或十數萬，戰比有功，未嘗折北。守黄州，以食盡，全師返。堵城之敗在陸路，顧以是咎公。其危也，軍又見奪，陰柅巧擠，日在機牙陷穽中。六十之年輿疾枕戈，志梟凶逆，功業未就，忠智膽勇無所施，憂危孤憤，卒以身殉。天下聞而傷之。

公權楚臬時，遴楚北死事最烈者五人，皆舊識也，建祠署後祀之，顔曰"楚招"。以前按察瑞公爲主，餘祔焉。親爲文以祭，召客酹酒，唏歔不自勝。且曰："吾得從五君游，足保令名矣。"少隨侍嶺南，購得明陳忠愍"雪聲堂"遺研。復感異夢，遂拓其銘，徵題遍海内。日置研座右，摩抄曰："當令吾不愧此石。"在廣濟與江公還軍援鄂，念長江天塹，盡爲賊有，恐事不濟，决以一死報國。爲遺書弆篋中，殉難時出付子炯。公於義烈蓋天性，時時又以自勵，故臨難克踐其言。公虚己好善，布衣士皆引與鈞體，樂聞箴規，不吝屈己以從。惟當官議政，動引大體，終不肯撓曲，屢觸大僚忌不惜。宰監利時，總督盧公方行堤，與論事不合，辨益力，投袂趨出。盧公怒，閲所治堤，還驛館，延公入，降階迎曰："賢令尹何得民如是。"出旁縣士民牒示之，皆"乞借唐青天查辦撫賑"

語。盧公緣是益器公，疏薦之。然自落落數賢外，率與公牴牾。至晚節，遂罹排陷云。

公爲政宣上恩德，專意活百姓，不沾沾爲司農惜度支。嘗請豁楚民積逋殆百萬。其察吏，先有守。賢者，推薦如不及；不肖者，屏斥不可干以私。四方官吏有所知，或得諸咨訪，陰以籍疏其賢否，志在澄清，意念深遠矣。僚屬求訓言，告之曰："我輩無事時，須得十數古人往來胸中，臨事方有依據。至境之豐嗇，官之利鈍，是有命焉，聽之而已。"蓋自道也。律己廉甚。前在楚乞退，餽遺悉謝絶。有持明楊忠愍墨書贈者，爲特受之。及奉命出山，無以辦裝，鬻其子炯婦奩田，得三千金。自度無以償其直，以所寶"雪聲堂"研，與褚河南臨《蘭亭》黄絹本當之。他無長物也。禄入悉以贍族黨。歸田後，仰承先志，置義田，建宗祠，士大夫美之。敦恤故舊，慰薦孤寒，爲友人代梓詩文數十種。又梓遵義及全黔詩，鄉國文獻賴以備。所交必當世豪俊。宰縣時，客恒滿。比持節，益加延納。其朝京師，輦下知名士爭願識面，爲風流所宗尚如此。歷官，喜造就烝髦，門下士甄育最多。有知人鑒，經所識拔，往往登上第，躡通華焉。

所著詩古文辭外，有《北征紀行從戎日記》、《乙巳朝天録》、《楚北旬宣録》、《歸田録》、《癸丑出山録》、《癸甲從戎録》及奏稿共若干卷。仕終於湖北按察使，誥授通議大夫，例授通奉大夫。生於乾隆癸丑年六月日時，殉節時年六十有二。元配王夫人，嘗割臂療姑疾，他淑德甚備，先公卒。繼配劉夫人。側室李氏。子五人：焯，監生。煒，四川藩庫大使。炳。皆前公卒。炯，道光己酉科舉人。煦。女子四人。孫四人：我垣、我墉、我坊、我圻。孫女子四人。炯馳數千里，省公於金口軍次。越夕而難作，倉皇奉遺疏，請於曾公，得代奏。其秋，曾公復武昌，復間關來金口，求公遺骸，徵驗不爽，號泣啓殯，奉之以歸。某月日葬於貴築縣東北隅里成山之原，衣冠之柩附焉。

惟公忠勤才略，世所瞻仰，累牘莫能罄。著其大且遠者，俾當代賢哲得公梗概，據以入誌傳銘誄[1]，而他日史氏亦有所采擇焉。

陝西鳳邠道黄公行狀

曾祖考朝瓚，皇貤贈中議大夫、鹽運使銜、陝西鳳邠道。曾祖妣張、王，皇貤贈淑人。祖考承譔，皇贈中議大夫、鹽運使銜、陝西鳳邠道。祖妣羅，皇贈淑人。考運裳，詹事府主簿銜，皇贈中議大夫、鹽運使銜、陝西鳳邠道。妣匡，皇贈淑人。嗟乎！天生經世之才不數數也，資之學，練之事，歷數十年才乃成。及與事功會，甫得建立，遽奪其年。此沈幾偉略之士，所以勛名寥落；而論才者，不勝扼擥太息也。琴隖黄公之没，蓋亦同兹浩嘆矣。

公諱輔辰，字琴隖，貴州貴築人。先世顯於宋，至明有貴海公者，自江西瑞安遷湖南醴陵。十五傳至封公、經林公，乃遷貴築。有子四：長安泰，以公貴，封奉直大夫。次輔廷，山西垣曲縣知縣。次輔相，廣西鎮安府知府，署右江道，殉節後贈恤如令典。公其季也。年五歲，有至性。母匡太淑人疾，夜半侍側不寐。左望亭先生者奇公貌，又聞童孺而性至孝，以女字之，即左淑人也。

公少貧，溺苦於學，邑試第一，補弟子員。遭封公之喪，不能營窀穸，徒步至雲南，詣所識李都司，貸金三十歸。至安順，足重繭，因臥逆旅。夢封公撫摩之，所苦頓止。往返蓋三千里，始克營葬。逾年，匡太淑人下世，諸兄遠游，褚惟青蚨四百，甕有米三升，家人噉薺餅糠粥，衣不蔽體。公讀書自如。隣有孔先生者，與公書聲相答。嘗停炊二日，孔先生饋庭中桃，其婦亦呼左淑人共食，竟以忘飢。家無書可博覽，其友唐子方廉使遣畀載籍，恣披閲。道光壬午舉於鄉，座主光律原先生稱其《漢書》最精熟。又館丁大令所，多藏書，發篋盡讀之，手纂數十冊。自是學益博。仲兄官晋，偕之往，慨然有志經世之學。日條所行籍，記其功過，蓋已堅固不摇矣。後在銓曹，持大體；治鄉團，部勒以兵法。持節冀甯，佐籌蜀政，規畫遠大。及觀察扶風，興屯勸耕，招徠流亡，一切設施，足利賴百世。又其忠忱所藴結，莫非宗社大計。人服其才猷智略，何輻輳若是？不知資學深、練事久，蓋講明切究積數十年，乃屹然負經世望云。

乙未成進士，以主事用，籤分吏部，補文選司主事。轉驗封司員外郎，再轉考功司掌印郎中。初讀例有疑，籤記之。遇修改，多采公所更定。吏舞文，舍例援案。公與同僚取舊案，别銷與存。存者悉分門類，大書於簿，懸之司堂。有疑，取以比附。又自録一册，時加檢閲，吏乃不敢高下。

咸豐初，秦撫張公祥河劾一令。其人伺張公入覲，道詬之，叠訴於功司。公批駁，而長官受其詞。其人譁於堂上，公命吏拘之，白長官，權不可撓，風不可長，具稿請移刑部案之。易州牧某以賄逮，問得實，下吏部議。侍郎某公陰左右之，公争執不可假借。侍郎與牧皆公同年，不顧也。同官竇蘭泉垿目公，爲硬黄鎸小印貽之，請罰俸繳。實銀足軍餉者，尚書祝公慶蕃奏也，下部議，公力持不可，遂寢。請删減則例者，少鴻臚劉公良駒疏也。公擬覆疏，略言"吏敢骫法，自有懲吏之法，不得用此"，遂減條例。劉見之大服。大學士陳文恪公奉詔議陜西回民何雙文罪，以屬；公據刑部秋審，比擬條款，擬入情實。人謂公不讀律而所定爰書，乃精審如是。

咸豐癸丑，假還游蜀，甲寅返黔，則遵義楊瀜倡亂上下，苗教各匪亦亂。乃會官吏父老謀防禦。先保甲，後團練，析城中爲八區，有散有總，分縉紳統之。編甲審户，晝則持簿書，歷衢巷陳利害，曉以大義；夜則率諸縉紳巡察，有警乘城，事皆宿辦。建倉三十六，儲穀二萬餘。鑄大炮百六十，他城守之具皆備。練親兵五百爲游騎，策應城内，定推之於鄉。合寨爲團，有長；合小團爲大團，有總。建碉卡，勸輸粟，製器簡卒，操有定期。精設偵探，分置傳遞。鄉之善者獎之，不肖者戒之，豪强凶獷者，執而歸諸有司。誅其桀黠，餘則榜列通衢，付團鉗束。期年，衆情翕然。賊環擾遵義、黔西、貴定、龍里、平越、開州、清平，獨省門百里外晏然保固。至今守省垣者，獨遵公約束。貴陽、平越、開州諸寨，夾峙清水江側，皆苗民與漢民，積不相能。下游苗變，益加猜忌。公遣子彭年與過君瑞雲入寨撫之，使合團。賊至，苗無應者；賊退，勞以牛酒。皆以手指心，泣曰："憑此一點，不敢負公。"丙辰，貴東師潰，遁入清水江，賊尾之，渡河焚村寨。公調團隨官擊却之。親馳往，收集難民，籌畫善後。土匪方四掠，公與唐太守炯分道抵巴香，各有擒斬，亂始定。富家倉穀未焚，爲封識，勸輸以助賑。被難户千七百，口大小五千餘人，給兩月糧，用穀三千餘石。存二千餘石充團中。修復費未耗公家一錢也。核叛産，招種取租。以巴香距城邑遠，請以所入租置汛官，與兵戍守。會去黔有利其租者，議竟寢。

是行，按誅武生羅憲章，尤爲膽識過人。憲章狆民尤黠者也。廉知其通賊狀，至落掌，憲章來迎，與款語，僞若不知者。次日，大合團赦脅從，大聲詢於衆曰："鄉獨無仗節死義者乎？"衆曰："有羅燦奎者，耻爲賊具食，入厨下，自經死。"公泣，問："有子乎？"衆曰："有子三。"命馳騎迎之，躬撫慰，予功牌頂戴，且樹坊旌燦奎忠。衆感泣。遂厲聲呵憲章曰："若細民，汝武生；若散丁，汝團長；若能死，汝乃作賊。罪何可赦？"顧衆曰："孰保憲章不叛者？"衆默然。公又曰："願保者進，不者退。"衆咸退，獨三人留。詢之苗寨二人，曰："憲章雄踞一方，出則吾屬無噍類。"羅寨一人曰："同族畏其强，不敢不保，於法固當誅。"公麾之退。乃縛憲章斬之，爲易團長。狆民數千户，無敢動者。歸具牒當事，爲燦奎請旌於朝，又捕誅謀逆者。蓋巡撫蔣公假便宜從事，故弭亂不煩用兵。先是，公用京察一等截取記名，以繁缺知府用，分發山西。假歸，特旨以道員仍發山西，賞戴花翎。是年赴山西，則豫境方中於捻患，晋亦戒嚴。大府檄公籌防，乃鉤考地圖地志，遣員勘覆，手自繪圖，由是形勢若指諸掌。河東道黄公經欲移紅渠兵，進防盧氏。公言盧氏兼防永甯，因舉二邑距陝州遠近，實以紅渠爲居中。黄亦心折。代忠襄公恒福草疏，請復盂壽營舊制，建議裁北鎮兵益南鎮，皆其卓卓者。後卒施行。迨去晋，後任鍾秀公出防澤潞，詢公方略，刊一册與之，無不懸合者。

平定州，設户部寶泉分局，鑄鐵錢運京。後改就地行銷，歲納餘息於部。分局請通行，增三罏。士民呈請配用銅錢，分局以阻遏斥之。公謂："民間不過欲借銅錢減銀價，非棄鐵錢不用。分局解部財三萬餘銀，而鑄錢無限，行之通省，鐵多銅少，難於易銀批解。是以數萬兩餘息，礙數百萬正供，若但行平定一州，銀竭害生，嚴法亦不可禁。且州在萬山中，人徒聚多，將釀患。"巡撫英桂公即屬公草疏再上，卒撤分局。

晉省官吏驟不諳軍興法，餉糈支應，多逾例。大府又逡巡未及陳奏。咸豐六年，設局報銷，司事者見銷數絀於用數，則增車馬口糧數以益之。公領局，悉罷去，使依奏。案口糧入户部，車馬入兵部，器具入工部，計用銀百八十萬有奇，僅銷百二十餘萬，歸各營自行報銷者十餘萬，不能報銷者尚三十餘萬。有請州縣攤捐，公謂非策。與河東道黄公謀加鹽斤價，分六年彌補。事竣，公奉旨嘉獎。當籌餉之際，群議分抽釐税。公曰："晉地異他行省，商多外出，且山程也，抽釐徒病貧民。"争之不得，則强公督辦。公請去苛細，其布帛菽粟，關民日用者，概不議抽。

凡再權冀、甯道，加鹽運使銜。兩充戊午、己未山西鄉試監試官，調直隸軍營，仍調回山西軍營。告假回籍，寓居於蜀，總督駱公延與咨商治體用兵，三年贊謀畫，悉中機宜。

奉特旨簡放陝西鳳邠道。始劉公蓉之撫陝也，議興屯田，以書詢公，爲陳十二難。因手輯群書爲《營田輯要》，列成法十有七，積弊十有四，經制土宜，罔不備載。大旨主用民不用兵，興利不争利，博舉成説，不參己論，俟人自酌。劉公韙其説，至公赴秦，乃以屯事倚公。公亦自以所言慷慨發舒，見諸施行。議者紛紛進説。公曰："使民樂於墾荒，而無畏難，使得爲世業而有餘利者，上也。"爲正經界，定限制，緩徵收，定租額，規畫井井。劉公聞於朝，檄各州縣次第舉行。或狃積習，未得肯要，則於公牘，手自批答，肫至周密。又慮懈弛，復嚴考課，示勸懲。行之期年，清出叛絶産三十餘萬畝，承墾者十八萬畝有奇，且有一年期滿，陸續輸租者。

丙寅秋，公已病作，恐弊竇猶滋，續擬章程，詳請咨部。至冬，疾，上牘請開缺，猶以繼任必擇不徇情面、不事更張者爲請。大吏請變陝西叛産濟甘餉，事下所司，公條上不能行者一，不可行者四。其略曰："今辦營田，一年後，按則納租；六年限滿，給契作爲永業。迄今半載，認種寥寥。多因厚實之家，焚掠殆盡。己田尚且荒蕪，何暇別圖良産？此不能行者也。至所謂不可行者，量地售賣，必待富民，本省無人，將求鄰省。官欲速售，不得不減價。良田先售，瘠田不得不再減。奸民愈存希冀之心，歲月躭延，更無人種。其弊一。地之肥磽，里胥糧正知之最悉，乘急售之時，圖遂平時之願，藉故延展，日久日荒，何濟急需。其弊二。兵差駱驛，州縣虧挪，此項變價，逐漸投收，恐徒濟州縣之急，未必果濟軍務。其弊三。現報叛産二十餘州縣，無此多員委派，薪水局費，提用不敷，事必中止。再擬招墾，良田已去，瘠土猶存，限年交租亦必沮格。其弊四。"議上，劉公據以入告，變價議遂止。

關中書院膏火，軍興移用，減三之二。育嬰堂兼種痘及義學，積久費虧，有告停者。公與當事寮屬倡捐，先開痘局，復撥咸、長兩邑叛産六十頃招種，爲補苴各經費。見孫曾呼寒加衣，則念堂内諸嬰爲增衣襦；視義學如家塾，間親往稽其勤惰。病中猶預籌五百緡，助來歲痘局支放。灞岸堤工，外郡邑書院、養濟院渠工，皆由叛絶産内借資整理，他修舉率視此。

公學於輿地最深。在黔，請戍清水江，而省城固。在晋，請駐兵紅渠，而鹽務整。在大沽海口，請北塘置守，圖説綦詳言之，邸帥不用，以北塘失守致潰。粤逆石達開寇川東南，贊駱公遣軍扼江，賊不得渡。乃繞滇塞，先遣中旗由甯遠入蜀，疾趨漢中，日數百里，引官軍北向。石逆遂乘虚窺黎雅。一夕，公覽文，報有魯甸地名，謂駱公："此入蜀要道，過大渡河，賊不可制矣。"急檄振武軍總兵唐友耕回軍扼河。甫至，賊舟已近岸，會河漲，夷酋助擊之，遂擒石逆。公之警敏善料事，由山川若在目中耳。

性亢直，不阿附貴寮。官考功時，與長白恩桂公争渭南令議叙事，忤其意，七年不遷。長白公病，尚書陳文恪至吏部堂，宣言曰："小山將死矣，爲我言黄君淹滯久，當遷。"其言也善。公亦自謂："長白公精核，吾以忤故，益加慎，受益不少矣。”在晋佐星使治臨汾，令濫刑斃命，之獄，人疑其移尸抵换，無敢重啓驗。公曰：“果易尸，更究易尸者。”卒啓之，杖傷宛然，獄乃决。又嘗以事争論當事前。或謂：“盍少遜，不知大府有肝疾乎？”公曰：“吾官雖微，五臟豈獨不全？”然當事心敬公，其去也，留之再。及病僑保定，猶遣紀奉書往迓，公答箋詞氣，仍磊落不撓。公出處極矜慎，然未嘗以廉退自高。

咸豐庚申，山西巡撫某公，奉詔入都，與當軸議巡幸事，檄公自隨。語公：“當軸雅重君，數問君名，盍往見？”公對曰：“公事召則見。”卒不往。部曹派督營繕，例視爲長官調劑。公在考功堂，派督修八旗營房，與同僚屢約，公諭工頭，毋得至私宅，人皆難之。在晋，人有獻千金爲贄，求列門下。却其金，勵以名節，其人卒改行爲善。其律己不近名，多類此。與人交，坦夷不設城府，人久亦信其無他。好急人之難。佐陳文恪治，部員張某獄詞，引承審之，楊君彤如、馮君志沂，皆端人也。刑部訊無賄托，猶以“難保無”三字，陰陽其詞。公從容爲文恪言：“外間亦以此三字對：‘莫須有。’”文恪悚然曰：“何至是？”竟得釋。有同寮垂死，以後事托公，延其妾及子女於家，命左淑人護視之，人謂不負死友矣。

自少至老不釋卷，然自視欿然，如未嘗學。好山水，所至必寓諸圖。辛酉乞病，嘗撰句自贈云：“書因少讀辭官補，山未全看托夢游。”胸次超曠可想。好深遠之思，心血多耗。然天性淡泊，屏棄嗜欲。暇則怡情昔人書畫名迹，體雖弱而神氣湛清。

同治丙寅七月二十八日，偶聞時事，感激得疾，久之益篤。十一月初三夜，聞鴉啼起，作《古木寒鴉》横幅，擲筆卧，遂不食。喃喃語，皆海國事，呼紙作“不如意恒如此”六字。初六日申刻，卒於官廨，享年六十有九。劉公疏聞，請以遺事宣付史館。道梗不得還黔，子彭年奉柩歸長沙。配左淑人先公七年卒，行事具彭年所紀《賢母録》。子五人：長保謙，國子監生，早逝，以彭年官贈儒林郎。次彭年，翰林院編修。次晋齡。次又齡。次葆坦。女三，皆殤。孫四：國瓚，湖北候補同知。

國瑾。國璪。國瑄。女孫四。曾孫康官，殤。曾孫女一。

彭年涕泣請爲公行狀。柏心竊謂方今贍軍糈，莫如屯田最善；行之三秦，視四方尤最。獨公以經世之才，萃心力於此一事，勒有成書。適當劉公撫秦，見與公同；又適仗節扶風，兩賢相遇，毅然措置，千載一時之會也。今年春，柏心至總督左公軍次，語及此。左公曰："琴隖吾老友也，吾往得左右手矣，孰意其没?"而劉公亦去秦也，昔趙後將軍以耄耋之年屯耕塞下，破平諸羌，振旅而歸功，無逾於老臣。公獨不得及身告成，顯勛猷於麟閣，非才不逮古人，乃時事蹉跎，若有所跋疐者然，是則重可惜者矣。公謀議大者，關機要秘，不得宣播，臨没遺憾，與祖士雅、宗汝霖同人，亦莫能知也。惟條舉言行彰著、卓越瑰瑋者，詮次於篇，庶天下能言之選，論譔稱述，揚公之美，得備采擇焉。謹狀。

【校記】

〔1〕誅："誄"之誤。

卷四十　傳

劉孝長傳

君姓劉氏，諱淳，字孝長，天門縣人。曾祖某。祖某。考正，太學生，贈徵仕郎，以隱德爲里黨所重。君資稟絶人，於書未嘗再覽，下筆不移晷，萬言立就。始補弟子員，督學涂葯莊先生目以國士。睿皇帝西巡五臺，君詣行在所，獻詩五百韻。廷試，拜文綺之賜。時海内士集豹尾車後者數百人，才皆出君下。登嘉慶癸酉拔萃。鮑覺生侍郎得其文，大奇之，環語諸生曰："劉生，曠代才也。吾不逮遠甚。"還朝遍告公卿曰："所得奇士無逾劉生者。"丙子舉於鄉。至都，名大起。偉貌玉立，英辨飆發。酒酣縱論，千夫卷舌；諧謔雜遝，操翰若飛。諸公貴人及四方才俊之流，見者嘆以爲賈誼、蘇軾復生。久之不得第，鮑侍郎又没，傷時無知己者，遂放浪燕趙、吴越、兩河南北間，竟無所遇。以大挑二等授遠安學博，不數月棄官去。浮湛閭里，意氣稍稍摧頹矣。

自乾隆嘉慶以來，學士大夫爲文章，斤斤持繩尺，章範句肖，不若是則詆爲大悖於古。君睨而笑之，謂無得於心者，可無言；有得於心者，揆之事理而皆中，然後形爲言焉。當以氣爲主，氣之積而大者充宇宙，高者抗星辰，雄傑而迅疾者，驅風雷、蹴河海，若龍虎騰踔，鬼神之不可端倪也，不當規規如循牆而墨守者然。故其所爲文，以意爲起止，馳騁變化而不失法度。要之，其氣獨盛，世無能敵之者。於詩亦然。剗除塗澤靡曼之習，一返之正始，神駿超逸，往往似曹植、李白。君於詞藝最敏，才識又最高，無覃思沈吟之苦，然非奇偉振俗者，即薪去不存，其刻意自卓立如此。慷慨懷大略，通知古今時變之異。談天下事，衮衮不休，必度世所可行與行之有濟者，不肯爲高言奇論，以聳動一切。時一二盛名之士扼擥談經濟，君曰：“治道有其本，得其本則萬事理，諸所言皆末務也。”性豪邁，不屑小節，然其事親孝，取與介，交游信，無賢愚皆暱就之。晚節益積誠敬，匑匑如畏。語及君父則肅然動容，終身於人物無所臧否，識者服其慎。

兩江制府沔陽陸公及湖北布政遵義唐公最重君，皆折節事之。所論議必采行。君亦喜曰：“藉二公以濟世，勝自爲多矣。”陸公嘗謂柏心曰：“孝長之才，足冠一世。”後柏心自都下還，陸公迎問：“所見士有孝長比乎?”對曰：“未也，公曩言不妄。”唐公梓君集，自序之曰：“孝長非文士，蓋命世才也，惜不得用云。”君與時輩論詩，獨心折大竹王大令魯之。魯之没，君忽忽不樂。今年春，移書告柏心，約以九月會鄂渚。至期而君卒，年五十有九。著有《雲中詩文集》及《辛儂長短句》三十闋。子煒華，國子監生，能以文行世。其家孫二。君嘗弟畜柏心，所以規訓之者甚至。悲良友之逝，又悼君負奇才而不遇也。采其行事爲之傳。

論曰：君才氣類牧之、同甫，二子雖不遇，然猶擁麾節，登上第。君獨蹇躓以終，何不幸也！君度不見用於世，時時謂柏心曰：“吾欲著書。”已又曰：“精者言不能傳，淺者又不足言也。”竟不果就。嗚乎！君之傳者，非其所欲傳者也；所欲傳者，固未嘗傳。天以奇才畀君，厄之使不得用，又并其欲傳者終閟之。抑獨何哉！抑獨何哉！

中書陳君傳

君姓陳氏，諱慶藩，字德屏，一字子宣。江夏縣人。江蘇巡撫芝楣公仲子也。生而岐嶷，兩眉如劍，稜末作旋螺，相者目爲異人。五歲聞其兄誦唐詩，輒耳熟。年十一，誦《十三經》、諸家古文畢，試爲文，能立意議，有老宿所不逮。公撫江右，學使許滇生尚書者，公同年也。謂君曰：“聞君家第二郎殊不凡，請試之。”見所作，大驚曰：“今日奇童，他年國器。”隨侍兩江制府節署，值長至，公以七日來復，課書院。諸生經解，君作尤粹。公曰："是兒必堪致遠。"閲七日而公薨。君甫成童，隨兄撫櫬歸葬，奉母秦太夫人居里第。邑試冠其軍。或疑之。時何璜溪太守爲邑宰，語人曰："合士數千才，有敵陳生者，請以他易。"衆乃服。中道光甲辰副榜，司衡者自悔失才，時年僅十七也。

君頎而皙，秀偉俊爽，神采照人，有奇傑之表。豪邁闊達，不屑守繩尺，議論縱横，若懸河不竭，座客莫能抗。讀書五行并下，一過輒不忘。爲文章及詩歌樂府，或口占，或操筆立就，若未嘗屬思者。横肆健峭，清遠俊逸，不名一狀，人詫爲天才。自負其長，視掇巍科易於俯拾地芥。嘗謂："丈夫當慕古賢哲，用勛績冠當世，毋徒作金紫中庸人。"談史傳成敗，臧否必中窾要，尤究心四方大利弊，隱然以開濟世務自期。起貴介，資稟絶人，愛才下士，折節如不及。性剛鯁，表裏光明，雖面折人，人無忌者。篤尚風義，赴人之急，有魏公子之風。以就婚往來豫章、閩海，交其賢豪，歌咏山水間，意自得也。連舉不第，中頗怫鬱，稠人酒坐，獨高吟長嘯，奮袂起舞，有出塵遺世想，儔類莫能測之。去歲客豫章，今夏返，入貲爲中翰。偶出近邑視所親，得寒疾，拏舟歸。翌日遂不起，年始二十有六耳。

哀君者謂：才實累君。才爲天所吝，而君獨擅之，擅之，斯妒之矣。夫賈生、終童年壽并促，然文采照簡册至今，如未死也。後之人咨嗟景慕不能置者，徒以其才耳。人猶妒之，謂天獨妒才，是何語之淺也。君雖早凋，其英詞盛氣，足以不磨。視世之躐高位、躋耄耋，而忽焉與秋卉俱腐者何如也？嗟乎！君可謂不死矣。君事母孝，偕兄若弟，侍寢側，稱説古事爲樂笑，疾則手湯藥不怠。好施濟，待以舉火者數十百家。嫠老婚喪，倚君以辦。己酉大潦，親識多處飄摇，君走風雨中，皇皇爲僦居，經營甚瘁，雖稱貸亦不辭。及君没，皆哭失聲。君多材藝，工擘窠大書、繪事鐫篆，琴、弈、劍無不工。生平著作出之敏速，不自愛惜，多佚去。檢之得百餘篇。君嘗曰："不朽先功德，詞藝其末也。"蓋志意甚遠矣。配萬孺人。側室李氏。子二：寶樹。寶棣，遺腹生，側出也。女一。始予見君，疑其挾門第才望，多所凌忽，而君抑然自下；又能受盡言，以是益賢君。聞其亡，哭之尤慟。君伯氏雲海孝廉謂予最知君，出行事相示，因次第之爲傳。

論曰：衛玠王弼，清言之流，無志於當世，羸病損年，未爲幸。以君才氣狀貌，又廓然有用世志，宜騰上蚤貴，竟無一驗。且夭於中道，何哉？長離騶虞，暫出震耀，倏然遠逝，造物若恐其數見爲不鮮也。予於君亦云。

雲樓沙公家傳

公諱心培，字正之，一字雲樓，姓沙氏，江陰縣人。先世有世堅者，仕宋，隨高宗南渡。明洪武時，有原德者，知江陰，封武略將軍，襲千户，遂家焉。十二傳至廷楝公，曾祖也。祖徐行。考旦勛，贈奉直大夫。贈公子二，長德培，次則公也。贈公游齊魯間，贅於陳。居泗上，生公於魯。在童年，智略異常人。稍長，入成均。試京兆不第，客游幕府。贈公没，奔喪於魯。室懸罄，然其奉母甚謹，未嘗缺甘旨。久之貧益甚。客燕山，恒佐幕府，以豫工例得爲府經歷。

道光二年，銓發浙江，受知於中丞帥公，檄讞獄，無不得其情者。補金華府經歷。治浙西水利，有勞，擢知縣，權富陽。江漲齧城，力遏之，得安堵。女子苦節無力，聞於官，與格於年例者召集節孝祠，予額獎之。逾年，補黄岩，禁游民。歲旱，米石至錢五千，民持價予官資放南米者，舊不過石四千，計斗斛及在事役食、册簿諸費，其虧皆在官。士民及胥吏恐累公，議增糶價。公聞之曰："價一增，即歲熟不能減矣，是累民無窮也。累民不如累我。"卒不增價。後累累至巨萬，公亦不惜。惟禁奸民運米出洋，犯則没入其米，爲糜活餓者。天臺民歲饑來糴，或疑出洋，請禁之，公廉知其實，曰："皆吾赤子也，忍遏糴乎？"爲申牒送之。其後，公以事道經天臺，有數百人持酒醪伏迓於路，公愕然。其人曰："公忘之乎？鄉者，非公縱糴吾屬，填溝壑久矣。"公謝之，皆再拜去。某甲者，富而黠，導民使訟，以奸猾横閭里，公捕繫之，則倩人請納數千金求緩頰。公叱其人退，卒論如法。母憂去官，服闋，貧不能謁選。逾七載，始揀發至湖北，權江陵。時潦後，歲歉甚，蜀兵赴粤，駱驛道其境，公綏輯灾黎，仍不乏軍興。邑江南岸，有潰堤，增治之如初。役竣，江大漲，風雨驟至，堤將圮。親往捍禦，增築子堤，始獲全。已而北岸萬城堤潰，水自郡西門注城中，深丈許，吏民倉皇走避。公聞之，乘小舟渡江。舟壞，易舟進，始達北岸。入城，則露栖者遍堞上，號哭聲震天。急募輕舠濟避水者，散餅餌，治蘆棚，禁剽掠，民稍稍安。沙市者，邑大鎮也。商賈走集，居人頗饒，流民數萬人萃焉。里中亡賴率之叩富人門，强索緡錢，勢汹汹，將罷市。公方治灾，撫日徒步走波濤泥淖中，冒暑溼，病甚。力疾起，至沙市，勸富民及客籍捐金萬餘助賑，乃栅坊門親莅之，計口給錢。其渡江而南者，爲具舟；願留者，於郭外分三廠，日賑以粥，至春乃罷。其亡賴而擁衆强索者，則杖之。荷校以狥，民乃帖然。其時郡中倉廥盡漂去，兵民仰米沙市，沙市擾則郡中亦擾。是役也，微公，幾生變。邑廨有倉谷數千石，亦没於水，潦退取以賑民。病予藥，寒予纊，歾予葬埋。建育嬰堂，收恤童稚，窮無告者，尤厚恤之。凡活人以億萬計。旋移江夏。去之日，邦人遮道餞二十餘里不絶。道旁觀者，皆嘆息。舟發，父老相與流涕，曰："何時復見賢侯?"治江夏，恤民好士，懲奸敬獄，皆可稱述。堤工安瀾，賞加知州銜。公已積勞成疾矣。權漢陽同知，未逾月卒。年五十有八。

初娶李宜人，繼娶朱宜人。子爾銑，朱宜人出，賢而有文。孫二：繼瀛，繼汾。公前後宰邑四，所至民懷其德者，皆榜額於堂，生爲立祠。公才識過人，而鋒穎不露，未嘗與人競。樂成人事，慷慨好施，以緩急告者，傾貲助之，即空乏不計也。其事母孝，事兄敬，喜讀書，尤精史學。居官廉，宦二十餘年，無負郭之田，半畝之宅。歿而其孤幾無以歸。

贊曰：公江陵救灾之政，蓋余所目擊云。世言漢時循吏，首推黄霸，以公較之，則難易不侔也。霸從容治郡，宣教條而已。公所宰，皆旱潦之區，拊瑣尾憔悴、旦莫就死地之民，而哺之活之，難易相去何如也?霸仕至丞相封侯，公爲令十餘年，僅轉一階。通塞懸殊，何若是哉！吾聞朗陵潁川以令長終，子孫皆至公卿；然則公之子孫，其貴顯豈可量耶？

經畬田公傳

公姓田氏，諱國芳，字世傳，自號曰經畬，公安人也。先世在前明有仕至太僕卿者，至今科第踵不絶。祖遇礌，庠生。父希康，以謹厚聞。生子三，公其仲也。幼而雋穎邁恒童，年十餘，即溺苦於學，在諸生籍中名噪甚。六赴鄉舉不第，遂輟舉子業，研求大道。顔其齋曰“尊道”。其學專宗考亭，居敬窮理，而體之以躬行。貫本末，賅體用，於德性學問無偏廢。自宋元以來諸儒論説，博覽而求其至是。晚尤喜稼書，謂其言與考亭合，純而無駁者也，益服膺無少倦。其持身則語默，周旋必中節。跬步坐立，必以正；義利之辨，皭然不滓，於取舍間爲尤慎。其事親也孝，由垂髫至白首，蒸蒸若孺子；其處兄弟也睦，忻戚必均，財産無私，每聚則和樂溢於容色，見者嘆且羨焉。其治家尚整肅，勤力儉約，人予以常業。其教子弟皆本諸身，勖以力學砥節，徐待登選，勿逐逐榮利。其訓學者亦猶是。嘗舉爲學，内外條析，次第門類，仿《近思録》編次成書。其終始致力於道若此。

嗟乎！士當轗軻不遇，往往激爲怨尤，至放廢不自檢束，彼固未嘗知道也。有志於道矣，或雜施旁騖，矜耳目聞見之富，以博辨自雄。一二資性高明之流，則又師心起悟，推原性始，遺棄行習，倡爲簡易，末流至與二氏歸，於道奚當焉？公獨稽古篤行，不溺之於章句之末，不遺之於身心之内，亹亹乎儒者之學，庶幾能尊道者歟？公於星象、形家、醫卜諸書莫不精，然不以自奇也。曰是非道要惟力行。推所治於族，族以和；化於鄉，鄉以淑；施於交游，交游以孚。生平事皆可告人無愧色。卒時年七十有二。門人私謚曰：“文恪先生。”著有《經畬制藝》、《尊道書屋語録》、《左傳評選》、《文章軌範集評》、《舉業正言》。

配王孺人，有賢行，事祖姑及舅姑尤孝敬，先公九年卒。子五：長家齊。次家崧，歲貢生，文最有聲，亦宗宋儒之學者。次家善。次家美。

次家伊，增生。齊及美早歿。孫九人。鳳昺早游於庠，有志聖賢之學，未壯即夭，識者惜之。曾孫幾人。

論曰：聞公爲學時，日夜計過，欲求無憾，輒夢質之先賢蘧伯玉氏，始近卞急，復感吕成公之事，遂變爲寬和。世之號爲儒者不少，能返身内省如公者幾人哉？積於中不襮於外，規於正不惑於歧，爲學如公，所由與矜奇立異、飾爲名高者異矣。

田生傳

生姓田名鳳昺，星垣其字也。公安縣人。祖世傳，邑諸生。父家崧，明經生。年十五即慨然有志聖賢之學。經史外，尤喜宋五子書，究觀而得其要。以反身克己爲先，體之以誠恕，持之以莊敬，跬步言笑弗敢越。謂浮屠家言，虚無怪誕，易以溺人，雖賢智博辨之士，往往爲其所震，從而助之。至流於猖狂吊詭，廢蔑禮教，大爲世道之蠹，著《佛氏論》以排之。弱冠補弟子員。所爲舉子業，反覆傳注，宗仰先正，無世俗剽襲態。念其父老矣，家世守諸生籍，或登賢書，未有顯顯貴仕者，益自奮，冀掇青紫爲親榮。歲丙午秋試，報罷，遂篤意純修。作《爲學八銘》自警，細書揭壁間恒滿，視之皆先儒粹語也。其勵志如此。

事親孝，蒸蒸若孺子，其父館沙市，每夕必爲其父布衾席。大暑則潛取井水拭簟，令清涼透體。母病甚，禱於神，請以身代。侍疾將逾月，未嘗就寢。湯藥皆跪進。當兩膝處，衣爲之穿，體至骨立。母愈，乃復初。與兄耀明相友愛。耀明嘗刲股愈祖疾，生以此益心敬焉。昆季間無私財。視兄之子女猶己子女然。戊申九月，生疾作廿餘日，猶强起爲其父布衾席如平時。語其父曰："日來夢四人迎兒，若有所往者，兒疾殆不起。"因索筆作書，其父止之。則太息曰："少爲大父鍾愛，期以遠到，今若此，命也。"舁歸，已昏瞀矣。其母手藥進之，不肯服；聞母聲，乃飲。諄諄如夢中語。越日卒。目猶視其兄，撫之不瞑。其父撫之，乃瞑。年二十四。子一，天保。生嘗問業於予，歿後，其父哭之慟，持生行略及所雜文示予，因爲之傳。

論曰：田氏子，可謂有近道之資矣。鍥而不已，將適乎道，孰使之不克竟其志也？悲哉！然七十子之行，顔、閔最高而期算最促。孔子曰：“朝聞道，夕死可矣。”若田氏子者，可無悲也已！

西橋陳公傳

公姓陳氏，字熙晋，自號曰西橋。浙江義烏縣人。先世居江西弋陽。明季始來徙。代有淳德。四世祖珩，高祖爲章，孝行著聞，邑志有傳。曾祖能寬，服勤不懈。祖鳳來，邑增生，亦以孝友稱。及公貴，贈如公官，父敞，如公官。公始誕，贈公聞其啼聲，喜曰：“振吾家世者，必是兒也。”因名之曰“世振”，尋改津，後乃改今名。

少而凝重寬博，處童稚中，嶷然有遠大器，贈公奇愛焉。負之入塾，封公督課甚嚴，誦率至夜分。大母傅太恭人憐之，誡令早眠。輒私蓄火具，俟家人寢，潛起篝鐙暗誦，其刻厲如此。年十三，以《冬笋賦》受知劉金門學使。補博士弟子，食餼。汪文端公繼視學，按試金華闔郡，諸生列超等者，一人而已，即公卷也。次日，文端持示諸生，大獎譽，以國士目之。嘉慶己卯科考，取優貢生。庚辰朝考，充鑲黄旗教習。文端喜公至，延課其孫。遂歷主朝賢鉅公宅，得窺秘藏諸籍，因發其篋盡讀之。窮日夜，謝人事，綜覽博稽，鈎探研索，皆窮其本原而竟其端緒。鬻文所入，悉購奇書，漁獵寢饋，略無遺漏。出與耆儒碩彦相質證，則鴻通淵雅，本末賅洽，誦述如流，辨議不窮，浩浩乎無有涯涘。諸先生皆大驚，嘆爲匡劉復生。官學期滿，引見以知縣用。道光五年，揀發貴州，權廣順州政事，精敏過老吏遠甚。文端公致書相勉，大旨言“砥節力政，鋤豪强，興教養，行之以實，守之以恒”。封公亦自家手書“勤儉廉”三字勖之。公遂恪守此訓，前後政績根柢，率不出此。

續修《先聖廟捐田畝》，備葺治，所讞巨獄，皆得其情。已補龍里矣，大吏謂才可治劇，奏調桐梓，格部議，不果。權開泰，治如廣順。

去之日，民揭旌書公善政植諸境。至龍里創蓮峰書院，置田百區，益廣膏火，政暇親爲諸生説章句，析疑義，指授文藝之法。行省故有讞局，大府知公善斷獄，龍里距行省止一日程，檄往兼理讞，竟輒還，往來無廢事。在普定亦如是。

所斷奇獄甚多。嘗有尸傷，驗係釘鞋致死。捕者至，已承殺人。然比較傷痕不合，公疑之。其人執不改，姑頌繫焉。一日覆訊，天久晴，叢人中有曳釘鞋竊觀者，命執之，詰曰："爾何得殺人？"取而較之，傷痕吻合，即吐實。乃定主名。

公聽獄，必平心研治，探其情，揆諸理，嘗援經史斷之，不規規法家言，及爰書出，莫不愜當。凡轇轕掩匿，他人所聽熒者，公勘抉剖析，不過數語，無不輸露情實。或推甲以驗乙，或測彼以證此，出人意表，百不爽一。道路傳誦，驚若神明。其擿奸發覆，皆此類也。

治龍里三年，大計卓異，兼權郎岱同知及安平縣，凡綰三篆，政無不理。擢仁懷廳同知，檄運京鉛，引見注册，儘先升用，往返三載，涉途萬有餘里。所見古今興廢之迹，鹽策河漕賦役之得失，民俗風謡，與夫羈旅留滯感喟之觸，一發之詩歌，所傳《征帆集》是也。役竣，再權開泰，始嘗代前令補倉穀，而納采買價銀於郡庫，爲郡守侵牟。當事與公有卻，列公名，分償擠令。受篆邑固磽埆，穀不可驟得，實陷之也。民聞公至，皆擔負競輸，得穀萬七千餘石，倉儲頓足，以旬日取辦。權普安直隸同知，境袤延數千里，驛三宿乃出。境牒訴填委，多大獄，最號爲衝劇。公治之，沛然有餘。

牛叢者，滇南習也。民結聚相雄長，號其魁曰"牛叢"，暴於閭里，普安亦然。厥黨以千萬計。其獲盜不謁之官，輒積薪火其尸，浸淫怙衆報怨，無不至。先是，民有挾仇燒三尸者，役不敢捕。公飭令必獲，重加繩治。其風頓革。

權都匀府，見民間租帖毋許種麥，懼瘠稻也。公曰："《禮》重祈麥，《詩》稱'來牟'，詎可廢哉！"亟諭止之。有爲匿名揭帖，用公移達臺省者。當途揣其事出清平人，檄公往察。至則坐縣齋，日取堆案訟牘閲之。

俄而得一牘，呼其人入，鉤距而獲，蓋訟師也，果不謬。牘辭意調，與揭帖略相仿云。方伯李公象鵾手書稱“可爲用智之法”。所屬八寨廳，學校未立，請於大府建學宫，置學額六名，蠻獠由是嚮化。築郡郭，龍潭西岸石壩創浮圖七級。庚子鄉闈，郡人周振璘遂首解額。咸謂輔助形氣，緊公振興之功。莅仁懷本，任地新設，無志乘，始手纂爲二十卷。士距行省遠，艱於赴試，爲裒千緡，置産取息，鄉會賓興以濟。立義渡數所。祀典廢墜者，悉舉行之。

道光二十一年，選授湖北宜昌府知府。入覲後，假旋省親，爲迎養計。封公憚遠涉，惟朱太恭人至署，備伸色養，爲留數歲乃歸。公守宜昌六載餘，郡少事，固多山水，永叔所舊游也。物産豐昌，民氣願愨，公顧而樂之。一鎮以寬静，宏大體，去苛察，吏民咸悦，承風而化。即“墨池書院”課士，商榷評騭，崇尚雅正，士競勸於學，踵登賢書。屬邑拔萃舊多闕額，興山等邑有闕至七十餘年者。公至，始皆充數。郡舍久圮，前守皆僦居試院。公倡修之，視事乃有定所。

二十八年，楚大水，下游諸郡，流庸載道，悉聚彝陵。公既給緡錢，具舟楫資遣之。留者尚多，遂繕城垣，以工代賑。會秩滿，奉部行取入都，留六閲月蕆事。親爲文紀之以石，乃成行。士民聞公去，送者數千人，皆雨泣江干。營中弁卒，無不瞻望揮涕者。

公之行也，擬陳情乞養。途次，朱太恭人訃至，馳歸，哀毁骨立，觀者感動。專事封公，孝敬尤篤。事巨細悉稟承而後行，依依孺子也。以愴念慈親，故得疾。子元棐，才筆冠流輩，年十九，聲雋一黌。俄而力學，早死。公時守宜昌。封公慮傷公，意秘之，到家乃悉。則益大悲悼，疾遂增。所居樓三楹，庋書充棟。病中自定省外，恒樓居，手不去圖史。時黄氏重刊文獻，公集力疾爲校正，復考證《日損齋筆記》一卷，《輯補附録》各一卷。疾亟，惟以封公年八十，不克終奉爲恨。彌留時語家人曰：“余將莅任青州，與宋洪容齋邁受替東都，分司名馮起者，頻來邀余，符到便行矣。”咸豐元年五月九夜事也。閲二日，遂卒。年六十有一。

公政尚仁恕，緣飾孺雅，用法最平，節目簡易。然奸豪扞門者，未嘗少貸。吏民服其聰明，不敢欺。才敏而學深，應機立解，無所凝滯。撥煩折獄，特餘事耳。當途顧以是見奇。襄讞最久黎平教匪蔣昌華獄，株連甚衆，力與救全，他平反甚多。其治大抵養民教士爲先，惻怛懇款，深入人心。因俗而治，不尚鋒厲，不立名譽，至則人人安且樂，去則悵然如有所失，久則思之不忘。龍里、八寨、仁懷，皆生爲立祠，歲時薦食，絃而歌之。廣順人輯州志，采公入《名宦傳》，即公遺愛可知矣。居宦廉，所履皆瘠區，甑塵恒滿，不以介意。又恬於進取，在楚時，大府欲移首郡，布政使遵義唐欲舉公卓異，皆力辭。咸服其高節，不之强。

公於學極邃，尤以致遠爲務，達經濟，括文獻，稽證群籍，訂疑糾誤，歸於至當，不務智，不炫博，取精審而已。惟不治天文曆算，曰："此自有專家，非可歲月竟也。"撰《駱臨海集箋注》十卷、《帝王世紀》二卷、《貴州風土記》三十二卷、《黔中水道記》四卷、《仁懷廳志》二十卷。晚而耽研經學，其《劉炫春秋規過考信》九卷、《春秋述義拾遺》八卷、《古文孝經疏證》五卷與《宋大夫集箋注》三卷，皆守宜昌時撰。嘗搜輯《宗忠簡遺佚文字》，欲勒爲集，及《鄉先正遺書》，將裒而刊之，皆未及就。所自著古文二卷，淳懿有法度，《古今體詩》六卷，《征帆集》四卷，安雅精練，善含蓄，新城尚書之亞也。他撰録甚富，不盡著。

公方正而有容，但懷應物，無忤無競，即有陰加中傷者，亦夷然不校，衆皆稱爲長者。軀貌豐偉，談論亹亹，飲酒至石餘不亂。衣服輿馬，不尚鮮華，它無所嗜，惟喜讀書。俸入皆市簡籍，終其身未嘗一日釋卷云。

元配何恭人，繼配羅恭人、吴恭人，皆先公卒。側室吴氏。子元梧，監生。元穎，貴州候補典史。元榑，庠生。元棐，優廪生，早卒。元馥，業儒。孫應焱、應瑩。焱繼棐爲後。往公守彝陵，貽書與柏心論交。每道經南郡過從，談藝不輟。嘗就質疑滯，語及子史、三通、歷朝會要，衮衮若成誦者。竊嘆公默識過人也。今其孤郵公行事，述遺命，請爲傳。公名應，循吏儒林。謹掇其卓犖者次於篇，令後之良史有所采焉。

論曰：公政教比文翁、黄霸，精强比趙廣漢、韓延壽，又兼之博覽文章，則尤諸人所莫及也。求之古人，其鄭之國僑乎？仕止二千石，年僅中壽，賢者所遇，何若是其嗇？然黔、楚到今尸祝不絶，著録所流播，津逮來世，令名爲不朽矣！區區年位，足爲公輕重乎哉？

梁叔陳君傳

君姓陳氏，諱克家，字梁叔，元和縣人。少挺奇資，其於學，精詣卓絶。慕古人志尚，深沈堅定，不厭澹泊，思抗奇節於千載之上。所交必海内名人碩學，不以己長驕人；非其人，亦落落寡所諧。道光某科舉於鄉，偃蹇不得第。家貧，恒槖筆旅食。金陵陷後，將軍福公延主行營章奏。福公戰歿軍門，殿臣張公復延之。張公忠勇冠諸將，爲主兵者所忌。概築長圍困賊，然諸將不相統攝，君策其必敗也。賊果潰出，張公死之，君亦死之。時咸豐庚申某月日事也。

當是時，君以賓客主箋翰，義可引去，獨不去，竟决然死之。君蓋憤專閫者怯懦寡謀，徒擁高秩自尊重，連兵數十萬，相持數年，不能制一袄賊。敗則遁免，曾無愧辱；或倉皇引決，以塞罪愆。獨張公號爲敢戰，顧媢其成功，陷之至死，而吴越遂皆陸沈。又感張公之知，欲效南雷同殉睢陽，故不憚以身填鋒刃也。嗟乎！非烈丈夫，孰能如是哉？君未死之前一歲，郵書柏心曰："與其任庸將，不若用賢守令得民心者。使募士屯險，制賊陷掠，或者可救燎原。"語蓋有激而發，然其言皆天下至言也。君見婁姚先生論説，益折節事宋儒之學。故臨死生，能剛毅不撓如此。歿後，所著録皆亡失。其友蔣君寅昉，從他處掇拾梓之，僅得詩四卷。又語柏心爲作傳。君他事不能悉，舉其大者，他可略也。蔣君汲汲好義若是，不負死友矣。

論曰：柏心於梁叔未識面，蓋得之亡友葉潤臣、張仲遠及姚先生所稱，最後乃以死節聞。君言制賊用賢令長勝庸將帥，使得一郡一邑自效，所言决不妄。栖栖戎幕，未有禄秩，果能料成敗，臨難大節尤偉。以此知東南俊傑，懷忠義、藴智能，與煨燼俱歿者，不獨一梁叔也。然君其尤烈者已。

立甫林君傳

君姓林氏，諱天直，初名向榮，以字行，更字立甫，江陵人也。翁傳中，母李。翁性鷙戾，其母殆非良死。君方四歲，即知爲位而哭。翁見之怒，取投之。又爲位寢所，終夜潛泣。翁覺而大怒，驅使牧牛。翁後妻亦嫉君，九歲猶未知書。時時過村塾，竊聽講誦不忍去。塾師者，監利名諸生劉勵，吾先生也。訝之，問："牧兒亦喜讀書耶？"曰："然。"問："能舉書詞一二語否？"即琅琅背誦，且略解大義。劉先生心異之。故識翁，即走告之："若兒穎悟非常，盍遣從我游？"翁不應。劉先生曰："無用汝修膳，但從我游，我且給之。"乃許。劉先生即携之入塾，課以書史。兼導之宋學，不數年，補博士弟子，食餼。翁納後妻言，屏使出居。翁頗饒田産，僅給茅屋數椽，薄田數畝而已。君携婦空兩手出。授徒自給有贏餘，市甘鮮奉翁姥。異母弟妹有徵索，無不立應。翁姥意亦稍回，自此免訴厲矣。

君宗人多好武，幼從之習擊刺，善舞刀及跳蕩。由是好將帥之略，遍讀兵家言。自爲諸生，肄業郡中書院。山長婁姚春木徵君，甚器君，引與論議，授以《百將傳》，且謂柏心："盍益有以擴之。"乃語君："治兵者，先治國，管仲、范蠡、吴起、商鞅、諸葛武侯、王景略是也。宜取史傳名將相兼文武才者講明之，爲經世學，不當爲一劍之任。"君自是讀史者有年。自國家成敗、政體得失、開塞農戰、財賦邊防，莫不究悉。尤留心輿地，手自圖繪。於文章好陸敬輿、吕伯恭，每縱筆，踔厲風發，光芒并溢。間作韻語，亦雄傑可喜，然非有寄托不作。

咸豐壬子，粤逆陷鄂。癸丑，賊東走，石卿張公來權制府，問士於柏心，以君薦，張公即辟之。一見大悦。今爵帥左公亦在幕，尤偉君。時黄陂有劇盜，匿木蘭山，捕者無敢往。張公命君偵之，即設方略，盡擒其黨。張公曰："聊試君耳。君真將才也。"自請赴黄陂，益募士。先是粤逆北犯，餘衆三千人不能渡河，折而犯楚，入黄安。廉使唐公以兵往。前鋒不利，檄招君屬以兵事。君曰："能假便宜乎？"唐公曰："奚不可者？"至軍詢孰先退。皆曰："都司某。"立命縛之，將斬以狥，將士伏地，請策後效。君曰："能立功，則貸汝死。"應曰："諾。"營中皆股栗。即下令是夕拔營，躡賊及之馬鞍山，連戰，大敗之，殪賊過半。會張公亦遣水軍擊賊，勝之鵝公頸。相與合，追至英山，賊無一人脱者。乃班師。張公疏薦君以知縣用。時節署有譁，言君以一諸生，擅戮將弁，將爲變。獨左公力持之，私語柏心曰："林生擊斷雖太驟，然爲將必如此。"已而果以捷聞。

張公移撫山左，繼督楚者吴文節公，仍留贊軍事。江忠烈撫皖，駐廬州，被圍甚急。江素重君，君請於大府，將士五百人往援廬州。至則攻陷數壘，然圍益堅，不能解，廬州竟破。君全軍而返，賊再犯楚，吴公戰殁。唐公舟師亦潰，退駐江上，邀君計事。而中丞崇綸有怨於君，再遣人刺君，所遣者反以告，乃走免。唐公亦殉節金口矣。

甲寅，鄂再陷，賊氛益熾，支郡淪者什七，各州邑土寇蜂起，環荆郡四境，賊壘相望。今爵相官公方領荆州將軍，君白請出，募勇自將擊之。始破賊江陵之龍灣。轉戰而前，捷府場，捷沙湖，捷侏儒山，捷繫馬口。是時漢南北千餘里，寇不下十餘萬，鳴鼓向之，無不奔潰。倸刃者斬，投戈者免戮。凡解散數萬餘，悉次第降下之。復潛江、天門、沔陽、漢陽等邑，安、荆、漢三郡皆清，所過無秋毫犯。録其豪傑，撫其孤弱，民望見旌旗，歡呼如雷。村氓倚君威名，屯聚堡寨，競起殺賊，賊遂大奔。往者民慴於賊虐，不敢言團結，至是乃咸奮，始曉然於敵愾之義，則君實倡之。

今爵相曾公方以兵侍將義師，大破賊岳州以下，駐軍鄂渚。君自漢江出，引軍會之。上謁，曾公壯其才略，邀與偕下九江，令分將水軍。君至潯陽，累上策，未見用。度不可留，辭歸。語人曰："曾公屢勝輕賊，且舳艫銜尾泊，危道也。"已而果然。歸過半壁山，見賊敗處，白骨遍地，愍之，捐金令人瘞之，爲文鑱之石，戒以險不足恃。蓋君用兵，雖殺敵致果，而尤依於惻怛云。

乙卯，賊大上，沔陽賊尤充斥。官公復檄君仍召募往討之。沔陽吏民皆乞援於君。君出，無兵無餉，專倚團衆。沔人聞君至，皆裹糧從。然屬數雖多，烏合未歷行陣。君初議堅壁持之，稍稍訓練，度賊氣衰，乃戰。已而賊蹤漸逼。軍功馬鎮者，粗猛無遠略，驟以所部進，敗而歸。君頗譙訶之。次日，君渡河練士，賊伏林莽，時出擾之。君戒勿動。前行有起逐之者，久不返。君乃整衆進，與戰，斬其執黄纛者。賊已折北，鎮尾其後，心嗛君，大呼引其衆走，曰“敗矣”，逾河毁其橋，軍遂潰。賊見無後繼，益衆圍之。從騎才數十，叩馬請君突圍出。君不可，曰：“吾出城時，州牧與父老托死生於我，手巵酒勞我，兵敗不死，何面目復相見?”遂揮劍連斬賊十餘輩，力不敵，自刎而死。尸植立不踣，從而死者千有餘人，州人爲喪氣。是日，風霾大作，塵埃漲天，震霆有聲。是年正月二十七日也。年若干，賊退旬餘乃斂，面如生。喪歸，沔人焚香遮道，哭哭之聲不絶。

官公爲聞於朝，優恤有加：贈知府銜，予世襲雲騎尉。沔陽、江陵戰處，民皆爲立祠祀之。君爲將善拊循，得士卒心，有李將軍之風。臨戰輒身先陷陣。引納才俊，傾露肝膽，人樂爲用。其駐軍，閭井晏然，民歸之如市。起書生，談兵，方時承平，多目笑之。一旦軍興，鋒穎乃見，果立功效矣。而一蹶遂隕。初，左公語柏心曰：“林生足爲名將，惟膽决喜壯往，又好野戰，恐不免。”乃嘆左公真爲知人。

君磊落恢闊，最重風義，生平口劉先生不置。與人交，坦夷誠信。急患難，視財利如敗籜，没而家仍茅屋，妻子幾不能存活云。配蔣氏，能以柔婉霽姑之威，以淑德稱。子二：長履賢，世襲職。次履忱。

論曰：求忠臣於孝子之門，信哉！君天倫間酷過伯奇，卒委曲致其孝，有以知戰陣之必勇矣。夫以君英識偉量，無論節鉞貂蟬，可俯而拾；即號爲近時頗、牧，無多讓也，勛業未竟，遂蹈白刃，豈非數奇歟?然節莫大於忠孝，此之無虧，何計成敗?常山睢陽與臨淮汾陽，姓名并埒千載也。漢濱童孺，至今皆稱君爲林大人，語及猶流涕云。

達卿謝君家傳

君姓謝氏，諱登瀛，字達卿，監利人，世居邑之北鄉。明末有撫登萊殉節曰璉者，其七世祖也。考賜印，太學生，樂施予，爲鄉里所稱。

君少即倜儻俊邁，學書不成，去，習韜鈐。試縣府，居前茅。學使吴校試奇其材武，將拔冠多士，爲某將軍所梶，未獲選。慨然曰："是區區者，烏足慁壯士哉！"乃納貲待銓，林居奉母。方海内艾安，屈首田里，鬱鬱無所施。然遠近重其端毅，或就質曲直。有紛難，片言解之，悉奉約束惟謹。居臨沔水，支河水泛，睆堤多圮。僉謂："若得君主版築，堤必固。"邑侯陳亦知君名，叩門請之，君諾。民聞君出，不期而荷畚鍤者以萬計。役成，堤屹如山立，由是歲屢大稔。

咸豐初，粤逆倡難嶺西。二年冬，武、漢、黄皆陷。三年，賊席捲東下，陷皖、陷金陵，君憤甚，且憂之。念沔爲荆楚北門，無沔是無荆，無荆，則全楚孰與屏蔽？屢言之當事，請設防。聞者殊不以爲意。四年，沔果陷。其旁天門、潛江、監利，皆爲土寇陷，所在蜂起，荆襄大震。君陰勒里中少年數百人爲備。賊憚君，亦不敢犯。江陵林君天直以名諸生戰，有功，制府張公保薦至令尹，方家居。是年六月，荆州將軍、今爵閣督部官公檄起之，令倡行團練。用鄉兵敗賊於江屬之龍灣，進敗諸監屬之新市。君往謁，即陳方略。林君拊君臂曰："目中豪杰，無過子者，子真將才也。與我勠力，賊不足平。"牒上將軍，予六品銜。賊聞宵遁。沔西平，沔屬諸團與賊戰，皆倚此兩人威聲，所向克捷。林君從大軍克省垣，留君爲後勁。乃調軍食，餽餫相繼，擒捕奸宄，境内帖然。荆襄漢沔間，恃此兩人猶長城也。

既而皆還里。南軍潰於九江，賊復上犯。五年正月，賊犯沔之仙桃鎮，州牧徵兵往禦，再戰再北，闔州震恐。請援於君。與林君乃偕赴之，至則議堅壁挫其鋒。有軍功某者，勇而愎，引偏師挑之，敗於清水灣。

君與林君救之，乃免。林君加譙訶，某銜之。君偕林君進營里雲口，與賊夾水而軍。君爲浮橋二，謀潛軍襲賊，將軍聞之，晋君五品銜。某又忌之，乃謀陷此兩人。君與林君大閱鄉兵，建旗鼓示坐作進退。賊候騎至，某復以其屬馳之。賊傾巢出，圍之數十重，君復與林君往救。東北風大作，巨埃漲天，百步内不辨人。君直前，裂眦大呼，手刃賊數十，所向披靡。賊不支，林君又以鋭卒横擊，賊瓦解將遁。某自陣後呼曰："師敗矣！"率其屬走，斷浮橋，而守衆皆潰。林君自刎死。君力盡，爲賊得。脅之降，大駡不屈，死之，從而死者千有餘人。正月二十七日事也。死時年四十有九。是役也，賊衆數倍於我，孤軍進援，又爲同役者所陷，故不免。事聞，詔賜恤，以知府贈林君，而君贈府經歷，從祀昭忠祠，世襲雲騎尉。

賊平，君次子封懋往覓君骸，不獲，仰天大號。忽有白衣人指示得之。喪至，沔州牧率士民夾道迎，哭失聲，至罷市。

方毒氛之初熾也，聞聲股栗，無敢攖其鋒者，獨君與林君仗劍躍馬，率鋤耰之子與之角。搴其旗，夷其壘，梟其鯨鯢，爲京觀者屢矣。媢功者陷之，勛既不就，暴骨中野，悲哉！然自此兩人出，他郡之士，聞風而結寨殺賊，所在不絶，實此兩人創之。豈非忠義之鼓動，捷於桴鼓，雖庸懦亦起而攘臂，况奇傑者流耶？嗟乎！君與林君，身雖莫贖，名不可磨，不在功之濟與不濟也。君赬面長身，偉岸若神，鬚數十莖，落落可數。嘗酒酣縱談天下事，後輒驗。當時多忽之。然則胸中所藴，未盡見者多矣。

子二：長封蘭，襲雲騎尉，温温然士君子也。次封懋，才氣尤卓犖。封蘭持君事，求立傳，采其尤偉者著於篇。

論曰：君當平世，智勇無所見。及豺狼横噬，激於忠憤，與林君援義旗，合壯士，奮身赴難，思爲國家助誅梟獍，赫然克壯威稜矣，功竟不成，至陷胸斷脰不返顧，世咸惜之。然英風大節，凜凜有生氣，視銘鐘圖像，孰能軒輊其間哉！

丁國昌傳

丁國昌，字禹言，漢陽人。康熙丁酉武舉，官至四川副將，射法冠一時。百步外植香數炷，射左中左，射右中右。力尤絶人，能屈二指擎石臼起，行數十步不墜。

北上，途遇大盜，負其力暴凌鄉里，攫取人財物，莫能誰何。大澤中有牛百餘頭，悉掠之旁村，驅入澤，鈐以火印，則牛主瞠視，莫敢問。昌乃購一牛縱諸外，誘之，盜果攘去。昌起，共僕追之，盜騰躍走，昌亦騰躍而擒之，擊盜立死。盡驅所掠牛，呼各牛主，使持還。衆羅拜去。又嘗宿逆旅舍中，門皆扃閉，且下鑰，所噉人肉也。有少婦被掠縶其中，昌乃以布二匹，自裹所乘馬擲出垣外，呼僕與逾垣出。星夜馳省，請兵擒剿，盡獲盜魁，拔出被掠之婦。

昌行事近古俠烈，其才武膽略，北齊高敖曹、彭樂之儔也。遭時承平，優游麾下，無所呈奇。使當開邊出塞之秋，飛而食肉，其功名豈可量哉！子時可，武生。孫人貴，庠生，乾隆乙卯科舉人。

春田蕭君傳

君諱德宣，字春田，漢陽人也。少不羈，年十二，忽有悟，援筆爲制藝，徵引及左氏，其父見之喜，授古今文，使誦之。二十補諸生，次年食餼，爲學使鮑覺生侍郎所賞。嘉慶癸酉舉於鄉。丁丑成進士，以知縣候銓。

道光三年，謁選得陝西之清澗。至則疏種井，新書院，集生徒課之。勸民種樹數萬株。屢斷疑獄，皆奇中。鄉闈分校榜首出其門。權鳳縣，察其地教匪初靖，盜賊方起，用嚴以整齊之，他皆如清澗。又屢斷疑獄，初傳爲神明，盜相戒不入境。閭里至夜不閉户。觀察樂園嚴公、中丞亮甫姚公，當世名臣，皆稱爲關中良吏第一。丁外艱，當途留主講同州書院，士聞之麕至。居大父喪，奉母歸。喪畢，又居母憂，哀禮盡至，見者感動。家居，預纂邑志，號爲精核。郡大水，姚小山觀察邀其賑灾，募金二十餘萬。設粥廠席棚，所全活數萬人。方伯少穆林公、廉訪樸園栗公屢渡江造門咨訪，中丞介坪楊公采其勞勩薦諸朝，會已奉命揀發直隸。謁制府節相琦侯，即迎謂之曰："聞若善决獄，且赴首邑訊囚。"又屢斷疑獄。補臨渝。至則曰："兩京鎖鑰，古用武地，今宜以文鎮之。"葺東溟書院，額曰"學海堂"。聚生徒試之。夏旱，步上角山禱焉。方俯伏，黑雲起頭上，大雨如注。後旱禱亦然。民大悦。移威縣，焚淫祠邪像。錢糧銀價日昂，各路加賦，君獨不忍。暇則課士廨中。又移東明，當糧艘孔道，俗又健訟，勢家尤驁甚，持吏短長。君厲之以威猛，示一棺自陳曰："吾死且不畏，何愛一官？妄訐者即予杖絶。"不與勢家通。始相與謗，久變爲頌。引文學士談藝，率之謁劉莘老祠、馬東籬墓，士民知觀感興起矣。遷大名同知，權海防同知。未滿歲，引疾歸。遭亂轉徙，遇疾卒。

君事親孝，官秦中，迎兩親至署，備極家庭之樂。爲吏稱神。君善因俗以爲治，嘗稱曰："喪元氣者，能吏也；培元氣者，循吏也。"聞者以爲名言。性灑落豪放，銜觴高咏，寵辱皆忘，見者以爲傲。晚官直隸，多用此齟齬。有人倫鑒，識拔無不騰上速飛者。詩文稿亂後什九散佚矣。子書，某科舉人，某科進士，今浙江知縣。

烈士劉君耕蘭傳

人臣起膺禄秩，或典城守土，不幸寇攘披猖，力不能支，委身殉難，君子予之爲忠烈，然其間亦有出於慕義强爲者矣。若夫布衣韋帶之士，無所歆於前，無所懲於後，猝遇戈鋋迫脅，毅然斬頭陷胸，曾不少挫。孔子曰："匹夫不可奪志。"豈不然哉！柏心讀《烈士劉君耕蘭遇難事略》，以爲死有重於太山者，其君之謂耶？君次子孟垣以狀乞爲作傳，乃據而叙列焉。

君諱載均，耕蘭其字也。四川瀘州人。少穎慧，兼有至性。家貧，母夫人恒躬操作。君孩提時，已能偕兩兄代任樵汲，宗姻嘆異之。八歲失恃，十九尊甫下世，則益食貧。然下帷不輟，邑試輒不利。乃以國子生與伯兄乙青入都試京兆，凡五被黜。旅游困甚。但耕石田，性又介甚，不受餽贈。鄉人耿篤卿重其行誼，語以義可受，則納之。與范雲吉共相佽助，乃得出都。臨發，逋累甚，重無策以償，又不忍負，方躑躅未就道。有所識秦人董公者，慨然爲傾槖代償，遂成行。其旋瀘，乃咸豐庚申年也。

滇賊犯蜀，謀買舟東下，未果。俄而賊麕至。里中無賴者語賊："必劫君爲謀主。"遂俘君至横擔山麓。君不行。賊以騎進，却之；以輿進，又麾之。遂大罵曰："我雖疏賤，固國家士子也，肯同汝作賊耶？斷吾頭去，决不汝從。"賊怒刃之。長子孟堣號泣請代，并死刃下。君弟愨然亦同斃焉。賊去十日，乃得君尸，具棺斂，項下未絶者寸餘，頭仍直立不倚，面如生。没前三日，語其子曰："寇深矣，無資力，不能遠徙，且避，亦恐不免。吾將以死當之，决不能偷生忍耻，貽門户羞也。"乃知君素志已定，非夫倉卒就死者比。嗟乎！一介逢掖，即巽詞僞聽，然後乘間逸去，於義無虧，亦無有以譏責隨之者。然君則謂："吾儼然士也，頓顙祈哀於賊奴，則羞辱激心骨不可湔，縱完軀命，何異犬彘？顱骨可擲，硜硜之節則不可撓。"嗟乎！君以下士蹈白刃，其烈概殆有加於死事文武諸臣上者，豈不偉哉！事後畺吏疏於朝，有詔旌奨入祀本州鄉賢、昭忠兩祠。君生嘉慶丁亥六月二十六日，卒咸豐庚申十一月朔日，年四十有六。葬州之松林灣，以長子孟堣祔。子二：長孟堣，與君抗賊同死。次則孟垣，其生也晚，不及備載君行事。柏心以爲節莫大於處死，君無愧志士仁人矣。舉其大者，則餘可不論。

贊曰：世之忠烈相望矣，大抵有官守者耳。君也，繩樞甕牖之士，非有恩之必酬，責之難逭也，而内志先定，曾不返顧，蓋剛直秉諸性真，漸被深於典訓，非鋒刃所能奪也。豈嘗逆計後日必有綸綍之褒、馨香之報哉！若君者，英英耿光，雖歷千百世，猶與日星虹霓相蕩薄也已。

江西按察使加布政使銜貞恪周公傳

公諱玉衡，字器之，潤山其號也。本姓王，從外祖姓爲周。考贈通奉大夫。妣太夫人，即外祖晴宇公長女也。公兄弟四，於次爲長。贈公及太夫人相繼下世，祖妣亦逝，公年甫十三，諸弟稚弱，遂往附外氏。晴宇公老無子，撫公爲孫。未幾，晴宇公又卒。嘉慶初，白蓮教爲亂，公隨從舅佐團事，潛入賊壘刺探。行谷中，大雨，山水驟漲，據危石乃免。顧見漂没者隨流下也。事平，治舉子業，補博士弟子。丁卯登賢書。屢上春官不第。道光丙戌大挑，以知縣發江西候銓。權會昌、龍泉，補龍南，調贛縣，權甯都、新建，擢義甯牧，遷守南康、贛州，除贛南道，晋江西按察使，權布政使。公起孤寒，爲牧令最久。廉直勁正，嚴而不殘，兼有文武才，善謀斷。忠孝誠信結於肺腑，老而彌摯，至於躋藩翰，履厄屯，致命遂志，卒不渝其夙守。

作宰時，所歷多獷悍之區，擒治奸宄，不事寬縱。邑有惡子，手書諭其族縛送，不煩遣吏往攝也。隣境莠民，亦緝獲纍纍，遠近怵其威。然於善良則煦育恐不逮。龍南、甯都兩遇飢，皆舉行平糶，活民無算。至秋買補得赢餘，或贈糴，或代償前任累，或分填他倉，纖毫不入己。公處大事勇決，尤有遠識。新喻萬國彩、撫州周景幅，先後抗糧煽誘，甚者鼓衆圍城。當事知公才，檄往治，許便宜從事。至則諭散脅從，但縛首惡，而亂悉定。楚北崇陽鍾逆，亦藉漕事戕官踞城。義甯與接壤，公趨視南樓嶺要隘，從之者財廿餘人。甫登嶺，匪徒四百餘至山半，望之大驚。謂有備，即遁走。襲陷通城，公周履邊境百八十里，擇士民守隘，還而倡修城垣，募士兵。具以牘聞。當道方憂之，及見所上牒，則曰："固知周牧能辦此。"廉使以兵來楚，亦擒鍾逆，兵乃罷。守贛時，會匪謀作亂，嚴詷之得不發，其黨三千皆逃。而信豐、龍南報有妖僧倡變。公携兵往捕，則又逃。將返郡，長甯報已被圍。公馳往，群匪畏威逃矣。留兵搜捕被脅者，予保釋。得亂民八十六人，解省定讞。有以游詞惑大府者，公力争，不見聽。未幾隣省犯，稱係江右會首，始用公原讞，論如法。粵逆擾定南界，公馳赴之，其衆聞風遁。會雩都賴村宋董二姓争塋地械鬥，衆各數千，洶洶且不測。公往按治，徑詣賴村。官吏營弁皆跽諫，公曰："闒冗，終釀大事，彼自仇殺，何戕我爲？"二姓果匿其火器，男婦萬餘，焚香駢跪。好語諭之，各安堵。飭族長縛首惡還郡訊治。又申大府，請移贛州通判治龍南觀音閣。蓋地與粵東壤相錯，爲會匪所出没，且請設武弁，列兵駐守，建城郭倉廥。奏上，得允行，自是邊界始敉輯。

公治軍嚴整，與士卒同甘苦，訓以果毅。遇敵，多深入敢戰，未嘗挫衂。其總理贛郡防務，邊長七百餘里，晝地防禦。粵賊分犯，公夜馳風雪中，往來策應，斬殺最多。會粵軍亦至，殄賊無遺。咸豐三年，粵逆自江左上犯，圍豫章，詔命公率練勇往援。而各屬亂方蜂起，奉和、萬安皆陷。乃先往攻剿，復二邑。潮賊圍韶州，公扼之邊，力戰經年。再遣援韶，圍解，則賊道袁州入犯。公總吉安軍事，將三千人赴吉。偵知賊屯安福，進，攻克之，復安福。麾兵追躡。賊設伏安福、分宜白華大山，公命搜斬殆盡，遂復分宜。進兵萬載。賊守山寨死拒，奪其壘，敗之。賊復阻隘，糾逆衆二萬餘，肉薄攻我，勢不敵，稍挫。公髯張眥裂，憤甚，懸賞得壯士六十，督之陷陣，呼聲動地。士無不以一當百，賊大奔，萬載亦復。時軍鋒鋭甚，威大振。議進取袁州，而吉守報湖南賊自永新陷瑕入郡，危甚，請還援。公分麾下留防，率五百人援吉。賊聞公部衆單寡，悉師圍之，糧與援皆絶。先是，公入覲者四，宣宗每見，輒垂奬勞，公感激次骨。恒語子弟曰："吾年届懸車，不敢言歸者，先帝知我甚深，無能報稱。今時事若此，豈臣子安坐時耶？老矣，終不惜此七尺軀捐糜以酬萬一。"竟如其言。吉郡市闤在郭外，城中無見糧，文武吏數十，兵勇四千，枯腸忍飢，以待外援。公揮淚拊循，勉以忠義，聞者感奮。日夜登陴，格鬥無休時。公第四子炎，道梗不能救。募健兒擢三艇載米鹽至城下，賊奪其一，公命啓關護入。分鹽給衆，財及七勺。賊獻油米誘衆，公呼入城，厲聲呵之曰："狂賊！敢持此怠我軍心乎？"

梟之狥於衆。圍久飢疲，羅掘盡矣，形面皆鳩鵠，猶會員弁，歃血盟誓，效死無二志。吞聲握手，皆雨泣不能仰視。日開城合戰，斃賊逾萬，燔攻其數千。賊乃掘地，將轟以火藥。公命以甕聽於掘處，水灌土窟。一日城忽轟坍，公第三子恩慶率士出捍，城上縋勇下擊，得補築如故。賊怒，益衆合圍，攀墉繼上。公督衆分堞刺擊，賊乃亂以金鼓鎗炮乘困憊益潛掘地。雷發，城崩裂。公奮前迎擊，手刃數賊。衆大至，力不支，爲叢刃所戕。被圍凡六十五日，恩慶亦迎戰中刃死。家丁從死者六，闔城受屠至二萬餘人，得脱者二三十人耳。咸豐六年正月二十五日辰時也。事聞，上震悼，恤典視布政使。吉、南、贛三郡建專祠祀之。賜謚貞恪，賜祭葬，予世職。恩慶恤視知州。

公雄毅多略，戰無不克，最爲賊所忌，必乘其孤危踣之，乃得志。使外有蚍蜉蟻子之援，公不亡，賊且立殲。嗟乎！飲血裹瘡，張睢陽之酷也；白首成仁，顔平原之厄也。公乃兼之，豈不傷哉！然生平義烈，磅礴胸中，幸則英聲昭金石，不幸則浩氣作山河。丈夫死耳，鋒刃牀簀奚擇焉？惟凜凜大節，上燭三光，下澈九幽，雖一瞑而萬世不視，無憾也。故道公事者，莫不易悲爲壯。公薨後，子炎傾家募士圖復仇，解贛郡之圍。援信豐、定南皆捷。擊賊泰和，鋭進，中伏而殞。有旨優恤，祔父專祠。世篤忠貞，公之訓可知矣。

公善斷疑獄，抉摘如神人，皆傳誦。性節儉，痛兩親不逮養，終身食不重肉。在官營繕，皆出私財，不以留攤累後人。交替從無纖介短少，勤於職業，巨細皆躬親。未嘗博戲，即吟咏亦不多。及喜獎訓士類，校試必拔真才，無敢以苞苴進者。

配饒夫人。側室劉孺人。子八：長厚基，由廩生任山西大同通判，加同知銜。焜，監生。恩慶，增生，調江甯藩理問，隨公殉難。炎，廩生，即選知府，戰歿泰和。瀚，道光己酉拔貢，朝考以知縣用，分發四川加同知銜。六七早殤，皆饒夫人出。澐，監生，先公卒，劉孺人出。女四。孫男十四人。曾孫三。

贊曰：柏心曩官秋曹，公擢守入都，始見公狀貌嶷然。語及義甯團練，稍露方略。是時海内少事，無留意武備者。竊謂他日風塵有警，於良吏求將才，必屬之公。已而果然。公以敢戰聲冠江右，賊當之無不披靡。竟困孤城，番番黄髪，化爲鬼雄。父子忠烈，一門遂有三人。絲綸俎豆，稠叠褒嘉，何其壯且榮也。或者猶以功業未就爲惜，抑知公即殄賊，不過崇班高秩，取世俗誇炫，孰與千百世景其壯概英風，猶將控箕尾而軼虹霓乎哉！

怡園夏君傳

君姓夏氏，諱某，字怡園，海畬其自號也。江夏人，曾祖某。祖某。考廣義，工大書，以治生致素封。樂施與，里黨歸其仁。

公少雋穎，沈默好學，文藻豐贍。弱冠補弟子員，試居第一，旋食餼。嘉慶，援例捐訓導，權竹山、漢陽等學。戊寅舉於鄉，是科長君中副車，人稱爲佳話。屢赴春官不第。大挑選授孝感教諭。至則捐千金葺學宫，重節孝，創義塚，維持風化者。多訓諸生，行誼最勤。至商榷文藝，亦必導以先正軌轍，士翕然宗之。遂受知林文忠公，以知縣保薦。迨去任，送者無不垂涕。

恬於仕進，歸遂家食，惟喜讀書。羅萬卷繞身，日事參考，疏析辨證，晨夕鈔纂，老而彌篤，悉歸精核。著《池北偶鈔》二十四卷，有疑義，必引後進之士往返咨詢，或舍己以從，其博聞而虚受如是。閲十七載，書甫刊就，遘亂盡毁。所著詩文二卷曰《怡園集》，亦毁。謙讓篤雅，性尤詳慎，言動必三思，作書必莊肅，遇人生平無失言失色於人，雖童子亦禮之。晚歲頻述封公之訓曰："謙退自牧，忠厚待人，吾勉之，恐不能逮也。"事親孝，處兄弟最友睦。遇灾賑，前後捐助不下數千金。他善舉必樂成之。其好義，多以封公爲法云。篤於師友風誼，從徐南墅先生游，終身服膺其教。延接英雋，樂而忘疲。論者謂公身慎於萬石君，强識如張安石，德望如陳仲弓，殆篤論也。卒年七十有一，里人失聲泣下曰："後生不復見典型矣。"

子二：長崇業，甫冠成副貢，道光甲午登賢書。後就京職，以内閣中書待銓，奉親不仕。性闊達，喜賓友，振拔寒士，爲人謀必忠，年五十四歿。次成業，弱歲以才聞。工詩，楷書冠一邑。入郡庠，受知林文忠、楊介坪學使。登乙酉拔萃，初選襄陽教諭，再選南漳。士喜得人師，皆相從留門下。屢滯鄉舉。任滿保薦選貴州、貴定知縣，權安化。適思南教匪俶擾，馳往捕獲首逆數十，變遂弭。調權普安。方漢回釁起，力爲銷弭。代者至，將赴省有日矣。變作，逆回帥衆攻城，將陷，爲登城諭以禍福，各解圍去。士民相與聯名，請大府乞留任。乃檄令襄理。詣賊巢，諭以大義，回悦服。及出巢，皆伏地拜送，且大哭曰："良有司去，誰活我者？"爲垂泪撫慰之，乃歸。權貴築、平遠，皆有聲。晋知府銜，以同知直隸州補用。同治二年權黔西，則遵義紅白號匪倡亂，聲張甚。力籌防剿者逾三年。冬，賊夜突城入之。起率家丁巷戰，不支，傷遍體，罵不絶，乃亡。篤好吟詠，雖戎馬中不輟，著有《研雨軒詩詞集》若干卷。孫四：惟藩、惟和、惟屏、惟祺。曾孫良材、良柱、良棫。

論曰：柏心從公周旋久，竊窺其治學治身，足爲人倫儀表。昔人云："生於薄俗，所不憾者，得見元紫芝。"於公亦云。次君治行方略，兼資文武，又以忠烈殉危疆，凛凛然氣壯山河矣。豈非公之訓勖，有以敦勉而成之也哉！

汪太宜人傳

太宜人姓王氏，監利人，候選州同諱松楷之孫女，庠生諱某之女。性端淑，嫻於閨儀，年二十歸次伯汪公。婉而加之以敬，祗奉高堂，禮無違者。舉子女各一。次伯公得瘵疾，日夕奉湯藥，不少懈。疾劇，每露香默禱，祈以身代。竟不起。則號泣欲殉者屢矣。顧念舅姑年迫遲暮，子女零丁，不得已乃勉任事畜。其後舅姑相繼下世，哀禮備至。戚黨見而嘆曰："此婦即孝子也。"

太宜人子曰宣振，雖鞠養勤勞，而訓迪不少寬。既而不克永年。有孫大廷，僅三歲，太宜人既早嫠，又哭子，乃撫孤孫，且育且誨，至於成立。今已授室，兒女繞膝矣。太宜人性勤儉，恒視烹飪，躬紡績不倦。生平無疾言遽色，處娣姒以和，待姻鄰以仁。温以撫卑幼，惠以及婢媪。雖席豐厚而躭虀鹽、服浣濯自若也。撫孤再世，兼任子婦父師之職，有功汪氏不小。道光壬寅，都人士上太宜人節行，請於學使者，以“柏節長春”表其閭。援例得五品銜，貤封太宜人。報劉之志，庶堪慰云。

贊曰：太宜人于歸僅七載，遂稱未亡人。鞠遺孫者兩世，當其艱危煢獨，豈有意後緒餘慶若此哉！天牖其衷，單宗復振，絲綸寵渥，簪紱蔚興，然則太宜人於汪氏再造之功，雖比之程嬰無愧也。

洪母蕭宜人傳

宜人爲漢陽蕭氏處士諱玉庭之女。生而静慧，厥考愛之。手鈔《孝經》、《小學》授讀，即解大義。女紅不習而能。長適涇縣洪仁夫封君爲繼室。佐夫子婉而肅，事舅姑孝敬，得歡心最甚。教子嚴而有則。就塾歸，必令覆誦晝所業，絶不姑息。前室汪宜人有女二，訓育如己出，遣嫁必豐其籢。後鄉里亂，長女窘困，貽金贍之，且以計脱之。育於家，視猶子不啻己子。夫之從弟子子櫃、子樞，皆早孤，其家多隕於難。宜人流涕勖此兩人者，俾之成立，又善視其婦。宜人精心計，善持家，率之以勤儉。處娣姒和以正，遇婢媪温且惠，洽比姻鄰，厚恤貧乏，行事皆非庸婦人可及。若其特識，尤過人遠甚，雖豪傑且弗逮。

季子子杭，聘胡氏女，有廢疾，或勸改議婚。宜人曰：“疾起既聘，棄之，廢禮傷義。”卒令具禮以娶，尤憐愛之。避難荆門，鄰婦有崇信佛事，習梵唄祈福，里閭惑焉。宜人戒家中勿爲彼所熒。曰：“神可敬，不可近也。”聞警，轉徙濆川、夢澤間，鄰有乘釁思劫者，宜人覺之，密與錢帛乃止。賊過，大掠遺物，狼藉委地，里人攫取之。或爲不平，宜人置弗校。幼子項繫金飾，與他兒嬉戲失之。有告以某甲拾去，迹之可索還。宜人曰：“物耳，得失有數，奈何輕污人?”凡此最其智慮超越者也。

生平好以節義成人之美。有蔡氏早寡，無子，人勸其他適，宜人語以從一而終之義。蔡感泣，矢志益堅。僕婦陳有子二，而夫死，逋負山積，叔氏趣之嫁，取值以償。宜人傾篋助之，且育其二子，陳卒完其節。因留事宜人十九年乃去，其子亦能力耕自給矣。鄉人由是稱宜人之德不衰。或戚鄰緩急告貸，無不應，亦不責其償。

性莊嚴自持，動循禮法，喜談古今賢孝節烈事，津津不倦。夙誦《吕叔簡閨範》、《温氏母訓》等書，爲子婦稱舉，環聽皆悚然。道光己酉，漢陽大水，衢巷盡舟栰，米驟昂，民多餓莩，市皆栖於樓。鄰有安、馮二姓，眷屬各數十人，阻水不得出，宜人命偵之，方懸釜絶糧，即分鹽米饋之。兩家喜且泣曰："不圖夫人活吾曹百口於垂斃也。"宜人明決，而出之以巽，喜揚人善，有失亦面加匡正，人亮其直，無怨者。歲時家祭，必蠲潔手治饌，族姻無後者，皆祔食。卒前數日，值姑忌辰，力疾命子婦薦享無怠。且曰："疾愈，吾當洗手作羹，親奠吾姑也。"

次子以瘵卒，心哀之，感疾得怔忡閲十餘年。竟以是卒，年五十有一。生嘉慶癸酉夏六月二十五日，卒同治癸亥冬十二月初六日。封君喪哲儷，痛之甚，鄰黨皆出涕。子三：子彬，廩貢生，候選校官。子椿，未冠卒。子杭，國學生。女子子二，前室出。孫男三：壽頤、壽彭、壽昌。女孫二。子彬，年少文行卓犖，與柏心同校書崇文局，出宜人事狀，請作傳。因論次其大者著於篇。

論曰：世多言女德，若宜人識慮深遠，求之古列女，蓋賢明婦人也。子彬性褊急，宜人箴之曰："静則心安，躁則福薄，女自勉之。"此兩言者，進德應務，悉括其全。雖有道仁人之論，無以進於此。嗟乎，豈不賢哉！

譚貞女傳

貞女名寶貞，姓譚氏，江夏人。父良翕，候選縣丞。母余太孺人。

幼而端慧，十齡外，即解佐母治内事。其奉親也，承顔色，察志意，皆曲得愉懌。堂上偶不怡，委婉寬譬，無不立解顔爲笑者。分甘所及，儲以代乏。愛諸弟，恒勖之誦習。父母以字吴氏子達芝。亡何，婿夭，家人秘之，幼婢泄其語。貞女聞之，即斥去妝飾，跽白於母前曰："兒受吴氏聘有年矣。不幸婿亡，然舅姑存，當往吴氏門，代供子職。母愛兒者，敢請割慈以遂兒志。"母憐而僞諾之，徐屬閨中女輩，微相諷止。貞女已藏刃袖間，涕泣言曰："父母果遂我請，我能堅守此義，終始不渝；不然强我他適，是真以犬彘視我也，生不若死。"語畢，刃出於袖，將自刎。衆持奪其刃，乃免。父母察其志决，即語媒氏達此語。吴氏母自送往，貞女年始十六。入門既號哭易縗絰，則起而治膳羞奉舅姑，與娣姒共操作。其姑賢之，與家安之，宗黨敬之，姑遂畀以家事，事無不整理者。

咸豐二年十月，聞母病，歸侍疾，不解衣而卧者凡二十餘日。病革，潛刲股肉，濡藥進之，果愈。母后見其澣衣，血痕漉漉，詢之，匿不言。强視其刲處，創痕甫合。

是年十二月四日，粤賊陷鄂城，貞女見事急，倡言母前曰："兒與弟婦辱生，不若榮死。兒等志决矣。惟應中弟，當遣令走免，往求父兄。父兄無恙，甚善。不然者，譚氏宗祊，庶幾有托。"遂與弟婦楊携手趨樓上，相繻投環死。次年正月，賊東走，其父兄歸，泣而斂之，以柩還吴氏，葬字婿墓側。邑人士列其事上大府，請於朝，得旌閭如令。貞女殉難時年二十有八矣。其兄本中爲柏心道之，且請爲之傳。

贊曰：貞女之行甚高，識甚明，蓋中智以上人也。當其聞婿亡，而執義不回，以死自勵，視義不啻泰山，視其軀直敝屣耳！異時臨難引决，不待再計也審矣。滄海横流，而石不可轉；烈焰燔山，而玉不能毁。嗟乎！如貞女之行與識，雖志士仁人何加焉。

遵義兩節母傳

兩節母皆居遵義，時相同，壤相接，并爲親懿，又各以行相勵云。

唐節母王孺人者，綏陽人，庠生第之女，生周晬，母李下世，爲世母龍所鞠。年十八，歸遵義儒生唐君兆麟。年餘生一女。又逾年，唐君以病卒。孺人自傷少失恃，嫁失所，天生命不辰，將以死殉者屢矣。宗黨止之曰："舅姑雖没，祖姑猶在，當立嗣延宗祧，徒死亡益也。"乃勉起從命，遂置後。始時，薄田不滿百畝，盡鬻以葬夫。終歲藜藿不飽，仰食手指，然拮據以奉祖姑十餘年。祖姑語人曰："孫婦即吾孫也，無孫而有孫，吾老人不以餘年爲憂矣。"女適同邑楊生承瑞，事姑亦謹，蓋楊母亦早勵柏舟者也。有司以孺人事狀上於朝，奉詔旌其閭。孺人之卒年五十有五矣。

楊節母江孺人者，其行大抵類唐節母。父世清，遵義縣武學生。孺人適同邑楊君連光，亦隸武學生。鄉試歸，積勞成疾，孺人侍疾數月，不少懈。中夜籲天，請以身代。竟不起。號泣不欲生，然念繼祖姑及舅姑皆老矣，遺孤又孑然，乃忍死奉重闈，訓督孤兒，未嘗以愛掩義。承瑞自塾歸，必勖之曰："守分安常，爲士者當終身踐之。"其自酒漿烹飪，嫁娶燕會，無巨細皆身任勞勩。同居三十餘人，不聞詬誶聲。諸姑稱其婉，娣姒嘉其睦，伯叔兄弟歸其敬且讓。遭繼祖姑及舅姑之喪，竭力營葬，盡斥所有供之，遇生卒忌日，涕泣薦食飲。性静寡言，侍婢不見有笑容。好施，鄰婦嫠老者，絲枲布帛之饋日不乏。里人聞之，皆曰："楊母節行可方唐母。"兩節母之稱，自此起也。

王子曰：貞義之行，豈不稟於性哉！兩節母里閈相望，俱以高節聞。又能奉親訓子，慰長逝之魂，崎嶇蹇厄略相當也。此詎有勸勉而爲之者，要之不移其性而已。疾風動天，霜雪總至，百草無不靡，唯松柏自若也。兩孺人者，皆凜然有歲寒之操矣。

丁太孺人傳

太孺人姓泠氏，義甯州人。考曰廷爵。太孺人幼嫻《女師》、《德象》之篇，性度依於淑慎。既笄，適同里丁雲山先生。敬以事夫子，孝以事舅姑，睦於諸娣，有過同氣。姑性甚峻，子姪輩嚴憚之，不敢數數見，太孺人以婉娩承順，得歡心獨甚。舉丈夫子四，伯與叔皆殤。仲則傑，季則燮。甫五歲，即爲延師入塾。誦習之餘，所督必忠孝大節。日夕詢其課，必使中程，未嘗稍事姑息。雲山先生襟懷高潔，放情詩酒間，不屑屑問家人産。太孺人自綜内政，至田宅之增益恢拓，皆與傑擘畫區處之，不以白雲山先生也。已而傑之子榛生，燮之子桓、相生。及桓生，於是有含飴之樂。

道光丙午，雲山先生下世，燮夫婦又相繼卒，太孺人切怛悲傷，肝肺摧裂，然顧念相、桓兩孫，零丁幼稚，無所倚以成立，乃親加鞠養。兩孫又孱弱善病，拊摩噢咻，不遺餘力，皆至成人。蓋太孺人於兩孫恩勤倍摯矣。

咸豐時，粵逆犯境，焚掠屠戮無虚日，丁氏廬亦毁。太孺人率家人轉徙乃免。寇退，復加營葺，竟還其舊。繼舉曾孫，將藉是優游大年矣。亡何，以疾不起，則同治四年乙丑六月十三日也。年八十有四。

太孺人好習勤動，春秋高，家頗號素封，然顧杼鳴機不少輟。布成在篋者匹數十計，麻績委筐者斤數十計，皆七十以後手治者。所服布素，浣濯補綴，取適體而已。蔬食自甘，不飫珍膳，其言曰："吾豈好勞苦哉，亦欲吾家後世閨中，以爲儀法，又欲留餘澤貽子孫也。"臨終，神明湛定，若了了去來者。智慮過人遠矣。逮下温惠，村媪皆加禮。比没，多垂涕不止者。太孺人自爲婦至母，皆以賢稱世。不見桓少君、魯敬姜久矣，今求之太孺人，雖古圖訓所稱何加焉。子三。孫五。曾孫五。其孫桓懷撫育恩，欲托文字以播徽音，風雪走千餘里叩柏心門以請。其言皆質慤無妄語。次之爲傳，俾藏諸其家。

贊曰：李令伯、袁愍孫、李百藥，皆少爲祖母所鞠，桓亦然。涕泣請爲傳，宜也。桓誠孝也哉！吾聞丁氏世樂善，思有所表見。當世轗不遇，桓博習善文詞，桓之季父傑又能率壯士保鄉里，寇去不受賞。皆太孺人教也。然則丁氏且日興，僅僅以修内職、戒逸豫爲稱，猶未足盡太孺人也已。

仕兒婦唐氏傳

氏唐姓，貴州遵義人，生三歲而孤，不能舉父母名氏。廉訪炯者，其再從兄也，憐而育之家。稍長，習内則。女誡甚嫻，家人稱其婉淑。既笄，廉訪以字余第三子家仕爲繼室。遣使者迎之。入蜀就婚時，仕兒宿恙未蠲，撫病就道，抵成都，勉强成禮。氏察其狀，心憂之，代爲營視，將護甚周。婚逾月，仕兒疾有加，亟圖歸。語氏曰："我先發，子且留，秋涼後再歸。"氏泫然曰："君何言之左也。疾若此，途長五千里，妾不同歸，誰任其咎？"毅然與同舟東下。

方春暮，舟次鬱蒸，婢媪皆有憚暑之意。凡仕兒藥餌饘酏，手爲調進。衣襦增減，坐起扶掖，助之節度。默揣潛籌，捷逾響赴，若是者數十晝夜未曾寢息。泊沙市，仕兒前室鄧氏外姑迎其夫婦至家。少憩，見前室二幼女寄育外氏，大憐之，撫摩不啻己出。即攜之至舟偕歸。姻黨見者嘖嘖嘆其賢。

甫入門七日，仕兒疾遂不起。氏號咷幾絶，欲仰藥摩笄，相從地下。念舅年逾耄，倉皇引決，是重貽驚憂也，故且遼緩。比余歸，謁見畢，即請曰："翁高年難勝憂悴，請自寬。翁不見子，猶見子婦，請代子職，兒今後便輟泣，免觸翁悲。"自是調羹奉膳，曲盡孝養。甘旨珍羞，次第交進，定省日數至，服勤罔懈。遂歷月餘。俄而病作，猶日遣侍媪報余，疾少差，能納食，請無以子婦爲憂。最後乃停藥絶粒而卒。則同治壬申八月二十一日辰時也。年二十有八，距夫亡四閲月。

先是二兒家隆舉一男，推與仕兒爲後。余勉氏曰："撫孤賢於殉節，汝他日必能訓子成名，追蹤賢母。"氏病中泣，語兩姒氏："吾不能終奉翁矣，遺憾安窮？翁所命事遠大，恐力不勝，今病若是，惟有從逝者於九原耳。"於是始知氏之名爲屬疾，實則殉節也。夫其伏枕飲泣，肝肺摧裂，之死靡他决矣。又慮驚吾老人，變慷慨爲從容，若與乘化歸真無異。秉禮度義，權衡至精，未知視仁賢君子何若？要之累千百庸庸巾幗，不能有此奇杰也。悲夫！節義死，疾病死，等之死，有輕重焉。不居其名，惟遂其志，氏之死，賢於生也。又不啻其生也。行至高，心至苦，卓然奇傑，累千百庸庸巾幗，宜莫能望也。有司采其事狀，上之朝，且被旌矣。命下，當立闕表其墓，與仕兒合葬宅東白鶴山麓。初，氏之再從伯父威恪公，余石交也。嘗欲申之婚姻未果，故廉訪爲相攸以符前諾。結褵數月，同歸黄壤，何所遭之不幸也。然氏竟能以節自顯。

邁叟曰：號稱伉儷，恩紀尚淺，可以無死而竟死之。又出以縈紆曲折，足伸本志，非夫高明奇偉之資，孰能爲是乎？猶未離乎女也。故著其貞，不專主乎烈也。故稱其孝，自天題獎，名播女宗，功莫大於激揚名義，豈獨爲吾王、唐二姓光哉？

卷四十一　碑銘

贈湖北布政使廣東陽山縣知縣唐公神道碑銘

惟公有醇德茂實，惠及氓庶，固能光啓令緒，篤生良輔。遭逢錫類推恩之典，寵榮褒贈，崇階異數，赫然爲泉壤光。乃哀公生平言行治績，刊諸穹碑，焜耀前美，昭示無窮。嗚乎盛哉！柏心不敏，辱當撰詞，謹揭其卓犖大者章襮之，貽來世矩範焉。

公姓唐氏，諱源準，字直圃。貴州遵義縣人。里居族望，詳郡志家乘，不具述。曾祖某，祖某，父某。公五歲稱孝童，長而以文詞知名。嘉慶戊午舉於鄉。戊辰大挑一等，以知縣銓發廣東，權英德、清遠、欽州，補陽山，卒官。以子貴，贈通奉大夫、湖北布政使司布政使。

公爲政仁而明，廉而有威，所治大抵盗賊邊徼之區，雖持法，然重大體，不喜邀功覬利。識度深遠，當世號才吏者，皆莫能及。其宰英德也，李氏子殺人而逸，捕之急，其父爲請餽二萬金取他人代，公不聽。卒誘出之，論如法，邑中肅然大治。清遠多盗，莅之逾年，皆解散去。欽州崎嶇山海間，民桀猾，輕犯法，忿争輒服毒，吏乘以破人家。公梶奸杜罔，政不苛而俗自革。言者請於公曰："州境界越南，自龍門逾松徑山，并海而西，自白笠嶺田肥美亘百里，椎結聚處者寥寥無幾。吾民往墾其田，得數萬頃，入租於夷民甚微，此大利奈何聽豪民擅之？若籍以比内地定著爲賦，可以廣積儲，贍軍食。"且請先納金二千於官，冀以啖公。公排笮其議，事得寢。乃從容語寮友曰："君等亦聞前事乎？明時毛伯温已畫此歸越南矣。區區甌脱地，不值一毛髮，無故攘而有之，失大信，非國體。又將有三害。"衆問故。公曰："賦著爲定額，歲一不登，催科徵督之擾生，害一也；先墾者退爲佃客，而以田授豪者，争鬥大起，或逃匿海中，屯聚攻劫，害二；越南新移寨於碪街，内直南栅門，外縈白麟尾，與言者所請籍入之田，徑路出入甚多，非增兵置吏不能護，民耕歛得不償勞，越南又將歸曲於我，是兆釁也，害三。喜事之徒，狃近利、昧遠患，萬一誤聽，悔何及?”聞者大服。

嗟乎！自古邊患多起於争利，結怨絓禍，兵拏不解，階厲自貪人始。公遏絶其端，淵淵乎有大臣方略矣，他吏能何足盡。公始需次，時賊掠海上，横甚。大府定捕盗，予遷補。或勸行，且分所獲。公辭曰：“馘人首以躐進，真僞又未可知，吾不忍也。”爲大司寇韓公所重，相國襄平蔣公尤器之。公不遽逝者，薦章且上矣。性儉，居官若儒素，禄入皆贍宗黨，籯無餘金。卒時年若干，葬某阡。

夫人王氏，以淑德聞。子樹義，嘉慶丙子舉人，由知縣累遷至湖北布政使。人咸曰：“公宜有達人大其門。”孫焯，太學生。煒，四川藩庫大使。炳，太學生。炯，道光己酉舉人。煦，太學生。曾孫二。公以異績令望，未膺顯擢，没而被其榮澤延於後。天之厚清白吏，初若難測，久乃大彰。銘曰：

小察小惠，不足以名。我求茂宰，莫若廉平。惟公之政，調劑剛柔。法立不犯，令行如流。喋喋辨言，妄陳邊利。正論排之，永綏荒裔。惜不進用，謀謨廟堂。淪於下邑，識者霑裳。漢有太邱，朝寧未升。且公且卿，子孫代興。公之餘慶，所積者厚。良翰踵生，克啓厥後。綸誥榮褒，焚黄告墓。鬱鬱高原，大崇封樹。流聲播譽，鏤石刊詞。黔山萬仞，配此厓㕒。罔俾兩京，循良專美。式闡徽猷，以待青史。

提督銜浙江處州鎮總兵文公神道碑

嗟乎，自長蛇薦食，東南幾無完土。而臨安被寇，最後陷而復，復而再陷，城中文武殲焉。其死事最烈者，則處州鎮軍雪舫文公爲尤著。

公字雪舫，滿洲某旗人。公幼善騎射，讀兵家言，有將帥之略。始由前鋒充驍騎校。咸豐四年，粵逆再擾楚，響附者如蝟毛而起，公奉檄轉戰，芟夷群寇。上功狀，擢補防禦，賞戴花翎，洊升都司。六年，遷山西平陽營參將。至，則賊張甚。中丞耆公倚公膽智，授之兵。戰吉安、撫州、建昌、瑞州皆捷，以恢復聞。檄援皖，復婺源、開化等邑。耆公與都堂張公上其績於朝，晋副將。九年，還軍江右，擢九江鎮總兵，專備皖南。未幾，吴越皆没於賊。中丞毓公奏遣將兵援杭州。十年，力戰破賊，再解杭圍，一救湖州。有詔加庫木齊拉特依巴圖魯，授處州鎮總兵。十一年秋，賊復盡鋭攻杭。中丞王公檄公入助城守，凡再閲月。晝夜登陴，苦鬥不休，賊益蟻附肉。薄糧告盡，援師斷絶。仲冬二十有八日，城遂陷。公猶短兵巷戰，血漬衣袍盡赤，力不支，北望頓首曰："臣以死報國家。"遂殉焉。年四十有二。事聞，上震悼，賜恤，予世廕，命從祀昭忠祠。

嗟乎！賊所淪覆數千里，衆號百萬，而方鎮大臣，計畫不一，無長算遠略以制之，惟遣將趨救，奔命不暇。道里懸遠，餽餫乏絶，用飢疲之師，角勝虎狼之吻。幸而告捷，孤軍獨進，賊衆益增，往往以智勇名將，束手坐斃於危城絶地。然而矢亡弦折之秋，張目奮拳，搏鬥愈疾，明知力盡無濟，終不以生易死，至於穴胸陷脰，一瞑而萬世不視。斯則人臣忠壯之志，雖没如存。宜乎聖主褒嘉惋惜，下至庸夫牧豎，聞其風，莫不欷歔流涕，不能自已也。嗟乎！其悲也，乃其所以爲榮也已。

公授命時，麾下將潛瘞其骸城隍山後。越明年，同治初元，乃具棺斂，附海舶至九江以歸。公之子喜成既葬公於荆州西郭外某原，將刊石表諸神道，柏心爲之詞，故獨著其死事大節。他世系行事詳誌狀者，不具載焉。

兵部尚書兼都察院右都御史兩江總督陸公神道碑銘并序

昔在宣宗時，天下方鎮大臣以才聞者，首推沔陽陸公。所經畫軍國大計，旋至立有效。晚節不幸，適遭厄屯，絜單師與凶豺怒狒搏戰，不勝，退而修守又不固，繼之以死。其於臣節無虧矣。言者不察，交章重劾。賴先帝聖明，不加震怒，還其故秩與所籍入，公之誣稍稍白矣。獨憾才不及展，未能以身作東南長城，爲君父分憂。公之誣雖白，公之心終無由慰也，悲夫！同治四年秋，金陵平。公之孤鍾海，匍匐往求公骸，得之，刃傷如刻畫，見者泫然。爵相湘鄉曾公上其事，鍾海扶櫬歸葬，以碑銘來請，謹序而銘之。

公姓陸氏，諱建瀛，字立夫，沔陽州人。系出有元色目，世居大都吕城。有弈公者，至元時官沔陽府同知，家於南鄉沙口，後乃遷州城之漕河。明以來，仕宦、文學承其家。高祖之屏，州庠生。曾祖定陞，大學生。考正經，歲貢生，碩德潛光，所稱訓畬先生者也，選授鄖陽府學訓導，年逾八秩乃終。三世以公貴，誥贈光禄大夫。公兄弟四，子次居二，資稟絶人，承過庭之訓，屬文敏贍，弱冠補弟子員第一。鮑覺生先生亟賞之。嘉慶丙子舉於鄉。道光壬午捷南宫，改庶吉士，散館授編修。其充職也，則國史館協修、文淵閣校理、本衙門撰文、國史館總纂。己丑、壬辰兩充會試同考官充教習庶吉士者；三儤直南書房及上書房，兼咸安宫總裁。其出使也，則典試雲南。中道聞訃歸。典使山東，得士最盛。其遷除於内，則自右贊善、右中允、兼日講起居注官。大考，欽取二等七名，擢侍講、轉侍讀；其歷揚於外，則自直隸天津道，賞加按察使銜，旋拜真除，遷直隸布政使。奉命巡撫雲南、江蘇，晋授兩江總督。久之，頒給欽差大臣關防、賞給頭品頂戴。

公英邁豁達，開濟自許，慕江陵相爲人，於近代雅重百文敏、陶文毅，奬許氣類，浩浩無不容納。遇大舉措，則擔荷裁決，引爲己任。智慮明練，沈速果斷，非浮詞所能動。津門防海，識者已韙之。及督兩江，萃鹽、漕、河三大政於一身。又值疲敝已極，毅然爲天家籌久遠至計。忠概激昂，聞阻撓者持異論，輒盛氣排之，故叢怨取忌，末路卒爲積毀所中。道光時，島夷突犯津門，公議扼大沽海口，馳往相度，營炮臺，造戰艦，徵集兵勇，列隊嚴整，因編保甲，杜奸宄，夷望而憚之，駛船逋。三吴困於漕運，輓尤滯。公采陶文毅海運策行之，幫費倉規，悉與汰去。招沙蜑等船親馳上海督之。僅五月，運米二百萬石有奇。先後全抵津門，自是遂專用《海運兩淮鹽法引》，减課，絀日甚。先是，陶文毅於淮北改行票鹽，未及淮南也。道光二十八年，湖北塘角火，毁鹽二十六萬七千餘引，商資大折，公決意通行票鹽。狃習故常者，皆不聽。奏定新章，其法：以减成本裁冗費，隨到隨售，不限輪綱，每引增無課鹽二百斤，除驗資折扣行之。六月奏銷。己丑，全綱課銀四百餘萬，節省銀三十萬，備部撥减輕成本四百餘萬，裁楚西岸店歲損陋規百餘萬。計江、廣、皖、蘇食鹽歲减錢二千八百萬緡。農民歡呼忭舞，而怨謗自此伏矣。南河歲支庫款，官吏乘以侵盗，修防益懈。公駐東壩，與河帥奏褫尤貪劣者，梟誅捻匪十餘人。兩壩夫役數十萬，無敢譁。乃倡捐恤灾，有賞戴花翎之奬。員弁工料核實給領，宿弊盡剷。初議堵築，豐工僉稱需銀八百餘萬兩。公但請减半。甫合龍，風作，復潰。坐是鎸四級。請展限至秋，乃合龍云。

軍事之起也，公於工次奉命督師，旋省，八日徵兵餉未集。與同官部署城守，即啓行，率壽春恩鎮進扼上流，屏蔽江東，師次安慶。聞武昌告陷，麾下兵不盈四千，分隘留守，僅餘千人疾趨黄州。檄恩鎮率所部爲前鋒，遇賊廣濟之下巢湖，迎擊稍利。賊纍至，遂大潰。恩鎮死之，部曲存者四百。適向軍門遣約公會下游軍，厚集以待。公先過九江、安慶，與兩中丞議置守爲援，遂報向軍門會師盆浦。比至，潯皖皆前期移戍矣。上章自劾，且陳三江重在建康，請還顧根本，返金陵。會將軍以下謀扞禦，凡守具略備。慮東西梁山乃天險，或爲賊據，奏往扼之。率福山陳鎮往，巡視大平郡，撤各小口，防兵益之。同官不謂然，以疏上，詔逮公，道梗，公不知也。賊窺蕪湖，檄陳鎮救之不及，陳鎮力戰，捷矣。賊分舟横擊，陳鎮戰死。公自將往援，又敗，退保省垣。城周九十六里，兵勇二千餘，不敷憑堞，則多張旗幟，激以忠義。公宿城樓，往來策應，格鬥無休時。賊穴儀鳳門入之，公急策馬詣將軍、都統，商調旗兵助戰，皆陽諾。復馳督將士至十廟。遇賊，厲聲大罵，賊環刺之，被傷九，猶手刃一賊，乃没帳下。卒舁公骸節署。會方伯涂公至，與俱視殯斂，瘗署東水月菴蔬圃中。咸豐三年二月十一日事也，没時年六十有二。

六月，將軍怡公以殉難聞，詔復原官，賜恤。論者猶不已，乃停恤。夫以奔北與淪陷爲公咎，固也。然賊連陷兩行省，席驟勝之威，毒焰方張，若燎原滔天。公提江左柔脆數千與角，勢萬萬不敵，猶出入戰守，不遺餘力，竟以身殉，凜凜大節，與鍾山石頭并壯。昔安史初起，常山、平原、臨淮、汾陽當之，皆嘗挫衄，何獨以咎公？甚者摭不根之語誣以疑似，賤豎庸隸且不屑爲，曾謂磊落烈丈夫如公而乃出此？求疵索瘢、好議論短長如是！公即破賊立效，亦豈無他詞摇撼者？嗟乎！臣子大義，爲法受惡，所不得辭，彼仇嫉之口，何足置辨？恐自是墮勞臣志士之心，後遂無敢爲國效死宣力者。嗟乎！此可代爲拊膺流涕者已。

公孝友最篤，遭太夫人及贈公之憂，失聲嘔血，幾至於毁。事伯兄仲洲公尤謹，性嚴義利之辨。在家無私産，在外無苞苴。至用財則揮霍不吝，助賑助餉，凡捐十三萬金，置義田贍其族親，識皆加厚餽，人人過其所望。後進才行秀出者，必與獎成。校刊《爾雅義疏》、《儀禮正義求古録》、《江氏韻書》三種，童内方、毛春門兩先生集行於世。所著詩文遭亂皆散佚，惟《木樨香館賦》、《初學導先集》尚存刊本。

配吴夫人，同邑太學生居森公女，先公卒。繼配史夫人，宛平人，甘肅甯夏鎮總兵、署甘州提督、和闐辦事大臣善載公女，亦先公卒。繼配丁夫人，揚州處士敬謙公女。子五：鍾漢，吴夫人出，道光甲辰恩科舉人，一品蔭生，刑部候選員外郎，改捐知府，特指江蘇。因公行至江陰遇變卒。鍾江，史夫人出，嗣公季弟聚莽公爲後，廣東高明縣知縣，歷署龍門、香山，卒於官。鍾海，候選員外郎。鍾泉，國子監生。鍾澤，郡庠生。均丁夫人出。女六：長適同邑鹽提舉銜、湖北試用通判吴珩。次適宛平道光甲辰恩科舉人、刑部郎中史保悠。三適漵浦前任户部郎中舒燾。四待字。五六俱殤。孫光祖，咸豐己未恩科舉人，庚申恩科進士，刑部主事。女孫二。

公生平顧柏心最厚，竊痛公有救時大略，致命大節，晚途杌隉，蒙詬特甚。禍中於顛沛失據之秋，機伏於恢宏任事之始，蓋坐才爲累也。故所以著公者，不敢徇意氣而皆采天下之公論。銘曰：

始以文藻，儤直承明。繼筦畺寄，任鉅肩閎。上利國家，下蘇閭里。振刷蠹弊，下令流水。國儲以充，民用歌舞。側目纖兒，遂叢怨府。公益毅然，不涉媕婀。排屏浮議，遑恤其他。干將之鋒，當機立斷。救時管蕭，推公爲冠。長蛇東下，起公督師。倉卒就道，所將單羸。戰守兩窮，以死遂志。褊忮交乘，騰爲謗議。彈章喋喋，仰賴寬仁。詔復故秩，公論乃伸。昨者改殯，忠骸啓穴。凡被九傷，次骨不滅。公之本末，行達聖聰。賜恤易名，恩禮方崇。鬱鬱松阡，公其戾止。仰見耿光，上騎箕尾。

贈太僕寺卿湖北荆州府知府陳公墓碑銘

公姓陳氏，諱均遠，字叔平，四川滎縣人。宛平其寄籍云。先世自廣東來徙。曾祖連亮。祖秀文。考爲先，由掾吏起家，補浙江杭州税課大使，遷烏程主簿。以公貴，贈如公官。

贈公生子二，公其長也。幼即警穎，異常童，江右湯先生子燮見而異之，授以舉業。贈公卒官，間關歸葬，家遂壁立。久之始納貲得從九品。聞湯先生作令吴中，往佐其治，湯先生以憂歸。乃入都，加捐縣丞。公發湖北，專讞積案，衆以爲才。坐到省逾限，鐫二級。鬱鬱無所施。湯先生來楚，承檄治荆州萬城隄，即請以公往，乃得捐復。湯先生權襄陽，邑號爲多盜，復請以公往，佐理緝捕。時有巨案，真盜未獲。公至境上偵之。役某甲來謁，年少而衣履新潔，公疑之，反復窮詰。詞窮吐實，則真盜也。其黨無一脱者。境内以清。

崇陽鍾逆搆亂，大府以師往，檄公赴營。條上進剿機宜。事平叙績，奉旨賞戴藍翎，儘先補用。補蒲圻縣丞，署襄陽府經歷。湯先生去襄陽，又請以公權邑事，旋權棗陽、宜城。母憂去職。服闋，引見以知縣用，代理南漳縣，權漢川、嘉魚。咸豐元年，補崇陽。俗悍而頑，惑於左道。責民改悔，翕然丕變。監利江堤圮，承乏者得檄，輒用他詞避。公適在鄂，聞之，自請於方伯願往。方伯咨歎曰："壯哉！人却而汝前。習聞汝能，聲不謬也。"即檄往，給工費銀萬三千兩。至，則歲修久弛，亟集吏民增築堅厚。夏，江大漲，與堤平，勢危甚。公親督徒役，隨方捍救。季黨灣堤裂，風濤撼觸，水已注内，民環聚者萬餘，相率號泣。公立水中，誓以身當之。俄頃敗舟駛入，横塞堤罅，亟加土石，堤竟全。

粵賊陷岳州，邑聞警，民悉竄避。公衣冠列燭坐堂上，獄囚譁，命之曰："法在，有敢譁者，斬!"命擊更鼓如故。賊過境，不犯而去。先是，偵間諜綦嚴，公察其罣誤，輒縱遣。白螺僧輪音以嫌誣里中百餘人與賊通，走岳州告變，將興大獄。公白其誣，獨以僧伏法，餘置不問。

咸豐二年，調江陵，爲衝要孔道。方發軍興，貢使又道其境，公始議行蜀鹽以羨餘。募壯士千人，造軍械悉具，吏士之投效者，察其才略，使分將之。又招土豪劇盜，予冠帶，使立功。次年，賊躪漢陽，僞黨分擾，環荆郡土寇蜂起。行省文報久斷，鄰境日告急，而郡之石首、監利皆有嘯聚，大者萬餘，小者數千，所在剽掠，攻陷城邑。公以荆爲全楚關鍵，荆不振，則楚且覆，故籌大勢，宜以駐防兵城守，而遣募勇出剿。皆請於將軍官公而行之，即今制府也。蜀中協助楚餉至，凡二萬餘金。公議留撥，郡守持不可，公竟留之。益增募義勇，修戎兵，啓留雲南客將王、佟二鎮軍。蜀人士願從軍者踵至，皆授以兵，分道援剿。於是郭西有龍會橋之捷，境北有浩子口之捷。諸軍以次收復監利、石首、華容。又追賊太平口，奪其旗幟、器械、騾馬以歸。復分擊沿漢安陸、潛江、天門，賊走之。攻克江以南蒲圻、嘉魚、崇陽、咸甯諸邑，而林天直、李光榮二軍，竟會少司馬曾公，同復江漢。凡追師策應，出廩入犒，皆公主之。又兼權通判及理事同知，羽書雜遝，奸宄摇煽，内鎮人心，外作士氣，謀如轉規，事中竅要。當是時，楚境什七淪没，獨荆郡屹如金湯，且有折衝之威者，公力也。微公幾殆。方倉皇時，鄂再陷。撫軍率潰師至，它逃兵亦集，日相鬩鬥，城廂大擾。公撫之悉定。前已奏擢同知。至是，官公上其績，得旨賞戴花翎，以知府留楚補用。後乃專權荆州府事。

五年，江漢猶未復，江上民情震擾，公乃率勇士三百赴監利，相機防禦，督行團練。公素得監利民心，聞其至，民走相慶，爭望顔色。至生爲之立祠。感疾，遂不起。大府聞於朝，有詔優恤，加贈太僕寺卿。公氣量闊達，强毅有爲，能行度外事，用度外人，智略輻輳，處艱危糾紛，從容裁決，談笑立定。議論開爽詳辨，誠意懇到；治道方略神速，出人意表。然不專尚誅殺，黔客五十七人，挾軍器，約往從戎，道沙市，邏卒縶之，將就刑矣，力請行原籍詰驗，竟辨出之。其矜恕多此類。幼而轗軻，讀律行賈，久乃浮沈下僚，然慷慨喜拯人之急。湯先生脱鄂難，全家數十口衣食之數年，無倦色。姻黨鄉里及潦倒貧宧、飢寒下士，傾橐以濟，人人意滿。

生於嘉慶丁巳十一月二十八日卯時，卒於咸豐乙卯十月十八日丑時，年五十有九。配耿淑人，子四。有鈺，候選通判。有銛、有釗，候選從九品，出嗣公弟。有鑫，候選縣丞。女一，適同邑謝朝棟。孫二。

有鈺等以咸豐七年四月十二日，葬公於姜山之陽，墓碑之石已具，使來乞銘。公所至得民譽，而安危定變之功，則其鉅者在宰江陵時。銘曰：

屹屹南郡，環壤寇作。四載之衝，誰嚴鎖鑰。厲我戎士，豐我軍儲。千里蛇虺，以次翦除。全楚西塞，兵雄上游。鄂渚以復，遂定數州。方賊之盛，孰敢議攻？前籌抗辨，實惟陳公。惟此陳公，奮其鋒距。豈惟郢安，功濟全楚。如何時棟，奄忽云萎。卿班加贈，亦有榮施。鬱鬱松阡，蜀山巀嵲。我銘豐碑，式彰奇傑。

蘇烈女墓碣

道光己酉春，公安明府李侯貽柏心書，曰："㮾以治堤之餘，聞蘇烈女者，墓在吾境涂家巷之東。遍訪之，則蓬顆蔽焉。既加封樹，將立石表之以爲勸。烈女，蓋吾子邑人，盍爲文紀其事。獎幽貞，告來者，他日彙名以上，請旌於朝，亦得有所據焉。”柏心發書三嘆曰：“嗟乎，若烈女者，可不謂難矣乎？今夫生於名門，長於深閨，承傅姆之誨，被禮宗之教，將有行矣。不幸未及御輪而婿亡，則或厲柏舟，或摩笄以狥。凜名義之重，而慕圖訓之徽，彼其所濡染者深也。貧家女子，非習聞衛共伯夫人之事者也；未嘗有琴瑟之好、感激於恩紀而然者也；行路之嗟咏，没世之馨香，又無所動於其中者也。獨毅然秉貞蹈信，之死靡慝，此非有金石不可移之性、山岳不可回之力，安能無少濡回乎哉。嗟乎！丈夫慷慨然諾，臨利害輒相負，委質臣人，至有更事數姓者。聞蘇烈女之風，其亦有默然内愧者矣。貧家女執節捐生者，獨一蘇烈女哉！而抔土寂然，姓字無聞，惜不遇賢令尹如李侯者表而出之也，悲夫！”

烈女姓蘇氏，監利人，其父貧甚，浮家江上，賈於荆襄間。烈女年十八，字同里陳懋榮，亦隨父行賈。婚有日矣，懋榮客死，烈女聞之，號泣請於父，挐舟往哭其墓。父將販他所，烈女密自縫其衣襦及裳，夜赴江死。婿家聞之，市棺合葬焉。時道光丁酉七月也。越十有三年，李侯乃表其墓云。侯於公安澹灾，多惠政，烈女旅葬其境，亟亟焉表章恐後，斯則激揚風教之大者也。既著烈女事，復繫以詞曰：

揚靈魂兮大江，逐彩鳳兮雙翱。蔭連理兮同穴，屹貞岷兮爲標。肇二儀兮人綱，疇貞信兮敢黷。激清風兮流芳馨，春有蘭兮秋有菊。

卷四十二　墓表

贈道銜湖北升用知府荆門
直隸州知州謚剛介李公墓表

宣城李公紫藩，以咸豐三年九月十日，與賊戰興國富池口江岸，死之。事聞，有詔加贈道銜，賜謚剛介，祀專祠，予其子雯廕雲騎尉。雯既以衣冠葬公某原，謂柏心爲公執友，泣請表其墓。嗟乎！公文吏也而敢戰，又以死事聞，可不謂奇偉烈丈夫哉！

公諱榞，紫藩其字也。考宣範，道光間以循吏聞天下，自盂縣驛丞擢至松江知府。公早嫺文章，而志存經世。以國子生試京兆，不售，入資爲令，選授湖北之公安。地濱江，久爲澤國。始至之年，江漲决堤，公并流拯之，枵腹者予餌，露處者予栖。乘小艇洪濤中，遍核灾黎户口，以狀上，請賑貸。得請，分鄉給賑，禁攘致，收棄嬰。米價騰踴且絶，適客舟載米至，高其值留之，邑賴以濟。益治堤防，躬視版築。江漲益大，堤卒不敗。讞獄不用鈎距，而幽隱畢照。公安人傳其事，以爲神明。調孝感，故大邑，俗好訐，公折而懲之，然不輕予杖。不發人曖昧事，民畏且懷。邑試皆就縣舍。其創立考棚，則自公始。旋調鍾祥。粤賊方陷鄂城，遠近大震。不軌者思逞。公激厲士民，擇壯健得千人以上，部伍訓練，教之擊刺。境有刼掠，即率往擒捕，無敢動者。鄰邑盜作，其令他往，公則親將所部，擒斬馬騾子等劇賊數十人。郭士安者，襄陽土豪之驍傑者也，擁衆往應粤逆，公覆之間道，戮其魁，餘悉走散。天門巨盜號蓋天王，將倡亂，公乘霧掩襲，無一脱者。當是時，安襄二郡，倚公不啻長城。

未幾，粤逆棄鄂東下，徐州張公權楚北制府，聞公名，檄至鄂。會逆黨北犯，未渡河，轉掠楚境，陷黄安，趨麻城，勢張甚。張公分麾下千五百人授公，與今觀察張公仲遠偕往進擊。至黄州團風鎮，賊已掠舟二百艘，驟下鵝公頸，將出江，騎步翼之，衆可萬餘人。公棹舟迎擊，募善游者入賊陣後縱火，分兵浮水出賊傍，夾擊之。賊驚潰。夜又爲浮橋潛渡，公奪毁之。渡水進攻，賊大敗，委輜重，揚帆遁。躡至辛家沖，賊棄舟走陸，公亦登陸追之。賊行至馬鞍山，遇官軍，四面蹴擊，遂大潰。遁走英山，爲皖軍所殲。公追至皖，乃旋師。道爲宿松，敗賊下倉埠，乃還。張公奏以知府，升用賞戴藍翎。

是年八月，粤逆自江右來犯蘄之田家鎮。張公檄公助，兩觀察禦之。四戰皆捷。復戰，副將某先，公次之，水師又次之。已戰，副將不前。公憤甚，獨引麾下策馬進。賊敗走，追之，賊反鬥。又敗，公追不止。賊見無後繼，分江中賊登岸，襲其後。公引就水軍，水軍亦去。左，陷淖中，賊乘之。麾下鬥死略盡，公猶短刀殺賊，詈不絶口。賊臠之。公安、孝感、鍾祥民聞公亡，無不號咷。召僧爲薦冥福。至贈恤詔下，則又相與感嘆、慨慕，廟而祀之。

嗟乎！公起書生，恂恂似不能言，至其撫循士卒，沈毅敢决，凜然有名將之風。憤凶醜跳梁，稔惡稽誅，又疾當時將吏率巽懦縮朒，不肯爲國家捐軀命以犯危難，慨然思起而矯之，挺身爲之先。雖斷脰穴胸不少悔。論者或疑任非專閫，所將僅一隊，搏蟻附益滋之衆，與餧肉餓虎無異。夫深入敢戰，用少擊衆，昔之人以是持勝者多矣。嚮使是役也，衆將同心，争前搏戰，安知不以捷聞？孤軍冒刃，而坐甲不援，公所不料，亦所不顧也。臨淮靴刀自厲，與睢陽憑城血戰，誓死之心一也。而成敗懸殊，有幸不幸耳。人臣徇忠義者，豈以勝負死生措意中哉！故柏心於公不以爲悲，而以爲壯。

公事親孝，操行廉，敦尚名節，交游必信。其自處尤儉約，服浣濯，不重味。作令時，周歷境内，載餅充餐，見村氓及儒生，與詢疾苦、論學行，若家人然，忘其爲長吏也。在軍遇戰士如骨肉。其亡也，殘卒脱歸者，皆焚香爇楮錢，號哭載路而歸，其得人心如此。詩文典則温麗。殉節時，年財四十有一。世皆惜公未竟其才。配徐恭人，側室程、沈。子四：雯其長也。次霨。次霈。次元潞，早殤。女一。他詳張公仲遠行狀，不具。載其大者，爲百世勸忠焉。

蘄州學正劉君升衢墓表

江夏劉氏，以孝友文學世其家。有坦衢大令者，於柏心爲執友，因得識其群從昆季。而升衢博士深中篤行，治舉子業最有聲。坦衢歿，柏心往返鄂渚，益與升衢論交道故如骨肉。今升衢又謝世矣，其孤謂柏心知君最深，請爲文表其墓。因詮次曰：

君諱進昌，字仕階，號升衢，明季先世有子静公者，自江右德化來徙，高曾以下有仕籍而未服官。祖家楠，貤贈承德郎。考永焯，例貢生，贈奉直大夫，君則奉直仲子也。幼就塾，穎敏邁常童，默識多悟。八齡失母，鞠於世母朱安人。從黄陂王海峰先生游。有作，援筆立就，滚滚不絶。見者大驚。補博士弟子。道光己亥癸卯，兩膺房薦不售。自是息意秋闈。既貢成均，援例以學博就銓，權漢川教諭、德安郡博，補漢川訓導。俸滿轉蘄州學正。君雖官庠序，雍容磬筦俎豆間，然其忠義激發，敵愾同仇，視干城禦侮者無多讓。在漢川、蘄州，劇寇來犯，隨牧令登陴分守，督率壯士出入烽燧矢石間，意氣彌奮，城卒以全。論功未及薦，但晋階而已。君亦恬然無競。蘄州圍解，籌修聖宫，躬董其役。兵燹後，宫墻益加閎峻，則君衛道之勇也。在官前後十六年，獎訓士林，教澤甚深，蒸髦至今誦之。君見鄉井三陷，雖獲完聚，懼家世譜牒或致散佚，遂諏咨纂次，勒有成書，義例尤爲嚴謹。又建修祠宇，雖未及蕆成，實自君倡之。

君事親孝，其奉伯兄維城貳尹尤謹。兄既篤老，君出入扶持，親操幾杖以從，未嘗跬步踈，雖孺稚之侍尊長不啻也。訓育從子，悉如己出。宗黨莫不高其穆行。家倚城隅，枕鵠山之麓，與黄鶴樓接於岡上。創望江樓，超出雉堞，群山奔赴，俯瞰烟波，雄濶鮮麗。日夕延眺，稱爲亭臺勝地。將以是爲他日娛老菟裘，而君已捐館於學舍矣。年六十有九。

著有《望江樓詩草》。配陳宜人，以慈儉稱。工楷書，善琴，兼長吟咏，著《西湖樓閣詩草》。先君一年卒。子三：長裕善，次裕問，次裕亨。女三。孫四。裕善等葬君東關外官府嶺原。君韞櫝藝文，未能厠身石渠東觀，僅守冷官，誠蹭蹬矣。然能以忠信爲甲冑，禮義爲干櫓，儒者之效，何其壯也。又家居時修譜系，營宗祠，孜孜於敬宗收族，以此而論，出入忠孝，行爲士表。君之持己，峻若邱山，彼世俗所艶稱爲華顯者，直鵠毛耳，其能有加於君乎哉！於是掇舉其行事之卓犖者，揭之阡隴，使來者有所式焉。

明故義士李伯綸先生神道表銘

江陵有前明義士李伯綸先生，率鄉人拒闖賊，戰死於龍灣市之大河口。邑乘闕載，今其裔孫奎，乃偕都人士具以其事，由邑博申大府上之朝，請從祀邑忠義祠。得請，遂刊石表諸墓，屬柏心文以紀之。

謹按：先生諱令申，伯綸其字也。居江陵龍灣市。考名芳明，開州知州，先生其長子。開州公以循吏聞，所與皆一時名人。先生少承家訓，邃於學，早補弟子員。父執諸長者，皆目之爲偉器。性嚴整，誨子弟及學徒，必忠孝大節。惻隱好施，絶無吝色。值明季大亂，督井里丁壯爲團，日夕訓練，共圖保衛，人皆樂奉約束。亡何，闖賊至。偵云賊騎財數百，先生留衆守村寨，自率數百人彎弓躍馬，疾馳禦之。鏖戰良久，所殺傷甚多。賊披靡走去，逐之至大河口北，賊後隊大至，衆寡不敵，猶大呼奮擊。自晡至夜分，力竭，麾衆還保村隘。曰：“吾不返矣！”策馬陷陣，僕李長春從之，遂俱殞焉。年三十有三。時崇禎癸未冬十一月十七日夜事也。賊退，諸弟就戰所覓遺骸葬焉。則今龍灣沱子口西岸巍然高冢者是。國朝道光六年，邑人請於學使霞九王公，以“義烈堪欽”額其廬。至同治二年某月日，乃入祠忠義云。

柏心考明末大盜縱橫，覆没郡國，一時方鎮將帥棄河山、委甲仗而走且降者相望也。先生起名家子，僅籍諸生，非有封疆鎖鑰之責，不忍父老子弟委諸豺虎，集耰鋤少年，與之倡明大義，自任捍禦。明知用單弱脆懦之輩，不足角猰貐爪牙，而慷慨憤激，誓不與賊俱生。至於穴胸陷脰，膏血塗原野，胔骨委草莽，不之悔。嗟乎，非漸濡出於往訓，壯烈發於天性，孰能勇決若是？閲二百餘載，邑人談及遺事，猶想見英風毅概，欷歔不置。嗟乎，豈非義士哉！夫奇傑之行，蹈刃舍生，没世之稱何計焉。然而俎豆馨香，有國者設此，豈惟獎往，亦以勸來，令典誠不可廢也。惟其事隔前代，幾就淪湮，不以時異世殊，少分畛域，則我朝曠蕩之恩，度越前古，尤爲難值耳。揭而彰之，豈一邑是榮，緊百世下，激勵勸慕者是賴。銘曰：

奮褒衣兮援枹鼓，起制梃兮抗滔天。摩虎牙兮劃豺吻，目既瞑兮魂不旋。閲異代兮荷褒綸，粲椒荔兮扇英烈。名不替兮氣如生，亘終古兮視兹碣。

佘氏母墓表

甘泉佘君楷堂，自鄂聞警，挈家人僦居吾里，柏心始識之。喜其俊爽邁遠。時同徙者，皆君鄉里貴胄，老弱數十口，不名一錢，居悉傾橐濟之，略無吝色。以是益心敬君。君暇則嗚咽爲柏心言曰："模不肖人也，負先妣訓誨，不能奮身取科第，爲母氏榮；家又半殲豺吻，垂老流離，僅一弱息，單微若是，何以報吾母於萬一哉！"已，又手疏君母行事，請柏心表諸墓，曰："此先妣意也。"柏心聞而傷之，遂不敢辭。

按君所纂次甚簡而質，然其磊落大者足書矣。君母姓張氏，儀徵人。孝廉芍波先生之女，適楷堂考玉含公，蓋繼康公長君、諱潤生者也。出後從叔庠生兼式公，叔母蔣無出，故以玉含公爲後云。玉含公蚤世，君母嫠居，年未三十遺二子：長模，甫五歲。次棟，甫二歲。棟又旋殤。家無越宿糧。姑老矣，稚子幼弱，倚君母鍼黹爲生，甘旨饔飧無乏者。

而自啖往往雜糠粃，隆冬至曳葛衣，即姻婭有貴勢厚貲者，絶不往貸升斗。兩從父嘗過視其家，見君母憔悴，甚哀之，勸以歸寧。則流涕曰：“命也，敢累諸父?”外家愍而賙之，乃得濟。模長，延師課之，夜自督不少寬。然竟以貧故廢學。訓之曰：“初翼汝用儒學起家，今已矣。且姑治生。士無窮達，惟志與品足以立身，但敦行誼，豈在青紫?”模泣受教，治計然策，稍稍饒裕。嘗遇潦，歲歉甚。里人多失業，陰行振恤，多所全活。無賴者侵及其家，或語君母曷訟諸官。母曰：“若豈盗哉!”呼其人給金遣之。其後劫盗起，迄不犯其門，則前受金諸人陰爲力也。其遠識掩覆人過如此。模客都門歸，所親勸列君母節行上大府聞之朝，得旌閭式鄉黨。君母聞而戒模曰：“吾行不爲名。若體吾意，他日歿後，乞當世立言者，表吾墓足矣。”模所述若此，柏心作而嘆曰：“躬執高節，處困而義命自安，訓其子爲端士，又戒勿仰邀褒寵，雖世之仁賢君子，恐未逮也。而君母不激不矯，葆光潛耀，落落然若得之於性而體之自然。嗟乎，豈易及哉!”

没未數月，賊横東南，覆其鄉閭，家既受禍，子乃跳免，間關奔竄，晚有似續危如一髮引千鈞，天其奚以慰君母於九原歟?然古來賢母，以苦節著聞者，子孫必貴顯，理無不報，特遲速不齊耳。今佘君以貞介明濟，久爲鄉黨貴游所倚重，避難來楚，諸公知其才，辟佐軍幕，以勞獲薦，得階仕籍。暮年舉子，岐嶷穎慧，異日以文學大門閭者，必此襁褓中英物。天之慰君母於九泉下者，有在矣。柏心名位文詞，無足爲君母重嘉。佘君志與品有過人者，又高君母之行，亟書之惟恐遺也。君母生於乾隆癸卯年六月二十八日，歿於咸豐壬子九月二十三日，享年七十。子模，候選從九品，賞戴藍翎。孫曰萬芳。他不備著，著其大者，授佘君歸而揭諸墓。

馮節母墓表

節孝馮母楊太孺人者，南漳茂材開謨之叔曾祖母也。開謨往歲徒步七百里，從余問業，時時爲道節母志行及識慮，均過人遠甚，且乞余文表其墓。余諾之，未暇也。今年再以書徵，因按狀加詮次以授之。

太孺人，適春公。入門，則舅姑喜得賢婦。家人上下，翕然稱之。其相夫子婉而敬。春公績學方勤，以是遘疾。結褵甫三載，未有子息，而春公奄捐舘舍。太孺人年財二十有一，方仰天號咷，欲以身殉泉下。顧舅年逾八十，繼姑七十餘，庶姑亦五十餘，乏人侍奉；又兩從子皆孱弱，莫爲撫字，遂勉稱未亡。柏舟自誓，始議立嗣，旋復中夭。從孫皆單緒相承，不能出繼，於是撫之如己出。教養成立，咸彬彬用詩禮世其家。厥後舅姑繼逝，一切喪葬薦祭，皆竭情致慎，罔不中禮。宗黨太息，謂春公亡而如存。太孺人既嫠居，禮度自持，莊静嚴肅，跬步未嘗逾閾。至遇下則主温惠，尤好施濟。族姻鄰里告以匱乏，與婚葬不能舉，必周其急，略無吝色。所席雖饒，不務居積，不尚勾稽，度支出入，宏纖贏絀，皆默識之，未嘗淆紊。業亦如故。勢家欲稍凌轢，則嶷然自若，志氣不慴，彼亦無敢逞者。智慮明達，料事多中，或舉疑難就質，爲指其可否成敗，事後皆歷歷不爽。他如習勤動、屏華飾，則又其素性然也。晚歲兩目失明者十年。咸豐戊午十二月乃謝世，春秋八十有一，守節六十年。鄉里臚陳其事，大府以聞於朝，得旌表如令，咸謂爲榮。

余考太孺人行事，可謂難矣。當其初喪所天，仰藥投繯，從良人九原，此易易耳。至於濡回隱忍，代任艱大，勢如懸綆將斷，覆舟將沈。卒俾其夫之父母，生隆其孝養，没盡其哀禮。夫之似續雖闕，而撫其從子從孫以恩意，禋祀終不至替。又使門户將墜而復振，從子將散而復聚。即起九原視之，所區畫不能有加於是。霜幃六十年中，人視之若安然履順之日，不知皆太孺人飲冰茹蘗之日也。嗟乎！其可謂難也已。開謨爲人，誠樸耿亮，所述必不妄。余故采而著之。俾揭諸阡隴，庶來者盡睹其芬烈焉。

卷四十三　墓志銘

姚君春木墓志銘

昔者微言既没，百家蜂起。自子輿氏而後，卓然見道者，漢董氏、唐韓氏而已。宋諸儒出，大道復明，至朱子而説益精。循是以降，號爲儒者，於其説不能無出入焉，雜糅焉，甚者加掊擊焉。無他，信道不篤故也。夫信之不篤，何取乎言？而猶日有言焉者？道術將爲天下裂矣。柏心所見近世儒者信道之篤，其惟姚君子壽乎？君歿後，門人陳克家謂柏心知君者，宜銘其墓，遂不敢辭。

按狀：君諱椿，字子壽，一字春木，江蘇婁縣人。高祖天麟，曾祖士英，祖宗侃，三世皆贈通奉大夫。考令儀，拔貢生，自録豐縣知縣，屢遷至四川布政使。妣許氏，封夫人。生子二，君其長也。少即資稟絶人，博誦，善屬文。長游京師，以國子監生應試京兆，諸文學巨公偉其才，争折節與之商榷。連試不售，不復應舉。

是時名公卿相矜以淵雅，才俊者流，騖於詞華，標炫奇麗，君習聞其風而樂之。求之詞藝有年，求之鈎稽考證有年，出與兩家頡頏，幾欲蹈藉出其右。又思以事功表見，日夜講開濟經畫，無不明習。久之，往見桐城姚先生鼐，語以當究心程朱之學，始大悟。又讀實應朱氏澤澐遺書，嘆曰："道不外求也，是真守程朱之道者。他日桐城語特發其端耳。"於是盡取宋儒緒論，潛心默會，怡然解、涣然釋也。尤服膺朱子之説。自爾專意信嚮，惟道是研，悦矣。其治經也，融合漢宋而審其至當；其析理也，博涉蕃變而約諸至精；其爲學也，去私蔽、惡倍譎而該備體用；其論治也，正本原、鄙功利而參酌時變。修諸己者必誠，導諸人者必詳。

淹通群籍，不以自矜；兼擅文辭，不以自伐。世有笑爲迂遠、駭爲閎大者，不顧也。獨窮年矻矻，深信不摇。嗟乎，其於道也，可謂勤且通者矣。

始事方伯公及許夫人，存則致其孝，没則盡其禮。與弟友愛，弟楗亦嚴事之。棄官與同居，白首怡怡，相從討論。君性通而介，輕財尚風義，振人之急，不計有無。道光初元，詔舉孝廉、方正之士，郡守以君名應，辭不就徵，世高其節。家貧，恒客游於中州，主夷山書院。昌明正學，獎其才行，士習以振。於楚客林文忠所，主荆南書院七載，歸主景賢書院，爲教一如夷山時。嘗慨然於俗頽風下，人才氣節之不振，治具之多因循也，遇後進才識殊異者，勉以翼道經世，有味乎其言之也。每爲柏心道桐城語，且曰："吾子天資近道，盍留意?"柏心謝不敢任，謹識之不忘。君終身未嘗釋卷。喜鈔纂，飲酒過差，臂痛不能書，猶命子弟録之。

咸豐三年二月二十二日，感疾而卒，年七十有七。葬邑之佘山，祔於方伯公之墓。配許孺人前卒。子二人，次炘早逝。長子炳。孫三人，殤者二，季曰維，甫冠而死。所選《國朝文録》八十二卷，所采輯《國朝學案》未及就，《易傳》若干卷，未竟者門人陳壽熊補之。所自著詩文多刊行。他撰録甚富，不盡著。君性真率，自奉約甚，然喜客，壺觴斟酌，風景留連，竟日夕忘疲。有人倫鑒，好稱人善，神怡色和，言論亹亹，問業皆虚往而實歸。君於學號精博，扶持朱子之説；於道尤有功，近百餘年最爲儒宗。爵秩不躋，韞櫝藝文，至於没齒，可悲也已。銘曰：

去聖久遠，大道榛塞。匪雒匪閩，人理或息。彼挾辨博，撼摇先儒。猖狂浮游，是曰大愚。智去其私，理衷於是。信道不遷，婁東一士。遍探繁賾，以達精微。審之又審，考亭之歸。潛曜韜真，閟於元壤。茫茫斯文，吾將安仰。德言不朽，來者師資。導彼承學，視此銘辭。

布政使銜署湖北按察使原任督糧道愍肅李公墓志銘

公姓李氏，諱某某，字某某，河南光州人。系出明岐陽王后，國朝有官秦隴者，遂家肅州。高祖從先。曾祖仕。祖雲奎，甘肅、甯夏守備，官都司，死金川事，祀昭忠。世襲雲騎尉曰雲福者，其伯祖也。考殿元，廩貢生，蔭世職。三世皆以公貴，贈如公官。

初守備公官甯夏，與觀察河南吴公相善也。見贈公，愛之，乞爲己子。挈歸，從吴姓。長乃知爲李氏子。客自酒泉來，爲道本宗父母下世，兩兄皆武舉，亦先後没，絶世無旁支。心大慟，即徒步走肅州，訪先墓，得之，呈歸本宗。以本貫應舉。或竊易其卷，得雋，終不自言。後用蔭以守備効用。昭勇侯楊公督陝甘，在西陲辟入幕府，至永昌道卒，留葬祁連山。公之在娠也，吴公室周恭人夢蓮萼降自空，及公生，異香滿室。六歲解賦詩，以神童名。贈公有子二，長寶相，次即公。念吴氏誼，命公仍爲之嗣。故自補弟子員，至領河南解猶用吴姓，後乃改歸本宗，更今名云。

道光乙未以大挑一等分發四川。家貧，羅太夫人春秋高，奉侍入蜀，得遂禄養，意甚甘之。權江油，逾年遭太夫人憂，去官。服闋，權郫縣，補長甯兼理高縣。調金堂、華陽，皆有異政。在江油，值大旱，輙發倉米平糶，民以不飢。秋大熟，納米者加贏焉。在郫，禮布衣孫錤，就之咨政。考故事，請春秋祀古蜀王蠶叢杜宇祠墓，後遂著爲令。在長甯，教民植桑收野繭，墾荒確種竹木，民倚其利。土宜稻者予種，蠲租勸使，悉耕爲沃壤。金堂、華陽之治，至號爲道不拾遺，夜不閉户。

其爲政，大抵興教化、勵俊髦爲先。治獄必以情，不厲威嚴，而摘發如神。鄰境劇盗，名捕弗能得者，公輙得之，盗皆慑伏散走。公見承平久，恬熙相狃，慮變生意外，所至必繕城郭，治戎器，詰奸宄，逐游惰。尤講求保甲團練，推行十家牌。户有籍，丁有冊，按行稽核，就決争訟，民業某事，隣爲某，姓名隨舉之，無一誤者，人驚爲神。制府徐公見其保甲章程，大善之，通行全蜀，且上之朝薦，爲蜀中循良第一。考滿還瀘州。咸豐元年，以薦入都，召對勤政殿，獎勞甚渥，賞加知府銜，授雲南臨安府知府。召集土司宣布威德，皆奉約束唯謹。

自粤氛作，公深憂之。聞東南淪覆，益憤嘆，髯張眥裂，思捐軀討賊。二年，調湖南岳州，改湖北黄州，權荆宜施道。荆，雄鎮，且要衝也，至則檄所部亟行團練，期三月，皆如令。沙市舊有社丁，因集而練之，設守禦甚嚴。擢湖北督糧道，倍道至鄂，則制府吴公戰死堵城。衆凶懼，公日夕乘城，仍示以鎮静。四年正月，按察使唐公樹義戰歿金口，公權臬事。或勸出促外餉，公謝。蓋守死之志決矣。賊聯舳艫，蔽江漢如織，鈔略不絶。漢陽七十二堡結團，誓殺賊。公白撫軍，請簡驍將渡江，約義民攻賊必勝。不意所遣率孱弱，竟無功。公别遣川勇，往焚賊壘，奪賊戰艦歸。賊益進逼。大帥軍德安，不前。公遣弁縋出告急，不應。請撫軍分兵迎援師，定計夾功，亦不果。籌剿賊大計條四十議，上撫軍。略言："擁兵者，藉口防北竄，不知保江漢乃防北竄也。他日奏詞飾戰捷，是自緩援師也。今請據實疏陳，上知其危，飭援必速。"不見用，由是外援絶。時郭門之外皆賊區，餽餉久梗，戰士日得勺米，錢二十，撫軍憂惶無策，猾將佞吏乘間沮撓。公遇事争，多陰相梍者。請發倉粟予軍士，則糧支三月。因滇銅鑄大錢，餉足敷一月。又請出銀券，募冒圍迎餉者。一切格不行，士卒乃有潰志。會撫軍納人言，具疏移師就餉，方集議。公憤甚，援筆抹去移師語，大書"闔城殉難"四字，擲筆大哭。間日，賊至雞窩，撫軍議出迎戰。公知將弁借爲逃計，力沮，不聽。師出，果奔。賊乘之，將士皆逸，城上兵亦縋而遁。撫軍爲衆弁擁之出城去。賊攀縋上，公方巡北門，見城上張賊幟，蛇山火起，知事不可爲。或勸急隨撫軍行。公曰："家世忠貞，受朝廷厚恩，父子任監司，非死不足報國。"步還寓，題絶命詩，北向再拜，赴宅後池，揮侍者入，婢媪繼之，公躍入，良久昏絶。家人舁出，至夕甦，登樓自經死。

今夫鄂雖危蹙，然尚有士萬人，穀六萬石。賊謂："吾旦夕下越之犯湖湘，引衆連檣西上，留守者特剽掠之徒。”誠用公策，募死士渡江擣之，輜重舟艦可襲而虜也。彼聞而遽返南楚，追師乘其後，我擊其前，當是時，賊可盡殄。釋此不圖，束手拊膺，至相率爲棄城苟活計。

嗚乎！公抱田單、墨翟之智，扼擘莫施，徒以一死明孤忠，此尤可痛也已。其後公子孟群引水軍從少司馬曾公，連戰破賊，先克鄂城。縋而入，覓公，得之，面如生。距百二十日矣，炎暑中蠅蚋不犯，賊亦不加殘毀。曾公上公死事狀，有詔視道員賜恤。制府楊公又疏言遺骸無恙狀。上惋悼，詔加布政使銜。以布政使從優賜恤，世襲騎都尉，敕建專祠，諭祭奠賜謚“愍肅”，蓋異數也。

公軀幹偉然，方瞳修髯，於書無不讀，雖歷官未嘗廢。著有《西園詩鈔》及《外集》，皆已刊。他文詞著録，遇難多佚。

公生嘉慶丁巳閏六月十四日辰時，其殉節也，以咸豐甲寅六月初二日，年五十有八。配胡夫人，生女二。簉室張夫人，先公卒。子五：長孟群，張夫人出，道光丁未進士，廣西即用知縣，洊升至安徽布政使，以軍功賜珠爾杭阿巴圖魯名號，賞戴花翎。次孟平、孟翔、孟揚、孟康。女若干。孫二：長闓，次開。孫女一，孟群出。孟群以某月日葬公於某原，來請銘。公琦行不勝書，書其大者。嗟乎！天下守令盡如公，大盜不得起；節鎮盡如公，金湯可無警。銘曰：

臨難不避，志何決也。庸夫比肩，宜杌隉也。致命遂志，臣之節也。有子復仇，邦之傑也。稠恩縟典，揚馨烈也。浩氣耿光，若日星揭也。刻銘其幽，天柱無折也。

李君作群墓志銘

君諱某某，字作群，一字中柱，臨湘人。曾祖蓋南公，有隱德，嘗書“忠恕公直”四字揭諸壁。祖楚珩公，豐於才而嗇於年。考九元公，磊落有大節，窶時拾遺金道左，其人至，慨然與之，請割半留謝，拒不受。君即九元公次子也。九元公没，乃力學爲文，不屑趨時好。會兄弟皆凋喪，因輟進取，以例補成均。

君樸直，外若落落穆穆，中實肫摯，治家嚴整，自奉甚約，一裘閲十數年不更，至赴人緩急絶不吝。歲飢，分囷粟緡錢，視鄰里之空乏者賙之，人倚君爲續命田。交游一敦古處。人有過，輒面折之，然無怨者。子弟雖頑梗，見君則抑然下，君亦反覆開勸，導之趨善。衆既服君名德，又漸摩於誨誘，若昌風扇榮，時雨潤物，有不覺其轉移之速者。君尤有人倫鑒，所臧否，後皆符其言，無毫髮爽者。老而嗜學，恒手一卷不釋。族有湘陵先生，博習修潔士也，君遣子往受業，積十餘年敬禮不衰。士有挾才藝過其門，未嘗不殷勤延攬，津津稱道也。其訓兩子，述祖宗遺事，往復戒勵，詞多危悚。尤勖以宅心忠厚爲人道之本。又語之曰："吾不私己，不欺人，施惠不圖報，作善不求知，勉勉存心，以盡吾分已耳。"六十生辰，猶製聯語自儆責。生平刻厲率如此。

咸豐甲寅，境上盜起，焚君廬，君走避高阜，望火遥拜，即滅。旋卧疾，取所著稿盡爇之，遺令"吊者無以文詞進，吾行事不足稱也"，語訖而逝。生乾隆乙卯某月日，卒咸豐戊午某月日，享年六十有四。葬墓田衝之北。配羅孺人，巴陵宿儒展儀公女，事姑以孝聞。子二：長蟜、次嶸，并有才名，尤長於詩。孫五：序棱，庠生，早卒，有《白湖遺草》。序彬、序衍、序慶俱幼。女孫一，字邑庠生楊忠鐸之次子興濂。君没後九年，蟜與嶸始持狀乞柏心爲銘，覽之言，言皆質實也。夫當時文學仕宦者多矣，夷考其行，往往不相掩。嗟乎，是販名聲而長虚僞者也。君所薰陶，雖僅及一鄉，然自述之語與行己，若踐繩墨。其諸修内而遺外者歟？其諸君子之躬行者歟？嗟乎！非君是銘，而將誰銘？銘曰：

世之人懷珉而衒玉，君獨確然抱吾樸。内美修能，奚遑外襮。潛光未耀，藏魄山陲。延慶儲祉，符此銘詞。

江西補用道前翰林院編修帥君墓志銘

昔在文宗時，有以翰林編修發憤上書言天下事，章雖留中，然以次略見施行，海内知君與不知者，莫不震悚欽嘆，則黄梅帥君逸齋其人。君諱遠燡，字藴輝，逸齋其自號也。先世自江右來徙，高祖某，曾祖某，相繼爲名諸生。祖承瀛，官至浙江巡撫，引疾歸，終於里第。國史有傳。自中丞公以上三世，皆封贈如其官。考某，起家任子觀政户部，生子三，君其仲也。

少英邁異常，童年十二，隨伯兄侍母太恭人北上。太恭人道卒景州，君號泣如成人。逾年，伯兄又没，君益哀痛至骨立。中丞公予告後患目眚，户部公假歸侍疾。中丞公家法嚴，子弟無敢鮮衣怒馬者。君奉教惟謹，出則柴車，有初見者，不知其爲貴公子孫也。亡何，户部公卒，庶叔暨母弟、庶弟皆幼，中丞公春秋高，恒卧疾，君内忉怛而外制涕，慰安祖庭，扶掖奉侍，極諸猥瑣。退撫幼少，咸有恩紀。凡四載，中丞公薨，其治喪哀禮兼盡，奉大母潘太夫人及庶祖母、諸父、諸姑十有餘人，積其誠敬，無不當節。撫兄子如己子。蓋君少時，内行純篤，仔肩極重，已能自刻勵如此。

君讀書不爲章句，喜講求古今成敗，政體得失，與夫兵農實務，以救時濟用爲己任。爲文章善議論，雄駿嚴峭，往往似李文饒、張叔大，於詩亦然。不苟作，亦不多作。當世才流，沾沾以詞章獵聲譽，君獨超然不屑。其志氣宏毅俊偉，專用意經世之學，所作制藝，率以古文行之，悍鷙勁拔，見者嚴憚焉。

道光丁酉，以上舍生貢成均，持服未預廷試。辛丑，中丞公歿，特旨賜舉人。丁丑成進士，入詞館。假歸，值戊申大水，請於當道，邑得賑金數萬。又鬻其婦奩、田百畝助之，全活無算。己酉，散館授編修，大考二等，拜文綺賜。咸豐癸丑正月，粤逆陷楚、皖，趨金陵，君慨然曰："此非默默時也。吾家受國恩最厚，且吾讀書矢志云何？雖無言職，然義不容默。"再上書累萬言。大旨以"一兵權，申國法，簡人才，籌國用"爲要，且詆及權貴人，舉朝爲之愓息。疏留不下。

其年，分校春闈，稱得士。以潘太恭人卒，假歸省墓，道梗迂途，至浙，將僑居，未果。栖遲三年，鄉里猶苦兵，嘆曰："久留何益？丈夫盍若枕戈爲國討賊。”丙辰，同人助之，援例以道員用。先是，今相國湘鄉曾公最奇君，方在江右治兵，往謁之，至則以憂歸。會江右大僚亟望曾公墨絰視師，浼君往勸駕。曾公執意良堅，遂返章門。大府奏留募餉。君見撫州賊張甚，義憤勃然，自請募士千人往擊之。抵東鄉，次日遇賊，與戰，手劍斬賊二。賊大至，麾下士潰，列校有進騎請突圍出者，君訶之曰：“吾豈草間偷活者?”竟戰死。兄子壽九亦戰死。則十月初七日也。事聞，優恤有加，予騎都尉世襲。壽九亦以雲騎尉世其官。君卒時年四十有一。

當君通籍後，楚北宦中外者，惟君才氣最優。夙夜以忘身殉國爲念。其持節江右，本不主戰事，而君髮指眥裂，志吞群醜，非常奇杰之才，曾未一試，遽以肝腦塗原野，識者皆爲痛惜。然忠烈之性，趨死如歸，上不負吾君，下無忝厥祖，鬼雄壯氣，足貫日星。視彼尸素崇班、腐骴無聞者，豈不錚錚然卓犖偉男子哉！君在都，以文學、節行相切劘者：朱閣部久香先生、梅伯言户部、朱伯韓侍御、韓叔起、吴又恒兩比部而已。他貴游絶不通謁。性恢闊豪俊，輕財重義，見急難，立揮千金援人，雖蹈水火弗辭也。寓嚴州時，倡捐營萬人塔，以瘞枯骨。塾師戚某之父病卧吴門，即迎致醫藥，殯葬悉任之。友某來投，病不起，質貂裘爲治後事。他慷慨多此類。

配石恭人。子四：長畯殤。次畹，庠生，襲騎都尉。三甸。四畇。女三：長適宿松王化詩，次適宿松石長祜國學生。三未字。君交游中於柏心最折節。每規君，雖盡言無忤。君之葬也，其孤畹乞銘。銘曰：

昂昂蒲梢，不踐天閑，而蹶荆棘也。金閨詞臣，不贊廟堂，而甘殞踣也。我招國殤，迅掃乎經天之欃槍，而歸侍乎先臣之壟側也。

山東海豐知縣龔君墓志銘

嘗聞静巖龔公之言曰：漢宣帝謂良二千石，可共治平。然守之親民不若令。令皆得人，一邑如一家然。獎其善，訓其失，儆其惰且驁者，聲息動止不敢隱，寇於何興？縣令失職，天下乃多事矣。嗟乎，豈不然哉！公爲令，率用此。比没，孤子紹仁次公行事，請志幽壙。柏心於公家雅故，又曾與嗣君同官都下，遂不敢辭。

公諱經遠，字仲來，號静巖，監利縣人。祖學典，恩貢生，考傳衡，贈奉直大夫，山東海豐縣知縣，乾隆甲午舉人，内廷教習。贈公生子三，公其仲也。七歲而孤，大父親授之業。時貧甚，兩叔父尚家食，兄亦去爲賈。公念困約無已時也，泪常濡枕袖。大父察知之，撫其首曰："兒早慧，又刻苦厲志，吾有望矣。"

年十九，補弟子員，旋食餼。出而授徒，修入儉甚。然悉以奉母鞠弟。性善飲，嘗大醉，母胡太宜人戒之，即痛自撾責，請繼今飲毋過五六酌，終身不及亂。中歲以後，賓筵歡會，飲至五六酌輒止。或强之，則流涕舉遺訓，座客爲改容。嘉慶丁卯舉於鄉，始爲弟授室，與伯兄同爨而居。太宜人没，公感愴少孤，哀毁倍至。

丙戌大挑，以知縣分山東，凡權肥城、武城、新泰、壽張，補海豐，調荷澤。公於吏能精敏，然不純任威猛，務在懲暴桀，安柔良，令行禁止，吏不容奸而已。意所獨見，期在必伸，不爲大吏喜怒奪，不以己得喪寵辱措意。雖賁育之勇莫之過。海豐斥鹵，五穀不生，民食草子。公曰："是堪重困耶？"悉罷徭役，勸興魚鹽，即私販亦縱遣之。期年政清。三年，民無菜色。荷澤治曹郡，城中地孔道，東潁亳，南接豫，北介魏，雜民所居，躍馬操利刃，白晝剽人於道者不絶。盗魁趙、董、李等輩，皆嚴旨搜捕未獲者。公下車則捕治如法，餘黨遠竄，至千里無盗。乃以其暇嚴守望，興農田，課學校，風教翕如也。

亡何，定陶獄起。往嘉慶十八年，滑縣逆首以邪教倡亂，擾及曹郡。既首逆暨羽黨皆伏誅，其無辜被污者，一切訊釋，籍記具在。至道光十八年，山左撫軍遣弁過定陶，令不禮焉。返而流言定陶、鉅野賊將起。撫軍聞之懼，令私人往偵之，則舉舊籍無辜已釋者姓名，增注王侯將相於下，若賊黨自相署置者然。撫軍遽飛章入告，仍遣前刺事者往定陶，檄兵名捕。捕至，導以邪教中語。其初猶懵然，對不如指，則楚毒之至斃，積尸狼藉；對如指者，即誣以真賊，檻致撫軍所，命鞫治。皆望風希旨，大抵取鉗綱鍛鍊，不承則斬，無不立承者。又檄徧捕其徒，株連蔓引。定陶、鉅野、曹、單、鄆、濮間，符帖騷然矣。荷澤亦被檄名捕教首三十餘人，皆鄉里目爲善士者也。公傷之曰："與殺無辜，不如殺令。"寢不捕。撫軍怒其沮格，將坐以軍法。郡守促之。公曰："安有坐視無辜之民陷死地不一救者?"守曰："開府意决，子毋然；守不能抗，令於何有？子即投劾去，後令來，此屬終無生理，子毋然。"公退憤甚。獨居深念累日。忽大喜曰："得之矣。不有廉訪使者乎？大府受欺，廉訪豈受欺者？以情哀之，當可動。"即星夜馳赴濟南，叩臬使轅上謁，既入，伏地，泣不止。廉訪强起之，乃具白曹民無辜狀。廉訪悟曰："大府意不可回，汝邑名捕諸人，得無已逸?"公曰："檄下，外未知，且荷澤民於令若父子，必不逸。"廉訪曰："若歸，速逮諸人至吾庭，吾親訊，且雪之，必不付大府私人鞫也。"公頓首曰："如教。"令三十餘人者逮至，果得釋。他邑逮至者，皆得釋。撫軍銜之，無以難也。

公亦以往返冒風雨，遂患痺。即移病去官。數月，紹仁成進士，入翰林。公尚滯曹郡。賀者謂公陰德不爽。公曰："偶然耳。吾行吾素，敢責報哉!"竟歸。吏民送者哭失聲。至家，則季父雲舫公卒官久矣，兄弟均前卒。惟仲父潔田公自武昌教授歸。公喜甚，爲置宅迎養，蒸蒸不倦。没而喪之若考。兄子同居，撫若己子。親黨故交子孫之貧者，皆加厚恤。退探槖中無餘金，然不改其樂。咸豐甲寅，盗踞邑城，火公廬殆盡，衣糧劫掠無遺，略不介意，惟以世難未夷爲憂。疾作，不呼醫，不飲藥，曰："命豈草木所能回?"以咸豐九年己未九月十三日丑時卒，年七十有八。以子貴，晋封朝議大夫。

配朱太恭人。子六人：長紹銓，早卒。次紹仁，道光辛丑進士，前翰林院庶吉士，改户部主事。次紹儀，太學生，朱太恭人出。次某，側室李氏出。紹仁等以某年月日葬公邑東郭外祖塋之東。銘曰：

涕泣抱牘争，豈計大僚怒。纍纍死囚悉詿誤，忍見駢首就刀鋸。殺人媚人吾何安，誅民曷若誅宰官。嗚呼敢言人所難，吾民活矣歸挂冠。

天不憖遺，歸真塋域。百世高車，酬公陰德。

署河東河道總督按察使銜河南分守河北兵備道蔣公墓志銘

公諱啓敭，姓蔣氏，字明叔，號玉峰。世爲廣西全州人，系出蜀漢大司馬安陽恭侯。宋以來衣冠甲一州，所謂梅潭蔣氏者也。八世至公，皆科第相承。高祖諱尚翊，康熙甲子舉人，陝西安定知縣。曾祖諱頤秀，雍正壬子舉人，河南泌陽知縣。祖諱振閶，乾隆壬申恩科舉人，陝西安定、四川平武、直隸新樂、吴橋等縣知縣，候升知州。考諱勵常，乾隆庚子副貢生，丙午舉人，融縣訓導。三世皆以公貴，贈如公官。

訓導公有子三，公其仲也。早慧，九歲善屬文。十三試本州童子，冠其軍。十五補博士弟子第一。學使者贈詩，寵異之。公承訓導公之教，學賅體用。厥後起家爲循吏，爲勞臣，果不負所學云。嘉慶丙子舉於鄉，道光壬午成進士。以知縣銓發江西，權廣昌、德興、會昌，補新城，調贛縣。敘獲盜功，以知州升用，攝永豐。服除再補貴溪，調南昌。用卓薦，擢定南廳同知，權義甯、甯都二州，補南昌同知，權饒州、廣信二郡。循捐米京倉，格得知府銜；復循捐，格得升道員。再署江西鹽法道，簡授河南河北兵備道，奉檄入大梁，主軍興供張。賊至，佐城守有功，賞戴花翎，加按察使銜。河帥卒，詔行河督事。坐河溢鐫秩，仍令自效，旋復原官。疾作，卒陳橋工次，年六十有二。

其官自縣令洊擢至監司、署東河河道總督；其階自通議大夫至資政大夫。江右鄉闈，分校者二，監試者二，提調者一。公吏績多在江右，凡三至。農田水利，學校教化靡不舉。民尸而祝之。然其大者，在識議與處置卓絶，過人遠甚。於贛作《贛郡利病書》，言莠民有三：曰會匪，盗賊，鹽梟。三者，急則合，緩則散。治之之法有四：曰寬處分，裕經費，聯保甲，興文學。太府韙其説。鄰邑龍南大姓廖、李，世争山爲仇。令往封閉，以廖從，李憤投石，誤傷令，走白守請兵。公亟謁守曰："吏往，足縛獻，不煩兵也。”守曰：“孰可？”即自請行。先使吏諷告之，皆投械叩頭曰：“惟命。”至則縶倡噪者六人還，闔村帖然。江右郭外歲冬設廠，行糜粥，待貧者；人日給籌，予簞食。南昌、新建二令主之，或請易錢。會湖北流民大至，大府令復行粥。公請别議賑，不從。赴者至十二萬人，不能給。呼號跆藉，死者相枕，洶洶且入城。大吏議閉城授兵。公争曰：“是驅使亂也。”請罷粥給錢。亟榜通衢，刻期分棚，如其言，乃定。漕之訌也，起於銀貴。道光丁未，臨川民聚城下讙呶，守令白請兵。中丞吴公遣往，開誠曉譬，平其兑納，民歡呼載道。明年，樂川等邑相繼以漕事嘩，貴溪尤甚。公適權廣信，但捕逮鼓衆者，餘不問。大吏咎其寬縱，吴公亦惑焉。或勸且勉從。公曰：“銀貴，吏又持之急，官困，民獨不困耶？奈何遽目爲畔逆，吾非市恩，亦不敢避責。”然竟移公南昌，使讞長甯、崇義會匪獄。吴公徐聞公言，大悟。以貴溪獄付公，僅論四人死，其會匪連坐亦多得輕比，全活無算。此其尤磊落大者，他不勝書也。

公號爲達於政，乃其兵事亦練。在江西扼海關，賊折北而走。在大梁，值故相琦善公充欽差大臣督師南下，調發供億悉倚公，倉卒無格令，一切辦治。已而逆賊由歸德犯大梁，撫軍他出，或謂公盍返任。公不可，偕官吏乘堞，日夕拒守。賊氣奪走去，則率師次彰德遏之。而河北聯莊會起，藉團練抗租賦，公進議曰：“是非江右比，彼民困，困者宜恤，驟威以兵必變；此民悍，悍者宜懲，不懾以兵且亂。”當事者不納，由是禍大熾，卒主用兵。公亦馳驅剿撫，乃得平。論者見公儒生，不意膽智開敏如是，咸大驚異。最後受河事，連值洚洞，又窘度支，殆不可爲。咸豐甲寅，伏汛大漲，漂垛埽皆盡，公露坐堤上不去，僅一老兵侍，堤齧過半矣。比明，兵役復集，乃貸料於民，搶治三晝夜，堤卒完。次年權河督，甫十日，夜大風雨，蘭陽堤決，公馳奏自劾。上雖予譴，仍責後效。丙辰五月，河帥上公勤勞狀，詔復其職。公荷上寬仁，又念父子叨國恩，益感奮，盡瘁宣防。其年六月，疾革，伏枕處分皆治河事，惟以决口未塞爲憾。竟卒於工次。

著有《問梅軒詩文集》、《宦海一蠡》、《教士彙編》，他論撰甚多。公政事緣餙儒雅。德興邑先儒余瀚父子從朱子游，舊志載理學，爲私憾者削去，公復補入之。浮梁金鄭二姓，互詆其祖。公據《新唐書》，謂各爲其主，有功德於民一也。兩家悦而解。公居官治事一於誠，不知有禍福；處寮友上官依於恕，不知有嫌怨。事親孝。訓導公没，廬墓三年。兄弟友愛，無私財。置義莊贍族里黨，待以舉火者數十家。葺家乘，尤合史法。

配時夫人，誥封夫人。側室張、萬、謝，皆封宜人。子六：長琦齡，道光庚子進士，翰林院編修，歷官順天府府尹。次琦，沅州庠生，先公卒。次珣，候選同知。次珖，鹽提舉候選通判。次琦鴻，早卒。次琦清，候選同知。女二：長適同里從九品雷震春，早卒。次殤。孫四：宸英。榮英。冠英，提舉銜候選通判。女孫九。公葬某原。柏心爲公長君禮闈分校所得士。承命撰石志，惟公吏能比尹翁歸，而文雅過之；功德比韋丹，而威略過之。又勤其官而没，宜銘以示無窮。謹銘曰：

備文武，惟所施。民與兵，罔不治。肩勞勩，忘險夷。晚騰上，捷石菑。死勤事，不慭遺。子承構，挺皋夔。世濟美，耀鼎彝。封馬鬣，粤山陲。納元壤，鎸此辭。千百世，良吏師。

翰林院編修李君墓志銘

君姓李氏，諱杭，字孟龍，湘陰人。文恭公長子也。文恭公諱星沅，宦業事迹，國史有傳。君幼即穎慧絶倫，五歲背誦《唐詩三百首》，七歲能爲五言詩，長老大驚，目爲奇童。湯海秋農曹尤賞異，以小友呼之。甫冠，補博士弟子，食餼。道光癸卯登賢書，甲辰成進士，改庶吉士，散館，授翰林院編修。輪對後假還，三年遽以咯血終。

君頎秀，雙眸清徹，見者謂神仙中人。博綜載籍，負才雄駿，尤好爲詩。上薄風騷、漢魏，沈酣於太白、子美，馳驟於退之、子瞻，下訖明之何、李。所作皆怒而飛，翼若垂天之雲。海内高才碩彦，咸歛軍莫敢摩壘。是時，宣宗勵精綜核，以館閣儲才，有重任則拔擢用之。唱第得君，天顔良悦，召對策，勵甚至。後文恭疏謝，及再入覲，皆諭以訓勖："汝子杭以備楨幹。"君感激殊眷，謂聖主寵世臣最優，且如宋仁宗目蘇軾者見待，則益潛心經世之學，儲以應用。凡自歷代治忽，及時政得失，講明切究，參以先儒論定，分册條記，今猶有鱗次在篋者。

嘉道以來，湘中英才蔚起，爲四方冠。君之挺生適丁其際。及嶺西變作，埽地誓師，揮戈定亂。文武躍起，致位將相、疏爵析圭者，皆熊湘傑，幾於旂常，不能勝紀。則君已埋光鏟采，委體山阿矣。然君體用明達，學術正大，方釋褐之初，論者皆謂張始興、李鄴侯復出，孰知竟以天年早終邪！嗟乎，遭不世之遇，挾不世出之才，曾不得展其醞蓄，勵相國家，僅以文字表見，與賈生終童相後先。此有識之士所以爲君咨嗟涕洟者也。

君性孝友，事祖母陳太夫人及文恭公，依依如孺子容。遭母太夫人憂，幾至骨立。與同懷弟概、桓，學問相師友；遇庶弟榛，初無歧視，志尚清整。官京朝，與趨庭卷軸外，無他嗜。交尤慎，所心敬者不過數人。於石交恒傾肝膽。好學而貧者，必濟之。友有過，必面折，且反覆盡其言乃止。遺集曰《小芋香館》者，已梓行。

君生道光元年辛巳十月二十九日丑時，卒道光二十有八年戊申三月二十三日子時。年財二十有八。敕授儒林郎，配郭安人，工詩，先君卒。繼配徐安人，均無出。以叔氏桓之子輔耀爲其後，優貢生。孫相鈞。君葬善化河西張家沖。叔氏謂柏心當爲文納諸幽竁。柏心於君忝同舉，自顧年齒倍君，才則不逮遠甚。今顧後死，乃以槁項黄馘，濺淚和墨爲君志墓也，悲夫！銘曰：

才與遇兮適相副，孰夭閼兮匿奇光。懷皋契兮睇申甫，道有餘兮命不長。挾遺編兮凌箕斗，耿萬丈兮垂其芒。粲雲霞兮環兹岡，世相延兮襲嘉祥。

候選教諭譚君墓志銘

國朝自高宗時，英儒輩出，遠承漢學，修明馬鄭之業。其高才博辨者，復馳騁七略九流，参稽綜貫；以淹洽名家者，精深鴻富，號爲極盛。大抵吴越之彦爲多。而吾楚譚君力臣，生數十年後，起穹山幽壑中，聞風嚮慕，積所研窮，遂與通才奥學相頡頏，可不謂卓然奇傑也哉！

君諱大勳，字兆元，一字力臣，先世自巴東徙居長陽磨市，代以文學相嬗。曾祖鏞，郡增生。祖應洙，邑附生，貤贈修職郎。考楚，歲貢生，鄖陽府學訓導。子二，君其長也。誕時重闈在堂，稱爲充閭之慶。甫四齡，白蓮賊起，訓導公練壯士從征，君母彭孺人携之遷避。試以字，能識，即爲授經。十七補縣學生，旋食餼。訓導公客幕府，命君問業外祖良庵公蕲水學舍。道光乙酉科，選拔貢生。廷試後遂羈輦下應京兆，肄業太學。凡六年，同輩多騰騫，或諷以謁要津。君謝曰："日下人才藪，吾來求廣吾學，不圖仕也。"主蔣副憲、葉給諫宅，以熊腴村大令、陳其山比部爲師，而友仁和龔定盦舍人、江都汪孟慈農部。定盦才雄學贍一時，孟慈又容甫先生子也。故君之探討聞見，益渾渾無涯涘。所作《復禮書》，朝鮮使者索之，播其國中。比歸，居彭孺人憂，侍訓導公於鄖。主鄖山講席，兼治郡守幕中文字。訓導歸田，君乃游中州、湘桂，兩至粵東。爵相葉公薦主惠來講席，亦兼治高要記室。是時兩粵盗賊方起，君亦倦游歸矣。歸而賊氛延於楚，所在郡邑督治團練，里中推君董之。獲盗未嘗濫誅。訓導公年九秩，親見五世同堂，守令上其事，鄉人榮之。逾八年，訓導公捐館，君耄矣，哀毁如禮。邑田逆稱亂，都轉唐公以師平之。慕君名，殷勤延攬，乞君文紀戰事，勒諸石。薦主本邑書院，遍語人曰："此經師人師也。"因主修邑乘，勒爲成書。會胡恕堂中丞走書相招，擬赴之。疾作，遂不起。

君治經史，遍覽百家，獵微探賾，以精博稱。爲駢文，自東漢六代至三唐鎔冶而出之，閎整若彦昇、休文，鋒穎則劉孝標、劉子元。詩典則冲和，體潔而意遠。世之矜淵雅者，則不工詞藝；詡才藻者，又多涉孤陋。君乃兼長并擅。破小儒曲士之樊籬，蓋超然比肩大雅之林矣。顧華首含章，不得如稚存、淵如諸老輩取巍科上第，名震遠近，持著作照耀承明石渠間，獨韜光斂耀，偃蹇空山，至於歿齒。嗟乎！其可悲也已。

君於事機尤識大體，在郧時，淮引多滯，商白大府，請搜索南旋糧艘絶夾帶。君上書郡守寬其禁。在高要，粤民已多剽掠，君憂之，作《團練論》上，郡守用其法，郡以安。吏某甲失當道意，以千金丐君緩頰，却其金，卒爲斡旋之，事竟解。君語人曰："受金則污吾節矣。然渠理直，不言，且别生事端。"歸舟遇盜胠其篋，惟研材。盜笑曰："公何廉也。"

所著《駢散文》、《古今體詩》、《讀書一得》、《讀詩一得》、《水經注刊誤》、《新唐書摘繆》、《明事類編》、《焦氏易林辨同》、《長陽志備考》，惟駢文及詩梓三之一。

配楊孺人。子四：啓垣，縣學廩生。啓墉，恩貢生。啓塾、啓壂，郡增生。壂早卒，塾後公數日卒。女二，皆適士族。孫四：文鍇，縣學廩生，軍功候選訓導。文鎡，嗣壂后。文銑。文鑠。曾孫二。垣葬君祖塋側，請柏心爲銘納諸壙。柏心惜君之韞櫝藝文，而不登東觀、歷西清也。銘曰：

高文未掌乎典册，膴仕未躡乎公卿。夫孰知不我假者其浮榮，而不我閟者其菁英耶？

彭宜人墓志銘

道光戊申冬，彭于蕃太守自滇南上計朝京師，相遇於鄂渚。謂柏心曰："亡室饒宜人葬有日矣，心哀其賢淑，懼没没也，請以壙石之文屬吾子。"即出示所自爲傳略，則謹就而叙之。

宜人長沙縣人也，世爲衣冠族。考宗衡，娶於江夏陳氏，遂僑焉。故宜人産江夏。兄殤，考繼没。嗣子復病廢。依母氏以居，貧甚。仰食刺綉，工敏奇麗，見者驚爲神。宜人舅氏陳叟，善知人。于蕃時猶童年，一見即偉之，走語宜人母曰："爲女甥相攸，無若彭氏子者。"遂以字焉。

年十九歸于蕃，貧亦相埒，恒斥籢具佐其乏。事舅姑尤謹，家無婢媪，躬井臼烹飪，不言瘁。雞鳴即興，宵分未寐，事無不整理者。姑馬太宜人嘗慰勞之曰："盍少休矣。"然勤動如故。舅感末疾臥不起者彌年，姑得痰疾五年不瘳，日夕侍側，湯藥食飲手進之。姑疾亟，執宜人手曰："若爲吾婦，實吾女也。"哭失聲乃没。初，于蕃以孝廉計偕，不能治裝襆被，空兩手入都，委家事宜人。涕泣訣曰："苟富貴，毋相忘。"次年，遂成進士，入史館。久之，于蕃北上。既改官，復偕至滇，莅浪穹、大關、昆明各邑，凡金穀事，悉宜人代之勾稽。分款目爲正雜二簿。其正款則封置别所，題曰"官帑"，不得移他，出納亦謹登諸籍，戒于蕃曰："非義，毋溷吾籍，毋入吾室。"于蕃心重其言。適北平劉雲者，于蕃女弟也，宜人絶愛憐之，問遺相繼。馬石夫先生者，于蕃母舅也，宜人不以途遥忘佽助。于蕃從弟岱者，少孤露，來依，宜人撫之，必以立志行爲勖。始宜人與于蕃，兩家困約同，終鮮兄弟又同，伉儷間相視如同氣。比于蕃登第，出宰崎嶇，相從逾萬里，於是有禄糈，有黻佩，榮貴鼎鼐，子婦諸孫列侍，非復牛衣對泣時矣。不旋踵而朝華先萎，須臾之欣快，償夙昔之況瘁，萬不及一焉。淑德惠問，不以延福算，益以增惋悼。嗟乎！其殆所謂命也。

夫宜人之卒也，以道光某年月日；其生也，以嘉慶癸亥年十二月朔日。春秋四十有四。覃恩敕封孺人，晋贈宜人。子四：汝琛，某官，娶婦童。汝琮，邑庠生，娶婦蔣。汝璋，六齡而殤。幼者彌月殤。女五，長字馮。次殤。三字徐。四五尚幼。孫二：念宸、念宇。女孫二，皆汝琛出。宜人好書史，時時有所鈔纂，獨未嘗爲詩。某年月日葬某原。宜人事舅姑以孝，佐夫子以廉，律身以勤，鞠育以慈，準於法，宜有銘。銘曰：

奚福之嗇，而德之厚。儲祉衍祥，以翊厥後。

譚太孺人墓志銘

嗟乎，自鄂經三陷，士女之引决者不勝計。瑶璧璿珠，相率委於烈焰凶鋒，豈非禮義之防，教澤至深，雖閨幃皆能與志士同趨哉！今得譚母余太孺人殉難事。太孺人者，譚本中之本生母也，泣請於柏心曰："本中幼出嗣伯父爲後，當吾母殉難，本中出館武昌，惟弟應中侍，其事慘，其志最烈，吾子其闡之以辭，光於幽壙，死且不朽。"乃按狀序之。

太孺人，江夏人也。考文炯，廩生。年十九歸候選縣丞如亭先生，能婉以敬，處娣姒也和，待姻鄰也惠，御婢媪也寬，治酒漿也潔。生子四，女二。譚氏本籍南豐，後乃附籍江夏，世治法家言。縣丞君恒遠館，家事委太孺人，黽勉支持，多倚以濟。自其少時，已解文義，多識前代淑媛事。後遇暇時，往往執卷潛玩，尤喜《吕新吾先生集》，采其可爲家法者，呼兩女講授之。

咸豐二年十二月四日，粤賊陷鄂，其長女及應中婦侍側。長女請曰："兒與弟婦義不受辱，惟死可以全貞。弟當走免，往求父兄。"子婦楊意亦同。太孺人曰："善。"出縑丈餘，裂爲三，分授之。長女及子婦楊趨樓上縊死。太孺人呼應中曰："吾亦死耳。汝視吾氣絶，即移藏僻處，即速走，求汝父兄，存譚氏宗祧。"應中伏地哭，則怒叱之曰："若欲殉我，乃昧大義，令我無以下見舅姑，安在其爲孝也。"起自經於厨。應中號慟昏絶。周輔廷者，其次女夫也，適來探視，掖應中起，語以賊尚無城禁，疾走可脱。相與坎地覆尸，挾之出城，竟免。間關十餘日，始達其父兄所。次年正月，賊走，其兄弟奔還，啓視遺骸無恙，備槥改斂而葬諸先塋之次。子婦楊祔焉。以長女柩還吴氏，葬於字婿墓側。大吏以事聞諸朝，得邀褒恤，入祀昭忠祠。邦人以爲榮。

太孺人生於嘉慶己未九月五日亥時，年五十有四。長女曰寶貞，字吴氏子達芝，未行而婿死，遂往守貞，臨難死焉。次女曰寶淑，既嫁，以娩難死，其婿即周輔廷也。太孺人懿行多矣，至其蹈義之勇，屹乎若植天柱而絜地維也。銘曰：

婦德之稱，不出内則。孰謂横流，有此毅力。軀命甚微，義不可忒。女及子婦，均無懦色。從死如歸，臨危不惑。賁育雖勇，豈逮巾幗。我爲銘之，禮宗是式。

卷四十四　贊　頌　銘

忠迹贊有序

忠迹者，贈朝議大夫、知府銜、廣東從化縣知縣李公心畬殉節之所也。

謹按：公諱福培，字仲謙，其自號曰心畬，無錫人也。弱冠舉於鄉，公車十三上不第。道光丙戌，考授左翼宗學教習，期滿，以知縣用。咸豐庚戌謁選，授廣東從化縣知縣。邑荒瘠，頻有潦旱，公至，力請於上，爲緩徵。奉檄會擒不軌之民百餘人置之法。癸丑，鄰邑賊起，嘯所屬之烏石墟。奉檄會勦，親冒矢石，受創者三，仍督戰，遂誅百五十人。餘黨潰走。甲寅五月，各邑賊大熾，犯廣州，擾佛鎮。邑介居萬山中，毗連七邑皆盜賊之淵。出没煽誘，防範綦難。地又荒儉，募勇不可得經費。道梗，與省門聲聞俱斷。乃密申牒請於制府，選勁兵二千，分屯花縣、石角及從化、太平場，保障諸邑，且斷賊糧道。不得報。乃自募壯丁財數百人，與少尉趙應端及其從弟性培分將之。七月，賊數千突至，公與趙尉迎戰。賊分陷北門，公潰圍出。適邑人以鄉團來援，潰卒稍集，率以進。一戰而捷，城乃復。自是連戰，凡七勝，殺賊八百餘。賊將遁矣，而奸人惎之，益召賊黨，遂不敵。壯勇皆無鬥志，東門陷。公與趙尉登學宫尊經閣，北面拜曰："臣力竭，惟一死以報國。"賊蜂至，公嚼血罵不絶。賊猶戒勿犯好官，稍引去。公氣益厲，投石擊賊，傷數人。賊怒，積薪燔之，公與趙尉及從弟斃烟焰中，從而殉者家丁壯勇凡十一人，皆燔焉。甲寅九月二十七日也。

事聞，贈恤有加。當公授命處，與其弟血影在地，濯之愈顯。後任令尹加石闌護之，題曰："忠迹昭然。"嗟乎烈哉！

柏心客漢陽，公之第三子鎮衡持公遺事徵題。聞公有遺像，未之見也。覽志傳中載《忠迹》一則，凜凜有生氣，乃作贊曰：

公之英靈，當騎尾箕。不游天上，漬影階墀。尊經之閣，萬古㕓㕓。糜軀噴血，風雨不移。久滯春官，綰符嶺嶠。山藪叢深，民風凶慓。七邑之衝，奸徒聚嘯。掠市屠村，矜其桀驁。公奮厥武，禁奸詰戎。荒瘠下邑，軍實不充。然猶激勵，躍馬彎弓。大呼深入，屢挫賊鋒。反側四起，進犯羊城。長蛇毒虺，引類縱横。道梗援絶，彈丸震驚。公乃揮淚，削牘請兵。勁卒二千，分屯險阻。以斷賊糧，以固吾圉。其旁七邑，皆得安堵。良策不從，嗟哉大府。賊益鏖至，日爲鬥場。七戰七捷，我武猶揚。有尉有弟，飲血裹瘡。賊至愈衆，勢乃披猖。公退而憩，尊經之閣。與尉及弟，授命相約。厲聲罵賊，恨不呑嚼。賊曰好官，稍稍引却。公憤投石，裂賊之顱。群賊乃怒，大積薪芻。縱火焚之，焰過洪鑪。身與六經，并此焦枯。亦聞趙尉，與公從弟。尚有從者，十餘壯士。同化埃塵，崑岡玉燬。垂作耿光，與公并煒。事聞贈恤，優詔特褒。所尤異者，濺血不銷。宛然具體，鬼雄可招。雕闌加護，忠迹彌昭。昔聞卞壼，握爪透拳。忠貞之性，没而猶堅。以公方之，夫何間然。精金百鍊，光氣逾鮮。吁嗟劫灰，獨留毅魄。祝融之威，難熸此迹。死所得矣，見者護惜。勿踐履之，千年化碧。

李蓴村太守像贊并序

柏心未識蓴村先生。其嗣君紫藩明府令吾郡之公安，頻歲治灾，活飢黎無算。他所行惠政不勝舉。楚之言循吏者，未能或之先也。心敬之，遂定交焉。紫藩時時爲述其先君之治績，又出諸賢所撰志銘、表傳、誄詞讀之。諸賢皆能文章，不妄褒美者。以是知先生起佐史至二千石，受天子宰相之知，遺愛及所在吏民，蓋非偶然。而紫藩之踵武清白，其稟承爲有自也。最後乃得見先生畫像，肅然如親矩矱矣。於是撮舉諸家所論次者，敬系之贊。其詞曰：

公昔抱關，威行惠流。何秩之卑，而績之優。秩卑何傷，余不負丞。不負伊何？曰余飲冰。十有餘年，乃得飛舄。匪衝則邊，匪疲則瘠。折腰奚辱，塵甑奚貧。遑恤其他，唯恤吾民。春陽之煦，蘇及根荄。誠心之積，金石爲開。逖矣窮櫩，幽隱不遺。嚬呻疾苦，如在帟帷。撫之字之，教之誨之。早夜思之，唯恐弗逮。彼勢如山，剛則不吐。顧此矜寡，則不敢侮。鶴鳴九皐，美政流聞。輔臣推轂，帝奬厥勤。高車彤襜，專城海隅。俄而怛化，父老欷歔。論者惜公，藴此奇抱。遇合太遲，未竟長道。語雖近似，詎得其真。公之康濟，在屈猶伸。其視蒸氓，不啻鶵鷇。均哺共乳，直以翼覆。民之含德，譬飲膏露。醇醲甘芬，忘其饜飫。桐鄉嗇夫，潁川令長。匪公匪卿，名播天壤。公之徽猷，豈以位掩。大用非加，小試非貶。何況聲績，揚於帝廷。有子繼之，仰紹先型。未識公面，今覲遺容。洒然清飈，謖謖長松。緬稽治行，近代循良。敢告史氏，青簡用光。

心耕圖贊爲李紫藩明府作

方寸之田，知愚共有。耕焉則獲，倍億萬畒。本仁陳義，或耘或耔。善禾性米，其實離離。盛潦不傷，大旱不槁。達以贍世，窮裕其道。昔之賢聖，菑畬是勤。厥功所極，配天粒民。毋曰美種，或爲稊稗。毋曰沃壤，終焉荒穢。墾而藝之，紹彼聖功。惰而廢之，趨與愚同。勉勉李侯，循吏子孫。稽田力穡，施於後昆。侯不敢怠，肯播肯穫。出試烹鮮，輿頌交作。侯益勤止，顧圖自勵。廉以律躬，豐以利濟。民曰我侯，匪直聰明。撫字安集，人獲再生。祝侯登進，豈弟干禄。宏此有秋，皇人壽穀。

汲黯嚴助終軍王褒張敞贊

在漢武宣之世，崇儒雅，飾治具，招徠魁傑，布之闕下。異人輻輳，應時而出。若汲黯之補闕禁中，嚴助之出入風議，終軍之奉使請宣國威，王褒之奏頌，張敞之上書願治劇郡，皆閎駿、博辨、英達，奮擢泥滓之中，吐奇禁闥之前，忼慷自負，伸其素懷，流聲將來，偉矣。然非遭逢英主須才之會，且蚴蟉潛屈，垂白不見録用，烏能建節效能，卓卓若此乎？雖然，數子者，材略殊絶，不甘掩遏，卒致顯遇，不可謂非善於用時者也。余覽其行事，有慕焉，均爲之贊：

汲君忠戇，國之諫輔。天麟峙角，霜鶚薦羽。維帝雄侈，外施仁義。絶漠窮兵，介邱飾瑞。君刮其蘖，亦挫其株。雖復萌盛，終顧而吁。大臣阿旨，小吏文深。脂韋其舌，戈矛其心。君獨嶷然，正色譏彈。將軍敬禮，逆藩寢奸。山有猛獸，藜藿不采。滔滔頹波，柱石巃嵸。宏方被譴，湯亦下吏。君獨委蛇，出入禁地。攖龍不怒，履虎不咥。古社稷臣，復見遺直。義激懦夫，百世猶興。願懷骾亮，獻納丹宸。

東海嚴生，承明侍從。偉辯涌泉，捷詞飛鞚。維時枚馬，東方之儔。并參紫闥，貢策紆籌。蠢爾閩夷，侵鄰犯順。帝赫斯怒，風霆其震。舉朝牽制，議稽天誅。生也抗辯，持節長驅。央央白旆，桓桓虎旅。往批其險，遂刊其阻。小丑惕讐，自斧厥吭。天討有罪，順撫其良，南越懷德，如彼覆幬。殊荒率俾，日月所照。殲凶擾氓，惟帝之功。鋪威抗稜，惟辯之雄。惟漢遠駕，惟生耀奇。休矣竹册，千載一時。

英英子雲，西游帝都。黄鵠遠舉，豈眷泥塗。大漢絣休，薦燎郊宫。熛訛炎感，芬懿豐融。般般之獸，來游來止。亦有奇木，交柯異柢。首陳偉對，嘉應以明。皇帝盛德，塞於無垠。昆邪右衽，單于犇漠。宜登東岱，顯應祓飾。藐兹南越，憑險而驕。請受長纓，繫之入朝。單車所指，望風頓首。舉國内屬，依漢高厚。漢威有截，達於嶺表。生建其策，功逾横草。緬想棄繻，抑何雄恢。因緣嘉會，鬱爲雲雷。

子淵軼才，中和作詩。英譽飈起，溢於彤墀。峨峨攬轡，碧雞金馬。鋪張閎床，摛揚文雅。猗歟獻頌，慕説津津。曠世聖主，篤生賢臣。尹溉鼎耳，説操縮版。泥滓淹晦，屈躓蹇舛。一旦奮驤，大風吹垢。三光照身，萬象在手。寥寥曠古，何代無賢。荀卿去楚，樂毅辭燕。雲雷屯欝，魂憯意傷。匪世乏才，遭時則良。我諷此詞，感極涕零。吁嗟旂常，望古如新。

子高幹敏，吏能爲最。攘臂匡贊，動奮時會。明明天子，勵精在上。有位於朝，宜思弼亮。臣敞庸愚，仰録天室。豈敢憚勩，自暇自逸。臣聞膠東，渤海之閒。有莠有蝥，蘊其狂奸。臣請自效，得領劇郡。奏上方略，以擾以鎮。天子曰俞，試之膠東。膠東翕然，人和政通。繼遷京兆，亦有能名。數上封事，謇謇直聲。嚮使盤桓，保寵全身，鋒穎韜韞，奇節以淪。偉哉良牧，自垂懿績。視此忼慨，志士之則。

恩慶編頌有序

雲間姜氏，其家六世以孝行聞。又屢邀旌閭之典，故彙爲一編，顔之曰《恩慶》。余讀之終卷，作而曰："盛矣哉，古未嘗有也。"昔者孔子志在《孝經》，嘗舉以授曾子，及門中唯稱閔子之孝，蓋其難也。漢世舉吏多察孝，《晋書》始以《孝友》立傳。自是以降，史不絶書。然未有一門累世克濟其孝者。《唐書》載朱仁軌、楊炎之家，皆門立六闕，亦不聞其孝子孝婦競爽儷美若此之盛也。姜氏之先，其刲股者一，冒刃救父者二，以毁與吮癰得疾且死者各一，吮母目復明、感夢心動罷試奉母者各一。其孝婦則有乳姑者，忍死繼嗣以慰堂上者，有劙肱愈姑者。其餘承顔奉養之節，不勝紀也。有一於此，皆在必傳，况其紛綸若此耶？况其内外蒸蒸、駢見叠出者耶？

今夫閭巷之家，有秉性淳懿者，其於天顯民彝，未敢或斁也，然漸漬未深，不再傳而愛敬之情竭矣。若姜氏者，口未嘗相語以孝也，而目所染者莫非豫順之象；情未嘗相示以孝也，而耳所濡者莫非雍和之風。

前無所勸，後無所儆，油然與之俱化。彼其於孝，若水火之趨燥濕，陰陽之運寒暑；若飢之求食，寒之求衣也。此無他，觀感切而薰蒸久也。昆山産玉，皆爲夜光；鄧林擢材，皆爲豫章。姜氏之孝，蓋若性然。天固特鍾之以奮美而萃淑，又沐浴於聖代孝治之化，鴻龐溥洽，故應期而出，發於一門。適與淳風相應，閱二百餘年，如蹈一轍。累朝褒嘉，彰厥宅里，史臣書之，爲曠數千載罕覿之奇。薄海内外傳之，使丈夫女子皆興起其孝愛之心。盛矣哉！古未嘗有也。於是爲作頌曰：

彭城廣漢，是爲二姜。曰肱曰詩，至行聿彰。雲間繼之，先後相望。載兹孝德，克篤前光。孝德不匱，六世弗失。奇節庸行，厥趨則一。化彼梱内，是循是率。愛敬内隆，孝各相匹。美土之區，嘉禾遂生。層城之巔，靈草敷榮。玉無不粹，金無不貞。惟孝繼孝，習與性成。稽諸曩史，孝友立傳。永世克孝，實爲創見。歷二百年，家風相扇。彼若故常，人自耀炫。天非偏毓，帝豈虚褒。醇醲蒸被，適與運遭。温綸駢疊，綽楔增高。陋彼漢世，七葉金貂。我求孝德，莫如姜氏。峻比吴山，源同婁水。天道輔仁，永錫無已，何以錫之，世世孝子。

孝婦頌

孝婦者，潛江劉君某之室余孺人也。姑病甚，醫者術窮，孺人潛刲臂肉投鼎中，濡藥進之。飲訖，病立愈。劉君後乃廉得其故，孺人猶戒勿言。今年夏，其次君雀然茂才過訪，徵題其事，爲作頌一篇：

有姑遘疾，殆將不支。婦也露禱，涕泣承頤。刲臂取肉，投鼎即糜。和藥以進，立蘇阽危。悶不自言，以手加額。夫子廉問，乃得其迹。諦視血痕，羅襦盡赤。仍戒勿宣，默如平昔。嗟乎至孝，毋忘其愚。頂踵可捐，遑恤肌膚。精誠上感，神明下扶。緣性所發，豈名是沽。天之祐之，姑也壽考。身亦逢吉，克昌厥後。蔚起機雲，荆璆并剖。亭亭孫枝，亦搴頻茆。驂鸞渺矣，播美青珉。我爲作頌，用奬彝倫。誰司煒管，曷告楓宸。表閭旌孝，以勵千春。

白烏頌有序

徐州張石卿先生，總制滇黔，部下回民以白烏獻。今年十月，公舟赴長沙，將奉命赴闕，柏心往送舟中，公命出籠中白烏見示。質潔而性馴，因謂柏心曰：“子爲我記之。”

謹按：王者敬宗廟則白烏至。烏，孝鳥也。白者，色之潔者也。又有反哺之義，爲遠人懷惠而來之。占前史所載，漢章帝元和元年，詔曰：“白烏神雀，甘露屢臻。”北魏時凡七見。南齊高帝謁廟始畢，有獻白烏者。宋治平四年，贊善陳世修獻白烏。其餘士夫家，以孝德感致，亦往往有焉。往者，滇南民回交訌，釁作禍深，斬刈相循，反覆不休，殆十數稔矣。自公以文武威信往莅之，誅其桀驁，撫其柔良，選吏修政，務農通商，無偏無黨。惟詐虞猜嫌之是泯，久之，衆皆翕然從化，無敢胥戕胥虐者。遠人畏威，懷德來獻，兹禽又適出於回族。此其革面去污作新之效也。和氣感召，至速且著。兹者，公朝京師，值新天子嗣初服，諒陰宅憂，聖情哀慕，方奉大行梓宫，營治山陵，攀號雨泣，感動萬方。俟免喪，乃祇見宗廟，舉行大禘，蒸蒸至孝，格于幽明。中興應運，四海以爲殷高、周成復見，反側不逞之徒，必有滌除舊慝，投戈自縛，請歸死於司敗者。白烏之見，適當斯時，其爲二事應，昭然無疑。公宜以是表獻，且請宣付史館，登之圖牒，用彰我國家貞符靈貺永永無疆之休。柏心不辭弇陋，序而頌之。其詞曰：

滇畺之民，回族雜處。同壤爲仇，流血邊土。諭之不率，禁之不從。蠢爾蠻觸，迭肆其凶。覆載至仁，豈棄荒服。如何蚩蚩，自相殄戮。顯允張公，文武爲憲。殲其首亂，平其宿怨。罔有强弱，悖者斯芟。罔有族類，良者斯安。爲別宅里，爲選賢吏。以杜詐虞，以閔憔悴。翾飛蠉動，和氣昭蘇。回族有叟，來獻白烏。素毳皓尾，立若凝雪。既惠且馴，振鷺同潔。威德遠被，瑞應斯來。洗心革面，好音是懷。王者大孝，兹禽乃見。强梗來歸，亦著其驗。嗣皇宅憂，感愴靡窮。聖情哀慕，上徹昊穹。天贊中興，萬方效順。孰不祗懼，敢不承命。兹禽游止，休貺炳靈。公朝帝所，宜獻闕廷。告於中外，無或干紀。震動恪共，戴新天子。公作召公，對揚王庥。罔俾白雉，專美有周。

蔡蓀庭上舍貽墨石文具六種各繫以銘

緇而入，素而出，此知白守黑之術也，亦藉以滌吾之時質。滌筆盂。

濟濟筆公，森然就格，載錫元圭，以彰正直。筆牀。

黑守是間，積爲元石之山。墨牀。

漆城蕩蕩，毛穎所居。元雲欲起，渴蛟怒攄。筆筩。

墨胎析壤，内蘊赤忱。面如冷鐵，報君丹心。印泥盝。

毛錐列陣，拳石崢嶸。立而望之，森然五兵。色如浴鐵，戰氣方盈。金壺翻汁，碧海掣鯨。筆架。

竹根爲石所壓形狹而匾截爲筆筒作銘三首

嘉汝節之疏直，略汝貌之龍鍾。汝孤竹君之裔也，宜大啓管城子之封。

裂石而出，不作圓通。古之遺直，尚友筆公。

抱兹狷節，腹儉無傷。五千文字，助汝撐腸。

芝鹿几銘三首

支離其德，我與爾卧隱。嗒然南郭子，蒲輪徵車不及此。

安不汝離，危不汝遺。予散人也，故惟散木之是知。

汝歸於樸，我息其孱。將共處夫材不材之間。

卷四十五　跋

朱伯韓侍御《新鐃歌》跋

《新鐃歌》者，侍御桂林朱君伯韓作。推述本朝列聖武功，起太祖高皇帝至仁宗睿皇帝戰勝攻取之迹，紀其大者凡五十有　章。洪惟我列祖列宗，肇造區寓，龕暴定亂，兵如雷風，無敢旅拒。窮沙遠海，重譯數萬里，皆郡縣而尉候之，盛哉！開闢所未有。斯實恭天成命，亦廟算之勝也。而軍容武德，猶未被管絃，薦郊廟。中外臣子之心，咸懷蘊結；雖列聖謙讓，有功不伐，抑豈非闕美歟？且兵者，國之大事，爲後代法。聖清武烈，凌跨萬古，載於累朝《實録》及《方略》，諸書綦備矣。然機要所在，未盡顯揭於篇也。夫默運乎神明，而綜攬乎權綱。創之於前，爲於鑠耆定之原；垂之於後，爲千萬世聖子神孫紹聞率履之規，斯豈非機要之大者歟？豈若聲之於詩，諷誦在庭，尤深切而著明也歟？嘗推論帝王用兵，謀與斷猶次之，其機要最先者有二端焉：曰知人善任使而已，曰信賞必罰而已。自黄帝以來，未有不由是者。故敵之强弱不同也，功之遲速不同也，親征之與命將不同也，安内之與攘外不同也。然揆夫制勝之道，唯此二端，校千代、等百王，累黍不差。

而最易明者，尤莫如我朝祖宗近事。蓋機要既握，則天下之豪傑，我得而制馭之矣；九服之干紀，我得而芟薙之矣；四夷之桀黠窺伺，我得而鞭笞之、臣虜之矣。然則侍御所以長言咏嘆者，意在斯乎？意在斯乎？昔周至成康爲極盛，而《采薇》治外，猶咏歌先世征伐之事。周文公告成王則曰“克詰戎兵”，以覲文王之耿光，以揚武王之大烈。召康公告康王亦曰“張皇六師”，無壞我高祖寡命，安不忘危之至意也。侍御起詞臣、踐諫垣，文詞咏歌固其職，又法周召所以告君者，雖未及奏御於朝，播諸樂府，可謂淵乎有大臣之慮矣。不然，夫安取《朱鷺橫吹》鋪張而揚厲者爲？

跋王文成手書《君子亭記》長卷

右王文成手書《君子亭記》，蓋謫龍場時作。夫險阻之來，豪杰得之爲功名，聖賢得之爲德業。文成者，豪杰中之聖賢也。昔者重華之納風雷，文王之困玉門，周公遭狼跋，宣聖厄陳蔡，其爲險阻也多矣。然履屯蹇而終濟，遇明夷而不晦者，惟艱貞惕厲，故其道卒大亨以正也。文成之處患難夷狄，亦用是道爾。世但震其擒逆濠，平叛猺，以爲儒者中有文武方略，機智勇决，莫若文成；不知操存鎮定，皆得之龍場驛中。當其少年爲郎時，一日策馬出關外，遍覽戰守形勢，詣闕條上兵事，使即見用，豈不足樹勛中外？然非進之憂危坎壈，震撼摧挫，益底於韜養深沈，則功名雖盛，德業未必崇也。嗟乎！上知如文成，猶借資險阻，况挾中材而蒙晏安者哉？

方伯厲公伯符市得此卷，絶矜重之。命柏心識諸末。文成書出入二王，是卷遒逸超動，决爲真迹無疑。方伯重文成書，尤慕其功名德業，誠尚友而取法焉。柏心卜方伯之功名日以盛，德業日以崇，記中所稱君子者，庶幾將復見之。

跋如冠九觀察自西山卧佛寺移奉先師畫像歸闕里紀事册後

冠九觀察因閣讀曲阜孔君綉山之請，毅然詣西山卧佛寺僧，乞得明蜀王所畫先師爲魯司寇時像，復藉綉山歸之衍聖公府，始免老釋雜處。事詳綉山及觀察所作記中。遂裝册徵題焉。

觀察往在楚，治郡最有聲。今以持節仍來鄂渚，出此册相示柏心。

竊觀後世與吾道敵者，老釋而已。流及既衰，怪妄叢興，乃有鼓其猖狂倍譎者，軋二氏駕其上。彼二氏何足惜？今且駸駸欲凌蔑吾道，舉一世風俗心術而陷溺之，豈不大可懼乎？昔吾夫子爲魯司寇時，七日而誅少正卯。今此猖狂倍譎者，其爲僻萬倍於少正卯，使生當時，伏兩觀之誅，不待七日明矣。然今也斧鉞不及施，雷霆鬼神不加譴，彼其勢方横甚，則奈何？曰："拒敵者峻其墉，障川者繕其防。"亦尊吾夫子之道而已。尊其道當并尊其貌，老釋且不敢雜，況下於老釋者乎？

夫道何？道也，人之大倫，五帝三王之大經大法是也。由其道，則人也；背其道，則禽也。禽者又何誅焉？天理無時或息，人心無時或亡，尊道以扶天理，以正人心。俟彼凶焰漸衰，自歸澌滅，吾道固終古常新也。觀察秩益崇，施益廣，本衛道之心，與當世維持而昌明之，道其不終晦矣乎。柏心承命爲跋，既重有感於世變，因致所願望於觀察者，竊不禁其言之長也。

跋《賢母録》

賢母左淑人者，黄琴塢觀察之室，而同年子壽太史之母也。淑人既殁，太史重有哀者，紀述賢行，徵能爲文章之士，得志、傳、銘、誄、頌、贊、詩歌若干首，都爲一帙，曰《賢母録》，寄示柏心，且徵言焉。

録中載賢行備矣。竊考淑人所處，其食貧茹荼，僅十數年間事耳。餘皆恬愉之境也。親見觀察公擢第持節，其子用文學早貴，入直承明，又輟天子侍從獻納之臣，陳情乞養，侍起居食飲者七八載。年逾六十矣，乃捐簪珥，未有見其可悲者也。然而太史之哀，則以爲黻佩之華，綸誥之美，極人世貴寵難得之數，與欣喜可羡慕之事，畢致之吾母，徒榮其外，未足以少紓吾哀。即能采三秀、擷九光，立起沈疴，助益年壽；其以答春暉，而酬罔極也，亦直毫末耳。於是灑泣頓顙，臚賢母行事，請於四方能言之輩，論撰而咏歌之。俾聖善徽音，光昭圖訓，垂之千百世而未有艾。庶幾寒泉之思，可以稍慰矣乎。

嗟乎！非賢母不能生孝子，非孝子不能彰賢母。養者有涯也，孝者無涯也。充孝子無涯之心，揚賢母無窮之名，然後乃有是録。詩曰："孝子不匱，永錫爾類。"聞淑人嘗刲臂以愈觀察公，太史室劉安人亦爲姑刲臂。若太史者其不匱也，夫其錫類也夫。

跋《荆宜施道續題名碑記》後

《荆宜施道續題名碑》者，觀察嚴公渭春所刊，屬李香雪司馬爲之記。出示柏心命爲之跋。是職也，昔號簡靖，今最爲雄劇。以公才略，優爲之無難焉者。柏心嘗考唐大歷貞元間，四方跋扈，用兵不休，度支軍糈，往往告罄。貢賦道梗，惟仰給於江淮，其掌轉運鹽鐵者，則劉晏、韓滉，至加使相領之，稱爲才臣第一，論者謂二公勛績與臨淮、汾陽、西平、北平諸元功略等。豈不以居財賦之地，宣其才略，加之以忠力，上助朝廷，削平禍亂，下不至厲及閭閻，故能翼戴中興，爲有唐一代方鎮，諸臣所莫能望哉！

今之荆郡，猶唐之江淮也。巨猾横東南，楚地最直其衝。連兵攻討，飛輓不絶，商賈綰轂，悉萃荆郡。征榷所出，歲恒二百萬緡以上。軍興供億，幾任其半，皆觀察使者綜之。公以才略忠力，爲大府倚重，聖主特簡適居是職。下車未及三月，一切整肅，租緡灌輸，諸軍皃藻，暇乃具書前使者姓名，用資考鏡。柏心則謂以今時勢，與公所自期者，微劉、韓二公，誰與歸矣！區區管榷報稱之效，何足爲公道。

卷四十六　雜著

答客問一首

客有問於螺洲子曰："鑿齒噬東南，盤牙固結已四稔矣。貲糧廣，人徒多，未易與之爭鋒。子每言賊不難平，於何徵之？"

答曰："以其勢徵之而已。賊之勢異於昔矣。昔以少而强，今以多而弱；昔以合而盛，今以分而衰。昔之前驅者，皆百戰凶徒、亡命劇盜；今之響附者，皆烏合散卒，與夫驅脅民人耳。以此揆之，屬數雖衆，虐焰雖熾，殆所謂强弩之末，不能穿魯縞者也。今楚南精兵，莫不驍壯伉健，鋭於攻戰。舟楫火器，堅利迅疾，賊無能當者。且民之怨賊，痛入骨髓，彼逼鄰賊境者，特劫於威虐耳。稍遠焉，無復有從之者矣。凡此皆逆賊亡徵也。賊踞金陵爲窟穴，游兵蠶食皖省之大半，時復分擾楚北江右，爲掠糧計。然東不敢窺齊，北不敢犯豫者，則以瓜、揚、廬江皆爲我所扼故也。但使江右楚北悉已肅清，則全據上游，剋期大舉，直擣建康，取之若拉朽耳。取之之策，選將爲先，次則選兵，得良將數人，勁兵十萬，足以梟夷群逆矣。方今文臣習與賊戰、勛望赫然者，少司馬曾公、都轉李公、副憲袁公，其尤著者也。武臣則軍門向公，威重爲賊所憚；水軍之帥，則軍門楊公，雄略爲一時冠。若明詔專任此數人爲將，委以平賊，必能奏績。此外爵秩雖高，不習兵者，毋得預焉。命曾公率楊公以舟師自上游進發，都轉李公率陸師翼之，會袁公引軍俱前。掃除瀕江賊壘，焚奪賊舟，則專責之曾與楊；拔取安慶、甯國，凡賊所嘯踞各城邑，則專責之李與袁。既下蕪湖，使與向公會師，共議攻圍。又詔兩廣督臣，將舟師由海道取鎮江，斷賊走路。上游舟師抵白下，先燔賊之舟船、浮橋，以戰艇載江北騎兵，會於金陵城下。諸軍畢集，然後分方面結營。每一面大將統之，副以數營，厚集兵力，屯壘相望。約令互相策應，首尾救援，如常山蛇勢，賊不出，則樹栅掘塹、築長圍困之；賊來戰，則羸兵誘之，伏勁卒於旁，俟陷伏中，則出縱擊，而用驍騎躪之。如此而賊鋒不挫者，未之有也。賊挫，乃分番迭戰以挑之，使彼不得休息。凶黨震怖，必有内潰以應者矣。此次大戰，當如獵者逐鹿，必獲乃止。昔淮陰破項籍，李晟破朱泚，李克用破黄巢，皆大合群帥，四面攻蹴，蓋用全力與死寇角也。大將各按方面，各畫界限，如有一賊由彼處越逸者，察係何營，按誅其將，號令嚴明，衆必用命。如此，則逆首無所遁逃。檻車獻俘，滌盪惡氛，上釋廟堂宵旰之憂，下拯東南赤子於水火之中，區區桓文，何足方此功烈也哉！”

問者又曰：“諸將位望相敵，無所統率，進止難齊，則奈何？”

答曰：“宰相有知兵者，則出視師。不爾，則勛戚大臣、上所倚重者，奉命總師，此舉自出廟謨，非蒙所敢議也。但仿古制，置護軍一人，往來各營，調協諸將；置軍正一人，專録軍中功罪，以議賞罰。此則事機之不可少者。要之，以擇將爲本。”客退，遂書所答者著於篇。

論軍政

今兵久不解矣，而師出無功。意者，徵調猶寡耶？芻糧不足耶？地利尚乏險阻耶？曰：法强則兵强，法弱則兵弱。軍政不修，三者雖備，猶爲敵資。不修之失，其大者，在不擇將不選士，不明賞罰，或任賞而無罰。凡此皆取敗之道。因循不變，至於將偷士懦，避賊養寇，財賦日以耗竭，人民日以憔悴，經年累歲，奔命不暇。坐視城邑覆没，險隘捐棄，群盜滿山，相挻而起，而終無策以制之也。今將有以矯之，必先於數者大加變革，乃能振刷頽玩，轉敗而爲勝，轉弱而爲强。

夫用兵，莫先於擇將。古者四方有急，則求猛將。於是群臣薦舉，或拔自卒伍，或起自草澤，往往得人。今則此法久廢，文武大臣，推轂仗節者，但先官秩，率用資格，不必其曉兵善謀也。及其爲將，又不能納用群策，故浪戰而敗，反謂兵不可用。夫軍所恃惟將，將所恃惟謀。將無謀則設伏擣虚，曾無勝算，徒驅士卒陷之死地，衆知其不足恃也。於是揮之不前，鋒刃未交而先潰北，是將之咎也，非盡士之怯也。今即不行薦舉，或即軍中擇其屢戰有功者，專意委任，使衆心有恃，庶幾士氣或以復振。古有選鋒，又有百金選士，貴精非貴多也。無問營伍與召募，皆當擇其驍武魁健與材藝趫捷者，加之以服習訓練，紀律分明，方稱節制之師，可倚以摧鋒陷陣，所向無前。今皆反是。但欲充數，惟取衆多，轟飲縱博，悉忘警備，進不用命，敗不歸營，第見其雜然集、涣然走而已矣。坐縻廩餉，益損威聲，雖連百萬之衆，豈足以一戰哉？今宜力加澄汰，去其驕惰，而留其堪戰者，申嚴號令。或者簡練之後，皆爲鬥士乎？《軍志》有之："軍無財，士不來；軍無賞，士不往。"欲得士之死力，非重賞不足以啗之。然行賞必計功伐。無功而賞，衆不知勸，荀卿所謂"干賞蹈利之兵"也。賞竭則怨，不可用矣。且賞行而罰不行，無怪其威武益屈，屢戰輒敗，既敗又不行罰，此如驕子不可使也。

夫將不奉節度，或巽懦退縮，則將宜戮；士不力戰，或至奔北，則士宜戮。而自軍興以來，未聞誅一懦將逃卒，欲望其前嚮殺賊，死不旋踵，安可得乎？司馬法曰："賞不逾時，欲速睹爲善之利也；罰不遷列，欲速睹爲不善之害也。"今誠能修明賞罰，力矯前失，則機猶可轉。不然，雖使太公爲將，賁育爲卒，亦不能戰勝而攻取矣。又有宜矯者，各省額兵孱懦，所從來久遠矣。疆臣諸將，乃變而募勇，遂成偏重。然而勇之弊其最大者，有數端焉，今尚無術以矯之也。倉卒召募，未經選擇，無技無膽，臨陣輒北，其弊一也；虚張隊伍，日圖支餉，核其人數，大抵浮冒，其弊二也；本無尺籍，不樂長征，去來自便，未加限禁，脱有緩急，難可倚仗，其弊三也；前隊失利，後隊輒亂，遽燒本營，争掠糧臺，相率潰歸，所在剽敓，其弊四也；激其敢戰，誘以厚賞，奪營攻城，必先議價，機即可乘，無財不進，其弊五也；前後左右，勝負進退，各不相應，亦不相救，未陣而囂，未戰而餒，其弊六也；賊或僞北，委棄金帛，貪掠賊財，趨利妄進，賊返乘之，屢墜奸計，其弊七也。其前五弊，惟勇則然；其後二弊，兵勇皆同。夫募勇特應猝之法，其剽疾敢戰，誠勝額兵。然統御非才，輕進易退，動致撓敗。且習見戰鬥，難安鄉里，其後患尤有過於額兵，欲偏重者失之矣。又軍法："主將死，而卒不救者，斬。"全隊今有將死於陣而卒伍全逃者，事後亦不治其罪，是爲士不顧將。軍法："臨陣潰逃者，軍正斬隊長，隊長斬卒伍。"今則不然，逃潰者反出資糧，招其歸伍，及至軍中將戰復逃，視爲固然，殆同兒戲，是爲舉軍無法。此二病者，兵勇所同，尤非痛革不可。今賊勢漸衰，有可乘之機。我軍進取，當先自治。以上各弊，能掃除而更張之，然後軍政修明，鋭氣頓振，廓清摧陷，投之所往，無不如志，殄群醜如振槁矣。

論四間

兵無常勢，攻取無定形，審其先後而已。孰爲先？視其間而已。形勝在焉，渠魁在焉，彼有内隙，我有餘力，是謂四間。四間既備，攻取宜先。今之滅賊，必先金陵，四間備焉故也。言者謂："江右賊勢方張，我舍而攻金陵，金陵未易下也。江右與楚壤地連接，彼乘虛而入，全楚震擾，東討之軍，且憂狼跋，故莫如先事江右。"此説似也，而未知四間之所在。

夫金陵，自古立國之地，形勢重矣。坐視巨猾盜據五稔，肆其毒痡，甚於蝮螫。窟穴愈深，根本愈固。南可以瞰吴越，北可以窺燕齊，淮、泗、汝、潁又其所左縈而右拂者也。此其關天下輕重，豈異東西秦哉！宋藝祖有言："卧榻之旁，豈容他人鼾睡。"即指今江南，其間一也。且竊號者，在彼僞相署置，四方群盜，依託響附，皆假名遥隸，熒亂民間之耳目，阻遏朝廷之聲教。夫名其爲賊，敵乃可滅。堂堂義兵，征討所加，不先事此，何名爲除殘去賊之師？奚以示天下逆順耶？其間二也。今建康承内釁之後，亢旱之餘，僞黨解携，無所掠食，其間三也。我又據上游，糧食有餘，師武臣力，乘勢席卷，水陸東下，何征不克？何攻不破？其間四也。彼方謂我無志於經營，而不虞猝至也。出其不意，徑抵城下，假息游魂，安所逃死？梟誅元惡，解散脅從，拔赤子湯火之中，掃東南腥穢之氣，凶渠殄滅，其餘反側，自然瓦解。四間既備，是攻取所宜先也。雖强有所不避，雖勞有所不辭也。

若江右之賊，但屬支黨，且其地不得與金陵并論。何者？豫章僻在一隅，自古霸王及劇盜，皆未有專據彼境，得以雄長者。蓋扼湖口則不能出大江，塞庾嶺則不能入交廣，其所侵軼，僅楚境耳。今既有王觀察一軍留屯岳陽，策應防禦，又有曾公及諸將之師躡之於後，彼即欲送死，終憚而不敢進。遷延數月，而我已舉金陵矣。必如衆説，江右肅清，乃圖東討，竊恐彼間未可旬月翦除，而金陵大盜得以其間撫定僞衆，然後圖之，殆難得志。斯魏武所以致悔於西蜀，高歡所以遺恨於關右者也。故愚意謂：今且以江右委賊，而亟圖東討，以赴四間。用偏師綴潯陽大軍，徑擣金陵。既平江左，豈憂豫章不下哉？夫伐木必拔其本，遏流必塞其源。明於攻取者，必有以辨此矣。

論秦豫宜備

天下知以戰爲守，而不知守之即爲戰，又以止戰也。天下知備寇之所在，而不知寇所不在者，備尤急也。夫吾之宿師皖境，恒數十萬者，何也？曰與粵逆鄰，能戰，乃能守也。吾又宿師山左，及畿輔恒數十萬者，何也？曰皖豫捻賊，與粵逆首尾，頻歲侵犯，故以戰爲守也。凡此皆視賊之所在，而謹備之，將卒必居天下之選，可謂守嚴而備固矣。然而豫州之壤方數千里，居九州腹地，道路四通。三秦全境亦方數千里，被山帶河，自昔號爲天府。雖疆臣相望，兵未闕伍，土團村寨，聲勢連接，皆未嘗教閱，取文具而已，苟幸無寇偷過。目前一旦有警，不可應卒，此與無兵者何異？自軍興以來，未聞選才臣名將，開府治師於其間。當無事時，搜練軍實，獎率驍鋭，以待緩急之用。夫豫州前阻大河，北接燕齊，秦中爲神皋奥區，肘腋并汾，皆海内膏腴上産、富强形勝之域，今幸烽燧無驚。吾以其間擇大臣有文武才望者，建節秦豫，如古招討宣撫者，然合兩行省爲一，專以厲兵講武爲事，豫州扼河而守，則賊不得渡。即渡，而吾引師躡其後，彼必狼顧不敢深入。就令深入，燕齊之師戰於前，秦豫之軍躡其後，賊必殄盡矣。秦守陝洛崤潼之險，無令賊得正目而窺。則雍涼安堵，三晋晏然，九邊諸關，鎖鑰皆嚴。然後以餘力分師助東南將帥，速平巨猾，此所謂“守先於戰，寇所不在，而備尤急”者，殆無重於秦豫矣。及今猶可圖也。因循恬嬉，萬一捻賊粤逆連衡衝突，秦豫瓦裂，燕齊之禍必重。區區三楚甲兵，能救燎原哉？夫竭天下之兵，糜天下之財，專事皖境及燕齊，以成偏重之勢。而委中原磽沃雄固數千里之地，無良將勁兵先事守禦，以示天下形勢。設也狂狡窺其無備，大諱長驅而犯，秦豫危可立見，不見元季劉福通、關先生、白不信與明季李自成之事乎？然則以今計之，莫如重秦豫。重秦豫莫如擇大臣强毅有智略、數將習兵者，專任之使治兵於此。高可建勤王翼戴之舉，次可爲四方助討不庭。及今圖之猶未晚也。

或曰：“是則然矣，如乏財何？”曰：“合秦豫募兵，不過十餘萬，歲需餉不過二三百萬，日夕訓練，足成勁旅，所向無敵。以秦豫之大，籌此非難。如使惡氛壓境，徵兵召募，財又可勝計乎？”或又曰：“舍晋地不論，何也？”曰：“吾之説先其急者耳。經略秦豫，既有端緒，晋地亦宜建軍府以戒厲士馬，如此而犄角勢成，何憂反側哉！”謀國者得吾説，而次第規畫，其時務之最急者乎！不然，竊慮他日，有噬臍之悔也。

兵事臆議五則。乙卯二月作。此上少司馬曾公

論固根本通餉道

楚北襟帶江漢，翼蔽湖湘，餉道所經，最關衝要。圖進剿者不可不先清内寇，以固根本。方今漢陽之賊，與崇陽、沔陽等處土賊，合計不上萬人，皆無舟楫資糧。援師駱驛，戰舸連江，比聞軍門塔公旋師回剿，勢當易於拉朽。乘此兵力，勒令群帥，期以旬日滅賊，務使根株盡鏟，

苞蘖不萌，然後椎牛饗士，休兵一月，搜練軍實，會師東下。根本固，餉道通，自此以往，皆破竹之勢矣。

論進剿宜三路出師

大舉剿賊，宜三路并進，尤宜歸重北岸陸路之師。聞金陵賊巢留守者無多，其衆皆暗中抽換，分據於安徽境上。跨江南北，屯壘相望，在南岸者不過輕兵分駐，掠取糧食，以饋金陵。在北岸者多係勁賊，安慶、廬州二城，彼最視爲要害，賊衆獷悍敢戰者，往往聚此。夫此兩郡，途當陸路，上達楚北，步騎皆可通行。彼若來犯，不旬日可抵蘄、黄。如令我軍仍前，但用水路及南岸兩路出師，即使所在告捷，而彼以精鋭徑由北岸陸路，繞出我後，首尾受敵。不還救，則恐餉道中梗，根本動摇；還救，則往來奔命，進剿之期又涉遲回。故兩路出師，欲速轉遲，不啻驅使上犯。前事可鑒，亟宜變計。

且我能往剿，則彼不敢來犯，此所謂"先人，有奪人之心"也。若第委之北省防禦，名爲拒賊，實同召寇。何者？北省今無名將，兵力最孱，屢經喪敗之後，望風輒潰，沿江鄉團皆不可恃。非變防爲剿，不足紓禍。通計見，軍析而爲三，水師則少司馬曾公自將，凡諸軍進止，皆奉節度焉。南岸則軍門塔公將之，檄江右濟師佐其後。北岸宜擇良將。聞羅廉訪威略甚著，以此一路任之，而檄河南濟師佐其後，得習戰之士五萬，足以破賊。誠使水陸軍士分配既齊，糗糧火藥裝載全備，剋期東下，三面犄角，相輔而進，則制勝有餘，無復返顧之憂矣。

論審虚實

聞之兵家有形有聲，有虚有實，此數者不可不審也。賊舟最盛時，有二萬餘艘，大半朽敗不可用。今我之舟楫甚利且多，賊水戰不敢與我争利。水面之賊少，即我亦無事多舟。見造之艦，盛載輜重，憩息戰士，津涯無阻，取壯威勢足矣。此所謂形與聲也虚也。至於精鋭，悉力攻擊，盡在陸路，尤在北岸。則所謂實也。賊既不用舟楫，必窺伺利便，挾乘風縱火之奸謀，我軍帆檣太盛，日夜多虞，此危道也。愚謂見存戰艦，備用有餘，宜停增造，專重陸師，以壯實力。又我軍去秋自城陵磯至田家鎮，戰無不勝，全資戰艦炮勇之力。今水戰漸少，炮勇不能上岸殺賊。自此以後，亦宜停募。惟簡練鬥士，由陸路直擣其堅。孫武言："水因地而制流，兵因敵而制勝"者，此類是也。

論量勝算

用兵之道，先料勝負，不待兩軍相當也。今我軍勝算有五：以順誅逆，一也；以上游攻下游，二也；以飽制饑，三也；以整禦亂，四也；以有舟擊無舟，五也。挾五勝之勢，討必亡之寇，何疑何憚而不決策進取？況僞黨猜貳，威令漸弛，乘城守江，衆多分散，我以舟船步騎三路并進，不啻搤吭而拊背矣。向帥又以其間批亢擣虚，賊必不能支，一舉滅賊，此機真不可失也。

用兵先後之序

我師東下，沿江賊壘，若和州、東西梁山、采石、蕪湖、板渚各險要，聞賊兵屯守，不過各數百人，剗除尚易。惟安慶郡城，其衆頗有一二萬人，負嵎死守。以全力攻之，拔安慶，即分兵駐守，爲後路接應聲援，防廬州之賊出斷江路。大衆鼓行而前，與向帥會師合圍，彼時金陵定當瓦解。覆彼窟穴，俘彼凶渠，四方群盜聞之，無不投戈頓顙，震慴請死，孰敢復有跳梁山谷間者哉？彼廬州之賊，亦安所逃死乎？此用兵先後之序也。至於決機兩陣，因敵變化，出奇無窮，是在臨時運用，非可預定，亦難遥度。特師出之初方略部署，大要不出乎此。愚者千慮，聊備芻言，惟明智裁察。

事機臆議上胡潤芝撫軍

目前機宜，有進剿指金陵、防禦、撫治三策，柏心謹就管見所及，掇其大且要者，爲麾下陳之，祈賜裁察焉。

興、冶、蘄、黄等處，縱有殘賊，旬日間即可掃蕩浄盡。騰檄江右，宣佈兵威聲言，乘勝會剿，彼間賊衆聞之，自然震慴，不敢萌窺楚之念。然後泝江東騖，席捲而指金陵。至此次兵勢，與少司馬曾公前次克復時微有不同。蓋今者，我兵視前更壯，賊勢視前更衰。我據長江，彼難掠食，江左旱蝗，米穀乏絶，我飽而賊飢，兼之金陵内訌，自相刳屠，黠桀悍戾者，翦除過半，餘衆特强附耳。内隙已開，其志携矣。軍出上游，以武臨之，自當瓦解。聞麾下氣吞江表，毅然以東征自任，乘此威勢，風行電邁，戰舸當中流而下，左步右騎夾之而驅，直抵建業。兵不血刃，而一舉廓清，以我懸河注海之勢，乘彼亡魂褫魄之秋，雖有孫吴，不能爲彼謀矣。速赴則摧枯拉朽而有餘，遲進則逾月淹時而不足。此機不可不决也。既决進取之機，雖時當支絀，然餉糈不憂乏闕也。竊意楚北荆、宜、襄三郡，鹽關二税辦理得法，合之武、漢、黄三郡，全得籌餉，猶可推廣。計其所入，足給軍興。况由此至皖至江左，收一邑則增一邑之餉，收一郡則增一郡之餉。俟克建康，不但充費，尚可富國。以麾下之雄毅，與迪菴方伯、厚菴軍門之善戰無前，何疑何憚而不投袂長驅，以赴機會也哉！所過堅城，不必留攻。出其不意，從天而下，薾勺群慝，不過兩月，大事濟矣。麾下既綜水陸之師，鼓行東下，則楚境下游，無事重防，惟崇、通、興、冶，山谷叢雜，與江右出入者甚多，將來彼間敗竄餘賊，猶不免窺伺此路。今幸南省派遣之王觀察，有衆五千，專剿崇、通等屬土寇。若檄留此軍，且駐崇、通要地，專防江右之賊，則僞黨不敢復萌覬覦。此虎豹在山，藿藜不采之效也。如是而楚北安枕矣。又楚北以水爲險，當增設舟師。方今戰艦，當以什之八進剿金陵，而留什之二駐泊楚皖交涉之地，以防他寇上犯，以護米船饋軍。俟克金陵，他日舟師宜於岳、鄂、荆、襄四郡分駐，無事則彈壓奸宄，有事則首尾救援，此設險之第一策也。至崇、通、興、冶，山谷盤互，民風黠悍，最多反側。四州邑幅員稍廣，或披其地而小之，使附隸旁縣，或移武郡同通分駐，或移參游等營屯駐，庶足以杜奸萌而資控制。其楚皖交界，宜駐舟師者，請移司道大員領之，一以防餘寇上竄，一以護餉餫下行。

平亂之後，選吏爲急。楚北州邑，吏治窳惰極矣。被兵之區，宜擇廉慎有方略者任之，此最安民要策也。江漢等邑被兵最苦者，宜奏免來年租賦，其荆、宜、襄三郡鹽課關税與夫著名市鎮之釐金，及武、漢、黄三屬將來推廣之抽釐牙帖，足供軍餉。此外山僻州縣，及鄉村小集抽釐、更帖、捐輸，一切悉可蠲除，以蘇瘡痏而慰人心。官吏若丞倅雜流，可并捐者并捐之，稍節浮糈。倉庫驛傳，宜先修復。廣軍儲、通軍情，此不可緩者也。大小公署，請俟金陵克復再議之。暫用營屯之法，以兵爲衛。瀕江州邑，仍理團練以清餘匪，但團局無取科斂，藉口供億。至濫誅賄縱等弊，尤當痛革。他日兩院不必同駐一城，一治鄂垣，一治荆襄，水陸扼塞，皆有重鎮，則猿臂之勢也。惟此舉必須陳奏，乃能定局耳。

軍事臆説與李鶴人方伯

論議變更

凡救敗之策，在鑒吾所以失者變更之而已。若孟明之增修國政，武侯之考微勞、甄壯烈，引咎責功，布所失於天下，卒能補過立功，克展前志。初無待於增兵益將也。今我軍所以先勝後挫者，非兵數少於賊也，非器械不精也，非形勢地利不便也，又非賊之驍鋭不能敵也。失在衆心不和，法令不明，謀畫不定，而糧料支應，多寡遲速，相去懸殊，遂令軍士得以藉口譁噪，屢致潰散者。蓋職此之由，今惟力加變更，先使知恩，繼使知法，後乃定謀。三者立，乃議進剿，自無鄉者之弊。

論奪賊所恃

糧之與舟，賊所恃以爲生、與恃以進犯者也。勿令得掠以爲資，此最其要，宜以死力與之争。諜知賊有掠糧掠舟之謀，則輕兵掩襲，或縱火焚之。賊食少而又無舟，乃可制也。

論聯鄉團

江漢二邑最近賊者，鄉民忿賊，痛入骨髓。往往團結丁壯，能與之戰。此屬與賊勢不兩立，惟乏火藥火器，但能抗小賊，若賊衆大至，則股栗星散。誠使以恩信聯結之，稍分官軍助之，濟以火器，令有所恃，自然敢戰無前。但嚴飭軍士，秋毫無擾於民，則衆感且奮。賊無所掠，漸當衰困。

論借南師保南岸

檄借岳州之師，平江、臨湘之勇，連營駐通、蒲、臨三屬交界要路，直出江岸。此既南省屏蔽，與其拒之堂室，不若禦之門户。如此則北省得專力保北岸，庶少兼顧之虞。

論戰船泊停宜擇地

江水入秋，潦退多淺，港渚雖多，大恐膠滯，必擇善地乃可駐泊。晝巡夜警，嚴防火攻。又重陽節近，風信必猛，時諭舟人占視雲氣，屆期泊舟，必求避風之浦，庶免失損。此後修造，力不逮前，宜加慎也。

論請援於江右

聞羅羅山廉訪新克義甯，駐軍在彼。雖有檄還江右之説，只廉訪獨往，猶留軍義甯，統之者爲李太守續賓。聞頗善戰，宜速往請援，具餉待之，促其道通城而入，轉戰至金口，與之夾擊。則南岸早冀肅清，又足助振軍勢，此機似不宜遲。

論明法令

我之兵力，既不及前，惟有據險扼要，深塹重濠，日會將士而訓勵之，獎其敢戰者，汰其怯懦者，核實人數，申明約束，餉毋久懸，賞毋過吝。先結以恩而後行吾法。有犯吾法者，先戮弁校，而後及士卒。法令既行，節制既嚴，然後擇利蹈瑕而進攻，乃可圖也。

論圖恢復

恢復之機，必俟德安既克。北路之師，至蔡店而下。義甯既克，南路之師道通城而入，方能相機乘勢，決策進取。用北路之師攻漢陽，南路之師攻金口，以水軍戰艦截江中流，勿令武漢之賊往來相救。視漢陽可拔，則率北岸陸路之師因而乘之；視金口可拔，則分水師因而躄之。此二處皆下，則省垣之賊，孤立無助，南北水陸，四面會攻，可使賊無噍類矣。

行營事宜管見九則。上胡潤芝中丞

論進兵次第

方今賊踞三面，我軍擊之，三面并攻，於策非宜。蓋兵勢好合而惡分，合則力多，分則力少。當視其瑕者攻之。以愚意揣度：鄂城殘破，僅餘瓦礫，不必急攻。但外示攻勢，以兵綴之，勿令逸出。至於賊之窟穴，實在漢口。其漢陽郡城，地勢孤弱，賊衆必少，當易攻取。先從此處圍擊，賊委之而走。既復漢陽，便分戰艦數百艘，駛入漢水，衝賊心腹，焚其浮橋及舟楫。一面即分奇兵爲二道，一從漢口上游渡後湖，一從塘角渡江，皆會於漢口，直擣其背，炮船臨擊其前。賊既前後受敵，勢必不支。如仍伏而不出，則水軍直泊漢岸，陸路之師連營進逼漢口，掘塹守之，斷其鈔略樵采。不過旬日，賊勢困蹙，自當潰走。隨而擊之，一舉可以殄滅，然後旋師。拔鄂城如取檻中之獸耳。是爲批亢擣虚，形格勢禁之策。

若先事省城，則彼按兵不出，以逸待勞。或乘我衰，城堞高峻，梯衝不可驟具，江岸水漲，穴地又不能入，相持歲月，徒頓兵力。且兵法："什則圍之。"今我之兵數，未倍於賊，不若姑置鄂城，所謂"兵有所不攻者"是也。若鄙論非繆，則望且蓄兵力，勿事浪戰，料簡精鋭，激勵將士，謀定而後戰。聞羅廉訪已自九江率師來援。俟其至也，剋期同爲大舉，先下漢陽，即會水陸之師夾擊漢口，以全力攻之，拔其本根，餘若振槁矣。

論襲奪資糧

聞賊在江北岸者，以漢口爲正巢，而以蔡店爲輔車，留置輜重，四出掠糧，由彼處餽給漢口，此可襲而燒也。賊在江南岸者，亦恃鈔掠爲活，此必稍近要路，依傍港渚，乃能運送。諜知所在，徑往襲奪，或縱火焚之，賊無食必困，乃可乘機制之。至於小小徑路，官軍不能盡知，可募鄉民，乘間襲奪。聞江漢各鄉，距賊稍遠者，自相團結，頗能保境。

渠等雖不能應赴徵調，顯與賊戰，然賊之掠糧村堡者，多係游兵，并無大衆，暗諭村民，勸以官賞，使之潛往燔其資糧，或鑿沈其舟。若勢不敵，但至軍前來告，即分軍馳往襲奪。如此則兵民聯絡，賊無所掠，其勢自衰。昔魏武官渡之役，以寡弱拒强衆，所争在糧，惟能用計襲奪，卒至大克。光武亦謂赤眉無食，吾當折箠使之，蓋坐得勝算也。

論用奇

聞之兩軍相當，以少制衆，以弱當强，在於用奇。用奇之道，變化無窮，大要不出設伏與乘夜攻擊耳。凡戰必用奇正，必擇險設伏。徒恃勇敢深入，而無後繼者，最爲危道。又所在防遏，備多力寡，情見勢絀，使賊得合力以乘我虚，非計之得者也。賊舟賊營所在，每夜縱火鼓噪擾之，久則彼將習而不備，我乃乘間襲擣，必可得志。即謀斷賊糧，亦不在處處宿兵，但令間諜精明，先知所在，徑往掩取，疾若鷙鳥之發，使彼不測多寡，不知所備，自然震怖，不敢縱掠。而我又無屯戍暴露之勞，得以全力乘賊，凡此皆用奇之術也。

論因敵制變

孫武曰："朝氣鋭，晝氣惰，暮氣歸。"用兵者，避其鋭氣，擊其惰歸。聞我軍耀武索戰，賊每閉營不出。久之我衆饑疲，彼乃開營，先用馬隊衝突，此欲擊吾惰歸也。今當反其術以制之，欲攻彼營，但遣勇而無剛者先嘗之，而伏精鋭於旁，彼出則佯北，誘使入伏，乃起奮擊，如此者必勝。是爲因敵以制變。又賊每僞北，委棄金帛，我軍見利争掠，賊返乘之，遂致挫衄。自今戰勝後，當戒軍士，有臨陣掠財者斬。則隊伍整而不墜賊計矣。

論嚴戒備

麾下逼城而營，屢臨賊壘，而賊久不出戰者，此非盡其勢屈，蓋將有奸謀也。非圖斷吾後，即將乘夜突犯吾營。否則潛結土匪，期會犄角。三者不可不加意嚴防。夫兵者，詭道，不厭詐。僞賊習戰已久，黠猾有餘。我之備豫當如周條侯、李臨淮之堅壁不可犯，乃爲無虞耳。

論和將士

軍中所乏者，良將。此誠有之，然才智各有高下，亦在節取而用之耳。或謀或勇，有一於此，即可拔擢，示之表的，餘者自知效慕。即如王鎮軍國才，將略雖未過人，然尚敢戰。此輩武夫，賦性獷悍，不免驕蹇，用人之際，望曲容之。獎其所長，而訓其不逮，使之感奮，收其力用足矣，不必求全也。軍中有如此類者，均望包涵而陶鑄之。蓋武人所尚者氣也，使得奮揚其氣，則人人鼓舞，皆能以策力自效矣。方今水陸主客之師，咸萃沔鄂，調繫之權，惟在麾下。師克在和，想大度必能曲示包容，廣加激勸也。又水師不知有總統否？急須擇將以領之。庶幾進退畫一，號令肅然。

論辨勇怯

軍中士卒，勇怯不齊，自古皆然。今惟有精加簡別，以怯者誘賊，以勇者擊賊，嘗任智計，每戰一勝，衆有所恃，則鋭氣百倍，怯者可使變而爲勇矣。

論籌捐募

行營所乏者，餉爲最急。楚北三經賊擾，民間財力殫矣。請款既無庸議，即偶有撥解，道經德、安、荆郡，輒爲有力者先行截留，而行營擊賊者，反不得餉。今惟有急飭羅、莊兩觀察，於襄陽、荆、宜三郡，設法勸諭捐助。兩觀察皆賢者，能顧大局，必竭力籌濟，以救艱危。縱不能應猝，猶愈於無。又鄖、襄二郡民氣稍爲勁悍，飭羅觀察挑募勇健，得數千人，亦可成一軍。或檄令斷截蔡店、楊店賊之游兵旁犯者，亦可斷賊之一臂。雖未能旦夕取辦，然視他處調發，似爲稍速。

論臨戰勿用北軍

北來之軍，只可張虛聲懾賊耳，實於事勢無補也。北軍既未曉賊情勢，江干非用騎之地，又燥濕不常，膠解筋弛，弓矢難以及遠，此不可使之當賊。或者會攻漢口之時，列騎兵於陣後，助壯威勢。俟賊敗走，乃縱騎兵追逐耳。要之，我能決策鼓鋭，先下漢陽，進攻漢口，即不待騎兵，亦可制勝有餘矣。

林居芻議乙丑秋仲作

有經世士過林居叟訪焉。曰：“自巨猾盜建康，議者謂：‘但覆凶巢，餘黨自解，澄清之期在是矣。’今江左全復，而殘孽之轉入閩廣者自如也。捻賊又以其間出没皖豫，犯楚，犯秦，犯山左，至殞我名王，殲我勁騎，所過斬刈焚掠，無敢攖其鋒者。花門部黨復相嘯聚，暴骨如莽，天山南北路，吞噬殆遍。旁連青海，内逼隴右，駸駸欲入邠岐關中郡邑。屯險乘城，不敢解甲而卧。東南未靖，西鄙與中州，勢尤岌岌。安在江表之克，遂可拱手以待澄清也?”

林居叟喟然嘆曰：“吁，君何見之晚也！夫江左既下，群盜瓦解，諸勛臣若會師并力，疾追餘賊，死灰何得復燃?捻賊膽落矣，安敢鴟張?即令送死，而東南無返顧之憂，以全力制之有餘矣。各顧疆圉，急於善後，緩於追賊，致蛇豕逸出，復縱荼毒。西征之役，調發過迫，士不樂行，中道鼓噪，潰散相望，澄清之期，坐是失之，此計畫之疏，非鋒勢之不利也。”

經世士曰：“是既然矣。然粤逆殘孽，與捻逆、叛回三者皆劇寇，制之策安出?”

林居叟曰：“拯溺而蹈流者俱溺，救焚而灼膚者俱焚，絲亂又益棼之，庸能治乎?夫患有先後，治之亦有先後。以愚度之：粤逆殘孽，其氣已衰。閩廣江右之師，合勢蹴之，直振槁耳。叛回雖根柢已深，凶性悍鷙，其志不過竄食，吾不必與之馳逐。沙漠苦寒地，即隴右州郡已淪者，姑且置之。第斂兵斷隴而守，力保三秦，徐爲之計。若夫捻賊飄忽馳突，兼善用騎，不持糗糒，望屋而食，最爲難制。又所蹂躪齊魯中州、楚之漢北、秦之南山，是皆腹心之地，膏腴之壤，使我南北頻梗，首尾横决，甚且震動神京。今東南將士，地利不習，憚於長征。中州西北，久不産將，若聽其虎兕率野，化中原爲榛莽，民不聊生，恐有他盜乘之而起，此腹心之憂也。故方今之策，以先滅捻賊爲急。賊近聚豫境，愚謂湘鄉相國宜急合江左皖楚之兵，出境陣其南，護皖楚之邊；豫與秦亦各出師陣其北，無使旁犯。皆深溝高壘，勿與浪戰。分兵斷賊後，無令仍入齊魯，起秦兵前塞潼商，中空數百里，聽賊跳梁。其間但當力固堡寨，聯絡村團，約以大小相維，兵民一心，不與賊鬥，惟堅守城寨，無令粒米束芻爲賊所掠。村寨有急，官兵赴援；官兵有急，村寨赴援。果能斷賊芻糧，彼自人馬飢乏，雖聚衆百萬，不出旬日，必將潰亂。然後四面夾擊，可一舉殄之。不然俟其困甚，縱使西行入谷，密令秦兵伏商析、盧氏、内鄉等險厄處，楚豫之師乘其後伏起，而賊飛走路絶，皆机上肉也。昔漢高守滎陽困項羽，條侯壁昌邑困七國，曹公扼官渡困袁紹，皆用此操百勝萬全之術，不煩一兵，不折一矢，坐收滅賊之效，賢於血戰萬萬。況戰有不利，大事且去，僧邸敗轍，豈可循哉！竊計今時團練，惟中州最可用。彼其人皆習與賊戰，他無險阻可恃，托命堡寨，心志久定。凡大堡寨能統衆至三萬人以上者，其長必豪傑之士。大帥行營所在，傳集其長，傾心撫慰，加意延攬，申明約束，必皆感奮。不時輕騎攬轡，按視其壘，與論兵事。察有方略而性懷忠義者，破格特薦，以鼓其氣，以勵其才，皆異日將帥選也。十數年來，熊羆不二心之士，悉起湘東，然其驍武者，半殞鋒鏑矣。存者百戰之餘，未得休息，中原西北久不産將，禍患又烈於東南。一二閫臣誠能擇豫州團長，如晋祖逖，宋王彦、吴玠、吴璘之流，拔取其尤，薦之於朝，儲將來中原、西北公侯干城之用，豈非大臣爲國家樹人之至計也哉！中原、西北有事，自有中原、西北良將任之，東南虎臣得以優游，養其勛望，此亦所以均勞逸也。若夫叛回，非有劉石之梟雄，赫連禿髪之凶詐，目前猶未爲腹心之疾。俟吾廓清中州，芟夷略盡，鼓行而西，引戰勝之師，問罪隴表，高則洗兵條支之海内，次則盡驅群回閉之玉門關外，澄清之會，固未遠也。故曰患有先後，治之亦有先後，不然頭足兼顧，腹背并捍，頓兵無用之地，角勝不可知之數，是俱爲焚溺而已矣。治絲益棼而已。夫事有愚者能料，而智者反昧；怯者能舉，而勇者不任。僕懼斯言出，聞者嗤其愚且怯也。”

經世士作而謝曰：“子言誠類愚且怯，然天下智者必能用愚，勇者必能用怯，吾將留以爲世之智勇者告。”

博采廣鑄議乙丑秋仲作

古之所謂利者，導之上而布於下者也。亦有取諸下者，則租賦也，貢獻也，山海之税也。雖於民乎取之，實於土乎取之，故利阜而民樂，其自朝會祭祀，百官之録，胥吏廪食，戰士饋餉，以及賜予犒贈，度支所費，凡以爲民也。

秦漢以降，盜賊起而征討繁，軍興告乏，乃始征關市，算舟車，摧緡錢，鹽鐵茶酒竹木百税叢興。至今日而連兵數十萬，營壘半天下，糜財至千億萬，不可勝計，於是抽釐行而纖悉之，財無得漏網者，所取非粟米絲縷，而悉并出於錢之一途。錢非民所自爲也。取之極於錙銖，民乃大困。韔弓脱劍，尚未有期，萬一乘之以水旱，竊恐禍患起於意外而持籌之徒，猶用前法推析至秋毫。嗟乎！流血刻骨，傾膏瀝髓，民所不盡者，命耳。猶曰吾以濟軍也。不知軍日以驕，募而復潰，潰而復募，民既疲矣，師益不武。握算者曾不知變計，其危可懼，其愚尤可哂也。今且有策於此，不損民，不傷財，取山澤自然之産，濟軍國無窮之用，倘可聞於上而決策行之乎？

策安出？曰：“采銅以資鼓鑄而已。”往時國家歲采滇銅數百萬，運之京師。近者滇南釁訌，道閉不通，各行省停鑄將二三十年。民間錢既不饒，各税所括，悉輸行營，皆往而不返。又爲之嚴禁夾沙小錢，錢乃大荒。小民日用非錢不生活，搜索不已，不一半歲，錢大小悉絶矣。民窮財盡不待論，軍潰賊熾，勢又必然。自非博采銅坑、益廣鑄錢，不足救之。議者言施郡利川，有山産銅，廣袤五百里，礦苗甚旺。今若募民自出財力，鑿山取銅，即因山鼓鑄，但遣官監視如式，足任行使可矣。三年之前，利盡歸民；三年之後，定額報税。運錢至京師，以代銅運，其利殆不可勝言。最大者有七焉：山多薪炭，購鉛亦近。地豐秔稻，工匠易集，一也；運錢捷於運銅，山鑄省於京鑄，聞其地距清江及公灘河水次不過數程，可達大江，轉輸非難，鑄錢益多，或按數折銀，輕齎至京，左藏可以充積，二也；養兵募士，以戰則克，以守則固，救荒恤灾，調發既速，賑貸尤便，三也；冗官貧士，資其餼廩，或助巡邏，或司鈎稽，四也；錢幣流衍，百貨通利，物價皆平，民用饒給，五也；遐壤邊陬，漸成都會，奸宄屏迹，桴鼓不鳴，六也；一切征榷，悉可罷去，歡忭之聲，感召祥和，七也。民力寬矣，兵氣揚矣，司農無仰屋之嘆矣。司計者，何憚而不行？此之不行，而顧彼之是務，譬拔其根以求萌蘖，塞其源以冀涓滴，所營毫末之利，所獲邱山之禍，則非蒙之所忍聞矣。

論詩共七則

詩言志，一語蔽之矣。然漢魏唐人宋明之詩，各有從入之途：漢魏從興入者也，唐人從聲入者也，宋人從理入者也，明人從格入者也。從興入，故離合往復，其旨最遠；從聲入，故亢墜疾徐，其調最永；從理入，故切近詳密，其趣日新；從格入，故俯仰步趨，其變易窮。興也，聲也，理也，格也，四者不可偏廢者也。興體最高，流弊亦少，聲與理與格，偏溺焉，則滋弊。溺於聲者，好濫淫志；溺於理者，促數煩志；溺於格，則君形者亡，而精氣索然矣。

興體肇於《國風》，而《離騷》繼之，後惟曹子建、阮嗣宗、李太白最窺其妙。

魏武雄直之氣，自是創調。得其體者，其在劉越石、杜子美乎？

詩至陶始言理，然緣興涉理，化其迹，故不滯於理，杜亦然。太白絶不主理，純以逸氣勝。史之馬遷，文之莊周，不可無一、不容有二者也。韓歐多主理，韓才雄而體尊，非理所能縛。歐韻與意并雋，雖主理，而往往超遠。子瞻主理，妙處多，故亦無滯。介甫於唐人特近，用意較深耳。

明代李、何之才，泄於歌行，合處真可逼子美，但不能去擬議之迹。然偶一離去，則又露躓跆，李傷樸拙，何病淺易，是其短也。才之難兼也如是。

高青邱與何大復才略相當，兼有唐人及元人之體。嘉隆作者，王、李又劣於何、李矣。惟七律殊錚錚耳。

錢牧之詩，牽綴襞績，纖仄詭博，殆類俳諧者。然生平無一語涉家國事，獨狹邪豔曲，垂老彌甚。不則托之蟬蜕耳。此不中與何李作僕隸，乃詆斥二子，何也？諸公盛推之，又何也？

靈筵爲王恬庵作

若有人兮躡綵雲，搴芙蓉兮騰而上。超劫塵兮返吾真，睇兜率之宫兮縱長往。予組織兮仁義，復紉緝兮孝恭。控金羈兮馳藝苑，揚玉軑兮驂詞雄。彼黨人兮盛怒，予陷峻文兮投異域。

猱狂兮與游，魑魅兮薦逼。朝望兮陟山，夕睇兮蘭倉之津。忍尤兮負罪，棄骨肉兮若越與秦。屢疏兮乞赦，天聽兮難回。值蠻觸兮交鬥，奮提戈兮銜枚。親縛渠兮功未論，彼冒竊兮乃爲利。謂援勞兮可請贖，又見格兮文法吏。獨超然兮大笑，臨觴酒兮浩歌。昔夷吾兮越石，就遽免兮轗軻。儲善兮慶延，亢宗兮踵起。偉時棟兮挺國楨，擢高第兮服宫綺。兩問渡兮洱海，謁萬里兮趨庭。

路人感兮雨泣，勝韋氏兮傳經。天門啓兮鼓隆隆，金雞竿兮赦書下。閲歲星兮兩周，返衡門兮税駕。龍拏兮鳳翥，五色兮天章。吹笙兮馨膳，禔福兮壽康。嗟枉矢兮南流，始薦食兮三楚。考贊畫兮子佐籌，濟芻糧兮壯干櫓。既助張兮敵愾，亦屢進兮仁言。釋脅從兮斧躓，返俘虜兮田園。何魁傑兮奇英，未永延兮椿壽。將壑舟兮有窮，豈司命兮不佑。

告巫陽兮下招，托靈筵兮敬訊。曰斯人兮異常倫，來濟世兮去委順。蹈廉貞兮蒙瑕垢，懷忠信兮涉險巇。歷屯蹇兮心如結，適蠻荒兮節不移。倜儻兮綜武文，果敢兮仗忠義。前悴兮後榮，坦懷兮一致。崇直方兮爲室，導慈良兮爲輿。飾修能兮騈衆美，左珩璜兮右瓊琚。

秕糠兮塵世，震旦狹兮不可以久留。雪山兮鷲嶺，仙聖萃兮往與之游。繚優曇兮以爲壁，斫旃檀兮以爲梁。麾天龍兮渡香象，餐若華兮憩扶桑。竺乾之廣兮不勝計，五須彌兮皆靈山。琉璃界道兮金布地，樂浄土兮遂忘還。悼蜉蝣兮下土，争駒隙兮徒勞。冢纍纍兮蔽蓬顆，曾不逮兮九牛毛。偉畸人兮超世，得導師兮維摩。亮人天兮證果，奚儒釋兮殊科。稽真靈兮位業，信顯道兮惟彰。蒼蠅聲兮下士笑，譬河伯兮驚望洋。

擬蘇武答李陵書

少卿足下：省書哽慟，自陳虧功負謗，家世夷僇，决絶本朝，甘淪異域，少卿之志則悲矣，少卿之節則非也。武聞事主無二者，貞也；臨難不屈者，忠也；爲法受惡者，義也；去國不忘者，仁也。是以狼瞫赴敵而致死，子胥沈尸而無悔。申生再拜而縊，乃謂之共；樂毅被讒去燕，不忘報書。何者？結忱銜愛，不忍怨懟其上也。少卿雖前有提兵深入，以少挫衆之功，然已覆軍失律，解甲稱臣。事聞於朝，會言者錯誤罔上，謂少卿教單于誘困漢師，先帝赫然震怒，至使少卿闔門嬰戮。

夫賞罰者，國之常憲也。向使少卿絶大漠，殄龍庭，斬單于之首而歸，懸之藁街，則已裂土剖符，傳之子孫，世世毋絶矣。不幸援絶矢窮，南向刎頸以報國恩，亦當祀爲國殤，録其遺孤。至於全軍淪殁，身爲降虜，則舉宗伏法，以正喪師辱國之罪，爲人臣避禍難、倖生全者戒，誠非朝廷之過也。少卿云："前所以降者，欲得當而報漢。"然亦至今未有顯節。夫先帝不能以冀望難期之功，而寬喪師辱國之誅也明矣。且君猶天也，天可逃乎？雷霆之下，何弗摧焉；霜雹之下，何弗實焉。鯀被殛，禹佐舜益勤；伯邑考葅醢，文王猶服事殷。今少卿謂國家恩薄刑濫，當逃之萬里之外，長與漢絶。若負罪嬰釁之人，而皆怨懟其上，捐中國竄朔庭以寬其誅，而蓋其過，是少卿且不免爲叛亡率也。天下忠臣義士，其誰不北向而痛心疾首也哉？

少卿謂武還朝，恩賞太薄，此非臣子宜言也。武一介行人，不以大漢之威，辱於匈奴之廷，亦固其職。非有攻城破敵之效，於漢法不當侯，躋於列卿已逾分矣。方今主上寬仁，四夷嚮風。霍與上官少卿故舊也，今皆柄用，日夜望少卿歸漢。當此而能奮然决計，復我邦族，爲國家折衝禦侮，庶幾乎曹沫之返侵地，范蠡之雪會稽，然後告於先人邱墓，永滌降虜之羞，斯乃忠壯雅志，所以流榮竹帛者也。若但倔强椎結，竄伏氊裘，虧義烈，隳先聲，取快讒者，爲世笑僇，豈武所望於少卿哉？語云："智者轉敗爲功，明者見事於蚤。"唯少卿熟慮焉。勉圖相見，時不可失。書不盡言。

代彭澤父老留陶淵明書

彭澤部民謹奉書明府執事：敝邑荷明府之仁，忘其愁苦歎恨，淳淳悶悶，如游懷葛。不圖明府一旦棄組綬，脂輕車，指鄉閭而徑返，遂雲壑之幽情，此自雅量高致，然非鄙邑士女所望於明府者也。民聞與時委蛇者，明哲之通軌也；與道污隆者，至人之妙應也。故柳下惠嬗迴於士師，李伯陽盤桓於柱下，莊生之達而爲漆園吏，東方曼倩之諧而索米金門，彼豈汩榮利、薄冲澹哉？蓋蟬蛻泥滓之中，則軒冕亦土木矣；蠖屈風塵之下，則曹府亦蓬蓽矣。奚必入山栖谷，始謂之隱遯乎？彭澤地雖迫狹，然枕廬阜，濱彭蠡。民聞明府當留，相與還淳返樸，以無擾明府之耳目，但卧而治之。彈琴咏詩，停雲在天，引觴酌醪，春風扇和。適野則與耕者雜，陟山則與樵者俱，醉則與夕月卧，醒則與倦鳥還。爲華胥之國乎？爲畏壘之鄉乎？皆不可得而知也。

又此間與柴桑都屬邑望，風氣非甚隔絶也。地饒松菊，南山悠然，部民子弟，能舁藍輿，願明府無但以吾廬爲愛，民亦願自今以往，營秫田五百頃，稻田三百頃，麴具備以待明府。昔青齊立欒公之社，桐鄉爲朱邑之家，想明府亦當惓惓兹土也。幸捐三徑，闔柴扉，孺人稚子，盡室以來，言旋言歸，復於敝邑，則民幸甚。不勝瞻佇之情。

戒戎首

自古應運而興者，莫不起神明之裔。由積累之仁，功濟時艱，德覆區宇。其集勛也，常居天下之後；其舉事也，必俟人心之歸。蠢彼盗賊，不察其故，徒見漢祖奮劍而帝六合，唐宗建旗而清八荒，遂謂神器可以力争，天位由於崛起。棹舟船而犯弱水，執毛髮以當洪鑪，至於殞首糜軀，覆宗赤族，毒流寰海，禍及生民。悲夫！語云："不爲福先，不爲禍始。"豈不諒哉！余故總昔之首禍者，備及其終，爲世炯戒焉。

嬴秦之季，勝、廣起輟耕於隴上，驅亡命於澤中，兵未入關，滅已旋踵。然後高帝憑風虎嘯，投袂龍興，夷秦、項如摧枯，舉殽、函如拉朽，因河踐華，遂定皇基。嗣是赤眉、銅馬之輩，黑山、黄巾之群，嘯聚中州，憑陵畿甸，亦皆身膏斧鑕，血潤泥塗。而赤伏有歸，黄星載見。扶危戡難，乃屬真人。晋氏則樹機煽虐於涼州，孫盧嘯呼於海上，或遠窺關隴，或近犯闕廷，然亦戮爲鯨鯢，築爲京觀。隋則李密負梟雄之略，唐則黄巢席攻劫之威，夷郡屠城，風驅電疾，大業指揮而可定，丕基顧盼而將成矣，而亡也忽焉，曾不遺種。有明之末，張、李搆灾。破獍飛梟，虐始君父；長蛇封豕，薦食都京。亦既僭據宸居，盗持魁柄，然真王受命，底定戎衣，醜類倒戈，遂同漂杵。此皆凶頑之自斃，前事之已然也。

由是觀之，國家方若金甌，無故而倡兵戈之釁；海宇已同沸鼎，乘危而啓覬覦之心。豈知夫掠野括財者，乃爲真主封守以供饋餉也；推鋒冒刃者，乃爲興朝百戰以取山河也。假手驅除，逾時殄滅，神武應運，從容廓清。刑馬牽牲，不享功臣之茅土；檻羊柙虎，徒污司寇之刀碪。爨侯景之軀，而人未快其憤；磔蚩尤之髀，而世不哀其愚。爲厲之階，何其悖哉！且夫天心至仁愛也，兵事至凶危也。驅丁壯於鼓鼙，以逞恣睢之欲；陷神州於鋒鏑，以行悖逆之謀。遂使枉矢交流，欃槍四出。叢社之妖狐夜語，翟泉之蒼鳥群飛。農不得歸耕，士不得解甲。川谷流血，鬼神鍾怨。乃欲以定皇圖，擬帝制，此即兵威震世，雄略冠時，天道好還，衆怒難犯，覆亡之機，斷可識矣。况乎挾暗昧而冀非常之位，奮披猖而冒不順之名者哉！然則犬羊不足以襲虎皮，蛙黽不足以希龍變，千鈞非一髮所係，萬乘非匹夫所圖，審矣。是故王者肇興，其徵有五：流虹繞電，降靈也；日角龍顔，聖表也；廣信崇恩，本仁也；龕暴澹灾，昭武也；柔遠能邇，敷文也。天下洶洶，争竊名號，而獨遵時養晦，智深勇沈，及夫天與人歸，褰裳就之，舉不再勞，師不再動。九州共貫，六合同風。拯生靈於水火之中，未嘗爲一己之利；定功名於擾攘之會，未嘗發大難之端。歷觀書契以來，靡有不臻斯術，而得受籙膺圖者。

國朝之興，事烈於湯武，功捷於漢唐，方夏懷歸，上蒼眷佑。休符畢闡，列聖纘承。澤邑八埏，化流九域。稂莠除而嘉禾生，威弧張而妖彗熄。乃者西域逆回，跳梁竊發，皇帝赫然震怒，命將徂征。天戈所指，立就銜縛，振旅獻馘，懸首藁街。瀚海無波，天山永定。用兹億萬，載受天成；命千百國，罄地來王，允若磐石苞桑之固已。

杜延年

以漢宣帝之明，魏相之賢，而杜延年不得盡其材用，豈不惜哉！當大將軍霍光之秉政也，延年所以納説者，皆忠謀至計。光持刑罰嚴，延年輔之以寬。又以承武帝奢侈師旅之後，宜修孝文時政，示以儉約寬和，光納其言。及舉賢良，議罷酒榷鹽鐵，皆自延年發之，此其知時務之要也。昌邑王即位廢，光與張安世及大臣議所立。延年知曾孫德美，勸光、安世立焉。其有功社稷甚鉅。迨霍氏廢，宣帝以延年霍氏舊人，欲退之。而丞相魏相故有嗛於光，奏延年素貴用事，官職多奸。遣吏考案延年，坐免官。以是沈淪外郡。夫延年有休養百姓，定策安宗廟之大功。議論持平，合和朝廷。爲九卿十餘年，明於法度，曉國家故事，使早居三公，以次魏、丙，其功名過於定國黄霸遠甚。特以霍氏故吏之嫌，久厄不伸。幸而丙吉薦之，徵爲御史大夫。旋以老病乞骸骨，賜罷。

嗟乎！帝，英主也；相，賢輔也。遭千載不易覯之會，有臣如延年，而酬其勛者未備，用其才者未盡。吾不爲延年惜，深爲宣帝與魏相惜也。今夫權衡之於物也，因物爲輕重，不以己意與焉者也；君相之用人也，因才爲進退，不以己意與焉者也。誠知其不才，雖周旋之舊，親戚之昵，退之惟恐不速，况暱近不至此者乎？誠知其才，雖射鈎之仇，斬袪之怨，進之惟恐不速。况忿悁不至此者乎？夫以一念之忮，使名臣不得竟其材用，賢君相即不爲一臣計，獨不爲國家計也耶？

公孫宏

公孫宏，有大臣之識者三焉。世徒聞汲黯庭詰之語，謂宏特詐忠，不肯面折庭争，此不盡然也。方武帝鋭意欲通西南夷，使宏視焉。還奏事，盛毁西南夷無所用。宏起徒步，年六十矣，不以此時阿上意取富貴，顧獨持異議以矯拂世主，有大臣之識一也。時又東置滄海、北築朔方郡，宏數諫，以爲罷弊中國，奉無用之地，願罷之。上使朱買臣等難宏，發十策，宏不得一，乃謝曰："願罷西南夷、滄海，專奉朔方。"以宏之辨智，豈一旦出小生豎儒下？所以自絀其辭者，度帝意不可回，不欲使三方騷然，故請專築河南地，有大臣之識二也。卜式上書，願輸家財半助邊，上以語宏。宏曰："此非人情，不軌之臣不可以爲化而亂法。"漢方事匈奴，歲征伐，大農財賦不足奉戰士，富民皆争匿財，式窺天子，終有意誅匈奴，故首爲此以風百姓。其後告緡榷酤之事，果繇此興。宏蓋逆知之矣。有大臣之識三也。

凡此者，進犯不測之譴怒，退爲俯仰希榮者所笑，宏皆毅然不之顧。獨計安元元，爲國家整齊憲度，大臣不當如是耶？議者特以詐忠詆之。夫宏誠詐忠，若其争國，是持大體，引義慷慨，不激不撓，可不謂强毅有識之大臣乎哉！

答釋妙明

妙公開士：塵俗牽絆，久未奉訪，以爲耿耿。昨承手箋下問，不遺鄙拙，與證宗門，柏心未離塵濁，受性庸愚，雖儒家義理，多未貫通，况能深入菩提之門，廣探正覺之義耶？

承詢儒言未發之中，與佛言一念未生前，本來面目，原是一義。但兩家功用，各自不同。儒家雖未發，却時時有涵養工夫在内；佛家一念未生，却止是守定湛寂，絶無作用。儒家雖未發，譬如栽花種稻者，不憚殷勤澆灌耘蒔；佛家一念未生，譬如積有錢財，牢牢鎖鑰，此其體同而用不同也。所以然者，儒有心於事爲，既發以後，必求其實有濟於家國人物；佛無心於緣感，既生以後，但應念起滅，不凝滯於大千，無罣礙於法性而已。此其不能强同之故也。又嘗竊論之儒釋分途。儒者之道如水火，真實平澹，却爲生民朝夕不可離；釋氏圓明，如鏡如月，雖極明瑩洞澈，然只是空虚，於人事了無關涉。開士具大智慧，謂此語云何？

導江三議

浚虎渡口導江流入洞庭議丁未夏作

聞導江矣，未聞防江也。江何以有防？壅利者爲之也。昔之爲防者，猶順其導之之迹，其防去水稍遠，左右游波寬緩而不迫。又多留穴口，江流悍怒，得有所殺，故其害也，常不勝其利。後之爲防者去水愈近，閉遏穴口，知有防而不知有導，故其爲利也，常不勝其害。

夫江自岷蜀西塞吞名川數十，所納山谷溪澗不可勝數，重崖沓嶂，風雨之所摧裂，耕氓之所墾治，沙石雜下，挾漲以行五千餘里。至彝陵始趨平地，經枝江九十九洲，盤紆鬱怒，下江陵則兩岸皆平壤，沮漳又自北來注之，江始得騁其奔騰衝突之勢，横馳旁齧，無復羈勒，而害獨中於荆州一郡。《家語》曰：“江水至江津，非方舟避風，不可涉也。”郭景純《江賦》亦曰："躋江津以起漲。"荆郡蓋有江津口云。江之有防自荆郡始，防之禍亦荆郡爲最烈。郡七邑，修防者五：松滋、江陵、公安、監利、石首是已。以數千里汪洋浩瀚之江，束之兩堤間，無穴口以泄之，無高山以障之，至危且險，孰逾於此？况十數年來，江心驟高，沙壅爲洲，枝分歧出，不可勝數。江與堤爲敵，洲挾江以與堤爲敵，風雨又挾江及洲之勢，以與堤爲敵，一堤也而三敵乘之。左堤强則右堤傷，左右俱强則下堤傷，堤之不能勝水也明矣。五邑修防之費，一歲計之，不下五十萬緡，而增築退築蠲賑之費不與焉。緡錢有盡，江患無窮。譬之以肉餧餓虎也。

然而吏民終不敢議復穴口者，何也？上游受水之故道，與下游入江之故道，皆已湮淤，或化爲良田。又其中間陂澤，什九淤澱，不足以資渟蓄。欲盡事開鑿，未能輕舉，明知修防非策，而城郭田廬，舍此别無保衛之謀。故竭膏血於畚鍤而不辭也。抑愚聞之：解糾紛雜亂者不控拳，救鬥者不搏撠。以堤捍水，愈争而愈不勝，是控拳搏撠之智也。有策於此：不勞大役，不煩大費，因其已分者而分之；順其已導者而導之。捐棄二三百里江所蹂躪之地與水，全千餘里肥饒之地與民，其與竭膏血、事畚鍤者，利害相去萬萬矣。

請言其分，則江南之虎渡是已；請言其導，則自虎渡之入洞庭是已；請言其所捐棄，則公安、石首、澧州、安鄉水所經之道是已。《禹貢》之文曰："岷山導江，東别爲沱，又東至於澧，過九江，至於東陵。"按水自江出爲"沱"，枝江亦沱也。澧即今湖南澧州，曰"又東至於澧"者，是江水南出公安，而下經澧州也。九江即今洞庭，以九水所入得名。大水入小水曰"過"。其曰"過九江"者，是江水南由澧州、安鄉而過洞庭也。"東陵"即今湖南巴陵，其曰"至於東陵"者，是江水南由洞庭至巴陵，而復下合於江也。由此言之，神禹導江之故迹，不在北而在南也明矣。《水經注》："江陵枚迴州之下，有北江之名。"北則今荆江，南則虎渡至澧之道也。古時雲夢合南北爲巨浸。然江之經流，恒在於南，後乃以在北之荆江，爲經流耳。昔也，以長江入九江，故殺而漫，今也，以九江入長江，故扼而隘，其勢然也。

夫導江必於南者，何哉？蓋公安本沮洳地，安鄉尤甚。惟澧州多山，江行公安而下注安、澧，得洞庭八百里廣大之澤，洄漩瀦蓄，其恣睢凌厲之氣，乃有所舒，然後弭節安行，以下合於江，此乃上聖因勢利導之功也。今雖以在北之荆江爲經流，然猶南存虎渡口，以備宣泄，特口門過寬。寬則束水無力，歲久積淤，雖遇盛漲，其流不暢，故旁溢横决，無歲無之。决而復築，築而復决，决與築相循環無已，而民已窮，財已殫矣。

今莫若修治虎渡口門，其寬不得過三里，測量口門達洞庭之道阻淺者幾何處，皆疏浚深通。凡水所經行處，及所泛濫處，皆除其糧額，其翼水支堤，皆棄而不治。俟河身暢達，水勢既定，然後相度高阜，聽民别建遥堤，以安耕鑿。若使大江經流，自此趨南，是復神禹導江故迹，萬世之長利也。即不能如此，但分江水，大半南注洞庭，則水力已殺，不過捐棄二三百里有名無實之租賦田畝，而北岸自荆州郡城及郡屬之江陵、監利，安屬之潜江，漢屬之沔陽、漢川、漢陽，皆可免衝决之患。上下千餘里間所全膏腴上産，不可以億萬計，又無每歲治堤增高培厚之費。是説也，不勞民、不傷財，不創異論以駭聽，不拂衆情以難行，因其已分者分之，順其已導者導之，而足以澹大灾，紓大患，倘亦事之可行者乎？雖然，民可樂成，難與慮始。今建此議，恐衆論之猶多異同也。粗述其端，隨難立解，以次比附於後，凡難十解十。

難者曰："古之穴九，而口十有三，南北并建，故江患以紓。今如子説，何不於北岸并復穴口，若閉北而開南，是嫁禍於南也。北則安矣，南困奈何？"

解之曰："南北并復穴口，善之善者也。然北岸數百里内無山，彌望皆平野耳。引河故道，不可求陂湖淤淺。水至，既不能容，又不能去，經年累歲，浩渺無涯，徒有昏墊之苦而已。若水注於南，則惟公安一邑受浸者什之六，其邑内東西兩岡，廣袤各數十里，猶可墾田，可栖農民。安鄉受浸倍於公安，水當宅其什之八九。至石首、澧州及與澧毗連之安福，則大半皆山，水所浸者，纔什之一二耳。況虎渡受江以後，入公安境，又自析而爲三：其一自公安之三汊河，分西支至澧州入洞庭；其一自三汊河分南支出安鄉，合澧水由景河入洞庭；其一自公安之黄金口，分東支過安鄉，由淪口入洞庭。夫江自虎渡析而爲二，虎渡又自析而爲三，江勢愈分，江怒愈殺，江流愈暢，必不至横溢於南境，其與江行北岸之浩渺無涯者，不可同日語也。何嫁禍之有哉？”

難者曰：“萬一經流南徙，是引全江入公安，而公安南境，又有山谷諸水自松滋來者，勢不能容，必至泛溢。設同時洞庭又復暴漲於下，烏睹其能宣泄哉？吾恐南境之民盡爲魚也。”

解之曰：“患經流不能南徙耳。誠能南徙，則水勢有歸矣。且隨漲隨泄，何至積而爲横决乎？今夫公安南境之水，與洞庭之漲，歲歲有之，非關虎渡之浚也。不浚虎渡，江自决堤而南注者，十歲中嘗六七見矣。能禁之乎？今不思順導江之迹以行水，而惴惴焉恐江之入南境，豈爲善慮患者哉！”

難者曰：“水注於南，原隰高下，蕩爲廣澤，租税將安所取？未睹益下，先見損上，當若之何？”

解之曰：“南境江入則患水，堤决亦患水，歲常緩租，甚者蠲賑，民無升斗之利，而有版築之費，不足者仰給於上，是上與下交損也。賦額徒虚名耳。方今堯舜在上，至仁如天，方鎮大吏，又皆日夜孜孜，講求利弊，惟恐一民不得其所。若舉灾區積苦，爲民請命，國家隆盛，擁薄海内外之大，豈以此區區一二邑租賦爲輕重者？其荷俞允也必矣。然後遣清白吏，按行虎渡，東至洞庭，視卑下之區，水所能至處，徵集村耆，按方田圖册，豁除糧額。其高阜之鄉，毗連他邑者，割而隸之，按徵如故。凡南境各隄徭役皆罷，士籍存於鄉學，府史分隸旁縣，省吏禄減撫賑，而民皆蕩然獲再生之樂矣。”

難者曰：“賦除矣，南境民居當水所過者，遷徙之費誰給之乎？且何以贍其生耶？策將安出？”

解之曰：“南境患潦，所從來遠矣。前此豈無遷徙，誰給其費耶？誰贍其生耶？吾聞南境之民，去其鄉井者大半矣。或舍耒耜而業工商，或棄隴畝而操網罟。其濱水而居者，轉徙無常，餘者皆棲處岡阜。今即大江分注，水所泛濫，不過如前。此歲歲之淪胥而已；安在其重煩遷徙耶？且暢流之水，與横决之水，其强弱不侔矣。况賦額已除，則民得收其菱藕茭葦、魚鱉螺蚌之饒，而又無徭役以困之，無吏胥以擾之，資生之策，何必盡仰縣官也。語有之：'白刃當前，不顧流矢。'南境潦患深矣，不有所棄，安有所存？必求百利無一害者而後行之，則非蒙之所能及矣。"

難者曰："安鄉視公安尤窪下，固宜廢矣。獨公安有黄山者，跨兩省，界三邑，其俗頗悍，不立縣，恐强梗益甚。割隸石首，則中隔廢區。且東西兩岡，東有東河，不可隸石首，西有軍紀諸湖，不可隸松滋，似未宜遽廢公安也。"

解之曰："公安即不可廢，其舊治可廢也。聞其邑有孟家溪者，地處高阜，可移治焉。控制黄山甚近也。若以安鄉之南連洞庭者，廢爲瀦澤；西連澧州者，割隸澧州；而以其北連公安者，自茶窖至黄山凡三十里悉隸公安，合東西兩岡共爲一縣，此則形勢聯絡，賢於舊治之與獱獺爲隣者。"

難者曰："公安、安鄉，故有驛傳，若江水大至，道路不通，將廢驛傳，非計之便者。"

解之曰："徵諸公安邑乘，每歲春冬置驛公安，夏秋置驛松滋，避水潦也。松滋可任其半，獨不可任其全乎？改而隸之，遠近相等，孳畜尤宜。安鄉驛即可移置澧州，皆計之至便者也。"

難者曰："波濤出没，津渚周迴，曠無居民，蘆葦叢生，斯盗賊之藪也，又不設縣，無官吏以督之，能無萑蒲之警乎？"

解之曰："江湖藪澤，所在有之，盗賊常不絶也。視政事之嚴與惰耳。令長精强，則威行旁邑，桀黠聞而斂迹。不然，則日莅其境，而盗賊之横者自若也。若江流南注，水勢有歸，徐按其津，途扼要處，移置水師營弁，以資鎮壓，或遣丞倅，歲一巡緝，旁邑復時時近加督察，則奸宄無所容矣。"

難者曰："子恃洞庭爲尾閭，然今之洞庭，非昔之洞庭矣。湖心漸淤濱湖之田，皆築爲堤，夏秋盛漲，湖闊不過三四百里耳。若江水大至，湖不能容，濱湖之田敗矣，將奈何？"

解之曰："昔之江水入湖多，而湖轉深。今之江水入湖少，而湖反淺者，其故可知矣。江之水急而强，湖之水漫而弱，江入多則能蕩泥沙，江入少則積成淤滯，湖堤又從而奪之，湖之淺且隘，不亦宜乎？今若使江水入多，而借江疏湖，借湖納江，兩利之道也。且濱湖私堤，本爲例禁，即不决去，亦未見其歲免潦患也。"

難者曰："江自龍洲而下，其趨沙市也，勢猶曲；其入虎渡也，勢甚徑。喧豗汹涌，驟難容納，往往至於横溢。即欲分江南注，曷不治之於其上游？"

解之曰："浚虎渡者，因其已分之迹而導之也。今上游南口，皆已閉遏，故未遑兼及。若能議此，洵良策也。聞松滋有陶家埠者，古采穴口也。倘鑿爲川渠，使江水自此經公安，孫黄河入港口，合南境諸水達洞庭，則殺上游霆奔箭激之勢，使虎渡得從容翕張，而北岸萬城大堤，亦不至爲怒濤所排笮，其固將與磐石等。浚虎渡而并復采穴，此亦輔車之勢也。"

難者曰："是皆然矣。南岸石首，尚有調弦口亦引江入湖者，子專言虎渡而略調弦，何也？"

解之曰："專言虎渡者，先其急者耳。虎渡北與荆州郡城遥相直。能分江南注，則荆州郡城安矣。郡城安，而北岸各邑皆安矣。譬之人身，虎渡吭也，調弦腹也，先吭而後腹，固其理也。虎渡浚，自當次浚調弦，豈惟調弦哉？公安之斗湖堤、塗家港，石首之楊林穴，皆係舊口，河勢猶存，皆可開鑿引水入湖。俟其成效，既見北岸安堵。十餘年後，民氣全復，經費有所取辦，復於北岸獐捕、郝穴、龐公渡等口，或訪求故道，或别鑿新河，分引江水入長湖、白鷺湖、洪湖，由新堤、青灘、沌口下注於江。南北并治，勢無不可。顧今力有未逮耳。惟當先遣通知水利者，自虎渡東至洞庭，探測水道紆直，河勢分合，地形高下，道里遠近，浚治工費多少，通計南北兩省大利大害，博采衆議，洞然知其利多害少，然後斷而行之。自虎渡始，餘俟財力有餘，次第及之未晚也。”

導江續議上　戊申夏作

歲戊申六月，南郡江漲，驟至南岸，則公安堤決塗家港，石首堤繼之。北岸則監利堤決薛家潭，最後南岸松滋堤決高家套。四邑者，漂廬舍人民，不勝計。

客有問於螺洲子曰：“子前言殆驗矣，今將若之何？”

螺洲子曰：“曩固言之，南決則留南，北決則留北，并決則并留。若以人力開鑿之，役鉅而怨重，孰敢任厥咎者？今幸天爲開其塗，地爲闢其徑，因任自然，而可以殺江怒，紓江患，策無便於此者矣。吾聞鳳凰乘乎風，聖人乘乎時。夫乘時者，猶救火追亡人也。蹶而趨之，惟恐弗及此。機不可失也已。”

客曰：“今南北二岸大決者四，小決者數十，將盡留之乎？抑有先且急焉者乎？”

螺洲子曰：“以愚論之，在南則高家套、塗家港，決口宜勿塞。在北則薛家潭，決口宜勿塞。此三者相距各百餘里，遠近略準，皆水所必争之地，所謂杜曲擣毁之勢。兵法有之：‘堅其堅者，瑕其瑕者，謹避之無與争。’勿塞爲便，塞則必敗。若留此三決口，而南縱之入洞庭，北縱之入洪湖，始有所分，繼有所宿，終有所往，一郡之中，千里經流，自此安矣。其小小决口，可塞者塞之。其瀕江各堤，存之如故，歲省營繕捍禦之費，而又無一旦漂没之害。於以興利若不足，於以救敗則有餘。”

客曰：“是皆然矣。今之洞庭，非昔之洞庭也，闊不及向者之半。洪湖雖闊實淺。大江經流數千里，其底多積沙，歲歲增高。江入海處皆沙壅爲洲，尾間甚滯，赴下不疾。以目前論之，南北并決，水入洞庭、洪湖，仍不能容，尚溢出平地，數千里間滈汗混茫者，盡田廬也。能納而不能泄，烏睹所謂救敗者？目擊淪胥不之捍遏，仁者豈宜出此？然則留口之不如修防也明矣。”

螺洲子曰："夫以洞庭洪湖之巨，長江經流之遠，滄海之大且深，而不能容水，則堤又惡能容水乎哉？且今之數千里滈汗混茫者，驟決使然也。相持既久，所積愈多，故一怒而肆滔天之虐耳。果留決口，則自冬歷春，歷夏秋，隨漲隨泄，漲即大至，萬萬無蓄威狂噬之勢也。客以修防爲仁，豈徒不得謂之仁哉？又不得謂之智。夫不量堤之能敵水與否，而敝敝焉括財賦，事版築，此以田廬人民僥倖者也，必以田廬人民予水者也。不量力之能存堤與否，而貿貿焉補苴罅漏，以堤僥倖者也，必以堤予水者也。悲夫！愚氓何知？謂堤成，則吾屬有托矣。築室廬於其中，列市廛於其中，墾田蓺種於其中。幸而無敗，租税、衣食、嫁娶、喪葬、禱祀而外，益以繕堤捍堤之費，耕作所入無贏焉。不幸則蕩田廬，湛家族。今歲堤決，來歲復築，築與決如循環之無端。吏民猶以爲得計，不自知其踏危穽也，躡禍機也，不自知其狎波卧淵，枕蛟龍而席長鯨也。若預定留口，明示以趨避之路，民見可居者始居，可耕者始耕，自不至寄命於不可測之淵，而又蠲去歲歲繕堤捍堤之費，其與設罟擭以罔民者，孰仁且智與？留口，則必免租，其春麥之入一也，所損僅秋成。然無納税、治堤諸費，亦足以相當。况瀕口内外，猶有填淤之望哉。故曰救敗有餘也。"

客曰："因其決也，而不治此，與坐視無策同，奚以止藉藉之怨咨？"

螺洲子曰："誠能留口，則江分矣。然後可用吾導之之説。行視決口，以内至於湖，不能成道者，就而浚之，必使深暢。凡其旁溢傷敗處，量除糧額，多留水地，徐增遥堤，翼水入湖，由湖下達於江。水有所分，則其忿息；有所宿，則其悍平；有所往，則其行疾。自兹以還，江患必減什之六七，此不可失之機也。知棄之爲取者，斯善於取者矣。"

客曰："善。"

是歲也，沮於衆論，留口之策迄不行。

導江續議下　己酉夏作

越己酉歲，楚自正月雨至五月不止，江驟漲。南岸松滋高家套，及北岸監利中車灣堤皆決，漂廬舍人民，視戊申歲倍之。

客復有言於螺洲子者曰：“甚哉，江之爲害烈也。”

螺洲子曰：“非江則害，堤實害之。堤利盡矣，而害乃烈。”

客曰：“稻人何言以防止水，匠人何言防必因地勢，八蠟何以有防與水庸之祭？”

螺洲子曰：“田間溝洫之水宜用防，瀦水之澤宜用鄣，謹泄蓄、備旱潦而已。江河大川，三代時無用防者。故周太子晋曰：‘古之長民者，不防川。昔共工壅防百川，墮高堙庳，以害天下。有崈伯鯀，稱遂共工之過。’召穆公曰：‘川壅而潰，傷人必多，是故爲川者，决之使導。’子産曰：‘不如小决使道。’賈讓亦曰：‘大川無防，小水得入，治土而防其川，猶止兒啼而塞其口。’此皆不防川之明驗也。”

客曰：“今將如何？”

螺洲子曰：“嚮者言之矣，因江之自分，吾乃從而導之而已矣。夫天地成而聚高於上，歸物於下。川者氣之導也，澤者水之鍾也。導其氣而鍾其美，然後水土演而財用可足也。然後民生有所養，而死有所葬也。昔者禹之治水，高高下下，疏川導滯，鍾水豐物，故天無伏陰，地無散陽，水無沈氣。今不師神禹之智，而循共工、伯鯀之過，起堤防以自救，排水澤而居之，自取湛溺，又不悔禍，築塞如故，民死於堤，乃曰江實害之。嗟乎，豈不悖哉？誠能曠然遠覽，勿塞决口，順其勢而導之，上合天心，遠遵古聖之法，使水土各遂其性而不相奸，必有成功，而用財力亦寡。不然禍未艾。”

客曰：“子曩言留三决口，今又舍公安不言，何漫無定見也。且盍不盡求古穴口而復之乎？”

螺洲子曰：“今但因江所自分者，從而導之，賢乎人力開鑿者遠矣。凡穴口故道，大半湮没。元大德時，曾訪得其六，復之果有效。今仍湮矣。然大抵江所攻突决裂處，率近古穴口。因其分而導之，奚必規規成迹。漢時韓牧論治河‘不能爲九，但爲四五，宜有益’，即此意也。善乎管夷吾之論水性也，曰：‘杜曲則擣毁。’杜曲，激則躍，躍則倚，倚則環，環則中，中則涵，涵則塞，塞則移，移則控，控則水妄行，水妄行則傷人。凡今之水妄行者，皆扼其曲故也。此無異犯虎口而摩鯨牙也。如吾之説，但視江所欲居者，稍自成川，跳出沙土，然後因其分而導之。高其高者，下其下者，順從其性，水道自利，宜無巨害。必欲繕完故堤，增卑倍薄，勞費無已，數逢其害，則吾不知所終窮矣。"

客曰："築與留等之救患，若堤不敗，利當百倍。何獨堅持留口之議?"

螺洲子曰："以遷徙之費與繕治捍禦之費較，什不敵一也。以沮洳之苦與覆宗湛族之苦較，百不敵一也。且留口者，特棄水以予水，非盡棄地以予水也。即令棄地，視彼之舉人民而棄以予水者，不猶愈乎？今堤決之後，灾黎與浮食無産業民，同仰賑恤於縣官，因而率之以浚川導流，費不縻而功可就，乃兩便。此功一就，江安患弭，人有定居，填淤加肥，租賦尚可徐復，雖云救敗之下計，實乃通變之中策也。"客曰："唯唯。"

請以俟當世在位之吉凶與民同患而能斷大事者。

卷四十七　誄　祭文　告文

汪君絅菴誄有序

咸豐壬子十一月十三日，粵西賊陷漢陽，汪君絅菴以罵賊爲賊所刃，死於漢陽城西門内。至丁巳，事聞於朝，始蒙褒恤，以衣冠招魂而葬。嗣君家政纂君行狀，徵誄於柏心。

迹君生平，美善紛綸。其卓犖過人者有三焉：議楚北禦賊，宜堅守岳陽。賊順江而下，大府棄漢陽不守。君謂江漢猶脣齒，漢陽棄，則鄂豈能獨存？其言竟驗。此遠識也。賊犯漢陽，或語君未膺禄秩，可亟徙避。君不從，竟以身當之。此定志也。賊至，君詈不絶口，蹈白刃無懦色，竟殘其軀。此大節也。謹按，士之有誄，自縣賁父始，彼固毅然死節者也。君有過人者三，準於法宜誄，以彰其義，以闡其烈，以風於千百世。於是援翰而誄之。其詞曰：

王歜死齊，孔紨死陳。義激匹士，不必弁紳。烈烈汪君，以義殲身。其胔可裂，其氣彌伸。君之少年，修絜博習。有母有弟，貧惟壁立。兩兄在都，微糈未及。慨然應招，石耕取給。武林迢迢，靈椿倏萎。號泣星奔，輤還浙水。伯迓慈親，官齋戾止。君省皖南，猶勤甘旨。君於儷體，號爲最工。昭代巨製，是萃是叢。專門章奏，既麗以雄。懸之詞苑，其光若虹。晚謝賓游，閉關江渚。芥視弓旌，塵輕珪組。縱眺雲霞，高吟今古。避世逃名，園綺是伍。鑿齒逾嶺，東噬潭州。君言沔鄂，宜保上游。地利形便，無過巴邱。盛兵扼險，是謂伐謀。言不見采，賊已渡湖。舳艫千里，順江東趨。鄂中文武，倉皇失圖。斂兵城守，自燔其郛。君謂江漢，輔車是依。猿臂相救，足解長圍。奈何棄漢，資彼突豨。漢先淪覆，鄂安適歸？肉食者流，褎如充耳。列幟魯山，勢横蛇豕。子泣於前，請君亟避。君麾之去，吾誓死此。賊果麕集，君詈且忿。戟攢其胸，劍叢其吻。噀血灑地，詈聲尤憤。與辱而生，寧潔而殞。怒詈餘聲，没猶未泯。鄰翁伏聽，膽裂心摧。出而語人，惻惻生哀。謂君詈時，聲猶怒雷。賊遂亂刃，并殘其骸。嗚呼哀哉！君未霑禄，不綰寸綬。死報國家，養士之厚。讀聖賢書，斯爲不負。視彼偷生，孰完孰朽？嗚呼哀哉！有司上名，事聞於朝。天章褒恤，錫自雲霄。鬱鬱松阡，馬鬣崇標。魂兮歸只，巫陽上招。嗚呼哀哉！緬君生平，三者最俊。識偉志堅，大節尤峻。草莽名尊，章縫氣振。口誅虎狼，不假寸刃。嗣君頓顙，徵撰此詞。謹著磊落，以示來兹。想見毅魄，氣吞赤眉。張髯奮頰，凜凜英姿。嗚呼哀哉！

公祭殉難各官文文職　代張石卿制府作

嗚呼！設行省於外以寄干城。凡持節綰綬，下逮一命之職，莫不有禦侮之責。城存與存，城亡與亡，臣子大義，無可逃於天地之間者也。去歲十一月旬有四日，粵賊進犯鄂州，百道攻圍，鋒勢鋭甚。諸君子以文吏乘城冒矢石，籌捍禦事，晝夜况瘁，凡二十日。城陷，開府以下至寮寀，或蹈刃罵賊，或慷慨引决，殉其難者若而人。

嗚乎！亂作於粵，禍鍾於楚。諸君子身當其厄，最爲不幸。然城可壞軀可殘，而名彌以完，節彌以堅。忠憤義烈之心，足以貫日星而壯河山！使千百世下，慕義者知所勉，隱忍偷生者慚赧無所容。防維名節，功不在全城却敵下，豈以成敗論哉！今者九重震悼，褒恤駢蕃，椒蘭苾芬，俎豆勿替，巍然與常山睢陽比烈焉。然則賊之所以刳屠而殘裂之者，適足成諸君子之志，而彰諸君子之烈者也。

嗚乎！逆賊之罪，上通於天，亡期速矣。膏碪斧、築京觀，不過旬月事矣。諸君子魂魄有知，當快慰不暇，其又暇悲耶？

嗚呼哀哉，尚饗。

祭湖北按察使前湖北布政使唐公文

咸豐四年，歲在甲寅，季冬月下旬，王柏心謹以香楮清酌之儀，致祭於湖北按察使、前湖北布政使唐公子方之靈。

嗚呼！公固治世之良臣兮，不幸而奮身於忠烈。張空拳以摩豺牙兮，占過涉而頂滅。懷主眷未能酬兮，心轇轕而藴結。勢窮迫無可爲兮，漉漉焉空灑一腔之熱血。配成仁其無慚兮，嗟淪喪夫邦傑。昔抽簪而解韍兮，歸高卧乎黔陽之山。睹縱横之枉矢兮，憤狂寇之滔天。奉命辦嚴不淹宿兮，據鞍猶壯於文淵。楚氓喜公再至兮，若長城之屹然。請提兵而擊賊兮，屢戰克而騰威。雖陳梟猶鞠旅兮，將刈此狂狡俾無遺。大帥果躁乏算略兮，獨輕進而失機。公將五百之卒以往兮，鬥舸寡而孰與濟師。凶黨鼓行逾十萬兮，豈孤軍孱弱所能抗。收潰卒急保上游兮，泝夏首而西向。惟據險可決死兮，乃列艦搤彼大軍之嶂。何露章遂遽劾兮，竟委罪而負謗。解兵柄授他人兮，默焉危坐夫江上之孤舟。賊乘勝以進逼兮，烟焰蔽乎滄洲。麾戰士無一應兮，各奔散而莫留。北向再拜臣力竭兮，一躍已赴乎洪流。

公夙負宏毅英達之偉略兮，其寬恕又號爲得人。嚮使統全師而專閫外兮，可計日靖江國之烽塵。否亦臨戰無易將兮，收餘燼猶足以復振。奈何令塊獨若寄客兮，徒持觜肉飽沙汭之鯈鱗。孰妨功而忌能兮，惟此黨人之故也。織貝錦以成文兮，齎褊衷之盛怒也。紲蒼鷹又鎩其翮兮，縶飛黄而窘之以遠步也。百請百不給兮，夫何異寘叢棘而令跣赴也。彼險膚何足算兮，曾不惜夫國家之良。隳士氣而快賊志兮，卒自覆乎金湯。人生固有死兮，公身没而名章。與雪聲之研同不磷兮，雖百千磨鍊庸何傷？

予自審若駑蹇兮，竊感公之推襟。念籌畫不足資贊助兮，所深悉者公惟抱以死報國之赤心。子克孝而走負骨兮，素旐翩其過臨。奉笑言而永絶兮，空回首於斷金。昨揮手楚招之祠兮，送公出師而麾扇。謂功成且上章兮，返東山而游燕。驚倏化爲鬼雄兮，緬英風而馳電。悵未遂於初衣兮，晨猿哀而夜鶴怨。當公之委體淵沙兮，予亦倉皇而避地。繼又痛夫乾蔭之傾兮，昏瞀奪其神智。闕哀誄於石交兮，負幽冥而潛愧。今乃睹靈輴之還黔兮，幾欲傾滄江而爲泪。

亂曰：公騎長鯨驂文魚兮，噴薄洪濤壯靈胥兮。潛麾蒼兕助天誅兮，殪彼貪狼控威弧兮。重爲誶曰：紛綸褒恤公無恫兮，椒荔千春廟貌崇兮。黎平督師黔産同兮，山川英傑炳雙忠兮。

嗚呼，尚饗！

祭前署安徽巡撫李公文

惟年月日，王柏心謹以香楮酒醴之儀，致祭於前署安徽巡撫李公之靈。

嗚乎！自豺貙狂噬，虐焰張天，能逆而折其鋒者，莫如公最先。齒少於羣帥，而卓然爲人傑，又能以父子死忠者，亦莫如公最烈。當公之擁戈船浮湘而下也，用數千之衆，摧十餘萬之奔鯨，冒危喋血，首入鄂城。號泣於先公授命之所，得其遺骸，面目如生。其時軍中將士及江上殘黎，莫不頌公忠孝，爲之涕泪縱横。而公遂以善戰名。

帝曰虎臣，國之禦侮。往陳臬事，予惟嘉汝。復自江州，進師援楚。親攻堅壘，竟拔漢陽。師中錫命，開藩皖疆。於是蓩英六，剗霍山，鑿凶而出，轉鬥於舒廬之間。經行戰地，彌數百里，無居民、無市闠。糧食乏絶，徑路險艱。公以忠義激之部曲，皆忍飢疾鬥，戰血朱殷。開府曾未浹旬，落職之詔已至。謗書盈篋，齮齕相繼。公持羸卒不滿五千，累八九月不得饋餉。米鹽菜茹俱斷，士相與顛踣而委甲仗。然公誓吞梟獍，意氣彌壯。自起流涕，撫慰士卒，衆無不銜恩效命，踴躍奮發，猶能枵腹裹瘡，鼓勇乘勝，飲鑿齒之血，而啖猰貐之骨。

大帥高壘，日督公戰。公之威聲，久爲賊憚。瞰公之孤軍無援，麾下潰散，悉其僞衆，鼓其獷悍。務欲覆公，以快其屠剸。公獨與賓佐百數十人，力拒壘門，搏戰不休。賊陷公營，遂見俘囚，詈不絶口。卒遘害於廬州北郭，而傳其首於金陵逆酋。方賊始至，或勸公勿留。公曰："負國恩，隳家聲，將與狗彘同羞。必死於此，白刃吾所求也。恨不能爲國家殄此寇仇爾。"嗚呼哀哉！

人知公之詞翰敏速，壯如怒潮，疾如震雷。孰知其藴韓、白之才，而兼頗、牧之略。大小數百戰，殺賊積若邱山，而未嘗有宿飽與羸財。撫衆之仁，與士之最下者，共甘苦，同樂哀。臨敵之勇，矢石當前，氣不少摧。謙退以泯矜伐，誠信以絶疑猜。其視毀譽榮辱，不啻輕塵之與浮埃。忠可以格九重，而不能勝讒忌之口；才可以戡大難，而不能免跋疐之咎。譬若有飛黄騄駬於此，薦之以荆棘，奪之以芻豆。方使服鹽車，上太行，又操箠筴從其後。則惟有折脛絶蹪，顛墜陵阜而已矣。悲夫！

天生良將，以芟群醜。甫展其用，百掣其肘。肝腦横兮膏塗，原藪無亦蒼蒼者。未欲悔禍，豈獨公之所遭爲不偶。嗚乎哀哉！

公之推賢下士，有信陵之風。雖迂儒若下走，猶采姓字以徹宸聰。既自審其固陋，未贊畫於軍中。然殷勤薦禰，高義比華嵩矣。謂公且廓清摧陷，鬯卣告功。藉手文字，勒銘景鍾。孰意大星隕而玉帳空。歸元何日，哭野無從。惟有光昭壯烈，揚厲精忠。聊師哀些，遥慰鬼雄。詞雖樸遬，敬以酬知己、達愚悰而已。

嗚乎哀哉！伏惟尚饗。

祭蔡蘅香進士文

茫茫靈化，理不可推。蓬榛競擢，椒桂先摧。召彼巫陽，訊之靈蓍。疇司其命，而生有涯。伊惟哲人，實稟瑰異。誕秀華宗，蜚英綺歲。璞吐虹文，劍騰虎氣。文陣搴旗，詞壇拔幟。楚天雕鶚，燕市騏驎。横翔劍翮，獨步蘭筋。萬目騤騤，驚爲健者。伫躡金鼇，還乘珂馬。玉堂不貢，金門未排。南轅返轡，歸卧章臺。宅近蘭成，居鄰宋玉。餐勝栖冲，遺榮棄俗。汲古縹囊，搜奇逸竹。獵彼芬華，助余膏沐。疾起濡翰，鞭撻風騷。手驅奔電，氣湧秋潮。千詩未止，百賦逾豪。餘力所撼，海震山摇。尤工倚聲，流商刻羽。莽莽蒼涼，喁喁兒女。緱嶺鳳笙，洞庭鼉鼓。高下諧聲，洪纖按部。

鶴書方促，凫舄將飛。遽驚易簣，竟罷牽絲。案塵未幕，篋草猶披。鼎砂難就，舟壑潛移。子之清尚，通而有節。浮湛泥滓，皭然霜雪。子之冲度，見者心傾。進不忤物，退不矯情。以子之才，方致遠大。占子之年，方未有艾。昊天不吊，龍蛇告凶。楩楠傾幹，箘簵凋叢。隋珠沈岸，荆玉埋峰。騎箕算促，止鵩數窮。

伊子於我，傾衿良厚。出其篇章，輒屬可否。凡有糾擿，虚懷悉受。子貌彌温，予顔益忸。子自去歲，親録所作。矻矻不休，如將有托。蛟惜委鱗，犀珍遺角。短生之憂，將毋先覺。又嘗語我，匪慕鳴騶。俟余十載，拂衣林邱。結隣山水，狎主鷺鷗。侶携禽向，徑闢羊求。何圖吾子，遽爾撤瑟。期絶牙絃，惠亡莊質。

始聞凶耗，謂不至是。夢子來告，云予不死。今入子門，素旐翩翻。室來吊鶴，幃慘啼鵑。去歲之冬，渚宫相見。結佩攬環，從容談讌。風流如昨，邈若山河。酒罏會少，隣笛哀多。鍾沉德水，劍没豐城。遺響不墜，光氣常蒸。覽子篇帙，足賁榮名。干雲燭天，儻遇精靈。

公祭殉難將士文代

嗚呼！起熊羆虓虎之士，以捍危城。幸則折衝盪寇，不幸則以身殉之，榮於通侯多矣。去歲十二月朔有四日，粤賊陷鄂州，城中自大帥、偏裨、士卒、練勇，有隸本營、有由檄調召募者，同時殉難，凡若而人。夫賊非難制，而介胄之士，委戈奔北者相望也。此邦將士獨能抗節，以攖蛇豕之鋒。至於斷脰陷胸，一瞑而萬世不視，皆甘心不悔。此足令戰陣無勇者，聞之生愧矣！嗟兹壯士，推其果毅之氣、壯烈之風，生雖不能馘此狂醜，死猶當爲厲鬼以殺賊。今者逆氛漸逼金陵，倘有披髮雲中，提戈叱咤，助國家迅剪凶渠，或者其毅魄之英靈乎？若爾，則雖死之日，猶生之年也。

嗚乎哀哉！尚饗。

公祭鄂城殉難紳士文代

嗚呼！仁義何常，蹈之則爲君子。故有死或重於泰山者，其惟名節之謂乎？去歲十一月十四日，粵賊進犯鄂州，攻圍二十日而城陷。此邦搢紳之流，衣冠之族，以及市井坊郭之民，或登城助守，臨難隕軀；或闔門自經，或沈於水，或被凶刃斃於家。及道路暴骨如草莽，賊又取尸投諸江，填築城址，其慘酷至此。凡遇害者若而人。

嗚乎！長蛇薦食，虐始於鄂。嗟爾士民，非必有城池管庫之責，非盡聞詩書禮義之訓，而能激於名節，破宗喪身，不受凶逆迫脅。乃知國家恩德之固結者深，忠義之鬱勃者厚，益以見賊之不難平也。

嗚乎！露骸殘骼，焚燬室廬。寡人之妻，孤人之子，自昔凶暴殘虐未有若此賊之酷者；鄂州遘兵，亦未有若此之慘者。九京有知，必將隱助三軍，剪除元惡，一快其復仇報怨之心。則千載下猶凜凜有生氣焉。想爾精靈，豈忘斯耻。

嗚乎哀哉！尚饗。

公祭殉難官眷及民間婦女文代

嗚乎！冒刃沈淵，壯士猶有難色，況於女子乎？然而秉禮義者，患難不足畏也。蹈貞烈者，威力不能屈也。孰謂閨襜無奇節哉！去歲十二月朔有四日，粵賊陷鄂州，其時在城者，仕宦命婦與笄而未字者，及本土衣冠望族、閭里民家各婦女，聞變投繯，或自沉於水，凡若而人。

嗚乎！桂之薰也焚而愈馥，玉之貞也磨而愈堅。諸媛懷清履潔，視死如歸，豈嘗爲不朽之芳名計哉！義烈所激，得自性生，起而蹈之，其甘如飴。回視夫靦顔偷生，終淪污脅者，賢不肖相去何如也？嗟乎！處死之際難矣哉。一念濡回，榮辱天壤。諸媛固有習聞圖訓，亦有未誦女史者，而舍身全節，不約皆同。自非果決發於志氣，勁正出於天性，何以有是？

嗚乎！猰貐狂噬，禍及笄巾，凡兹女士，遘閔尤凶。然貞白無虧，烈而且多。若此，非獨異日綽楔之榮，亦千載所當式爲禮宗者。逝者有知，可以收淚於九泉矣。

嗚乎哀哉！尚饗。

告龍神文

惟今上御極之十一年，歲次辛酉，螺山市居民等，謹以香楮清酌之儀，致告於龍神之靈而言曰：

蓋聞具變化之靈者，不駭俗以自炫；首鱗族之尊者，不近人以自卑。故蟄於山則不厭層岩之峻，潛於淵則不厭大澤之深。蓋非是不足以適其性、崇其體也。螺山上市江堤於去夏告潰。八月以後，洪潦復至，外護二洲，忽然中裂，延及岸址，坼爲深潭，長且里許，闊將百丈，漂没廬墓，不可勝計。僉以爲風浪雖猛，非神力不至是，遂謂淵中有龍神處此。初疑黿鼉之類，乘濤肆虐，假竊神名，既而傾圮益甚，怪異頻徵，遠近訛言，且謂神將降罰於兹土。於是居人憂悸，罔知所措。竊念此方，視它境壤瘠而民樸，既遭昬墊，蕩析離居，困苦極矣。不蒙神恤，反將加之重譴。民則何辜？遂難解免耶？今亦不敢自寬刻責，謹與父老子弟，夙夜齋慄，念咎不遑，洗濯其心、潔清其慮，擇日於决岸之側，立壇召僧，諷宣梵唄，將借慈悲，用宏濟度，且瀝微忱，昭告於神。

夫棄尊嚴之水府，而與常鱗凡介雜處潢污行潦間，不可謂智；破阡陌，壞民居，大爲陷阱，斷往來津渡，不可謂仁；負其汩陵谷水下土之材，以淪胥乎飢寒無聊之赤子，不可謂勇。使果鯨蛟蜃鱷，敢行冒托，能作禍祟，則望約束而屏除之，無作神羞。如其神偶翔游淹留兹土，則願超然遠舉，徙於幽邃漭瀁之區，近則洞庭，遠則溟渤，屈蟠其間，何在不可爲靈湫者？俾我民亦將邀福於神，長無驚恐。爾田爾宅，安全生聚。盡力耕耘，上納國家租賦。以其暇日，型仁講讓，益美風俗。斯則神之大智大仁大勇，所以輔翊上天好生之德，我民將世世永有賴焉。其敢忘神之大惠，敢布腹心，惟鑒而閔之，無任悚息待命之至。謹告。

仕兒及其婦唐氏啓殯改葬告文

惟年月日。期服生藹園老人命孫傳綬，以香楮酒醴庶羞告於故太學生、三兒信甫暨兒婦孝烈唐氏二姑之靈：

哀汝夫婦，并促天年，既赴杳冥之域，宜謀窀穸之安。已擇期於月之某日啓汝夫婦之殯，移柩合窆於本市白鶴山麓爲塋。枕岡負嶺，得遠沮洳。表江裹湖，足資環抱。可以妥體魄，可以棲英靈。嗚呼！天才英絶，奇節貞堅。雙摧連理，同穴重泉。文焰凌霄，天書表闕。雖閟邱墳，猶懸日月。汝夫婦靈爽，其式憑之。

卷四十八　駢體文

昆陽漢世祖廟碑

粤若鯨波蕩潏之秋，鼇極沸騰之際，則蒼靈啓聖，元祇協符。奮風雲而埽妖氛，配日月而昭復旦。宣重光於烈祖，慰徯后於蒸民。海宇不可一日弗安也，宗禋不可一日或墜也。昔者迹肇唐郊，玉鉞遥清乎丹浦；威伸殷武，琱戈用克夫鬼方。雖復圖籙凝庥，共球紹服。而雍容主鬯，殊非龍戰之時；赫濯承基，無事鷹揚之旅。亦有芟夷尋灌，配天者四百年；龕定商奄，殄祀者五十國。會岐陽之車馬，吉戊來同；奉高廟之神靈，横庚斯協。雖皆克還舊物，光啓中興。然而寓縣未極其分崩，黔黎未深於焚溺。埽除自速，耆定非難，其有乏一成一旅之基，奮百戰百勝之略，智勇錫而天人應，創守兼而謨烈隆，恢恢乎惟漢之光武帝乎？

當夫炎祚中微，奸臣盜柄，騁窮凶於澆羿，肆狂噬於猰貐。五威九虎之師，縱横中外；王田國息之制，荼毒閭閻。九土痛心，萬方疾首，中原鼎沸，豪傑雲興。平陵黄犢之變生，下江緑林之兵起。帝篤其眷，乃命真人。始則佳氣生陵，神光照室。應樞電流虹之瑞，稟隆準日角之奇。韜迹州邦，晦心耕稼。遂乃龍攄白水，虎步南陽。應赤伏以興師，耀絳衣而問罪。造攻新野，决勝泚西，奄有昆陽，直通宛下。俄而尋邑以百萬之衆，徑壓孤城，地道横衝，雲梯俯瞰。戈鋋之影蔽日，鉦鼓之聲震天。析骸而炊，守陴皆哭。帝乃奮其武怒，運厥威神，躬馳大敵之場，獨决背城之戰。雷霆下擊，天摧虎豹之軍；風雨横馳，地埽鯨鯢之穴。車甲積於水上，屋瓦飛於空中。髑髏爲臺，肩髀作塚。功逾於漂杵，事捷於摧枯。遂使威斗嬰灾，漸臺授首。一戰之勛，斯爲烈矣。

由是率司隸之僚屬，復漢官之威儀。持節渡河，除苛布澤。親徇薊北，進拔邯鄲。於是皇度未清，群雄方競。三輔之紀綱再紊，四方之威命不行。帝也恢奄甸之模，值樂推之會。燔柴鄗邑，定鼎洛陽。謳歌獄訟之歸，不期而自至；寄象狄鞮之使，不召而咸臻。指麾而大業成矣，端拱而皇猷定矣。

昔周詰戎兵，功資方召，漢收策力，任寄韓彭。必駕馭乎群力，乃芟除乎大難。帝則勝惟廟算，戰必親征。俘鄧奉於堵陽，摧董憲於昌慮。殄青犢於射犬，降張步於臨菑。幸汧源而隴右平，次關中而蜀都震。以及銅馬赤眉之輩，龐萌蘇茂之倫，莫不向七萃以倒戈，望六師而解甲。雖宅中圖大，不云天步既康；雖基命肇邦，不敢宸居自逸。此即射十日於濛汜，繳大風於青邱。景亳之師十一征，楚漢之際七十戰。詎得加兹震疊，逾此威稜，此則帝之武也。

埽荒屯者，多未遑夫制作；除禍難者，或不足於治平。帝則念切納陛，仁深解綱，劍賜騎士，馬駕鼓車。并郡國而減吏員，引公卿而延郎將。循良首奬，特崇太傅之封；儒術方隆，庸建褒成之爵。投戈講藝，息馬論道。備法物而行封禪，創明堂而立辟雍。憲章禮樂，追迹乎世宗；綜覽權綱，同符於宣帝。此則帝之文也。

若乃葬聖公以推仁，待盆子以不死。指河堅朱鮪之誓，賜璽答竇融之忱。燒文書而反側自安，推心腹而降人盡悦。縱遨游於二帝，人識真王；笑故態於狂奴，座客高卧。其寬裕有如此者。

納邳彤之説，而留信都；任寇徇之才，而委河内。郅君章以拒關受賞，第五倫以論政見奇。貴戚望風，且避二鮑；舍中行法，不私諸卿。喜伏波之論兵，每與意合；賞河西之章奏，輒問誰參？其明決有如此者。

夫五年成帝，猶受困於平城；四海爲家，尚勤兵於遼左。以武定天下者，不忘耀武之心；以兵建大功者，必冒佳兵之忌。帝則志在息人，治行柔道。每發兵而頭鬚欲白，非警急則軍旅不言。絶遠駕於龍堆，弭雄心於狼望。雖虎螭之將，上書而抵掌；熊豹之臣，納説而請纓。而近戒蕭墻，遠追黄石。玉關既閉，深謀拒屬國之求；繒劍遥酬，厚禮謝匈奴之使。其遠慮有如此者。

旨微之士，禍必避乎屬鏤；蓋世之勛，身不容於鍾室。是以蕭樊嬰其縲紲，竇灌受其駢誅。鳥兔興悲，龍蛇飲恨。震主之危，自昔然矣。帝則茅土酬庸，山河永誓。戒兩虎之私鬥，賜大驪以昭忠。麥飯豆羹，繾綣艱難之愛；功曹亭長，從容闊達之談。四七際之元功，同書竹帛；廿八將之間氣，上應星辰。其大度有如此者。

説者謂帝特立親廟，别祀章陵，追王弗崇，禮文未合。不知有虞受禪，但告神宗。高帝臨朝，唯尊太上。漢家自有制度，大統匪顧私親。儒生守禮，何不達也。又謂帝政歸臺省，治任嚴明；矜綜核之勞，損恢宏之體。不知繼哀平之衰替，遭新莽之紛更。奸僞滋生，制防虧弛，非行移柱改絃之政，曷睹張檠正枉之功。帝特去害馬之群，匪驅叢爵；鞭後羊之失，匪察淵魚。向使盡罷綱維，高言元默，無異解衣而抱火，舍棹以浮江。然則賞罰異宜，質文殊尚，一偏之論，未足與議也。又謂帝西都輕棄，東土營居；徒捐四塞之雄，但守八關之隘。不知大庭少皞，迹不同墟；蒲阪平陽，基非代襲。豐程繼作，并垂百世之孫謀；亳耿迭居，弗墜五遷之神器。况夫陰陽所會，實天下之土中；朝貢咸遵，較長安而日近者哉！又以帝好崇圖讖，喜讀緯書，語出不經，事同非聖。不知唐帝有觀河之典，周成有拜洛之游。軒轅合符於釜山，姒后探書於委宛。赤文緑字，流星降五老之精；玉檢金泥，啓籙授重瞳之子。神道設教，豈無徵歟？且帝有撥亂之鴻功，安民之大德，憂勤之遠略，節儉之良圖。巍巍乎綜神聖以甄陶，合帝王而步驟。易曰“聰明睿知，神武而不殺”者，其帝也夫！其帝也夫！

昆陽爲大武之初基，實英猷之始建。精靈如在，廟貌猶新。天上真龍，隣葉公之舊縣；中原逐鹿，笑石勒之粗才。某也短布驅車，遠愧鄧生杖策；壯年作賦，復慚杜篤論都。惜夫翠琬未鐫，豐碑弗表。用敢敷揚聖德，紀述神功。經武皇通天之臺，尚有文章被賞；比沛上歌風之址，豈無魂魄來游？

重修斗姥閣記代

黄鵠山顛有斗姥閣焉。道光九年不戒於火。已而水潦薦臻，迄未營繕。

余奉命來楚，悼黎元之積困，愍昏墊之方深。思惟所以弭變澹菑、拯民捍患者，既請蠲貸，治堤防，浚川渠，遍禜禬，復博徵輿論，廣集群謀。有利於民，事在必舉。僉進而言曰：兹閣踞山之顛，與晴川對峙，滔滔江漢，奔匯其下，閣實束之，地氣固然。廢圮以後，潦患歲至。意者無以扼奔騰，佐鎮奠乎？夫黄流方塞，瓠子之宫以成；湍勢初迴，徐州之樓斯築。昔人捍衛，亦固有資。今者之閣，請復其舊。乃從衆議，首捐金錢。寮屬而下，以次佐捐，不煩賦，不擾民。梁棁堅而弗華，宲廇斫而弗繪。寓賑贍於興作，通賓旅於懋遷。費約而勞輕，民悦而工勸。

閣成覽之，則儼乎若螭首之崔嵬，屹乎若鼇身之巀嵲。析城萬仞，忽移廉廡之前；伊闕雙門，突拔軒楹之下。控七澤三湘於轞畢，收長江廣漢以關鍵。信乎地力增雄，山靈助杰者矣。吾知陽侯望氣而弭節，馮夷屏迹以徐行。其必將束蜃鱷，縶蛟鯨，上爲朝廷述職於朝宗，下爲氓庶流功於福祐。爲魚弗嘆，沈馬無勞。萬里澄瀾，綉列溝塍之壤；千倉多稼，雲興錢鎛之郊。天貺屢豐，地鍾美利。和樂以洽，嘉祥畢臻。自今以往，民其用康。然則射錢塘之千弩，但侈雄心；擘華岳之雙峰，虚聞仙掌。孰與從民之欲，因地之宜，隆峻嶺以障狂瀾，肇崇巒而謀息壤者哉！

是役也，計爲費若干，經始某月日，至某月日役竣，寮屬請余文以記之。復爲歌曰："俯控南紀壯嶙峋兮，蛟虯睭眙避逡巡兮，瀆靈效職翊皇仁兮，安流萬古福吾民兮。"

重修鞏昌威遠樓記并銘

金方氣壯，天文分井鬼之垣；隴首風高，地勢控雍涼之要。拓秦城而啓土，析漢郡以標雄。厥有麗譙，創於宋代，蓋以維婁邊圉，彈壓戎羌者也。

年載既湮，未遑塗墍，風霜所蝕，有謝崔嵬。太守唐君子方，當露冕風行之後，正褰帷緝化之餘。見而慨焉，乃謀於衆。庀材召役，不日告成。桷宲之壯有加，丹雘之觀彌耀。欝欝兮若威鳳揚芭而搴天門；矯矯兮若應龍驤首而排雲表。踵事之意，可得言焉。

今天乘秋嘯月，劉越石之所以靖烽笳也；柔遠籌邊，李文饒之所以制氐僰也。彼皆經營戰略，規畫戎機。惟形在乎建瓴，故勢須乎拊背。今則天山罷戍，瀚海澄波。九邊無候月之驚，四塞有熙春之樂。何資控遏，過事綢繆。然而遠臨宕叠，遥控河湟。皋蘭聳峙於其西，靈武襟連於其北。長安東眺，茫茫三輔之畿；蜀國南通，渺渺千盤之棧。途當輻輳，地處中堅。非有高掌遠跖之基，概日凌雲之勢，其何以皋牢群壤，肘腋諸邦？然則鹿轂風清，熊轓雲擁。於以遠眺望，於以居高明。覽耕饁之勤劬，督閭閻之疾苦。匪疲人以崇土木，乃寓政而廣拊循也。况乎洮水縈黄，渭流繞碧。朱圉之雲嵐萬叠，赤亭之霞采千里。則有隴右英流，關西哲彦，俯憑曲檻，仰矚飛甍。拱軒谷而揖羲臺，溯謫仙而招長吉。鳳鳴龍躍，人揚靈杰之風；鯤化蛟騰，氣得山川之助。此一役也，乾坤舒其清淑，鎖鑰昭其深嚴。郵令速而政通，輿誦興而民樂。豈與夫江左鳳皇之址，但詡遨游；河東鸛雀之名，徒誇登覽者哉？走也，栖遲度隴，浩蕩臨關。想趙元叔之悲歌，風塵涕下；惜李將軍之材氣，忼慷情多。挾楚調以援琴，習秦聲而鼓缶。謬因授簡，遂忝當仁。乏王仲宣之俊才，敢效登樓而作賦；辱閻都督之雅命，竟升高閣以摛詞。銘云：

有崇其桷，有麗其甍。留星北檻，栖月東楹。玉塞連環，金城標碣。鳥鼠山高，魚龍水闊。安邊綏遠，厥政以康。鍾靈萃淑，乃會其昌。既成孔安，雄於西土。不震不騫，亘萬萬古。

摇碧齋記

古之漱石礪齒，臨淵鑒懷者，茹清潁入苕溪，莫不靈境獨臻，勝情畢輳。而况匯重湖之涀漾，受七澤之崩騰。翕陰呿陽，沐日浴月。芙蓉卓地，青天垂炎帝之旒；蛟蜃浮空，廣野奏軒皇之樂。金膏水碧，取精用宏；海勺天瓢，左浮右拍。此則龍威秘府，不無遜厥宏深；委宛名山，猶或輸兹雋遠矣。

吾友余子耕石，茝蘅香國，地近騷人。泉石幽襟，天容高隱。所居摇碧齋者，軒窗雲夢，履舄洞庭，偉矣備矣，可殫陳焉。想夫春水生時，秋波定後，汀花笑日，湘竹啼烟。拍拍鷗呼，隣隣魚媵。蘭有芳兮誰購，靈之來兮如雲。貝闕參差，龍女獻其雙珥；君山窈窕，皇娥捧其一簪。明月何年，方歸海嶠；白雲千里，欲吊蒼梧。無假飆輪之力，全歸斗室之中。明麗之狀，有如此者。迨乎雄風横吼，雌霓下垂。波來而山陷頹雲，潮落而天飛青雨。隆隆鼉背，上負星辰；睒睒蛟睛，宵現曦月。猿啼猩竄，往來山鬼之車；鼉鼓鯨鐘，雜沓馮夷之窟。雖飛浪蹴空，而嘯呼無恙；疾雷破柱，而七箸不驚。雄偉之狀，有如此者。

於是雲綃布地，霞綺上軒。名士惟當讀騷，此中只得飲酒。綵箋狂擘，則犀軍之鐵弩齊飛；銅斗高歌，則鮫室之珠宫盡啓。萬重雲海，佐爾卧游；一幅瀟湘，請君點筆。况乃書破萬卷，墨支卅年。蜼鼎龍彝，蝌編蟲簡。百代以來，鱗次其中。主則東西二廨，風雨連床；客則嵇阮數公，昕夕敷衽。雖無渭川千畝之竹，宏景三層之樓，而十萬百萬，未易買此一邱一壑。自謂過之矣。君居衡岳之陽，僕處滄江之北。升堂踐約，轟醉題襟，自顧塵勞，如登蓬島雲壑；難招余隱，湖山獨爲君生。縱枚叔以觀濤，進仲宣而授簡。雲環水珮，只在開簾；明月清風，無勞挂席。最好一湖新漲，已似蒲萄；不知二豪侍旁，何如蜾蠃。幕天席地，讓渠作三十六帝之外臣；曲盡峰青，待我彈二十五絃之古瑟。

游陸城三橋記

丁亥上元後二日，余在陸城與同人出眺蒓湖之濱。潮痕尚縮，春草未生，顧見四山，浮嵐結秀。客曰："有能竟三橋之勝者乎？願與之游。"

於是鳴艫擊汰，惠風告韝。窮湖之沚，前若無津。危石欹立，老薜下絡。斷罣縱橫，一鷗不飛。劃然山開，泝澗而入。緲十幅之生綃，貯一壺之幽緑。峰巒藺裹，梯棧鈎連，近髻遥鬟，不可殫狀。若夫往還不礙，其風湍咫尺，忽迷其川汜。仰循前舟，已上雲磴；迴失來艇，虚聞艫聲。沙石争流，終日若鳴甕盎；松枏合籟，四圍自奏笙簧。溪光浴日而如丸，崖氣割天而似綫。掠水之鳥，時逢四五；編茅之農，不過兩三。一葦所淩，荒寂有鴻濛意；衆山皆響，清泠如古瑟音。

計行十五里，而歷三橋。磵路已窮，艤舟登岸；微陽在林，疏磬出寺。投李花村裹，翦燭轟醉。主方下鑰，賓乃鑿坯。踏歌而返，仍鼓回帆。但見松梢一塔，送客多情；天際孤雲，招人共宿。中流暢以明月，長嘯答之天風。船尾可裝青山，船頭可載列宿。輕鯈不躍，迅浪皆恬。野鶴未歸，遠烟亦暝。相與敂舷咏歌，拊掌嘲謔。城柝三更，弭楫而歸。不知零露之如沐，天星之欲稀也。昔山陰之行，大令紛其應接；斤竹之澗，謝公縱其沿洄。幽討所耽，勝情適赴，何必異境，始匹古人哉？

是役也，將謁君山、浮洞庭，以風不果發。雖未獲攬七澤之烟波，望九疑之風雨，而汀渚回枉，雲山鮮明。無三朝三暮之勞，有一掩一重之致。目眈意極，靈轑幽奔，亦可以寄騷艷於襟裾，接湘靈於左右矣。座客咸賦詩爲樂，而屬予記之，於是各書姓名於左。

頤園記

夫竹葆松旆，陋而不華，沈冥者之所長往也；繒楹碝棟，侈而不質，豪縱者之所獨矜也。然則居一邱一壑之間，無十匠九柯之費。啓榭款月，拓牕延曦，飛泉散蕤絃之入詩，遠岫薦髻招之獻笑。斯非雲山之靈覠，塵埃之仙都乎？趙子臞仙軼情餐勝，簡志栖冲。所居有漁梁諸峰，環翠西南。其北則大江流焉，其南則蓀湖匯焉。舊廬之外，新闢軒楹，有堂有室，有亭有塢。顔之曰“頤園”。

吟嘯之餘，兼以奉親，志潔養也。當夫嵐氣往來，則松人擁纛；川光升降，則鮫妾獻綃。霞采上簾，幻以明金錯繡；苔痕入室，眩之怪緑奇青。鶴帶雲氣而下，作磬折之嘉賓；鷗呈雪容而前，號風標之公子。此則攬秀延幽，而造物不秘其奇；騁妍抽秘，而岩巒日貢其態者也。若乃錦雨烘春，緑天銷夏，鶯初雁候，水葉山條。橘橙比林，兼落秋實；梅笋夾莳，以娱冬心。至於雌鼎螭彝，猊鑪雀瓦，珊枝架筆，竹粉楷牋。花天酒賦，星旦琴言。此又取諸晤言之内，極彼視聽之娱者已。今臞仙芭采已成，芬華方扇。非夫搴蘿葺芷、餱石茹芝者。兹圓之築，其猶威鳳之返顧岩阿，高鴻之迴翔汀渚乎？

若僕也，有鸞鶴三山之想，無烟霞半畝之園。每當湘渚春還，蒼梧月落，搴芙蓉而望公子，攀黄竹而訊皇娥。渌水南湖，變爲春酒；朝雲夢澤，化作樓臺。鑿空之想，竊自娱耳。所幸兹園之成，足慰卧游之志。松風蘿月，既可餉君；蕙帶荷衣，能毋企我。適承授簡，遂許摩崖。從今歲暮銷寒，當謀一月二十九日之醉；期子宦成招隱，更割青天七十二峰之雲。

東莊記

松橋芝田，海上築仙人之宅；葭墻艾席，山中葺處士之廬。類皆息意塵區，游心物外，朝烟夕月，闃其無人。絶磴危峰，渺然獨往。豈若面郊背郭，左市右廛。亭皋表疏曠之形，水木揚清華之氣。九柯十匠，丹雘烟雲，累榭層臺，括囊風月。大夫未老，營泉石之菟裘；小隱堪招，躭薜蘿之初服。信可以嘲壺公於窟室，陋桂父於岩栖者歟？

東莊者，竟陵熊贈君以其地隣先壟，草創數椽。升高以望，松楸鬱然。至葵園先生，因宏兹孝思，益加葺治焉。先生宫中題柱，入號仙郎。道左褰帷，出專雄郡。高車畫軾，功安春漲之黄流；綉服彤襜，光動淇園之緑竹。既而抽簪壯歲，解紱鄉關。賦潘岳之閒居，懷仲長之樂志爾。其爲地也，旁連雲夢，近矚滄浪。平壤所交，炳若縟綉；迴溪自引，潔如輕綃。跨以飛梁，繚以廣廈。野緑不延而并至，林陰密布而逾清。

若夫曲檻臨流，長廊鏡渚。露華汎而蘋白，水烟散而蘭青。屬玉低飛，儵鱗間躍。春風攬珮，如臨杜若之洲；秋日褰裳，即涉芙蓉之水。翼然在望者，水榭也。岩扉滴翠，洞口飛雲，岫磈硊以嶔崎，磴周遭而詰屈。移蠶叢之飛棧，則峨眉晝擁於南榮；駕鼇背之金蓉，則蓬萊夜失其左股。襄野七聖，惝怳失途；淮南八公，逡巡却步。嶄然獨峙者，山亭也。桂樹偃蹇，修竹檀欒。絳花春敷，朱果夏熟，秋擢晚艶，冬挺寒芳。夕秀朝華，不待勾芒之令；山條水葉，難編伯翳之經。則種植之繁昌也。藻井承塵，罘罳却月，凉堂含雪，燠館留暄。軒表裏以洞開，闥清深以密邃。雕甍晝擁，狀六翮之負雲霓；畫栱宵浮，若列繒之繪丹黼。則輪奐之奇麗也。

且夫睠懷霜露，似續弓裘，崇孝也；取鑒高深，騁望原隰，適懷也；卬須我友，宴樂嘉賓，召侣也；扢揚風雅，極命草木，緯文也。一室之内，四美畢臻。其亦將謝貂蟬、而却駟馬乎？

雖然，先生早膺物望，方富年華。雲偶倦於爲霖，木終期於作楫。盤桓非吾願，薖軸非吾居。莫戀小山，逐王孫而不返；毋搴芳草，思公子以徒憂。所望長揖松蘿，早辭猨鶴，載脂載舝，方須結綬以遄征；某水某山，且俟懸車而未晚。

藻園記

郢甸山川，宋大夫誅茅之所；渚宫花月，庾開府穿徑之區。叢蘭宅中，詞人所葺；青楊巷裏，高士爲鄰。騷國餘風，往往以蘅蘺作室；江陵舊郡，家家因橘柚爲園。

藻園者，鄧性田先生之别業也。夫其緣飾因夸，面廛背市，申椒建廡，辛夷爲楣。運匠石之奇思，窮般倕之妙指。重軒窋窅以含清，連闥參差而入勝。簷楹百折，寒燠爲之推移；榱栱千端，雲霞於焉薈蔚。風臺則飄飖蕭爽，月榭則窈窕延輝。雜花競春，絢爛褰綵絲之帳；奇石拔地，穹窿裂元圃之根。猿拾果而迷峰，鶴餐苔而失徑。迤邐以西，射堂闢焉，淺草承鋪，垂楊翼埒。雙蹄蹴踏，花驄歕赤汗之珠；五色離披，錦雉帶流星之箭。破的而風生白羽，分堋而月照雕弧。徑路倏轉，芙舫艤焉。潭瑩一鏡，橋落雙虹。蘋藻蔓生，蒲荷雜布。鴛鴦夕夢，鳧雁晨嬉。拓以疏檽，環以飛閣。纜無風而長繫，船以水而爲家。晴旭相鮮，華渚流采。輕風徐動，凉秋無痕。木末芙蓉，似結湘君之佩；汀洲杜若，欲褰公子之裳。爾乃竹榻眠琴，蕉窗庋研。烟幌與湘簾并設，蕙鑪偕茗碗交陳。綈函則洞啓龍威，緗帙則山開委宛。王門養炬，謝氏封胡。無草不蘭，有樹皆玉。會稽蘭亭之少長，池塘春草之弟昆。於以叙天倫，於以陶佳日。夫洛中梓澤，徒涉豪華。山陽竹林，終流放誕。玆則情深棣蕚，愛篤荆枝。邱壑以暢其性，鶯花以寫其歡。樸不掩華，文不損質。煬和葆素，有足尚已。

余也迹同求仲，曾許窺園；才異相如，謬膺授簡。悦三徑之松蘿，接一門之裙屐。足知臨風嘉蔭，木皆交讓之柯；映檻清流，水是文章之色。

卷四十九　駢體文

馮展雲同年玉堂歸娶圖序

木天高處，仍誇駟馬之歸；海月圓時，正結乘鸞之侶。青綾製被，總號合歡；彤管聯吟，宜編新咏。撤院中之蓮炬，照閣裏之梅妝。此吾友展雲太史《玉堂歸娶圖》所爲作也。

夫其珠唾九天，花餐一樹。飛文東觀，掞藻西清。麟木對成，纔逾弱冠；鳳條栖穩，最近朝陽。天下稱曰終童，禁中呼爲才子。時則三星未卜，百兩猶遲。臨波須烏鵲之橋，補闕待鴛鴦之社。拜章乞假，攬轡遄征。絳闕三霄，曾依粉署；紅樓十里，争看玉人。揚鞭而蹔隔金鑾，却扇而行窺玉鏡。瀟瀟梅雨，遥浮太史之河；歷歷榆星，親問天孫之石。歌驪祖道，射雀占屏。交贈瓊章，爰圖粉本。足以述榮遇，紀美談者焉。昔者秦嘉夫婦，不離計掾之馳驅；蕭史神仙，未歷蓬山之清秘。亦有河魴宋子，皋雉賈妻，縱侈艷情，猶慚佳偶。豈若高寒上界，白玉爲堂；窈窕中閨，青琳作牖。鸞綸鳳誥，披來五色之函；翟茀魚軒；迎到九華之帳者乎？

歸歟晝錦，麗矣香奩。比鶼鰈以東西，顧鳳凰而左右。君依香案，妾進謨觴。蕙質蘭心，宛如賓友；珠輝玉映，并是天人。結一氣於紫霞，照雙星於碧漢。金缸二等，共眠蜀纈之袍；綵綫千絲，親繡甘泉之槖。從此七香車至，五兩帆來。璜佩偕鳴，玉京同住。織成大帶，内子時勤；捧到宫壺，細君同拜。花磚緩步，且暫疏鰲禁之班行；朵殿重趍，好同聽鳳城之鐘鼓。

送唐子方擢守鞏昌府序

鳳銜丹詔，褰帷承日月之光；熊畫朱轓，夾轂壯風雲之氣。揚雙旌而典郡，鳥鼠山高；擁千騎以專城，魚龍水闊。壯矣哉，其子方太守鞏昌之行乎！

始也，藺絲馳譽，銅墨騰聲。陳仲舉高踐題輿，龐士元洊登上佐。迨乎入陳吏績，展覲闕廷。副天語之諏詢，疏御屏之姓字。旋膺特簡，晋守雄邦。於是綜轡遄征，脂車言邁。載辭楚甸，首路秦中。仙掌凌空，箭栝表通天之路；潼關拔地，金湯環四塞之雄。

及乎逾岐岍，度涇渭，隴水下兮塞陰夕，隴山高兮秋雲飛。黯黯臨洮，日落長城之窟；岧岧朱圉，風高大漠之天。南安峽中，乞伏氏之霸圖寥寂；雒門聚外，隗季孟之戰壘蕭條。斯則飛雪載塗，乃咏行役；登高作賦，可稱大夫已。

且夫覽古證今者，英流之遐矚也；宣風緝化者，賢哲之閎謨也。鞏昌地界梁州，境居隴右，其習淳直，其俗敦龐。其慷慨者，慕武賢充國之風；其貞確者，懷任棠王符之節。雖復遥連邛笮，近帶羌髳，山川阻深，邊陲寥廓。而國家威稜遠憺，闓澤遐敷。玉塞無塵，金河永靖。耕耘不擾，詎煩魏尚之威；桴鼓稀鳴，何事郅都之猛。君以寬仁往莅彼土，流之以愷悌，馴之以詩書。用惠我嘉師，用柔我邊服。方見鳳凰下郡，白鹿隨輪，連理擢榮，醴泉流液。潁川報政，高乘一丈之車；南郡書勛，榮被三公之服。昔龐仲達綰符於安定，馬文淵領郡於金城。皆以嘉績流聞，英聲顯擢，入聯珪組，寵賜璽書。然則良守高名，足樹甸宣令望；安邊重寄，即爲旌節先聲。豈非賢豪奮績之秋，志士立功之會者哉！

兹者，漢濱父老，楚國儒流，挽鄧侯以難留，借寇君而未遂。同携清酒，祖帳晴川。風蕭蕭兮班馬鳴，雲漠漠兮驚鴻起。東流二水，縈别緒於芳筵；西望千山，結離愁於征旆。各裁篇什，用志河梁。下走不文，辱當弁首。清尊北海，夙締風流；賓榻南州，曾容嘯傲。曩值鳴琴吾邑，洪潦爲灾，見君之捍患恤民，拯艱蘇困，知其雅懷康濟，當有宏此遠謨者。行矣前旌，勉旃令德。效繞朝而增策，慕貢禹以彈冠。歧路何嗟，榮名爲寶。此日西州士女，争迎五馬於部中；他年南國旌旗，重迓八騶於江上。

劉孝長詩集序

在昔，兩京風墜，則曹劉方駕於鄴中；八代文衰，則甫白勃興於天寶。皆藴雄俊之略，挺瑰特之才。役驅三靈，麾斥八極，諷時感事，援古切今。用以滌除淫哇，闓拓騷雅。間世一出，如吾友劉孝長者，殆其人歟？

孝長英豪命世，魁穎絶人，年弱冠，仁宗皇帝西巡至五臺，詣行在獻詩五千言，天子覽而悦之。繇是名動都下。鳳覽德而來儀，馬從天而入漢。既預廷試，旋放歸登癸酉拔萃，舉丙子孝廉。四上春官不第，乃編次所爲歌詩，總若干首。生平出處，南北遨游，備於斯矣。夫其逾太行，指勾注，裴褱并野，窮歷代邊。雲荒趙信之城，雪没李陵之壘。風沙上黨，渺渺飛狐；簫鼓横汾，年年秋雁。穹廬敕勒，賀六渾之霸府蕭然；夾寨長河，李亞子之雄風已矣。遂乃回眺梁宋之野，周觀趙魏之郊。言瞻北極，更人春明。夜月銅龍，曉雲丹鳳。十年京國，踪迹爲多。既而汗漫江淮，往來吴越。吊闔廬而入茂苑，悼寄奴而過丹徒。紫蓋黄旗，誰家王氣？瓊花璧月，何代風流？射錢王千弩之潮，泛少伯五湖之舸。此其遠游之概也。

若夫鷹揚文囿，虎視詞流。大子游梁，鄒枚皆願交驩；士衡入洛，潘張爲之失色。或遇學士而解龜，或揖三公而叉手。狂呼六博，自謂袁絲；據地酣歌，人驚方朔。其意氣如此。至於趙女鳴筝之會，燕姬挾瑟之場。玉釵挂冠，香囊繫肘；歡情磐石，妾意南山。門外烏啼，誰知月曉？尊前花落，不道春歸。撲朔雌雄，擁袖則櫻桃不少；狹斜門巷，盈懷則芍藥偏多。其蕩佚又如此。夫當其壯也，群公有老夫當避之稱，四海有斯人必出之望。天門詄蕩，先騰白袷之聲華；麟閣峥嵘，將致黑頭之公輔。何其偉也。乃進之不能奏訏謨、贊臺省；次之不能排閶闔、貢玉堂。應龍未鱗，鴻鵠不羽。盛年房室，處子幽而不揚；叢薄風霜，申椒慨其永嘆。骯髒唾壶之調，凄凉寶劍之篇。何其儦也。況乎金篋已空，玉顔不再。啼蜀禽之血淚，喪海上之朝雲。奔月不還，回風竟去。江南花謝，李重光則愁倚闌干；洛浦神歸，魏東阿則魂凄金枕。斯又才人潦倒，乃咏《七哀》；蕩子關河，無端百感者已。

嗟乎！驊騮當駕，及其壯齒；鷙鳥搏空，用其雄心。若乃日逼崦嵫，身淪江海。賈太傅不歸宣室，馮敬通見抵良時。彯纓曳轂，人盡飛揚，賓戲客嘲，談何容易。如孝長者，負其權奇倜儻之才，老於侘傺悲歌之下，誰實使之偃蹇若是哉！雖然，升沈者一時之遇也，著述者千載之符也。孝長雖竹帛未登，而篇章已富。觀其雄豪奇宕，俊麗高華，鄴中天寶，得此而三。蓋天假之以挽頽波、復元古，運會所關，通塞何論？孝長始受知於覺生侍郎，繼與魯之、默深稱詩長安。掉鞅接靷，盡海内雄俊，顧獨屬序於余者，亦以撫絃識曲，飲水鑒流，夙昔持論，頗不差池。故序之不辭云。

季舉詞序

樂府之興，昉自協律。爰及有宋，大被管絃。上薦靈祇，諧悦神人；下達里巷，導宣伊鬱。與雅歌而同用，匪培塿之獨卑。而往往瑰奇之流，抑雄才於節奏；雅懿之士，窘高步於宫商。其靡者爲之，則愈趨闡緩；其蕩者爲之，則彌涉淫哇。衆製雜陳，鴻裁莫覯。思宏厥詣，必俟其人。季舉夙工掞藻，尤妙倚聲。挫萬態於毫芒，騰孤情於宙合。納九牧之金於橐籥，匯萬流之水於滄溟。笙磬同音而娱百神者唯廣樂；旌旄合舞而駴羣目者獨《桑林》。

夫其遠涉湘波，行吟夢澤。襲山馨於椒桂，搴渚艷於芙蓉。娟娟蓀荃，雪靈修之古淚；蕭蕭蘿薜，續山鬼之離憂。則悱惻之緒也。栖遲不遇，坎壈未平。趙元叔匿其奇光，馮敬通鎩其勁羽。么絃暗激，雷霆忽鬥於九天；促柱高張，風雨俄驅於萬壑。則侘傺之懷也。葉落蟬哀，釵殘燕去。鐫青天而寄恨，傾碧海以量愁。粉怨珠啼，帳裏之魂不再；香銷翠滅，月中之魄難歸。則仳離之吟也。菖蒲訊子，芍藥酬歡。情翦燭而嬌多，笑解襦而香動。陳其婉孌，能令柳季蕩心；述其妍華，足使長卿消渴。則綢繆之作也。況乃鸞花笑日，犵鳥啼烟。秋緑凄今，春紅怨古。感友朋之離析，惜親懿之分携。有觸情懷，輒形聲律。瑰瑋連犿，而抗墜中倫；俶詭權奇，而疾徐合度。摩辛劉之壁壘，拓姜史之垣墉。泱泱之風，兹爲大矣。

僕賞慚子野，識愧中郎。聆蒲牢者難爲音，睹騄駬者難爲御。適膺弁簡，謬出卮言。固知赤壁驚濤，比蘇學士之歌鐵板；旗亭絶唱，等漢宫人之誦洞簫。

湘雲餘影圖序

舜華朝秀，臨風無不墜之妍；娥魄宵輝，入海有難留之影。珠何爲而化泪，玉何事而成烟。信福慧之相妨，在嬋娟而尤甚。爰有竹西佳麗，白下名姝。蘭韻春嬌，蓮心秋潔。娉婷三五，不事鳴筝；倭墮一雙，絶憐窺鏡。加以逸才妍妙，綺思芳華；雅嗜縹緗，尤工吟咏。偷聲減字，惟傳鏤月之篇；滴粉搓酥，自製浣花之紙。夭桃共命，最易飄零；弱絮爲因，能無墮落。乃遇洪都詞彦，淮海清游。問荳蔻之芳年，叩枇杷之深巷。小姑獨處，尚自無郎；神女相逢，居然非夢。目成既接，眉語先通。指磐石而君堅，托青松而妾誓。花間小别，便惜春殘；夢裏同栖，猶嫌宵促。以至微詞感動，艷曲綢繆。子夜前溪，大有贈歡之什；明星潔月，不無密約之章。綺麗風流，有足尚已。更有異者，一窺紅葉之箋，遂訂白頭之約。矜憐有屬，傾倒尤深。

嗟乎！落落窮途，誰爲青眼？愔愔密意，無過紅顔。賞音有類乎鍾期，携手願偕乎蕭史。自來名士，祇悦傾城；從古才人，肯歸厮養。斯則趙公子宜其絲綉，韓王孫願以金酬者矣。已而花號將離，山名大别。朝朝芳訊，空沈鄂渚之書；夜夜春潮，不送石城之艇。身將化石，泪盡成冰。雨孤桐樹之心，秋入芙蓉之面。紅心草長，人間遂葬西施；油壁車空，地下竟憐蘇小。歸風一去，行雨何年？于是客本恨人，悲兹倩女，欲傳凄麗，用托丹青。檢録遺篇，得若干首；零膏賸馥，若斯而已。瓊花已矣，萼緑杳然。當景收芳，臨華罷翠。崔徽卷裏，惘惘如生；漢武帳中，珊珊難遇。吹來古恨，簫聲廿四之橋；照斷人腸，鏡影二分之月。

西湖秋柳詞序代

凉波墜月，恨人作賦之辰；露葉霜條，秋士言悲之日。况夫荷花桂子，慣閲興亡；賸水殘山，猶餘金粉。其能無閲川怊悵，拊樹流連者乎？此傅九楊先生《西湖秋柳詞》所爲作也。

想夫三塔縈青，六橋總翠。綺霞散處，樓閣虚無。珠露凝時，旌旗徜恍。依依陌上，盡犢車游賞之郊；嫋嫋波間，半鳳艒經行之地。若乃荒波黯夕，冷雨凄晨。古釵拾而或睹龍鸞，夜火歸而唯聞蟋蟀。恨結千絲，不飲黄龍之酒；愁生萬縷，如驚白雁之聲。况乎五馬渡江，虚傳瑞應；六軍解甲，遽作纍囚。降表僉登，候潮不至。茫茫土黑，銷殘半壁江山；颯颯冬青，吹老六陵風雨。此皆會芳舊殿，聚景名園。擊築高臺，謝皋羽抗聲以泣；停車驛館，王昭儀擁髻而吟。憂來無方，樹猶如此。宜乎娑娑弄影，凄逾茂苑之春；荏苒摇情，怨甚隋堤之路者矣。

于是覽其哀緒，托以曼聲，前後賡續，得七十首。小阮蕉雨觀察梓而傳之，屬予爲序。考兹體之興，昉自竹枝，近代詞人，導源益廣。憶曩與蘭泉司寇，亦同賦焉。今睹兹編，前塵棖觸。不辭檮昧，輒作弁言。固知玉樹遺聲，如見武林舊事；夢華重録，此爲天水餘波。

翟讓溪詩序

君生炎徼，方爲日下之淵雲；僕處滄江，未識都中之潘左。而乃九衢風雪，迴轡春明；三月鶯花，維駒夏口。因均幽贄，獲締古歡。應阮連裾，英賞同乎漳水；裴王接靷，清言振乎洛濱。則知猗蘭不一，林以芬芳而相悦；神劍雖兩，地得雷雨而均飛。余之獲交讓溪，豈非聲氣所孚，方域靡限者哉。

爰因談讌，得悉生平；復出篇章，屬爲弁簡。爾乃論其甲第，既北儷崔盧；按厥簪纓，亦南均顧陸。劉孝儀之昆弟，人握蛇珠；王曇首之門風，兒編鳳蠟。君也童而孤露，幼即雕華。屬對楊梅，已驚老長；解吟芍藥，早擅英奇。其伯兄雲莊先生，方入侍承明，携之以游京國。僧彌得法，護之難兄；清河賓士，衡之愛弟。蜚辭泉湧，騰譽飆馳。望闕神駒，曉日射桃花之影；凌霄丹鷟，高天流清角之音。弱冠捷京兆，與西蜀王魯之、小雲兄弟及黔中趙直夫、吾楚劉孝長，稱詩長安。蒲牢鳴而蟬噪革，渤澥匯而鯷壑深。結佩攬環，必北地温邢之選；騁妍抽祕，盡西京枚馬之才。或經易水而和歌一曲，則横飛羽奏；或帳都門而賦别五言，則方駕河梁。風雅道合，斯爲盛矣。既而屢困計偕，遂游汗漫。嘗隨伯兄渡南海、涉昆明，謁季父於皖江，因遍觀吴越。故其爲詩，體雄剛之才，窮瑰岸之致。縱横以極其變，壯駭以發其情。良由山川、行役所助者多也。夫以讓溪譽龍虎之文，握瑾瑜之美。宜其揚聲紫闥，鼓袖赤墀。含香於鳷鵲春宫，簪筆於鳳凰清禁矣。顧乃孫宏上計，屢放東歸；主父出關，長驅西返。蘭何爲而在野？玉何爲而在途？董廣川有不遇之言，東方朔無上書之日。

嗟乎！轅車服軛，未乏紅鴛紫燕之才；閶闔排風，不無海雁江鳧之族。賈生年少，難至公卿；李蔡人才，原居中下。秦缶前而趙瑟退，蠙珠斥而魚目升。于是蜀國才人，端居不樂；秦川公子，駕言寫憂。宋大夫臨水登山，羈旅則優柔詞少；桓宣武攀條拊樹，功名則少壯悲多。斯固長歌短歌，聲能裂竹；去日來日，憂如循環者已。然而鷹隼卑飛，所以伸其雄鷙也；蛟螭潛匿，所以運其威神也。讓溪惟尺珪未膺，寸組不掛，故得紛綸藻翰，凌轢風騷。角并世之英豪，抗元音於正始。向使早入掖垣，先登華省，而堇金躍冶，灌辟不深，荆璞發緘，雕鎪未至，烏能如是之感激豪宕、春麗鯨鏗也乎？又況陳曲逆非長貧賤，魏子牟豈戀江湖。再奏凌雲，終辭隱霧。上奇木白麟之對，掞碧雞金馬之文。方將鋪張鴻庥，潤色皇緯，豈與夫百戰不侯之將，五噫辭闕之儕，長此沈淪，均其積廢者哉！

兹者聯今雨之朋簪，方銜卮酒；戀白雲之親舍，遽發歸軺。鳥翕羽而風驚，魚銜鱗而波蕩。君乎行矣，僕也凄然。對此茫茫，江漢雙流之水；愁余渺渺，牂牁萬里之天。因爲敬禮定文，即效醴陵賦别。此日尹班握手，難挾雲車風馬而從；何時王貢彈冠，相隨扇影鑪香之下。

蔡蘅薌詩詞集序

從古淵雲，必歸中禁；多才枚馬，例侍承明。高詞則上媲皇墳，彩筆則能干象緯。月臨丹鳳，侍香案於諸天；日照銅龍，捧紅雲於一朵。以視折腰道左、露冕車中者，豈不勞佚攸分，霄塵迥判也哉！

然而太傅既分司東雒，大蘇亦管領西湖。分餘事作詩人，屈神仙爲外吏，何嘗不政成於好水佳山之地，而名走於中樞祕省之間者乎？吾友蔡子蘅薌，外旨遥深，内情芬雅。决戰則文采必霸，摩空則藻耀高翔。人鏡芙蓉，試緑衣於闕下；春城桃李，踏酥雨於天街。斯時也，望君者以爲六翮升霄，便作建章之黄鵠；愛君者亦謂五花映日，必陪天厩之真龍。摛詞推楊柳春旗，草制坐紫薇清漏。固將潤色皇緯，鋪張鴻庥矣。而乃奪我鳳池，瞻余馬首。收雲漢天章之錦，瀉瓊琚玉佩之詞。大雅不群，鴻文無範，則今所得詩詞是也。

夫其經楚豫三千餘里，望燕雲一十六州。蜀道西行，黄河遠上。銅梁玉壘，奇山川則開闢已多；宋闕唐宫，古疆索則雄豪不少。既已飛揚霸氣，驅使史才矣。若乃桃葉來迎，蘭香私嫁；珠邀予美，釵挂臣冠。三月離筵，非無芍藥；九秋紅淚，盡化芙蓉。夢雨疑雲，綺語羌無故實；曉風殘月，多情輒唤奈何。則又兼淫思古意之遺，而無側艷新聲之累焉。今將遨游京國，需次銓曹，遂出新編，屬爲弁首。吾子行矣。銅溝新柳，爲子迎珂；珠樹啼鶯，爲君行酒。若使九重讀長卿之賦，生喜同時；六宮傳元相之詩，呼爲才子。乘厩馬，侍直廬，斯乃千載一時也；次則褰帷辭闕，剖竹之官；魚鳥簿書，湖山公案，亦必有儲精蓄采、振秀雕華者。

僕也，已驚幼婦之詞工，但祝郎君之官貴。願負先驅弩矢，瞻還鄉駟馬之雄；將期洊歷臺衡，序一品會昌之集。

鄒壽泉參軍《讀史論略》序

將以網羅掌故，搜括見聞。矜援據之淹通，備詞章之采擇。則禮官博士，類優爲之。至於綜興亡之大數，驗理亂之先幾，黜殛奸諛，崇獎忠直，殷鑒百代，持衡片言，非夫深達治體，博觀世變，烏能激揚於千載之下，判決於千載之前？蓋甚哉，讀史之難也。

壽泉參軍，軒冕巢由，銜官屈宋。挾毫間之月旦，定皮裹之陽秋。權輿邃古以還，下訖有明而止，著《讀史論略》一編。臚世次、列盛衰，爲正爲閏，或分或合。誅伐禪繼，用舍賢奸。靡不表而出之，加以論定。

夫存亡不侔，仁暴而已；成敗相反，昏明而已；更張不一，誠僞而已；委任攸殊，忠佞而已。觀夫英君斷於上，哲相議於廷，若江海之得舟航，譬山川之出雲雨。艱難以開創，恭儉以守文。講學行仁，勸農薄賦。垂白龍鍾之老，不見干戈；左衽氊裘之民，咸奉冠帶。醴泉出地，朱草生廷。白雉赤麟，不絶書於太史；金船銀甕，悉來告於名山。豈運會之攸隆，抑天心之獨眷。誠憂勤惕厲，延庥迓福之至也。及夫驕侈萌芽，宴安酖毒。以菉葹爲香草，指野鳥爲鸞皇。開邊喜事之心生，羽書四出；西祀樂封之費啓，財賦一空。貂璫狐媚交熒，九重幾爲虚位。星變與山崩，告警元象，翻謂無憑。逮至誅求遍於閭閻，毒痡流於寰海。叩閤伏蒲之士，駢首嬰刑；憂時念亂之流，上書不報。或一夫操挺，九廟爲灰；或倒持太阿，潜移神鼎。噬臍之悔，亦已晚矣。

且夫河雒關中，古今之形勝自若也；金犬士馬，戰攻之利便相乘也。

水衡左藏之儲，國不乏用也；尊主庇民之佐，代不乏才也。然而亂國恒多，治國恒少。六朝五季，爲厲之階；尺地一民，舉非其有。前車不鑒，後軫方遒，豈不以淫辟相循，昏庸未悟；潰金堤於蟻穴，啓篝火於狐鳴；而後下土離心，上蒼厭德也歟？然則作史者，寓褒誅於已往；讀史者，證得失於將來。以正主心，以端臣範，以扶人紀，以遏亂萌。處經事而得其正，處權事而得其變。安危所判，劃若分疆；幾務未乘，洞如觀火。非考古之精詳，必臨時而瞀亂。論斷之作，烏可已哉，烏可已哉！若乃度時勢爲變通，揆機宜爲因革，寬猛異用，文質殊崇，與夫封建郡縣，田賦兵制，世不相沿，代不相襲。是又可錯綜參伍，博觀其略，而誇典核、獵文詞者不與乎此？壽泉既梓是編，余爲撮其大旨，著之首簡云。

月湖禊飲詩序代

晴山令尹之宰漢陽也，風流令行，時和人樂。粤以暮春上巳，延集賓寮，修禊事於月湖。古也，月湖枕大别、瀕漢皋，罨畫如烟，遠春若夢。輕縠委地，因風成文。横波窺人，含睇宜笑。徑以略彴，翼以亭臺。縟草芊眠，鬱爲香海；雜英紅白，望若錦城。士女丰昌，簪鈿交錯。炫妝川縟，揮袂風香。雕輪翠幰之所經，錦纜牙檣之所集，于是乎在焉。乃揚畫舸，泛中流，雲山鮮明，風日流麗。柳纅絲而漲雪，桃照水而蒸霞。蘭香襲裾，荇帶縈檝。掠波之燕，呈其紅襟；出谷之鶯，披其金縷。棹謳發而文鷺先導，榜牙啓而游鯉不驚。泝三里許，抵梅子山。飛閣憑臨，羽觴間作。水烟助暝，山日半陰。弭檝而歸，浩歌相畣。夫内史《蘭亭》之作，元長《曲水》之篇，所以飾山川、照今昔者，興寄不淺，藻翰爲工也。今諸君締幽贊於韋弦，續歡倏於蘅杜。烟波滌其鮮采，雲壑赴其奇懷。欲使流水崇山，六朝宛在；柔荑綿羽，終古常新。不因吟咏，何示將來？於是總其作者，凡得某某，而屬予序之。且恐去日苦多，停雲易慨；爰假繪事，以志雅游。則粉本長留，如勒山陰之歲月；替人代作，重招湖上之郎官。

荆州倡和樂府序

星辰南紀，天文分翼軫之垣；江漢東流，地勢扼雍梁之要。啓山林於篳輅，鬻熊爲王者之師；建臺省於渚宫，蕭氏亦中興之帝。丹銀齒革，充溢緘縢，篠簜瑶琨，駢填篚櫝。根抵則人人杞梓，芳華則户户蘅蘭。倚相才人，能通邱索，鍾儀君子，代奏土風。檮杌既勒成書，雞次亦昭國典。雖鄭衛齊秦而外，不列詩歌；而屈宋唐景之徒，尤工騷賦。此則楚材獨擅，郢曲彌高者已。

吾邑蔡子蘅香，嘗與江陵鄧子孝旃，發思古之幽情，攄懷舊之蓄念，著《荆州懷古倡和樂府》一卷，凡在興亡，靡不及焉。慨自荆尸孑旅，棘矢開疆。郢都實三楚之中，南郡爲九州之勁。無何，武關不啓，强臺已傾。作咸陽之布衣，夢章華之輦道。南風不競，有自來矣。至於劉景升之豚犬諸兒，曹孟德之舳艫千里，亦復攻如振槁，舉若摧枯。迨乎江左鼎沈，湘東旗建，既琱戈以靖欃槍之氣，將朝服而定霸王之都。乃北來之將帥，如飛南國之烟花。忽捲衣冠，運盡文武。道消覆亡之機，何其速也。且夫孫策提曲阿之一旅，卒以開吴；句踐用會稽之五千，終能霸越。何况襟連唐鄧，控引巴巫，形勝利便，戰守有餘。然楚覆於前，梁傾於後。金輿玉座，蒙及蒿萊；瓊館璇宫，化爲霜露。三休臺畔，皆何代之蟲沙；一柱觀前，盡前朝之麋鹿。王仲宣高樓攬泪，愀愴情多；庾子山故國興悲，歡愉詞少。斯則抗聲已咏，臨江王有愁思之歌；攘袂而談，孟嘗君動雍門之泣者矣。今二子搜羅侈艷，感慨蒼凉，數典陳詞，不出鄭志。可以原本山川，可以凌轢今古。而且各張楚軍，并抱荆璞；兩環映日，雙劍干雲。自有倡酬，於斯爲盛。固知薰香摘艷，不失美人香草之遺；異曲同工，重聞白雪陽春之奏。

龔木民錦瑟篇序

竇滔遠宦，空題錦上之迴文；徐淑云亡，誰報天涯之金碗。凫飛葉縣，比翼先乖；花茂河陽，合歡不種。有孤眠之鴛枕，無并至於魚軒。斯則秋鬢黄門，既回車而增慟；漆園傲吏，猶鼓缶以興嗟。宜吾友龔子木民，有《錦瑟》之咏乎？

是篇也，爲其配張孺人作也。七葉金貂之族，三春柳絮之才。孌彼淑姬，歸於吉士。珠樹之花并蒂，紅綿之繭同功。九曲屏前，恒歌子夜；六時鏡裏，長對春山。聯吟惟翡翠香奩，寫韻則琉璃硯匣。當木民授室鄉園之日，即尊甫雲舫丈驅車邛阪之時。會蜀中訃至，木民方赴郡試，孺人衰絰發喪，極哀備禮。先是孺人以未逮事姑鄭太宜人爲憾。及繼姑段太孺人自蜀返時，則田乏十畝，家徒四壁。拔釵沽酒，拾橡堆盤。循陔采馨膳之蘭，入室植忘憂之草。處約如泰，欣欣如也。爾乃犢鼻晨興，牛衣宵對。懼修名之不立，念富貴之有時。俾木民因是以揚光飛文，發名成迹者，亦贊成之力，半出閨房焉。既而君向金門，妾居羅幙。長安日遠，北極天高。樓頭柳色，蛾眉之怨難開；門外苔痕，馬迹之塵盡滅。况乃青雲未遇，零雨不歸。綰一綬於風塵，轉孤蓬於南北。夢凌日觀，朝朝太岱之雲；淚入江潮，夜夜錢塘之月。遂使寶釵在首，金鳳徒傷。明鏡當窗，盤龍獨照。落春華之桃李，滴秋泪之芙蓉。蓬首三年，藁砧一曲。訊夫婿東方之騎，浪説歸期；占郎官列宿之文，虚懸天漢。加以珠胎易隕，蘭箭頻凋。庭吹少女之風，山化望夫之石。疢如疾首，憂能傷人。鸞去辭巢，龍飛落店。靡草無生之氣，焦桐必死之心。命薄秋雲，身先朝露。以戊子某月日歿，而木民尚滯歷下也。嗟乎！生者萬里，逝者九原。問娥女之瑶臺，竟迷仙路；授宓妃之金枕，尚似平生。割肉歲星，遽喪神君。宛若煉砂仙令，嗟無東海鮑姑。遲晝錦之還鄉，失宵衾之同夢。啜其泣矣，何嗟及矣。聞孺人綿惙之先一夕，告於姑曰：“若得見雪，兒其逝乎？”已而果然。是則空明本相，綺慧前因。簪白柰之花，定悲織女；染紅心之草，遂葬西施。舞向璇宫，莫挽風前裙縐；化爲泥爪，猶隨天末車輪。歿有所歸，理無足怪。閲一歲而木民始歸，翠帷珠幌，遺挂如故。沈水博山，紫烟不生。破鏡上天，轊車在室。慈姑屑涕，嬌女拊床。其爲腹悲，豈可言喻。因出途次所爲悼亡詩若干首，屬予序之。

夫子荆除服之作，有其語而無其哀；奉倩傷神之言，深於情而短於韻。兹則吮辛茹苦，落貌憯肌。感無偶於匏瓜，等此身於薤白。腸九迴而九斷，夜三起而三眠。哀麗無加，情文并至。固知愁河填就，難成烏鵲之橋；淚雨傾殘，即是鴛鴦之血。

鄧孝旃詩序

余嘗病作詩之失其端有四：寓旨不深，則淺陋而易窮；蓄義不宏，則迫狹而無度；抗音不振，則響墜而韻沈；樹骨不堅；則力撓而詞躓。風騷日遠，波靡相沿。將使建安之雄才，徒懸於往代；開寶之作者，不睹於來兹。自非疏亮不群、瑰奇特立者，即無能懸寶璐以屏燕石，奏朱絃而斥皇荂。

若吾友鄧子孝旃之於詩，蓋可謂抗心拔俗，負異振奇者矣。鄧子負荆衡杞梓之材，搴屈宋芷蘭之秀。髫年風骨，即號石麟；弱冠才華，便吞白鳳。夜光剖璞，層峰生草木之輝；秋水含鋩，四照射芙蓉之采。落雕都督，奮絶技於詞場；射虎將軍，領雄師於文陣。既補博士，旋登拔萃。攬轡於鳳凰闕下，揮毫於鳷鵲宫前。方謂仙才方朔，終登金馬之門；年少王褒，獨冠白麟之對。已而報罷，仍客都中。君既才調飛揚，風流俊邁，一時金章朝彦，紫闥詞英，以及公車待詔之流，縫掖知名之士，莫不傾襟延譽，解帶寫誠。

于是壇坫掞張，敦盤畢會。天垂北極，高歌碣石之宫；雲麗西山，大集華陽之館。庾子山之初游河朔，遂令温魏懷慚；陸士衡之始入洛陽，頓使潘張减價。若乃金丸狎客，往往聯鑣；緑幘少年，時時并轡。彈箏挾瑟，頻游趙李之家；玳轂珠鞍，驟過金張之第。引被而覆鄂君，分桃而憐彌子。酒傾百榼，豈顧尚書之期；漏下九門，能緩金吾之鑰。亦復擘箋寫艷，裂素騁妍。芍藥題篇，櫻桃製曲。披秀於南朝宫體，雕華於北地燕支。既而命駕言旋，驅車徑去。友古人於一室，抗遠志於千秋。

嘯咏章華之臺，憑吊湘東之苑。拾明珠於湘浦，采香草於汀洲。山川以助其激昂，今昔以攄其悲喜。故發之詩者，仗清剛之氣，體俊上之才。不以塗飾損其真，不以卑恭貶其格。矯矯乎若驊騮之試遠道，鷙鳥之企層雲也。

今將重入春明，計偕京兆，乃編次所作，屬予序之。行矣孝旃，振響雲間，抗鳴日下。耀燭龍之榑木，劇岡鳳於梧桐。下以崇軌正聲，上以和鳴盛世。鏗鍧炳焕，必有益進於今者。僕也，櫜鞬右屬，避舍曾甘；弩矢前驅，引喤願效。悵兹離析，逖矣音塵。黯黯關河，偕垂楊而挽游子；瀟瀟風雨，隨春草以怨王孫。慕聲子之班荊，效繞朝之贈策。勉崇令德，益布英聲。騁長楊奏賦之才，遥想子於鳳城深處；賦桂樹懷人之什，儻報我於雁帛來時。

中峰餞别圖序

竹嶼都轉之留楚治水也，星軺所過，雲畚咸興。鯨波順其朝宗，雁户返於衽席。剡章繼上，公望交推。而乃鐘鼓方陳，鶢鶋遠避；罻羅初設，鴻鵠高飛。抗疏請歸，抽簪遂去。

于是風流茂宰，磊落群英。維縶無從，駕言出祖。相與陳桂醴、會芳筵於城東之中峰。時則積雪照林，寒烟隱岫。曉角鳴而汀鴻起，夕笳奏而檣烏飛。臨水登山，楚客送歸之地；浮雲落日，河梁録别之辰。昔疏傅還鄉，會都門而悵别；通明高蹈，出神武而挂冠。事并缺於詩歌，迹未傳夫圖畫。兹則詞條互映，篇什載陳；粉本長留，丹青有作。所以揚芳軌、侈美談也。清尊一散，嘉會何年？世自需才，公非終隱。難攀彩鷁，共崇睇於青松白石之間；重起花驄，願傾心於廣漢長江之側。

歌笛湖樓圖序

鄂城歌笛湖者，林瀲空明，蒲荷尤盛。陳子雪樵僦居於是。一樓特敞，大可如舟。衆緑所歸，望之如海。雲霞輔態，魚鳥奏懷。餐勝栖冲，有足述者。

當夫蒲萄始漲，蘆荻方生，荇帶牽風，荷錢溜雨。嬌若碧玉，微露翠鈿。青蓋籠雲，紅衣出水。魚游唼影，鴛夢留香。粲若江妻，徐捐雜佩。殘暑已退，西風動波。烟柳凉蟬，荒葭瘦蟹。則雲林畫本，水墨無多。驚飆激弩，白雨跳珠。蓮女回舟，菱童弭楫。則海岳新圖，雲烟高變。至乃朝霞被渚，初旭上軒。林翠交環，合之以菱芡；露香欲没，襲之以蘅蘭。既似絳闕海東，往來浮動；迢乎明河耿夕，素月流天。凉雲曳綃，澹不可翦。澄波合鏡，潔若新磨。又似銀臺空際，徜恍仙靈。陳子於是拓綺疏，倚碧檻，鑪香炷，茗碗陳。清濁之尊，設以侑賓；紅黄之果，取爲飣座。嬉晨陶夕，銷夏延秋，皆於兹樓得之。夫溺貂冕者，蒙聲利之譏；癖林泉者，蹈沈冥之誚。若兹之迹鄰闤市，想寄江湖，儻所謂通介相成，出處兩適者乎？

陳子既樂兹樓，圖以徵咏，屬予序之。余以羈棲塵網，羞鑑烟波。每朗月清風，輒從陳子游。雖疏簾清簟，小住爲佳。而蕙帶荷衣，此情長負。抽翰命篇，憮然而已。

王竹嶼都轉黄河歸棹圖序

竹嶼都轉，系出名家，材爲時棟。題輿贊治，越中高展驥之才；露冕頒春，碭郡表畫熊之軾。璽書榮問，黄次公特寵高車；簡命親承，張文紀遂持綉斧。進拜河北觀察，壤接漳洹之會，地當河沁之交。遂乃竹石親揵，薪茭畢具。操水維而不弛，奠息壤以無傾。玉節載臨，金堤底績。王尊立水，洪濤悉變安流；樊惠穿渠，斥鹵盡成甘壤。用使怒鯨徙舍，三秋高瓠子之宫；耕犢連村，千里鬱桑麻之色。

已而花開旌節，攬轡方行；芝秀岩阿，褰裳遂往。車前霖雨，擁白鹿以隨輪；夢裏雲山，報青春之折簡。布帆安穩，迢迢建業之城；尊酒踟躕，落落太行之山。則《黄河歸棹圖》所爲作也。既乃東山再起，北闕重徵。廊廟訏謨，進賈生於前席；東南財賦，假劉晏以持籌。召對後，即遣視兩淮鹺政，策管牢盆，弊嚴利孔。民稱其便，商杜其奸。抑配咸除，平準佐水衡之賦；羨餘不尚，江淮罷月進之錢。未竟厥施，左遷而去。頃者江漢爲灾，沮洳迭患。淪編氓於雁户，化赤子爲魚頭。浩浩洪流，誰挽水犀之弩；湯湯楚澤，疑驅白馬之濤。時則制府宫保盧公、中丞楊公，念切恫瘝，憂深飢溺。爰資借箸，用建宣房。以公能抒賈讓之籌，久熟桑欽之注。疏請予朝，俾留南國。至則忠勤以竭慮，明斷以圖功，虚谷以廣諏，飲冰以自勵。棧車行縣，馳驅無墨突之黔；鼛鼓鳩工，徒役罕澤門之謗。事竣，諸公復交章論薦，公則遐心永矢，退志彌堅。賦匏葉之章，戀蒓羹之味。抽簪謝疾，抗疏還山。於是重展舊圖，復徵新咏。憶往日觀河之面，證此時止水之心。議者謂公身本津梁，才同柱石。爲九重所嚮用，實四海所翹瞻。方當翊贊昌期，彌綸元化。譬若乘舟伊尹，遥經日月之旁；泛海張騫，遠過牛女之次。

且夫八年疏鑿，大禹所以灑沈澹菑也；四國旬宣，召公所以承流布化也。藴治安之略者，輕岩穴之虚名；負開濟之才者，薄邱園之介節。今乃雲雷待布，泉石長懷。以江左之夷吾，作山中之宏景。天邊卿月，尚臨驄馬前旌；江上客星，竟戀沙鷗舊社。迴帆鼓好，招隱詞成。或者違利濟之遠懷，乖道援之夙志乎？不知公早寄國楨，豈甘石隱？時當利涉，則奮若雷聲；道在息機，則寂然淵嘿。惟行藏之有主，故舒卷以無心。昔者疏傅言歸，祖帳西都之郭；温公乞外，退營東雒之居。彼皆遭遇良時，允懷高蹈，公之此志，其揆一也。

况乎謝安名重，望繫蒼生；韋孟身歸，夢争王室。異日鶴書赴隴，鵬翼排閶。捧日心殷，方作黑頭公輔；格天勛就，重尋白社風流。豈比夫東海之徒，甘心避世；南山之侶，溺意梯榮者哉！僕屈蠖無奇，雕龍自愧，久欽才望，適辱引喤。惜何武之不留，悵寇恂之難借。鄂王城下，柔艣初鳴；蔣帝祠前，輕帆欲卸。朝宗萬里，想江湖戀闕之心；砥柱中流，正舟楫需才之會。風波唱定，蹔容弭楫於山中；綸綍旁求，更送乘槎於天上。

李孝子達三先生壽序

世有企影金仙，希心瓊笈。梯層雲以餐白石，遁絶壑而飯青精。西掇蓮花，侈靈根之十丈；東探瑶草，輕弱水之三千。謂可袂挹浮邱，手招若士。含北斗而作天語，指青松而論長年。不知天公有易老之時，談飛升皆迂怪；元氣乃不磨之物，舍忠孝無神仙。何則？培杶栝者，起於初荄；學昆侖者，基於絫土。蓋必内有抱樸含龢之嬂，而後外有延齡却老之符。瓊芝茁於情田，丹竈煉於性府。以此知人間之曾閔，即地上之彭佺矣。

今乃於達三先生而益信之。先生幼篤天倫，長能潔養。謹雞鳴之節，善體形聲；感鴇羽之詩，我藝稷黍。蒸蒸乎有循陔之樂，負米之勞焉。顧其尤難者，則所傳雪夜謁大雲山禱疾一事爲絶奇。當尊甫某公之遘疾也，先生立侍衾裯，不脱冠帶。勺漿曉奉，藥鼎宵温。既而疾益彌留，神先疲薾。巫乏天上之術，醫無續命之湯。先生則腸轉如輪，淚枯有血。哀甚飛龍之出骨，酷同彈雀之受焊。已乃矍然起曰："世豈無神靈能福危起死者乎？"會有言大雲山祠特靈異者，遂草笠蒙頭，麻鞋首路，當揮泪出門之際，陳以身請代之詞。走百二十里，而抵大雲山麓。大雲者，巴陵諸峰之雄出者也。虧蔽千里，压㢖萬重。匿景拒曦，烏兔韜其馳突；磨牙吮血，夔魈長其子孫。往往游屐告疲，樵梯愁滑焉。

先生之甫至山麓也，時則風欲蹴山，簸出天外；暝疑吞地，幽行壙中。積雪峰腰，龍玉色以蜕甲；縣冰洞口，虎呀然其捋鬚。徑圍之松，倒卧若槁；盈丈之澗，伏流無聲。猿狖負飢，甘嚙毛而不出；貙羆顧乳，時抱子而相嘘。微白所凝，目見數寸；一顛莫測，趾垂二分。先生方若竄獐之失林，急鹿之走險。雖委軀於豺徑，已輕命於鴻毛。顧徐見隱隱，皆有人迹。遂力疾踐之，而登及巔。則梵磬在林，天雞破曉。道士啓扉，駴客所來。詢辨人迹，乃始驚拜。能動精靈，風伯且聞而奪魄；争窺面目，山神亦願作先驅。禱畢趨歸，急視親病，霍然已起。此則甘菊之泉，匪仙而可飲；孝林之笋，不春而亦抽。前後爲尊公祈疾者九，爲太孺人祈疾九宫山者二，皆得奇驗。時先生年三十尚無子，或導之兼以祈子。先生改容謝曰：“倉皇中，惟知急親耳。”他人或有驚其靈異，盛相流播者。先生輒蹙然曰：“親之福也，神之庇也。某爲人子，忍以此竊名哉！”

迨至抱松楸之永悼，兩親已閲修齡；薦魚韭之遥忱，晚歲不忘孺慕。古之純孝，其庶幾乎？若乃温公爲兄噓背，何武願弟成名。椸無常主之衣，室有同功之火。迎風棣蕚，合跗更芳；向日荆花，連枝逾秀。友于之間，復何間然。他若盟心然諾，重若嵩邱；脱手錢刀，輕於秋葉。困粟待客，而突有停炊；綈袍贈人，而室留質券。邑明府張春溪者，下車未三月，有賢聲，卒於掾舍，八口窶甚。先生首束芻詣之。立遺社而念欒公，未忘尸祝；携炙雞而效徐穉，不顯姓名。宏彼高風，夐乎尚已。論者惜先生未事簡編，竟淪韋布。姓氏不逾里閈，聲華稍謝蜚騰。使其縮朝簪，腰紫綬，必峙堅貞之節，颺鯁亮之風。榮路未階，此之遺憾。不知至性過人，不在聖賢之感發也。匹夫慕義，不必芾舄之雍容也。先生辮亮鞶貞，握瑜懷瑾。歌咏傳乎婦孺，肫誠格乎鬼神。彼高車大蓋之倫，鳴玉鏘金之子。寵榮藉甚，而淳孅寂然。其聞先生之風，有不低首降心，騂顔汗下者哉！德配某孺人，柔嘉表度，淑慎修儀，共饁龐耕，同操萊畚，可謂嘉賓相敬，偕隱仙如者已。美意延年，修德獲報。以某月日并開七秩。鶴鬢相看，微留古雪；鹿車小憇，并卜祥雲。愛日凝輝，指塵居爲洞府；白華馨膳，有才子是詩人。樂可言乎！樂可言乎！

僕與郎君心海茂才，以同聲之慕，訂握手之緣。因覿元方，始悉太邱之德量；獲交仲郢，即知公綽之門風。隅坐所聆，管窺靡盡。適承兹請，屬作弁言。因念畸人負兹瑰行，倘遇衙官，屈宋譜入風騷；或逢吏部，斗山編之史傳。必使擘窠之字，争突兀於嵩衡；血性之倫，得礦砭於肌骨。僕也何人，生乎并世。惟有編爲雜佩，擷衆芳而羅湘澤之蘭；斫取青光，書萬本而罄君山之竹。

蝶仙閣女弟子詩選序

昔者韋母傳經，集儒林於紗幔；惠班纂訓，遍師事於宫闈。雖播徽音，未傳風雅。亦有袁家大捨，裁椒掖之群篇；左氏貴嬪，代芝庭之衆製。而淵源弗著，陶淑無聞。從未見咏絮才媛，度金鍼於綉譜；簪花高弟，羅玉笋於脂田。如蝶仙閣女弟子詩選之盛者也。

蝶仙閣者，戴梅生夫人之所居也。門風赫奕，逾漢代之平津；夫婿才華，得江東之文度。清詞滿篋，但聞玳瑁爲函；麗製盈箱，唯取芙蓉作紙。調鉛殺粉，間及丹青。活色生香，尤工縑素。一時越中静女，吴下淑姬，景此芬華，懷兹慕嚮。莫不負墻而請業，斂衽而問奇。濟濟笄裾，盛於華陰之學舍；祁祁環珮，多於絳帳之生徒。鵠綾税稿，皆成黄絹新詞；鳳錦裁箋，盡是烏絲密字。爰乃綜其英麗，采彼篇章，計十有二人，都爲一卷。夫煒管登風，茗華紀淑。殷淳編婦人之集，常璩勒女士之書。璀璨俱陳，青藍靡自。兹則聚掃眉之才子，作載酒之門生。人奉瓣香，天生慧業。青鸞鏡底，咸躭香茗之吟；朱鳥窗前，群擅芳椒之頌。輝映則明珠翠羽，英華則秋菊春蘭。方當麗以金繩，書之鏤管。緗帙防塵，襲用蒲桃之錦；綈函辟蠹，薰宜都荔之香。十色裒裒，聯爲群玉。五光煜爚，貫若華星。傾石黛之千箱，豈足形兹秀色；瀉燕支之萬斛，無由絢此妍華。

僕遍覯瓊琚，幸披膏馥；猥當弁首，恐類捧心。擬拈貝葉以傳鈔，敢向玉臺而製序。足知選樓直上，如凌玉女之峰；意匠同工，直奪天孫之錦。

贈清凉生新納姬人序

迢迢蘭渚，騷人捐珮之鄉；渺渺蘅皋，神女貽珠之地。則有東平雋客，南國詞流。散古恨於烟花，銷壯懷於粉黛。廿年醉墨，狂題豆蔻之襟；萬里豪游，慣索玫瑰之笑。藉青娥之秀色，蕩元髮之憂端。爰有麗人，相逢楚澤。第三稱妹，挾瑟尤工；廿四名橋，吹簫最擅。泥絮墜風中之劫，瓊花移天上之根。瘦骨多秋，修眉善恨。爾乃芳筵一顧，密約三生。重昭諫之多才，托雲英之俊眼。北渚芙蓉，唯開并蒂；西陵松柏，只結同心。蓮漏短而眉語長，蘭膏殘而泪痕續。丁娘綺慧，不無索燭之詞；繁掾綢繆，大有贈環之什。然而妾憐翠袖，君嘆青衫。空思填羽之橋，未獲量珠之斛。相將流轉，漸更涼燠。朝飢掩户，但飲木蘭；秋雨連江，恒衣薜荔。何幸故人高義，上士舊游。助婚費於阮修，償聘錢於織女。前身香尉，號花月之總持；此日情天，屬氤氳之使者。一諾已堅岑鼎，五湖遂泛烟波。用使玉瀫文鴛，護春風於錦翼；珠樓海燕，穩香夢於紅襟。

于是白玉爲檣，明珠飾檝，唾華波浣，黛色山分。衣香起而燭花明，鬢影欹而帆葉緩。枝上之栖烏并起，灘頭之屬玉雙飛。碧杜烟清，錦楓霜澹。泝滄浪而竟返，指大別以云遥。畫舫將移，芳尊并餞。牽離情於錦纜，助新咏於玉臺。緩斟玉碗，好聆桃葉之雙聲；歸剔銀燈，細問蓮花之再世。生舊有所遇，姬貌適與之肖云。

熊仲放悼亡集序

《悼亡集》一帙，詩詞誄傳備焉。熊子仲放，哀其繼室黄孺人而作。向使熊子得綰珪簪，早偕黻佩，或詡畫眉於京兆，或誇割肉於細君。白玉堂前，雙栖盧女；碧油幢裏，并引沙哥。夫婿專城，艷秦樓之朝日；良人執戟，分漢殿之春風。但苦歡愉，難量貴盛。抑或犢鼻相從，牛衣對擁。負戴風塵之下，饁耕隴畝之間。鮑宣少君，共抗心於高蹈；田居灩室，并矢志於遐栖。亦足遂高柔愛玩之情，成儒仲隱居之節。

今熊子則垂頭峻阪，鎩羽高靈。書十上而不行，玉三獻而未剖。飛揚意氣，已逾年少終軍；偃蹇才名，竟作江東羅隱。幸逢佳儷，藉豁幽憂。得鴛社之替人，諧鹿車之雅志。且其識高機鏡，言助韋弦。鳳凰將彼九雛，鳲鳩均其七子。波濤撼地，助營谷口之居；烽火連天，相望鄜州之月。深憐代匱，稍獲安巢。豈謂淑姬，遽成永逝。石華廣袖，空餘唾碧之痕；錦字回文，長斷流黄之影。鐙熒孤穗，黯黯愁紅；草没荒邱，萋萋慘緑。時則口銜石闕，腸轉車輪。結同心而化作浮萍，種連理而變爲黄蘗。彌年積疢，非一丸之葯可消；終古離憂，豈數斗之醪能解。宜乎去日來日，惟將怪事書空；長歌短歌，但以淚痕洗面者矣。且夫化機冥漠，天道幽元。槿或榮朝，菌旋悴夕。日中天而易闕，波去壑而不還。欲覓奇香，聚窟之洲安在？空呼妙子，稠桑之術無聞。徒使紫玉成烟，明珠化泪。錦衾角枕，增恨人攬涕之哀；賸馥殘膏，助才子傷心之句。嗟乎！思者不可爲嘆息，悲者不可爲絫欷。落葉哀蟬，物無情而引泣；單絲獨繭，聲何故而召悽。是知忉怛積於中，遇酣歌皆愁緒也；鬱伊感其内，覩芳序若蕭晨也。

熊子于是叢辛并苦，綜怨攢憂。申之篇章，協以宫羽。茫茫碧落，但可鐫愁；浩浩滄溟，無由滌恨。斷雁殘螿之響，不待秋而先聞；離鸞别鶴之音，匪援軫而畢赴。已加詮次，遂屬引喤。僕也，曾抱腹悲，獨慚牙慧。既同病之相憐，亦沈憂之將老。惟是汍瀾申息，何益泉臺；惻愴終宵，難歸環珮。發情止義，無爲效奉倩之傷；説釋談元，自此去彦倫之累。請從破涕，以付達觀。

落葉哀蟬圖序

《落葉哀蟬圖》者，陳岱雲太史感悼亡而作也。空階若夢，暝色布地；蕭寺無人，秋色到門。驟驚雨而瀟瀟，俄乘風而嘒嘒。單栖露影，竟彫連理之柯；獨繭繅絲，暗下傷心之泪。啜其泣矣，傷如之何！夫使吁嗟婉孌，悼嘆妍華。低徊於翠減紅銷，怊悵於珠啼粉怨。奉倩傷神，詎辭憔悴；子荆除服，未輟幽憂。但爲兒女之仁，尚屬名賢之過。抑或牛衣感往，象服嗟今。曾黻佩之初華，遂泉臺之永閉。營齋營奠，元相以之遣悲；閲世閲川，安仁於焉攬泪。雖傷榮悴，未闡徽音；縱極纏綿，何關煒管？

兹則追懷奇行，綜攬遺芬。感其割臂之時，實有捐軀之義。閨房壯烈，忠過子推；帷帟精誠，勇逾丑父。桃得李而代僵，蘿施松而先槁。嶺猨之子，噭則斷腸；穴鳳之雛，啼而索乳。縱横刀尺，散亂巾箱。卜彼殯宫，栖於梵宇。衾寒蛺蝶，瓦墜鴛鴦。紅錦千絲，將愁共抽；樺燭一寸，與泪相續。等瓠瓜之無匹，感桐樹之多孤。此即麗景芳韶，邃麗華屋；必且恨人獨賦，秋士同悲。而況助之以蕭辰，厲之以哀響。飄零委地，悉紅凋緑慘之容；斷續吟風，盡柱裂絃危之恨。女嬋媛兮太息，魂恍忽兮有亡。能不歆泣茹酸，摧肌落貌者哉！緗素有托，咏歌是徵，所以厚彝倫，哀窈窕也。

嗟乎！蕣年易實，桂魄多虧。玉往往而成烟，珠時時而化泪。流風回雪，洛川之神女安歸；暮雨朝雲，荆峽之瑶姬不返。繇來靈淑，每怨仳離。且夫蕩蕩靈修，茫茫真宰，群生匹配，萬態榮枯。彼何盛於朝華，此何凋於夕秀。有金堂而栖燕，或玉鏡而離鸞。空問筵篿，難齊松菌。所賴哲人觀化，智士委心。譬解脱於空花，釋憂煎於遺蜕。予美亡此，休爲錦瑟之悲；浮生幾何，請效鼓盆之達。

釋喻筏詩序

彌天四海，始導窺於語言；日暮碧雲，遂緣情於綺慧。隋唐以降，緇素多才。争工聲律，極意篇章。往往詞人韻流，改顔諷嘆。豈不以返觀圓妙之中，獨拔業塵之上。團蕉十斛，花水一盂。磬聲斷而白雲流，鐘杵飛而林月墮。烟霞獨浪，山水方滋，故能雋旨獨標，天機自暢哉！

今時浮屠師有喻筏者，栖神簡寂，澄照虚冥。貝葉曇花，文多禪喜；月華露采，詩雜仙心。所居江夏頭陀寺者，釋慧宗之遺營，王簡栖之麗製在焉。黄鶴距其側，大别臨其前。廣漢長江，襟吴帶蜀。當夫川霞紅射，山雨緑飛。朗月清風，雪朝霜旦。或滅没如蜃市，或空明如鮫綃；或貝闕龍堂，考鐘伐鼓；或江婓川妾，曳珮明璫。或穹龜巨魚，噴薄銀濤之内；或文鷖鮮鷺，浮游錦浪之中。遂乃勝情畢赴，靈緒適臻。淘思於石翠林霏，鍊骨於金膏水碧。逌然密咏，則花雨來天；率爾高歌，則潮音動地。

又嘗棹舟樊口，首路西山。吊避暑之宫，憇寒溪之寺。笠共鳥飛，筇如猨捷。但見雲入亂松，不風亦濤；月篩萬竹，化烟爲水。南湖瀉地，狀葡萄之初醅；廬阜隱天，似芙蓉之可采。臨崖得句，搴葉争媚；據石成吟，鏗泉比寒。已乃渡臨皋，践赤壁，笑老瞞之安在，悼玉局之不還。亦復踏蘚尋秋，攀蘿企古。崖斷而鶻巢不墜，天空而縞鶴仍歸。凡若斯者，吞吐蒼茫，搜窮靈異，寄情獨遠，入興皆閒。故其詩窅而深潔而逸，無靡音無薾格；翛然琅然，爲可貴也。顧或謂師，既持禪律，當證涅槃。綺語華言，將勿墮落。不知妙蓮根浄，自得聰明；寶樹花開，非無智慧。假風旛爲詞家之棒喝，借香象爲韻語之津梁。以禪喻詩，奚不可者。或又謂師，泛咏皋壤，羌無故實；雕繪烟雲，何與人事？不知情寄迹外，則事謝域中；梵唄之餘，牽率藻翰。佳山好水，唯意所之；早雁新鶯，有來斯應。若責以感諷，律以宫商，是欲植叢榛於祇林，亂魔舞於天樂也。

今喻筏已擷其詩之尤者付諸梓。復屬序於予，故爲論次之。所願智光益淬，精進彌高。香火龕中，獨開詩社；風騷國裡，自闢靈山。則傳之其人，定鑄長江之佛；班之我法，亦参摩詰之禪。

卷五十　駢體文

唐母王恭人墓志銘

恭人姓王氏，貴州綏陽縣人。四川眉州州判某某公之女，而吾友唐子方太守之配也。蘭儀啓秀，蕙度凝芬。鞶帨光於琁閣，衿纓穆於瓊閨。及乎桃迓于歸，梅迎迨吉。月滿珠江之路，花明玉鏡之臺。絺綌程功，是秉夫人之教；蘋蘩襄職，彌昭季女之齋。若乃總縱修容，旨甘馨膳。怡聲以將愛，愉色以表忱。姑王太恭人嘗患沈疴，已隣綿惙。恭人潛刲臂肉，冀療姑疾。雖朝露終晞，慈雲竟散。而挽魯陽之景，猶駐餘暉；涌孝井之波，足通元感。姑没越數年，而舅姑終隨。子方奉柩歸黔，哭泣之戚，葬祭之儀，黽勉佐之，罔不中禮。

厥後子方遠預計偕，恭人留庀家政。糾紛咸理，未嘗言勞。已而凫舄來臨，魚軒并莅，所至天門、監利、江夏諸邑，貴而能勤，寬而有度，善相夫子，清節流聞。尤著者監利時事也。風濤奄至，堤岸將頹，難謀布地之金，空煉補天之石。恭人急拔簪珥、質衣襦，資之捍禦，堤卒以完。先是子方撫流離，具餅餌，老則贍，弱則哺，病者予藥，殍者予槥，恭人皆助之施，略無吝色。冬不御纊，恒怡然也。

子方嘗疾甚，恭人譬之曰："君德濟黎元，厥功甚巨，天道福善，宜無足患。"子方尋亦愈。嗟乎！巾櫛而念公家，帟帷而憂民困；履窮約而彌恬，值屯艱而不懼。臺高巴婦，城壯夫人。嘉海上之微禽，尚思銜石；笑河間之姹女，唯解數錢。此則氣作金堤，心壯於射潮之弩；春回寒谷，功深於續命之田者矣。金膏涸瀝，瑶草凋年，象服塵生，鮫綃珠冷。以癸巳八月某日，卒於江夏官廨，春秋若干。子四：焯、炳、煒、炯。女一。某年月日歸葬貴陽，祔於先姑之隴，禮也。子方悼淑儷之云亡，恐遺徽之有沫，屬余銘之，以表幽宮。嗚呼！翠琬鎸詞，并騰芳於竹冊；青珉紀淑，長流馥於松塗。銘曰：

柔順利貞，是云婦職。懿此賢媛，芳聲獨溢。孝於慈姑，以哀籲天。泪爲菊水，心是芝田。翼厥夫子，洪流克奠。岸少鳴鼉，澤無飢雁。如何不吊，翟茀沈輝。碧城鶴去，紫府鸞歸。惠問宣昭，徽音不已。圖棻禮宗，譽流彤史。邱原鬱鬱，松檟蕭蕭。茗華可泐，芬烈無彫。

蔡季舉妻陳孺人墓志銘

幽篁紺泪，湘中殞帝子之靈；碧草紅心，天上葬西施之日。猿三聲而斷絶，雀五里而裴裒。緘楚惻之衷情，難鎸碧落；怨芳華之年命，空散玻瓈。宜吾友蔡君季舉，自其配陳孺人之没，而腸轉車輪，口銜石闕也乎？

孺人，郡江陵人也，諱某字某，其父某。啓玉度於茗華，發綺情於柳絮。于歸吉士，惟我中郎。女兒織黄竹之箱，才子擅青琳之筆。丹心寸意，一氣雙烟。信伉儷之如仙，恐姮娥之猶妒。已乃重湖雙槳，同看君山，黑塞青楓，偕趨子舍。湘花如靨，江草如裙。七澤烟鬟，旁羅鏡檻。九疑春黛，日對妝樓。每至簾蒜風柔，窗紗雲艷。斗帳香囊之側，脂田粉碓之間。曲有同心，影無獨笑。郎修眉史，妾撰針神。或分題貝葉之箋，或互押同心之印。然而温惠唯歸淑慎，燕私不介儀容。守禮揚詩，肅如端士，其天性然也。若夫鳴機當户，破鏡上天。千迴錦上之文，四角盤中之曲。紅豆本生南國，伯勞無奈東飛。楊柳成絲，望裏可憐之色；蘼蕪如夢，愁中不盡之山。

何况溪雨鳴晨，塞陰沈夕，蘆笙嗷其月苦，銅鼓殷其風悲。雖復明鏡鑒形，寶釵耀首，亦何心於膏沐，只吊影於房櫳。此恨纏綿，直待春蠶絲盡；爲郎憔悴，甘隨紫玉烟飛。重以檜楫寫憂，葦杭企遠。疏諸姑伯姊之訊，隔爺娘唤女之聲。莫不醒枕攢悲，秋衾擁怨。鵑一聲而一泪，桐半死而半生。澧浦芝焚，湘波月墜。靈歸河漢，應簪白奈之花；雨哭清明，永謝紅梨之夢。以乙酉三月某日卒於乾州官舍，春秋二十有二。

逮季舉失意西風，重歸南塞，則遺挂在壁，長簟竟床。金鏤瓊蕤，爛其盈笥；珠簾綺幌，栖以游塵。黑月啼猩，青林墮鵩。題素旌之三尺，卧秋草之一棺。已斷塵緣，猶驚噩夢。又以麻衣銜恤，朔雪携家，啓殯而行，歸於其室。黄門哀逝，奉倩傷神。出狀授余，俾志元石。嗟乎！風風雨雨，長留不洗之鉛華；世世生生，仍結有情之眷屬。以某月日葬某原。子一人，忠滋，余婿也。銘曰：

媞媞淑姬，瑶情綺慧。穆羽雙栖，芳蘭并蒂。言偕夫子，遵彼南荒。湘雲擁髻，楚芰縫裳。妾意兔絲，君情磐石。如響酬聲，在髮爲澤。云何仳别？空眷芳華。南園緑草，北渚蘋花。羅袂我單，錦帆子遠。玉筯汍瀾，香桃瘦損。珠沈浦怨，椒隕林愁。哀蟬落葉，病燕空樓。靈璅雲遥，元堂霧掩。今日土花，昔時金粉。皇媧合永，一去千年。誰鎸星石，煉此情天。

鄧母鄭孺人墓志銘

孺人，姓鄭氏，郡江陵人也。考鶴年，均州學正。孺人蚤標玉映，夙扇蘭芬。秉柔嘉之内則，履淑慎之閨儀。年某某，適同邑鄧公某。麗夭桃之九華，締女蘿之千尺。寶釵金碗，互有倡酬；黄卷烏絲，交相組織。其事姑某，孺人婉容愉色，下氣柔聲。折孝笋以餐晨，潔白華而膳夕。服勞奉養，至於親歿。逮乎采蘋展敬，薦韭銜忱，必躬必親，未少懈焉。孺人身席豐饒，性勤操作。箔瞻三起，蠶月繅絲；機列九張，蟲秋秉杼。魯敬姜之著論，懼有佚心；桓少君之易妝，略無貴習。原其遠識，有足多已。

某某公每遇空乏，輒樂拯援。孺人必力與贊成，助其推解。宗黨待而舉火，里閭仰其指囷。鄰無葛帔之寒，邑罕黔婁之餓。金錢乍擲，而萬夫之雲鍤同聲；釵釧甫捐，而千丈之虹梁立就。以視河間姹女，但解數錢；西蜀王孫，惟知積鏹。若孺人者，固宜旌延鄉之號，而蒙石窌之稱者矣。若乃慈訓所成，賢明足尚。授范滂之傳，輒爲解顔；窺陶侃之賓，不辭截髮。遂使儀廙鷹揚於文翰，機雲鳳舉於詞章者，皆孺人力也。芝謝瓊田，鶴歸瑶島。功德水竭，靈壽木傾。

以道光某年月日卒，春秋某十有某。子二人：長承宗，道光乙酉科拔貢，侯選州倅；次承綬，邑庠生，候選布政司理問。孫男女幾人。以某年月日葬某原。承宗等恐陵谷就湮，芳徽或沫，請余志石以紀元堂。嗚呼，煒管揚輝，長奉禮宗之畫；翠珉表淑，并高巴婦之臺。乃作銘曰：

懿維令範，素嫻麗則。爰自作嬪，終温且克。三春蘐茂，雙跗花榮。藻蘋馨潔，璜瑀和鳴。職思其居，未遑安處。織素霜濃，流黄月午。采善若菽，周急尤勤。仁漿義粟，膏露慈雲。聿著徽言，載宣慈訓。淵躍二龍，塗馳雙駿。金膏已涸，瑶術俄枯。風寒陶薦，春謝潘輿。柏隧松阡，此焉永吉。播淑流芳，苕華靡沕。

馮孝女墓志銘

女姓馮，廣東高要縣人。以孝聞，且未字，故稱孝女云。祖某。父某。瑜珥凝華，璿璜綜粹。青蓮九品，净智爲根；紅蕙三春，幽芳表性。齔齒而耽圖訓，髫年而飭容功。煒管前徽，親登於鉛槧；苕華曩淑，不去夫縚繩。

少侍大父宧楚，恒奇愛焉。母某太孺人病，女獨勤侍奉，至輟寢興。誠竭於中，憂形於色。積半歲，疾益篤。芝田難覓，菊人無靈。涕泣禱神，請以身代。揮刀剸腕，厲刃劙肱。蓮鍔凝紅，蘭襟漬紫。冒剥膚之痛，代續命之湯。猿嗷斷腸，龍飛出骨。裂肌納鼎，和藥盈甌。家人偵知，則戒勿道。亡何，母疾終不起。女雞斯擗摽，鵑淚淋浪。痛欲無生，哀今誰恃？提携弟妹，恩紀綢繆。零雜米鹽，勾稽嚴整。年十七，侍父返鄉里。得疾，持誦《法華經懺》，越二載，以瘵卒。春秋二十有二。時道光十九年七月二十一日也。貝葉風凋，瑶芝霜悴，悟兹露電，散此河沙。以其年九月葬廣州東門外麻栗坑之某原。其弟翰林庶吉士，譽驤哀之。恐夫柏隧多湮，松塗易改也，屬予爲銘。嗟乎！青瑶紀淑，長標屈姊之塋；黄絹題辭，不替曹娥之碣。銘曰：

孝爲順德，女士蹈之。緘此精誠，皇穹照之。昔侍母疾，潛禱神靈。刲肌和藥，冀延母齡。孝井徒枯，慈雲不駐。蘐背長凄，棘心永慕。思酬罔極，爰禮釋迦。離塵智果，住世曇花。寂寂崇岡，幽阡是托。秋草迷離，春棠開落。揆兹粹行，彤史宜標。千齡萬代，翠琬無凋。

卷五十一　詞

望湘人秋烟

怪烟痕一樣，傍得秋來，絲絲如畫愁意。橘柚人家，薜蘿山磵，做出一天寒翠。雁外拖青，鷗邊繚白，似籠綃綺。蓦漁榔、響出蘆花，一霎蕩成空水。　　試看平原千里，但摇凉織暝，蒼茫無際。問西風鎖碧，陵闕是何年世？半空更被、皂雕捲上，白草黄花戍壘。逐千營、獵火騰山，散入塞門燒紫。

瑣窗寒秋陰

密密濛濛，沈沈黯黯，若烟若霧。無邊秋味，那更釀來如許。帶蒼茫、驚雁盤鴉，和天縮入灣頭樹。只蘆花纅雪，沿灘點破，荒波暗處。

薄暮，空延佇。有樵笠漁篷，歸來恐悮。哀梧毶柳，塞了斜陽來路。莽西風、只會吹愁，更無氣力吹雲去。怕遮空、要下瀟瀟，又不成疏雨。

雨霖鈴秋雨

砌成嗚咽，雁兒訴了，蛩又來説。黄昏淅瀝將住，西風不肯，便教休歇。今夜酒樓笙院，也有些凄切。何况是、繫纜江湖，瀟瀟聽打葦花折。　　雲屏情事經年别，料個人、鉛泪傾難竭。夢兒早是澆碎，禁不得、滿階騷屑。怕惹凉聲，擬把窗前繁枝刪絶。又無奈、身是梧桐，心是芭蕉葉。

高陽臺秋雲

風捲如羅，天低似墨，芙蓉峰勢都平。閣暝催寒，商量不定陰晴。空濛暗冱蘆花渚，怕黄昏、吹雨冥冥。驀遥帆，一線斜陽，閃得偏明。

空山落木嶙峋露，恰擁來絮帽，替補空青。錦字愁遮，高樓何限遥情。無端隴首飛揚疾，惹征人、邊將泪俱零。蕩窮陰，趁迴風陷日，臺上呼鷹。

聲聲慢秋聲

誰司秋氣，爾欲言愁，乘雲當訴瑶闕。却倩蛩吟雁諷，零星凄咽。此聲聽老天地，續憂端、古今相閲。歕潮底，怕萬年、鰲背也堆晴雪。

忽似羈吟婦嘆，忽將軍、出塞彎弧鳴鐵，瑟瑟刁刁，容易心頭兜接。燈前忽猜涼雨，正金井、亂飄桐葉。捲疏簾，恰還有、四更星月。

如此江山秋色

西來一氣何迴薄，茫茫玄陰凝結。雲物蒼涼，河山清肅，動地風生時節。平原空闊。莽一望烟中，五陵愁絶。何代離宫，麒麟卧雨蝕秋鬉。

丹黄紛紛老木，只飄零冷艷，點裝天末。日薄無光，沙飛有力，黯淡窮邊殘堞。雕驚欲没。正獵火燒空，雄心蕩决。佐我狂歌，黄獐三斗血。

水龍吟秋水

百川齊灌秋河，浮天欲浸鼉梁斷。中流却是，迴瀾不起，空明如練。碧漢疏星，雲樓天鏡，合來難翦。待鮫宫月涌，乘潮胥口，看百萬，水犀戰。　　花草年時都換，又汀洲秋香吹遍。采菱人到，珠鈿紺袖，一川霞爛。別有傷情，錦帆去後，魚書難盼。怕西風吹水，鴛鴦夢醒，落芙蓉片。

燕山亭秋山

近日青山，也學吟身，要與秋心争瘦。或折而逋，或刻而妍，或聳而危而透。荒蘚修蘿，越描出澹蛾寒秀。轡騍。正拾果山猨，穿林來又。　　夢想一髮家山，怕菊怨松嘲，移文已就。呼群鴻雁，繞徑茱萸，西風還到重九。准約歸期，撲面目緇塵三斗。招手，問紅葉樵兄認否？

拜星月慢秋閨

蛩曳哀機，雁題恨字，剛是綉絨抛罷。翠被凉生，又懶熏蘭麝。屏山側，徐步珊珊羅襪，轉過風廊月榭。悄立深深，放水精簾下。　　一年年、羞見天孫嫁。鉛波溢、搵透鮫綃帕。擔負枕烏啼，與紋窗螢夜。便長門、能買歡娛價。總空買、紅粉傷心話。算有得、幾許芳時，桂華開又謝。

八聲甘州秋塞

閃旌旗飛影逼盤雕，笳角壯高秋。望雲黄沙白，無多紅樹，隱隱邊樓。飛令流星點騎，曠野萬貔貅。齊上祈連獵，火照山頭。　　六郡良家健少，都玉關老矣，幾個封侯？驀箭瘢吹裂，風急捲兜鍪。渺沈沈、寒衣消息，且蒲桃、五斗醉凉州。磨刀路、怪洮河出塞，還向西流。

長亭怨慢秋柳

亂蟬咽、西風驟矣。猶把絲絲，搖黄弄翠。敗驛荒橋，餘音兀自送征騎。鶯嬌燕婉，莫問年時穠麗。只涼月梢頭，肯來照、栖鴉流水。　往事。有玉娥俊眼，曾與柔青相似。紫騮嘶後，嘆樹也、可憐憔悴。頻囑咐、露葉霜條，切莫傍、翠樓飛墜。怕夢醒烏啼，又惹玉腰纖細。

前調秋草

離離滿目秋原草。碧意紅心，抽殘不少。墜履遺簪，清明記遇鈿車到。王孫一去，捲地翠茵如掃。又吹笛離亭，蕩寒碧、西風殘照。　憑吊。嘆露壓霜枯，都是古傷心道。廢寢離宫，還只怕、和天也老。炙狐免、雜坐行杯，且快意、馬蹄鷹爪。剗不盡愁痕，擲付邊營縱燒。

一萼紅秋花

壓闌干，也澹紅香白，塗抹比春妍。夢謝鸎捎，影辭鸎掠，空餘抱葉哀蟬。立盡了、疏烟涼月，嘆芳華、晼晚誤嬋娟。掩涕宫姬，玉階俏影，疑有無間。　休論芳罇錦幄，便斜陽瘦蝶，尋見都難。除是秋閨，惜芳心事，捲簾同耐清寒。不忍拗、斜枝簪取，祝霜前、長作女兒顔。還怕秋痕易褪，描上生紈。

霜葉飛秋葉

黄飄丹舞認伊是，南北東西行旅。單栖夜半亂啼烏，誤驚風驟雨。有高士、抱琴扃户。打窗鴨脚何曾住？待拋卷開門，訝剥啄、誰來却又，踏月歸去。　即看摇落紛紛，危柯猶戀，風裏回頭如顧。蒼山樵徑有吾廬，擬歸眠衡宇。任堆過、闌干深處。石針滌得添薪煮。拚着空庭移榻，冷諷相酬，滿林秋語。

滿江紅蘆花

密絮濛濛，也不辨、江南江北。其中有、傷心窮士，呼之欲出。素手絃翻商婦老，青衫酒醒才人泣。正滿船、摇月復梢風，江心白。

捲岸也，寒潮立；罨根也，鳴沙急。想銜枝雁下，灘昏雨黑。十幅歸帆憐我滯，一簪華髮如伊逼。讓老漁、秋雪舞蓑衣，横吹笛。

前調蓼花

水國繁華，誰種出，碎珊瑚樹。還多謝、斜陽染水，赬霞渲浦。組織似爭雲漢錦，燕支欲賽江南女。紫鴛鴦、歸也認芙蓉，徐飛去。

縈釣艇，蕭蕭舞；雜蟹火，星星露。最撩人秋怨，水窗梢雨。密穗離披難佐粟，芳心瑣碎應忘苦。憶嬌啼、臨别灑紅水，穿成縷。

邁陂塘菱

綴香繩垂垂瓔珞，柔莖界住流水。搴來藕葉蒓絲外，也佐湖秋税。涼月底，更澹白、幽花圓揭冰奩倚。波摇風起，笑誰颭羅裙，纖趺削玉，褪出半鈎紫。　　鴛鴦舞，知有横塘姊妹。清唱飄來烟際。滿堆涼雪青瓷貯，競擘胭脂痕碎。觸纖指，愛叠股、雙鈎牽挽如人意。中流語細，有慣結房空，生來心苦，莫去采蓮子。

淒涼犯秋荷

湘妃一夜，淩波返、闌珊翠帔無數。涉江騷客，配伊奇服，搴來堪補。留仙且住，莫裙綯、漢宮吹去。儘伴着、水亭涼雨。燈暈共商句。　傾蓋芳華晚，錦鴛香夢，倩誰遮護。露盤鉛水，怕釀作、霜華濃聚。溪娃嬌小，倘恁時、蕩來烟艫。惹清歌、無限凄怨流年度。

疏影秋桐

心孤易感，看撲簷一葉，金飆來矣。細乳濃春，送過韶華，早又烟凋露悴。繁枝漸看涼陰減，恰漏出、惺忪月子。放金波、潑入間庭，漾作銀河淺水。　今夜美人羅袖，玉闌干靠遍，冷清清地。雨也無情，霜也無情，生把緗雲翦碎。蕭蕭聽在銀牀撲，又攙入、轆轤聲裏。没心情，恰向瑶窗，題盡行行怨字。

前調秋蕉

緑天陰裏，記炎雲卓午，秋情已透。葉底黏螢，根下吟蛩，屈指西風禁受。愁心最苦抽難盡，不提防、涼雲捲驟。尚離披、搭過闌干，低映那人翠袖。　拂拭留題新句，便彈文緑竹，不須製就。催到霜華，破碎難支，怕也垂頭如帚。窗兒不合依他住，有深叢、恰侵簷溜。約愁中、伴侶都來，細雨翦鐙時候。

一萼紅秋海棠

殢人嬌。是斷腸再世，活現影苗條。葉也疑花，楣雄勝怨，風前怯怯籠綃。有月子、迷濛如雪，助秋娘、啼眼可憐宵。潑作胭脂，多生情淚，透骨難消。　更比玉環羞怯，也薄酣卯酒，淺暈春潮。一樣紅妝，夜深睡去，有誰銀燭高燒。只女伴、茜裙微步，則[1]涼鐙、覓遍短墻腰。莫待洗紅唱罷，雨又瀟瀟。

念奴嬌牽牛花

珊珊緑萼，却因何，不種銀灣淺水？若使買芳須論價，還有聘錢借未？迎得青軿，天孫新嫁，定愛簪雲髻。七襄機倦，唾華飛上輕翠。　認作雨過天青，向柴窰脱下，者般清致。宛轉筠竿三尺上，似借湘娥愁淚。女伴涼宵，花間悵惘，愁説雙星字。黛眉淺淡，比伊無奈憔悴。

賀新郎秋雁

莽莽關雲黑。度驚沙、携群萬里，新辭海國。淺水蘋花秋未老，來作江南羈客。寫遍了、滿天零墨。似爲離人題錦字，有萬千、心事縈波磔。笑潦草，封緘筆。　瀟湘幾日霜華白。羨冥冥、高飛不入，野鳧瀏鶒。空闊想無矰繳患，只怕平沙風力。驀吹折、冰絃何急。頻訴斷行兄弟感，墮天涯、我亦摧殘翼。清泪滿，罷瑶瑟。頃予有折翼之悲。

雙雙燕秋燕

問梁間燕，纔占得雙栖，怎催歸興？尋常薄暮，兀自捲簾猶等。此後斜陽巷冷，都忘了塵生藻井。枉抛昔日辛勤，掠盡紅梨花影。　似解，呢喃訴恨。説六代春銷，香殘粉褪。高樓翡翠，不是自家門徑。合返三山絶頂，逐海國、鯤鵬幻境。明年錦片花繁，重報天南芳信。

齊天樂秋蟬

羽仙久已遺塵蜕，因何蜕愁不了。溪柳零絲，官槐蝕葉，人世西風太早。苦吟飛到，帶舊怨齊宫，翻來琴調。忽曳殘聲，濕雲拖雨送斜照。　憐爾冰綃太薄，更無多涼露，總坐清高。堠舘郵垣，行人馬首，來訴傷心懷抱。年年官道。笑不戴金貂，風霜皂帽，讓與香鬟，梳雲迴影好。

前調蟋蟀

幺麽爾亦幽憂者，將毋勞人怨妾。鴛甃生霜，蠨墻飄露，秋夢豈堪多説。五更聽徹。只鏤枕雙栖，不知悲切。若個空牀，聲聲偏絮遠離别。

何不移宫换羽，學鸞笙鳳管，柔聲曼節。狎客堂空，金籠秋老，换了無愁風月。砌欹欄折。正倦旅疏鐙，殘鈴病葉。解答賓嘲，何妨排我闥。

前調絡緯

蟲娘豈有秋鐙課，終宵爲誰恤緯。紫豆花間，銀茄畦畔，消受晚凉如水。金籠貯爾。惹唤作閨中，青衣小婢。軋軋催來，明河漸帶玉繩墜。

秦川當窗有女。思量秋信早，征衣未寄。九月寒砧，十年戍甲，剛待相尋夢裏。惱伊呼起。又明月流黄，穿來簾底。泪滿迴文，無心挑錦字。

綺羅香秋蝶

莧菊光陰，芙蓉風露，冷艷惺忪猶戀。妒煞西風，剗地裙腰吹變。漸送了、柳絮重簾，又老却、梨雲深院。被草草斜陽，一生金粉夢華短。

風流一例銷盡，莫去重尋覓，燕儔鶯眷。撲近釵梁，暗惹芳心凄惋。替捎盡、畫簷塵網，還忍住、香階羅扇。約明年、草緑南園，碧桃花底見。

揚州慢秋螢

月黑迴廊，雨收曲檻，閃來恰替銀鐙。慣殷勤流影，只照玉人行。晚風外、新涼如水，誰家吹送，笑語繁聲。料花陰、戲賭香紈，兜住秋星。　　繁華今古，也匆匆、轉燭難停。數大業前游，都應愁見，故苑蕪城。冷煞玉鈎斜畔，照不盡、珠翠飄零。賸垂楊，蔓草荒燐，一路純青。

桂枝香蟹

爬沙何憊，尚戴戟横戈，彭韓壯士。落日漁莊正集，橛頭艇子。不須密網千絲製，縛寒蒲、落潮風裏。驚飛宿雁，星星葦火，暗沈紅穗。　　趁橙橘、登盤俊味。惹當筵親擘，玉纖紅膩。欲笑無腸怎貯，一腔秋思。江湖倘逐歸帆利，慰清饞、内黄草制。酒缸百斛，老饕左手，一生足矣。

南鄉子夜泊

永夜艤征橈，無語舟人夜待潮。楚火微茫看漸没，寥寥。惟有横天北斗高。　　水國計程遥，客子真同旅雁勞。聽到三更寒柝盡，蕭蕭。争遣英雄鬢不凋。

浪淘沙

艇子不須歸，酒美魚肥。往來無數白鷗飛。相對楓人俱欲醉，換了紅衣。　　潮落釣魚磯，風雨都稀。雲霞幻出九張機。解道澄江如練句，惟有玄暉。

百字令咏項王

拔山蓋世，論英雄、千古一人而已。勇悍仁强兼禮下，大度優於劉季。子弟吴中，諸侯壁上，叱咤江東起。當年道左，目無秦始皇帝。　一自宰割河山，五年攻戰，號令皆專制。本紀標題先漢代，特筆分明遷史。簫鼓年年，憤王祠下，聲激烏江水。芒山回首，赤龍消盡雲氣。

虞美人

天心竟敗重瞳子，賤妾甘先死。烏江水咽怒濤多，濺血今宵尚是舊山河。　啼紅遍地終難掃，化作三春草。舞腰還似帳中時，只合年年開傍憤王祠。

青玉案秋丞子得越州秘色碗，蓋錢武肅王時造也。爲賦此闋

連兵何不扶唐祚，建高世、桓文舉。一十四州錢尚父。丸泥無力，補天無志，辜負犀軍弩。　瓷甌誰遣流傳古，龍泉秘色尚如故。浙臉夢中休索取。茫茫灰劫，悤悤天水，一例摶黄土。宋徽宗夢吴越王曰：“還我土地。”及高宗生，徽宗視之曰：“酷似浙臉。”其後果偏安錢塘云。

月華清秋丞大令自都門以詞見寄，慰予悼儷，賦此奉酬

落日高臺，悲風平楚，蒼然萬里秋色。我有離心，縹緲遥懸天北。憶飛揚、江漢辭雄；悵偃蹇、京華羈客。難得。正吹墮鴻書，傳來消息。　憐我悲懷難遣，引擊缶莊生，聊攄結轖。擾擾閻浮，頓悟風輪火宅。但因循、泡電光陰；便孤負、峨眉仙籍。亡妻病中語。何益？看萬古雙丸，誰非駒隙。

水調歌頭題杜仲丹桐花館秋詞

四序各乘運，楚客最悲秋。不知年少心事，容得許多愁。中有啼猿哀雁，雜以龍鼉悲憤，風雨下滄洲。古怨寄瑶瑟，散入洞庭流。　對搖落，傷遲暮，惜羈游。商聲一夜，飛到感嘆不能休。安得長風萬里，倒捲銀河九曲，蕩滌此繁憂。更挽艷陽景，回轡六龍輈。

賀新郎同前題

欲向靈修訴。總古今、才人坎壈，栖栖何故。得意枋榆皆燕雀，飄泊鳳鸞誰顧。便扣角、高歌難遇。入夜寒螿鳴不止，剔秋鐙、起續離騷譜。驚山鬼，泣風雨。　吟秋我亦傷心侶。記年時、無端百感，繅成愁緒。予曩曾著秋詞三十闋。今日對君歌苦調，似我當時肺腑。盡借向、縑毫傾吐。十載烽塵何限恨，待煩君、掇拾流宫羽。河山感，更淒苦。

水調歌頭題陳儉菴《問月圖》二首

萬古自圓闕，一鏡不銷磨。團圞桂樹誰種，長此影婆娑。曾照長春歌舞，又照昆明劫火，百代幾山河。閱盡古今恨，亦恐泣姮娥。　睇霄漢，竦瑶闕，壯嵯峨。滄江有客，搔首慷慨發悲歌。不叩登科姓字，不訪霓裳仙曲，但乞洗兵戈。更與借靈藥，持濟世人多。

前　調

我昔玩華月，兩度客黄州。當時良夜賓從，文采動滄洲。誰意臨皋赤壁，回首羽觴金管，零落舊風流。欲唤素娥語，可憶客星留。　赤眉作，欃槍動，夕烽愁。飛來天上，圓月下照戰場秋。爲問廣寒高處，可有丹梯萬丈，拔宅住瓊樓？便可約君往，直作步虛游。

沁園春大雪登崆峒山。補録隴游舊作

匹馬西來，風雪蕭然，上笄頭山。俯混茫秦隴，華離莫辨；迢遥銀夏，甌脱如環。莽莽曹公，嵬嵬北上，與爾高歌賦苦寒。臨風久，悵廣成去矣，誰啓玄關。　玉京真在人間。有大地、山河掌上看。招投壺玉女，同騎白鳳；吹笙子晋，并躡青鸞。御氣以游，九州之外，貪逐鴻濛且未還。雲中召，待三山宴罷，來奏鈞天。

浣溪沙自隴右還道經洛中作。補録隴游舊作

塞草青時春已闌，春風不散隴頭寒。去年春色未曾看。　秦地早花明驛舍，洛中垂柳送征鞍。今年春色倍相還。

前調題畫。亦隴游時作

無數青峰寫黛痕，離離松竹抱連村。白雲來去不關門。　落日千笳登隴首，黄塵一劍走中原。買山心事向誰論。

【校記】

〔1〕則，戊戌版作“剔”。

卷五十二　附録

祭監利王先生文江夏彭崧毓撰

同治癸酉五月十三日，皇清誥授奉直大夫刑部主事王公子壽先生卒於荆州講舍，其門人聶定焜馳書以告。其友江夏彭崧毓約同平湖張炳堃、山陰王加敏、永康胡鳳丹、南海張蔭桓、廣順但培良，擇於月之晦日，設位於正覺寺中，謹以瓣香樽酒，致祭於先生之靈曰：嗚乎。先生江漢鍾英，荆山挺秀，早擅鄉譽，蔚爲國華。聲聞達於四方，文章動乎九陛。同治初元應詔言事，仰蒙嘉納。一朝隕謝，千里告哀。吾儕有心，能無愴悼?

嗚呼！先生天下才也，非一鄉、一國之士也。而吾楚之人物盛衰，亦於此略可以見焉。昔者張江陵、楊應山、賀文忠、熊襄愍夐乎尚已，即近代如帥仙舟、蔣丹林、葉雲素諸老宿，予生也晚，有及見，有不及見，而猶獲久交於先生，斯亦吾生之幸也。而今已矣！過此以往，後起者未必無人，然或數十年、或百年始一有之，而予不復見矣，悲夫!

嗚乎！當咸豐朝，盜賊蜂起，海内鼎沸，流毒數千里，擾攘十數年，先生身不在行間，智周於天下，出謀發慮，每燭幾先，一時將帥諸公往往飛書求策，而世人未之知也。且夫諸公非蔽賢也，胡爲不薦之於朝，致之於位而湮没其績? 則以善體先生之心，而不欲相强也。先生道光中釋褐通籍，觀刑政曹，不一年而乞養歸。時太夫人春秋高，捧杖扶輿，跬步不違。始避亂於山谷，繼養志於邱園，歌咏陔華，終身忻樂。否則絶裾奮袂，攬轡登車，志在澄清，功垂竹帛，古之人有行之者，先生何多讓哉? 然而孝子不叱馭於危阪，貞士不受縛於堂皇，先生之高，蓋賢母有以成之也。太夫人既没，先生之心傷矣，而比歲復有才子之厄，孝婦之殉，五中慘裂，何以解憂？此其所以形神交瘁，而臨卒大呼心痛也！嗚乎哀哉！去歲期以九月來省城，不果；今年復期以二月，又不果來。以吾輩契分之深，乃多謀一面而不可得。天下事尚何足希倖哉！

先生既辭書院講席，不復出，而當事必强之，故三月仍至荆南。易簀之頃，骨肉無一人在側。嗚乎哀哉！雖然，聖人有言："與其死於臣之手也，無寧死於二三子之手乎。"啓手啓足，全受全歸，先生又何憾乎？尚饗！

王公子壽先生哀詞武陵楊彝珍撰

我初交君，於皇之都。越峴集客，邂逅坐隅。一見心醉，如飲醍醐。不待三爵，我色敷腴。爰托末契，道不嗟孤。瞻言皇路，願共馳驅。惜鎩其羽，仍困泥塗。君則决起，直躡天衢。珮玉苦儺，不習走趣。是用將母，歸滁厠牏。

彼螺者洲，有蝸之廬。我跫其音，適客夔巫。遐不可即，佇立踟躕。嗣再如鄂，重叩乃居。有犬當闕，摇尾迎予。君出握手，言笑與俱。犬復低徊，嗅我衣裾。君大怪詑，顧語童奴。是非馴種，夙憎里閭。解親有道，殆類豚魚。我聞内怍，忸怩奚如。君徐命酒，品以嘉蔬。流連逮暮，送我登艫。載閲三霜，賊起邕管。長驅而東，乘勢席卷。我里中賊，擾及雞犬。急圖保聚，豈遑息偃。異軍特起，蒼頭是選。列栅屯雲，山深日晚。竿彼間諜，賊遁而遠。遂渡重湖，直漢與沔。聞賊購君，走匿得免。亟告水軍，東下無緩。擣其無備，賊用以殄。成此大捷，功不之尸。屢薦莫起，偃蹇茅茨。視彼浮榮，唾如滓泥。衆彯其纓，君冠猶淄。惻然憫亂，作爲歌詩。不無怨誹，《小雅》之遺。冲聖委裘，庶政方基。君思納牖，進戒彤墀。表裏伊訓，防蔽於微。詔付史館，名動華夷。杖屨所至，輒生光輝。行道聚觀，婦孺争窺。還巢故紙，恒擁皋比。材無良楛，陶冶均施。掃門納軌，不闔其扉。庭充羔雁，巷多旌旗。如彼甘井，汲者纍纍。各副所求，盈量而歸。尤甘説士，娓娓忘疲。下筆嘘枯，槁者皆滋。

昨春之暮，尺書我遺。尤稱聶生，爲古洗罍。得所津逮，庶乎其幾。一夕之變，所親遠離。惟生侍側，左右無違。來告君喪，曾不少稽。我承凶問，有泪如縻。江漢横流，砥柱伊誰？斯人云亡，吾道益非。詞以告哀，匪哭其私。爲斯文痛，爲士林悲。哀哉尚饗！

皇清誥授奉直大夫刑部主事王公家傳桐城方宗誠撰

王先生名柏心，字子壽，荆州監利人。所居地名螺洲，故遂以之自號焉。幼岐嶷不群，七歲即通經史大略，長漸爲詩古文辭，老宿皆詫曰："奇才也。"性純篤，事親能承顔順志，不忍一日離。爲學主篤實，期於有用。生平宗尚范文正公，慨然懷濟世之志。然恬退廉静，不急進取。道光癸卯舉於鄉，甲辰成進士，以主事籤分刑部。乙巳省親歸，遂以授經養親，垂三十年不出仕。當道聘主本郡講席，每春往夏歸，秋往冬歸，歸則色養如孩提。咸豐壬子，粵賊聞其名，索之急。展轉徙避，脱親危險，卒亦自免於禍。方伯連帥常欲以禮延致，且先後疏薦，皆以親老不赴。年逾七十，母卒哀毁，孺慕終制，未嘗有嘉容。

然先生雖不仕，而學識遠大，憂樂恒以天下爲懷。遵義唐威恪公樹義、閩林文忠公則徐，俱嘗禮致之，使範其子。稱曰："子壽乃黄叔度、郭林宗之儔也。"咸豐初奉上諭，在鄉辦理團練。其時制軍徐州張公、撫帥胡文忠公、相侯曾文正及李武愍、羅忠節、李忠武諸公、大學士左恪靖侯，俱時以軍事相咨訪，先生每畫機宜，多見采用。穆宗御極，制軍張公爲上其《尚書八論》、《封事八條》，蒙諭旨："有言皆忠告，具見忱悃之衷。"其《經綸》存記宏德殿，以備乙覽。其《封事八條》或降諭旨交部議奏；或奬所言多可采，取着留中。蓋先生好古篤行，關心世教，凡有裨時事者，言之無不深切著明，可以見諸施行。平生抱負，往往流露於楮墨中。所著《樞言》、《漆室吟》風行海内，舉念不忘君國。而於治亂得失之原，倫紀風教之大，尤三致意焉。他撰述多類此。

先生視諸弟極友愛，學則親爲講授，貧則分以館穀，卒則撫其遺孤，其待諸從兄弟，亦無親疏之間。於師友誼尤摯。或殉難職守，或病歿逆旅，左右無親屬，先生必爲之經紀其喪。居室濱大江，道光己酉，歲巨浸，唐威恪公爲楚藩，餽米百石。先生曰："仁人之粟，當公之於同厄者。"減價平糶，循環轉運，錢盡乃止。居鄉不干與公事，惟遇水潦饑饉，必寓書當道，力陳民間疾苦。胡文忠公新復鄂省，鋭意首清漕弊，先生極力贊畫，遂人有再生之慶。主講荆南二十餘年，其教學根柢儒先，不務新奇。諸生請見，則首勵以修行，問所治經心得詩文，必剖别瑕疵，授以法度。惟凡執贄來，輒却之。明張文忠裔孫貧困，多失學者，先生憫然曰："名臣之後，胡可聽其式微?"乃擇十世以下孫紹先捐資，勸就塾。後復招至荆南書院，飲食教誨，數年入邑庠，繼亦有列膠序者。其於他忠烈子孫亦然。先生以同治癸酉卒於荆南書院，年七十有五。

所著尚有《導江三議》、《百柱堂詩》，俱刊行。文集尚未授梓。所纂修則有黄岡、東湖、宜昌、當陽、漢陽、臨湘、監利諸府縣志。配楊氏，誥封宜人，賢行最著。先先生二十三年卒。第五弟柏理亦敦行好學，以舉孝廉方正，爲江西候補知縣，卒。子家遇，荆門州儒學訓導；家隆，郡庠生，軍功議叙通判；家仕，太學生。先後卒。孫傳綬，亦卒；傳喬，監生；傳治。曾孫忠誨、忠訓、忠誠、忠謹。

論曰：予少久聞先生名。及長，游四方，喜交天下賢士。嘗游武昌，所交楚北之士二人：興國萬清軒布衣及先生也。清軒專宗宋儒義理實行之學，不尚文采。先生則博學多文，力踐於忠孝倫紀之際，以清節風義維持名教，詩文流布海内，有揚清激濁之風。宗尚不同，其爲君子則一也。今去官歸，先生已久故，惟清軒存，然已老矣。先生卒後，大學士左公已奏陳事迹，請宣付史館。今先生孫傳喬復寄其邑人公請崇祀鄉賢事實，屬爲傳，藏於家。雖其鄉人之言，實天下之公言也。因不亂而綴次之。

皇清誥授奉直大夫刑部主事王公墓志銘湘陰郭嵩燾撰

監利王子壽先生既卒十有七年，孫傳喬以書告言："大父之喪，諸父相繼無存者。邑人以鄉賢請左文襄公，又奏請國史立傳，大父於是有傳矣。而銘墓之文闕焉未具。大父之生，知交遍天下，以道義文章相接，今存者獨有先生。傳喬念非先生無與銘大父之墓者，敢以請。"

嵩燾自少學爲文，則知先生，而讀其《樞言》上下篇，以爲懷文抱質、有道君子之言也。先生長於嵩燾二十年。是時年未逾四十，文章已冠絶海内。湖南北講論經史文藝，必歸先生。每有撰述，老師宿儒皆咋伏，莫敢與并。先生亦自以其詩文之學，啓佑後進才隽，誨化諄諄，一技之長，譽之不容口，推轂而勸厲之，使有所興發，以成其才。尤篤於故舊朋友，扶其衰弱，振其寒飢。家無儋石儲，然其急人之憂，多於憂其私。江漢間言道德文章，裒然屬之先生五十餘年。

然先生遠覽古今，勤求時要，日思所以振厲一世之人心而厝之安，豈不欲以功名見哉！其始通籍，即乞歸養。嵩燾就詢其指，喟然曰："道敝民偷，盗賊肆行，國家席承平之舊，以法律束縛馳驟，天下賢者無所用其能，吾官卑，濡忍二十年得一郡守，自度無裨於時，不如及歸事親之歡也。"先生氣和而神愉，貌粹而言温，處繁劇，應待叢委，心常適然，人見者輸寫心臆，油然以自親也。而其於天下事，洞見表裏。言治術，必達民情；言軍謀，必明地險。揣度情勢，審機應變，既久，而其言皆可按行。誠得假手一效其尺寸，所建樹必有過人者。而自先生罷官歸，東南寇發，風飈電激，憤起立功名者相望也。先生學益充，道益高，其心泊然，不以治亂隱見易其守。曾文正公、胡文忠公、左文襄公，皆先生雅故，知其賢，就參咨謀、備方略，終不能以一官强先生使就也。

嗚乎！先生之於爲人，可謂成矣。孰使其志不一發攄，而天下言先生，徒欷歔感慕其文章，亦豈先生之心哉！先生名柏心，字子壽，先世由江西豐城徙湘潭，再徙監利，世居螺山，因號螺洲王氏。曾祖秉道，貢生。祖文模，邑庠生。父有端。自祖以下，皆用先生貴，封贈如其中道光癸卯科舉人，甲辰科進士，以主事籤分刑部。夫人楊氏。子遇，荆門州學訓導；家隆，郡庠生，軍功議叙通判；家仕，監生。孫綬；傳喬，監生；傳治。曾孫忠誨、忠訓、忠誠、忠謹。所著書曰區言》、曰《導江三議》、曰《漆室吟》、曰《百柱堂詩》通若干卷刊行於世。未刊者，《子壽詩鈔》六卷、《螺洲近稿》六卷、《文集》二十卷。先生生於嘉慶四年己未歲十月二十七日，卒於同治十二年癸酉五月十三日，年七十有五。楊夫人賢能，治家有法度，先二十三年卒。其卒也，趺坐誦偈，圓妙解脱，然故不知書也。與先生合葬螺山之邁園。先生孝友仁恕，居鄉多善行。同治元年，雲貴總督徐州張公上其《經論》及《言事八條》，奉旨褒獎。事詳家傳及其家所刊《鄉賢録》。嵩燾爲具先生之學行犖犖大者，俾傳喬揭之墓，昭示天下後世，而繫以銘。銘曰：

先生先我，二紀相望。後我七年，乃貢於鄉。名聲夙成，通籍蓋晚。浮湛郎署，任薄道遠。溘然南歸，播揚馨芬。昂霄躡景，大霈於文。莘莘學徒，門闑户溢。開而通之，導其湮窒。大湖南北，士望有歸。孕包衆能，豈屑鞚韃。自致其名，泰山北斗。仕則匪豐，厥施孔厚。

王孝鳳京卿致倪豹岑太守書略王孝鳳

頃得聶君曜卿定焜書，知我子壽同年考終荆南書院。殯殮所需，多承高義。璧於子壽，義兼師友，雖釋褐時，始得定交，而跂慕之忱，實先此十年。聚散不常，兩心相信。久不相見，莫逆於心。聞喪嗒然若失圭臬者久之。敬成一聯云："孝養老山中，諸侯屢訪匡時策；文章名海内，并世誰同好古心。"已托劉建侯比部交聶君轉寄。欲爲文誄之，恐不足表盛美，久未成也。

竊念子壽，少有文行盛名，爲唐子方方伯、林文忠公所禮重，年四十餘始成進士。請封誥後，即歸侍養中。兵燹，扶親避難，履險不危。賊欲倚以爲重名，索之，急走山中，乃免。張石卿制軍、胡文忠、曾文

正、李武愍、羅忠節、李忠武諸公，左恪靖侯，每咨以軍事，知無
多見采用。今上御極，石卿制軍爲上其《尚書八論》，奉旨留弘德
覽，亦徵儒臣榮遇。母年九十餘壽終，禮制已逾，孺慕不衰。

與弟子章孝廉門内師友，掖之成名，老而友愛彌篤。嘉道間知
士，若姚春木、劉孝長、湯海秋、梅伯言、朱伯韓、戴雲帆、馬
宗滁樓、邵位西、王少鶴諸君，一見傾心，引爲執友。又主持風雅
進後學，如將不及，海内之士，望若靈光。蓋棺論定，其生平忠孝
嶟嶟炳炳，深識遠鑒，正而不迂。文詞安雅高秀，亦不落時賢之後，
部民中洵民之望也。入祀鄉賢，實符公論。願公祖成此美舉，且表民
以矜式多士，厚風俗、馴輕剽之氣於無形；正德政之大者、贈襚之厚
見篤於賓友。此舉尤公而非私也。荆州府學監利縣學鄉賢位中，置此
一座，於鄉賢亦有光矣。惟更博咨而決行之，斯道幸甚，敝鄉幸甚。